John Irving
Zirkuskind

Roman
Aus dem Amerikanischen
von Irene Rumler

Diogenes

Titel der 1994 bei
Random House, Inc., New York,
erschienenen Originalausgabe:
›A Son of the Circus‹
Copyright © 1994 by Garp Enterprises, Ltd.
Die deutsche Erstausgabe erschien
1995 im Diogenes Verlag
Abdruck der Auszüge aus James Salters Roman
A Sport and a Pastime
mit freundlicher Genehmigung
der Verlage North Point Press
und Farrar, Straus & Giroux, New York
Übersetzung von Irene Rumler
Copyright © 1967 by James Salter
Umschlagzeichnung von
Edward Gorey

Veröffentlicht als Diogenes Taschenbuch, 1997
Alle deutschen Rechte vorbehalten
Copyright © 1995
Diogenes Verlag AG Zürich
1000/97/8/1
ISBN 3 257 22966 6

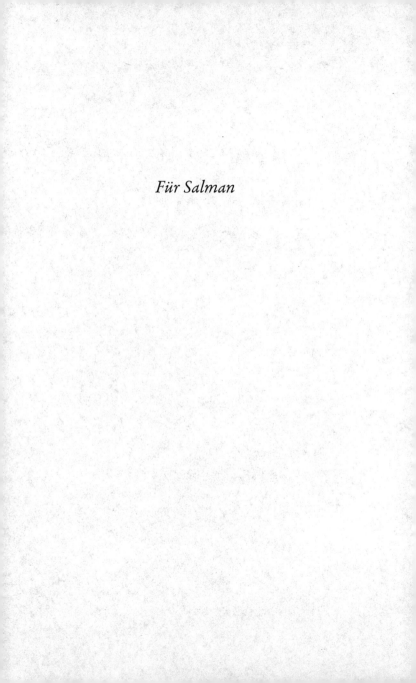

Für Salman

Inhalt

Vorbemerkung des Autors

Dieser Roman handelt nicht von Indien. Ich kenne Indien nicht. Ich war nur einmal dort, knapp einen Monat. Damals verblüffte mich die Fremdartigkeit des Landes; es ist und bleibt mir fremd. Doch lange bevor ich nach Indien reiste, habe ich mir gelegentlich einen Mann vorgestellt, der dort geboren und dann fortgezogen ist. Ich habe mir jemanden vorgestellt, der wieder und immer wieder dorthin zurückkehrt, wie unter Zwang. Aber mit jeder Rückkehr vertieft sich sein Eindruck von der Fremdartigkeit Indiens nur noch mehr. Selbst ihm bleibt Indien absolut unzugänglich und fremd.

Meine indischen Freunde meinten: »Mach doch einen Inder aus ihm – eindeutig einen Inder, aber eben doch keinen Inder.« Sie meinten, daß diesem Menschen jede Umgebung – sein Wohnort außerhalb Indiens eingeschlossen – fremd vorkommen müsse; der springende Punkt sei, daß er sich überall als Ausländer fühle. »Du mußt nur die Details richtig hinkriegen«, sagten sie.

Auf Wunsch von Martin Bell und seiner Frau, Mary Ellen Mark, fuhr ich nach Indien. Die beiden hatten mich gebeten, für sie ein Drehbuch über die Kinder zu schreiben, die in indischen Zirkussen auftreten. An diesem Drehbuch und dem Roman habe ich vier Jahre lang parallel gearbeitet; derzeit überarbeite ich das Drehbuch – es hat denselben Titel wie der Roman, obwohl es nicht dieselbe Geschichte erzählt. Wahrscheinlich werde ich das Drehbuch immer wieder umschreiben, bis der Film gedreht wird – falls es überhaupt dazu kommt. Da Martin und Mary Ellen mich dazu veranlaßt haben, nach Indien zu fahren, haben in gewisser Weise sie den Anstoß zu *Zirkuskind* gegeben.

Viel verdanke ich auch den indischen Freunden, die mich im Januar 1990 in Bombay herumgeführt haben – besonders Ananda Jaisingh –, und den Angehörigen des Great Royal Circus, die mir sehr viel Zeit geopfert haben, als ich bei ihnen im Zirkus lebte. Ganz besonders dankbar bin ich vier indischen Freunden, die das Manuskript wiederholt gelesen haben. Ihre Bemühungen, mit meinem Unwissen und zahlreichen Fehlern fertig zu werden, haben es mir überhaupt erst ermöglicht, dieses Buch zu schreiben. Ich möchte ihnen namentlich danken, denn ihre Verdienste um *Zirkuskind* sind unschätzbar.

Mein Dank geht an Dayanita Singh in Neu-Delhi, an Farrokh Chothia in Bombay, an Dr. Abraham Verghese in El Paso, Texas, und an Rita Mathur in Toronto. Außerdem möchte ich meinem Freund Michael Ondaatje danken, der mich mit Rohinton Mistry bekanntmachte – dieser wiederum machte mich mit Rita bekannt. Und mein Freund James Salter war so großzügig und gutmütig, mir zu erlauben, mit einigen Abschnitten aus seinem erstklassigen Roman *A Sport and a Pastime* frech zu spielen. Danke, Jim.

Wie immer habe ich auch Schriftstellerkollegen zu danken. Meinem Freund Peter Matthiessen, der die erste Version gelesen und mir einige kluge chirurgische Eingriffe empfohlen hat. Meine Freunde David Calicchio, Craig Nova, Gail Godwin und Ron Hansen (nicht zu vergessen sein Zwillingsbruder Rob) haben ebenfalls frühere Fassungen über sich ergehen lassen. Und Ved Mehta hat mir brieflich mit Rat und Tat zur Seite gestanden.

Wie üblich muß ich mich auch bei mehreren Ärzten bedanken. Für die aufmerksame Lektüre der vorletzten Fassung danke ich Dr. Martin Schwartz aus Toronto. Außerdem bin ich Dr. Sherwin Nuland aus Hamden, Connecticut, und Dr. Burton

Berson aus New York dankbar, daß sie mir klinische Studien über Chondrodystrophie zur Verfügung gestellt haben.

Die Großzügigkeit von June Callwood und John Flannery – dem Pflegedienstleiter des Casey House in Toronto – weiß ich ebenfalls sehr zu schätzen. Und drei Assistenten haben in den vier Jahren, in denen *Zirkuskind* entstand, hervorragende Arbeit geleistet: Heather Cochran, Alison Rivers und Allan Reeder. Doch es gibt nur einen Leser, der jede Fassung dieser Geschichte gelesen oder sich angehört hat: meine Frau Janet. Für die buchstäblich Tausende von Seiten, die sie ertragen hat – von den zwangsläufigen Reisen ganz zu schweigen –, danke ich ihr von ganzem Herzen.

Schließlich möchte ich noch meinen herzlichen Dank an meinen Lektor, Harvey Ginsberg, zum Ausdruck bringen, der sich offiziell zur Ruhe gesetzt hatte, bevor ich ihm das 1094-Seiten-Manuskript aushändigte. Ruhestand hin oder her, er hat es lektoriert.

Ich wiederhole: Ich »kenne« Indien nicht. Und *Zirkuskind* ist kein Buch »über« Indien. Es ist jedoch ein Roman, der in Indien spielt – eine Geschichte über einen Inder (aber eben doch keinen Inder), für den Indien immer ein unbekanntes und unergründliches Land bleiben wird. Wenn es mir gelungen ist, die Details richtig hinzubekommen, verdanke ich das meinen indischen Freunden.

J. I.

I

Die Krähe auf dem Deckenventilator

Zwergenblut

Normalerweise sorgten die Zwerge dafür, daß er immer wieder zurückkam – zurück zum Zirkus und zurück nach Indien. Inzwischen kannte der Doktor das Gefühl, Bombay immer wieder »endgültig« zu verlassen; fast jedes Mal, wenn er abreiste, schwor er sich, nie mehr nach Indien zurückzukehren. Dann vergingen ein paar Jahre – grundsätzlich nie mehr als vier oder fünf –, und irgendwann nahm er wieder den langen Flug von Toronto nach Indien auf sich. Daß er in Bombay geboren war, war nicht der Grund; wenigstens behauptete er das. Seine Eltern waren beide tot. Seine Schwester lebte in London, sein Bruder in Zürich. Die Frau des Doktors war Österreicherin, ihre Kinder und Enkelkinder waren in England und Kanada zu Hause. Keines wollte in Indien leben – sie kamen auch nur selten zu Besuch dorthin –, und nicht ein einziges war dort geboren. Dem Doktor jedoch war es vom Schicksal bestimmt, nach Bombay zurückzukehren. Er würde immer und immer wieder herkommen – wenn nicht bis an sein Lebensende, dann zumindest so lange, wie es im Zirkus Zwerge gab.

Die meisten Zirkusclowns in Indien sind chondrodystrophe Zwerge. Sie werden oft als Zirkusliliputaner bezeichnet, sind aber keine richtigen Liliputaner, sondern Zwerge. Chondrodystrophie ist die häufigste Erscheinungsform von Minderwuchs mit verkürzten Extremitäten. Ein chondrodystropher Zwerg kann normalgewachsene Eltern haben, doch die Wahrscheinlichkeit, daß seine eigenen Kinder Zwerge sind, beträgt fünfzig

Prozent. Diese Form des Zwergwuchses ist in vielen Fällen das Ergebnis einer seltenen genetischen Veränderung, einer Spontanmutation, die bei den Kindern des Zwergs dann zu einem dominanten Merkmal wird. Bisher hat man noch keinen genetischen Marker für dieses Merkmal entdeckt, und keine Koryphäe auf dem Gebiet der Genetik macht sich die Mühe, nach einem solchen Marker zu suchen.

Sehr wahrscheinlich hatte Dr. Farrokh Daruwalla als einziger die abwegige Idee, einen genetischen Marker für diese Art von Zwergwuchs zu suchen. Da es sein sehnlichster Wunsch war, einen solchen zu entdecken, mußte er notgedrungen Blutproben von Zwergen sammeln. Daß es sich um ein sonderbares Vorhaben handelte, war klar: Immerhin war Dr. Daruwalla ein orthopädischer Chirurg, und vom orthopädischen Standpunkt aus war sein Zwergenblut-Projekt uninteressant. Genetik war nur eines seiner Hobbys. Doch trotz seiner seltenen und stets kurzen Besuche in Bombay hatte kein Mensch in Indien jemals so vielen Zwergen Blut abgenommen; niemand hatte so viele Zwerge angezapft wie Dr. Daruwalla. So kam es, daß er in den indischen Zirkussen, die durch Bombay kamen oder auch in kleineren Städten in Gujarat und Maharashtra gastierten, liebevoll »der Vampir« genannt wurde.

Natürlich hat ein Arzt mit Dr. Daruwallas Spezialgebiet in Indien ohnehin häufig mit Zwergen zu tun, da diese zumeist unter chronischen orthopädischen Beschwerden leiden – schmerzenden Knie- und Fußgelenken, von Kreuzschmerzen ganz zu schweigen. Die Symptome verstärken sich mit zunehmendem Alter und Gewicht; je älter und schwerer ein Zwerg wird, desto mehr strahlt der Schmerz ins Gesäß, in die Rückseite der Oberschenkel und in die Waden aus.

In der Kinderklinik in Toronto bekam Dr. Daruwalla sehr wenige Zwerge zu sehen; in der Klinik für Verkrüppelte Kinder in Bombay jedoch – wo er von Zeit zu Zeit, bei seinen sich wiederholenden Besuchen, unentgeltlich als chirurgischer Konsiliar arbeitete – hatte er viele zwergwüchsige Patienten. Doch obwohl sie ihm ihre Familiengeschichten erzählten, wollten sie ihm nicht ohne weiteres ihr Blut geben. Und ihnen gegen ihren Willen Blut abzunehmen hätte Farrokhs Berufsethos widersprochen. Bei der Mehrheit der orthopädischen Beschwerden, die bei chondrodystrophen Zwergen auftreten, erübrigen sich Blutuntersuchungen. Folglich war es nur recht und billig, daß der Doktor den wissenschaftlichen Aspekt seines Forschungsprojekts erklärte und diese Zwerge um ihr Blut bat. Fast immer verweigerten sie es ihm.

Ein typischer Fall war Dr. Daruwallas bester zwergwüchsiger Bekannter in Bombay. Farrokh und Vinod kannten sich schon sehr lange, denn der Zwerg stellte die engste Verbindung des Doktors zum Zirkus dar – Vinod war der erste Zwerg, den Dr. Daruwalla um Blut gebeten hatte. Sie waren sich im Untersuchungszimmer des Arztes in der Klinik für Verkrüppelte Kinder begegnet. Ihre Unterredung fiel mit dem religiösen Feiertag Diwali zusammen, anläßlich dessen der Great Blue Nile Circus ein Gastspiel auf dem Cross Maidan in Bombay gab. Ein zwergwüchsiger Clown (Vinod) und seine normal gewachsene Frau (Deepa) hatten ihren zwergwüchsigen Sohn (Shivaji) in die Klinik gebracht, um dessen Ohren untersuchen zu lassen. Vinod wäre nie auf die Idee gekommen, daß man sich in der Klinik für Verkrüppelte Kinder ausgerechnet mit Ohren beschäftigt – Ohren sind nicht unbedingt ein Fall für die Orthopädie –, war aber zu Recht davon ausgegangen, daß alle Zwerge Krüppel sind.

Trotzdem gelang es dem Doktor nicht, Vinod davon zu überzeugen, daß sowohl sein Zwergwuchs als auch der seines Sohnes genetische Ursachen hatte. Daß Vinod von normalen Eltern abstammte und trotzdem ein Zwerg war, hatte – nach Vinods Ansicht – nichts mit einer Mutation zu tun. Er glaubte fest an die Geschichte, die ihm seine Mutter erzählt hatte: Am Morgen, nachdem sie schwanger geworden war, hatte sie aus dem Fenster geschaut und als erstes Lebewesen einen Zwerg gesehen. Die Tatsache, daß Vinods Frau Deepa eine normal gewachsene Frau war – Vinod zufolge »schon fast schön« –, konnte nicht verhindern, daß Vinods Sohn Shivaji ein Zwerg war. Das war jedoch – nach Vinods Ansicht – nicht auf ein dominantes Gen zurückzuführen, sondern auf die unglückliche Tatsache, daß Deepa seine Warnung vergessen hatte. Am Morgen nach Deepas Empfängnis war das erste Lebewesen, das sie ansah, Vinod, und *das* war (nach Vinods Ansicht) der Grund, warum Shivaji ebenfalls ein Zwerg war. Vinod hatte Deepa eingeschärft, ihn am Morgen ja nicht anzusehen, aber sie hatte es vergessen.

Daß Deepa »schon fast schön« (oder zumindest eine normal gewachsene Frau) war und trotzdem einen Zwerg geheiratet hatte, kam daher, daß sie keine Mitgift mitbrachte. Ihre Mutter hatte sie an den Great Blue Nile Circus verkauft. Und da Deepa am Trapez noch eine blutige Anfängerin war, verdiente sie fast nichts. »Nur ein Zwerg hätte sie geheiratet«, meinte Vinod.

Zu ihrem Sohn Shivaji ist anzumerken, daß bei chondrodystrophen Zwergen periodisch auftretende und chronische Mittelohrentzündungen bis zum Alter von acht oder zehn Jahren an der Tagesordnung sind. Werden sie nicht behandelt, führen sie häufig zu erheblichem Gehörverlust. Vinod selbst war halb taub. Aber es gelang Farrokh einfach nicht, Vinod anhand dieses oder auch anderer Symptome klarzumachen, daß die bei ihm und Shivaji vorliegende Form von Minderwuchs genetische Ursachen hatte. Dies belegten zum Beispiel seine sogenannten Dreizackhände – die typisch gespreizten Stummelfinger. Dr. Daruwalla wies Vinod auf seine kurzen, breiten Füße und seine leicht angewinkelten Ellbogen hin, die sich nicht durchstrecken ließen. Er versuchte ihn zu dem Eingeständnis zu bewegen, daß seine Fingerspitzen, genau wie bei seinem Sohn, nur bis zu den Hüften reichten, daß sein Unterbauch vorstand und die Wirbelsäule – selbst wenn er auf dem Rücken lag – die typische Vorwärtswölbung aufwies. Diese lumbale Lordose sowie das gekippte Becken sind der Grund, warum alle Zwerge watscheln.

»Zwerge watscheln eben von Natur aus«, entgegnete Vinod, der starr an seinem Credo festhielt und absolut nicht dazu zu bewegen war, sich auch nur von einem einzigen Röhrchen Blut zu trennen. Er saß auf dem Untersuchungstisch und schüttelte über Dr. Daruwallas Zwergwuchstheorie den Kopf.

Vinod hatte, wie alle chondrodystrophen Zwerge, einen unverhältnismäßig großen Kopf. Sein Gesicht wirkte auf Anhieb nicht unbedingt intelligent, es sei denn, man setzt eine vorgewölbte hohe Stirn von vornherein mit großer Geisteskraft gleich; die mittlere Gesichtspartie wich, ebenfalls typisch für diese Form von Minderwuchs, zurück. Vinods Backen waren abgeflacht, und er hatte eine Sattelnase mit aufgestülpter Spitze; der Unterkiefer stand so weit vor, daß einem Vinods Kinn recht markant vorkam, und obwohl sein vorgereckter Kopf ihn eher dümmlich erscheinen ließ, verriet sein ganzes Auftreten eine sehr zielstrebige Persönlichkeit. Seine aggressive Erscheinung wurde noch durch ein anderes, für chondrodystrophe Zwerge typisches Merkmal betont: Da die Röhrenknochen verkürzt sind, schiebt sich die Muskelmasse zusammen, so daß der Eindruck geballter Kraft entsteht. In Vinods Fall hatten lebenslanges Purzelbaumschlagen und andere akrobatische Kunststücke zu einer besonders ausgeprägten Schultermuskulatur geführt; Unterarme und Bizeps traten ebenfalls deutlich hervor. Vinod war ein altgedienter Zirkusclown, sah aber aus wie ein Schläger im Kleinformat. Farrokh hatte ein bißchen Angst vor ihm.

»Was genau wollen Sie eigentlich mit meinem Blut machen?« fragte der zwergwüchsige Clown den Arzt.

»Ich suche nach diesem geheimnisvollen Ding, das aus dir einen Zwerg gemacht hat«, antwortete Dr. Daruwalla.

»Ein Zwerg zu sein ist doch nichts Geheimnisvolles!« konterte Vinod.

»Ich suche nach etwas in deinem Blut, das, falls ich es entdecke, anderen Menschen helfen kann, keine Zwerge zur Welt zu bringen«, erklärte der Doktor.

»Warum wollen Sie, daß es keine Zwerge mehr gibt?« fragte der Zwerg.

»Blutabnehmen tut nicht weh«, gab Dr. Daruwalla zurück. »Die Nadel tut nicht weh.«

»Alle Nadeln tun weh«, sagte Vinod.

»Haben Sie Angst vor der Nadel?« fragte Farrokh den Zwerg.

»Ich brauche mein Blut im Augenblick selbst«, antwortete Vinod.

Die »schon fast schöne« Deepa erlaubte dem Arzt ebenfalls nicht, ihr Zwergenkind mit einer Nadel zu pieksen. Allerdings meinte sowohl sie als auch Vinod, im Great Blue Nile Circus, der noch eine Woche in Bombay gastierte, gebe es eine Menge anderer Zwerge, die Dr. Daruwalla ja vielleicht etwas von ihrem Blut geben würden. Vinod sagte, es wäre ihm eine Freude, den Arzt mit den Clowns vom Blue Nile bekanntzumachen. Darüber hinaus empfahl er ihm, sie mit Alkohol und Tabak zu bestechen, und gab ihm den guten Rat, den Zweck, für den er ihr Blut benötigte, anders zu formulieren. »Sagen Sie ihnen, Sie brauchen das Blut, um einem sterbenden Zwerg neue Kraft zu geben«, schlug Vinod vor.

So war das Zwergenblut-Projekt in Gang gekommen. Fünfzehn Jahre war es her, daß Dr. Daruwalla das erste Mal zum Zirkusgelände auf dem Cross Maidan gefahren war. Er hatte seine Nadeln, seine Nadelaufsätze aus Plastik und seine gläsernen Röhrchen (sogenannte Vacutainer) dabei. Um sich die Zwerge gewogen zu machen, nahm er zwei Kisten Kingfisher Bier und zwei Stangen Marlboro mit; letztere waren laut Vinod bei seinen

Clownkollegen besonders beliebt, weil ihnen der Marlboro-Mann so imponierte. Wie sich herausstellte, hätte Farrokh das Bier besser zu Hause gelassen. In der windstillen Hitze des frühen Abends tranken die Clowns vom Great Blue Nile Circus zuviel Kingfisher. Zwei von ihnen fielen in Ohnmacht, während ihnen der Doktor Blut abnahm, was Vinod als weiteren Beweis dafür wertete, daß er sein Blut besser bis auf den letzten Tropfen für sich behielt.

Sogar die arme Deepa pichelte ein Kingfisher. Kurz vor ihrem Auftritt klagte sie über leichten Schwindel, der sich verstärkte, als sie an den Knien vom fliegenden Trapez hing. Sodann versuchte Deepa, im Sitzen zu schwingen, aber die Hitze war nach oben in die Zeltkuppel gestiegen, so daß sie das Gefühl hatte, mit dem Kopf in der unerträglich heißen Luft steckenzubleiben. Sie fühlte sich erst ein wenig besser, als sie den Holm mit beiden Händen umklammerte und immer kräftiger hin und her schwang. Ihre Passage war die einfachste, die jeder Luftakrobat beherrschte, aber Deepa hatte noch nicht gelernt, wie sie es anstellen mußte, daß der Fänger sie an den Handgelenken zu fassen bekam, bevor sie seine packte. Sie brauchte einfach nur den Holm loszulassen, sobald sich ihr Körper parallel zum Boden befand, und den Kopf nach hinten zu werfen, so daß ihre Schultern tiefer waren als die Füße, damit der Fänger sie an den Knöcheln packen und auffangen konnte. Im Idealfall befand sich ihr Kopf in diesem Augenblick etwa fünfzehn Meter über dem Netz, doch da die Frau des Zwergs eine Anfängerin war, ließ sie das Trapez los, bevor ihr Körper ganz gerade war. Der Fänger mußte sich nach ihr strecken, erwischte sie nur an einem Fuß und noch dazu in einem unglücklichen Winkel. Deepa schrie so laut, als sie sich das Hüftgelenk ausrenkte, daß der Fänger es für das beste hielt, sie ins Netz fallen zu lassen. Dr. Daruwalla hatte nie einen ungeschickteren Sturz gesehen.

Deepa, eine zierliche, dunkelhäutige Frau aus dem ländlichen

Maharashtra, mochte achtzehn sein, wirkte auf den Arzt aber wie sechzehn; ihr zwergwüchsiger Sohn Shivaji war knappe zwei Jahre alt. Deepa war mit elf oder zwölf Jahren von ihrer Mutter an den Great Blue Nile verkauft worden – in einem Alter also, in dem ihre Mutter sie ebensogut an ein Bordell hätte verschachern können. Die Frau des Zwergs wußte, daß sie Glück gehabt hatte, bei einem Zirkus gelandet zu sein. Sie war so dünn, daß man im Blue Nile zunächst versucht hatte, eine Kontorsionistin aus ihr zu machen – ein Mädchen ohne Knochen, eine Gummifrau. Doch mit zunehmendem Alter wurde Deepa zu ungelenkig für ein Schlangenmädchen. Selbst Vinod war der Ansicht, daß Deepa zu alt war, als sie mit dem Training als Fliegerin begann; die meisten Trapezkünstler lernen das Fliegen als Kinder.

Die Frau des Zwergs war zwar nicht »schon fast schön«, aber aus einiger Entfernung doch zumindest hübsch. Sie hatte die Stirn voller Pockennarben und wies die typischen Merkmale des Rachitikers auf – den nach vorn gewölbten Thorax und den rachitischen Rosenkranz. (»Rosenkranz« nennt man das deshalb, weil sich an jeder Nahtstelle zwischen Rippe und Brustbeinknorpel eine murmelartige Verdickung befindet, ähnlich einer Perle.) Deepa hatte so kleine Brüste, daß ihr Brustkorb fast so flach war wie bei einem Jungen. Ihre Hüften jedoch waren fraulich, und weil das Sicherheitsnetz unter ihrem Gewicht durchhing, sah es so aus, als läge sie mit dem Gesicht nach unten im Netz, während das Becken nach oben gekippt war – in Richtung auf das einsam schwingende Trapez.

So wie die Fliegerin gefallen war und jetzt im Netz lag, war Farrokh ziemlich sicher, daß Deepas Hüfte das Problem war – nicht der Hals oder das Rückgrat. Doch bevor sie nicht jemand daran hinderte, weiter im Netz herumzuzappeln, wagte sich der Doktor nicht an sie heran. Vinod war sofort ins Netz gekrabbelt, und Farrokh wies ihn nun an, den Kopf seiner Frau zwischen die Knie zu klemmen und sie an den Schultern festzuhalten. Erst als der Zwerg sie so festhielt – erst als Deepa weder den Hals noch den Rücken bewegen noch die Schultern drehen konnte –, wagte sich Dr. Daruwalla ins Netz.

Die ganze Zeit, die Vinod brauchte, um zu seiner Frau ins Netz zu klettern und ihren Kopf zwischen seine Knie zu klemmen und dort festzuhalten – während Dr. Daruwalla in das durchhängende Netz krabbelte und sich langsam und ungeschickt zu den beiden vorarbeitete –, hörte das Netz nicht auf zu schwanken, während das leere Trapez darüber in einem anderen Rhythmus hin und her schwang.

Dr. Daruwalla war noch nie in einem Sicherheitsnetz gewesen. Für einen unsportlichen Menschen wie den Doktor, der (auch schon vor fünfzehn Jahren) ziemlich rundlich war, bedeutete diese Klettertour einen gigantischen Kampf, den zu bestehen ihm nur die Dankbarkeit für seine ersten Zwergenblutproben half. Als er sich in dem schwankenden, bei jedem Tritt nachgebenden Netz auf allen vieren zu der armen, von ihrem Mann fest umklammerten Deepa vorarbeitete, glich er einer zaghaften, fetten Maus, die ein riesiges Spinnennetz überquert.

Farrokhs unsinnige Angst, aus dem Netz geschleudert zu werden, lenkte ihn wenigstens von dem Gemurmel des Zirkuspublikums ab; die Leute warteten ungeduldig darauf, daß die Rettungsmaßnahmen zügig vorangingen. Daß Dr. Daruwalla der unruhigen Menge über Lautsprecher vorgestellt wurde, bereitete ihn keineswegs auf die Schwierigkeit seines Unterfangens vor. »Und da kommt auch schon der Doktor!« hatte der Zirkusdirektor lauthals verkündet, ein melodramatischer Versuch, die Menge bei Laune zu halten. Aber es dauerte eine Ewigkeit, bis der Arzt die abgestürzte Fliegerin erreichte. Dazu kam, daß das Netz unter Farrokhs Gewicht noch weiter durchhing, so daß er aussah wie ein unbeholfener Liebhaber, der sich auf einem weichen, in der Mitte einsackenden Bett an das Objekt seiner Lust heranpirscht.

Dann plötzlich fiel das Netz so steil ab, daß der korpulente Dr. Daruwalla das Gleichgewicht verlor und ungeschickt nach vorn fiel. Seine Finger stießen durch die Maschen im Netz, und da er seine Sandalen ausgezogen hatte, bevor er ins Netz geklettert war, versuchte er, auch die Zehen (wie Klauen) durch die Löcher zu stecken. Doch so sehr er sich auch bemühte, seinen Schwung abzubremsen (der jetzt endlich ein für das gelangweilte Publikum interessantes Tempo erreicht hatte): die Schwerkraft siegte. Dr. Daruwalla landete kopfüber auf Deepas Bauch, der in einem paillettenbestickten, enganliegenden Trikot steckte.

Ihr Hals und ihre Wirbelsäule waren unverletzt – der Doktor hatte die Verletzung von seinem Platz aus aufgrund der Art des Falls richtig diagnostiziert. Deepas Hüftgelenk war ausgerenkt, so daß es ihr ziemlich weh tat, als er auf ihren Unterleib fiel. Die rosafarbenen und knallroten Pailletten, die auf Deepas Bauch einen Stern bildeten, hinterließen Schrammen auf Farrokhs Stirn, und sein Nasenrücken wurde von ihrem Schambein abrupt abgebremst.

Unter grundsätzlich anderen Voraussetzungen hätte dieser Zusammenprall vielleicht prickelnd sein können, nicht jedoch für eine Frau mit ausgerenkter Hüfte (deren Kopf fest zwischen den Knien eines Zwergs klemmte). Dr. Daruwalla sollte diese Begegnung mit Deepas Schambein – ungeachtet ihrer Schmerzen und Schreie – für sich als einzigen »außerehelichen« sexuellen Kontakt verbuchen. Er würde ihn nie vergessen.

Da hatte man ihn aus dem Publikum geholt, um der Frau eines Zwergs in ihrer Not zu helfen. Und nun war er, vor den Augen der unbeeindruckten Menge, der verletzten Frau mit dem Gesicht in den Schritt geknallt. Was Wunder, daß er weder Deepa noch die gemischten Gefühle, die sie bei ihm hervorgerufen hatte, vergessen konnte.

Noch heute, nach all den Jahren, errötete Farrokh vor Verlegenheit und verspürte ein angenehmes Prickeln, wenn er an den erregenden, straffen Bauch der Trapezkünstlerin zurückdachte. Dort, wo seine Wange an der Innenseite ihres Schenkels gelegen hatte, vermeinte er noch immer ihre schweißnassen Strümpfe zu spüren. Die ganze Zeit hörte er Deepas Schmerzensschreie (während er sich ungeschickt bemühte, sich von ihr hinunterzuwälzen), und außerdem hörte er den Knorpel in seiner Nase knacken, denn Deepas Schambein war hart wie ein Knöchel oder Ellbogen. Und als er ihren gefährlichen Duft einatmete, glaubte er endlich den Geruch von Sex identifiziert zu haben, der ihm wie ein erdiges Gemisch aus Tod und Blumen vorkam.

Dort, in dem schwankenden Netz, machte ihm Vinod zum erstenmal Vorwürfe. »Das alles ist nur passiert, weil Sie unbedingt Zwergenblut wollen«, sagte der Zwerg.

Der Doktor sinnt über Lady Duckworths Brüste nach

In fünfzehn Jahren hatten die indischen Zollbehörden Dr. Daruwalla ganze zweimal aufgehalten, beide Male wegen der Einwegkanülen – ungefähr hundert an der Zahl. Beide Male mußte er den Unterschied erklären zwischen normalen Spritzen, mit denen Injektionen gegeben werden, und den sogenannten Vacutainern, mit denen Blut abgenommen wird. Im zweiten Fall sind weder die Glasröhrchen noch die Nadelaufsätze aus Plastik mit Kolben versehen. Der Doktor führte keine Spritzen mit, mit denen man Medikamente spritzte, sondern Vacutainer, mit denen man Blut abnahm.

»Und wem wird Blut abgenommen?« hatte der Zollbeamte gefragt.

Sogar diese Frage hatte sich leichter beantworten und erläutern lassen als das Problem, das sich ihm im Augenblick stellte.

Das augenblickliche Problem bestand darin, daß Dr. Daruwalla schlechte Nachrichten für den berühmten Schauspieler mit dem unwahrscheinlichen Namen Inspector Dhar hatte. Der Doktor, der sich gerne vor der Aufgabe gedrückt hätte, nahm sich vor, dem Filmstar die schlechte Nachricht an einem öffentlichen Ort mitzuteilen. Da Inspector Dhar für sein beherrschtes Auftreten in der Öffentlichkeit berühmt war, glaubte sich Farrokh darauf verlassen zu können, daß der Schauspieler Haltung bewahren würde. Nicht jedermann in Bombay hätte einen privaten Club als öffentlichen Ort betrachtet, aber nach Dr. Daruwallas Ansicht war dieser für die bevorstehende heikle Unterredung genau richtig: nicht zu privat und nicht zu öffentlich.

Als der Doktor an jenem Morgen im Duckworth Sports Club eintraf, fand er nichts dabei, als er über dem Golfplatz hoch am Himmel einen Geier erblickte. Er betrachtete den Todesvogel keineswegs als schlechtes Omen für die unliebsame Nachricht, die er zu überbringen hatte. Der Club befand sich in Mahalaxmi, unweit vom Malabar Hill, und jedermann in Bombay wußte, warum es die Geier nach Malabar Hill zog. Wenn ein Leichnam in die Türme des Schweigens gebracht wurde, konnten die Geier bis auf dreißig Meilen im Umkreis von Bombay die faulenden Überreste riechen.

Farrokh war mit den Bestattungsriten der Parsen, Doongarwadi genannt, vertraut. Die sogenannten Türme des Schweigens, die den Parsen als Begräbnisstätte dienen, sind sieben gewaltige Mauerringe auf dem Malabar Hill, in die sie die nackten Leiber ihrer Toten legen, um sie von den Aasfressern sauber abpicken zu lassen. Dr. Daruwalla, der selbst ein Parse war, stammte von persischen Anhängern der Lehre des Zarathustra ab, die im siebten und achten Jahrhundert nach Indien gekommen waren, um der Verfolgung durch die Muslime zu entgehen. Doch Farrokhs Vater war ein derart vehementer und erbitterter Atheist gewesen, daß sein Sohn den Glauben seiner Vorfahren nie praktiziert hatte. Farrokhs Übertritt zum Christentum hätte seinen gottlosen Vater ohne Zweifel umgebracht, wenn dieser nicht schon tot gewesen wäre; denn Dr. Daruwalla konvertierte erst mit knapp vierzig Jahren.

Da Dr. Daruwalla inzwischen Christ war, würden seine sterblichen Überreste niemals in die Türme des Schweigens gebracht werden; doch trotz des hitzigen Atheismus seines Vaters respektierte er die Bräuche der anderen Parsen und gläubigen Anhänger der zoroastrischen Lehre – und rechnete sogar damit, Geier zur Ridge Road und zurückfliegen zu sehen. Und so überraschte es ihn auch nicht, daß dieser eine Geier über dem Duckworth-Golfplatz es offensichtlich nicht eilig hatte, zu den Türmen des Schweigens zu gelangen. Dort war alles mit dichtem Pflanzengestrüpp bewachsen, und niemand, nicht einmal ein Parse, war auf dem Bestattungsgelände willkommen, es sei denn, er war tot.

Im allgemeinen war Dr. Daruwalla den Geiern wohlgesonnen. Die Kalksteinmauern trugen dazu bei, daß sich selbst größere Knochen rasch zersetzten, und die Teile der toten Parsen, die unbeschadet blieben, wurden in der Monsunzeit vom Regen fortgeschwemmt. Was die Entsorgung der Toten betraf, hatten die Parsen nach Ansicht des Doktors eine bewundernswerte Lösung gefunden.

Aber zurück zu den Lebenden. Dr. Daruwalla war an diesem Morgen, wie an den meisten Tagen, früh aufgestanden. Unter den ersten Operationen in der Klinik für Verkrüppelte Kinder, wo er nach wie vor unentgeltlich als chirurgischer Konsiliar arbeitete, waren ein Klumpfuß und ein Schiefhals. Die zweite Operation wird heutzutage nur selten durchgeführt – und gehörte auch nicht zu den Eingriffen, denen Farrokhs Hauptinteresse während seiner sporadischen orthopädischen Tätigkeit in Bombay galt. Er interessierte sich mehr für Knochen- und Gelenkinfektionen. In Indien treten solche Infektionen üblicherweise nach Verkehrsunfällen mit komplizierten Frakturen auf; die Fraktur ist der Luft ausgesetzt, weil die Haut verletzt ist, und fünf Wochen nach dem Unfall quillt Eiter aus einer Fistel (einem von faltiger Haut umgebenen Verbindungsgang zwischen infizierter Stelle und Oberhaut) in der Wunde. Solche Infektionen sind chronisch, weil der Knochen abgestorben ist und sich abgestorbener Knochen, Sequester genannt, wie ein Fremdkörper verhält. Deshalb wurde Farrokh von seinen Orthopädenkollegen in Bombay gern als »Sequester«-Daruwalla bezeichnet – ein paar, die ihn besonders gut kannten, nannten ihn auch »Zwergenblut«-Daruwalla. Aber Spaß beiseite, Knochen- und Gelenkentzündungen waren kein weiteres Hobby, sondern Farrokhs Spezialgebiet.

In Kanada kam es dem Doktor oft so vor, als bekäme er in seiner orthopädischen Praxis beinahe so viele Sportverletzungen zu sehen wie Geburtsschäden oder spastische Versteifungen. In Toronto war Dr. Daruwallas Spezialgebiet nach wie vor die Kinderorthopädie, aber viel dringender gebraucht – und daher lebendiger – fühlte er sich in Bombay. In Indien kamen die Orthopädiepatienten oft mit Taschentüchern um die Beine in die Klinik. Diese Taschentücher bedeckten Fistelgänge, aus denen kleine Mengen Eiter sickerten – jahrelang. Zudem nahmen in Bombay Patienten wie auch Chirurgen Amputationen und einfache, schnell angepaßte Prothesen eher in Kauf. In Toronto, wo Dr. Daruwalla für eine neue Technik im Bereich der Mikrogefäßchirurgie bekannt war, wären solche Behandlungsmethoden undenkbar gewesen.

In Indien war keine Heilung möglich, ohne daß der abgestorbene Knochen entfernt wurde, und da häufig zuviel abgestorbener Knochen entfernt werden mußte, wäre der Arm oder das Bein nicht mehr belastbar gewesen. In Kanada hingegen konnte Farrokh dank langfristiger, intravenös verabreichter Antibiotika den abgestorbenen Knochen entfernen und anschließend einen Muskel samt Blutversorgung in den infizierten Bereich einsetzen. Eingriffe dieser Art waren in Bombay nicht möglich – es sei denn, Dr. Daruwalla hätte ausschließlich sehr reiche Leute in Krankenhäusern wie Jaslok behandelt. In der Klinik für Verkrüppelte Kinder beschränkte sich der Doktor darauf, die Funktionsfähigkeit der Gliedmaßen so schnell wie möglich wiederherzustellen, was häufig auf eine Amputation und eine Prothese statt wirklicher Heilung hinauslief. Für Dr. Daruwalla war ein Fistelgang, aus dem Eiter sickerte, nicht das Schlimmste; in Indien ließ er den Eiter sickern.

Der Doktor war ein überzeugter Anglikaner, der die Katholiken mit Mißtrauen und Ehrfurcht zugleich betrachtete. Wie die meisten konvertierten Christen ließ sich Dr. Daruwalla vom Weihnachtstrubel anstecken, der in Bombay nicht mit so viel kommerziellem Pomp und penetranter Betriebsamkeit einhergeht wie in den christlichen Ländern. Dieses Jahr beging Dr. Daruwalla Weihnachten mit maßvoller Fröhlichkeit: Am Heiligabend hatte er eine katholische Messe besucht, am Weihnachtstag einen anglikanischen Gottesdienst. Er ging nur an Festtagen in die Kirche, aber auch das nicht regelmäßig. Sein doppelter Kirchgang war eine unerklärliche Überdosis, so daß sich seine Frau Sorgen um ihn machte.

Farrokhs Frau war Wienerin, mit Mädchennamen Julia Zilk – nicht verwandt mit dem Bürgermeister gleichen Namens. Das ehemalige Fräulein Zilk stammte aus einer vornehmen und einflußreichen katholischen Familie. Während der seltenen Aufenthalte der Daruwallas in Bombay hatten die Kinder Jesuitenschulen besucht; nicht etwa, weil sie katholisch erzogen wurden, sondern weil Farrokh die »familiären Verbindungen« zu diesen Schulen aufrechterhalten wollte, die nicht jedermann zugänglich waren. Dr. Daruwallas Kinder waren konfirmierte Anglikaner, die in Toronto auf eine anglikanische Schule gingen.

Doch obwohl Farrokh den protestantischen Glauben vorzog, lud er am zweiten Weihnachtsfeiertag lieber seine wenigen jesuitischen Bekannten ein, weil sie ungleich lebhaftere Gesprächspartner waren als die Anglikaner, die Dr. Daruwalla in Bombay kannte. Weihnachten war an sich eine fröhliche Zeit, in der der Doktor stets vor Wohlwollen überquoll. Zur Weihnachtszeit konnte er beinahe vergessen, daß die Begeisterung, mit der er vor zwanzig Jahren zum Christentum übergetreten war, allmählich abflaute.

Dr. Daruwalla dachte nicht weiter über den Geier über dem Golfplatz des Duckworth Club nach. Die einzige Wolke an seinem Horizont war die Frage, wie er Inspector Dhar die beunruhigende Neuigkeit beibringen sollte, die für den lieben Jungen keineswegs eine frohe Botschaft sein würde. Für ihn selbst war die Woche bis zu dieser unvorhersehbaren Hiobsbotschaft gar nicht so schlecht verlaufen.

Es war die Woche zwischen Weihnachten und Neujahr. In Bombay war es ungewöhnlich kühl und trocken. Die Zahl der aktiven Mitglieder des Duckworth Sports Club war bei sechstausend angekommen. Weil für neue Mitglieder eine Wartezeit von 22 Jahren bestand, war diese Mitgliederzahl nur langsam erreicht worden. An diesem Morgen fand eine Sitzung des Mitgliederausschusses statt, bei der der distinguierte Dr. Daruwalla den Ehrenvorsitz führte und in der darüber entschieden werden sollte, ob Mitglied Nummer sechstausend in besonderer Form von seinem außergewöhnlichen Status in Kenntnis gesetzt werden sollte. Die Vorschläge reichten von einer Ehrentafel im Billardzimmer (wo zwischen den Trophäen ansehnliche Lücken klafften) über einen kleinen Empfang im Ladies' Garden (wo die Bougainvilleenblüten von einer noch nicht diagnostizierten

Pflanzenkrankheit befallen waren) bis hin zu einer schlichten, maschinegeschriebenen Meldung, die neben der Liste der Vorläufig Ausgewählten Mitglieder ausgehängt werden sollte.

Farrokh hatte sich oft gegen die Überschrift dieser Liste gewehrt, die in der Eingangshalle des Duckworth Club in einem verschlossenen Glaskästchen hing. Er beklagte sich darüber, daß »vorläufig ausgewählt« nichts anderes bedeutete als »nominiert« – sie wurden nämlich keineswegs ausgewählt –, aber diese Bezeichnung war seit der Gründung des Clubs vor einhundertdreißig Jahren eben üblich. Neben der kurzen Namensliste hockte eine Spinne. Sie hockte schon so lange dort, daß sie vermutlich tot war – oder vielleicht strebte die Spinne ebenfalls die feste Mitgliedschaft an. Dieser Scherz stammte von Dr. Daruwalla, war aber schon so alt, daß das Gerücht ging, sämtliche sechstausend Mitglieder hätten ihn bereits weitererzählt.

Es war Vormittag, und die Ausschußmitglieder tranken im Kartenzimmer Thums Up Cola und Gold Spot Orangenlimonade, als Dr. Daruwalla vorschlug, die Angelegenheit fallenzulassen.

»Fallenlassen?« fragte Mr. Dua, der seit einem unvergeßlichen Tennisunfall auf einem Ohr taub war: Sein Partner im Doppel hatte einen Doppelfehler gemacht und den Schläger erbost von sich geschleudert. Bedauerlicherweise war er zu diesem Zeitpunkt erst »vorläufig ausgewählt«, und daß er seiner schlechten Laune so empörend freien Lauf ließ, bescherte seinem Streben nach fester Mitgliedschaft ein frühzeitiges Ende.

»Ich beantrage«, rief Dr. Daruwalla, »daß Mitglied Nummer sechstausend nicht besonders gefeiert wird!« Der Antrag wurde unterstützt und rasch verabschiedet; nicht einmal eine getippte Notiz würde das Ereignis verkünden. Dr. Sorabjee, ein Kollege von Farrokh in der Klinik für Verkrüppelte Kinder, meinte scherzhaft, diese Entscheidung gehöre zu den klügsten, die der Mitgliederausschuß je getroffen habe. In Wirklichkeit, so dachte

Dr. Daruwalla, wollte nur niemand riskieren, die Spinne aufzuscheuchen.

Die Ausschußmitglieder saßen schweigend im Kartenzimmer, zufrieden mit dem Ergebnis ihrer Beratung. Die Deckenventilatoren brachten die ordentlichen Kartenhäufchen, die genau plaziert auf den jeweiligen, straff mit grünem Filz bespannten Tischen lagen, nur geringfügig in Unordnung. Ein Kellner, der eine leere Thums-Up-Flasche vom Tisch der Ausschußmitglieder entfernte, rückte, bevor er den Raum verließ, ein leicht derangiertes Kartenspiel zurecht, obwohl nur die obersten zwei Karten leicht verschoben waren.

In diesem Augenblick betrat Mr. Bannerjee das Kartenzimmer, um nach seinem Golfpartner, Mr. Lal, Ausschau zu halten. Der alte Mr. Lal war noch nicht zu den gewohnten neun Löchern erschienen, und Mr. Bannerjee berichtete dem Ausschuß von dem amüsanten Ergebnis ihrer gestrigen Runde. Mr. Lal, der einen Schlag in Führung lag, hatte diesen Vorsprung durch einen spektakulären Schnitzer am neunten Loch eingebüßt; er hatte einen Chip weit über das Green hinaus in ein Dickicht kränkelnder Bougainvilleen geschlagen, in dem er dann kreuzunglücklich und ohne Erfolg herumdrosch.

Statt ins Clubhaus zurückzukehren, hatte Mr. Lal Mr. Bannerjee die Hand geschüttelt und war wutentbrannt zu den Bougainvilleen gestapft, wo ihn Mr. Bannerjee dann sich selbst überlassen hatte. Mr. Lal wollte unbedingt üben, wie er dieser Falle entrinnen konnte, falls er je wieder hineintappen sollte. Blütenblätter flogen umher, als Mr. Bannerjee sich von seinem Freund trennte. An diesem Abend bemerkte der Gärtner (der Ober*mali* höchstpersönlich) zu seinem Mißfallen den Schaden an den Zweigen und Blüten, doch der alte Mr. Lal gehörte zu den besonders ehrenwerten Clubmitgliedern – und wenn er darauf bestand zu trainieren, wie er wieder aus den Bougainvilleen herauskam, würde niemand die Stirn haben, ihn daran zu hindern.

Und nun kam Mr. Lal zu spät. Um Mr. Bannerjee zu beruhigen, meinte Dr. Daruwalla, sein Kontrahent würde sicher noch üben und er solle doch in den ruinierten Bougainvilleen nach ihm suchen.

So löste sich die Ausschußsitzung unter dem typischen, oberflächlichen Gelächter auf. Mr. Bannerjee suchte Mr. Lal im Umkleideraum der Herren; Dr. Sorabjee begab sich in die Klinik zu seiner Sprechstunde; Mr. Dua, über dessen Taubheit man sich nicht zu wundern brauchte, nachdem er früher ein lärmendes Autoreifengeschäft betrieben hatte, schlenderte ins Billardzimmer, um sich an ein paar unschuldigen Kugeln zu versuchen, deren Klacken er kaum hören würde. Die anderen Ausschußmitglieder blieben, wo sie waren, wandten sich den bereitliegenden Spielkarten zu oder machten es sich in den kühlen Ledersesseln in der Bibliothek bequem, wo sie ihr Kingfisher Lager oder ihr London Diätbier bestellten. Inzwischen war es später Vormittag, nach allgemeinem Dafürhalten jedoch noch zu früh für einen Gin Tonic oder einen Schuß Rum in die Cola.

Im Umkleideraum der Herren und in der Bar fanden sich jetzt die jüngeren Mitglieder und eigentlichen Sportler ein, die von ihrem Tennismatch oder vom Badminton oder Squash zurückkamen. Um diese Tageszeit tranken sie zumeist Tee. Die Spieler, die vom Golfplatz zurückkehrten, beschwerten sich lautstark über die unansehnlichen Blütenblätter, die es inzwischen zum neunten Loch hinübergeweht hatte. (Sie gingen irrtümlich davon aus, daß der Befall der Bougainvilleen noch unerfreulichere Ausmaße angenommen hatte.) Mr. Bannerjee erzählte seine Geschichte noch ein paarmal, und jedesmal schilderte er Mr. Lals Bemühungen, den Bougainvilleen Herr zu werden, als noch verwegener und noch destruktiver. Überall im Clubhaus und im Ankleideraum war man bester Stimmung. Mr. Bannerjee schien es nichts auszumachen, daß der Vormittag zu weit fortgeschritten war, um noch Golf zu spielen.

Das unerwartet kühle Wetter änderte nichts an den Gewohnheiten der Duckworthianer, die Golf und Tennis vor elf Uhr vormittags oder nach vier Uhr nachmittags zu spielen pflegten. Während der Mittagsstunden tranken die Clubmitglieder etwas, nahmen einen Lunch zu sich oder saßen einfach nur unter den Deckenventilatoren oder im tiefen Schatten des Ladies' Garden, der nie ausschließlich von Damen genutzt (und auch nicht übermäßig von ihnen frequentiert) wurde – heutzutage jedenfalls nicht mehr. Doch den Namen des Gartens hatte man seit den Zeiten der *purdah* unverändert beibehalten, als bei einigen Muslimen und Hindus die Frauen noch in völliger Abgeschiedenheit lebten, um nicht den Blicken der Männer oder fremder Leute ausgesetzt zu sein. Farrokh fand das eigenartig, denn die Gründungsmitglieder des Duckworth Sports Club waren Briten gewesen, die hier nach wie vor willkommen waren und sogar einen kleinen Anteil der Mitglieder stellten. Soweit Dr. Daruwalla wußte, war es bei den Briten nie üblich gewesen, daß sich die Frauen separierten. Die Gründer hatten einen Club im Sinn gehabt, der jedem Bürger von Bombay offenstand, vorausgesetzt, er hatte sich als führende Persönlichkeit des öffentlichen Lebens hervorgetan. Wie Farrokh und die anderen Mitglieder des Ausschusses bestätigt hätten, ließ sich über die Definition von »führende Persönlichkeit des öffentlichen Lebens« eine ganze Regenzeit lang – und länger – diskutieren.

Traditionellerweise war der Vorsitzende des Duckworth Club der Gouverneur von Maharashtra. Lord Duckworth, nach dem der Club benannt worden war, hatte es allerdings nie zum Gouverneur gebracht. Lord D. (wie er genannt wurde) hatte dieses Amt lange angestrebt, doch wegen der berühmt-berüchtigten Auftritte seiner Frau nicht erreicht. Lady Duckworth war mit Exhibitionismus im allgemeinen geschlagen und dem unwiderstehlichen Bedürfnis, ihre Brüste zu entblößen, im besonderen. Obwohl diese Unsitte Lord und Lady Duckworth die Zuneigung vieler Clubmitglieder eintrug, war sie mit einem Regierungsamt einfach nicht zu vereinbaren.

Dr. Daruwalla stand in dem kühlen, leeren Tanzsaal, wo er wieder einmal die unzähligen prachtvollen Trophäen und die faszinierenden alten Fotografien verblichener Mitglieder betrachtete. Farrokh genoß es, seinen Vater und seinen Großvater und die zahllosen uralten Herren, die zu ihren Freunden gezählt hatten, in diesem Rahmen zu betrachten. Er bildete sich ein, sich an jeden Menschen erinnern zu können, der ihm hier je die Hand auf die Schulter oder auf den Kopf gelegt hatte. Dr. Daruwallas Vertrautheit mit diesen Fotografien täuschte über die Tatsache hinweg, daß er nur wenige seiner neunundfünfzig Lebensjahre in Indien verbracht hatte. Wenn er zu Besuch nach Bombay kam, reagierte er empfindlich auf alles und alle, die ihn daran erinnerten, wie wenig er das Land, in dem er geboren war, kannte und verstand. Je mehr Zeit er im sicheren Hort des Duckworth Club verbrachte, um so besser konnte er sich die Illusion bewahren, daß er sich in Indien wohl fühlte.

Daheim in Toronto, wo er die meiste Zeit seines Erwachsenenlebens verbracht hatte, stand der Doktor vor allem bei Indern, die nie in Indien gewesen waren oder nie dorthin zurückkehren würden, in dem Ruf, ein echter »alter Indien-Hase« zu sein; man fand ihn sogar ziemlich tapfer. Schließlich kehrte er alle paar Jahre in das Land seiner Herkunft zurück. Und dort arbeitete er als Arzt – unter Umständen, die man sich als primitiv vorstellte, in einem Land, das bis zur Grenze der Klaustrophobie überbevölkert war. Wo blieben da die Annehmlichkeiten, die es mit dem kanadischen Lebensstandard hätten aufnehmen können?

In Indien gab es doch Wasserknappheit und Brotstreiks, und Öl und Reis wurden rationiert, ganz zu schweigen von der völlig unterschiedlichen Zubereitung der Speisen und diesen komischen Gasflaschen, die natürlich immer mitten in der Dinner-party leer wurden. Und man hörte ja auch häufig von der lau-sigen Bauweise der Häuser – abbröckelnder Putz und der-gleichen. Aber Dr. Daruwalla kehrte nur selten während der Monsunmonate nach Indien zurück, die in Bombay die »primi-tivsten« waren. Außerdem neigte Farrokh gegenüber seinen Mitbürgern in Toronto dazu, die Tatsache, daß er nie lange in Indien blieb, herunterzuspielen.

In Toronto schilderte der Doktor seine Kindheit (in Bom-bay) sowohl farbenfroher als auch typischer indisch, als sie in Wirklichkeit gewesen war. Er hatte als Junge die (von Jesuiten geführte) St. Ignatius-Schule in Mazgaon besucht und in seiner Freizeit die Vorzüge organisierter Sport- und Tanzveranstaltun-gen im Duckworth Club genossen. Zum Studium schickten ihn seine Eltern nach Österreich. Selbst die acht Jahre in Wien, wo er Medizin studierte, verliefen zahm und unter Aufsicht – er wohnte die ganze Zeit bei seinem älteren Bruder.

Doch im Tanzsaal des Duckworth Club, in der hehren Um-gebung dieser Porträts verblichener Mitglieder, konnte sich Dr. Daruwalla vorübergehend einbilden, daß er wirklich von ir-gendwoher kam und irgendwo hingehörte. Mit zunehmendem Alter – er war jetzt fast sechzig – sah er (freilich nur im stillen) ein, daß er in Toronto oft indischer auftrat, als er in Wirklich-keit war. Er konnte von einer Sekunde auf die andere einen Hindi-Akzent annehmen oder ihn ablegen, je nachdem, mit wem er es zu tun hatte. Nur ein anderer Parse hätte gemerkt, daß Englisch die eigentliche Muttersprache des Doktors war und er sein Hindi in der Schule gelernt hatte. Umgekehrt wurde sich Farrokh in Indien schamvoll bewußt, wie betont euro-päisch oder nordamerikanisch er sich hier gab. In Bombay verschwand sein Hindi-Akzent, und wer ihn englisch sprechen hörte, mußte annehmen, daß er sich in Kanada vollständig assi-miliert hatte. In Wirklichkeit fühlte sich Dr. Daruwalla nur inmitten der alten Fotografien im Tanzsaal des Duckworth Club zu Hause.

Die Geschichte von Lady Duckworth kannte Dr. Daruwalla nur vom Hörensagen. Auf den beeindruckenden Fotos, die es von ihr gab, waren ihre Brüste angemessen, wenn auch etwas spärlich bedeckt. In der Tat zeigten die Bilder von Lady Duckworth einen hohen, ansehnlichen Busen, selbst als die Dame schon in recht fortgeschrittenem Alter war; und ihre Entblößungsmanie soll mit den Jahren sogar noch zugenommen haben. Angeblich waren ihre Brüste auch noch jenseits der Siebzig durchaus wohlgestaltet (und wert, enthüllt zu werden).

Mit fünfundsiebzig hatte sie sich auf der kreisrunden Auffahrt zum Club vor einer Schar junger Leute entblößt, die zum Ball der Söhne und Töchter von Mitgliedern kamen. Die Folge dieses Vorfalls war eine Massenkarambolage, die angeblich dazu führte, daß die Betonschwellen entlang der Zufahrt erhöht wurden. Nach Farrokhs Ansicht hielt man sich im Duckworth Club beharrlich an das Tempo, das die Schilder an beiden Enden der Auffahrt vorschrieben: GANZ LANGSAM! Doch das war Dr. Daruwalla eigentlich ganz recht; er empfand die Vorschrift, GANZ LANGSAM zu fahren, keineswegs als Zumutung, bedauerte es allerdings, daß es ihm nicht vergönnt gewesen war, wenigstens einen Blick auf Lady Duckworths längst verblichene Brüste zu werfen. Zu ihrer Zeit hatte sich der Club sicher nicht so langsam bewegt.

Dr. Daruwalla stieß, wie sicher schon hundertmal, einen lauten Seufzer im leeren Tanzsaal aus und sagte leise zu sich selbst: »Das waren die guten alten Zeiten.« Aber es war nur ein Scherz; er meinte es nicht ernst. Diese »guten alten Zeiten« waren für ihn ebenso unergründlich wie Kanada – seine kalte Wahlheimat – oder Indien, wo er nur so tat, als würde er sich wohlfühlen. Außerdem sprach oder seufzte Farrokh nie so laut, daß ihn jemand hörte.

Er stand in dem weitläufigen, kühlen Saal und horchte: Er hörte die Kellner und Hilfskellner im Speisesaal, die die Tische für den Lunch deckten; er hörte das Klacken und Anschlagen der Billardkugeln und das entschiedene, gebieterische Klatschen der Spielkarten, die an einem der Tische aufgedeckt wurden. Es war bereits nach elf Uhr, zwei Unermüdliche spielten noch immer Tennis; dem weichen, gemächlichen Ploppen des Balls nach zu schließen, war es kein sonderlich schwungvolles Match.

Das Gefährt, das die Zufahrtsstraße entlangraste und mit Hingabe über jede Bremsschwelle ratterte, gehörte ohne Zweifel dem Obergärtner, denn es folgte das dröhnende Klappern von Hacken und Rechen und Spaten, und dann ein unverständlicher Fluch – der Ober*mali* war ein Schwachkopf.

Eine Fotografie mochte Farrokh besonders gern. Er betrachtete sie aufmerksam und schloß dann die Augen, um sich das Bild deutlicher einzuprägen. Lord Duckworths Gesichtsausdruck verriet ein großes Maß an Nächstenliebe, Toleranz und Geduld, und doch lag in seinem geistesabwesenden Blick so etwas wie Bestürzung, als hätte er gerade erst seine eigene Nutzlosigkeit erkannt und akzeptiert. Obwohl Lord Duckworth breite Schultern und einen mächtigen Brustkorb hatte und entschlossen ein Schwert in der Hand hielt, verrieten die nach unten gezogenen Augenwinkel und die herabhängenden Schnurrbartenden die Resignation eines freundlichen Dummkopfs. Er war andauernd fast Gouverneur von Maharashtra, aber eben nie wirklich. Und die Hand, die er um Lady Duckworths mädchenhafte Taille gelegt hatte, berührte sie deutlich ohne Gewicht und hielt sie ohne Kraft – sofern sie sie überhaupt hielt.

Lord D. beging am Silvesterabend Selbstmord, genau zu Beginn des Jahrhunderts. Lady Duckworth entblößte ihre Brüste noch viele Jahre lang, aber man war sich einig, daß sie sich als

Witwe zwar häufiger entblößte, aber nur halbherzig. Ein paar Zyniker meinten, daß Lady D., hätte sie weitergelebt und Indien noch länger ihre Reize gezeigt, womöglich die Unabhängigkeit vereitelt hätte.

Auf dem Foto, das Dr. Daruwalla so gern mochte, zeigte Lady Duckworths Kinn nach unten, und ihre Augen blickten spitzbübisch nach oben, als wäre sie gerade dabei ertappt worden, wie sie in ihr eigenes hinreißendes Dekolleté spitzt, und hätte sofort weggeschaut. Ihr Busen war ein breiter, kräftiger Sims, auf dem ihr hübsches Gesicht ruhte. Selbst wenn diese Frau vollständig bekleidet war, hatte sie etwas Ungehemmtes an sich. Ihre Arme hingen neben dem Körper herunter, aber die Finger waren weit gespreizt – die Handflächen der Kamera zugewandt wie für eine Kreuzigung –, und eine ungebärdige Strähne ihres angeblich blonden Haares, das ansonsten hoch über ihrem graziösen Hals festgesteckt war, hatte sich gelöst und wand sich, schlangengleich und kringelig wie bei einem Kind, um ein absolut vollkommenes, kleines Ohr.

In späteren Jahren wurde Lady Duckworths blondes Haar grau, ohne seine dichte Fülle oder seinen intensiven Glanz einzubüßen; ihre Brüste, obwohl so häufig und ausgiebig entblößt, hingen nie nach unten. Dr. Daruwalla war glücklich verheiratet. Trotzdem hätte er – sogar seiner lieben Frau gegenüber – zugeben, daß er in Lady Duckworth verliebt war; er hatte sich schon als Kind in ihre Fotografien und in ihre Geschichte verliebt.

Aber manchmal stimmte es den Doktor auch traurig, wenn er zuviel Zeit im Tanzsaal verbrachte und sich die Fotografien der ehemaligen Clubmitglieder ansah. Die meisten waren inzwischen gestorben. Sie waren, wie die Zirkusleute von ihren Toten sagen, ohne Netz abgestürzt. Wenn sie von den Lebenden sprachen, kehrten sie den Ausdruck um. Sooft sich Dr. Daruwalla nach Vinods Gesundheit erkundigte – er versäumte auch nie nachzufragen, wie es der Frau des Zwergs ging –, antwortete Vinod stets: »Wir fallen noch immer ins Netz.«

Von Lady Duckworths Brüsten hätte Farrokh – zumindest aufgrund der Fotos – behauptet, daß sie noch immer ins Netz fielen. Vielleicht waren sie ja unsterblich.

Mr. Lal hat das Netz verfehlt

Und dann plötzlich riß ein kleiner und scheinbar unbedeutender Vorfall Dr. Daruwalla aus seinem verzückten Nachsinnen über Lady Duckworths Busen. Der Doktor müßte schon einen Zugang zu seinem Unterbewußtsein haben, wollte er sich später daran erinnern, denn es handelte sich lediglich um eine winzige Turbulenz im Speisesaal, die seine Aufmerksamkeit erregte. Eine Krähe, die etwas Glänzendes im Schnabel hielt, war durch die offene Verandatür hereingeschwirrt und verwegen auf dem breiten, ruderblattähnlichen Flügel eines Deckenventilators gelandet. Zwar brachte sie das Ding in eine bedenkliche Schieflage, aber sie drehte Runde um Runde auf dem Flügel und kleckerte dabei gleichmäßig im Kreis – auf den Boden, auf einen Teil des Tischtuchs und auf einen Teller Salat, haarscharf neben die Gabel. Ein Kellner wedelte mit seiner Serviette, und die Krähe flog auf, entwischte mit heiserem Krächzen durch die Verandatür und schwang sich über dem Golfplatz, der glänzend in der Mittagssonne lag, in den Himmel. Was immer sie im Schnabel gehabt hatte, war verschwunden, verschluckt vielleicht. Erst stürzten die Kellner und Hilfskellner herbei, um das beschmutzte Tischtuch und das Gedeck auszuwechseln, obwohl es ohnehin noch zu früh für den Lunch war; dann wurde ein Hausdiener gerufen, um den Boden aufzuwischen.

Da Dr. Daruwalla am frühen Morgen operierte, aß er eher zu Mittag als die meisten Duckworthianer. Er hatte sich mit Inspector Dhar für halb eins zum Lunch verabredet. Der Doktor schlenderte in den Ladies' Garden, wo er eine Lücke in der dicht zugewachsenen Laube entdeckte, die den Blick auf ein Stück Himmel über dem Golfplatz freigab; dort machte er es sich in einem rosafarbenen Korbstuhl bequem. Als er sich hinsetzte, wurde ihm offenbar sein kleiner Schmerbauch bewußt, denn er bestellte sich ein London Diätbier, obwohl er eigentlich Lust auf ein Kingfisher Lager hatte.

Zu seiner Überraschung sah Dr. Daruwalla abermals einen Geier (möglicherweise denselben) über dem Golfplatz; nur flog er diesmal in geringerer Höhe, als befände er sich nicht auf dem Weg zu den Türmen des Schweigens oder käme von dort, sondern als wollte er landen. Da der Doktor wußte, wie vehement die Parsen ihre Bestattungsrituale verteidigten, belustigte ihn der Gedanke, daß sie womöglich alles, was irgendeinen Geier irgendwie ablenken könnte, als Kränkung empfanden. Vielleicht war ein Pferd auf der Rennbahn von Mahalaxmi tot umgefallen, vielleicht hatte in Tardeo jemand einen Hund getötet, oder bei Hadschi Alis Grabmal war eine Leiche angespült worden. Wie auch immer, dieser Geier vernachlässigte jedenfalls seine heilige Pflicht in den Türmen des Schweigens.

Dr. Daruwalla blickte auf die Uhr. Er erwartete seinen Freund jeden Augenblick zum Lunch; er nippte an seinem London Diätbier und versuchte sich einzubilden, es sei ein Kingfisher Lager; und er stellte sich vor, daß er wieder schlank war. (Dabei war er nie wirklich schlank gewesen.) Während der Doktor den Geier beobachtete, der in präzisen Spiralen zur Landung ansetzte, gesellte sich ein zweiter Geier dazu, und dann noch einer, so daß Dr. Daruwalla unwillkürlich ein Schauder über den Rücken lief. Er vergaß völlig, sich seelisch darauf vorzubereiten, daß er Inspector Dhar eine schlechte Nachricht überbringen mußte. So fasziniert betrachtete er den Vogel, daß er gar nicht mitbekam, wie sein gutaussehender jüngerer Freund mit der für ihn typischen unheimlichen Lautlosigkeit und Eleganz auftauchte.

Dhar legte Dr. Daruwalla die Hand auf die Schulter und sagte: »Da draußen liegt ein Toter, Farrokh. Wer ist das?« Dies bewog einen neuen Kellner – denselben, der die Krähe vom Ventilator verjagt hatte –, eine Suppenterrine samt Schöpfkelle fallen zu lassen. Der Kellner hatte Inspector Dhar natürlich erkannt; der Schock rührte daher, daß er den Filmstar ohne den leisesten Hindi-Akzent hatte sprechen hören. Das scheppernde Klirren rief Mr. Bannerjee auf den Plan.

»Die Geier landen auf dem neunten Green!« rief er, während er auf Dr. Daruwalla und Inspector Dhar zustürzte und beide am Arm packte. »Ich glaube, es ist der arme Mr. Lal! Er muß in den Bougainvilleensträuchern *gestorben* sein!«

Dr. Daruwalla flüsterte Dhar etwas zu. Der verzog keine Miene, als Farrokh sagte: »Das fällt in Ihr Fach, Inspector.« Wieder so ein Scherz, der für den Doktor typisch war. Trotzdem ging Dhar, ohne zu zögern, voraus über den Fairway. Bald war ein Dutzend dieser zähen Vögel zu sehen, die in ihrer wenig einnehmenden Art umherflatterten und -hopsten und das neunte Green beschmutzten. Sie reckten ihre langen Hälse in die Luft und tauchten dann damit in die Bougainvilleen ein; ihre höckrigen Schnäbel waren mit hellrotem Blut besprizt.

Mr. Bannerjee weigerte sich, das Green zu betreten, und Dr. Daruwalla war erstaunt über den Verwesungsgeruch, der von den Geiern ausging; überwältigt blieb er kurz vor der Fahne des neunten Lochs stehen. Doch Inspector Dhar marschierte zwischen den stinkenden Vögeln hindurch und geradewegs in die Bougainvilleen hinein. Die Geier ringsum flogen auf und davon. Mein Gott, dachte Farrokh, er benimmt sich wie ein echter Polizeiinspektor – dabei ist er nur ein Schauspieler, aber das ist ihm gar nicht klar!

Der Kellner, der die Krähe vom Deckenventilator verjagt

und, weniger erfolgreich, mit Suppenterrine und Schöpflöffel gerungen hatte, folgte den aufgeregten Duckworthianern ein Stück weit auf den Golfplatz, kehrte jedoch in den Speisesaal zurück, als er sah, wie Inspector Dhar die Geier aufscheuchte. Der Kellner gehörte zu den zahlreichen Inspector-Dhar-Fans, die alle seine Filme gesehen hatten (einige sogar ein halbes dutzendmal), weshalb man getrost behaupten durfte, daß er eine Vorliebe für primitive Gewalt und brutales Blutvergießen hatte; ganz zu schweigen davon, daß er fasziniert war von Bombays vulgärstem Ambiente – dem allerschäbigsten, miesesten Abschaum der Stadt, der in allen Inspector-Dhar-Filmen ausgeschlachtet wurde. Doch als der Kellner die Schar Geier erblickte, die der berühmte Schauspieler in die Flucht geschlagen hatte, brachte ihn die Erkenntnis, daß sich in der Nähe des neunten Lochs eine echte Leiche befand, gründlich aus der Fassung. Er schlich in den Club zurück, wo er von dem ältlichen Butler, Mr. Sethna, der seinen Job Farrokhs verstorbenem Vater verdankte, mit mißbilligendem Blick empfangen wurde.

»Diesmal hat Inspector Dhar eine echte Leiche gefunden!« sagte der Kellner zu dem alten Butler.

Mr. Sethna entgegnete: »Sie sind heute für den Ladies' Garden eingeteilt. Bleiben Sie gefälligst auf Ihrem Posten!«

Der alte Mr. Sethna mißbilligte die Inspector-Dhar-Filme. Er war ein Mensch, der grundsätzlich sehr vieles mißbilligte – eine Eigenschaft, die seine Stellung im Duckworth Club noch weiter festigte, wo er sich stets so verhielt, als sei er mit den Vollmachten des Clubsekretärs ausgestattet. Mr. Sethna mit seinem mißbilligenden Stirnrunzeln herrschte schon länger über den Speisesaal und den Ladies' Garden, als Inspector Dhar Mitglied im Club war – obwohl Mr. Sethna nicht immer den Duckworthianern als Butler gedient hatte. Zuvor war er Butler im Ripon Club gewesen, einem Club, dem nur Parsen angehören und der nicht durch die Ausübung irgendeines Sports besudelt wird. Im

Ripon Club widmete man sich ausschließlich gutem Essen und guten Gesprächen – und damit basta. Dr. Daruwalla war auch dort Mitglied. Beide Clubs zusammen wurden seinem vielseitigen Naturell gerecht: Da er gleichzeitig Parse *und* Christ war, Bürger von Bombay *und* Bürger von Toronto, orthopädischer Chirurg *und* Sammler von Zwergenblut, hätte ein einziger Club ihn nie zufriedenstellen können.

Was Mr. Sethna betraf, der aus einer Parsenfamilie ohne altes Vermögen stammte, so hatte ihm der Ripon Club eher zugesagt als der Duckworth Club. Doch Umstände, bei denen sich sein höchst mißbilligender Charakter Bahn brach, hatten zu seiner Entlassung geführt. Dank dieses »höchst mißbilligenden Charakters« hatte Mr. Sethna bereits sein keineswegs altes Vermögen eingebüßt, was keineswegs so einfach gewesen war. Dieses Geld stammte aus der Kolonialzeit, es war britisches Geld, das Mr. Sethna jedoch derart mißbilligte, daß er es fuchsschlau und vorsätzlich durchbrachte. Er hatte mehr als ein durchschnittliches Menschenalter auf der Rennbahn von Mahalaxmi zugebracht, doch aus diesen Wett-Zeiten war ihm nur die Erinnerung an das Getrappel der Pferdehufe geblieben, das er mit seinen langen Fingern gekonnt auf dem silbernen Serviertablett nachtrommelte.

Mr. Sethna war entfernt mit den Guzdars verwandt, einer alt-ehrwürdigen und vermögenden Parsenfamilie, die Schiffe für die britische Marine gebaut und sich ihren Reichtum erhalten hatte. Leider ergab es sich, daß ein junges Clubmitglied Mr. Sethnas empfindliche Gefühle für seine weitläufige Familie verletzte; der gestrenge Butler hatte eine kompromittierende Bemerkung über die Tugendhaftigkeit einer jungen Dame aus der Familie Guzdar aufgeschnappt. In ihrem derben Sinn für Humor ließen sich diese jungen, nichtreligiösen Parsen auch zu einer kompromittierenden Bemerkung über die kosmische Verflechtung von Spenta Mainyu (dem Geist Gottes bei Zarathustra) und Angra

Mainyu (dem Geist des Bösen) hinreißen und fügten hinzu, bei Mr. Sethnas entfernter Cousine habe wohl der Geist des Sexus ihre Gunst errungen.

Der junge Stutzer, der dieses verbale Unheil anrichtete, trug eine Perücke – eine Eitelkeit, die Mr. Sethna ebenfalls mißbilligte. Und deshalb goß er dem Gentleman heißen Tee auf den Scheitel, so daß dieser aufsprang und sich in Anwesenheit seiner erstaunten Tischgenossen buchstäblich die Haare vom Kopf riß.

Obwohl viele Clubmitglieder – alter Geldadel und Neureiche – Mr. Sethnas Tat für höchst ehrenwert hielten, empfanden sie ein derartiges Verhalten bei einem Butler als ungebührlich. »Gewalttätiger Angriff mittels heißen Tees« lautete denn auch die Begründung für Mr. Sethnas Entlassung. Doch bekam der Butler von Dr. Daruwallas Vater, in dessen Augen der Vorfall eine Heldentat war, die denkbar besten Empfehlungen, dank derer er umgehend vom Duckworth Club eingestellt wurde. Die verunglimpfte junge Dame war über jeden Tadel erhaben; Mr. Sethna hatte ihre in Zweifel gezogene Tugendhaftigkeit also völlig zu Recht verteidigt. Der Butler war ein so fanatischer Anhänger der Lehre Zarathustras, daß Farrokhs Vater mit seiner Vorliebe für überspitzte Formulierungen behauptet hatte, Mr. Sethna sei ein Parse, der ganz Persien auf seinen Schultern trage.

Auf jeden, der unter Mr. Sethnas mißbilligendem Stirnrunzeln im Speisesaal des Duckworth Club oder im Ladies' Garden zu leiden hatte, machte der Butler den Eindruck, als würde er gern jedermann heißen Tee über den Kopf gießen. Er war groß und extrem hager, als mißbillige er prinzipiell jede Nahrungsaufnahme, und seine hochmütige Hakennase sah aus, als mißbillige er auch den Geruch von allem und jedem. Zudem war der alte Butler so hellhäutig – die meisten Parsen sind hellhäutiger als die meisten anderen Inder –, daß man ihm auch Mißbilligung aus rassischen Gründen unterstellte.

Im Augenblick galt seine Mißbilligung dem Durcheinander

auf dem Golfplatz. Seine Lippen waren dünn und verkniffen, und er hatte das schmale, vorspringende Kinn einer Ziege mit dem entsprechenden Bartbüschel. Er mißbilligte jeglichen Sport und machte keinerlei Hehl aus seiner Abneigung gegen die Vermischung von sportlicher Betätigung und würdevolleren Beschäftigungen wie kultiviertem Essen und scharfsinnigen Diskussionen.

Jetzt herrschte heller Aufruhr auf dem Golfplatz. Männer rannten halbnackt aus dem Umkleideraum – als hätten sie in ihrer Sportbekleidung (wenn sie komplett angezogen waren) nicht schon abscheulich genug ausgesehen, dachte Mr. Sethna. Als Parse hielt Mr. Sethna die Gerechtigkeit sehr hoch, und er fand es geradezu unmoralisch, wenn sich etwas so Ernstes und Endgültiges wie ein Todesfall an einem so irritierend trivialen Ort wie einem Golfplatz ereignete. Als gläubiger Mensch, dessen nackter Körper eines nicht mehr fernen Tages in den Türmen des Schweigens liegen würde, empfand der alte Butler die Anwesenheit so vieler Geier als zutiefst bewegend. Er zog es daher vor, sie zu ignorieren und seine Aufmerksamkeit – und seine Verachtung – dem menschlichen Getümmel zuzuwenden. Jemand hatte den schwachsinnigen Obergärtner herbeigerufen, der jetzt mit seinem ratternden Gefährt hirnlos über den Golfplatz fuhr und dabei das Gras ausrupfte, das die Hilfsgärtner erst kürzlich mit der Walze geglättet hatten.

Da sich Inspector Dhar tief im Bougainvilleengesträuch befand, konnte Mr. Sethna ihn zwar nicht sehen, zweifelte aber nicht daran, daß der vulgäre Filmstar irgendwo mitten in diesem Schlamassel steckte. Bei dem bloßen Gedanken an Inspector Dhar seufzte Mr. Sethna mißbilligend.

Da ertönte das helle Klingen einer Gabel an einem Wasserglas – eine unfeine Art, den Kellner zu rufen, wie Mr. Sethna fand. Als er sich dem Anstoß erregenden Tisch zuwandte, stellte er fest, daß nicht etwa der Kellner, sondern er selbst von der neuen Mrs. Dogar herbeizitiert wurde. Je nachdem, ob man mit ihr redete oder hinter ihrem Rücken über sie sprach, hieß sie die schöne Mrs. Dogar oder die zweite Mrs. Dogar. Mr. Sethna fand sie nicht besonders schön, und daß er zweite Ehen mißbilligte, verstand sich von selbst.

Außerdem war man sich (unter den Clubmitgliedern) einig, daß Mrs. Dogars Schönheit eher grobschlächtiger Art und zudem im Laufe der Jahre verblichen war. Keine noch so großen Geldmengen aus Mr. Dogars Tasche vermochten den schauerlichen Geschmack seiner neuen Frau zu verbessern. Kein noch so durchtrainierter Körper – ein Ziel, dem die zweite Mrs. Dogar angeblich im Übermaß huldigte – konnte selbst einen oberflächlichen Betrachter darüber hinwegtäuschen, daß sie mindestens zweiundvierzig war. Mr. Sethnas kritischer Blick sagte ihm, daß sie bereits auf die Fünfzig zuging (wenn nicht darüber hinaus); zudem war sie seiner Ansicht nach viel zu groß. Und so manch golfbegeisterter Duckworthianer nahm Anstoß an ihrer unverhohlenen, unsensiblen Meinung, Golf zu spielen sei für jemanden, der sich gesund erhalten wolle, eine unzureichende körperliche Betätigung.

An diesem Tag speiste Mrs. Dogar allein – eine Angewohnheit, die Mr. Sethna ebenfalls mißbilligte. Er fand, daß es Frauen in einem anständigen Club nicht gestattet sein dürfte, allein zu speisen. Die Ehe war noch so jung, daß Mr. Dogar seiner Frau beim Lunch häufig Gesellschaft leistete; und doch schon wieder so alt, daß er sich die Freiheit nahm, solche Verabredungen zum Essen abzusagen, falls ihm irgend etwas Wichtigeres dazwischenkam. Und in jüngster Zeit hatte er sich angewöhnt, in letzter Minute abzusagen, so daß seiner Frau keine Zeit blieb umzudisponieren. Mr. Sethna hatte beobachtet, daß die neue Mrs. Dogar ziemlich unruhig und ärgerlich wurde, wenn ihr Mann sie versetzte.

Andererseits hatte der Butler bei den gemeinsamen Mahlzeiten auch eine gewisse Spannung zwischen den Jungvermählten beobachtet. Mrs. Dogar neigte dazu, ihrem Mann gegenüber, der erheblich älter war als sie, einen scharfen Ton anzuschlagen. Für Mr. Sethna war klar, daß mit einer solchen Strafe zu rechnen gewesen war, da er es mißbilligte, wenn Männer jüngere Frauen heirateten. Jetzt allerdings hielt der Butler es für das beste, diesem Frauenzimmer zur Verfügung zu stehen, um zu verhindern, daß sie ihr Wasserglas beim nächsten Schlag mit der Gabel zerbrach. Die Gabel übrigens wirkte in ihrer großen, sehnigen Hand erstaunlich zierlich.

»Mein lieber Mr. Sethna«, begann die zweite Mrs. Dogar.

Mr. Sethna entgegnete: »Womit kann ich der schönen Mrs. Dogar dienen?«

»Sie können mir sagen, was dieser ganze Wirbel zu bedeuten hat«, antwortete Mrs. Dogar.

Mr. Sethna sprach so bedächtig, als würde er heißen Tee einschenken. »Es ist ganz gewiß nichts, worüber Sie sich aufregen müßten«, sagte der alte Parse. »Lediglich ein toter Golfspieler.«

2

Die beunruhigende Nachricht

Sie tingeln noch immer

Vor dreißig Jahren gab es in Indien über fünfzig Zirkusse von einigem Rang; heute sind es höchstens noch fünfzehn, die etwas taugen. Viele von ihnen heißen der Great Sowieso. Zu denen, die Dr. Daruwalla am liebsten mochte, gehörten der Great Bombay, der Jumbo, der Great Golden, der Gemini, der Great Rayman, der Famous, der Great Oriental und der Raj Kamal; am allerliebsten jedoch mochte Farrokh den Great Royal Circus. Vor der Unabhängigkeit hieß er schlicht der Royal, 1947 wurde daraus der Great Royal. Anfangs bestand er nur aus einem Zelt mit zwei Masten, 1947 kamen zwei weitere hinzu. Doch eigentlich war es der Zirkusbesitzer, der Farrokh so nachhaltig beeindruckte. Da Pratap Walawalkar ein so weitgereister Mann war, erschien er Dr. Daruwalla kultivierter als alle anderen Zirkusbesitzer. Aber vielleicht rührte Farrokhs Zuneigung zu Pratap Walawalkar auch einfach daher, daß dieser den Doktor nie wegen seiner Versessenheit auf Zwergenblut hänselte.

In den sechziger Jahren reiste der Great Royal in der halben Welt umher. In Ägypten gingen die Geschäfte schlecht, im Iran hervorragend; gut lief es auch in Beirut und Singapur, berichtete Pratap Walawalkar – und von allen Ländern, die der Zirkus bereist hatte, war Bali das schönste. Inzwischen war das Reisen zu teuer geworden. Mit seinem halben Dutzend Elefanten und zwei Dutzend Raubkatzen, außerdem einem Dutzend Pferden und knapp einem Dutzend Schimpansen bewegte sich der Great Royal selten über die Grenzen von Maharashtra und Gujarat hinaus. Dazu kamen noch unzählige Kakadus und Papageien und Dutzende von Hunden (ganz zu schweigen von den einhundertfünfzig Menschen, darunter ein knappes Dutzend Zwerge), so daß der Great Royal Indien inzwischen nicht mehr verließ.

Dies ist die wahre Geschichte von einem echten Zirkus, deren Einzelheiten Dr. Daruwalla jenem besonderen Gedächtnis anvertraut hatte, das bei den meisten von uns der Kindheit vorbehalten bleibt. Farrokhs Kindheit hatte keinen besonderen Eindruck bei ihm hinterlassen. Die Geschichte und die denkwürdigen Ereignisse, die er als Beobachter hinter den Zirkuskulissen erlebt und in sich aufgenommen hatte, bedeuteten ihm ungleich mehr. Er erinnerte sich, daß Pratap Walawalkar einmal ganz nebenbei gesagt hatte: »Äthiopische Löwen haben braune Mähnen, aber sie sind genau wie andere Löwen – sie gehorchen nicht, wenn man sie nicht bei ihrem richtigen Namen ruft.« Farrokh hatte dieses Häppchen Information im Gedächtnis behalten wie ein Detail aus einer liebgewonnenen Gutenachtgeschichte.

Frühmorgens, auf dem Weg in den Operationssaal, erinnerte sich der Doktor (sogar in Kanada) oft an die großen Töpfe, die dampfend auf den Gasringen im Küchenzelt standen. In einem befand sich das Wasser für den Tee, und in zwei weiteren machte der Koch die Milch warm. Die Milch, die zuerst zum Kochen kam, war nicht für den Tee bestimmt – damit wurde die Hafergrütze für die Schimpansen angerührt. Was den Tee anging, so mochten ihn die Schimpansen nicht heiß, sondern lauwarm. Farrokh erinnerte sich auch an die überzähligen Fladenbrote; die waren für die Elefanten, die eine besondere Vorliebe für *roti* hatten. Und die Tiger bekamen Vitamine, die ihre Milch rosa färbten. Freilich zog Dr. Daruwalla keinen medizinischen Nutzen aus diesen sorgfältig gespeicherten Einzelheiten, aber nachdem er sie jahrelang eingesogen hatte, bildeten sie für ihn so etwas wie einen familiären Hintergrund.

Dr. Daruwallas Frau hatte herrlichen Schmuck, der zum Teil von ihrer Schwiegermutter stammte. Kein Stück davon prägte sich dem Doktor ein, während er bis in alle Einzelheiten eine Kette aus Tigerklauen hätte beschreiben können, die Pratap Singh gehörte – er war der Zirkusdirektor und Raubtierdompteur des Great Royal Circus, ein Mann, den Farrokh sehr bewunderte. Pratap Singh hatte ihm einmal sein Heilmittel für Schwindelanfälle verraten: ein Trank aus roten Chilis und verbrannten Menschenhaaren. Bei Asthma empfahl er eine mit Tigerurin vollgesogene Gewürznelke; man läßt die Nelke trocknen, zerreibt sie und inhaliert das Pulver. Außerdem warnte der Dompteur den Doktor davor, jemals Barthaare von einem Tiger zu schlucken. Verschluckte Tigerbarthaare bringen einen um, behauptete er.

Hätte Farrokh in der ›Times of India‹ in der Kolumne irgendeines Spinners von diesen Heilmitteln gelesen, hätte er einen vernichtenden Leserbrief geschrieben. Im Namen der seriösen Medizin hätte Dr. Daruwalla diesen »ganzheitlichen Blödsinn« angeprangert; das war sein bevorzugter Ausdruck für sogenanntes unwissenschaftliches oder magisches Denken. Aber die Quelle für das Menschenhaare-und-Chili-Rezept und auch für die Behandlung mit Tigerurin (von der Warnung vor Tigerbarthaaren ganz zu schweigen) war der große Pratap Singh, und nach Dr. Daruwallas Ansicht war der Zirkusdirektor und Raubtierdompteur unbestreitbar ein Mann, der sein Geschäft verstand.

Dieses überlieferte Wissen und das Zwergenblut verstärkten Farrokhs anhaltenden Eindruck, daß er nur deshalb ein Adoptivkind des Zirkus geworden war, weil er unfreiwillig in einem Netz herumgezappelt und auf die arme Frau eines Zwerges geplumpst war. Daß er Deepa ungeschickt zu Hilfe geeilt war, trug ihm dauerhafte Ehre ein. Wann immer irgendein Zirkus in Bombay gastierte, konnte man Dr. Daruwalla in der ersten Reihe finden. Man traf ihn auch bei den Artisten und Dompteuren an, aber am allerliebsten schaute er beim Training zu und beobachtete das Leben in der Zeltstadt. Die tiefen Einblicke vom Sattelgang hinter der Manege aus, die Nahaufnahmen von den Wohnzelten der Truppe und den Käfigen – alle diese Privilegien vermittelten Farrokh das Gefühl, sozusagen adoptiert worden zu sein. Zuzeiten wünschte er sich, ein echtes Zirkuskind zu sein; statt dessen war er wohl nur ein Ehrengast. Trotzdem war es keine belanglose Ehre – nicht für ihn.

Bedauerlicherweise machten die indischen Zirkusse keinerlei Eindruck auf Dr. Daruwallas Kinder und Enkel. Diese beiden Generationen waren in London oder Toronto geboren und aufgewachsen. Sie hatten nicht nur größere und phantastischere Zirkusse erlebt, sondern auch sauberere. Dr. Daruwalla war enttäuscht, daß seine Kinder und Enkelkinder so hygienebesessen waren. In ihren Augen führten die Artisten und Dompteure in ihren Zelten ein schäbiges, ja geradezu »unterprivilegiertes« Leben. Obwohl die gestampften Böden der Zelte mehrere Male am Tag ausgekehrt wurden, hielten Dr. Daruwallas Kinder und Enkelkinder die Zelte für dreckig.

Für den Doktor jedoch war der Zirkus eine ordentliche, gepflegte Oase inmitten einer Welt voller Krankheit und Chaos. Seine Kinder und Enkelkinder fanden die zwergwüchsigen Clowns einfach nur grotesk; im Zirkus waren sie einzig und allein dazu da, daß man über sie lachen konnte. Aber Farrokh kam es so vor, als würden die zwergwüchsigen Clowns wirklich geschätzt – vielleicht sogar geliebt; und obendrein waren sie ein Erfolg fürs Geschäft. Die Kinder und Enkelkinder des Doktors fanden die Risiken, die die Kinderartisten eingingen, besonders »hart«; in Farrokhs Augen hingegen hatten diese Zirkuskinder Glück gehabt – sie waren gerettet worden.

Dr. Daruwalla wußte, daß die meisten dieser Kinderartisten (wie Deepa) von ihren Eltern, die sie nicht ernähren konnten, an den Zirkus verkauft worden waren; andere waren Waisenkinder – sie waren wirklich adoptiert worden. Wären sie nicht im Zirkus aufgetreten, wo sie beschützt und gut ernährt wurden, hätten sie betteln gehen müssen. Sie wären Straßenkinder geworden wie die vielen anderen, die man für ein paar Rupien überall Handstände und andere Kunststückchen machen sah – in Bombay genauso wie in allen kleineren Städten Gujarats und Maharashtras, in denen jetzt auch der Great Royal Circus häufiger auftrat, da heutzutage nicht mehr so viele Zirkusse nach Bombay kommen. Während des Lichterfestes Diwali und in den Winterferien gastieren noch immer zwei oder drei Zirkusse in der Stadt oder in der Umgebung, aber Fernsehen und Video haben dem Zirkusgeschäft geschadet; zu viele Leute leihen sich Filme aus und bleiben zu Hause.

Wenn man Dr. Daruwallas Kinder und Enkelkinder so reden hörte, wurde den an den Zirkus verkauften Kinderartisten jahrelange Kinderarbeit in einem äußerst riskanten Beruf zugemutet; ihr von harter Arbeit geprägtes, unentrinnbares Dasein war für sie gleichbedeutend mit Sklaverei. Nicht ausgebildeten Kindern wurde sechs Monate lang gar nichts gezahlt. Danach fingen sie mit einem Lohn von drei Rupien pro Tag an – nur neunzig Rupien im Monat, weniger als vier Dollar! Doch Dr. Daruwalla führte ins Feld, daß regelmäßiges Essen und ein sicherer Platz zum Schlafen besser waren als nichts; immerhin bekamen diese Kinder eine Chance.

Die Zirkusleute kochten ihr Wasser und ihre Milch selbst ab. Sie kauften ihr eigenes Essen ein und bereiteten es selbst zu. Sie gruben ihre eigenen Latrinen und hielten sie sauber. Ein erfolgreicher Artist bekam oft fünf- oder sechshundert Rupien im Monat, auch wenn das nur fünfundzwanzig Dollar waren. Zugegeben, auch wenn sich der Great Royal gut um seine Kinder kümmerte, konnte Farrokh nicht mit Sicherheit behaupten, daß die Kinder in allen indischen Zirkussen so gut behandelt wurden. Die Darbietungen einiger dieser Zirkusse waren so jämmerlich – von Ungeschick und Fahrlässigkeit ganz zu schweigen –, daß der Doktor davon ausging, daß dort auch das Zeltleben armseliger war.

Im Great Blue Nile war das Leben ganz bestimmt armselig, denn unter den Great-Sowieso-Zirkussen Indiens war der Great Blue Nile der armseligste – oder zumindest der, der am wenigsten *great* war. Deepa hätte das bestätigt. Der Frau des Zwergs, einem ehemaligen Schlangenmädchen, das als Trapezkünstlerin wiedergeboren wurde, fehlte es sowohl an Schliff als auch an gesundem Menschenverstand. Es lag nicht nur am Bier, daß sie den Trapezholm zu früh losgelassen hatte.

Deepas Verletzungen waren kompliziert, aber nicht schwerwiegend. Sie hatte sich nicht nur das Hüftgelenk ausgerenkt, sondern auch noch das Transversalband gerissen. Dr. Daruwalla würde Deepas Hüfte nicht nur eine denkwürdige Narbe verpassen, sondern bei der Vorbereitung des Operationsfeldes auch mit der unwiderlegbaren Schwärze ihres Schamhaars konfrontiert werden; und das würde die Erinnerung an die beunruhigende Begegnung zwischen dem Schambein der Frau des Zwergs und dem Nasenrücken des Doktors wachrufen.

Farrokhs Nase kribbelte noch immer, als er Deepa ins Krankenhaus begleitete, um ihr bei den Formalitäten behilflich zu sein; natürlich fühlte er sich schuldig. Aber die Aufnahmeprozedur hatte noch kaum begonnen, als sich eine Kliniksekretärin beim Doktor meldete. Jemand hatte vom Blue Nile für ihn angerufen, während er auf dem Weg ins Krankenhaus war.

»Kennen Sie irgendwelche Clowns?« fragte ihn die Sekretärin.

»Na ja, Tatsache ist … ja«, gab Farrokh zu.

»Zwergclowns?« fragte die Sekretärin.

»Ja, mehrere! Ich habe sie gerade erst kennengelernt«, fügte der Doktor hinzu. Farrokh genierte sich zuzugeben, daß er ihnen auch gerade erst Blut abgezapft hatte.

»Offenbar hat sich einer von ihnen in diesem Zirkus auf dem Cross Maidan verletzt«, erklärte die Sekretärin.

»Doch nicht Vinod!« rief Dr. Daruwalla.

»Ja, genau der«, sagte die Sekretärin. »Deshalb sollen Sie in den Zirkus zurückkommen.«

»Was ist denn passiert?« fragte Dr. Daruwalla die etwas hochmütige Sekretärin, die, wie viele ihrer Kolleginnen im medizinischen Bereich, einen Hang zum Sarkasmus hatte.

»Am Telefon war es mir nicht möglich, den Zustand des Clowns zu ermitteln«, entgegnete sie. »Die Schilderung war ziemlich hysterisch. Soviel ich mitbekommen habe, wurde er von einem Elefanten getreten oder aus einer Kanone geschossen oder beides. Und jetzt liegt der Zwerg im Sterben und behauptet, daß Sie sein Arzt sind.«

Und so begab sich Dr. Daruwalla wieder in den Zirkus auf dem Cross Maidan. Auf dem Rückweg zu der höchst mangelhaften Vorstellung des Great Blue Nile spürte er die ganze Zeit noch dieses Kribbeln in der Nase.

Seit fünfzehn Jahren genügte die Erinnerung an die Frau des Zwergs, um Farrokhs Nase zu aktivieren. Und jetzt, nachdem Mr. Lal ohne Netz abgestürzt war (denn der arme Mann auf dem Golfplatz war in der Tat tot), erinnerte ihn selbst dieser augenfällige Tod daran, daß Deepa sowohl ihren Sturz als auch den unerfreulichen und schmerzhaften Zusammenprall mit dem ungeschickten Doktor überlebt hatte.

Der berühmte Zwilling

Bei Inspector Dhars Erscheinen waren die Geier zwar aufgeflogen, aber nicht verschwunden. Dr. Daruwalla wußte, daß die

Aasfresser noch immer über ihnen schwebten, weil ihr Fäulnisgeruch in der Luft hing und ihre Schatten über die Bougainvilleen beim neunten Green dahinglitten, wo Dhar – ein bloßer Leinwand-Detective – neben dem armen Mr. Lal kniete.

»Rühr die Leiche nicht an!« sagte Dr. Daruwalla.

»Ich weiß«, antwortete der altgediente Schauspieler kühl.

O je, er ist schlecht gelaunt, dachte Farrokh. Da wäre es unklug, ihm jetzt die beunruhigende Nachricht mitzuteilen. Der Doktor bezweifelte, daß Dhars Laune jemals so gut sein würde, daß er großmütig auf eine solche Neuigkeit reagieren würde – und wer hätte ihm das verübeln können? Das Ganze war im Grunde zutiefst ungerecht, denn Dhar war ein eineiiger Zwilling, der bei der Geburt von seinem Bruder getrennt worden war. Dhar hatte man die Geschichte von seiner Geburt erzählt, aber nicht seinem Zwillingsbruder. Der wußte nicht einmal, daß er ein Zwilling war. Und jetzt kam Dhars Zwillingsbruder nach Bombay.

Dr. Daruwalla war immer überzeugt gewesen, daß aus einer solchen Täuschung nichts Gutes entstehen konnte. Obwohl Dhar die von seiner Mutter willkürlich und bewußt herbeigeführte Situation akzeptiert hatte, bezahlte er dafür mit einer gewissen Reserviertheit. Er war ein Mann, der, soweit Farrokh das beurteilen konnte, seine Regungen im Zaum hielt und jedem Gefühl der Zuneigung, das andere ihm entgegenbrachten, energisch widerstand. Wer hätte ihm das verdenken können? dachte der Doktor. Dhar hatte die Existenz einer Mutter, eines Vaters und eines Zwillingsbruders akzeptiert, die er nie gesehen hatte. Er hatte sich an das fade Sprichwort gehalten, das noch immer gern zitiert wird: Schlafende Hunde soll man nicht wecken. Aber diese extrem beunruhigende Nachricht fiel wohl eher in den Bereich einer anderen abgegriffenen Redensart, die ebenfalls gern zitiert wird – sie würde das Faß zum Überlaufen bringen.

Dr. Daruwalla fand, daß Dhars Mutter einfach zu selbst-

süchtig war, um Mutter zu sein. Und vierzig Jahre nach dem
»Unfall« mit ihrer Schwangerschaft demonstrierte diese Frau
erneut ihre Selbstsucht. Daß sie willkürlich beschlossen hatte,
einen Zwilling zu behalten und den *anderen* wegzugeben, war
an sich schon ein starkes Stück. Daß sie sich entschlossen hatte,
sich vor der möglicherweise harschen Reaktion ihres Mannes zu
schützen, indem sie ihm die Tatsache verheimlichte, daß sie
Zwillinge bekommen hatte, war schon eine gesteigerte, ja geradezu monströse Form von Selbstsucht. Und daß sie den Zwilling, den sie behielt, so abschirmte, daß er nie von seinem
Bruder erfuhr, war nicht nur selbstsüchtig, sondern dem im
Stich gelassenen Zwilling gegenüber – dem Zwilling, der alles
wußte – ausgesprochen gemein.

Na ja, dachte der Doktor, Dhar wußte alles, außer daß sein
Zwillingsbruder nach Bombay kommen würde und seine Mutter Dr. Daruwalla angefleht hatte, dafür zu sorgen, daß sich die
beiden nicht begegneten!

Unter diesen Umständen war Dr. Daruwalla vorübergehend
dankbar für die Ablenkung, die das Herzversagen des alten Mr.
Lal darstellte. Außer beim Essen war Farrokh jede Verzögerung
willkommen wie ein unverhofftes, gütiges Geschick. Die Aus-
puffgase, die das Gefährt des Obergärtners ausspuckte, bliesen
eine Wolke Blütenblätter von den verunstalteten Bougainvilleen
herüber auf Dr. Daruwallas Füße. Überrascht blickte der Doktor auf seine hellbraunen Zehen in den dunkelbraunen Sandalen,
die fast ganz unter den pinkfarbenen Blütenblättern begraben
waren.

In dem Augenblick schlich der Obergärtner, ohne seinen
Motor abzustellen, zum neunten Green hinüber und stellte sich
einfältig lächelnd neben Dr. Daruwalla. Der *mali* war sichtlich
weniger beunruhigt über den Tod des armen Mr. Lal als aufgeregt darüber, daß er Inspector Dhar in Aktion erlebte. Er deutete mit dem Kopf auf die Szene in den Bougainvilleen und

flüsterte Farrokh zu: »Das sieht genau aus wie im Film!« Diese Beobachtung führte Dr. Daruwalla rasch zu dem anstehenden Problem zurück, nämlich daß es unmöglich war, vor Dhars Zwilling die Existenz seines berühmten Bruders geheimzuhalten, der selbst in einer Stadt voller Filmstars wie Bombay ohne Zweifel der Star war, den man am leichtesten erkannte.

Selbst wenn der berühmte Schauspieler bereit wäre, sich versteckt zu halten, würde sein eineiiger Zwilling auf Schritt und Tritt irrtümlich für Inspector Dhar gehalten werden. Dr. Daruwalla bewunderte die geistige Zähigkeit der Jesuiten, aber der Zwillingsbruder – er war das, was die Jesuiten einen Scholastiker nennen (der sich mit humanistischen und philosophischen Studien auf das Priesteramt vorbereitet) – hätte mehr als geistig zäh sein müssen, um eine ständige Verwechslung dieser Größenordnung auszuhalten. Und nach dem, was man Farrokh über Dhars Zwillingsbruder erzählt hatte, gehörte Selbstvertrauen nicht zu dessen herausragenden Eigenschaften. Wer befindet sich schließlich mit fast vierzig noch »in der Ausbildung« zum Priester? fragte sich der Doktor. In Anbetracht der Gefühle, die man in Bombay für Dhar hegte, könnte sein jesuitischer Zwilling womöglich umgebracht werden! Trotz seines Übertritts zum Christentum bezweifelte Dr. Daruwalla, daß der vermutlich naive amerikanische Missionar die feindseligen Gefühle Bombays gegenüber Inspector Dhar überleben – geschweige denn begreifen – würde.

Zum Beispiel war es in Bombay üblich, daß sämtliche Werbeplakate für sämtliche Inspector-Dhar-Filme verunstaltet wurden. Nur auf den höher angebrachten Reklametafeln – die überall in der Stadt zu sehen waren – blieb es dem überlebensgroßen Abbild von Inspector Dhars grausamem, attraktivem Gesicht erspart, von der Straße aus mit Unmengen Dreck beworfen zu werden. Doch selbst oberhalb menschlicher Reichweite entging das vertraute Gesicht des verhaßten Antihelden nicht der kreativen Beschmutzung durch Bombays ausdrucksstärkste Vögel. Die Krähen und die gabelschwänzigen Falken wurden von den dunklen, stechenden Augen und dem höhnischen Lächeln des berühmten Schauspielers offenbar angezogen wie von einer Zielscheibe. Überall in der Stadt war Dhars Plakatgesicht mit Vogeldreck bespritzt. Doch selbst seine zahlreichen Kritiker mußten zugeben, daß Inspector Dhars Hohnlächeln eine gewisse Perfektion erreicht hatte. Es ließ einen an einen Liebhaber denken, der die Geliebte verlassen hat und deren Elend gründlich genießt. Ganz Bombay spürte den Stich dieses Lächelns gleichsam am eigenen Leib. Der Rest der Welt, sogar fast der ganze Rest Indiens, hatte nicht unter diesem höhnischen Lächeln zu leiden, mit dem Inspector Dhar unablässig auf Bombay herabblickte. Der Kassenerfolg seiner Filme beschränkte sich unerklärlicherweise auf Maharashtra und stand in krassem Gegensatz zu der Tatsache, daß Dhar ausnahmslos gehaßt wurde. Nicht nur die Filmfigur, sondern auch der Schauspieler, der sie verkörperte, gehörte zu jenen populären Stars, die die Öffentlichkeit voller Hingabe verabscheute. Und dem Schauspieler, der die Verantwortung für die Rolle übernommen hatte, schien die leidenschaftliche Feindseligkeit, die er provozierte, so gut zu gefallen, daß er keine anderen Rollen annahm und nicht einmal einen anderen Namen führte – er war Inspector Dhar geworden. Dieser Name stand in seinem Paß.

Er stand in seinem *indischen* Paß, der eine Fälschung war. Indien gestattet keine doppelte Staatsbürgerschaft. Dr. Daruwalla wußte, daß Dhar einen Schweizer Paß besaß, einen echten; er war Schweizer Bürger. In Wirklichkeit hatte der schlaue Schauspieler auch ein Schweizer Leben, für das er Farrokh ewig dankbar sein würde. Der Erfolg der Inspector-Dhar-Filme basierte zumindest teilweise darauf, daß Dhar sein Privatleben sorgfältig abgeschirmt und seine Vergangenheit gut verborgen gehalten hatte. Keine noch so gründlichen publizistischen Nachforschungen konnten mehr biographische Details über den Mystery Man zutage fördern, als er zuließ – und Dhars Autobiographie war, genau wie seine Filme, weit hergeholt und erfunden und bar jeglicher glaubwürdiger Fakten. Daß Inspector Dhar sich selbst erfunden und mit dieser absurden und nicht überprüfbaren Fiktion anscheinend durchgekommen war, verstärkte sicher noch die Verachtung, die ihm die Leute entgegenbrachten.

Aber der Zorn der Filmpresse kam Dhars Berühmtheit nur zugute. Da er sich weigerte, den Klatschjournalisten Tatsachen zu liefern, verbreiteten sie über ihn von A bis Z erfundene Geschichten. So, wie Dhar nun einmal war, paßte ihm das hervorragend in den Kram, denn die Lügenmärchen ließen ihn um so geheimnisumwitterter erscheinen und steigerten nur die allgemeine Hysterie, die er auslöste.

Die Inspector-Dhar-Filme waren so beliebt, daß Dhar bestimmt viele Fans und wahrscheinlich eine große Schar Bewunderer hatte. Aber das Kinopublikum schwor, daß es ihn verachtete. Dhars Gleichgültigkeit gegenüber seinem Publikum schürte diesen Haß noch. Der Schauspieler selbst mutmaßte, daß sich sogar seine Fans die Filme großenteils nur deshalb ansahen, weil sie darauf hofften, daß er endlich einmal versagte. Ihre Treue, auch wenn sie sich in erster Linie auf die Hoffnung gründete, Zeugen eines Flops zu werden, sicherte Dhar einen Filmerfolg nach dem anderen. In der Bombayer Kinoszene waren Halbgötter an der Tagesordnung; Heldenverehrung war die Norm. Ungewöhnlich war, daß Inspector Dhar gehaßt wurde, aber trotzdem ein Star war.

Ironischerweise waren Zwillinge, die unmittelbar nach der Geburt getrennt worden waren, bei Hindi-Drehbuchautoren ein äußerst beliebtes Thema. Eine solche Trennung erfolgt häufig in der Klinik – oder während eines Sturms oder bei einem Zugunglück. Typischerweise schlägt ein Zwilling einen tugendhaften Weg ein, während sich der andere einem sündigen

Leben verschreibt. Üblicherweise gibt es irgend etwas, was die beiden verbindet – etwa einen zerrissenen Zwei-Rupien-Schein (von dem jeder Zwilling eine Hälfte aufbewahrt). Und oft fällt in dem Augenblick, in dem die beiden einander umbringen wollen, dem einen die verräterische Hälfte des Zwei-Rupien-Scheins aus der Tasche. Auf diese Weise wiedervereint, lassen die Zwillinge ihren stets gerechtfertigten Zorn an einem echten Bösewicht aus, einem unsäglich üblen Schurken (der dem Publikum praktischerweise in einem früheren Stadium der lächerlichen Geschichte vorgestellt wurde).

Unglaublich, wie sehr ganz Bombay Inspector Dhar haßte! Doch Dhar war ein echter Zwilling, der bei der Geburt wirklich von seinem Bruder getrennt worden war, und Dhars wahre Geschichte war viel unglaubhafter als jede, die sich irgendein phantasievoller Hindi-Drehbuchautor aus den Fingern hätte saugen können. Dazu kam, daß fast niemand in Bombay und in ganz Maharashtra Dhars wahre Geschichte kannte.

Der Doktor als heimlicher Drehbuchautor

Während auf dem neunten Green die rosa Blütenblätter der Bougainvilleen seine Füße liebkosten, merkte Dr. Daruwalla, wie sehr der schwachsinnige Obergärtner Inspector Dhar haßte. Der Flegel stand noch immer lauernd neben ihm und hatte seine diebische Freude daran, daß Dhar, der lediglich in die Rolle eines Polizeiinspektors geschlüpft war, diese jetzt unversehens in unmittelbarer Nähe einer echten Leiche spielen mußte. Da erinnerte sich Dr. Daruwalla daran, wie er selbst reagiert hatte, als er erfuhr, daß der arme Mr. Lal Geiern zum Opfer gefallen war. Auch er hatte die Situation höchst ergötzlich gefunden! Was hatte er Dhar ins Ohr geflüstert? »Das fällt in Ihr Fach, Inspector.« Jetzt bereute Farrokh, daß er das gesagt hatte.

Dr. Daruwalla hatte ein schlechtes Gewissen, weil er über das Land seiner Geburt ebensowenig wußte wie über seine Wahlheimat und weil er sich in Bombay und in Toronto gleichermaßen fehl am Platz fühlte; aber noch mehr quälte ihn all das an sich selbst, was ihn mit dem gemeinen Volk gleichsetzte – mit jedem x-beliebigen Trottel, dem gewöhnlichen Mann auf der Straße: kurz, seinen Mitmenschen. Peinlich genug, daß er sich weder in Kanada noch in Indien als Bürger engagierte – wobei diese Passivität von unzureichender Kenntnis und Erfahrung herrührte –, doch sich auch noch dabei ertappen zu müssen, daß er so dachte wie alle anderen, war geradezu beschämend. Mag sein, daß ihm beide Länder fremd waren, aber er war auch ein Snob. Und hier, im Angesicht des Todes, empfand er diesen offensichtlichen Mangel an Originalität als demütigend – sprich, er entdeckte, daß er auf die Situation genauso reagierte wie ein strohdummer, unsympathischer Gärtner.

Der Doktor schämte sich so sehr, daß er seine Aufmerksamkeit vorübergehend Mr. Lals tiefbetrübtem Golfpartner, Mr. Bannerjee, zuwandte, der sich der Leiche seines Freundes nur so weit näherte, daß er die Fahne am neunten Loch, die schlaff an ihrer schlanken Stange hing, hätte berühren können.

Da sagte Dhar plötzlich, eher sachlich als überrascht: »An dem einen Ohr ist ziemlich viel Blut.«

»Vermutlich haben die Geier schon einige Zeit an ihm herumgepickt«, entgegnete Dr. Daruwalla. Mehr wagte er nicht zu sagen – schließlich war er Orthopäde und kein ärztlicher Leichenbeschauer.

»Aber es sieht nicht danach aus«, sagte Inspector Dhar.

»Ach, hör doch auf, den Polizisten zu spielen!« entgegnete Farrokh ungeduldig.

Dhar warf Dr. Daruwalla einen gestrengen, vorwurfsvollen Blick zu, völlig zu Recht, wie der Doktor fand. Verlegen scharrte er mit den Füßen in den hellen Blütenblättern herum, von denen sich mehrere zwischen seinen Zehen verfangen hatten. Er war peinlich berührt von der erkennbaren Grausamkeit im Gesicht des sensationslüsternen Obergärtners; und er schämte sich, daß er sich nicht um die Lebenden kümmerte – Mr. Bannerjee litt sichtlich still vor sich hin –, denn für Mr. Lal konnte er ohnehin nichts mehr tun. Der arme Mr. Bannerjee mußte denken, daß der Tote Dr. Daruwalla völlig gleichgültig war. Dabei hatte Farrokh nur Angst vor der beunruhigenden Neuigkeit, die seinem lieben jungen Freund mitzuteilen er immer noch nicht den Mut hatte.

Ach, wie ungerecht ist es doch, daß die Übermittlung derlei unliebsamer Nachrichten ausgerechnet mir aufgebürdet wird! dachte Dr. Daruwalla – und vergaß im Moment völlig die größere Ungerechtigkeit, die Dhar widerfahren war. Hatte der arme Schauspieler denn nicht schon genug zu kämpfen gehabt? Und trotzdem war es ihm gelungen, sich seine geistige Gesundheit zu bewahren, was nur durch radikales Abschirmen seiner Privatsphäre erreicht werden konnte. Und Dr. Daruwallas Privatsphäre hatte er ebenfalls respektiert, denn schließlich wußte Dhar, daß der Doktor die Drehbücher zu sämtlichen Inspector-Dhar-Filmen geschrieben hatte – er wußte, daß Farrokh eben jene Rolle geschaffen hatte, die Dhar jetzt nicht mehr los wurde.

Dabei sollte es ein Geschenk sein, dachte Dr. Daruwalla rückblickend. Er hatte den jungen Mann ins Herz geschlossen wie einen Sohn – er hatte die Rolle eigens für ihn geschrieben. Um jetzt dem vorwurfsvollen Blick auszuweichen, den ihm Dhar zuwarf, kniete sich Farrokh hin und zupfte die Bougainvilleenblätter zwischen seinen Zehen heraus.

Oje, mein lieber Junge, in was habe ich dich da hineingeritten? dachte Dr. Daruwalla. Dhar ging auf die Vierzig zu, doch für Farrokh war er noch immer ein Junge. Der Doktor hatte nicht nur die Figur des umstrittenen Kriminalbeamten erfunden, hatte nicht nur die Filme kreiert, die ganz Maharashtra in Rage brachten; er hatte sich auch die absurde Autobiographie ausgedacht, die der berühmte Schauspieler der Öffentlichkeit als seine Lebensgeschichte anzudrehen versuchte. Es war durchaus verständlich, daß die Leute sie ihm nicht abkauften. Allerdings wußte Farrokh, daß die Öffentlichkeit Dhar auch seine wahre Geschichte nicht abgekauft hätte.

In Inspector Dhars fiktiver Autobiographie trat eine Vorliebe für heilsame Schocks und Gefühlsregungen zutage, die an seine Filme erinnerte. Er behauptete, als uneheliches Kind geboren zu sein. Seine Mutter war angeblich Amerikanerin – ein ehemaliger Hollywood-Filmstar –, und sein Vater war ein echter Polizeiinspektor in Bombay, der sich längst zur Ruhe gesetzt hatte. Vor vierzig Jahren (Inspector Dhar war neununddreißig) hatte die Hollywood-Mutter in Bombay einen Film gedreht, und der Polizeiinspektor, der für die Sicherheit der Stars verantwortlich gewesen war, hatte sich in sie verliebt. Ihre Rendezvous fanden im Hotel Taj Mahal statt. Als sie erfuhr, daß sie schwanger war, traf sie ein Abkommen mit dem Polizeiinspektor.

Zu der Zeit, als Dhar geboren wurde, war der lebenslange Unterhalt für einen indischen Polizeiinspektor eine Kleinigkeit für die Hollywood-Diva, vergleichbar etwa mit dem Preis des obligaten Kokosnußöls in ihrem Badewasser – so jedenfalls lautete die Geschichte. Ein Baby, zumal unehelich und noch dazu mit einem indischen Vater, hätte ihre Karriere gefährdet. Dhars Angaben zufolge bezahlte die Mutter den Polizeiinspektor dafür, daß er die volle Verantwortung für das Kind übernahm. Es war reichlich Geld im Spiel, so daß sich der Inspektor zur Ruhe setzen konnte. Zweifellos gab er seine umfassenden Kenntnisse über die Arbeit der Polizei, den Umgang mit Schmiergeldern eingeschlossen, an seinen Sohn weiter. In seinen Filmen war Inspector Dhar stets über jede Bestechung erhaben. Sämtliche echten Polizeiinspektoren von Bombay schworen, wenn sie wüßten, wer Dhars Vater sei, würden sie ihm den Hals umdrehen. Und die echten Polizisten machten auch keinen Hehl daraus, daß sie Inspector Dhar ebenfalls mit Freuden den Hals umdrehen würden.

Zu Dr. Daruwallas Schande wies die Geschichte eine Menge Lücken auf, angefangen bei dem unbekannten Film. In Bombay werden mehr Filme produziert als in Hollywood. Aber im Jahr 1949 wurde in Maharashtra kein einziger amerikanischer Film gedreht – wenigstens keiner, der je in die Kinos gelangte. Und verdächtigerweise existierten keine Akten über die Polizisten, die für den Schutz der ausländischen Filmteams zuständig gewesen waren, obwohl es über andere Jahre umfangreiches Aktenmaterial gab, was den Schluß nahelegte, daß die Unterlagen von 1949 aus den Archiven entfernt worden waren. Ohne Zweifel war jemand bestochen worden. Aber warum? Was den angeblichen ehemaligen Hollywood-Star betraf, so hätte man eine Amerikanerin, die in Bombay einen Film drehte, auch dann für einen Hollywood-Star gehalten, wenn sie eine unbekannte, miserable Schauspielerin gewesen und der Film nie in den Verleih gelangt wäre.

Wenn Inspector Dhar in Interviews auf die Nationalität seiner Mutter angesprochen wurde, reagierte er bestenfalls gleichgültig; dem Vernehmen nach war er nie in den Vereinigten Staaten gewesen. Und obwohl er angeblich perfekt und akzentfrei Englisch sprach, behauptete er, er spreche lieber Hindi und gehe nur mit indischen Frauen aus.

Ein paarmal hatte Dhar bei solchen Anlässen eine leise Verachtung für seine Mutter – wer immer sie war – durchblicken lassen. Doch gegenüber seinem Vater bekundete er eine heftige, unerschütterliche Anhänglichkeit, die sich darin zeigte, daß er das Geheimnis seiner Identität eisern hütete. Gerüchten zufolge trafen sich die beiden nur in Europa!

Zu Dr. Daruwallas Verteidigung muß gesagt werden, daß

die unwahrscheinlichen Elemente seiner Dhar-Biographie der Wirklichkeit entsprachen. Der schwache Punkt waren die Lücken, für die keine Erklärungen geliefert wurden. Inspector Dhar drehte seinen ersten Film mit Anfang zwanzig, aber wo war er als Kind gewesen? In Bombay wäre ein derart gutaussehender Mann als Junge nicht unbemerkt geblieben, und als Teenager erst recht nicht; außerdem war seine Haut einfach zu hell – nur in Europa oder Nordamerika hätte man ihn als farbig bezeichnet. Sein dunkelbraunes Haar war fast schwarz, ebenso seine anthrazitgrauen Augen. Falls er wirklich einen indischen Vater hatte, sah man davon nichts, da dem Sohn jeder indische Einschlag fehlte.

Allgemein hieß es, die Mutter sei möglicherweise eine blauäugige Blondine gewesen und der Polizeiinspektor habe in puncto Rasse lediglich neutralisierend gewirkt und ansonsten die Leidenschaft für Mordfälle beigesteuert. Trotzdem beschwerte sich ganz Bombay darüber, daß der Kinokassenmagnet in den heißgeliebten Hindi-Filmen für alle Welt aussah wie ein ganz normaler Nordamerikaner oder Europäer. Daß es keine glaubhafte Erklärung für seine helle Haut gab, leistete dem Gerücht Vorschub, Dhar sei das Kind von Farrokhs Bruder, der eine Österreicherin geheiratet hatte. Und da allgemein bekannt war, daß Dr. Daruwalla mit der Schwester dieser Europäerin verheiratet war, ging außerdem das Gerücht, daß Dhar der Sohn des Doktors sei.

Der Doktor reagierte gelangweilt auf diese Unterstellung, obwohl es noch viele Duckworthianer gab, die sich daran erinnern konnten, Dr. Daruwallas Vater manchmal im Sommer in Begleitung eines hellhäutigen Jungen gesehen zu haben. Und dieser verdächtig weiße Junge sollte der Enkel des alten Daruwalla gewesen sein?! Aber Farrokh wußte, daß man solche Unterstellungen am besten kategorisch zurückwies und sich nicht weiter dazu äußerte.

Es ist allgemein bekannt, daß viele Inder eine helle Haut für schön halten; außerdem war Inspector Dhar auf eine herbe Art attraktiv. Daß er sich jedoch weigerte, in der Öffentlichkeit englisch zu reden – und wenn, dann mit deutlich übertriebenem Hindi-Akzent –, hielten die meisten Leute für geradezu pervers. Gerüchten zufolge sprach er im Privatleben ein akzentfreies Englisch, aber woher sollte man das wissen? Inspector Dhar gab nur selten Interviews, in denen er ausschließlich Fragen über seine »Kunst« zuließ. Sein Privatleben war tabu. (Dabei war Dhars »Privatleben« das einzige Thema, das überhaupt jemanden interessierte.) Wenn ihn irgendwelche Pressefritzen in die Enge trieben – etwa in einem Nachtclub, einem Restaurant oder bei einem Fototermin anläßlich der Premiere eines neuen Inspector-Dhar-Films –, parierte der Schauspieler mit seinem berühmten höhnischen Lächeln. Egal welche Frage man ihm stellte, er antwortete entweder mit einem Scherz oder sagte, ohne auf die Frage einzugehen, auf Hindi oder auf Englisch mit aufgesetztem Akzent: »Ich bin nie in den Vereinigten Staaten gewesen. Meine Mutter interessiert mich nicht. Wenn ich einmal Kinder habe, werden es indische Kinder sein. Die sind am klügsten.«

Dhar konnte jedem Blick standhalten und ihn erwidern; er konnte auch das Auge jeder Kamera manipulieren. Besorgniserregend war sein zunehmend bulliges Aussehen. Bis Mitte Dreißig hatte er deutlich ausgeprägte Muskeln gehabt und einen flachen Bauch. Lag es am Alter, oder hatte sich Dhar den in Bombay bei den Idolen des Nachmittagskinos üblichen Erfolgsmaßen angepaßt – oder war vielleicht seine Vorliebe für das Gewichtheben, gepaart mit einem (wie er behauptete) beträchtlichen Fassungsvermögen für Bier daran schuld –, jedenfalls drohte seine Korpulenz seinen Ruf als zäher Bursche zunichte zu machen. In Bombay galt er als gut genährter, zäher Bursche. Seine Kritiker nannten ihn gern Bierbauch, aber nur hinter seinem Rücken; schließlich war Dhar dafür, daß er auf die Vierzig zuging, nicht schlecht in Form.

Dr. Daruwallas Drehbücher wichen von dem üblichen *masala* der Hindi-Filme ab. Sie waren sentimental und zugleich geschmacklos, doch die Vulgarität war eindeutig westlicher Prägung – die Gemeinheit des Helden wurde als Tugend gewertet (Dhar war jeweils gemeiner als die meisten Schurken) –, und ihre Sentimentalität erinnerte an kitschigen Pennälerexistentialismus (Einsamkeit konnte Dhar nichts anhaben, da er sich ohnehin von allen distanzierte). Es gab symbolische Hinweise auf das indische Kino, das Dr. Daruwalla mit der spöttischen Ironie eines Außenstehenden betrachtete: Nicht selten stiegen Götter aus dem Himmel herab (meist um Inspector Dhar mit Insiderinformationen zu versorgen), und alle Bösewichte waren teuflische (wenn auch unfähige) Gesellen. Schurkereien wurden im allgemeinen von Kriminellen und der Mehrheit der Polizeibeamten begangen. Sexuelle Eroberungen waren Inspector Dhar vorbehalten, dessen Heldenmut sich innerhalb und außerhalb der gesetzlichen Grenzen bewegte. Was die eroberten Frauen betraf, so blieb Dhar ihnen gegenüber weitgehend gleichgültig, ein verdächtig europäischer Zug.

Die Musik bestand aus der in Hindi-Filmen üblichen Mischung: Mädchen, die zum Lärm von Gitarren, Tablas, Violinen und Winas im Chor aahten und oohten. Und gelegentlich »sang« Inspector Dhar, trotz seines tiefverwurzelten Zynismus, lippensynchron einen Song. Obwohl er das ganz gut machte, ist der Text es nicht wert, wiederholt zu werden – er knurrte dann Zeilen wie: »Baby, ich schwör dir, du wirst es nicht bereuen!« Im Hindi-Kino werden solche Lieder auf Hindi gesungen, doch auch in diesem Punkt waren die Inspector-Dhar-Filme bewußt gegen den Strich konzipiert. Dhar sang seine Songs auf englisch, mit seinem erbärmlichen Hindi-Akzent. Selbst der Titelsong, der von einem Mädchenchorus gesungen und in jedem Inspector-Dhar-Film mindestens zweimal wiederholt wurde, war in englisch. Auch den verabscheute das Publikum; auch der war ein Hit. Obwohl Dr. Daruwalla ihn geschrieben hatte, krümmte er sich, sooft er ihn hörte.

> Und ihr sagt, Inspector Dhar
> ist auch bloß sterblich –
> das sagt ihr, das sagt ihr!
> Für uns sieht er aus wie ein Gott!
>
> Und ihr sagt, das ist
> ein kleiner Regenschauer –
> das sagt ihr, das sagt ihr!
> Für uns sieht es aus wie der Monsun!

Obwohl Dhar ein guter Synchronsänger war, zeigte er keinerlei Begeisterung für diese vielgelästerte Kunst. Ein Kritiker hatte ihn »Lasche Lippe« tituliert. Ein anderer Kritiker beklagte, daß sich Inspector Dhar durch nichts in Schwung bringen ließ, daß er sich für nichts und niemanden begeistern konnte. Als Schauspieler fand er bei der großen Masse Anklang – möglicherweise weil er ständig deprimiert wirkte, als wäre die Gemeinheit für ihn ein Magnet und der Triumph, den er am Ende über das Böse errang, sein ewiger Fluch. Deshalb war auch jedes Opfer, das Inspector Dhar zu retten oder zu rächen versuchte, mit einer unbestimmten Wehmut geschlagen; und die Strafe, der Dhar den jeweiligen Bösewicht zuführte, war stets drastisch.

Sex wurde weitgehend satirisch behandelt. Statt Bettszenen wurden alte Wochenschau-Ausschnitte von schaukelnden Zügen gezeigt, und den sexuellen Höhepunkt symbolisierten Wellen, die sich lustlos am Strand brachen. Nacktheit war in Indien von der Zensur verboten und wurde deshalb durch Nässe ersetzt. Es gab viel Gestreichel (in vollständig bekleidetem Zustand) im Regen, als würde Inspector Dhar nur in der Regenzeit Verbrechen aufklären. Ab und zu erhaschte man einen Blick auf eine Brustwarze oder konnte sie sich unter einem durchweichten Sari zumindest vorstellen; das war eher prickelnd als erotisch.

Gesellschaftskritik und politische Aussagen wurden gleichermaßen in den Hintergrund gedrängt, sofern sie nicht ganz fehlten. (Dr. Daruwallas Antenne für beides war in Toronto ebenso unterentwickelt wie in Bombay.) Abgesehen von dem Allgemeinplatz, daß die Polizei bis auf die Knochen korrupt war, da der ganze Apparat auf Bestechung beruhte, waren diese Filme unpolitisch. Szenen mit gewaltsamen, aber rührseligen Todesfällen und anschließender tränenreicher Trauer waren wichtiger als irgendwelche Botschaften, die an vaterländische Gefühle oder ein soziales Gewissen appelliert hätten.

Die Figur des Inspector Dhar war von brutaler Rachsucht erfüllt. Allerdings war er absolut unbestechlich – außer in sexueller Hinsicht. Frauen waren recht pauschal entweder nur gut oder nur schlecht; doch Dhar gestattete sich bei beiden Kategorien – sprich: bei allen – die größten Freiheiten. Na ja, bei fast allen. Er ließ sich grundsätzlich mit keiner Frau aus der westlichen Welt ein. Dabei gab es in jedem Inspector-Dhar-Film mindestens eine auffallend weiße Frau, die nach einem sexuellen Abenteuer mit dem Inspector gierte. Daß er sie regelmäßig auf das grausamste verschmähte, war typisch für ihn, sein Markenzeichen sozusagen und der Grund, weshalb ihn die indischen Frauen und jungen Mädchen so anbeteten. Ob dieser Charakterzug seine Gefühle für seine Mutter widerspiegelte oder auf fiktiver Ebene die von ihm bekundete Absicht unterstrich, nur indische Babies zu zeugen – wer wollte das wissen? Wer wußte überhaupt irgend etwas über Inspector Dhar? – von allen Männern gehaßt, von allen Frauen geliebt (die freilich behaupteten, ihn zu hassen).

Auch seine indischen Freundinnen waren alle – fast übereifrig – darum bemüht, seine Privatsphäre abzuschirmen. Sie sagten zum Beispiel: »Er ist ganz anders als in seinen Filmen.« (Nie wurden irgendwelche Beispiele angeführt.) Oder: »Er ist sehr altmodisch, ein echter Gentleman.« (Niemand verlangte je Beispiele.) Oder: »In Wirklichkeit ist er sehr bescheiden – und sehr zurückhaltend.«

Jedermann konnte sich gut vorstellen, daß er »zurückhaltend« war. Es wurde sogar gemunkelt, daß er keine Zeile von sich gab, die nicht im Drehbuch stand – nur: Wie paßte das zu dem anderen Gerücht, er spreche akzentfreies Englisch?

Niemand glaubte irgend etwas, oder vielmehr wurde alles geglaubt, was man hörte. Daß er zwei Frauen hatte, eine davon in Europa. Daß er ein Dutzend Kinder hatte, alle unehelich, von denen er keines anerkannte. Daß er in Los Angeles lebte, im Haus seiner bösen Mutter!

All diese Gerüchte und das anhaltende, krasse Mißverhältnis zwischen der extremen Beliebtheit seiner Filme und der extremen Feindseligkeit gegenüber seiner Person trugen dazu bei, daß Dhar eine unergründliche Gestalt blieb. Sein Hohnlächeln ließ ein erhebliches Maß an Sarkasmus erkennen; aber die enorme Selbstbeherrschung machte ihm so leicht kein anderer stämmiger Mann in mittleren Jahren nach.

Dhar unterstützte nur eine wohltätige Einrichtung. Er warb beim Publikum mit vollem Einsatz und so überzeugend für die Unterstützung seines persönlichen Kreuzzuges, daß er damit ein ebenso hohes philanthropisches Image erlangte wie alle anderen Wohltäter Bombays: Er machte Fernsehwerbung für die Klinik für Verkrüppelte Kinder. Die Werbespots, die er selbst finanzierte, zeigten eine phantastische Wirkung. (Das Konzept für diese Sponsorenwerbung stammte natürlich auch von Dr. Daruwalla.)

Im Fernsehen steht Inspector Dhar in Halbtotale vor der Kamera, trägt ein loses, weißes Hemd – eine kragenlose *kurta* im Mandarinstil – und behält sein antrainiertes Hohnlächeln nur so lange bei, wie er nach eigenem Ermessen braucht, um die volle Aufmerksamkeit der Zuschauer zu erringen. Dann sagt er: »Vielleicht hassen Sie mich voller Inbrunst – ich verdiene eine Menge Geld und gebe niemandem etwas davon ab, außer diesen Kindern.« Dann folgen mehrere Aufnahmen von Dhar inmitten der verkrüppelten Kinder in der orthopädischen Klinik: Ein mißgebildetes kleines Mädchen krabbelt auf Inspector Dhar zu, der ihm die Hand entgegenstreckt; Inspector Dhar wird von Kindern in Rollstühlen umringt; Inspector Dhar hebt einen kleinen Jungen aus einem sprudelnden Unterwassermassagebecken und trägt ihn auf einen sauberen weißen Tisch, wo ihm zwei Schwestern seine Beinschienen anlegen – die Beine des Jungen sind dünner als seine Arme.

Trotzdem wurde Inspector Dhar nach wie vor gehaßt; gelegentlich wurde er sogar angegriffen. Einheimische Schläger wollten feststellen, ob er so zäh und im Kampfsport so geübt war wie der Polizeibeamte, den er darstellte. Offenbar war er das. Auf Beschimpfungen und Beleidigungen reagierte er stets mit einer eigenartig verhaltenen Version seines Hohnlächelns. Das sah dann so aus, als sei er leicht betrunken. Wurde er körperlich bedroht, zögerte er nicht, es mit gleicher Münze heimzuzahlen. Als ihn einmal ein Mann mit einem Stuhl angriff, parierte Dhar mit einem Tisch. Er stand in dem Ruf, so gefährlich zu sein wie der Leinwandheld. Gelegentlich hatte er seinen Gegnern ein paar Knochen gebrochen oder, vielleicht dank seiner orthopädischen Kenntnisse, mehrere Gelenke übel ausgerenkt. Wenn er es darauf anlegte, konnte er echten Schaden anrichten. Dabei forderte Dhar diese Prügeleien nicht heraus, er gewann sie nur einfach.

Seine kitschigen Filme wurden im Eiltempo abgedreht, seine Auftritte in der Öffentlichkeit waren äußerst selten. Gerüchten zufolge verbrachte er so gut wie gar keine Zeit in Bombay. Sein

Chauffeur war ein unfreundlicher Zwerg, ein ehemaliger Zirkusclown, den die Filmjournaille dreist als Schläger etikettiert hatte. (Vinod war stolz auf diese Bezeichnung.) Und abgesehen von der beträchtlichen Anzahl Inderinnen, die mit Dhar ausgegangen waren, war nichts über irgendwelche Freundschaften des Schauspielers bekannt. Die einzige Freundschaft, von der man wußte – mit einem seltenen Besucher Bombays, einem chirurgischen Konsiliar an der Klinik für Verkrüppelte Kinder, der im Ausland immer wieder Gelder für diese Institution aufzutreiben versuchte –, wurde als alte Beziehung akzeptiert, die der Zudringlichkeit der Medien erfolgreich widerstanden hatte. Dr. Daruwalla, ein bekannter kanadischer Arzt und Familienvater, Sohn des ehemaligen Chefs der Klinik für Verkrüppelte Kinder in Bombay (des verstorbenen Dr. Lowji Daruwalla), äußerte sich der Presse gegenüber vernichtend knapp. Dr. Daruwallas Standardantwort auf Fragen nach seiner Beziehung zu Inspector Dhar lautete: »Ich bin Arzt, keine Klatschbase.« Außerdem sah man die beiden, den jüngeren mit dem älteren, nur im Duckworth Club zusammen. Die Presse war dort nicht gern gesehen, und die Mitglieder des Clubs mißbilligten Lauscher (sofern es sich nicht um den alten Butler handelte) aufs schärfste.

Allerdings kursierten allerlei Spekulationen darüber, wie es Inspector Dhar wohl gelungen war, Mitglied im Duckworth Club zu werden. Filmstars waren dort nämlich auch nicht gern gesehen. Und in Anbetracht der zweiundzwanzigjährigen Wartefrist und der Tatsache, daß der Schauspieler bereits mit sechsundzwanzig Jahren Mitglied wurde, mußte Dhar im zarten Alter von vier Jahren die Mitgliedschaft beantragt haben! Oder jemand hatte sie für ihn beantragt. Dazu kam, daß für viele Duckworthianer nicht hinreichend ersichtlich war, inwiefern sich Inspector Dhar als »führende Persönlichkeit des öffentlichen Lebens« hervorgetan hatte. Einige Mitglieder wiesen auf seine Bemühungen um die Klinik für Verkrüppelte Kinder hin, doch andere führten ins Feld, daß die Inspector-Dhar-Filme ganz Bombay schadeten. Verständlicherweise gab es keine Möglichkeit, die Gerüchte oder Beschwerden, die in dem altehrwürdigen Club über dieses Thema zirkulierten, zu unterdrücken.

Dr. Daruwalla beginnt an sich zu zweifeln

Es gab auch keine Möglichkeit, die aufregende Neuigkeit von dem toten Golfspieler in den Bougainvilleen beim neunten Green geheimzuhalten. Getreu seiner Filmrolle hatte Inspector Dhar die Leiche entdeckt. Zweifellos würde die Presse erwarten, daß er das Verbrechen auch aufklärte. Freilich sah es nicht so aus, als liege ein Verbrechen vor, obwohl unter den Duckworthianern gemunkelt wurde, daß Mr. Lals exzessives Golfspiel an sich schon ein Verbrechen war. Auf jeden Fall waren dem alten Gentleman seine strapaziösen Bemühungen in den ruinierten Bougainvilleen schlecht bekommen. Die Geier hatten alle deutlichen Spuren verwischt, aber es sah ganz so aus, als wäre Mr. Lal seinem eigenen Chip zum Opfer gefallen. Mr. Lals jahrzehntelanger Golfpartner, Mr. Bannerjee, gestand Dr. Daruwalla, er käme sich vor, als hätte er seinen Freund eigenhändig umgebracht.

»Beim neunten Loch hat es ihn jedesmal erwischt!« rief Mr. Bannerjee. »Ich hätte ihn nicht deshalb necken dürfen!«

Dr. Daruwalla mußte daran denken, daß er Mr. Lal oft auf ähnliche Weise geneckt hatte. Man konnte der Versuchung einfach nicht widerstehen, sich über den Eifer lustig zu machen, mit dem der alte Herr einen Sport betrieb, für den er doch so offensichtlich unbegabt war. Doch jetzt, nachdem er dabei umgekommen war, erschien seine übertriebene Golferei auf einmal weniger komisch.

Farrokh konnte nicht umhin, eine schwache Parallele zwischen seiner Erfindung des Inspector Dhar und Mr. Lals Golfspiel zu sehen. Diese unliebsame Verknüpfung drängte sich ihm durch einen unangenehmen Geruch auf, den er plötzlich wahrnahm; nicht so aufdringlich wie der Gestank eines Menschen, der in unmittelbarer Nähe seinen Darm entleert, sondern eher vertrauter und gleichzeitig seltener anzutreffen – in der Sonne verfaulende Abfälle vielleicht oder verstopfte Abflußrohre. Er erinnerte Farrokh an Topfpflanzen und menschlichen Urin.

Auch wenn die Analogie zwischen Mr. Lals tödlicher Gewohnheit, Golf zu spielen, und Farrokhs Drehbuchschreiberei weit hergeholt sein mochte, für Farrokh beruhte sie auf dem in beiden Fällen ähnlichen Mißverhältnis zwischen Aufwand und Ergebnis. Dr. Daruwallas Filmen wurde keinerlei künstlerischer Wert beigemessen, obwohl er sich mit den Drehbüchern gewaltige Mühe gab. Die meisten Zuschauer empfanden Inspector Dhars Charakter als roh und primitiv, und viele fanden ihn geradezu empörend anstößig. Dabei hatte der Doktor die Figur aus reiner Zuneigung geschaffen; und seine labile Selbstachtung beruhte ebensosehr auf seinem festbegründeten Ruf als Chirurg wie auf seinem Selbstverständnis als heimlicher Schriftsteller – und dies, obwohl er nur Drehbuchautor war und damit zu jener Sorte schamloser, kommerzieller Schreiberlinge gehörte, die sich derart prostituieren, daß sie für ihre Elaborate nicht einmal ihren Namen hergeben. Da der Schauspieler, der den Inspector Dhar verkörperte, (in den Augen der Öffentlichkeit) vollständig in seine Filmrolle geschlüpft war, schrieb man verständlicherweise ihm die Urheberschaft der Drehbücher zu. Doch das bekümmerte Farrokh keineswegs, denn für ihn bestand das Hauptvergnügen im Schreiben dieser Bücher. Doch trotz seiner Freude an dieser Tätigkeit trug sie ihm nur Abscheu und Spott ein.

In letzter Zeit hatte Dr. Daruwalla angesichts einiger Morddrohungen, die Inspector Dhar erhalten hatte, sogar öfter erwogen, sich aus dem Geschäft zurückzuziehen, und sich vorgenommen, bei Dhar einmal auf den Busch zu klopfen. Wenn ich aufhöre, hatte Farrokh überlegt, was wird Dhar dann machen? Und was mache *ich* dann? hatte er sich ebenfalls gefragt, denn er ahnte schon lange, daß Dhar gar nichts dagegen hätte, seine Rolle an den Nagel zu hängen – zumal jetzt. Die Beschimpfungen der ›Times of India‹ hinnehmen zu müssen war eine Sache, Morddrohungen waren etwas ganz anderes.

Und nun diese weit hergeholte Assoziation mit Mr. Lals Golfspiel, dieser untrügliche Gestank nach fauligen Abfällen, dieser uralte Geruch verstopfter Abflußrohre – oder hatte vielleicht jemand in die Bougainvilleen gepinkelt? Eine äußerst unangenehme Vorstellung. Plötzlich sah sich Dr. Daruwalla als der arme, todgeweihte Mr. Lal. Ich bin ein ebenso schlechter und fanatischer Schriftsteller, dachte er, wie Mr. Lal ein schlechter und fanatischer Golfspieler war. Er hatte nicht nur längst ein neues Drehbuch geschrieben, sondern der neue Film war auch schon fertig geschnitten. Wie es der Zufall wollte, würde er kurz vor oder nach der Ankunft von Dhars Zwillingsbruder in Bombay anlaufen. Dhar hing derzeit nur herum, da er vertraglich zu einer beschränkten Anzahl von Interviews und Fototerminen verpflichtet war, um für den neuen Streifen zu werben. (Dieser unvermeidliche Kontakt zur Filmpresse ließ sich nicht annähernd so einschränken, wie Dhar es sich gewünscht hätte.) Zudem gab es allen Grund anzunehmen, daß der neue Film ebensoviel Ärger verursachen würde wie der letzte. Und deshalb muß ich *jetzt* aufhören, dachte Dr. Daruwalla – bevor ich mit dem nächsten anfange!

Doch wie konnte er aufhören? Er schrieb für sein Leben gern. Und wie konnte er hoffen, je ein besserer Schriftsteller zu werden, wo er doch bereits sein Bestes gab? Wie der arme Mr. Lal schaffte er es immer nur bis zum neunten Green. Jedesmal flogen Blütenblätter, aber der Golfball reagierte so gut wie gar nicht; jedesmal stand er bis zu den Knien in den kranken Bougainvilleen und drosch wie wild auf den kleinen weißen Ball ein. Und eines Tages würden die Geier auch über ihm kreisen und plötzlich herabstoßen.

Es gab nur zwei Möglichkeiten: entweder endlich statt der Blüten den Ball zu treffen oder mit dem Spiel aufzuhören. Dr. Daruwalla sah das durchaus ein. Trotzdem konnte er sich nicht entscheiden – ebensowenig wie er sich dazu überwinden konnte, Inspector Dhar die unangenehme Nachricht zu überbringen. Wie kann ich nur hoffen, dachte der Doktor, je etwas Besseres zustande zu bringen? Und wie soll ich mit dem Schreiben aufhören, wo mir so viel daran liegt?

Es tröstete ihn, an den Zirkus zu denken. Wie ein Kind, das voller Stolz die Namen der Osterhasenkinder oder der sieben Zwerge aufzählt, versuchte sich Farrokh an die Namen der Löwen im Great Royal Circus zu erinnern: Ram, Raja, Wazir, Mother, Diamond, Shanker, Crown, Max, Hondo, Highness, Lillie Mol, Leo und Tex. Und ihre Jungen hießen Sita, Gita, Julie, Devi, Bheem und Lucy. Am gefährlichsten waren die Löwen zwischen der ersten und der zweiten Fleischfütterung. Das Fleisch machte ihre Pfoten glitschig; während sie in ihren Käfigen auf- und abtigerten und auf die zweite Portion warteten, glitten sie häufig aus und fielen hin – oder rutschten seitlich gegen die Gitterstäbe. Nach der zweiten Fütterung wurden sie dann ruhig und leckten sich das Fett von den Pfoten. Bei Löwen konnte man sich auf bestimmte Dinge verlassen. Sie waren immer sie selbst. Löwen versuchten nie, etwas zu sein, was sie nicht sein konnten, so wie Dr. Daruwalla versuchte, Schriftsteller zu sein – so wie ich ständig versuche, ein Inder zu sein! dachte Farrokh.

Und fünfzehn Jahre hatte er noch keinen genetischen Marker für den chondrodystrophen Zwergwuchs entdeckt, und es hatte ihn auch niemand ermutigt, danach zu suchen. Aber Dr. Daruwalla versuchte es weiterhin. Sein Zwergenblut-Projekt war nicht gestorben. Er würde es nicht begraben – noch nicht.

Nur weil ein Elefant auf eine Wippe getreten ist

Als Dr. Daruwalla auf die Sechzig zuging, war seinen Äußerungen nichts mehr von dem Enthusiasmus aus der Zeit seiner Bekehrung zum Christentum anzumerken. Es war, als würde allmählich eine *Ent*kehrung stattfinden. Aber vor fünfzehn Jahren – als der Doktor zum Zirkusgelände auf dem Cross Maidan fuhr, um festzustellen, was mit Vinod passiert war – war sein Glaube noch so frisch, daß er dem Zwerg bereits haarklein die wundersamen Umstände dieser Bekehrung erzählt hatte. Sollte Vinod wirklich sterben, würde die Erinnerung an ihr Gespräch über Religion den Doktor zumindest etwas trösten – denn Vinod war ein sehr religiöser Mensch. In den folgenden Jahren sollte Farrokh im Glauben immer weniger echten Trost finden, bis es irgendwann so weit kam, daß der Doktor jedem religiösen Gespräch mit Vinod aus dem Weg ging, weil er den gigantischen Fanatismus des Zwergs nicht mehr ertragen konnte.

Doch auf dem Weg zum Great Blue Nile, wo er feststellen sollte, welches Unglück dem Zwerg widerfahren war, dachte er gerührt daran, wie freudig erregt der Zwerg über die Parallelen zwischen seiner Version des Hinduismus und Dr. Daruwallas Christentum gewesen war.

»Wir haben auch eine Art Dreifaltigkeit!« hatte der Zwerg ausgerufen.

»Brahma, Shiva, Vishnu – meinst du die?« hatte der Doktor gefragt.

»Die gesamte Schöpfung liegt in den Händen von drei Göttern«, hatte Vinod erklärt. »Der erste ist Brahma, der Gott der Schöpfung – er hat in ganz Indien nur einen Tempel! Der zweite ist Vishnu, der Gott der Erhaltung oder des Seins. Und der dritte ist Shiva, der Gott der Veränderung.«

»Veränderung?« hatte Farrokh gefragt. »Ich dachte, Shiva sei der Zerstörer – der Gott der Vernichtung.«

»Warum behaupten das alle?« hatte der Zwerg gefragt. »Die gesamte Schöpfung ist ein Kreislauf – da gibt es kein Ende. Mir gefällt es besser, in Shiva den Gott der Veränderung zu sehen. Manchmal ist auch der Tod Veränderung.«

»Verstehe«, hatte Dr. Daruwalla geantwortet. »Das ist eine recht positive Betrachtungsweise.«

»Das ist unsere Dreiheit«, fuhr der Zwerg fort. »Schöpfung, Erhaltung, Veränderung.«

»Allerdings begreife ich nicht recht, warum die Götter auch weiblich sein können«, gab Farrokh zu.

»Die Macht der Götter wird durch die weiblichen Gestalten verkörpert«, erklärte Vinod. »Durga ist die weibliche Form von Shiva – sie ist die Göttin des Todes und der Zerstörung.«

»Aber du hast doch gerade gesagt, daß Shiva der Gott der Veränderung ist«, unterbrach ihn der Doktor.

»Seine weibliche Form, Durga, ist die Göttin des Todes und der Zerstörung«, wiederholte der Zwerg.

»Verstehe«, antwortete Dr. Daruwalla, weil er Vinod nicht provozieren wollte.

»Durga paßt auf mich auf, ich bete zu ihr«, fügte Vinod hinzu.

»Die Göttin des Todes und der Zerstörung paßt auf dich auf?« fragte Farrokh.

»Sie beschützt mich immer«, antwortete der Zwerg.

»Verstehe«, sagte Dr. Daruwalla. Daß Vinod glaubte, von der Göttin des Todes und der Zerstörung beschützt zu werden, klang irgendwie so, als hätte er sich fatalistisch in sein Schicksal ergeben.

Als Farrokh beim Zirkus ankam, lag Vinod im Dreck unter

der Zuschauertribüne; offenbar war er zwischen den hölzernen Planken der vierten oder fünften Sitzreihe durchgefallen. Die Requisiteure hatten nur ein kleines Segment der Zuschauertribüne räumen lassen, unter der Vinod bewegungslos lag. Doch wie und warum er dort gelandet war, ließ sich nicht auf Anhieb feststellen. War es bei einer Clownsnummer passiert, bei der das Publikum mitmachte?

Auf der anderen Seite der Manege versuchte ein wirres Knäuel von Zwergclowns tapfer, die Aufmerksamkeit des Publikums auf sich zu lenken. Sie führten die bekannte Nummer mit dem pupsenden Clown vor, bei der ein Zwerg durch ein Loch in seinem farbenprächtigen Hosenboden Talkumpuder auf die anderen Zwerge »pupst«. Sie wirkten keineswegs geschwächt oder in schlechterer Verfassung als sonst, weil sie dem Doktor ein Röhrchen Blut spendiert hatten, wozu Vinod sie auf schamlose Weise überredet hatte. Ebenso schamlos hatte Dr. Daruwalla sie belogen – Vinods Ratschlag folgend, hatte er behauptet, das Blut der Zwerge würde dazu dienen, einem sterbenden Zwerg neue Kraft zu geben. Vinod hatte dieses Märchen noch dadurch untermauert, daß er seinen Clownkollegen weismachte, der Doktor hätte ihm bereits Blut abgenommen.

Diesmal hatte der Zirkusdirektor das Eintreffen des Doktors zum Glück nicht über Lautsprecher verkündet. Da Vinod unter den Tribünensitzen lag, konnte der größte Teil des Publikums ihn nicht sehen. Farrokh kniete sich auf den schmutzigen Boden, der mit Abfällen übersät war: fettige Papiertüten, Limonadeflaschen, Erdnußschalen und ausgespuckte Betelnußstücke. An der Unterseite der Tribünenbänke sah Farrokh auf den hölzernen Planken die weißen Streifen der Limonenpaste, mit der *paan* hergestellt wird; offenbar hatten sich die Zuschauer die Finger unter den Sitzen abgewischt.

»Ich glaube nicht, daß es mit mir zu Ende geht«, flüsterte

Vinod dem Doktor zu. »Ich glaube, ich sterbe nicht, sondern ich verändere mich nur.«

»Bleib ganz ruhig liegen«, sagte Dr. Daruwalla. »Sag mir nur, wo es weh tut.«

»Ich lieg schon ruhig. Und mir tut nichts weh«, antwortete der Zwerg. »Ich spüre nur einfach mein Hinterteil nicht.«

Der Zwerg lag, durchaus passend für einen gläubigen Menschen, stoisch leidend da und hatte seine Dreizackhände auf der Brust gekreuzt. Später beklagte er sich, daß niemand außer einem Verkäufer – der an einem Riemen um den Hals ein Tablett mit Nüssen und Kichererbsen trug – es gewagt hatte, sich ihm zu nähern. Vinod hatte dem Verkäufer gesagt, daß sich sein Hintern taub anfühlte; daher vermutete der Zirkusdirektor, daß sich der Zwerg den Hals oder das Rückgrat gebrochen hatte. Vinod fand, daß wenigstens jemand mit ihm hätte reden oder sich seine Lebensgeschichte hätte anhören sollen; jemand hätte seinen Kopf halten und ihm Wasser einflößen können, bis die Bahrenträger in ihren schmutzigweißen *dhotis* kamen, um ihn zu holen.

»Das ist Shiva, dafür ist er zuständig«, erklärte der Zwerg Dr. Daruwalla. »Das ist Veränderung, nicht Tod, glaube ich. Wenn Durga die Hand im Spiel hat, einverstanden, dann sterbe ich. Aber ich glaube, ich verändere mich nur.«

»Das wollen wir hoffen«, entgegnete Dr. Daruwalla und forderte Vinod auf, seine Finger zu umklammern. Dann berührte er die Hinterseite seiner Beine.

»Ich spüre sie nur ein bißchen«, sagte der Zwerg.

»Ich berühre dich auch nur ein bißchen«, erklärte Farrokh.

»Das bedeutet, daß ich nicht sterbe«, meinte der Zwerg. »Das sind lediglich die Götter, die mir einen Rat geben.«

»Und was raten sie dir?« wollte der Doktor wissen.

»Sie sagen mir, daß es Zeit ist, den Zirkus zu verlassen«, antwortete Vinod. »Zumindest diesen Zirkus.«

Nach und nach versammelte sich die ganze Truppe des Great

Blue Nile um die beiden. Der Zirkusdirektor, die Schlangen-mädchen und Kautschukfrauen, sogar der Löwenbändiger, der mit seiner Peitsche spielte. Aber der Doktor ließ nicht zu, daß die Bahrenträger den Zwerg bewegten, bevor ihm jemand er-klärt hatte, wie es zu dem Sturz gekommen war. Da Vinod der Meinung war, daß nur die anderen Zwerge den Unfall richtig schildern konnten, mußte die Nummer mit dem pupsenden Clown unterbrochen werden. Inzwischen war sie ohnehin wie üblich ausgeartet: Der anstößige Zwerg pupste Talkumpuder in die erste Reihe. Da das Publikum dort zumeist aus Kindern be-stand, wurde das nicht als übermäßige Beleidigung empfunden. Trotzdem zerstreute sich die Menge allmählich. Die Nummer mit dem pupsenden Clown war nie sehr lange komisch. Und der Great Blue Nile hatte bei seinen halbwegs erfolgreichen Be-mühungen, das Publikum bis zum Eintreffen des Doktors auf den Plätzen zu halten, sein Repertoire restlos erschöpft.

Jetzt gaben die Clowns, die sich um Vinod geschart hatten, zu, daß dieser bereits bei anderen Gelegenheiten verletzt wor-den war. Einmal war er vom Pferd gefallen; einmal war ihm ein Schimpanse nachgerannt und hatte ihn gebissen. Einmal, als es im Blue Nile noch eine Bärin gab, hatte diese Vinod in einen Eimer mit verdünntem Rasierschaum getunkt; das war zwar Be-standteil der Nummer, aber der Schubs war so hart gewesen, daß der Zwerg keine Luft mehr bekam und (infolgedessen) das Sei-fenwasser eingeatmet und geschluckt hatte. Außerdem hatten Vinods Clownkollegen miterlebt, wie er einmal bei der Num-mer mit den Kricket spielenden Elefanten verletzt worden war. Soweit Dr. Daruwalla verstand, war bei diesem Kunststück offenbar ein Elefant der Werfer und ein zweiter der Schlagmann. Der erste hielt den Ball mit dem Rüssel fest und warf ihn dem anderen zu; der Kricketball war Vinod. Es tat weh, von einem Elefanten geworfen und von einem anderen abgeschlagen zu werden, auch wenn der Schläger aus Gummi war.

Wie Farrokh später erfuhr, setzte der Great Royal Circus seine Zwergclowns nie solchen Risiken aus, aber das hier war eben der Great Blue Nile. Schuld an dem schrecklichen Unfall mit der Wippe, der dazu geführt hatte, daß Vinod reglos unter den Tribünensitzen lag, war ebenfalls eine berüchtigte Elefantennummer. Die Nummer mit dem Elefanten auf der Wippe erforderte nicht soviel Präzision wie die Kricket spielenden Elefanten, war aber besonders beliebt bei den Kindern, die mit einer Schaukel oder Wippe mehr anfangen konnten als mit Kricket.

Bei dieser Nummer mimte Vinod einen griesgrämigen Clown, einen faden Spielverderber, der nicht mit den anderen Zwergen auf der Wippe schaukeln wollte. Sooft sie das Brett ausbalanciert hatten, sprang Vinod an einem Ende darauf, und sie purzelten herunter. Dann setzte er sich mit dem Rücken zu ihnen auf das eine Ende. Nacheinander krabbelten alle anderen Clowns ans andere Ende des Bretts, bis Vinod hoch in der Luft schwebte; daraufhin drehte er sich um, rutschte herunter und schubste sie wieder vom Brett. Damit stand für das Publikum fest, daß Vinod sich unsozial verhielt. Die anderen Zwerge ließen ihn an einem Ende der Wippe sitzen und holten, während er ihnen den Rücken zuwandte, einen Elefanten.

Für Erwachsene war das einzig Interessante an dieser Nummer, daß Elefanten zählen können – zumindest bis drei. Die Zwerge versuchten, den Elefanten dazu zu bewegen, auf das emporragende Ende der Wippe zu treten, während Vinod am anderen Ende saß, aber man hatte dem Elefanten beigebracht, das nicht gleich zu tun, sondern erst beim dritten Mal. Die beiden ersten Male hob er seinen gewaltigen Fuß über die Wippe, trat aber nicht darauf; zweimal wedelte er im letzten Augenblick mit den Ohren und wandte sich ab. So entstand beim Publikum der Eindruck, daß der Elefant nicht wirklich ernst machen würde. Wenn er dann beim dritten Mal auf die Wippe trat und Vinod in die Luft katapultierte, waren die Zuschauer entsprechend überraschte.

Vorgesehen war, daß Vinod zu den zusammengerollten Netzen hinaufflog, die nur für die Trapeznummern heruntergelassen wurden. Dort klammerte er sich dann wie eine Fledermaus an der Unterseite fest und schrie den anderen Zwergen zu, sie sollten ihn herunterholen. Natürlich konnten sie ihn nicht ohne die Hilfe des Elefanten erreichen, vor dem Vinod sichtlich große Angst hatte. Typischer Zirkus-Slapstick, doch es kam darauf an, daß die Wippe genau auf die aufgerollten Netze gerichtet war. An jenem schicksalhaften Abend, der Vinods Leben verändern sollte, bemerkte er (während er auf der Wippe saß), daß sie zum Publikum hinzeigte.

Schuld daran war möglicherweise das Kingfisher Lager; so viel Bier auf einmal konnte einen Zwerg schon aus dem Konzept bringen. Dr. Daruwalla würde nie wieder Zwerge mit Bier bestechen. Unglücklicherweise zeigte nicht nur die Wippe in die falsche Richtung, sondern Vinod hatte auch versäumt mitzuzählen, wie oft der Elefant seinen Fuß gehoben hatte, was ihm sonst immer blind gelungen war; er brauchte nur aufzupassen, wie oft das Publikum gespannt den Atem anhielt. Natürlich hätte sich Vinod umschauen können, um festzustellen, wo sich der riesige Fuß befand. Aber er fühlte sich einem gewissen Niveau verpflichtet: Hätte er sich umgedreht, wäre die Nummer völlig im Eimer gewesen.

So geschah es, daß Vinod in die vierte Sitzreihe hinaufgeschleudert wurde. Er erinnerte sich noch, daß er hoffte, nicht auf irgendwelchen Kindern zu landen, aber er hätte sich keine Sorgen zu machen brauchen, denn die Zuschauer stoben auseinander, bevor er aufschlug. Er knallte auf die leeren Holzbänke und fiel durch den Zwischenraum zwischen den Tribünenbrettern.

Ein chondrodystropher Zwerg, das Produkt einer Spontanmutation, lebt mit dem Schmerz. Die Knie tun ihm weh, die Ellbogen tun weh – ganz zu schweigen davon, daß sie sich nicht durchstrecken lassen. Die Knöchel tun ihm weh, und der Rücken tut auch weh – ganz zu schweigen von der degenerativen Arthritis. Natürlich gibt es schlimmere Arten von Zwergwuchs: Pseudochondrodystrophe Zwerge leiden an sogenannten windschiefen Deformierungen – O-Bein auf der einen, X-Bein auf der anderen Seite. Dr. Daruwalla hatte Zwerge gesehen, die überhaupt nicht gehen konnten. In Anbetracht der Schmerzen, an die Vinod gewöhnt war, machte es ihm nichts aus, daß sein Hinterteil gefühllos war. Wahrscheinlich hatte er sich seit Jahren nicht mehr so wohl gefühlt – obwohl er von einem Elefanten dreizehn Meter hoch in die Luft katapultiert worden und mit dem Steißbein auf einer Holzplanke gelandet war.

So kam es, daß der verletzte Zwerg Dr. Daruwallas Patient wurde. Vinod hatte sich das Steißbein im oberen Drittel gebrochen und sich die Sehne des äußeren Schließmuskels, die dort angewachsen ist, gezerrt; kurz und gut, er hatte sich buchstäblich den Arsch gebrochen. Außerdem hatte er sich ein paar Kreuzbeinbänder gerissen, die an den Seiten des Steißbeins befestigt sind. Die Gefühllosigkeit seines Hinterteils, die sich bald legte – so daß die gewohnten Schmerzen wieder zurückkehrten –, rührte möglicherweise daher, daß auf einen oder mehrere Sakralnerven Druck einwirkte. Vinod sollte sich vollständig von seinem Sturz erholen, wenn auch langsamer als Deepa. Trotzdem beharrte er darauf, daß er dauerhaft behindert war. Im Grunde meinte er damit, daß er nicht mehr die Nerven für solche Kunststücke hatte.

Künftig müßten die Flugexperimente der Clowns des Great Blue Nile ohne Vinod stattfinden, konstatierte der Zwerg. Wenn Shiva der Gott der Veränderung war und nicht nur der Zerstörer, bestand die Veränderung, die er für Vinod vorgesehen hatte, vielleicht in einem Berufswechsel. Doch der altgediente Clown blieb ein Zwerg, und von daher fehlten ihm in Farrokhs Augen die nötigen Voraussetzungen, um außerhalb des Zirkus zu arbeiten.

Als die Gastspielsaison des Great Blue Nile in Bombay zu Ende ging, hatten sich Vinod und seine Frau von ihren jeweiligen Operationen weitgehend erholt. Während Deepa und ihr zwergwüchsiger Mann im Krankenhaus lagen, kümmerten sich Dr. Daruwalla und seine Frau um Shivaji; irgend jemand mußte sich schließlich um das Zwergenkind kümmern, und der Doktor fühlte sich nach wie vor verantwortlich für das Bier. Es war einige Jahre her, seit die Daruwallas mit einem Zweijährigen hatten zurechtkommen müssen, und der Umgang mit einem zweijährigen Zwerg war völlig neu für sie. Für Vinod erwies sich diese Zeit der Rekonvaleszenz als recht fruchtbar. Der Zwerg war ein zwanghafter Listenschreiber, und es machte ihm Spaß, Dr. Daruwalla seine Listen zu zeigen. Eine ziemlich lange Liste enthielt alle Fertigkeiten, die sich Vinod im Zirkus angeeignet hatte, und auf einer bedauerlich kurzen standen seine sonstigen Fähigkeiten. Auf der kürzeren Liste las Dr. Daruwalla, daß der Zwerg Auto fahren konnte. Farrokh war überzeugt, daß Vinod log; er hatte sich ja auch die Lüge ausgedacht, mit der der Doktor die Zwerge des Great Blue Nile dazu gebracht hatte, sich Blut abnehmen zu lassen.

»Welche Art von Auto kannst du denn fahren?« fragte der Doktor den genesenden Zwerg. »Wie kommst du mit den Füßen an die Pedale?«

Auf Vinods kurzer Liste stand noch ein anderes Wort, auf das er stolz zeigte. Es hieß »Mechanik«. Farrokh hatte es überlesen und war gleich zum Punkt »Autofahren« gesprungen. Er ging davon aus, daß mit »Mechanik« das Reparieren von Einrädern und anderen Zirkusgeräten gemeint war, aber Vinod hatte sich nebenbei zwar ein bißchen mit Einrädern, aber auch mit Automechanik beschäftigt; er hatte tatsächlich ein Handbedienungsgerät für ein Auto konstruiert und angebracht. Den Anstoß hatte natürlich eine Zwergnummer im Great Blue Nile gegeben, bei der zehn Clowns aus einem kleinen Auto kletterten. Aber zuerst mußte ein Zwerg in der Lage sein, es zu fahren; dieser Zwerg war Vinod gewesen. Er gab zu, daß die Umrüstung auf Handbetrieb kompliziert gewesen war. (»Viele Experimente gehen daneben«, meinte Vinod weise.) Das Fahren, so meinte er, sei dann relativ leicht gewesen.

»Du kannst also Auto fahren«, sagte Dr. Daruwalla, als spräche er mit sich selbst.

»Ja, schnell und langsam!« rief Vinod.

»Das Auto braucht ein Automatikgetriebe«, überlegte Farrokh laut.

»Keine Kupplung, nur Bremse und Gas«, erklärte der Zwerg.

»Es gibt also zwei Griffe?« wollte der Doktor wissen.

»Wer braucht denn mehr als zwei?« fragte der Zwerg.

»Also... wenn du bremst oder beschleunigst, hast du nur eine Hand am Lenkrad«, folgerte Farrokh.

»Wer braucht denn beide Hände zum Lenken?« entgegnete Vinod.

»Du kannst also Auto fahren«, wiederholte Dr. Daruwalla.

Irgendwie war das schwerer zu glauben als der Elefant auf der Wippe oder die Kricket spielenden Elefanten, denn der Doktor konnte sich einfach kein anderes Leben für Vinod vorstellen. Er hatte geglaubt, der Zwerg sei dazu verdammt, für alle Zeiten als Clown im Great Blue Nile zu bleiben.

»Und Deepa bringe ich das Autofahren auch bei«, fügte Vinod hinzu.

»Aber Deepa braucht keine Handbedienung«, meinte Farrokh.

Der Zwerg zuckte die Achseln. »Im Blue Nile fahren wir natürlich dasselbe Auto«, erläuterte er.

So kam es, daß Dr. Daruwalla auf der Station in der Klinik für Verkrüppelte Kinder, auf der der Zwerg lag, die erste Begegnung mit einem zukünftigen Helden am Steuer machte. Er konnte sich unmöglich vorstellen, daß Vinod mit seiner Limousine fünfzehn Jahre später zu den legendären Gestalten Bombays zählen würde. Freilich riß sich Vinod nicht sofort vom Zirkus los; Legenden brauchen ihre Zeit. Freilich riß sich Deepa, die Frau des Zwergs, vom Zirkus am Ende auch nicht ganz los. Freilich dachte Shivaji, der Sohn des Zwergs, nicht im Traum daran, sich von ihm loszureißen. Aber all das ereignete sich wirklich und wahrhaftig nur, weil Dr. Farrokh Daruwalla Zwergenblut haben wollte.

3

Der echte Polizist

Mrs. Dogar erinnert Farrokh an jemand anderen

Fünfzehn Jahre träumte Dr. Daruwalla von Deepa im Sicherheitsnetz. Das ist natürlich übertrieben, so übertrieben wie Farrokhs Verblüffung darüber, daß Vinod mit seiner Limousine im Laufe der Zeit in Bombay zu einer regelrechten Legende geworden war. Nicht einmal auf dem Höhepunkt seines Erfolgs als Autofahrer hätte man Vinod zugetraut, daß er eine richtige Limousine chauffieren – geschweige denn ein Taxiunternehmen gründen – könnte. In seinen besten Zeiten besaß Vinod ein halbes Dutzend Wagen – darunter die zwei auf Handbedienung umgerüsteten, die der Zwerg selbst fuhr; keiner davon war ein Mercedes.

Allerdings erzielte Vinod nur kurzfristig bescheidene Gewinne mit seinen Privattaxis oder »Luxustaxis«, wie sie in Bombay hießen. Vinods Autos waren keineswegs luxuriös, und ohne ein Darlehen von Dr. Daruwalla hätte er sich auch diese eindeutig aus zweiter Hand stammenden Fahrzeuge niemals leisten können. Wenn der Zwerg vorübergehend eine Legende war, lag das nicht an der Anzahl oder der Ausstattung seiner Automobile – es waren nämlich keine Limousinen. Vielmehr verdankte Vinod seinen legendären Ruf einem berühmten Stammkunden, dem zuvor erwähnten Schauspieler mit dem unwahrscheinlichen Namen Inspector Dhar. Dhar lebte bestenfalls ein Teil des Jahres in Bombay.

Seine Bande zum Zirkus konnte der arme Vinod nie ganz durchtrennen. Sein Sohn Shivaji war inzwischen zum Teenager herangewachsen und litt, seinem Alter entsprechend, unter dezidierten und prinzipiell konträren Ansichten. Wäre Vinod weiterhin Clown im Great Blue Nile geblieben, hätte Shivaji dem Zirkus zweifellos den Rücken gekehrt. Wahrscheinlich hätte sich der streitsüchtige Junge dazu entschlossen, in Bombay Taxi zu fahren – nur weil ihm allein schon der Gedanke zuwider gewesen wäre, als komischer Zwerg aufzutreten. Doch nachdem sein Vater alles darangesetzt hatte, der tagtäglichen gefährlichen Schinderei im Great Blue Nile zu entrinnen und ein Taxiunternehmen auf die Beine zu stellen, war Shivaji wild entschlossen, Clown zu werden. So kam es, daß Deepa häufig mit ihrem Sohn umherreiste; und während der Blue Nile in ganz Gujarat und Maharashtra gastierte, widmete sich Vinod in Bombay seinem Taxigeschäft.

Die ganzen fünfzehn Jahre war es dem Zwerg nicht gelungen, seiner Frau das Fahren beizubringen. Nach ihrem Sturz hatte Deepa die Arbeit am Trapez aufgegeben, wurde vom Blue Nile jedoch dafür bezahlt, daß sie Kinder zu Schlangenmenschen ausbildete. Während Shivaji sich all das aneignete, was ein Clown können mußte, betreute seine Mutter die Schlangenmädchen bei ihren Kautschuknummern. Wenn Vinods Sehnsucht nach Frau und Sohn zu groß wurde, kehrte er in den Blue Nile zurück. Dort mied er die gefährlicheren Nummern aus dem Repertoire der Zwergclowns und begnügte sich damit, die jüngeren Zwerge zu unterweisen, darunter auch seinen Sohn. Doch egal ob man sich als Clown von einem Elefanten in die Luft katapultieren, von Schimpansen jagen oder von einem Bären in ein Faß tunken lassen muß – viel zu lernen gibt's da nicht. Und regelrecht beigebracht kann einem außer den anspruchsvollen konkreten Trainingseinheiten, die ausgiebiges Proben erfordern – wie man von einem in seine Einzelteile zerfallenden Einrad springt und dergleichen –, eigentlich nur noch das Schminken, das richtige Timing und das Fallen. Vinod hatte den Eindruck, daß im Great Blue Nile hauptsächlich das Fallen geübt wurde.

Natürlich litt Vinods Taxiunternehmen unter seiner Abwesenheit von Bombay, so daß er sich gezwungen sah, wieder in die Stadt zurückzukehren. Da sich Dr. Daruwalla nur zeitweise in Indien aufhielt, war er nicht immer auf dem laufenden, wo sich Vinod gerade befand. Der Zwerg war ständig in Bewegung, wie gefangen in einer Clownsnummer, die kein Ende nehmen wollte.

Ähnliches läßt sich von Farrokhs Angewohnheit sagen, seine Gedanken zu jenem weit zurückliegenden Abend wandern zu lassen, an dem er mit der Nase auf Deepas Schambein geknallt war. Freilich war das nicht das einzige Bild vom Zirkus, das ihm regelmäßig in den Sinn kam. Doch die kratzigen Pailletten auf Deepas engem Trikot und dazu die widersprüchlichen Gerüche, aus denen sich Deepas erdiger Duft zusammensetzte, waren verständlicherweise die lebhaftesten Eindrücke, die der Zirkus bei Farrokh hinterlassen hatte. Und nie träumte er mit offenen Augen so lebhaft vom Zirkus wie dann, wenn ihm etwas Unangenehmes bevorstand.

Jetzt gerade ertappte sich Dr. Daruwalla bei dem Gedanken, daß sich Vinod fünfzehn Jahre lang beharrlich geweigert hatte, ihm auch nur ein einziges Röhrchen Blut zu geben. Der Doktor hatte nahezu jedem aktiven Zwergclown – in nahezu jedem Zirkus in ganz Gujarat und Maharashtra – Blut abgenommen, Vinod jedoch nicht einen Tropfen. Wenngleich ihn diese Tatsache sehr erboste, verweilte er mit seinen Gedanken doch lieber dabei, als sich mit dem dringlicheren Problem des nahenden Zwillingsbruders zu befassen.

Dr. Daruwalla war ein Feigling. Daß Mr. Lal, ohne Netz, auf dem Golfplatz umgefallen war, war kein Grund, Inspector Dhar die beunruhigende Nachricht nicht zu übermitteln. Aber der Doktor brachte ganz einfach nicht den Mut auf.

Es war typisch für Dr. Daruwalla, vor allem dann ausgiebig

Witze zu erzählen, wenn ihm eine beunruhigende Selbster-
kenntnis gekommen war. Für Inspector Dhar war es typisch,
daß er schwieg – wobei dieses ›typisch‹ davon abhing, welchen
Gerüchten man glaubte. Dhar wußte, daß Farrokh Mr. Lal gern
gemocht hatte und meist dann zu seinem bissigen Humor Zuflucht nahm, wenn er sich von etwas ablenken wollte, das ihn
unglücklich machte. Jetzt verbrachte Dhar beim Lunch im
Duckworth Club die meiste Zeit damit, Dr. Daruwalla zuzuhören, der sich des langen und breiten über diese neuerliche Beleidigung der Parsen ausließ: daß die Geier den letzten toten
Parsen unbeachtet gelassen hatten, weil sie sich um Mr. Lal auf
dem Golfplatz kümmerten. Farrokh konnte der Vorstellung,
daß eifrige Anhänger der Lehre Zarathustras über die Ablenkung der Geier durch den toten Golfspieler in Harnisch geraten
würden, durchaus eine gewisse Komik abgewinnen. Dr. Daruwalla meinte, man solle Mr. Sethna fragen, ob er sich gekränkt
fühle; während der gesamten Mahlzeit war der alte Butler mit
beleidigter Miene herumgelaufen, obwohl der gegenwärtige
Stein des Anstoßes offenbar die zweite Mrs. Dogar war. Es war
offensichtlich, daß Mr. Sethna diese Frau mißbilligte, egal was
sie vorhaben mochte.

Sie hatte sich bewußt so an ihren Tisch gesetzt, daß sie Inspector Dhar anstarren konnte, der ihren Blick nicht ein einziges Mal erwiderte. Dr. Daruwalla vermutete, daß hier wieder
einmal eine aufdringliche Frau Dhars Aufmerksamkeit auf sich
zu ziehen suchte – mit Sicherheit vergeblich. Der Doktor hätte
der zweiten Mrs. Dogar schon jetzt sagen können, daß die
Gleichgültigkeit des Schauspielers sie kränken würde. Eine
Zeitlang hatte sie ihren Stuhl sogar ein Stück weit zurückge-
schoben, so daß man ihren reizenden, von den gewagten Farben
ihres Sari wunderschön umrahmten Nabel sehen konnte; er
zeigte auf Inspector Dhar wie ein einzelnes, fest entschlossenes
Auge. Während Inspector Dhar Mrs. Dogars Avancen offenbar

nicht bemerkte, fiel es Dr. Daruwalla äußerst schwer, die Frau nicht anzusehen.

Seiner Ansicht nach benahm sie sich für eine verheiratete Frau in mittleren Jahren – Dr. Daruwalla schätzte sie auf Anfang Fünfzig – ziemlich schamlos. Trotzdem fand er die zweite Mrs. Dogar attraktiv, oder vielmehr gefährlich attraktiv. Er kam nicht recht dahinter, was er an dieser Frau so anziehend fand, deren lange, muskulöse Arme ihr wenig schmeichelten und deren mageres, hartes Gesicht jene herausfordernde Attraktivität besaß, die eher zu einem Mann paßte. Gewiß, ihr Busen war wohlgeformt (wenn auch nicht üppig), ihr Po stramm und fest – zumal für eine Frau ihres Alters –, und ihre lange Taille und der vorher erwähnte Nabel unterstrichen zweifellos noch das erfreuliche Erscheinungsbild, das sie in einem Sari bot. Aber sie war zu groß, hatte zu breite Schultern, und ihre großen, nervösen Hände spielten mit dem Besteck herum, als wäre sie ein gelangweiltes Kind.

Außerdem hatte Farrokh einen kurzen Blick auf Mrs. Dogars Füße erhascht – offenbar hatte sie unter dem Tisch die Schuhe abgestreift. Genauer gesagt erblickte er nur einen Fuß, und der war nackt und schwielig; um das erstaunlich plumpe Fußgelenk hing lose ein goldenes Kettchen, und ein breiter Goldreif umschloß eine der klauenähnlichen Zehen.

Daß der Doktor Mrs. Dogar attraktiv fand, lag vielleicht daran, daß sie ihn an jemand anderen erinnerte, doch er kam nicht darauf, wer das sein könnte. Vielleicht ein ehemaliger Filmstar. Dann fiel dem Doktor, dessen Patienten ja Kinder waren, ein, daß er die neue Mrs. Dogar womöglich als Kind gekannt hatte. Warum sie das in seinen Augen attraktiv machen sollte, war noch so eine ärgerliche und ungeklärte Frage. Da die zweite Mrs. Dogar vermutlich nicht mehr als sechs oder sieben Jahre jünger war als Dr. Daruwalla, waren sie sozusagen zur selben Zeit Kinder gewesen.

Der Doktor fühlte sich ertappt, als Dhar sagte: »Wenn du dich sehen könntest, Farrokh, wie du diese Frau anschaust, wäre dir das vermutlich peinlich.« Wenn dem Doktor etwas peinlich war, hatte er die unangenehme Angewohnheit, abrupt das Thema zu wechseln.

»Und du erst! Du hättest dich mal sehen sollen!« sagte Dr. Daruwalla zu Inspector Dhar. »Du hast ausgesehen wie ein verdammter Polizeiinspektor – ich meine, du hast verdammt echt ausgesehen!«

Es irritierte Dhar, wenn Dr. Daruwalla ein derart lächerliches, unnatürliches Englisch sprach; es war nicht einmal das Englisch mit dem singenden, melodischen Hindi-Einschlag, das für Dr. Daruwalla ebenfalls unnatürlich war. Das hier war schlimmer, weil es durch und durch unecht war – dieser affektierte, britische Tonfall jenes indischen Englisch mit seiner ausgeprägten klanglichen Eigenart, das einem häufig bei jungen Collegeabgängern begegnete, die als Berater für das Speisen- und Getränkeangebot im Taj Mahal oder als Produktmanager für Britannia Biscuits arbeiteten. Dhar wußte, daß dieser unpassende Akzent Farrokhs Befangenheit widerspiegelte – er fühlte sich in Bombay einfach fehl am Platz.

Leise, in akzentfreiem Englisch, sagte Inspector Dhar zu seinem aufgewühlten Freund: »Welches Gerücht über mich wollen wir denn heute schüren? Soll ich dich auf Hindi anschreien? Oder ist heute ein guter Tag für Englisch als Zweitsprache?«

Dhars boshafter Ton und sein hämischer Gesichtsausdruck kränkten Dr. Daruwalla, obwohl diese Manierismen die Markenzeichen der fiktiven Gestalt waren, die er selbst geschaffen hatte und die ganz Bombay inzwischen haßte. Obwohl dem heimlichen Drehbuchautor moralische Bedenken wegen seines Geschöpfs gekommen waren, änderte dieser Zweifel nichts an der vorbehaltlosen Zuneigung, die er dem jüngeren Mann entgegenbrachte. Weder in der Öffentlichkeit noch privat machte der Doktor einen Hehl aus seiner herzlichen Zuneigung zu Dhar.

Dhars höhnische Bemerkungen und die spitze Art, mit der er sie vorbrachte, taten Dr. Daruwalla weh; trotzdem betrachtete er den etwas verlebten, attraktiven Schauspieler mit großer Zärtlichkeit. Dhar ließ sein Hohnlächeln zu einem Lächeln dahinschmelzen. Liebevoll ergriff der Doktor die Hand seines jüngeren Freundes, so liebevoll, daß es den am nächsten stehenden und stets aufmerksamen Kellner beunruhigte – denselben armen Kerl, dem dieser Tag das Mißgeschick mit der kleckernden Krähe und der ärgerlichen Suppenterrine beschert hatte.

In ganz normalem Englisch flüsterte Dr. Daruwalla: »Es tut mir wirklich furchtbar leid – ich meine, es tut mir leid für dich, mein lieber Junge.«

»Nicht nötig«, flüsterte Inspector Dhar. Sein Lächeln verflog, der höhnische Zug kehrte zurück, und er entzog dem älteren Mann seine Hand.

Sag es ihm jetzt! redete sich Dr. Daruwalla zu, aber er brachte nicht den Mut auf; er wußte nicht, wie er anfangen sollte.

Schweigend saßen sie bei Tee und Gebäck, als der echte Polizist auf ihren Tisch zusteuerte. Sie waren bereits von dem diensthabenden Beamten der Polizeiwache in Tardeo befragt worden, einem Inspektor Sowieso – nicht sonderlich beeindruckend. Der Inspektor war mit einem Stab von Unterinspektoren und Wachtmeistern in zwei Jeeps vorgefahren, was Dr. Daruwalla wegen eines Todesfalls auf einem Golfplatz reichlich übertrieben fand. Der Inspektor aus Tardeo hatte sich Inspector Dhar gegenüber salbungsvoll, aber herablassend verhalten und Farrokh gegenüber unterwürfig.

»Ich hoffe sehr, daß Sie mir verzeihen, Doktor«, sagte er einleitend. Sein Englisch war eine Zumutung. »Es tut mir außerordentlich leid, daß ich Ihre Zeit beanspruche, Sir«, fügte er mit Blick auf Inspector Dhar hinzu. Dhar antwortete auf Hindi.

»Sie haben die Leiche nicht untersucht, Doktor?« fragte der Polizist, der hartnäckig an seinem Englisch festhielt.

»Ganz gewiß nicht«, antwortete Dr. Daruwalla.

»Sie haben die Leiche nicht angerührt, Sir?« fragte der Beamte den berühmten Schauspieler.

»Ich habe sie nicht angerührt«, antwortete Dhar auf englisch, wobei er den Hindi-Akzent des Polizisten lupenrein nachahmte.

Als der Inspektor ging, knarzten seine schweren, derben Schuhe etwas zu laut auf dem Steinboden des Speisesaals im Duckworth Club, so daß sein Abgang zwangsläufig Mr. Sethnas Mißbilligung auf sich zog. Zweifellos hatte der alte Butler auch den Zustand seiner Polizeiuniform mißbilligt; das Khakihemd war mit Resten einer *thali* bekleckert, mit der der Inspektor beim Lunch aneinandergeraten sein mußte, auf seiner Brusttasche war ein satter Klecks *dhal* gelandet, und auf dem graubraunen Hemdkragen des schmuddeligen Polizisten prangte ein heller Fleck (das auffällige Gelborange des Kurkuma).

Der zweite Polizeibeamte hingegen, der sich jetzt dem Tisch im Ladies' Garden näherte, war kein einfacher Inspektor; dieser Mann bekleidete einen höheren Rang – und war deutlich besser und ordentlicher angezogen. Er sah aus, als wäre er mindestens stellvertretender Kommissar. Aufgrund seiner Recherchen – sämtliche Inspector-Dhar-Drehbücher waren penibel genau recherchiert, wenn sie auch künstlerisch zu wünschen übrigließen – war Farrokh überzeugt, daß gleich ein Kommissar vom Kriminalkommissariat am Crawford Market vor ihnen stehen würde.

»Und all das, nur weil er Golf gespielt hat?« flüsterte Inspector Dhar, allerdings nicht so laut, daß der näher kommende Kriminalbeamte es hören konnte.

In dem neuesten Inspector-Dhar-Film wurde darauf hingewiesen, daß das offizielle Gehalt eines Polizeiinspektors in Bombay nur 2500 bis 3000 Rupien im Monat beträgt – etwa 100 Dollar. Um auf einen lukrativeren Posten versetzt zu werden, in einen Bezirk mit hoher Kriminalität, mußte man als Inspektor einen Verwaltungsbeamten bestechen. Gegen Bezahlung einer Summe zwischen 75 000 und 200 000 Rupien (im allgemeinen jedoch weniger als 7000 Dollar) konnte sich ein Inspektor möglicherweise eine Versetzung sichern, die ihm zwischen 300 000 und 400 000 Rupien pro Jahr (normalerweise nicht mehr als 15 000 Dollar) eintrug. Unter anderem warf der neue Inspector-Dhar-Film die Frage auf, was ein Inspektor, der nur 3000 Rupien im Monat verdiente, anstellen konnte, um an die für die Bestechung erforderlichen 100 000 Rupien zu gelangen. Im Film schafft das ein besonders scheinheiliger und korrupter Polizeiinspektor dadurch, daß er ein Doppelleben als Zuhälter und Wirt eines Bordells mit Eunuchen-Transvestiten an der Falkland Road betreibt.

Das verkniffene Lächeln des zweiten Polizeibeamten, der jetzt an den Tisch von Dr. Daruwalla und Inspector Dhar trat, spiegelte die einhellige Empörung der Bombayer Polizei wider. Die Prostituierten waren nicht weniger gekränkt; sie hatten noch mehr Grund, zornig zu sein. Der jüngste Film, *Inspector Dhar und der Käfigmädchen-Killer,* hatte offenbar dazu geführt, daß die armseligsten Prostituierten von Bombay – die sogenannten Käfigmädchen – jetzt in besonderer Gefahr schwebten. Der Film über einen Massenmörder, der reihenweise Käfigmädchen umbringt und ihnen jeweils einen unpassend fröhlichen Elefanten auf den nackten Bauch malt, hatte anscheinend einen echten Mörder dazu veranlaßt, die Idee aufzugreifen. Jetzt wurden echte Prostituierte ermordet und mit derartigen Karikaturen verziert. Die richtigen Morde waren bislang unaufgeklärt. Die hart arbeitenden Huren im Rotlichtbezirk, entlang der Falkland und der Grant Road – und überall in den zahlreichen Bordellen in den vielen Gassen des Stadtteils Kamathipura –, hätten Inspector Dhar am liebsten umgebracht.

Besonders heftige Rachegelüste gegenüber Dhar hatten die Eunuchen-Transvestiten-Prostituierten. Denn in dem Film stellte sich heraus, daß der Massenmörder und Karikaturist ein kastrierter Transvestit ist, der von der Prostitution lebt. Das war natürlich eine Beleidigung für die Eunuchen-Transvestiten, denn weder waren sie allesamt Prostituierte, noch waren sie notorische Serienkiller. Vielmehr bildeten sie in Indien ein allgemein anerkanntes drittes Geschlecht; man nannte sie *hijras*. *»Hijra«* ist ein Urdu-Wort für das männliche Geschlecht und bedeutet ›Hermaphrodit‹. Aber *hijras* sind keine geborenen Hermaphroditen; sie sind kastriert – daher ist »Eunuchen« die treffendere Bezeichnung für sie. Außerdem sind sie Kultfiguren. Als eifrige Anhänger der Muttergöttin Bahuchara Mata beziehen sie ihre besondere Kraft – zu segnen oder zu verfluchen – aus der Tatsache, daß sie weder männlich noch weiblich sind. Traditionsgemäß verdienen *hijras* ihren Lebensunterhalt mit Betteln. Sie treten auch bei Hochzeiten und sonstigen Festlichkeiten auf, wo sie singen und tanzen – vor allem aber segnen sie Neugeborene (besonders männliche). Da sich die *hijras* wie Frauen kleiden, entspricht die Bezeichnung »Eunuchen-Transvestit« am ehesten dem, was sie sind.

Das manierierte Gehabe der *hijras* ist übertrieben feminin, aber ordinär; sie flirten geradezu unverschämt und stellen sich obszön zur Schau – was bei indischen Frauen absolut verpönt ist. Abgesehen von der Kastration und der weiblichen Kleidung tun sie wenig, um weiblich zu wirken. Die meisten *hijras* wollen nichts von Östrogenen wissen, und einige zupfen sich die Haare im Gesicht so nachlässig aus, daß der Anblick eines Mehrtagebarts bei ihnen nichts Ungewöhnliches ist. Wenn *hijras* das Gefühl haben, mißbraucht oder schikaniert zu werden – oder wenn sie auf Inder treffen, die sich durch die westlichen Werte haben verführen lassen und folglich nicht an die »heilige« Gabe der *hijras*, zu segnen und zu verfluchen, glauben –, heben sie einfach ihr Gewand hoch und entblößen schamlos ihre verstümmelten Geschlechtsteile.

Als Dr. Daruwalla das Drehbuch zu *Inspector Dhar und der Käfigmädchen-Killer* schrieb, hatte er keinesfalls die Absicht, die *hijras* zu beleidigen, von denen es allein in Bombay mehr als fünftausend gibt. Doch als Arzt konnte er ihre Methode der Entmannung nur ausgesprochen barbarisch finden. Kastration und sämtliche Operationen, die auf eine Geschlechtsumwandlung abzielen, sind in Indien illegal, aber die »Operation« eines *hijra* – sie selbst verwenden dafür das englische Wort *operation* – wird von anderen *hijras* durchgeführt. Der Patient blickt auf ein Bild der Muttergöttin Bahuchara Mata; da er keine Narkosemittel erhält, sondern nur mit Alkohol oder Opium betäubt wird, empfiehlt man ihm, sich auf die Haare zu beißen. Der Chirurg (der freilich kein Chirurg ist) bindet eine Schnur um Penis und Hoden, um einen glatten Schnitt zu erzielen – denn beides wird gleichzeitig mit einem einzigen Schnitt entfernt. Dann läßt man den Patienten ungehindert bluten, da die Männlichkeit als eine Art Gift betrachtet wird, von dem der Körper auf diese Weise gereinigt wird. Genäht wird nicht; der große Wundbereich wird mit heißem Öl verätzt. Wenn die Wunde zu heilen beginnt, wird die Harnröhre durch wiederholtes Sondieren offengehalten. Die faltige Narbe, die entsteht, ähnelt einer Vagina.

Hijras sind nicht einfach Transvestiten. Vielmehr verachten sie gewöhnliche Transvestiten (deren männliche Geschlechtsteile unversehrt sind) zutiefst. Diese falschen *hijras* nennt man *zenanas*. Jede Welt hat ihre Hierarchie. Bei den Prostituierten erzielen *hijras* einen höheren Preis als echte Frauen, doch warum das so ist, wußte Dr. Daruwalla nicht. Es war nach wie vor heftig umstritten, ob die *hijras,* die sich prostituierten, Homosexuelle waren oder nicht, auch wenn feststand, daß viele ihrer männlichen Kunden sie als solche in Anspruch nahmen; gleichzeitig ging aus Untersuchungen über halbwüchsige *hijras* hervor, daß sie sich – bereits vor ihrer Entmannung – häufig homosexuell betätigten. Doch Farrokh vermutete, daß viele indische Männer die *hijras* unter den Prostituierten bevorzugten, weil sie eher wie Frauen waren als echte Frauen. Sie verhielten sich garantiert gewagter als indische Frauen – und wer weiß, was sie mit ihrer Beinahe-Vagina noch alles imitieren konnten?

Wenn *hijras* eine homosexuelle Neigung hatten, warum sollten sie sich dann entmannen? Dem Doktor erschien es wahrscheinlich, daß es in den *hijra*-Bordellen zwar homosexuelle Kunden gab, aber nicht alle Kunden dort analen Verkehr suchten. Was immer man über *hijras* dachte oder sagte, sie verkörperten einfach (oder auch nicht so einfach) ein anderes, ein drittes Geschlecht. Und es stimmte auch, daß sich in Bombay immer weniger *hijras* vom Segnen oder vom Betteln ernähren konnten und immer mehr in die Prostitution gingen.

Wie konnte Farrokh in seinem letzten Inspector-Dhar-Film ausgerechnet auf einen *hijra* als Massenmörder und Karikaturisten verfallen? Jetzt, da ein echter Killer die Elefantenzeichnungen auf den Bäuchen echter ermordeter Prostituierter nachahmte – die Polizei ließ lediglich verlauten, daß es sich bei der Zeichnung des echten Mörders um »eine offensichtliche Variation des Filmthemas« handelte –, hatte Dr. Daruwalla Inspector Dhar in echte Schwierigkeiten gebracht. Dieser Film hatte etwas Schlimmeres geweckt als Haß, denn die *hijra*-Prostituierten wollten nicht nur, daß Dhar umgebracht würde, sondern sie wollten ihn vorher noch verstümmeln.

»Sie wollen dir den Schwanz und die Eier abschneiden, mein

lieber Junge«, hatte Farrokh seinen jungen Freund gewarnt. »Du mußt aufpassen, wenn du dich in der Stadt sehen läßt!«

Mit filmreifem Sarkasmus und völlig unbeeindruckt hatte Dhar geantwortet: »Wem sagst du das« (ein Satz, den er mindestens einmal pro Film von sich gab).

Nach der hellen Aufregung, die der jüngste Inspector-Dhar-Film ausgelöst hatte, wirkte das Auftauchen eines echten Kriminalbeamten bei den braven Duckworthianern ausgesprochen ernüchternd. Die *hijra*-Prostituierten hatten Mr. Lal garantiert nicht ermordet. Es gab keinen Hinweis darauf, daß die Genitalien der Leiche verstümmelt worden waren, und kein noch so schwachsinniger *hijra* hätte den alten Mann irrtümlich für Inspector Dhar halten können. Dhar spielte nämlich nie Golf.

Ein echter Kriminalbeamter bei der Arbeit

Detective Patel war, wie Dr. Daruwalla richtig vermutet hatte, Polizeikommissar – Deputy Commissioner of Police, so der genaue Titel, abgekürzt D. C. P. Patel. Er kam vom Kriminalkommissariat am Crawford Market – nicht von der nahe gelegenen Polizeiwache in Tardeo –, da bestimmte Hinweise, die sich bei der Untersuchung von Mr. Lals Leiche ergeben hatten, den Tod des alten Golfspielers in eine Kategorie von Todesfällen gerückt hatten, für die sich der Kommissar besonders interessierte.

Worin dieses besondere Interesse bestehen mochte, war weder Dr. Daruwalla noch Inspector Dhar auf Anhieb klar, noch schien Kommissar Patel dies von vornherein klarstellen zu wollen.

»Sie müssen mir verzeihen, Doktor – bitte entschuldigen Sie, Mr. Dhar«, sagte der Detective. Er war Mitte Vierzig, ein freundlich aussehender Mann, dessen ehemals feingeschnittene, kantige Gesichtszüge leichten Hängebacken Platz gemacht hatten. Sein wachsamer Blick und der bewußt gemessene Tonfall ließen darauf schließen, daß er ein vorsichtiger Mensch war. »Wer von Ihnen hat die Leiche als erster entdeckt?« fragte der Detective.

Dr. Daruwalla konnte selten der Versuchung widerstehen, ein Späßchen zu machen. »Ich glaube, der allererste, der die Leiche entdeckt hat, war ein Geier«, sagte er.

»Aber gewiß doch!« sagte der Kommissar mit einem nachsichtigen Lächeln. Dann setzte er sich unaufgefordert an den Tisch – auf den Stuhl unmittelbar neben Inspector Dhar. »Nach den Geiern«, sagte der Kriminalbeamte zu dem Schauspieler, »haben Sie, glaube ich, die Leiche als erster entdeckt.«

»Ich habe sie nicht vom Fleck bewegt oder auch nur angerührt«, sagte Dhar, um die Frage vorwegzunehmen, die er normalerweise in seinen Filmen stellte.

»Aha, sehr gut, vielen Dank«, sagte Kommissar Patel und wandte sich an Dr. Daruwalla. »Und Sie haben die Leiche natürlich untersucht, Doktor?« fragte er.

»Ich habe sie natürlich *nicht* untersucht«, erwiderte Dr. Daruwalla. »Ich bin Orthopäde, kein Pathologe. Ich habe nur festgestellt, daß Mr. Lal tot ist.«

»Aber gewiß doch!« sagte Patel. »Und haben Sie sich schon Gedanken über die Todesursache gemacht?«

»Golf«, sagte Dr. Daruwalla. Er hatte zwar nie selbst Golf gespielt, verabscheute diesen Sport aber grundsätzlich. Dhar lächelte. »In Mr. Lals Fall«, fuhr der Doktor fort, »könnte man vermutlich sagen, daß ihn sein übermäßiger Ehrgeiz umgebracht hat. Sehr wahrscheinlich hatte er außerdem noch einen zu hohen Blutdruck. Ein Mann in seinem Alter sollte sich bei dieser Hitze nicht so aufregen.«

»Aber eigentlich haben wir doch recht kühles Wetter«, meinte der Kommissar.

Nach scheinbar reiflicher Überlegung sagte Inspector Dhar:

»Die Leiche hat nicht gerochen. Die Geier haben gestunken, die Leiche aber nicht.«

Detective Patel schien einigermaßen überrascht und positiv beeindruckt von dieser Beobachtung, sagte aber nur: »Genau.«

Dr. Daruwalla sagte ungeduldig: »Mein lieber Kommissar, warum erzählen Sie uns nicht endlich, was Sie wissen?«

»Das entspricht ganz und gar nicht unserer Vorgehensweise«, gab der Kommissar freundlich zurück. »Stimmt's?« fragte er Inspector Dhar.

»Ja, stimmt«, bestätigte Dhar. »Wann ist denn Ihrer Schätzung nach der Tod eingetreten?« fragte er den Kriminalbeamten.

»Wirklich eine sehr gute Frage!« bemerkte Patel. »Schätzungsweise heute morgen – keine zwei Stunden, bevor Sie die Leiche entdeckt haben!«

Dr. Daruwalla überlegte. Während Mr. Bannerjee das Clubhaus nach seinem alten Freund und Golfpartner abgesucht hatte, war Mr. Lal zum neunten Green und den dahinter befindlichen Bougainvilleen geschlendert, um nochmals zu üben, wie er der schicksalhaften Sackgasse vom Vortag beim nächsten Mal entrinnen könnte. Der arme Mr. Lal war nicht etwa zu spät zu dem verabredeten Spiel gekommen; wenn überhaupt, war er ein bißchen zu früh dran oder eben zu eifrig gewesen.

»Aber so schnell wären keine Geier gekommen«, meinte Dr. Daruwalla. »Man hätte nichts gerochen.«

»Außer bei ziemlich viel Blut oder einer offenen Wunde… und dazu noch Sonne«, sagte Inspector Dhar. Er hatte viel aus seinen Filmen gelernt, auch wenn sie ausgesprochen schlecht waren; sogar Detective Patel mußte das allmählich zugeben.

»Aber gewiß«, sagte er. »Da war ja auch ziemlich viel Blut.«

»Da war viel Blut, als wir ihn gefunden haben!« sagte Dr. Daruwalla, der noch immer nichts begriff. »Vor allem um die

Augen und den Mund – ich bin einfach davon ausgegangen, daß die Geier mit ihrem Werk begonnen hatten.«

»Geier fangen dort zu picken an, wo bereits Blut ist, oder an den feuchten Körperstellen«, sagte Detective Patel. Sein Englisch war ungewöhnlich gut für einen Polizeibeamten – sogar für einen Kommissar, dachte Dr. Daruwalla.

Er selbst war, was sein Hindi betraf, überempfindlich. Es war ihm bewußt, daß Dhar diese Sprache leichter von der Zunge ging als ihm. Und das war dem Doktor, der sämtliche Filmdialoge und über die Szene gelegten Texte auf englisch schrieb, etwas peinlich. Die Übersetzung ins Hindi besorgte Dhar selbst. Sätze, die ihm besonders gefielen – das waren nicht viele –, beließ der Schauspieler in Englisch. Und hier saß ein nicht ganz gewöhnlicher Polizeibeamter und genoß es, den anderen eine Nasenlänge voraus zu sein, indem er mit dem namhaften Kanadier englisch sprach. Dr. Daruwalla nannte das »die kanadische Behandlung«, wenn ein Einheimischer nicht einmal den Versuch machte, Hindi oder Marathi mit ihm zu sprechen. Obwohl im Duckworth Club fast alle Leute englisch sprachen, überlegte Farrokh, was er auf Hindi Geistreiches zu Detective Patel sagen könnte, aber Dhar (mit seinem akzentfreien Englisch) sprach als erster. Erst da wurde dem Doktor bewußt, daß Dhar im Gespräch mit dem Kommissar kein einziges Mal in seinen Hindi-Akzent verfallen war, den er im Showbusiness benutzte.

»An einem Ohr war ziemlich viel Blut«, sagte der Schauspieler, als hätte ihn das die ganze Zeit beschäftigt.

»Sehr gut, das kann man wohl sagen!« sagte der Detective ermunternd. »Mr. Lal hat einen Schlag hinter ein Ohr bekommen und einen zweiten auf die Schläfe – wahrscheinlich nachdem er umgefallen war.«

»Aber womit?« fragte Dr. Daruwalla.

»Womit, wissen wir – mit seinem Putter!« sagte Detective Patel. »Von wem, wissen wir nicht.«

In der 130jährigen Geschichte des Duckworth Sports Club – über alle Klippen der Unabhängigkeit hinweg und trotz zahlreicher gewaltträchtiger Zwischenfälle (beispielsweise in jenen wilden Zeiten, in denen die aufreizende Lady Duckworth ihre Brüste entblößte) – hatte es nie einen Mord gegeben! Dr. Daruwalla überlegte, wie er dem Mitgliederausschuß diese Nachricht beibringen sollte.

Es war typisch für Farrokh, daß er seinen geschätzten verstorbenen Vater nicht als das erste Mordopfer in der 130jährigen Geschichte der Duckworthianer in Bombay betrachtete. Das lag hauptsächlich daran, daß Farrokh sich alle Mühe gab, den Mord an seinem Vater aus seinen Gedanken zu verdrängen; ferner wollte der Doktor unbedingt vermeiden, daß der gewaltsame Tod seines Vaters seine ansonsten sonnigen Gefühle für den Duckworth Club überschattete, der, wie bereits erwähnt, (abgesehen vom Zirkus) der einzige Ort war, an dem er sich zu Hause fühlte.

Außerdem war Dr. Daruwallas Vater nicht direkt im Club ermordet worden. Der Wagen, den er fuhr, explodierte in Tardeo und nicht im angrenzenden Stadtteil Mahalaxmi. Allerdings wurde allgemein eingeräumt, sogar von den Duckworthianern, daß die Autobombe wahrscheinlich auf dem Parkplatz des Duckworth Club am Wagen des alten Daruwalla angebracht worden war. Im selben Atemzug wiesen die Duckworthianer darauf hin, daß das einzige andere Opfer nichts mit dem Club zu tun hatte. Die arme Frau war nicht einmal dort angestellt gewesen, sondern eine Bauarbeiterin, die angeblich einen Strohkorb voller Steine auf dem Kopf vorbeigetragen hatte, als der wegfliegende vordere rechte Kotflügel des Autos ihr den Kopf abschlug.

Aber das war eine alte Geschichte. Der erste Duckworthianer, der wirklich auf dem Gelände des Duckworth Club ermordet wurde, war Mr. Lal.

»Mr. Lal«, erklärte Detective Patel, »war damit beschäftigt, einen ›Mashie‹, so nennt man das, glaube ich, zu schwingen, oder war es ein ›Wedge‹… wie heißt denn das Eisen, mit dem man einen Chip schlägt?« Weder Dr. Daruwalla noch Inspector Dhar waren Golfspieler. Mashie oder Wedge hörte sich für ihre Ohren ebenso richtig wie lächerlich an. »Na ja, spielt ja keine Rolle«, meinte der Detective. »Mr. Lal hatte ein Eisen in der Hand, als er von hinten ein anderes auf den Schädel bekam – seinen eigenen Putter! Den und seine Schlägertasche haben wir in den Bougainvilleen gefunden.«

Inspector Dhar hatte eine vertraute Filmpose eingenommen; vielleicht dachte er auch nur nach. Er hob das Gesicht und strich sich mit den Fingern leicht übers Kinn, eine Geste, die sein höhnisches Lächeln noch betonte. Dann sagte er etwas, was Dr. Daruwalla und Kommissar Patel ihn schon viele Male hatten sagen hören – er sagte es in jedem Film:

»Verzeihen Sie, wenn ich jetzt theoretisch werde«, sagte Dhar. Das war einer seiner Lieblingssätze, die er mit Vorliebe auf englisch von sich gab, obgleich er sie (mehr als einmal) auch auf Hindi sagte. »Mir scheint«, fuhr Dhar fort, »daß es dem Mörder ziemlich egal war, wen er umbrachte. Mr. Lal war mit niemanden in den Bougainvilleen beim neunten Green verabredet gewesen. Er hielt sich nur zufällig dort auf – das konnte der Mörder nicht gewußt haben.«

»Sehr gut«, sagte Detective Patel. »Bitte fahren Sie fort.«

»Da es dem Mörder offenbar nicht darum ging, wen er umbrachte«, sagte Inspector Dhar, »ging es ihm vielleicht nur darum, daß das Opfer einer von uns ist.«

»Meinst du, ein Clubmitglied?« fragte Dr. Daruwalla. »Meinst du, ein Duckworthianer?«

»Das ist nur eine Theorie«, sagte Inspector Dhar. Auch das war wie ein Refrain, denn auch das sagte er in jedem Film.

»Es gibt einige Hinweise, die Ihre Theorie untermauern, Mr.

Dhar«, sagte Detective Patel fast beiläufig. Der Kommissar holte eine Sonnenbrille aus der Brusttasche seines gestärkten weißen Hemds, auf dem nicht die leiseste Spur von der letzten Mahlzeit zu sehen war. Dann griff er tiefer in die Tasche und brachte ein quadratisch zusammengefaltetes Stück Plastikfolie zum Vorschein, groß genug, um darin eine Tomatenscheibe oder eine Zwiebelhälfte einzuwickeln. Aus der Folie holte er einen Zwei-Rupien-Schein, den zuvor jemand in eine Schreibmaschine eingespannt haben mußte, denn auf der Seite mit der Seriennummer stand in Großbuchstaben folgende Warnung: MEHR MITGLIEDER STERBEN, WENN DHAR MITGLIED BLEIBT.

»Verzeihen Sie, Mr. Dhar, wenn ich Sie etwas Naheliegendes frage«, sagte Detective Patel.

»Ja, ich habe Feinde«, sagte Dhar, ohne die Frage abzuwarten. »Jawohl, es gibt Leute, die mich gern umbringen würden.«

»Alle würden ihn gern umbringen!« rief Dr. Daruwalla. Dann berührte er die Hand des jüngeren Mannes. »Tut mir leid«, sagte der Doktor.

Kommissar Patel steckte den Zwei-Rupien-Schein wieder in die Brusttasche. Als er die Sonnenbrille aufsetzte, schloß Dr. Daruwalla aus seinem bleistiftdünnen Schnurrbart, daß sich Patel offenbar mit jener pedantischen Sorgfalt rasierte, die er selbst mit Mitte Zwanzig aufgegeben hatte. Ein unterhalb der Nase und über der Oberlippe genau abgezirkelter Schnurrbart erforderte die ruhige Hand eines jungen Mannes. In seinem Alter mußte der Kommissar den Ellbogen sicher gut am Spiegel abstützen, denn für diese Art von Rasur mußte man die Rasierklinge aus der Halterung nehmen und zwischen Daumen und Zeigefinger halten. Eine zeitraubende Eitelkeit für einen Mann über Vierzig, wie Farrokh fand. Möglicherweise ließ sich der Kommissar ja auch rasieren – vielleicht von einer jüngeren Frau mit ruhiger Hand.

»Alles in allem«, sagte der Detective zu Dhar, »gehe ich nicht davon aus, daß Sie alle Ihre Feinde kennen.« Er wartete die Antwort nicht ab. »Ich vermute, wir können mit sämtlichen Prostituierten anfangen – nicht nur den *hijras* – und den meisten Polizisten.«

»Ich würde bei den *hijras* anfangen«, mischte Farrokh sich ein, der jetzt wieder wie ein Drehbuchautor dachte.

»Ich nicht«, entgegnete Detective Patel. »Was kümmert es die *hijras*, ob Dhar Mitglied dieses Clubs ist oder nicht? Sie wollen nur eins: seinen Penis und seine Hoden.«

»Wem sagen Sie das«, meinte Inspector Dhar.

»Ich bezweifle sehr, daß der Mörder Mitglied in diesem Club ist«, sagte Dr. Daruwalla.

»Schließen Sie das nicht aus«, meinte Dhar.

»Tu ich auch nicht«, sagte Detective Patel. Er gab Dr. Daruwalla und Inspector Dhar seine Visitenkarte. »Wenn Sie mich anrufen«, sagte er zu Dhar, »dann lieber zu Hause – an Ihrer Stelle würde ich im Kriminalkommissariat keine Nachricht hinterlassen. Sie wissen ja selbst, wieweit man Polizisten vertrauen kann.«

»Ja«, sagte der Schauspieler. »Das weiß ich.«

»Entschuldigen Sie, Detective Patel«, sagte Dr. Daruwalla. »Wo haben Sie eigentlich den Zwei-Rupien-Schein gefunden?«

»Er steckte zusammengefaltet in Mr. Lals Mund«, sagte der Detective.

Nachdem der Kommissar gegangen war, saßen die zwei Freunde da und lauschten den Geräuschen des späten Nachmittags. Sie waren so ins Horchen vertieft, daß sie den langwierigen Aufbruch der zweiten Mrs. Dogar gar nicht bemerkten. Sie verließ ihren Tisch, blieb dann stehen, um über die Schulter zu dem unempfänglichen Inspector Dhar zurückzublicken, ging dann ein paar Schritte weiter, bevor sie wieder stehenblieb und sich noch einmal umsah; nach ein paar Metern schaute sie sich ein drittes Mal um.

Mr. Sethna, der sie beobachtete, kam zu dem Schluß, daß sie verrückt war. Mr. Sethna beobachtete jeden Schritt des äußerst komplizierten Abgangs der zweiten Mrs. Dogar aus dem Ladies' Garden und dem Speisesaal, während Inspector Dhar die Frau überhaupt nicht wahrzunehmen schien. Der alte Butler fand es interessant, daß Mrs. Dogar ausschließlich Dhar angestarrt hatte; kein einziges Mal war ihr Blick zu Dr. Daruwalla oder dem Kriminalbeamten gewandert – aber schließlich hatte Detective Patel auch mit dem Rücken zu ihr dagesessen.

Mr. Sethna beobachtete auch, wie der Kommissar von der Zelle in der Eingangshalle aus telefonierte. Danach wurde er vorübergehend von der sichtlich erregten Mrs. Dogar abgelenkt. Als sie zur Auffahrt hinausmarschierte und dem Parkwächter befahl, ihren Wagen zu holen, schien der Polizist zu registrieren, daß sie attraktiv war, es eilig hatte und ziemlich wütend aussah. Vielleicht überlegte er ja, ob diese Frau aussah wie jemand, der vor kurzem einen alten Mann erschlagen hatte. In Wirklichkeit, dachte Mr. Sethna, sah die zweite Mrs. Dogar eher so aus, als wäre sie drauf und dran, jemanden umzubringen. Aber Detective Patel achtete nur flüchtig auf Mrs. Dogar; sein Telefongespräch schien ihn mehr zu interessieren.

Der Inhalt des Gesprächs war offenbar so persönlich, daß er nicht einmal Mr. Sethnas Interesse weckte. Er lauschte nur so lange, bis er sich vergewissert hatte, daß sich die Unterhaltung nicht um polizeiliche Belange drehte. Mr. Sethna war überzeugt, daß Patel mit seiner Frau sprach.

»Nein, Herzchen«, sagte der Detective, hörte dann geduldig zu und sagte schließlich: »Nein, das hätte ich dir gesagt, Herzchen.« Dann hörte er wieder zu. »Ja, natürlich verspreche ich das, Herzchen«, sagte er nach einer Weile. Dann schloß er eine Zeitlang die Augen, während er lauschte. Mr. Sethna, der ihn beobachtete, empfand eine ungeheure Befriedigung darüber, daß er nie geheiratet hatte. »Ich habe deine Theorien nicht verworfen!« sagte Detective Patel plötzlich ins Telefon. »Nein, natürlich bin ich nicht böse«, fügte er resigniert hinzu. »Tut mir leid, wenn es sich böse angehört hat, Herzchen.«

Selbst ein so abgebrühter Horcher wie Mr. Sethna konnte nicht ein Wort mehr ertragen und beschloß, den Polizisten sein Gespräch unbelauscht weiterführen zu lassen. Mr. Sethna war kaum überrascht, daß Detective Patel mit seiner Frau englisch sprach. Der alte Butler schloß daraus, daß sein Englisch deshalb so überdurchschnittlich gut war – er hatte Übung. Aber um welch erniedrigenden Preis! Mr. Sethna kehrte in den an den Ladies' Garden angrenzenden Teil des Speisesaals und zu seiner ausführlichen Beobachtung von Dr. Daruwalla und Inspector Dhar zurück. Die beiden waren noch immer in die Geräusche des Spätnachmittags vertieft. Es war kein besonderes Vergnügen, sie zu beobachten, aber wenigstens waren sie nicht miteinander verheiratet.

Die Tennisbälle waren wieder in Bewegung, und in der Bibliothek schnarchte jemand. Die Hilfskellner hatten unter dem üblichen Geklapper sämtliche Eßtische abgeräumt, bis auf den, an dem der Doktor und der Schauspieler bei ihrem kalt gewordenen Tee saßen. (Detective Patel hatte das ganze Gebäck verputzt.) Die Geräusche im Duckworth Club sprachen eindeutig für sich: das scharrende Schaben beim Mischen der Spielkarten, das kecke Klacken der Billardkugeln, das weiche Wischen beim Auskehren des Tanzsaals – er wurde jeden Nachmittag um die gleiche Zeit gekehrt, obwohl unter der Woche abends selten Tanzveranstaltungen stattfanden. Dazu kam das irrwitzige, ununterbrochene Trappen und Quietschen der Schuhe auf dem gebohnerten Hartholzboden des Badminton-Platzes. Verglichen mit diesem hektischen Treiben hörte sich das dumpfe Ploppen des Federballs an, als würde jemand Fliegen erschlagen.

Dr. Daruwalla hielt den Augenblick nicht für günstig, um Inspector Dhar noch eine schlechte Nachricht zu überbringen. Der Mord und die ungewöhnliche Morddrohung waren für einen Nachmittag wahrhaftig genug. »Vielleicht solltest du zum Supper zu uns kommen«, sagte Dr. Daruwalla zu seinem Freund.

»Ja, gern, Farrokh«, sagte Dhar. Normalerweise hätte er eine abfällige Bemerkung über Dr. Daruwallas Verwendung des Wortes ›Supper‹ gemacht. Dhar mochte es nicht, wenn man es zu lasch gebrauchte. Seiner beckmesserischen Meinung nach sollte dieses Wort entweder einer leichten Mahlzeit am frühen Abend oder einem Essen nach dem Theater vorbehalten bleiben. Seiner Ansicht nach verwendeten Amerikaner dieses Wort gern so, als wäre es austauschbar mit ›Dinner‹. Farrokh hielt ›Supper‹ und ›Dinner‹ wirklich für austauschbar.

Trotz des kritischen Tons, den Dr. Daruwalla jetzt anschlug, lag etwas Väterliches in seiner Stimme, als er zu Dhar sagte: »Es ist ziemlich unpassend, wenn du jemand völlig fremdem gegenüber in einem derart akzentfreien Englisch herumtönst.«

»Polizisten sind nicht unbedingt Fremde für mich«, meinte Dhar. »Sie reden miteinander, aber nie mit der Presse.«

»Ach, ich habe ja ganz vergessen, daß du über die Polizei genau Bescheid weißt!« entgegnete Farrokh sarkastisch. Darauf reagierte Inspector Dhar wieder wie immer; er konnte recht gut den Mund halten. Dr. Daruwalla bereute seine Rüge. Denn eigentlich hatte er sagen wollen: Mein lieber Junge, gut möglich, daß du in dieser Geschichte nicht der Held bist! Und jetzt wollte er sagen: Mein lieber Junge, es gibt wirklich Menschen, die dich sehr gern haben. Ich zum Beispiel habe dich sehr gern. Das weißt du doch sicher!

Doch statt dessen sagte Dr. Daruwalla: »Als Ehrenvorsitzender des Mitgliederausschusses fühle ich mich verpflichtet, den Ausschuß über diese Drohung, die alle Mitglieder betrifft, zu informieren. Wir werden abstimmen, aber ich bin sicher, die meisten sind dafür, daß alle Clubmitglieder davon erfahren sollten.«

»Selbstverständlich sollten sie das«, meinte Inspector Dhar. »Und ich sollte nicht Mitglied bleiben.«

Für Dr. Daruwalla war es unvorstellbar, daß ein Erpresser und Mörder urplötzlich den eigentlichen Reiz des Duckworth Club zunichte machen konnte, der (seiner Ansicht nach) in der völligen Abgeschiedenheit, ja fast Isoliertheit bestand, die den Duckworthianern das köstliche Gefühl bescherte, gar nicht wirklich in Bombay zu sein.

»Mein lieber Junge«, sagte der Doktor. »Was wirst du tun?«

Dhars Antwort hätte Dr. Daruwalla eigentlich nicht so verblüffen dürfen, wie das der Fall war; immerhin hatte er sie viele Male gehört, in jedem Inspector-Dhar-Film. Schließlich stammte sie aus seiner Feder. »Was ich tun werde?« überlegte Dhar laut. »Herausfinden, wer es war, und ihn schnappen.«

»Verschanz dich mir gegenüber nicht hinter deiner Rolle!« herrschte Dr. Daruwalla ihn an. »Du bist hier nicht in einem Film!«

»Ich bin immer in einem Film«, brauste Dhar auf. »Ich bin in einem Film geboren! Danach wurde ich fast umgehend in einen neuen Film versetzt, stimmt's?«

Da Dr. Daruwalla und seine Frau vermutlich die einzigen Menschen in Bombay waren, die genau wußten, wer der junge Mann war und woher er stammte, war jetzt der Doktor derjenige, der den Mund hielt. Tief in uns, dachte Dr. Daruwalla, schlummert offenbar ein gewisses Mitgefühl für jene Menschen, die sich stets wie durch eine Glasscheibe von ihrer Umgebung, und sei sie noch so vertraut, abgetrennt fühlen, jene Menschen, die sogar in ihrem eigenen Land fremd sind oder sich fremd fühlen. Und er wußte, daß tief in uns auch ein gewisses Mißtrauen schlummert, daß solche Menschen dieses Gefühl der Abgrenzung gegenüber ihrem gesellschaftlichen Hintergrund auch brauchen. Doch Menschen, die sich ihre Einsamkeit selbst schaffen, sind nicht weniger einsam als solche, die plötzlich von der Einsamkeit überrascht werden, und sie verdienen unser Mitgefühl genauso – davon war Dr. Daruwalla überzeugt. Nicht sicher war er jedoch, ob er über Dhar nachgedacht hatte oder über sich selbst.

Erst da merkte Farrokh, daß er allein am Tisch saß. Dhar war so lautlos verschwunden, wie er gekommen war. Das Aufblitzen von Mr. Sethnas silbernem Serviertablett erinnerte Dr. Daruwalla an das glänzende Ding, das die Krähe kurz im Schnabel gehalten hatte.

Der alte Butler reagierte auf Dr. Daruwallas sichtbaren Erinnerungsfunken wie auf einen Wink. »Ein Kingfisher, bitte«, sagte der Doktor.

Wohin die Gedanken des Doktors schweifen

Am Spätnachmittag warf die Sonne immer längere Schatten in den Ladies' Garden, und Dr. Daruwalla bemerkte trübsinnig, daß das helle Rosa der Bougainvilleen eine dunklere Tönung angenommen hatte. Es kam ihm vor, als hätten sich die Blüten blutrot gefärbt, obwohl das übertrieben war – durchaus typisch für den Erfinder von Inspector Dhar. In Wirklichkeit waren die Bougainvilleen genauso rosa (und genauso weiß) wie eh und je.

Später wurde Mr. Sethna unruhig, weil der Doktor sein geliebtes Bier nicht angerührt hatte.

»Ist etwas nicht in Ordnung?« fragte der alte Butler und deutete mit seinem langen Zeigefinger auf das Kingfisher Lager.

»Nein, nein, es liegt nicht am Bier!« sagte Farrokh. Er trank einen Schluck, der ihn nur wenig tröstete. »Das Bier ist gut«, sagte er.

Der alte Mr. Sethna nickte, als wüßte er genau, was Dr. Daruwalla bedrückte; Mr. Sethna ging grundsätzlich davon aus, daß er solche Dinge wußte.

»Ich weiß, ich weiß«, murmelte der alte Parse. »Die alten Zeiten sind vorüber – es ist nicht mehr wie in alten Zeiten.«

Geistlose Wahrheiten waren ein Spezialgebiet von Mr. Sethna, das Dr. Daruwalla auf die Nerven ging. Als nächstes, dachte er, wird mir der langweilige alte Esel noch erklären, daß ich nicht wie mein geschätzter verstorbener Vater bin. Und wirklich schien der Butler auf dem besten Weg, eine weitere Bemerkung loszulassen, als aus dem Speisesaal ein irritierendes Geräusch kam. Es drang mit jener unfeinen Aufdringlichkeit, mit der manche Männer ihre Knöchel knacken lassen, bis in den Ladies' Garden zu Mr. Sethna und Dr. Daruwalla.

Mr. Sethna ging hinein, um nachzusehen. Ohne sich von seinem Stuhl wegzubewegen, wußte Farrokh bereits, was das Geräusch verursachte. Es war der Deckenventilator, auf dem die Krähe gelandet war und von dem aus sie die Umgebung vollgekleckert hatte. Möglicherweise hatte sich dabei ein Ventilatorblatt verbogen oder eine Schraube gelockert. Vielleicht lief der Ventilator auf Kugellagern, und eine Kugel hatte sich in der Rinne verklemmt – oder falls es sich um ein Kugelgelenk handelte, mußte dieses geschmiert werden. Jedenfalls schien der Ventilator irgendwo hängenzubleiben, denn es klickte bei jeder Umdrehung. Er stockte, blieb beinahe stehen, drehte sich aber noch weiter. Bei jeder Runde knackte es, als wollte der Mechanismus knirschend zum Stehen kommen.

Mr. Sethna stand unter dem Ventilator und schaute dümmlich hinauf. Wahrscheinlich erinnert er sich nicht mehr an die kleckernde Krähe, dachte Dr. Daruwalla. Der Doktor stellte sich darauf ein, die Angelegenheit selbst in die Hand zu nehmen, als das unangenehme Geräusch plötzlich aufhörte. Der Ventilator drehte sich ungehindert wie zuvor. Mr. Sethna sah sich verwundert um, als wüßte er nicht genau, wie er in den Speisesaal gelangt war. Dann ließ er den Blick in den Ladies' Garden wandern, wo Farrokh noch immer an seinem Tisch saß. Er kann seinem Vater nicht das Wasser reichen, dachte der alte Parse.

4
In alten Zeiten

Der Tyrann

Dr. Lowji Daruwalla hatte ein persönliches Interesse an den Umständen, die zu Verkrüppelungen bei Kindern führten, da er selbst als Kind an Wirbeltuberkulose erkrankt war. Obwohl er sich soweit davon erholt hatte, daß er Indiens berühmtester Pionier auf dem Gebiet der orthopädischen Chirurgie wurde, behauptete er stets, die Tatsache, daß er selbst mit einer deformierten Wirbelsäule leben mußte – und ständig unter Müdigkeit und Schmerzen litt –, sei ausschlaggebend dafür gewesen, daß er sich so ausschließlich und beharrlich der Behandlung von Krüppeln verschrieben habe. »Ein persönlicher Schicksalsschlag ist eine stärkere Triebfeder als jede philanthropische Motivation«, behauptete Lowji, der zu Sentenzen neigte. Er war von der Pottschen Krankheit fürs Leben gezeichnet – mit dem verräterischen Buckel, den er mit sich herumtrug wie ein kleines, aufrecht gehendes Kamel seinen Höcker.

Ist es da verwunderlich, daß sich sein Sohn Farrokh einem solchen Engagement nicht gewachsen fühlte? Er begab sich auf das Spezialgebiet seines Vaters, blieb aber in dessen Schatten; er erwies Indien auch weiterhin seine Reverenz, fühlte sich aber immer nur als Besucher. Bildung und Reisen können auch demütigend sein; auf den jungen Dr. Daruwalla hatten sie genau diese Wirkung. Mag sein, daß er seine Entfremdung, ebenso wie seinen Übertritt zum Christentum, krampfhaft und grob vereinfachend auf eine fixe Idee zurückführte: daß er keine Heimat hatte, keine emotionale Bindung an irgendeinen Ort oder ein

Land und daß er sich nirgends zu Hause fühlte – außer im Zirkus und im Duckworth Club.

Aber was soll man machen, wenn ein Mann seine Bedürfnisse und Zwangsvorstellungen weitgehend für sich behält? Wenn man seine Ängste und Sehnsüchte immer wieder ausspricht, verlieren sie an Bedrohlichkeit (Gespräche mit Freunden und Familie können dabei durchaus hilfreich sein) und bekommen mit der Zeit etwas beinahe angenehm Vertrautes. Aber Dr. Daruwalla behielt seine Gefühle für sich. Nicht einmal seine Frau wußte, wie fehl am Platz er sich in Bombay fühlte – wie denn auch, wenn er nicht darüber sprach? Dr. Daruwalla wußte zwar recht wenig über Indien, aber immer noch mehr als seine Frau Julia, die aus Wien stammte. »Zu Hause«, in Toronto, überließ er ihr das Ruder; dort hatte sie das Sagen. Es fiel dem Doktor leicht, seiner Frau dieses Vorrecht einzuräumen, weil sie davon ausging, daß in Bombay er verantwortlich war. Und in diesem Glauben hatte er sie auch jahrelang gelassen.

Natürlich wußte seine Frau über die Drehbücher Bescheid – allerdings nur, daß er sie schrieb, und nicht, wie viel sie ihm bedeuteten. Farrokh achtete sorgfältig darauf, Julia gegenüber ihre Bedeutung herunterzuspielen, indem er sich recht geschickt darüber lustig machte. Schließlich betrachteten alle anderen sie als Witz, und so konnte Farrokh seine Frau leicht davon überzeugen, daß die Inspector-Dhar-Filme auch für ihn nur ein Witz waren. Wichtiger war ihm, daß Julia wußte, wie viel ihm Dhar (der liebe Junge) bedeutete. Verglichen damit fiel es kaum ins Gewicht, wenn sie keine Ahnung hatte, daß ihm auch die Drehbücher sehr viel bedeuteten. Und eben weil diese Dinge so tief verborgen lagen, erlangten sie für Dr. Daruwalla einen Stellenwert, der ihnen eigentlich gar nicht zukam.

Farrokhs Vater hätte man nie mangelndes Zugehörigkeitsgefühl nachsagen können. Der alte Lowji beklagte sich gern über Indien, wobei seine Beschwerden häufig recht kindisch waren. Seine Medizinerkollegen warfen ihm allzu forsche Kritik an Indien vor. Sie meinten, es sei ein Glück für seine Patienten, daß er bei seiner Arbeit als Chirurg behutsamer – und präziser – vorging. Doch auch wenn Lowji eine eigenartige Einstellung zu seinem Land hatte, war es doch wenigstens sein Land, dachte Farrokh.

Als Gründer der Klinik für Verkrüppelte Kinder in Bombay und Vorsitzender der ersten Gesellschaft für Kinderlähmung in Indien veröffentlichte der alte Daruwalla einschlägige Artikel über Polio und diverse Knochenerkrankungen, die zu den besten ihrer Zeit gehörten. Als meisterhafter Chirurg perfektionierte er Methoden zur Korrektur von Mißbildungen wie etwa Klumpfuß, Schiefhals und Rückgratverkrümmungen. Dank seiner phantastischen Sprachbegabung las er die Arbeiten von Little auf englisch, die von Stromeyer auf deutsch und die von Guérin und Bouvier auf französisch. Obwohl er ein erklärter Atheist war, überredete er die Jesuiten dazu, in Bombay und Poona Kliniken einzurichten, in denen Skoliosen, spinale Kinderlähmung und Lähmungen aufgrund von Geburtsschäden erforscht und behandelt werden konnten. Mit Geldern aus vorwiegend muslimischen Kreisen holte er einen Gaströntgenologen an die Klinik für Verkrüppelte Kinder; reiche Hindus pumpte er für die von ihm initiierten Projekte zur Erforschung und Behandlung von Arthritis an. Er schrieb sogar einen Bettelbrief an den amerikanischen Präsidenten Franklin D. Roosevelt, der der Episkopalkirche angehörte, und teilte ihm genau mit, wie viele Inder an derselben Krankheit litten wie er. Daraufhin erhielt er einen höflichen Antwortbrief und einen Scheck.

Lowji machte sich einen Namen in der Organisation für Katastrophenmedizin, die vor allem in der Zeit der Demonstrationen, die der Unabhängigkeit vorausgingen, und bei den blutigen Aufständen vor und nach der Teilung des Landes in Indien und Pakistan kurzfristig aktuell war, dann aber einschlief. Bis heute versuchen Freiwillige diese Organisation wiederaufleben zu lassen, indem sie Lowjis überall propagierten Ratschlag zitieren: »In der Katastrophenmedizin gilt das Kriterium der Dringlichkeit: Zuerst behandelt man große Amputationen und schwere Verletzungen an Extremitäten, dann Brüche und Schnittwunden. Kopfverletzungen überläßt man am besten Fachleuten, sofern welche greifbar sind.« Irgendwelchen Fachleuten, meinte er damit, denn Kopfverletzungen gab es immer. (Im Freundeskreis bezeichnete Lowji die versandete Bewegung als Krawallmedizin – seiner Ansicht nach »etwas, was Indien immer brauchen wird«.)

Dr. Lowji Daruwalla war der erste Arzt in Indien, der bei der Behandlung von Schmerzen im Lendenwirbelbereich den revolutionären Denkansatz aufgriff, den er angeblich Joseph Seaton Barr aus Harvard verdankte. Allerdings erinnerte man sich im Duckworth Sports Club an Farrokhs geschätzten Vater eher wegen seiner Behandlung von Tennisellbogen mit Eisbeuteln und seiner Angewohnheit, den Kellnern ihre erbärmliche Haltung vorzuwerfen, sobald er etwas getrunken hatte. (»Schauen Sie mich an! Ich habe einen Buckel und halte mich trotzdem gerader als Sie!«) Aus Verehrung für den berühmten Dr. Lowji Daruwalla hielt Mr. Sethna eisern an seiner kerzengeraden Haltung fest.

Aber warum verehrte Dr. Daruwalla junior seinen verstorbenen Vater nicht?

Es lag nicht daran, daß Farrokh der zweite Sohn und das jüngste von drei Kindern war; das hatte ihm nie zu schaffen gemacht. Farrokhs älterer Bruder Jamshed, der Farrokh nach Wien geholt hatte und jetzt in Zürich als Kinderpsychiater tätig war, hatte Farrokh auch mit dem Gedanken vertraut gemacht, eine Europäerin zu heiraten. Der alte Lowji hatte nie etwas gegen Mischehen gehabt – grundsätzlich nicht und auch nicht im Fall von Jamsheds Wiener Braut Josefine, deren jüngere

Schwester Julia wenig später Farrokh heiratete. Julia wurde die Lieblingsschwiegertochter des alten Lowji. Er schätzte ihre Gesellschaft sogar noch mehr als die des Londoner Facharztes für Ohrenleiden, der Farrokhs Schwester geheiratet hatte – und das trotz seiner geradezu penetranten Anglophilie. Nach der Unabhängigkeit bewunderte und klammerte sich Lowji an alles Englische, das sich in Indien gehalten hatte.

Aber der Grund für Farrokhs mangelnde Hochachtung vor seinem berühmten Vater war auch nicht dessen Faible für alles Englische. Die vielen Jahre in Kanada hatten aus Dr. Daruwalla junior einen gemäßigten Freund der Engländer gemacht. (Zugegeben, das Attribut ›englisch‹ bedeutet in Kanada etwas ganz anderes als in Indien – es hat keinen politischen Beigeschmack und ist gesellschaftlich akzeptabel. Viele Kanadier mögen die Briten ganz gern.)

Auch darüber, daß der alte Lowji keinen Hehl aus seiner tiefen Abneigung gegen Mohandas Karamchand Gandhi machte, regte sich Farrokh nicht auf. Auf Dinnerparties, vor allem bei Nichtindern in Toronto, hatte er durchaus seinen Spaß an den überraschten Gesichtern, die er prompt erntete, wenn er die Meinung seines verstorbenen Vaters über den verstorbenen Mahatma zum besten gab.

»Er war ein verdammter *charka*-drehender, lendengeschürzter Pandit!« beschwerte er sich. »Er hat seine Religion in seinen politischen Aktivismus hineingezogen – und dann hat er diesen politischen Aktivismus zu einer Religion gemacht.« Der alte Mann hatte keinerlei Bedenken gehabt, seine Ansichten auch in Indien lauthals zu verkünden – und nicht nur innerhalb der sicheren Mauern des Duckworth Club. »Die verdammten Hindus … die verdammten Sikhs … die verdammten Muslime«, pflegte er zu sagen. »Und die verdammten Parsen genauso!« setzte er hinzu, wenn ihn besonders eifrige Anhänger der Lehre Zarathustras dazu drängten, den Parsen gegenüber Loyalität zu bekunden. »Und die verdammten Katholiken«, murmelte er die wenigen Male, die er sich in St. Ignatius blicken ließ, um sich irgendwelche schauerlichen Schulaufführungen anzusehen, in denen seine Söhne Nebenrollen spielten.

Der alte Lowji erklärte, das Dharma sei »reine Selbstgefälligkeit – nichts als eine Rechtfertigung für das Nichtstun.« Er behauptete, das Kastenwesen und die Aufrechterhaltung der Unberührtheit seien nichts anderes als »die fortwährende Verehrung von Scheiße. Und wenn man Scheiße verehrt, muß man natürlich bestimmten Leuten die Pflicht auferlegen, die Scheiße wegzuräumen!« Absurderweise ging Lowji davon aus, daß er es sich leisten konnte, sich derart respektlos zu äußern, weil sein offensichtliches Engagement für verkrüppelte Kinder beispiellos war.

Er wetterte, daß Indien keine Ideologie besäße. »Religion und Nationalismus sind unser lahmer Ersatz für konstruktive Ideen«, verkündete er. »Das ewige Meditieren wirkt sich auf das Individuum ebenso zerstörerisch aus wie das Kastenwesen, denn es ist nichts anderes als eine Form der Herabwürdigung des Individuums. Inder schließen sich Gruppen an, statt eigene Ideen zu entwickeln. Wir billigen Rituale und Tabus, statt uns Ziele für eine gesellschaftliche Veränderung zu stecken – für die Verbesserung unserer Gesellschaft. Bewegt eure Gedärme vor dem Frühstück, nicht danach! Wen kümmert das schon! Sorgt dafür, daß die Frauen Schleier tragen! Warum sich Gedanken machen? Und gleichzeitig haben wir keine Vorschriften gegen den Dreck, gegen das Chaos!«

In einem so empfindlichen Land ist Taktlosigkeit schlicht und einfach dumm. Rückblickend wurde Dr. Daruwalla junior klar, daß sein Vater eine tickende Zeitbombe war. Niemand, nicht einmal ein Arzt, der sich verkrüppelten Kindern widmet, kann auf die Dauer herumlaufen und behaupten, das Karma sei »die Scheiße, die dafür sorgt, daß Indien ein rückständiges Land bleibt«. Man kann die Vorstellung, daß das gegenwärtige Leben, und sei es noch so schrecklich, der angemessene Lohn für das vergangene Leben ist, mit Fug und Recht als logische Basis dafür betrachten, daß man nichts unternimmt, um die eigene Situation zu verbessern, aber eine solche Überzeugung als »Scheiße« zu bezeichnen ist mit Sicherheit nicht ratsam. Selbst als Parse und bekehrter Christ – und obwohl er nie ein Hindu gewesen war – erkannte Dr. Daruwalla junior, daß die Übertreibungen seines Vaters unklug waren.

Zwar konnte der alte Lowji die Hindus nicht ausstehen, aber über die Muslime äußerte er sich ebenso beleidigend – »Einem Muslim sollte man nur Spanferkel zu Weihnachten schenken!« Seine Empfehlungen für die katholische Kirche waren nachgerade entsetzlich. Er meinte nämlich, man solle sämtliche überzeugten Katholiken aus Goa hinausjagen oder besser noch – im Gedenken an die Verfolgungen und Verbrennungen auf dem Scheiterhaufen, die sie selbst veranlaßt hatten – öffentlich hinrichten. Er schlug vor, »die abscheuliche Grausamkeit, die am Kruzifix dargestellt wird, in Indien zu verbieten«. Damit meinte er den bloßen Anblick des gekreuzigten Christus, den er als »eine Form von westlicher Pornographie« bezeichnete. Außerdem erklärte er, alle Protestanten seien heimliche Calvinisten, und Calvin sei ein heimlicher Hindu gewesen! Damit wollte Lowji ausdrücken, daß ihm alles verhaßt war, was darauf hinauslief, daß man die Erbärmlichkeit des Menschen akzeptierte; und noch verhaßter war ihm die Überzeugung, von Gott auserwählt zu sein, die er als »christliches Dharma« bezeichnete. Er zitierte mit Vorliebe Martin Luther, der gesagt hatte: »Was wäre es, ob Einer schon um Besseres und der christlichen Kirche willen eine gute, starke Lüge täte!« Damit meinte Lowji, daß er an den freien Willen glaubte, an die sogenannten guten Werke und an »überhaupt keinen Scheißgott«.

Bezüglich der Autobombe, durch die er ums Leben gekommen war, hielt sich im Duckworth Club hartnäckig das Gerücht, sie sei das geistige Produkt einer hinduistisch-muslimisch-christlichen Verschwörung gewesen – möglicherweise die erste kooperative Bemühung dieser Art –, aber Dr. Daruwalla junior wußte, daß nicht einmal die Parsen, die selten gewalttätig wurden, als Mittäter ausgeschlossen werden konnten. Obwohl der alte Lowji Parse war, machte er sich über die überzeugten Anhänger der zoroastrischen Lehre ebenso lustig wie über alle anderen wirklich Gläubigen. Aus irgendeinem Grund blieb nur Mr. Sethna von seiner Verachtung verschont, und umgekehrt genoß Lowji dessen uneingeschränkte Hochachtung. Er war der einzige Atheist, der nie unter der ewigen Geringschätzung des glaubenseifrigen Butlers zu leiden hatte. Vielleicht war der Zwischenfall mit dem heißen Tee das, was die beiden verband und sie sogar ihre unterschiedlichen religiösen Auffassungen hatte überwinden lassen.

Am meisten wurmte Lowji bis zum Schluß das gedankliche Konzept des Dharma. »Wenn du in einer Latrine geboren bist, ist es besser für dich, in einer Latrine zu sterben, als eine angenehmer riechende Position im Leben anzustreben! Jetzt frage ich dich: Ist das nicht Unsinn?« Farrokh hielt seinen Vater für verrückt – oder zumindest hatte der bucklige Alte außer im Bereich der orthopädischen Chirurgie einfach keine Ahnung. Selbst Bettler trachten danach, ihre Situation zu verbessern, oder etwa nicht?

Man kann sich vorstellen, daß die ruhige Beschaulichkeit des Duckworth Club häufig dadurch erschüttert wurde, daß der alte Lowji jedermann – selbst den Kellnern mit ihrer schlechten Haltung – erklärte, die Wurzel aller Mißstände in Indien seien die Kastenvorurteile, auch wenn die meisten Duckworthianer diese Ansicht insgeheim teilten.

Am meisten verübelte Farrokh seinem Vater, daß ihn dieser streitsüchtige alte Atheist sowohl um die Religion als auch um seine Heimat betrogen hatte. Mit seinem ungezügelten Haß auf jeglichen Nationalismus hatte er seinen Kindern das, was eine Nation ausmacht, mehr als nur intellektuell vermiest und sie damit aus Bombay verjagt. Erst hatte er seine einzige Tochter nach London und seine beiden Söhne nach Wien geschickt, damit sie sich dort Bildung und Kultiviertheit aneigneten, und dann besaß er die Frechheit, von allen dreien enttäuscht zu sein, weil sie nicht in Indien leben wollten.

»Einwanderer bleiben ihr Leben lang Einwanderer!« hatte Lowji Daruwalla erklärt. Das war noch so einer von seinen Sprüchen, nur hatte dieser einen Stachel, der für immer festsaß.

Zwischenspiel in Österreich

Farrokh war im Juli 1947 nach Österreich gereist, um sich auf sein Studium an der Universität Wien vorzubereiten; infolgedessen versäumte er die Unabhängigkeit. (Später dachte er, er sei im entscheidenden Moment einfach nicht zu Hause gewesen; und danach war er eigentlich nie mehr »zu Hause«.) So ziemlich die aufregendste Zeit, die ein Inder in Indien verbringen konnte! Statt dessen machte der junge Daruwalla die Bekanntschaft seines Lieblingsdesserts, Sachertorte mit Schlag, und der anderen Bewohner der Pension Amerling in der Prinz-Eugen-Straße, die im sowjetischen Sektor lag. Zur damaligen Zeit war Wien in vier Teile geteilt. Die Amerikaner und die Briten hatten sich die besten Wohngegenden geschnappt und die Franzosen die besten Geschäftsviertel. Die Russen waren realistisch gewesen: Sie hatten sich in den Außenbezirken bei der Arbeiterklasse niedergelassen, wo die gesamte Industrie angesiedelt war, und sich rund um die Innenstadt in der Nähe der Botschaften und Regierungsgebäude eingenistet.

Von der Pension Amerling aus mit ihren hohen Fenstern,

ihren verrosteten, eisernen Blumenkästen und den vergilbten Vorhängen hatte man einen Blick auf den Kriegsschutt in der Prinz-Eugen-Straße und auf die Kastanien im Garten des Belvedere. Von seinem Schlafzimmerfenster im dritten Stock aus konnte der junge Farrokh erkennen, daß die Steinmauer zwischen dem Oberen und dem Unteren Belvedere mit Maschinengewehreinschlägen wie mit Pockennarben übersät war. Um die Ecke, in der Schwindgasse, hatten sich die Russen der bulgarischen Botschaft bemächtigt. Und im Foyer der polnischen Bibliothek hatten sie aus unerklärlichen Gründen rund um die Uhr eine bewaffnete Wache postiert. Das Café Schnitzler an der Ecke Schwindgasse und Argentinierstraße wurde in regelmäßigen Abständen geräumt, so daß die Sowjets es nach Bomben durchsuchen konnten. Sechzehn von einundzwanzig Bezirken hatten kommunistische Stadthauptleute.

Die Brüder Daruwalla waren überzeugt, daß sie die einzigen Parsen in der besetzten Stadt waren, wenn nicht sogar die einzigen Inder. Für Wiener Begriffe sahen sie nicht besonders indisch aus; dafür waren sie nicht dunkelhäutig genug. Farrokh hatte keine so helle Haut wie Jamshed, aber bei beiden Brüdern schlugen die alten persischen Vorfahren durch. Für die Österreicher sahen sie wohl eher wie Iraner oder Türken aus. In den Augen der meisten Europäer hatten die Brüder Daruwalla mehr Ähnlichkeit mit den Einwanderern aus dem Nahen Osten als mit denen aus Indien. Farrokh und Jamshed waren zwar weniger dunkelhäutig als viele Inder, aber doch dunkler als die meisten Leute aus dem Nahen Osten – dunkler als Israelis und Ägypter, dunkler als Syrer, Libyer, Libanesen und so weiter.

Die erste schlechte Behandlung wegen seiner Hautfarbe erlebte der junge Farrokh in Wien von einem Metzger, der ihn irrtümlich für einen ungarischen Zigeuner hielt. Mehr als einmal wurde er, nachdem Österreich nun einmal ist, wie es ist, von Betrunkenen in einem Gasthof angepöbelt und natürlich als Jude bezeichnet. Bereits vor Farrokhs Eintreffen hatte Jamshed festgestellt, daß es leichter war, im russischen Sektor eine Unterkunft zu finden; da eigentlich kein Mensch dort wohnen wollte, nahmen einen die Pensionen bereitwillig auf. Zuvor hatte Jamshed versucht, eine Wohnung in der Mariahilferstraße zu mieten, aber die Hauswirtin hatte ihn mit dem Argument abgewiesen, er würde bestimmt unangenehme Küchendüfte verbreiten.

Erst mit Mitte Fünfzig ging Dr. Daruwalla die Ironie seiner damaligen Situation auf: Man hatte ihn genau zu der Zeit von zu Hause weggeschickt, als Indien ein selbständiges Land wurde. Die folgenden acht Jahre verbrachte er in einer vom Krieg zerstörten Stadt, die von vier ausländischen Mächten besetzt war. Als er im September 1955 nach Indien zurückkehrte, versäumte er in Wien knapp die Feierlichkeiten zum Tag der Unabhängigkeit. Im Oktober feierte die Stadt das offizielle Ende der Besatzung – jetzt war auch Österreich ein unabhängiges Land. Auch bei diesem historischen Ereignis war Dr. Daruwalla nicht zugegen. Wieder einmal war er kurz zuvor abgereist.

Wenngleich die Brüder Daruwalla eine völlig unwichtige Rolle spielten, gehörten sie doch zu den Protokollanten der Geschichte Wiens. Dank ihrer jugendlichen Aufnahmefähigkeit für Fremdsprachen konnte man sie zum Mitschreiben der Sitzungsprotokolle beim Kontrollrat der Alliierten gut gebrauchen; sie kritzelten ausführlich alles mit, hatten aber so stumm zu sein wie Pflastersteine. Als man ihnen die begehrten Dolmetscherjobs anvertrauen wollte, erhob der Bevollmächtigte der Briten Einspruch gegen diese Beförderung, angeblich weil die beiden noch Studenten waren. (Unter dem ethnischen Gesichtspunkt war es beruhigend, daß wenigstens die Briten wußten, daß sie Inder waren.) Auf diese Weise wurden die Brüder Daruwalla, wenn auch nur als Fliegen an der Wand, Zeugen der zahlreichen Beschwerden gegen die Methoden, mit denen die Besatzer in der altehrwürdigen Stadt vorgingen. So waren Farrokh und Jamshed zum Beispiel bei den Ermittlungen gegen die berüchtigte Benno-Blum-Bande dabei, einen Ring von Zigarettenschmugglern und angeblichen Schwarzhändlern, die mit heißbegehrten Nylonstrümpfen handelten. Für das Sonderrecht, sich ungehindert im sowjetischen Sektor betätigen zu dürfen, beseitigte die Benno-Blum-Bande politisch unerwünschte Personen. Natürlich stritten die Russen das ab. Farrokh und Jamshed wurden allerdings nicht von den angeblichen Kohorten des Benno Blum belästigt, der nie gefaßt oder auch nur identifiziert wurde. Und auch die Sowjets, in deren Sektor die beiden Brüder jahrelang wohnten, machten ihnen kein einziges Mal Ärger.

Bei den Sitzungen des Kontrollrates der Alliierten erlebte der junge Farrokh Daruwalla die gröbste Behandlung von seiten eines britischen Dolmetschers. Farrokh schrieb bei einer Revisionsverhandlung im Fall Anna Hellein, bei dem es um Mord und Vergewaltigung ging, das Sitzungsprotokoll, als er einen Übersetzungsfehler entdeckte und den Dolmetscher umgehend darauf aufmerksam machte.

Anna Hellein war eine 29jährige Wiener Sozialarbeiterin gewesen, die am Kontrollpunkt Steyregg-Brücke an der amerikanisch-sowjetischen Grenzlinie von einem russischen Wachposten aus dem Zug gezerrt, vergewaltigt, ermordet und auf den Schienen liegengelassen worden war. Später wurde sie von einem Zug enthauptet. Eine Zeugin, die alles mit angesehen hatte, eine Wiener Hausfrau, hatte ausgesagt, sie habe den Zwischenfall nicht gemeldet, weil sie überzeugt gewesen sei, daß Fräulein Hellein eine Giraffe war.

»Verzeihen Sie, Sir«, sagte der junge Farrokh zu dem englischen Dolmetscher, der das mit dem englischen Wort *giraffe* wiedergegeben hatte. »Ihnen ist da ein kleiner Fehler unterlaufen. Fräulein Hellein wurde nicht irrtümlich für eine *giraffe* gehalten.«

»Das hat die Zeugin aber gesagt, Freundchen«, entgegnete

der Dolmetscher. Und er fügte hinzu: »Ich habe keine Lust, mich von einem verdammten Orientalen über mein Englisch belehren zu lassen.«

»Ich belehrte Sie nicht über Ihr Englisch, Sir«, sagte Farrokh. »Es geht um Ihr Deutsch.«

»Es ist dasselbe Wort auf deutsch, Freundchen«, sagte der englische Dolmetscher. »Die Hausfrau hat sie als verdammte Giraffe bezeichnet!«

»Das ist Umgangssprache«, sagte Farrokh Daruwalla. »›Giraffe‹ ist Slang – gemeint ist eine Prostituierte. Die Zeugin hat Fräulein Hellein irrtümlich für eine Hure gehalten.«

Farrokh war fast erleichtert, daß sein Gegenüber Brite war und ihn wenigstens – ethnisch korrekt – als Orientalen bezeichnet hatte. Zweifellos hätte er die Nerven verloren, wenn er ein zweites Mal für einen ungarischen Zigeuner gehalten worden wäre. Durch diese beherzte Einmischung hatte der junge Daruwalla dem Kontrollrat der Alliierten einen peinlichen Schnitzer erspart. Im offiziellen Sitzungsprotokoll stand denn auch nicht, daß besagte Zeugin der Vergewaltigung, Ermordung und Enthauptung von Fräulein Hellein diese irrtümlich für eine Giraffe gehalten hatte. Das zumindest war dem Opfer erspart geblieben. Doch als der junge Farrokh Daruwalla im Herbst 1955 nach Indien zurückkehrte, gehörte diese Episode so sehr der Vergangenheit an wie seine frühere Beziehung zu diesem Land. Er kehrte keineswegs als selbstsicherer junger Mann in seine Heimat zurück. Freilich hatte er nicht die ganzen acht Jahre fern von Indien verbracht, aber ein kurzer Besuch in den Semesterferien (im Sommer 1949) bereitete ihn im Grunde überhaupt nicht auf die Verwirrung vor, die er sechs Jahre später erleben sollte – als er in ein Indien »heimkehrte«, in dem er sich für alle Zeiten wie ein Fremder vorkommen sollte.

Er war daran gewöhnt, sich als Ausländer zu fühlen; darauf hatte ihn sein Aufenthalt in Wien vorbereitet. Die wiederholten angenehmen Besuche bei seiner Schwester in London wurden durch jene eine Reise überschattet, die zeitlich mit einem Vortrag zusammenfiel, den sein Vater auf Einladung des Royal College of Surgeons in London halten sollte – eine große Ehre. Inder und Bewohner der ehemaligen britischen Kolonien ganz allgemein waren ganz versessen darauf, Fellows des Royal College of Surgeons zu werden – auch der alte Lowji war ungeheuer stolz auf sein Fellowship, sein »F«, wie man es nannte. Dr. Daruwalla junior, der ebenfalls F. R. C. S. – von Kanada – werden sollte, maß diesem »F« ungleich weniger Bedeutung bei. Als sich Farrokh damals den Vortrag seines Vaters in London anhörte, sprach dieser dem amerikanischen Gründer der Britischen Orthopädischen Gesellschaft – dem berühmten Dr. Robert Bayley Osgood, einem der wenigen Amerikaner, der diese britische Institution für sich einzunehmen vermochte – seine Anerkennung aus. Während Lowjis Vortrag (der sich anschließend den Problemen der Behandlung von Kinderlähmung in Indien zuwandte) schnappte Farrokh eine höchst verächtliche Bemerkung auf, die ihn davon abhalten sollte, jemals in London leben zu wollen.

»Was für Affen das doch sind«, sagte ein blühend aussehender Orthopäde zu einem britischen Landsmann. »Unglaublich dreist im Nachahmen. Sie beobachten uns ganze fünf Minuten lang, und dann bilden sie sich ein, sie könnten es ebenso gut.«

Der junge Farrokh saß wie gelähmt in einem Auditorium voller Männer, die von Knochen- und Gelenkerkrankungen fasziniert waren. Er konnte sich weder bewegen, noch hätte er ein Wort herausgebracht. Hier ging es nicht einfach darum, daß jemand eine Prostituierte mit einer Giraffe verwechselte. Da Farrokh erst am Anfang seines Medizinstudiums stand, war er nicht einmal sicher, ob er begriff, was mit dem »es« gemeint war, von dem die beiden sprachen. Er fühlte sich so verunsichert, daß er zunächst davon ausging, daß es sich um etwas Medizinisches handelte – irgendein konkretes Fachwissen –, doch noch bevor

Lowji seinen Vortrag beendet hatte, begriff Farrokh, was sie meinten. »Es« war alles Englische, »es« bedeutete, daß man so war wie sie. Selbst bei einer Versammlung von »Fachkollegen«, wie sein Vater es prahlerisch nannte, war dieses »Es« alles, was sie registrierten – schlicht das, was von ihrer englischen Attitüde mit oder ohne Erfolg kopiert worden war. Und während der restlichen Ausführungen des alten Lowji über die Erforschung der Kinderlähmung schämte sich der junge Farrokh, daß er seinen ehrgeizigen Vater auf einmal so sah, wie die Briten ihn sahen: als einen selbstgefälligen Affen, dem es gelungen war, sie zu imitieren. Damals wurde Farrokh zum erstenmal klar, daß es möglich war, alles Englische zu lieben und die Briten trotzdem zu hassen.

Und so hatte er, schon bevor er Indien als möglichen Wohnsitz verworfen hatte, England verworfen. Im Sommer 1949 dann, während eines Heimaturlaubs in Bombay, hatte der junge Farrokh Daruwalla ein Erlebnis, das ihn dazu veranlaßte, auch ein Leben in den Vereinigten Staaten auszuschließen. In diesem Sommer wurde ihm noch eine peinliche Schwäche seines Vaters deutlich bewußt. Die kontinuierlichen Beschwerden, unter denen er wegen seiner Rückgratverkrümmung litt, rechnete Farrokh nicht mit; sie fielen nicht in die Kategorie der Schwächen – im Gegenteil, Lowjis Buckel war eine Quelle der Inspiration. Doch jetzt machte sich beim alten Daruwalla außer der Vorliebe für krasse Pauschalurteile über politische und religiöse Themen ein Faible für romantische Filme bemerkbar. Die ungezügelte Leidenschaft seines Vaters für *Waterloo Bridge* kannte Farrokh bereits. Bei der bloßen Erwähnung von Vivian Leigh traten ihm Tränen in die Augen, und keine Grundkonstellation einer Geschichte erschien dem alten Lowji so tragisch wie jene schicksalhaften Verstrickungen, die eine gute und lautere Frau in die Niederungen der Prostitution zu stürzen vermochten.

Doch im Sommer 1949 war der junge Farrokh ziemlich unvorbereitet darauf, daß sich sein Vater in jene abgedroschene Hysterie verrannt hatte, die im Umfeld von Dreharbeiten häufig anzutreffen ist. Daß es sich um einen Hollywood-Film handelte, machte das Ganze noch schlimmer, weil er sich durch nichts anderes auszeichnete als durch unendliche Kompromißbereitschaft, die wichtigste Begabung aller Mitwirkenden. Farrokh war entsetzt, wie unterwürfig sich sein Vater gegenüber sämtlichen Leuten verhielt, die auch nur am Rande mit diesem Film zu tun hatten.

Man darf sich nicht wundern, daß Lowji anfällig für das Filmvolk war und daß sich der vermeintliche Glamour des Nachkriegs-Hollywood durch die beträchtliche Entfernung von Bombay noch vergrößerte. Der Ruf der zwielichtigen Gestalten, die in Maharashtra eingefallen waren, um dort einen Film zu drehen, war erheblich angeschlagen – selbst für die Verhältnisse von Hollywood, wo Schamgefühl selten lange vorhält –, aber woher hätte der alte Daruwalla das wissen sollen? Wie zahlreiche Ärzte überall auf der Welt bildete Lowji sich ein, er hätte ein grandioser Schriftsteller werden können, wenn ihn die Medizin nicht zuvor in ihren Bann gezogen hätte. Zudem wiegte er sich in der Illusion, daß er möglicherweise noch eine zweite Karriere vor sich hatte, vielleicht im Ruhestand. Er glaubte, wenn ihm mehr Zeit zur Verfügung stünde, würde es ihm keine große Mühe bereiten, einen Roman zu schreiben – und ein Drehbuch noch weniger. Obwohl die zweite Annahme prinzipiell stimmte, sollte sich herausstellen, daß der alte Lowji bereits mit einem Drehbuch überfordert war. Schließlich verdankte er sein großartiges manuelles Geschick und seinen Weitblick als Chirurg ja auch nicht unbedingt seiner Phantasie.

Leider geht die Fähigkeit, zu heilen und Menschen gesund zu machen, oft mit einer selbstverständlichen Arroganz einher. Obwohl Dr. Lowji Daruwalla in Bombay bekannt war – und das, was er in Indien leistete, sogar im Ausland anerkannt wurde –,

sehnte er sich nach unmittelbarer Berührung mit dem sogenannten kreativen Prozeß. Im Sommer 1949, während sich sein von
hehren Grundsätzen geleiteter jüngerer Sohn in Bombay aufhielt, bekam Dr. Daruwalla senior, was er sich wünschte.

Unerklärliche Unbehaartheit

Wenn ein Mann mit Charakter und voller Visionen gewissenlosen Feiglingen in die Hände fällt, die sich der Mittelmäßigkeit
verschrieben haben, taucht häufig ein Vermittler auf, ein als
Kuppler getarnter kleiner Bösewicht, der es geschickt versteht,
sich um eines kleinen, aber hübschen Vorteils willen einzuschmeicheln. In diesem Fall handelte es sich um eine Dame aus
Malabar Hill mit imposantem Vermögen und kaum weniger imposantem Auftreten. Obwohl sie sich selbst nicht als altjüngfer-
liche Tante eingestuft hätte, spielte sie diese Rolle im Leben ihrer
unwürdigen Neffen, der zwei niederträchtigen Söhne ihres ver-
armten Bruders. Sie hatte das tragische Schicksal erlitten, vom
selben Mann zweimal am Tag der Hochzeit sitzengelassen worden zu sein, was Dr. Lowji Daruwalla dazu veranlaßte, sie im Be-
kanntenkreis als »die Miss Havisham von Bombay – mal zwei«
zu bezeichnen.

Sie hieß Promila Rai, und bevor sie Lowji auf hinterlistige
Weise mit dem Filmpack bekanntmachte, hatte sie mit der Familie Daruwalla nur flüchtig zu tun gehabt. Sie hatte Dr. Daruwalla senior einmal wegen der unerklärlichen Unbehaartheit des
jüngeren ihrer zwei abscheulichen Neffen konsultiert, eines
eigenartigen Jungen namens Rahul Rai. Zur Zeit der Untersuchung, die durchzuführen sich Lowji anfangs mit der Begründung geweigert hatte, daß er nur Orthopäde sei, war Rahul erst
acht oder zehn Jahre alt, so daß der Doktor nichts »Uner-
klärliches« an seiner Unbehaartheit finden konnte. So unge-

wöhnlich war das Fehlen von Körperbehaarung auch wieder nicht; immerhin hatte der Bursche buschige Augenbrauen und einen dicken Haarschopf. Miss Promila Rai jedoch war mit dem Untersuchungsergebnis des Doktors nicht zufrieden. »Na ja, schließlich sind Sie nur ein Knochendoktor«, hatte sie abfällig gesagt – was den Orthopäden ziemlich ärgerte.

Aber jetzt war Rahul Rai zwölf oder dreizehn, und die Unbehaartheit seiner mahagonifarbenen Haut fiel allmählich auf. Farrokh Daruwalla, der im Sommer 1949 neunzehn Jahre alt war, hatte den Jungen nie gemocht; er war ein schmieriges Früchtchen, sexuell ambivalent – und darin möglicherweise von seinem älteren Bruder Subodh beeinflußt, einem Tänzer und Gelegenheitsschauspieler in der aufstrebenden Hindi-Filmszene. Subodh war eher für seine grelle Homosexualität bekannt als für sein schauspielerisches Talent.

Als Farrokh aus Wien zurückkehrte und feststellte, daß sein Vater mit Promila Rai und ihren dubiosen Neffen freundschaftlich verkehrte – na ja, man kann sich vorstellen, daß der junge Farrokh, der während seines Studiums in intellektueller und literarischer Hinsicht gewisse Ansprüche entwickelt hatte, den Abschaum von Hollywood, der sich bei seinem zwar berühmten, aber leicht zu beeindruckenden Vater eingeschmeichelt hatte, als Beleidigung empfand.

Promila Rai hatte schlicht und einfach gewollt, daß ihr schauspielernder Neffe Subodh eine Rolle in dem Film bekam; und der präpubertäre Rahul sollte als Spielzeug für dieses kreative Völkchen engagiert werden. Dank seiner unausgereiften Sexualität wurde der unbehaarte Junge rasch zum kleinen Liebling der Kalifornier, zumal er sich auch noch als fähiger Dolmetscher und eifriger Botenjunge entpuppte. Und was wollten diese Hollywood-Typen von Promila Rai als Gegenleistung für die kreative Nutzung ihrer Neffen? Sie wollten Zugang zu einem exklusiven Club – dem Duckworth Sports Club, der selbst in ihren zwielichtigen Kreisen hohes Ansehen genoß –, und sie wollten einen Arzt, der sich um ihre Wehwehchen kümmerte. Genauer gesagt, um ihre panische Angst vor sämtlichen Krankheiten, die sie in Indien möglicherweise auflesen konnten, denn anfangs fehlte ihnen absolut nichts.

Für den jungen Farrokh war es ein Schock, nach Hause zu kommen und diese unglaubliche Entwürdigung seines Vaters mitzuerleben. Seine Mutter war zutiefst verstört über die primitive Gesellschaft, die sich ihr Mann ausgesucht hatte, und über die in ihren Augen schamlose Art und Weise, in der Promila Rai ihn manipulierte. Indem der alte Lowji (er war der Vorsitzende des Verfahrensausschusses) diesem amerikanischen Filmpöbel uneingeschränkten Zutritt zum Club verschaffte, verstieß er gegen ein heiliges Gesetz der Duckworthianer. Bislang wurden Gäste von Mitgliedern nur zugelassen, wenn sie in deren Begleitung kamen *und blieben,* aber der alte Daruwalla war so vernarrt in seine neuen Freunde, daß er ihnen alle möglichen Privilegien verschaffte. Dazu kam, daß der Drehbuchautor, von dem Lowji glaubte, am meisten lernen zu können, am Drehort unerwünscht war, was dazu führte, daß dieser empfindsame Künstler und Außenseiter inzwischen buchstäblich ein Dauergast im Duckworth Club – und ein ständiger Zankapfel zwischen Farrokhs Eltern – war.

Es ist oft peinlich, mit ansehen zu müssen, wenn Ehepaare, die ein gewisses gesellschaftliches Ansehen genießen, betont liebevoll miteinander umgehen. Farrokhs Mutter Meher war bekannt dafür, daß sie in der Öffentlichkeit mit ihrem Mann flirtete. Weil die Avancen, die sie ihm machte, keineswegs unfein waren, galt Meher Daruwalla bei den Duckworthianern als außerordentlich treu ergebene Ehefrau. Deshalb fiel es auch um so mehr auf, als sie auf einmal nicht mehr mit Lowji flirtete. Für jedermann im Duckworth Club war deutlich zu erkennen, daß Meher mit ihrem Mann in Fehde lag. Und der junge Farrokh empfand es als beschämend, daß diese spürbare eheliche Spannung zwischen den ehrbaren Daruwallas den ganzen Duckworth Club nervös machte.

Farrokh hatte sich für diesen Sommer in erster Linie vorgenommen, seine Eltern auf die Liebschaften vorzubereiten, die sich zwischen ihren beiden Söhnen und den fabelhaften Schwestern Zilk anbahnten – »den Mädchen aus dem Wienerwald«, wie Jamshed sie nannte. Farrokh hatte den Eindruck, daß die derzeitige Befindlichkeit der elterlichen Ehe möglicherweise eine ungünstige Voraussetzung für die Erörterung jedweder Liebesangelegenheiten war – ganz zu schweigen davon, daß seine Eltern die Vorstellung, beide Söhne könnten katholische Wienerinnen heiraten, womöglich erschreckend fanden.

Es war typisch für die Geschicklichkeit, mit der Jamshed seinen jüngeren Bruder manipulierte, daß er Farrokh im Sommer mit dem Auftrag nach Hause schickte, dieses Thema anzuschneiden. Farrokh stellte für Lowji eine geringere intellektuelle Herausforderung dar; außerdem war er der Benjamin der Familie und wurde folglich nahezu vorbehaltlos geliebt. Dazu kam, daß sich der alte Mann ohne Zweifel darüber freute, daß Farrokh in seine orthopädischen Fußstapfen steigen wollte, und dieser deshalb als Überbringer unliebsamer Nachrichten vielleicht eher willkommen war als Jamshed. Dessen Interesse an der Psychiatrie, die nach Ansicht des alten Lowji »eine unpräzise Wissenschaft« war – womit er meinte, im Vergleich zur orthopädischen Chirurgie –, hatte bereits einen Keil zwischen Vater und Sohn getrieben.

Jedenfalls erkannte Farrokh, daß der Augenblick ungünstig war, um auf die Fräulein Josefine und Julia Zilk zu sprechen zu kommen; der Lobgesang auf ihren Liebreiz und ihre Tugenden würde warten müssen. Die Geschichte von ihrer tapferen, verwitweten Mutter, die sich mit der Erziehung ihrer Töchter große Mühe gegeben hatte, würde ebenfalls warten müssen.

Dieser gräßliche amerikanische Film nahm Farrokhs hilflose Eltern vollkommen in Anspruch. Nicht einmal mit seinen intellektuellen Ambitionen konnte der junge Mann die Aufmerksamkeit seines Vaters erringen.

Als Farrokh beispielsweise zugab, daß er Jamsheds Begeisterung für Freud teilte, fürchtete sein Vater schon, Farrokh könnte der exakteren Wissenschaft der orthopädischen Chirurgie untreu werden. Lowji daraufhin mit einem ausführlichen Zitat aus Freuds Studie »Allgemeines über den hysterischen Anfall« beruhigen zu wollen, war ebenfalls verfehlt; daß »der hysterische Anfall ... ein Koitusäquivalent« sein sollte, behagte dem alten Lowji gar nicht. Freuds Auffassung, die hysterische Symptomatik entspreche einer Form von sexueller Befriedigung, lehnte er rundweg ab. Über die sogenannte mehrfache Identifizierung – etwa in dem Fall der Patientin, die mit einer Hand (angeblich ihrer *Männer*hand) versuchte, sich das Kleid vom Leib zu reißen, während sie es gleichzeitig (mit ihrer *Frauen*hand) verzweifelt festzuhalten versuchte – war Lowji Daruwalla schlichtweg empört.

»Ist das nun das Ergebnis einer europäischen Ausbildung?« rief er. »Dem, was eine Frau denkt, wenn sie sich auszieht, irgendeine Bedeutung beizumessen – das ist doch blanker Wahnsinn!«

Der alte Daruwalla weigerte sich strikt, sich einen Satz, der den Namen Freud enthielt, überhaupt anzuhören. Daß sein Vater Freud ablehnte, war für Farrokh ein weiterer Beweis für die intellektuelle Sturheit und die altmodischen Überzeugungen dieses Tyrannen. In der Absicht, Freud schlechtzumachen, paraphrasierte Lowji einen Aphorismus des berühmten kanadischen Arztes Sir William Osler. Farrokh schätzte Osler, einen im Umgang mit Patienten außergewöhnlich geschickten Arzt und begabten Essayisten, ebenfalls sehr. Es empörte ihn, daß Lowji Sir William Osler dazu benutzen wollte, Freud zu widerlegen. Der alte Knallkopf bezog sich auf die bekannte Ermahnung Oslers, man dürfe Medizin keinesfalls ohne Lehrbücher studieren, denn das sei so ähnlich, als würde man ohne Karte zur See fahren. Farrokh hielt dagegen, Lowji habe Osler nur halb und Freud nicht einmal zur Hälfte verstanden, denn schließlich habe Osler ausdrücklich darauf hingewiesen, daß Medizin zu studieren, ohne die Patienten zu studieren, dasselbe sei, wie überhaupt nicht zur See zu fahren. Freud hatte immerhin seine Patienten studiert. Aber Lowji war nicht von seiner Meinung abzubringen.

Farrokh war empört über seinen Vater. Er war bereits mit siebzehn von zu Hause fortgegangen, und jetzt war er endlich ein weltgewandter und belesener Neunzehnjähriger. Und der alte Lowji, weit davon entfernt, ein Paradebeispiel an scharfem Verstand und Vornehmheit zu sein, kam ihm jetzt wie ein Hanswurst vor. In einem unbesonnenen Augenblick gab Farrokh seinem Vater ein Buch zu lesen: Graham Greenes *Die Kraft und die Herrlichkeit*, einen modernen Roman – »modern« zumindest für Lowji. Außerdem war es ein religiöser Roman und damit (für Lowji) von vornherein ein rotes Tuch. Farrokh machte seinem Vater den Roman damit schmackhaft, daß die katholische Kirche erheblichen Anstoß daran genommen hatte – ein schlauer Köder. Noch mehr freute sich der alte Mann, als er erfuhr, daß die französischen Bischöfe das Buch verurteilt hatten. Aus Gründen, die darzulegen sich Lowji nie die Mühe machte, mochte er die Franzosen nicht. Aus Gründen, die er entschieden zu oft darlegte, hielt Lowji sämtliche Religionen für menschenverschlingende »Ungeheuer«.

Gewiß war es idealistisch von dem jungen Farrokh, sich einzubilden, er könnte seinen grimmigen, altmodischen Vater für seine jüngst erworbene europäische Sensibilität gewinnen – zumal mit einem derart schlichten Mittel wie seinem Lieblingsroman. In seiner Naivität hoffte Farrokh, eine gemeinsame

Wertschätzung für Graham Greene könnte möglicherweise zu einem Gespräch über die aufgeklärten Schwestern Zilk führen, die, obwohl sie katholisch waren, die Bestürzung der katholischen Kirche über *Die Kraft und die Herrlichkeit* nicht teilten. Und dieses Gespräch könnte dann zu der Frage führen, wer diese liberal eingestellten Schwestern Zilk denn waren, und so weiter und so weiter.

Aber der alte Lowji hatte für den Roman nur Verachtung übrig. Er verurteilte ihn wegen seiner moralischen Widersprüchlichkeit – »ein heilloses Durcheinander von Gut und Böse«, wie er es ausdrückte. Zunächst einmal, so argumentierte Lowji, wird der Polizeileutnant, der den Priester hinrichtet, als integrer Mensch geschildert – und als ein Mann mit hohen Idealen. Der Priester hingegen ist durch und durch verdorben – ein Wüstling, ein Trinker und der Vater einer unehelichen Tochter.

»Der Mann hat es verdient, hingerichtet zu werden!« verkündete der alte Daruwalla. »Aber nicht unbedingt deshalb, weil er Priester ist!«

Farrokh war bitter enttäuscht über diese borniere Reaktion auf einen Roman, den er so gern mochte, daß er ihn schon ein halbes dutzendmal gelesen hatte. Er provozierte seinen Vater absichtlich, indem er ihm vorwarf, er verurteile das Buch aus bemerkenswert ähnlichen Gründen wie die katholische Kirche.

Und damit begannen der Sommer und die Regenzeit des Jahres 1949.

In der Vergangenheit verhaftet

Hier nun kommen die Personen, aus denen sich das Filmpack, der Abschaum Hollywoods, der Morast der Kinoszene zusammensetzt – die zuvor erwähnten »gewissenlosen Feiglinge, die sich der Mittelmäßigkeit verschrieben haben«. Zum Glück sind es Nebenfiguren, wenn auch so ekelhafte, daß ihre Einführung so lange wie möglich hinausgezögert wurde. Außerdem hat sich die Vergangenheit bereits unliebsam in diese Erzählung hineingedrängt. Dr. Daruwalla junior, dem solch unerwünschte und aufdringliche Einmischungen der Vergangenheit nicht fremd sind, hat die ganze Zeit im Ladies' Garden des Duckworth Club gesessen. Und die Vergangenheit ist mit so betrüblicher Wucht über ihn hergefallen, daß er sein Kingfisher Lager nicht angerührt hat; inzwischen ist es so warm, daß man es nicht mehr trinken kann.

Der Doktor weiß, daß er sich wenigstens von seinem Stuhl erheben und seine Frau anrufen sollte. Julia muß umgehend von dem Unglück des armen Mr. Lal und der Drohung an den geliebten Dhar unterrichtet werden: MEHR MITGLIEDER STERBEN, WENN DHAR MITGLIED BLEIBT. Außerdem sollte Farrokh sie vorwarnen, daß Dhar zum Supper zu ihnen kommen würde, und eine Erklärung für seine Feigheit schuldete er ihr auch. Sicher wird Julia ihn für einen Feigling halten, weil er Dhar die beunruhigende Neuigkeit noch nicht mitgeteilt hat, obwohl er doch weiß, daß Dhars Zwillingsbruder jetzt jederzeit in Bombay eintreffen kann. Trotz alledem bringt er es weder fertig, sein Bier zu trinken, noch sich von seinem Stuhl zu erheben, fast als wäre er das zweite Opfer, niedergeknüppelt von demselben Putter, der dem armen Mr. Lal den Schädel eingeschlagen hat.

Während der ganzen Zeit hat Mr. Sethna ihn beobachtet. Und Mr. Sethna macht sich Sorgen um den Doktor, denn er hat noch nie erlebt, daß er sein Kingfisher stehen läßt. Die Hilfskellner tuscheln, weil sie die Tischdecken im Ladies' Garden auswechseln müssen. Die für den Abend sind safrangelb und sehen ganz anders aus als die eher zinnoberroten, die zum Lunch aufgelegt werden. Aber Mr. Sethna läßt nicht zu, daß Dr. Daruwalla gestört wird. Auch wenn Mr. Sethna weiß, daß Farrokh nicht aus demselben Holz ist wie sein Vater, geht seine

Loyalität gegenüber Lowji fraglos bis über das Grab hinaus; sie erstreckt sich nicht nur auf Lowjis Kinder, sondern sogar auf diesen rätselhaften, hellhäutigen Jungen, den er Lowji öfter als einmal als »meinen Enkel« hatte bezeichnen hören.

Mr. Sethnas Loyalität gegenüber dem Namen Daruwalla reicht so weit, daß er keinen Klatsch in der Küche duldet. Da gibt es zum Beispiel einen älteren Koch, der schwört, dieser sogenannte Enkel sei kein anderer als der schneeweiße Schauspieler, der sich jetzt vor ihnen als Inspector Dhar produziert. Obwohl Mr. Sethna insgeheim vielleicht auch dieser Meinung ist, versteift er sich darauf, daß das nicht stimmen kann. Wenn Dr. Daruwalla junior behauptet, Dhar sei weder sein Neffe noch sein Sohn – und das hat er behauptet –, gibt sich Mr. Sethna damit zufrieden. Vor dem Küchenpersonal und sämtlichen Kellnern und Hilfskellnern erklärt er mit Nachdruck: »Dieser Junge, den wir mit dem alten Dr. Daruwalla gesehen haben, war jemand anderer.«

Jetzt schwebt ein halbes Dutzend Hilfskellner in das abnehmende Licht im Ladies' Garden, wortlos dirigiert von Mr. Sethnas durchdringenden Blicken und knappen Handzeichen. Auf Dr. Daruwallas Tisch stehen nur ein paar Untersetzer und ein Aschenbecher, außerdem eine Vase mit Blumen und das warme Bier. Jeder Hilfskellner kennt seine Handgriffe im Schlaf: Der eine nimmt den Aschenbecher, und ein anderer entfernt das Tischtuch, genau eine Sekunde nachdem Mr. Sethna das unberührte Bier an sich genommen hat. Drei Hilfskellner tauschen das zinnoberrote Tischtuch gegen ein safranfarbenes aus; dann werden wieder dieselben Blumen und ein frischer Aschenbecher auf den Tisch gestellt. Dr. Daruwalla merkt zunächst gar nicht, daß Mr. Sethna das warme Kingfisher gegen ein kaltes vertauscht hat.

Erst nachdem alle wieder verschwunden sind, scheint Dr. Daruwalla wahrzunehmen, daß die Dämmerung das leuchtende

Rosa und Weiß der Bougainvilleen im Ladies' Garden gedämpft hat und daß sich an seinem randvollen Glas Kingfisher frische Kondenswasserperlen bilden. Das Glas ist so feucht und kühl, daß es seine Hand wie ein Magnet anzieht. Das Bier ist so kalt und erfrischend, daß er einen langen, dankbaren Schluck trinkt – und dann noch einen und noch einen. Er trinkt, bis das Glas leer ist, bleibt aber noch an seinem Tisch im Ladies' Garden sitzen, als würde er auf jemanden warten – obwohl er weiß, daß seine Frau ihn zu Hause erwartet.

Es dauert eine Zeitlang, bis der Doktor daran denkt, sich nachzuschenken. Die Flasche faßt 0,7 Liter – entschieden zuviel Bier für einen Zwerg, denkt Farrokh. Dann huscht ein Schatten über sein Gesicht, der hoffentlich schnell vorüberzieht. Aber der bekümmerte Blick bleibt, starr in die Ferne gerichtet und so bitter wie der Nachgeschmack des Biers. Mr. Sethna kennt diesen Blick; er weiß sofort, daß die Vergangenheit Dr. Daruwalla eingeholt hat, und aufgrund der Bitterkeit in des Doktors Gesicht glaubt Mr. Sethna zu wissen, um welche Vergangenheit es sich handelt. Um dieses Filmvolk. Es ist wieder zurückgekehrt.

5

Die Parasiten

Bekanntschaft mit dem Filmgeschäft

Der Regisseur Gordon Hathaway sollte sein Leben auf dem Santa Monica Freeway beenden, aber im Sommer 1949 schwamm er noch auf der verebbenden Erfolgswoge eines Detektivfilms dahin. Absurderweise hatte dieser Film in ihm die lange schlummernde Sehnsucht geweckt, das zu machen, was in der Filmbranche als »anspruchsvoller« Film bezeichnet wird. Daraus sollte nichts werden. Der Film, unter widrigsten Umständen abgedreht, gelangte nie in die Kinos. Hathaway hatte die Nase voll von »anspruchsvollen« Filmen und kehrte mit mäßigen Rachgelüsten, und noch mäßigerem Erfolg, zu seinen Detektivfilmen zurück. In den sechziger Jahren tat er den Schritt nach unten zum Fernsehen, wo er das unauffällige Ende seiner beruflichen Laufbahn abwartete.

Nur wenige Facetten von Gordon Hathaways Persönlichkeit waren einmalig. Er sprach alle Schauspieler und Schauspielerinnen mit Vornamen an, selbst solche, die er noch nicht kannte, was auf die meisten zutraf; und wenn er sich verabschiedete, küßte er Männer wie Frauen schmatzend auf beide Wangen, auch wenn er sie erst ein- oder zweimal gesehen hatte. Er heiratete viermal, zeugte in seiner Geilheit in jeder Ehe Kinder, die bereits vor der Pubertät über ihn herzogen. In allen Fällen fiel Gordon, keineswegs überraschend, die Rolle des Bösewichts zu, während die vier Mütter (seine Exfrauen) in höchstem Maß kompromittiert, aber glorreich aus der Sache hervorgingen. Hathaway meinte, er habe das Pech gehabt, nur Töchter zu zeugen. Söhne hätten bestimmt seine

Partei ergriffen – »wenigstens in einem der vier beschissenen Fälle«, um ihn zu zitieren.

In puncto Kleidung war er ein bißchen exzentrisch. Je älter er wurde – und je bereitwilliger er sich als Regisseur auf Kompromisse einließ –, um so ausgefallener kleidete er sich, als bestünde seine schöpferische Tätigkeit vorwiegend in der Zusammenstellung seiner Garderobe. Manchmal trug er eine Damenbluse, bis zur Taille aufgeknöpft, und band sich die Haare zu einem langen, weißen Pferdeschwanz zusammen, der sein Markenzeichen wurde. Bei seinen zahlreichen Filmen und Fernsehkrimis ließ sich leider keine so durchgehende Handschrift erkennen. Dafür zog er regelmäßig über die »Anzüge« her – so nannte er die Produzenten –, »diese beschissenen Typen mit ihrer dreiteiligen Gesinnung«, die »sämtliche Talente Hollywoods in ihrem beschissenen Würgegriff« hatten.

Dieser Vorwurf war insofern sonderbar, als Gordon Hathaway lange Zeit und in bescheidenem Maß erfolgreich mit ebendiesen »Anzügen« gemeinsame Sache gemacht hatte. In Wirklichkeit mochten ihn die Produzenten ausgesprochen gern. Aber nichts von alledem ist originell oder auch nur erinnernswert.

In Bombay jedoch trat Gordon Hathaways einziges wirklich besonderes Charaktermerkmal zutage: Er hatte eine Heidenangst vor dem indischen Essen – und führte sich in seiner Hysterie ständig alle Krankheiten vor Augen, die seinen Verdauungstrakt garantiert zugrunde richten würden –, weshalb er auch nur Sachen aß, die ihm aufs Zimmer serviert wurden und die er zuvor eigenhändig in der Badewanne wusch. Das Hotel Taj Mahal war ein solches Verhalten bei Ausländern durchaus gewöhnt, doch diese höchst einseitige Kost bescherte Hathaway eine schwere Verstopfung und schließlich Hämorrhoiden.

Dazu kam, daß das heiße, feuchte Wetter in Bombay seine chronische Neigung zu Pilzerkrankungen aktiviert hatte.

Hathaway stopfte sich Wattebällchen zwischen die Zehen – Dr. Lowji Daruwalla hatte noch nie einen derart hartnäckigen Fußpilz zu Gesicht bekommen –, und in seinen Ohren hatte sich ein Fungus eingenistet, eine schwammige Geschwulst, die so wenig aufzuhalten war wie Brotschimmel. Der alte Lowji war überzeugt, daß der Regisseur ein idealer Nährboden für eine ganze Champignonzucht wäre. Gordon Hathaways Ohren juckten so, daß es ihn schier wahnsinnig machte, und sein Hörvermögen war durch den Fungus und die Ohrentropfen – von den Wattebällchen, die er sich in die Ohren stopfte, ganz zu schweigen – so beeinträchtigt, daß die Verständigung am Drehort vor lauter Mißverständnissen zur Farce wurde.

Bei den Ohrentropfen handelte es sich um eine enzian- bis violettblaue Tinktur, die einen wasserfesten und daher nicht auswaschbaren Farbstoff enthielt. Folglich waren die Krägen und Schulterpartien von Hathaways Hemden mit violetten Flecken übersät, weil ihm die Wattebällchen immer wieder aus den Ohren fielen – oder weil er sie, frustriert über seine Taubheit, selbst herauszupfte. Der Regisseur hatte die Angewohnheit, Abfälle einfach fallen zu lassen, und seine violetten Ohrstöpsel hinterließen auf Schritt und Tritt Spuren. Manchmal blieben von der violetten Tinktur Streifen in seinem Gesicht zurück, so daß er aussah, als hätte er sich absichtlich angemalt – wie für eine religiöse Kulthandlung oder ein Stammesfest. Da er ständig mit den Fingern in den Ohren herumpulte, waren auch seine Fingerspitzen blauviolett gefleckt.

Aber Lowji war trotzdem beeindruckt von dem sagenhaften künstlerischen Temperament des ersten (und einzigen) Hollywood-Regisseurs, dem er je begegnet war. Er erzählte seiner Frau Meher – und sie erzählte es Farrokh –, wie »charmant« er es doch fände, daß Hathaway seine Hämorrhoiden und seinen Fungus weder der Ernährung aus der Badewanne noch dem Bombayer Klima anlastete. Statt dessen gab der Regisseur »dem verdammten Streß« die Schuld, den das kompromißbehaftete Verhältnis zu dem spießigen Produzenten mit sich brachte, dem er auf Gedeih und Verderb ausgeliefert war – einem »Anzug«, an dem er kein gutes Haar ließ und der (welch ein Zufall) mit Gordons ehrgeiziger Schwester verheiratet war.

»Diese trübselige Fotze!« rief Gordon immer wieder aus. Auch wenn er als Regisseur jede Originalität vermissen ließ, hatte er doch zumindest diesen vulgären Ausdruck selbst geprägt. »Bin meiner Zeit verdammt weit voraus«, pflegte er zu sagen, wenn er von sich sprach. In diesem Fall mochte er recht haben.

Meher und Farrokh fanden es frustrierend, mit anhören zu müssen, wie Lowji Gordon Hathaways Grobschlächtigkeit mit dem Hinweis auf sein »künstlerisches Temperament« verteidigte. Es war nie ganz klar, ob es dem spießigen Produzenten deshalb gelang, einen gewissen Druck auf Gordon auszuüben, weil dieser dem »Anzug« unbedingt gefallen wollte, oder ob die eigentliche Triebfeder Gordons Schwester war, die »trübselige Fotze«. Es war nie ganz klar, wer wen im Griff hatte, »an den Eiern«, wie Gordon es formulierte; man wußte nie genau, wer an wessen »Fäden zog«, wie er es bei anderen Gelegenheiten ausdrückte.

Als Neuling, der den schöpferischen Prozeß miterleben durfte, ließ sich Lowji von derlei Gerede nicht abschrecken. Vielmehr versuchte er, Gordon Hathaway die ästhetischen Prinzipien zu entlocken, von denen sich dieser trotz aller Hektik, mit der dieser Film gemacht wurde, angeblich leiten ließ. Selbst ein Neuling spürte das rasante Tempo, in dem dieser Film gedreht wurde; selbst Lowji mit seiner noch unentwickelten künstlerischen Ader bemerkte, welche Spannung jeden Abend in der Luft lag, wenn das Drehbuch im Speisesaal des Duckworth Club überarbeitet wurde.

»Ich verlasse mich beim Erzählen einer Geschichte auf meinen verdammten Instinkt, mein Freund«, vertraute Gordon Hathaway dem alten Daruwalla an, der so eifrig nach einer Beschäftigung für den Ruhestand suchte. »Das ist das verdammte A und O.«

Farrokh und seine arme Mutter fanden es zutiefst beschämend, mit ansehen zu müssen, wie sich Lowji während des ganzen Abendessens Notizen machte.

Der Drehbuchautor nun, der ebenfalls von einem »anspruchsvollen« Film träumte und dessen Traum allabendlich vor seinen Augen katastrophale Formen annahm, war ein Alkoholiker, dessen Zeche an der Bar des Duckworth Club nicht nur die finanziellen Grenzen der Familie Daruwalla zu sprengen drohte, sondern selbst dem unerschöpflichen Portemonnaie der betuchten Promila Rai weh tat. Der Mann hieß Danny Mills, und ursprünglich hatte er eine Geschichte über ein Ehepaar geschrieben, das nach Indien fährt, weil die Frau bald an Krebs sterben wird; das Paar hatte sich fest vorgenommen, »eines Tages« eine Reise nach Indien zu machen. Ursprünglich trug das Drehbuch den ausgesprochen ernsten Titel *Eines Tages fahren wir nach Indien;* dann gab ihm Gordon Hathaway den neuen Titel *Eines Tages fahren wir nach Indien, Liebling.* Diese kleine Veränderung machte eine gründliche Überarbeitung der Geschichte erforderlich und stürzte Danny Mills nur noch tiefer in seinen alkoholischen Trübsinn.

Für Danny Mills war es eigentlich ein Fortschritt, daß er dieses Drehbuch von Grund auf geschrieben hatte. Es war, ursprünglich zumindest, seine ureigene Geschichte. Angefangen hatte Danny Mills als ganz bescheidener Auftragsschreiber für Filmstudios; in seinem ersten Job, bei Universal Pictures, bekam er hundert Dollar die Woche und durfte nur an bereits vorliegenden Drehbüchern herumpfuschen. Auf sein Konto gingen nach wie vor mehr »Zusatzdialoge« als Nennungen als »Co-Autor«, und die Filme, deren Drehbücher er ganz allein geschrieben hatte (es waren nur zwei), waren totale Flops. Im Augenblick brüstete er sich damit, »freischaffend« zu sein, was bedeutete, daß er bei keinem Studio unter Vertrag stand. Das lag jedoch daran, daß man ihn dort für unzuverlässig hielt – nicht nur, weil er trank, sondern weil er als Einzelgänger galt. Danny war nicht bereit, in einem Team zu arbeiten, und ganz besonders rechthaberisch wurde er bei Drehbüchern, die bereits das kreative Genie von einem halben Dutzend und mehr Autoren verschlissen hatten. Obwohl es Danny sichtlich deprimierte, die gewünschten Überarbeitungen vorzunehmen, die Gordon Hathaways nächtlichen Launen entsprangen, war dies zumindest eine der wenigen Geschichten, die auf seinem eigenen Mist gewachsen waren. Deshalb fand Gordon Hathaway auch, daß Danny keinen Grund hatte, sich zu beklagen.

Schließlich war es ja nicht so, als hätte Danny auch nur ein Wort zu *Tote schlafen fest* oder gar zu *Cobra Woman* beigetragen oder an *Die Frau, von der man spricht* oder *Hot Cargo* mitgewirkt; er hatte weder *Cocktail für eine Leiche* noch *Das Haus der Lady Alquist* geschrieben – und er hatte weder bei *Son of Dracula* ein Komma hinzugefügt, noch aus *Frisco Sal* eines herausgestrichen –, und obwohl man ihn eine Weile für den nicht genannten Drehbuchautor von *When Strangers Marry* hielt, erwies sich diese Ehre als ungerechtfertigt. In Hollywood hatte er einfach nicht zur ersten Garnitur gehört. Dort war man allgemein der Ansicht, daß mit »Zusatzdialogen« der Gipfel seines Könnens erreicht war, und folglich hatte er, als er nach Bombay kam, mehr Erfahrung darin, anderer Leute Gestümper ins reine zu bringen und glattzubügeln, als selbst welches zu fabrizieren. Zweifellos verletzte es Danny, daß Gordon ihn nie als »Autor« bezeichnete. Gordon nannte Danny »den Bügler«, doch gerechterweise muß man sagen, daß es bei *Eines Tages fahren wir nach Indien, Liebling* mehr auszubügeln gab, nachdem Hathaway damit angefangen hatte, das Drehbuch zu verändern.

Danny hatte den Film als Liebesgeschichte mit einem besonderen Dreh konzipiert; der »Dreh« war die todgeweihte Frau. Im ursprünglichen Drehbuch geht das Paar – die Frau ist dem Tode nah – einem Schlangenguru auf den Leim, und ein echter Guru rettet sie aus den Fängen dieses Scharlatans und seiner teuflischen Schar von Schlangenanbetern. Statt so zu tun, als könnte er die Frau heilen, bringt ihr der echte Guru bei, wie man in Würde stirbt. Nach Ansicht des spießigen Produzenten, oder vielmehr seiner Frau – Gordon Hathaways stets dazwischenfunkender »trübseliger Fotze« von Schwester – fehlte es diesem letzten Teil eindeutig an Spannung und Action.

»Obwohl die Frau jetzt glücklich ist, muß sie verrecken, oder?« sagte Gordon.

Folglich veränderte Gordon Hathaway die Geschichte gegen den Willen von Danny Mills, der dafür ein etwas besseres Gespür hatte. Gordon fand den Schlangenguru nicht schurkisch genug; also wurde die Episode mit den Schlangenanbetern überarbeitet. Jetzt kidnappte der Schlangenguru die Frau. Er entführt sie aus dem Hotel und hält sie in seinem Harem gefangen, wo er sie unter Drogen setzt und ihr eine Meditationstechnik beibringt, die auf Sex hinausläuft – entweder mit den Schlangen oder mit ihm. In diesem Ashram herrschten ohne Zweifel üble Zustände. Der Mann, außer sich vor Sorge, spürt zusammen mit einem jesuitischen Missionar – nicht unbedingt ein geschickter Ersatz für den echten Guru – seine Frau auf und rettet sie vor einem vermutlich schlimmeren Schicksal als dem ihr bevorstehenden Krebstod. Die todgeweihte Frau wendet sich schließlich dem Christentum zu und – kein Wunder! – stirbt am Ende doch nicht.

Gordon Hathaway erklärte das dem überraschten Lowji Daruwalla so: »Der Krebs geht einfach irgendwie weg. Er trocknet einfach irgendwie aus und verschwindet. So was passiert doch manchmal, oder?«

»Na ja, ›austrocknen‹ tut er nicht gerade, aber es gibt Fälle von Remission«, antwortete Dr. Daruwalla senior unsicher, während sich Farrokh und Meher ungeheuer für ihn genierten.

»Was ist das denn?« fragte Gordon Hathaway. Er wußte schon, was eine Remission war, hatte den Doktor nur akustisch nicht verstanden, weil seine Ohren mit dem Fungus und blau-violetter Watte verstopft waren.

»Ja! Manchmal kann ein Krebs so was wie weggehen!« schrie der alte Lowji.

»Genau, das habe ich mir auch gedacht. Ich hab's doch geahnt!« sagte Gordon Hathaway.

Farrokh, dem das Verhalten seines Vaters peinlich war, versuchte das Gespräch gezielt auf Indien zu lenken. Sicher würden die folgenschweren Unruhen, die die Teilung des Landes und die Unabhängigkeit begleitet hatten (eine Million Hindus und Muslime waren dabei umgekommen, und zwölf Millionen geflohen), die Ausländer wenigstens ein bißchen interessieren.

»Hör zu, Junge«, sagte Gordon Hathaway, »wenn du einen Scheißfilm machst, interessiert dich nichts anderes.« Alle am Tisch pflichteten ihm kräftig bei. Für Farrokh sprach das Schweigen seines Vaters, der sonst kein Blatt vor den Mund nahm, Bände. Nur Danny Mills schien sich für Lokalkolorit zu interessieren; allerdings schien er auch betrunken zu sein.

Obwohl Danny Mills Religion und Politik für eine langweilige Form von »Lokalkolorit« hielt, war er enttäuscht, daß *Eines Tages fahren wir nach Indien, Liebling* sowenig mit Indien zu tun hatte. Er hatte bereits vorgeschlagen, die religiösen Gewalttaten zur Zeit der Teilung doch wenigstens kurz im Hintergrund der Geschichte auftauchen zu lassen.

»Politik ist bloß Scheißgequatsche«, hatte Gordon Hathaway gesagt und damit diese Anregung verworfen. »Am Schluß muß ich die ganze Kacke bloß wieder rausschneiden.«

Danny Mills nutzte die Kabbelei zwischen dem Regisseur

und Farrokh, um seinen Vorschlag zu wiederholen, die Spannungen zwischen Muslimen und Hindus im Film wenigstens anzudeuten, worauf Gordon Hathaway Farrokh kurzerhand aufforderte, ihm einen einzigen »wunden Punkt« im Verhältnis zwischen Muslimen und Hindus zu nennen, der sich im Film nicht langweilig ausnehmen würde. Da sich in diesem Jahr Hindus mit Götzenbildern ihres göttlichen Prinzen Rama in die Moschee des indischen Großmoguls Babar geschlichen hatten, bildete sich Farrokh ein, eine brauchbare Geschichte parat zu haben. Die Hindus hatten behauptet, die Stelle, an der die Moschee stehe, sei der Geburtsort Ramas, doch als sie ihre hinduistischen Götzenbilder in der historischen Moschee aufstellten, kam das bei den Muslimen gar nicht gut an, da sie Götzenbilder jeglicher Art ablehnen. Muslime glauben nicht an die bildliche Darstellung Gottes und erst recht nicht einer Vielzahl von Göttern, während die Hindus Götterbilder (und jede Menge Götter) anbeten. Um noch mehr Blutvergießen zwischen Hindus und Muslimen zu verhindern, ließ die Regierung die Moschee von Babar schließen. »Vielleicht hätten sie die Götterbilder von Rama erst entfernen sollen«, erklärte Farrokh. Die Muslime waren empört, daß diese hinduistischen Idole in ihrer Moschee standen. Die Hindus wollten nicht nur, daß sie dort blieben, sondern sie wollten auf dem Gelände einen Tempel für Rama erbauen.

An diesem Punkt unterbrach Gordon Hathaway Farrokhs Geschichte, um erneut sein Mißfallen über derartiges Gequatsche kundzutun. »Du wirst nie fürs Kino schreiben, Junge«, sagte Gordon. »Wenn du fürs Kino schreiben willst, mußt du schneller zur Sache kommen.«

»Ich glaube nicht, daß wir das verwenden können«, sagte Danny Mills nachdenklich, »aber es war eine hübsche Geschichte.«

»Danke«, sagte Farrokh.

Die arme Meher, die in letzter Zeit häufig vernachlässigte Mrs. Daruwalla, fühlte sich ausreichend provoziert, um das Thema zu wechseln. Sie merkte an, wie angenehm doch die aufkommende abendliche Brise sei. Sie wies auf die raschelnden Blätter eines Paternosterbaums im Ladies' Garden hin. Meher hätte sich noch weiter über die Vorzüge des Paternosterbaums ausgelassen, sah jedoch, daß das – ohnehin nie sehr große – Interesse der Ausländer ganz eingeschlafen war.

Gordon Hathaway hatte sich die violetten Wattestöpsel aus den Ohren gezogen und schüttelte sie wie Würfel in seiner geschlossenen Hand. »Was für ein Scheißbaum ist das denn, dieser Paternosterbaum?« fragte er, als hätte der Baum aus irgendeinem Grund sein Mißfallen erregt.

»Das ist irgend so ein tropischer Baum, glaube ich«, sagte Danny Mills. »In der Stadt gibt es die überall.«

»Sie haben sicher schon welche gesehen«, sagte Farrokh zu dem Regisseur.

»Hör zu, Junge«, sagte Gordon Hathaway, »wenn du einen Film machst, hast du keine Zeit, dir irgendwelche Scheißbäume anzuschauen.«

Sicher war es für Meher schwer zu ertragen, an Lowjis Gesicht ablesen zu müssen, daß er diese Bemerkung sehr weise fand. Unterdessen signalisierte Gordon Hathaway, daß das Gespräch beendet war, indem er seine Aufmerksamkeit einem hübschen, minderjährigen Mädchen an einem Nebentisch zuwandte. Auf diese Weise bekam Farrokh das arrogante Profil des Regisseurs zu sehen und erhielt einen ausgesprochen erschreckenden Einblick in dessen dauerhaft dunkelviolett gefärbten Gehörgang. Eigentlich wies das Ohr ein ganzes Farbspektrum auf, das von Blutrot bis Violett reichte, so unpassend schillernd wie die Kehrseite eines Mandrills.

Später, nachdem der farbenprächtige Regisseur ins Taj Mahal zurückgekehrt war – vermutlich, um wieder Essen in seiner

Badewanne zu waschen, bevor er sich ins Bett begab –, mußte Farrokh mit ansehen, wie sein Vater um den betrunkenen Danny Mills herumscharwenzelte.

»Es muß schwierig sein, ein Drehbuch unter solchen Umständen umzuschreiben«, begann Lowji zaghaft.

»Sie meinen, nachts? Beim Essen? Nachdem ich getrunken habe?« fragte Danny.

»Ich meine, so auf Knopfdruck«, sagte Lowji. »Es wäre doch eigentlich klüger, die Geschichte abzudrehen, die Sie bereits geschrieben haben.«

»Ja, sicher«, gab ihm der arme Danny recht. »Aber so läuft das nie.«

»Filmleute sind vermutlich sehr spontan«, meinte Lowji.

»Sie halten das Drehbuch nicht für sonderlich wichtig«, sagte Danny Mills.

»Wirklich nicht?« rief Lowji.

»Grundsätzlich nicht«, erklärte ihm Danny. Der arme Lowji hatte nie darüber nachgedacht, wie unwichtig der Autor eines Films war. Selbst Farrokh betrachtete Danny Mills voller Mitgefühl. Er war ein liebenswürdiger, sentimentaler Mensch mit freundlichen Umgangsformen und einem Gesicht, das die Frauen mochten – bis sie ihn besser kannten. Dann bemängelten sie seine ausgeprägte Schwäche oder nutzten sie aus. Natürlich hatte er ein Alkoholproblem, aber daß er trank, war eher ein Symptom seines Versagens als dessen Ursache. Er war ständig pleite, was zur Folge hatte, daß er selten ein Drehbuch fertigschrieb und es dann aus einer starken Position heraus verkaufte. Normalerweise verkaufte er nur die Idee für ein Drehbuch oder eine recht fragmentarische und kaum ausgearbeitete Geschichte und verlor infolgedessen jeglichen Einfluß auf das Endprodukt.

Er schrieb auch nie einen Roman zu Ende, obwohl er mehrere angefangen hatte. Wenn er Geld brauchte, legte er den Roman beiseite und schrieb ein Drehbuch – das er verkaufte, bevor es fertig war. Es lief immer nach demselben Schema ab. Wenn er sich dann wieder dem Roman zuwandte, hatte er genügend Abstand, um zu erkennen, wie schlecht er war.

Aber Farrokh konnte Danny nicht so unsympathisch finden wie den Regisseur Gordon Hathaway; und er merkte, daß Danny seinen Vater mochte. Außerdem versuchte der Drehbuchautor Farrokhs Vater davor zu bewahren, sich weiterhin zu blamieren.

»Das funktioniert so«, erklärte Danny dem alten Lowji. Er schwenkte die schmelzenden Eiswürfel auf dem Boden seines Glases; in der glühenden Hitze vor der Regenzeit schmolz das Eis schnell – aber nie so schnell, wie Danny seinen Gin trank.

»Wenn du was verkaufst, bevor es fertig ist, setzen sie dich unter Druck«, erklärte Danny Mills dem alten Daruwalla. »Du darfst keiner Menschenseele zeigen, was du schreibst, bevor es fertig ist. Schreib einfach dein Buch. Und wenn du überzeugt bist, daß es gut ist, dann zeig es jemandem, der einen Film gemacht hat, der dir gefällt.«

»Zum Beispiel einem Regisseur, meinen Sie?« fragte Lowji, der sich alles genau notierte.

»Unbedingt einem Regisseur«, sagte Danny Mills. »Keinem Filmstudio.«

»Man zeigt es also jemandem, den man mag, einem Regisseur, und danach wird man bezahlt?« fragte der alte Daruwalla.

»Nein«, sagte Danny Mills. »Man nimmt kein Geld, bis die ganze Chose unter Dach und Fach ist. In dem Augenblick, in dem man Geld annimmt, wird man unter Druck gesetzt.«

»Aber wann nimmt man denn das Geld?« fragte Lowji.

»Wenn die Schauspieler unter Vertrag sind, die man haben möchte, wenn der richtige Regisseur unter Vertrag ist – und wenn ihm die letzte Entscheidung über den Schnitt überlassen worden ist. Wenn das Drehbuch allen so gut gefällt, dann weiß man, daß sie es nicht wagen würden, auch nur ein Wort dran zu ändern – und wenn man daran zweifelt, behält man sich die Entscheidung über die endgültige Drehbuchfassung vor. Und dann kann man sich zurückziehen.«

»So machen Sie das also?« fragte Lowji.

»Ich nicht«, sagte Danny. »Ich nehme das Geld gleich zu Anfang, soviel ich kriegen kann. Und dann setzen sie mich unter Druck.«

»Aber wer macht es dann so, wie Sie vorgeschlagen haben?« wollte Lowji wissen. Er war so durcheinander, daß er aufgehört hatte mitzuschreiben.

»Niemand, den ich kenne«, sagte Danny Mills. »Alle, die ich kenne, werden unter Druck gesetzt.«

»Dann sind Sie also nicht zu Gordon Hathaway gegangen. Sie haben ihn sich nicht ausgesucht?« fragte Lowji.

»Nur ein Filmstudio würde sich Gordon aussuchen«, sagte Danny.

Er hatte diese irritierend glatte Gesichtshaut, die man häufig bei Alkoholikern antrifft. Dannys Babygesicht sah aus, als wäre es das unmittelbare Ergebnis eines Konservierungsprozesses – als hätte sich sein Bartwuchs ebenso verlangsamt wie seine Sprechweise. Danny sah aus, als bräuchte er sich nur einmal in der Woche zu rasieren, obwohl er schon fast fünfunddreißig war.

»Ich werd Ihnen mal sagen, wie das mit Gordon ist«, sagte Danny. »Es war Gordons Idee, die Rolle des Schlangengurus in der Geschichte auszuwalzen. Für Gordon ist ein Ashram voller Schlangen der Inbegriff des Bösen«, fuhr er fort, als weder Lowji noch Farrokh ihn unterbrachen. »Ich werd Ihnen mal sagen, wie das mit Gordon ist«, wiederholte Danny. »Gordon ist noch nie im Leben einem Guru begegnet, egal ob mit oder ohne Schlangen. Gordon hat noch nie einen Ashram von innen gesehen, nicht mal in Kalifornien.«

»Es wäre kein Problem, eine Begegnung mit einem Guru zu

arrangieren«, sagte Lowji. »Es wäre auch kein Problem, einen Ashram zu besuchen.«

»Ich bin überzeugt, daß Sie wissen, was Gordon dazu sagen würde«, meinte der betrunkene Drehbuchautor, schaute dabei aber Farrokh an.

Farrokh gab sich alle Mühe, Gordon Hathaway so gut wie möglich nachzuahmen. »Ich mache einen Scheißfilm«, sagte Farrokh. »Da hab ich doch keine Zeit, mich mit einem Scheißguru zu treffen oder mir einen Scheißashram anzuschauen, wenn ich grade mitten in einem Scheißfilm stecke.«

»Kluger Junge«, sagte Danny Mills und zum alten Lowji meinte er vertraulich: »Ihr Sohn versteht was vom Filmgeschäft.«

Obwohl Danny Mills allem Anschein nach ein kaputter Mensch war, fiel es einem schwer, ihn nicht zu mögen, dachte Farrokh. Dann schaute er in sein Bierglas und erblickte die zwei tiefvioletten Wattestöpsel aus Gordon Hathaways Ohren. Wie sind die denn in mein Bier gekommen? wunderte sich Farrokh. Er mußte einen Eislöffel nehmen, um die triefenden Dinger aus dem Glas zu fischen. Während er die vollgesogenen Wattestöpsel auf einen Untersetzer legte, überlegte er, wie lange sie schon in seinem Bier herumgeschwommen sein mochten – und wieviel Bier er inzwischen getrunken hatte. Danny Mills mußte so lachen, daß er kein Wort herausbrachte. Lowji sah seinem kritischen Sohn an, was er dachte.

»Sei nicht albern, Farrokh!« sagte er zu ihm. »Das war sicher ein Versehen.« Darüber mußte Danny Mills noch mehr lachen, so daß Mr. Sethna an den Tisch geeilt kam – und einen mißbilligenden Blick auf den Untersetzer mit den biergetränkten, noch immer violetten Wattestöpseln warf. Farrokhs Bier war ebenfalls violett. In Mr. Sethnas Augen war es zumindest ein Glück, daß Mrs. Daruwalla bereits nach Hause gegangen war.

Farrokh half seinem Vater, Danny Mills auf den Rücksitz seines Autos zu verfrachten. Danny würde tief schlafen, bevor sie die Zufahrt des Duckworth Club oder zumindest den Stadtteil Mahalaxmi hinter sich gelassen hatten. Bis dahin war der Drehbuchautor stets eingeschlafen, sofern er nicht schon früher aufgebrochen war. Wenn sie ihn im Taj Mahal absetzten, gab Farrokhs Vater einem der großen Sikh-Portiers jedesmal ein Trinkgeld, damit er Danny wie ein Gepäckstück in sein Zimmer karrte.

An diesem Abend – Farrokh saß auf dem Beifahrersitz, sein Vater hinter dem Steuer und Danny Mills schlafend auf dem Rücksitz – hatten sie gerade Tardeo erreicht, als Lowji sagte: »Du tätest gut daran, dir deinen offensichtlichen Widerwillen gegen diese Filmfritzen nicht so deutlich anmerken zu lassen. Ich weiß, daß du dich für sehr gebildet und kultiviert hältst und diese Leute für ein mieses Pack, für indiskutabel – aber weißt du, was wahrhaftig *un*kultiviert ist? Wenn du dir deine Einstellung so deutlich vom Gesicht ablesen läßt.«

Farrokh würde sich immer an diesen scharfen Verweis erinnern, den er sich sehr zu Herzen nahm, während er gleichzeitig schweigend dasaß, innerlich kochend vor Wut auf den Vater, der nicht ganz so dumm war, wie sein Sprößling angenommen hatte. Farrokh würde sich auch deshalb daran erinnern, weil sich das Auto genau an der Stelle in Tardeo befand, an der sein Vater – zwanzig Jahre später – von einer Bombe zerfetzt wurde.

»Du solltest diesen Leuten zuhören, Farrokh«, erklärte ihm sein Vater. »Selbst wenn sie vielleicht andere moralische Maßstäbe haben als du, kannst du durchaus was von ihnen lernen.«

Auch an die ironische Wendung, die diese Geschichte nahm, würde sich Farrokh immer erinnern. Denn obwohl die Idee von seinem Vater stammte, war schließlich Farrokh derjenige, der von den erbärmlichen Ausländern wirklich etwas lernte; er war letzten Endes derjenige, der Dannys Rat befolgte.

Farrokh war jetzt nicht mehr neunzehn, sondern neunundfünfzig. Die Dämmerung war schon vorüber, aber der Doktor saß noch immer zusammengesunken auf seinem Stuhl im Ladies' Garden. Er machte ein Gesicht, als hätte er den Mißerfolg gepachtet. Obwohl er bei seinen Inspector-Dhar-Drehbüchern das letzte Wort hatte – die »Entscheidung über die endgültige Drehbuchfassung« wurde stets ihm überlassen –, spielte das eigentlich keine Rolle. Alles, was er geschrieben hatte, war Schrott. Paradoxerweise hatte er mit Drehbüchern zu Filmen, die nicht besser waren als *Eines Tages fahren wir nach Indien, Liebling,* großen Erfolg gehabt.

Dr. Daruwalla fragte sich, ob andere Drehbuchautoren, die ähnlichen Mist verzapft hatten, auch davon träumten, ein »anspruchsvolles« Filmdrehbuch zu schreiben. Wenn Farrokh eine anspruchsvolle Geschichte in Angriff nahm, fing sie immer gleich an; nur kam er einfach nicht über den Anfang hinaus.

Der Film begann mit einer Aufnahme des Victoria Terminus, des riesigen gotischen Bahnhofs mit seinen Buntglasfenstern, seinen Friesen, seinen emporstrebenden Stützpfeilern und seiner reich verzierten Kuppel mit den Wasserspeiern, der in Farrokhs Augen das Herz von Bombay war. In dem hallenden Bahnhofsgebäude wuselten täglich etwa eine halbe Million Pendler herum, die außer Kind und Kegel ihre gesamte Habe bis hin zu den Hühnern mitschleppten.

Draußen vor dem riesigen Bahnhof gab es auf dem Crawford Market ein unüberschaubares Angebot an Obst und Gemüse, ganz zu schweigen von den Ständen mit Haustieren, an denen man Papageien oder Piranhas oder Affen erstehen konnte. Und aus all den Trägern und Verkäufern, den Bettlern und Neuankömmlingen und Taschendieben, pickte die Kamera (irgendwie) Farrokhs Helden heraus – ein Kind, noch dazu verkrüppelt.

Könnte sich ein orthopädischer Chirurg einen anderen Helden vorstellen? Mit der magischen Gleichzeitigkeit, die der Film gelegentlich schafft, verrät uns das Gesicht des Jungen (in Großaufnahme), daß seine Geschichte unter Millionen ausgewählt worden ist; und gleichzeitig erfahren wir (von seiner über die Szene gelegten Stimme) seinen Namen.

Farrokh hatte eine übertriebene Vorliebe für diese aus der Mode gekommene Technik. Er setzte sie in sämtlichen Inspector-Dhar-Filmen übertrieben häufig ein. Ein Dhar-Film beginnt damit, daß die Kamera einer hübschen jungen Frau über den Crawford Market folgt. Sie ist verängstigt, als wüßte sie, daß sie verfolgt wird, stößt deshalb an einem Obststand einen aufgetürmten Berg Ananas um und läuft kopflos weiter. Dies wiederum führt dazu, daß sie auf dem fauligen Kompost am Boden ausrutscht und gegen einen Stand mit Haustieren rumpelt, wo ein bösartiger Kakadu auf ihre Hand einhackt. Und nun sehen wir Inspector Dhar. Während die junge Frau weiterrennt, folgt Dhar ihr seelenruhig. Er bleibt bei dem Stand mit den exotischen Vögeln gerade so lange stehen, um dem Kakadu einen Klaps mit dem Handrücken zu geben. Man hört seine Stimme sagen: »Das war das dritte Mal, daß ich sie beschattete, aber sie war noch immer so verrückt, sich einzubilden, sie könnte mich abschütteln.«

Dhar bleibt erneut stehen, als das hübsche Mädchen in ihrer Panik mit einer aufgetürmten Pyramide Mangos kollidiert. Dhar ist Gentleman genug, um abzuwarten, bis ihm der Verkäufer einen Weg durch die am Boden verstreuten Früchte gebahnt hat, doch als er die Frau das nächste Mal einholt, ist sie tot. Eine Kugel sitzt mitten zwischen ihren weit aufgerissenen Augen, die Dhar ihr höflich zudrückt.

Seine Stimme sagt: »Schade, daß ich nicht der einzige war, der sie verfolgt hat. Offenbar gab es noch jemanden, den sie nicht abschütteln konnte.«

Als der alte Mr. Sethna Dr. Daruwalla junior so im Ladies' Garden sitzen sah, war er überzeugt, daß er die Ursache für den Haß in dessen Augen kannte; der Butler bildete sich ein, das Filmpack von damals, an das der Doktor dachte, zu kennen. Zweifel an sich selbst oder Haß auf sich selbst kannte Mr. Sethna allerdings nicht. Und deshalb hätte sich der alte Parse auch nie vorstellen können, daß Dr. Daruwalla über sich selbst nachdachte.

Tatsächlich nahm sich Farrokh selbst ins Gebet, weil er diesen verkrüppelten Jungen, der am Victoria Terminus angekommen war, einfach dort hatte stehenlassen. So viele in Bombay angesiedelte Geschichten begannen am Victoria-Bahnhof, aber Dr. Daruwalla war außerstande gewesen, sich für dieses verlassene Kind eine Geschichte auszudenken. Er fragte sich noch immer, was mit dem Jungen nach seiner Ankunft in Bombay hätte geschehen können. Alles und jedes hätte geschehen können; statt dessen hatte sich der Drehbuchautor mit Inspector Dhar begnügt, dessen rowdyhafte Sprache sowenig originell war wie der ganze Bursche.

Dr. Daruwalla versuchte sich damit zu retten, daß er sich eine Geschichte ausdachte, so rein und unschuldig wie seine Lieblingsnummer im Great Royal Circus, aber es fiel ihm keine ein, die auch nur annähernd so gut war wie die einfachsten sogenannten Tricks, die er so liebte. Es fiel ihm nicht einmal eine Geschichte ein, die so gut war wie die tagtägliche Zirkusroutine. Da gab es im Verlauf des langen Tages, der um sechs Uhr morgens mit einer Tasse Tee begann, keinen Leerlauf. Die auftretenden Kinder machten wie alle anderen Artisten bis neun oder zehn Uhr ihre Kraft- und Gelenkigkeitsübungen und trainierten für ihre neuen Nummern. Dann nahmen sie ein leichtes Frühstück zu sich und säuberten ihre Zelte. Wenn es heiß wurde, nähten sie Pailletten an ihre Trikots oder wandten sich anderen häuslichen Tätigkeiten zu, die wenig Bewegung erforderten. Nach 10 Uhr vormittags wurde nicht mehr mit den Tieren gearbeitet; für die Raubkatzen war es zu heiß, und die Pferde und Elefanten wirbelten zuviel Staub auf.

Während der Mittagszeit hingen die Tiger und Löwen in ihren Käfigen herum; sie steckten ihre Schwänze und Pfoten und sogar die Ohren zwischen den Gitterstäben hindurch, als hofften sie, damit ein Lüftchen anzulocken; nur ihre Schwänze bewegten sich zum lauten Konzert der Fliegen. Die Pferde standen lieber – das war kühler, als wenn sie sich hinlegten –, und zwei Jungen wischten den Elefanten mit einem zerrissenen Stoffsack, der einst Zwiebeln oder Kartoffeln enthalten hatte, abwechselnd den Staub ab. Ein dritter Junge spritzte mit einem Schlauch den Boden des Spielzelts naß; doch in der Mittagshitze blieb der Staub nie lange feucht. Die allgemeine Schlappheit steckte sogar die Schimpansen an, die aufhörten, sich in ihren Käfigen herumzuschwingen; ab und zu kreischten sie noch – und hopsten ansonsten umher wie üblich. Aber wenn ein Hund auch nur winselte, geschweige denn bellte, bekam er einen Tritt.

Um zwölf Uhr gab es für die Dompteure und Artisten ein ausgiebiges Mittagessen. Dann schliefen alle bis zum frühen Nachmittag – die erste Vorstellung begann immer erst nach drei Uhr. Die Hitze war nach wie vor erdrückend, und die Staubpartikel stiegen auf und glitzerten wie Sterne im Sonnenlicht, das schräg durch die Schlitze im Spielzelt einfiel. In den grellen Lichtstrahlen schwirrten die Staubteilchen so lebhaft umher wie ein Schwarm Fliegen. In den Pausen zwischen den einzelnen Musiknummern ließen die Musiker einen feuchten Lappen herumgehen, mit dem sie ihre Blechblasinstrumente und, noch häufiger, ihre Schläfen abwischten.

Das Publikum bei den Drei-Uhr-dreißig-Vorstellungen war normalerweise dürftig. Es bestand aus einer eigenartigen Mischung von älteren Leuten, die nicht mehr den ganzen Tag arbeiteten und noch nicht schulreifen Kindern. Für beide Gruppen galt, daß sie die Kunststücke der Artisten und der Tiere mit unterdurchschnittlicher Aufmerksamkeit verfolgten, als würden die drückende Hitze und der Staub ihre beschränkte Konzentrationsfähigkeit noch reduzieren. In all den Jahren war Dr. Daruwalla nie aufgefallen, daß man sich bei der Drei-Uhr-dreißig-Vorstellung weniger Mühe gegeben hätte als sonst; die Artisten und Dompteure und sogar die Tiere arbeiteten so zuverlässig, wie die jeweilige Nummer es erforderte. Es war das Publikum, das nicht ganz auf der Höhe war.

Aus diesem Grund bevorzugte Farrokh die Vorstellung am frühen Abend. Da kamen ganze Familien – junge Arbeiter, Frauen und Kinder, die alt genug waren, um genau aufzupassen. Das spärliche, verblassende Sonnenlicht hatte etwas Sanftes, ja geradezu Entrücktes an sich. Staubpartikel sah man jetzt keine mehr. Die Fliegen waren anscheinend zusammen mit der grellen Sonne verschwunden, und für die Moskitos war es noch zu früh. Die Sechs-Uhr-dreißig-Vorstellung war immer gerappelt voll.

Die erste Nummer bestritt die Schlangenfrau, ein sogenanntes Mädchen ohne Knochen namens Laxmi (so heißt die Göttin des Reichtums). Sie war eine wunderschöne Kontorsionistin – keinerlei Anzeichen von Rachitis. Laxmi war erst vierzehn, aber ihr scharf geschnittenes Gesicht ließ sie älter erscheinen. Sie trug einen leuchtend orangefarbenen Bikini mit gelben und roten Pailletten, die im zuckenden Scheinwerferlicht glitzerten; sie sah aus wie ein Fisch, dessen Schuppen ein aus tiefen Wassern emporscheinendes Licht reflektierten. Im Zelt war es gerade so dunkel, daß die wechselnden Farben des Stroboskops gut zur Geltung kamen, während gleichzeitig die abendliche Sonne das Zelt noch so weit erhellte, daß man die Gesichter der Kinder im Publikum sehen konnte. Wer behauptete, Zirkusse seien nur etwas für Kinder, hatte nur halb recht, dachte Dr. Daruwalla.

Der Zirkus war auch etwas für Erwachsene, die es genossen, Kinder so verzaubert zu sehen.

Warum bringe ich das nicht fertig? fragte sich der Doktor, während er über den schlichten Glanz des Schlangenmädchens namens Laxmi nachdachte – und über den verkrüppelten Jungen im Victoria Terminus, wo Dr. Daruwallas Phantasie hängenblieb, gleich nachdem sie in Schwung gekommen war. Statt etwas so Reines und Faszinierendes zu schaffen wie den Zirkus, hatte er sich Mord und Zerstörung zugewandt – verkörpert durch Inspector Dhar.

Dr. Daruwallas unglückliche Miene, die der alte Mr. Sethna falsch deutete, drückte schlicht Farrokhs tiefe Enttäuschung über sich selbst aus. Während der alte Parse dem Doktor, der einsam und verzweifelt im Ladies' Garden saß, mitfühlend zunickte, gestattete er sich eine seltene Vertraulichkeit einem vorbeieilenden Kellner gegenüber.

»Ich bin froh, daß ich nicht die Ratte bin, an die er denkt«, sagte Mr. Sethna.

Es war nicht der Curry

Natürlich krankte *Eines Tages fahren wir nach Indien, Liebling* an viel mehr als nur an Danny Mills' Alkoholismus oder der Tatsache, daß es sich um ein plumpes Plagiat von *Opfer einer großen Liebe* handelte. Der Film litt nicht nur unter Gordon Hathaways drastischen Einriffen in Dannys »Original«-Drehbuch und den Hämorrhoiden und dem Pilzbefall des Regisseurs. Ein weiteres Manko war die Tatsache, daß die Schauspielerin, die die sterbende, letztlich aber doch überlebende Ehefrau mimte, diese talentlose Schönheit namens Veronica Rose, sämtliche Klatschspalten füllte. Ihre Freunde und Kollegen nannten sie Vera, doch geboren war sie in Brooklyn unter dem Namen

Hermione Rosen (als Tochter der »trübseligen Fotze«); außerdem war sie Gordon Hathaways Nichte. Eine kleine Welt, wie Farrokh noch feststellen sollte.

Der Produzent, Harold Rosen, sollte seine Tochter eines Tages so unerträglich geschmacklos finden wie der Rest der Welt zumeist auf Anhieb; allerdings ließ sich Harold von seiner Frau (Gordon Hathaway's »trübseligen Fotze« von Schwester) ebenso leicht tyrannisieren wie Gordon. Harold teilte die Zuversicht seiner Frau, die glaubte, Hermione Rosen würde es, dank ihrer Verwandlung in Veronica Rose, eines Tages zum Star bringen. Veras Mangel an Talent und Intelligenz sollte sich als zu großes Hindernis auf dem Weg zu diesem Ziel erweisen – zumal er bei ihr mit einem zwanghaften Bedürfnis einherging, ihre Brüste zu entblößen, das selbst Lady Duckworth getadelt hätte.

Doch im Sommer 1949 kursierte im Duckworth Club das Gerücht, daß Vera bald einen Riesenerfolg haben würde. Welche Ahnung hatte man in Bombay schon von Hollywood? Lowji Daruwalla wußte lediglich, daß die Rolle der sterbenden Frau, die schließlich doch gerettet wurde, mit Vera besetzt worden war. Farrokh sollte eine Weile brauchen, um herauszufinden, daß Danny Mills dagegen Einspruch erhoben hatte – bis Vera ihn verführte und dazu brachte, sich einzubilden, daß er in sie verliebt sei. Danach trottete er hinter ihr drein wie ein braves Hündchen. Danny glaubte, die enorme Belastung, die diese Rolle darstellte, habe Veras kurze Leidenschaft für ihn abgekühlt – Vera hatte ihr eigenes Zimmer im Taj Mahal und weigerte sich seit Beginn der Dreharbeiten, mit Danny zu schlafen –, doch in Wirklichkeit hatte sie ganz offensichtlich eine Affäre mit dem Hauptdarsteller. Für Danny, der sich normalerweise in den Schlaf trank und spät aufstand, war das nicht offensichtlich. Besagter Hauptdarsteller war ein Bisexueller namens Neville Eden. Neville war ein entwurzelter Engländer und ein Schauspieler mit solider Ausbildung, wenn auch nicht gerade ein überschäumendes Naturtalent. Seine Umsiedelung nach Los Angeles hatte sich als Fehlentscheidung erwiesen, sobald ihm klar wurde, daß er immer die gleichen, stereotypen Rollen angeboten bekam. Er eignete sich zu gut als Besetzung für jede Menge typisierter Briten. Da war die Rolle des trotteligen Briten – jenes klischeehaften Typus, den die eher rauhbeinigen und weniger gebildeten Amerikaner verachten –, und dann gab es den kultivierten englischen Gentleman, auf den ein leicht zu beeindruckendes amerikanisches Mädchen ihre Liebesbemühungen richtet, bevor sie ihren Fehler erkennt und sich für einen handfesteren (wenn auch langweiligeren) Amerikaner entscheidet. Außerdem gab es die Rolle des zu Besuch kommenden britischen Cousins – manchmal war es auch ein Kriegskamerad –, der auf komische Weise seine Unfähigkeit beweist, sich im Sattel zu halten, auf der rechten Straßenseite Auto zu fahren oder aus Handgreiflichkeiten in primitiven Bars als Sieger hervorzugehen. Alle diese Rollen gaben Neville das Gefühl, einem Publikum, das Männlichkeit mit ganz bestimmten, eindeutig amerikanischen Eigenschaften gleichsetzte, eine schwachsinnige Bestätigung für seine Vorurteile zu liefern. Diese Entdeckung wurmte ihn; und zweifellos nährte sie auch das, was er sein »homosexuelles Ich« nannte.

Die Sache mit *Eines Tages fahren wir nach Indien, Liebling* nahm Neville recht gelassen: Wenigstens war es eine Hauptrolle, und sie lag nicht ganz auf derselben Linie wie die verschwommen gezeichneten britischen Typen, die er normalerweise darstellen sollte. Immerhin war er in dieser Geschichte ein glücklich verheirateter Engländer mit einer todkranken amerikanischen Frau. Aber selbst für Neville Eden war die Verliererkombination aus Danny Mills, Gordon Hathaway und Veronica Rose ein kleines bißchen entmutigend. Neville wußte aus Erfahrung, daß der Umgang mit einem auf Kompromissen beruhenden Drehbuch, einem zweitklassigen Regisseur und einem Flittchen als Co-Star leicht dazu führte, daß er sich wie ein Flegel benahm. Und Ne-villle machte sich nichts aus Vera, die anfing sich einzubilden, daß sie in ihn verliebt war; trotzdem fand er es ungleich anre-gender und amüsanter, mit ihr herumzuvögeln, als mit ihr vor der Kamera zu stehen – und er langweilte sich gewaltig.

Zudem war er verheiratet, was Vera wußte und was ihr tiefen Kummer oder zumindest akute Schlaflosigkeit verursachte. Daß Neville bisexuell veranlagt war, wußte sie natürlich nicht. Diese Enthüllung benutzte Neville häufig als Mittel, um flüchtige Affären dieser Art zu beenden. Er hatte festgestellt, daß es auf der Stelle wirkte, wenn er dem betreffenden Flittchen erklärte, sie sei zwar die erste *Frau*, die seine Aufmerksamkeit und sein Herz in einem solchen Ausmaß fesselte, doch sein homosexuel-les Ich sei eben einfach stärker. Das funktionierte eigentlich immer; damit wurde er sie los, blitzschnell. Alle bis auf die Ehe-frau.

Was nun Gordon Hathaway betraf, so hatte er alle Hände voll zu tun; seine Hämorrhoiden und sein Fungus waren Lappalien im Vergleich zu der Katastrophe, die ihm bevorstand. Veronica Rose verlangte, Danny Mills solle nach Hause fahren, damit sie Neville Eden noch offensichtlicher mit Aufmerksamkeit über-schütten konnte. Gordon Hathaway kam Veras Forderung inso-weit nach, als er Danny verbot, sich am Drehort blicken zu las-sen. Die Anwesenheit des Autors, behauptete Gordon, würde die Mitwirkenden »verdammt verwirren«. Aber dem Wunsch seiner Nichte, Danny heimzuschicken, konnte er schlecht nachkom-men, da er ihn Nacht für Nacht für die laufenden Änderungen am Drehbuch brauchte. Verständlicherweise wollte Danny Mills zu seinem ursprünglichen Buch zurückkehren, das, wie Neville Eden eingeräumt hatte, besser gewesen war als der Film, den sie jetzt drehten. Danny hielt Neville für einen anständigen Kerl, wäre jedoch am Boden zerstört gewesen, wenn er erfahren hätte, daß Neville mit Vera herumbumste. Vera wünschte sich nichts sehnlicher, als zu schlafen, und Dr. Lowji Daruwalla war beunruhigt über die Mengen von Schlaftabletten, die sie verlangte. Doch er war so verrückt nach dem ganzen Filmrummel, daß er sogar sie »bezaubernd« fand.

Sein Sohn Farrokh war von Veronica Rose nicht unbedingt bezaubert; er war aber auch nicht ganz immun gegen ihre Reize. Bald suchten den zarten Neunzehnjährigen die widersprüchlichsten Empfindungen heim. Vera war eindeutig eine primitive junge Frau, was für einen Neunzehnjährigen nicht ohne Reiz ist, zumal wenn die betreffende Frau prickelnderweise älter ist – Vera war fünfundzwanzig. Zudem fand Farrokh – obwohl er nichts davon wußte, daß Vera gelegentlich zum Vergnügen ihre Brüste entblößte –, daß die Schauspielerin eine bemerkenswerte Ähnlichkeit mit den alten Fotografien der Lady Duckworth hatte, die er so liebte.

Es war an einem Abend im leeren Tanzsaal gewesen, an dem nicht einmal der dicke Steinboden und das ständige Kreiseln der Deckenventilatoren die erstickend feuchte Nachtluft abzukühlen vermochten, die so schwer auf dem Duckworth Club lastete wie ein vom Arabischen Meer hereinziehender Nebel. Selbst Atheisten wie Lowji beteten um den Monsunregen. Nach dem Abendessen hatte Farrokh Vera vom Tisch in den Tanzsaal geleitet, nicht um mit ihr zu tanzen, sondern um ihr die Fotos von Lady Duckworth zu zeigen.

»Es gibt jemanden, dem Sie ähnlich sehen«, sagte der junge Mann zu der Schauspielerin. »Bitte kommen Sie mit und überzeugen Sie sich selbst.« Dann lächelte er seine Mutter Meher an, die offensichtlich weder die mürrische Arroganz von Neville Eden zu ihrer Linken sonderlich unterhaltsam fand noch den betrunkenen Danny Mills, der rechts neben ihr saß, den Kopf auf den verschränkten Armen, die auf seinem Teller lagen.

»Genau!« sagte Gordon Hathaway zu seiner Nichte. »Du solltest dir mal die Fotos von diesem Frauenzimmer anschauen,

Vera. Die hat auch überall ihre Titten rumgezeigt!« Dieses Wörtchen »auch« hätte Farrokh warnen sollen, aber er ging davon aus, daß Gordon lediglich meinte, Lady Duckworth habe sich, abgesehen von ihren anderen Eigenheiten, auch noch entblößt.

Veronica Rose trug ein ärmelloses Musselinkleid, das an ihrem Rücken klebte, der von der Stuhllehne schweißnaß war; ihre nackten Oberarme waren ein unzumutbares Ärgernis für die Duckworthianer, vor allem für den erst kürzlich eingestellten Butler Mr. Sethna, der es als gläubiger Parse für eine skandalöse Ungehörigkeit hielt, wenn eine Frau in der Öffentlichkeit ihre Oberarme entblößte – da konnte die Schlampe ja gleich ihre Brüste herzeigen!

Als Vera die Bilder von Lady Duckworth sah, fühlte sie sich geschmeichelt. Sie streifte sich die feuchten, blonden Haare aus dem schlanken, nassen Nacken und wandte sich dem jungen Farrokh zu, der angesichts eines Schweißbächleins, das neben Veras Achselhöhle herabrann, einen erregten Schauder verspürte. »Vielleicht sollte ich das Haar so tragen wie sie«, sagte Vera und ließ ihr Haar wieder herunterfallen. Als Farrokh ihr durch den Speisesaal folgte, konnte er nicht umhin, durch den durchnäßten Rücken ihres Kleides zu bemerken, daß sie keinen BH trug.

»Na, wie gefällt dir die verdammte Exhibitionistin?« fragte Gordon seine Nichte, als sie an den Tisch zurückkehrte.

Vera knöpfte ihr weißes Musselinkleid vorne auf und zeigte allen am Tisch ihre Brüste – auch Lowji Daruwalla und Mrs. Daruwalla. Und die Lals, die mit den Bannerjees an einem Tisch in der Nähe aßen, sahen Veronica Roses Brüste bestimmt auch ganz deutlich. Und Mr. Sethna, gerade erst aus dem Ripon Club entlassen, weil er ein unmanierliches Mitglied mit heißem Tee attackiert hatte – Mr. Sethna umklammerte sein silbernes Serviertablett, als spiele er mit dem Gedanken, die Hollywood-Schnalle damit zu erschlagen.

»Na, was haltet ihr davon?« fragte Vera ihr Publikum. »Ich weiß nicht, ob sie eine Exhibitionistin war – ich glaube, sie war einfach irre scharf!« Dann fügte sie hinzu, daß sie ins Taj Mahal zurückkehren wolle, wo vom Meer her wenigstens eine Brise wehte. In Wirklichkeit freute sic sich darauf, die Ratten zu füttern, die sich unter dem Gateway of India am Ufer versammelten. Es machte ihr Spaß, diese Ratten, die keine Angst vor Menschen hatten, mit erlesenen Brosamen von ihrer Mahlzeit anzulocken – so wie andere Leute gern Enten oder Tauben fütterten. Danach würde sie in Nevilles Zimmer gehen und mit gespreizten Beinen auf ihm reiten, bis sein Schwanz wund war.

Am nächsten Morgen litt sie nicht nur an den Folgen ihrer Schlaflosigkeit, sondern ihr war zudem noch übel. Eine Woche lang war ihr jeden Morgen übel, bis sie endlich Dr. Lowji Daruwalla konsultierte, dem es, obwohl er Orthopäde war, nicht schwerfiel festzustellen, daß die Schauspielerin schwanger war.

»Scheiße«, sagte Vera. »Ich dachte, es sei der Scheißcurry.«

Aber nein, es war die Scheißfickerei. Der Vater war entweder Danny Mills oder Neville Eden. Vera hoffte, daß es Neville war, weil er besser aussah. Außerdem vertrat sie die Theorie, daß Dannys Alkoholismus genetisch bedingt sei.

»Lieber Himmel, es muß Neville sein!« sagte Vera Rose. »Danny ist so mit Alkohol durchtränkt, daß er wahrscheinlich unfruchtbar ist.«

Dr. Lowji Daruwalla war verständlicherweise bestürzt über die plumpe Reaktion der reizenden Filmdiva, die eigentlich keine war und die plötzlich panische Angst bekam, ihr Onkel, der Regisseur, könnte dahinterkommen, daß sie schwanger war, und sie auf der Stelle feuern. Der alte Lowji wies Miss Rose darauf hin, daß sie laut Drehplan keine drei Wochen mehr vor der Kamera zu stehen hatte und daß es noch drei Monate oder länger dauern würde, bis man ihr die Schwangerschaft allmählich ansah.

Sodann verbiß sich Miss Rose in die Frage, ob Neville Eden seine Frau verlassen und sie heiraten würde. Dr. Lowji Daruwalla bezweifelte das, versuchte den Schlag aber durch eine indirekte Bemerkung abzumildern.

»Ich glaube, daß Mr. Danny Mills Sie heiraten würde«, bemerkte er taktvoll, aber diese Wahrheit deprimierte Veronica Rose nur noch mehr, so daß sie zu weinen begann. Weinen war in der Klinik für Verkrüppelte Kinder nichts so Alltägliches, wie man hätte annehmen können. Dr. Lowji Daruwalla führte die schluchzende Schauspielerin aus seinem Untersuchungszimmer und durch den Warteraum, der voller verletzter, verkrüppelter und mißgebildeter Kinder war. Sie alle betrachteten die weinende, hellhaarige Dame voller Mitleid, da sie davon ausgingen, daß sie soeben etwas Schreckliches erfahren hatte, was ihr eigenes Kind betraf. In gewisser Weise stimmte das ja auch.

Ein Slum entsteht

Zunächst wußte kaum jemand, daß Vera schwanger war. Lowji sagte es Meher, und Meher sagte es Farrokh. Sonst wußte es niemand, und Lowji gab sich besondere Mühe, es vor seinem südindischen Arzthelfer und Sekretär – einem hochintelligenten jungen Mann aus Madras – geheimzuhalten. Er hieß Ranjit und hegte ebenfalls große Hoffnungen, Drehbuchautor zu werden. Ranjit war nur ein paar Jahre älter als Farrokh; er sprach zwar ein makelloses Englisch, doch hatten sich seine Schreibkünste bisher auf das Abfassen hervorragender Krankengeschichten und ausführliche Aktennotizen an Dr. Daruwalla senior beschränkt, in denen stand, welche soeben erschienenen Artikel er in dessen orthopädischen Fachzeitschriften gelesen hatte. Diese Aktennotizen schrieb Ranjit nicht, um sich bei dem alten Lowji einzuschmeicheln, sondern um den vielbeschäftigten Arzt in knapper Form über das zu informieren, was er möglicherweise gern selbst lesen wollte.

Obwohl Ranjit aus einer vegetarisch lebenden Brahmanen-Familie stammte, also der höchsten Kaste der Hindus angehörte, hatte er Lowji im Verlauf des Vorstellungsgesprächs mitgeteilt, daß er ganz und gar unreligiös sei und das Kastenwesen »weitgehend als ein Mittel der Unterdrückung« betrachte. Lowji hatte den jungen Mann sofort eingestellt.

Aber das war vor fünf Jahren gewesen. Obwohl Ranjit Dr. Daruwalla senior rundum zusagte und dieser sich große Mühe gegeben hatte, den jungen Mann weiter massiv in Richtung Atheismus zu beeinflussen, erwies es sich für Ranjit als äußerst schwierig, mit Hilfe von Heiratsanzeigen, die er regelmäßig in der ›Times of India‹ aufgab, eine Braut anzulocken – oder, was wichtiger war, einen Schwiegervater. Er wollte nicht damit werben, daß er Brahmane und ein strenger Vegetarier war, doch wenngleich solche Dinge für ihn keine Rolle spielten, waren sie für Schwiegerväter von großer Bedeutung; und normalerweise waren es die Schwiegerväter und nicht die Möchtegern-Bräute, die auf die Anzeigen antworteten – falls überhaupt jemand antwortete.

Und jetzt zankten sich Lowji und Ranjit, weil Ranjit klein beigegeben hatte. Auf seine letzte Anzeige in der ›Times of India‹ hatte er über hundert Antworten erhalten. Das lag daran, daß er sich als ein Mann präsentiert hatte, dem Kastenzugehörigkeit etwas bedeutete und der streng vegetarisch lebte. Lowji erklärte er, immerhin habe man ihn als Kind gezwungen, sich an diese Vorschriften zu halten, und es habe ihn nicht umgebracht. »Wenn es mir zum Heiraten verhilft«, meinte Ranjit, »daß ich sozusagen ein frisches *puja*-Mal auf der Stirn trage, wird mich das jetzt auch nicht umbringen.«

Lowji war von diesem Verrat niedergeschmettert; für ihn war Ranjit wie ein dritter Sohn gewesen und ein Weggefährte im

Atheismus. Dazu kam, daß sich die Unterredungen (mit über hundert zukünftigen Schwiegervätern) negativ auf Ranjits berufliche Tüchtigkeit auswirkten. Er war ständig erschöpft – kein Wunder, daß ihm vor lauter Vergleichen zwischen hundert zur Auswahl stehenden Bräuten ganz schwindlig war.

Doch selbst in dieser Geistesverfassung schenkte Ranjit dem Besuch der Hollywood-Filmgöttin Veronica Rose bei Dr. Daruwalla große Aufmerksamkeit. Und da es seine Aufgabe war, das Gekritzel seines Chefs zu einem formal ordentlichen orthopädischen Bericht auszuarbeiten, war der junge Mann überrascht, als er – nach Veras tränenreichem Abgang – feststellte, daß Lowji in die Spalte mit dem Geschlechtssymbol lediglich »Gelenkbeschwerden« geschrieben hatte. Es war höchst ungewöhnlich, daß Dr. Daruwalla einen Patienten heimbegleitete, zumal nach einer einfachen Konsultation und vor allem, wenn noch andere Patienten auf ihn warteten. Außerdem hatte Dr. Daruwalla senior bei sich zu Hause angerufen und seiner Frau mitgeteilt, daß er Miss Rose vorbeibringen würde. All das wegen irgendwelcher Gelenkbeschwerden? Ranjit fand das höchst ungewöhnlich.

Zum Glück ließen die intensiven Gespräche, die sich aus Ranjits höchst erfolgreicher Heiratsannonce ergaben, ihm nicht viel Zeit und Energie, um Mutmaßungen über Veras »Gelenkbeschwerden« anzustellen. Sein Interesse beschränkte sich darauf, daß er Dr. Daruwalla fragte, unter welcher Art von Gelenkbeschwerden die Schauspielerin denn leide. Ranjit war es nicht gewohnt, einen unvollständigen orthopädischen Bericht zu schreiben.

»Na ja«, sagte Lowji, »ich habe sie an einen anderen Arzt überwiesen.«

»Dann sind es also keine Gelenkbeschwerden?« fragte Ranjit. Ihm ging es ausschließlich um einen korrekten Bericht.

»Möglicherweise ist es was Gynäkologisches«, antwortete Lowji vorsichtig.

»Wo glaubt sie denn Gelenkbeschwerden zu haben?« fragte Ranjit überrascht.

»In den Knien«, antwortete Lowji unbestimmt und winkte ab. »Aber meiner Ansicht nach sind die psychosomatisch.«

»Und sind die gynäkologischen Beschwerden auch psychosomatisch?« fragte Ranjit. Er sah Schwierigkeiten beim Verfassen des Berichts auf sich zukommen.

»Möglicherweise«, sagte Lowji.

»Um was für gynäkologische Beschwerden handelt es sich denn?« wollte Ranjit wissen. Aufgrund seines Alters und seines Ehrgeizes, Drehbuchautor zu werden, ging er davon aus, daß es sich bei den Beschwerden um eine Geschlechtskrankheit handelte.

»Jucken«, sagte Dr. Daruwalla senior – und um das Verhör an diesem Punkt zu beenden, fügte er klugerweise hinzu: »Vaginales Jucken.« Wie er wußte, legte kein junger Mann Wert darauf, darüber genauer nachzudenken. Damit war die Angelegenheit erledigt. Näher als mit diesem orthopädischen Bericht über Veronica Rose sollte sich Ranjit nie an das Schreiben eines Drehbuchs herantasten. (Viele Jahre später las Dr. Daruwalla junior den Bericht noch immer mit anhaltendem Vergnügen – sooft er mit den alten Zeiten in Verbindung zu treten wünschte.)

»Die Patientin fühlt sich von ihren Knien irritiert. Sie bildet sich ein, kein vaginales Jucken zu haben, das sie jedoch hat, während sie gleichzeitig Schmerzen in den Knien verspürt, die sie in Wirklichkeit nicht hat. Selbstverständlich wurde ihr empfohlen, einen Gynäkologen zu konsultieren.«

Und was für einen Gynäkologen ihr Lowji empfahl! Bestimmt gab es kaum eine Patientin, die sich ruhigen Gewissens dem uralten, zu Fehlleistungen neigenden Dr. Tata anvertraut hätte.

Lowji wählte ihn aus, weil er so senil war, daß er garantiert diskret sein würde; für Klatschgeschichten war sein Erinnerungsvermögen zu reduziert. Doch leider stellte sich heraus, daß seine Fähigkeiten als Geburtshelfer ebenso zu wünschen übrig ließen.

Wenigstens war Lowji so vernünftig, die psychologische Betreuung von Veronica Rose seiner Frau anzuvertrauen. Meher stopfte die schwangere Zeitbombe in ein Gästebett des Hauses Daruwalla an der alten Ridge Road und behandelte sie wie ein kleines Mädchen, dem man gerade die Mandeln herausgerupft hatte. Obwohl es Vera zweifellos beruhigte, bemuttert zu werden, wurde ihr Problem dadurch nicht gelöst; und es war auch kein großer Trost für sie, daß Meher behauptete, sie selbst habe die Qualen und das Blut bei der Geburt schnell vergessen. Über die Jahre hinweg seien ihr nur die positiven Seiten dieses Erlebnisses im Gedächtnis haftengeblieben, erklärte Meher der am Boden zerstörten Schauspielerin.

Lowji gegenüber gab sich Meher weniger optimistisch. »Eine ganz schön groteske und undankbare Situation, in die du uns da gebracht hast«, erklärte sie ihrem Mann. Dann verschlimmerte sich die Situation noch.

Am nächsten Tag rief Gordon Hathaway vom Drehort in einem Slum aus Dr. Daruwalla senior an und teilte ihm beunruhigt mit, daß Veronica Rose zwischen den Szenenaufnahmen kollabiert sei. Eigentlich stimmte das nicht ganz. Veras sogenannter Kollaps hatte absolut nichts mit der ungewollten Schwangerschaft zu tun; sie war nur deshalb in Ohnmacht gefallen, weil eine Kuh sie abgeleckt und auf sie geniest hatte. Freilich war Vera deshalb ziemlich durcheinander, aber der Zwischenfall war – wie so viele alltägliche Ereignisse in einem echten Slum – von der Horde Schaulustiger, die die wirre Geschichte berichteten, ungenau beobachtet und grundfalsch interpretiert worden.

Farrokh konnte sich nicht erinnern, ob es im Sommer 1949

im Bereich der Sophia Zuber Road ansatzweise einen echten Slum gegeben hatte; er erinnerte sich nur, daß in dieser Gegend vorwiegend Muslime und Hindus wohnten, weil seine Schule – St. Ignatius in Mazgaon – ganz in der Nähe lag. Wahrscheinlich gab es seit jeher dort bereits eine Art Slum. Und heutzutage befindet sich an der Sophia Zuber Road ein halbwegs respektabler Slum.

Fairerweise muß man zugeben, daß Gordon Hathaways Dreharbeiten wenigstens dazu beitrugen, daß es heutzutage einigermaßen annehmbare Behausungen im Slum an der Sophia Zuber Road gibt, denn dort entstand damals rasch ein entsprechender Szenenaufbau. Unter den angeworbenen Statisten, die die Slumbewohner spielen sollten, befanden sich natürlich echte Bombayer Bürger, die nach einem echten Slum Ausschau hielten, in dem sie sich niederlassen konnten. Und sobald sie sich darin niedergelassen hatten, protestierten sie gegen diese Filmleute, die ständig in ihre Privatsphäre eindrangen. Aus dem Filmslum war ziemlich schnell *ihr* Slum geworden.

Dann war da noch die Sache mit der Latrine. Ein Heer von Filmkulis – Schlägertypen mit Schaufeln und Spaten – hatten eine Latrine ausgehoben. Aber man kann keinen neuen Platz zum Scheißen schaffen, ohne einzukalkulieren, daß die Leute dort auch hinscheißen. Als allgemein gültige Darmentleerungsregel gilt: Wenn ein paar Leute irgendwo hinscheißen, scheißen auch andere dorthin. Das ist nur recht und billig. Stuhlgang ist in Indien etwas unendlich Kreatives. Hier gab es eine neue Latrine; bald war sie nicht mehr neu. Doch darf man weder die enorme Hitze vor dem Einsetzen des Monsunregens vergessen noch die Überschwemmungen, die der Regen bringt; zweifellos verstärkten diese Faktoren und die plötzliche Fülle menschlicher Exkremente Veras morgendliche Übelkeit noch, weshalb es auch kein Wunder war, daß sie in Ohnmacht fiel, als eine Kuh sie ableckte und auf sie nieste.

Gordon Hathaway und seine Crew drehten die Szene, in der die Entführer die todgeweihte Frau (Vera) auf dem Weg zum Ashram des Schlangengurus durch einen Slum tragen. Just in dem Augenblick sieht der idealistische Jesuit und Missionar, der zufällig gerade diverse selbstlose gute Werke im Slum vollbringt, daß die schöne und unverkennbar blonde Frau von einer Horde ungehobelter Kerle, die keineswegs ein passender Umgang für sie sind, die Sophia Zuber Road entlanggeschleppt wird. Später kommen der besorgte Ehemann (Neville) und ein klischeehaft täppischer Polizist, der die Spur der Entführer verloren hat, vorbei. Hier findet die erste Begegnung zwischen dem Ehemann und dem Jesuiten statt – für Neville und den arroganten indischen Schauspieler Subodh Rai, der den Missionar mit unangemessen weltlicher Attraktivität und Schläue spielte, war es allerdings nicht die erste Begegnung.

Unterdessen waren zahlreiche neue Slumbewohner dazu gezwungen worden, *ihren* Slum zu räumen, damit Gordon Hathaway seine Szene drehen konnte. Noch viel mehr künftige Bewohner dieses neuen Slums drängten herbei, begierig darauf, sich hier einzunisten. Wären diese Schaulustigen bei Veronica Roses Anblick nicht ausnahmslos wie versteinert gewesen, hätte vielleicht jemand bemerkt, wie Neville und Subodh miteinander flirteten, sobald keine Kamera lief; sie stupsten und kitzelten einander gerade verspielt, als Vera unerklärlicherweise der Kuh Aug in Auge gegenüberstand.

Kühe, so hatte Vera gehört, waren heilig – wenn auch nicht für die Mehrheit der rindfleischessenden Umstehenden, die Muslime waren –, aber der Anblick dieser Kuh, die ihr erst den Weg versperrte und dann auf sie zukam, schockierte sie derart, daß sie ziemlich lange brauchte, um zu entscheiden, wie sie sich verhalten sollte. Inzwischen spürte sie den feuchten Atem der Kuh in ihrem Dekolleté; da man sie (im Film) im Nachthemd aus dem Taj Mahal entführt hatte, war ihr Dekolleté recht beachtlich und freizügig. Die Kuh war mit Blumen geschmückt und trug um die Ohren auf Lederschnüre aufgefädelte bunte Perlen. Weder die Kuh noch Vera schienen zu wissen, was sie von diesem Zusammentreffen halten sollten, aber Vera wußte zumindest, daß sie auf gar keinen Fall gegen irgendwelche religiösen Vorschriften verstoßen wollte, indem sie sich auch nur ansatzweise aggressiv gegenüber der Kuh verhielt.

»Oh, was für hübsche Blumen!« stellte sie fest. »Oh, was für eine hübsche Kuh!« sagte sie zu der Kuh. Veronica Roses Repertoire an freundlichen, nicht beleidigenden Bemerkungen war äußerst mager. Sie hielt es nicht für angebracht, ihre Arme um den Hals der Kuh zu schlingen und ihr längliches, trauriges Gesicht zu küssen; sie war nicht sicher, ob sie die Kuh überhaupt berühren sollte. Aber da tat die Kuh den ersten Schritt. Sie war einfach irgendwohin unterwegs, und plötzlich standen ihr eine Filmcrew im allgemeinen und eine dumme Frau im besonderen im Weg. Deshalb ging sie einfach langsam weiter – und trat Vera auf den nackten Fuß. Da Vera (im Film) gerade entführt worden war, trug sie keine Schuhe.

Obwohl es sehr weh tat, hatte Vera solche Angst vor religiösen Fanatikern, daß sie die Kuh, die ihre feuchte Nase jetzt an ihre Brust drückte, nicht anzuschreien wagte. Vera war nicht nur wegen des feuchten Wetters, sondern auch vor lauter Angst und Schmerz schweißgebadet. Vielleicht lag es nur an dem Salz auf ihrer hellen Haut, vielleicht auch an ihrem einladenden Duft – denn Vera roch ohne Zweifel ungleich besser als die anderen Bewohner der Sophia Zuber Road –, jedenfalls leckte die Kuh sie in diesem Augenblick ab. Die Länge der Zunge und ihre rauhe Oberfläche waren für Vera so ungewohnt, daß sie in Ohnmacht fiel, als ihr die Kuh heftig ins Gesicht nieste. Daraufhin beugte sich die Kuh über sie und leckte ihr Brust und Schultern ab.

Was dann geschah, hat niemand genau beobachtet. Es herrschte sichtliche Bestürzung und Besorgnis um Miss Roses

Wohlergehen, und ein paar Zuschauer, die empört waren über das, was sie sahen, gerieten in Aufruhr; dabei waren sie gar nicht sicher, was sie eigentlich sahen. Nur Vera sollte später zu der Erkenntnis gelangen, daß die Krawallmacher wegen der heiligen Kuh Krawall geschlagen hatten. Neville Eden und Subodh Rai fragten sich insgeheim, ob Vera ohnmächtig geworden war, weil sie ihr erotisches Getändel bemerkt hatte.

Bis sich die Daruwallas zu dem Campingbus durchgefragt hatten, der als Miss Roses Garderobe und als Erste-Hilfe-Station diente, hatte der muslimische Inhaber eines *bidi*-Ladens auf der ganzen Sophia Zuber Road die Nachricht verbreitet, daß eine blonde amerikanische Filmdiva, nackt bis zur Taille, eine Kuh abgeleckt und dadurch flächendeckende Krawalle unter der empfindsamen Hindu-Bevölkerung ausgelöst habe. Dabei war ein solcher Mutwille unnötig; Krawalle bedurften keiner Ursachen. Falls dieser eine Ursache hatte, dann wahrscheinlich die, daß zu viele Leute in den Filmslum einziehen wollten und ungeduldig wurden, weil sie warten mußten, bis der Film abgedreht war. Sie wollten sich auf der Stelle in dem Slum einquartieren. Aber Vera würde sich stets einbilden, daß alles nur ihret- und der Kuh wegen passiert war.

Mitten in diesem Tohuwabohu traf die Familie Daruwalla ein, um die peinlicherweise schwangere Miss Rose zu retten. Ihre Gemütsverfassung hatte sich durch die Begegnung mit der Kuh nicht gerade verbessert, aber Dr. Daruwalla senior konnte nur feststellen, daß Veras rechter Fuß gequetscht und angeschwollen und daß sie nach wie vor schwanger war. »Wenn Neville mich nicht haben will, gebe ich das Baby zur Adoption frei«, sagte Vera. »Aber das müssen dann Sie hier in die Wege leiten«, erklärte sie Lowji, Meher und Farrokh. Sie war überzeugt, daß ihr »amerikanisches Publikum« es ihr ankreiden würde, wenn sie ein uneheliches Kind bekäme. Von größerer Tragweite war, daß ihr Onkel ihr keine Filmrolle mehr geben würde (wenn er es erführe); und noch schlimmer wäre, daß Danny Mills mit der Trinkern eigenen Sentimentalität darauf bestehen würde, das Baby selbst zu adoptieren (wenn er es erführe). »Das muß absolut unter uns bleiben!« erklärte Miss Rose den hilflosen Daruwallas. »Suchen Sie mir irgendein reiches Scheißehepaar, das ein weißes Baby möchte!«

Im Innern des Campingbusses war es buchstäblich wie in einer Sauna, so daß die Daruwallas überlegten, ob Vera nicht vielleicht dehydriert war. Lowji und Meher mußten zugeben, daß ihnen das Moralempfinden des Westens nicht vertraut war, und wandten sich deshalb an ihren in Europa ausgebildeten Sohn um Rat in dieser Sache. Doch selbst dem jungen Farrokh kam es recht eigenartig und fragwürdig vor, Indien noch ein Baby schenken zu wollen. Er meinte, daß die Bereitschaft, ein Baby zu adoptieren, in Europa oder Amerika vermutlich größer sei, aber Miss Rose legte Wert auf Geheimhaltung um jeden Preis – als würde, vom moralischen Standpunkt aus, was immer sie in Indien tat und wen immer sie hier zurückließ, irgendwie nicht zählen oder ihr zumindest nie angelastet werden.

»Sie könnten es ja abtreiben lassen«, schlug Dr. Daruwalla senior vor.

»Wagen Sie ja es nicht, in meiner Gegenwart dieses Wort in den Mund zu nehmen«, sagte Veronica Rose. »Ich gehöre nicht zu dieser Sorte Frauen – ich bin mit bestimmten moralischen Grundsätzen aufgewachsen!«

Während sich die Daruwallas den Kopf über Veras »moralische Grundsätze« zerbrachen, wurde der Campingbus von einer Horde rabiater Männer und Jungen heftig hin und her geschaukelt. Lippenstifte und Eyeliner rollten von den seitlich angebrachten Borden, Puderdosen und Feuchtigkeitscremes und Rouge folgten. Eine Flasche mit destilliertem Wasser zerbrach, dann eine mit Alkohol. Farrokh fing eine herunterfallende Schachtel mit Mulltupfern und eine zweite mit Pflaster auf, während sich sein Vater zu der aufgehenden Schiebetür durcharbeitete. Veronica Rose kreischte so laut, daß sie nicht hörte, was der alte Lowji den Männern draußen zuschrie; sie hörte auch die geräuschvolle Prügelei nicht, die in Gang kam, als sich mehrere zur Filmcrew gehörige Schlägertypen mit den Schaufeln und Spaten, mit denen sie die nicht mehr ganz neue Latrine ausgehoben hatten, auf den Mob stürzten. Miss Rose lag auf dem Rücken und umklammerte die Ränder ihrer vibrierenden Koje, während kleine, bunte Töpfchen mit diesem und jenem auf sie herunterfielen, ohne Schaden anzurichten.

»Ach, wie ich dieses Land hasse!« kreischte sie.

»Der Tumult geht schon wieder vorüber«, versuchte Meher sie zu beruhigen.

»Ich hasse es, ich hasse es, ich hasse es!« schrie Vera. »Es ist das gräßlichste Land auf der Welt. Ich hasse es zutiefst!« Der junge Farrokh war versucht, die Schauspielerin zu fragen, warum sie dann ihr Baby hier in Bombay lassen wollte, hatte aber das Gefühl, über die kulturellen Unterschiede zwischen sich und Miss Rose zu wenig Bescheid zu wissen, um sich ein Urteil anmaßen zu dürfen. Farrokh wollte auch überhaupt nichts Genaueres über diese Unterschiede zwischen sich und diesen Filmleuten erfahren. Mit neunzehn neigen junge Männer zu radikalen moralischen Verallgemeinerungen. Aber den Rest der Vereinigten Staaten für das Verhalten der ehemaligen Hermione Rosen verantwortlich zu machen war ein bißchen hart; trotzdem spürte Farrokh, wie er von dem Gedanken an einen künftigen Wohnsitz in den Vereinigten Staaten Abstand nahm.

Kurz und gut, Veronica Rose machte Farrokh regelrecht krank. Fraglos sollte die Frau wenigstens eine gewisse Verantwortung dafür übernehmen, daß sie schwanger war. Und dann hatte sie auch noch Farrokhs geheiligte Erinnerung an Lady Duckworths exhibitionistische Darbietungen getrübt! Allen Erzählungen zufolge hatte Lady Duckworths Entblößung ele-

gant, aber nicht sonderlich verführerisch gewirkt. In Farrokhs
Bewußtsein waren Lady Duckworths entblößte Brüste nur
etwas Symbolisches. Doch von nun an blieb Farrokh die hand-
festere Erinnerung an Veras geschmacklose Titten – ein recht
unverblümtes sexuelles Angebot.

Der Kampfermann

In Anbetracht von so viel Schrott aus der Vergangenheit braucht
es einen kaum zu wundern, daß Farrokh noch immer an seinem
Tisch im dämmrigen Ladies' Garden des Duckworth Club saß.
In der Zeit, die Dr. Daruwalla junior benötigte, um sich diese
Vergangenheit ins Gedächtnis zu rufen, hatte Mr. Sethna den
Doktor mit einem weiteren kalten Kingfisher versorgt. Farrokh
hatte das frische Bier nicht angerührt. Sein geistesabwesender
Blick weilte beinahe in so weiter Ferne wie der starre Blick des
Todes, den er erst kürzlich in Mr. Lals Augen gesehen hatte,
obwohl die Geier (wie bereits erwähnt) alle deutlichen Spuren
verwischt hatten.

Im Great Royal Circus pflegte eine Stunde vor der frühen
Abendvorstellung ein vornübergebeugter Mann mit einer brennenden Kohlenpfanne die Reihe der Zelte abzuschreiten, in
denen die Zirkustruppe wohnte. In der Pfanne schwelten
glühende Kohlen, und aromatischer Kampferdunst zog in die
Zelte der Artisten und Dompteure. Der Kampfermann blieb vor
jedem Zelt stehen, um sicherzugehen, daß auch genügend Rauch
hineinwehte. Abgesehen von den heilenden Eigenschaften, die
man dem Kampfer zuschrieb – er wurde häufig als Gegenreiz-
mittel bei Infektionen und zur Behandlung von Juckreiz verwendet –, verband sich für die Zirkusleute mit dem Rauch ein
alter Aberglaube. Sie waren überzeugt, daß das Inhalieren von
Kampferdunst sie vor dem bösen Blick und den Gefahren ihres

Berufs – etwa vor angreifenden Tieren oder vor Stürzen – schützte.

Als Mr. Sethna sah, daß Dr. Daruwalla die Augen schloß, den Kopf in den Nacken legte und die blütenduftende Luft im Ladies' Garden tief einsog, deutete der alte Parse den Grund dafür falsch. Mr. Sethna nahm fälschlich an, daß Farrokh eine abendliche Brise gespürt hatte und deshalb den plötzlich von den Bougainvilleen ringsum ausströmenden Duft genoß. Aber Dr. Daruwalla schnupperte nach dem Kampfermann, als bedürften die Erinnerungen des Doktors an die Vergangenheit sowohl eines desinfizierenden Mittels als auch eines Segens.

6

Der erste, der kommt

Bei der Geburt getrennt

Doch zurück zu Vera. Als sie sich von ihrer schlimmsten Seite zeigte, sollte der junge Farrokh nicht zugegen sein. Er war wieder in Wien, an der Universität, als Veronica Rose Zwillinge zur Welt brachte und sich dafür entschied, ein Kind in der Stadt zu lassen, die sie so haßte, und das andere mit nach Hause zu nehmen. Diese Entscheidung war schockierend, aber Farrokh überraschte das keineswegs. Vera war eine sehr impulsive Frau, und Farrokh hatte die Monsunmonate ihrer Schwangerschaft miterlebt – er wußte, wie gefühllos Vera sein konnte. In Bombay setzt der Monsunregen Mitte Juni ein und dauert bis zum September an. Die meisten Einwohner Bombays empfinden diese Regenfälle, trotz der verstopften Abflüsse, nach der großen Hitze als Erleichterung. Es war erst Juli, als der schreckliche Film abgedreht war und der Filmpöbel aus Bombay abreiste – und leider die arme Vera für den Rest der Regenzeit und darüber hinaus zurückließ.

Sie wolle hierbleiben, um »sich selbst zu finden«, erklärte sie den anderen. Neville Eden war es egal, ob sie blieb oder nicht. Er hatte Subodh Rai mit nach Italien genommen – eine Pastakur, so erklärte Neville dem jungen Farrokh voller Behagen, würde die Widerstandskraft gegen die Härten des Analverkehrs stärken. Gordon Hathaway versuchte, *Eines Tages fahren wir nach Indien, Liebling* in Los Angeles herauszubringen. Doch obwohl er den Titel in *Die sterbende Frau* umänderte, konnte auch noch soviel Zusammenstreichen und Umschreiben den Film nicht retten.

Tagtäglich verfluchte Gordon seine Familie, weil sie ihm eine so willensstarke und untalentierte Nichte wie Vera aufgehalst hatte.

Danny Mills machte eine Entziehungskur in einem Privatsanatorium in Laguna Beach, Kalifornien. Das Sanatorium war seiner Zeit ein Stück voraus – es setzte auf eine Kombination aus Grapefruit-Avocado-Diät und intensiver Gymnastik. Während dieser Zeit wurde Danny von einem Limousinenverleih verklagt, weil Harold Rosen, der Produzent, nicht mehr für Dannys sogenannte Geschäftsreisen aufkam. (Wenn Danny es im Sanatorium gar nicht mehr aushielt, ließ er sich eine Limousine kommen, die ihn nach L. A. fuhr und dort wartete, bis er ein herzhaftes Abendessen, bestehend aus Rindersteaks und zwei oder drei Flaschen Rotwein, verdrückt hatte. Dann brachte ihn die Limousine nach Laguna Beach zurück, wo Danny übersättigt und mit einer Zunge, die in Form und Farbe an rohe Hühnerleber erinnerte, ankam. Wann immer er eine Entziehungskur machte, gelüstete ihn am meisten nach Rotwein.) Danny schrieb Vera tagtäglich – von überwältigender Klaustrophobie zeugende Liebesbriefe, die zum Teil zwanzig Schreibmaschinenseiten umfaßten. Der Kern dieser Briefe war immer derselbe und recht einfach zu verstehen: Danny würde sich »ändern«, wenn Vera ihn nur heiratete.

Vera hatte unterdessen eigene Pläne gemacht – bei denen sie von einer hundertprozentigen Kooperation der Daruwallas ausging. Sie würde sich bei Dr. Lowji Daruwalla und seiner Familie versteckt halten, bis das Kind auf die Welt gekommen war. Um die Vorsorge und die Entbindung würde sich Dr. Daruwallas seniler Freund kümmern, der uralte, zu Fehlleistungen neigende Dr. Tata. Es war ungewöhnlich, daß Dr. Tata Hausbesuche machte, aber in Anbetracht seiner Freundschaft mit den Daruwallas und seines Verständnisses für die extreme Empfindsamkeit, die man dem hypochondrischen Filmstar zuschrieb, erklärte er sich dazu bereit. Das war auch gut so, meinte Meher, denn Veronica Rose hätte sicher nicht sehr vertrauensvoll auf das eigenartige Schild reagiert, das vor dem Gebäude, in dem sich Dr. Tatas Praxis befand, angebracht war und in Großbuchstaben verkündete:

DR. TATAS BESTE,
BERÜHMTESTE KLINIK FÜR
GYNÄKOLOGIE & GEBURTSHILFE

Sicher war es klug, Vera die Information vorzuenthalten, daß Dr. Tata es für notwendig erachtete, seine Dienste als »beste« und »berühmteste« anzupreisen, denn daraus hätte sie ohne Zweifel geschlossen, daß Dr. Tata an Unsicherheit litt. So aber stattete er dem geschätzten Domizil der Daruwallas an der Ridge Road häufig Hausbesuche ab. Da er viel zu alt war, um noch gefahrlos Auto fahren zu können, wurde sein Kommen und Gehen normalerweise von einem Taxi in der Zufahrt zum Daruwallaschen Haus angekündigt – mit einer Ausnahme: Einmal beobachtete Farrokh, wie sich Dr. Tata aus dem Fond eines Privatautos quälte. Das hätte den jungen Mann nicht sonderlich interessiert, hätte nicht Promila Rai am Steuer gesessen. Und neben ihr saß ihr angeblich unbehaarter Neffe Rahul – eben jener Junge, dessen geschlechtliche Ambivalenz Farrokh solches Unbehagen bereitet hatte.

Damit drohte die Geheimhaltung, die sämtliche Daruwallas für Vera und ihr künftiges Kind anstrebten, aufzufliegen. Aber Promila und ihr dubioser Neffe fuhren davon, sobald sie Dr. Tata an der Auffahrt abgesetzt hatten, und Dr. Tata erklärte Lowji, er sei sicher, daß er Promila »auf eine falsche Fährte gelockt« habe. Er hatte ihr gesagt, sein Hausbesuch würde Meher gelten. Meher war gekränkt, daß eine Frau, die ihr so zuwider war wie Promila Rai, ihr alle möglichen weiblichen Klempnerprobleme intimer Art unterstellen würde. Ihre Gereiztheit legte sich erst lange, nachdem sich Dr. Tata verabschiedet hatte. Und da erst kam sie auf die Idee, Lowji und Farrokh zu fragen, was Promila und Rahul Rai überhaupt mit dem alten Dr. Tata zu schaffen hatten. Lowji dachte über die Frage nach, als täte er das zum erstenmal.

»Vermutlich hat sie ihn in seiner Praxis aufgesucht, und er hat sie gefragt, ob sie ihn mitnehmen könnte«, sagte Farrokh zu seiner Mutter.

»Sie ist über das Alter hinaus, in dem man Kinder kriegt«, bemerkte Meher hämisch. »Wenn sie ihn in der Praxis aufgesucht hat, dann wahrscheinlich wegen gynäkologischer Beschwerden. Aber warum sollte sie ihren Neffen zu einem solchen Termin mitnehmen?«

Lowji meinte: »Vielleicht hat ja der Neffe die Praxis aufgesucht. Wahrscheinlich hat es irgend etwas mit seiner Unbehaartheit zu tun!«

»Ich kenne Promila Rai«, sagte Meher. »Die glaubt keinen Augenblick, daß Dr. Tata meinetwegen einen Hausbesuch gemacht hat.«

Und dann, eines Abends, im Anschluß an ein gesellschaftliches Ereignis im Duckworth Club, bei dem endlose Reden geschwungen wurden, trat Promila Rai an Dr. Lowji Daruwalla heran und sagte zu ihm: »Ich weiß genau über das blonde Baby Bescheid – ich werde es nehmen.«

Der alte Dr. Daruwalla fragte vorsichtig: »Welches Baby?« und fügte dann hinzu: »Es ist nicht gesagt, daß es blond ist!«

»Natürlich ist es das«, sagte Promila Rai. »Ich kenne mich in diesen Dingen aus. Zumindest wird es eine helle Haut haben.«

Lowji überlegte, daß das Kind wahrscheinlich wirklich hellhäutig sein würde. Allerdings hatten sowohl Danny Mills als auch Neville Eden sehr dunkle Haare, so daß der Doktor ernsthaft bezweifelte, daß das Baby so blond sein würde wie Veronica Rose.

Meher war aus Prinzip dagegen, daß Promila Rai ein Kind adoptierte. Zunächst einmal war sie Mitte Fünfzig – nicht nur eine alte Jungfer, sondern eine mißgünstige, verschmähte Frau.

»Sie ist eine verbitterte, alte Hexe«, sagte Meher. »Sie würde eine gräßliche Mutter abgeben!«

»Sie hat sicher ein Dutzend Dienstboten«, entgegnete Lowji, aber Meher erinnerte ihn daran, wie sehr ihn Promila Rai einst gekränkt hatte.

Als Bewohnerin von Malabar Hill hatte Promila eine Protestaktion gegen die Türme des Schweigens initiiert. Damit hatte sie sämtliche Parsen gekränkt, sogar den alten Lowji. Promila hatte behauptet, die Geier würden einzelne Körperteile in die Gärten und auf die Terrassen der Anwohner fallen lassen. Angeblich hatte sie im Vogelbad auf ihrem Balkon sogar ein Stück von einem Finger entdeckt. Dr. Lowji Daruwalla hatte Promila einen erbosten Brief geschrieben, in dem er sie darauf hinwies, daß Geier nicht mit den Fingern oder Zehen von Leichnamen im Schnabel herumfliegen. Geier verzehren ihre Mahlzeit vor Ort – das weiß jeder, der nur einen Funken Ahnung von Geiern hat.

»Und jetzt willst du, daß Promila Rai Mutter spielt!« rief Meher empört.

»Das will ich ja gar nicht unbedingt«, entgegnete Dr. Daruwalla senior. »Allerdings stehen die betuchten älteren Damen nicht gerade Schlange, um das ungewollte Kind eines amerikanischen Filmstars zu adoptieren!«

»Außerdem«, meinte Meher, »haßt Promila Rai die Männer. Was passiert, wenn das arme Kind ein Junge wird?«

Lowji brachte nicht den Mut auf, Meher mitzuteilen, was Promila ihm bereits erklärt hatte. Sie war nicht nur überzeugt, daß das Baby blond sein würde, sie war auch ganz sicher, daß es ein Mädchen werden würde.

»Ich weiß über diese Dinge Bescheid«, hatte Promila zu ihm

gesagt. »Sie sind nur Arzt – noch dazu für Gelenke, nicht für Babies!«

Dr. Daruwalla senior schlug Veronica Rose und Promila Rai nicht vor, diese Transaktion miteinander zu erörtern, sondern tat im Gegenteil alles, um das zu verhindern – die beiden interessierten sich ohnehin nicht sonderlich füreinander. Für Vera fiel nur ins Gewicht, daß Promila reich war oder wenigstens schien. Für Promila war das wichtigste, daß Vera gesund war. Promila hatte panische Angst vor Drogen. Sie war überzeugt, daß Drogen das Gehirn ihres Verlobten vergiftet und ihn dazu gebracht hatten, die Hochzeit mit ihr abzublasen – gleich zweimal. Denn hätte er nicht unter dem Einfluß von Drogen gestanden, sondern einen klaren Kopf gehabt, was hätte ihn dann davon abhalten sollen, sie zu heiraten – wenigstens einmal?

Lowji versicherte Promila, daß Vera keine Drogen nahm. Jetzt, nachdem Neville und Danny Bombay verlassen hatten und Vera nicht mehr jeden Tag versuchte, Schauspielerin zu sein, brauchte sie auch keine Schlaftabletten mehr. Sie schlief auch so die meiste Zeit.

Eigentlich konnte jeder sehen, wohin das führen würde. Nur schade, daß Lowji es nicht sah. Seine Frau hielt es für ein Verbrechen, auch nur daran zu denken, ein Neugeborenes in Promila Rais Hände zu geben. Promila würde das Kind ohne Zweifel ablehnen, wenn es männlichen Geschlechts oder auch nur ein bißchen dunkelhaarig war. Und dann erfuhr Lowji von dem alten Dr. Tata das Allerschlimmste – nämlich daß Veronica Rose keine echte Blondine war.

»Ich habe sie gesehen, wo Sie sie nicht gesehen haben«, erklärte ihm der alte Dr. Tata. »Sie hat schwarze Haare, pechschwarz, so ziemlich die schwärzesten Haare, die ich je gesehen habe. Selbst für indische Verhältnisse!«

Farrokh konnte sich das Ende dieses Melodrams ausmalen. Das Kind würde ein schwarzhaariger Junge sein. Promila Rai würde ihn nicht wollen, und Meher würde ohnehin nicht wollen, daß Promila ihn bekäme. Folglich würden am Ende die Daruwallas das Baby adoptieren. Nicht vorstellen konnte sich Farrokh allerdings, daß Veronica Rose ganz so naiv war, wie sie tat. Vera hatte die Daruwallas längst als Adoptiveltern ihres Babys auserkoren. Gleich nach der Geburt des Kindes wollte sie einen Zusammenbruch simulieren, und daß sie so offensichtlich keinerlei Wert auf eine Unterredung mit Promila legte, lag nur daran, daß sie bereits beschlossen hatte, jede adoptionswillige Person abzulehnen – nicht nur Promila. Sie war davon ausgegangen, daß die Daruwallas gutgläubige Trottel waren, wenn es um Kinder ging, und sie hatte sich nicht getäuscht.

Allerdings hatte niemand damit gerechnet, daß es nicht nur ein dunkelhaariger Junge werden würde, sondern zwei – eineiige Zwillinge mit unglaublich schönen, mandelförmigen Gesichtern und pechschwarzen Haaren! Promila Rai würde sie nicht haben wollen, und nicht nur, weil es dunkelhaarige Jungen waren. Sie würde behaupten, daß eine Frau, die Zwillinge bekam, garantiert Drogen genommen hatte.

Eine ganz und gar unerwartete Wendung erfuhren die Dinge durch Danny Mills' hartnäckige Liebesbriefe an Veronica Rose und durch den Tod von Neville Eden – er fiel in Italien einem Autounfall zum Opfer, der auch dem extravaganten Leben von Subodh Rai ein Ende bereitete. Bis die Nachricht von dem Verkehrsunfall eintraf, hatte Vera gegen jede Logik gehofft, Neville würde vielleicht zu ihr zurückkehren. Jetzt entschied sie, daß der tödliche Unfall die Strafe Gottes dafür war, daß Neville Subodh ihr vorgezogen hatte. In späteren Jahren hätschelte sie diesen Gedanken noch weiter und gelangte zu der festen Überzeugung, daß es sich bei Aids um den gründlich durchdachten Versuch Gottes handelte, die natürliche Ordnung im Universum wiederherzustellen. Wie viele dumme Leute glaubte sie, diese Geißel der Menschheit sei eine von Gott geschickte Strafe für die vom rechten Weg abgekommenen Homosexuellen. Eigentlich war das ein bemerkenswerter Gedanke für eine Frau, die nicht genug Phantasie besaß, um an Gott zu glauben.

Für Vera war klar gewesen, daß Neville sie nicht mit einem Baby im Bauch gewollt hätte. Doch nach Nevilles plötzlichem Abgang richtete Vera ihr Sinnen und Trachten auf Danny. Würde Danny sie immer noch heiraten, auch wenn sie eine kleine Überraschung mitbrachte? Ganz bestimmt, dachte Vera.

»Liebling«, schrieb sie an Danny. »Ich hatte nicht die Absicht, deine Liebe auf die Probe zu stellen, aber ich habe während der ganzen Zeit unser Kind ausgetragen.« (Durch die Monate bei Lowji und Meher hatte sich Veras Vokabular erheblich verbessert.) Als Vera die Zwillinge zum erstenmal sah, verkündete sie unverzüglich, sie müßten von Neville stammen, weil sie ihrer Ansicht nach viel zu hübsch waren, um von Danny zu sein.

Was nun Danny Mills' eigenartige Rolle in diesem Spiel anging, so hatte er bisher noch nie erwogen, ein Kind in die Welt zu setzen. Er stammte von netten, aber erschöpften Eltern ab, die schon zu viele Kinder hatten, als Danny auf die Welt kam, und ihn mit einer herzlichen Gleichgültigkeit behandelten, die an Vernachlässigung grenzte. Danny schrieb behutsam an seine geliebte Vera, er sei entzückt, daß sie ihrer beider Kind erwarte. Ein Kind, das war ein hübscher Gedanke – er konnte nur hoffen, daß sie nicht gleich eine ganze Familie gründen wollte.

Zwillinge sind an sich schon »eine ganze Familie«, wie jeder Dummkopf weiß, und damit würde sich das knifflige Problem von selbst so lösen, wie vorherzusehen war: Ein Kind würde Vera mit nach Hause nehmen, und das andere würden die Daruwallas behalten. Simpel ausgedrückt: Vera wollte Dannys gedämpfte Begeisterung für die Vaterschaft nicht überstrapazieren.

Von den zahlreichen Überraschungen, die Lowji bevorstanden, war der Ratschlag seines senilen Freundes Dr. Tata keineswegs die kleinste. »Wenn Zwillinge im Anmarsch sind, setz dein Geld auf den, der zuerst herauskommt.« Dr. Daruwalla senior war schockiert, doch da er Orthopäde war und kein Geburtshelfer, gab er sich Mühe, Dr. Tatas Empfehlung zu folgen. Doch bei der Geburt der Zwillinge herrschte so viel Aufregung und Verwirrung, daß keine Krankenschwester darauf achtete, welcher zuerst herauskam; und der alte Dr. Tata wußte es später auch nicht mehr.

Die Zwillinge waren ein typisches Beispiel für die Sorte »Fehlleistungen«, zu denen Dr. Tata neigte: Daß ihm bei den vielen Malen, die er sein Stethoskop an Veras dicken Bauch gelegt hatte, der doppelte Herzschlag entgangen war, schrieb er den unprofessionellen Begleitumständen von Hausbesuchen zu. In seiner Praxis, unter anständigen Bedingungen, hätte er die zwei Herzen garantiert gehört, behauptete er. Aber unter den gegebenen Voraussetzungen im Hause Daruwalla – vielleicht lag es an der Musik, die Meher spielte, oder an den ständigen Putzgeräuschen, die die diversen Dienstboten machten – hatte der alte Dr. Tata einfach angenommen, daß Veras Baby einen ungewöhnlich kräftigen und lebhaften Herzschlag hatte. Mehr als einmal sagte er zu Vera: »Ich glaube, Ihr Baby macht gerade Turnübungen.«

»Das hätte ich Ihnen auch sagen können«, antwortete Vera jedesmal.

Und so kam es, daß erst beim Einsetzen der Wehen der Wehenschreiber den doppelten Herzschlag verriet. »Sie Glückliche!« sagte Dr. Tata zu Vera Rose. »Sie bekommen nicht nur eines, sondern zwei!«

Im Sommer 1949, als der Monsunregen ganz Bombay aufweichte, lastete das zuvor erwähnte Melodram, schwer und unsichtbar, auf der Zukunft des jungen Farrokh Daruwalla – wie ein Nebel, so weit draußen auf dem Indischen Ozean, daß er das Arabische Meer noch nicht erreicht hatte. Farrokh war wieder nach Wien zurückgekehrt, wo er und Jamshed den Schwestern Zilk weiterhin beharrlich und geziemend den Hof machten, als er die Neuigkeit erfuhr.

»Nicht einer, sondern zwei!« Und Vera nahm nur einen mit.

In Farrokhs und Jamsheds Augen waren ihre Eltern bereits ältere Herrschaften. Selbst Lowji und Meher hätten zugegeben, daß die Zeit, in der sie tatkräftig Kinder großgezogen hatten, hinter ihnen lag. Sie gaben sich die größte Mühe mit dem kleinen Jungen, doch nachdem Jamshed Josefine Zilk geheiratet hatte, erschien es sinnvoll, dem jungen Paar die Verantwortung für ihn zu überlassen. Es war ohnehin eine gemischtrassige Ehe, und Zürich, wo sie sich niederlassen wollten, war eine Weltstadt – ein dunkelhaariger, von weißen Eltern abstammender Junge würde dort ohne weiteres hinpassen. Inzwischen konnte der Junge außer Englisch auch Hindi; in Zürich würde er Deutsch lernen, obwohl Jamshed und Josefine ihn auf eine englische Schule schicken wollten. Nach einiger Zeit wurden die alten Daruwallas für den Jungen so etwas wie Großeltern, wenngleich Lowji ihn von Anfang an rechtmäßig adoptiert hatte.

Als Jamshed und Josefine selbst Kinder hatten – und der verwaiste Zwilling in die Pubertät kam, die wohl oder übel eine mißmutige Entfremdung von der ganzen Familie mit sich brachte, war es nur natürlich, daß Farrokh für den Jungen zu einer Art älterem Bruder wurde. Und wegen des Altersunterschieds von zwanzig Jahren wurde Farrokh für ihn gleichzeitig so etwas wie ein zweiter Vater. Farrokh war inzwischen mit der ehemaligen Julia Zilk verheiratet und hatte selbst Kinder. Wo immer sich der adoptierte Junge befand, schien er sich zugehörig zu fühlen; doch bei Farrokh und Julia war er am liebsten.

Man braucht den von Vera im Stich gelassenen Jungen nicht zu bemitleiden. Er war immer Teil einer großen Familie, auch wenn es in seinem Leben gewaltige geographische Veränderungen – zwischen Toronto, Zürich und Bombay – gab und sich schon früh eine gewisse Distanziertheit bei ihm bemerkbar machte. Später hatte seine Sprechweise – egal ob in Deutsch, Englisch oder Hindi – ohne Zweifel etwas Eigentümliches an sich, auch wenn es nicht unbedingt eine Sprachhemmung war. Er sprach sehr langsam, so als würde er in Gedanken einen schriftlichen Satz mit Satzzeichen und allem Drum und Dran konstruieren. Falls er einen Akzent hatte, war dieser nicht einzuordnen; auffallend war eher seine überdeutliche Aussprache, die sich anhörte, als würde er normalerweise mit kleinen Kindern oder zu einer Menschenmenge sprechen.

Die Frage, die natürlich alle interessierte, nämlich ob er der Sprößling von Neville Eden oder von Danny Mills war, ließ sich nicht ohne weiteres klären. In den medizinischen Unterlagen des damaligen Filmteams – dem einzigen bis heute erhaltenen Nachweis dafür, daß der Film *Eines Tages fahren wir nach Indien, Liebling* je gedreht wurde – war eindeutig vermerkt, daß Neville und Danny dieselbe Blutgruppe hatten, die später bei den Zwillingen festgestellt wurde.

Einige Mitglieder der Familie Daruwalla waren der Ansicht, daß ihr Zwilling so gut aussah und eine so große Abneigung gegen harte Getränke hatte, daß er unmöglich Dannys Sohn sein konnte. Zudem zeigte der Junge wenig Interesse am Lesen und noch weniger am Schreiben – er führte nicht einmal ein Tagebuch –, während er sich bereits in der Mittelschule als ziemlich begabter und äußerst disziplinierter Schauspieler erwies. (Dieses Talent deutete auf den verstorbenen Neville hin.)

Aber natürlich wußten die Daruwallas wenig über den anderen Zwilling. Falls man unbedingt mit einem der Zwillingsbrüder Mitleid haben will, dann vielleicht eher mit dem Kind, das Vera behalten hatte.

Bei dem in Indien zurückgelassenen kleinen Jungen stellte sich in den ersten Lebenstagen die Frage nach dem Namen. Er würde ein Daruwalla sein, doch mit Rücksicht auf seine schneeweiße Abstammung war man sich einig, daß er einen englischen Vornamen erhalten sollte. Gemeinsam beschloß die Familie, ihn John zu nennen, nach keinem Geringeren als Lord Duckworth persönlich. Sogar Lowji räumte ein, daß der Duckworth Club den Ausgangspunkt für die Verantwortung darstellte, die er für Veronica Roses im Stich gelassenes Kind trug. Selbstverständlich wäre niemand so dumm gewesen, den Jungen Duckworth Daruwalla zu nennen. John Daruwalla hingegen hatte einen angenehmen anglo-indischen Klang.

Jeder konnte diesen Namen mehr oder weniger gut aussprechen. Indern ist der Buchstabe J geläufig, und nicht einmal Deutschschweizer verunstalten den Namen John allzusehr, obwohl sie dazu neigen, ihn französisch *Jean* auszusprechen. Daruwalla wird, wie die meisten Namen, phonetisch ausgesprochen, auch wenn die Deutschschweizer das W wie V aussprechen, so daß der junge Mann in Zürich Jean Daruvalla genannt wurde; aber er nahm das ganz gut hin. Sein Schweizer Paß lautete auf den Namen John Daruwalla – schlicht, aber prägnant.

Neununddreißig Jahre lang regte sich in Farrokh kein Funke jenes schöpferischen Impulses, den der alte Lowji überhaupt nie erleben sollte. Jetzt, fast vierzig Jahre nach der Geburt von Veras Zwillingen, ertappte sich Farrokh dabei, daß er sich wünschte, er hätte ihn auch nie erlebt, denn nur durch die Einmischung seiner Phantasie war aus dem kleinen John Daruwalla Inspector Dhar geworden, jener Mann, den Bombay inbrünstig haßte – und Bombay war eine Stadt, in der viel und leidenschaftlich gehaßt wurde.

Farrokh hatte Inspector Dhar als satirische Figur konzipiert, als *anspruchsvolle* satirische Figur. Warum nur waren so viele Leute so schnell gekränkt? Warum hatten sie so humorlos auf Inspector Dhar reagiert? Hatten sie keinen Sinn für Humor? Erst jetzt, mit knapp sechzig Jahren, kam es Farrokh in den Sinn, daß er in dieser Beziehung der Sohn seines Vaters war: Er hatte ein natürliches Talent bewiesen, die Leute vor den Kopf zu stoßen. Wenn Lowji als wandelnde Zeitbombe empfunden worden war, warum war Farrokh dann blind dafür gewesen, daß es sich mit Inspector Dhar ebenso verhalten könnte? Dabei hatte er sich eingebildet, so behutsam vorgegangen zu sein!

Er hatte sein erstes Drehbuch langsam geschrieben und sehr sorgfältig auf Details geachtet. Das war der Chirurg in ihm; diese Sorgfalt und dieses Bemühen um Authentizität hatte er nicht von Danny Mills gelernt und erst recht nicht durch den Besuch jener dreistündigen Vorführungen in den schäbigen Kinopalästen im Zentrum von Bombay – jenen Art-déco-Ruinen, deren Klimaanlage sich stets »in Reparatur« befand und deren Toiletten häufig überliefen.

Gründlicher als die Filme sah sich Farrokh die vor sich hinknabbernden Zuschauer an. In den fünfziger und sechziger Jahren funktionierte das *masala*-Rezept – nicht nur in Bombay, sondern im gesamten Süden und Südosten Asiens, im Nahen Osten und sogar in der Sowjetunion. Dabei handelte es sich um eine Mischung aus Mord und Musik, rührseligen, mit Slapstick durchwirkten Geschichten, gewaltsamer Zerstörung, gepaart mit gefühlsduseliger Sentimentalität – und vor allem befriedigender Gewalt, die immer dann einsetzt, wenn die Mächte des Guten auf die Mächte des Bösen treffen und sie bestrafen. Auch Götter gab es; sie halfen den Helden. Aber Dr. Daruwalla glaubte nicht an die herkömmlichen Götter. Kurz bevor er zu schreiben begann, war er zum Christentum übergetreten. Er fügte dem Hindi-Mischmasch, aus dem das Bombayer Kino bestand, Dhars ruppige, meist über die Szene gelegte Stimme und sein höhnisches, so gar nicht zu einem Helden passendes Lächeln hinzu. Das soeben entdeckte Christentum ließ der Doktor wohlweislich aus dem Spiel.

Er hatte Danny Mills' Empfehlungen haarklein befolgt. Er suchte sich einen Regisseur aus, der ihm zusagte. Balraj Gupta war ein junger Mann mit weniger rigiden Vorstellungen als die meisten – er hatte fast einen selbstironischen Zug –, und vor allem war er nicht so bekannt, daß Dr. Daruwalla ihn nicht ein bißchen hätte herumkommandieren können. Die vertraglichen Vereinbarungen sahen so aus, wie sie nach Danny Mills' Ansicht zu sein hatten, und beinhalteten, daß der vom Doktor ausgewählte junge und unbekannte Schauspieler den Inspector Dhar spielen sollte. Damals war John Daruwalla zweiundzwanzig.

Farrokhs erster Versuch, den jungen Mann als Anglo-Inder auszugeben, überzeugte Balraj Gupta ganz und gar nicht. »Auf mich wirkt er wie ein Europäer«, beklagte sich der Regisseur. »Aber sein Hindi ist vermutlich echt.« Doch nach dem Erfolg des ersten Inspector-Dhar-Films fiel es Balraj Gupta nicht im Traum ein, dem Orthopäden (aus Kanada!) dreinzureden, der der Stadt Bombay ihren bestgehaßten Antihelden beschert hatte.

Der erste Film hieß *Inspector Dhar und der erhängte Mali.* Vor mehr als zwanzig Jahren hatte man in der alten Ridge Road in Malabar Hill einen echten Gärtner an einem Paternosterbaum erhängt aufgefunden – ein ausgesprochen feudaler Stadtteil, um sich aufknüpfen zu lassen. Der *mali* war ein Muslim, der kurz zuvor aus den Diensten mehrerer Bewohner von Malabar Hill entlassen worden war. Man hatte ihn wegen etlicher Diebstähle verklagt, die ihm jedoch nie nachgewiesen werden konnten.

Einige Leute behaupteten, der Gärtner sei wegen seiner extremistischen Ansichten gefeuert worden. Angeblich war er empört, daß die Babar-Moschee geschlossen worden war.

Als Farrokh diesen zwanzig Jahre später in seiner fiktiven Geschichte aufgriff, machte sich kaum jemand klar, daß *Inspector Dhar und der erhängte Mali* an eine historische Begebenheit anknüpfte. Die aus dem sechzehnten Jahrhundert stammende Moschee des Großmoguls Babar war noch immer umstritten, die Hindus bestanden nach wie vor darauf, daß ihre Götterbilder zu Ehren Ramas in der Moschee blieben, und die Muslime wollten diese Götterbilder nach wie vor entfernen. Ende der sechziger Jahre behaupteten die Muslime, entsprechend dem damaligen Sprachgebrauch, sie wollten die Babar-Moschee »befreien« – während die Hindus behaupteten, sie wollten den Geburtsort Ramas befreien.

Im Film versuchte Inspector Dhar zu vermitteln. Aber das war natürlich unmöglich. Das Wesentliche an den Inspector-Dhar-Filmen war schließlich, daß man sich darauf verlassen konnte, daß rings um diesen Mann Gewalt ausbrach. Zu den frühesten Opfern gehörte Inspector Dhars Frau! Jawohl, im ersten Film war er verheiratet, wenn auch nur kurz. Daß seine Frau durch eine Autobombe ums Leben kam, rechtfertigte offenbar seine sexuelle Zügellosigkeit für den Rest des Films – und für alle folgenden Inspector-Dhar-Filme. Und jedermann sollte glauben, daß dieser schneeweiße Dhar ein Hindu war. Man sieht, wie er bei der Einäscherung seiner Frau das Feuer anzündet; man sieht ihn mit dem traditionellen *dhoti* um die Lenden, den Kopf nach altem Brauch kahlrasiert. Während des ganzen ersten Films wachsen seine Haare nach. Andere Frauen streichen ihm über die Stoppeln, als wollten sie seiner verstorbenen Frau tiefempfundene Ehrerbietung erweisen. Die Tatsache, daß Dhar Witwer ist, verschafft ihm jede Menge Sympathien und viele Frauen – eine recht westliche Vorstellung und ziemlich anstößig.

Zunächst einmal fühlten sich sowohl Hindus als auch Muslime beleidigt. Witwer fühlten sich beleidigt, von Witwen und Gärtnern ganz zu schweigen. Und vom ersten Inspector-Dhar-Film an fühlten sich sämtliche Polizisten beleidigt. Das tragische Schicksal des im wirklichen Leben erhängten *mali* war nie geklärt worden. Das Verbrechen – das heißt, falls es überhaupt eines war, falls sich der Gärtner nicht selbst erhängt hatte – wurde nie aufgeklärt.

Der Film bietet den Zuschauern drei verschiedene Versionen an – jede eine perfekte Lösung. Somit wird der unglückliche *mali* dreimal erhängt, und jedesmal wird irgendeine Gruppe beleidigt. Die Muslime waren erbost, daß muslimische Fanatiker beschuldigt wurden, den Gärtner erhängt zu haben; die Hindus waren empört, daß hinduistische Fundamentalisten beschuldigt wurden, den Gärtner erhängt zu haben; und die Sikhs waren erzürnt, daß extremistische Sikhs beschuldigt wurden, den Gärtner erhängt zu haben, angeblich in der Absicht, Muslime und Hindus gegeneinander aufzuhetzen. Außerdem waren die Sikhs beleidigt, weil im Film jedes Taxi von einem gefährlichen und aggressiven Verrückten gefahren wird, der deutlich als Sikh zu erkennen ist.

Dabei war Dr. Daruwalla der Meinung gewesen, der Film sei unheimlich komisch!

In der Dunkelheit des Ladies' Garden dachte Farrokh erneut darüber nach. Vielleicht hätte *Inspector Dhar und der erhängte Mali* für Kanadier unheimlich komisch sein können – die ansehnliche Zahl kanadischer Gärtner natürlich ausgenommen. Aber die Kanadier hatten den Film nie zu sehen bekommen, einmal abgesehen von ehemaligen Bewohnern Bombays, die inzwischen in Toronto lebten. Sie sahen sich sämtliche Inspector-Dhar-Filme auf Videokassetten an, und sogar sie waren beleidigt. Inspector Dhar selbst hatte seine Filme nie besonders komisch gefunden. Und als Dr. Daruwalla Balraj Gupta gefragt hatte, ob er die Inspector-Dhar-Filme komisch (oder zumindest satirisch) fände, hatte der Regisseur ganz spontan geantwortet: »Sie spielen eine Menge Laks ein! Und *das* ist komisch!«

Doch das fand Farrokh nicht mehr komisch.

Und wenn Mrs. Dogar ein ›hijra‹ wäre?

Sobald die abendliche Dunkelheit hereinbrach, nahmen die ersten Duckworthianer mit kleinen Kindern die Tische im Ladies' Garden ein. Die Kinder aßen gern im Freien, doch nicht einmal ihre begeisterten, schrillen Stimmen konnten Farrokhs Reise in die Vergangenheit stören. Mr. Sethna mißbilligte kleine Kinder grundsätzlich – ganz besonders mißbilligte er es, wenn sie mit den Erwachsenen aßen –, betrachtete es aber trotzdem als seine Pflicht, Dr. Daruwallas momentane Gemütsverfassung im Ladies' Garden im Auge zu behalten.

Mr. Sethna hatte Dhar mit dem Zwerg weggehen sehen, doch als Vinod in den Duckworth Club zurückkehrte – der Butler nahm an, daß der tückische Knirps sein Taxi auch Dr. Daruwalla zur Verfügung stellen wollte –, war er nicht wie üblich in die Eingangshalle und wieder hinaus gewatschelt, sondern war in die Sportwerkstatt gegangen, zu den Balljungen und den Schlägerbespannern, mit denen er sich gut verstand. Vinod war bei ihnen als Abfallsammler recht beliebt. Mr. Sethna mißbilligte das Abfallsammeln ebenso wie Zwerge; er fand Zwerge widerlich. Die Balljungen und die Leute in der Werkstatt fanden Vinod niedlich.

Auch wenn die Filmpresse Vinod anfangs scherzhaft als »Inspector Dhars Leibzwerg« bezeichnete – gelegentlich nannte sie ihn auch »Dhars schlägernden Chauffeur« –, nahm Vinod seinen Ruf ernst. Er war stets gut bewaffnet, wobei die von ihm bevorzugten Waffen nicht nur vom Gesetz erlaubt waren, sondern sich auch leicht in seinem Wagen verstecken ließen. Vinod sammelte in der Sportwerkstatt des Duckworth Club die Griffe von Squashschlägern ein. Wenn ein Schlägerkopf abbrach, sägte ihn einer der Männer, die sonst die Schläger bespannten, ab und schliff den Griff zurecht, bis er glatt war. Das übrigbleibende Stück war aus extrem hartem Holz und hatte genau die richtige Länge und das richtige Gewicht für einen Zwerg. Vinod mochte nur hölzerne Griffe, und die wurden immer seltener. Aber er hortete sie, und bei seiner Art, sie zu benutzen, zerbrach er selten einen. Er stieß und schlug mit einem Schlägergriff zu – zielte dabei auf die Hoden oder die Knie oder auf beides –, während er den anderen Griff außer Reichweite hielt. Der Angegriffene versuchte unweigerlich, die hölzerne Waffe zu packen, und dann knallte ihm Vinod den anderen Griff aufs Handgelenk.

Es war eine unschlagbare Methode. Bring den Mann dazu, nach dem einen Schlägergriff zu greifen, und brich ihm mit dem anderen das Handgelenk. Zum Teufel mit den Köpfen – die konnte Vinod meist ohnehin nicht erreichen. Normalerweise beendete ein gebrochenes Handgelenk den Kampf, und wenn einer so dumm war weiterzukämpfen, mußte er eben mit einer Hand gegen zwei Schlägergriffe kämpfen. Daß die Filmpresse den Zwerg zum Leibwächter und Schlägertypen abgestempelt hatte, machte Vinod nichts aus. Er beschützte Inspector Dhar nämlich wirklich.

Mr. Sethna mißbilligte derartige Gewaltanwendung und auch die Leute in der Werkstatt, die Vinod mit einem Arsenal an Squashschlägergriffen versorgten. Die Balljungen gaben dem Zwerg außerdem dutzendweise ausrangierte Tennisbälle. Das Dasein als Chauffeur brachte Vinods Aussage zufolge eine Menge »Warterei« im Auto mit sich. Um sich die Zeit zu vertreiben, knetete der ehemalige Clown und Artist die alten Tennisbälle und kräftigte so seine Handmuskulatur. Außerdem behauptete er, diese Übung würde seine Arthritis lindern, obwohl Dr. Daruwalla davon überzeugt war, daß ihm Aspirin zuverlässigere Linderung verschaffen würde.

Mr. Sethna war der Gedanke gekommen, daß wahrscheinlich Dr. Daruwallas alte Verbindung zu Vinod dafür verantwortlich war, daß der Doktor nicht selbst Auto fuhr; es war Jahre her, seit Farrokh in Bombay überhaupt ein Auto gehabt hatte. Der Ruf des Zwergs als Dhars Chauffeur trug dazu bei, daß die Tatsache, daß Vinod auch Dr. Daruwalla chauffierte, weitgehend unbemerkt blieb. Es erschreckte Mr. Sethna, wie sehr sich beide, der Doktor und der Zwerg, der Gegenwart des anderen bewußt waren – selbst während der Zwerg sein Auto mit Squashschlägergriffen und alten Tennisbällen belud, selbst während der Doktor weiterhin im Ladies' Garden saß. Es war, als wüßte Farrokh stets, daß Vinod verfügbar war – und als würde der Zwerg nur auf ihn warten. Na ja, auf ihn oder auf Dhar.

Mr. Sethna überlegte weiter, daß Dr. Daruwalla wohl die Absicht hatte, den Tisch vom Mittag für den Abend zu behalten. Vielleicht erwartete er ja Gäste zum Abendessen und hielt das für die einfachste Art, den Tisch besetzt zu halten. Doch als sich der alte Butler bei Dr. Daruwalla nach der Anzahl der Gedecke erkundigte, erfuhr er, daß der Doktor zum »Supper« nach Hause fahren wollte. Er erhob sich auch sofort, als wäre er aus einem Traum erwacht, und brach auf.

Mr. Sethna beobachtete und belauschte ihn, als er vom Telefon in der Eingangshalle aus seine Frau anrief.

»Nein, Liebchen«, sagte Dr. Daruwalla. »Ich habe es ihm nicht gesagt. Es ergab sich einfach keine günstige Gelegenheit.« Dann lauschte Mr. Sethna Dr. Daruwallas Bericht über den Mord an Mr. Lal. Demnach war es also Mord! dachte Mr. Sethna. Mit seinem eigenen Putter erschlagen! Und als er die Sache mit dem Zwei-Rupien-Schein in Mr. Lals Mund mitbekam und vor allem die hochinteressante Drohung, die sich auf

Inspector Dhar bezog – MEHR MITGLIEDER STERBEN, WENN DHAR MITGLIED BLEIBT –, hatte Mr. Sethna das Gefühl, daß seine Lauschbemühungen, zumindest für diesen Tag, belohnt worden waren.

Dann geschah etwas nur am Rande Bemerkenswertes. Dr. Daruwalla hängte den Hörer auf und strebte dem Ausgang zu, ohne zu schauen, wohin er ging, und prompt prallte er mit der zweiten Mrs. Dogar zusammen. Der Zusammenstoß war so heftig, daß Mr. Sethna schadenfroh erwartete, daß die vulgäre Frau zu Boden gehen würde. Statt dessen war Farrokh derjenige, der hinfiel. Noch erstaunlicher war, daß Mrs. Dogar durch den Aufprall rückwärts auf Mr. Dogar geschubst wurde, so daß dieser auch noch hinfiel. Was für ein Esel, daß er diese jüngere, stärkere Frau geheiratet hat! dachte Mr. Sethna. Dann erfolgte das übliche Verbeugen und Sichentschuldigen, und jeder versicherte jedem, daß mit ihm oder ihr alles in bester Ordnung sei. Manchmal fand Mr. Sethna die absurden Auswüchse guter Manieren, die im Duckworth Club in einem solchen Übermaß an den Tag gelegt wurden, doch belustigend.

So entging Farrokh endlich dem wachsamen Blick des alten Butlers. Doch während er darauf wartete, daß Vinod den Wagen holte, berührte Dr. Daruwalla – von Mr. Sethna unbeobachtet – die schmerzende Stelle an seinem Brustkorb, an der sich bestimmt ein blauer Fleck bilden würde, und wunderte sich über die Härte und Standfestigkeit der zweiten Mrs. Dogar. Ebensogut hätte er gegen eine Steinmauer rennen können!

Mrs. Dogar war ausreichend maskulin, um ein *hijra* zu sein, fuhr es dem Doktor durch den Kopf, natürlich keine *hijra*-Prostituierte, sondern ein ganz gewöhnlicher Eunuchen-Transvestit. In diesem Fall hatte sie mit den Blicken, die sie Dhar zugeworfen hatte, vielleicht gar nicht bezweckt, ihn zu verführen, sondern wollte ihn womöglich kastrieren!

Farrokh schämte sich, daß er schon wieder wie ein Drehbuchautor dachte. Wie viele Kingfisher habe ich getrunken? überlegte er; es beruhigte ihn, das Bier für seine weit hergeholten Phantasien verantwortlich zu machen. In Wirklichkeit wußte er nichts über Mrs. Dogar und ihre Herkunft, und *hijras* spielten in der indischen Gesellschaft eine ausgesprochen untergeordnete Rolle. Die meisten von ihnen gehörten der Unterschicht an; und wer immer die zweite Mrs. Dogar war, sie gehörte zur Oberschicht. Und Mr. Dogar kam – auch wenn er Farrokhs Ansicht nach ein dummer alter Knacker war – aus Malabar Hill. Er stammte aus einer alten, reichen Familie – stinkreich. Und so dumm war Mr. Dogar auch wieder nicht, daß er den Unterschied zwischen einer Vagina und einer Brandnarbe, die von der berühmten *hijra*-Behandlung mit heißem Öl herrührte, nicht bemerkt hätte.

Während Dr. Daruwalla auf Vinod wartete, beobachtete er, wie die zweite Mrs. Dogar ihrem Mann ins Auto half. Sie überragte den armen Parkwächter, der ihr schüchtern die Fahrertür aufhielt, um einen halben Kopf. Farrokh war nicht überrascht, daß Mrs. Dogar der Fahrer in der Familie war. Er hatte eine Menge über ihr Fitneßtraining gehört, das auch Gewichtheben und andere unweibliche Betätigungen beinhaltete. Vielleicht nimmt sie auch Testosteron, überlegte der Doktor, denn sie sah aus, als würden ihre Sexualhormone toben – ihre männlichen Sexualhormone, wie es schien. Dr. Daruwalla hatte gehört, daß bei solchen Frauen die Klitoris manchmal so lang wird wie ein Finger, so lang wie der Penis eines Jungen!

Wenn zu viele Kingfisher oder seine amoklaufende Phantasie den Doktor zu Spekulationen dieser Art veranlaßten, war er dankbar dafür, daß er Orthopäde war. In Wirklichkeit wollte er nicht allzu genau über diese anderen Dinge Bescheid wissen. Trotzdem mußte er sich zwingen, nicht weiter darüber nachzudenken, denn er ertappte sich bei der Frage, was wohl schlim-

mer wäre: daß die zweite Mrs. Dogar Inspector Dhar zu entmannen trachtete oder daß sie dem attraktiven Schauspieler
nachstellte – und daß sie eine Klitoris von recht ungehöriger
Größe besaß.

Dr. Daruwalla war so aufgewühlt, daß er nicht bemerkte, daß
Vinod, einhändig, in die runde Auffahrt zum Duckworth Club
eingebogen war und – mit der anderen Hand – etwas zu spät die
Bremse betätigte. Um ein Haar hätte er den Doktor überfahren.
Auf diese Weise wurden Dr. Daruwallas Gedanken wenigstens
von Mrs. Dogar abgelenkt. Farrokh vergaß die Frau, wenn auch
nur für den Augenblick.

Fahrradpyramide

Das bessere der beiden Taxis, die auf Handbetrieb umgerüstet
waren, stand in der Werkstatt. »Der Vergaser wird überprüft«,
erklärte Vinod. Da Dr. Daruwalla keine Ahnung hatte, wie das
vor sich ging, fragte er den Zwerg nicht nach Einzelheiten. Sie
verließen den Duckworth Club in Vinods auseinanderfallendem
Ambassador, dessen schmutziges Weiß an die Farbe einer Perle
erinnerte – oder an gelblich verfärbte Zähne. Außerdem hatte er
die Eigenart, daß der Gasdrehgriff gern hängenblieb.

Trotzdem wies Dr. Daruwalla den Zwerg spontan an, ihn an
dem ehemaligen Haus seines Vaters in der alten Ridge Road in
Malabar Hill vorbeizufahren. Dieser Entschluß hing zweifellos
damit zusammen, daß Farrokhs Gedanken um seinen Vater und
um Malabar Hill kreisten. Farrokh und Jamshed hatten das
Haus kurz nach der Ermordung ihres Vaters verkauft – als
Meher beschlossen hatte, den Rest ihres Lebens in der Nähe
ihrer Kinder und Enkelkinder zu verbringen, die sich bereits alle
dagegen entschieden hatten, in Indien zu leben. Dr. Daruwallas
Mutter starb schließlich in Toronto, im Gästezimmer des Dok-

tors. Mehers Tod – sie starb im Schlaf, nachdem es die ganze Nacht geschneit hatte – war so friedlich, wie der des alten Lowji durch die Autobombe gewaltsam gewesen war.

Es war nicht das erste Mal, daß Farrokh Vinod bat, an seinem alten Zuhause in Malabar Hill vorbeizufahren. Vom fahrenden Auto aus war das Haus kaum zu sehen. Der Anblick des ehemaligen Anwesens der Familie Daruwalla erinnerte den Doktor daran, wie lose seine Verbindung zu dem Land seiner Geburt geworden war; er war ein Fremder in Malabar Hill. Dr. Daruwalla wohnte in einem dieser häßlichen Apartmenthäuser am Marine Drive. Seine Wohnung bot dieselbe Aussicht auf das Arabische Meer wie ein Dutzend ähnlicher Wohnungen. Er hatte sechzig Laks (etwa 250 000 Dollar) für knapp einhundertzehn Quadratmeter bezahlt, die er fast nie bewohnte – so selten kam er nach Indien. Er schämte sich, weil er die Wohnung in der übrigen Zeit nicht vermietete. Aber er wußte, daß das dumm gewesen wäre, weil die Mietgesetze in Bombay die Mieter begünstigten. Hätte Dr. Daruwalla Mieter gehabt, hätte er sie nie aus der Wohnung herausbekommen. Außerdem hatte er mit den Inspector-Dhar- Filmen so viele Laks verdient, daß er es für richtig hielt, einen Teil davon in Bombay auszugeben. Dank eines Schweizer Bankkontos, jener wundersamen Einrichtung, und der Tricks eines gerissenen Geldhändlers war es Dhar gelungen, einen beträchtlichen Teil ihres gemeinsam verdienten Geldes aus Indien hinauszuschaffen. Auch deswegen schämte sich Dr. Daruwalla.

Vinod schien zu spüren, wann Dr. Daruwalla ein offenes Ohr für gute Werke hatte. Der Zwerg dachte dabei an seine eigenen wohltätigen Unternehmungen. Vinod war schamlos, wenn es darum ging, die Unterstützung des Doktors für sein dringlichstes Anliegen zu gewinnen.

Vinod und Deepa hatten es sich zur Aufgabe gemacht, herumstreunende Kinder aus den Slums von Bombay zu retten, kurz: Der Zwerg und seine Frau rekrutierten Straßenkinder für den Zirkus. Sie hielten Ausschau nach akrobatisch veranlagten kleinen Bettlern – Kindern mit sichtlich guter Koordinationsfähigkeit –, und Vinod gab sich alle erdenkliche Mühe, die talentierten, verwahrlosten Kinder in angeseheneren Zirkussen unterzubringen als dem Great Blue Nile. Deepa war es ein besonderes Anliegen, Kindprostituierte oder solche, die es werden sollten, zu retten. Diese Mädchen waren für den Zirkus selten zu gebrauchen. Soweit Dr. Daruwalla wußte, war der einzige Zirkus, der sich bereitgefunden hatte, irgendwelche Entdeckungen von Vinod und Deepa aufzunehmen, der Blue Nile, der alles andere als *great* war.

Farrokh verursachte es beträchtliches Unbehagen, daß viele dieser Mädchen ursprünglich von Mr. Garg entdeckt worden waren – das heißt, lange bevor Vinod und Deepa sie fanden. Mr. Garg war der Besitzer und Manager des sogenannten Wetness Cabaret, in dem so etwas wie verhüllte Anstößigkeit geboten wurde. Striplokale, von Sexshows ganz zu schweigen, sind in Bombay nicht erlaubt, zumindest nicht mit derselben Freizügigkeit wie in Europa und Nordamerika. In Indien gibt es keine Nacktdarbietungen, während »Nässe« – also nasse, am Körper klebende und nahezu durchsichtige Kleidung – überall anzutreffen ist und anzügliche Gesten das wichtigste Ausdrucksmittel der sogenannten exotischen Tänzerinnen in schäbigen Unterhaltungsschuppen wie dem von Mr. Garg sind. Unter diesen Schuppen, zu denen auch der Bombay Eros Palace zählte, war das Wetness Cabaret der schlimmste. Trotzdem beharrten der Zwerg und seine Frau Dr. Daruwalla gegenüber darauf, daß Mr. Garg der Barmherzige Samariter von Kamathipura sei. Inmitten des Gassengewirrs mit seinen vielen Bordellen und des gesamten Rotlichtbezirks an der Falkland und der Grant Road war das Wetness Cabaret ein sicherer Hort.

Farrokh vermutete, daß das nur im Vergleich zu den Bordellen galt. Egal, ob man Gargs Mädchen nun als Stripperinnen oder »exotische Tänzerinnen« bezeichnete, die meisten von ihnen waren jedenfalls keine Huren. Allerdings waren viele aus einem Bordell weggelaufen. Dort stand die Jungfräulichkeit dieser Mädchen nur kurze Zeit hoch im Kurs – bis die Bordellwirtin fand, daß sie jetzt alt genug seien, oder bis ein ausreichend hohes Angebot kam. Doch wenn diese Mädchen dann zu Mr. Garg flüchteten, waren die meisten viel zu jung für das, was das Wetness Cabaret zu bieten hatte. Paradoxerweise waren sie alt genug für die Prostitution, aber viel zu jung, um als exotische Tänzerinnen zu arbeiten.

Vinod zufolge wollten die meisten Männer, die sich Frauen ansahen, daß diese auch wie Frauen aussahen. Anscheinend waren das nicht dieselben Männer, die Sex mit minderjährigen Mädchen haben wollten – und selbst diese Männer, behauptete Vinod, wollten sich die jungen Mädchen gar nicht unbedingt ansehen. Deshalb konnte Mr. Garg sie im Wetness Cabaret auch nicht gebrauchen, obwohl Farrokh sich vorstellte, daß Mr. Garg sich ihrer durchaus – auf recht eigenwillige, unbeschreibliche Art – bedient hatte.

Dr. Daruwallas Dickens'sche Theorie besagte, daß Mr. Garg *wegen* seiner äußeren Erscheinung pervers war. Beim Anblick dieses Mannes bekam Farrokh eine Gänsehaut. Mr. Garg hatte bei Dr. Daruwalla einen erstaunlich lebhaften Eindruck hinterlassen, wenn man bedenkt, daß er ihn nur einmal gesehen hatte; Vinod hatte die zwei miteinander bekannt gemacht. Der unternehmungslustige Zwerg war nämlich auch Gargs Chauffeur.

Mr. Garg war hochgewachsen und hielt sich aufrecht wie ein Soldat, hatte aber jene bläßliche Gesichtsfarbe, die Farrokh darauf zurückführte, daß er zuwenig Tageslicht abbekam. Gargs Gesichtshaut hatte einen ungesunden, wächsernen Glanz und war ungewöhnlich straff, wie die Haut eines Toten. Dieses leichenähnliche Aussehen wurde durch die unnatürliche

Schlaffheit seiner Lippen noch betont. Sein Mund war stets leicht geöffnet, wie bei jemandem, der im Sitzen eingeschlafen ist, und seine Augenhöhlen waren dunkel und geschwollen, als hätte sich darin Blut angesammelt. Noch schlimmer waren Mr. Gargs Augen, gelb und glanzlos wie die eines Löwen – und ebenso unergründlich, dachte Dr. Daruwalla. Aber am schlimmsten war die Narbe. Jemand hatte Mr. Garg Säure ins Gesicht geschüttet, das er gerade noch zur Seite hatte drehen können; die Säure hatte ein Ohr zerfressen und sich als Streifen den Kieferknochen entlang und seitlich am Hals hinunter eingebrannt, wo die schmutzigrosafarbene Wunde unter seinem Hemdkragen verschwand. Nicht einmal Vinod wußte, wer ihm die Säure ins Gesicht gespritzt hatte und warum.

Von Dr. Daruwalla brauchten Mr. Gargs Mädchen nur eins: Er sollte als Vertrauensarzt den Zirkussen bestätigen, daß sie bei bester Gesundheit waren. Aber was konnte Farrokh über die Gesundheit dieser Mädchen aus den Bordellen schon sagen? Einige von ihnen waren dort geboren; bestimmte Anzeichen für ererbte Syphilis waren leicht zu erkennen. Und heutzutage konnte der Doktor sie keinem Zirkus empfehlen, ohne einen Aids-Test gemacht zu haben. Kaum ein Zirkus – nicht einmal der Great Blue Nile – nahm ein Mädchen auf, das HIV-positiv war. Die meisten hatten irgendwelche Geschlechtskrankheiten; zumindest mußten sie sich alle einer Wurmkur unterziehen. Nur wenige wurden überhaupt aufgenommen, selbst beim Great Blue Nile.

Und was wurde aus den Mädchen, wenn der Zirkus sie nicht haben wollte? (»Wir tun Gutes, indem wir uns bemühen«, pflegte Vinod zu antworten.) Verkaufte Mr. Garg sie wieder an ein Bordell oder wartete er ab, bis sie alt genug waren, um im Wetness Cabaret aufzutreten? Farrokh war entsetzt, daß Mr. Garg nach den in Kamathipura herrschenden Maßstäben als Wohltäter galt; doch soweit er wußte, lag nichts gegen ihn vor –

zumindest nichts außer der allgemein bekannten Tatsache, daß er die Polizei bestach, die nur sehr selten Razzien im Wetness Cabaret durchführte.

Der Doktor hatte einmal erwogen, Mr. Garg als Figur in einem Inspector-Dhar-Film zu verwenden. In die erste Fassung von *Inspector Dhar und der Käfigmädchen-Killer* hatte er eine Nebenrolle für Mr. Garg eingebaut – er war ein Kinderschänder mit dem Spitznamen Säuremann. Doch dann besann sich Farrokh eines Besseren. Mr. Garg war in Bombay zu bekannt. Die Sache hätte juristische Konsequenzen haben können, und zudem hätte die Gefahr bestanden, Vinod und Deepa zu kränken, und das wollte er auf gar keinen Fall. Auch wenn Garg kein Barmherziger Samariter war, glaubte der Doktor dem Zwerg und seiner Frau, daß sie es ernst meinten – für diese Kinder waren sie Heilige oder versuchten zumindest, welche zu sein. Sie »taten Gutes, indem sie sich bemühten«, wie Vinod es ausgedrückt hatte.

Als sich Vinods schmutzigweißer Ambassador dem Marine Drive näherte, gab der Doktor dem Gequengel des Zwergs nach. »Also gut, einverstanden, ich untersuche sie«, sagte er zu Vinod. »Wer ist es denn diesmal, und was hat sie für eine Vergangenheit?«

»Sie ist Jungfrau«, erklärte der Zwerg. »Deepa meint, daß sie ein beinahe knochenloses Mädchen ist – eine zukünftige Schlangenfrau!«

»Und wer sagt, daß sie Jungfrau ist?« fragte der Doktor den Zwerg.

»Sie sagt das«, antwortete Vinod. »Garg hat Deepa erzählt, daß das Mädchen aus einem Bordell weggelaufen ist, bevor jemand sie angerührt hat.«

»Dann behauptet also Garg, daß sie Jungfrau ist?«

»Vielleicht beinahe eine Jungfrau – vielleicht fast«, antwortete der Zwerg. »Ich glaube, daß sie auch mal eine Zwergin war«, fügte er hinzu. »Oder vielleicht ist sie eine Halbzwergin. Ich glaube fast.«

»Das ist nicht möglich, Vinod«, sagte Dr. Daruwalla.

Der Zwerg zuckte die Achseln und lenkte den Ambassador so schwungvoll in einen Kreisverkehr, daß mehrere Tennisbälle über Farrokhs Füße rollten und unter Vinods erhöhtem Fahrersitz die Squashschlägergriffe klapperten. Der Zwerg hatte Dr. Daruwalla erklärt, daß die Griffe von Federballschlägern zu wenig stabil seien – sie zerbrachen – und die von Tennisschlägern zu schwer, als daß Vinod rasch genug damit hätte zuschlagen können. Die Griffe von Squashschlägern waren genau richtig.

Nur weil Farrokh wußte, wo sich das Ding befand, konnte er undeutlich die eigenartige Reklametafel auf dem Boot ausmachen, das ein Stück vor der Küste im Arabischen Meer an einer Mooringboje lag; es hüpfte auf der Wasseroberfläche auf und ab. Heute abend wurden wieder TIKTOK TISSUES angepriesen.

Und die Metallschilder an den Laternenmasten versprachen, wie jeden Abend, eine gute Fahrt mit APOLLO-REIFEN. Der Berufsverkehr auf dem Marine Drive hatte längst nachgelassen, und die Lichter in seiner Wohnung verrieten dem Doktor, daß Dhar bereits eingetroffen war; der Balkon war beleuchtet, aber Julia saß nie allein auf dem Balkon. Wahrscheinlich hatten sich die beiden den Sonnenuntergang angesehen, dachte der Doktor; zugleich war ihm bewußt, daß die Sonne schon lange untergegangen war. Sie werden mir böse sein, alle beide, dachte Farrokh.

Er versprach dem Zwerg, das »beinahe knochenlose« Mädchen am nächsten Morgen zu untersuchen – die Beinahe-Jungfrau, hätte er beinahe gesagt. Die Halbzwergin oder ehemalige Zwergin. Mr. Gargs Mädchen! dachte er grimmig.

In der kahlen Eingangshalle seines Apartmenthauses hatte Dr. Daruwalla einen Augenblick lang den Eindruck, er könnte sich ebensogut irgendwo anders auf der Welt befinden. Doch als die Lifttür aufging, wurde er von einem vertrauten Schild begrüßt, das er zutiefst verabscheute.

DEM DIENSTPERSONAL IST ES VERBOTEN
– AUSSER IN BEGLEITUNG VON KINDERN –
DEN AUFZUG ZU BENUTZEN

Beim Anblick dieses Schildes überfiel ihn ein lähmendes Gefühl der Unzulänglichkeit. Es war ein Bestandteil der Hackordnung in der indischen Gesellschaft, ein Symbol dafür, daß Diskriminierung, die es auf der ganzen Welt gab, hier nicht nur akzeptiert, sondern sogar verherrlicht wurde – Lowji Daruwallas Überzeugung zufolge ein höchst ärgerliches, für Indien typisches Merkmal, auch wenn es vorwiegend ein Erbe aus der Kolonialzeit war.

Farrokh hatte die Hausbewohnergemeinschaft zu überreden versucht, das anstößige Schild zu entfernen, aber die Vorschriften für das Dienstpersonal waren unumstößlich. Dr. Daruwalla war der einzige Bewohner des Gebäudes, der es nicht befürwortete, Dienstboten zur Benutzung der Treppe zu zwingen. Außerdem setzte sich die Hausbewohnergemeinschaft über Farrokhs Meinung mit der Begründung hinweg, er sei schließlich ein »nichtresidenter« Inder, also einer, der nicht ständig hier wohnt. Während sich der alte Lowji über die strittige Frage der Liftbenutzung bis aufs Blut gezankt hätte, betrachtete Dr. Daruwalla junior seine gescheiterten Vorstöße bei der Hausbewohnergemeinschaft voller Selbstverachtung als typisch für seine politische Unfähigkeit und dafür, daß er immer und überall fehl am Platz war.

Als er aus dem Aufzug trat, sagte er sich: Ich funktioniere nicht als Inder. Neulich hatte sich im Duckworth Club jemand darüber empört, daß in Neu-Delhi ein Kandidat für ein politisches Amt eine Kampagne gestartet hatte, in der es »gezielt um die Kuhfrage« ging. Dr. Daruwalla war nicht in der Lage gewesen, dazu Stellung zu nehmen, weil er nicht genau wußte, worum es sich bei der Kuhfrage handelte. Er wußte, daß sich einzelne Gruppierungen für den Schutz der Kühe stark machten, und vermutete, daß sie der Bewegung zur Wiederbelebung des Hinduismus angehörten, so wie diese chauvinistischen heiligen Männer, die sich als Reinkarnationen der Götter ausgaben – und auch wie Götter verehrt zu werden verlangten. Er wußte, daß es zwischen Hindus und Muslimen noch immer Kämpfe um die Babar-Moschee gab – das seinem ersten Inspector-Dhar-Film zugrunde liegende Thema, das er damals so komisch gefunden hatte. Inzwischen waren Tausende von Ziegelsteinen geweiht und mit der Aufschrift SHRI RAMA – »verehrter Rama« – versehen worden, und keine siebzig Meter von der Moschee entfernt hatte man das Fundament für einen Ramatempel gelegt. Nicht einmal Dr. Daruwalla konnte sich vorstellen, daß das Ergebnis der vierzigjährigen Fehde um die Babar-Moschee »komisch« sein würde.

Da war es wieder, dieses erbärmliche Gefühl, nicht hierherzugehören. Er wußte, daß es extremistische Sikhs gab, aber persönlich kannte er keinen. Im Duckworth Club verkehrte er ausgesprochen freundschaftlich mit dem Sikh Mr. Bakshi – einem Romanautor und glänzenden Gesprächspartner, solange es um klassische amerikanische Filme ging –, doch über terroristische Sikhs hatten sie sich nie unterhalten. Farrokh wußte von den Shiv Sena und den Dalit Panthers und den Tamil Tigers, aber aus eigener Erfahrung wußte er nichts. In Indien gab es mehr als 600 Millionen Hindus; es gab 100 Millionen Muslime und mehrere Millionen Sikhs und Christen. Wahrscheinlich gab es nicht einmal 80 000 Parsen, dachte Farrokh. Aber in seinem eigenen kleinen Ausschnitt von Indien – in dem häßlichen Apartmenthaus am Marine Drive – reduzierten sich diese untereinander zerstrittenen Millionen in seinem Bewußtsein auf die von ihm so bezeichnete Liftfrage. Was den blöden Lift anging, waren alle diese einander bekämpfenden Fraktionen einer Meinung. Nur mit ihm waren sie nicht einer Meinung. Die Dienstboten sollten ruhig Treppen steigen.

Farrokh hatte kürzlich von einem Mann gelesen, der ermordet worden war, weil sein Schnurrbart eine »Beleidigung für die Kaste« darstellte. Offenbar war der Schnurrbart gewichst und nach oben gezwirbelt – dabei hätte er schlaff herabhängen sollen. Dr. Daruwalla kam zu dem Schluß, daß Inspector Dhar Indien verlassen und nie mehr zurückkehren sollte. Und ich sollte Indien auch verlassen und nie mehr zurückkehren! dachte er. Er half ein paar verkrüppelten Kindern in Bombay – na wenn schon! Wie kam er dazu, sich überhaupt »komische« Filme über ein Land wie dieses auszudenken? Er war kein Schriftsteller. Und wie kam er dazu, Zwergen Blut abzunehmen? Er war auch kein Genetiker.

So schloß Dr. Daruwalla mit dem für ihn typischen Mangel an Selbstvertrauen die Tür zu seiner Wohnung auf, wo ihn auch gleich die erwartete Musik empfing. Er hatte seiner geliebten Frau zu spät gesagt, daß er seinen geliebten John Daruwalla zum Abendessen eingeladen hatte, und dann hatte er beide warten lassen. Außerdem hatte er nicht den Mut aufgebracht, Inspector Dhar die beunruhigende Nachricht zu überbringen.

Farrokh hatte das Gefühl, sich in einer von ihm selbst kreierten Zirkusnummer verheddert zu haben, einem ärgerlichen, unentrinnbaren Zwang zu erliegen, Dinge hinauszuzögern. Er fühlte sich an eine Nummer im Great Royal Circus erinnert. Anfangs hatte er sie als charmante Verrücktheit empfunden, aber jetzt befürchtete er durchzudrehen, falls er sie je noch einmal sehen sollte. Sie verkörperte einen derart bedeutungslosen, aber unbarmherzigen Irrsinn, zumal auch die Begleitmusik aus ständigen Wiederholungen bestand; für Dr. Daruwalla symbolisierte sie die geistesgestörte Monotonie, die jedem Menschen von Zeit zu Zeit zu schaffen macht. Die Nummer hieß »Fahrradpyramide« und war ein Beispiel für die Steigerung von etwas Einfachem ins schwachsinnige Extrem.

Auf zwei Fahrrädern saßen zwei sehr kräftig aussehende, korpulente Frauen, die hintereinander in der Manege im Kreis fuhren. Nach und nach bestiegen immer mehr kräftige, dunkelhäutige Frauen die Fahrräder auf unterschiedlichste Weise. Ein paar sprangen auf kleine Trittstangen, die in den Naben der Vorder- und Hinterräder steckten; andere stiegen auf die Lenker, auf denen sie unsicher schwankten; wieder andere wippten auf den hinteren Schutzblechen. Und egal, wie viele Frauen auf die Fahrräder sprangen, die zwei kräftigen Frauen unten strampelten weiter. Dann kamen kleine Mädchen in die Manege gelaufen. Sie stiegen auf die Schultern der Frauen – auch auf die der sich abmühenden robusten Fahrerinnen – und kletterten auf ihre Köpfe, bis zwei sich abquälende Frauenpyramiden an den beiden Fahrrädern hingen, die ohne Unterlaß im Kreis fuhren.

Dazu spielte ununterbrochen eine aufpeitschende Musik, die an eine Stelle aus dem Cancan erinnerte, und unerbittlich wiederholt wurde. Sämtliche dunkelhäutigen Artistinnen – die kräftigen älteren Frauen wie auch die kleinen Mädchen – hatten zuviel Puder aufgelegt, was ihnen ein unwirklich marionettenhaftes Aussehen verlieh. Sie trugen allesamt blaßrote Tutus, und sie lächelten und lächelten, während sie immer und immer und immer wieder im Kreis fuhren. Als der Doktor die Nummer zum letzten Mal gesehen hatte, dachte er, sie würde nie enden.

Vielleicht gibt es im Leben eines jeden Menschen eine solche Fahrradpyramide, dachte Dr. Daruwalla. Während er vor seiner Wohnungstür stehenblieb, hatte er das Gefühl, einen dementsprechenden Tag hinter sich zu haben. Er konnte sich vorstellen, daß jeden Augenblick wieder die Cancanmusik ertönen und er

gleich von einem Dutzend dunkelhäutiger Mädchen in blaßroten Tutus empfangen würde, die sich mit ihren weißen Gesichtern zu dem irrwitzigen, unaufhörlichen Rhythmus im
Kreis drehten.

7

Dr. Daruwalla versteckt sich in seinem Schlafzimmer

Da werden die Elefanten aber böse sein

Die Vergangenheit ist ein Labyrinth. Aber wo ist der Ausgang? Als der Doktor den Flur seiner Wohnung betrat, in der sich keine dunkelhäutigen, weißgeschminkten Frauen in rosa Tutus aufhielten, brachte ihn die deutliche, aber ferne Stimme seiner Frau dazu stehenzubleiben. Julias Stimme drang vom Balkon, wo sie Inspector Dhar mit seiner Lieblingsaussicht auf den Marine Drive verwöhnte, bis zu ihm herein. Gelegentlich schlief Dhar auf diesem Balkon, entweder wenn er so lange blieb, daß er lieber hier übernachtete, oder wenn er gerade in Bombay angekommen war und sich erst wieder mit den Gerüchen der Stadt vertraut machen mußte.

Dhar schwor, daß dies das Geheimnis seiner erfolgreichen, blitzschnellen Anpassung an Indien sei. Er konnte aus Europa kommen, direkt aus der frischen Schweizer Luft – die in Zürich mit Restaurantdünsten und Auspuffgasen, mit verbrannter Kohle und einem Hauch von Faulschlammgasen verpestet war –, und doch behauptete er, nach nur zwei bis drei Tagen in Bombay würden ihm weder der Smog noch die zwei oder drei Millionen kleiner Feuerstellen etwas ausmachen, auf denen in den Slums Essen gekocht wurde, noch der süßliche Verwesungsgeruch von Abfällen, noch der schaurige Gestank der Exkremente jener vier oder fünf Millionen Menschen, die sich tagtäglich an den Rinnstein hockten oder ans Meeresufer, das weite Teile der Stadt umgab. Denn in dieser Stadt mit ihren neun Millionen Einwohnern war die Luft garantiert von der Scheiße der halben Einwohnerschaft erfüllt. Dr. Daruwalla brauchte jedesmal zwei oder drei Wochen, um sich an den penetranten Gestank zu gewöhnen.

Im Flur, der in erster Linie nach Schimmel roch, streifte der Doktor in Ruhe seine Sandalen von den Füßen und stellte seinen Aktenkoffer und die alte dunkelbraune Arzttasche ab. Er bemerkte, daß die Schirme im Schirmständer staubig waren, weil sie nicht benutzt wurden; drei Monate waren seit dem Ende des Monsuns vergangen. Obwohl die Küchentür geschlossen war, roch er den Hammel und das *dhal* – aha, das gibt es also wieder, dachte er –, aber die Essensgerüche konnten ihn nicht von den wehmütigen Erinnerungen ablenken, die ihn überfielen, wann immer seine Frau deutsch sprach, was sie stets tat, wenn sie mit Dhar allein war.

Farrokh stand da und lauschte der österreichischen Färbung von Julias Deutsch, und in Gedanken sah er sie vor sich, wie sie achtzehn oder neunzehn war und er ihr in dem alten, gelb angestrichenen Haus ihrer Mutter in Grinzing den Hof gemacht hatte. Das Haus war vollgestopft mit Biedermeier. Neben dem Garderobenständer im Flur stand eine Büste von Franz Grillparzer. Das Werk eines Porträtmalers, der sich geradezu zwanghaft auf unschuldige Kindergesichter spezialisiert hatte, dominierte den Salon, der mit noch mehr Niedlichkeiten wie etwa Porzellanvögeln und silbernen Antilopen angefüllt war. Farrokh erinnerte sich an den Nachmittag, an dem er bei einer fahrigen Bewegung mit der Zuckerdose einen bemalten, gläsernen Lampenschirm zerbrochen hatte.

Zwei Uhren gab es in diesem Raum. Die eine spielte jeweils zur halben Stunde ein paar Takte aus einem Walzer von Lanner und zu jeder vollen Stunde ein etwas längeres Stück aus einem Strauß-Walzer; die zweite huldigte auf ähnliche Weise Beethoven und Schubert – verständlicherweise hinkte sie eine ganze Minute hinter der anderen her. Farrokh erinnerte sich, daß erst

Strauß und dann Schubert erklang, während Julia und ihre Mutter die Scherben des Lampenschirms zusammenkehrten.

Sooft er sich ihre zahlreichen gemeinsamen Teestunden ins Gedächtnis rief, sah er seine Frau als junges Mädchen vor sich. Julia war stets auf eine Art gekleidet, die Lady Duckworth bewundert hätte. Sie trug eine cremefarbene Bluse mit volantbesetzten Ärmeln und einem hochgeschlossenen Rüschenkragen. Sie unterhielten sich auf Deutsch, weil das Englisch ihrer Mutter nicht so gut war wie Farrokhs und Julias. Inzwischen sprachen die Daruwallas nur noch selten deutsch. Es war noch immer die Sprache, in der sie sich liebten und im Dunkeln unterhielten. Es war die Sprache, in der Julia zu ihm gesagt hatte: »Ich finde dich sehr attraktiv.« Obwohl er sie bereits zwei Jahre umworben hatte, fand er das so vorwitzig, daß es ihm die Sprache verschlug. Er kämpfte mit sich, wie er die heikle Frage formulieren sollte – ob seine dunklere Hautfarbe sie störe –, als sie hinzufügte: »Vor allem deine Haut. Deine Hautfarbe im Kontrast zu meiner, das sieht sehr reizvoll aus.«

Wenn Leute behaupten, Deutsch oder irgendeine andere Sprache sei romantisch, meinen sie im Grunde nur, daß sie eine schöne Vergangenheit in dieser Sprache erlebt haben, dachte Dr. Daruwalla. Er empfand sogar eine gewisse Intimität, wenn er zuhörte, wie Julia deutsch mit Dhar sprach, den sie stets John D. nannte. So nannten ihn die Dienstboten, und Julia hatte diesen Namen übernommen, ähnlich wie Dr. Daruwalla und seine Frau die Dienstboten »übernommen« hatten.

Es handelte sich um ein schwächliches altes Ehepaar, Nalin und Swaroop – Dr. Daruwallas Kinder und John D. hatten sie von klein auf Roopa genannt –, die früher Lowji und Meher gedient und diese überlebt hatten. Für Farrokh und Julia zu arbeiten kam einer Art halbem Ruhestand gleich, da sich die beiden so selten in Bombay aufhielten. Den Rest der Zeit kümmerten sich Nalin und Roopa um die Wohnung. Farrokh und Julia waren sich einig, daß sie sie erst nach dem Tod des alten Diener-ehepaars verkaufen würden. Denn wo sonst hätte das alte Ehe-paar wohnen sollen, wenn sie jetzt verkauft worden wäre? Selbst wenn Farrokh auch weiterhin regelmäßig nach Indien zurückkehrte, hielt er sich selten so lange in Bombay auf, daß er sich kein anständiges Hotel hätte leisten können. Als ihn kana-dische Kollegen einmal damit gehänselt hatten, daß er so kon-servativ sei, hatte Julia gemeint: »Farrokh ist nicht konservativ, sondern ausgesprochen extravagant. Er hält sich eine Wohnung in Bombay, nur damit die alten Diener seiner Eltern einen Platz zum Wohnen haben!«

In dem Augenblick hörte der Doktor, daß Julia etwas über das Halsband der Königin sagte, wie die Lichterkette am Marine Drive allgemein genannt wurde. Diese Bezeichnung war zu einer Zeit geprägt worden, als die Straßenlaternen noch weiß waren; die jetzigen Nebellichter waren gelb. Julia bemerkte ge-rade, daß Gelb keine passende Farbe für das Halsband einer Königin sei.

Sie ist eine echte Europäerin! dachte Dr. Daruwalla. Er hegte die größte Bewunderung für die Art und Weise, wie sich Julia an das Leben in Kanada und an die sporadischen Besuche in Indien gewöhnt hatte, ohne jemals ihre von der Alten Welt geprägte Sensibilität einzubüßen, die in ihrer Stimme ebenso deutlich zum Ausdruck kam wie in ihrer Gewohnheit, sich zum Abend-essen »umzuziehen« – sogar in Bombay. Dr. Daruwalla lauschte nicht Julias Worten – er horchte nicht. Es ging ihm nur darum, den Klang ihres österreichisch gefärbten Deutsch zu hören, ihre weiche Aussprache in Kombination mit den präzisen Formulie-rungen. Doch er registrierte, daß Julia, nachdem sie vom Hals-band der Königin sprach, Dhar unmöglich die beunruhigende Neuigkeit mitgeteilt haben konnte. Das entmutigte den Doktor, weil ihm klar wurde, wie sehr er gehofft hatte, seine Frau möge dem lieben Jungen Bescheid gesagt haben.

Dann redete John D. Sosehr es Farrokh besänftigte, Julia deutsch sprechen zu hören, sosehr irritierte es ihn bei Inspector Dhar. Wenn dieser deutsch sprach, erkannte er den John D., der ihm vertraut war, kaum wieder, und es erfüllte ihn mit Besorgnis, um wieviel energischer sich Dhar auf deutsch anhörte, als wenn er englisch sprach. Diese Beobachtung unterstrich in Dr. Daruwallas Augen die Kluft, die zwischen ihnen entstanden war. Immerhin hatte Dhar in Zürich studiert; er hatte den größten Teil seines Lebens in der Schweiz verbracht. Und seine ernsthafte (wenn auch nicht allgemein anerkannte) Arbeit als Theaterschauspieler am Schauspielhaus Zürich erfüllte John Daruwalla mit mehr Stolz als der kommerzielle Erfolg in seiner Rolle als Inspector Dhar. Warum also hätte sein Deutsch nicht perfekt sein sollen?

Auch lag nicht der kleinste Funken Sarkasmus in Dhars Stimme, wenn er sich mit Julia unterhielt. Farrokh mußte sich eingestehen, daß er seit langem eifersüchtig war. John D. geht mit Julia liebevoller um als mit mir, dachte Dr. Daruwalla. Und das, obwohl ich so viel für ihn getan habe! Dieser Gedanke erfüllte ihn mit väterlicher Bitterkeit, und er beschämte ihn.

Leise schlüpfte er in die Küche, wo er wegen des Lärms der anscheinend endlosen Vorbereitungen für das Abendessen die gut geschulte Stimme des Schauspielers nicht hören konnte. Außerdem hatte Farrokh zunächst (fälschlicherweise) angenommen, daß Dhar lediglich etwas zu der Unterhaltung über das Halsband der Königin beitrug. Dann hatte Dr. Daruwalla ihn auf einmal seinen Namen erwähnen hören – es ging um diese alte Geschichte von »damals, als mir Farrokh die Elefanten im Meer gezeigt hat«. Mehr hatte der Doktor nicht hören wollen, weil er Angst vor dem anklagenden Ton hatte, den er aus John D.s Erinnerungen heraushörte. Der liebe Junge mußte daran denken, wie er bei Ganesh Chaturthi, den Festivitäten anläßlich des Geburtstages des Gottes Ganesh, Angst bekommen hatte.

Wie jedes Jahr war die halbe Stadt zur Chowpatty-Beach geströmt, wo die Leute Götterbilder des elefantenköpfigen Ganesh ins Wasser tauchten. Farrokh hatte den Jungen nicht auf den orgiastischen Taumel der Menge vorbereitet – und erst recht nicht auf die zum Teil überlebensgroßen Elefantenköpfe. Soweit sich Farrokh erinnern konnte, hatte er John D. bei diesem Ausflug das erste und einzige Mal hysterisch erlebt. Der liebe Junge schrie: »Sie ertränken die Elefanten! Da werden die Elefanten aber böse sein!«

Und dann stelle man sich vor, daß Farrokh den alten Lowji kritisiert hatte, weil er den Jungen sosehr von der Außenwelt abschirmte. »Wenn du ihn nur in den Duckworth Club mitnimmst, wie soll er da je etwas über Indien erfahren?« hatte Farrokh zu seinem Vater gesagt. Was für ein scheinheiliger Patron doch aus mir geworden ist! dachte Dr. Daruwalla, denn er kannte niemanden in Bombay, der sich vor Indien so erfolgreich versteckt hatte wie er im Duckworth Club – seit Jahren.

Er hatte einen Achtjährigen zur Chowpatty-Beach mitgenommen, damit er sich den Pöbel ansah, Hunderttausende von Menschen, die Götzenbilder des elefantenköpfigen Gottes ins Meer tunkten. Was sollte das Kind seiner Meinung nach davon halten? Es war nicht der richtige Zeitpunkt, um ihm die ablehnende Haltung der Briten gegenüber »Menschenansammlungen« zu erläutern, ihre aufreizend herbe Kritik an Versammlungen jeder Art; der hysterische John war noch zu klein, um diese symbolische Demonstration für die Meinungsfreiheit würdigen zu können. Farrokh versuchte, den weinenden Jungen gegen den Strom aus der Menge zu tragen, aber immer mehr riesige Götzenbilder von Lord Ganesha drückten dagegen und drängten sie ans Wasser zurück. »Es ist nur ein Fest«, flüsterte Farrokh dem Kind ins Ohr. »Kein Tumult.« Er spürte, wie der kleine Junge in seinen Armen zitterte. Damals war dem Doktor in vollem Umfang bewußt geworden, wie wenig Ahnung er

hatte, nicht nur von Indien, sondern auch davon, wie emp-
findsam Kinder waren.

Jetzt hätte er gern gewußt, ob John D. zu Julia sagte: »Das ist
meine erste Erinnerung an Farrokh.« Und ich bringe den lieben
Jungen nach wie vor in Schwierigkeiten! dachte Dr. Daruwalla.

Um sich abzulenken, steckte er seine Nase in den großen
Topf mit *dhal*. Roopa hatte das Hammelfleisch schon vor langer
Zeit hineingetan und erinnerte den Doktor mit der Bemerkung,
daß Hammel zum Glück nicht verkoche, daran, daß er sich
verspätet hatte. »Aber der Reis ist trocken geworden«, fügte sie
betrübt hinzu.

Der alte Nalin, ein unverbesserlicher Optimist, versuchte Dr.
Daruwalla aufzuheitern. In seinem bruchstückhaften Englisch
sagte er: »Aber ganz viel Bier!«

Dr. Daruwalla hatte ein schlechtes Gewissen, daß immer soviel Bier im Haus war. Sein Fassungsvermögen für Bier erschreckte ihn, und Dhars Vorliebe für dieses Gebräu schien
geradezu grenzenlos. Da Nalin und Roopa die Einkäufe erledigten, hatte Dr. Daruwalla bei dem Gedanken, daß sich das alte
Ehepaar mit den schweren Flaschen abschleppte, ebenfalls ein
schlechtes Gewissen. Dazu kam noch die Sache mit dem Aufzug: Da Nalin und Roopa Dienstboten waren, durften sie ihn
nicht benutzen. Selbst mit diesen vielen Bierflaschen mußten die
alten Leute mühsam die Treppen hinaufstapfen.

»Und ganz viele Nachrichten!« informierte Nalin den Doktor. Der alte Mann war hellauf begeistert von dem neuen Anrufbeantworter. Julia hatte darauf bestanden, so ein Ding anzu-
schaffen, weil es für Nalin und Roopa schlichtweg unmöglich
war, Nachrichten entgegenzunehmen; sie konnten weder Telefonnummern notieren noch Namen richtig aufschreiben. Wenn
sich der Anrufbeantworter meldete, hörte ihm der alte Mann
mit Begeisterung zu, weil er ihn jeder Verantwortung für die
Übermittlung der Nachrichten enthob.

Farrokh nahm sich ein Bier mit. Die Wohnung kam ihm recht klein vor. In Toronto hatten die Daruwallas ein riesiges Haus. In Bombay mußte sich der Doktor durch das Wohnzimmer schlängeln, das auch als Eßzimmer diente, um ins Schlafzimmer und ins Bad zu gelangen. Aber Dhar und Julia unterhielten sich noch immer auf dem Balkon und bemerkten ihn gar nicht. John D. erzählte gerade den schönsten Teil der Geschichte, der Julia jedesmal zum Lachen brachte.

»Sie ertränken die Elefanten!« rief John D. »Da werden die Elefanten aber böse sein!« Dr. Daruwalla hatte immer gefunden, daß das auf deutsch nicht ganz richtig klang.

Wenn ich mir ein Bad einlaufen lasse, überlegte Farrokh, hören sie es und wissen, daß ich zu Hause bin. Ich wasche mich lieber rasch am Waschbecken. Er breitete ein sauberes weißes Hemd auf dem Bett aus und entschied sich für eine untypisch grelle Krawatte mit einem leuchtendgrünen Papagei – ein altes Weihnachtsgeschenk von John D. und mit Sicherheit keine Krawatte, die Farrokh je in der Öffentlichkeit getragen hätte. Ihm war nicht klar, daß diese Krawatte seinen dunkelblauen Anzug zumindest aufhellen würde. Das war eine absurde Aufmachung für Bombay, zumal für ein Abendessen zu Hause, aber Julia war eben Julia.

Nachdem sich der Doktor gewaschen hatte, warf er einen raschen Blick auf den Anrufbeantworter; das rote Lämpchen blinkte. Er machte sich nicht die Mühe, die Anzahl der Anrufe zu zählen. Hör sie dir jetzt nicht an, ermahnte er sich. Die Eigenschaft, Dinge hinauszuzögern, war bei ihm tief verwurzelt. Aber wenn er sich jetzt an dem Gespräch zwischen John D. und Julia beteiligte, würde das unvermeidlich zu Spannungen wegen John D.s Zwillingsbruder führen. Während Farrokh noch überlegte, bemerkte er den Stapel Post auf seinem Schreibtisch. Dhar war offenbar im Filmstudio gewesen und hatte die Fanpost abgeholt, die vorwiegend aus haßerfüllten Briefen bestand.

Sie waren vor langer Zeit übereingekommen, daß Dr. Daruwalla die Aufgabe zufiel, diese Briefe zu öffnen und zu lesen. Obwohl sie an Inspector Dhar gerichtet waren, bezogen sie sich nur selten auf Dhars Fähigkeiten als Schauspieler oder Synchronsprecher, sondern beschäftigten sich ausnahmslos mit der Filmfigur Dhar oder einem bestimmten Drehbuch. Da allgemein davon ausgegangen wurde, daß Dhar der Autor der Drehbücher und damit selbst der Schöpfer dieser Figur war, galt die grundsätzliche Empörung der Briefeschreiber dem Autor; ihre Angriffe richteten sich auf den Mann, der sich das alles ausgedacht hatte.

Vor den Morddrohungen, vor allem vor den echten Morden an echten Prostituierten, hatte Dr. Daruwalla es nicht sonderlich eilig gehabt, diese Briefe zu lesen. Aber inzwischen hielten so weite Teile der Bombayer Bevölkerung die Mordserie an Käfigmädchen für eine Nachahmung der Filmmorde, daß die Briefe an Inspector Dhar eine schlimme Wendung genommen hatten. Und in Anbetracht des Mordes an Mr. Lal fühlte sich Dr. Daruwalla verpflichtet, die »Fanpost« auf Drohungen jeder Art hin durchzusehen. Er warf einen Blick auf den stattlichen Stapel frisch eingetroffener Briefe und überlegte, ob er Dhar und Julia in Anbetracht der besonderen Situation bitten sollte, ihm beim Durchlesen zu helfen. Als ob ihr gemeinsamer Abend nicht schon heikel genug zu werden drohte! Vielleicht später, dachte Farrokh – falls die Sprache darauf kommt.

Doch während er sich ankleidete, brachte er es nicht fertig, das hartnäckig blinkende Lämpchen des Anrufbeantworters zu ignorieren. Er brauchte sich ja nicht die Zeit zu nehmen, jemanden zurückzurufen, überlegte er, während er die Krawatte band. Es konnte gewiß nichts schaden, die Anrufe abzuhören – er konnte sie sich ja kurz notieren und später zurückrufen. Und so suchte Farrokh nach einem Notizblock und einem Stift, was gar nicht so einfach war, wenn man nicht gehört werden wollte, weil das winzige Schlafzimmer mit lauter zerbrechlichen, klirrenden viktorianischen Sächelchen vollgestopft war, die aus dem stattlichen Haus seiner Eltern an der Ridge Road stammten. Obwohl er nur Dinge mitgenommen hatte, die versteigern zu lassen er nicht übers Herz gebracht hätte, war sogar sein Schreibtisch mit den Nippes seiner Kindheit und Fotografien von seinen drei Töchtern vollgestellt. Da alle drei verheiratet waren, standen auf Dr. Daruwallas Schreibtisch auch noch ihre Hochzeitsfotos – und die Fotos der diversen Enkelkinder. Dazu kamen außerdem seine Lieblingsfotos von John D. – beim Skifahren in Wengen und Klosters, beim Langlaufen in Pontresina und beim Bergsteigen in Zermatt – und mehrere gerahmte Programmhefte des Schauspielhauses Zürich, in denen John Daruwalla sowohl in Nebenrollen als auch als Hauptdarsteller genannt war. Er hatte den Jean in Strindbergs *Fräulein Julie* gespielt, Christopher Mahon in John Millington Synges *Ein wahrer Held*, den Achilles in Kleists *Penthesilea*, den Fernando in Goethes *Stella*, den Iwan in Čechovs *Onkel Vanja*, den Antonio in Shakespeares *Kaufmann von Venedig* – einmal auch den Bassanio. Shakespeare auf deutsch klang für Farrokh sehr fremdartig. Es deprimierte ihn, daß er die Tuchfühlung mit der Sprache seiner verliebten Jahre verloren hatte.

Endlich fand er einen Stift. Dann entdeckte er einen Notizblock unter einer silbernen Statuette von Ganesh als Säugling. Der kleine elefantenköpfige Gott saß auf dem Schoß seiner Menschenmutter Parvati – eine niedliche Darstellung. Leider hatte Farrokh seit der grotesken Reaktion auf *Inspector Dhar und der Käfigmädchen-Killer* die Nase voll von Elefanten. Das war ungerecht, denn der Gott Ganesh hatte lediglich einen Elefantenkopf und ansonsten vier Menschenarme mit Menschenhänden und Menschenfüßen. Außerdem hatte Lord Ganesha nur einen intakten Stoßzahn – auch wenn er den abgebrochenen manchmal in einer seiner vier Hände hielt.

Ganesh hatte wirklich keine Ähnlichkeit mit der Zeichnung

jenes unpassend fröhlichen Elefanten, der dem Mörder im letzten Inspector-Dhar-Film als Signatur diente – mit dieser unangemessenen Karikatur, die der Leinwandmörder den getöteten Prostituierten auf den Bauch gemalt hatte. Dieser Elefant war kein Gott. Außerdem waren seine beiden Stoßzähne unversehrt. Trotzdem hatte Dr. Daruwalla von Elefanten genug – in jeder Form. Er wünschte, er hätte sich bei Kommissar Patel nach den Zeichnungen des echten Mörders erkundigt, denn die Polizei hatte der Presse lediglich mitgeteilt, daß es sich bei der künstlerischen Darstellung des echten Mörders und Karikaturisten um »eine offensichtliche Variation des Filmthemas« handelte. Was genau bedeutete das?

Diese Frage beunruhigte Dr. Daruwalla, der sich mit Schaudern an den Ursprung seiner Idee zu dem zeichnenden Mörder erinnerte, zutiefst; die Anregung stammte nämlich von einer echten Zeichnung auf dem Bauch eines echten Mordopfers. Vor zwanzig Jahren war Dr. Daruwalla als Arzt an den Schauplatz eines Verbrechens gerufen worden, das nie aufgeklärt wurde. Jetzt behauptete die Polizei, ein Mörder habe die Idee mit dem grinsenden Elefanten aus einem Film gestohlen, aber der Drehbuchautor wußte, woher die ursprüngliche Idee stammte. Er hatte sie einem Mörder gestohlen – möglicherweise demselben Mörder. Und der würde wissen, daß *er* in dem jüngsten Inspector-Dhar-Film nachgeahmt wurde.

Damit bin ich überfordert, wie üblich, stellte Dr. Daruwalla fest. Er beschloß, Detective Patel darüber zu informieren – für den Fall, daß dieser es nicht bereits wußte. Aber woher sollte Patel das wissen? überlegte Farrokh. Dinge zu hinterfragen war des Doktors zweite Natur. Und auch wenn er im Duckworth Club von der Gelassenheit des Kommissars beeindruckt gewesen war, konnte er sich des Eindrucks nicht erwehren, daß Detective Patel etwas verschwiegen hatte.

Farrokh unterbrach diese unliebsamen Gedanken so schnell,

wie sie ihm gekommen waren. Er setzte sich neben den Anrufbeantworter und drehte die Lautstärke zurück, bevor er auf den Knopf drückte. Noch immer unbemerkt, hörte der heimliche Drehbuchautor die telefonischen Nachrichten ab.

Die Hunde aus dem ersten Stock

Sobald Dr. Daruwalla Ranjits quengelnde Stimme hörte, bereute er seinen Entschluß, auch nur eine Minute von Dhars und Julias Gesellschaft geopfert zu haben, um den Anrufbeantworter abzuhören. Obwohl Ranjit ein paar Jahre älter war als der Doktor, hatte er sich sowohl seine unangemessenen Erwartungen als auch seine »jugendliche Entrüstung« bewahrt. Erstere fanden ihren Niederschlag in seinen unablässigen Heiratsannoncen, die Dr. Daruwalla für einen Arzthelfer Mitte Sechzig unpassend fand; Ranjits jugendliche Entrüstung zeigte sich am deutlichsten in seinen Reaktionen auf die Frauen, die ihn, nachdem sie ihn kennengelernt hatten, abwiesen. Natürlich hatte Ranjit nicht die ganze Zeit Heiratsanzeigen aufgegeben, aber die ersten reichten zurück in die Anfangszeit seiner Anstellung als Sekretär bei Farrokhs Vater. Im Anschluß an erschöpfende Vorgespräche hatte sich Ranjit mit Erfolg verheiratet – lange vor Lowjis Tod, so daß dieser erneut in den Genuß des vorehelichen Fleißes seines Arzthelfers kam.

Aber Ranjits Frau war vor kurzem gestorben, und ihn selbst trennten nur noch wenige Jahre vom Ruhestand. Er arbeitete noch immer für die an der Klinik für Verkrüppelte Kinder tätigen Chirurgen und diente Farrokh als Sekretär, wann immer der Kanadier als chirurgischer Konsiliar in Bombay arbeitete. Und jetzt fand Ranjit, daß es an der Zeit war, wieder zu heiraten. Seiner Ansicht nach duldete das keinen Aufschub, denn wenn er sich als Klinikmitarbeiter bezeichnete, ließ ihn das jünger erscheinen, als wenn er zugeben mußte, daß er sich im Ruhestand befand. Um ganz sicherzugehen, hatte er bei den letzten Heiratsanzeigen versucht, aus seiner beruflichen Stellung wie auch aus dem bevorstehenden Ruhestand Kapital zu schlagen, und angegeben, daß er eine »zufriedenstellende Position« innehatte und zugleich einem »s. aktiven vorzeitg. Ruhestand« entgegensah.

Was Dr. Daruwalla an Ranjits jetzigen Heiratsannoncen so unpassend fand, waren Angaben wie »s. aktiv« und die Tatsache, daß Ranjit ein schamloser Lügner war. Dank der bei der ›Times of India‹ üblichen Verfahrensweise – statt ihre Namen preiszugeben, konnten sich die inserierenden Heiratskandidaten und -kandidatinnen hinter der Anonymität einer Chiffre verstecken – war es Ranjit möglich, in ein und derselben Sonntagsausgabe ein halbes Dutzend Anzeigen aufzugeben. Er hatte festgestellt, daß es ebensogut ankam, wenn man behauptete, Kastenzugehörigkeit sei »kein Hindernis«, wie wenn man sich als Brahmane verkaufte – »kastenbewußt und religiös, übereinstimmende Horoskope Voraussetzung«. Folglich pries Ranjit mehrere Versionen seiner selbst gleichzeitig an. Farrokh erklärte er, daß er sich die allerbeste Frau aussuchen wollte, egal, ob mit oder ohne Kastenbewußtsein und Religion. Warum sollte er sich nicht den Vorteil verschaffen, alle Frauen kennenzulernen, die zu haben waren?

Dr. Daruwalla war es peinlich, daß er sich in Ranjits Heiratsangelegenheiten hatte hineinziehen lassen. Jeden Sonntag lasen er und Julia die Heiratsinserate in der ›Times of India‹ durch und versuchten um die Wette, sämtliche von Ranjit stammenden Anzeigen ausfindig zu machen. Doch die telefonische Nachricht des ältlichen Sekretärs hatte nichts mit seinen Heiratsabsichten zu tun. Vielmehr wollte er sich wieder einmal über »die Frau des Zwergs« beschweren. Das war Ranjits abfällige Bezeichnung für Deepa, die er derart massiv mißbilligte, wie dies sonst nur noch

Mr. Sethna fertiggebracht hätte. Dr. Daruwalla fragte sich, ob sich Arzthelfer generell so grausam und ablehnend gegenüber allen Leuten verhielten, die die Aufmerksamkeit eines Arztes beanspruchten. Entsprang diese Feindseligkeit wirklich nur dem aufrichtigen Wunsch, den Arzt davor zu bewahren, seine Zeit zu verschwenden?

Gerechterweise muß man zugeben, daß Deepa Dr. Daruwallas Zeit besonders ungeniert verschwendete. Sie hatte angerufen, um einen Vormittagstermin für die entlaufene Kindprostituierte zu vereinbaren – noch bevor Vinod den Doktor dazu überredet hatte, diesen Neuzugang zu Mr. Gargs Mädchenstall zu untersuchen. Ranjit schilderte die Patientin als »angeblich knochenlos«, denn Deepa hatte ihm gegenüber zweifellos die im Blue Nile übliche Bezeichnung (»ohne Knochen«) verwendet. Ranjit ließ seine Geringschätzung für das Vokabular, das die Frau des Zwergs benutzte, deutlich durchblicken. Deepas Beschreibung zufolge hätte das Mädchen durch und durch aus Plastik sein können – »schon wieder ein medizinisches Wunder, und zweifellos eine Jungfrau«, beendete Ranjit seine bissige Nachricht.

Die nächste Nachricht stammte von Vinod und war schon überholt. Der Zwerg mußte angerufen haben, während Farrokh noch im Ladies' Garden im Duckworth Club gesessen hatte. Eigentlich war die Nachricht für Inspector Dhar.

»Unser beliebter Inspector hat mir gesagt, daß er heute auf Ihrem Balkon schläft«, begann der Zwerg. »Falls er seine Meinung ändert, ich gondle nur durch die Gegend und schlage die Zeit tot, Sie wissen schon. Falls mich der Inspector braucht, die Portiers vom Taj und vom Oberoi kennt er ja – wegen der Benachrichtigung, meine ich. Ich muß spätnachts jemand vom Wetness Cabaret abholen«, gab Vinod zu, »aber das ist, während Sie schlafen. Am Morgen hole ich Sie ab wie üblich. Übrigens lese ich gerade eine Zeitschrift, in der ich drin bin!« schloß der Zwerg.

Die einzigen Zeitschriften, die Vinod las, waren Filmzeitschriften, in denen er gelegentlich auf Schnappschüssen zu sehen war, wie er Inspector Dhar die Tür seines Ambassadors aufhielt. Auf der Tür prangte der rote Kreis mit dem T darin (für Taxi) und der Name seiner Firma, der zumeist teilweise verdeckt war.

VINOD'S BLUE
NILE, LTD.

Nicht *great,* wohlgemerkt.

Dhar war der einzige Filmstar, der Vinods Taxi-Service in Anspruch nahm; und der Zwerg genoß die gelegentlichen Auftritte mit seinem »beliebten Inspector« in den Klatschspalten der Filmpresse. Vinod hoffte geduldig, andere Filmstars würden Dhars Beispiel folgen, aber Dimple Kapadia, Jaya Prada, Pooja Bedi und Pooja Bhatt – ganz zu schweigen von Chunky Pandey und Sunny Deol oder Madhuri Dixit und Moon Moon Sen –, um nur einige zu nennen, hatten es allesamt abgelehnt, die »Luxustaxis« des Zwergs zu benutzen. Möglicherweise glaubten sie, es könnte ihrem Ruf schaden, wenn sie mit Dhars Schläger gesehen wurden.

Was das »Herumgondeln« zwischen dem Oberoi Towers und dem Taj Mahal betraf, so war das Vinods bevorzugtes Revier für Schwarzfahrten. Der Zwerg wurde von den Portiers respektiert und gut behandelt, denn wann immer sich Dhar in Bombay aufhielt, wohnte er im Oberoi Towers *und* im Taj Mahal. Da er stets in beiden Hotels eine Suite gemietet hatte, war ihm ein guter Service sicher; denn solange beide Hotels wußten, daß sie Konkurrenten waren, übertrafen sie sich gegenseitig in ihrem Bemühen, Dhar so gut wie möglich abzuschirmen. Die Hausdetektive wiesen Autogrammjäger und sonstige Prominentenjäger barsch ab. Wer das ausgegebene, sich ständig ändernde Paßwort nicht kannte, bekam an der Rezeption beider Hotels die Auskunft, daß der Filmstar nicht hier logiert.

Mit »Zeit totschlagen« meinte Vinod, daß er noch zusätzlich Geld verdiente. Der Zwerg hatte ein besonderes Geschick, in der Halle beider Hotels unglückliche Touristen auszumachen, denen er anbot, sie in ein gutes Restaurant zu fahren oder wohin sie sonst wollten. Vinod hatte auch ein Talent, Touristen aufzuspüren, die traumatische Taxierlebnisse hinter sich hatten und folglich anfällig für die Verlockungen seines »Luxus«-Service waren.

Dr. Daruwalla war klar, daß der Zwerg seinen Lebensunterhalt schlecht davon bestreiten konnte, daß er nur ihn und Dhar herumkutschierte. Mr. Garg war da schon ein regelmäßigerer Kunde. Farrokh war auch mit Vinods »Benachrichtigungssystem« vertraut, für das sich dieser Inspector Dhars Prominentenstatus bei den Portiers des Oberoi Towers und des Taj Mahal zunutze gemacht hatte. Es war zwar umständlich, für Vinod aber die einzige Möglichkeit, »auf Abruf« zur Verfügung zu stehen. In Bombay gab es keine Telefonzellen, und Autotelefone waren unbekannt – ein lästiges Manko im Privattaxigeschäft, über das sich Vinod immer wieder beklagte. Es gab Funkrufempfänger oder »Piepser«, aber die wollte der Zwerg nicht benutzen. »Ich ziehe es vor durchzuhalten«, behauptete er, womit er meinte, daß er auf den Tag wartete, an dem Telefonzellen sein Taxiunternehmen aufwerten würden.

Folglich hinterließen Farrokh oder John D., wenn sie den Zwerg brauchten, beim Portier des Taj Mahal oder des Oberoi Towers eine Nachricht für ihn. Aber es gab noch einen anderen Grund, warum sich Vinod rufen ließ. Er tauchte nicht gern unangekündigt in Dr. Daruwallas Apartmenthaus auf; in der Eingangshalle gab es nämlich kein Telefon, und Vinod weigerte sich, sich als »Dienstboten« zu betrachten – und dementsprechend die Treppen bis in den sechsten Stock hinaufzusteigen. Beim Treppensteigen war seine Kleinwüchsigkeit ein Handicap. Dr. Daruwalla hatte in Vinods Namen bei der Hausbewohnergemeinschaft protestiert. Zunächst hatte Farrokh damit argumentiert, daß der Zwerg ein Krüppel sei – Krüppel dürfe man nicht dazu zwingen, die Treppe zu benutzen. Die Hausbewohnergemeinschaft hatte dagegengehalten, Krüppel sollten sich nicht als Dienstboten verdingen. Dr. Daruwalla hatte damit gekontert, daß Vinod ein unabhängiger Unternehmer sei und niemandes Dienstbote. Schließlich besaß der Zwerg ein privates Taxiunternehmen. Ein Chauffeur ist ein Dienstbote, behaupteten die Hausbewohner.

Ohne Rücksicht auf diese absurde Regelung hatte Farrokh Vinod klargemacht, daß er, falls er je in Dr. Daruwallas Wohnung im sechsten Stock kommen müsse, den ausschließlich den Bewohnern vorbehaltenen Aufzug benützen solle. Doch sooft Vinod in der Halle stand und auf den Lift wartete – egal wie spät es war –, wurde seine Anwesenheit von den Hunden im ersten Stock entdeckt. In den Wohnungen im ersten Stock hausten unverhältnismäßig viele Hunde. Und obwohl der Doktor nicht geneigt war, Vinods Deutung zu glauben – nämlich daß Hunde Zwerge grundsätzlich nicht ausstehen können –, vermochte er keinen wissenschaftlich nachweisbaren Grund anzugeben, warum sämtliche Hunde im ersten Stock plötzlich aufwachten und wie verrückt zu bellen begannen, sobald Vinod auf den verbotenen Aufzug wartete.

Also war es notwendig, wenn auch lästig, daß Vinod einen genauen Zeitpunkt vereinbarte, zu dem er Farrokh oder John D. abholte, so daß er am Straßenrand – oder in einer Seitenstraße – im Ambassador warten konnte und die Halle des Apartmenthauses gar nicht zu betreten brauchte. Außerdem wurde das empfindliche atmosphärische Gleichgewicht des Hauses auf eine harte Probe gestellt, wenn Vinod spätnachts die wütende Aufmerksamkeit der Hunde aus dem ersten Stock auf sich zog. Und Farrokh hatte bereits Ärger mit der Hausbewohnergemeinschaft – daß er über die Liftfrage anders dachte als sie, kränkte die anderen Hausbewohner.

Da der Doktor der Sohn eines anerkanntermaßen großen – und durch seine Ermordung noch berühmter gewordenen – Mannes war, gab es noch andere triftige Gründe, Dr. Daruwalla nicht zu mögen. Die Tatsache, daß er im Ausland lebte und es sich trotzdem leisten konnte, seine Wohnung nur von den Dienstboten bewohnen zu lassen – oft jahrelang, ohne daß er ein einziges Mal zu Besuch kam –, hatte ihm sicher Antipathien, wenn nicht gar unverblümte Verachtung eingetragen. Daß die Hunde anscheinend dazu neigten, Zwerge zu diskriminieren, war nicht der einzige Grund, warum Dr. Daruwalla sie nicht mochte. Ihr verrücktes Bellen irritierte ihn, weil es so völlig irrational war; und alles Irrationale erinnerte Farrokh an all das, was er an Indien nicht begreifen konnte.

Erst heute morgen hatte er auf seinem Balkon gestanden und mitbekommen, wie ein Mitbewohner aus dem fünften Stock, Dr. Malik Abdul Aziz – ein »vorbildlicher Diener des Allmächtigen« –, auf dem Balkon unter ihm seine Gebete verrichtet hatte. Wenn Dhar auf dem Balkon geschlafen hatte, äußerte er Farrokh gegenüber häufig, wie wohltuend es doch sei aufzuwachen, während Dr. Aziz betete.

»Gelobt sei Allah, der Herr der Schöpfung« – soviel hatte Dr. Daruwalla verstanden. Und später ging es irgendwie um »den geraden Weg«. Es war ein sehr schlichtes Gebet – es hatte Farrokh gefallen, und er bewunderte Dr. Aziz seit langem wegen seines unerschütterlichen Glaubens –, aber Dr. Daruwallas Gedanken hatten sich abrupt von der Religion ab- und zur Politik hingewandt, weil er sich an die penetranten Reklametafeln erinnert fühlte, die er überall in der Stadt gesehen hatte und die eine im Grunde feindselige Botschaft verkündeten, die nur vorgab, religiös zu sein.

DER ISLAM IST DER EINZIGE WEG
ZUR MENSCHLICHKEIT FÜR ALLE

Dabei war sie noch nicht so schlimm wie diese Shiv-Sena-Slogans, die man überall in Bombay lesen konnte. (MAHARASHTRA DEN MARATHEN. Oder: BEKENNE STOLZ: ICH BIN EIN HINDU.)

Etwas Böses hatte die Reinheit des Gebets unterwandert. Etwas so Würdevolles und Persönliches wie Dr. Aziz mit seinem auf dem Balkon ausgerollten Gebetsteppich war durch missionarischen Eifer verdorben, durch politische Ambitionen entstellt worden. Und hätte sich dieser Wahnsinn akustisch geäußert, dann nach Farrokhs Dafürhalten im irrationalen Bellen dieser Hunde.

Inoperabel

Im ganzen Apartmenthaus waren Dr. Daruwalla und Dr. Aziz die konsequentesten Frühaufsteher; beide waren Chirurgen – Dr. Aziz allerdings Urologe. Wenn er jeden Morgen betet, sollte ich das auch tun, dachte Farrokh. Höflich hatte er an jenem Morgen gewartet, bis der Muslim seine Gebete beendet hatte. Darauf folgte das schlurfende Geräusch seiner Pantoffeln, als er den Gebetsteppich zusammenrollte, während Dr. Daruwalla sein *Kleines Gebetbüchlein* durchblätterte; er suchte darin etwas Passendes oder zumindest Vertrautes. Er schämte sich, daß seine Begeisterung für das Christentum anscheinend der Vergangenheit angehörte. Oder hatte sich sein Glaube ganz und gar verflüchtigt? Schließlich war es nur ein unbedeutendes Wunder gewesen, das ihn zum Übertritt bewogen hatte; vielleicht benötigte er jetzt ein zweites kleines Wunder, das ihm neuen Auftrieb gab. Da wurde ihm klar, daß die meisten Christen gläubig waren, ohne durch Wunder angespornt zu werden, und dieser Gedanke kam seiner Suche nach einem Gebet sofort in die Quere. In letzter Zeit hatte er sich gelegentlich gefragt, ob er auch als Christ ein Hochstapler war.

In Toronto war Farrokh ein nichtassimilierter Kanadier und ein Inder, der anderen Indern aus dem Weg ging. In Bombay sah er sich ständig damit konfrontiert, wie wenig er über Indien wußte und wie wenig er sich als Inder fühlte. In Wirklichkeit war Dr. Daruwalla Orthopäde und Duckworthianer und somit – in beiden Fällen – lediglich Mitglied zweier exklusiver Clubs. Sogar sein Übertritt zum Christentum kam ihm unaufrichtig vor, da er nur an hohen Feiertagen wie Weihnachten und Ostern in die Kirche ging – er konnte sich nicht entsinnen, wann ihn zum letztenmal innige Freude beim Beten erfüllt hatte.

Obwohl es ein ziemlicher Brocken war – und zudem eine knappe Zusammenfassung all dessen, was er eigentlich hätte glauben sollen –, begann Dr. Daruwalla seinen Betversuch mit dem sogenannten Apostolischen Glaubensbekenntnis. »Ich glaube an Gott den Allmächtigen, Schöpfer des Himmels und der Erde…«, rezitierte Farrokh atemlos, hörte aber bald wieder auf.

Als er später den Aufzug betrat, sann er darüber nach, wie schnell er die Lust am Beten verloren hatte. Er beschloß, Dr. Aziz bei nächster Gelegenheit zu seinem äußerst disziplinierten Glauben zu beglückwünschen. Doch als Dr. Aziz im fünften Stock zustieg, war Farrokh völlig durcheinander. Mit Müh und Not brachte er ein »Guten Morgen, Doktor – wie geht's?« heraus.

»Danke, gut – und Ihnen, Doktor?« sagte Dr. Aziz, fast etwas verschmitzt und verschwörerisch. Als sich die Lifttür schloß und die beiden allein waren, fragte Dr. Aziz: »Haben Sie schon das von Dr. Dev gehört?«

Farrokh überlegte, welchen Dr. Dev er wohl meinte? Es gab einen Dr. Dev, der Kardiologe war, dann einen Anästhesisten – es gab einen Haufen Devs. Sogar Dr. Aziz war in Mediziner- kreisen als Urologen-Aziz bekannt, die einzig vernünftige Möglichkeit, ihn von einem halben Dutzend anderer Dr. Aziz zu unterscheiden.

»Dr. Dev?« fragte Dr. Daruwalla vorsichtig.

»Der Gastroenterologe«, erläuterte Urologen-Aziz.

»Ach so, *der* Dr. Dev«, sagte Farrokh.

»Haben Sie es schon gehört?« fragte Dr. Aziz. »Er hat Aids – er hat sich bei einer Patientin angesteckt. Und nicht etwa durch Geschlechtsverkehr.«

»Doch nicht beim Untersuchen der Patientin?« fragte Dr. Daruwalla.

»Bei einer Koloskopie, glaube ich«, sagte Dr. Aziz. »Die Frau war eine Prostituierte.«

»Bei einer Koloskopie... aber wie denn?« fragte Dr. Daruwalla.

»Vermutlich sind mindestens vierzig Prozent der Prostituierten mit dem Virus infiziert«, sagte Dr. Aziz. »Bei zwanzig Prozent meiner Patienten, die mit Prostituierten verkehren, ist der HIV-Test positiv!«

»Aber bei einer Koloskopie? Ich verstehe nicht, wie das gehen soll«, sagte Farrokh, aber Dr. Aziz war zu aufgeregt, um darauf einzugehen.

»Ich habe Patienten, die mir – einem Urologen – erzählen, daß sie ihren eigenen Urin getrunken und sich damit von Aids geheilt haben!« sagte Dr. Aziz.

»Ach ja, die Urintherapie«, sagte Dr. Daruwalla. »Sehr populär, aber...«

»Aber genau da liegt das Problem!« rief Dr. Aziz. Er zog ein gefaltetes Blatt Papier aus der Tasche, auf das ein paar Wörter gekritzelt waren. »Wissen Sie, was das *Kamasutra* sagt?« fragte Dr. Aziz Farrokh. Da fragte nun ein Muslim einen (zum Christentum übergetretenen) Parsen nach einer hinduistischen Aphorismensammlung über sexuellen Leistungssport – einige Leute würden es ›Liebe‹ nennen. Dr. Daruwalla hielt es für klug, vorsichtig zu sein; also sagte er nichts.

Auch was die Urintherapie betraf, war es klug, nicht dazu

Stellung zu nehmen. Moraji Desai, der ehemalige Premierminister, war ein Anhänger der Urintherapie – und gab es nicht auch eine sogenannte Lebenswasser-Stiftung? Am besten sagte er auch dazu nichts, befand Farrokh. Außerdem wollte ihm Urologen-Aziz etwas aus dem *Kamasutra* vorlesen. Das beste wäre wohl zuzuhören.

»Von den zahlreichen Umständen, unter denen Ehebruch erlaubt ist«, sagte Dr. Aziz, »möchte ich Ihnen folgende nicht vorenthalten: ›Wenn solch heimliche Beziehungen ungefährlich sind und eine sichere Methode darstellen, um Geld zu verdienen.‹« Dr. Aziz faltete das schon häufig beanspruchte Blatt Papier wieder zusammen und steckte das Beweisstück wieder in die Tasche. »Also, verstehen Sie?« fragte er.

»Was meinen Sie damit?« wollte Farrokh wissen.

»Na ja, genau da liegt das Problem – offensichtlich!« meinte Dr. Aziz.

Farrokh versuchte noch immer dahinterzukommen, wie sich Dr. Dev bei einer Koloskopie Aids geholt haben konnte. Unterdessen war Dr. Aziz zu dem Schluß gelangt, daß Aids bei Prostituierten unmittelbar durch die im *Kamasutra* erteilten schlechten Ratschläge verursacht wurde. (Farrokh bezweifelte, daß ein Großteil der Prostituierten überhaupt lesen konnte.) Das war ein weiteres Beispiel für die Hunde im ersten Stock – für ihr irrationales Gebell. Dr. Daruwalla lächelte nervös auf dem ganzen Weg zu der schmalen Seitenstraße, in der Urologen-Aziz seinen Wagen geparkt hatte.

Es gab ein kurzes Hin und Her, weil Vinods Ambassador die Gasse kurzfristig blockierte, aber wenig später fuhr Dr. Aziz los. Farrokh wartete, bis der Zwerg seinen Wagen gewendet hatte. Es war eine extrem schmale Straße – wegen der Nähe zum Meer voller Salzgeruch und so warm und dampfig wie ein verstopftes Abflußrohr. Sie diente den Bettlern, die regelmäßig die kleinen Strandhotels am Marine Drive aufsuchten, als Zufluchtsort. Dr. Daruwalla vermutete, daß sich diese Bettler besonders für arabische Touristen interessierten, weil diese in dem Ruf standen, besonders großzügig zu sein. Aber der Bettler, der plötzlich aus der Gasse auftauchte, gehörte nicht zu dieser Sorte.

Es war ein stark hinkender Junge, den man gelegentlich an der Chowpatty-Beach Kopfstände machen sehen konnte. Der Doktor wußte, daß dieses Kunststück für Vinod und Deepa nicht vielversprechend genug war, um dem Bengel ein Zuhause im Zirkus anzubieten. Der Junge hatte am Strand geschlafen – sein Haar war sandverklebt –, und die ersten Sonnenstrahlen hatten ihn in die Gasse getrieben, wo er wohl noch ein paar Stunden schlafen wollte. Die zwei Autos hatten vermutlich seine Aufmerksamkeit geweckt. Als Vinod im Ambassador rückwärts in die Gasse stieß, versperrte der Bettlerjunge dem Doktor den Weg zum Wagen. Er pflanzte sich mit gestreckten Armen, Handflächen nach oben, vor ihm auf; in seinen Mundwinkeln klebte irgendein weißliches Zeug, und auf seinen Augen lag ein schleimiger Schleier.

Der Blick des Orthopäden wanderte unweigerlich zu dem hinkenden Bein. Der rechte Fuß des Jungen war starr im rechten Winkel fixiert, so als wären Fuß und Knöchel fest miteinander verwachsen – eine Ankylose genannte Deformation, mit der Dr. Daruwalla von dem häufig vorkommenden angeborenen Klumpfuß her vertraut war. Doch sowohl der Fuß als auch der Knöchel waren ungewöhnlich flachgedrückt – vermutlich bei einem Unfall zerquetscht –, so daß das ganze Körpergewicht auf der Ferse lastete. Außerdem war der deformierte Fuß erheblich kleiner als der gesunde; daraus schloß der Doktor, daß bei dem Unfall wahrscheinlich die Epiphysenfuge verletzt worden war, jener Bereich, in dem das Knochenwachstum stattfindet. Der Fuß war nicht nur fest mit dem Knöchel verschmolzen, sondern hatte auch zu wachsen aufgehört. Farrokh war überzeugt, daß er inoperabel war.

In dem Augenblick öffnete Vinod die Fahrertür. Der Bettler-junge hatte ein wachsames Auge auf den Zwerg, der jedoch keinen Squashschlägergriff schwang. Trotzdem war Vinod entschlossen, Dr. Daruwalla die hintere Autotür zu öffnen. Da der Junge größer, aber zierlicher war als Vinod, schob Vinod ihn einfach beiseite. Farrokh sah, wie der Bettlerjunge stolperte; sein zerquetschter Fuß war so unbeweglich wie ein Hammer. Sobald der Doktor im Ambassador saß, kurbelte er das Fenster gerade so weit herunter, daß der Junge ihn hören konnte.

»*Maaf karo*«, sagte Dr. Daruwalla freundlich. Das sagte er immer zu Bettlern. »Verzeih mir.«

Der Junge sprach englisch. »Ich verzeihe Ihnen nicht«, sagte er.

Ebenfalls auf englisch sprach Farrokh aus, was ihn beschäftigte: »Was ist denn mit deinem Fuß passiert?«

»Da ist ein Elefant draufgetreten«, antwortete der Junge.

Das wäre eine Erklärung, dachte der Doktor, aber er glaubte die Geschichte nicht. Bettler waren Lügner.

»War es ein Zirkuselefant?« wollte Vinod wissen.

»Es war einfach ein Elefant, der aus einem Zug gestiegen ist«, sagte der Junge zu dem Zwerg. »Ich war ein Baby, und mein Vater hat mich auf dem Bahnsteig liegengelassen und ist in einen *bidi*-Laden gegangen.«

»Dir ist also ein Elefant auf den Fuß getreten, während dein Vater Zigaretten gekauft hat?« fragte Farrokh den Jungen. Und da er das Ganze für ein ausgemachtes Lügenmärchen hielt, fügte er hinzu: »Dann heißt du wahrscheinlich Ganesh – nach dem Elefantengott.« Offenbar ohne den Sarkasmus des Doktors zu bemerken, nickte der Junge.

»Das war der falsche Name für mich«, antwortete er.

Anscheinend glaubte Vinod dem Jungen. »Er ist Arzt«, sagte der Zwerg und deutete auf Farrokh. »Vielleicht repariert er deinen Fuß«, fügte er zu dem Bettlerjungen gewandt hinzu. Aber der humpelte bereits davon.

»Was Elefanten anrichten, kann man nicht reparieren«, sagte Ganesh. Der Doktor war überzeugt, daß er damit recht hatte.

»*Maaf karo*«, wiederholte Dr. Daruwalla. Ohne sich auch nur umzusehen oder sonstwie auf Farrokhs Lieblingsausdruck zu reagieren, humpelte der Junge weiter.

Dann fuhr der Zwerg Dr. Daruwalla in die Klinik, wo zwei Operationen – ein Klumpfuß und ein Schiefhals – anstanden. Farrokh versuchte sich abzulenken, indem er mit offenen Augen von einer wiederherstellenden Operation träumte – einer Laminektomie mit einer Versteifung der Wirbel. Dann träumte er von einer noch ehrgeizigeren Operation – der Einsetzung von Harrington-Stäben bei einer schweren Wirbelkörperentzündung mit Kollaps derselben. Doch selbst während er sich auf die Klumpfuß- und die Schiefhalsoperation vorbereitete, dachte er die ganze Zeit darüber nach, wie er den Fuß des Bettlerjungen in Ordnung bringen könnte.

Farrokh könnte das Bindegewebe und die kontrahierten, verkürzten Sehnen durchschneiden – es gab plastische Verfahren zur Verlängerung von Sehnen –, aber das Problem bei solchen Quetschverletzungen bestand darin, die Knochenteile wieder zusammenzufügen; denn Dr. Daruwalla würde den Knochen durchsägen müssen. Wenn er die Gefäßsysteme in der Umgebung des Fußes verletzte, gefährdete er damit womöglich die Blutversorgung; die Folge davon konnte eine Gangrän sein. Natürlich gab es immer noch die Möglichkeit, den Fuß zu amputieren und eine Prothese anzupassen, aber wahrscheinlich würde der Junge einen solchen Eingriff ablehnen. Farrokh wußte genau, daß sein Vater sich geweigert hätte, eine solche Operation durchzuführen; als Chirurg hatte sich Lowji getreu an das alte Motto *primum non nocere* gehalten – vor allem füge keinen Schaden zu.

Vergiß den Jungen, hatte Farrokh gedacht. Er hatte den Klumpfuß und den Schiefhals operiert und war danach vor den

Mitgliederausschuß des Duckworth Club getreten. Anschließend hatte er sich dort mit Inspector Dhar zu einem Lunch getroffen, der erheblich von Mr. Lals Tod und dem Unbehagen, das Kommissar Patel ihnen beiden verursacht hatte, überschattet wurde.

Dr. Daruwalla hatte einen arbeitsreichen Tag hinter sich. Während er jetzt die Nachrichten auf dem Anrufbeantworter abhörte, versuchte er sich vorzustellen, in welchem Augenblick Mr. Lal bei den Bougainvilleen am neunten Green erschlagen worden war. Vielleicht während er operiert hatte; möglicherweise schon früher, als er Dr. Aziz im Aufzug begegnet war, oder bei einem der wiederholten »maaf karo«, die er zu dem verkrüppelten Bettlerjungen gesagt hatte, der erstaunlich gut englisch sprach.

Zweifellos gehörte der Junge zu jenen Bettlern mit einem gewissen Unternehmungsgeist, die sich ausländischen Touristen als Fremdenführer andienten. Farrokh wußte, daß Krüppel die geschicktesten Schwindler waren. Viele von ihnen hatten sich selbst verstümmelt; einige waren von ihren Eltern vorsätzlich so zugerichtet worden – denn ein Krüppel hatte als Bettler bessere Chancen. Dieses Nachdenken über Verstümmelungen, vor allem über selbst zugefügte Verletzungen, brachte den Doktor wieder zu den *hijras*. Von dort kehrten seine Gedanken zu dem Mord auf dem Golfplatz zurück.

Rückblickend verwunderte es Dr. Daruwalla, wie jemand Mr. Lal nahe genug gekommen sein konnte, um den alten Golfspieler mit seinem eigenen Putter zu erschlagen. Denn wie konnte man sich an einen Mann heranschleichen, der wild auf blühende Büsche eindrosch? Er hatte sich sicher ständig hin und her gedreht und nach vorn gebeugt, um des blöden Balls Herr zu werden. Und wo hatte sich seine Schlägertasche befunden? Nicht weit weg. Wie konnte sich irgend jemand Mr. Lals Schlägertasche nähern, den Putter herausholen und Mr. Lal damit erschlagen – und das alles, ohne von ihm gesehen zu werden? In einem Film würde das garantiert nicht funktionieren – nicht einmal in einem Inspector-Dhar-Film.

In dem Augenblick wurde dem Doktor klar, daß Mr. Lals Mörder jemand sein mußte, den Mr. Lal kannte. Doch falls der Mörder ein anderer Golfspieler gewesen war – der vermutlich seine eigene Schlägertasche dabeihatte –, warum hätte er dann Mr. Lals Putter benutzen sollen? Und was jemand, der nicht Golf spielte, in der Umgebung des neunten Green zu suchen gehabt hätte – ohne Mr. Lals Verdacht zu erregen –, überstieg zumindest im Augenblick die Vorstellungskraft von Inspector Dhars Erfinder.

Farrokh fragte sich, was für Hunde im Kopf des Killers bellen mochten. Wütende Hunde vermutlich, denn im Hirn des Mörders herrschte eine erschreckende Irrationalität; im Vergleich dazu würden selbst die Vorgänge in Dr. Aziz' Hirn vernünftig erscheinen. Doch dann wurden Farrokhs Spekulationen über dieses Thema von der dritten telefonischen Nachricht unterbrochen. Der Anrufbeantworter war wirklich unerbittlich.

»Meine Güte!« schrie die namenlose Stimme. Sie hörte sich derart krankhaft überschwenglich an, daß Dr. Daruwalla davon ausging, daß sie niemandem gehörte, den er kannte.

8

Zu viele Nachrichten

Ausnahmsweise wissen die Jesuiten nicht alles

Zunächst erkannte Farrokh die hysterische Begeisterung gar nicht, die die Stimme des stets optimistischen Pater Cecil auszeichnete; er war zweiundsiebzig und geriet daher angesichts der Herausforderung, klar und deutlich auf einen Anrufbeantworter zu sprechen, leicht in Panik. Pater Cecil war der ranghöchste Priester in St. Ignatius, ein indischer Jesuit mit unerbittlich guter Laune. Als solcher bildete er einen verblüffenden Gegensatz zu Pater Julian – dem Pater Rektor –, der achtundsechzig Jahre alt, Engländer und einer dieser intellektuellen Jesuiten mit einem Hang zum Sarkasmus war. Pater Julian konnte so bissig sein, daß er Dr. Daruwallas Einstellung gegenüber den Katholiken, einer Mischung aus Ehrfurcht und Argwohn, ständig neue Nahrung lieferte. Aber die Nachricht stammte von Pater Cecil – also nichts Witziges: »Meine Güte!« begann Pater Cecil, als wollte er ganz allgemein zu dem Stellung nehmen, was er ringsum erblickte.

Was nun? dachte Dr. Daruwalla. Da er zu den berühmten Absolventen der St. Ignatius-Schule zählte, wurde er häufig gebeten, vor der Schülerschaft geistreiche Reden zu halten; in den vergangenen Jahren hatte er auch vor dem Christlichen Verein Junger Mädchen gesprochen. Einmal wäre er beinahe aktives Mitglied der Katholisch-Anglikanischen Gemeinschaft für Christliche Einheit und des sogenannten Lebendige-Hoffnung-Komitees geworden; derlei Aktivitäten interessierten Dr. Daruwalla jetzt nicht mehr. Er hoffte aufrichtig, daß Pater

Cecil ihn nicht anrief, um ihn zum wiederholten Mal aufzufordern, über das aufwühlende Ereignis seiner Bekehrung zu berichten.

Schließlich war Dr. Daruwalla trotz seines früheren Engagements für die Katholisch-Anglikanische Einheit Anglikaner und fühlte sich daher in Gegenwart eines bestimmten übereifrigen, wenn auch kleinen Prozentsatzes getreulicher Schäfchen der St. Ignatius-Kirche unbehaglich. Vor kurzem hatte er die Einladung, im Katholischen Charismatischen Informationszentrum einen Vortrag zu halten, abgelehnt; das vorgeschlagene Thema hieß: »Die charismatischen Erneuerungen Indiens«. Der Doktor hatte sich darauf hinausgeredet, daß sein unbedeutendes Erlebnis – das völlig unspektakuläre, belanglose Wunder seiner Bekehrung – nicht mit den ekstatischen religiösen Erlebnissen (In-fremden-Zungen-Sprechen, Spontanheilungen und so weiter) zu vergleichen sei. »Aber ein Wunder bleibt ein Wunder!« hatte Pater Cecil gemeint. Zu Farrokhs Überraschung hatte der Pater Rektor seine Partei ergriffen.

»Ich gebe dem Doktor ganz recht«, hatte Pater Julian gesagt. »Eigentlich kann man sein Erlebnis überhaupt nicht als Wunder gelten lassen.«

Dr. Daruwalla war verstimmt gewesen. Er war ja durchaus bereit zuzugeben, daß seine Bekehrung ein ganz bescheidenes Wunder war, und er erzählte die Geschichte auch stets sehr demütig. Weder hatte er Male am Körper, die auch nur im entferntesten den Wunden des gekreuzigten Christus ähnelten, noch hatte er eine Stigmageschichte vorzuweisen. Er war auch keiner von denen, die andauernd bluteten! Aber daß der Pater Rektor sein Erlebnis als etwas abtat, was überhaupt nicht als Wunder angesehen werden konnte... also das wurmte Dr. Daruwalla schon sehr. Diese Kränkung schürte seine Unsicherheit und seine Vorurteile bezüglich der überlegenen Bildung der Jesuiten. Sie waren nicht nur heiliger als man selbst, sie wußten mehr! Aber die telefonische Nachricht hatte nichts mit der Bekehrung des Doktors zu tun, sondern mit Dhars Zwillingsbruder.

Natürlich! Dhars Zwillingsbruder war der erste amerikanische Missionar in der ehrwürdigen 125jährigen Geschichte von St. Ignatius; weder die Kirche noch die Schule war bisher in den Genuß eines amerikanischen Missionars gekommen. Dhars Zwillingsbruder war das, was die Jesuiten einen Scholastiker nannten, und Dr. Daruwalla wußte zumindest, daß das bedeutete, daß er sich ausgiebigen religiösen und philosophischen Studien unterzogen und die einfachen Gelübde abgelegt hatte. Doch er wußte auch, daß Dhars Zwillingsbruder bis zur Priesterweihe noch ein paar Jahre vor sich hatte. Er befand sich vermutlich in einer Phase der Gewissenserforschung, in einem Stadium, in dem er sich endgültig darüber klarwerden mußte, ob er diese einfachen Gelübde ablegen wollte.

Schon bei dem Gedanken an die Gelübde bekam Farrokh eine Gänsehaut. Armut, Keuschheit und Gehorsam – so »einfach« war das keineswegs. Es fiel ihm schwer, sich vorzustellen, daß sich der Sproß eines Hollywood-Drehbuchautors wie Danny Mills für Armut entschied; noch schwerer konnte er sich vorstellen, daß ein Kind von Veronica Rose Keuschheit gelobte. Und mit den kniffligen, jesuitischen Weiterungen des Begriffs ›Gehorsam‹ kannte sich Dr. Daruwalla ohnehin nicht annähernd gut genug aus. Zudem argwöhnte er, daß, falls einer dieser durchtriebenen Jesuiten versuchen sollte, ihm zu erklären, was ›Gehorsam‹ denn nun bedeutete, die Erklärung an sich schon ein Wunderwerk an Zweideutigkeit und spitzfindiger Argumentation sein würde und er am Ende nicht klüger sein würde als zuvor. Nach Farrokhs Einschätzung besaßen die Jesuiten intellektuelle Schläue und Finesse. Und das konnte sich der Doktor am allerschwersten vorstellen: daß ein Kind von Danny Mills und Veronica Rose über intellektuelle

Schläue und Finesse verfügen sollte. Nicht einmal Dhar, der eine solide europäische Erziehung genossen hatte, war ein Intellektueller.

Aber dann rief sich Dr. Daruwalla ins Gedächtnis, daß Dhar und sein Zwillingsbruder genetisch betrachtet auch das Werk von Neville Eden sein konnten. Neville hatte auf Farrokh immer einen schlauen und verschlagenen Eindruck gemacht. Was für ein Puzzle! Was genau bezweckte ein Mann mit knapp Vierzig damit, daß er Priester wurde – oder zu werden versuchte? Welche Fehlschläge mochten ihn so weit gebracht haben? Farrokh ging davon aus, daß nur grobe Schnitzer oder Enttäuschungen einen Mann dazu bringen konnten, derart massiv repressive Gelübde abzulegen.

Und nun behauptete Pater Cecil, der »junge Martin« habe in einem Brief erwähnt, daß Dr. Daruwalla »ein alter Freund der Familie« sei. Demnach hieß er also Martin – Martin Mills. Farrokh fiel ein, daß Vera ihm das in ihrem Brief bereits mitgeteilt hatte. Aber so jung war der »junge Martin« nun auch wieder nicht – außer für Pater Cecil, der zweiundsiebzig war. Aber der eigentliche Grund für Pater Cecils Anruf überraschte Dr. Daruwalla denn doch.

»Wissen Sie genau, wann er ankommt?« fragte Pater Cecil.

Was soll das heißen, ob ich es weiß? dachte Farrokh. Warum weiß er es denn nicht? Doch weder Pater Julian noch Pater Cecil konnten sich genau erinnern, wann Martin Mills ankommen würde. Sie beschuldigten Frater Gabriel, den Brief des Amerikaners verschlampt zu haben.

Frater Gabriel war nach dem spanischen Bürgerkrieg nach Bombay und nach St. Ignatius gekommen. Er war auf seiten der Kommunisten gewesen, und seine erste Tat in der Missionsstation hatte darin bestanden, daß er den Grundstein zu der Sammlung russischer und byzantinischer Ikonen legte, für die die Kapelle und das kleine Museum von St. Ignatius inzwischen berühmt waren. Außerdem war Frater Gabriel zuständig für die Post.

Als Farrokh zehn oder zwölf Jahre alt war und in St. Ignatius zur Schule ging, mußte Frater Gabriel sechs- bis achtundzwanzig gewesen sein. Er erinnerte sich daran, daß sich der Jesuit damals noch immer damit abquälte, Hindi und Marathi zu lernen, und daß er ein melodiöses Englisch mit einem spanischen Akzent sprach. Er erinnerte sich an einen kleinen, stämmigen Mann in schwarzer Soutane, der ein Heer von Putzern dazu anhielt, immer noch mehr Staubwolken von den Steinböden aufzuwirbeln. Außerdem wußte er noch, daß Frater Gabriel – außer für die Post – auch für das sonstige Dienstpersonal und für den Garten, die Küche und den Wäscheraum verantwortlich war. Aber seine Leidenschaft galt den Ikonen. Frater Gabriel war ein freundlicher, lebhafter Mensch, weder ein Intellektueller noch ein Priester, und mußte nach Dr. Daruwallas Berechnung jetzt etwa fünfundsiebzig sein. Kein Wunder, daß er Briefe verlegt, dachte Farrokh.

Also wußte niemand genau, wann Dhars Zwillingsbruder in Bombay ankommen würde! Pater Cecil fügte hinzu, der Amerikaner müsse praktisch sofort mit dem Unterricht beginnen. In St. Ignatius gab es in der Woche zwischen Weihnachten und Neujahr nämlich keine Ferien; nur am Weihnachtstag und am Neujahrstag war schulfrei, ein Ärgernis, das Farrokh noch aus seiner eigenen Schulzeit in Erinnerung war. Wahrscheinlich nahm die Schule noch immer Rücksicht auf den Vorwurf nichtchristlicher Eltern, Weihnachten würde eine übertriebene Bedeutung beigemessen.

Möglicherweise, so meinte Pater Cecil, würde sich der junge Martin bei Dr. Daruwalla melden, bevor er sich in St. Ignatius meldete. Oder vielleicht hatte der Doktor ja schon etwas von dem Amerikaner gehört? *Schon?* dachte Dr. Daruwalla, den allmählich Panik ergriff.

Dhars Zwillingsbruder konnte jederzeit eintreffen, und Dhar hatte noch immer keine Ahnung! Außerdem würde der naive Amerikaner um zwei oder drei Uhr nachts am Flughafen Sahar ankommen, da sämtliche Flüge aus Europa und Nordamerika um diese Zeit eintrafen. (Dr. Daruwalla ging davon aus, daß alle Amerikaner, die nach Indien kamen, »naiv« waren.) Um diese nachtschlafene Zeit würde St. Ignatius fest abgeschlossen sein – wie eine Burg oder Kaserne, wie eine Enklave oder eben wie ein Kloster. Wenn die Patres und Fratres nicht genau wußten, wann Martin Mills ankam, würde niemand für ihn ein Licht an- oder eine Tür auflassen, und niemand würde ihn vom Flughafen abholen. Und dann kam der verdutzte Missionar womöglich direkt zu Dr. Daruwalla; gut denkbar, daß er um drei oder vier Uhr morgens einfach an seiner Türschwelle aufkreuzte. (Dr. Daruwalla ging davon aus, daß alle Missionare, die nach Indien kamen, »verdutzt« waren.)

Farrokh konnte sich nicht mehr erinnern, was er Vera geschrieben hatte und ob er dieser schrecklichen Frau seine Privatadresse oder die Adresse der Klinik für Verkrüppelte Kinder gegeben hatte. Passenderweise hatte sie sich über den Duckworth Club mit ihm in Verbindung gesetzt. Von Bombay, von ganz Indien, war der Duckworth Club womöglich das einzige, was Vera in Erinnerung behalten hatte. (Die Kuh hatte sie zweifellos verdrängt.)

Zum Teufel mit anderer Leute Kuddelmuddel! murmelte Dr. Daruwalla vor sich hin. Er war Chirurg und als solcher ein peinlich sauberer und ordentlicher Mensch. Die massive Schlamperei in zwischenmenschlichen Beziehungen widerte ihn an, vor allem in den Beziehungen, für die er sich besonders verantwortlich fühlte und die er fürsorglich gepflegt hatte. Beziehungen zwischen Bruder und Schwester, Bruder und Bruder, Kind und Eltern, Eltern und Kind. Was war nur mit den Menschen los, daß sie bei diesen grundlegenden zwischenmenschlichen Beziehungen ein derart heilloses Durcheinander anrichteten?

Dr. Daruwalla wollte Dhar nicht vor seinem Zwillingsbruder verstecken. Er wollte Danny nicht verletzen – indem er ihm den grausamen Beweis dafür präsentierte, was seine Frau getan und wie sie ihn belogen hatte –, aber er hatte das Gefühl, daß er eigentlich nur Vera schützte, wenn er ihr half, ihre Lüge aufrechtzuerhalten. Dhar selbst fand alles, was er über seine Mutter wußte, so widerwärtig, daß er mit Mitte Zwanzig aufgehört hatte, sich für sie zu interessieren; er hatte nie den Wunsch geäußert, sie kennenzulernen – oder auch nur zu sehen. Zugegeben, seine Neugier in bezug auf seinen Vater hatte bis Mitte Dreißig angehalten, aber in letzter Zeit schien er sich damit abgefunden zu haben, daß er ihn nie kennenlernen würde. Mit Resignation hatte das nichts zu tun, eher mit einer gewissen Abstumpfung.

Mit seinen neununddreißig Jahren hatte sich John D. einfach daran gewöhnt, daß er Vater und Mutter nicht kannte. Aber wer würde seinen eigenen Zwillingsbruder nicht kennenlernen oder wenigstens einmal sehen wollen? Warum stellte er dem närrischen Missionar nicht einfach seinen Zwillingsbruder vor? fragte sich der Doktor. »Martin, das ist Ihr Bruder. Sie sollten sich lieber an den Gedanken gewöhnen.« (Dr. Daruwalla ging davon aus, daß alle Missionare in irgendeiner Beziehung Narren waren.) Es geschähe Vera recht, dachte Farrokh, wenn jemand Dhars Zwillingsbruder die Wahrheit sagen würde. Vielleicht würde sie Martin Mills sogar davon abhalten, einen Schritt zu tun, der ihm solche Beschränkungen auferlegte, wie Priester zu werden. Es war eindeutig der Anglikaner in Dr. Daruwalla, der vor dem bloßen Gedanken an Keuschheit zurückschreckte, die er als massive Einschränkung empfand.

Farrokh mußte daran denken, was sein streitsüchtiger Vater zum Thema Keuschheit zu sagen gehabt hatte. Als Beispiel hatte

Lowji Gandhi herangezogen. Der Mahatma hatte mit dreizehn geheiratet; mit siebenunddreißig gelobte er für den Rest seines Lebens sexuelle Enthaltsamkeit. »Nach meiner Berechnung«, hatte Lowji gesagt, »läuft das auf vierundzwanzig Jahre Sex hinaus. Viele Leute haben in ihrem ganzen Leben nicht so lange Sex. Der Mahatma hat sich also nach vierundzwanzig Jahren sexueller Aktivität für sexuelle Abstinenz entschieden. Er war ein verfluchter Casanova, umringt von einem Haufen Maria Magdalenas!«

Wie bei allen Äußerungen seines Vaters klang Farrokh auch hier dessen unerschütterlich autoritäre Stimme noch nach Jahren im Ohr; was immer der alte Lowji verkündete, er tat es stets in demselben scharfen, aufrührerischen Ton. Ob er spottete oder verleumdete, provozierte oder zuredete, ob er einen guten Rat erteilte (normalerweise medizinischer Art), eine auf einem miesen Vorurteil fußende Behauptung aufstellte oder eine sehr verschrobene, stark simplifizierte Ansicht kundtat – Lowji sprach stets im Tonfall des selbsternannten Experten. Jedem gegenüber und bei jedem Thema schlug er denselben berühmten Ton an, mit dem er sich in den Tagen der Unabhängigkeit und während der Teilung einen Namen gemacht hatte, als er sich so kompetent und überzeugend zum Thema Katastrophenmedizin geäußert hatte. (»In der Katastrophenmedizin gilt das Kriterium der Dringlichkeit: Zuerst behandelt man große Amputationen und schwere Verletzungen an Extremitäten, dann Brüche und Schnittwunden. Kopfverletzungen überläßt man am besten Fachleuten, sofern welche greifbar sind.«) Es war ein Jammer, daß ein so vernünftiger Ratschlag an eine Bewegung verschwendet wurde, die sich nicht durchsetzte, obwohl ihre jetzigen freiwilligen Mitarbeiter sie nach wie vor für eine lohnende Sache hielten.

Mit dieser Erinnerung versuchte Dr. Farrokh Daruwalla, die Vergangenheit auszublenden. Er zwang sich, das derzeit akute

Problem, die melodramatische Sache mit Dhars Zwillingsbruder, in Angriff zu nehmen. Mit ungewöhnlicher, erfrischender Klarheit beschloß der Doktor, Dhar entscheiden zu lassen, ob der arme Martin Mills erfahren sollte, daß er einen Zwillingsbruder hatte, oder nicht. Martin Mills war nicht der Zwilling, den der Doktor kannte und gern hatte. Man sollte sich an das halten, was Farrokhs geliebter John D. wollte: seinen Bruder kennenlernen oder nicht. Zum Teufel mit Danny und Vera und dem ganzen Durcheinander, das sie aus ihrem Leben gemacht hatten – vor allem zum Teufel mit Vera. Sie war inzwischen fünfundsechzig, und Danny war fast zehn Jahre älter. Beide waren alt genug, um den Tatsachen wie Erwachsene ins Auge zu sehen.

Doch all diese vernünftigen Überlegungen wurden mit einem Schlag beiseite gefegt, als Dr. Daruwalla die nächste Nachricht hörte, neben der sich alles, was mit Dhar und seinem Zwillingsbruder zu tun hatte, wie unbedeutendes Geplänkel ausnahm.

»Patel hier«, sagte die Stimme, für Farrokh ungewohnt nüchtern und distanziert. Anästhesie-Patel? Radiologie-Patel? Es war ein Gujarati-Name – in Bombay gab es nicht allzu viele Patels. Und dann, begleitet von einem plötzlichen Kälteschauder – fast so kühl wie die Stimme auf dem Anrufbeantworter –, wußte Farrokh, wer es war. Es war Kommissar Patel, der echte Polizeibeamte. Bestimmt war er der einzige Gujarati bei der Bombayer Polizei, dachte Farrokh, denn die hiesigen Polizisten waren sicher zum größtenteils Teil Marathen.

»Doktor«, sagte der Detective, »wir müssen uns noch über ein ganz anderes Thema unterhalten, aber bitte nicht in Dhars Gegenwart. Ich möchte mit Ihnen allein sprechen.« So kurz und knapp die Nachricht war, so abrupt hängte er auch auf.

Hätte der Anruf Dr. Daruwalla nicht so aufgewühlt, wäre er vielleicht stolz auf seinen Scharfblick als Drehbuchautor gewesen, denn er hatte Inspector Dhar am Telefon stets ähnlich prägnant reden lassen, vor allem wenn sich ein Anrufbeantworter meldete. Aber dem Drehbuchautor blieb gar keine Zeit, stolz auf seine zutreffende Charakterisierung zu sein, weil er neugierig war, welches »andere Thema« Detective Patel mit ihm erörtern und vor allem warum er Dhar nicht dabeihaben wollte. Gleichzeitig hatte Dr. Daruwalla regelrecht Angst vor dem, was der Kommissar wahrscheinlich über das Verbrechen wußte.

Gab es einen neuen Anhaltspunkt für den Mord an Mr. Lal oder eine weitere, gegen Dhar gerichtete Drohung? Oder waren dieses »andere Thema« die Morde an den Käfigmädchen – die echten Morde an diesen Prostituierten, nicht die Filmversion?

Doch dem Doktor blieb keine Zeit, über die rätselhafte Andeutung nachzugrübeln, denn bei der nächsten Nachricht holte ihn wieder einmal die Vergangenheit ein.

Derselbe alte Schrecken – und eine brandneue Drohung

Es war eine alte Nachricht – eine, die er seit zwanzig Jahren immer wieder hörte. Er hatte diese Anrufe in Toronto und in Bombay erhalten, sowohl zu Hause als auch in der Klinik. Er hatte versucht, sie zurückverfolgen zu lassen, aber ohne Erfolg, da sie stets von öffentlichen Telefonzellen aus geführt wurden – aus Postämtern, Hotelhallen, Flughäfen, Krankenhäusern. Und obwohl der Inhalt dieser Anrufe Farrokh inzwischen recht vertraut war, nahm der Haß, der dahintersteckte, seine Aufmerksamkeit jedesmal wieder voll und ganz in Anspruch.

Die Stimme, grausam und höhnisch, zitierte zunächst einmal den Ratschlag des alten Lowji für die freiwilligen Helfer in der Katastrophenmedizin: »›… zuerst behandelt man große Amputationen und schwere Verletzungen an Extremitäten‹«, begann die Stimme. Und dann unterbrach sie sich und sagte: »Was ›Amputationen‹ angeht – der Kopf Ihres Vaters war ab, vollständig ab! Ich habe ihn auf dem Beifahrersitz liegen sehen, bevor die Flammen das Auto verschlungen haben. Und was ›schwere Verletzungen an Extremitäten‹ betrifft – seine Hände konnten das Steuer nicht loslassen, obwohl seine Finger in Flammen standen! Ich habe die verbrannten Härchen auf seinem Handrücken gesehen, bevor sich eine Menschentraube bildete und ich mich davonschleichen mußte. Außerdem sagte Ihr Vater, ›Kopfverletzungen‹ solle man ›am besten Fachleuten überlassen‹ – für ›Kopfverletzungen‹ bin *ich* der Fachmann! Ich habe es getan. Ich habe ihm den Kopf weggepustet. Ich habe ihn brennen sehen. Und ich sage Ihnen, er hat es verdient. Ihre ganze Familie hat es verdient.«

Es war immer wieder dieselbe schreckliche Botschaft, doch obwohl Dr. Daruwalla sie seit zwanzig Jahren hörte, ging sie ihm unvermindert an die Nieren. Zitternd saß er, wie schon hundertmal, in seinem Schlafzimmer. Seine Schwester in London hatte nie solche Anrufe bekommen. Wahrscheinlich blieb sie nur deshalb verschont, weil der Anrufer ihren Ehenamen nicht kannte. Sein Bruder Jamshed hatte in Zürich dieselben Anrufe erhalten. Die Anrufe bei beiden Brüdern waren auf mehreren Anrufbeantwortern und etlichen von der Polizei sichergestellten Tonbändern aufgezeichnet. Einmal in Zürich hatten sich die Brüder Daruwalla und ihre Frauen diese Aufzeichnungen x-mal angehört. Niemand erkannte die Stimme des Anrufers, aber zu Farrokhs und Jamsheds Verwunderung waren beide Frauen davon überzeugt, daß der Anrufer eine Frau war. Die Brüder hatten die Stimme stets zweifelsfrei für die eines Mannes gehalten. Doch Julia und Josefine beriefen sich, wie bei Schwestern üblich, hartnäckig auf die intuitive Richtigkeit all dessen, worüber sie sich einig waren. Der Anrufer war eine Frau – da waren sie ganz sicher.

Die Diskussion in Jamsheds und Josefines Wohnung ging

noch immer hin und her, als John D. zum Abendessen kam. Alle bestanden darauf, daß Inspector Dhar den Streit schlichten solle. Schließlich hatte er als Schauspieler eine geschulte Stimme und ein ausgeprägtes Talent, die Stimmen anderer zu analysieren und zu imitieren. John D. hörte sich die Aufnahme nur einmal an.

»Es ist ein Mann, der sich Mühe gibt, wie eine Frau zu klingen«, sagte er.

Dr. Daruwalla war entrüstet – weniger über diese Ansicht, die er schlichtweg abwegig fand, sondern über die empörende Autorität, mit der John D. gesprochen hatte. Der Doktor war überzeugt, daß es der Schauspieler gewesen war, der da gesprochen hatte, der Schauspieler in seiner Rolle als Ermittlungsbeamter. Daher also kam dieses hochmütige, selbstsichere Auftreten – aus der Fiktion!

Alle hatten Dhars Einschätzung widersprochen, also hatte er das Band zurückgespult und es sich noch einmal angehört – zweimal, um genau zu sein. Dann plötzlich verschwand die Manieriertheit, die Dr. Daruwalla mit Inspector Dhar assoziierte. Jetzt sprach ein ernsthafter, kleinlauter John D.

»Tut mir leid, ich habe mich geirrt«, sagte John D. »Es ist eine Frau, die sich Mühe gibt, wie ein Mann zu klingen.«

Da diese Feststellung mit einer anderen Art von Selbstbewußtsein vorgebracht wurde und ganz und gar nicht mit der Inspector Dhar eigenen Arroganz, sagte Dr. Daruwalla: »Spul das Band zurück und laß es noch einmal laufen.« Diesmal waren alle mit John D. einig. Es war eine Frau, die sich Mühe gab, wie ein Mann zu klingen. Es war niemand, dessen Stimme sie schon irgendwann einmal gehört hatten – auch darin waren sich alle einig. Das Englisch der Frau war nahezu perfekt – sehr britisch. Sie hatte nur einen ganz leichten Hindi-Akzent.

»Ich habe es getan. Ich habe ihm den Kopf weggepustet. Ich habe ihn brennen sehen. Und ich sage Ihnen, er hat es verdient.

Ihre ganze Familie hat es verdient«, hatte die Frau zwanzig Jahre lang gesagt, wahrscheinlich öfter als hundertmal. Aber wer war sie? Warum dieser Haß? Und hatte sie es wirklich getan?

Womöglich ist ihr Haß noch stärker, wenn sie es nicht getan hat. Aber warum bekennt sie sich dann dazu? fragte sich der Doktor. Wie konnte irgend jemand Lowji so sehr gehaßt haben?

Farrokh war klar, daß sein Vater viel dahergeredet hatte, was alle möglichen Leute kränken mußte, doch soweit er wußte, hatte er nie jemandem persönlich Unrecht getan. In Indien konnte man ohne weiteres davon ausgehen, daß hinter Gewalttaten entweder politische Motive oder religiöser Fanatismus standen. Wenn ein so prominenter und kritischer Mann wie Lowji von einer Autobombe zerfetzt wurde, schloß man automatisch auf ein Attentat. Doch nun fragte sich Farrokh, ob sein Vater jemandem Anlaß gegeben hatte, persönlich auf ihn wütend zu sein, und ob sein gewaltsamer Tod nicht schlicht und einfach ein Mord gewesen war.

Farrokh konnte sich nur schwer vorstellen, daß jemand, noch dazu eine Frau, einen persönlichen Groll gegen seinen Vater hegte. Dann fiel ihm der abgrundtiefe Haß ein, den Mr. Lals Mörder offenbar auf Inspector Dhar hatte. (MEHR MIT-GLIEDER STERBEN, WENN DHAR MITGLIED BLEIBT.) Und er dachte, daß sie vielleicht allesamt voreilig angenommen hatten, daß die Filmfigur Dhar und nicht etwa der Darsteller einen derart giftsprühenden Zorn entfacht hatte. War es denkbar, daß sich Dr. Daruwallas lieber Junge – sein geliebter John D. – privat in Schwierigkeiten gebracht hatte? Und wenn ja, ging es um eine Liebesbeziehung, die in die Brüche gegangen war und sich in mörderischen Haß verwandelt hatte? Dr. Daruwalla schämte sich, daß er so wenig Interesse an Dhars Privatleben bekundet hatte. Er befürchtete, John D. den Eindruck vermittelt zu haben, daß ihm sein Privatleben gleichgültig sei.

Natürlich lebte John D. keusch, wenn er sich in Bombay aufhielt; zumindest behauptete er das. Es gab öffentliche Auftritte mit Starlets – stets verfügbaren Filmflittchen –, die jedoch genau kalkuliert waren, um erwünschte Skandale zu verursachen, die beide Seiten später abstritten. Das waren keine »Beziehungen« – das war »Publicity«.

Die Inspector-Dhar-Filme lebten davon, daß sie Anstoß erregten – in Indien ein riskantes Unterfangen. Doch der sinnlose Mord an Mr. Lal deutete auf einen viel bösartigeren Haß hin als den, den Dr. Daruwalla in den üblichen Reaktionen auf Dhar erkennen konnte. Wie auf ein Stichwort, so als hätte der bloße Gedanke, Anstoß zu erregen oder zu nehmen, als Auslöser gedient, stammte die nächste Nachricht von dem Regisseur sämtlicher Inspector-Dhar-Filme. Seit Wochen belaberte Balraj Gupta Dr. Daruwalla wegen der äußerst heiklen Frage, wann der neue Inspector-Dhar-Film denn endlich anlaufen sollte. Wegen der Morde an den Prostituierten und des allgemeinen Mißfallens, das *Inspector Dhar und der Käfigmädchen-Killer* erregt hatte, hatte Gupta den Kinostart des neuen Films verschoben und wurde jetzt allmählich ungeduldig.

Dr. Daruwalla war im stillen zu der Ansicht gelangt, der neue Inspector-Dhar-Film solle überhaupt nicht in die Kinos kommen, wußte aber, daß er das nicht verhindern konnte. Er konnte auch nicht mehr sehr viel länger an Balraj Guptas unterentwickeltes Verantwortungsgefühl gegenüber der Gesellschaft appellieren; sofern Gupta den echten ermordeten Prostituierten überhaupt irgendwelche verfehlten Gefühle entgegenbrachte, waren sie nur von kurzer Dauer.

»Gupta hier!« sagte der Regisseur. »Betrachten Sie die Sache mal so. Der neue Film wird neuen Anstoß erregen. Wer immer die Käfigmädchen umbringt, hört vielleicht damit auf und bringt jemand anderen um! Wir geben der Öffentlichkeit etwas Neues, was sie auf die Palme bringt – damit tun wir den Prostituierten einen Gefallen!« Balraj Gupta verfügte über die Logik eines Politikers; der Doktor zweifelte nicht daran, daß der neue Inspector-Dhar-Film eine andere Gruppe »auf die Palme bringen« würde.

Der Film hieß *Inspector Dhar und die Türme des Schweigens.* Allein schon der Titel war eine Ohrfeige für sämtliche Parsen, weil die Türme des Schweigens der Bestattungsort für ihre Toten waren. In den Türmen des Schweigens befanden sich immer nackte Leichname von Parsen, weshalb Dr. Daruwalla zunächst auch angenommen hatte, daß diese den ersten Geier, den er über dem Golfplatz des Duckworth Club bemerkt hatte, angelockt hatten. Die Parsen waren verständlicherweise darauf bedacht, die Türme des Schweigens zu schützen; als Parse wußte Dr. Daruwalla das sehr wohl. Doch in dem neuen Inspector-Dhar-Film ermordete jemand Hippies aus der westlichen Welt und deponierte ihre Leichen in den Türmen des Schweigens. Viele Inder nahmen schon Anstoß an europäischen und amerikanischen Hippies, die noch am Leben waren. Doongarwadi, die Art und Weise, wie die Parsen ihre Toten bestatten, ist ein anerkannter Bestandteil der Bombayer Kultur. Die Parsen würden auf alle Fälle entrüstet sein. Und sämtliche Bewohner Bombays würden die Ausgangssituation des Films als absurd empfinden, weil kein Mensch zu den Türmen des Schweigens gelangen konnte – nicht einmal andere Parsen! (Es sei denn, sie waren tot.) Aber genau das, dachte Dr. Daruwalla stolz, war der elegante und raffinierte Dreh in diesem Film – wie die Leichen dorthin gebracht werden und wie der unerschrockene Inspector Dhar dahinterkommt.

Resigniert erkannte Dr. Daruwalla, daß er den Kinostart von *Inspector Dhar und die Türme des Schweigens* nicht viel länger hinauszögern konnte. Allerdings konnte er sich Balraj Guptas restliche Argumente für eine sofortige Freigabe des Films sparen und das Band schnell weiterspulen. Außerdem gefiel dem

Doktor Balraj Guptas durch die höhere Laufgeschwindigkeit verzerrte Stimme ungleich besser als seine normale.

Der Doktor spulte den Anrufbeantworter weiter und gelangte zur letzten Nachricht. Der Anrufer war eine Frau. Zunächst glaubte Farrokh sie nicht zu kennen. »Ist da der Doktor?« fragte sie. Es war eine Stimme weit jenseits von Erschöpfung, die Stimme eines Menschen, der unheilbar deprimiert war. Die Frau sprach, als hätte sie den Mund zu weit offen, als würde ihr Unterkiefer ständig herunterhängen. Ihre Stimme klang ausdruckslos, völlig gleichgültig, und ihr Akzent war unmißverständlich und nichtssagend – Nordamerika, kein Zweifel, aber Dr. Daruwalla (der sich gut mit Akzenten auskannte) tippte etwas gezielter auf den amerikanischen Mittelwesten oder die kanadische Prärie. Omaha oder Sioux City, Regina oder Saskatoon.

»Ist da der Doktor?« fragte die Frau. »Ich weiß, wer Sie in Wirklichkeit sind, ich weiß, was Sie in Wirklichkeit tun«, fuhr sie fort. »Sagen Sie es dem Kommissar – dem echten Polizeikommissar. Sagen Sie ihm, wer Sie sind. Sagen Sie ihm, was Sie tun.« Dann hängte sie etwas ungestüm ein, so als hätte sie den Hörer auf die Gabel knallen wollen, diese aber in ihrer Wut verfehlt.

Farrokh saß zitternd in seinem Schlafzimmer. Er hörte, wie Roopa im Wohnzimmer den Glastisch für das Abendessen deckte. Jeden Augenblick würde sie Dhar und Julia verkünden, der Doktor sei jetzt zu Hause und das arg verspätete Essen könne endlich serviert werden. Julia würde sich fragen, warum er sich wie ein Dieb ins Schlafzimmer geschlichen hatte. Farrokh fühlte sich wirklich wie ein Dieb – allerdings wie einer, der nicht genau wußte, was er gestohlen hatte und wem er es gestohlen hatte.

Er ließ das Band zurücklaufen und hörte sich die letzte Nachricht noch einmal an. Das war eine brandneue Drohung;

und weil er sich so fest auf den Inhalt des Anrufs konzentrierte, übersah er um ein Haar das Wichtigste, nämlich wer der Anrufer war. Farrokh war immer klar gewesen, daß irgendwann jemand dahinterkommen würde, daß *er* Inspector Dhar erfunden hatte; dieser Teil der Nachricht kam nicht unerwartet. Aber warum ging das den echten Polizeibeamten etwas an? Warum glaubte jemand, daß Kommissar Patel das wissen sollte?

»Ich weiß, wer Sie in Wirklichkeit sind, ich weiß, was Sie in Wirklichkeit tun.« Na und? dachte der Drehbuchautor. »Sagen Sie ihm, wer Sie sind. Sagen Sie ihm, was Sie tun.« Aber warum? überlegte Farrokh. Dann ertappte er sich eher zufällig dabei, daß er sich wiederholt den Eingangssatz der Frau anhörte, den Teil, den er beinahe übergangen hätte. »Ist da der Doktor?« Er spielte ihn sich wieder und wieder vor, bis seine Hände so heftig zitterten, daß er das Band bis zu Balraj Guptas Aufzählung der Argumente für die sofortige Freigabe des neuen Inspector-Dhar-Films zurückspulte.

»Ist da der Doktor?«

Dr. Daruwalla hatte noch nie das Gefühl gehabt, daß gleich sein Herz stillstehen würde. Das kann doch nicht sie sein! dachte er. Aber sie war es – Farrokh war davon überzeugt. Nach so vielen Jahren – das war doch nicht möglich! Aber natürlich! fiel ihm ein, wenn sie es war, würde sie es wissen; mit Hilfe einer intelligenten Hypothese konnte sie darauf gekommen sein.

In dem Augenblick stürzte seine Frau ins Schlafzimmer. »Farrokh!« rief sie. »Ich wußte ja gar nicht, daß du zu Hause bist!«

Aber ich bin nicht »zu Hause«, dachte der Doktor. Ich bin in einem ganz und gar fremden Land.

»Liebchen«, sagte er leise zu seiner Frau. Wann immer er dieses Kosewort benutzte, wußte Julia, daß er in zärtlicher Stimmung war – oder in Schwierigkeiten.

»Was ist los, Liebchen?« fragte sie ihn. Er streckte ihr die

Hand entgegen, und sie ging zu ihm hin und setzte sich so dicht neben ihn, daß sie spürte, wie er zitterte. Sie legte die Arme um ihn.

»Bitte hör dir das an«, sagte Farrokh zu ihr. »Bitte.«

Als Julia das erste Mal zuhörte, sah ihr Farrokh am Gesicht an, daß sie denselben Fehler machte wie er: Sie konzentrierte sich zu sehr auf den Inhalt der Nachricht.

»Achte nicht auf das, was sie sagt«, sagte Dr. Daruwalla. »Überlege, wer es ist.«

Erst beim drittenmal sah Farrokh, wie sich Julias Gesichtsausdruck veränderte.

»Das ist doch nicht *sie*, oder?« fragte er seine Frau.

»Diese Frau ist doch viel älter«, entgegnete Julia rasch.

»Es ist zwanzig Jahre her, Julia!« sagte Dr. Daruwalla. »Sie wäre jetzt viel älter! Sie ist jetzt viel älter!«

Gemeinsam hörten sie sich das Ganze noch ein paarmal an. Schließlich sagte Julia: »Ja, ich glaube, sie ist es, aber was hat sie mit dem zu tun, was hier vor sich geht?«

Dr. Daruwalla, der in seinem tristen dunkelblauen Begräbnisanzug, der von dem leuchtendgrünen Papagei auf der Krawatte aufgepeppt wurde, im kalten Schlafzimmer saß, befürchtete zu wissen, welche Verbindung da bestand.

Der Deckenlauf

Die Vergangenheit umgab ihn wie Gesichter in einer Menschenmenge. Ein Gesicht war darunter, das er kannte, aber wem gehörte es? Wie immer bot sich etwas aus dem Great Royal Circus als Orientierungshilfe an. Der Zirkusdirektor, Pratap Singh, war mit einer reizenden Frau namens Sumitra verheiratet, die von allen Sumi genannt wurde. Sie war Mitte Dreißig, vielleicht auch Mitte Vierzig, und spielte nicht nur die Rolle der Mutter für viele Zirkuskinder, sondern war auch eine talentierte Artistin. Sumi führte, zusammen mit ihrer Schwägerin Suman, eine Nummer vor, die sich Kunstrad-Doppel nannte. Suman war Prataps unverheiratete Adoptivschwester. Sie mußte Ende Zwanzig gewesen sein, vielleicht auch Mitte Dreißig, als Dr. Daruwalla sie das letzte Mal gesehen hatte – eine zierliche, muskulöse Schönheit, die beste Artistin in Prataps Truppe. Ihr Name bedeutete ›Rosenblüte‹ – oder war es ›Duft der Rosenblüte‹ oder nur ›Blumenduft‹ ganz allgemein? Farrokh wußte es nicht genau, und er wußte auch nicht, wann Suman adoptiert worden war und von wem.

Es spielte auch keine Rolle. Das Kunstrad-Doppel von Suman und Sumi war sehr beliebt. Die beiden konnten auf ihren Rädern rückwärts fahren oder sich auf den Sattel legen und mit den Händen kurbeln; sie konnten auf einem Rad fahren, wie auf einem Einrad, oder treten, während sie auf dem Lenker saßen. Farrokh, der für weibliche Grazie mehr als empfänglich war, verfolgte hingerissen die anmutige Nummer der zwei hübschen Frauen. Suman war eindeutig der Star. Ihr Deckenlauf war die beste Nummer des Great Royal Circus.

Pratap Singh hatte Suman beigebracht, wie man »an der Decke geht«, nachdem er das im Fernsehen gesehen hatte. Farrokh vermutete, daß die Nummer ursprünglich aus einem europäischen Zirkus stammte. (Der Zirkusdirektor konnte der Versuchung nicht widerstehen, alle und jeden zu dressieren, nicht nur die Löwen.) Er ließ in Sumans Wohnzelt eine leiterähnliche Vorrichtung anbringen, die sich waagrecht von einem Ende des Zeltdachs bis zum anderen erstreckte; die Sprossen der Leiter bestanden aus Seilschlingen. Suman hing kopfüber mit den Füßen in den Schlingen. Sie pendelte vor und zurück, wobei ihr die Schlingen den Rist aufschürften, und hielt dabei ihre Füße starr im rechten Winkel zu den Unterschenkeln. Wenn sie den erforderlichen Schwung erreicht hatte, »lief« sie kopfüber von einem Ende der Leiter bis zum anderen, indem sie beim Vor- und Zurückschwingen jeweils den hinteren Fuß aus seiner Schlaufe herauszog und in die übernächste steckte. Wenn sie das unter dem Dach des Wohnzelts trainierte, befand sich ihr Kopf nur wenige Handbreit über dem Boden. Pratap Singh stand neben ihr, um sie notfalls aufzufangen.

Doch wenn Suman bei ihrem Deckenlauf die Kuppel des Spielzelts durchquerte, befand sie sich fünfundzwanzig Meter über dem Boden, weigerte sich aber, mit Netz zu arbeiten. Hätte Pratap Singh im Notfall versucht, sie aufzufangen, hätten beide das nicht überlebt. Hätte der Zirkusdirektor abzuschätzen versucht, wo sie auftreffen würde, und sich unter sie geworfen, hätte er Sumans Sturz vielleicht dämpfen können; in diesem Fall wäre nur er umgekommen.

Die Leiter hatte achtzehn Schlaufen. Schweigend zählte das Publikum Sumans Schritte. Aber Suman zählte ihre Schritte nie; sie behauptete, es sei besser, »einfach zu gehen«. Pratap hatte ihr geraten, nicht hinunterzusehen. Zwischen der Zeltkuppel und dem weit entfernten Boden befanden sich nur die kopfstehenden Gesichter des Publikums, die sie anstarrten – und darauf warteten, daß sie abstürzte.

Genauso war die Vergangenheit, dachte Dr. Daruwalla – lauter schwingende, kopfstehende Gesichter. Er wußte, daß es nicht ratsam war, sie anzusehen.

9

Die zweiten Flitterwochen

Vor seiner Bekehrung verspottet Farrokh die Gläubigen

Vor zwanzig Jahren, als es Dr. Daruwalla aufgrund der wehmütigen Sehnsucht seines Gaumens nach Schweinefleisch nach Goa zog – Schweinefleisch, ansonsten in Indien eine Seltenheit, ist ein Hauptbestandteil der dortigen Küche –, wurde er mittels der großen Zehe seines rechten Fußes zum Christentum bekehrt. Er sprach über seine religiöse Bekehrung mit aufrichtiger Demut. Daß sich der Doktor kurz zuvor die auf wundersame Weise erhalten gebliebene Mumie des heiligen Franz Xaver angesehen hatte, war nicht der Grund für seine Bekehrung; bevor Dr. Daruwalla die göttliche Einmischung am eigenen Leib verspürte, hatte er über die heiligen Reliquien, die in der Basilica de Bom Jesus in Alt-Goa unter Glas aufbewahrt wurden, sogar gespottet.

Farrokh vermutete, daß er sich deshalb über die Überreste des Missionars lustig gemacht hatte, weil es ihm Spaß machte, seine Frau wegen ihrer Religion zu necken; dabei war Julia nie eine praktizierende Katholikin gewesen und hatte oft erklärt, wie froh sie sei, das römisch-katholische Brimborium ihrer Kindheit in Wien zurückgelassen zu haben. Trotzdem hatte Farrokh vor ihrer Hochzeit diverse weitschweifige religiöse Belehrungen eines Wiener Priesters über sich ergehen lassen. Er hatte das Ganze als religiösen Alibiakt aufgefaßt, der nur dazu diente, Julias Mutter zufriedenzustellen; allerdings hatte er – wiederum um Julia zu necken – darauf bestanden, die Zeremonie der Ringsegnung als »Ringwaschritual« zu bezeichnen, und so getan, als würde er an dieser katholischen Charade mehr Anstoß nehmen, als dies tatsächlich der Fall war. In Wirklichkeit machte es ihm Spaß, dem Priester zu erzählen, daß er, obwohl er nicht getauft und nie ein praktizierender Parse gewesen war, stets an »etwas« geglaubt hatte; dabei hatte er damals an überhaupt nichts geglaubt. Und er log den Priester und Julias Mutter seelenruhig an – er behauptete, nichts dagegen zu haben, daß ihre gemeinsamen Kinder getauft und katholisch erzogen würden. Er und Julia waren sich im stillen einig, daß dies eine sinnvolle, wenn auch nicht ganz unschuldige Täuschung war – die ebenfalls dazu diente, Julias Mutter zu beruhigen.

In Farrokhs Augen hatte es seinen Töchtern nicht geschadet, daß sie getauft worden waren. Solange Julias Mutter noch am Leben war – und auch nur dann, wenn sie die Daruwallas und ihre Kinder in Toronto besuchte oder die Daruwallas sie in Wien besuchten –, war es ihnen nie sonderlich schwergefallen, am Sonntag in die Kirche zu gehen. Farrokh und Julia hatten den drei kleinen Mädchen erklärt, daß sie ihrer Großmutter damit eine Freude machten. Das entsprach einer bewährten, ja sogar ehrenwerten Tradition in der Geschichte des christlichen Kirchgangs: Man ging pro forma in die Kirche, einem Familienmitglied zuliebe, das wirklich gläubig und darum zu keinen Kompromissen bereit war. Niemand hatte gegen diese gelegentlichen Bekundungen eines Glaubens etwas einzuwenden, der ihnen im Grunde allen fremd war, vielleicht sogar Julias Mutter. Farrokh fragte sich manchmal, ob *sie* pro forma zum Gottesdienst gegangen war, nur um *ihnen* eine Freude zu machen.

Es trat genau das ein, was die Daruwallas vorausgesehen hatten: Als Julias Mutter starb, schlief der sporadische Katholizismus der Familie endgültig ein – die Kirchgänge hörten praktisch auf. Rückblickend gelangte Dr. Daruwalla zu der Erkenntnis, daß seine Töchter dazu erzogen worden waren anzunehmen, daß Religion grundsätzlich nichts anderes bedeutete, als pro forma in die Kirche zu gehen, um jemand anderen glücklich zu machen. So ließen sich seine Töchter das Sakrament der Ehe spenden und unterzogen sich anderen Ritualen und Zeremonien der anglikanischen Kirche Kanadas, um ihrem Vater, nach seinem Übertritt, eine Freude zu bereiten. Vielleicht war das der Grund, warum Pater Julian das Wunder, durch das Farrokh zum Christentum bekehrt worden war, so geringschätzte. Nach Ansicht des Pater Rektors konnte es sich nur um ein unbedeutendes Wunder handeln, da es lediglich dazu ausgereicht hatte, aus Dr. Daruwalla einen Anglikaner zu machen. Mit anderen Worten: Es hatte nicht ausgereicht, um aus ihm einen Katholiken zu machen.

Farrokh hatte sich überlegt, daß es eine günstige Jahreszeit war, um nach Goa zu fahren. »Die Reise soll so was wie eine zweite Hochzeitsreise für Julia sein, eine Art zweiter Flitterwochen«, hatte er seinem Vater erklärt.

»Was sollen denn das für Flitterwochen sein, wenn man die Kinder mitnimmt?« hatte Lowji gefragt. Meher und ihm paßte es gar nicht, daß ihre drei Enkelinnen nicht bei ihnen blieben. Farrokh wußte, daß sich die Mädchen, die elf, dreizehn und fünfzehn Jahre alt waren, auf keinen Fall damit abgefunden hätten, zu Hause zu bleiben. Was man über die Strände von Goa so hörte, war in ihren Augen ungleich aufregender, als bei den Großeltern zu bleiben. Außerdem waren die drei ganz versessen auf diesen Urlaub, weil auch John D. dabeisein würde. Kein Babysitter besaß so viel natürliche Autorität; sie waren eindeutig verliebt in ihren älteren Adoptivbruder.

Im Juni 1969 war John D. neunzehn Jahre alt und, vor allem für Dr. Daruwallas Töchter, ein äußerst attraktiver Europäer. Julia und Farrokh bewunderten den schönen Jungen natürlich auch, aber weniger wegen seines guten Aussehens als weil er mit ihren Kindern so gut umgehen konnte. Nicht jeder Neunzehnjährige hätte so viel impulsive Zuneigung von drei minderjährigen Mädchen verkraftet. Aber John D. war nicht nur sehr geduldig, sondern auch ausgesprochen reizend mit ihnen. Da er in der Schweiz zur Schule gegangen war, konnten ihn die Freaks, die Goa überschwemmten, vermutlich nicht schrecken – zumindest glaubte Farrokh das. Damals, 1969, wurden die europäischen und amerikanischen Hippies als »Freaks« bezeichnet – vor allem in Indien.

»Das sind mir saubere zweite Flitterwochen, meine Liebe«, hatte der alte Lowji zu Julia gesagt. »Er fährt mit dir und den Kindern an die dreckigen Strände, an denen die verkommenen Freaks herumlungern, und das alles nur, weil er so gern Schweinefleisch ißt!«

Mit diesem Segen trat die junge Familie Daruwalla die Fahrt in die ehemalige portugiesische Enklave an. Farrokh erklärte Julia, John D. und seinen gleichgültigen Töchtern, daß die Kirchen und Kathedralen von Goa zu den pompösesten Erscheinungsformen des Christentums in Indien zählten. Dr. Daruwalla bewunderte die goanische Architektur, weil ihm alles Monumentale und Gewaltige gefiel. Exzesse, wie sie sich auch in seinen Eßgewohnheiten widerspiegelten, fand er prickelnd.

Die der heiligen Katharina von Alexandria geweihte Sé-Kathedrale und die Fassade der franziskanischen Kirche waren ihm lieber als die schlichtere Kirche des Wundertätigen Kreuzes. Doch seine absolute Vorliebe galt der Basilica de Bom Jesus. Das hatte nichts mit seinem versnobten Architekturverständnis zu tun, sondern damit, daß er sich königlich über die Dummheit der Pilger – darunter sogar Hindus! – amüsierte, die in Scharen in die Basilika strömten, um sich die mumifizierten Überreste des heiligen Franz Xaver anzusehen.

Vor allem in nichtchristlichen Kreisen Indiens wurde gemutmaßt, daß der heilige Franz Xaver nach seinem Tod mehr zur Christianisierung Goas beigetragen hatte als während der wenigen Monate, die er als Jesuit dort wirkte. Als er starb, wurde er auf einer Insel vor der kantonesischen Küste begraben; doch als man ihn später exhumierte und damit erneut demütigte, stellte man fest, daß er so gut wie nicht verwest war. Sein auf wunderbare Weise unversehrter Leichnam wurde wieder nach Goa verschifft, wo seine bemerkenswerten Überreste Scharen verzückter Pilger herbeilockten. Am liebsten an der ganzen Geschichte mochte Farrokh die Anekdote mit der Frau, die dem prächtigen Leichnam mit der Inbrunst zutiefst frommer Menschen eine Zehe abbiß. Franz Xaver sollte noch mehr einbüßen: Der Vatikan bestand darauf, daß sein rechter Arm nach Rom geschickt wurde; ohne diesen Beweis wäre die Kanonisierung des heiligen Franz Xaver womöglich nie erfolgt.

Dr. Daruwalla liebte diese Geschichte über alles. Gierig betrachtete er die zusammengeschnurrte Reliquie, die in kostbare Gewänder gehüllt war und einen goldenen, mit Smaragden besetzten Stab hielt. Der Doktor nahm an, daß der Heilige deshalb in einem erhöhten, giebelüberwölbten Grabmal unter Glas aufbewahrt wurde, um andere Pilger davon abzuhalten, ihre religiöse Verehrung durch weiteres inniges Abbeißen zu demonstrieren. Innerlich kichernd, nach außen hin jedoch voller Ehrerbietung, hatte sich Dr. Daruwalla im Mausoleum mit verhaltener Heiterkeit umgesehen. Überall an den Wänden, sogar auf dem Sarg, befanden sich zahlreiche Abbildungen der missionarischen Heldentaten des heiligen Franz Xaver; aber keines seiner Abenteuer – von dem ihn umgebenden Silber und Kristall, dem Alabaster, dem Jaspis oder gar dem purpurnen Marmor ganz zu schweigen – beeindruckte Farrokh so sehr wie die abgebissene Zehe.

»Also das nenne ich ein echtes Wunder!« pflegte der Doktor zu sagen. »Wenn ich das gesehen hätte, hätte das sogar mich zum Christentum bekehrt!«

Wenn Farrokh weniger zu Späßen aufgelegt war, bombardierte er Julia mit Geschichten über die Heilige Inquisition in

Goa, denn der missionarische Eifer, der im Kielwasser der Portugiesen hier Einzug gehalten hatte, äußerte sich in vielfältiger Form: Bekehrungen wurden unter der Androhung der Todesstrafe erzwungen – hinduistisches Eigentum konfisziert und Hindutempel einfach niedergebrannt –, dazu kamen Ketzerverbrennungen und großartig inszenierte Glaubenstaten. Der alte Lowji wäre begeistert gewesen, seinen Sohn so respektlos daherreden zu hören. Julia hingegen ärgerte sich, daß Farrokh seinem Vater in dieser Beziehung so ähnlich war. Sobald jemand, der auch nur ansatzweise religiös war, kujoniert wurde, reagierte Julia abergläubisch und ablehnend.

»Ich mache mich ja auch nicht über deinen mangelnden Glauben lustig«, sagte sie zu ihrem Mann. »Also mach du mich nicht für die Inquisition verantwortlich, und lach nicht über den armen Zeh des heiligen Franz Xaver.«

Der Doktor wird animiert

Farrokh und Julia stritten sich selten ernsthaft, neckten sich aber gern. Ihr übertrieben dramatisches Geplänkel, das sie in der Öffentlichkeit keineswegs unterdrückten, ließ das Paar in den Augen der üblichen Lauscher – Hotelangestellte, Kellner oder das triste Paar am Nebentisch, das sich nichts zu sagen hatte – streitsüchtig erscheinen. Damals, in den sechziger Jahren, als die Daruwallas *en famille* reisten, kam zu dem üblichen Trubel noch das backfischhafte, hysterische Getue ihrer Töchter. Deshalb lehnten die Daruwallas, als sie im Juni 1969 nach Goa fuhren, mehrere Angebote ab, sich in der einen oder anderen vornehmen Villa in Alt-Goa einzuquartieren.

Weil sie ein solch lärmender Haufen waren und weil Dr. Daruwalla es liebte, zu jeder Tages- und Nachtzeit zu essen, hielten sie es für klüger und diplomatischer – zumindest bis die Kinder älter waren –, nicht in irgendeinem gepflegten, fremden Haus mit all dem zerbrechlichen portugiesischen Porzellan und den polierten Rosenholzmöbeln zu wohnen. Statt dessen mieteten sie sich in einem jener Strandhotels ein, die schon damals bessere Zeiten gesehen hatten, aber weder von den Kindern demoliert, noch durch Dr. Daruwallas chronischen Appetit beleidigt werden konnten. Die geistvollen Neckereien zwischen Farrokh und Julia wurden von dem schäbigen Personal und der weltverdrossenen Klientel des Hotel Bardez völlig ignoriert, wo das Essen frisch und reichlich war, wenn auch nicht immer ganz appetitlich, und die Zimmer beinahe sauber. Schließlich kam es auf den Strand an.

Das Bardez war Dr. Daruwalla von einem jüngeren Mitglied des Duckworth Club empfohlen worden. Der Doktor wünschte, er wüßte noch genau, wer das Hotel gelobt hatte und warum, konnte sich aber nur noch an Bruchstücke der Empfehlung erinnern. Die Gäste waren vorwiegend Europäer, und Farrokh hatte sich gedacht, daß Julia das reizvoll finden würde und der junge John D. sich dort entspannen könnte. Julia hatte ihren Mann damit aufgezogen, daß er anscheinend glaubte, John D. würde »Entspannung« benötigen; sie fand die Vorstellung, daß der junge Mann noch entspannter sein könnte, als er ohnehin schon war, absurd. Was die europäischen Gäste betraf, gehörten sie nicht zu den Leuten, die Julia jemals kennenlernen wollte, da sie unter allem Niveau waren – selbst für John D.s Verhältnisse. Und John D. hatte es während seiner Studienzeit in Zürich mit der Moral sicher ebensowenig genau genommen wie andere junge Männer.

Zweifellos stach John D. aus der Daruwalla-Sippe hervor; er war so heiter und gelassen, so himmlisch ruhig wie die Töchter Daruwalla umtriebig. Die drei Mädchen waren fasziniert von den eher unsympathischen europäischen Gästen des Hotels Bardez, klammerten sich aber dennoch an John D. Er war ihr Beschützer, wann immer ihnen die jungen Frauen oder die jungen Männer in ihren Tangahöschen und Minibikinis zu nahe kamen. In Wirklichkeit machten sich diese jungen Leute wohl nur an die Familie Daruwalla heran, um John D. besser betrachten zu können, dessen grandiose Schönheit die anderer junger Männer im allgemeinen und anderer Neunzehnjähriger im besonderen völlig in den Schatten stellte.

Selbst Farrokh neigte dazu, John D. mit offenem Mund anzustarren, obwohl er von Jamshed und Josefine wußte, daß er sich nur für die Schauspielerei interessierte und daß er gerade dafür unverhältnismäßig schüchtern war. Aber der bloße Anblick dieses Jungen, dachte Farrokh, strafte alle Bedenken, die sein Bruder und seine Schwägerin geäußert hatten, Lügen. Julia war die erste, die behauptete, John D. sehe aus wie ein Filmstar; sie sagte, damit meine sie, daß man ihn einfach ansehen mußte, selbst wenn er anscheinend nichts tat oder an nichts dachte. Zudem machte Julia ihren Mann darauf aufmerksam, daß man John D.s Alter fast nicht schätzen konnte. Frischrasiert war seine Haut so zart und weich, daß er viel jünger aussah als neunzehn – fast präpubertär. Aber wenn er seinen Bart wachsen ließ, selbst wenn es nur Eintagesstoppeln waren, wurde aus ihm ein erwachsener Mann – mindestens Ende Zwanzig –, der clever und selbstsicher und gefährlich wirkte.

»Das ist es also, was du mit Filmstar meinst?« fragte Farrokh seine Frau.

»Das ist es, was Frauen attraktiv finden«, sagte Julia offenherzig. »Dieser Junge ist ein Mann und zugleich ein Junge.«

Doch während der ersten paar Urlaubstage war Dr. Daruwalla zu abgelenkt, um über John D.s Potential als Filmstar nachzudenken. Julia hatte Farrokh wegen der Empfehlung des Hotels Bardez aus Duckworthianer-Kreisen nervös gemacht. Es machte zwar Spaß, den europäischen Plebs und die interessanten Goaner zu beobachten, aber was, wenn noch andere

Duckworthianer im Hotel Bardez abstiegen? Das wäre so, als hätten sie Bombay gar nicht verlassen, meinte Julia.

Und so suchte der Doktor das Hotel nervös nach versprengten Duckworthianern ab, voller Angst, daß die Sorabjees im Café-Restaurant auftauchen oder die Bannerjees vom Arabischen Meer an den Strand gespült oder die Lals überraschend hinter den Arekapalmen hervorspringen könnten. Dabei wollte Farrokh lediglich ein bißchen Ruhe, um über sein wachsendes Bedürfnis, sich schöpferisch zu betätigen, nachzudenken.

Dr. Daruwalla war enttäuscht, daß er kein so begeisterter Leser mehr war wie früher. Sich Filme anzusehen war einfacher; er hatte das Gefühl, der verführerischen Faulheit erlegen zu sein, mit der sich Filme konsumieren ließen. Er war stolz, wenigstens nicht auf das Niveau der *masala*-Filme herabgesunken zu sein – jener Schundfilme der Bombayer Kinoszene mit ihrem Mischmasch aus Gesang und Gewalt. Doch alles, was Europa und Amerika an knallharten Krimis zu bieten hatten, fesselte ihn, und wenn es noch so seicht war; ihn reizte der von weißen, zähen Burschen handelnde Schrott.

Der Filmgeschmack des Doktors stand in krassem Gegensatz zu dem, was seine Frau gerne las. In diesen Urlaub hatte sich Julia die Autobiographie von Antony Trollope mitgenommen, aber Farrokh hatte wenig Lust, sich Teile daraus anzuhören. Julia las ihm gern Passagen aus Büchern vor, die sie besonders gut geschrieben oder amüsant oder anrührend fand, aber Farrokhs Vorurteil gegenüber Dickens erstreckte sich auch auf Trollope, dessen Romane er nie zu Ende gelesen hatte und dessen Autobiographie er gar nicht erst in die Hand nehmen wollte. Julia bevorzugte im allgemeinen Romane, aber Farrokh vermutete, daß die Autobiographie eines Romanciers fast schon als Fiktion gelten durfte – sicher konnten Romanautoren der Versuchung nicht widerstehen, ihre Autobiographien zu erfinden.

Diese Gedanken führten den Doktor zu weiteren Tagträumereien über seine schlummernde Kreativität. Da er praktisch nicht mehr las, überlegte er, ob er es nicht einmal mit Schreiben versuchen sollte. Autobiographien freilich waren die Domäne derer, die bereits berühmt waren – oder ein spannendes Leben geführt hatten. Da Farrokh selbst weder berühmt war noch, wie er fand, ein sonderlich aufregendes Leben geführt hatte, war eine Autobiographie wohl nicht das richtige für ihn. Trotzdem nahm er sich vor, einen Blick in den Trollope zu werfen – wenn Julia nicht hersah –, nur um festzustellen, ob er ihm vielleicht irgendwelche Anregungen bot. Allerdings bezweifelte er das.

Leider war die einzige andere Lektüre seiner Frau ein Roman, der Farrokh ziemlich beunruhigte. Er hatte einen Blick hineingeworfen, als Julia nicht hersah, und festgestellt, daß er sich erbarmungslos, ja geradezu zwanghaft mit Sexualität beschäftigte. Außerdem war der Autor Dr. Daruwalla völlig unbekannt, was ihn ebenso massiv einschüchterte wie die unverblümte Erotik. Es war einer dieser ausgesprochen gekonnten Romane, hervorragend, in klarer Prosa, geschrieben – das konnte Farrokh beurteilen –, und auch das schüchterte ihn ein.

Dr. Daruwalla fing jeden Roman gereizt und voller Ungeduld an. Julia las langsam, als wollte sie sich jedes Wort auf der Zunge zergehen lassen, während Farrokh wie gehetzt vorwärtsstürmte und dabei eine Liste kleinlicher Beschwerden an den Autor sammelte, bis er auf irgend etwas stieß, das ihn davon überzeugte, daß der Roman lesenswert war – oder bis ihn ein grober Schnitzer oder abgrundtiefe Langeweile dazu bewog, das Buch zuzuklappen. Sooft Farrokh einen Roman ad acta legte, schalt er Julia wegen des sichtlichen Vergnügens, das ihr die Lektüre bereitete. Seine Frau war eine Leserin mit breitgefächertem Interesse, die fast alles, was sie anfing, auch zu Ende las; ihre Unersättlichkeit schüchterte Dr. Daruwalla ebenfalls ein.

Und nun verbrachte er hier seine zweiten Flitterwochen –

eine Bezeichnung, die er viel zu salopp verwendete, denn seit ihrer Ankunft in Goa hatte er mit seiner Frau nicht einmal geflirtet – und hielt ängstlich Ausschau nach irgendwelchen Duckworthianern, deren befürchtetes Auftauchen den gesamten Urlaub zu ruinieren drohte. Verschlimmert wurde die Sache noch dadurch, daß ihn der Roman, den seine Frau las, zutiefst beunruhigte – zugleich aber sexuell erregte. Zumindest *glaubte* er, daß sie ihn las; aber vielleicht hatte sie noch nicht damit angefangen. Falls sie ihn las, hatte sie ihm noch nichts daraus vorgelesen, aber in Anbetracht einer ruhigen, aber eindringlichen Schilderung eines Sexualaktes nach der anderen wäre es Julia sicher zu peinlich, ihm solche Passagen laut vorzulesen. Oder wäre es etwa mir peinlich? fragte er sich.

Der Roman war so fesselnd, daß es ihm nicht mehr genügte, nur kurz hineinzulinsen. Inzwischen war er dazu übergegangen, ihn mit einer Zeitung oder Zeitschrift zu tarnen und sich damit in eine Hängematte zu verziehen. Julia vermißte ihn offenbar nicht; vielleicht las sie ja den Trollope.

Das erste Bild, das Farrokhs Aufmerksamkeit erregte, tauchte nur wenige Seiten nach Beginn des ersten Kapitels auf. Der Erzähler sitzt in Frankreich in einem Zug. »Das Mädchen mir gegenüber ist eingeschlafen. Sie hat einen schmalen Mund, abfallende Mundwinkel, herabgezogen von bitterer Erfahrung.« Sofort hatte Dr. Daruwalla das Gefühl, daß das guter Lesestoff war, vermutete aber zugleich, daß die Geschichte unglücklich enden würde. Der Doktor war nie auf die Idee gekommen, daß ein Hindernis zwischen ihm und wirklich ernsthafter Literatur darin bestand, daß er keine traurigen Schlüsse mochte. Er hatte ganz vergessen, daß er früher als junger Leser traurige Schlüsse bevorzugt hatte.

Erst im fünften Kapitel begann die freimütige, voyeuristische Art des Ich-Erzählers Dr. Daruwalla zu stören, weil sie ihm seine eigene, beunruhigend voyeuristische Veranlagung zum Bewußtsein brachte. »Wenn sie geht, bekomme ich weiche Knie. Der wiegende, weibliche Gang. Runde Hüften. Schmale Taille.« Getreulich wie immer dachte Farrokh an Julia. »Man sieht einen Schimmer des weißen Unterkleids dort, wo ihre zugeknöpfte Jacke leicht über dem Busen spannt. Meine Augen werfen immer wieder rasche, hilflose Blicke darauf.« Ob Julia so etwas gefällt? überlegte Farrokh. Und dann, im achten Kapitel, nahm der Roman eine Wendung, bei der ihm vor Neid und Verlangen elend wurde. Saubere zweite Flitterwochen! dachte er. »Sie wendet ihm den Rücken zu. Mit einer einzigen Bewegung zieht sie ihre Jacke über den Kopf, greift mit jener unguten Ellbogendrehung nach hinten und hakt den Büstenhalter auf. Langsam dreht er sie um.«

Dr. Daruwalla mißtraute dem Autor, diesem Ich-Erzähler, der so detailbesessen die sexuellen Erkundungen eines jungen, im Ausland weilenden Amerikaners und eines französischen Mädchens vom Lande – der achtzehnjährigen Anne-Marie – schilderte. Er durchschaute nicht, daß der Leser ohne die unbehagliche Anwesenheit des Erzählers den Neid und das Verlangen des ewigen Zuschauers nicht hätte miterleben können, eben das, was Farrokh nicht mehr losließ und ihn dazu trieb, immer weiter zu lesen. »Am nächsten Morgen tun sie es wieder. Graues Licht, es ist noch sehr früh. Sie riecht aus dem Mund.«

An dem Punkt wußte Dr. Daruwalla, daß einer der Liebenden sterben würde; ihr Mundgeruch war ein unliebsamer Hinweis auf die Sterblichkeit. Er wollte das Buch beiseite legen, brachte es aber nicht fertig. Irgendwann stellte er fest, daß er den jungen Amerikaner nicht mochte – er ließ sich von seinem Vater unterstützen, hatte nicht einmal einen Job –, sich aber aus tiefstem Herzen nach dem französischen Mädchen sehnte, das hier seine Unschuld verlor. Der Doktor wußte nicht, daß er genau das empfinden *sollte*. Das Buch überstieg sein Fassungsvermögen.

Da Farrokh im Rahmen seiner medizinischen Tätigkeit fast ausschließlich Gutes tat, war er schlecht auf das richtige Leben vorbereitet. Er beschäftigte sich in erster Linie mit Mißbildungen, Deformationen, Verletzungen bei Kindern und versuchte, die ursprünglich vorgesehene Funktionsfähigkeit ihrer kleinen Gelenke wiederherzustellen. Im richtigen Leben gab es kein so klares Ziel.

Ich lese nur noch ein Kapitel, dachte Dr. Daruwalla. Neun hatte er bereits gelesen. Am hintersten Ende der Bucht lag er in der Mittagshitze in einer Hängematte unter den absolut reglosen Blättern der Areka- und der Kokospalmen. In den Geruch von Kokosnuß, Fisch und Salz mischte sich gelegentlich der Haschischgeruch, der über den Strand zog. Wo der Sand an das grüne Gewirr üppiger, tropischer Vegetation stieß, machte ein Zuckerrohrstand einem Karren, an dem Mango-Milkshakes verkauft wurden, ein kleines Schattendreieck streitig. Der Sand war naß von geschmolzenem Eis.

Die Daruwallas hatten eine Zimmerflucht mit Beschlag belegt – ein ganzes Stockwerk des Hotel Bardez, zu dem ein großer, offener Balkon gehörte, auf dem es allerdings nur eine einzige Schlafhängematte gab, die John D. für sich beansprucht hatte. Dr. Daruwalla fühlte sich in seiner Strandhängematte so wohl, daß er beschloß, John D. zu überreden, ihm die Hängematte auf dem Balkon wenigstens für eine Nacht abzutreten; schließlich hatte der junge Mann in seinem Zimmer ein eigenes Bett, und Farrokh und Julia konnten es ertragen, eine Nacht lang getrennt zu schlafen – womit der Doktor meinte, daß er und seine Frau sich nicht jede Nacht oder auch nur zweimal in der Woche liebten. Saubere zweite Flitterwochen! dachte Farrokh abermals und seufzte tief.

Er hätte sich das zehnte Kapitel für ein andermal aufsparen sollen, aber unversehens las er weiter. Wie jeder gute Roman, lullte dieser ihn zunächst ein, so daß ihn die plötzliche Kehrtwendung wie ein Keulenhieb traf. »Dann zieht er eilig, als hätte er es sich anders überlegt, seine Kleider aus und schlüpft neben sie ins Bett. Die Stadt ringsum schweigt. Auf den milchweißen Gesichtern der Uhren rucken die Zeiger, im Gleichschritt, in neue Positionen. Die Züge fahren pünktlich. Über die leeren Straßen streichen ab und zu die gelben Scheinwerfer eines Autos, und Glocken markieren die Stunden, die Viertelstunden, die halben. Als würden Blumen ihn streifen, fährt sie sanft den Ansatz seines Schwanzes nach, der sich inzwischen ganz in sie hineingebohrt hat, berührt seine Eier und beginnt sich langsam in einer Art gehorsamem Aufbäumen unter ihm zu winden, während er sich, in seinen eigenen Traum verfangen, etwas hebt und den feuchten Rand ihrer Möse mit dem Finger nachfährt und dabei kommt wie ein Bulle. Sie bleiben lange Zeit eng beieinander, noch immer ohne zu reden. Es ist diese Form des Austauschs, die sie aneinanderschweißt, das ist das Schreckliche. Diese Abscheulichkeiten führen sie zur Liebe.«

Das Kapitel war noch nicht einmal zu Ende, aber Dr. Daruwalla mußte zu lesen aufhören. Er war schockiert; und er hatte eine Erektion, die er mit dem Buch verdeckte, das er über seinen Schritt stülpte wie ein Zelt. Ganz plötzlich, inmitten dieser glasklaren Prosa, dieser prägnanten Eleganz, gab es einen »Schwanz« und »Eier« und sogar eine »Möse« (mit einem »feuchten Rand«), und diese Akte, die die Liebenden vollzogen, waren »Abscheulichkeiten«. Farrokh schloß die Augen. Hatte Julia diesen Teil gelesen? Normalerweise ließ ihn das Vergnügen seiner Frau an den Passagen, die sie ihm laut vorlas, gleichgültig. Sie unterhielt sich gern mit ihm darüber, wie bestimmte Abschnitte auf sie wirkten – auf Farrokh hatten sie selten irgendeine Wirkung. Jetzt empfand er das überraschende Bedürfnis, die Wirkung dieses Abschnitts mit seiner Frau zu erörtern, und der Gedanke daran verstärkte seine Erektion. Er spürte, wie sein Ständer dieses erstaunliche Buch berührte.

Als der Doktor die Augen öffnete, fragte er sich, ob er gestorben und an dem Ort aufgewacht war, den die Christen als Hölle bezeichnen, denn neben seiner Hängematte standen zwei Gestalten aus dem Duckworth Club, die er nicht sonderlich schätzte, und schauten auf ihn herunter.

»Lesen Sie dieses Buch wirklich oder benutzen Sie es nur zum Einschlafen?« fragte Promila Rai. Neben ihr stand ihr nunmehr einziger Neffe, dieser widerwärtige und ehemals unbehaarte Junge Rahul Rai. Aber der Doktor bemerkte, daß etwas mit Rahul nicht stimmte. Rahul schien jetzt eine Frau zu sein. Zumindest hatte er die Brüste einer Frau; ein Junge war er gewiß nicht.

Verständlicherweise war Dr. Daruwalla sprachlos.

»Schlafen Sie noch immer?« fragte ihn Promila Rai. Sie legte den Kopf schräg, so daß sie den Titel des Romans und den Namen des Autors lesen konnte, während Farrokh das Buch krampfhaft in seiner zeltähnlichen Position über seiner Erektion festhielt, die er Promila – und ihren entsetzlichen Neffen-mit-Brüsten – natürlich nicht sehen lassen wollte.

Promila las den Titel betont laut vor. »*Ein Spaß und ein Zeitvertreib.* Nie davon gehört«, sagte sie.

»Es ist sehr gut«, versicherte ihr Farrokh.

Argwöhnisch las Promila den Namen des Autors. »James Salter. Wer ist denn das?« fragte sie.

»Ein großartiger Autor«, entgegnete Farrokh.

»Und worum geht es?« fragte Promila ungeduldig.

»Um Frankreich«, sagte der Doktor. »Das wahre Frankreich.« Diese Formulierung war ihm noch aus dem Roman in Erinnerung.

Promila langweilte sich bereits mit ihm. Es war einige Jahre her, seit er sie das letzte Mal gesehen hatte. Farrokhs Mutter Meher hatte ihm wiederholt über Promilas zahlreiche Reisen ins Ausland und über die unbefriedigenden Ergebnisse ihrer kosmetischen Operationen berichtet. Während der Doktor aus seiner Hängematte zu Promila aufsah, bemerkte er die unnatürliche Straffheit (unter ihren Augen), die vom letzten Liften stammte; dabei mußte sie anderswo noch dringend gestrafft werden. Sie war verblüffend häßlich und erinnerte mit ihren baumelnden Kehllappen an eine seltene Geflügelart. Farrokh fand es nicht erstaunlich, daß derselbe Mann sie zweimal vor dem Altar hatte stehenlassen; vielmehr erstaunte ihn, daß derselbe Mann es gewagt haben sollte, ihr ein zweites Mal so nahe zu kommen – denn er empfand sie in mehr als einer Beziehung als, wie der alte Lowji es ausgedrückt hatte, eine »Miss Havisham mal zwei«. Sie war nicht nur zweimal sitzengelassen worden, sondern wirkte auch doppelt so rachsüchtig, doppelt so gefährlich und – ihrem bedenklichen Neffen-mit-Brüsten nach zu schließen – doppelt so undurchschaubar.

»Sie erinnern sich doch an Rahul«, sagte Promila zu Farrokh, und um sicher zu sein, daß er ihr auch seine volle Aufmerksamkeit schenkte, klopfte sie mit ihren langen, blaugeäderten Fingern auf den Buchrücken, der noch immer Farrokhs geduckte Erektion verbarg. Als Dr. Daruwalla zu Rahul aufsah, spürte er, wie sein Ständer dahinschmolz.

»Ja, natürlich – Rahul!« sagte der Doktor. Er hatte die Gerüchte gehört, sich aber vorgestellt, daß Rahul schlimmstenfalls die grelle Homosexualität seines verstorbenen Bruders Subodh hervorkehren würde, möglicherweise um damit dessen Andenken zu ehren. Damals, während jenes schrecklichen Monsuns im Jahr 1949, hatte Neville Eden Farrokh damit schockieren wollen, daß er ihm erzählte, er würde Subodh Rai mit nach Italien nehmen, weil eine Pastakur die Widerstandskraft gegen die Härten des Analverkehrs stärke. Wenig später waren beide bei einem

Autounfall ums Leben gekommen. Dr. Daruwalla hatte sich schon gedacht, daß es den jungen Rahul ziemlich hart treffen würde, aber doch nicht so hart!

»Rahul hat sich einer kleinen Geschlechtsumwandlung unterzogen«, sagte Promila Rai mit jener vulgären Direktheit, die bei Leuten, die unsicher oder nicht auf der Höhe der Zeit sind, allgemein als der Gipfel an Weltgewandtheit gilt.

Rahul korrigierte seine Tante mit einer Stimme, die den Kampf unterschiedlicher Hormone widerspiegelte. »Ich stecke noch mitten drin, Tantchen«, bemerkte Rahul. »Ich bin noch nicht ganz komplett«, sagte er betont zu Dr. Daruwalla.

»Das sehe ich«, antwortete der Doktor, obwohl das nicht stimmte, denn er konnte sich nicht vorstellen, welchen Veränderungen sich Rahul unterzogen hatte, geschweige denn, was noch erforderlich sein würde, bis Rahul »komplett« war. Seine Brüste waren ziemlich klein, aber fest und sehr hübsch geformt. Die Lippen waren voller und weicher, als Farrokh sie in Erinnerung hatte, und das Make-up betonte dezent die Augen. Wenn Rahul im Jahr 1949 zwölf oder dreizehn Jahre alt gewesen war – und nicht älter als zehn, als Lowji ihn wegen der von seiner Tante so bezeichneten unerklärlichen Unbehaartheit untersucht hatte –, konnte sich Farrokh ausrechnen, daß er jetzt zwei- oder dreiunddreißig war. Da der Doktor auf dem Rücken in der Hängematte lag, sah er nur Rahuls obere Hälfte bis zur Taille, die zart und geschmeidig war wie die eines jungen Mädchens.

Für den Doktor bestand kein Zweifel, daß Östrogene mit im Spiel waren, und Rahuls Brüsten und seiner makellosen Haut nach zu schließen, hatten sie bemerkenswerten Erfolg gehabt. Ihre Auswirkungen auf Rahuls Stimme waren bestenfalls im Gange, denn noch setzte sich diese aus einem wilden Durcheinander männlicher und weiblicher Klänge zusammen. War Rahul kastriert worden? Durfte man das fragen? Rahul sah weiblicher aus als die meisten *hijras*. Aber warum hätte er sich den Penis entfernen lassen sollen, wenn er die Absicht hatte, »komplett« zu werden? Denn das bedeutete ja vermutlich eine voll ausgeformte Vagina, und die wurde doch wohl auf chirurgischem Weg aus dem umgestülpten Penis gebildet. Ein Glück, daß ich nur Orthopäde bin, dachte Dr. Daruwalla dankbar. Und so fragte er Rahul lediglich: »Werden Sie auch Ihren Namen ändern?«

Frech, ja geradezu kokett lächelte Rahul zu Farrokh hinunter, während in seiner Stimme erneut männliche und weibliche Elemente miteinander kämpften. »Erst wenn ich ganz echt bin«, antwortete Rahul.

»Verstehe«, antwortete der Doktor und gab sich Mühe, Rahuls Lächeln zu erwidern oder zumindest tolerant zu wirken. Wieder erschreckte Promila Farrokh damit, daß sie mit den Fingern auf sein Buch trommelte, das er noch immer fest umklammerte.

»Ist die ganze Familie da?« fragte sie, wobei sich »die ganze Familie« wie etwas Groteskes anhörte, wie wilde Heerscharen.

»Ja«, antwortete Dr. Daruwalla.

»Und dieser wunderschöne Junge ist hoffentlich auch hier. Ich möchte, daß Rahul ihn kennenlernt!« sagte Promila.

»Er muß jetzt achtzehn sein – nein, neunzehn«, sagte Rahul verträumt.

»Ja, neunzehn«, sagte der Doktor kurz angebunden.

»Daß ihn mir ja niemand zeigt«, sagte Rahul. »Ich möchte wissen, ob ich ihn aus der Menge herauskenne.« Mit dieser Bemerkung wandte er sich von der Hängematte ab und ging davon. Nach Dr. Daruwallas Ansicht hatte er die Richtung seines Abgangs bewußt gewählt, um dem Doktor in der Hängematte den bestmöglichen Blick auf seine weiblichen Hüften zu gestatten. Rahuls Pobacken kamen in dem knappsitzenden Sarong recht gut zur Geltung, und das enganliegende, rückenfreie Oberteil betonte ähnlich vorteilhaft Rahuls Brüste. Trotzdem waren, wie Farrokh kritisch bemerkte, die Hände zu groß, die Schultern zu breit, die Oberarme zu muskulös; die Füße waren zu lang, die Fesseln zu kräftig. Rahul war weder perfekt noch komplett.

»Ist sie nicht eine Augenweide?« flüsterte Promila dem Doktor ins Ohr. Sie beugte sich über ihn, so daß der schwere silberne Anhänger, das Mittelstück ihrer Halskette, an seine Brust schlug. Demnach war Rahul für Promila also bereits eine richtige »Sie«.

»Sie wirkt so … feminin«, sagte Dr. Daruwalla zu der stolzen Tante.

»Sie ist feminin!« entgegnete Promila Rai.

»Nun … ja«, meinte der Doktor. Farrokh fühlte sich in der Hängematte gefangen, während Promila wie ein Raubvogel – ein räuberisches Geflügel – über ihm schwebte. Sie roch ziemlich penetrant – eine Mischung aus Sandelholz und Konservierungsflüssigkeit, mit einem Hauch Zwiebeln, aber auch einer Prise Moos. Dr. Daruwalla gab sich alle Mühe, nicht zu würgen. Als Promila Anstalten machte, ihm den Roman von James Salter wegzuziehen, hielt er das Buch mit beiden Händen fest.

»Wenn das ein so wunderbares Buch ist«, sagte sie argwöhnisch, »werden Sie es mir hoffentlich einmal leihen.«

»Ich glaube, Meher wollte es als nächstes lesen«, sagte er, aber natürlich meinte er nicht seine Mutter Meher, sondern hatte »Julia« sagen wollen.

»Ist Meher auch hier?« fragte Promila rasch.

»Nein, ich meinte Julia«, sagte Farrokh einfältig. Promilas höhnisches Lächeln verriet, daß sie sein Sexualleben als so langweilig einschätzte, daß er seine Frau mit seiner Mutter verwechselte – dabei war er noch nicht einmal vierzig! Farrokh schämte sich, war aber auch verärgert. Was ihn anfangs an *Ein Spaß und ein Zeitvertreib* gestört hatte, fesselte ihn jetzt. Er fühlte sich ungeheuer stimuliert, ohne dieselben Schuldgefühle wie bei Pornographie zu empfinden. Das hier war so erlesen und zugleich so erotisch, daß er es mit Julia gemeinsam genießen wollte. Der Roman hatte es irgendwie auf wunderbare Weise geschafft, daß er sich wieder jung fühlte.

Dr. Daruwalla betrachtete Rahul und Promila als sexuell abartige Wesen. Sie hatten ihm die Stimmung verdorben, hatten seine Freude an diesem aufreizenden und gleichzeitig ernsthaften Buch getrübt, weil sie so unnatürlich waren – so pervers. Er sollte lieber aufstehen und Julia warnen, daß Promila Rai und ihr Neffe-mit-Brüsten die Gegend unsicher machten. Möglicherweise mußten die Daruwallas ihren minderjährigen Töchtern irgendwie erklären, was mit Rahul nicht ganz in Ordnung war. Farrokh beschloß, auf alle Fälle John D. Bescheid zu sagen, denn es hatte ihm gar nicht gefallen, daß Rahul so erpicht darauf war, John D. »aus der Menge« herauszukennen.

Ohne Zweifel hatte Promila ihrem Neffen-mit-Brüsten eingeredet, daß John D. viel zu gut aussah, um der Sohn von Danny Mills zu sein. Dr. Daruwalla glaubte, daß Rahul nach John D. Ausschau hielt, weil der Möchtegern-Transsexuelle hoffte, an des Doktors liebem Jungen Züge von Neville Eden zu entdecken!

Promila hatte sich von ihm und seiner Hängematte abgewandt und tat so, als würde sie mit den Augen den Strand nach dem »hinreißenden« Rahul absuchen. Dr. Daruwalla nutzte diese Gelegenheit, um die Rückseite ihres Halses anzustarren. Sogleich bereute er es, denn zwischen den verfärbten Falten starrte ihm ein tumorartiges Gewächs mit Melanomcharakter entgegen. Doch der Doktor konnte sich nicht dazu überwinden, Promila den Rat zu geben, das Ding von einem Arzt untersuchen zu lassen. Das war ohnehin keine Aufgabe für einen Orthopäden, und Farrokh mußte daran denken, wie ungnädig Promila reagiert hatte, als Lowji Rahuls Unbehaartheit als Bagatelle abgetan hatte. Er fragte sich, ob die Diagnose seines Vaters vielleicht voreilig gewesen war; möglicherweise war die Unbehaartheit ja ein frühes Anzeichen dafür gewesen, daß irgend etwas an Rahuls Geschlecht der Korrektur bedurfte.

Er versuchte sich an die ungeklärte Verbindung zu Dr. Tata zu erinnern und rief sich den Tag ins Gedächtnis, an dem Promila und Rahul den alten Narren vor dem Anwesen der Daruwallas abgesetzt hatten. Damals hatten Farrokh und seine Eltern Mutmaßungen darüber angestellt, warum Promila oder Rahul Dr. Tata aufgesucht haben mochte. Es war unwahrscheinlich, daß sich Promila in Dr. Tatas bester, berühmtester Klinik für Gynäkologie & Geburtshilfe behandeln ließ, da sie es nie riskiert hätte, ihre kostbaren Geschlechtsteile einem Arzt anzuvertrauen, der in dem Ruf stand, noch schlechter zu sein als so manche andere. Lowji hatte damals gemeint, daß möglicherweise Rahul Dr. Tatas Patient war. »Hat vermutlich was mit seiner Unbehaartheit zu tun«, hatte sein Vater gesagt, wenn Farrokh sich recht erinnerte.

Jetzt war der alte Dr. Tata tot. Übereinstimmend mit den eher zurückhaltenden Zeiten hatte sein Sohn, der ebenfalls Geburtshelfer und Gynäkologe war, »beste« und »berühmteste« aus dem Kliniknamen gestrichen – obwohl sein Ruf als Arzt angeblich ebenso weit unter dem Durchschnitt lag wie der seines Vaters, weshalb er in Bombayer Medizinerkreisen auch konsequent als »Tata Zwo« bezeichnet wurde. Aber möglicherweise hatte Tata Zwo die Krankengeschichten seines Vaters aufbewahrt. Farrokh überlegte, daß es vielleicht interessant sein könnte, mehr über Rahuls Unbehaartheit zu erfahren.

Die Vorstellung, daß Promila und Rahul so zielstrebig auf eine Geschlechtsumwandlung bei Rahul hinarbeiteten, daß sie annahmen, ein gynäkologischer Chirurg sei die richtige Anlaufstelle, belustigte Dr. Daruwalla. Man erkundigt sich nicht bei dem Arzt, der mit den Teilen vertraut ist, die man haben möchte, sondern bei einem, der über die Teile Bescheid weiß, die man hat! Hier wurde ein Urologe benötigt. Vermutlich war auch ein psychiatrisches Gutachten erforderlich, denn bestimmt würde kein verantwortungsbewußter Arzt eine vollständige Geschlechtsumwandlung einfach so auf Anfrage durchführen.

Dann fiel Farrokh ein, daß Operationen zur Geschlechtsumwandlung in Indien illegal waren, obwohl dies die *hijras* keineswegs davon abhielt, sich selbst zu kastrieren; Entmannung war eine Pflicht, die ihnen die Kaste auferlegte. Doch Rahul war offensichtlich an keine so belastende »Pflicht« gebunden; für seine Entscheidung mußte wohl ein anderes Motiv ausschlaggebend gewesen sein – er wollte nicht das genau definierte dritte Geschlecht eines Eunuchen-Transvestiten annehmen, sondern »komplett« sein. Eine echte Frau – genau das wollte Rahul Dr. Daruwallas Ansicht nach sein.

»Vermutlich hat Ihnen der junge Sidhwa das Hotel Bardez empfohlen«, sagte Promila verächtlich zum Doktor, der sich daraufhin wohl oder übel an die unwahrscheinliche Informationsquelle erinnerte. Sidhwa war ein junger Mann, dessen Geschmack sich für Farrokhs Begriffe viel zu sehr an modischen Trends orientierte, doch im Falle des Hotel Bardez hatte sich Sidhwa mit ungezügelter Begeisterung – und sehr ausführlich – geäußert.

»Ja, es war Sidhwa«, entgegnete der Doktor. »Vermutlich hat er Ihnen auch davon erzählt.«

Promila Rai schaute zu Dr. Daruwalla in seiner Hängematte hinunter. Auf ihrem Gesicht lag die kalte Herablassung eines Reptils. In ihrem Blick war kein Schimmer von Mitgefühl, sondern höchstens das, was man bei einer Eidechse, die eine Fliege ins Visier nimmt, für Begierde halten könnte.

»*Ich* habe *ihm* davon erzählt«, erklärte sie Farrokh. »Das Bardez ist *mein* Hotel. Ich komme schon seit Jahren hierher.«

Oje, was habe ich da nur für eine Entscheidung getroffen! dachte Dr. Daruwalla. Aber Promila war mit ihm fertig, zumindest für den Augenblick. Sie spazierte einfach davon, ohne ein Mindestmaß an Höflichkeit, obwohl sie sicher wußte, was gute Manieren waren, und sie in übertriebenem Maß an den Tag zu legen vermochte, wenn es ihr paßte.

Das also war die schlechte Nachricht, die Farrokh für Julia hatte: Zwei widerwärtige Duckworthianer waren im Hotel Bardez eingetroffen, das sich als einer ihrer bevorzugten Aufenthaltsorte entpuppte. Aber die gute Nachricht war *Ein Spaß und ein Zeitvertreib* von James Salter, denn Farrokh war neununddreißig, und es war lange her, seit ein Buch geistig und körperlich so von ihm Besitz ergriffen hatte.

Dr. Daruwalla begehrte seine Frau – so plötzlich, so beunruhigend, so schamlos, wie er sie je begehrt hatte –, und er staunte über die Macht von James Salters Prosa, die das zuwege brachte: ästhetisch ansprechend zu sein und zugleich sehr viel mehr bei ihm zu bewirken als einen einfachen Ständer. Der Roman erschien ihm wie eine einzige grandiose Verführung; er hatte alle seine Sinne angeregt.

Der Sand am Strand kühlte allmählich ab; mittags war er so brennend heiß gewesen, daß man ihn nur mit Sandalen hatte überqueren können, aber jetzt hatte er die ideale Temperatur. Während der Doktor barfuß durch den angenehm warmen Sand ging, schwor er sich, einmal ganz früh aufzustehen, um den Sand in seinem kühlsten Zustand zu erleben, aber dann vergaß er es wieder. Aber ohne Zweifel regten sich in ihm erneut Flitterwochengefühle. Ich werde James Salter einen Brief schreiben, beschloß er. Für den Rest seines Lebens sollte er es bedauern, daß er diesen Vorsatz nicht ausgeführt hatte, aber an diesem Junitag – im Jahr 1969 an der Baga-Beach in Goa – fühlte er sich vorübergehend wie neugeboren. Nur noch ein Tag trennte ihn von der Begegnung mit der Fremden, deren Stimme auf dem Anruf-

beantworter ihm zwanzig Jahre später noch immer Angst einzujagen vermochte.

»Ist er das? Ist das der Doktor?« würde sie fragen. Als der
Doktor diese Frage zum erstenmal hörte, hatte er keine Ahnung
von der Welt, an deren Schwelle er stand.

10

Wege, die sich kreuzen

Ein Syphilistest

Im Hotel Bardez informierten die Angestellten an der Rezeption Dr. Daruwalla, daß die junge Frau den ganzen Weg von einer Hippie-Enklave in Anjuna bis hierher am Strand entlanggehumpelt sei. Offenbar suchte sie die Hotels nach einem Arzt ab. »Gibt's hier einen Arzt?« hatte sie gefragt. Sie waren stolz darauf, daß sie sie weggeschickt hatten, warnten jedoch den Doktor, daß sie bestimmt zurückkommen würde, denn an der Calangute-Beach würde sie niemanden finden, der sich um ihren Fuß kümmerte, und falls sie es bis Aguada schaffte, würde man sie dort abweisen. So, wie sie aussah, war es gut möglich, daß sogar jemand die Polizei rief.

Farrokh hatte das Bedürfnis, den guten Ruf der Parsen, denen man Fairneß und soziale Gerechtigkeit nachsagte, aufrechtzuerhalten; auf alle Fälle wollte er den Verkrüppelten und Verstümmelten helfen – und ein humpelndes Mädchen fiel zumindest in eine Patientenkategorie, mit der der Orthopäde vertraut war. Schließlich wurden seine Dienste ja nicht benötigt, um einen Rahul Rai »komplett« zu machen. Trotzdem konnte Farrokh den Angestellten des Hotels nicht böse sein. Sie hatten die hinkende junge Frau nur aus Rücksicht auf Dr. Daruwallas Privatsphäre weggeschickt; sie hatten ihn lediglich abschirmen wollen, obwohl es ihnen zweifellos Spaß machte, diese Person, die nach einem Freak aussah, schlecht zu behandeln. Die Goaner hatten, vor allem gegen Ende der sechziger Jahre, die Nase voll von europäischen und amerikanischen Hippies, die ihre

Strände bevölkerten, kaum Geld ausgaben – einige klauten sogar – und die wohlhabenderen Touristen aus dem Westen und aus Indien, die man gern nach Goa locken wollte, nur abschreckten. Aber Dr. Daruwalla teilte den Angestellten des Hotel Bardez, ohne ihr Verhalten zu tadeln, höflich mit, daß er die hinkende Hippiefrau zu untersuchen wünschte, falls sie zurückkehrte.

Besonders enttäuscht von der Entscheidung des Doktors war der alte Teekellner, der zwischen dem Hotel und den diversen sonnengeschützten Liegeplätzen am Strand hin und her schlurfte. Diese aus vier in den Sand geschlagenen Pfählen bestehenden Konstruktionen, die mit getrockneten Palmwedeln gedeckt waren, verteilten sich über den ganzen Strand. Der Teekellner war mehrere Male auf Dr. Daruwalla in seiner Hängematte unter den Palmen zugekommen, und Farrokh hatte ihn in erster Linie aus diagnostischem Interesse sehr genau beobachtet. Der Mann hieß Ali Ahmed. Er behauptete, erst sechzig Jahre alt zu sein, obwohl er wie achtzig aussah, und er wies ein paar der leicht zu erkennenden, auffälligen körperlichen Merkmale angeborener Syphilis auf. Als Ali Ahmed dem Doktor zum erstenmal Tee servierte, entdeckte dieser seine »Hutchinson-Zähne«, wie die unverkennbar tonnenförmigen Schneidezähne auch genannt werden. Die Schwerhörigkeit des Mannes, verbunden mit der charakteristischen Trübung der Augenhornhaut, hatte Dr. Daruwallas Diagnose bestätigt.

Farrokh wollte Ali Ahmed unbedingt dazu bringen, daß er sich mit dem Gesicht zur Morgensonne hinstellte, weil er ein viertes Symptom auszumachen versuchte, das bei angeborener Syphilis nur selten auftritt – das sogenannte Argyll-Robertson-Phänomen, das sehr viel häufiger bei erworbener Syphilis auftaucht. Er hatte auch schon eine Idee, wie er sich den alten Teekellner genau ansehen konnte, ohne daß dieser es merkte.

Von seiner Hängematte aus, in der ihm der Tee serviert

wurde, blickte Dr. Daruwalla hinaus auf das Arabische Meer. Hinter ihm, auf der Landseite, stand die Morgensonne dunstig schimmernd über dem Dorf; aus dieser Richtung wehte der Geruch vergorener Kokosnüsse zum Strand herüber. Während Farrokh Ali Ahmed in die trüben Augen blickte, fragte er mit geheuchelter Unschuld: »Was ist das für ein Geruch, Ali, und woher kommt er?« Um sicher zu sein, daß der alte Mann ihn auch hörte, sprach Farrokh ziemlich laut.

Der Teekellner reichte dem Doktor ein Glas Tee. Seine Pupillen waren verengt, da sie sich auf den Gegenstand in der Nähe – das Teeglas nämlich – eingestellt hatten. Doch als der Doktor ihn fragte, woher der kräftige Geruch kam, schaute Ali Ahmed zum Dorf hinüber. Zunächst erweiterten sich seine Pupillen (um die fernen Wipfel der Kokos- und Arekapalmen aufnehmen zu können), doch obwohl er sein Gesicht direkt der Sonne zuwandte, reagierten sie nicht auf das grelle Licht – sprich: Sie zogen sich nicht zusammen. Ali Ahmed litt unter reflektorischer Pupillenstarre, stellte Dr. Daruwalla fest, dem klassischen Argyll-Robertson-Phänomen.

Farrokh mußte an Dr. Fritz Meitner denken, seinen Lieblingsprofessor für Infektionskrankheiten. Dr. Meitner hatte seinen Medizinstudenten mit Vorliebe erzählt, am besten könne man sich das Argyll-Robertson-Phänomen einprägen, wenn man an eine Prostituierte denke: Sie paßt sich an, reagiert aber nicht. In der Vorlesung saßen nur männliche Studenten; alle hatten gelacht, aber Farrokh hatte sich dabei unbehaglich gefühlt. Er war nie bei einer Prostituierten gewesen, obwohl es die in Wien ebenso gab wie in Bombay.

»*Feni*«, sagte der Teekellner, um den Geruch zu erklären. Aber Dr. Daruwalla wußte die Antwort bereits, so wie er auch wußte, daß bei einigen Syphilitikern die Pupillen nicht auf Licht reagieren.

Im Dorf – oder vielleicht stammte der Geruch auch aus dem fernen Panjim – wurden Kokosnüsse zu dem hier üblichen Gebräu namens *feni* destilliert. Der schwere, widerlich süße Schnapsdunst zog über die wenigen Touristen und Familien hinweg, die an der Baga-Beach Urlaub machten.

Dr. Daruwalla und seine Familie hatten es bei den Angestellten des kleinen Hotels bereits zu großer Beliebtheit gebracht und wurden in dem kleinen, aus Brettern zusammengezimmerten Restaurant mit Strandbar, das sie häufig aufsuchten, überschwenglich begrüßt. Der Doktor gab gute Trinkgelder, seine Frau war eine klassische europäische Schönheit im traditionellen Sinn (im Gegensatz zu dem schäbigen Hippievolk), seine Töchter waren überschäumend lebhaft und hübsch – und noch ausgesprochen unschuldig –, und der hinreißende John D. war für Inder wie ausländische Gäste gleichermaßen faszinierend. Nur bei den wenigen Familien, die so liebenswert waren wie die Daruwallas, entschuldigte sich das Personal des Hotels Bardez für den Geruch des *feni*.

Zu dieser Jahreszeit, in den Vormonsunmonaten Mai und Juni, mieden sowohl die Fremden, die sich hier auskannten, als auch die Inder die Strände von Goa; es war einfach zu heiß. Es war jedoch die Zeit, in der die in anderen Teilen Indiens lebenden Goaner nach Hause kamen, um ihre Familien und Freunde zu besuchen. Die Kinder hatten Schulferien; Garnelen, Hummer und Fisch gab es reichlich, und die Mangos waren richtig reif. (Dr. Daruwalla liebte Mangos über alles.) Im Einklang mit der Urlaubsstimmung und um sämtliche Christen zu besänftigen, beging die katholische Kirche eine Fülle von Feiertagen. Und obwohl der Doktor damals noch nicht religiös war, hatte er nichts gegen ein paar Festessen einzuwenden.

Die Katholiken bildeten nicht mehr die Mehrheit der goanischen Bevölkerung – die Wanderarbeiter der Eisenminen, die zu Beginn dieses Jahrhunderts hierhergekommen waren, waren Hindus –, aber Farrokh hielt, wie sein Vater, hartnäckig an dem Glauben fest, daß »die Katholiken« Goa nach wie vor überschwemmten. Der portugiesische Einfluß lebte in der monumentalen Architektur, die Dr. Daruwalla sehr bewunderte, ebenso weiter wie in der hiesigen Küche, die der Doktor so liebte. Unter den Namen, die christliche Fischer ihren Booten gaben, war »Christkönig« durchaus üblich. In Bombay waren Autoaufkleber, sowohl humorvoller als auch missionarischer Art, eine neue, wenn auch noch nicht weitverbreitete Modeerscheinung; der Doktor meinte scherzhaft, die Bootsnamen der christlichen Fischer seien eben die goanische Variante der Autoaufkleber. Julia goutierte das so wenig wie Farrokhs ständige Spötteleien über die beschädigten Überreste des heiligen Franz Xaver.

»Ich weiß nicht, wie irgend jemand diese Heiligsprechung rechtfertigen kann«, sagte Dr. Daruwalla nachdenklich zu John D., hauptsächlich weil Julia sich weigerte, ihrem Mann zuzuhören, aber auch weil der junge Mann ein paar Theologievorlesungen besucht hatte. In Zürich, so vermutete Farrokh, war das bestimmt protestantische Theologie gewesen. »Stell dir das bloß mal vor!« belehrte Farrokh den jungen Mann. »Eine gewalttätige Frau verschluckt die Zehe des heiligen Franz Xaver, und dann schneiden sie ihm auch noch einen Arm ab und schicken ihn nach Rom!«

John D. lächelte und fuhr schweigend mit seinem Frühstück fort. Die drei Töchter lächelten John D. hilflos an. Als Farrokh zu seiner Frau hinübersah, stellte er überrascht fest, daß sie ihn unverwandt anblickte – sie lächelte ebenfalls. Sie hatte offensichtlich kein Wort von dem mitbekommen, was er gesagt hatte. Der Doktor errötete. Julias Lächeln war nicht im mindesten zynisch; im Gegenteil, ihr Gesichtsausdruck war so aufrichtig verliebt, daß Farrokh davon überzeugt war, daß sie ihn unbedingt an die Freuden der letzten Nacht erinnern wollte – sogar vor John D. und den Kindern! Ihrer gemeinsamen Nacht und Julias sichtlich lüsternen Gedanken am folgenden Morgen nach zu schließen, waren aus ihrem Urlaub doch noch zweite Flitterwochen geworden.

Im Bett zu lesen würde ihnen nie mehr unschuldig vorkommen, dachte der Doktor, obwohl alles ganz unschuldig angefangen hatte. Seine Frau hatte den Trollope gelesen, und Farrokh hatte überhaupt nicht gelesen; er hatte versucht, den Mut aufzubringen, vor Julia *Ein Spaß und ein Zeitvertreib* zu lesen. Doch statt dessen lag er auf dem Rücken und hatte die Hände auf dem grummelnden Bauch verschränkt – zuviel Schweinefleisch, oder vielleicht hatte ihn auch das Gespräch während des Abendessens aufgeregt. Bei Tisch hatte er seiner Familie zu erklären versucht, daß er das Bedürfnis hatte, kreativer zu sein, daß er den Wunsch verspürte, etwas zu schreiben, aber seine Töchter hatten gar nicht auf ihn geachtet, und Julia hatte ihn mißverstanden. Sie hatte ihm eine Kolumne mit medizinischen Ratschlägen und Tips vorgeschlagen – nicht unbedingt für die ›Times of India‹, aber vielleicht für ›The Globe and Mail‹. John D. hatte Farrokh geraten, Tagebuch zu führen. Er habe früher selbst eines geführt, meinte der junge Mann, und es habe ihm Spaß gemacht – bis eine Freundin es gestohlen habe, danach habe er damit aufgehört. An diesem Punkt entgleiste die Unterhaltung völlig, weil die Töchter Daruwalla John D. mit Fragen nach der Anzahl seiner Freundinnen löcherten.

Schließlich war es das Ende der sechziger Jahre, und selbst unschuldige junge Mädchen redeten so daher, als wären sie sexuell erfahren. Es irritierte Farrokh, daß seine Töchter John D. rundheraus fragten, mit wie vielen jungen Frauen er geschlafen hatte. Typisch für ihn und zu Dr. Daruwallas großer Erleichterung war der junge Mann der Frage geschickt und charmant ausgewichen. Aber das Thema der ungenutzten Kreativität des Doktors war damit vom Tisch oder wurde einfach übergangen.

Julia war es jedoch nicht entgangen. Später im Bett, mit mehreren dicken Kissen im Rücken – während Farrokh flach auf dem Rücken lag –, hatte seine Frau ihn mit dem Trollope überfallen.

»Hör dir das an, Liebchen«, sagte Julia. »›Früh im Leben, im Alter von fünfzehn, machte ich mir die gefährliche Gewohnheit zu eigen, ein Tagebuch zu führen, und behielt sie zehn Jahre lang bei. Die Hefte blieben in meinem Besitz, unbeachtet – und ohne daß je ein Blick hineingeworfen wurde – bis 1870, als ich sie noch einmal durchlas und, unter mannigfachem Erröten, vernichtete. Sie überführten mich der Dummheit, Ignoranz, Indiskretion, Faulheit, Übertreibung und Täuschung. Aber sie hatten mich an den blitzschnellen Gebrauch von Tinte und Feder gewöhnt und mir Übung darin verschafft, mich mit Leichtigkeit auszudrücken.‹«

»Ich möchte und ich brauche kein Tagebuch führen«, sagte Farrokh unvermittelt. »Ich habe bereits gelernt, mich mit Leichtigkeit auszudrücken.«

»Kein Grund, gleich so ablehnend zu reagieren«, sagte Julia. »Ich dachte nur, das Thema würde dich interessieren.«

»Ich möchte etwas schaffen«, verkündete Dr. Daruwalla. »Ich bin nicht daran interessiert, über die prosaischen Einzelheiten meines Lebens Buch zu führen.«

»Mir war nicht bewußt, daß unser Leben ausschließlich prosaisch ist«, entgegnete Julia.

Der Doktor, der seinen Fehler erkannte, sagte: »Das ist es auch nicht. Ich habe nur gemeint, daß ich es lieber mit etwas Phantasievollem versuchen möchte. Ich möchte mir etwas ausdenken.«

»Meinst du damit Prosa?« fragte seine Frau.

»Ja«, sagte Farrokh. »Im Idealfall würde ich gern einen

Roman schreiben, aber vermutlich brächte ich keinen sehr guten zustande.«

»Na ja, es gibt alle möglichen Arten von Romanen«, sagte Julia in ihrer hilfreichen Art.

Derart ermutigt, holte Dr. Daruwalla James Salters *Ein Spaß und ein Zeitvertreib* aus seinem Versteck unter der Zeitung auf dem Boden neben dem Bett hervor. Er hob den Roman vorsichtig auf, als könnte er sich als gefährliche Waffe entpuppen, was ja auch zutraf.

»Zum Beispiel«, sagte Farrokh, »glaube ich nicht, daß ich je einen so guten Roman schreiben könnte.«

Julia warf einen raschen Blick auf den Salter, bevor sie wieder zu ihrem Trollope zurückkehrte. »Nein, das glaube ich auch nicht«, sagte sie.

Aha! dachte der Doktor. Dann hat sie ihn also gelesen! Aber er fragte betont gleichgültig: »Hast du ihn gelesen?«

»Ja«, sagte seine Frau, ohne den Blick von ihrem Buch zu heben. »Ich habe ihn mitgenommen, um ihn ein zweites Mal zu lesen.«

Es fiel Farrokh schwer, unbeteiligt zu bleiben, aber er gab sich Mühe. »Dann hat er dir also gefallen, nehme ich an«, sagte er.

»Ja, sehr gut«, antwortete Julia. Nach einer bedeutungsschweren Pause fragte sie ihn: »Und dir?«

»Ich finde ihn ziemlich gut«, gab der Doktor zu. »Allerdings könnte ich mir denken«, fügte er hinzu, »daß es Leser gibt, die an bestimmten Stellen Anstoß nehmen oder schockiert sind.«

»Ja, mag sein«, pflichtete Julia ihm bei. Dann klappte sie den Trollope zu und sah ihn an. »An welche Stellen denkst du denn?«

Es spielte sich nicht genau so ab, wie er es sich vorgestellt hatte, aber genau das hatte er erreichen wollen. Da Julia die meisten Kissen hatte, rollte er sich auf den Bauch und stützte sich auf die Ellbogen. Er begann mit einem eher behutsamen Abschnitt. »›Endlich hält er inne‹«, las Farrokh laut vor. »›Er beugt sich hinüber, um sie zu bewundern, doch sie sieht ihn nicht. Haar bedeckt ihre Wange. Ihre Haut wirkt sehr blaß. Er küßt sie auf die Seite und beginnt dann, ohne Druck, so wie man eine Lieblingsstute streichelt, aufs neue. Sie erwacht mit einem leisen, erschöpften Stöhnen, wie jemand, der vor dem Ertrinken gerettet wurde.‹«

Julia rollte sich ebenfalls auf den Bauch, wobei sie sich die Kissen unter die Brust stopfte. »Man kann sich kaum vorstellen, daß jemand diese Stelle schockierend oder anstößig findet«, sagte sie.

Dr. Daruwalla räusperte sich. Der Deckenventilator bewegte den Flaum in Julias Nacken; ihr dichtes Haar war nach vorn gefallen, so daß es die Augen verdeckte. Wenn er die Luft anhielt, konnte er sie atmen hören. »›Sie kann nicht genug kriegen‹«, las er, während Julia das Gesicht in den Armen vergrub. »›Sie läßt ihn nicht in Frieden. Sie zieht ihre Kleider aus und ruft ihn zu sich. Einmal in dieser Nacht und zweimal am nächsten Morgen kommt er ihrem Wunsch nach, und in der Dunkelheit dazwischen liegt er wach, die Lichter von Dijon schwach an der Decke, die Boulevards leer und still. Es ist eine bitterkalte Nacht. Regenschauer ziehen vorbei. Schwere Tropfen prasseln in den Rinnstein vor dem Fenster, aber sie sind in einem Taubenschlag, sie sind Tauben unter dem Dachgesims. Ringsum rauscht der Regen herab. Tief in den Federn, leise schnaufend, liegen sie da. Sein Sperma schwimmt langsam in ihr, sickert zwischen ihren Beinen hervor.‹«

»Ja, das ist schon besser«, sagte Julia. Als er sie ansah, stellte er fest, daß sie ihm ihr Gesicht zugewandt hatte und ihn anschaute; das gelbe, unstete Licht der Kerosinlampe war nicht so gespenstisch bleich wie das Mondlicht, das in den ersten Flitterwochen auf ihr Gesicht geschienen hatte, aber selbst dieses matte Licht ließ ihre Bereitschaft erkennen, ihm zu vertrauen. Ihre Hochzeitsnacht, im österreichischen Winter, hatten sie in einem dieser verschneiten Alpenstädtchen verbracht, und ihr Zug aus Wien war so spät angekommen, daß man sie um ein Haar nicht mehr in den Gasthof gelassen hätte, obwohl sie ein Zimmer bestellt hatten. Es mußte zwei Uhr morgens gewesen sein, bis sie sich ausgezogen und gebadet hatten und in das Federbett gestiegen waren, das sich, weiß wie die verschneiten Berge, wie das Mondlicht, zeitlos leuchtend, in ihrem Fenster widerspiegelte.

Doch in ihren zweiten Flitterwochen war Dr. Daruwalla gefährlich nahe daran, die Stimmung zu ruinieren, als er zu einer behutsamen Kritik Salters ansetzte. »Ich bin nicht sicher, ob es richtig ist zu sagen, daß Sperma ›langsam‹ schwimmt«, sagte er, »und genaugenommen ist es *semen*, nicht Sperma, was zwischen ihren Beinen heraussickert.«

»Meine Güte, Farrokh«, sagte seine Frau, »gib mir das Buch.«

Sie hatte keinerlei Mühe, die Stelle zu finden, die sie suchte, obwohl sie nicht eingemerkt war. Farrokh lag auf der Seite und betrachtete sie, während sie vorlas. »Sie ist so feucht, bis er ihr die Kissen unter den schimmernden Bauch geschoben hat, daß er mit einer langen köstlichen Bewegung ganz in sie eintaucht. Sie beginnen langsam. Als er nahe daran ist zu kommen, zieht er seinen Schwanz heraus und läßt ihn abkühlen. Dann fängt er wieder an, lenkt ihn mit einer Hand, führt ihn wie ein Seil. Sie beginnt mit den Hüften zu rollen, kleine Schreie auszustoßen. Es ist, als würde er einer Verrückten behilflich sein. Schließlich zieht er ihn wieder heraus. Während er wartet, ruhig, ganz bewußt, fällt sein Blick auf Gleitmittel – ihre Gesichtscreme, Fläschchen im Schrank. Sie lenken ihn ab. Ihre Anwesenheit ist beängstigend, wie Beweismittel kommen sie ihm vor. Sie beginnen wieder, und diesmal hören sie nicht auf, bis sie aufschreit und er in langen be-

benden Anläufen kommt, wobei es ihm so vorkommt, als stieße die Spitze seines Schwanzes auf Knochen.‹«

Julia gab ihm das Buch wieder zurück. »Du bist dran«, sagte sie. Sie lag ebenfalls auf der Seite, betrachtete ihn, doch als er zu lesen begann, schloß sie die Augen; ihr Gesicht auf dem Kissen sah beinahe genauso aus wie an jenem Morgen in den Alpen. St. Anton, so hatte der Ort geheißen, und Farrokh war aufgewacht vom Stapfen der Skistiefel auf festgepreßtem Schnee; anscheinend marschierte ein ganzes Heer von Skifahrern durch die Stadt zum Skilift. Nur Julia und er waren nicht hier, um Ski zu fahren. Sie waren hier, um zu ficken, dachte Farrokh, während er das schlafende Gesicht seiner Frau betrachtete. Und so hatten sie die Woche damit verbracht, kurze Vorstöße in die verschneiten Gassen der Stadt zu unternehmen und dann zurück in ihr Federbett zu eilen. Am Abend stürzten sie sich nicht weniger heißhungrig auf das herzhafte Essen als die Skifahrer. Während Farrokh vorlas und dabei Julia betrachtete, erinnerte er sich an jeden Tag und an jede Nacht in St. Anton.

»›Er denkt an die Kellner im Kasino, an das Publikum im Kino, die düsteren Hotels, während sie auf dem Bauch liegt und er sich, ungezwungen, als würde er an einem schön gedeckten Tisch Platz nehmen, aber nicht mehr als das, in sie hineinschiebt. Sie liegen beide auf der Seite. Er versucht, sich nicht zu bewegen. Da sind nur die kleinen, unsichtbaren Zuckungen, wie wenn ein Fisch beinahe anbeißt.‹«

Julia schlug die Augen auf, als Farrokh nach einer anderen Stelle suchte.

»Hör nicht auf«, sagte sie.

Dann fand Dr. Daruwalla, wonach er suchte – eine ziemlich kurze und einfache Passage. »›Ihre Brüste sind hart‹«, las er seiner Frau vor. »›Ihre Möse trieft.‹« Der Doktor hielt inne. »Ich nehme an, daß es Leser gibt, die das schockierend oder anstößig finden«, fügte er hinzu.

»Ich nicht«, erklärte ihm seine Frau. Er klappte das Buch zu und legte es zur Zeitung auf den Boden. Als er zurückrollte, hatte Julia die Kissen unter ihre Hüften geschoben und wartete auf ihn. Zuerst berührte er ihre Brüste.

»Deine Brüste sind hart«, sagte er zu ihr.

»Sind sie nicht«, widersprach sie. »Meine Brüste sind alt und weich.«

»Ich mag sie weich lieber«, sagte er.

Nachdem sie ihn geküßt hatte, sagte sie: »Meine Möse trieft.«

»Tut sie nicht!« sagte er instinktiv, doch als sie seine Hand nahm und sie hinführte, spürte er, daß sie nicht log.

Am Morgen drang das Sonnenlicht durch die schmalen Ritzen der Fensterläden und legte sich in horizontalen Streifen auf die kahle, kaffeebraune Wand. In der Zeitung am Boden raschelte ein Gecko – nur seine Nase spitzte zwischen den Seiten hervor –, und als Dr. Daruwalla nach dem Roman griff, schoß er unters Bett. Ihre Möse trieft! dachte der Doktor im stillen. Leise schlug er das Buch auf, weil er glaubte, seine Frau würde noch schlafen.

»Lies weiter – laut«, murmelte Julia.

Auf den Lunch folgt Niedergeschlagenheit

Am Morgen sah Farrokh der Situation mit neuem sexuellen Selbstvertrauen ins Auge. Rahul Rai hatte mit John D. ein Gespräch angeknüpft, und obwohl Rahul – selbst nach Farrokhs Maßstäben – in »ihrem« Bikini entzückend aussah, lieferte die kleine, verräterische Wölbung des Bikinihöschens Dr. Daruwalla einen ausreichenden Grund, um John D. vor einer möglichen Konfrontation zu bewahren. Während Julia mit ihren Töchtern am Strand saß, spazierten der Doktor und John D., in ein vertrauliches Männergespräch vertieft, am Ufer entlang.

»Was Rahul angeht, solltest du eines wissen«, begann Farrokh.

»Wie heißt sie?« fragte John D.

»*Er* heißt Rahul«, erklärte Farrokh. »Wenn du in *sein* Höschen schauen würdest, würdest du ziemlich sicher einen Penis und ein Paar Eier vorfinden – beides ziemlich klein.« Sie gingen an der Küstenlinie entlang, wobei John D. angelegentlich auf die glatten, sandpolierten Steine und die zerbrochenen, abgerundeten Muschelschalen achtete.

Schließlich sagte er: »Die Brüste sehen aber echt aus.«

»Garantiert künstlich hervorgerufen, durch Hormone«, entgegnete Dr. Daruwalla und erläuterte, wie Östrogene wirken. Sie bewirken, daß sich Brüste und Hüften entwickeln und daß der Penis auf Klein-Jungen-Größe zusammenschrumpft. Die Hoden bilden sich so weit zurück, daß sie Schamlippen ähneln. Der Penis schrumpft so, daß er einer vergrößerten Klitoris gleicht. Außerdem klärte der Doktor, so gut er es vermochte, John D. über eine vollständige operative Geschlechtsumwandlung auf.

»Toll«, bemerkte John D. Gemeinsam überlegten sie, ob sich Rahul wohl mehr für Männer oder für Frauen interessierte. Aus der Tatsache, daß Rahul eine Frau sein wollte, leitete Dr. Daruwalla ab, daß er sich für Männer interessierte. »Das läßt sich schwer sagen«, meinte John D. Als sie zu dem Sonnendach aus Palmblättern zurückkehrten, unter dem sich die Töchter Daruwalla niedergelassen hatten, unterhielt sich Rahul Rai mit Julia!

Später meinte Julia: »Ich glaube, daß er sich eher für junge Männer interessiert, obwohl er vermutlich auch mit einer jungen Frau vorliebnehmen würde.«

Vorliebnehmen? dachte Dr. Daruwalla. Promila hatte ihm anvertraut, daß das »arme Kind« im Augenblick eine schlimme Zeit durchmachte. Offenbar waren sie nicht gemeinsam aus

Bombay angereist, sondern Promila hatte ihren Neffen im Bardez getroffen; er hatte bereits über eine Woche allein hier zugebracht. Promila zufolge hatte er »Hippie-Freunde« – irgendwo in der Nähe von Anjuna –, aber es war nicht alles so gelaufen, wie Rahul es sich erhofft hatte. Farrokh verspürte nicht den Wunsch, Genaueres zu erfahren, aber Promila teilte ihm trotzdem ihre Vermutungen mit.

»Vermutlich sind Dinge vorgefallen, die ihn sexuell verwirrt haben«, erklärte sie Dr. Daruwalla.

»Ja, vermutlich«, meinte der Doktor. Im Normalfall hätte ihn das alles tief beunruhigt, aber seine erotischen Höhenflüge mit Julia wirkten sich positiv auf den Tag danach aus. Weder all das, was an Rahul sexuell so »verwirrend« war und Dr. Daruwalla im Grunde auch irritierte, noch die brüllende Hitze konnten seinen Appetit im mindesten beeinträchtigen.

Mittags war es erbarmungslos heiß, und nirgends war ein Lüftchen zu spüren. Die Palmwedel der Areka- und der Kokospalmen, die die Küste säumten, regten sich ebensowenig wie die riesigen alten Cashew- und Mangobäume in den totenstillen Dörfern und Städten weiter im Landesinnern. Und die dreirädrige Rikscha, die mit knatterndem Auspuff vorbeifuhr, konnte nicht einmal einen Hund aufscheuchen und zum Bellen bewegen. Wäre da nicht der schwere Geruch aus der *feni*-Destillerie gewesen, hätte Dr. Daruwalla angenommen, daß sich die Luft überhaupt nicht bewegte.

Aber die Hitze vermochte die Begeisterung des Doktors für seinen Lunch nicht zu dämpfen. Er begann mit einer Suppe, einem Muschel-*guisado*, und gekochten Garnelen in Joghurt-Senf-Sauce. Dann probierte er das Fisch-*vindaloo*, das so scharf gewürzt war, daß sich seine Oberlippe taub anfühlte und ihm auf der Stelle der Schweiß ausbrach. Dazu trank er einen eiskalten Ingwer-*feni* – eigentlich waren es zwei –, und als Nachspeise bestellte er sich *bebinca*, einen Schichtkuchen mit Kokosnuß.

Seine Frau begnügte sich mit einem *xacuti*, den sie mit den Mädchen teilte; das war ein Curry, dessen Schärfe durch Kokosnußmilch, Nelken und Muskatnuß wohltuend abgemildert wurde. Die Töchter probierten außerdem noch ein gefrorenes Mangodessert. Dr. Daruwalla kostete davon, aber nichts konnte das Brennen in seinem Mund lindern. Als Gegenmittel bestellte er ein kaltes Bier. Dann tadelte er Julia, weil sie den Mädchen erlaubte, so viel Zuckerrohrsaft zu trinken.

»Bei der Hitze wird ihnen von zu viel Zucker schlecht«, erklärte Farrokh seiner Frau.

»Das mußt ausgerechnet du sagen!« meinte Julia.

Farrokh schmollte. Das Bier war von einer unbekannten Brauerei, an die er sich bald nicht mehr erinnern würde. Aber das Etikett würde er nicht vergessen, denn darauf stand: »Alkohol zerstört das Land, die Familie und das Leben.«

Doch auch wenn Dr. Daruwalla ein Mensch mit unbezähmbarem Appetit war, so wirkte seine Rundlichkeit doch nie abstoßend – dazu würde es auch nie kommen. Er war ziemlich klein, hatte zarte Hände, eine rundes, jungenhaftes und freundliches Gesicht mit gefälligen, wohlgeformten Zügen und dünne, drahtige Arme und Beine; der Po war ebenfalls klein, und sein kleiner Schmerbauch unterstrich noch seinen zierlichen Wuchs, seine Adrettheit und Sauberkeit. Er trug einen kleinen, gepflegten Bart, denn er rasierte sich auch gerne; der Hals und die Seitenpartien des Gesichts waren normalerweise glattrasiert. Wenn er einen Schnurrbart trug, dann war auch der ordentlich und klein. Seine Haut war kaum dunkler als eine Mandelschale, sein Haar schwarz – bald würde es grau werden, aber eine Glatze würde er nie bekommen. Er hatte dichtes, leicht gewelltes Haar, das er oben lang ließ, im Nacken jedoch und über den kleinen, flach am Kopf anliegenden Ohren kurz trug. Seine Augen waren so dunkelbraun, daß sie fast schwarz aussahen, und weil sein Gesicht so klein war, wirkten sie groß – vielleicht waren sie es auch. Wenn ja, dann spiegelten nur sie seinen Appetit wider. Und nur im Vergleich zu John D. war Dr. Daruwalla vielleicht nicht für jedermann attraktiv – klein, aber gutaussehend. Er war nicht dick, nur rundlich – ein kleiner, schmerbäuchiger Mann.

Während der Doktor mühsam seine Mahlzeit verdaute, überlegte er, daß die anderen vernünftiger gewesen waren. John D. aß in der Mittagshitze grundsätzlich nichts, als wollte er in puncto Essen jene Selbstdisziplin und Zurückhaltung an den Tag legen, die sich ein künftiger Filmstar klugerweise zu eigen machen sollte. Er nutzte diese Tageszeit für lange Strandspaziergänge; zwischendurch schwamm er, langsam und gemächlich, nur um sich abzukühlen. Er bummelte so träge am Strand entlang, daß schwer auszumachen war, ob er sich die versammelten jungen Frauen ansehen oder sich von ihnen bekucken lassen wollte.

In seiner schlappen Verfassung nach dem Lunch registrierte Dr. Daruwalla kaum, daß Rahul Rai nirgends zu sehen war. Ehrlich gesagt, war Farrokh erleichtert, daß der Möchtegern-Transsexuelle John D. nicht verfolgte. Und Promila Rai hatte John D. nur ein kurzes Stück am Wasser entlang begleitet, als hätte der junge Mann sie umgehend dadurch abgeschreckt, daß er die Absicht bekundete, bis ins nächste oder übernächste Dorf zu laufen. So war Promila mit ihrem absurd breitkrempigen Hut – als wär es nicht schon zu spät gewesen, ihre krebsbefallene Haut zu schützen – allein zu dem Fleckchen Schatten zurückgekehrt, das ihr der mit Palmwedeln gedeckte Unterstand bot, und hatte sich dort mit diversen Ölen und Salben eingecremt.

Unter ihrer eigenen Phalanx von Sonnenschutzdächern cremten die Töchter Daruwalla ihre ungleich jüngeren und besser erhaltenen Körper mit anderen Ölen und Salben ein. Dann wagten sie sich unter die furchtlosen Sonnenanbeter – die zu dieser Jahreszeit noch relativ spärlich vertretenen Europäer. Die

Eltern hatten den Mädchen verboten, John D. auf seinen Mittagsspaziergängen zu folgen, da beide fanden, daß der junge Mann es verdiente, auch einmal in Ruhe gelassen zu werden.

Doch am vernünftigsten war die Frau des Doktors. Julia zog sich in die relativ kühlen Zimmer im zweiten Stock zurück. Dort gab es einen schattigen Balkon mit John D.s Hängematte und einem Feldbett; der Balkon eignete sich gut zum Lesen und für eine Siesta.

Zeit für ein Nickerchen war es eindeutig auch für Dr. Daruwalla, der bezweifelte, daß er es bis hinauf in den zweiten Stock des Hotels schaffen würde. Vom Strandrestaurant aus warf er sehnsüchtige Blicke zu dem Balkon hinauf, der zu seiner Suite gehörte. Er stellte sich vor, wie bequem es jetzt in der Hängematte wäre, und spielte mit dem Gedanken, diese Nacht dort zu schlafen. Falls das Moskitonetz in Ordnung war, würde er sich dort sicher sehr wohl fühlen und könnte die ganze Nacht das Arabische Meer hören. Je länger er John D. gestattete, dort zu schlafen, um so selbstverständlicher würde der junge Mann davon ausgehen, daß das sein Schlafplatz war. Doch Farrokhs neu erwachtes sexuelles Interesse an Julia ließ ihn in seinen Überlegungen innehalten, denn immerhin gab es einige Abschnitte in *Ein Spaß und ein Zeitvertreib*, die er noch nicht mit seiner Frau erörtert hatte.

Dr. Daruwalla hätte zu gern gewußt, was James Salter sonst noch geschrieben hatte. Denn so belebend diese unerwartete Stimulierung für seine Ehe auch gewesen war, fühlte sich Farrokh doch etwas deprimiert. Was Salter geschrieben hatte, übertraf bei weitem alles, was er selbst sich jemals würde ausdenken – geschweige denn zu Papier bringen – können. Übrigens hatte der Doktor richtig vermutet: Einer der Liebenden stirbt, womit nachdrücklich suggeriert wird, daß eine derart überwältigend leidenschaftliche Liebe nicht von Dauer sein kann. Zudem endete der Roman in einem Ton, der Dr. Daruwalla geradezu körperlich weh tat. Am Schluß hatte er den Eindruck, daß das Leben, das er mit Julia führte und das er schätzte und liebte, verhöhnt wurde. Oder etwa doch nicht?

Über das französische Mädchen, die ehemalige Kellnerin und Überlebende, erfährt man am Ende nur folgendes: »Sie ist verheiratet. Ich nehme an, daß sie Kinder hat. Am Sonntag gehen sie, von der Sonne beschienen, zusammen spazieren. Sie besuchen Freunde, unterhalten sich, gehen abends nach Hause, tief eingebunden in das Leben, das in unser aller Augen so erstrebenswert ist.« Verbarg sich hinter diesen Worten nicht eine gewisse Grausamkeit? Denn ein solches Leben war doch »höchst erstrebenswert«, oder etwa nicht? überlegte Dr. Daruwalla. Und wie konnte jemand erwarten, daß das Eheleben es mit der brennenden Intensität einer Liebesaffäre aufnehmen konnte?

Beunruhigend fand der Doktor, daß er sich am Ende des Romans wie ein unerfahrener Ignorant fühlte. Und als noch demütigender empfand er die Gewißheit, daß Julia ihm das Ende wahrscheinlich so hätte erklären können, daß er es begriff. Es war alles eine Frage des richtigen Tons; vielleicht hatte der Autor ironisch sein wollen, aber nicht sarkastisch. James Salters Sprache war glasklar. Wenn etwas unklar war, ging die Wirrköpfigkeit sicher auf das Konto des Lesers.

Aber Dr. Daruwalla trennte noch mehr von James Salter und anderen hervorragenden Romanautoren als handwerkliche Virtuosität. Salter und Autoren seines Kalibers gingen beim Schreiben von einer Vision aus. Sie alle waren von etwas überzeugt, und zum Teil war es diese leidenschaftliche Überzeugung, die ihre Romane so wertvoll machte. Dr. Daruwalla war lediglich davon überzeugt, daß er gern schöpferisch tätig sein, daß er sich etwas ausdenken wollte. Solche Romanautoren gab es viele, und Farrokh hatte keine Lust, einer von ihnen zu werden. Er gelangte zu der Erkenntnis, daß ihm eine schamlosere Art der Unterhaltung entsprach. Wenn er keine Romane schreiben konnte, dann vielleicht Drehbücher. Schließlich waren Filme keine so ernsthafte Angelegenheit wie Romane; auf alle Fälle waren sie nicht so lang. Dr. Daruwalla ging davon aus, daß ihn die fehlende »Vision« nicht daran hindern würde, mit einem Drehbuch Erfolg zu haben.

Aber diese Erkenntnis deprimierte ihn. Auf der Suche nach einem Ventil für seine ungenutzte Kreativität war er bereits einen Kompromiß eingegangen – dabei hatte er noch nicht einmal angefangen! Dieser Gedanke bewog ihn zu überlegen, ob er sich nicht mit der Zuneigung seiner Frau trösten sollte. Aber den fernen Balkon anzustarren brachte ihn Julia keinen Schritt näher, und er bezweifelte, daß die Tatsache, daß er *feni* und Bier getankt hatte, ein kluger Auftakt zu amourösen Eskapaden war – zumal bei der Hitze. Ein Satz von James Salter schien in der höllischen Mittagshitze über Dr. Daruwalla zu flimmern: »Je deutlicher man diese Welt sieht, um so mehr ist man genötigt, so zu tun, als würde sie nicht existieren.« Es gibt immer mehr Dinge, die ich nicht weiß, dachte der Doktor.

Zum Beispiel wußte er nicht, wie die dichte Kletterpflanze hieß, die an der Fassade emporkroch und die Balkone im zweiten und dritten Stock des Hotel Bardez umrahmte. Ihre Ranken wurden eifrig von kleinen, gestreiften Eichhörnchen genutzt, die daran emporhuschten. Nachts flitzten Geckos mit ungleich größerer Geschwindigkeit und Behendigkeit daran auf und ab. Wenn die Sonne auf diese Hotelwand schien, öffneten sich überall an der Kletterpflanze winzige, blaßrosa Blüten, aber Dr. Daruwalla wußte nicht, daß es nicht diese Blüten waren, die die Finken anlockten. Finken sind Samenfresser, aber das wußte Dr. Daruwalla auch nicht, und ebensowenig wußte er, daß bei den Füßen des grünen Papageis, der auf der Kletterpflanze hockte, zwei Zehen nach vorn und zwei nach hinten zeigten. Das waren die Details, die er übersah und die dazu beitrugen, daß die Liste der Dinge, die er nicht wußte, immer länger wurde. Er war einer dieser Allerweltstypen, ein Jedermann – ein bißchen verloren, ein bißchen schlecht informiert (oder uninformiert) und ein bißchen deplaziert, wo immer er sich aufhielt. Doch trotz seiner Wohlgenährtheit war der Doktor unleugbar attraktiv. Nicht jeder Jedermann ist attraktiv.

Ein schmutziger Hippie

Dr. Daruwalla wurde an dem mit Essensresten übersäten Tisch so schläfrig, daß ihm einer der Hotelboys vorschlug, in eine Hängematte umzuziehen, die im Schatten der Areka- und der Kokospalmen hing. Obwohl der Doktor dem Boy vorjammerte, daß sich die Hängematte vermutlich zu nah am Strand befände, so daß ihn sicherlich Sandflöhe piesacken würden, probierte er sie aus. Er war nicht sicher, ob sie sein Gewicht aushalten würde, aber die Hängematte hielt. Im Augenblick konnte der Doktor keine Sandflöhe entdecken und sah sich deshalb genötigt, dem Boy ein Trinkgeld zu geben. Dieser Boy, er hieß Punkaj, war anscheinend einzig und allein dazu da, Trinkgelder zu kassieren, denn die Botschaften, die er im Hotel Bardez, im angrenzenden behelfsmäßigen Restaurant und in der Strandbar überbrachte, waren normalerweise seine eigene Erfindung und ganz und gar unnötig. Zum Beispiel fragte Punkaj Dr. Daruwalla, ob er ins Hotel laufen und »der Mrs. Doctor« sagen solle, daß der Doktor in Strandnähe ein Schläfchen in einer Hängematte machte. Dr. Daruwalla sagte nein. Aber kurze Zeit später tauchte Punkaj wieder neben der Hängematte auf und berichtete: »Die Mrs. Doctor liest etwas, was wie ein Buch aussieht.«

»Verschwinde, Punkaj«, sagte Dr. Daruwalla, gab dem Jungen aber trotzdem ein Trinkgeld. Dann überlegte er, ob seine Frau den Trollope oder nochmals den Salter las.

In Anbetracht seines umfangreichen Mittagessens hatte Farrokh Glück, daß er überhaupt schlafen konnte. Das emsige Arbeiten seines Verdauungsapparates machte einen ruhigen Schlaf unmöglich, doch trotz seines brummenden und rumorenden Magens – und eines gelegentlichen Schluckaufs oder Rülpsers – döste der Doktor immer wieder ein und träumte, schrak dann plötzlich voller Sorge auf – seine Töchter könnten ertrinken, sich einen Sonnenstich holen oder sexuell mißbraucht werden – und alsbald wieder eindöste.

Während Farrokh so zwischen Wachen und Schlafen hin und her pendelte, tauchten detaillierte Bilder von Rahul Rais vollständiger Geschlechtsumwandlung vor seinem inneren Auge auf und verschwanden wieder, drifteten in sein Bewußtsein und wieder davon wie die Dämpfe aus den *feni*-Destillerien. Die bizarre Verirrung kollidierte mit Farrokhs ziemlich alltäglichen Idealen: mit seinem Glauben an die Keuschheit seiner Töchter, mit der Treue zu seiner Frau. Fast ebenso alltäglich war Dr. Daruwallas Vision von John D., die mit seinem Wunsch zusammenhing, der junge Mann möge über die gemeinen Umstände seiner Geburt und die Tatsache, daß er im Stich gelassen worden war, hinwegkommen. Wenn ich ihm dabei nur helfen könnte, träumte Dr. Daruwalla, wäre ich eines Tages vielleicht so kreativ wie James Salter.

Doch John D.s einzig erkennbare positive Eigenschaften waren vergänglicher und oberflächlicher Natur. Er sah unglaublich gut aus und besaß ein so unerschütterliches Selbstbewußtsein, daß seine innere Ausgeglichenheit den Mangel an anderen Qualitäten überdeckte – betrüblicherweise unterstellte der Doktor, daß John D. keine anderen Qualitäten besaß. Farrokh war sich bewußt, daß er sich damit der Einschätzung seines Bruders und auch seiner Schwägerin anschloß, denn beide, Jamshed wie auch Josefine, machten sich chronisch Sorgen, der Junge würde es nie zu etwas bringen. Sie behaupteten, er studiere einfach nur vor sich hin, »gleichgültig«, wie sie sagten, doch war Distanz nicht auch ein unerläßlicher Charakterzug eines künftigen Schauspielers?

Ja, warum eigentlich nicht? John D. könnte Filmstar werden! beschloß Dr. Daruwalla, wobei er vergaß, daß dies ursprünglich die Idee seiner Frau gewesen war. Plötzlich schien es dem Doktor, als wäre es John D. vom Schicksal bestimmt, Filmstar zu werden – oder gar nichts. Hier wurde Farrokh zum erstenmal klar, daß ein Anflug von Verzweiflung die kreativen Säfte zum Fließen bringen konnte. Und diese Säfte müssen es gewesen sein, die gemeinsam mit den wissenschaftlich besser nachweisbaren Verdauungssäften die Phantasie des Doktors in Schwung brachten.

Doch in dem Augenblick weckte ein Rülpser, so besorgniserregend, daß er ihn nicht als seinen eigenen erkannte, Dr. Daruwalla aus diesen Phantasien. Er drehte sich in seiner Hängematte um, um sich zu vergewissern, daß seine Töchter weder durch eine Naturgewalt noch durch Männerhand zu Schaden gekommen waren. Dann schlief er mit offenem Mund ein, während die ausgestreckten Finger einer Hand schlaff in den Sand herabhingen.

Traumlos verging der Nachmittag. Der Strand begann sich abzukühlen. Eine sanfte Brise kam auf; sie versetzte die Hängematte, in der Dr. Daruwalla lag und verdaute, in leichte Schwingungen. Irgend etwas hatte einen sauren Geschmack in seinem Mund hinterlassen – vermutlich das Fisch-*vindaloo* oder das Bier –, und er fühlte sich aufgebläht. Er machte die Augen einen Spaltbreit auf, um festzustellen, ob sich jemand in der Nähe seiner Hängematte befand – in dem Fall wäre es unhöflich gewesen, einen Furz zu lassen –, und da stand diese Nervensäge Punkaj, der nutzlose Boy.

»Sie zurückkommmt«, sagte Punkaj.

»Geh weg, Punkaj«, sagte Dr. Daruwalla.

»Sie Doktor sucht – die Hippiefrau mit krank Fuß«, sagte der Boy. Er sprach das Wort »Hiepie« aus, so daß Dr. Daruwalla in seiner verdauungsbedingten Benommenheit immer noch nichts begriff.

»Geh weg, Punkaj!« wiederholte der Doktor. Dann sah er die junge Frau auf sich zuhinken.

»Ist er das? Ist das der Doktor?« fragte sie Punkaj.

»Sie da warten! Ich zuerst Doktor fragen!« sagte der Boy zu ihr. Auf den ersten Blick wirkte sie wie achtzehn oder auch fünfundzwanzig, eine junge Frau mit kräftigen Knochen, breiten Schultern, schweren Brüsten und dick um die Hüften. Sie hatte auch dicke Fesseln und sehr kräftig aussehende Hände, mit denen sie den Boy vorn am Hemd packte, vom Boden weghob und rückwärts in den Sand warf.

»Fick dich ins Knie«, sagte sie zu ihm. Punkaj rappelte sich auf und lief ins Hotel zurück. Farrokh schwang seine Beine unsicher aus der Hängematte und sah die Frau an. Als er aufstand, war er überrascht, wie sehr die Brise des Spätnachmittags den Sand abgekühlt hatte; und er war überrascht, daß die junge Frau um so viel größer war als er. Rasch bückte er sich, um in seine Sandalen zu schlüpfen. Da erst sah er, daß sie barfuß war – und daß der eine Fuß fast doppelt so dick war wie der andere. Während der Doktor noch auf einem Bein kniete, drehte die junge Frau ihren geschwollenen Fuß so, daß Farrokh die dreckige, entzündete Fußsohle sehen konnte.

»Ich bin in Glasscherben getreten«, sagte sie langsam. »Ich dachte, ich hätte sie alle rausgezogen, aber anscheinend doch nicht.«

Er nahm ihren Fuß in die Hand und spürte, wie sie sich schwer auf seine Schulter stützte, um das Gleichgewicht nicht zu verlieren. Sie hatte mehrere kleine Fleischwunden, alle geschlossen und gerötet und infiziert, und auf ihrem Fußballen saß eine entzündete Geschwulst, so groß wie ein Ei; sie hatte in der

Mitte einen zwei Zentimeter langen, nässenden Riß, auf dem sich Schorf gebildet hatte.

Dr. Daruwalla blickte zu der jungen Frau auf, aber sie sah nicht zu ihm hinunter, sondern schaute irgendwo in die Gegend. Der Doktor war nicht nur über ihre Größe bestürzt, sondern auch über ihre kompakte Statur. Sie hatte eine füllige, frauliche Figur und Muskeln wie ein Feldarbeiter. Ihre schmutzigen, unrasierten Beine waren voll struppiger, goldener Härchen, und ihre abgeschnittene Jeans war an der Schrittnaht ein Stück weit aufgerissen, so daß ein empörendes Büschel ihres goldenen Schamhaars herausspitzte. Sie trug ein schwarzes, ärmelloses T-Shirt mit einem silbernen Totenschädel und darunter gekreuzten Knochen, und ihre lose baumelnden Brüste hingen über Farrokh wie eine Drohung. Als er aufstand und ihr ins Gesicht sah, stellte er fest, daß sie nicht älter als achtzehn sein konnte. Sie hatte dicke, runde Backen voller Sommersprossen, und ihre Lippen waren von der Sonne völlig aufgebrannt. Sie hatte eine kleine, kindliche Nase, ebenfalls verbrannt, und blonde Haare, die fast schon weiß gebleicht und von dem Sonnenöl, mit dem sie normalerweise das Gesicht einrieb, matt und verklebt waren.

Ihre Augen verblüfften Dr. Daruwalla, nicht nur wegen des blassen, eisigen Blaus, sondern weil sie ihn an die Augen eines Tieres erinnerten, das nicht ganz wach war – nicht ganz auf der Hut. Sobald sie merkte, daß er sie ansah, zogen sich ihre Pupillen zusammen und fixierten ihn – auch wie bei einem Tier. Jetzt war sie auf der Hut; mit einem Schlag funktionierten alle ihre Instinkte. Der Doktor mußte vor ihrem starren Blick die Augen abwenden.

»Ich glaube, ich brauche Antibiotika«, sagte die junge Frau.

»Ja, Sie haben eine Infektion«, sagte Dr. Daruwalla. »Ich muß in die Schwellung hineinschneiden. Da ist etwas drin, und das muß heraus.« Sie hatte eine ausgewachsene Infektion; außerdem hatte der Doktor die bläuliche Verfärbung im Bereich der Lymphbahnen bemerkt.

Die junge Frau zuckte die Achseln, und bereits bei dieser kleinen Bewegung bekam Farrokh ihren Geruch mit. Es war nicht nur der beißende Geruch nach Achselschweiß, sondern dazu noch etwas wie ein scharfer Uringeruch und ein schwerer, reifer Geruch – leicht faulig oder verwest.

»Sie müssen unbedingt sauber sein, bevor ich zu schneiden anfange«, sagte Dr. Daruwalla, während er die Hände der jungen Frau anstarrte. Unter ihren Fingernägeln hatte sich offenbar getrocknetes Blut gesammelt. Wieder zuckte die junge Frau mit den Achseln, und Dr. Daruwalla wich einen Schritt zurück.

»Also... wo wollen Sie es machen?« fragte sie und sah sich um.

Der Barkeeper an der Strandbar beobachtete sie. In dem behelfsmäßigen Restaurant war nur ein Tisch besetzt. Dort saßen drei Männer und tranken *feni,* aber selbst ihre leicht getrübten Augen starrten unentwegt auf das Mädchen.

»In unserem Hotel gibt es eine Badewanne«, sagte der Doktor. »Meine Frau wird Ihnen behilflich sein.«

»Ich weiß, wie man badet«, erklärte ihm die junge Frau.

Farrokh dachte, daß sie mit diesem Fuß unmöglich weit gelaufen sein konnte. Auf dem Weg zum Hotel hinkte sie ziemlich stark, und als sie die Treppe zu den Zimmern hinaufgingen, stützte sie sich schwer auf das Geländer.

»Sie sind doch nicht den ganzen Weg von Anjuna bis hierher gelaufen, oder?« fragte er sie.

»Ich bin aus Iowa«, antwortete sie. Einen Augenblick lang begriff Dr. Daruwalla gar nichts – er versuchte sich an ein Iowa in Goa zu erinnern. Dann lachte er, aber sie ging nicht darauf ein.

»Ich meinte, wo in Goa halten Sie sich auf?« fragte er sie.

»Ich halte mich nicht auf«, sagte sie. »Ich nehme die Fähre nach Bombay, sobald ich wieder gehen kann.«

»Aber wo haben Sie sich in den Fuß geschnitten«, fragte er.

»An irgendwelchem Glas«, sagte sie. »Irgendwo in der Nähe von Anjuna.«

Diese Unterhaltung und ihr Anblick beim Treppensteigen setzten Dr. Daruwalla ziemlich zu. Er ging voraus in seine Suite, weil er Julia vorwarnen wollte, daß er am Strand eine Patientin aufgelesen hatte, oder vielmehr, daß sie ihn aufgelesen hatte.

Farrokh und Julia warteten auf dem Balkon, während die junge Frau ein Bad nahm. Sie warteten ziemlich lange, starrten – ohne viele Worte – auf den ramponierten Leinenrucksack des Mädchens, den sie auf dem Balkon liegengelassen hatte. Offenbar hatte sie nicht vor, etwas Frisches anzuziehen, oder vielleicht waren die Sachen im Rucksack noch schmutziger als die, die sie anhatte, obwohl man sich das kaum vorstellen konnte. Auf den Rucksack waren eigenartige Stoffembleme aufgenäht – die typischen Zeichen der Zeit, wie Dr. Daruwalla vermutete. Er erkannte das Friedenssymbol, die pastellfarbenen Blumen, Bugs Bunny, eine amerikanische Flagge mit aufgesetztem Schweinskopf und noch einen silbernen Totenschädel mit gekreuzten Knochen. Die Karikatur eines schwarz-gelben Vogels mit drohendem Gesichtsausdruck erkannte er nicht, bezweifelte aber, daß es sich um eine Variante des amerikanischen Adlers handelte. Der Doktor konnte Herky the Hawk, das grimmige Symbol der Sportmannschaften von der Universität Iowa, unmöglich kennen. Als er genauer hinsah, konnte er unter dem schwarz-gelben Vogel GO, HAWKEYES! lesen.

»Sie muß irgendeinem seltsamen Verein angehören«, sagte der Doktor zu seiner Frau. Julia seufzte nur. Ihre Gleichgültigkeit war geheuchelt, denn tatsächlich hatte sie noch immer einen leichten Schock vom Anblick der drallen jungen Frau, ganz zu schweigen von den dicken, blonden Haarbüscheln in ihren Achselhöhlen.

Im Bad ließ das Mädchen die Badewanne zweimal voll- und

wieder leerlaufen. Das erste Mal diente zum Rasieren der Beine, nicht aber der Achselhöhlen – sie betrachtete ihre Achselhaare als äußeres Zeichen der Auflehnung; diese und ihre Schamhaare waren ihr »Pelz«. Sie benutzte Dr. Daruwallas Rasierapparat und spielte kurz mit dem Gedanken, ihn einzustecken, aber dann fiel ihr ein, daß sie ihren Rucksack draußen auf dem Balkon gelassen hatte. Das lenkte sie ab. Achselzuckend legte sie den Rasierapparat dorthin zurück, wo sie ihn vorgefunden hatte. Als sie es sich in der zum zweitenmal gefüllten Wanne bequem machte, schlief sie auf der Stelle ein – so erschöpft war sie –, wachte aber auf, als das steigende Wasser ihren Mund erreichte. Sie seifte sich ein, schamponierte sich die Haare, spülte sie aus. Dann zog sie den Stöpsel heraus und ließ sich anschließend, ohne aus der Wanne zu steigen, ein drittes Bad ein.

Was sie an den Morden verwirrte, war die Tatsache, daß sie nicht das geringste Reuegefühl verspürte. Die Morde waren nicht ihre Schuld – ob man nun davon ausging, daß sie, ohne es zu wissen, dafür verantwortlich war, oder nicht. Sie weigerte sich, sich schuldig zu fühlen, weil sie absolut nichts hätte tun können, um die Opfer zu retten. Sie dachte nur verschwommen über die Tatsache nach, daß sie gar nicht versucht hatte, die Morde zu verhindern. Schließlich war sie auch ein Opfer, fand sie, und somit schien so etwas wie ewige Absolution über ihr zu schweben, deutlich wahrnehmbar wie der Dampf, der aus dem Badewasser emporstieg.

Sie stöhnte. Das Wasser war so heiß, wie sie es aushalten konnte. Sie war erstaunt über den dreckigen Schaum auf der Wasseroberfläche. Es war ihr drittes Bad, aber noch immer sonderte ihr Körper Schmutz ab.

II

Der Dildo

Hinter jeder Reise steckt ein Grund

Es war die Schuld ihrer Eltern, fand sie. Sie hieß Nancy, kam aus einer deutschstämmigen Familie von Schweinezüchtern in Iowa und war während ihrer ganzen High-School-Zeit in einer Kleinstadt in Iowa ein braves Mädchen gewesen. Anschließend hatte sie die Universität in Iowa City besucht. Weil sie so blond und vollbusig war, schien sie eine aussichtsreiche Kandidatin für die Cheerleader-Truppe, obwohl ihr das nötige Charisma fehlte und sie am Ende doch nicht genommen wurde. Doch lernte sie durch den Kontakt zu den Cheerleaders viele Footballspieler kennen. Es gab eine Menge Partys, mit deren Gepflogenheiten Nancy nicht vertraut war, und so kam es, daß sie nicht nur überhaupt zum erstenmal mit einem Jungen schlief, sondern mit ihrem ersten schwarzen Jungen, ihrem ersten Hawaiianer und dem ersten Menschen aus Neuengland, dem sie je begegnet war – er kam irgendwo aus Maine oder vielleicht auch aus Massachusetts.

Am Ende des ersten Semesters wurde sie aus der Universität von Iowa hinausgeworfen. Als sie in ihr Heimatstädtchen zurückkehrte, war sie schwanger. Sie hielt sich nach wie vor für ein braves Mädchen, was zur Folge hatte, daß sie sich der Empfehlung ihrer Eltern beugte, ohne sie in Frage zu stellen: Sie würde das Baby bekommen, es zur Adoption freigeben und sich einen Job suchen. Noch während sie das Kind austrug, fand sie Arbeit im Haushaltswarengeschäft am Ort, in der Abteilung Futter und Saatgut. Bald begann sie an der Klugheit des elterlichen Rats zu zweifeln – Männer im Alter ihres Vaters machten ihr Avancen, obwohl sie schwanger war.

Sie brachte das Kind in Texas zur Welt – der Arzt des Waisenhauses erlaubte ihr nicht, es zu sehen, und die Schwestern sagten ihr nicht einmal, ob es ein Junge oder ein Mädchen war –, und als sie nach Hause kam, nahmen ihre Eltern sie ins Gebet und erklärten ihr, sie hofften, daß sie ihre Lektion gelernt habe und sich in Zukunft »anständig benehmen« würde. Ihre Mutter sagte, sie würde darum beten, daß sich eines Tages ein rechtschaffener Mann in der Stadt finden möge, der ihr »verzeihen« und sie heiraten würde. Ihr Vater meinte, Gott sei »nachsichtig« mit ihr gewesen; sinngemäß meinte er damit, daß Gott nicht dazu neigte, zweimal Nachsicht zu zeigen.

Eine Zeitlang versuchte Nancy, sich zu fügen, aber so viele Männer aus der Stadt versuchten, sie zu verführen – sie gingen davon aus, daß sie leicht zu haben war –, und so viele Frauen waren noch schlimmer: Sie gingen davon aus, daß sie bereits mit allen schlief. Diese Sorte Strafe hatte eine eigenartige Wirkung auf Nancy. Sie führte dazu, daß sie nicht etwa die Footballspieler verdammte, die zu ihrem Sturz beigetragen hatten, sondern daß sie ihre eigene Naivität verfluchte. Sie weigerte sich zu glauben, daß sie unmoralisch war, und fand es entwürdigend, sich so dumm vorzukommen. Zugleich mit diesem Gefühl erwachte eine Wut in ihr, die sie bis dahin nicht gekannt hatte. Sie fühlte sich fremd an, und doch war diese Wut so sehr ein Teil ihrer selbst wie der Fötus, den sie so lange in sich getragen, aber nie gesehen hatte.

Sie beantragte einen Paß. Sobald sie ihn bekam, klaute sie im Haushaltswarenladen – angefangen in der Abteilung Futter und Saatgut – alles bis auf den letzten Cent. Da sie wußte, daß ihre Familie ursprünglich aus Deutschland stammte, beschloß sie, dorthin zu fahren. Der billigste Flug (von Chicago aus) ging nach Frankfurt. Doch wenn Iowa City schon zu weltläufig für Nancy gewesen war, war sie erst recht unvorbereitet auf die unternehmungslustigen jungen Deutschen, die die Gegend um den Hauptbahnhof und die Kaiserstraße bevölkerten; dort lernte sie rasch einen hochaufgeschossenen, dunkelhaarigen Drogendealer namens Dieter kennen. Er war der Typ des ewigen kleinen Fischs.

Bei der ersten prickelnden, wenn auch unbedeutenden Straftat, in die er sie hineinzog, mußte sie in den häßlichen Seitenstraßen der Kaiserstraße, die nach deutschen Flüssen benannt sind, als Prostituierte posieren. Sie sollte einen so gesalzenen Preis verlangen, daß ihr nur ein ausgesprochen betuchter und ausgesprochen dummer Tourist oder Geschäftsmann in ein schäbiges Zimmer in der Elbe- oder Moselstraße folgen würde; Dieter würde dort bereits warten. Nancy ließ sich das Geld geben, bevor sie die Zimmertür aufschloß. Sobald sie das Zimmer betraten, spielte Dieter den überraschten Freund, der sie grob packte und aufs Bett schleuderte, sie wegen ihrer Untreue und Unehrlichkeit beschimpfte und sie umzubringen drohte, während der Mann, der für ihre Dienste bezahlt hatte, unweigerlich die Flucht ergriff. Keiner der Männer versuchte je, ihr zu helfen. Nancy machte es Spaß, die Typen aufzugeilen; daß sie durch die Bank so feige waren, hatte etwas Befriedigendes an sich. So zahlte sie es den Männern heim, die schuld daran waren, daß sie sich bei Futter und Saatgut so elend gefühlt hatte.

Dieter vertrat die Theorie, daß sich alle Deutschen ihrer Sexualität schämten. Deshalb mochte er Indien lieber; es war ein geistiges und zugleich sinnliches Land. Damit meinte er, daß man dort für sehr wenig Geld alles kaufen konnte. Außer an Frauen und jungen Mädchen dachte er vor allem an Bhang und Ganja, aber Nancy erzählte er nur etwas über das hervorragende Haschisch – wieviel er dort dafür zahlte und wieviel er hier in Deutschland dafür bekommen würde. Er verriet ihr nicht den ganzen Plan, nämlich daß er mit Hilfe ihres amerikanischen Passes und ihres unbedarften Aussehens das Zeug durch den deutschen Zoll zu bringen hoffte – und zuvor natürlich die D-Mark durch den indischen Zoll. (Er schmuggelte deutsches Geld nach Indien und auf dem Rückweg dann Haschisch.) Dieter hatte diese Tour schon früher mit amerikanischen Mädchen gemacht; hin und wieder hatte er sich auch kanadischer Mädchen bedient, deren Pässe eher noch weniger Mißtrauen erweckten.

Mit allen diesen Mädchen verfuhr Dieter nach dem gleichen einfachen Muster: Er flog nie zusammen mit ihnen im selben Flugzeug, sondern vergewisserte sich erst, daß sie gut angekommen waren und den Zoll passiert hatten, bevor er ein Flugzeug nach Bombay bestieg. Er hatte immer darauf bestanden, daß sie sich in einem bequemen Zimmer im Taj Mahal von der Zeitverschiebung erholten, denn sobald er eintraf, gab es »ernsthafte Geschäfte« zu erledigen. Damit meinte er, daß sie dann in einer weniger auffälligen Unterkunft logieren würden; außerdem wußte er, daß die Busfahrt von Bombay nach Goa recht beschwerlich sein konnte. Dieter hätte das, was er haben wollte, in Bombay kaufen können, wurde aber unweigerlich dazu überredet – meist von dem Freund eines Freundes –, seinen Einkauf in Goa zu tätigen. Haschisch war dort teurer, weil die europäischen und amerikanischen Hippies das Zeug aufkauften wie Wasser in Flaschen, aber auf die Qualität konnte man sich eher verlassen. Und in Frankfurt kam es auf die Qualität an, wenn man einen guten Preis erzielen wollte.

Bei der Rückkehr nach Deutschland flog Dieter einen Tag vor der auserkorenen jungen Frau. Wenn sie vom deutschen Zoll aufgehalten wurde, nahm er das als Warnung, sich nicht mit ihr zu treffen. Aber er hatte eine Methode entwickelt, bei der noch keiner seiner weiblichen Kuriere je erwischt worden war – weder auf der einen noch auf der anderen Seite.

Dieters Frauen waren mit jener Sorte abgegriffener Reiseführer und Taschenbuchromane ausgestattet, die auf äußerste Solidität schließen ließen. Die Reiseführer hatten Eselsohren und waren vollgekritzelt, um die Aufmerksamkeit der Zollbeamten auf kulturell oder historisch bedeutsame Aspekte zu lenken, die so todlangweilig waren, daß sich sicher nur höhere Semester des entsprechenden Fachbereichs dafür interessierten. Die Taschenbuchromane, von Autoren wie Hermann Hesse oder Lawrence Durrell, waren ziemlich klassische Hinweise darauf, daß ihre Leserinnen einen Hang zur Mystik und zur Poesie hatten, woraus die Zollbeamten schließen sollten, daß Geld im Leben dieser jungen Frauen kein Thema war. Und ohne finanzielle Beweggründe hatten sie bestimmt auch kein Interesse am Drogenhandel.

Allerdings waren diese jungen Frauen nicht über den Verdacht erhaben, gelegentlich Drogen zu nehmen, so daß ihre persönliche Habe gründlich nach einem bescheidenen Mundvorrat durchsucht wurde. Nie wurde auch nur die Spur eines Beweises gefunden. Es ließ sich nicht leugnen, daß Dieter clever vorging; eine große Menge des Stoffs hatte er stets mit Erfolg in einem hundesicheren Behälter versteckt – ein simpler, aber genialer Trick.

Rückblickend gab die arme Nancy zu, daß die Triebfeder von Dieters Einfällen seine ungezügelte sexuelle Verderbtheit war. In der relativen Sicherheit der Daruwallaschen Badewanne im Hotel Bardez überlegte Nancy, daß strenggenommen nur der Sex sie dazu bewogen hatte, bei Dieters Geschäften mitzumachen. Ihre Footballspieler waren nette Einfaltspinsel gewesen, und sie selbst hatte sich die meiste Zeit mit Bier bedudelt. Bei Dieter rauchte sie genau die richtige Menge Haschisch oder Marihuana, denn Dieter war kein Einfaltspinsel. Er hatte das ausgemergelte gute Aussehen eines jungen Mannes, der erst kürzlich von einer lebensbedrohenden Krankheit genesen war. Wäre er nicht ermordet worden, hätte er sich ohne Zweifel zu einem jener Männer entwickelt, die sich immer jüngere und naivere Frauen suchen und deren sexuelles Verlangen sich immer mehr darauf kapriziert, die unschuldigen Mädchen immer noch entwürdigenderen Erfahrungen auszusetzen. Denn kaum hatte er Nancy etwas sexuelles Selbstvertrauen gegeben, untergrub er es auch schon wieder. Er brachte sie dazu, an sich selbst zu zweifeln und sich in einem Maß zu verabscheuen, das sie nie für möglich gehalten hätte.

Zu Beginn hatte Dieter sie einfach gefragt: »Was war die erste sexuelle Erfahrung, bei der du dich gut und sicher gefühlt hast?« Und als sie nicht antwortete – weil sie im stillen dachte, daß das Masturbieren die einzige sexuelle Erfahrung war, bei der sie sich überhaupt gut und sicher fühlte –, sagte er plötzlich: »Masturbieren, stimmt's?«

»Ja«, sagte Nancy leise. Er ging sehr behutsam vor. Zunächst redeten sie nur darüber.

»Jeder Mensch ist anders«, meinte Dieter philosophisch. »Du mußt einfach lernen, was für dich persönlich am besten ist.«

Dann erzählte er ihr ein paar Geschichten, damit sie sich entspannte. Einmal, als Heranwachsender, hatte er aus der Wäscheschublade der Mutter seines besten Freundes einen Slip entwendet. »Nachdem er seinen Geruch verloren hatte, habe ich ihn in die Schublade zurückgelegt und einen neuen geklaut«, erzählte er Nancy. »Das Reizvolle am Masturbieren war, daß ich immer Angst hatte, dabei erwischt zu werden. Ich kannte mal ein Mädchen, bei der hat es nur im Stehen funktioniert.«

»Ich muß mich hinlegen«, sagte Nancy.

Allein dieses Gespräch war intimer als alles, was sie je erlebt hatte. Es schien ganz natürlich, daß er sie dazu brachte, ihm zu zeigen, wie sie masturbierte. Sie lag steif auf dem Rücken und hielt mit der linken Hand die linke Pobacke fest. Sie vermied es stets, die Stelle zu berühren (wenn sie das tat, funktionierte es nie). Statt dessen rieb sie sich unmittelbar darüber mit drei Fingern der rechten Hand – Daumen und kleiner Finger waren abgespreizt wie Flügel. Sie drehte das Gesicht auf die Seite, und Dieter legte sich neben sie, küßte sie, bis sie sich von ihm wegdrehen mußte, um Luft zu bekommen. Als sie fertig war, drang er in sie ein; zu dem Zeitpunkt war sie immer erregt.

Einmal, nachdem sie fertig war, sagte er: »Dreh dich auf den Bauch. Warte einen Augenblick. Ich habe eine Überraschung für dich.« Als er zurückkam, kuschelte er sich neben sie ins Bett, küßte sie wieder und wieder – tiefe Zungenküsse –, während er eine Hand unter sie schob, bis er sie mit den Fingern berühren konnte, genau so, wie sie sich selbst berührt hatte. Beim erstenmal sah sie den Dildo überhaupt nicht.

Langsam begann er mit der anderen Hand, das Ding in sie hineinzuschieben; anfangs drückte sie gegen seine Finger, als wollte sie davon wegkommen, aber später hob sie sich an, um dem Dildo entgegenzukommen. Er war sehr groß, aber Dieter tat ihr nicht weh damit, und wenn sie so erregt war, daß sie aufhören mußte, ihn zu küssen – weil sie schreien mußte –, nahm er den Dildo heraus und drang selbst in sie ein, von hinten und während seine Finger sie weiter berührten und streichelten. (Verglichen mit dem Dildo war Dieter ein bißchen enttäuschend.)

Nancys Eltern hatten sie einmal gewarnt, daß man vom »Experimentieren mit Sex« verrückt werden könnte, aber der Wahnsinn, den Dieter entfacht hatte, erschien ihr nicht gefährlich. Trotzdem war das nicht der beste Grund, um nach Indien zu fahren.

Eine denkwürdige Ankunft

Es hatte einigen Ärger mit Nancys Visum gegeben, und sie machte sich Sorgen, ob sie auch alle erforderlichen Impfungen bekommen hatte. Da sie die deutschen Bezeichnungen dafür nicht kannte, wußte sie nicht genau, wogegen sie geimpft worden war. Sie war überzeugt, daß sie zu viele Malariatabletten einnahm, aber Dieter konnte ihr auch nicht sagen, wie viele sie brauchte. Krankheiten gegenüber schien er gleichgültig zu sein. Er machte sich mehr Gedanken darum, daß ein indischer Zollbeamter den Dildo konfiszieren könnte – aber nur, wenn Nancy sich Mühe gab, ihn zu verstecken, meinte er. Dieter bestand darauf, daß sie ihn ganz selbstverständlich zu ihren Toilettensachen tat, ins Handgepäck. Aber das Ding war riesengroß. Schlimmer noch, es war schauerlich rosafarben, wie imitiertes Fleisch, und die Spitze, die einem beschnittenen Penis nachgebildet war, hatte eine bläuliche Färbung – Nancy kam es vor wie ein Glied, das man in der Kälte draußen gelassen hatte. Und wo sich die falsche Vorhaut einrollte, hatte sich ein Rest von dem Gleitmittel festgesetzt, der sich nie ganz wegwischen ließ. Nancy steckte den Dildo in eine alte weiße Sportsocke – eines dieser langen Dinger, die bis zur Wade reichen. Sie hoffte inständig, die indischen Zollbeamten würden ihm irgendeinen unsäglichen medizinischen Zweck zuschreiben – bloß nicht den offensichtlichen Zweck, dem er diente. Verständlicherweise wollte sie, daß Dieter ihn mitnahm, aber er machte ihr klar, daß ihn die Zollbeamten dann für einen Homosexuellen halten würden; und eigentlich müßte sie wissen, daß Homosexuelle, egal in welches Land sie einreisten, grundsätzlich schlecht behandelt würden. Dieter erzählte Nancy auch, daß er verbotenerweise eine Unmenge deutsches Geld bei sich haben würde und sie nur deshalb nicht gemeinsam flogen, weil er verhindern wollte, daß sie in die Sache hineingezogen würde, falls man ihn erwischte.

Während sich Nancy in der Badewanne des Hotel Bardez einweichte, fragte sie sich, warum sie ihm geglaubt hatte; aber im nachhinein ist man immer klüger. Nancy überlegte, daß es Dieter keine Mühe gekostet hatte, sie dazu zu überreden, den Dildo nach Bombay zu bringen. Es war nicht das erste Mal gewesen, daß ein Dildo so problemlos nach Indien gelangt war. Aber eine Menge Unannehmlichkeiten bereitete dieses Ding eben doch.

Nancy war noch nie im Osten gewesen und machte die erste Bekanntschaft damit am Flughafen von Bombay, ungefähr um zwei Uhr nachts. Sie hatte noch nie Menschen erlebt, die durch ständigen Lärm und eigene exzessive Geschäftigkeit so geschädigt und so verändert worden waren; ihr unablässiger Bewegungsdrang und ihre aggressive Neugier erinnerten sie an hin und her huschende Ratten. Viele von ihnen waren auch noch barfuß. Nancy versuchte sich auf den Zollinspektor zu konzentrieren, dem zwei Polizisten zur Hand gingen. Diese Polizisten – Wachtmeister in blauen Hemden und kurzen, weiten blauen Hosen – waren zwar nicht barfuß, trugen aber die absurdesten Stulpen an den Beinen, die Nancy je gesehen hatte, zumal in Anbetracht der Hitze. Und Nehru-Kappen hatte sie auch noch nie an Polizisten gesehen.

In Frankfurt hatte sich Dieter darum gekümmert, daß sich Nancy untersuchen und ein geeignetes Diaphragma verpassen ließ, doch als der Arzt feststellte, daß sie eine Geburt hinter sich hatte, setzte er ihr statt dessen eine Spirale ein. Sie hatte sie eigentlich nicht gewollt, doch als der Zollinspektor ihre Toilettenartikel durchsuchte und einer der aufpassenden Polizisten ein Töpfchen mit Feuchtigkeitscreme aufmachte und mit dem Finger einen dicken Klecks Creme herausholte, an dem der andere Polizist dann roch, war Nancy dankbar, daß sie kein Diaphragma und keine spermientötende Salbe dabei hatte, mit denen die beiden hätten herumspielen können. Ihre Spirale konnten die Polizisten weder sehen noch riechen, noch anfassen.

Aber natürlich war da noch der Dildo, der unangetastet in der langen Sportsocke lag, während die Polizisten und der Zollinspektor die Kleidung in ihrem Rucksack durchwühlten und die Tasche mit dem Handgepäck ausleerten, bei der es sich im Grunde nur um einen überdimensionalen Kunstlederbeutel handelte. Ein Polizeibeamter nahm das lädierte Taschenbuchexemplar von Lawrence Durrells *Clea* in die Hand, den vierten Roman der Alexandria-Tetralogie, von der Dieter nur den ersten gelesen hatte, nämlich *Justine*. Nancy hatte gar keinen gelesen; aber der Roman hatte ein Eselsohr an der Stelle, an der die letzte Leserin vermutlich mit der Lektüre aufgehört hatte, und an dieser eingemerkten Seite schlug der Polizist das Buch auf und fand auch gleich den Abschnitt, den Dieter mit Bleistift für genau diesen Zweck angestrichen hatte. Tatsächlich hatte dieses Exemplar von *Clea* die Reise nach Indien und zurück bereits mit zweien von Dieters Frauen gemacht, von denen keine den Roman oder auch nur die gekennzeichnete Passage gelesen hatte. Dieter hatte diesen Abschnitt eigens ausgesucht, weil er die Leserin in den Augen jeder internationalen Zollbehörde zweifellos als harmlose Närrin erscheinen lassen würde.

Der Polizist war von diesem Abschnitt so matt gesetzt, daß er das Buch seinem Kollegen reichte, der ein betroffenes Gesicht machte, als hätte man ihn aufgefordert, einen nicht dechiffrierbaren Code zu knacken; auch er reichte das Buch weiter. Schließlich las der Zollinspektor den Abschnitt. Nancy beobachtete, wie der Mann unbeholfen und ohne es zu wollen die Lippen bewegte, als würde er Olivenkerne abknabbern. Nach und nach kamen die Worte oder etwas Ähnliches laut aus seinem Mund; Nancy erschienen sie unverständlich. Sie konnte sich nicht vorstellen, welchen Reim sich der Zollinspektor und die Polizisten darauf machten.

»»Das ganze Viertel lag dösend im schattenspendenden Violett der hereinbrechenden Nacht««, las der Zollinspektor. »»Ein Himmel aus bebendem Velours, in den das grelle Leuchten von tausend elektrischen Glühbirnen schnitt. Er lag in jener Nacht über der Tatwig Street wie eine samtene Kruste.«« Der Zollinspektor hörte zu lesen auf und machte ein Gesicht, als hätte er gerade etwas Absonderliches gegessen. Der eine Polizist warf einen wütenden Blick auf das Buch, als fühlte er sich verpflichtet, es zu beschlagnahmen oder auf der Stelle zu vernichten. Der andere zappelte herum wie ein gelangweiltes Kind; er nahm die

Sportsocke mit dem Dildo und zog den gewaltigen Penis heraus wie ein Schwert aus der Scheide. Die Socke hing schlaff in seiner linken Hand, während die rechte den gewaltigen Schwanz an der Wurzel packte, an den steinharten, nachgemachten Eiern.

Als er schlagartig erkannte, was er da in der Hand hielt, streckte er den Dildo rasch seinem Kollegen hin, der das Ding an der zusammengerollten Vorhaut packte, bevor er den gewaltigen Penis erkannte und ihn auf der Stelle dem Zollinspektor aushändigte. Dieser packte den Dildo am Hodensack, während er *Clea* noch immer in der linken Hand hielt; dann ließ er das Buch fallen und riß dem mit offenem Mund dastehenden ersten Polizisten die Socke aus der Hand. Aber der eindrucksvolle Penis ließ sich schwerer in seine Hülle zurückstecken als herausholen, und vor lauter Eile schob der Zollinspektor das Ding falsch herum hinein. Auf diese Weise wurden die sperrigen Eier in die Ferse der Socke gezwängt, wo sie steckenblieben und sich nicht weiter hineinschieben lassen wollten, während das bläuliche Ende (die beschnittene Spitze) oben aus der Socke herausragte. Das Loch am Ende des gewaltigen Penis schien die Polizisten und den Zollinspektor mit dem sprichwörtlichen bösen Blick anzustarren.

»Wo wohnen Sie?« erkundigte sich der eine Polizist bei Nancy. Er wischte sich die Hand heftig an einer Stulpe ab – vielleicht um eine Spur des Gleitmittels loszuwerden.

»Behalten Sie Ihre Tasche immer bei sich«, riet ihr der zweite Polizist.

»Einigen Sie sich mit dem Taxifahrer auf den Preis, bevor Sie einsteigen«, sagte der erste Polizist.

Der Zollinspektor vermied es, Nancy anzusehen. Sie hatte mit Schlimmerem gerechnet, hatte befürchtet, der Dildo würde bestimmt lüsternes Grinsen hervorrufen – zumindest unverschämtes oder anzügliches Gelächter. Aber sie war im Land des *linga* – glaubte sie zumindest. Wurde der Phallus hier nicht als Symbol verehrt? Nancy meinte gelesen zu haben, daß der Penis ein Symbol des Gottes Shiva war. Vielleicht hatten diese Männer noch nie ein so realistisches (wenn auch übertriebenes) *linga* gesehen wie das, das Nancy in ihrer Tasche hatte. Vielleicht hatte sie dieses Symbol für unheilige Zwecke benutzt. Wollten diese Männer etwa deshalb nichts mit ihr zu tun haben? Aber die Polizisten und der Zollinspektor dachten nicht an *lingas* oder an den Gott Shiva; sie waren schlichtweg entsetzt über den tragbaren Penis.

Die arme Nancy mußte ganz allein den Weg zum Ausgang finden, wo sie von den schrillen Schreien der Taxifahrer empfangen wurde. Eine unendliche Taxischlange erstreckte sich in die höllische Schwärze dieses Außenbezirks von Bombay; mit Ausnahme der hellen Fläche des Flughafens gab es in Santa Cruz keine Lichter – den Flugplatz Sahar gab es 1969 noch nicht. Inzwischen war es drei Uhr morgens.

Nancy mußte mit ihrem Taxifahrer um den Fahrpreis ins Zentrum von Bombay feilschen. Nachdem sie den Betrag ausgehandelt und im voraus bezahlt hatte, gab es trotzdem noch Schwierigkeiten. Der Fahrer war ein Tamile, offenbar erst seit kurzem in Bombay und behauptete, weder Hindi noch Marathi zu verstehen. Nancy hörte, wie er in gebrochenem Englisch andere Taxifahrer nach dem Weg ins Taj Mahal fragte.

»Lady, Sie sollten nicht mit ihm fahren«, erklärte ihr ein anderer Taxifahrer, aber sie hatte bereits bezahlt und saß auf dem Rücksitz des Taxis.

Als sie in Richtung Stadt fuhren, führte der Tamile ein ausführliches Gespräch mit einem anderen tamilischen Taxifahrer, der gefährlich dicht neben ihrem Taxi herfuhr; mehrere Meilen fuhren sie Tür an Tür – durch die grenzenlose Dunkelheit vor der Dämmerung, vorbei an den unbeleuchteten Slums, deren Bewohner anhand des Gestanks ihrer Exkremente und ihrer erloschenen oder verlöschenden Feuer auszumachen waren. (Was verbrannten sie eigentlich? Abfälle?) Als am Stadtrand von Bombay, wo es noch immer keine elektrische Beleuchtung gab, die ersten Gehsteige auftauchten, rasten die beiden Tamilen noch immer Seite an Seite – selbst durch die wüstesten Kreisverkehre –, wobei sich ihr Gespräch von einem Wortwechsel über ein Wettgeschrei zu wilden Drohungen steigerte, die sich (selbst auf tamilisch) für Nancy ziemlich schrecklich anhörten.

Bei den anscheinend unbekümmerten Fahrgästen im Taxi des anderen Tamilen handelte es sich um ein gutgekleidetes britisches Ehepaar Mitte Vierzig. Nancy vermutete, daß sie ebenfalls das Taj Mahal ansteuerten und daß dieser Zufall die Ursache für den Streit zwischen den beiden Tamilen war. (Dieter hatte sie vor dieser durchaus üblichen Unsitte gewarnt: Wenn zwei Fahrer mit verschiedenen Fuhren dasselbe Ziel ansteuerten, versuchte natürlich der eine, den anderen zu überreden, seine Fahrgäste auch noch mitzunehmen.)

An einer Ampel wurden die beiden haltenden Taxis plötzlich von bellenden Hunden umringt – ausgehungerten Kötern, die sich gegenseitig wegbissen –, und Nancy überlegte, daß sie, falls einer sie durch das offene Fenster anspringen sollte, mit dem Dildo auf ihn einschlagen könnte. Dieser flüchtige Gedanke bereitete sie vielleicht schon auf das vor, was an der nächsten Kreuzung passierte, wo die Ampel sie erneut zum Halten zwang. Während sie diesmal warteten, kamen statt der Hunde schlurfende Bettler auf sie zu. Die schreienden Tamilen hatten ein paar Obdachlose angelockt, deren Körper sich unter der hellen Kleidung als schwach erkennbare Hügel von den in Dunkelheit gehüllten Straßen und Gebäuden abhoben. Als erster streckte ein Mann mit einem zerschlissenen, dreckigen *dhoti* einen Arm durch Nancys Fenster. Nancy bemerkte, daß das ordentliche britische Ehepaar – nicht aus Furcht, sondern aus purer Hartnäckigkeit – die Fenster trotz der feuchten Hitze hochgekurbelt hatte. Nancy hätte Angst gehabt zu ersticken, wenn sie ihres zumachte.

Dafür herrschte sie ihren Fahrer an, endlich weiterzufahren!

Schließlich hatte die Ampel umgeschaltet. Aber die beiden Tamilen waren zu sehr in ihre Auseinandersetzung vertieft, um auf die Ampel zu achten. Der Fahrer ignorierte sie, und zu ihrem großen Ärger zwang der andere Tamile jetzt seine britischen Fahrgäste, auszusteigen und zu Nancy ins Taxi zu klettern, genau wie Dieter es vorausgesagt hatte.

Nancy schrie ihren Fahrer an, der sich achselzuckend zu ihr umdrehte. Sie schrie aus dem Fenster den anderen Tamilen an, der schrie zurück. Dem britischen Ehepaar schrie sie zu, sie sollten sich nicht so übers Ohr hauen lassen, sondern von ihrem Fahrer verlangen, daß er sie an das zuvor vereinbarte, im voraus bezahlte Ziel brachte.

»Lassen Sie sich von diesem Bastard bloß nicht aufs Kreuz legen!« schrie Nancy. Erst da merkte sie, daß sie den Dildo schwenkte; natürlich befand er sich noch in der Socke, und die beiden konnten ja nicht wissen, daß es ein Dildo war. Wahrscheinlich hielten sie sie einfach für eine hysterische junge Frau, die ihnen mit einer Socke drohte.

Nancy blieb nichts anderes übrig, als das britische Ehepaar einsteigen zu lassen. Sie rutschte auf die andere Seite des Rücksitzes und sagte: »Bitte, steigen Sie ein«, doch als sie die Tür aufmachten, protestierte Nancys Fahrer. Er ließ das Auto sogar ein Stück vorwärts rucken. Nancy klopfte ihm mit dem Dildo – nach wie vor in der Socke – auf die Schulter. Er machte ein unbeteiligtes Gesicht. Sein Kollege stopfte bereits das Gepäck des britischen Ehepaars in den Kofferraum, während sich die beiden auf den Sitz neben Nancy zwängten.

Nancy wurde ans Fenster gedrückt, als eine Bettlerin ein Baby zum Fenster hereinschob und es ihr vors Gesicht hielt; das Kind roch ekelhaft, bewegte sich nicht und war völlig ausdruckslos – es sah halb tot aus. Nancy hob den Dildo, aber was konnte sie schon tun? Wen sollte sie schlagen? Statt dessen schrie sie die Frau an, die das Baby entrüstet aus dem Taxi zog. Vielleicht ist es gar nicht ihr Baby, überlegte Nancy; womöglich ist es nur ein Baby, das die Leute zum Betteln benutzen. Vielleicht ist es ja nicht einmal ein echtes Baby.

Vor ihnen stützten zwei junge Männer einen betrunkenen oder mit Drogen vollgepumpten Kameraden. Sie blieben beim Überqueren der Straße stehen, als wären sie nicht sicher, ob das Taxi auch angehalten hatte. Aber das Taxi stand, und Nancy war wütend, daß ihr Fahrer und der andere Tamile noch immer stritten. Sie beugte sich nach vorn und ließ den Dildo auf den Nacken des Fahrers heruntersausen. In dem Augenblick flog die Socke davon. Als sich der Fahrer zu ihr umdrehte, schlug sie ihm den riesigen Penis mitten auf die Nase.

»Fahr weiter!« brüllte sie den Tamilen an. Entsprechend beeindruckt von dem gigantischen Penis, gab er Gas und fuhr über die Ampel, die jetzt wieder auf Rot stand. Zum Glück waren sonst keine Autos auf der Straße. Doch unglücklicherweise standen die zwei jungen Männer mit ihrem zusammengesackten Kameraden dem Taxi direkt im Weg. Erst kam es Nancy so vor, als wären alle drei getroffen worden. Später erinnerte sie sich deutlich daran, daß zwei von ihnen weggelaufen waren, obwohl sie nicht behaupten konnte, daß sie den Aufprall wirklich gesehen hatte; bestimmt hatte sie die Augen geschlossen.

Während der Engländer dem Fahrer half, den leblosen Körper auf den Beifahrersitz zu hieven, wurde Nancy bewußt, daß es sich bei dem angefahrenen jungen Mann um denselben handelte, der anscheinend betrunken war oder unter Drogen stand. Es kam ihr gar nicht in den Sinn, daß er möglicherweise schon tot gewesen war, als ihn das Auto umstieß. Aber genau darum ging es in der Unterhaltung zwischen dem Engländer und dem tamilischen Fahrer: War der junge Mann absichtlich vor das Taxi gestoßen worden und war er überhaupt bei Bewußtsein gewesen, bevor ihn das Taxi traf?

»Er hat tot ausgesehen«, sagte der Engländer immer wieder.

»Ja, er schon tot!« schrie der Tamile. »Ich nicht tot gemacht!«

»Ist er jetzt tot?« fragte Nancy leise.

»Aber sicher«, antwortete der Engländer. Wie der Zollinspektor vermied er es, sie anzusehen; doch seine Frau starrte Nancy an, die noch immer den Dildo umklammert hielt. Der Engländer reichte ihr, nach wie vor ohne sie anzusehen, die Socke. Sie hüllte die Waffe ein und steckte sie wieder in ihren großen Beutel.

»Ist das Ihr erster Besuch in Indien?« fragte die Engländerin, während der verrückte Tamile immer schneller durch die zunehmend mit elektrischer Beleuchtung gesegneten Straßen fuhr. Überall auf den Gehsteigen waren die bunten Hügel schlafender Menschen zu erkennen. »In Bombay schläft die halbe Bevölkerung auf der Straße, aber eigentlich ist es hier ziemlich ungefährlich«, meinte die Engländerin. Nancys gerümpfte Nase verriet dem britischen Ehepaar, daß sie ein Neuling in dieser Stadt mit ihren Gerüchen war. In Wirklichkeit war es der nachhaltige Gestank des Babys, dessentwegen Nancy das Gesicht verzog. Wie etwas so Kleines nur so penetrant stinken konnte!

Dem Körper auf dem Beifahrersitz war anzumerken, daß er tot war. Der Kopf des jungen Mannes schaukelte leblos hin und her, die Schultern hingen völlig schlaff herunter. Wenn der Taxifahrer bremste oder eine Kurve fuhr, reagierte der Körper schwerfällig wie ein Sandsack. Nancy war dankbar, daß sie das Gesicht des jungen Mannes nicht sehen konnte, das dumpf an die Windschutzscheibe schlug und platt dort klebenblieb, bis der Tamile wieder eine Kurve fuhr und dann beschleunigte.

Noch immer ohne Nancy anzusehen, sagte der Engländer: »Er spürt es nicht mehr, meine Liebe.« Es war unklar, ob er mit Nancy oder mit seiner Frau gesprochen hatte.

»Mich stört er nicht«, antwortete seine Frau.

Über dem Marine Drive hing dichter Smog, so warm wie ein wollenes Leichentuch. Das Arabische Meer verschwand hinter einem Schleier, aber die Engländerin deutete dorthin, wo das Meer hätte sein sollen. »Da draußen ist der Ozean«, erklärte sie Nancy, die zu würgen begann. Nicht einmal die Werbeplakate an den Laternenmasten über ihren Köpfen waren vor lauter Smog zu sehen. Die Lampen, die den Marine Drive säumten, waren damals keine Nebellampen; sie waren weiß, nicht gelb.

In dem schwankenden Taxi deutete der Engländer durchs Fenster auf den Smogschleier. »Das ist das Halsband der Königin«, erklärte er Nancy. Während das Taxi weiterraste, fügte er – mehr um sich selbst und seine Frau zu beruhigen, als um Nancy zu trösten – hinzu: »Wir sind bald da.«

»Ich muß mich gleich übergeben«, sagte Nancy.

»Wenn Sie nicht daran denken, daß Ihnen schlecht ist, wird Ihnen auch nicht schlecht, meine Liebe«, sagte die Engländerin.

Das Taxi bog vom Marine Drive in schmalere, gewundene Straßen ein. Die drei lebenden Fahrgäste schlingerten in den Kurven mit, und der tote Junge auf dem Beifahrersitz schien zum Leben zu erwachen. Sein Kopf knallte gegen das Seitenfenster. Dann rutschte er nach vorn, und sein Gesicht glitt von der Windschutzscheibe ab, so daß es ihn auf den Fahrer schleuderte, der den Toten mit dem Ellbogen wegstieß. Die Hände des jungen Mannes flogen nach oben ins Gesicht, als wäre ihm gerade etwas Wichtiges eingefallen. Aber im nächsten Augenblick schien er wieder alles vergessen zu haben.

Man hörte Trillerpfeifen, laut und durchdringend. Sie gehörten den großen Sikh-Portiers, die den Verkehr vor dem Taj Mahal dirigierten, aber Nancy hielt Ausschau nach irgendeinem Hinweis auf die Anwesenheit von Polizei. In der Nähe, am hoch aufragenden Gateway of India, glaubte Nancy Polizisten bemerkt zu haben; da waren Lichter, hysterisches Geschrei, irgendein Tumult. Zunächst hieß es, ein paar bettelnde Bengel seien der Grund. Angeblich war es ihnen nicht gelungen, von einem jungen schwedischen Paar, das das Gateway of India unter demonstrativer und professioneller Verwendung grellweißer Scheinwerfer und Reflektoren fotografiert hatte, auch nur eine einzige Rupie zu erbetteln. Daraufhin hatten die Bengel das Gateway of India angepinkelt, um die Aufnahme zu verderben, und als es ihnen nicht gelang, die Fremden entsprechend auf sich aufmerksam zu machen – angeblich fanden die Schweden diese demonstrative Geste symbolisch interessant –, versuchten die Kerle, auf die Fotoausrüstung zu pinkeln, und das sei der Grund für die Aufregung gewesen. Doch weitere Nachforschungen sollten ergeben, daß die Schweden die Betteljungen dafür bezahlt hatten, daß sie an das Gateway of India pißten, was wenig Wirkung hatte – das Wahrzeichen Bombays war bereits ziemlich verdreckt. Die Burschen hatten keineswegs versucht, auf die Fotoausrüstung der Schweden zu pinkeln – so dreist wären sie nie gewesen; sie hatten sich lediglich beschwert, daß sie nicht genug für das Anpinkeln des Gateway of India bekommen hatten. Das war der wahre Grund für die Aufregung.

Unterdessen mußte der tote junge Mann im Taxi warten. In der Auffahrt des Taj Mahal wurde der tamilische Fahrer hysterisch; man hatte ihm einen toten Mann vor sein Auto geworfen, das offenbar eine Delle abbekommen hatte. Das britische Ehepaar vertraute einem Polizisten an, daß der Tamile eine rote Ampel überfahren hatte (nachdem er einen Schlag mit einem Dildo erhalten hatte). Es handelte sich um denselben verwirrten Wachtmeister, der sich das Delikt mit dem bepinkelten Gateway of India endlich vom Hals geschafft hatte. Nancy war nicht ganz sicher, ob das britische Ehepaar ihr die Schuld an dem Unfall gab, sofern es überhaupt ein Unfall gewesen war. Schließlich einigten sich der Tamile und der Engländer darauf, daß der Junge tot ausgesehen hatte, bevor ihn das Taxi angefahren hatte. Mit Sicherheit wußte Nancy allerdings, daß der Polizist nicht wußte, was ein »Dildo« war.

»Ein Penis, ein ziemlich großer«, erklärte der Engländer dem Polizisten.

»Sie?« fragte der Polizist und zeigte auf Nancy. »Mit *was* hat sie den Taxifahrer geschlagen?«

»Sie werden es ihm zeigen müssen, meine Liebe«, sagte die Engländerin zu Nancy.

»Gar nichts werde ich ihm zeigen«, entgegnete Nancy.

Unser Freund, der echte Polizist

Es dauerte eine Stunde, bis Nancy dazu kam, das Anmeldeformular an der Hotelrezeption auszufüllen. Eine halbe Stunde später – sie hatte gerade ihr heißes Vollbad beendet – kam ein zweiter Polizist zu ihr ins Zimmer. Er war kein einfacher Wachtmeister – keine kurzen, extrem weiten blauen Hosen, keine albernen Stutzen. Das war nicht noch so ein Trottel mit Nehru-Kappe. Er trug das Käppi eines Polizeibeamten mit dem Abzeichen der Polizei von Maharashtra und ein Khakihemd, eine lange Khakihose, schwarze Schuhe und einen Revolver und war der diensthabende Beamte der Polizeiwache Colaba, die für das Taj Mahal zuständig war. Ohne seine Hängebacken, aber schon damals mit einem stolz zur Schau getragenen, bleistiftdünnen Schnauzer machte der junge Inspektor Patel – zwanzig Jahre bevor er die Gelegenheit bekommen sollte, Dr. Daruwalla und Inspector Dhar im Duckworth Club zu befragen – auf Anhieb einen guten Eindruck. Das Auftreten des jungen Polizeibeamten ließ den zukünftigen Kommissar erkennen.

Inspektor Patel war energisch, aber höflich, und bereits mit Mitte Zwanzig hatte seine Art, Fragen so zu stellen, daß gewisse Mißverständnisse aufkamen, etwas Einschüchterndes. Sein Auftreten überzeugte einen davon, daß er die Antworten auf einen Großteil der Fragen, die er einem stellte, bereits kannte, obwohl das normalerweise nicht der Fall war. Auf diese Weise brachte er die Leute dazu, die Wahrheit zu sagen. Und außerdem hatte diese Befragungsmethode den Vorteil, daß Inspektor Patel anhand der Antworten feststellen konnte, wie es um die Moral des Befragten stand.

In ihrem augenblicklichen Zustand war Nancy anfällig für einen so ungewöhnlich korrekten und freundlich aussehenden jungen Mann. Um Nancys Situation nachfühlen zu können, sei gesagt, daß Inspektor Patel nicht so auftrat, daß ihm eine noch so unverfrorene oder extrem selbstbewußte junge Frau freiwillig einen Dildo gezeigt hätte. Zudem war es ungefähr fünf Uhr morgens. Mag sein, daß es ein paar ungeduldige Frühaufsteher gab, die den Sonnenaufgang über dem Meer ankündigten, der – durch den perfekten Rahmen des geschwungenen Gateway of India betrachtet – noch immer die bombastischen Tage der britischen Kolonialherrschaft heraufbeschwören konnte, aber die arme Nancy gehörte nicht zu ihnen. Außerdem gestatteten ihr das einzige Fenster und der kleine Balkon keinen Ausblick aufs Meer. Dieter hatte ein relativ billiges Zimmer reservieren lassen.

Unter ihr, im graubraunen Licht, befand sich die übliche Ansammlung von Bettlern – vorwiegend Kinder, die irgendwelche Kunststückchen vorführten. Für Reisende, die von weit her kamen und denen die Zeitverschiebung noch zu schaffen machte, waren diese Straßenkinder am frühen Morgen der erste Berührungspunkt mit Indien bei Tageslicht. Nancy saß im Bademantel am Fußende ihres Bettes, der Inspektor auf dem einzigen Stuhl, auf dem sich keine Kleidungsstücke und Taschen türmten. Beide konnten Nancys Badewasser auslaufen hören. Deutlich sichtbar, wie Dieter ihr empfohlen hatte, lagen der abgenutzt aussehende, aber unbenutzte Reiseführer und der ungelesene Roman von Lawrence Durrell herum.

Es sei nicht ungewöhnlich, erklärte der Inspektor, daß Leute umgebracht und dann vor ein fahrendes Auto gestoßen würden. Ungewöhnlich an diesem Fall sei, daß der Schwindel so offensichtlich war.

»Für mich nicht«, sagte Nancy. Sie erklärte ihm, daß sie den Augenblick des Aufpralls nicht gesehen hatte; sie dachte, alle drei wären angefahren worden – wahrscheinlich weil sie die Augen zugemacht hatte.

Die Engländerin hatte den Augenblick des Aufpralls auch nicht gesehen, ließ Inspektor Patel Nancy wissen. »Sie hat Sie angeschaut«, erläuterte der Polizist.

»Oh, verstehe«, sagte Nancy.

Der Engländer sei ganz sicher, daß ein Körper – in jedem Fall bewußtlos, wenn nicht gar tot – vor den Kühler des fahrenden Autos gestoßen worden sei. »Und der Taxifahrer weiß nicht, was er gesehen hat«, sagte Inspektor Patel. »Der Tamile erzählt jedesmal eine andere Geschichte.« Als Nancy ihn noch immer ausdruckslos ansah, fügte er hinzu: »Der Fahrer sagt, er sei abgelenkt worden.«

»Wodurch?« fragte Nancy, obwohl sie es genau wußte.

»Durch das, womit sie ihn geschlagen haben«, antwortete Inspektor Patel.

Es entstand eine unbehagliche Pause, in der der Polizist seinen Blick von einem Stuhl zum nächsten wandern ließ, die ausgepackten Taschen betrachtete, die zwei Bücher, die Kleidungsstücke. Nach Nancys Schätzung war er mindestens fünf Jahre älter als sie, obwohl er jünger aussah. Seine Selbstsicherheit ließ ihn entwaffnend erwachsen wirken. Trotzdem legte er nicht die übertriebene Arroganz eines Bullen an den Tag. Inspektor Patel trat nicht großspurig auf; seine beherrschte und gewählte Art hing damit zusammen, daß er einen absolut korrekten Zweck verfolgte. Nancy empfand ihn als einen grundguten Menschen und war von ihm fasziniert. Und seine Haut, die die Farbe von Milchkaffee hatte, fand sie wunderschön. Er hatte pechschwarze Haare und einen so schmalen, perfekt abgezirkelten Schnauzer, daß Nancy ihn gern berührt hätte.

Dieser rundum schmucke Eindruck des jungen Mannes stand

in deutlich erkennbarem Gegensatz zu der mangelnden Eitelkeit, die sich normalerweise an glücklich verheirateten Männern beobachten läßt. Hier im Taj Mahal, in Anwesenheit einer derart drallen Blondine im Bademantel, war Inspektor Patel deutlich anzumerken, daß er ledig war. Er achtete ebenso sorgfältig auf die Einzelheiten seines Auftretens wie auf jeden Zentimeter an Nancy und auf alles, was ihm Nancys Zimmer möglicherweise verraten würde. Ihr war nicht klar, daß er nach dem Dildo Ausschau hielt.

»Kann ich das Ding sehen, mit dem Sie den Taxifahrer geschlagen haben?« fragte der Inspektor schließlich. Der Himmel mochte wissen, wie der idiotische Tamile den Dildo beschrieben hatte. Nancy stand auf, um ihn aus dem Badezimmer zu holen, nachdem sie beschlossen hatte, ihn bei ihren Toilettensachen zu lassen. Der Himmel mochte wissen, was das englische Ehepaar dem Inspektor erzählt hatte. Bestimmt hatten sie ihm Nancy als ordinäre junge Frau geschildert, die einen gewaltigen Penis schwang.

Nancy gab Inspektor Patel den Dildo und setzte sich wieder ans Fußende ihres Bettes. Der junge Polizist reichte das Gerät höflich zurück, ohne sie anzusehen.

»Tut mir leid, aber ich mußte das Ding sehen«, sagte er. »Ich hatte gewisse Schwierigkeiten, es mir vorzustellen«, erklärte er.

»Beide Fahrer haben ihr Geld am Flughafen bekommen«, berichtete Nancy. »Und ich lasse mich nun mal nicht gern übers Ohr hauen«, fügte sie hinzu.

»Dieses Land ist nicht ganz unproblematisch für eine allein reisende Frau«, bemerkte der Inspektor. Der rasche Blick, den er ihr zuwarf, verriet ihr, daß das eine Frage war.

»Ich treffe mich mit Freunden«, sagte Nancy. »Ich warte nur auf ihren Anruf.« (Dieter hatte ihr geraten, das zu sagen, denn jedem, der sich ihre Studentenklamotten und ihre billigen Taschen ansah, würde klar sein, daß sie sich nicht viele Übernachtungen im Taj Mahal leisten konnte.)

»Werden Sie dann mit ihren Freunden weiterreisen oder in Bombay bleiben?« fragte der Inspektor.

Nancy erkannte ihren Vorteil. Solange sie den Dildo in der Hand hielt, würde es dem jungen Polizisten unangenehm sein, ihr in die Augen zu schauen.

»Ich werde das tun, was sie tun«, sagte sie gleichgültig. Sie hielt den Penis im Schoß; dann entdeckte sie, daß sie mit einer winzigen Bewegung des Handgelenks die beschnittene Spitze an ihr nacktes Knie schlagen lassen konnte. Doch offenbar war Inspektor Patel von ihren nackten Füßen fasziniert. Vielleicht lag es daran, daß sie unglaublich weiß waren, vielleicht auch an ihrer unglaublichen Größe – Nancys bloße Füße waren größer als die kleinen Schuhe des Inspektors.

Nancy betrachtete ihn erbarmungslos. Ihr gefielen die vorstehenden Knochen in seinem kantig geschnittenen Gesicht. Sie hätte sich dieses Gesicht unmöglich – und sei es zwanzig Jahre später – mit Hängebacken vorstellen können. Sie bildete sich ein, noch nie so schwarze Augen und so lange Wimpern gesehen zu haben.

Den Blick noch immer starr auf Nancys Füße gerichtet, sagte Inspektor Patel hilflos: »Ich nehme an, es gibt keine Telefonnummer oder Adresse, unter der ich Sie erreichen könnte.«

Nancy glaubte genau zu wissen, was sie zu ihm hinzog. Sie hatte ihre Unschuld in Wirklichkeit in Deutschland verloren, mit Dieter. Gewiß hatte sie sich große Mühe gegeben, sie in Iowa zu verlieren, aber die Footballspieler hatten ihre Unschuld im Grunde nicht angetastet. Jetzt war sie endgültig verloren. Und hier war ein Mann, der noch unschuldig war. Wahrscheinlich wirkte sie auf ihn ebenso abschreckend wie anziehend – falls er es überhaupt merkte, dachte Nancy.

»Möchten Sie mich wiedersehen?« fragte sie ihn. Sie hielt die

Frage für ausreichend zweideutig, aber er starrte nur auf ihre Füße – voller Sehnsucht und Entsetzen, wie sie sich einbildete.

»Aber Sie könnten die zwei anderen Männer wohl auch nicht identifizieren, selbst wenn wir sie finden würden«, sagte Inspektor Patel.

»Ich könnte den anderen Taxifahrer identifizieren«, meinte Nancy.

»Den haben wir schon«, teilte ihr der Inspektor mit.

Nancy stand vom Bett auf und brachte den Dildo ins Bad. Als sie zurückkam, stand Inspektor Patel am Fenster und beobachtete die Bettler. Sie wollte ihm gegenüber nicht mehr im Vorteil sein. Vielleicht bildete sie sich ein, daß sich der Inspektor hoffnungslos in sie verliebt hatte und daß er sie, wenn sie ihn aufs Bett stoßen und sich auf ihn stürzen würde, verehren und auf ewig ihr Sklave sein würde. Vielleicht wollte sie eigentlich gar nicht ihn als Person, sondern nur seine offensichtliche Anständigkeit, und die auch nur, weil sie das Gefühl hatte, ihren guten Kern weggegeben zu haben und ihn nie mehr zurückzubekommen.

Dann fiel ihr auf, daß er sich nicht mehr für ihre Füße interessierte, sondern inzwischen aufmerksam ihre Hände betrachtete. Obwohl sie den Dildo weggesteckt hatte, wollte er ihr nicht in die Augen sehen.

»Wollen Sie mich wiedersehen?« wiederholte Nancy. Diesmal war ihre Frage nicht zweideutig. Sie stand näher bei ihm als nötig, doch er überhörte die Frage und deutete auf die Kinder unten auf der Straße.

»Immer dieselben Kunststückchen. Sie machen nie was anderes«, bemerkte Inspektor Patel. Nancy warf keinen Blick zu den Bettelkindern hinunter, sondern starrte weiterhin Inspektor Patel an.

»Sie könnten mir Ihre Telefonnummer geben«, sagte sie. »Dann könnte ich Sie anrufen.«

»Aber warum sollten Sie das tun?« fragte der Inspektor, der nach wie vor die Kinder beobachtete. Nancy wandte sich von ihm ab und legte sich der Länge nach aufs Bett. Sie lag auf dem Bauch, hatte den Bademantel fest um sich geschlungen und dachte an ihr blondes Haar. Es sieht sicher hübsch aus, so auf dem Kissen ausgebreitet, überlegte sie, wußte aber nicht, ob Inspektor Patel sie auch ansah. Sie wußte nur, daß die Kissen ihre Stimme dämpfen würden und daß er näher ans Bett herankommen müßte, um sie zu verstehen.

»Was ist, wenn ich Sie brauche?« fragte sie ihn. »Was ist, wenn ich Schwierigkeiten bekomme und die Polizei brauche?«

»Der junge Mann wurde erdrosselt«, eröffnete ihr Inspektor Patel. Der Klang seiner Stimme verriet ihr, daß er in ihrer Nähe stand.

Nancy ließ ihr Gesicht in den Kissen vergraben, streckte aber beide Hände zu den Bettkanten hin aus. Sie hatte schon geglaubt, sie würde überhaupt nichts über den toten Jungen erfahren, nicht einmal, ob er aus Gemeinheit und Haß oder unabsichtlich umgebracht worden war. Jetzt wußte sie es, denn unabsichtlich konnte der junge Mann schlecht erwürgt worden sein.

»Ich habe ihn nicht erwürgt.«

»Das weiß ich«, sagte Inspektor Patel. Als er Nancys Hand berührte, blieb sie vollkommen reglos liegen. Dann zog er seine Hand weg, und eine Sekunde später hörte sie ihn im Bad. Es hörte sich an, als ließe er die Badewanne einlaufen.

»Sie haben große Hände«, rief er ins Zimmer. Sie bewegte sich nicht. »Der Junge ist von jemandem mit kleinen Händen erwürgt worden. Wahrscheinlich von einem anderen Jungen, vielleicht aber auch von einer Frau.«

»Sie haben mich verdächtigt«, sagte Nancy, konnte allerdings nicht feststellen, ob er sie trotz des laufenden Badewassers hören konnte. »Ich sagte, Sie haben mich verdächtigt – bis Sie meine Hände gesehen haben«, rief Nancy.

Er drehte das Wasser ab. Die Wanne konnte nicht sehr voll sein, dachte Nancy.

»Ich verdächtige jeden«, sagte Inspektor Patel, »aber Sie hatte ich eigentlich nicht in Verdacht, den Jungen erwürgt zu haben.«

Nancy konnte ihre Neugier nicht länger bezähmen. Sie erhob sich vom Bett und ging ins Bad. Inspektor Patel saß auf dem Rand der Badewanne und betrachtete den Dildo, der wie ein Spielzeugschiffchen im Wasser umherschwamm.

»Genau wie ich mir gedacht habe. Er schwimmt«, sagte er. Dann tauchte er ihn unter und hielt ihn fast eine Minute lang unter Wasser, ohne ihn aus den Augen zu lassen. »Keine Blasen«, sagte er. »Er schwimmt, weil er hohl ist«, erklärte er ihr. »Aber wenn er sich auseinandernehmen ließe, wenn man ihn aufmachen könnte, gäbe es Blasen. Ich dachte, er würde aufgehen.« Er ließ Wasser ablaufen und trocknete den Dildo mit einem Handtuch ab. »Einer Ihrer Freunde hat angerufen, während Sie Ihre Anmeldung ausgefüllt haben«, teilte Inspektor Patel Nancy mit. »Er wollte nicht mit Ihnen reden, sondern nur hören, ob Sie im Hotel eingetroffen sind.« Nancy stand breit in der Badezimmertür, und der Inspektor wartete ab, bis sie den Weg freigab. »Das bedeutet normalerweise, daß jemand wissen möchte, ob Sie gut durch den Zoll gekommen sind. Deshalb dachte ich, Sie hätten etwas hereingeschmuggelt. Aber das haben Sie nicht, oder?« sagte Inspektor Patel.

»Nein«, brachte Nancy mit Mühe hervor.

»Alsdann, wenn ich gehe, sage ich unten Bescheid, daß man Ihnen Ihre Nachrichten direkt zukommen läßt«, sagte der Inspektor.

»Danke«, sagte Nancy.

Er hatte bereits die Tür zum Gang aufgemacht, bevor er ihr seine Visitenkarte gab. »Und rufen Sie mich auch wirklich an, wenn Sie in Schwierigkeiten sind«, sagte er. Wortlos starrte sie auf die Karte; das war besser, als ihn gehen zu sehen. Da standen

mehrere gedruckte Telefonnummern, eine mit Kugelschreiber
eingekringelt, und sein Name samt Titel.

VIJAY PATEL
POLIZEIINSPEKTOR
POLIZEIWACHE COLABA

Nancy wußte nicht, wie weit Vijay Patel von zu Hause entfernt
war. Als seine gesamte Familie Gujarat verlassen hatte, um nach
Kenia auszuwandern, war Vijay nach Bombay gezogen. Daß er
es als Gujarati bei einer Polizeitruppe in Maharashtra zu etwas
gebracht hatte, war eine ziemliche Leistung. Aber die aus Gujarat stammenden Patels in Vijays Familie waren Kaufleute – sie
hätte das nicht beeindruckt. Vijay war von ihnen ebenso abgeschnitten – sie hatten ihre Geschäfte in Nairobi – wie Nancy von
Iowa.

Nachdem Nancy die Visitenkarte des Polizeibeamten wieder
und wieder gelesen hatte, ging sie auf den Balkon hinaus und
schaute eine Zeitlang den Bettelkindern zu. Sie führten wagemutige Kunststückchen vor, die in ihrer Monotonie irgendwie beruhigend wirkten. Wie die meisten Ausländer ließ sich Nancy
von den Schlangenmenschen leicht beeindrucken.

Gelegentlich warf ein Hotelgast den Kindern eine Orange
oder Banane hinunter; einige warfen auch Münzen. Nancy fand
es grausam, wie ein verkrüppelter Junge mit einem Bein und
einer gepolsterten Krücke von den anderen Kindern geschlagen
wurde, wenn er humpelnd und stolpernd versuchte, sich vor
ihnen das Geld oder das Obst zu schnappen. Sie durchschaute
nicht, daß die Rolle des Krüppels genau festgelegt und er selbst
unverzichtbarer Bestandteil des dramatischen Geschehens war.
Er war nicht nur älter als die anderen Kinder, er war auch ihr Anführer. In Wirklichkeit konnte er sie alle zusammenschlagen –
was er gelegentlich auch tat.

341

Aber die mitleiderregende Situation war für Nancy ungewohnt; sie suchte etwas, was sie ihm hinunterwerfen konnte, fand aber nur einen Zehn-Rupien-Schein. Das war zuviel Geld für einen Bettler, aber sie wußte es nicht besser. Sie beschwerte den Geldschein mit zwei Haarklammern, trat auf den Balkon hinaus und hielt das Geld hoch, bis der verkrüppelte Junge auf sie aufmerksam wurde.

»He, Lady!« rief er. Die meisten Kinder unterbrachen ihre Handstände und Schlangennummern, und Nancy ließ den Zehn-Rupien-Schein davonsegeln; er geriet in einen Aufwind, flog kurz in die Höhe, bevor er zu Boden flatterte. Die Kinder rannten hin und her und versuchten, an der richtigen Stelle zu stehen, um ihn aufzufangen. Der verkrüppelte Junge schien sich damit zufriedenzugeben, daß sich ein anderes Kind das Geld schnappte.

»Nein, es ist für dich! Für dich!« rief Nancy ihm zu, aber er achtete gar nicht auf sie. Ein großes Mädchen, eines der Schlangenkinder, fing den Zehn-Rupien-Schein auf. Sie war so überrascht über den Betrag, daß sie dem verkrüppelten Jungen das Geld nicht schnell genug aushändigte, und so schlug er ihr mit seiner Krücke ins Kreuz – ein Hieb, dessen Kraft ausreichte, um sie auf Hände und Knie sinken zu lassen. Dann schnappte sich der Krüppel das Geld und hoppelte von dem Mädchen weg, das zu weinen begonnen hatte.

Nancy wurde klar, daß sie den üblichen Ablauf des Schauspiels gestört hatte; irgendwie war sie im Unrecht. Als sich die Bettler zerstreuten, näherte sich einer der großen Sikh-Portiers vom Taj Mahal dem weinenden Mädchen. Er trug eine lange Holzstange mit einem blitzenden Messinghaken – sie diente zum Öffnen und Schließen der Oberlichter über den hohen Türen – und hob damit den ausgefransten Rocksaum ihres zerrissenen, schmutzigen Kleides hoch. Geschickt entblößte er sie, bevor es ihr gelang, den Rock zwischen die Beine zu klemmen und sich zu bedecken. Dann stieß er dem Mädchen die Stange mit dem Messingende in die Brust, und als sie aufzustehen versuchte, versetzte er ihr einen kräftigen Hieb aufs Kreuz, genau an die Stelle, auf die der Krüppel mit seiner Krücke geschlagen hatte. Das Mädchen schrie auf und hastete auf allen vieren davon. Der Sikh verfolgte sie ausgesprochen gewandt und trieb sie mit spitzen Stockstichen und -stößen vor sich her. Endlich kam sie auf die Beine und lief ihm davon.

Der Sikh hatte einen dunklen, spatenförmig geschnittenen, silbergesprenkelten Bart und trug einen dunkelroten Turban. Er schulterte die Stange für die Oberlichter wie ein Gewehr und warf Nancy auf dem Balkon einen flüchtigen Blick zu. Sie zog sich in ihr Zimmer zurück, überzeugt, daß er ihr unter den Schlafrock und geradewegs in den Schritt hatte sehen können, da er direkt unter ihr stand. Aber natürlich verhinderte der Balkon einen solchen Einblick. Nancy bildete sich alles nur ein.

Offenbar gibt es Regeln, dachte sie. Die Bettler durften betteln, aber heulen durften sie nicht. Es war noch früh am Morgen, und das Geheul würde die Gäste aufwecken, denen es gelungen war zu schlafen. Nancy bestellte sich umgehend das Amerikanischste, was sie auf der Speisekarte des Zimmerservice entdecken konnte – Rühreier mit Toast –, und als man ihr das Tablett brachte, steckten zwischen dem Orangensaft und dem Tee zwei verschlossene Kuverts. Ihr Herz machte einen Satz, weil sie hoffte, Inspektor Patel würde ihr seine ewige Liebe erklären. Aber das eine war die Nachricht von Dieter, die der Inspektor abgefangen hatte und die lediglich besagte, daß Dieter angerufen hatte. Er sei froh, daß sie gut angekommen sei, und er würde sie bald sehen. Das andere war ein gedrucktes Schreiben von der Hotelleitung mit der Bitte, man möge es freundlicherweise unterlassen, Sachen aus dem Fenster zu werfen.

Nancy war ausgehungert, und sobald sie ihr Frühstück beendet hatte, wurde sie müde. Sie zog die Vorhänge zu, um das Tageslicht auszusperren, und schaltete den Deckenventilator auf die höchste Stufe. Eine Zeitlang lag sie wach da und dachte an Inspektor Patel. Sie stellte sich sogar vor, daß Dieter mit dem Geld geschnappt werden würde, sobald er den Zoll zu passieren versuchte. Nancy war noch immer so naiv zu glauben, daß die D-Mark in Dieters Gepäck ins Land kommen würden. Auf die Idee, daß sie das Geld bereits nach Indien gebracht hatte, war sie überhaupt noch nicht gekommen.

Der ahnungslose Kurier

Es kam ihr vor, als hätte sie tagelang geschlafen. Als sie aufwachte, war es dunkel. Sie würde nie erfahren, ob es die frühmorgendliche Dunkelheit des nächsten oder des übernächsten Tages war. Sie wachte von irgendeinem Lärm auf dem Gang vor ihrem Zimmer auf. Jemand versuchte, in ihr Zimmer zu gelangen, aber sie hatte die Tür zweimal abgesperrt und mit der Sicherheitskette verriegelt. Sie stieg aus dem Bett. Draußen im Gang stand Dieter. Er war sauer auf den Gepäckträger und schickte ihn ohne ein Trinkgeld weg. Sobald er im Zimmer war, aber erst nachdem er die Tür zweimal zugesperrt und die Sicherheitskette wieder eingehakt hatte, drehte er sich zu ihr um und fragte sie, wo der Dildo sei. Das war nicht gerade galant, fand Nancy, aber in ihrem verschlafenen Zustand ging sie davon aus, daß es lediglich seine aggressive Art war, ihr seine Verliebtheit zu zeigen. Sie deutete ins Bad.

Dann schlug sie den Bademantel auf, ließ ihn von den Schultern gleiten und zu Boden fallen. Sie stand unter der Badezimmertür, erwartete, daß er sie küßte oder zumindest ansah. Aber Dieter hielt den Dildo über das Waschbecken; wie es aussah, erhitzte er die Spitze des künstlichen Penis mit seinem Taschenfeuerzeug. Schlagartig war Nancy hellwach. Sie hob ihren Bade-

344

mantel auf, zog ihn wieder an und trat dann gerade so weit von der Badezimmertür zurück, daß sie Dieter noch beobachten konnte. Er achtete sorgfältig darauf, daß die Flamme den Dildo nicht schwärzte, und ließ die Hitze nicht auf die Spitze einwirken, sondern auf die Stelle, an der sich die falsche Vorhaut einrollte. Nancy kam es vor, als würde er den Dildo langsam schmelzen; dann wurde ihr klar, daß irgendein wachsähnliches Zeug ins Waschbecken tropfte. Dort, wo sich die falsche Vorhaut zusammenrollte, kam eine dünne Linie zum Vorschein, die um die Spitze herumführte. Sobald Dieter den wächsernen Verschluß weggeschmolzen hatte, hielt er das Ende des großen Penis unter kaltes Wasser und packte dann die beschnittene Spitze mit einem Handtuch. Er brauchte ziemlich viel Kraft, um den Dildo aufzuschrauben, der, wie Inspektor Patel festgestellt hatte, hohl war. Die Wachsversiegelung hatte verhindert, daß Luft entwich. Deshalb hatte es auch keine Bläschen unter Wasser gegeben. Inspektor Patel hatte zur Hälfte recht gehabt. Er hatte an der richtigen Stelle gesucht, aber nicht auf die richtige Art – der Irrtum eines jungen Polizeibeamten.

Im Innern des Dildo, fest zusammengerollt, befanden sich mehrere tausend Mark. Für die Rückfahrt nach Deutschland ließ sich ziemlich viel hochwertiges Haschisch fest zusammengepreßt in einen so großen Dildo packen, und die Wachsversiegelung würde verhindern, daß die Hunde beim deutschen Zoll das indische Haschisch rochen.

Nancy saß am Fußende des Bettes, während Dieter eine Rolle Geldscheine aus dem Dildo zog, auf einer Hand ausbreitete und glattstrich. Dann steckte er sie unter den Reißverschluß eines Geldgürtels, den er unter dem Hemd um die Taille trug. Den Dildo, in dem noch mehrere ansehnliche Geldscheinrollen steckten, setzte er wieder zusammen. Er schraubte die Spitze fest zu, ohne sich jedoch die Mühe zu machen, sie erneut mit Wachs zu versiegeln. Die Linie an der Stelle, wo sich das Ding aufschrauben ließ, war ohnehin kaum zu sehen, weil sie zum Teil von der falschen Vorhaut verdeckt wurde. Als Dieter das erledigt hatte und damit seine Hauptsorge los war, zog er sich aus und ließ die Badewanne vollaufen. Erst nachdem er es sich in der Wanne bequem gemacht hatte, stellte Nancy die Frage, die sie beschäftigte.

»Und was wäre mit mir passiert, wenn sie mich erwischt hätten?«

»Aber sie hätten dich nicht erwischt, *babe*«, versicherte ihr Dieter. Das *babe* hatte er in amerikanischen Filmen aufgeschnappt, wie er sagte.

»Hättest du es mir denn nicht sagen können?« wollte Nancy wissen.

»Dann wärst du nervös gewesen«, sagte Dieter. »Und dann hätten sie dich bestimmt erwischt.«

Nach dem Bad rollte er einen Joint, den sie gemeinsam rauchten; obwohl Nancy sich vorgenommen hatte, vorsichtig zu sein, wurde sie schneller high als beabsichtigt und verlor etwas die Orientierung. Das Zeug war stark, aber Dieter versicherte ihr, daß das noch längst nicht der beste Stoff sei – nur etwas, was er auf dem Weg vom Flughafen hierher gekauft hatte.

»Ich habe noch einen kleinen Umweg gemacht«, erklärte er. Sie war zu stoned, um ihn zu fragen, wohin er um zwei oder drei Uhr morgens gegangen sein konnte, und er machte sich nicht die Mühe, ihr zu erzählen, daß er in einem Bordell in Kamathipura gewesen war. Er hatte der Wirtin das Zeug abgekauft und währenddessen eine dreizehnjährige Prostituierte für nur fünf Rupien gefickt. Angeblich war sie das einzige Mädchen, das zu dem Zeitpunkt nicht mit einem Kunden beschäftigt war, und Dieter hatte sie im Stehen gefickt, in einer Art Eingangshalle, da sämtliche Kojen in sämtlichen winzigen Zimmern besetzt waren – jedenfalls hatte die *madam* das behauptet.

Nachdem Dieter und Nancy den Joint geraucht hatten, gelang es Dieter, Nancy zum Masturbieren zu bewegen; sie hatte das Gefühl, daß sie lange brauchte, und konnte sich nicht erinnern, daß er das Bett verlassen hatte, um den Dildo zu holen. Später, als er schlief, lag sie wach und dachte eine Zeitlang über die vielen tausend Mark nach, die in dem Ding waren, das in ihr gewesen war. Sie beschloß, Dieter nichts von dem ermordeten Jungen und von Inspektor Patel zu erzählen. Sie stieg aus dem Bett und vergewisserte sich, daß die Visitenkarte, die ihr der Inspektor gegeben hatte, gut versteckt zwischen ihren Sachen lag. Statt sich wieder ins Bett zu legen, ging sie auf den Balkon hinaus und beobachtete, wie sich in der Morgendämmerung unten die ersten Bettler einfanden. Nach einer Weile hatten sich wieder dieselben Kinder mit ihren Kunststücken an Ort und Stelle versammelt, wie Gestalten, die das Tageslicht malte – der verkrüppelte Junge mit seiner gepolsterten Krücke eingeschlossen. Er winkte ihr zu. Es war so früh, daß er sich große Mühe gab, nicht zu laut zu rufen, aber Nancy konnte ihn deutlich hören.

»He, Lady!«

Er brachte sie zum Weinen. Sie kehrte ins Zimmer zurück, betrachtete den schlafenden Dieter und dachte wieder an die vielen tausend Mark. Am liebsten hätte sie sie den Kindern hinuntergeworfen, aber der Gedanke an die fürchterliche Szene, die sie damit heraufbeschworen hätte, machte ihr angst. Sie ging ins Bad und versuchte den Dildo aufzuschrauben, um festzustellen, wieviel Geld sich darin befand, aber Dieter hatte das Ding zu fest zugedreht. Wahrscheinlich mit Absicht, wie ihr klar wurde; wenigstens lernte sie dazu.

Sie durchsuchte seine Kleider nach dem Geldgürtel, weil sie nachzählen wollte, wieviel Geld er enthielt, konnte ihn aber nicht finden. Als sie das Bettlaken hochhob, sah sie, daß Dieter nackt war bis auf den Geldgürtel. Es beunruhigte sie, daß sie sich weder daran erinnern konnte, eingeschlafen zu sein, noch daran, daß Dieter aufgestanden war, um den Geldgürtel anzulegen. Sie mußte in Zukunft vorsichtiger sein. Ganz allmählich erkannte

Nancy, in welchem Ausmaß Dieter sie notfalls ausnutzen würde. Besorgt stellte sie fest, daß sie eine morbide Neugier verspürte, herauszufinden, wie weit er gehen würde.

Um sich zu beruhigen, ließ Nancy ihre Gedanken zu Inspektor Patel wandern. Sie wiegte sich in dem tröstlichen Bewußtsein, daß sie sich an ihn wenden konnte, falls sie ihn brauchen, falls sie wirklich in Schwierigkeiten geraten sollte. Obwohl es ein strahlend heller Morgen war, zog Nancy die Vorhänge nicht zu; bei Tageslicht fiel es ihr leichter, sich vorzustellen, daß sie, um Dieter zu verlassen, lediglich den richtigen Zeitpunkt wählen mußte. Und wenn es wirklich zu schlimm wird, dachte Nancy, gehe ich einfach ans Telefon und frage nach Vijay Patel – Polizeiinspektor, Polizeiwache Colaba.

Aber Nancy war nie im Osten gewesen. Sie wußte nicht, wo sie war. Sie hatte keine Ahnung.

12

Die Ratten

Vier Bäder

In seinem Schlafzimmer in Bombay saß Dr. Daruwalla, von Julias Armen umschlungen, schaudernd auf seinem Bett. Er war deprimiert, weil die meisten Nachrichten auf dem Anrufbeantworter ungelöste Probleme betrafen: Ranjits mürrische Beschwerden über die Frau des Zwergs; Deepas Erwartungen bezüglich der möglichen Knochenlosigkeit einer Kindprostituierten; Vinods Angst vor den Hunden aus dem ersten Stock; Pater Cecils Bestürzung darüber, daß keiner der Jesuiten in St. Ignatius genau wußte, wann Dhars Zwillingsbruder eintreffen würde; und der geldgierige Regisseur Balraj Gupta, der den neuen Inspector-Dhar-Film mitten in der vom letzten Dhar-Film angeregten Mordserie anlaufen lassen wollte. Natürlich war da auch noch die vertraute Stimme der Frau, die sich Mühe gab, wie ein Mann zu klingen, und die die Einzelheiten von Lowjis Tod durch eine Autobombe genüßlich wiederholte. Die Botschaft war deutlich, hatte durch die exzessive Wiederholung jedoch etwas an Schärfe verloren. Und Detective Patels kühle Mitteilung, er habe eine Privatangelegenheit zu besprechen, hörte sich für den Doktor ebenfalls recht deutlich an. Auch wenn Dr. Daruwalla nicht genau wußte, worum es ging – der Kommissar jedenfalls schien einen Entschluß gefaßt zu haben. Doch all das war eigentlich wenig deprimierend im Vergleich zu Farrokhs Erinnerung an die dralle Blondine mit dem schlimmen Fuß.

»Liebchen«, flüsterte Julia ihrem Mann zu. »Wir sollten John

D. nicht so lange allein lassen. Denk ein andermal über die Hippiefrau nach.«

Um ihn aus seinem Trancezustand zu reißen und ganz konkret an ihre Zuneigung zu erinnern, drückte Julia Farrokh an sich. Sie umarmte ihn einfach, mehr oder minder im unteren Brustbereich, knapp über seinem kleinen Bierbauch. Zu Julias Überraschung zuckte ihr Mann vor Schmerz zusammen. Das scharfe Stechen in der Seite – es mußte eine Rippe gewesen sein – erinnerte Dr. Daruwalla sofort an seinen Zusammenprall mit der zweiten Mrs. Dogar in der Eingangshalle des Duckworth Club. Daraufhin erzählte Farrokh Julia die Geschichte und fügte hinzu, daß der Körper dieser unfeinen Dame hart gewesen sei wie eine Steinmauer.

»Aber du hast doch gesagt, daß du hingefallen bist«, wandte Julia ein. »Ich würde meinen, daß der Steinboden daran schuld war, daß du dir weh getan hast.«

»Nein! Es war diese verdammte Frau. Ihr Körper ist hart wie Granit!« sagte Dr. Daruwalla. »Mr. Dogar hat es auch umgehauen! Nur diese ungehobelte Frau ist stehen geblieben.«

»Na ja, angeblich soll sie ja ein Fitneßfan sein«, erwiderte Julia.

»Sie stemmt sogar Gewichte!« sagte Farrokh. Dann fiel ihm ein, daß ihn die zweite Mrs. Dogar an jemanden erinnert hatte – sicher an einen alten Filmstar. Eines Abends würde er mit Hilfe des Videorecorders schon dahinterkommen; in Bombay wie in Toronto hatte er so viele Bänder mit alten Filmen, daß es ihm schwerfiel, sich zurückzuerinnern, wie er früher ohne Videorecorder gelebt hatte.

Farrokh seufzte, und seine lädierte Rippe reagierte mit leichtem Stechen.

»Ich reibe dich mit Liniment ein, Liebchen«, sagte Julia.

»Liniment ist für Muskeln, aber dieses Weib hat meine Rippe erwischt«, beklagte sich der Doktor.

Obwohl Julia nach wie vor die Theorie bevorzugte, daß der Steinboden die Ursache für die Schmerzen ihres Mannes war, ließ sie ihm seinen Willen. »Hat dich Mrs. Dogar denn mit der Schulter oder mit dem Ellbogen erwischt?« fragte sie.

»Du findest das wahrscheinlich komisch«, gab Farrokh zurück, »aber ich schwöre dir, ich bin direkt gegen ihren Busen gerannt.«

»Dann ist es kein Wunder, daß sie dir weh getan hat, Liebchen«, antwortete Julia. Ihrer Meinung nach hatte die zweite Mrs. Dogar keinen Busen, der der Rede wert gewesen wäre.

Dr. Daruwalla spürte die Ungeduld seiner Frau; sie galt John D., allerdings weniger der Tatsache, daß sie ihn auf dem Balkon allein gelassen hatte, als der, daß niemand den lieben Jungen über die bevorstehende Ankunft seines Zwillingsbruders informiert hatte. Doch selbst diese ungute Situation erschien dem Doktor belanglos – so unwesentlich wie der Busen der zweiten Mrs. Dogar – im Vergleich zu der drallen Blondine in der Badewanne des Hotel Bardez. Nach zwanzig Jahren war die Wirkung dessen, was Dr. Daruwalla dort erlebt hatte, unvermindert, denn es hatte ihn verändert – mehr als alles andere in seinem ganzen Leben; die alte Erinnerung blieb lebendig, ohne zu verblassen, obwohl er nie nach Goa zurückgekehrt war. Alle anderen Küstenorte waren ihm wegen dieser unangenehmen Assoziationen ebenfalls vergällt.

Julia kannte diesen Gesichtsausdruck ihres Mannes. Sie sah ihm an, wie weit weg er war, und sie wußte genau, wo er in Gedanken weilte. Und obwohl sie John D. gern versichert hätte, daß sich der Doktor bald zu ihnen gesellen würde, wäre es herzlos gewesen, ihren Mann allein zu lassen; pflichtbewußt blieb sie neben ihm sitzen. Manchmal hätte sie ihm gern klargemacht, daß ihn seine eigene Neugier in Schwierigkeiten gebracht hatte. Aber diese Anschuldigung wäre nicht ganz gerecht gewesen, und so hielt sie pflichtschuldig den Mund. Ihre eigene Erinnerung war erstaunlich lebhaft, obwohl sie nicht von denselben

Einzelheiten gequält wurde, die dem Doktor so zu schaffen machten. Sie sah ihn noch immer vor sich auf dem Balkon des Hotel Bardez, unruhig und gelangweilt wie ein kleiner Junge.

»Wie lange badet diese Hippiefrau eigentlich noch?« hatte der Doktor seine Frau gefragt.

»Sie sah aus, als könnte sie es brauchen, Liebchen«, hatte Julia gemeint. Da hatte Farrokh den Rucksack der jungen Frau zu sich herangezogen und, da er oben nicht ganz zuging, hineingespitzt.

»Ihre Sachen gehen dich nichts an!« rügte ihn Julia.

»Es ist nur ein Buch«, sagte Farrokh und zog das Exemplar von *Clea* aus dem Rucksack, das obenauf lag. »Ich wollte nur sehen, was sie liest.«

»Tu es wieder hinein«, sagte Julia.

»Mach ich gleich«, sagte der Doktor, las aber noch die gekennzeichnete Passage, den Absatz über das »schattenspendende Violett« und »die samtene Kruste«, den ein Zollbeamter und zwei Polizisten bereits so faszinierend gefunden hatten. »Sieht aus, als hätte sie Sinn für Poesie«, sagte Dr. Daruwalla.

»Es fällt mir schwer, das zu glauben«, meinte Julia. »Tu es wieder hinein!«

Doch als der Doktor das Buch zurückstecken wollte, stand er vor einer neuen Schwierigkeit: Etwas war im Weg.

»Hör auf, in ihren Sachen herumzuwühlen!« schimpfte Julia.

»Das verdammte Buch geht nicht rein«, verteidigte sich Farrokh. »Ich wühle nicht in ihren Sachen herum.« Aus den Tiefen des Rucksacks stieg ein überwältigend muffiger Geruch, ein abgestandener Dunst, der ihn einhüllte. Die Kleidungsstücke der Hippiefrau fühlten sich feucht an. Als verheirateter Mann mit drei Töchtern reagierte Dr. Daruwalla besonders empfindlich auf übermäßig viele schmutzige Unterhosen auf einmal, egal von welcher Frau sie stammten. Ein zerrissener BH hing an seinem Handgelenk, als er versuchte, die Hand wieder herauszuziehen, aber noch immer ließ sich das Buch nicht flach oben auf den

Rucksack legen; irgend etwas war im Weg. Aber was zum Teufel? Im nächsten Augenblick hörte Julia ihren Mann nach Luft schnappen; dann machte er einen Satz rückwärts, als hätte ihn ein Tier in die Hand gebissen.

»Was ist denn los?« rief sie.

»Ich weiß es nicht!« stöhnte der Doktor. Er taumelte ans Balkongeländer, wo er in die verschlungenen Ranken der Kletterpflanze griff. Mehrere hellgelbe Finken ließen ihre Samenkörner aus den Schnäbeln fallen und flogen erschrocken zwischen den Blüten auf, und aus dem Laub neben des Doktors rechter Hand sprang ein Gecko. Er schlängelte sich in dem Augenblick in die Öffnung eines Abflußrohrs, in dem sich Dr. Daruwalla über den Balkon beugte und sich in den Hof darunter erbrach. Zum Glück saß dort niemand beim Nachmittagstee. Nur ein *bhangi* des Hotels lag zusammengerollt im Schatten einer großen Topfpflanze und war dort eingeschlafen. Das herunterklatschende Erbrochene ließ ihn unberührt.

»Liebchen!« schrie Julia.

»Alles in Ordnung«, sagte Farrokh. »Es ist nichts, wirklich, es ist nur ... der Lunch.« Julia starrte auf den Rucksack, als rechnete sie damit, daß unter dem Buch gleich etwas hervorkriechen würde.

»Was war das denn? Was hast du gesehen?« fragte sie ihren Mann.

»Ich bin nicht sicher«, sagte Dr. Daruwalla, aber Julia verlor allmählich die Geduld.

»Du weißt es nicht, du bist nicht sicher, es ist nichts, wirklich ... du mußtest dich nur übergeben!« fuhr sie ihn an. Sie streckte die Hand nach dem Rucksack aus. »Na gut, wenn du es mir nicht sagst, schaue ich eben selbst nach.«

»Nein, bloß nicht!« rief der Doktor.

»Dann sag es mir«, sagte Julia.

»Ich habe einen Penis gesehen«, sagte Farrokh. Nicht einmal

Julia fiel darauf eine Antwort ein. »Ich meine, es kann kein echter Penis sein ... ich meine nicht, daß es ein abgetrennter Penis ist oder was derart Scheußliches.«

»Was meinst du denn dann?« fragte Julia.

»Ich meine, es ist ein sehr lebensechtes, sehr plastisches, sehr großes männliches Glied... ein riesengroßer Schwanz samt Eiern!« sagte Dr. Daruwalla.

»Meinst du einen Dildo?« fragte ihn Julia. Farrokh war schockiert, daß Julia das Wort überhaupt kannte; er kannte es selbst kaum. Ein Kollege in Toronto, ebenfalls ein Chirurg, hatte in seinem Klinikspind einen Packen Pornozeitschriften, und in einer davon hatte Dr. Daruwalla zum erstenmal einen Dildo abgebildet gesehen. Die Anzeige war fast so realistisch gewesen wie das erschreckende Ding im Rucksack der Hippiefrau.

»Ich glaube, es ist ein Dildo, jawohl«, sagte Farrokh.

»Laß mich sehen«, sagte Julia. Sie wollte an ihrem Mann vorbeischlüpfen, um an den Rucksack zu gelangen.

»Nein, Julia! Bitte!« rief Farrokh.

»Du hast ihn gesehen, ich will ihn auch sehen«, sagte Julia.

»Ich glaube nicht, daß du das willst«, meinte der Doktor.

»Meine Güte, Farrokh«, sagte Julia. Wie ein begossener Pudel trat er beiseite. Dann warf er einen nervösen Blick auf die Badezimmertür, hinter der die imposante junge Frau noch immer badete.

»Beeil dich, Julia, und bring ihre Sachen nicht durcheinander«, sagte Dr. Daruwalla.

»Schließlich waren ihre Sachen nicht gerade ordentlich zusammengelegt – oh, lieber Himmel!«, sagte Julia.

»Also, da ist er, du hast ihn gesehen. Und jetzt geh weg!« sagte Dr. Daruwalla, den es etwas überraschte, daß seine Frau nicht entsetzt zurückgewichen war.

»Läuft der mit Batterien?« fragte Julia, die das Ding noch immer anschaute.

»Batterien?« rief Farrokh. »Um Himmels willen, Julia, bitte, geh weg da!« Die Vorstellung, daß so ein Gerät batteriebetrieben sein könnte, verfolgte den Doktor zwanzig Jahre lang in seinen Träumen. Und zweifellos machte diese Vorstellung die Wartezeit, bis die junge Frau ihr Bad beendete, für ihn noch qualvoller.

Da Dr. Daruwalla befürchtete, das ausgeflippte Mädchen könnte ertrunken sein, näherte er sich ängstlich der Badezimmertür, hinter der er weder Geträller noch Geplätscher hörte; keinerlei Badegeräusche waren auszumachen. Doch bevor der Doktor anklopfen konnte, wurde er von den unheimlichen Fähigkeiten der badenden Hippiefrau überrascht. Offenbar spürte sie, daß jemand in der Nähe war.

»Hallo, Sie da draußen«, rief sie lakonisch. »Würden Sie mir meinen Rucksack bringen? Ich habe ihn vergessen.«

Dr. Daruwalla holte den Rucksack. Im Verhältnis zu seiner Größe war er ungewöhnlich schwer. Vermutlich voller Batterien. Vorsichtig öffnete Farrokh die Tür einen Spaltbreit – gerade so weit, daß er die Hand mit dem Rucksack hineinschieben konnte. Dampf, erfüllt von tausend widerstreitenden Gerüchen, hüllte ihn ein. Das Mädchen sagte: »Danke. Lassen Sie ihn einfach fallen.« Der Doktor zog seine Hand zurück und schloß die Tür, während er überlegte, woher das metallische Geräusch stammen mochte, mit dem der Rucksack auf dem Boden aufgeschlagen war. Entweder eine Machete oder ein Maschinengewehr, stellte er sich vor. Genau wollte er es lieber nicht wissen.

Julia hatte einen stabilen Tisch auf dem Balkon aufgestellt und ein sauberes weißes Bettlaken darüber gebreitet. Selbst am Spätnachmittag war das Licht für einen chirurgischen Eingriff draußen besser als in den Zimmern. Dr. Daruwalla suchte seine Instrumente zusammen und bereitete das Betäubungsmittel vor.

Unterdessen gelang es Nancy im Bad, sich ihren Rucksack zu angeln, ohne aus der Badewanne zu steigen. Sie kramte irgendwelche Klamotten hervor, die wenigstens ein bißchen sauberer waren als die, die sie angehabt hatte. Eigentlich ging es nur darum, eine Sorte Schmutz gegen eine andere auszutauschen, aber sie wollte einen Büstenhalter, eine langärmelige Baumwollbluse und eine lange Hose anziehen. Außerdem wollte sie den Dildo waschen und ihn – falls sie genug Kraft hatte – aufschrauben, um nachzuzählen, wieviel Geld noch übrig war. Es war ihr zuwider, das Ding anzufassen, aber es gelang ihr, es aus dem Rucksack zu ziehen, indem sie es mit Daumen und Zeigefinger der rechten Hand an einem Hoden packte. Dann ließ sie es ins Badewasser plumpsen, wo es (natürlich) schwamm, die Eier leicht untergetaucht, die beschnittene Spitze erhoben – fast wie ein verblüffter, einsamer Schwimmer. Das eine Auge mit dem bösen Blick war auf sie gerichtet.

Die zunehmende Besorgnis des Doktors und seiner Frau wurde durch die unmißverständlichen Geräusche der Badewanne, die ausgelassen und wieder gefüllt wurde, keineswegs verringert. Das war jetzt das vierte Bad.

Man kann es Farrokh und Julia nachfühlen, daß sie das Ächzen und Stöhnen mißverstanden, das Nancy bei ihren Anstrengungen, den grotesken Penis auseinanderzuschrauben, von sich gab. Schließlich waren die Daruwallas, trotz ihres aufs neue entflammten Liebeslebens, dessen lustvolle Freuden sie zum Teil James Salter verdankten, in sexueller Hinsicht zahme Geschöpfe. In Anbetracht der Größe des einschüchternden Geräts, das sich im Rucksack der Hippiefrau befand, und der Geräusche körperlicher Anstrengung, die aus dem Badezimmer drangen, ist es verzeihlich, daß Farrokh und Julia ihrer Phantasie die Zügel schießen ließen.

Wie hätten die Daruwallas auch wissen sollen, daß Nancys frustrierte Schreie und Flüche schlichtweg darauf zurückzuführen waren, daß es ihr nicht gelang, den Dildo aufzuschrauben? Und obwohl die Daruwallas ihrer Phantasie ziemlich freien

Lauf ließen, hätten sie sich nicht im Traum vorstellen können, was Nancy wirklich passiert war.

Auch vier Bäder konnten nicht wegwaschen, was ihr passiert war.

Dieter

Von dem Augenblick an, in dem Dieter mit ihr aus dem Taj Mahal ausgezogen war, hatte sich für Nancy alles zum Schlechteren gewendet. Ihr neues Quartier befand sich in einem kleinen Haus am Marine Drive, dem Sea Green Guest House, einem schmutzigweißen Gebäude, wie Nancy registrierte – im Smog vielleicht auch bläulichgrau. Dieter behauptete, er bevorzuge diese Unterkunft, weil dort viel arabische Klientel verkehre und Araber unbedenklich seien. Nancy konnte nicht viele Araber entdecken, aber vermutlich hatte sie nicht alle als solche erkannt. Sie wußte auch nicht, was Dieter unter »unbedenklich« verstand – er meinte lediglich, daß den Arabern Drogenhandel in so kleinem Stil, wie er ihn betrieb, gleichgültig war.

Im Sea Green Guest House lernte Nancy eine der Hauptbetätigungen kennen, die mit dem Einkauf von qualitativ hochwertigem Rauschgift verbunden waren – nämlich warten. Dieter machte ein paar Telefonanrufe, und dann warteten sie. Dieter zufolge ergaben sich die besten Deals auf indirektem Weg. Auch wenn man noch so angestrengt versuchte, einen direkten Deal zu machen, und zwar in Bombay, man landete immer in Goa, wo man mit dem Freund eines Freundes ins Geschäft kam. Und immer mußte man warten.

Diesmal war nur bekannt, daß der Freund eines Freundes regelmäßig im Bordellviertel von Bombay verkehrte, obwohl es auf der Straße hieß, der Kerl sei bereits nach Goa gefahren und Dieter würde ihn dort suchen müssen. Suchen hieß in diesem Fall, daß man ein Häuschen an einem bestimmten Strand mietete; und dann hieß es wieder warten. Man konnte sich nach ihm erkundigen, aber finden würde man ihn trotzdem nicht. Immer war er derjenige, der einen fand. Diesmal hieß der Betreffende Rahul. Es war immer ein gängiger Name, und den Nachnamen erfuhr man nie – nur Rahul. Im Rotlichtbezirk nannten sie ihn »Pretty«.

»Das ist aber ein komischer Name für einen Kerl«, bemerkte Nancy.

»Wahrscheinlich ist er eines von diesen ›Gänschen mit Schwänzchen‹«, sagte Dieter. Dieser Ausdruck war Nancy neu; sie bezweifelte, daß Dieter ihn in einem amerikanischen Film aufgeschnappt hatte.

Dieter versuchte Nancy die Transvestitenszene zu erklären, aber er hatte selbst nie begriffen, daß die *hijras* Eunuchen waren, daß sie also wirklich entmannt waren. Er hatte die *hijras* mit den *zenanas* verwechselt, den unverstümmelten Transvestiten. Einmal hatte sich ein *hijra* vor Dieter entblößt, aber Dieter hatte die Narbe irrtümlich für eine Vagina gehalten – und den *hijra* für eine echte Frau. Von den *zenanas*, den sogenannten Gänschen mit Schwänzchen, behauptete Dieter, der sie auch als »Bürschchen mit Brüstchen« bezeichnete, das seien lauter Schwule, die Östrogene nahmen, damit ihre Titten größer wurden. Allerdings bewirkten die Östrogene auch, daß ihre Pimmel immer kleiner wurden, bis sie aussahen wie bei kleinen Jungen.

Dieter ließ sich gern über sexuelle Themen aus und benutzte die halbherzige Hoffnung, Rahul in Bombay ausfindig zu machen, als Vorwand dafür, Nancy den Rotlichtbezirk zu zeigen. Sie wollte nicht mitgehen, aber Dieter war offenbar dafür prädestiniert, getreu der alten Maxime zu leben, daß Erniedrigung wenigstens etwas Greifbares ist. Entwürdigung ist etwas Konkretes. Sexuelle Verderbtheit hat etwas Präzises, das auf Dieter im Vergleich zu der vagen Suche nach Rahul wahrscheinlich tröstlich wirkte.

Nancy empfand die feuchte Hitze und den durchdringenden Geruch Bombays in unmittelbarer Nähe der Käfigmädchen in der Falkland Road noch viel intensiver. »Sind sie nicht erstaunlich?« wollte Dieter von ihr wissen. Aber warum sie »erstaunlich« waren, entging Nancy. Im Erdgeschoß der alten Holzgebäude gab es käfigähnliche Verschläge, in denen Mädchen saßen und einen heranwinkten. In den nur vier oder fünf Stockwerken darüber standen noch mehr Mädchen an den offenen Fenstern – und wenn ein Vorhang zugezogen war, bedeutete das, daß die betreffende Prostituierte einen Kunden hatte.

Nancy und Dieter tranken im Olympia an der Falkland Road Tee. Es war ein altes Café mit verspiegelten Wänden, das von den Straßendirnen und ihren Zuhältern frequentiert wurde; ein paar von ihnen kannte Dieter offenbar. Aber diese Kontaktpersonen konnten oder wollten sich nicht über Rahuls Aufenthaltsort äußern; sie wollten nicht einmal über Rahul reden, sondern bemerkten lediglich, er gehöre zur Transvestitenszene, mit der sie nichts zu tun haben wollten.

»Habe ich dir nicht gesagt, daß er eines von diesen Gänschen mit Schwänzchen ist?« sagte Dieter zu Nancy. Es dämmerte bereits, als sie das Café verließen; die Käfigmädchen zeigten ein aggressives Interesse an Nancy, als sie mit Dieter an ihnen vorbeiging. Einige von ihnen hoben ihren Rock hoch und machten obszöne Gesten, andere bewarfen sie mit Abfall, und plötzlich auftauchende Trauben von Männern umringten sie auf der Straße. Dieter scheuchte sie, geradezu lässig, von ihr weg. Ihn schien die Aufmerksamkeit, die Nancy erregte, zu amüsieren; je vulgärere Formen sie annahm, um so mehr amüsierte sich Dieter.

Nancy war zu überwältigt gewesen, um ihm Fragen zu stellen; erst jetzt (während sie sich tiefer in Dr. Daruwallas Badewanne sinken ließ) erkannte sie, daß es sich dabei um ein festes Verhaltensmuster handelte, das sie endlich durchbrochen hatte.

Sie tauchte den Dildo unter und hielt ihn an ihren Bauch. Da er nicht wieder mit Wachs versiegelt worden war, bildeten sich Bläschen. Aus Angst, das Geld könnte naß werden, hörte Nancy auf, mit dem Ding herumzuspielen. Statt dessen dachte sie an den Pionierspaten in ihrem Rucksack; sicher hatte der Doktor ihn zuvor klirren gehört.

Dieter hatte ihn in einem Geschäft mit Armeebeständen in Bombay gekauft. Er war olivgrün. Vollständig ausgeklappt war es ein normaler Spaten mit einem kurzen, zweiseitigen Griff, der sich mit Hilfe eines eisernen Hakens einklappen ließ; und das Spatenblatt ließ sich im rechten Winkel zum Griff drehen, so daß es einer etwa dreißig Zentimeter langen Hacke ähnelte. Wäre Dieter noch am Leben gewesen, hätte er als erster zugegeben, daß er sich auch hervorragend als Tomahawk eignete. Er hatte Nancy erklärt, dieses Werkzeug könnte sich in Goa als nützlich erweisen, sowohl um sich gegen die einheimischen Banditen zu verteidigen, die dort gelegentlich Hippies überfielen, als auch um bei Bedarf eine Latrine zu graben. Nancy lächelte wehmütig, als sie über die vielfältigen Verwendungsmöglichkeiten dieses Geräts nachdachte. Zweifellos hatte es sich auch als geeignet erwiesen, um für Dieter ein Grab zu schaufeln.

Als sie die Augen schloß und sich tiefer in die Wanne sinken ließ, glaubte sie noch immer den süßen, rauchigen Tee zu schmecken, der im Olympia serviert wurde. Auch an seinen trockenen, bitteren Nachgeschmack erinnerte sie sich. Mit geschlossenen Augen und eingebettet in das warme Wasser dachte sie sich an ihren wechselnden, von den narbigen Spiegeln des Cafés zurückgeworfenen Gesichtsausdruck. Der Tee hatte sie benommen gemacht. Der rote Speichel, den man vom Kauen der Betelnüsse bekam und den die Leute ringsum ausspuckten, war neu für sie, und aus der Jukebox dröhnten Songs aus Hindifilmen und Qawwali. Trotzdem war sie unvorbereitet auf den dröhnenden Lärm, der sie draußen auf der Falkland Road überfiel. Ein

Betrunkener folgte ihr und zog sie an den Haaren, bis Dieter ihn zu Boden schlug und ihm in die Seite trat.

»Die besseren Bordelle befinden sich in den Zimmern über den Käfigen«, erklärte ihr Dieter, um seine Kenntnisse zu demonstrieren. Ein Junge mit einem wassergefüllten Ziegenschlauch stieß mit Nancy zusammen; sie war überzeugt, daß er ihr auf den Fuß hatte treten wollen. Jemand zwickte sie in die Brust, ohne daß sie gesehen hätte, wer es war – ob Mann, Frau oder Kind.

Dieter zog sie in einen *bidi*-Laden, in dem es auch Schreibwaren, billigen Silberschmuck und die kleinen Pfeifen zu kaufen gab, in denen man Ganja rauchte. »Hey, Ganja-man – Mistah Bhang-Master!« wurde Dieter vom Inhaber begrüßt.

Er lächelte Nancy glücklich an, während er auf Dieter deutete. »Er Mistah Bhang-Master, er allerbester Ganja-man!« sagte er anerkennend.

Nancy spielte mit einem ungewöhnlichen Kugelschreiber herum. Er war aus echtem Silber, und in Schreibschrift war der Länge nach MADE IN INDIA eingraviert. Auf dem unteren Teil stand MADE IN, auf der Kappe INDIA. Der Stift war nicht fest verschlossen, wenn sich der Schriftzug nicht genau auf einer Linie befand. Nancy hielt das für eine alberne Marotte. Und wenn man damit schrieb, geriet alles durcheinander; dann lautete die Aufschrift IN MADE INDIA, wobei IN MADE auf dem Kopf stand. »Ganz beste Qualität«, sagte der Ladeninhaber zu ihr. »Made in England!«

»Da steht aber ›Made in India‹« sagte Nancy.

»Ja, in Indien wird auch gemacht!« pflichtete ihr der Mann bei.

»Sie sind ein beschissener Lügner«, sagte Dieter zu ihm, aber er kaufte Nancy den Kugelschreiber.

Nancy überlegte, daß sie sich gern an einen kühlen Ort setzen und Postkarten schreiben würde. Wären die daheim in Iowa nicht überrascht, wenn sie erführen, wo sie war? Doch gleichzeitig dachte sie: Die werden nie mehr von mir hören. Bombay erschreckte und erregte sie zugleich. Es war so fremd und scheinbar anarchisch, daß Nancy das Gefühl hatte, sein zu können, wer immer sie sein wollte. Sie strebte nach Unbescholtenheit, nach einer Art weißer Weste, und im Hinterkopf hatte sie, hartnäckig und dauerhaft, dieses unerreichbare Ziel der Reinheit, das Inspektor Patel für sie verkörperte.

In der übertrieben dramatischen Art vieler gefallener junger Frauen glaubte Nancy, daß ihr nur zwei Wege offenstanden: Entweder fiel sie weiterhin, bis ihr die Beschmutzung ihrer Person gleichgültig war, oder sie strebte danach, derart grandiose, Selbstaufopferung fordernde, menschenfreundliche Taten zu vollbringen, daß sie ihre Unschuld zurückgewinnen und alles wiedergutmachen konnte. In der Welt, in die sie hinabgestiegen war, gab es nur folgende Alternativen: bei Dieter zu bleiben oder zu Inspektor Patel zu gehen. Aber was hatte sie Vijay schon zu bieten? Nichts, was der brave Polizist wollte, befürchtete Nancy.

Später, im Eingang zu einem Transvestitenbordell, entblößte sich ein *hijra* so plötzlich und dreist, daß Nancy keine Zeit blieb, wegzuschauen. Selbst Dieter mußte zugeben, daß nichts auf einen Penis hindeutete – nicht einmal auf einen kleinen. Was da eigentlich war, konnte Nancy nicht mit Gewißheit sagen. Dieter meinte, daß Rahul womöglich einer von dieser Sorte war – »eine Art radikaler Eunuch«, wie er es ausdrückte.

Aber Dieters Fragen nach Rahul stießen auf mürrisches Schweigen, wenn nicht gar Feindseligkeit. Der einzige *hijra*, der ihnen erlaubte, in seinen Käfig zu kommen, war ein hektischer Transvestit in mittleren Jahren, der vor einem Spiegel saß und mit wachsender Enttäuschung seine Perücke betrachtete. In demselben winzigen Raum fütterte ein jüngerer *hijra* ein neugeborenes Zicklein mit wäßriger grauer Milch aus einer Babyflasche.

Zum Thema Rahul sage der *hijra* lediglich: »Er ist keiner von uns.« Der Ältere räumte nur ein, daß sich Rahul in Goa aufhielt. Keiner von beiden ließ sich auf ein Gespräch über Rahuls Spitznamen ein. Bei der bloßen Erwähnung von »Pretty« zog der, der die Ziege fütterte, ihr die Milchflasche abrupt aus dem Maul. Plopp! machte es, und die Ziege meckerte erstaunt. Der jüngere *hijra* deutete mit dem Fläschchen auf Nancy und machte eine verächtliche Geste. Nancy interpretierte sie dahingehend, daß sie nicht so hübsch war wie Rahul. Sie war erleichtert, daß Dieter offenbar keine Lust hatte, sich zu prügeln, obwohl sie spürte, daß er wütend war; er verhielt sich ihr gegenüber nicht gerade galant, aber wenigstens war er wütend.

Draußen auf der Straße sagte Nancy – um Dieter davon zu überzeugen, daß sie den beleidigenden Vergleich mit Rahul gelassen hinnahm – irgend etwas, wovon sie hoffte, daß es sich tolerant im Sinne von leben-und-leben-lassen anhörte.

»Also, sehr freundlich waren die ja nicht«, bemerkte sie, »aber es war nett, wie sie sich um die Ziege gekümmert haben.«

»Laß dich doch nicht für dumm verkaufen«, sagte Dieter zu ihr. »Es gibt Leute, die ficken Mädchen, es gibt Leute, die ficken Eunuchen in Frauenkleidern – und andere ficken eben Ziegen.« Dieser schreckliche Gedanke machte Nancy wieder angst. Sie wußte, daß sie sich etwas vormachte, wenn sie sich einbildete, sie hätte aufgehört zu fallen.

In Kamathipura gab es noch andere Bordelle. Vor einem Labyrinth kleiner Zimmer saß eine fette Frau in einem magentaroten Sari im Schneidersitz auf einer geflochtenen Pritsche, die auf Orangenkisten auflag; entweder die Frau oder das Bett schwankte leicht. Sie betrieb ein Bordell mit Prostituierten einer gehobeneren Kategorie als der, die man in der Falkland und der Grant Road antraf. Natürlich erzählte Dieter Nancy nicht, daß er in diesem Bordell das dreizehnjährige Mädchen für nur fünf Rupien gefickt hatte – weil sie es im Stehen machen mußten.

Nancy hatte den Eindruck, daß Dieter die unförmige Bordellwirtin kannte, konnte aber nicht verstehen, worüber sich die beiden unterhielten. Zwei unerschrockene Prostituierte kamen aus ihren Zimmern, um sie aus der Nähe anzustarren.

Ein drittes Mädchen, vielleicht zwölf oder dreizehn Jahre alt, war besonders neugierig; sie erinnerte sich an Dieter von der Nacht zuvor. Nancy sah die blaue Tätowierung auf ihrem Oberarm, von der Dieter später behauptete, es sei nur ihr Name gewesen. Nancy konnte unmöglich feststellen, ob die anderen Verzierungen auf ihrem Körper irgendeine religiöse Bedeutung hatten oder nur zur Dekoration dienten. Ihr *bindi* – der Schönheitsfleck auf der Stirn – war safranfarben und goldumrandet, und im linken Nasenflügel trug sie einen goldenen Nasenring.

Da Nancy die Neugier des Mädchens ein bißchen übertrieben fand, wandte sie sich ab, während Dieter noch immer mit der *madam* redete. Ihre Unterhaltung war hitzig geworden, wahrscheinlich weil alles Vage Dieter wütend machte; und was Rahul anging, äußerten sich alle vage.

»Du gehst nach Goa«, riet ihm die fette Puffmutter. »Du sagst, du suchst ihn. Dann er findet dich.« Aber Nancy merkte, daß es Dieter lieber war, wenn er die Situation im Griff hatte.

Sie wußte auch, was als nächstes passieren würde. Nach ihrer Rückkehr ins Sea Green Guest House war Dieter voller Begierde; Wut hatte auf ihn häufig diese Wirkung. Zuerst brachte er Nancy dazu zu masturbieren. Dann bearbeitete er sie ziemlich grob mit dem Dildo. Es überraschte sie, daß sie auch nur im mindesten erregt war. Danach war Dieter noch immer wütend. Während sie auf den Nachtbus nach Goa warteten, malte sich Nancy zum erstenmal aus, wie sie es anstellen würde, ihn zu verlassen. Dieses Land war so einschüchternd, daß sie es anstellen würde, ihn zu verlassen, ohne jemand anderen zu haben, an den sie sich halten konnte.

Im Bus saß eine junge Amerikanerin, die von ein paar Indern belästigt wurde. Nancy sagte laut: »Bist du ein Feigling, Dieter?

Warum sagst du diesen Kerlen nicht, sie sollen das Mädchen in Ruhe lassen? Warum forderst du es nicht auf, sich zu uns zu setzen?«

Nancy wird krank

Als Nancy im Badezimmer der Daruwallas im Hotel Bardez an den Punkt zurückdachte, an dem ihre Beziehung zu Dieter eine so tiefgreifende Wendung genommen hatte, spürte sie, wie ihr Selbstvertrauen zurückkehrte. Was machte es schon, wenn sie den Dildo nicht aufschrauben konnte? Sie würde jemanden finden, der mehr Kraft hatte, oder eben eine Zange nehmen. Bei diesem wohltuenden Gedanken warf sie den Dildo quer durchs Badezimmer. Er prallte von der blau gekachelten Wand ab und blieb neben der Wanne liegen. Nancy zog den Stöpsel heraus, so daß das Wasser laut gurgelnd ablief; draußen entfernte sich Dr. Daruwalla hastig von der Badezimmertür.

Auf dem Balkon sagte er zu seiner Frau: »Wie es aussieht, ist sie endlich fertig. Ich glaube, daß sie den Schwanz an die Wand geworfen hat... irgendwas hat sie jedenfalls geworfen.«

»Es ist ein Dildo«, sagte Julia. »Ich wünschte, du würdest das Ding nicht als Schwanz bezeichnen.«

»Was immer es ist, sie hat es an die Wand geworfen, glaube ich«, sagte Farrokh.

Im Bad gurgelte noch immer das Wasser. Unter ihnen, im Innenhof, war der *bhangi* von seinem Nickerchen im Schatten der Topfpflanze erwacht. Sie konnten hören, wie er sich mit Punkaj, dem Laufburschen, über das Erbrochene des Doktors unterhielt. Nach Punkajs Ansicht war der Schuldige ein Hund.

Erst als Nancy in der Wanne aufstand, um sich abzutrocknen, erinnerte sie ihr schmerzender Fuß daran, warum sie hergekommen war. Jede kleine Operation, die nötig sein würde, um den

Glassplitter zu entfernen, war ihr willkommen; sie befand sich in einem Zustand, in dem sie ein gewisses Maß an bevorstehendem Schmerz fast als läuternd empfand.

»Bist du ein Feigling, Dieter?« flüsterte Nancy vor sich hin, nur um es sich noch einmal sagen zu hören, denn die Genugtuung war von recht kurzer Dauer gewesen.

Das junge Mädchen im Bus, das ursprünglich aus Seattle kam, entpuppte sich als eine dieser Ashram-Groupies, die quer durch den Subkontinent reisten und ständig die Religion wechselten. Sie erzählte, man habe sie aus dem Pandschab hinausgeworfen, weil sie in den Augen der Sikhs etwas Beleidigendes getan hatte, obwohl sie keine Ahnung hatte, was das hätte sein können. Sie trug ein enganliegendes, tief ausgeschnittenes Top, das deutlich erkennen ließ, daß sie keinen BH anhatte. An ihren Handgelenken klimperten ein paar silberne Armreifen, die sie hier erstanden hatte. Der Verkäufer hatte ihr weisgemacht, sie hätten zu einer Aussteuer gehört. (Aus dem dafür üblichen Material waren sie nicht.)

Das Mädchen hieß Beth. Ihre Begeisterung für den Buddhismus hatte sie eingebüßt, als ein hochrangiger Bodhisattwa versucht hatte, sie mit *chang* zu verführen. Nancy dachte zunächst, das sei etwas zum Rauchen, aber Dieter klärte sie auf, daß das tibetanisches Reisbier war, von dem den meisten Leute aus dem Westen angeblich schlecht wurde.

Während ihres Aufenthaltes in Maharashtra sei sie in Poona gewesen, erzählte Beth, aber nur, um ihre Verachtung für ihre amerikanischen Landsleute zum Ausdruck zu bringen, die im Ashram Rajneesh meditierten. Ihre Vorliebe für das, was sie als »kalifornische Meditation« bezeichnete, hatte sie ebenfalls eingebüßt. Ihr würde kein »mieser Exportguru« mehr etwas vormachen können.

Derzeit ging Beth mit einem »wissenschaftlichen Ansatz« an den Hinduismus heran. Da sie noch nicht in der Lage war, die

Veden – die uralten religiösen Texte der Hindus, sozusagen ihre Heilige Schrift – ohne Anleitung zu studieren, wollte sie mit einer eigenen Interpretation der *Upanishaden,* die sie derzeit las, beginnen. Sie zeigte Nancy und Dieter das kleine Buch mit geistigen Abhandlungen, eines jener schmalen Bändchen, in denen Einleitung und Anmerkungen zur Übersetzung mehr Platz einnahmen als der Text.

Beth fand es nicht sonderbar, daß sie, um sich eingehend mit dem Hinduismus zu beschäftigen, nach Goa reiste, das mehr christliche als andersgläubige Pilger anlockte; sie gab zu, daß es ihr mehr um die Strände ging und um die Gesellschaft von ihresgleichen. Außerdem würde bald überall die Regenzeit einsetzen, und bis dahin wollte sie in Rajasthan sein, weil die Seen dort in der Regenzeit angeblich sehr reizvoll seien und sie von einem Ashram an einem See erfahren hatte. In der Zwischenzeit war sie dankbar für Nancys und Dieters Gesellschaft. Es machte keinen Spaß, sich in Indien als Frau allein durchschlagen zu müssen, wie Beth ihnen versicherte.

Um ihren Hals hing eine Rohlederschnur mit einem polierten Stein in Form einer Vulva. Beth erklärte, dies sei ihre *yoni,* ein Gegenstand, der in Shivatempeln verehrt wurde. Das *linga,* das den Phallus des Gottes Shiva symbolisiert, wird in die vulvaförmige *yoni* gelegt, die die Vagina von Shivas Frau Parvati versinnbildlicht. Priester gießen ein Trankopfer über die beiden Symbole, das aufgefangen und von den Gläubigen als eine Art Kommunion entgegengenommen wird.

Nach dieser verwirrenden Erläuterung ihres ungewöhnlichen Halsbandes war Beth erschöpft, rollte sich auf dem Sitz neben Nancy zusammen und schlief schließlich mit dem Kopf auf deren Schoß ein. Dieter, der auf der anderen Seite des Ganges saß, schlief ebenfalls ein, aber erst nachdem er zu Nancy gesagt hatte, es wäre doch ein Mordsspaß, Beth den Dildo zu zeigen. »Soll sie doch diesen *linga* in ihre blöde *yoni* stecken«, sagte er auf seine geschmacklose Art, die Nancy widerlich fand. Sie blieb wach, während der Bus durch Maharashtra fuhr.

In der Dunkelheit lieferte der Kassettenrecorder des Busfahrers, der ausschließlich Qawwali spielte, ein gleichmäßiges Hintergrundgeräusch. Er war leise gestellt, und Nancy empfand die religiösen Gesänge als beruhigend. Natürlich wußte sie nicht, daß es sich um muslimische Verse handelte, aber das hätte sie auch nicht gestört. Beths Atem strich weich und regelmäßig über ihre Oberschenkel. Nancy überlegte, wie lange sie schon keine Freundin mehr gehabt hatte – einfach eine Freundin.

Die Dämmerung in Goa war sandfarben. Erstaunt stellte Nancy fest, wie kindlich Beth im Schlaf wirkte. Mit ihren zwei kleinen Händen umklammerte die Herumtreiberin die steinerne Vagina, als besäße diese genug Kraft, um sie vor allem Bösen auf dem Subkontinent zu schützen – sogar vor Dieter und Nancy.

In Mapusa stiegen alle drei in einen anderen Bus um, weil ihr Bus nach Panjim weiterfuhr. Sie verbrachten einen langen Tag in Calangute, während Dieter seinen Geschäften nachging, die darauf hinausliefen, daß er die Leute an der Bushaltestelle wiederholt mit Fragen über Rahul belästigte. In der Baga Road machten sie an sämtlichen Bars, Hotels und Erfrischungsständen halt, und überall unterhielt sich Dieter mit jemandem unter vier Augen, während Beth und Nancy warteten. Alle Befragten behaupteten, von Rahul gehört zu haben, aber keiner hatte ihn je zu Gesicht bekommen

Dieter hatte in der Nähe des Strandes ein Häuschen gemietet. Es hatte nur ein Bad, und Toilette und Badewanne mußten von Hand gespült und gefüllt werden; das Wasser holte man mit Eimern aus einem Brunnen im Freien. Immerhin gab es zwei große Betten, die ziemlich sauber aussahen, und eine Art hölzernes Trenngitter, das fast wie eine Wand für etwas Intimität sorgte. Außerdem war ein Propangaskocher vorhanden, mit dem man Wasser abkochen konnte. An der Decke hing, in der optimistischen Zuversicht, daß es hier eines Tages auch Strom geben würde, reglos ein Deckenventilator. Die Fenster hatten zwar keine Fliegengitter, aber über beiden Betten hingen Moskitonetze in einem halbwegs brauchbaren Zustand. Draußen befand sich eine Zisterne mit frischem (wenn auch nicht gerade sauberem) Wasser; das Wasser aus dem Brunnen, das zum Spülen der Toilette und zum Baden diente, war leicht salzig. Neben der Zisterne war ein Verschlag aus Palmblättern; wenn man dafür sorgte, daß die Blätter naß blieben, ließen sich Mineralwasser, Saft und frisches Obst dort ausreichend kühlen. Beth war enttäuscht, daß sie ein ganzes Stück vom Strand entfernt wohnten. Obwohl man das Arabische Meer hören konnte, vor allem nachts, mußten sie einen Streifen mit welken, vergammelten Palmwedeln überqueren, bevor der Sand anfing und sie das Wasser überhaupt sehen konnten.

Sowohl der bescheidene Luxus als auch die Unannehmlichkeiten waren Nancy gleichgültig, weil sie unmittelbar nach der Ankunft krank wurde. Sie mußte sich ständig übergeben, und heftiger Durchfall schwächte sie in kürzester Zeit so, daß Beth ihr das Wasser zum Spülen der Toilette holen mußte. Beth füllte auch die Badewanne, damit Nancy baden konnte. Nancy hatte Fieber und derart heftige Schüttelfröste und Schweißausbrüche, daß sie Tag und Nacht im Bett blieb, außer wenn Beth die Laken abzog und sie dem *dhobi* gab, der die Wäsche abholte.

Dieter ekelte sich vor ihr. Er hielt weiterhin Ausschau nach Rahul. Beth kochte für Nancy Tee und brachte ihr frische Bananen; sobald es Nancy etwas besser ging, kochte sie ihr Reis. Wegen des Fiebers wälzte und warf sich Nancy die ganze Nacht hin und her, so daß Dieter sich weigerte, mit ihr im selben Bett zu schlafen. Beth schlief neben ihr ganz am Rand des Bettes, Dieter schlief hinter der Trennwand, allein. Nancy nahm sich vor, mit Beth nach Rajasthan zu fahren, sobald sie wieder gesund war. Sie hoffte, daß ihre Krankheit Beth nicht abgestoßen hatte.

Dann, eines Abends, wachte Nancy auf und fühlte sich etwas besser. Sie dachte, das Fieber sei verschwunden, weil sie einen so klaren Kopf hatte. Sie glaubte das Erbrechen und den Durchfall hinter sich zu haben, weil sie einen solchen Heißhunger verspürte. Dieter und Beth waren in die Disco in Calangute gegangen. Da gab es einen Schuppen, der Coco Banana oder so ähnlich hieß und in dem Dieter eine Menge Fragen über Rahul gestellt hatte. Dieter meinte, es sei cooler, mit einem Mädchen dort aufzukreuzen, als wie ein Verlierer auszusehen, denn so wurde man offenbar eingeschätzt, wenn man allein ankam.

Da es im Häuschen nichts anderes zu essen gab als Bananen, aß Nancy drei Bananen. Dann machte sie sich Tee. Danach ging sie ein paarmal hin und her, um Wasser für ein Bad zu holen. Obwohl sie sich wieder ziemlich gesund fühlte, war sie erstaunt, wie müde sie nach der Wasserschlepperei war, und da das Fieber verschwunden war, begann sie in der Wanne zu frösteln.

Nach dem Bad ging sie hinaus zu der Kühlhütte aus Palmblättern, trank etwas Zuckerrohrsaft aus der Flasche und hoffte, daß er keinen neuerlichen Durchfall verursachte. Es blieb ihr nichts anderes übrig, als zu warten, bis Dieter und Beth zurückkamen. Sie versuchte in den *Upanishaden* zu lesen, aber sie hatte mehr damit anfangen können, solange sie noch Fieber gehabt und Beth ihr daraus vorgelesen hatte. Außerdem hatte sie zum Lesen eine Öllampe angezündet, die in Windeseile Tausende von Moskitos anlockte. Und dann stieß sie in der »Kathaka-Upanishad« auf eine ärgerliche Passage, in der, wie ein Refrain, ein irritierender Satz wiederholt wurde: »Dieses ist in Wahrheit jenes.« Sie fürchtete, dieser Satz würde sie wahnsinnig machen, wenn sie ihn noch öfter las. Also blies sie die Öllampe aus und verkroch sich unter ihr Moskitonetz.

Den Klappspaten legte sie neben sich ins Bett, weil sie sich nachts allein in dem Häuschen fürchtete. Sie fühlte sich nicht nur von Banditen bedroht, ganzen Horden, sondern hinter dem

Spiegel im Bad hauste auch noch ein Gecko, der immer wieder über Decke und Wände geflitzt war, während Nancy gebadet hatte. Heute abend hatte sie den Gecko nicht gesehen. Sie hätte zu gern gewußt, wo er war.

Solange sie fieberte, hatte sie gerätselt, was es mit den sonderbaren Fratzen auf der Oberkante der Trennwand auf sich hatte, die ihre Schatten an die Decke warfen. In einer Nacht waren die Fratzen verschwunden, ein andermal war es nur eine gewesen. Jetzt, nachdem das Fieber gewichen war, wurde ihr klar, daß sich die »Fratzen« fast ständig bewegten – es waren Ratten. Offenbar gefiel ihnen die gute Aussicht, die sie von dort oben auf beide Betten hatten. Nancy beobachtete sie, bis sie einschlief.

Allmählich begriff sie, daß sie weit, weit von Bombay weg war und daß Bombay weit weg war von allem anderen. Nicht einmal der junge Vijay Patel – Polizeiinspektor, Polizeiwache Colaba – konnte ihr hier helfen.

13

Kein Traum

Eine wunderschöne Fremde

Als Nancys Fieber zurückkehrte, wachte sie nicht von Schweiß-
ausbrüchen auf, sondern vom Schüttelfrost. Sie wußte, daß sie
phantasierte, weil es unmöglich stimmen konnte, daß eine wunderschöne Frau in einem Sari auf ihrer Bettkante saß und ihre
Hand hielt. Sie mochte Anfang Dreißig sein und war unglaublich
schön, und ihr zarter Jasminduft hätte Nancy verraten müssen,
daß diese herrliche Erscheinung keinem Fieberwahn entsprun-
gen sein konnte. Eine so wunderbar duftende Frau konnte man
unmöglich nur träumen. Als sie zu sprechen begann, zweifelte
Nancy denn doch daran, daß es sich um eine Halluzination handelte.

»Du bist die, die krank ist, nicht wahr?« fragte die Frau. »Und
sie haben dich ganz allein gelassen, stimmt's?«

»Ja«, flüsterte Nancy, die so heftig zitterte, daß ihre Zähne auf-
einanderschlugen. Obwohl sie den Spaten fest umklammert hielt,
bezweifelte sie, daß sie die Kraft aufbringen würde, ihn zu heben.

Dann, wie so oft in Träumen, geschah etwas ohne Übergang,
ohne logische Abfolge: Die wunderschöne Frau wand sich aus
ihrem Sari – sie zog ihn vollständig aus. Selbst bei dem gespenstisch blassen Mondlicht hatte ihre Haut die Farbe von Tee, und
ihre Arme und Beine sahen so glatt und hart aus wie aus edlem
Holz, aus Kirschbaumholz. Ihre Brüste waren kaum größer als
die von Beth, aber viel fester, und als sie unter das Moskitonetz
und zu Nancy ins Bett schlüpfte, ließ Nancy den Spaten los und
erlaubte der schönen Frau, sie zu umarmen.

»Sie hätten dich nicht allein lassen dürfen, findest du nicht?« fragte sie Nancy.

»Nein«, flüsterte Nancy. Ihre Zähne hatten zu klappern aufgehört, und auch das Zittern ließ in den starken Armen der schönen Frau nach. Zunächst lagen sie mit einander zugewandten Gesichtern da, die festen Brüste der Frau an Nancys weichem Busen, die Beine verschlungen. Dann rollte sich Nancy auf die andere Seite, und die Frau schmiegte sich an ihren Rücken. In dieser Stellung berührten ihre Brüste Nancys Schulterblätter, und ihr Atem strich durch Nancys Haar. Nancy war von der Geschmeidigkeit der langen, schmalen Taille der Frau beeindruckt – davon, wie biegsam sie sich ihren breiten Hüften und ihrem runden Hinterteil anpaßte. Zu Nancys Verwunderung waren die Hände der Fremden, die ihre schweren Brüste zärtlich hielten, noch größer als ihre eigenen.

»So ist es besser, nicht wahr?« fragte die Frau.

»Ja«, flüsterte Nancy, aber ihre Stimme klang ungewohnt heiser und weit weg. Die Umarmung der Frau wurde von einer Müdigkeit begleitet, die sich nicht abschütteln ließ; vielleicht war das auch ein neues Fieberstadium, das den Beginn eines tiefen, traumlosen Schlafes ankündigte.

Nancy hatte noch nie mit den Brüsten einer Frau im Rücken geschlafen. Erstaunt stellte sie fest, wie beruhigend das war, und fragte sich, ob Männer genau das empfanden, wenn sie in dieser Haltung einschliefen. Mit dem eigenartigen Gefühl, daß der träge und normalerweise recht kleine Penis eines Mannes ihr Gesäß streifte, war Nancy freilich schon eingeschlafen. Als ihr das, an der Schwelle zum Schlaf, zum Bewußtsein kam, fand sie sich plötzlich in einer ungewöhnlichen Situation, die ganz gewiß in den Bereich der Träume oder des Fieberwahns gehörte, denn sie spürte, wie sich – gleichzeitig! – die Brüste einer Frau an ihren Rücken drückten und der schläfrige Penis eines Mannes an ihr Gesäß schmiegte. Wieder so ein Fiebertraum, dachte Nancy.

»Meinst du nicht, daß sie überrascht sein werden, wenn sie kommen?« fragte die schöne Frau, aber Nancys Bewußtsein war zu weit weggedriftet, als daß sie hätte antworten können.

Nancy ist Tatzeugin

Als Nancy aufwachte, lag sie allein im Mondlicht, roch das Ganja und lauschte Dieter und Beth, die hinter der Trennwand flüsterten. Die Ratten auf dem Holzgitter verhielten sich so still, daß man den Eindruck bekam, sie würden auch horchen – vielleicht waren sie ja auch stoned, weil Dieter und Beth wie die Wilden kifften.

Nancy hörte, wie Dieter Beth fragte: »Was war die erste sexuelle Erfahrung, bei der du dich gut und sicher gefühlt hast?« In der Stille, die folgte, begann Nancy stumm zu zählen. Natürlich wußte sie, was Beth dachte. Dann sagte Dieter: »Masturbieren, stimmt's?«

Nancy hörte, wie Beth »Ja« flüsterte.

»Jeder Mensch ist anders«, erklärte Dieter dem Mädchen philosophisch. »Du mußt einfach herausfinden, was für dich das beste ist.«

Nancy lag da und beobachtete die Ratten, während sie Dieter zuhörte. Er brachte Beth dazu, sich zu entspannen, wobei sie zumindest soviel Anstand besaß zu fragen, wenn auch nur einmal: »Und was ist mit Nancy?«

»Nancy schläft«, sagte Dieter. »Nancy hat nichts dagegen.«

»Ich muß mich dazu auf den Bauch legen«, sagte Beth.

Nancy hörte, wie Beth sich umdrehte. Eine Zeitlang hörte man kein Geräusch, und dann begannen sich Beths Atemzüge zu verändern, während Dieter sie flüsternd anspornte. Man hörte das Geräusch schlabbriger Küsse und Beths Keuchen, und dann stieß Beth einen eigenartigen Ton aus, bei dem die Ratten über die Oberkante der Trennwand flitzten, so daß Nancy mit ihren großen Händen erschrocken nach dem Spaten griff.

Während Beth noch stöhnte, sagte Dieter zu ihr: »Warte mal. Ich habe eine Überraschung für dich.«

Die Überraschung für Nancy bestand darin, daß der Spaten verschwunden war; sie war sicher, daß sie ihn mit ins Bett genommen hatte. Sie wollte Dieter damit gegen die Schienbeine schlagen, nur um ihn auf die Knie zu zwingen, damit sie ihm sagen konnte, was sie von ihm hielt. Beth würde sie noch eine Chance geben. Als sie unter dem Moskitonetz hindurch den Boden nach dem Spaten abtastete, hoffte sie noch immer, zusammen mit Beth nach Rajasthan fahren zu können.

Da bekam ihre Hand den nach Jasmin duftenden Sari zu fassen, den die wunderschöne Frau in ihrem Traum getragen hatte. Nancy zog ihn zu sich ins Bett und atmete seinen Duft ein. Er brachte die Erinnerung an die wunderschöne Frau zurück – an ihre ungewöhnlich großen, kräftigen Hände, ihre ungewöhnlich hohen, festen Brüste. Zuletzt kam die Erinnerung an den ungewöhnlichen Penis der Frau, der sich, zusammengeringelt wie eine Schlange, an Nancys Gesäß geschmiegt hatte, während sie in den Schlaf hinüberglitt.

»Dieter?« versuchte Nancy zu flüstern, aber ihre Kehle gab keinen Laut von sich. Es war genau so, wie man Dieter in Bombay gesagt hatte: Du fährst nicht nach Goa, um Rahul zu finden, sondern um dich von Rahul finden zu lassen. In einer Beziehung hatte Dieter recht gehabt: Es gab wirklich solche Gänschen mit Schwänzchen. Rahul war also doch kein *hijra*, sondern ein *zenana*.

Nancy hörte, wie Dieter im Bad im Halbdunkeln nach dem Dildo suchte. Dann hörte sie eine Flasche auf dem Steinboden zerbrechen. Vermutlich hatte Dieter sie auf den schmalen Rand der Badewanne gestellt. Da nicht viel Mondlicht ins Bad drang, mußte er den Dildo wahrscheinlich mit beiden Händen suchen.

Dieter stieß einen kurzen Fluch aus, auf deutsch, wie Nancy vermutete, da sie ihn nicht verstand.

Beth, die anscheinend ganz vergessen hatte, daß Nancy vermeintlich schlief, rief Dieter nach: »Hast du dein Cola runtergeschmissen, Dieter?« Gleichzeitig brach sie in unbekümmertes Gekicher aus; Dieter war nämlich süchtig nach Coca-Cola.

»Schsch!« machte Dieter im Bad.

»Schsch!« wiederholte Beth und versuchte vergeblich, das Lachen zu unterdrücken.

Als nächstes hörte Nancy das Geräusch, vor dem sie Angst gehabt hatte, aber es war ihr nicht gelungen, ihre Stimme wiederzuerlangen – um Dieter zu warnen, daß da noch jemand war. Sie war überzeugt, daß das, was sie hörte, der Spaten war, der – wie es klang – mit voller Wucht auf Dieters Schädel niedersauste. Auf den Schlag folgte ein metallischer Nachhall, doch Dieters Sturz verursachte erstaunlich wenig Lärm. Dann hörte man einen zweiten gewaltsamen Schlag, fast als würde jemand einen Spaten oder eine schwere Schaufel gegen einen Baumstumpf schleudern. Nancy realisierte, daß Beth nichts gehört hatte, weil sie so kräftig an der Ganjapfeife zog, als wäre die Glut erloschen, und sie wollte versuchen, sie wieder anzufachen.

Nancy lag völlig reglos da und hielt den nach Jasmin duftenden Sari im Arm. Die gespenstische Gestalt mit den kleinen, hohen Brüsten und dem Penis eines kleinen Jungen ging geräuschlos ganz dicht an Nancys Bett vorbei. Kein Wunder, daß Rahul »Pretty« genannt wurde, dachte Nancy.

»Beth!« versuchte Nancy zu rufen, aber wieder ließ ihre Stimme sie im Stich.

Von der anderen Seite der Trennwand drang plötzlich Licht in kleinen Flecken durch das Gitterwerk. Es warf die Schatten der aufgeschreckten Ratten an die Decke. Nancy konnte durch das Gitter sehen, daß Beth das Moskitonetz ganz zurückgeschlagen hatte, um eine Öllampe anzuzünden. Sie suchte gerade frisches Ganja für die Pfeife, als die nackte, teefarbene Gestalt neben ihrem Bett auftauchte. Rahuls große Hände hielten den Spaten so hinter dem Rücken, daß sich der Griff in die zarte Mulde im Kreuz schmiegte und das Blatt gut versteckt zwischen den Schulterblättern ruhte.

»Hi«, sagte Rahul zu Beth.

»Hi. Wer bist du?« sagte Beth. Dann schnappte sie nach Luft, was Nancy veranlaßte, nicht weiter durch die Löcher im Gitter zu schauen. Sie lag auf dem Rücken, den jasminduftenden Sari auf dem Gesicht; an die Decke wollte sie auch nicht schauen, weil sie wußte, daß dort die Schatten der Ratten zuckten.

»He, du, was bist du eigentlich?« hörte sie Beth fragen. »Bist du ein Junge oder ein Mädchen?«

»Ich bin hübsch, nicht wahr?«, sagte Rahul.

»Auf alle Fälle bist du… anders«, antwortete Beth.

Aus dem folgenden Geräusch des Spatens schloß Nancy, daß es Rahul nicht gefiel, als »anders« bezeichnet zu werden. Sein bevorzugter Spitzname war »Pretty«. Nancy schob den duftenden Sari aus dem Bett und unter dem Moskitonetz hindurch. Sie hoffte, daß er etwa dort auf dem Boden landen würde, wo Rahul ihn fallen gelassen hatte. Dann lag sie mit offenen Augen da und starrte an die Decke, wo die Schatten der Ratten hin und her huschten. Fast kam es ihr vor, als wären der zweite und der dritte Schlag mit dem Spaten eine Art Startsignal für die Ratten gewesen.

Später rollte sich Nancy leise auf die Seite, so daß sie durch das Gitter linsen und sehen konnte, was Rahul machte. Zunächst sah es aus, als führte er eine Art Operation an Beths Bauch durch, doch bald erkannte Nancy, daß er Beths Bauch bemalte. Sie schloß die Augen und wünschte, das Fieber möge zurückkehren; obwohl sie nicht mehr fieberte, hatte sie solche Angst, daß sie zu zittern begann. Dieses Zittern rettete sie. Als Rahul an ihr Bett trat, klapperten ihre Zähne so unkontrollierbar wie zuvor.

Nancy spürte sofort, daß sein sexuelles Interesse erloschen war. Er machte sich über sie lustig, vielleicht war er auch nur neugierig.

»Ist dieses böse Fieber wieder da?« fragte Rahul.

»Ich träume andauernd«, sagte Nancy.

»Ja, natürlich, Liebes«, sagte Rahul.

»Ich versuche dauernd zu schlafen, aber statt dessen träume ich dauernd«, klagte Nancy.

»Sind es denn schlimme Träume?« wollte Rahul wissen.

»Ziemlich schlimm«, sagte Nancy.

»Möchtest du mir davon erzählen, Liebes?« fragte Rahul.

»Ich möchte nur schlafen«, erwiderte Nancy. Zu ihrer Verwunderung ließ er das zu. Er schob das Moskitonetz beiseite und setzte sich neben sie auf die Bettkante. Er massierte sie zwischen den Schulterblättern, bis das Zittern aufhörte und Nancy so ruhig und regelmäßig atmen konnte, als würde sie tief schlafen – sie machte sogar den Mund leicht auf und versuchte sich vorzustellen, daß sie bereits tot sei. Rahul küßte sie einmal auf die Schläfe und einmal auf die Nasenspitze. Endlich spürte sie, wie sich sein Gewicht vom Bett hob. Außerdem spürte sie den Spaten, den er behutsam wieder in ihre Hände legte. Obwohl sie weder gehört hatte, wie die Tür geöffnet, noch wie sie geschlossen wurde, wußte sie, daß Rahul fort war, sobald sie die Ratten unbekümmert im Häuschen herumflitzen hörte. Sie schlüpften sogar unter ihr Moskitonetz und hüpften über ihr Bett, als wären sie fest davon überzeugt, daß sich drei Tote im Zimmer befanden und nicht nur zwei. Da wußte Nancy, daß sie unbesorgt aufstehen konnte. Wäre Rahul noch dagewesen, hätten die Ratten das gemerkt.

Im schwachen Licht vor der Morgendämmerung sah Nancy, daß Rahul den Wäschestift des *dhobi* – und die wasserfeste Wäschetinte – benutzt hatte, um Beths Bauch zu verzieren. Bei dem Markierstift handelte es sich um einen Federhalter aus rohem Holz mit einer einfachen, breiten Feder; die Wäschetinte war schwarz. Rahul hatte das Tintenfaß und den Federhalter an Nancys Kopfende liegengelassen. Nancy erinnerte sich, daß sie beide Gegenstände in die Hand genommen hatte, bevor sie sie wieder zurücklegte. Auch auf dem Spatengriff waren überall ihre Fingerabdrücke.

Obwohl Nancy unmittelbar nach ihrer Ankunft krank geworden war, hatte sie den deutlichen Eindruck, daß sie sich hier in einer recht ländlichen Gegend befand. Sie bezweifelte, daß es ihr gelingen würde, die hiesige Polizei davon zu überzeugen, daß eine wunderschöne Frau mit dem Penis eines kleinen Jungen Dieter und Beth ermordet hatte. Und Rahul war schlau genug gewesen, Dieters Geldgürtel nicht auszuleeren, sondern ihn mitzunehmen. Sonst gab es keinerlei Hinweise auf einen Diebstahl. Beths Schmuck war unangetastet, und in Dieters Brieftasche befand sich sogar noch etwas Geld. Ihre Pässe waren auch nicht gestohlen worden. Nancy wußte, daß sich das meiste Geld im Dildo befand, den sie gar nicht erst aufzumachen versuchte, weil Dieters Blut darauf getropft war und er sich ganz klebrig anfühlte. Sie wischte ihn mit einem feuchten Handtuch ab und packte ihn zu ihren Sachen in den Rucksack.

Sie war überzeugt, daß Inspektor Patel ihr glauben würde – vorausgesetzt, es gelang ihr, nach Bombay zurückzukehren, ohne zuvor von der hiesigen Polizei festgenommen zu werden. Oberflächlich betrachtet würde man es für ein Verbrechen aus Leidenschaft halten, dachte Nancy – für eine jener Dreiecksbeziehungen, bei denen etwas schiefgelaufen war. Und die Zeichnung auf Beths Bauch verlieh den Morden einen Hauch von Diabolik oder verriet zumindest eine Vorliebe für einen gewissen Sarkasmus. Der Elefant war erstaunlich klein und schlicht – eine Vorderansicht. Der Kopf war breiter als hoch, die Augen waren unterschiedlich, und eines zwinkerte – ja, eines sah irgendwie faltig aus, dachte Nancy. Der Rüssel hing schlaff nach unten, und von der Rüsselspitze ausgehend hatte der Künstler fächerförmig mehrere dicke Linien gezogen – eine kindliche Art anzudeuten, daß aus dem Elefantenrüssel Wasser spritzte wie aus einem Duschkopf oder einer Schlauchdüse. Die Striche reichten bis in Beths Schamhaar hinein. Die ganze Zeichnung war nicht größer als eine kleine Hand.

Dann wurde Nancy klar, warum die Zeichnung insgesamt etwas schräg stand und ein Auge »faltig« wirkte. Dieses Auge war Beths mit Wäschetinte ummalter Nabel, während das andere eine unvollkommene Nachahmung des Nabels war. Und weil der Nabel eine Mulde bildete, sahen die Augen nicht gleich aus. Bei näherer Betrachtung schien ein Auge zu zwinkern – Beths Nabel. Verstärkt wurde der fröhliche, spöttische Abdruck des Elefanten noch dadurch, daß ein Stoßzahn ganz normal nach unten hing, während sein Gegenstück nach oben zeigte, fast als könnte ein Elefant seinen Stoßzahn so heben wie ein Mensch seine Augenbraue. Es war ein kleiner, verschmitzter Elefant – ohne Zweifel ein Elefant mit einem unpassenden Sinn für Humor.

Die Flucht

Nancy zog Beths Leiche das Top an, das das Mädchen getragen hatte, als sie sie im Bus getroffen hatten; wenigstens bedeckte es die Zeichnung. Die heilige *yoni* ließ sie an Ort und Stelle, an Beths Hals, als könnte sie sich in der nächsten Welt vielleicht als erfolgreicherer Talisman erweisen als in dieser.

Die Sonne ging im Landesinneren auf, und gelbbraunes Licht sickerte durch die Areka- und die Kokospalmen, die den Großteil des Strandes überschatteten – ein Segen für Nancy, die über eine Stunde mit dem Spaten werkelte. Trotzdem gelang es ihr nur, eine flache Grube in der Nähe der Gezeitenmarke für Hochwasser zu graben. Die Grube hatte sich bereits halb mit

Wasser gefüllt, als sie Dieters Körper über den Strand schleifte und in das Loch rollte. Als Beths Leiche endlich neben seiner lag, bemerkte Nancy die Blaukrabben, die sie beim Graben an die Oberfläche befördert hatte und die sich jetzt hastig wieder eingruben. Sie hatte einen besonders weichen Sandstrich ausgewählt, den Strandabschnitt, der dem Häuschen am nächsten lag. Erst jetzt wurde Nancy klar, warum der Sand so weich war: Ein von den Gezeiten abhängiger Wasserlauf durchquerte den Streifen Strand und floß in das Dschungelgestrüpp, wo er versickerte; sie hatte zu dicht bei diesem Wasserlauf gegraben, was bedeutete, daß die Leichen nicht lange vergraben bleiben würden.

Schlimmer war, daß sie in der Hast, mit der sie die zerbrochene Colaflasche im Bad weggeräumt hatte, auf deren abgesplitterten Glasboden getreten war. Mehrere Scherben hatten sich in ihre Fußsohle gebohrt und waren abgebrochen. Sie war davon ausgegangen, daß sie alle Splitter herausgezogen hatte, doch in der Eile hatte sie ein paar übersehen. Ihr Fuß hatte so heftig auf den Badvorleger geblutet, daß ihr nicht anders übrigblieb, als ihn zusammenzurollen und (samt der zerbrochenen Flasche) in das Grab zu legen. Sie vergrub ihn zusammen mit Dieters und Beths restlicher Habe, einschließlich Beths silberner Armreifen, die Nancy viel zu klein waren, und ihrer geliebten *Upanishaden,* für die sich Nancy ohnehin nicht interessierte.

Nancy war überrascht gewesen, daß es ungleich anstrengender war, das Grab auszuheben, als Dieters Leiche zum Strand zu schleifen. Dieter war groß, wog aber weniger, als sie gedacht hatte. Es kam ihr in den Sinn, daß sie ihn jederzeit hätte verlassen können; sie hätte ihn einfach nur hochzuheben und an die Wand zu knallen brauchen. Sie fühlte sich unglaublich stark, doch sobald sie das Grab zugeschaufelt hatte, war sie erschöpft.

Um ein Haar wäre sie in Panik geraten, als sie feststellte, daß sie die Kappe des silbernen Kugelschreibers nicht finden konnte, den Dieter ihr geschenkt hatte und auf dem in Schreibschrift der

Länge nach MADE IN INDIA stand. Auf dem unteren Teil stand MADE IN, auf dem fehlenden Teil INDIA. Nancy hatte bereits die technische Schwachstelle des Stifts erkannt: Die beiden Teile rasteten nur dann ein und hielten zusammen, wenn sich der Schriftzug genau auf einer Linie befand; deshalb fielen Ober- und Unterteil auch immer auseinander. Nancy durchsuchte das Häuschen nach der fehlenden Kappe. Sie hielt es für unwahrscheinlich, daß Rahul sie mitgenommen hatte – schließlich war das nicht der Teil des Stifts, mit dem man schreiben konnte. Den hatte Nancy, und sie behielt ihn auch. Weil er klein war, fiel er in ihrem Rucksack ganz nach unten. Aber wenigstens war er aus echtem Silber.

Nancy wußte, daß das Fieber endlich abgeklungen war, weil sie geistesgegenwärtig genug war, die Pässe von Dieter und Beth an sich zu nehmen; außerdem machte sie sich klar, daß man ihre Leichen bald finden würde. Wer immer Dieter das Häuschen vermietet hatte, wußte, daß sie zu dritt gewesen waren. Vermutlich würde die Polizei davon ausgehen, daß sie den Bus von Calangute oder die Fähre von Panjim aus nahm. Nancys Plan zeugte von einem erstaunlich klaren Kopf. Sie wollte die beiden Pässe an einer auffälligen Stelle an der Bushaltestelle in Calangute deponieren, dann aber die Fähre von Panjim nach Bombay nehmen. Auf diese Weise würde – mit ein bißchen Glück, und während sie sich auf der Fähre befand – die Polizei an Bushaltestellen nach ihr suchen.

Doch Nancy sollte noch mehr Glück haben. Als die Leichen schließlich entdeckt wurden, mußte der Mann, der Dieter das Häuschen vermietet hatte, zugeben, daß er Beth und Nancy nur von weitem gesehen hatte. Da Dieter Deutscher war, ging der Vermieter davon aus, daß die zwei anderen ebenfalls Deutsche waren. Außerdem hatte er Nancy für einen Mann gehalten, da sie so groß war – zumal neben Beth. Der Vermieter erklärte der Polizei, die gesuchte Person sei ein männlicher deutscher Hippie.

Als die Pässe in Calangute gefunden wurden, stellte die Polizei fest, daß Beth Amerikanerin gewesen war; trotzdem ging die Polizei weiterhin davon aus, daß es sich bei dem Mörder um einen deutschen Mann handelte, der mit dem Bus unterwegs war.

Das Grab sollte nicht sofort entdeckt werden, da die Flut jedesmal nur ein bißchen Sand in der Nähe des Wasserlaufs fortspülte. Es war unklar, ob Aasgeier oder streunende Hunde die ersten waren, die etwas rochen. Doch bis dahin war Nancy längst über alle Berge.

Sie wartete nur noch ab, bis die Sonne über die Dächer der Palmen kam und den Strand in weißes Licht tauchte. Danach dauerte es nur ein paar Minuten, bis sie den nassen Sand auf dem Grab getrocknet hatte. Mit einem Palmwedel wischte Nancy den schmalen Streifen Strand glatt, der in den Dschungel und zum Häuschen führte. Dann machte sie sich hinkend auf den Weg. Es war noch früh am Morgen, als sie Anjuna verließ. Sie glaubte ein versprengtes Häufchen Exzentriker entdeckt zu haben, als sie die nackten Sonnenanbeter und Schwimmer sah, die in dieser Gegend fast schon ein alltäglicher Anblick waren. Da sie krank gewesen war, wußte sie das nicht.

Am ersten Tag war ihr Fuß nicht allzu schlimm, aber nachdem sie die Pässe deponiert hatte, mußte sie durch den mehrere Kilometer langen Ort Calangute laufen. Weder im Hotel Meena noch im Varma gab es einen Arzt. Jemand sagte ihr, im Hotel Concha würde ein englischsprechender Arzt wohnen, doch als sie dort ankam, war er bereits abgereist. Im Concha sagte man ihr, daß es in Baga im Hotel Bardez einen englischsprechenden Arzt gebe. Als sie am nächsten Tag hinging, wurde sie abgewiesen; inzwischen hatte sich ihr Fuß entzündet.

Als Nancy aus ihrem unendlich langen Bad in Dr. Daruwallas Badewanne auftauchte, konnte sie sich nicht mehr erinnern, ob die Morde zwei oder drei Tage zurücklagen. Sie erinnerte sich jedoch an einen krassen Fehler, den sie begangen hatte. Sie hatte

Dr. Daruwalla bereits gesagt, daß sie die Fähre nach Bombay nehmen wollte; das war ausgesprochen unklug gewesen. Als der Doktor und seine Frau ihr auf den Tisch auf dem Balkon halfen, hielten sie ihr Schweigen irrtümlich für Angst vor der kleinen Operation; dabei überlegte Nancy, wie sie ihren Fehler wieder ausbügeln konnte. Sie zuckte bei der Betäubungsspritze kaum mit der Wimper, und während Dr. Daruwalla sich anschickte, die Glassplitter herauszuholen, sagte Nancy gelassen: »Ach, wissen Sie, das mit Bombay habe ich mir anders überlegt. Ich fahre lieber nach Süden. Ich werde den Bus von Calangute nach Panjim nehmen und von dort den Bus nach Margao. Ich will nämlich nach Mysore, wo die Räucherstäbchen hergestellt werden. Dann möchte ich weiter nach Kerala. Was halten Sie davon?« fragte sie den Doktor. Sie wollte, daß er sich später an ihre falsche Reiseroute erinnerte.

»Mir scheint, Sie haben den Ehrgeiz, weit herumzukommen«, sagte Dr. Daruwalla. Er entfernte eine erstaunlich große, halbmondförmige Glasscherbe aus ihrem Fuß. Wahrscheinlich stammte sie vom Boden einer Colaflasche, erklärte ihr der Doktor. Die kleineren Schnittwunden desinfizierte er, sobald er die restlichen Splitter entfernt hatte. Die große Wunde verband er mit Jodoformgaze. Außerdem gab er Nancy ein Antibiotikum, das er für seine Kinder nach Goa mitgenommen hatte. In ein paar Tagen würde sie noch einmal einen Arzt aufsuchen müssen – falls sie Fieber bekam oder sich die Umgebung der Wunde rötete, eher.

Nancy hörte gar nicht zu, sondern überlegte, wie sie den Doktor bezahlen sollte. Sie hielt es weder für angebracht, ihn zu bitten, den Dildo aufzuschrauben, noch fand sie, daß er kräftig genug aussah. Farrokhs Gedanken kreisten ebenfalls um den Dildo.

»Ich kann Ihnen nicht sehr viel zahlen«, erklärte Nancy dem Doktor.

»Sie sollen mir überhaupt nichts zahlen!« entgegnete Dr. Daruwalla. Er gab ihr seine Visitenkarte, aus reiner Gewohnheit.

Nancy las die Karte und sagte: »Aber ich habe Ihnen doch gesagt, daß ich nicht nach Bombay fahre.«

»Ich weiß, aber falls Sie Fieber bekommen oder die Infektion sich verschlimmert, sollten Sie mich anrufen – egal, wo Sie sind. Oder wenn Sie einen Arzt aufsuchen, mit dem Sie sich nicht verständigen können, dann soll er mich anrufen«, sagte Farrokh.

»Vielen Dank«, sagte Nancy.

»Und laufen Sie nicht mehr herum als unbedingt nötig«, riet ihr der Doktor.

»Ich fahre doch mit dem Bus«, wiederholte Nancy nachdrücklich.

Als sie zur Treppe hinkte, stellte der Doktor ihr John D. vor. Sie war nicht in Stimmung, einen so gutaussehenden jungen Mann kennenzulernen, und obwohl er ihr gegenüber sehr höflich war – er erbot sich sogar, ihr die Treppe hinunterzuhelfen –, reagierte Nancy extrem empfindlich auf seine geschliffenen europäischen Manieren. Er zeigte nicht einen Funken erotisches Interesse an ihr, und das tat ihr mehr weh als ihr Fuß. Sie verabschiedete sich von Dr. Daruwalla und erlaubte John D., sie hinunterzutragen. Sie wußte zwar, daß sie schwer war, aber er sah stark aus. Der Wunsch, ihn zu schockieren, wurde übermächtig. Außerdem war sie überzeugt, daß er genügend Kraft haben würde, um den Dildo aufzuschrauben.

»Wenn es Ihnen nicht zuviel Mühe macht«, sagte sie in der Eingangshalle des Hotels zu ihm, »könnten Sie mir einen großen Gefallen tun.« Sie zeigte ihm den Dildo, ohne ihn aus dem Rucksack zu holen. »Die Spitze läßt sich aufschrauben«, erklärte sie ihm, während sie ihm in die Augen sah. »Aber ich habe einfach nicht genug Kraft.« Sie beobachtete weiterhin sein Gesicht, während er den großen Schwanz mit beiden Händen packte. Sie würde ihn wegen seiner unglaublichen Gelassenheit in Erinnerung behalten.

Sobald er die Spitze gelockert hatte, gebot sie ihm Einhalt.

»Das genügt«, erklärte sie, da sie vermeiden wollte, daß er das Geld sah. Sie war enttäuscht, daß er sich offensichtlich nicht aus der Fassung bringen ließ, aber noch gab sie nicht auf. Sie beschloß, ihm so lange in die Augen zu schauen, bis er den Blick abwenden mußte. »Ich möchte Sie verschonen«, sagte sie sanft. »Sie wollen sicher nicht wissen, was da drin ist.«

Auch würde sie ihn wegen seines spontanen, spöttischen Lächelns in Erinnerung behalten, denn John D. war ein Schauspieler, lange bevor er Inspector Dhar wurde. Sie würde sich an dieses höhnische Lächeln erinnern, mit dem Inspector Dhar später ganz Bombay in Rage versetzen sollte. Schließlich war Nancy diejenige, die den Blick abwenden mußte; auch das würde ihr in Erinnerung bleiben.

Sie machte einen Bogen um die Bushaltestelle in Calangute; sie wollte versuchen, per Autostopp nach Panjim zu fahren, selbst wenn das bedeutete, daß sie zu Fuß gehen – oder sich mit dem Spaten verteidigen – mußte. Sie hoffte, daß es noch einen oder zwei Tage dauern würde, bis man die Leichen entdeckte. Doch bevor sie die Straße nach Panjim ausfindig gemacht hatte, fiel ihr die große Glasscherbe ein, die der Doktor aus ihrem Fuß entfernt hatte. Er hatte sie ihr gezeigt und sie dann in einen Aschenbecher gelegt, der auf einem Tischchen neben der Hängematte stand. Wahrscheinlich würde er sie wegwerfen, dachte sie. Aber was war, wenn er von der zerbrochenen Flasche in dem Hippiegrab (wie es bald hieß) erfuhr und sich fragte, ob die Glasscherbe aus ihrem Fuß dazupaßte?

Spätnachts kehrte Nancy zum Hotel Bardez zurück. Die Eingangstür war zugesperrt, und der Bursche, der die ganze Nacht auf einer Binsenmatte in der Eingangshalle schlief, redete noch immer mit dem Hund, den er jede Nacht bei sich hatte; des-

halb hörte der Hund Nancy auch nicht, als sie am Rankengewächs zum Balkon der Daruwallas im zweiten Stock hinaufkletterte. Die Wirkung der Prokainspritze hatte nachgelassen,
und ihr Fuß pochte. Aber Nancy hätte vor Schmerzen schreien
und Möbel umstoßen können, ohne daß Dr. Daruwalla davon
aufgewacht wäre. Der Lunch des Doktors wurde bereits beschrieben. Sein Abendessen ebenfalls bis ins Detail zu schildern,
wäre ekelhaft; es mag genügen zu erwähnen, daß er statt einem
Fisch- ein Schweinefleisch-*vindaloo* aß und sich dann noch einen
Schweinefleisch-Curry einverleibte, der sich *sorpotel* nennt, eine
Menge Schweineleber enthält und mit übermäßig viel Essig gewürzt ist. Doch beherrscht wurde der Geruch seines schweren
Atems von dem getrockneten Entenfleisch mit Tamarinde, und
seine Schnarcher waren mit kräftigen Wolken eines roten Land-
weins gewürzt, den er am nächsten Morgen schwer bereuen
sollte. Er hätte beim Bier bleiben sollen. Julia war dankbar, daß
ihr Mann sich entschlossen hatte, in der Hängematte auf dem
Balkon zu schlafen, wo er mit seinen Blähgeräuschen nur das
Arabische Meer – und die Eidechsen und Insekten, die es hier
nachts in Scharen gab – stören würde. Außerdem wollte sich
Julia gern von der durch James Salters schriftstellerisches Können entfachten Leidenschaft ausruhen. Julias geheime Mutmaßungen über den Dildo des abgereisten Hippiemädchens
hatten ihr erotisches Feuer fürs erste abgekühlt.

Was nun die Insekten und Eidechsen betraf, die an dem Moskitonetz hingen, das den engelhaften Doktor in seiner Hängematte einhüllte, so waren Geckos wie Moskitos von den Tönen,
die der Doktor von sich gab, offenbar ebenso bezaubert wie von
seinen Düften. Bevor Farrokh sich schlafen legte, hatte er ein Bad
genommen und seinen rundlichen, hellbraunen Körper überall
mit Cuticura-Puder eingestäubt – vom Hals bis zu den Zwi-
schenräumen zwischen den Zehen. Seine blankrasierte Kehle und
die Wangen hatte er mit einem kräftigen, nach Zitrone riechen-

den Rasierwasser erfrischt. Sogar sein Oberlippenbärtchen hatte er abrasiert, so daß nur noch ein kleiner Bart am Kinn übrigblieb. Ansonsten war sein Gesicht fast so glatt wie das eines Babys. Dr. Daruwalla war so sauber und roch so herrlich, daß es Nancy vorkam, als würde nur das Moskitonetz die Geckos und Moskitos daran hindern, ihn anzuknabbern.

In einer Tiefschlafphase, so tief, daß Farrokh glaubte, tot zu sein und irgendwo in China begraben zu liegen, träumte er, daß glühende Bewunderer seinen Leichnam ausgruben – um irgend etwas zu beweisen. Der Doktor wünschte, sie würden ihn in Ruhe lassen, denn er hatte das Gefühl, in Frieden zu ruhen. In Wirklichkeit war er, betäubt vom vielen Wein und weil er sich überfressen hatte, in der Hängematte weggedämmert. Daß er träumte, zur Beute von Totengräbern zu werden, war sicher ein Hinweis auf seine übermäßige Genußsucht.

Was spielt es für eine Rolle, wenn mein Körper ein Wunder ist, träumte er – bitte laßt ihn bloß in Frieden!

Unterdessen fand Nancy, was sie suchte; die halbmondförmige Glasscherbe lag im Aschenbecher, wo sie nur einen getrockneten Blutfleck hinterlassen hatte. Als sie sie an sich nahm, hörte sie Dr. Daruwalla rufen: »Laßt mich in China!« Der Doktor zappelte mit den Beinen, und Nancy stellte fest, daß einer seiner hübschen, eierschalenbraunen Füße dem Moskitonetz entschlüpft war und jetzt aus der Hängematte ragte – den Schrecken der Nacht ausgesetzt. Infolge dieser Störung flitzten die Geckos in alle Richtungen davon, und die Moskitos schwirrten aufgeregt umher.

Nancy blieb mucksmäuschenstill, bis sie sicher war, daß Dr. Daruwalla tief schlief. Sie wollte ihn nicht aufwecken, aber es fiel ihr schwer, ihn so liegenzulassen, solange sein reizender Fuß den Elementen preisgegeben war. Immerhin hatte der Doktor ihr auch einen Gefallen getan. Sie überlegte, wie sie Farrokhs Fuß unbemerkt wieder unter das Moskitonetz schieben könnte, aber ihre neugewonnene Vernunft gebot ihr, kein Risiko einzugehen. So kletterte sie an dem Rankengewächs vom Balkon wieder in den Innenhof hinunter. Da sie dazu beide Hände benötigte, klemmte sie die Glasscherbe behutsam zwischen die Zähne und achtete sorgfältig darauf, daß sie sich nicht in die Zunge oder die Lippen schnitt. Hinkend folgte sie der dunklen Straße nach Calangute, auf der sie die Scherbe irgendwo wegwarf. Sie landete in einem dichten Palmenwäldchen, wo sie geräuschlos verschwand – ebenso unsichtbar für jedes menschliche Auge wie Nancys verlorene Unschuld.

Die falsche Zehe

Zum Glück hatte Nancy das Hotel Bardez noch rechtzeitig verlassen. Sie hatte keine Ahnung, daß Rahul dort logierte, und umgekehrt wußte auch Rahul nicht, daß Nancy Dr. Daruwallas Patientin gewesen war. Sie hatte wirklich unglaubliches Glück, weil Rahul – in derselben Nacht! – ebenfalls zum Balkon der Daruwallas im zweiten Stock hinaufkletterte. Nancy war gekommen und wieder verschwunden, und als Rahul auf dem Balkon anlangte, war Dr. Daruwallas armer Fuß noch immer den räuberischen Wesen der Nacht ausgesetzt.

Rahul war selbst aus Raubgier gekommen. Er hatte von Dr. Daruwallas unschuldigen Töchtern erfahren, daß John D. normalerweise in der Hängematte auf dem Balkon schlief, und war auf den Balkon geklettert, um ihn zu verführen. Aus rein sexueller Neugier mag man darüber spekulieren, ob die Verführungsversuche des schönen jungen Mannes Erfolg gehabt hätten, aber diese Prüfung blieb John D. erspart, da in jener ereignisreichen Nacht Dr. Daruwalla in der Hängematte schlief.

Der unter dem Moskitonetz schlummernde Körper duftete ohne Zweifel begehrenswert. Rahul, ohnehin schon blind vor

Begierde, ließ sich von der Dunkelheit irreführen. Mag sein, daß ihm das Mondlicht einen Streich bei der Hautfarbe spielte, und vielleicht lag es auch am Mondlicht, daß er den Eindruck gewann, John D. habe sich einen kleinen Bart stehen lassen. Die Zehen des aus der Hängematte ragenden Fußes waren winzig und ohne Härchen, und der ganze Fuß war so zierlich wie der eines kleinen Mädchens. Rahul stellte fest, daß der Fußballen hinreißend weich und fleischig war und die Fußsohle beinahe unanständig rosafarben – im Gegensatz zu der geschmeidigen, braunen Fessel.

Er kniete sich neben den zierlichen Fuß des Doktors, streichelte ihn mit seiner großen Hand und ließ seine Wange über die frisch duftenden Zehen streifen. Natürlich hätte es ihn verblüfft, wenn Dr. Daruwalla aufgeschrien hätte: »Aber ich will kein Wunder sein!«

Der Doktor träumte, er sei der heilige Franz Xaver, den man ausgegraben und gegen seinen Willen in die Basilika de Bom Jesus in Goa überführt hatte. Genauer gesagt, träumte er, daß er der auf wundersame Weise erhalten gebliebene Leichnam des heiligen Franz Xaver sei, mit dem alles mögliche angestellt wurde – ebenfalls gegen seinen Willen. Doch obwohl Farrokh im Traum Schreckliches widerfuhr, konnte er seine Ängste nicht artikulieren. Das viele Essen und der Wein hatten ihn derart sediert, daß er wohl oder übel schweigend leiden mußte – obwohl er voraussah, daß in Bälde eine verrückte Pilgerin seine Zehe verspeisen würde. Schließlich kannte er die Geschichte.

Rahul leckte mit der Zunge über die duftende Fußsohle des Doktors, die kräftig nach Cuticura-Puder und leicht nach Knoblauch schmeckte. Da Dr. Daruwallas rechter Fuß der einzige nicht vom Moskitonetz geschützte Körperteil war, konnte Rahul die ungeheure Anziehungskraft, die der köstliche John D. auf ihn ausübte, nur dadurch bekunden, daß er dessen große Zehe in seinen warmen Mund nahm und so heftig daran saugte, daß Dr.

Daruwalla stöhnte. Anfangs kämpfte Rahul noch gegen den Wunsch an hineinzubeißen, aber schließlich gab er seinem Drang nach und bohrte seine Zähne langsam in die sich krümmende Zehe. Dann widerstand er erneut dem zwanghaften Drang zuzubeißen, wurde wieder schwach und biß beim nächstenmal fester zu. Es war eine Qual für Rahul, sich zu beherrschen, um nicht zu weit zu gehen – und Dr. Daruwalla ganz oder häppchenweise zu verschlingen. Als er den Fuß endlich losließ, rangen beide, Rahul und Dr. Daruwalla, nach Luft. In seinem Traum war der Doktor überzeugt, daß die glaubensfanatische Frau das Unheil bereits angerichtet hatte. Sie hatte seine Zehe, diese heilige Reliquie, abgebissen, so daß sein wunderbarer Leib jetzt tragischerweise nicht mehr so vollständig war, wie man ihn dereinst begraben hatte.

Als Rahul sich entkleidete, entzog Dr. Daruwalla dieser gefährlichen Welt seinen verstümmelten Fuß. Er rollte sich in seiner Hängematte unter dem Moskitonetz zusammen, weil er im Traum befürchtete, daß die Sendboten des Vatikans bereits anrückten, um ihm einen Arm abzuschneiden und ihn nach Rom zu bringen. Während Farrokh sich damit abquälte, seiner panischen Angst vor der Amputation irgendwie Ausdruck zu verleihen, versuchte Rahul, in die Geheimnisse des Moskitonetzes einzudringen.

Rahul hielt es für das beste, wenn John D. mit dem Gesicht zwischen seinen, Rahuls, Brüsten aufwachte, denn diese Kunstwerke gehörten mit Sicherheit zu Rahuls schönsten Merkmalen. Andererseits hätte vielleicht auch eine verwegenere Art der Annäherung Erfolg, da die ausgefallene Idee, an seiner großen Zehe zu saugen und hineinzubeißen, den jungen Mann ganz offensichtlich erregt hatte. Rahul empfand es als frustrierend, daß überhaupt keine Annäherung möglich war, solange er das ärgerliche Rätsel nicht gelöst hatte, wie man unter das Moskitonetz gelangte. Und in diesem komplizierten Stadium von Rahuls Verführungsversuchen konnte Farrokh endlich seine Ängste artikulieren. Rahul hörte den Doktor, dessen Stimme er sogleich erkannte, deutlich ausrufen: »Ich will kein Heiliger sein! Ich brauche diesen Arm, es ist ein sehr nützlicher Arm!«

Daraufhin begann der Hund des Jungen in der Eingangshalle kurz zu bellen; der Junge redete beruhigend auf ihn ein. Da Rahul Dr. Daruwalla ebenso leidenschaftlich haßte, wie er John D. begehrte, war er entsetzt, daß er den Fuß des Doktors liebkost hatte. Es erfüllte ihn mit Ekel, daß er an dessen großer Zehe gesaugt und hineingebissen hatte. Zudem war ihm das Ganze peinlich. Hastig zog er sich an. Mit dem bitteren Geschmack des Cuticura-Puders auf der Zunge kletterte er in den Innenhof hinunter, wo der Hund in der Eingangshalle ihn ausspucken hörte. Er begann wieder zu bellen, und diesmal schloß der Junge die Eingangstür auf und schaute beunruhigt auf den nachtfeuchten Strand hinaus.

Der Junge hörte Dr. Daruwalla auf dem Balkon schreien: »Kannibalen! Katholische Wahnsinnige!« Selbst für einen unerfahrenen Hindu-Jungen war das eine furchteinflößende Kombination. Plötzlich bellte der Hund wie verrückt, und auch der Junge war überrascht, als unversehens Rahul vor ihm auftauchte.

»Sperr mich nicht aus«, sagte Rahul. Der Junge ließ ihn ein und gab ihm seinen Zimmerschlüssel. Rahul trug einen jener weiten Röcke, die sich rasch an- und ausziehen lassen, und ein hellgelbes Trägeroberteil, das den Blick des unbeholfenen Jungen auf Rahuls wohlgeformte Brüste lenkte. Im Normalfall hätte Rahul das Gesicht des Jungen mit beiden Händen gepackt und an seinen Busen gezogen; dann hätte er vielleicht mit dem kleinen Pimmel des Jungen herumgespielt oder ihn geküßt und ihm dabei die Zunge so weit in den Mund gesteckt, daß der kleine Kerl zu würgen angefangen hätte. Aber jetzt nicht; jetzt war Rahul nicht in Stimmung.

Er ging in sein Zimmer hinauf und putzte sich die Zähne,

bis der Geschmack von Dr. Daruwallas Cuticura-Puder verschwunden war. Dann zog er sich aus und legte sich auf sein Bett, von dem aus er sich im Spiegel betrachten konnte. Er war nicht in der Stimmung zum Masturbieren. Er machte ein paar Zeichnungen, aber sie gelangen ihm nicht. Rahul war wütend auf Dr. Daruwalla, weil er in John D.s Hängematte gelegen hatte. Vor lauter Zorn gelang es ihm nicht einmal, sich mit dem Gedanken an John D. aufzugeilen. Im Nebenzimmer schnarchte Tante Promila.

Unten in der Eingangshalle versuchte der Junge den Hund zu beruhigen. Es kam ihm eigenartig vor, daß er so aufgeregt war, denn normalerweise führte er sich bei Frauen nicht so auf. Nur bei Männern sträubte sich sein Fell, oder er ging steifbeinig umher und schnüffelte überall, wo der Betreffende gewesen war. Der Junge wunderte sich, daß der Hund auf Rahul so reagiert hatte. Und er selbst mußte sich auch wieder beruhigen, denn er hatte auf Rahuls Brüste auf seine Weise reagiert; er war so erregt, daß er eine ansehnliche Erektion hatte – für einen Jungen. Und er wußte sehr wohl, daß die Eingangshalle des Hotel Bardez nicht der Ort war, um seinen Phantasien freien Lauf zu lassen. Da ihm nichts anderes übrigblieb, legte er sich wieder auf seine Binsenmatte, brachte den Hund nach vielem Zureden endlich dazu, sich neben ihn zu legen, und redete weiter an ihn hin.

Farrokhs Bekehrung

Nancy hatte Glück: Als sie im Morgengrauen die Sraße entlangtrottete, hielt ein Motorrad neben ihr an. Der Fahrer hatte Mitleid und nahm sie mit. Das Motorrad war an sich nicht berauschend, erfüllte aber seinen Zweck. Es war eine 250er Yezdi, mit roten Plastiktroddeln an den Lenkern und Scheinwerfern mit einem aufgemalten schwarzen Punkt in der Mitte und links neben dem Hinterrad einer Schutzblende für Saris. Da Nancy Jeans trug, schwang sie sich einfach rittlings hinter den mageren Fahrer, den sie auf fünfzehn schätzte. Wortlos schlang sie die Arme um die Taille des Jungen; sie wußte, daß er nicht schnell genug fahren konnte, um ihr Angst einzujagen.

Die Yezdi war mit Sturzbügeln ausgerüstet, die wie eine Rundumverkleidung vom Fahrzeug abstanden. In Dr. Daruwallas Jargon nannte man diese Bügel auch Schienbeinknacker, weil sie dafür bekannt waren, daß sie den Fahrern die Schienbeine brachen – damit nur ja der Tank nicht eingedellt wurde.

Nancys Gewicht brachte den jungen Fahrer zunächst etwas aus der Fassung; es machte sich in den Kurven gefährlich bemerkbar, so daß er sein Tempo drosselte.

»Kann dieses Ding denn nicht schneller fahren?« fragte sie ihn. Er verstand sie nur halb, oder vielleicht fand er die Stimme an seinem Ohr auch aufregend; möglicherweise war ihm gar nicht ihr Hinken aufgefallen, sondern die engen Jeans oder das blonde Haar – oder gar ihre wiegenden Brüste, die sich jetzt an seinen Rücken drückten. »Schon besser«, meinte Nancy, als er es wagte, schneller zu fahren. Die roten Plastiktroddeln wurden vom Fahrtwind nach hinten gepeitscht, so daß es Nancy vorkam, als wollten sie sie zur Anlegestelle des Dampfers und zu ihrem selbstgewählten Schicksal nach Bombay winken.

Sie hatte sich auf das Böse eingelassen, aber es hatte sich nicht bewährt. Sie war eine Sünderin auf der Suche nach der unmöglichen Erlösung. Nur der lautere und unbestechliche Polizeibeamte, so glaubte sie, könnte ihren guten Kern wiederherstellen. Sie hatte etwas Widersprüchliches an Inspektor Patel entdeckt. Sie hielt ihn für tugendhaft und ehrenwert, war aber gleichzeitig davon überzeugt, daß es ihr gelingen würde, ihn zu verführen. Ihrer eigenen Logik folgend, ging sie davon aus, daß sich seine Tugend und Ehrbarkeit auf sie übertragen ließen. Nancys Illusion war nicht ungewöhnlich – und beschränkte sich auch nicht auf Frauen. Es ist ein alter Glaube, daß mehrere, in sexueller Hinsicht falsche Entscheidungen durch eine richtige wiedergutgemacht – ja sogar völlig getilgt – werden können. Man darf Nancy keinen Vorwurf daraus machen, daß sie es versucht hat.

Während Nancy auf der Yezdi zur Fähre und damit ihrem Schicksal entgegenfuhr, weckte ein dumpfer, aber hartnäckiger Schmerz in der großen Zehe des rechten Fußes Dr. Daruwalla aus seinen wirren Träumen und nächtlichen Verdauungsstörungen. Er befreite sich von dem Moskitonetz und schwang die Beine aus der Hängematte, doch sobald er auch nur leicht mit dem rechten Fuß auftrat, verspürte er in der großen Zehe einen stechenden Schmerz. Einen Augenblick lang meinte er, noch zu träumen, er sei der Leichnam des heiligen Franz Xaver. In dem gedämpften, braunen Licht des frühen Morgens – durchaus vergleichbar mit seiner Hautfarbe – inspizierte der Doktor seine Zehe. Die Haut war unverletzt, aber ausgeprägte, karmesinrot bis violett gefärbte Blutergüsse zeigten deutlich die Bißstellen an. Dr. Daruwalla schrie auf.

»Julia! Ich bin von einem Geist gebissen worden!« Seine Frau kam angerannt.

»Was ist denn los, Liebchen?« fragte sie ihn.

»Sieh dir meine große Zehe an!« verlangte der Doktor.

»Hast du dich in den großen Zeh gebissen?« fragte ihn Julia mit unverhohlenem Abscheu.

»Es ist ein Wunder!« schrie Dr. Daruwalla. »Es war der Geist dieser Verrückten, die den heiligen Franz Xaver gebissen hat!«

»Red nicht so blasphemisch daher«, rügte ihn Julia.

»Ich bin nicht blasphemisch, ich bin gläubig!« rief der Doktor. Er versuchte mit dem rechten Fuß aufzutreten, aber der Schmerz in seiner großen Zehe war so überwältigend, daß er schreiend auf die Knie sank.

»Still, sonst weckst du die Kinder. Du weckst noch das ganze Haus auf!« schimpfte Julia.

»Gelobt sei Gott«, flüsterte Farrokh, während er in seine Hängematte zurückkroch. »Ich glaube an Dich, Gott, bitte quäle mich nicht noch mehr!« Er ließ sich in die Hängematte fallen, wo er beide Arme um seinen Leib schlang. »Was ist, wenn sie kommen, um meinen Arm zu holen?« fragte er seine Frau.

Julia fand ihn widerlich. »Sicher hast du was gegessen, was dir nicht bekommen ist«, sagte sie. »Oder du hast von dem Dildo geträumt.«

»*Du* hast vermutlich davon geträumt«, sagte Farrokh verdrossen. »Ich habe so etwas wie eine Bekehrung erlebt, und du denkst an einen Riesenschwanz!«

»Ich denke nur, daß du dich höchst eigenartig benimmst«, entgegnete Julia.

»Aber ich habe eine Art religiöse Offenbarung gehabt!« beharrte Farrokh.

»Ich sehe nicht, was daran religiös sein soll«, meinte Julia.

»Schau dir meine Zehe an!« rief der Doktor.

»Vielleicht hast du im Schlaf hineingebissen«, mutmaßte seine Frau.

»Julia!« sagte Dr. Daruwalla. »Ich dachte, du bist bereits Christin.«

»Deshalb schreie und stöhne ich doch nicht in der Gegend herum«, sagte Julia.

John D. erschien auf dem Balkon, freilich ohne zu begreifen, daß Dr. Daruwallas religiöse Offenbarung um ein Haar seine – freilich anders geartete – Offenbarung gewesen wäre.

»Was ist denn los?« fragte der junge Mann.

»Offenbar ist es gefährlich, auf dem Balkon zu schlafen«, erklärte ihm Julia. »Farrokh ist gebissen worden, vielleicht von irgendeinem Tier.«

»Das sind Abdrücke von menschlichen Zähnen!« verkündete der Doktor. John D. untersuchte die gebissene Zehe mit der ihm eigenen Distanziertheit.

»Vielleicht war es ein Affe«, sagte er.

Dr. Daruwalla rollte sich in seiner Hängematte zusammen. Er beschloß, seine Frau und den geliebten jungen Mann mit Stillschweigen zu strafen. Julia und John D. frühstückten mit den Töchtern Daruwalla im Hof unter dem Balkon. Ab und zu ließen sie ihre Blicke an der Kletterpflanze nach oben wandern, wo Farrokh vermutlich noch immer lag und schmollte. Aber da irrten sie sich. Er schmollte nicht – er betete. Da der Doktor im Beten ungeübt war, ähnelte sein Gebet einem inneren Monolog, der einem ziemlich klassischen Bekenntnis gleichkam – jener Sorte Bekenntnis, die durch einen schlimmen Kater hervorgerufen wird.

O Gott! betete Dr. Daruwalla. *Es ist nicht nötig, mir meinen Arm zu nehmen – die Zehe hat mich überzeugt. Ich muß nicht noch mehr überzeugt werden. Du hast mich auf Anhieb für Dich gewonnen, Gott.* Der Doktor hielt inne. *Bitte laß meinen Arm in Frieden,* fügte er hinzu.

Später glaubte der syphilitische Teekellner in der Eingangshalle des Hotel Bardez Stimmen vom Balkon der Daruwallas im zweiten Stock zu hören. Da bekannt war, daß Ali Ahmed fast völlig taub war, ging seine Umgebung davon aus, daß er wahrscheinlich immer »Stimmen« hörte. Aber er hatte Dr. Daruwalla wirklich beten gehört, denn im Laufe des Vormittags nahm das Gemurmel des Doktors an Lautstärke zu, bis sich die Tonhöhe seiner Gebete genau in einem Frequenzbereich bewegte, den der syphilitische Teekellner hören konnte.

»Es tut mir von Herzen leid, wenn ich Dich beleidigt habe, Gott!« betete Dr. Daruwalla. »Es tut mir von Herzen leid, zutiefst leid, wirklich!« murmelte der Doktor inbrünstig. »Ich hatte nie die Absicht, jemanden zu verspotten... ich habe nur Spaß gemacht«, gestand Farrokh. »Du auch, heiliger Franz Xaver, bitte vergib auch du mir!« Inzwischen begannen ungewöhnlich viele Hunde zu bellen, weil sich Farrokhs Tonhöhe beim Beten genau in einem Frequenzbereich bewegte, den auch Hunde hören konnten. »Ich bin Chirurg, Gott«, stöhnte der Doktor. »Ich brauche meinen Arm, meine beiden Arme!« So kam es, daß Dr. Daruwalla hartnäckig in der Hängematte blieb, in der seine wundersame Bekehrung stattgefunden hatte, während Julia und John D. den Morgen damit verbrachten zu überlegen, wie sie den Doktor davon abbringen konnten, noch eine Nacht auf dem Balkon zu schlafen.

Als sein Kater im Lauf des Tages nachließ, gewann Farrokh wieder ein bißchen Selbstvertrauen zurück. Er sagte zu Julia, er hielte es für ausreichend, Christ zu werden. Er brauchte ja nicht unbedingt gleich Katholik zu werden, oder? Ob Julia meinte, daß es genügen würde, Protestant zu werden? Vielleicht reichte ja auch Anglikaner. Inzwischen fand Julia die tiefen und völlig verfärbten Bißstellen an der Zehe ihres Mannes ziemlich beängstigend. Obwohl die Haut unverletzt war, hatte sie Angst vor Tollwut.

»Julia!« beschwerte sich Farrokh. »Ich mache mir hier Sorgen um meine sterbliche Seele, und du machst dir Sorgen um Tollwut!«

»Viele Affen haben Tollwut«, meinte John D.

»Welche Affen?« schrie Dr. Daruwalla. »Ich sehe hier keine Affen! Habt ihr irgendwo Affen gesehen?«

Während sie sich anfauchten, entging ihnen, daß Promila Rai und ihr Neffe-mit-Brüsten abreisten. Sie fuhren nach Bombay zurück, allerdings noch nicht an diesem Abend. Nancy hatte wieder Glück: Rahul würde nicht dieselbe Fähre nehmen. Promila wußte, daß Rahul von seinem Urlaub enttäuscht war, und hatte deshalb eine Einladung von Bekannten angenommen, in deren Villa in Alt-Goa zu übernachten. Dort sollte ein Kostümfest stattfinden, das Rahul ja vielleicht Spaß machen würde.

Der Urlaub war für Rahul nicht nur enttäuschend gewesen. Seine Tante war großzügig mit ihrem Geld, erwartete aber trotzdem, daß er zu dem Aufenthalt in London, an dem ihm soviel lag, einen eigenen Beitrag leistete. Promila wollte Rahul zwar finanziell unter die Arme greifen, aber ein bißchen Geld mußte er schon selbst beisteuern. Dieters Geldgürtel hatte mehrere tausend Mark enthalten, doch in Anbetracht der erstklassigen Qualität und der Menge Haschisch, die Dieter, wie er überall herumerzählt hatte, angeblich kaufen wollte, hatte Rahul mit mehr gerechnet. Natürlich war auch noch mehr da, viel mehr – im Dildo.

Promila ging davon aus, daß es ihren Neffen in erster Linie wegen der Kunstakademie nach London zog. Außerdem wußte sie, daß er eine vollständige Geschlechtsumwandlung anstrebte, und sie wußte auch, daß solche Operationen teuer waren. In Anbetracht ihres Hasses auf die Männer war Promila entzückt, daß ihr Neffe sich entschlossen hatte, ihre Nichte zu werden, täuschte sich aber, wenn sie glaubte, daß das Hauptmotiv für den von Rahul vorgeschlagenen London-Aufenthalt die Kunstakademie war.

Hätte sich das Mädchen, das Rahuls Zimmer saubermachte, die weggeworfenen Zeichnungen im Papierkorb genauer angesehen, hätte sie Promila sagen können, daß Rahuls zeichnerische Begabung in eine pornographische Richtung wies, die die meisten Kunstakademien mißbilligt hätten. Die Selbstporträts hätten das Zimmermädchen sicher tief beunruhigt, doch für sie waren die weggeworfenen Zeichnungen lediglich zusammengeknülltes Papier, so daß sie sich nicht die Mühe machte, sie genauer anzusehen.

Auf dem Weg zu der Villa in Alt-Goa warf Promila einen Blick in Rahuls Handtasche und entdeckte dessen neue, eigenartige Geldklammer; zumindest benutzte er das Ding – die Kappe eines silbernen Kugelschreibers – als Geldklammer.

»Du bist wirklich exzentrisch, meine Liebe!« sagte Promila. »Warum legst du dir keine richtige Geldklammer zu, wenn du solche Dinge magst?«

»Na ja, Tantchen«, erklärte Rahul geduldig, »ich finde, echte Geldklammern sitzen zu locker, wenn man kein wirklich dickes Geldbündel hineinsteckt. Ich habe immer gern ein paar kleine Scheine lose in der Tasche, griffbereit für ein Taxi oder ein Trinkgeld.« Er demonstrierte ihr, daß die Kappe des silbernen Stifts eine sehr kräftige, stramme Klammer hatte – gedacht zum Einhängen an einer Sakko- oder Hemdtasche –, die sich hervorragend zum Zusammenhalten einiger weniger Rupien eignete. »Außerdem ist sie echt Silber«, fügte Rahul hinzu.

Promila hielt sie in ihrer blaugeäderten Hand. »Das stimmt tatsächlich, mein Lieber«, bemerkte sie. Dann las sie das eine Wort, das in Schreibschrift in die obere Hälfte des Stifts eingraviert war: »›India‹... ist das nicht süß?«

»Fand ich jedenfalls«, meinte Rahul und steckte das ausgefallene Ding wieder in seine Handtasche.

Je hungriger Dr. Daruwalla in der Zwischenzeit wurde, um so lascher wurden seine Gebete. Vorsichtig ließ er seinen Sinn für Humor wiederaufleben. Nachdem er etwas gegessen hatte, konnte er über seine Bekehrung schon fast scherzen. »Ich möchte bloß wissen, was der Allmächtige als nächstes von mir verlangt!« sagte er zu Julia, die ihn erneut davor warnte, blasphemische Reden zu führen.

Was den Doktor als nächstes erwartete, sollte seinen neuerworbenen Glauben in einer Art und Weise auf die Probe stellen, die ihn zutiefst beunruhigte. Auf demselben Weg, auf dem Nancy den Aufenthaltsort des Doktors ermittelt hatte, machte auch die Polizei den Doktor ausfindig. Sie hatten das inzwischen allgemein so genannte »Hippiegrab« gefunden und brauchten einen Arzt, der ihnen Genaueres über die Todesursache der grausig zugerichteten Leichen sagen konnte. Da ein einheimischer Arzt zuviel über das Verbrechen reden würde, hatten sie nach einem Arzt Ausschau gehalten, der hier Urlaub machte. So jedenfalls wurde die Anfrage bei Dr. Daruwalla begründet.

»Aber ich mache keine Autopsien!« protestierte der Doktor. Trotzdem fuhr er nach Anjuna, um sich die Leichen anzusehen.

Zunächst wurde allgemein davon ausgegangen, daß die Blaukrabben die Leichen so übel zugerichtet hatten; und obwohl das Salzwasser in bescheidenem Umfang als Konservierungsmittel wirkte, vermochte es den Gestank nur wenig abzumildern. Farrokh konnte ohne Schwierigkeiten feststellen, daß beide Personen durch mehrere Schläge auf den Kopf umgekommen waren, wobei der Körper der Frau schlimmer aussah. Ihre Unterarme und Handrücken waren ebenfalls übel zugerichtet, was darauf schließen ließ, daß sie versucht hatte, sich zu wehren. Der Mann hatte eindeutig gar nicht mitbekommen, was mit ihm geschah.

Aber am deutlichsten würde Farrokh die Elefantenzeichnung in Erinnerung behalten. Der Nabel des ermordeten Mädchens war in ein zwinkerndes Auge verwandelt worden, und der Stoßzahn auf der anderen Seite war lässig erhoben, als wollte der Elefant an einen imaginären Hut tippen. Mit kurzen, kindlich einfachen Strichen war angedeutet, daß aus dem Elefantenrüssel Wasser auf das Schamhaar des toten Mädchens spritzte. Diese spöttische Karikatur sollte Dr. Daruwalla zwanzig Jahre lang verfolgen; er sollte sich besser daran erinnern, als ihm lieb war.

Als Farrokh die zerbrochene Glasflasche sah, verspürte er ein leichtes Unbehagen, das jedoch rasch verflog. Nach seiner Rückkehr ins Hotel Bardez konnte er die Glasscherbe, die er aus dem Fuß der jungen Frau entfernt hatte, nirgends mehr finden. Und wenn das Glas aus dem Grab dazugepaßt hätte? überlegte er. Na wenn schon! Colaflaschen gab es hier überall. Außerdem hatte ihm die Polizei bereits mitgeteilt, daß es sich bei dem Mörder vermutlich um einen deutschen Mann handelte.

Farrokh überlegte, daß diese Theorie den Vorurteilen der hiesigen Polizei genau entsprach – nämlich daß nur ein Hippie aus Europa oder Nordamerika imstande war, einen Doppelmord zu begehen und ihn dann mit einer Karikatur zu bagatellisieren.

Eigenartigerweise regten diese Morde und die Zeichnung Dr. Daruwallas Bedürfnis nach mehr Kreativität an. Er ertappte sich dabei, daß er sich vorstellte, selbst ein Kriminalbeamter zu sein.

An seinen Erfolg als Orthopäde knüpften sich natürlich auch gewisse finanzielle Ansprüche; und die übertrug der Doktor auch auf seine Phantasievorstellung von sich selbst als Drehbuchautor. Ein einzelner Film hätte Farrokhs plötzlichen, unstillbaren Kreativitätsdrang unmöglich befriedigen können. Dafür war schon eine ganze Reihe von Filmen mit demselben Kriminalbeamten in der Hauptrolle nötig. Und so geschah es denn auch. Am Ende seines Urlaubs, auf der Fähre zurück nach Bombay, erfand Dr. Daruwalla seinen Inspector Dhar.

Farrokh beobachtete die jungen Frauen an Bord, die ihre Blicke nicht von dem schönen John D. abzuwenden vermochten. Und auf einmal konnte er sich ein Bild von dem Helden machen, den sich diese jungen Frauen vorstellten, wenn sie einen jungen Mann so ansahen. Die Erregung, die James Salters Vorbild entfacht hatte, verblaßte bereits zu einem Augenblick erotischer Vergangenheit, zu einem Teil der zweiten Flitterwochen, die Dr. Daruwalla gerade hinter sich ließ. Mord und Korruption beeindruckten ihn mehr als Kunst. Dazu kam noch, daß er John D. auf diese Weise eine phantastische Karriere ermöglichen könnte!

Es wäre Farrokh nie in den Sinn gekommen, daß die junge Frau mit dem großen Dildo dieselben Mordopfer gesehen hatte wie er. Doch zwanzig Jahre später weckte selbst die Filmversion dieser Zeichnung auf Beths Bauch bei Nancy Erinnerungen. Es konnte unmöglich ein Zufall sein, daß der Nabel des Opfers das zwinkernde Elefantenauge war und der Stoßzahn auf der anderen Seite nach oben zeigte. Im Film sah man kein Schamhaar, aber die kindlichen gestrichelten Linien verrieten Nancy, daß der Elefantenrüssel noch immer Wasser spritzte – wie ein Duschkopf oder eine Schlauchdüse.

Nancy erinnerte sich auch wieder an den schönen, nicht aus

der Fassung zu bringenden jungen Mann, mit dem Dr. Daruwalla sie bekannt gemacht hatte. Als sie den ersten Inspector-Dhar-Film sah, fiel ihr ein, wann sie dieses wissende, höhnische Lächeln zum erstenmal gesehen hatte. Der zukünftige Schauspieler war kräftig genug gewesen, um sie ohne erkennbare Mühe die Treppe hinunterzutragen; und er war so gelassen gewesen, daß er den peinlichen Dildo aufschraubte, ohne sichtlich entsetzt zu sein.

Auf all das bezog sich die unmißverständliche Nachricht, die Nancy auf Dr. Daruwallas Anrufbeantworter hinterlassen hatte. »Ich weiß, wer Sie in Wirklichkeit sind, ich weiß, was Sie in Wirklichkeit tun«, teilte sie dem Doktor mit. »Sagen Sie es dem Kommissar, dem echten Polizisten. Sagen Sie ihm, wer Sie sind. Sagen Sie ihm, was Sie tun«, hatte sie den heimlichen Drehbuchautor aufgefordert, denn sie war dahintergekommen, wer Inspector Dhar erfunden hatte.

Nancy wußte, daß niemand sich die Filmversion dieser Zeichnung auf Beths Bauch hätte ausdenken können. Inspector Dhars Erfinder mußte gesehen haben, was sie gesehen hatte. Und den attraktiven John D., der sich jetzt als Inspector Dhar präsentierte, hätte die Polizei niemals aufgefordert, sich die Mordopfer anzusehen. Dafür war der Doktor zuständig. Folglich wußte Nancy, daß Dhar sich nicht selbst erschaffen hatte. Nein, für Inspector Dhar war ebenfalls der Doktor zuständig.

Dr. Daruwalla war verwirrt. Er erinnerte sich, daß er Nancy mit John D. bekannt gemacht und dieser die schwere junge Frau galant die Treppe hinuntergetragen hatte. Hatte Nancy nur einen Inspector-Dhar-Film gesehen oder alle? Hatte sie den reiferen John D. wiedererkannt? So weit, so gut. Aber wie hatte sie den kühnen Gedankensprung vollzogen, daß der Doktor Dhars Schöpfer war? Und woher kannte sie »den echten Polizisten«, wie sie ihn genannt hatte? Dr. Daruwalla konnte nur vermuten, daß sie damit Kommissar Patel meinte. Natürlich war ihm nicht klar, daß Nancy Inspektor Patel seit zwanzig Jahren kannte – geschweige denn, daß sie mit ihm verheiratet war.

Der Arzt und seine Patientin begegnen sich wieder

Dr. Daruwalla hatte die ganze Zeit in seinem Schlafzimmer in Bombay gesessen. Jetzt war er wieder allein. Julia hatte ihn irgendwann dort sitzengelassen, um sich bei John D. zu entschuldigen – und sich zu vergewissern, daß das Abendessen noch warm war. Dr. Daruwalla wußte, daß es eine unerhörte Unhöflichkeit war, seinen jungen Liebling warten zu lassen, doch nach Nancys Nachricht auf dem Anrufbeantworter fühlte er sich verpflichtet, sich bei Kommissar Patel zu melden. Daß der Kommissar etwas mit ihm unter vier Augen besprechen wollte, war nur einer der Gründe, warum der Doktor ihn anrief; ihn interessierte ungleich mehr, wo Nancy sich jetzt befand und wieso sie »den echten Polizisten« kannte.

Da es schon spät war, rief Dr. Daruwalla Detective Patel zu Hause an. Während Farrokh wählte, sann er darüber nach, daß es in Gujarat jede Menge Leute mit Namen Patel gab; auch in Afrika gab es viele Patels. Er kannte eine Hotelkette Patel und ein Kaufhaus Patel in Nairobi. Aber er kannte nur einen Patel, der bei der Polizei war, dachte er in dem Augenblick, in dem – welch ein Zufall – Nancy ans Telefon ging. Sie sagte lediglich »Hallo«, aber dieses eine Wort genügte Dr. Daruwalla, um ihre Stimme zu erkennen. Er war zu verwirrt, um etwas zu sagen, aber sein Schweigen verriet Nancy bereits, wer er war.

»Ist da der Doktor?« fragte sie auf die vertraute Art.

Dr. Daruwalla hätte es albern gefunden einzuhängen, und da ihm im Augenblick nichts Besseres einfiel, schwieg er lieber. Aufgrund seiner erstaunlich langen und glücklichen Ehe mit Julia wußte er, daß es oft unmöglich war nachzuvollziehen, was Menschen zueinander hinzog und zusammenhielt. Hätte der Doktor gewußt, daß die Beziehung zwischen Nancy und Detective Patel wesentlich mit dem Dildo zusammenhing, hätte er zugeben müssen, daß er von erotischer Anziehungskraft und Harmonie noch weniger Ahnung hatte, als er sich einbildete. Der Doktor vermutete, daß die unterschiedliche Hautfarbe für beide den Reiz ausmachte – er und Julia jedenfalls hatten das so empfunden. Und bei Nancy und Kommissar Patel, dieser eigenartigen Kombination, mutmaßte Dr. Daruwalla zudem, daß in dem scheinbar »verdorbenen Mädchen« möglicherweise das Herz eines »braven Mädchens« schlug; er hielt es für durchaus denkbar, daß Nancy sich einen Polizisten *gewünscht* hatte. Bei seinen Überlegungen, was umgekehrt den Kommissar zu Nancy hingezogen haben mochte, neigte Farrokh dazu, den Stellenwert heller Hautfarbe zu überschätzen, denn schließlich bewunderte er Julias helle Haut, obwohl Julia nicht einmal ein blonder Typ war. Denn ein Charakteristikum vieler Polizisten hatte der Doktor bei seinen Recherchen für die Inspector-Dhar-Filme übersehen: die Freude an Geständnissen. Dem armen Vijay Patel tat es gut, wenn jemand ein Verbrechen gestand, und Nancy hatte ihm alles gebeichtet. Sie hatte damit begonnen, daß sie ihm den Dildo aushändigte.

»Sie hatten recht«, hatte sie ihm erklärt. »Er läßt sich aufschrauben. Aber er war mit Wachs versiegelt. Ich habe auch nicht gewußt, daß er aufgeht. Ich habe nicht gewußt, was drin war. Aber sehen Sie mal, was ich ins Land geschmuggelt habe«, sagte sie. Während Inspektor Patel die deutschen Geldscheine zählte, berichtete Nancy weiter. »Es war noch mehr da«, sagte sie, »aber einen Teil hat Dieter verbraucht, und ein Teil wurde gestohlen.« Nach einer kurzen Pause fügte sie hinzu: »Es waren zwei Morde, aber nur eine Zeichnung.« Sie erzählte ihm alles, angefangen bei den Footballspielern. Es haben sich schon Leute aus merkwürdigeren Gründen verliebt.

Unterdessen wurde Nancy, die am Telefon noch immer

auf die Antwort des Doktors wartete, ungeduldig. »Hallo?« sagte sie. »Ist jemand dran? Ist da der Doktor?« wiederholte sie.

Obwohl Dr. Daruwalla ein geborener Zauderer war, wußte er, daß sich Nancy nicht abweisen lassen würde. Trotzdem ließ er sich nicht gern drängen. Unzählige dumme Bemerkungen kamen dem heimlichen Drehbuchautor in den Sinn, klugscheißerische, rüpelhafte Witzeleien – die üblichen Sprüche aus den alten Inspector-Dhar-Filmen. (»Schlimme Dinge waren geschehen, noch schlimmere waren im Anzug.« Oder: »Die Frau war es wert – immerhin wußte sie vielleicht etwas.« Oder: »Es war an der Zeit, die Karten auf den Tisch zu legen.«) Obwohl sich Dr. Daruwalla jahrelang schlagfertige Formulierungen ausgedacht hatte, wußte er einfach nicht, was er zu Nancy sagen sollte. Nach zwanzig Jahren fiel es ihm schwer, lässig zu klingen, aber er machte einen halbherzigen Versuch.

»Dann sind Sie es also!« sagte er.

Nancy, am anderen Ende der Leitung, wartete einfach. Es war, als würde sie mindestens ein umfassendes Geständnis erwarten. Farrokh fühlte sich ungerecht behandelt. Warum sollte Nancy wollen, daß er sich schuldig fühlte? Er hätte wissen sollen, daß Nancys Sinn für Humor nicht leicht zu orten war, aber er versuchte es läppischerweise trotzdem.

»Na, was macht der Fuß?« fragte er sie. »Wieder ganz in Ordnung?«

14

Zwanzig Jahre

Eine komplette Frau, die Frauen verabscheut

Das hohle Echo von Dr. Daruwallas dümmlichem Scherz schien das Geräusch der Leere, das aus dem Telefonhörer an sein Ohr drang, noch zu verstärken, denn Nancy sagte kein Wort. Ihr Schweigen hallte wie bei einem Ferngespräch. Dann hörte Dr. Daruwalla Nancy zu jemand anderem sagen: »Er ist es.« Ihre Stimme klang undeutlich, als hätte sie die Sprechmuschel halbherzig mit der Hand abgedeckt. Farrokh konnte nicht wissen, daß die zwanzig Jahre Nancy viel von ihrem Schwung geraubt hatten.

Und doch hatte sie, vor zwanzig Jahren, den jungen Inspektor Patel mit bewundernswerter Entschlossenheit noch einmal aufgesucht, hatte ihm nicht nur den Dildo ausgehändigt und ihn über die schmutzigen Einzelheiten von Dieters Delikten aufgeklärt, sondern ihr Geständnis mit dem guten Vorsatz untermauert, sich zu ändern. Sie hatte ihm klargemacht, daß sie danach strebte, ein Leben zu führen, mit dem sie das Unrecht wiedergutmachen konnte, und ihm derart anschaulich erklärt, wie sehr sie sich zu ihm hingezogen fühlte, daß dem korrekten Polizisten erst mal die Spucke wegblieb. Außerdem war es ihr, wie sie vorausgesehen hatte, gelungen, ein heftiges Verlangen in dem jungen Patel zu wecken, dem er freilich nicht nachgab, da er sowohl ein höchst professioneller Kriminalbeamter als auch ein Gentleman war – weder ein flegelhafter Footballspieler noch ein abgestumpfter Europäer. Nancy wußte, daß sie die Initiative ergreifen mußte, wenn die körperliche Anziehung zwischen ihr und Inspektor Patel jemals konkrete Folgen haben sollte.

Obwohl sie darauf vertraute, daß sie den idealistischen Kriminalbeamten am Ende heiraten würde, trugen bestimmte Umstände, die sich ihrem Einfluß entzogen, dazu bei, daß sich die Sache verzögerte. Zum einen bereitete ihr Rahuls Verschwinden großen Kummer. Nachdem sie sich gerade erst voller Eifer dazu bekannt hatte, nach Gerechtigkeit zu streben, war sie zutiefst enttäuscht, daß Rahul nirgends zu finden war. Der angeblich mordgierige *zenana,* der es im Bordellviertel von Bombay vorübergehend zu grausiger Berühmtheit gebracht hatte, war von der Falkland und der Grant Road sowie aus Kamathipura verschwunden. Außerdem hatte Inspektor Patel herausgefunden, daß der unter dem Namen Pretty bekannte Transvestit stets ein Außenseiter gewesen war; die *hijras* – die wenigen, die ihn kannten – haßten ihn, und die anderen *zenanas* haßten ihn ebenfalls.

Rahul hatte seine Dienste zu einem ungewöhnlich hohen Preis verkauft, doch in Wirklichkeit hatte er nur seine äußere Erscheinung verkauft. Sein gutes Aussehen, das sich aus der Kombination von auffallender Weiblichkeit und überragender Körpergröße und -kraft ergab, machte ihn zu einem attraktiven Aushängeschild für jedes Transvestitenbordell. Sobald sich ein Kunde durch Rahuls Aussehen ins Bordell locken ließ, stellte sich heraus, daß nur die anderen *zenanas* – oder *hijras* – für sexuelle Kontakte zur Verfügung standen. Somit verband sich mit dem Spitznamen Pretty sowohl die ehrliche Anerkennung seiner unglaublichen Attraktivität als auch ein abfälliges Urteil über seine Person; denn mit seiner Weigerung, mehr zu tun, als sich zur Schau zu stellen, zeigte Rahul, daß er sich für alles andere zu gut war – und beleidigte damit die Transvestiten-Prostituierten zutiefst.

Sie merkten, daß es ihm egal war, daß er sie vor den Kopf stieß. Aber er war zu groß und kräftig und selbstbewußt, um sich von ihnen einschüchtern zu lassen. Die *hijras* haßten ihn, weil er ein *zenana* war, und die anderen *zenanas* haßten ihn, weil er die Absicht bekundet hatte, eine »komplette« Frau zu werden. Und sämtliche Transvestiten-Prostituierten haßten Rahul, weil er keine Prostituierte war.

Über Rahul kursierten ein paar häßliche Gerüchte, auch wenn Inspektor Patel vergeblich nach Beweisen für diese Behauptungen suchte. Etliche Transvestiten-Prostituierte behaupteten, Rahul würde regelmäßig ein Frauenbordell in Kamathipura aufsuchen. Daß Rahul sich nur aus Neugier und Voyeurismus in den Bordellen an der Falkland und der Grant Road zur Schau stellte, brachte die Transvestiten noch mehr gegen ihn auf. Außerdem machten abscheuliche Geschichten die Runde, wie Rahul mit den weiblichen Prostituierten in Kamathipura umging; angeblich hatte er nie Sex mit den Mädchen, sondern verprügelte sie. In diesem Zusammenhang war von einem elastischen Gummiknüppel die Rede. Falls diese Gerüchte stimmten, konnten die geschlagenen Mädchen ihre Schmerzen lediglich anhand roter, geschwollener Striemen nachweisen. Spuren dieser Art verschwanden ziemlich schnell und wurden im Vergleich zu gebrochenen Knochen oder den schweren, dunkel verfärbten Blutergüssen, die von härteren Waffen stammten, als Lappalie abgetan. Die verprügelten jungen Mädchen konnten keinerlei Rechte geltend machen. Wer immer Rahul war, er war schlau. Kurz nachdem er Dieter und Beth ermordet hatte, war er auch aus dem Land verschwunden.

Inspektor Patel ging davon aus, daß Rahul Indien verlassen hatte. Für Nancy war das kein Trost, denn nachdem sie sich gegen das Böse und für das Gute entschieden hatte, erhoffte sie sich eine Klärung des Falls. Es war ein Jammer, daß Nancy zwanzig Jahre auf ein einfaches, aber aufschlußreiches Gespräch mit Dr. Daruwalla hatte warten müssen, bei dem sich herausstellen sollte, daß sie beide die Bekanntschaft desselben Rahul gemacht hatten. Doch nicht einmal von einem so hartnäckigen

Kriminalbeamten wie Kommissar Patel konnte man erwarten, daß er erriet, daß der Mörder, der eine Geschlechtsumwandlung durchgemacht hatte, im Duckworth Club zu finden gewesen wäre. Dazu kam, daß man Rahul fünfzehn Jahre lang dort nicht antraf – zumindest nicht sehr oft. Er war häufiger in London, wo er – nachdem seine langwierige und schmerzhafte operative Geschlechtsumwandlung abgeschlossen war – mehr Energie und Konzentration auf das verwenden konnte, was er seine Kunst nannte. Nur leider vermochten auch noch so viel Energie und Konzentration seine Begabung und sein künstlerisches Spektrum nicht sonderlich zu erweitern; es blieb bei dem karikaturistischen Niveau seiner Bauchzeichnungen. Seine Vorliebe für freizügige Cartoons hielt an.

Rahuls stets wiederkehrendes Thema war ein unangemessen fröhlicher Elefant mit einem erhobenen Stoßzahn, einem zwinkernden Auge und dem nach unten zeigenden, Wasser verspritzenden Rüssel. Größe und Form des Nabels des jeweiligen Opfers verlangten dem Künstler eine beträchtliche Vielfalt zwinkernder Augen ab; Menge und Farbe des Schamhaars der Opfer variierten ebenfalls. An dem Wasser aus dem Elefantenrüssel änderte sich nichts: Der Elefant bespritzte, gleichgültig, wie es schien, alle in gleicher Weise. Viele der ermordeten Prostituierten hatten ihr Schamhaar abrasiert, aber der Elefant schien das nicht zu bemerken; oder es war ihm egal.

Doch bei Rahul war es nicht damit getan, daß er eine perverse Phantasie hatte, sondern in seinem Innern tobte ein regelrechter Kampf um seine wahre Geschlechtsidentität, die sich, zu seiner Verwunderung, durch den erfolgreichen Abschluß der langersehnten Geschlechtsumwandlung nicht nennenswert geklärt hatte. Jetzt war Rahul nach außen hin eine Frau. Er konnte zwar keine Kinder bekommen, aber der Wunsch nach Kindern war auch nie der Grund gewesen, warum er unbedingt eine Frau hatte werden wollen. Allerdings hatte sich Rahul eingebildet, daß ihm eine neue Geschlechtsidentität auf die Dauer innere Ruhe bescheren würde.

Rahul hatte es gehaßt, ein Mann zu sein. Auch in Gesellschaft von Homosexuellen hatte er sich nie als einer der Ihren gefühlt. Aber auch im Umgang mit anderen Transvestiten hatte er wenig Vertrautheit gespürt; in der Gesellschaft von *hijras* oder *zenanas* hatte sich Rahul stets als anders empfunden und überlegen gefühlt. Er kam gar nicht auf die Idee, daß sie zufrieden waren mit dem, was sie waren, denn Rahul war noch nie zufrieden gewesen. Freilich kann man ein drittes Geschlecht auf mehr als eine Art verkörpern, aber Rahuls Besonderheit hatte ganz wesentlich mit seiner Gemeinheit zu tun, die auch die anderen Transvestiten zu spüren bekamen.

Er verabscheute die betont weiblichen Gesten der meisten *hijras* und *zenanas* und fand ihre ausgefallene Kleidung weibisch und frivol. Daß die *hijras* die Kraft besitzen sollten, zu segnen oder zu verfluchen, die ihnen von alters her zugeschrieben wurde, konnte und wollte Rahul nicht glauben. Vielmehr war er davon überzeugt, daß sie sich mit Vorliebe zur Schau stellten, entweder zur selbstgefälligen Belustigung gelangweilter Heterosexueller oder als Kitzel für eher konventionelle Homosexuelle. Unter den Homosexuellen gab es zumindest einige wenige, die – wie Rahuls verstorbener Bruder Subodh – unbedingt auffallen wollten. Sie hängten ihre sexuelle Neigung nicht deshalb an die große Glocke, damit sich verklemmte Leute darüber amüsieren konnten, sondern um die Intoleranten zu provozieren. Selbst so dreiste Homosexuelle wie Subodh mußten sich die Zuneigung anderer Homosexueller offenbar durch sklavische Unterwerfung erkaufen. Rahul hatte es widerlich gefunden, wie mädchenhaft Subodh sich von Neville Eden hatte gängeln lassen.

Rahul hatte sich eingebildet, erst als Frau sowohl Männer als auch Frauen gängeln zu können. Er hatte sich außerdem eingebildet, daß er Frauen weniger, oder gar nicht mehr, beneiden würde, sobald er selbst eine Frau war; er hatte sogar geglaubt, sein Bedürfnis, Frauen zu verletzen und zu demütigen, würde sich irgendwie in Luft auflösen. Deshalb war er auch nicht darauf gefaßt, daß er sie weiterhin so sehr haßte und ihnen weh tun wollte. Prostituierte – und andere Frauen, denen er einen lockeren Lebenswandel unterstellte – waren ihm ein besonderer Dorn im Auge, zum Teil deshalb, weil sie ihre sexuelle Gunst so gering veranschlagten und ihre Geschlechtsteile, die sich Rahul mit so viel Durchhaltevermögen und Schmerzen hatte erkaufen müssen, als etwas so Selbstverständliches betrachteten.

Rahul hatte viel auf sich genommen, alles mit dem Ziel, glücklich zu werden; dennoch tobte es in seinem Innern. Wie manche (zum Glück nur wenige) echte Frauen verachtete Rahul die Männer, die seine Gunst zu erringen versuchten, während er gleichzeitig jene, die seine offenkundige Schönheit gleichgültig ließ, heftig begehrte. Und das war nur die Hälfte seines Problems; die andere Hälfte (für ihn überraschend) war sein unverändertes Bedürfnis, bestimmte Frauen zu töten. Und nachdem er sie erwürgt oder erschlagen hatte – die zweite Art der Hinrichtung bevorzugte er –, konnte er der Versuchung nicht widerstehen, auf ihren schlaffen Bäuchen seine Signatur in Gestalt eines Kunstwerks zu hinterlassen. Der weiche Bauch einer toten Frau war Rahuls bevorzugte Malgrundlage, seine Lieblingsleinwand sozusagen.

Beth war die erste gewesen. Dieters Ermordung war für Rahul nicht erinnernswert. Aber die Spontaneität, mit der er Beth erschlagen hatte, und die Tatsache, daß ihr Bauch auf den Wäschestift absolut nicht reagiert hatte, waren derart extreme Stimuli gewesen, daß Rahul ihnen weiterhin erlag.

So betrachtet befand er sich in einer ausweglosen Situation, weil er, trotz der Geschlechtsumwandlung, unfähig blieb, andere Frauen als umgängliche menschliche Wesen zu betrachten. Und da Rahul Frauen nach wie vor haßte, merkte er, daß er selbst keine richtige Frau geworden war. Noch einsamer fühlte er sich, weil er auch die anderen Transsexuellen haßte. Vor seiner Operation in London hatte er unzählige psychologische Befragungen über sich ergehen lassen müssen. Offensichtlich waren sie recht oberflächlich gewesen, da Rahul es geschafft hatte, den Eindruck zu erwecken, als würde er keinerlei sexuelle Aggression verspüren. Er stellte fest, daß Freundlichkeit – in seinen Augen der Auslöser einer widerlichen Sorte von Mitgefühl – von den psychiatrischen Gutachtern und Sexualtherapeuten positiv vermerkt wurde.

Es fanden gemeinsame Sitzungen mit anderen Transsexuellen statt, sowohl solchen, die eine Operation beantragt hatten, als auch solchen, die sich in einem fortgeschrittenen »Trainingsstadium« für ihr Leben als Frau nach der Operation befanden. Auch »fertige« Transsexuelle nahmen an diesen qualvollen Zusammenkünften teil. Man ging davon aus, daß der Umgang mit richtigen Transsexuellen den Leuten Mut machte, weil sie sich überzeugen konnten, daß diese echte Frauen geworden waren. Rahul ekelte sich, denn er konnte es nicht ertragen, wenn irgend jemand zu unterstellen wagte, daß er oder sie so war wie er. Rahul wußte einfach, daß er »anders« war als alle anderen.

Er fand es abstoßend, daß diese fertigen Transsexuellen sogar Namen und Telefonnummern ehemaliger männlicher Freunde austauschten, interessanter Männer, wie sie behaupteten, die »Frauen wie uns« keineswegs abstoßend, sondern möglicherweise sogar anziehend fanden. Wie konnten sie nur! Rahul wurde doch keine Frau, um Mitglied in irgendeinem transsexuellen Club zu werden. Wenn die Operation erst einmal vollzogen war, würde kein Mensch jemals merken, daß Rahul nicht als Frau auf die Welt gekommen war.

Eine Person freilich wußte es doch: Tante Promila. Sie hatte ihn tatkräftig unterstützt. Doch allmählich störte es Rahul, wie sehr sie ihn zu beherrschen versuchte. Sie wollte seinen Aufenthalt in London auch weiterhin äußerst großzügig unterstützen, aber dafür mußte er ihr versprechen, sie nicht zu vergessen, sprich: Er brauchte sie nur von Zeit zu Zeit zu besuchen und ihr etwas Aufmerksamkeit zu schenken. Rahul hatte nichts gegen diese regelmäßigen Besuche in Bombay, nur ärgerte es ihn, daß seine Tante bestimmte, wie oft und wann er sie zu besuchen hatte. Und je älter sie wurde, um so häufiger brauchte sie ihn und schreckte auch nicht davor zurück, schamlos immer wieder Rahuls besondere Berücksichtigung in ihrem Testament zu erwähnen.

Trotz Promilas erheblichen Einflusses – und entsprechender Bestechungsgelder – brauchte Rahul länger, um seine offizielle Namensänderung durchzusetzen, als er gebraucht hatte, um sein Geschlecht ändern zu lassen. Und obwohl es viele andere weibliche Namen gab, die ihm besser gefallen hätten, entschied er sich aus taktischen Gründen für Promila, was seine Tante gewaltig freute und ihm eine wirklich bevorzugte Stellung in ihrem häufig erwähnten Testament sicherte. Doch auch mit dem neuen Namen in seinem neuen Paß kam sich Rahul noch immer unvollständig vor. Vielleicht hatte er das Gefühl, nie Promila Rai sein zu können, solange seine Tante Promila noch am Leben war. Und da Promila der einzige Mensch auf Erden war, den Rahul liebte, verursachte ihm die Ungeduld, mit der er ihren Tod herbeisehnte, Schuldgefühle.

Erinnerungen an Tante Promila

Er war fünf oder sechs Jahre alt gewesen, vielleicht auch erst vier – genau konnte sich Rahul nicht mehr erinnern. Doch er wußte noch gut, daß er fand, er sei alt genug, um allein auf die Herrentoilette zu gehen. Aber Tante Promila nahm ihn immer in die Damentoilette – und ins Toilettenabteil – mit. Er sagte ihr, daß es in der Männertoilette Urinbecken gebe und daß sich Männer zum Pinkeln hinstellten.

»Ich kenne eine bessere Art zu pinkeln«, erklärte sie ihm.

Die Damentoilette im Duckworth Club stand bedauerlicherweise im Zeichen des Elefanten. Verglichen damit war das Tigerjagddekor in der Männertoilette ungleich weniger aufdringlich. Zum Beispiel befand sich in den Abteilen der Damentoilette innen an der Tür eine herunterklappbare Ablage, bestehend aus einem einfachen Brett, das flach an der Tür anlag, wenn es nicht benötigt wurde. Herunterziehen ließ es sich mit Hilfe eines Rings, der wie ein Nasenring durch einen Elefantenrüssel führte. Auf dieser Ablage konnte eine Dame ihre Handtasche deponieren – oder was immer sie sonst bei sich hatte.

Wenn Promila mit Rahul auf die Toilette ging, hob sie jedesmal ihren Rock hoch und zog den Schlüpfer herunter; dann hockte sie sich auf den Toilettensitz, und Rahul, der ebenfalls Hose und Unterhose herunterzog, setzte sich auf ihren Schoß.

»Zieh den Elefanten herunter, mein Lieber«, sagte Tante Promila zu ihm, und dann beugte sich Rahul nach vorne, bis er den Ring am Elefantenrüssel erreichen konnte. Der Elefant hatte keine Stoßzähne, und Rahul fand, daß es dem Tier überhaupt an Lebensechtheit mangelte – zum Beispiel hatte der Rüssel vorn keine Öffnung.

Zuerst pinkelte Promila, dann Rahul. Er saß auf dem Schoß seiner Tante und hörte ihr zu. Wenn sie sich abwischte, spürte er ihren Handrücken an seinem nackten Po. Dann griff sie in seinen Schoß und bog seinen kleinen Penis nach unten in die Toilettenschüssel. Es war schwierig, von ihrem Schoß aus zu pinkeln.

»Mach nicht daneben«, flüsterte sie ihm ins Ohr. »Bist du auch vorsichtig?« Rahul gab sich Mühe, vorsichtig zu sein. Wenn er fertig war, wischte ihm Tante Promila den Penis mit Toilettenpapier ab. Dann befühlte sie ihn mit der bloßen Hand. »Wir wollen doch sicher sein, daß du auch trocken bist, mein Lieber«, sagte Promila dann. Sie hielt seinen Penis immer so lange fest, bis er steif war. »Was für ein großer Junge du bist«, flüsterte sie dann.

Wenn sie fertig waren, wuschen sie sich gemeinsam die Hände.

»Das heiße Wasser ist zu heiß, da verbrennst du dich«, warnte ihn Tante Promila. Gemeinsam standen sie vor dem abenteuerlich verzierten Waschbecken. Es hatte nur einen Wasserhahn in Form eines Elefantenkopfs. Das Wasser, das durch den Elefantenrüssel floß, lief breitgefächert ins Becken. Wenn man heißes Wasser wollte, hob man den einen Stoßzahn, für kaltes den anderen. »Nur kaltes Wasser, mein Lieber«, sagte Tante Promila jedesmal und ließ Rahul für sie beide den Wasserhahn anstellen. Er schob den Stoßzahn für das kalte Wasser hoch und drückte ihn wieder herunter – nur diesen einen Stoßzahn. »Du mußt dir immer die Hände waschen, mein Lieber«, sagte Tante Promila.

»Ja, Tante«, antwortete Rahul. Er nahm an, daß die Vorliebe seiner Tante für kaltes Wasser mit ihrer Generation zu tun hatte; wahrscheinlich hatte sie Zeiten erlebt, in denen es noch kein heißes Wasser gab.

Als Rahul älter war – vielleicht acht oder neun, möglicherweise auch zehn –, schickte ihn Promila zu Dr. Lowji Daruwalla. Sie machte sich Sorgen wegen seiner unerklärlichen Unbehaartheit, wie sie es nannte – das jedenfalls sagte sie dem Doktor. Rückblickend wurde Rahul klar, daß er seine Tante enttäuscht hatte, und nicht nur einmal. Promilas Enttäuschung, auch das wurde Rahul klar, war sexueller Natur; seine sogenannte Unbehaartheit hatte damit wenig zu tun. Aber Promila Rai konnte sich schlecht über die Größe oder die nur kurz anhaltende Steifheit von Rahuls Penis beschweren – schon gar nicht bei Dr. Lowji Daruwalla! Die Frage, ob ihr Neffe impotent war oder nicht, würde warten müssen, bis Rahul zwölf oder dreizehn war, und dann würde der alte Dr. Tata ihn untersuchen.

Rückblickend wurde Rahul auch klar, daß seine Tante in erster Linie daran interessiert war, zu erfahren, ob er generell impotent war oder nur bei ihr. Natürlich hatte sie Dr. Tata nicht gesagt, daß sie wiederholt enttäuschende sexuelle Erlebnisse mit Rahul gehabt hatte, sondern hatte angedeutet, daß sich Rahul selbst Sorgen machte, weil es ihm nicht gelungen war, bei einer Prostituierten eine Erektion zu halten. Dr. Tatas Reaktion war für Tante Promila ebenfalls enttäuschend gewesen.

»Vielleicht lag es an der Prostituierten«, hatte der alte Dr. Tata gemeint.

Noch Jahre später sollte sich Rahul daran erinnern, wenn er an seine Tante Promila dachte. Vielleicht lag es an der Prostituierten, dachte er dann. Möglicherweise war er gar nicht impotent gewesen. Aber wie dem auch sei, nachdem Rahul jetzt eine Frau war, spielte das ohnehin keine Rolle mehr. Er hatte seine Tante Promila wirklich geliebt. Was das Händewaschen betraf, so hatte der Elefant mit dem einen erhobenen Stoßzahn einen bleibenden Eindruck bei Rahul hinterlassen. Trotzdem zog er es vor, sich die Hände mit warmem Wasser zu waschen.

Ein kinderloses Ehepaar sucht nach Rahul

Im nachhinein ist es beeindruckend, daß Kommissar Patel auf die Idee kam, Rahul mit einem Familienvermögen – in Indien – in Verbindung zu bringen. Seiner Überlegung zufolge hätte ein wohlhabender Verwandter die wenigen, aber regelmäßigen Besuche des Mörders in Bombay erklären können. Seit über fünfzehn Jahren waren die Opfer, die mit dem augenzwinkernden Elefanten verziert worden waren, Prostituierte aus den Bordellen von Kamathipura oder in der Grant und der Falkland Road gewesen. Jedesmal wurden zwei oder drei Morde innerhalb von zwei oder drei Wochen verübt, und dann fast neun Monate oder ein Jahr lang keiner mehr. In den heißesten Monaten, also unmittelbar vor und während der Regenzeit, geschahen keine Morde. Offenbar hielt sich der Mörder an eine angenehmere Jahreszeit. Nur die ersten beiden Morde, die in Goa, waren in der heißen Jahreszeit begangen worden.

Da Detective Patel in keiner anderen indischen Stadt irgendwelche Hinweise auf Morde mit Elefantenzeichnungen hatte entdecken können, war er zu der Erkenntnis gelangt, daß der Mörder im Ausland lebte. Es war nicht schwer, in Erfahrung zu bringen, daß in London relativ wenige gleichartige Morde verübt worden waren. Obwohl sie sich nicht auf die indische Bevölkerung beschränkten, waren die Opfer immer Prostituierte oder Studentinnen – letztere hatten normalerweise eine künstlerische Ader und führten angeblich ein bohemehaftes, unkonventionelles Leben. Je mehr sich der Kommissar mit dem Mörder beschäftigte und je mehr er Nancy liebte, um so deutlicher wurde ihm bewußt, welches Glück Nancy hatte, noch am Leben zu sein.

Doch im Lauf der Zeit machte Nancy immer weniger den Eindruck einer Frau, die sich für glücklich hielt. Mit dem Geld im Dildo – einer so gewaltigen Summe, daß sich Nancy und auch der junge Inspektor Patel anfangs ganz befreit gefühlt hatten – setzte bei beiden das Gefühl ein, sich kompromittiert zu haben. Als Nancy ihren Eltern den Betrag schickte, den sie aus dem Haushaltswarenladen gestohlen hatte, riß das nur ein winziges Loch in die Summe. Sie hielt es für die beste Möglichkeit, die Vergangenheit auszulöschen, doch ihr soeben begonnener Kreuzzug für die Gerechtigkeit kam ihrer lauteren Absicht in die Quere. Das Geld war als Rückzahlung an das Geschäft gedacht, aber als Nancy es ihren Eltern schickte, konnte sie es sich nicht verkneifen, die Männer (aus der Abteilung Futter und Saatgut) namentlich zu erwähnen, die damals dafür gesorgt hatten, daß sie sich wie ein Stück Dreck fühlte. Sollten ihre Eltern das Geld zurückzahlen wollen, nachdem sie wußten, was ihrer Tochter dort widerfahren war, wäre das ihre Entscheidung.

Damit brachte sie ihre Eltern moralisch in eine Zwickmühle, genau das Gegenteil dessen, was Nancy bezweckt hatte. Sie hatte die Vergangenheit eben nicht ausgelöscht, sondern sie in den Augen ihrer Eltern wiederaufleben lassen, so daß sie ihr fast zwanzig Jahre lang (bis zu ihrem Tod) getreulich schilderten, welche Qualen sie in Iowa laufend zu ertragen hatten, und sie unaufhörlich beknieten, doch »nach Hause« zu kommen, sich aber weigerten, sie zu besuchen. Nancy erfuhr nie genau, was sie letzten Endes mit dem Geld gemacht hatten.

Die Tatsache, daß sich der bisher unbestechliche junge Inspektor Patel auf seine erste und letzte Bestechung einließ, riß ein ähnlich kleines Loch in Dieters gewaltige Geldsumme. Dabei ging es schlicht um den Betrag, der für eine Beförderung auf einen einträglicheren Posten üblich und erforderlich war – wobei man nicht vergessen darf, daß Vijay Patel kein Marathe war. Damit ein Gujarati den Sprung vom Inspektor bei der Polizeiwache Colaba zum Kommissar im Kriminalkommissariat am Crawford Market schaffte, mußte er, wie man das dort nannte, »das Getriebe schmieren«. Doch im Laufe der Jahre – und auch, weil es ihm nicht gelang, Rahul aufzuspüren – hatte diese Bestechung sein empfindsames Selbstwertgefühl angenagt. Es war eine vernünftige Ausgabe gewesen, gewiß keine üppige Geldsumme, wie die Inspector-Dhar-Filme unterstellten: Innerhalb der Bombayer Polizei gab es kein nennenswertes Weiterkommen ohne ein kleines bißchen Bestechung.

Und obwohl sich Nancy und der Kriminalbeamte liebten, waren sie unglücklich. Das lag nicht nur daran, daß es sich als schwierig erwiesen hatte, die unerbittliche Forderung zu erfüllen, stets der Gerechtigkeit zu dienen, und auch nicht nur daran, daß Rahul ungestraft davongekommen war. Sondern sowohl Mr. als auch Mrs. Patel nahmen an, daß die Strafe Gottes sie ereilt hatte. Nancy war unfruchtbar, und es dauerte fast ein Jahrzehnt, bis sie den Grund erfuhren – und dann noch ein Jahrzehnt, in dem sie erst ein Kind zu adoptieren versuchten und sich dann letzten Endes dagegen entschieden.

Im ersten Jahrzehnt ihrer Bemühungen, ein Kind zu zeugen, glaubten Nancy und der junge Patel – sie nannte ihn Vijay –, sie würden dafür bestraft, daß sie das Geld angetastet hatten. Nancy hatte die kurze Zeit körperlichen Unbehagens nach ihrer Rückkehr nach Bombay völlig vergessen. Ein leichtes Brennen der Harnröhre und die Tatsache, daß sich in der Unterwäsche ein leichter Scheidenausfluß bemerkbar machte, hatten dazu geführt, daß Nancy zunächst noch wartete, bis sie eine sexuelle Beziehung zu Vijay Patel anknüpfte. Die Symptome waren harmlos und entsprachen bis zu einem gewissen Grad denen einer Blasenentzündung und einer Harnwegsinfektion. Sie wollte nicht daran denken, daß Dieter ihr womöglich eine Geschlechtskrankheit angehängt hatte, obwohl sie allen Grund zur Sorge hatte, wenn sie an dieses Bordell in Kamathipura zurückdachte und daran, wie vertraulich sich Dieter mit der Bordellwirtin unterhalten hatte.

Außerdem erkannte Nancy damals bereits, daß sie und der junge Patel drauf und dran waren, sich zu verlieben. Sie hatte nicht die Absicht, ihn nach einem geeigneten Arzt zu fragen. Statt dessen fand sie in dem abgenutzten Reiseführer, den sie noch immer getreulich mit sich herumtrug, ein Rezept für eine Spülung für unterwegs. Doch sie brachte das Mischungsverhältnis von Wasser und Essig durcheinander, so daß das Brennen anschließend viel schlimmer war als zuvor. Eine Woche lang wies ihre Unterwäsche einen kräftigen gelben Fleck auf, den sie der unklugen Behandlung mit der selbstgemachten Spülung zuschrieb. Die Bauchschmerzen schließlich setzten etwa mit dem Beginn ihrer Periode ein, die ungewöhnlich stark war. Sie hatte heftige Krämpfe und sogar leichten Schüttelfrost, so daß sie sich fragte, ob ihr Körper die Spirale abzustoßen versuchte. Danach erholte sie sich vollständig. Erst zehn Jahre später fiel ihr diese Geschichte wieder ein. Sie saß mit ihrem Mann in der piekfeinen Privatpraxis eines Facharztes für Geschlechtskrankheiten und füllte – mit Vijays Hilfe – einen detaillierten Fragebogen aus, der mit zur Behandlung von Unfruchtbarkeit gehörte.

Folgendes war geschehen: Dieter hatte ihr einen Tripper angehängt, den er sich bei der dreizehnjährigen Prostituierten geholt hatte, die er im Flur dieses Bordells in Kamathipura im Stehen gefickt hatte. Daß keine Zimmer mit Matratzen oder Kojen verfügbar waren, wie die Wirtin ihm weismachte, hatte nicht gestimmt. Vielmehr wollte die junge Prostituierte es im Stehen machen, weil ihr Tripper bereits das Stadium erreicht hatte, in dem sich die unangenehmen Symptome einer Entzündung des kleinen Beckens bemerkbar machten. Das hatte zur Folge, daß ihr das Auf- und Abbewegen des Gebärmutterhalses Schmerzen in den Eileitern und Eierstöcken verursachte. Kurz gesagt, es tat ihr weh, wenn das Gewicht eines Mannes auf ihren Bauch wummerte. Für sie war es besser, wenn sie aufrecht stand.

Was Dieter betraf, so war er ein vorsichtiger und heikler junger Deutscher, der sich eine Penicillinspritze verpaßte, bevor er das Bordell verließ. Ein befreundeter Medizinstudent hatte ihm gesagt, daß man damit das Entstehen einer Syphilis verhindern könne. Die Injektion bewirkte jedoch keine Abtötung der *Neisseria gonorrhoeae,* der Tippererreger, die ihrerseits einen penicillinhemmenden Stoff produzieren. Und daß diese Bakteriengattung in tropischen Ländern weit verbreitet war, hatte ihm niemand gesagt. Außerdem wurde Dieter knapp eine Woche nach dem Kontakt mit der infizierten Prostituierten ermordet; zu dem Zeitpunkt hatten sich erst ganz leichte Symptome bei ihm bemerkbar gemacht.

Die relativ harmlosen Symptome, die bei Nancy aufgetreten waren, bevor es zu einer spontanen Heilung und Narbenbildung kam, waren darauf zurückzuführen, daß sich die Entzündung vom Gebärmutterhals auf die Gebärmutterschleimhaut und die Eileiter ausgedehnt hatte. Als der Venerologe Mr. und Mrs. Patel erklärte, daß dies der Grund für Nancys Unfruchtbarkeit sei, war das aufgewühlte Ehepaar fest davon überzeugt, daß Dieters häßliche Krankheit – die noch aus dem Hippiegrab nachwirkte – der endgültige Beweis dafür war, daß Gott sie strafte. Sie hätten nie einen Pfennig von diesem schmutzigen Geld im Dildo anrühren dürfen.

Als sie sich daraufhin bemühten, ein Kind zu adoptieren, machten sie eine nicht ungewöhnliche Erfahrung. Die seriöseren Adoptionsvermittlungen, die über die Zeit der Schwangerschaft und den Gesundheitszustand der leiblichen Mutter genau Buch führten, waren in bezug auf die »gemischte« Ehe der Patels erbarmungslos. Das hätte die beiden letzten Endes nicht abgeschreckt, verzögerte aber das aus entwürdigenden Befragungen und einem Sumpf an kleinlichem Papierkram bestehende Verfahren. In der Zwischenzeit, während sie auf einen positiven Bescheid warteten, äußerte erst Nancy und dann Vijay leise Befürchtungen, daß es vielleicht doch enttäuschend sein könnte, ein Kind zu adoptieren, nachdem sie so gehofft hatten, selbst eines zu bekommen. Wäre es möglich gewesen, rasch ein Kind zu adoptieren, hätten sie es längst liebgewonnen, bevor ihnen gravierende Zweifel kamen. Aber während der langen Wartezeit verloren sie allen Mut – nicht weil sie glaubten, sie könnten ein Adoptivkind nicht ausreichend lieben, sondern weil sie befürchteten, das Kind würde stellvertretend für sie mit einem schweren Schicksal bestraft.

Sie hatten einen Fehler begangen. Sie mußten dafür büßen. Aber sie wollten nicht auch noch ein Kind dafür büßen lassen. Und so fanden sich die Patels mit ihrer Kinderlosigkeit ab. Nach fast fünfzehn Jahren des Wartens auf ein Kind forderte dieses Akzeptieren einen beträchtlichen Preis. Ihre Art zu gehen, die sichtbare Teilnahmslosigkeit, mit der sie ihre vielen Tassen und

Gläser Tee tranken, spiegelte dieses bewußte Sichfügen in ihr Schicksal wider. Etwa um diese Zeit begann Nancy zu arbeiten – erst bei einer der Adoptionsvermittlungen, die sie so peinlich genau ausgefragt hatten, dann als freiwillige Helferin in einem Waisenhaus. Aber lange konnte sie diese Art Arbeit nicht ertragen, weil sie sie ständig an das Kind erinnerte, das sie in Texas zur Adoption freigegeben hatte.

Und dann, nach ungefähr fünfzehn Jahren, kam Inspektor Patel zu der Überzeugung, daß Rahul nach Bombay zurückgekehrt war, diesmal für immer. Die Morde verteilten sich jetzt gleichmäßig auf das Kalenderjahr; in London hatten sie völlig aufgehört. Das hatte damit zu tun, daß Rahuls Tante Promila endlich gestorben war und ihr Grundbesitz an der alten Ridge Road – zusammen mit dem beträchtlichen Barvermögen, das sie ihrer einzigen *Nichte* vermacht hatte, auf ihre Namensvetterin, den ehemaligen Rahul, übergegangen war. Er war Promilas Erbe, oder vielmehr – anatomisch korrekt ausgedrückt –: Sie war Promilas Erbin. Und die neue Promila mußte nicht lange auf ihre Aufnahme in den Duckworth Club warten, da ihre Tante gewissenhaft die Mitgliedschaft für ihre Nichte beantragt hatte – schon bevor sie genaugenommen eine Nichte hatte.

Diese Nichte ließ sich mit Bedacht viel Zeit mit dem Eintritt in jene Gesellschaftskreise, die ihr der Duckworth Club eröffnete. Sie hatte es nicht eilig, sich sehen zu lassen. Einige Duckworthianer, die sie kennengelernt hatten, fanden sie ein kleines bißchen unfein – und fast alle Clubmitglieder waren sich einig, daß sie, obwohl sie in der Blüte ihrer Jahre sicher eine große Schönheit gewesen war, längst in jenes Stadium eingetreten war, das man die mittleren Jahre nennt – und das, ohne jemals verheiratet gewesen zu sein. Das erschien fast allen Clubmitgliedern suspekt, doch noch bevor es viel Gerede gab, war die neue Promila Rai – erstaunlich geschwind, wenn man bedenkt, daß kaum jemand sie wirklich kannte – verlobt. Noch dazu mit einem anderen Duckworthianer, einem ältlichen Gentleman mit ansehnlichem Vermögen und einem Anwesen an der alten Ridge Road, das das der verstorbenen Promila Gerüchten zufolge weit in den Schatten stellte. Die Hochzeit fand natürlich im Duckworth Club statt, leider jedoch zu einem Zeitpunkt, zu dem sich Dr. Daruwalla gerade in Toronto aufhielt, denn vielleicht hätte er – oder ganz bestimmt Julia – diese neue Promila, die sich so erfolgreich als Nichte der alten Promila ausgab, wiedererkannt.

Doch bis die Daruwallas und Inspector Dhar wieder nach Bombay kamen, wurde die neue Promila Rai mit ihrem Ehenamen angesprochen – versehen mit zweierlei Attributen, von denen eines nie in ihrer Gegenwart benutzt wurde. Rahul, der sich in Promila verwandelt hatte, war seit kurzem die schöne Mrs. Dogar, wie der alte Mr. Sethna sie normalerweise anredete.

Ja, natürlich – der ehemalige Rahul war kein anderer als die zweite Mrs. Dogar, und jedesmal, wenn Dr. Daruwalla den stechenden Schmerz in den Rippen spürte, wo er in der Eingangshalle des Duckworth Club mit ihr zusammengeprallt war, forschte er in seinem vergeßlichen Hirn irrtümlich nach jenen längst verblaßten Filmstars, die er sich auf seinen Lieblingsvideos immer und immer wieder ansah. Doch dort würde Farrokh sie nie finden. Rahul versteckte sich nicht in alten Filmen.

Die Polizei weiß, daß nicht der Film schuld ist

Gerade als Kommissar Patel sich damit abgefunden hatte, daß er Rahul nie finden würde, lief in Bombay ein neuer und, wie vorauszusehen, abscheulicher Inspector-Dhar-Film an. Der echte Polizeibeamte hatte nicht das Bedürfnis, sich erneut beleidigen zu lassen, doch als er erfuhr, worum es in *Inspector Dhar und der Käfigmädchen-Killer* ging, sah er sich den Film nicht nur einmal an, sondern nahm beim zweitenmal sogar Nancy mit. Es konnte keinerlei Zweifel bezüglich der Herkunft dieser Elefantenzeichnung geben. Nancy war überzeugt, daß sie wußte, woher dieser kecke kleine Elefant stammte. Es war unmöglich, daß zwei Leute auf die Idee kamen, den Nabel einer toten Frau in ein zwinkerndes Auge zu verwandeln. Sogar in der Filmversion hatte der Elefant nur einen Stoßzahn erhoben – und auch immer denselben. Und dann das Wasser, das aus seinem Rüssel spritzte – wer sollte sich so etwas ausdenken? hatte sich Nancy zwanzig Jahre lang gefragt. Und Kommissar Patel hatte gemeint, ein Kind könnte sich so etwas ausdenken.

Natürlich hatte die Polizei nie Einzelheiten an die Presse weitergegeben, sondern es vorgezogen, ihre Erkenntnisse für sich zu behalten. Sie hatte die Öffentlichkeit nicht einmal über die Existenz dieses künstlerisch ambitionierten Massenmörders informiert. Es kam häufig vor, daß Prostituierte umgebracht wurden. Warum sollte man die Presse dazu ermutigen, die Tatsache, daß es sich um einen Einzeltäter handelte, zur Sensation aufzubauschen? In Wirklichkeit also wußte die Polizei, allen voran Detective Patel, daß diese Morde angefangen hatten, lange bevor das Phantasieprodukt Inspector Dhar und der Käfigmädchen-Killer in die Kinos kam. Der Film lenkte lediglich die Aufmerksamkeit der Öffentlichkeit auf die echten Morde. Die Prostituierten irrten sich, wenn sie davon ausgingen, daß der Film daran schuld sei.

Es war Kommissar Patels Idee gewesen, es bei diesem Mißverständnis zu belassen. Er wollte abwarten, ob der Film bei Rahul vielleicht Eifersucht weckte, weil er der Meinung war, wenn Nancy erkannt hatte, woher Inspector Dhars Schöpfer seine Anregung bezogen hatte, würde auch der echte Mörder das erkennen. Der Mord an Mr. Lal – und vor allem der interessante Zwei-Rupien-Schein in seinem Mund – deutete darauf hin, daß der Kommissar recht gehabt hatte. Rahul mußte den Film gesehen haben – wenn man davon ausging, daß nicht er der Drehbuchautor war.

Rätselhaft war dem Detective allerdings die Aufschrift auf dem Geldschein: MEHR MITGLIEDER STERBEN, WENN DHAR MITGLIED BLEIBT. Da Nancy so schlau gewesen war, sich auszurechnen, daß nur ein Arzt Beths bemalten Körper zu Gesicht bekommen haben konnte, würde Rahul natürlich ebenfalls klar sein, daß nicht etwa Dhar eines von Rahuls Kunstwerken gesehen hatte, sondern daß das nur der Doktor gewesen sein konnte, der so häufig mit Dhar zusammen war.

Die Angelegenheit, über die Detective Patel mit Dr. Daruwalla unter vier Augen sprechen wollte, war folgende: Der Detective wollte vom Doktor eine Bestätigung für Nancys Theorie – nämlich daß er in Wirklichkeit Dhars Schöpfer war und die Zeichnung auf Beths Bauch gesehen hatte. Zugleich wollte er Dr. Daruwalla warnen. MEHR MITGLIEDER STERBEN... Das konnte bedeuten, daß Rahul es auf den Doktor abgesehen hatte. Detective Patel und Nancy glaubten, daß Farrokh eher als Opfer in Frage kam als Dhar.

Es dauerte einige Zeit, bis der Kriminalbeamte dem Doktor diese komplizierten Zusammenhänge am Telefon erläutert und dieser sie begriffen hatte. Und da Nancy das Telefon an ihren Mann weitergereicht hatte, ging es in dem Gespräch zwischen Detective Patel und Dr. Daruwalla gar nicht darum, daß der echte Mörder ein Transvestit oder womöglich sogar eine rundum überzeugende Frau war. Leider fiel der Name Rahul kein einziges Mal. Man einigte sich lediglich darauf, daß Dr. Daruwalla ins Kriminalkommissariat kommen und sich – zur Bestätigung – die Fotos von den Elefantenzeichnungen auf den Bäuchen der ermordeten Frauen ansehen würde und daß sowohl Dhar als auch der Doktor äußerste Vorsicht walten lassen sollten. Offenbar war der echte Mörder durch *Inspector Dhar und der Käfigmädchen-Killer* provoziert worden – wenn auch nicht so, wie die Öffentlichkeit und viele aufgebrachte Prostituierte glaubten.

Ein Blick auf zwei Ehen in einer kritischen Phase

Sobald Dr. Daruwalla den Telefonhörer aufgelegt hatte, begab er sich ganz aufgewühlt zu Tisch, wo sich Roopa für das völlig zerfallene Hammelfleisch entschuldigte und damit auf ihre Weise zum Ausdruck brachte, daß an diesem zermanschten Fleisch in ihrem geliebten *dhal* nur der Doktor schuld war, was ja auch stimmte. Dhar fragte den Doktor, ob er die neuen Schmähbriefe schon gelesen habe – hatte er nicht. Ein Jammer, meinte John D., denn womöglich war es der letzte Schwung Post von den erzürnten Prostituierten. Er hatte von Balraj Gupta, dem Regisseur, erfahren, daß der neue Inspector-Dhar-Film *(Inspector Dhar und die Türme des Schweigens)* morgen anlaufen würde. Danach, sagte John D. mit ironischem Unterton, würde er vermutlich von sämtlichen beleidigten Parsen böse Briefe bekommen.

»Was, morgen?« rief Dr. Daruwalla.

»Um genau zu sein, nach Mitternacht«, sagte Dhar.

Dr. Daruwalla hätte es wissen müssen. Wann immer Balraj Gupta ihn anrief und irgendwelche Schritte mit ihm zu besprechen wünschte, die er unternehmen wollte, bedeutete das unweigerlich, daß er sie bereits in die Wege geleitet hatte.

»Reden wir nicht mehr über diesen Pipifax!« sagte Farrokh zu seiner Frau und John D. Dann holte er tief Luft und berichtete den beiden alles, was ihm der Kommissar mitgeteilt hatte.

Julia fragte nur: »Wie viele Morde hat dieser Kerl denn begangen? Wie viele Opfer sind es?«

»Neunundsechzig«, sagte Dr. Daruwalla. Daß Julia nach Luft schnappte, war weniger überraschend als John D.s unangemessene Gelassenheit.

»Ist Mr. Lal da schon mitgerechnet?« fragte Dhar.

»Mit Mr. Lal sind es siebzig... falls Mr. Lal wirklich etwas damit zu tun hat«, antwortete Farrokh.

»Natürlich hat er was damit zu tun«, sagte Inspector Dhar, und wie üblich irritierte Dr. Daruwalla, daß sich seine erfundene Figur wieder einmal anhörte wie ein Experte; allerdings übersah Farrokh dabei, daß Dhar eben ein guter Schauspieler mit solider Ausbildung war. Er hatte seine Rolle gewissenhaft studiert und sich viele ihrer Facetten angeeignet. Somit war er unwillkürlich ein recht guter Spürhund geworden, während sich Dr. Daruwalla die Figur nur ausgedacht hatte. Für Farrokh, der sich von einem Drehbuch zum nächsten kaum an seine Recherchen über diverse Teilaspekte der Polizeiarbeit erinnern konnte, war die Person des Inspector Dhar reine Fiktion. Dhar hingegen vergaß diese differenzierteren Einzelheiten und seine keineswegs originellen Texte nur selten. Dr. Daruwalla war als Drehbuchautor bestenfalls ein begabter Amateur; Inspector Dhar hingegen war einem echten Inspektor ähnlicher, als ihm selbst oder auch seinem Erfinder bewußt war.

»Kann ich mitkommen, um mir diese Fotos anzusehen?« fragte Dhar seinen Schöpfer.

»Ich glaube, der Kommissar wollte, daß ich sie mir alleine ansehe«, antwortete der Doktor.

»Ich würde sie aber gern sehen, Farrokh«, sagte John D.

»Er sollte sie sich ansehen, wenn er möchte!« sagte Julia aufbrausend.

»Ich bin nicht sicher, daß die Polizei einverstanden wäre«, sagte Dr. Daruwalla, aber Inspector Dhar winkte ab – eine nur allzu vertraute, verächtliche Geste, die absolute Geringschätzung ausdrückte. Farrokh spürte, daß ihm die Erschöpfung immer dichter auf den Leib rückte – wie alte Freunde und die Familie, die sich in seiner Phantasie um sein Krankenlager versammelten.

Als sich John D. zum Schlafen auf den Balkon zurückzog,

wechselte Julia rasch das Thema – noch bevor sich Farrokh ganz ausgezogen hatte.

»Du hast es ihm nicht gesagt!« sagte sie erregt.

»Ach bitte, hör mit dieser abscheulichen Zwillingsgeschichte auf! Wieso glaubst du eigentlich, daß sie so wichtig ist? Ausgerechnet jetzt!« sagte er zu ihr.

»Ich könnte mir denken, daß die Ankunft seines Zwillingsbruders für John D. sehr wohl wichtig ist«, sagte Julia entschieden. Sie ließ ihren Mann im Schlafzimmer stehen und ging ins Bad. Später, als Farrokh aus dem Bad kam, stellte er fest, daß Julia bereits eingeschlafen war – oder vielleicht tat sie auch nur so, als würde sie schlafen.

Anfangs versuchte er, auf der Seite zu schlafen, normalerweise seine bevorzugte Stellung, aber jetzt taten ihm in dieser Lage die Rippen weh; auf dem Bauch wurden die Schmerzen noch stärker. Auf dem Rücken konnte er auch nicht einschlafen (er neigte außerdem zum Schnarchen) und zermarterte sich sein überreiztes Gehirn, um auf die Filmschauspielerin zu kommen, an die er sich deutlich erinnert fühlte, als er die zweite Mrs. Dogar schamlos angestarrt hatte. Allmählich wurde er trotzdem schläfrig. Namen von Schauspielerinnen tauchten in seinem Gedächtnis auf und verschwanden wieder. Er sah Neelams volle Lippen und Rekhas hübschen Mund; er dachte an Srivedis spitzbübisches Lächeln – und an fast alle denkwürdigen Einzelheiten an Suno Walia. Im Halbschlaf dachte er, nein, nein, es ist keine heutige Schauspielerin, wahrscheinlich nicht einmal eine Inderin. Jennifer Jones? überlegte er. Ida Lupino? Rita Moreno? Dorothy Lamour! Nein, nein... wo dachte er hin? Es war eine Person, deren Schönheit ungleich herber war als die Schönheit all dieser Schauspielerinnen. Diese Erkenntnis ließ ihn beinah wieder hellwach werden. Wäre ihm dabei zugleich die Erinnerung gekommen, die den Schmerz in seinen Rippen verursachte, hätte es vielleicht geklickt. Aber obwohl es inzwischen ziemlich spät war, war es für ihn noch zu früh, um dahinterzukommen.

Im Ehebett von Mr. und Mrs. Patel tat sich um dieselbe späte Stunde auf kommunikativer Ebene etwas mehr. Nancy weinte; ihre Tränen waren, wie so oft, eine Mischung aus Kummer und Frustration. Kommissar Patel versuchte, wie so oft, sie zu trösten.

Nancy mußte plötzlich daran denken, was ihr widerfahren war – vielleicht zwei Wochen nachdem die letzten Symptome des Trippers verschwunden waren. Sie hatte einen fürchterlichen Ausschlag bekommen, rot und wund und begleitet von unerträglichem Jucken, und befürchtet, daß es sich dabei um ein neues Stadium irgendeiner Geschlechtskrankheit handelte, die sie sich von Dieter geholt hatte. Dazu kam, daß sich dieser Zustand nicht vor ihrem geliebten Polizisten verheimlichen ließ. Der junge Inspektor Patel hatte sie sofort zu einem Arzt gebracht, der sie darüber aufklärte, daß sie zu viele Malariatabletten eingenommen hatte – es war schlicht eine allergische Reaktion. Aber sie hatte ihr einen furchtbaren Schrecken eingejagt! Und erst jetzt fielen ihr auch die Ziegen wieder ein.

All die Jahre hatte sie an die Ziegen in dem Bordell gedacht, aber ganz vergessen, daß sie anfangs befürchtet hatte, dieser scheußliche Ausschlag und das unerträgliche Jucken hätten etwas mit den Ziegen zu tun. Das war ihre größte Angst gewesen. Zwanzig Jahre lang hatte sie, wenn sie an die Bordelle und die dort ermordeten Frauen dachte, die Männer vergessen, von denen ihr Dieter erzählt hatte – diese schrecklichen Männer, die Ziegen fickten. Vielleicht hatte Dieter auch Ziegen gefickt. Kein Wunder, daß sie versucht hatte, wenigstens das zu vergessen.

»Aber kein Mensch fickt diese Ziegen«, versicherte ihr Vijay in diesem Augenblick.

»Was?« fragte Nancy.

»Also, ich bilde mir nicht ein, über die Vereinigten Staaten Bescheid zu wissen – oder auch nur über bestimmte ländliche Gegenden Indiens –, aber in Bombay fickt kein Mensch Ziegen«, versicherte ihr Vijay.

»Was?« wiederholte Nancy. »Aber Dieter hat mir gesagt, daß sie die Ziegen ficken.«

»Also, das stimmt einfach nicht«, sagte der Polizeibeamte. »Diese Ziegen sind Haustiere. Einige von ihnen geben Milch, und das ist natürlich ein Vorteil – für die Kinder vermutlich. Aber sie sind Haustiere, weiter nichts.«

»Ach, Vijay!« schluchzte Nancy. Er mußte sie festhalten. »Dieter hat mich angelogen! Und wie er mich angelogen hat... und ich habe es all die Jahre geglaubt! O Gott, dieser Scheißkerl!« Sie sprach das Wort so heftig aus, daß ein Hund in der schmalen Straße unter ihnen aufhörte, im Abfall herumzuwühlen, und zu bellen begann. Der Deckenventilator über ihren Köpfen vermochte die dicke Luft kaum in Bewegung zu versetzen, die immer nach verstopften Abflußrohren und nach dem Meer roch, das in ihrem Teil der Stadt weder besonders sauber war noch sonderlich frisch roch. »O Gott, noch eine Lüge!« schrie Nancy. Vijay hielt sie weiterhin fest, obwohl sie dabei bald beide ins Schwitzen geraten würden. Dort, wo sie wohnten, stand die Luft still.

Die Ziegen waren nur Haustiere. Doch zwanzig Jahre lang hatte Nancy schwer unter dem gelitten, was Dieter ihr erzählt hatte; zuzeiten hatte es sie regelrecht physisch krank gemacht. Die Hitze und den Abwassergeruch und die Tatsache, daß Rahul, wer immer er war, all die Jahre ungeschoren geblieben war – all das hatte Nancy akzeptiert, aber auf dieselbe Art und Weise, wie sie ihre Kinderlosigkeit akzeptiert hatte, unendlich langsam und erst nach einer für ihr Gefühl schleichenden und erbarmungslosen Niederlage.

Es war spät. Während sich Nancy in den Schlaf weinte und Dr. Daruwalla nicht darauf kam, daß ihn die zweite und schöne Mrs. Dogar an Rahul erinnert hatte, fuhr Vinod eine von Mr. Gargs Schönheitstänzerinnen aus dem Wetness Cabaret nach Hause.

Sie war eine Marathin in mittleren Jahren, die sich Muriel nannte (das war nicht ihr wirklicher Name, sondern ihr Künstlername als Tänzerin) und ganz durcheinander war, weil ein Gast des Wetness Cabaret, während sie tanzte, eine Orange nach ihr geworfen hatte. Für Muriel stand fest, daß die Klientel des Wetness Cabaret ziemlich übel war. Trotzdem, sagte ihr ihre Vernunft, war Mr. Garg ein Gentleman. Garg hatte gemerkt, daß der Vorfall mit der Orange Muriel aus der Fassung gebracht hatte, und persönlich Vinods Luxustaxi gerufen, um Muriel nach Hause bringen zu lassen.

Obwohl Vinod Mr. Gargs humanitäre Bemühungen um weggelaufene Kindprostituierte gelobt hatte, wäre der Zwerg nicht so weit gegangen, Mr. Garg als Gentleman zu bezeichnen; aber möglicherweise benahm sich Garg gegenüber Frauen in mittleren Jahren ja eher wie ein Gentleman. Bei jüngeren Mädchen war Vinod da nicht so sicher. Er konnte Dr. Daruwallas Mißtrauen gegenüber Mr. Garg nicht ganz teilen, obwohl er und Deepa gelegentlich auf Kindprostituierte gestoßen waren, die man allem Anschein nach vor Garg in Sicherheit bringen mußte. Rettet dieses arme Kind, schien Mr. Garg zu sagen. Mag sein, daß er damit meinte, rettet es vor *mir*.

Vinod und Deepa hätte es bei ihren Rettungsbemühungen nicht geholfen, wenn Dr. Daruwalla Garg wie einen Verbrecher behandelt hätte. Das zuletzt weggelaufene Mädchen, das ohne Knochen – eine potentielle Kautschukfrau –, war dafür ein Beispiel. Obwohl ihre Beziehung zu Mr. Garg offenbar persönlicher war, als sie hätte sein sollen, half ihr das bei Dr. Daruwalla nicht weiter. Der Doktor mußte ihr ein Gesundheitsattest ausstellen, sonst würde der Great Blue Nile sie nicht nehmen.

Jetzt bemerkte Vinod, daß die Frau mit dem englischen Künstlernamen Muriel eingeschlafen war. Sie machte ein mürrisches Gesicht, der Mund stand unappetitlich offen, und ihre Hände lagen auf den fetten Brüsten. Nach Ansicht des Zwergs war es vernünftiger, eine Orange nach ihr zu werfen, als ihr beim Tanzen zuzuschauen. Aber Vinods humanitäre Empfindungen erstreckten sich sogar auf Stripperinnen in mittleren Jahren. Er verlangsamte das Tempo, weil die Straßen holprig waren und er keinen Grund sah, die arme Frau aufzuwecken, bevor sie zu Hause angelangt war. Im Schlaf krümmte sich Muriel plötzlich zusammen. Der Zwerg stellte sich vor, daß sie einer Orange auswich.

Nachdem Vinod Muriel abgesetzt hatte, war es zu spät, um irgendwo anders hinzufahren als wieder ins Bordellviertel, denn der Rotlichtbezirk war der einzige Teil Bombays, in dem um zwei Uhr morgens noch Taxis benötigt wurden. Zwar würden bald Touristen aus aller Welt im Oberoi Towers und im Taj Mahal eintreffen, aber Leute, die gerade erst aus Europa oder Nordamerika hier angekommen waren, hatten sicher keine Lust auf eine Stadtrundfahrt.

Vinod wollte das Ende der letzten Show im Wetness Cabaret abwarten; irgendeine exotische Tänzerin würde sicher nach Hause gebracht werden wollen. Es erstaunte Vinod, daß Mr. Garg im Wetness Cabaret »zu Hause« war, denn er selbst konnte sich nicht vorstellen, dort zu übernachten. Er vermutete zwar, daß es im ersten Stock, über der glitschigen Bar, den klebrigen Tischen und der abschüssigen Bühne, ein paar Zimmer gab, aber bei dem Gedanken an die matt erleuchtete Bar, die grell erleuchtete Bühne, die in Dunkel getauchten Tische, an denen lauter Männer saßen – und zum Teil masturbierten, auch wenn im Wetness Cabaret der Uringeruch vorherrschte –, schauderte der Zwerg. Wie konnte Garg in so einem Lokal schlafen, und sei es im Stockwerk darüber?

Doch obwohl es Vinod zuwider war, im Bordellviertel herumzugondeln, als hätte er einen Kunden auf dem Rücksitz seines Ambassador, hatte er nun mal entschieden, daß er ebensogut wach bleiben konnte. Vinod fand diese nächtliche Zeit, zu der die meisten Bordelle den Betrieb umstellten, faszinierend. In Kamathipura, entlang der Falkland und der Grant Road, nahte die frühmorgendliche Stunde, in der die meisten Bordelle nur noch Kunden für die ganze Nacht einließen. Nach Ansicht des Zwergs waren das völlig andere Männer, verzweifelte Männer. Wer sonst würde schon die ganze Nacht mit einer Prostituierten verbringen wollen?

Um diese Zeit wurde Vinod wachsam und nervös, als könnte ihm – zumal in den schmalen Straßen Kamathipuras – ein Mann unter die Augen kommen, der nicht ganz zurechnungsfähig war. Wenn der Zwerg müde wurde, döste er in seinem Wagen. Dort fühlte er sich mehr zu Hause als zu Hause, zumindest wenn Deepa im Zirkus war. Und wenn Vinod sich langweilte, fuhr er gemächlich an den Transvestitenbordellen an der Falkland und der Grant Road vorbei. Vinod mochte die *hijras,* weil sie so dreist und so unverschämt waren; umgekehrt schienen sie Zwerge zu mögen. Möglicherweise hielten die *hijras* Zwerge für unverschämt.

Vinod war bewußt, daß ihn einige *hijras* nicht mochten – die nämlich, die wußten, daß er Inspector Dhars Chauffeur war, die, die über den Film *Inspector Dhar und der Käfigmädchen-Killer* empört waren. In letzter Zeit mußte Vinod im Bordellviertel ein bißchen vorsichtig sein, denn seit den Morden an den Prostituierten waren Dhar und sein Leibzwerg mehr als nur ein bißchen unbeliebt. Deshalb wurde Vinod um die Zeit, in der die meisten Bordelle »umstellten«, wachsamer und nervöser als sonst.

Während der Zwerg herumgondelte, bemerkte er als einer der

ersten eine Veränderung, die sich vor seinen Augen in der Stadt vollzog. Verschwunden war das Filmplakat mit seinem prominenten Fahrgast, das überlebensgroße Bild von Inspector Dhar, an das sich Vinod und ganz Bombay schon gewöhnt hatten – die riesigen Plakatwände, die an den Fassaden angebrachten Reklametafeln, die *Inspector Dhar und der Käfigmädchen-Killer* ankündigten: Dhars gutaussehendes Gesicht, allerdings leicht blutig; das zerrissene weiße Hemd, offen, so daß man Dhars muskulöse Brust sehen konnte; die hübsche, übel zugerichtete junge Frau, die über Dhars kräftiger Schulter baumelte; und, wie immer, die blaugraue, halbautomatische Pistole in Dhars eiserner rechter Hand. Anstelle dieser alten Plakate hingegen, überall in Bombay, brandneue. Vinod fand, daß nur die Waffe dieselbe war, obwohl Inspector Dhars höhnisches Lächeln bemerkenswert vertraut wirkte. *Inspector Dhar und die Türme des Schweigens:* Diesmal war die junge Frau, die über Dhars Schulter baumelte, auffallend tot – und noch auffallender war, daß es sich um ein Hippiemädchen aus dem Westen handelte.

Es war die einzige Tageszeit, zu der man die Plakate gefahrlos anbringen konnte. Wären die Leute wach gewesen, hätten sie sich zweifellos auf die Plakatkleber gestürzt. Die alten Plakate im Bordellviertel waren längst heruntergerissen worden. Mag sein, daß die Prostituierten die Plakatkleber in dieser Nacht ungeschoren ließen, weil sie zu ihrer Freude feststellten, daß an die Stelle von *Inspector Dhar und der Käfigmädchen-Killer* eine neue Beleidigung trat – die diesmal auf eine andere Bevölkerungsgruppe abzielte.

Doch bei genauerer Betrachtung stellte Vinod fest, daß an dem neuen Plakat nicht so viel anders war, wie er zunächst geglaubt hatte. Die junge Frau hing in der gleichen Pose über Dhars Schulter, ob sie nun tot oder lebendig war; und auch Inspector Dhars grausames, attraktives Gesicht blutete wieder, wenn auch an einer etwas anderen Stelle. Je länger Vinod das neue Plakat betrachtete, um so mehr Ähnlichkeit mit dem vorhergehenden entdeckte er; es kam ihm vor, als würde Dhar sogar dasselbe zerrissene Hemd tragen. Damit ließ sich möglicherweise erklären, warum der Zwerg mehr als zwei Stunden in Bombay herumgefahren war, bis er bemerkte, daß ein neuer Inspector-Dhar-Film das Licht der Welt erblickt hatte. Vinod konnte es kaum erwarten, ihn zu sehen.

Ringsum brodelte das unbeschreibliche Leben des Rotlichtbezirks – das Feilschen und Betrügen, das Angsteinjagen, die ungesehenen Schläge; jedenfalls stellte sich der erregte Zwerg das so vor. So ziemlich das einzig Positive, was sich sagen ließ, war, daß quer durch sämtliche Bordelle Bombays niemand – wirklich niemand – eine Ziege fickte.

15

Dhars Zwillingsbruder

Drei alte Missionare schlafen ein

In dieser Woche zwischen Weihnachten und Neujahr, als der erste amerikanische Missionar in St. Ignatius in Mazgaon eintreffen sollte, bereiteten die Jesuiten für den Jahresbeginn 1990 eine Jubiläumsfeier vor. Die Missionsstation St. Ignatius gehörte zu den Wahrzeichen Bombays und wurde demnächst einhundertfünfundzwanzig Jahre alt. Und in all den Jahren hatte sie ihre geistlichen und weltlichen Aufgaben getreulich ohne die Unterstützung eines Amerikaners bewältigt. Die Leitung von St. Ignatius oblag einem verantwortungsvollen Dreiergespann, das fast so erfolgreich war wie die Heilige Dreifaltigkeit. Der Pater Rektor (Pater Julian, achtundsechzig Jahre alt und Engländer), der dienstälteste Priester (Pater Cecil, zweiundsiebzig und Inder) und Frater Gabriel (der um die fünfundsiebzig war und nach dem Bürgerkrieg aus Spanien geflohen war) bildeten ein angesehenes Triumvirat, das selten in Frage gestellt und nie überstimmt wurde. Alle drei waren einstimmig der Meinung, daß St. Ignatius der Menschheit und dem himmlischen Königreich auch weiterhin ohne die Unterstützung eines Amerikaners würde dienen können, aber nun war ihnen eben einer geschickt worden. Natürlich hätten sie einen Inder bevorzugt, oder wenigstens einen Europäer, aber da das Durchschnittsalter dieser drei Männer einundsiebzig Jahre und acht Monate betrug, sprach die Tatsache, daß es sich um einen für ihre Begriffe »jungen« Missionar handelte, zu seinen Gunsten. Mit seinen neununddreißig Jahren war Martin Mills kein Kind mehr. Nur Dr. Daruwalla hätte den

»jungen« Martin dafür, daß er sich noch immer in der Ausbildung zum Priester befand, als unangemessen alt empfunden. Daß der sogenannte Scholastiker fast vierzig war, bedeutete für Pater Julian, Pater Cecil und Frater Gabriel wenigstens einen gelinden Trost, obwohl alle drei davon überzeugt waren, daß das hundertfünfundzwanzigste Jubiläum der Missionsstation darunter leiden würde, daß sie zur selben Zeit den gebürtigen Kalifornier mit einer angeblichen Vorliebe für Hawaiihemden in Empfang nehmen mußten.

Diese lachhafte Eigenheit hatten sie aus dem insgesamt recht eindrucksvollen Dossier über Martin Mills erfahren, dessen Referenzen ansonsten glänzend waren. Allerdings, so hatte der Pater Rektor gemeint, müsse man bei Amerikanern zwischen den Zeilen lesen. Pater Julian wies zum Beispiel darauf hin, daß Martin Mills seine Heimat Kalifornien offensichtlich mied, obwohl dies nirgends in seinem Dossier erwähnt wurde. Er hatte anderswo in den Vereinigten Staaten studiert und danach in Boston – also so weit wie möglich von Kalifornien entfernt – eine Stelle als Lehrer angenommen. Das lasse eindeutig auf gestörte Familienverhältnisse schließen, meinte Pater Julian. Vielleicht wollte Martin Mills in Wirklichkeit seiner Mutter oder seinem Vater aus dem Weg gehen.

Neben der ungeklärten Vorliebe des jungen Martin für alles Auffallende, die, so schloß Pater Julian, die eigentliche Ursache für seine bereits erwähnte Vorliebe für Hawaiihemden war, wurden in dem Dossier die erfolgreiche apostolische Arbeit des Scholastikers erwähnt – bereits als Novize und vor allem mit jungen Leuten. St. Ignatius in Bombay war eine gute Schule, und von Martin Mills wurde erwartet, daß er ein guter Lehrer war. Die meisten Schüler waren keine Katholiken, viele waren nicht einmal Christen. »Ein verrückter, bekehrungswütiger Amerikaner – das kann bei unseren Schülern nicht gutgehen«, warnte der Pater Rektor, obwohl in dem Dossier keine Rede davon war, daß Martin Mills verrückt oder bekehrungswütig sei.

Erwähnt wurde jedoch, daß er im Rahmen seines Noviziats eine sechswöchige Wallfahrt unternommen und während dieser Zeit kein Geld ausgegeben hatte – nicht einen Penny. Er hatte immer wieder einen Platz zum Wohnen und Arbeiten gefunden und dafür humanitäre Dienste geleistet, etwa in Suppenküchen für die Obdachlosen, Krankenhäusern für behinderte Kinder, Altenheimen, Unterkünften für Aidspatienten und einer Klinik für Säuglinge, die an Alkoholembryopathie litten – sie befand sich in einem Indianerreservat.

Frater Gabriel und Pater Cecil neigten dazu, Martin Mills' Dossier in einem positiven Licht zu sehen. Pater Julian hingegen zitierte aus Thomas a Kempis' *Nachfolge Christi:* »Sei selten mit jungen Leuten und Fremden.« Der Pater Rektor hatte Martin Mills' Dossier durchgelesen, als handelte es sich um eine codierte Botschaft, die es zu entschlüsseln galt. Die Lehrtätigkeit in St. Ignatius und die übrige Arbeit in der Missionsstation waren Teil des üblichen dreijährigen Vorbereitungsdienstes auf die Priesterschaft. Auf diese Zeit, die als Magisterium bezeichnet wurde, folgten weitere drei Jahre theologischer Studien. Im Anschluß daran kam die Priesterweihe, und danach würde sich Martin Mills noch ein viertes Jahr theologischen Studien widmen.

Sein zweijähriges Noviziat als Jesuit hatte er in St. Aloysius in Massachusetts absolviert – nach Ansicht von Pater Julian wegen der bekanntlich extrem harten Winter die Entscheidung eines Extremisten. Sie deutete auf eine Neigung zur Selbstgeißelung und zu anderen Kasteiungen des Fleisches hin, außerdem auf eine Vorliebe für das Fasten, das die Jesuiten im Prinzip ablehnten und höchstens in moderater Form billigten. Wieder schien der Pater Rektor Martin Mills' Dossier nach einem versteckten Hinweis auf irgendwelche Charakterschwächen hin zu durchforsten. Frater Gabriel und Pater Cecil wiesen Pater Julian darauf hin, daß Martin sich der Ortsprovinz der Societas Jesu in Neuengland angeschlossen hatte, während er in Boston unterrichtete. Das Noviziat der Provinz befand sich in Massachusetts, weshalb es ganz normal war, daß Martin Mills als Novize nach St. Aloysius ging. Im Grunde war es überhaupt keine »Entscheidung« gewesen.

Aber warum hatte er zehn Jahre lang in einer trostlosen Gemeindeschule in Boston unterrichtet? In seinem Dossier stand zwar nicht, daß die Schule »trostlos« war, aber immerhin, daß sie nicht staatlich anerkannt war. Im Grunde war es eine Art Besserungsanstalt gewesen, in der junge Delinquenten dazu gebracht werden sollten, ihr kriminelles Verhalten aufzugeben. Soweit der Pater Rektor wußte, versuchte man dies mit den Mitteln des Theaters. Martin Mills hatte Theaterstücke inszeniert, in denen sämtliche Rollen von ehemaligen Strolchen, Halunken und Verbrechern gespielt wurden! Und in dieser Umgebung hatte er zum erstenmal seine Berufung gespürt – er hatte die Anwesenheit Christi gespürt und sich zum Priestertum hingezogen gefühlt. Aber warum hat er dafür zehn Jahre gebraucht? fragte sich Pater Julian. Nach Beendigung seines Noviziats wurde Martin Mills auf das Boston College geschickt, um Philosophie zu studieren; dieser Schritt fand Pater Julians Zustimmung. Aber dann, mitten während seines Magisteriums, hatte der junge Martin um eine dreimonatige »Prüfungszeit« in Indien nachgesucht. Bedeutet das, daß dem Scholastiker Zweifel bezüglich seiner Berufung gekommen sind? überlegte Pater Julian.

»Tja, das werden wir ja bald feststellen«, meinte Pater Cecil. »Mir scheint, daß er völlig in Ordnung ist.« Um ein Haar hätte er gesagt, daß ihm Martin Mills ganz und gar »wie Loyola« vorkäme, besann sich jedoch eines Besseren, weil er wußte, daß der Pater Rektor all jenen Jesuiten mißtraute, die sich in ihrem Verhalten zu sehr am Leben des heiligen Ignatius von Loyola orientierten, dem Gründer des Jesuitenordens, der Societas Jesu.

Im Zusammenhang mit Martin Mills kamen dem Pater Rektor sofort die *Exercitia spiritualia*, die *Geistlichen Übungen*, des heiligen Ignatius von Loyola in den Sinn. Dieses Buch enthält Regeln und Anleitungen für den geistlichen Erzieher, nicht für den Zögling; es war nie zur Veröffentlichung und erst recht nicht zum Auswendiglernen für zukünftige Priester bestimmt. Freilich ließ Martin Mills' Dossier nicht unbedingt darauf schließen, daß der Missionar die *Geistlichen Übungen* derart übertrieben befolgt hätte. Aber irgendwie hatte der Pater Rektor den Verdacht, daß Martin Mills ein extrem frommer Mensch war, auch wenn dieser Verdacht wieder einmal auf Intuition beruhte. Nach Ansicht Pater Julians waren alle Amerikaner Fanatiker und überzeugte Do-it-yourself-Anhänger. Entsprechend florierten an amerikanischen Schulen die autodidaktischen Lernmethoden oder das, was der Pater mit »Lesen auf einer einsamen Insel« umschrieb. Pater Cecil hingegen war ein gütiger Mensch, der die Auffassung vertrat, Martin Mills sollte die Gelegenheit erhalten, sich zu bewähren.

Der dienstälteste Priester tadelte den Pater Rektor wegen seines Zynismus. »Sie wissen nicht mit Sicherheit, daß unser Martin als Novize nach St. Aloysius wollte, weil er die Härte des neuenglischen Winters gesucht hat.« Pater Cecil unterstellte Pater Julian außerdem, er würde bei Martin Mills davon ausgehen, daß er nur nach St. Aloysius wollte, weil er es als eine Art Bußübung zur Kasteiung des Fleisches betrachtete. Aber da irrte sich Pater Julian. Hätte er den wahren Grund gekannt, warum Martin Mills seine Zeit als Novize in St. Aloysius hatte verbringen wollen, hätte er sich ernsthaft Sorgen gemacht, denn ausschlaggebend war einzig und allein Martins Identifikation mit dem heiligen Aloysius von Gonzaga gewesen, diesem leidenschaftlichen Italiener, der von so inbrünstiger Keuschheit war, daß er sich weigerte, seine eigene Mutter anzusehen, nachdem er seine feierlichen Gelübde abgelegt hatte.

Er war Martin Mills' Lieblingsbeispiel für die sogenannte »Bewahrung der Sinne«, die jeder Jesuit zu erreichen trachtete. Für Martin war allein schon die Vorstellung, die eigene Mutter nie mehr ansehen zu müssen, etwas Wunderbares. Immerhin war seine Mutter Veronica Rose, und wenn er sich sogar zum Abschied einen Blick auf sie versagte, würde das seiner jesuitischen Zielsetzung, nämlich seine Stimme, seinen Körper und seine Neugier im Zaum zu halten, sicher zugute kommen. Martin Mills hielt sich ganz enorm im Zaum, und sowohl seine frommen Absichten als auch die Lebenserfahrungen, die ihn noch darin bestärkt hatten, waren von sehr viel mehr fanatischem Eifer durchdrungen, als Pater Julian hätte erahnen können.

Und jetzt hatte Frater Gabriel, der fünfundsiebzig Jahre alte Ikonensammler, den Brief des Scholastikers verloren. Wenn niemand wußte, wann der neue Missionar eintreffen würde, wie konnten sie ihn dann vom Flugplatz abholen?

»Immerhin sieht es so aus«, meinte Pater Julian, »als würde unser Martin Herausforderungen mögen.«

Pater Cecil fand das recht grausam vom Pater Rektor. Daß Martin Mills um diese nachtschlafende Zeit, zu der alle Flüge aus Übersee auf dem Flughafen Sahar landeten, in Bombay ankam und dann ganz allein den Weg zur Missionsstation finden mußte, die bis zur Frühmesse zugesperrt und buchstäblich unzugänglich blieb, war bestimmt eine härtere Prüfung als jede Wallfahrt, die der Missionar bisher unternommen hatte.

»Schließlich«, sagte Pater Julian mit dem für ihn typischen Sarkasmus, »ist es dem heiligen Ignatius von Loyola auch gelungen, den Weg nach Jerusalem zu finden. Ihn hat auch niemand am Flughafen abgeholt.«

Pater Cecil fand das unfair. Und deshalb hatte er Dr. Daruwalla angerufen, um ihn zu fragen, ob er wüßte, wann Martin

Mills ankommen sollte. Aber er hatte nur den Anrufbeantworter erreicht, und Dr. Daruwalla hatte ihn nicht zurückgerufen. Und so betete Pater Cecil für Martin Mills im allgemeinen, und im besonderen betete er darum, daß die erste Begegnung des Missionars mit dieser Stadt nicht allzu traumatisch ausfallen möge.

Frater Gabriel betete ebenfalls für Martin Mills im allgemeinen. Im besonderen betete er, er möge den verlorenen Brief des Scholastikers vielleicht doch noch finden. Aber der Brief blieb verschwunden. Während sich Dr. Daruwalla das Gehirn zermarterte, um auf den Filmstar zu kommen, der der zweiten Mrs. Dogar ähnelte, und lange bevor er endlich in den Schlaf hinüberglitt, gab Frater Gabriel die Suche nach dem Brief auf, ging zu Bett und schlief auch bald ein. Während Vinod Muriel nach Hause fuhr – genauer gesagt, während er und die Schönheitstänzerin Betrachtungen über die üble Klientel des Wetness Cabaret anstellten –, beendete Pater Cecil seine Gebete und schlief ebenfalls ein. Und kurz nachdem Vinod bemerkt hatte, daß der Film *Inspector Dhar und die Türme des Schweigens* auf die schlafende Stadt losgelassen wurde, sperrte Pater Julian die Klosterpforte, das Einfahrtstor für den Schulbus und den Eingang zur St. Ignatius-Kirche zu. Wenig später schlief auch der Pater Rektor tief und fest.

Erste Anzeichen für eine Verwechslung

Ungefähr um zwei Uhr morgens – um dieselbe Zeit, zu der die Plakatkleber in ganz Bombay die Werbeplakate für den neuen Inspector-Dhar-Film anschlugen und Vinod gemächlich an den Bordellen von Kamathipura vorbeifuhr – landete das Flugzeug mit Dhars Zwillingsbruder an Bord wohlbehalten in Sahar. Dhar schlief in diesem Augenblick auf Dr. Daruwallas Balkon.

Doch der Zollbeamte, dessen Blick zwischen der angestrengten Miene des frischgebackenen Missionars und dessen absolut nichtssagendem Paßfoto hin und her wanderte, war überzeugt, daß er Inspector Dhar Aug in Auge gegenüberstand. Das Hawaiihemd war eine gelinde Überraschung, weil sich der Zollbeamte nicht vorstellen konnte, warum Dhar versuchen sollte, sich als Tourist zu tarnen. Auch daß er sich den für ihn typischen Schnauzbart abrasiert hatte, trug wenig zu einer erfolgreichen Verkleidung bei, denn sein unnachahmliches Hohnlächeln wurde durch die glatte Oberlippe eher noch betont.

Er hatte einen amerikanischen Paß – schlau! dachte der Zollbeamte –, in dem jedoch vermerkt war, daß dieser sogenannte Martin Mills in Bombay geboren war. Der Zollbeamte deutete auf diese Angabe im Paß und zwinkerte dem vermeintlichen Inspector Dhar zu, um anzudeuten, daß er sich nichts vormachen ließ.

Martin Mills war todmüde. Es war ein langer Flug gewesen, auf dem er eifrig Hindi gelernt und sich ansonsten über die besonderen »Verhaltensweisen der einheimischen Bevölkerung« informiert hatte. Er wußte zum Beispiel genau, wie man grüßte, aber über die Bedeutung des Zwinkerns hatte ihm seine Lektüre keinerlei Aufschluß gegeben. Und der Zollbeamte hatte ihm eindeutig zugezwinkert und ihn nicht mit der hier üblichen Geste und Verbeugung begrüßt. Natürlich wollte der Missionar nicht unhöflich sein. Deshalb zwinkerte er zurück und grüßte auch noch mit einer kleinen Verbeugung – nur um sicherzugehen.

Der Zollbeamte war sehr mit sich zufrieden. Er hatte das Zwinkern vor kurzem in einem Charles-Bronson-Film gesehen, war aber nicht sicher, ob Inspector Dhar das als cool empfinden würde; auf Dhar wollte der Zollbeamte vor allem cool wirken. Im Gegensatz zu den meisten Einwohnern Bombays und sämtlichen Polizisten liebte dieser Zollbeamte die Inspector-Dhar-Filme über alles. Bisher waren noch keine Zollbeamten darin vorgekommen und folglich auch nicht gekränkt worden. Und da der Mann vor seiner Tätigkeit als Zollbeamter von der Polizei abgelehnt worden war, fand er die ständigen Spötteleien über die Polizei – und den dort üblichen großzügigen Umgang mit Bestechungsgeldern, der in jedem Inspector-Dhar-Film vorkam – ganz nach seinem Geschmack.

Trotzdem war es höchst vorschriftswidrig, daß jemand unter falschem Namen einreiste, und der Zollbeamte legte Wert darauf, Dhar klarzumachen, daß er seine Tarnung durchschaute, gleichzeitig aber nichts unternehmen würde, was dem vor ihm stehenden Wunderknaben Unannehmlichkeiten bereiten würde. Abgesehen davon sah Dhar ziemlich elend aus. Sein Gesicht war blaß, seine Haut bleich und fleckig, und offenbar hatte er ziemlich abgenommen.

»Sind Sie zum erstenmal seit Ihrer Geburt in Bombay?« fragte der Zollbeamte Martin Mills. Er zwinkerte wieder und lächelte.

Martin Mills lächelte und zwinkerte zurück. »Ja«, sagte er. »Aber ich werde mindestens drei Monate bleiben.«

Das war in den Augen des Zollbeamten natürlich absurd, aber er blieb weiterhin ganz cool. Er sah, daß das Visum des Missionars den Vermerk »befristet« trug, bei Bedarf jedoch um drei Monate verlängert werden konnte. Die Überprüfung des Visums gab Anlaß zu weiterem Gezwinker. Von dem Zollbeamten wurde außerdem erwartet, daß er das Gepäck des Missionars inspizierte. Für seinen dreimonatigen Besuch hatte der Scholastiker nur einen einzigen, wenn auch sehr großen und schweren Koffer mitgebracht, und dieses wenig einnehmende Gepäckstück enthielt einige Überraschungen: schwarze Hemden mit weißen, abknöpfbaren Kragen – denn obwohl Martin Mills noch nicht zum Priester geweiht war, war es ihm gestattet, diese Priestertracht zu tragen –, dann einen zerknitterten schwarzen Anzug und etwa ein halbes Dutzend Hawaiihemden, und schließlich kamen die *culpa*-Perlen und eine dreißig Zentimeter lange Peitsche mit geflochtenen Schnüren zum Vorschein, ganz zu schweigen von einem Beineisen, das für den Oberschenkel gedacht war, mit nach innen gerichteten Metalldornen. Aber der Zollbeamte blieb ruhig; er lächelte und zwinkerte weiter, obwohl er über diese Folterwerkzeuge entsetzt war.

Pater Julian wäre beim Anblick derart antiquierter Kasteiungsgeräte ebenfalls entsetzt gewesen. Solche Instrumente gehörten eindeutig der Vergangenheit an – selbst Pater Cecil wäre entsetzt gewesen, vielleicht auch belustigt. Peitschen und Beineisen waren nie ein wesentlicher Bestandteil des jesuitischen »Weges zur Vollkommenheit« gewesen. Selbst die *culpa*-Perlen waren ein Hinweis darauf, daß Martin Mills vielleicht doch nicht dazu berufen war, Jesuit zu werden.

Was den Zollbeamten betraf, so trugen die Bücher des Scholastikers weiter zur Glaubwürdigkeit von Inspector Dhars »Verkleidung« bei, denn als solche faßte er den Kofferinhalt auf – als die wohldurchdachten Requisiten eines Schauspielers. Ohne Zweifel bereitete sich Dhar auf eine neue, anspruchsvolle Rolle vor. Ob er diesmal einen Priester spielte? fragte sich der Zollbeamte. Er sah sich die Bücher an, wobei er die ganze Zeit wohlwollend zwinkerte und lächelte, während der verwirrte Missionar ständig zurückzwinkerte und -lächelte. Da gab es den *Katholischen Almanach* in der Ausgabe von 1988 und zahlreiche sogenannte *Studien zur Spiritualität der Jesuiten;* es gab einen *Katholischen Taschenkatechismus* und ein *Kompaktes Bibellexikon*, eine Bibel, ein Lektionar und ein schmales Büchlein mit dem Titel *Sadhana: Ein Weg zu Gott* von Anthony de Mello, S. J., außerdem die *Lebenserinnerungen* des heiligen Ignatius von Loyola, ein Exemplar der *Geistlichen Übungen* und noch eine Menge anderer Bücher. Alles in allem enthielt der Koffer mehr Bücher als Hawaiihemden und Priesterkragen zusammen.

»Und wo werden Sie wohnen, in den drei Monaten?« fragte

der Zollbeamte Martin Mills, dessen linkes Auge vom vielen Zwinkern allmählich müde wurde.

»In St. Ignatius in Mazgaon«, antwortete der Jesuit.

»Aber ja, natürlich!« sagte der Zollbeamte. »Ich bin ein grosser Bewunderer Ihrer Arbeit!« flüsterte er. Dann gab er dem erstaunten Jesuiten noch ein Zwinkern mit auf den Weg.

Ein christlicher Bruder, wo man ihn am wenigsten erwartet! dachte der neue Missionar.

Dieses viele Gezwinker sollte den armen Martin Mills schlecht darauf vorbereiten, daß die »einheimische Bevölkerung« Bombays das Zwinkern in den meisten Fällen als ausgesprochen aggressiv, anzüglich und unhöflich empfand. Aber auf diese Weise gelangte der Scholastiker durch den Zoll und in die nach Fäkalien stinkende Nachtluft – wobei er die ganze Zeit darauf hoffte, von einem seiner Mitbrüder freundlich begrüßt zu werden.

Wo blieben sie bloß? fragte sich der neue Missionar. Waren sie im Verkehr steckengeblieben? Draußen vor dem Flughafen herrschte ein wildes Durcheinander, aber gleichzeitig gab es wenig Verkehr. Eine Menge Taxis standen herum, alle am Rande einer undurchdringlichen Dunkelheit, so daß es Martin Mills vorkam, als wäre der Flugplatz nicht riesig und geschäftig (wie er anfangs gedacht hatte), sondern ein einsamer, anfälliger Vorposten in einer unendlichen Wüste, in der Feuer unbemerkt erloschen und Menschen sich unbemerkt hinhockten und sich entleerten, ohne Unterlaß, die ganze Nacht.

Dann fielen die Taxifahrer wie Fliegen über ihn her. Sie zupften an seiner Kleidung, zerrten an seinem Koffer, den er, obwohl er außerordentlich schwer war, nicht loslassen wollte.

»Nein danke, ich werde abgeholt«, sagte er. Er stellte fest, daß ihn sein Hindi im Stich ließ – auch gut, er konnte die Sprache ohnehin nur sehr schlecht. Der erschöpfte Missionar hatte den Verdacht, unter jener Paranoia zu leiden, die bei Leuten, die zum erstenmal in den Osten reisen, gang und gäbe ist, da es ihm zunehmend angst machte, wie die Taxifahrer ihn ansahen. Einige waren von tiefer Ehrfurcht ergriffen, andere sahen aus, als wollten sie ihn umbringen. Sie hielten ihn für Inspector Dhar, und obwohl sie zu ihm hinhuschten wie Fliegen und von ihm wegschossen wie Fliegen, wirkten sie – für Fliegen – eindeutig zu gefährlich.

Nach einer Stunde stand Martin Mills noch immer da und wehrte neu hinzukommende Fliegen ab. Die alten Fliegen verweilten in einiger Entfernung, ohne ihn aus den Augen zu lassen, aber auch ohne sich ihm erneut zu nähern. Der Missionar war so müde, daß er das Gefühl hatte, die Taxifahrer gehörten zur Familie der Hyänen und würden nur darauf warten, bis seine Lebensgeister sichtbar erlahmten, um dann in Rudeln über ihn herzufallen. Ein Gebet kam ihm auf die Lippen, aber er war zu erschöpft, um es auszusprechen. Da man ihn über das hohe Alter der anderen Missionare informiert hatte, überlegte er, daß sie vielleicht schon zu alt waren, um ihn vom Flugplatz abzuholen. Er wußte auch, daß die Jubiläumsfeierlichkeiten unmittelbar bevorstanden; sicher war die angemessene Anerkennung für einhundertfünfundzwanzig Jahre Dienst an Gott und der Menschheit wichtiger, als einen Neuankömmling vom Flugplatz abzuholen. Das war Martin Mills auf den Punkt gebracht: Er übte derart massive Selbsterniedrigung, daß es schon an Eitelkeit grenzte.

Er wechselte den Koffer von einer Hand in die andere. Er wollte ihn auf keinen Fall auf dem Gehsteig abstellen, zum einen weil dieses Anzeichen von Schwäche die herumstehenden Taxifahrer veranlassen würde, sich ihm zu nähern, zum anderen weil das Gewicht des Koffers eine gleichmäßige, willkommene Kasteiung seines Fleisches darstellte. Martin Mills entdeckte einen gewissen Konzentrationspunkt, einen befriedigenden Sinn, in der genauen Beschreibung dieses Schmerzes. Es war weder ein so exquisiter, noch ein so unausgesetzter Schmerz wie der, den das

Beineisen verursachte, wenn man es richtig fest um den Oberschenkel legte; es war kein so plötzlicher oder atemraubender Schmerz wie die Peitsche auf dem nackten Rücken. Und doch war ihm der Schmerz, den ihm der Koffer bereitete, herzlich willkommen. Der Koffer selbst erinnerte Martin Mills an die Pflicht, sich unablässig weiterzuentwickeln, an die Aufgabe, Gottes Willen zu ergründen, und an die Kraft seiner Selbstverleugnung. Denn eingeprägt in das alte Leder war das lateinische Wort *Nostris* (»Den Unsrigen«) – womit »Uns Jesuiten« gemeint war, wie die Angehörigen der Gesellschaft Jesu sich selbst bezeichneten.

Der Koffer rief Martin sein zweijähriges Noviziat in St. Aloysius ins Gedächtnis. In seinem Zimmer hatte es nur einen Tisch, einen Stuhl mit gerader Lehne, ein Bett und einen fünf Zentimeter hohen, hölzernen Betschemel gegeben. Während seine Lippen das Wort *Nostris* formten, dachte er an das Glöckchen zurück, das die *flagellatio*, die Stunde der Geißelung, anzeigte, und erinnerte sich an die dreißig Tage seiner ersten in Schweigen verbrachten Exerzitien. Er schöpfte noch immer Kraft aus diesen zwei Jahren: beten, rasieren, arbeiten, schweigen, studieren, beten. Bei ihm war das kein Anfall von Frömmigkeit, sondern die ordnungsgemäße Unterwerfung unter feste Regeln: ewige Armut, Keuschheit, Gehorsam. Gehorsam gegenüber einem höherstehenden Ordensmann, das ja; aber wichtiger noch war der Gehorsam gegenüber einem Leben in der Gemeinschaft. Diese Regeln gaben ihm das Gefühl, frei zu sein. Doch was den Gehorsam betraf, verfolgte ihn der Gedanke, daß sein ehemaliger Vorgesetzter einmal kritisch angemerkt hatte, Martin Mills würde sich wohl eher für einen Mönchsorden eignen – einen strengeren Orden wie etwa die Karthäuser. Die Aufgabe der Jesuiten ist es, in die Welt hinauszugehen. Auch wenn sie unserem Verständnis zufolge nicht »weltlich« sind, sind sie doch keine Mönche.

»Ich bin kein Mönch«, sagte Martin Mills laut. Die umstehenden Taxifahrer verstanden dies als Aufforderung; wieder drängten sie sich um ihn.

»Vermeide Weltlichkeit«, warnte Martin sich selbst. Er lächelte die durcheinanderlaufenden Taxifahrer nachsichtig an. Über seinem Bett in St. Aloysius hatte eine Ermahnung in lateinischer Sprache gestanden, die indirekt besagte, daß sich jeder selbst um seine Angelegenheiten kümmern solle – *etiam si sacerdotes sint* (»auch wenn sie Priester sind«). Deshalb beschloß Martin Mills, auf eigene Faust nach Bombay zu fahren.

Der falsche Taxifahrer

Von den Taxifahrern sah nur einer kräftig genug aus, um den Koffer zu tragen. Es war ein großer Mann mit Bart, dunkelbraunem Gesicht und einem auffallend scharf geschnittenen Profil.

»St. Ignatius, Mazgaon«, sagte Martin zu diesem Taxifahrer, den er für einen Studenten mit einem aufreibenden Nachtjob hielt – einen bewundernswerten jungen Mann, der sich auf diese Weise wahrscheinlich das Geld für seine Ausbildung verdiente.

Mit grimmigem Blick nahm der junge Mann den Koffer und schleuderte ihn in sein wartendes Taxi. Sämtliche Taxifahrer hatten auf den Ambassador mit dem schlägernden Zwerg am Steuer gewartet, denn keiner von ihnen hatte wirklich geglaubt, daß sich Inspector Dhar herablassen würde, ein anderes Taxi zu nehmen. In den Inspector-Dhar-Filmen kamen viele Taxifahrer vor, und alle wurden als rücksichtslos und verrückt hingestellt.

Dieser Taxifahrer nun, der den Koffer des Missionars eingeladen hatte und jetzt zusah, wie Martin Mills auf den Rücksitz rutschte, war ein zu Gewalt neigender junger Mann namens Bahadur. Man hatte ihn gerade aus der Hotelfachschule hinausgeworfen, weil er bei einer Prüfung im Fach Restaurant-Service geschummelt hatte – er hatte die Antwort auf eine ziemlich einfache Frage abgeschrieben. (»Bahadur« bedeutet übrigens »tapfer«.) Er war gerade erst von Bombay zum Flughafen gefahren und hatte die neuen Plakate gesehen, die Inspector Dhar und die Türme des Schweigens ankündigten und die sein Loyalitätsgefühl zutiefst beleidigten. Obwohl das Taxifahren nicht Bahadurs bevorzugte Tätigkeit war, war er seinem derzeitigen Arbeitgeber, Mr. Mirza, doch dankbar. Mr. Mirza war Parse. Er würde Inspector Dhar und die Türme des Schweigens zweifellos als zutiefst beleidigend empfinden. Für Bahadur war es Ehrensache, sich stellvertretend für seinen Chef gekränkt zu fühlen.

Kein Wunder, daß Bahadur alle früheren Dhar-Filme abscheulich fand. Er hatte gehofft, Inspector Dhar würde vor dem Kinostart dieser neuerlichen Kränkung von beleidigten *hijras* oder beleidigten weiblichen Prostituierten ermordet werden. Grundsätzlich gefiel Bahadur die Vorstellung, daß berühmte Leute umgebracht wurden, weil er die Tatsache, daß nur sehr wenige Menschen berühmt waren, als Beleidigung für die Masse der unbekannten Leute empfand. Zudem fand er das Taxifahren unter seiner Würde. Er tat es nur, um einem reichen Onkel zu beweisen, daß er in der Lage war, »sich unters Volk zu mischen«. Bahadur rechnete damit, daß dieser Onkel ihn bald auf eine andere Schule schicken würde. Die derzeitige Übergangssituation war bedauerlich, aber er hätte es schlechter treffen können, als für Mr. Mirza zu arbeiten, der, genau wie Vinod, ein privates Taxiunternehmen hatte. Unterdessen bemühte sich Bahadur in seiner Freizeit, seine Englischkenntnisse zu verbessern, indem er sich möglichst viele ordinäre und gemeine Ausdrücke anzueignen versuchte. Sollte Bahadur je einer berühmten Persönlichkeit begegnen, legte er Wert darauf, daß ihm solche Ausdrücke flüssig von den Lippen gingen.

Bahadur wußte, daß das, was über Prominente so berichtet wurde, von A bis Z übertrieben war. Er hatte Geschichten gehört, was für ein harter Bursche Inspector Dhar angeblich sei und daß er

Gewichte stemme! Ein Blick auf die mageren Arme des Missionars bewies, daß das wieder eine typische Lüge war. Ein Reklametrick! dachte Bahadur. Er fuhr gern an den Filmstudios vorbei, weil er hoffte, die eine oder andere Schauspielerin chauffieren zu dürfen. Aber niemand von Bedeutung stieg je in sein Taxi ein, und bei Asha Pictures – und beim Rajkamal Studio, beim Famous Studio und beim Central Studio – hatte ihn die Polizei wegen Herumlungerns verwarnt. Scheiß auf diese Filmleute! dachte Bahadur.

»Ich nehme an, Sie wissen, wo St. Ignatius liegt«, sagte Martin Mills nervös, sobald sie losgefahren waren. »Das ist die Missionsstation der Jesuiten, mit einer Kirche und einer Schule«, fügte er hinzu, während er in den funkelnden Augen des Taxifahrers nach einem Zeichen der Bestätigung forschte. Als Martin sah, daß ihn der junge Mann im Rückspiegel beobachtete, machte er eine freundliche Geste – oder zumindest das, was er dafür hielt: Er zwinkerte.

Jetzt reicht's aber! dachte Bahadur. Egal ob das Zwinkern herablassend gemeint war oder ob es sich um die lüsterne Aufforderung eines Homosexuellen handelte – Bahadurs Entschluß stand fest. Diesmal sollte Inspector Dhar nicht damit durchkommen, daß er das Leben in Bombay als gewaltsame Farce hinstellte. Mitten in der Nacht wollte Dhar nach St. Ignatius fahren! Was wollte er dort? Beten vielleicht?

Abgesehen von allem anderen, was an Inspector Dhar falsch war, war der Mann offensichtlich auch noch ein falscher Hindu. In Wirklichkeit war Inspector Dhar ein verfluchter Christ!

»Sie sind doch angeblich Hindu«, sagte Bahadur zu dem Jesuiten.

Martin Mills war entzückt. Seine erste Begegnung religiöser Art im missionarischen Königreich – sein erster Hindu! Er wußte, daß das hier die Religion der Mehrheit war.

»Nun ja... nun ja«, sagte Martin fröhlich. »Menschen aller Glaubensrichtungen müssen Brüder sein.«

»Scheiß auf Ihren Jesus und scheiß auf Sie«, sagte Bahadur gleichgültig.

»Nun ja… nun ja«, sagte Martin. Wahrscheinlich gibt es einen richtigen Zeitpunkt zum Zwinkern und einen falschen, dachte der frischgebackene Missionar.

Bekehrungsversuche bei den Prostituierten

Das Taxi schlingerte durch die schwelende, stinkende Dunkelheit, aber Dunkelheit hatte Martin Mills noch nie angst gemacht. Bei Menschenaufläufen bekam er manchmal Angst, aber die Schwärze der Nacht empfand er nicht als bedrohlich. Und er fürchtete sich auch nicht vor Gewalt. Er sann über den unerfüllten Traum des Mittelalters nach, Jerusalem für Christus zurückzugewinnen. Er dachte darüber nach, daß die Pilgerfahrt des heiligen Ignatius von Loyola nach Jerusalem voll endloser Gefahren und Mißgeschicke gewesen war. Loyolas Versuch, das Heilige Land zu erobern, war fehlgeschlagen, weil er zurückgeschickt wurde; doch sein sehnsüchtiger Wunsch, unerlöste Seelen zu retten, blieb bestehen. Es war stets Loyolas Ziel gewesen, sich dem Willen Gottes zu fügen. So war es kein Zufall, daß er zu diesem Behufe seine *Geistlichen Übungen* mit einer lebhaften Darstellung der Hölle und all ihrer Schrecken begann. Um sowohl die Feuer der Hölle als auch eine Vereinigung mit Gott in mystischer Verzückung zu erblicken, brauchte man nur den *Geistlichen Übungen* zu folgen und das »Auge der Einbildungskraft« anzurufen; der Missionar zweifelte nicht daran, daß das das klarsichtigste Auge überhaupt war.

»Arbeit und Wille«, sagte Martin Mills laut. Das war sein Credo.

»Ich habe gesagt, scheiß auf Ihren Jesus und scheiß auf Sie!« wiederholte der Taxifahrer.

»Gott segne Sie«, sagte Martin. »Sogar Sie, denn was immer Sie mir antun, es ist Gottes Wille... auch wenn Sie nicht wissen, was Sie tun.«

Martin mußte an Ignatius von Loyolas bemerkenswerte Begegnung mit dem Araber auf dem Esel denken, für die er tiefe Bewunderung empfand, und an das Gespräch der beiden über die Jungfrau Maria. Der Araber hatte gesagt, er könne zwar glauben, daß Unsere Liebe Frau ohne einen Mann empfangen habe, aber er könne nicht glauben, daß sie auch noch Jungfrau war, nachdem sie geboren hatte. Nachdem der Araber weitergeritten war, dachte der junge Loyola, er sollte dem Muslim eigentlich nacheilen und ihn töten, da er sich verpflichtet fühlte, die Ehre der Mutter Gottes zu verteidigen. Die verleumderische Äußerung über den postnatalen Vaginazustand der Jungfrau war ungeheuerlich und durfte nicht einfach so hingenommen werden. Wie immer suchte Loyola Gottes Willen in dieser Sache zu ergründen. An der Weggabelung ließ er die Zügel seines Mulis locker; wenn das Tier dem Araber folgte, würde Loyola den Ungläubigen umbringen. Aber das Muli entschied sich für den anderen Weg.

»Und scheiß auf Ihren St. Ignatius!« schrie der Taxifahrer.

»St. Ignatius, ja, da würde ich gerne hinfahren«, antwortete Martin gelassen. »Aber fahren Sie mich, wohin Sie wollen.« Wo immer sie hinfuhren, es würde Gottes Wille sein, glaubte der Missionar. Er selbst war nur der Fahrgast.

Er dachte an das bekannte Buch des verstorbenen Pater de Mello, die *Christlichen Übungen in östlicher Form;* viele dieser Übungen hatten ihm in der Vergangenheit geholfen. Zum Beispiel gab es da eine zur »Heilung schmerzlicher Erinnerungen«. Sooft Martin Mills von der Schande gequält wurde, die ihm seine Eltern gemacht hatten, oder von seiner scheinbaren Unfähigkeit, seine Eltern zu lieben, sie zu ehren und ihnen zu vergeben, befolgte er Pater de Mellos Übung buchstabengetreu: »Denke an ein unangenehmes Ereignis zurück.« Sich solche Ereignisse ins Gedächtnis zu rufen fiel Martin nie schwer, mühsam war jedesmal nur die Entscheidung, welche schreckliche Situation er Revue passieren lassen sollte. »Jetzt stelle dich vor Christus den Gekreuzigten« – das verfehlte seine Wirkung nie. Selbst Veronica Roses schlimme Taten verblaßten vor solcher Todesqual; selbst Danny Mills' Selbstzerstörung schien im Vergleich dazu belanglos. »Pendle zwischen dem unangenehmen Ereignis und der Szene mit Jesus am Kreuz hin und her.« Jahrelang hatte Martin Mills dieses Pendeln geübt. Pater de Mello, in Bombay geboren und bis zu seinem Tod Direktor des Sadhana-Instituts für pastorale Beratung (in der Nähe von Poona), war für ihn ein Held. Er hatte in Martin Mills den Wunsch entfacht, nach Indien zu fahren.

Jetzt, als die alles einhüllende Dunkelheit allmählich den Lichtern von Bombay wich, tauchten die Körper der obdachlosen Schläfer auf den Gehsteigen als kleine Hügel auf. Das Mondlicht glitzerte auf der Mahim Bay. Martin konnte zwar keine Pferde riechen, als das Taxi an der Rennbahn von Mahalaxmi vorbeischoß, aber er sah die dunkle Silhouette der Grabmoschee des muslimischen Heiligen Haji Ali. Ihre schlanken Minarette hoben sich deutlich gegen das Arabische Meer ab, das wie Fischschuppen glitzerte. Dann schwenkte das Taxi vom monderleuchteten Wasser weg, und der Missionar sah die schlafende Stadt zum Leben erwachen – sofern man das unaufhörliche sexuelle Treiben in Kamathipura zu Recht als Leben bezeichnen durfte. Ein solches Leben hatte Martin Mills noch nie erlebt – er hätte es sich auch nicht vorstellen können –, und er betete, daß das kurz erspähte muslimische Mausoleum nicht das letzte heilige Bauwerk sein möge, das er in der ihm zugedachten Zeit auf dieser vergänglichen Erde erblicken sollte.

Er sah Menschen aus den Bordellen auf die kleinen Gassen hinausströmen, sah die sexberauschten Gesichter der Männer, die das Wetness Cabaret ausgespuckt hatte. Die letzte Show war zu Ende, und die Männer, die noch auf keinen Fall nach Hause gehen wollten, trieben sich herum. Gerade als Martin Mills dachte, ihm sei hier größeres Übel begegnet als dem heiligen Ignatius von Loyola in den Straßen Roms, bahnte sich der Taxifahrer den Weg in eine noch finsterere Hölle. Plötzlich erblickte Martin die Prostituierten in den Menschenkäfigen an der Falkland Road.

»Die Käfigmädchen werden begeistert sein, Sie zu sehen!« schrie Bahadur, der sich zu Inspector Dhars Peiniger ausersehen fühlte.

Martin Mills mußte daran denken, daß Loyola bei den reichen Leuten Geld erbettelt und damit einen Zufluchtsort für gefallene Frauen geschaffen hatte. In Rom hatte der Heilige verkündet, er würde sein Leben hingeben, wenn er damit die Sünden, die eine einzige Prostituierte in einer einzigen Nacht begeht, verhindern könnte.

»Danke, daß Sie mich hierhergebracht haben«, sagte der Missionar zu dem Taxifahrer, als dieser mit quietschenden Reifen vor den Käfigen der Eunuchen-Transvestiten anhielt, die einen unwiderstehlichen Anblick boten. Bahadur nahm an, daß die *hijra*-Prostituierten bei weitem die größte Wut auf Inspector Dhar hatten. Doch zu seiner Überraschung machte Martin Mills fröhlich die hintere Autotür auf und trat mit sichtlich gespannter Erwartung auf die Falkland Road hinaus. Er wuchtete seinen schweren Koffer aus dem Kofferraum, und als ihm der Taxifahrer das Fahrgeld vor die Füße schleuderte und darauf spuckte – die Fahrt vom Flughafen war im voraus bezahlt worden –, hob Martin das feuchte Geld wieder auf und gab es Bahadur zurück.

»Nein, nein, Sie haben Ihre Pflicht getan. Ich bin, wo ich sein sollte«, sagte der Missionar. Langsam bildete sich ein Kreis aus Taschendieben und Straßenmädchen mit ihren Zuhältern um den Scholastiker, aber Bahadur schob die herandrängende Menge beiseite, weil er sichergehen wollte, daß die *hijras* ihren Feind sahen.

»Dhar! Inspector Dhar! Dhar! Dhar!« schrie der Taxifahrer. Das war jedoch völlig unnötig, weil der Name Dhar den Rufen des Taxifahrers aus der Falkland Road längst vorausgeeilt war. Martin Mills ging ganz unbeschwert durch die Menge. Er wollte sich an diese entwürdigten Frauen in ihren Käfigen wenden. (Es wäre ihm natürlich nie in den Sinn gekommen, daß das gar keine richtigen Frauen waren.)

»Bitte, ich will mit euch reden«, sagte der Missionar zu einem Transvestiten in seinem Käfig. Die meisten *hijras* waren zunächst zu verblüfft, um sich auf den verhaßten Schauspieler zu stürzen. »Ihr wißt doch sicher über die Krankheiten Bescheid, die es heutzutage gibt, und daß ihr euch dem sicheren Tod aussetzt! Aber ich sage euch, wenn ihr gerettet werden wollt, braucht ihr es nur wirklich zu wollen.«

Zwei Taschendiebe und mehrere Zuhälter prügelten sich um das Geld, das Martin dem Taxifahrer zurückzugeben versucht hatte. Bahadur war bereits mit Schlägen in die Knie gezwungen worden, und mehrere Straßenmädchen traten auf ihn ein. Aber Martin Mills bemerkte gar nicht, was hinter ihm vorging. Er stand den vermeintlichen Frauen in ihren Käfigen gegenüber, und nur an sie richtete er das Wort. »St. Ignatius«, sagte er. »In Mazgaon. Das kennen Sie doch sicher. Ich bin immer dort zu finden. Sie brauchen nur hinzukommen.«

Ein reizvoller Gedanke, sich vorzustellen, wie Pater Julian und Pater Cecil auf diese großzügige Einladung reagiert hätten, denn gewiß würden die Feierlichkeiten zum 125jährigen Jubiläum der Missionsstation durch die zusätzliche Anwesenheit mehrerer Eunuchen-Transvestiten-Prostituierten auf der Suche nach Erlösung ungleich abwechslungsreicher verlaufen. Leider waren der Pater Rektor und der dienstälteste Priester nicht zur Stelle, um Martin Mills' außerordentlichen Vorschlag mit eigenen Ohren zu hören. Bildete sich Martin etwa ein, die Schulkinder würden, falls die Prostituierten während der Schulzeit in St. Ignatius eintrafen, von der sichtbaren Bekehrung dieser gefallenen »Frauen« profitieren?

»Wenn Sie auch nur die leiseste Reue empfinden, müssen Sie dies als ein Zeichen nehmen, daß Sie gerettet werden können«, erklärte ihnen der Scholastiker.

Der erste Schlag kam nicht von einem *hijra,* sondern von einem Straßenmädchen, das sich wahrscheinlich übergangen fühlte. Sie versetzte Martin einen Hieb ins Kreuz, so daß er taumelte und auf die Knie fiel; dann rissen ihm die Zuhälter und Taschendiebe den Koffer aus den Händen –, und da erst griffen die *hijras* ein. Schließlich hatte Dhar mit ihnen geredet, und sie wollten nicht, daß andere unbefugt in ihr Territorium eindrangen oder sich an ihrer Stelle rächten – schon gar nicht dieser gewöhnliche Straßenpöbel. Die Transvestiten-Prostituierten prügelten die Straßenmädchen und ihre Zuhälter mit Leichtigkeit weg, und nicht einmal den Taschendieben gelang es, mit dem schweren Koffer zu entkommen, den die *hijras* schließlich ganz allein aufmachten.

Sie rührten weder den zerknitterten schwarzen Anzug noch die schwarzen Hemden und die Priesterkragen an – die waren nicht nach ihrem Geschmack –, aber die Hawaiihemden gefielen ihnen, und sie nahmen sie rasch an sich. Dann zog einer von ihnen Martin Mills das Hemd aus, behutsam, um es nicht zu zerreißen, und als der Missionar bis zur Taille nackt dastand, entdeckte ein *hijra* die Peitsche mit den geflochtenen Riemen, die zu reizvoll war, um ignoriert zu werden. Beim ersten brennenden Hieb lag Martin auf dem Bauch; dann rollte er sich zu einer Kugel zusammen. Sein Gesicht bedeckte er nicht, weil es ihm zu wichtig war, die Hände zum Gebet gefaltet zu lassen. Auf diese Weise verlieh er der extremen Überzeugung Ausdruck, daß selbst solche Schläge *ad majorem Dei gloriam* (»zum höheren Ruhme Gottes«) erfolgten.

Die Transvestiten-Prostituierten zeigten Achtung vor dem gesammelten Bildungsgut, das sich im Koffer befand; trotz ihrer Aufregung, daß auch ja jeder einmal mit der Peitsche drankam, zerrissen oder zerknitterten sie nicht eine einzige Buchseite. Den Zweck des Beineisens jedoch interpretierten sie falsch, desgleichen den der *culpa*-Perlen; ein *hijra* versuchte, die Perlen zu essen, bevor er sie wegwarf. Bei dem Beineisen wußten die *hijras* nicht, daß es für den Oberschenkel gedacht war – oder vielleicht hielten sie es einfach für passender, es Inspector Dhar um den Hals zu legen, was sie auch taten. Es saß nicht allzu eng, aber da die *hijras* in ihrer Ungeduld ihrem Opfer das Eisen über den Kopf schoben, zerkratzten die Drahtstacheln das Gesicht des Missionars; und jetzt bohrten sie sich in seinen Hals und hinterließen eine Menge kleiner Schnitte, so daß Martins Oberkörper blutgestreift war.

Er machte den lahmen Versuch aufzustehen. Den Blick auf die Peitsche gerichtet, versuchte er es immer wieder. Die Transvestiten wichen vor ihm zurück, weil er sich nicht so verhielt, wie sie erwartet hatten. Er setzte sich weder zur Wehr, noch bettelte er um sein Leben. »Es geht mir nur um euch und um alles, was euch widerfährt!« rief ihnen Martin Mills zu. »Obwohl ihr mich schmäht und ich ein Nichts bin, möchte ich nur, daß ihr euch selbst rettet. Ich kann euch zeigen, wie das geht, aber nur, wenn ihr es mir erlaubt.«

Die *hijras* reichten die Peitsche weiter, aber ihre Begeisterung ließ sichtlich nach. Sobald einer das Ding in der Hand hielt, gab er es rasch weiter, ohne zuzuschlagen. Rot angeschwollene Striemen bedeckten Martins entblößten Körper – besonders erschreckend sahen sie im Gesicht aus –, und das Blut infolge des falsch angebrachten Beineisens rann ihm in Streifen über Brust und Rücken. Trotzdem schützte er nicht sich selbst, sondern seine Bücher! Er klappte den Koffer mit den Schätzen seiner Gelehrsamkeit behutsam zu und flehte die Prostituierten noch immer an, sich ihm anzuschließen.

»Bringt mich nach Mazgaon«, sagte er zu ihnen. »Bringt mich nach St. Ignatius, und ihr werdet dort ebenfalls willkommen sein.« Für die wenigen, die verstanden, was er sagte, war die Vorstellung zu lachhaft. Zu ihrer Überraschung war der Mann, den sie vor sich hatten, zwar ein körperlicher Schwächling, aber sein Mut schien unüberwindlich. Mit dieser Sorte Zähigkeit hatten sie nicht gerechnet. Plötzlich wollte ihm keiner mehr weh tun. Sie haßten ihn, und trotzdem fühlten sie sich beschämt.

Doch die Straßenmädchen, ihre Zuhälter und die Taschendiebe hätten kurzen Prozeß mit ihm gemacht, sobald die *hijras* von ihm abließen, wäre nicht genau in dem Augenblick wieder einmal der allseits bekannte, schmutzigweiße Ambassador vorbeigefahren, der schon die ganze Nacht zwischen Kamathipura und der Grant und der Falkland Road hin und her pendelte. Hinter dem Fenster auf der Fahrerseite, die Szene nüchtern betrachtend, saß der Fahrer, Dhars schlägernder Zwerg.

Man kann sich Vinods Überraschung vorstellen, als er seinen berühmten Kunden erblickte, zur Hälfte entkleidet und blutüberströmt. Die elenden Schurken hatten Inspector Dhar sogar den Schnurrbart abrasiert! Zu dem offensichtlichen Schmerz hatte der geliebte Schauspieler auch noch diese Demütigung erdulden müssen. Und was für ein abscheuliches Folterinstrument hatten ihm diese dreckigen Huren da um den Hals gelegt? Es sah aus wie ein Hundehalsband, nur daß sich die Stacheln innen befanden. Außerdem war der arme Dhar bleich und knochig wie ein Kadaver. Vinod kam es vor, als hätte sein prominenter Klient zwanzig Pfund abgenommen!

Ein Zuhälter mit einem großen Messingring voller Schlüssel kratzte mit einem Schlüssel über die Fahrertür des Ambassadors, wobei er Vinod unverwandt in die Augen schaute. Deshalb sah er auch nicht, daß der Zwerg unter den eigens für ihn konstruierten Fahrersitz langte, wo stets ein Vorrat an Squashschlägergriffen bereitlag. Später wußte niemand mehr genau, was als nächstes geschah. Die einen behaupteten, das Taxi des Zwergs sei ausgeschert und dem Zuhälter absichtlich über den Fuß gefahren. Andere meinten, der Ambassador sei auf den Bordstein hinaufgefahren, und die in Panik geratene Menge habe den Zuhälter gestoßen – so oder so, das Auto war ihm über den Fuß gefahren. Alle waren sich einig, daß Vinod in der Menge schlecht zu sehen war, weil er ungleich kleiner war als alle anderen. Wer gut aufpaßte, konnte ihn freilich ausmachen, denn überall fielen Leute um, umklammerten ihre Knie oder Handgelenke und wanden sich vor Schmerz auf dem mit Abfällen übersäten Pflaster. Vinod schwang seine Squashschlägergriffe in der Höhe, in der sich bei den meisten Leuten die Knie befanden. Ihre Schreie vermischten sich mit dem Geschrei der Käfigmädchen in der Falkland Road, die ihre Dienste feilboten.

Als Martin Mills das grimmige Gesicht des Zwergs sah, der sich wild entschlossen den Weg zu ihm bahnte, glaubte er, sein letztes Stündlein habe geschlagen. Er wiederholte, was Jesus zu Pilatus gesagt hatte (Johannes 18. 36): »Mein Reich ist nicht von dieser Welt.« Dann trat er dem heranstürmenden Zwerg gegenüber. »Ich vergebe dir«, sagte Martin und neigte den Kopf, als erwarte er den Hieb des Henkers. Er dachte gar nicht daran, daß Vinod seinen Kopf mit den Schlägergriffen nie hätte erreichen können, wenn er ihn nicht hinuntergebeugt hätte.

Aber Vinod packte den Missionar einfach an der Gesäßtasche und dirigierte ihn zum Taxi. Als der törichte Scholastiker gerettet war und, vom Gewicht seines Koffers festgenagelt, auf dem Rücksitz des Taxis saß, versuchte er, wenn auch nur kurz, sich freizukämpfen und auf die Falkland Road zurückzukehren.

»Warte!« rief er Vinod zu. »Ich will meine Peitsche wiederhaben! Das ist *meine* Peitsche!«

Vinod hatte bereits seinen Schlägergriff geschwungen und auf das Handgelenk des unglücklichen *hijra* krachen lassen, der die

Peitsche zuletzt in der Hand gehalten hatte. Ohne Schwierigkeiten holte der Zwerg Martin Mills' Spielzeug zur Selbstkasteiung zurück und überreichte es ihm. »Gott segne dich!« sagte der Scholastiker. Rechts und links knallten die soliden Türen des Ambassador zu, und Sekunden später wurde Martin Mills durch die plötzliche Beschleunigung in den Sitz gedrückt. »St. Ignatius«, sagte er zu dem rücksichtslosen Fahrer. Vinod, der glaubte, Dhar würde beten, war bestürzt, weil er ihn nie für einen frommen Menschen gehalten hatte.

An der Kreuzung Falkland Road und Grant Road schleuderte ein Junge, der als Teeträger für ein Bordell arbeitete, ein Glas Tee auf das vorüberfahrende Taxi. Vinod fuhr einfach weiter, obwohl seine Wurstfinger unter den Autositz wanderten, um sich davon zu überzeugen, daß die Squashschlägergriffe an ihrem Platz lagen.

Bevor das Taxi in den Marine Drive einbog, hielt Vinod den Wagen an und kurbelte die hinteren Fenster herunter, weil er wußte, wie gern Dhar den Geruch des Meeres mochte. »Sie halten mich ganz schön zum Narren«, sagte Vinod zu seinem übel zugerichteten Fahrgast. »Und ich dachte, Sie schlafen die ganze Nacht auf Dr. Daruwallas Balkon!« Bei seinem Anblick im Rückspiegel stockte Vinod der Atem – nicht wegen der Peitschenstriemen auf dem geschwollenen Gesicht und auch nicht wegen des entblößten, blutverschmierten Oberkörpers, sondern wegen des stacheligen Beineisens um Dhars Hals. Der Zwerg hatte nämlich schreckliche, blutrünstige Darstellungen von Christus am Kreuz gesehen, die die Christen anbeteten, und es kam ihm so vor, als hätte Inspector Dhar die Rolle des Christus übernommen. Nur war ihm die Dornenkrone heruntergerutscht, und jetzt umschloß das grausame Ding die Kehle des berühmten Schauspielers.

Doch zurück zu Dhar, dem echten Dhar. Smog mit der Konsistenz und Farbe von Eiweiß hatte sich über Dr. Daruwallas Balkon gewälzt, auf dem der Schauspieler nach wie vor schlief. Hätte er um diese Zeit zwischen Nacht und Morgendämmerung die Augen aufgemacht, hätte er durch diese Suppe nicht hindurchsehen können – zumindest nicht die sechs Stockwerke bis hinunter auf den Gehsteig, wo sich Vinod mit seinem halb bewußtlosen Zwillingsbruder abmühte. Auch das vorhersagbare Gebell der Hunde im ersten Stock hörte er nicht. Vinod gestattete dem Missionar, sich kräftig auf ihn zu stützen, während er den Koffer, der Martin Mills' Bildung enthielt, quer durch die Eingangshalle zu dem verbotenen Aufzug schleppte. Ein Wohnungsinhaber aus dem ersten Stock, Mitglied der Hausbewohnergemeinschaft, erhaschte einen Blick auf den zwergwüchsigen Chauffeur und seinen zerschundenen Begleiter, bevor sich die Lifttür schloß.

Obwohl Martin Mills so übel zugerichtet war und kaum auf seine Umgebung achtete, war er doch überrascht über den Aufzug und das moderne Gebäude, da er wußte, daß die Missionsschule und ihre ehrwürdige Kirche einhundertfünfundzwanzig Jahre alt waren. Auch das wilde Gebell der Hunde wirkte fehl am Platz.

»St. Ignatius?« fragte der Missionar den Barmherzigen Zwergsamariter.

»Sie brauchen keinen Heiligen, Sie brauchen einen Arzt!« erklärte ihm der Zwerg.

»Ich kenne tatsächlich einen Arzt in Bombay. Er ist ein Freund meiner Eltern, ein gewisser Dr. Daruwalla«, sagte Martin Mills.

Jetzt war Vinod ernstlich beunruhigt. Die Peitschenstriemen und selbst die blutigen Rinnsale vom Beineisen um den Hals des armen Mannes hatten nur oberflächliche Verletzungen hinterlassen, aber dieses unverständliche Gemurmel über Dr. Daruwalla schien Vinod darauf hinzudeuten, daß der Filmstar eine Art Amnesie erlitten hatte. Vielleicht doch eine schwere Kopfverletzung.

»Natürlich kennen Sie Dr. Daruwalla!« rief Vinod. »Wir sind auf dem Weg zu ihm!«

»Ach, dann kennst du ihn auch?« sagte der Scholastiker erstaunt.

»Versuchen Sie, den Kopf möglichst nicht zu bewegen«, riet ihm der besorgte Zwerg.

Aufgrund des hallenden Hundegebells – Vinod begriff den Zusammenhang überhaupt nicht – meinte Martin Mills: »Es hört sich an wie beim Tierarzt… dabei dachte ich, er sei Orthopäde.«

»Natürlich ist er Orthopäde!« rief Vinod. Auf Zehenspitzen stehend versuchte der Zwerg, in Martins Ohren zu schauen, als erwarte er, dort irgendwelche umherschwappende Gehirnmasse zu entdecken. Aber Vinod war nicht groß genug.

Dr. Daruwalla wachte von dem fernen Hundeorchester auf. Im sechsten Stock hörte man das Gebell und Geheul nur gedämpft, aber trotzdem unverkennbar. Der Doktor hatte keinerlei Zweifel, was den Grund für die schaurigen Klänge betraf.

»Dieser verdammte Zwerg!« sagte er laut, aber Julia reagierte gar nicht, weil sie daran gewöhnt war, daß ihr Mann im Schlaf alles mögliche redete. Doch als Farrokh aufstand und in seinen Schlafrock schlüpfte, war sie auf der Stelle wach.

»Ist das wieder Vinod?« fragte sie.

»Ich denke schon«, antwortete Dr. Daruwalla.

Es war kurz vor fünf Uhr morgens, als der Doktor an den geschlossenen Glasschiebetüren vorbeischlich, die auf den ganz in düsteren Nebel eingehüllten Balkon führten. Der Smog hatte sich mit einem dichten, vom Meer hereinziehenden Nebel vermischt, so daß der Doktor weder Dhars Liege sehen konnte noch die Tortoise-Moskitospiralen, die der Schauspieler stets ringsum aufstellte, wenn er auf dem Balkon schlief. Im Flur schnappte sich Farrokh einen verstaubten Schirm, mit dem er Vinod einen gehörigen Schrecken einzujagen hoffte. Dann öffnete er die Wohnungstür. Soeben traten der Zwerg und der Missionar aus dem Aufzug. Beim ersten Anblick von Martin Mills befürchtete Dr. Daruwalla, Dhar, der vielgeschmähte Schauspieler, habe sich im Smog mit Gewalt den Schnurrbart abrasiert – daher die vielen Schnitte –, und sei dann, zweifellos deprimiert, vom Balkon im sechsten Stock gesprungen.

Der Missionar wiederum war bestürzt, daß plötzlich ein Mann im schwarzen Kimono und mit einem schwarzen Schirm in der Hand vor ihm stand – eine unheilverkündende Erscheinung. Aber Vinod, der sich von dem Schirm nicht einschüchtern ließ, stellte sich dicht neben Dr. Daruwalla und flüsterte: »Ich habe ihn gefunden, wie er den Transvestiten-Prostituierten gepredigt hat. Die *hijras* hätten ihn um ein Haar umgebracht!«

Farrokh wußte, wen er vor sich hatte, sobald der Mann den Mund aufmachte: »Ich glaube, Sie kennen meine Mutter und meinen Vater. Ich bin Martin, Martin Mills.«

»Bitte kommen Sie herein, ich habe Sie erwartet«, sagte Dr. Daruwalla und nahm den jämmerlich aussehenden Mann am Arm.

»Wirklich?« fragte Martin Mills.

»Er hat einen Hirnschaden!« flüsterte Vinod dem Doktor zu, der dem wackeligen Missionar ins Bad half und ihn aufforderte, sich auszuziehen. Dann bereitete ihm der Doktor ein Bad mit Magnesiumsulphat. Während die Wanne einlief, holte Farrokh Julia aus dem Bett und bat sie, dafür zu sorgen, daß Vinod verschwand.

»Wer will denn um diese Zeit baden?« fragte sie ihren Mann.

»John D.s Zwillingsbruder«, antwortete Dr. Daruwalla.

Julia war es noch nicht gelungen, Vinod weiter als bis in den Flur hinauszukomplimentieren, als das Telefon klingelte. Rasch nahm sie ab. Vinod bekam die ganze Unterhaltung mit, weil der Mann am anderen Ende schrie. Es war Mr. Munim, ein Wohnungseigentümer aus dem ersten Stock.

»Ich habe gesehen, wie er den Lift betreten hat! Er hat alle Hunde aufgeweckt! Ich habe ihn gesehen, Ihren Zwerg!« plärrte Mr. Munim.

Julia sagte: »Bitte verzeihen Sie, aber wir besitzen keinen Zwerg.«

»Mich können Sie nicht zum Narren halten!« schrie Mr. Munim. »Den Zwerg von Ihrem Schauspieler, den meine ich!«

»Wir besitzen auch keinen Schauspieler«, erklärte ihm Julia.

»Sie verstoßen gegen eine feste Regel!« kreischte Mr. Munim.

»Ich weiß nicht, was Sie meinen. Sie müssen den Verstand verloren haben«, entgegnete Julia.

»Der Taxifahrer hat den Lift benutzt, dieser schlägernde Zwerg!« schrie Mr. Munim.

»Bringen Sie mich nicht so weit, daß ich die Polizei rufe«, sagte Julia. Dann hängte sie auf.

»Ich nehme ja schon die Treppe, auch wenn ich danach immer ganz schlapp bin... sechs Stockwerke«, sagte Vinod. Märtyrertum stand ihm eigenartig gut, dachte Julia, aber dann wurde ihr klar, daß sich Vinod nicht ohne Grund im Flur herumdrückte. »In Ihrem Schirmständer sind fünf Schirme«, bemerkte der Zwerg.

»Möchtest du dir einen ausleihen, Vinod?« fragte ihn Julia.

»Nur damit ich leichter die Treppen hinunterkomme«, antwortete Vinod. »Ich brauche einen Stock.« Er hatte die Squashschlägergriffe im Taxi gelassen, und sollte er Mr. Munim oder einem Hund aus dem ersten Stock begegnen, wollte er eine

Waffe bei sich haben. Deshalb nahm er einen Schirm mit. Julia ließ ihn zur Küchentür hinaus, die auf die Hintertreppe führte.

»Vielleicht werden Sie mich nie wiedersehen«, sagte Vinod. Als er in den Treppenschacht hinunterblickte, stellte Julia fest, daß er etwas kleiner war als der Schirm, den er sich ausgesucht hatte; er hatte den allergrößten genommen.

Unterdessen machte Martin Mills in der Badewanne den Eindruck, als würde er das Brennen seiner rot angeschwollenen Striemen begrüßen; er zuckte nicht mit der Wimper, als Dr. Daruwalla die vielen kleinen Wunden, die das schauerliche Beineisen hinterlassen hatte, mit einem Schwamm abtupfte. Dem Doktor kam es vor, als würde der Missionar das Beineisen, das er ihm abgenommen hatte, vermissen. Außerdem erwähnte Martin zweimal voller Besorgnis, daß er seine Peitsche im Auto des heldenhaften Zwergs liegengelassen habe.

»Vinod wird sie Ihnen bestimmt zurückgeben«, versicherte ihm Dr. Daruwalla. Er war über die Geschichte des Missionars weit weniger erstaunt als dieser. In Anbetracht des Stellenwerts der Person, mit der er verwechselt worden war, wunderte es Dr. Daruwalla, daß Martin Mills noch am Leben war und keine schlimmeren Blessuren erlitten hatte. Je mehr und je länger der Missionar über seine Erlebnisse plapperte, um so mehr verringerte sich in Farrokhs Augen die Ähnlichkeit mit seinem schweigsamen Zwillingsbruder. Dhar plapperte nicht.

»Na ja, ich meine, ich wußte ja, daß ich mich nicht unter Christen befinde«, sagte Martin Mills, »aber trotzdem habe ich eigentlich nicht mit einer so aggressiven Feindseligkeit gegenüber dem Christentum gerechnet, wie ich sie erlebt habe.«

»Aber, aber, ich würde nicht unbedingt diesen Schluß daraus ziehen«, beschwichtigte Dr. Daruwalla den aufgeregten Scholastiker. »Allerdings herrscht eine gewisse Empfindlichkeit gegenüber Bekehrungsversuchen… jeder Art.«

»Seelen zu retten hat nichts mit Bekehren zu tun«, verteidigte sich Martin Mills.

»Na ja, wie Sie schon sagten, befanden Sie sich nicht gerade auf christlichem Territorium«, entgegnete Dr. Daruwalla.

»Wie viele dieser Prostituierten sind eigentlich mit dem Aidsvirus infiziert?« fragte Martin.

»Ich bin Orthopäde«, erinnerte der Doktor den Scholastiker, »aber Leute, die sich auskennen, tippen auf vierzig Prozent ... etliche behaupten sogar, sechzig.«

»Wie dem auch sei«, sagte Martin Mills, »das hier ist christlicher Boden.«

In dem Augenblick wurde Farrokh schlagartig klar, daß die größte Gefahr für Martin Mills nicht seine verblüffende Ähnlichkeit mit Inspector Dhar war, sondern er selbst.

»Ich dachte, Sie seien Englischlehrer«, sagte Dr. Daruwalla. »Als ehemaliger Schüler von St. Ignatius kann ich Ihnen versichern, daß das in allererster Linie eine Schule ist.« Der Doktor kannte den Pater Rektor und konnte daher ohne weiteres voraussagen, daß Pater Julian zum Thema Seelenrettung bei Prostituierten genau dies sagen würde. Doch als Farrokh mit ansah, wie Martin nackt aus der Badewanne stieg und sich, ohne auf seine Wunden zu achten, energisch trockenrubbelte, sah er außerdem voraus, daß der Pater Rektor und die anderen betagten Verteidiger des Glaubens in St. Ignatius es schwerhaben würden, einen derart eifrigen Glaubensbruder davon zu überzeugen, daß sich seine Pflichten darauf beschränkten, die Englischkenntnisse der Schüler in den höheren Klassen zu verbessern. Denn während er mit dem Handtuch wieder und wieder über die Peitschenstriemen rieb, bis Gesicht und Körper ebenso leuchtend rot gestreift waren wie unmittelbar nach den Peitschenhieben, sann Martin Mills die ganze Zeit auf eine Antwort. Als gewitzter Jesuit, der er nun einmal war, leitete er seine Antwort mit einer Frage ein.

»Sind Sie denn kein Christ?« fragte der Missionar den Doktor. »Ich glaube, mein Vater hat mir erzählt, Sie seien zum Christentum übergetreten, aber kein Katholik.«

»Ja, das stimmt«, antwortete Dr. Daruwalla vorsichtig. Er gab Martin Mills einen seiner besten Seidenpyjamas, aber der zog es vor, nackt zu bleiben.

»Sind Ihnen die calvinistische und die jansenistische Auffassung vom freien Willen bekannt?« fragte Martin den Doktor. »Natürlich ist das jetzt eine grobe Vereinfachung, aber es geht um den Disput, der sich zwischen Luther und den anderen Reformationstheologen entsponnen hat – nämlich die Vorstellung, daß wir aufgrund der Erbsünde verdammt sind und uns nur von der Gnade Gottes Rettung erhoffen dürfen. Luther hat bestritten, daß gute Werke zu unserer Rettung beitragen können. Calvin hat außerdem noch bestritten, daß uns unser Glaube retten kann. Calvin zufolge ist es uns allen vorherbestimmt, gerettet zu werden – oder auch nicht. Glauben Sie das?«

Aufgrund der Richtung, in die die Logik des Jesuiten wies, vermutete Farrokh, daß er das nicht glauben sollte, und so sagte er: »Nein, nicht unbedingt.«

»Also gut, dann sind Sie kein Jansenist«, sagte der Scholastiker. »Die waren ziemlich entmutigend. Ihre Lehrmeinung von der Prävalenz der Gnade gegenüber dem freien Willen war wirklich ausgesprochen defätistisch. Sie haben uns allen das Gefühl gegeben, daß wir absolut nichts tun können, um erlöst zu werden ... kurz gesagt: Wozu sich mit guten Werken abplagen? Und wenn wir sündigen, na und?«

»Ist das noch immer eine grobe Vereinfachung?« fragte Dr. Daruwalla. Der Jesuit betrachtete den Doktor mit verstohlener Hochachtung. Außerdem nutzte er diese Unterbrechung, um in den Seidenpyjama zu schlüpfen.

»Wenn Sie damit meinen, daß es nahezu unmöglich ist, das Konzept des freien Willens mit unserem Glauben an einen allmächtigen und allwissenden Gott zu vereinbaren, gebe ich Ihnen recht. Das ist wirklich schwierig«, sagte Martin. »Die Frage nach dem Verhältnis zwischen menschlichem Willen und göttlicher Allmacht ... ist das Ihre Frage?«

Da Dr. Daruwalla annahm, daß dies eine Frage sein sollte, sagte er: »Ja ... so was in der Art.«

»Also, das ist wirklich eine interessante Frage«, meinte der Jesuit. »Ich finde es furchtbar, wenn jemand versucht, die geistige Welt auf rein mechanistische Theorien zu reduzieren wie beispielsweise diese Behaviouristen. Wen kümmern schon Loebs Theorien über Blattläuse oder Pawlows Hund?« Dr. Daruwalla nickte, wagte aber nicht, etwas zu sagen, denn er hatte noch nie von Loebs Blattläusen gehört. Vom Pawlowschen Hund freilich schon. Er konnte sich sogar erinnern, was den Hund veranlaßte, Speichel zu produzieren, und was dieser Speichel bedeutete.

»Wir müssen Ihnen übertrieben streng vorkommen, wir Katholiken den Protestanten, meine ich«, sagte Martin. Dr. Daruwalla schüttelte den Kopf. »O doch!« sagte der Missionar. »Wir vertreten eine Theologie, basierend auf Belohnung und Bestrafung, die im Leben nach dem Tod ausgeteilt werden. Verglichen mit den Protestanten messen wir der Sünde großes Gewicht bei. Wir Jesuiten allerdings tendieren nicht dazu, die Sünden des Geistes überzubewerten.«

»Im Gegensatz zu denen des Handelns«, flocht Dr. Daruwalla ein, denn obwohl das auf der Hand lag und die Bemerkung daher völlig überflüssig war, hatte der Doktor das Gefühl, daß nur ein Dummkopf nichts dazu zu sagen haben würde, und bisher hatte er noch nichts gesagt.

»Uns – uns Katholiken, meine ich – kommt es gelegentlich so vor, als würden die Protestanten den Hang des Menschen zum Bösen überbetonen ...« An dieser Stelle machte der Missionar eine Pause, aber Dr. Daruwalla, unsicher, ob er den Kopf schütteln sollte oder nicht, starrte nur einfältig auf das strudelnd abfließende Badewasser, als handelte es sich dabei um seine ihm entgleitenden Gedanken.

»Kennen Sie Leibniz?« fragte der Jesuit plötzlich.

»Na ja, auf der Universität... aber das ist Jahre her«, sagte der Doktor.

»Leibniz geht davon aus, daß der Mensch seine Freiheit durch den Sündenfall nicht eingebüßt hat, was uns – uns Jesuiten, meine ich – Leibniz ziemlich sympathisch macht«, sagte Martin. »Es gibt Stellen bei Leibniz, die ich nie vergessen werde, zum Beispiel: ›Obwohl der Antrieb und die Hilfe von Gott herkommen, finden sie doch im Menschen allezeit eine gewisse Mitwirkung; sonst könnte man nicht sagen, er habe gehandelt‹... Aber dem stimmen Sie doch zu, oder?«

»Aber ja, sicher«, sagte Dr. Daruwalla.

»Na sehen Sie, und deshalb kann ich nicht einfach nur Englisch unterrichten«, erklärte der Jesuit. »Natürlich werde ich mich bemühen, die Englischkenntnisse der Kinder zu verbessern, so gut es irgend geht. Doch vorausgesetzt, daß ich die Freiheit habe zu handeln – obwohl natürlich ›der Antrieb und die Hilfe von Gott her kommen‹ –, muß ich alles tun, was in meiner Macht steht, um nicht nur meine eigene Seele zu retten, sondern auch die Seelen anderer.«

»Verstehe«, sagte Dr. Daruwalla, der allmählich auch begriff, warum die erzürnten Transvestiten-Prostituierten weder in Martin Mills' Fleisch noch in seinen unbeugsamen Willen eine sonderlich große Kerbe hatten schlagen können.

Außerdem stellte der Doktor fest, daß er im Wohnzimmer stand und Martin zuschaute, wie er sich auf die Couch legte, ohne sich im mindesten daran erinnern zu können, daß sie das Bad verlassen hatten. Und jetzt gab der Missionar dem Doktor das Beineisen, der es widerstrebend an sich nahm.

»Wie ich sehe, werde ich das hier nicht brauchen«, sagte der Scholastiker. »Auch ohne das wird es genügend Bedrängnisse geben. Der heilige Ignatius von Loyola hat im Hinblick auf diese Werkzeuge der Kasteiung auch seine Meinung geändert.«

»Tatsächlich?« fragte Farrokh.

»Ich glaube, er hat übertrieben davon Gebrauch gemacht, aber nur, weil er seine früheren Sünden zutiefst verabscheute«, sagte der Jesuit. »In der späteren Version seiner *Geistlichen Übungen* rät Loyola sogar dringend von solchen Geißeln des Fleisches ab. Und das radikale Fasten lehnt er auch ab.«

»Ich ebenfalls«, sagte Dr. Daruwalla, der nicht wußte, was er mit dem gräßlichen Beineisen anfangen sollte.

»Bitte, werfen Sie es weg«, sagte Martin. »Und vielleicht wären Sie so freundlich, dem Zwerg zu sagen, daß er die Peitsche behalten kann. Ich will sie nicht mehr.«

Dr. Daruwalla wußte genau über Vinods Schlägergriffe Bescheid. Bei der Vorstellung, was der Zwerg mit der Peitsche anrichten könnte, bekam er eine Gänsehaut. Dann stellte er fest, daß Martin Mills eingeschlafen war. Mit den auf der Brust gefalteten Händen und dem glückseligen Gesichtsausdruck ähnelte der Missionar einem Märtyrer auf dem Weg ins himmlische Königreich.

Farrokh holte Julia ins Wohnzimmer, damit sie ihn sich ansah. Anfangs wagte sie sich nur bis an den Glastisch heran – als wäre Mills ein verseuchter Leichnam –, aber der Doktor forderte sie auf, ihn sich genauer anzusehen. Je näher sich Julia an Martin Mills heranwagte, um so entspannter wurde sie. Es war, als hätte Martin – zumindest wenn er schlief – eine beruhigende Wirkung auf seine Umgebung. Schließlich setzte sich Julia neben die Couch auf den Boden. Später meinte sie, er würde sie an John D. erinnern, als er noch jung und unbeschwert war, doch Farrokh blieb dabei, daß Martin Mills lediglich das Ergebnis von null Gewichtheben und null Bier sei – womit er meinte, daß er keine Muskeln hatte, aber auch keinen Bauch.

Ohne sich zu erinnern, wann er sich hingesetzt hatte, fand sich der Doktor auf dem Boden neben seiner Frau wieder. Als

Dhar vom Balkon hereinkam, um zu duschen und sich die Zähne zu putzen, hockten beide wie erstarrt vor dem schlafenden Körper. Aus Dhars Perspektive schienen Farrokh und Julia zu beten. Dann sah der Schauspieler die tote Gestalt – wenigstens machte sie auf ihn einen toten Eindruck –, und ohne allzu genau hinzusehen, fragte er: »Wer ist denn das?«

Farrokh und Julia waren entsetzt, daß John D. seinen Zwillingsbruder nicht auf Anhieb erkannte. Schließlich sollte man meinen, daß einem Schauspieler das eigene Gesicht besonders vertraut ist – sogar mit unterschiedlichstem Make-up, wodurch sich unter anderem auch das Alter entscheidend verändern läßt –, aber Dhar hatte an sich selbst nie einen solchen Gesichtsausdruck wahrgenommen. Man darf bezweifeln, daß sein Gesicht je Glückseligkeit widerspiegelte, denn nicht einmal im Schlaf konnte sich Inspector Dhar himmlisches Entzücken vorstellen. Dhar hatte viele Gesichter, aber keines davon erinnerte an einen Heiligen.

Schließlich flüsterte der Schauspieler: »Ja klar, ich sehe schon, wer es ist, aber was hat er hier zu suchen? Liegt er im Sterben?«

»Er möchte Priester werden«, flüsterte Farrokh.

»Jesus Christus!« sagte John D. Entweder hatte er zu laut gesprochen, oder der Name, den er aussprach, gehörte zu denen, die Martin Mills überall heraushörte. Jedenfalls glitt über das schlafende Gesicht des Missionars ein so ungeheuer dankbares Lächeln, daß sich Dhar und die Daruwallas plötzlich schämten. Wortlos gingen sie auf Zehenspitzen in die Küche, als wäre es ihnen allen gleichermaßen peinlich, daß sie jemanden heimlich beim Schlafen beobachtet hatten. Doch was sie in Wirklichkeit aus der Fassung gebracht hatte und ihnen das Gefühl gab, daß sie hier nichts zu suchen hatten, war die extreme Zufriedenheit dieses Menschen, der im Augenblick seinen Seelenfrieden gefunden hatte – obwohl keiner von ihnen den Grund für ihre Verwirrung genau hätte benennen können.

»Was fehlt ihm denn?« fragte Dhar.

»Nichts fehlt ihm!« sagte Dr. Daruwalla. Dann überlegte er, warum er das von einem Mann behauptete, der gepeitscht und geschlagen worden war, während er Transvestiten-Prostituierte zu bekehren versucht hatte. »Ich hätte dir sagen sollen, daß er kommt«, fügte der Doktor einfältig hinzu, worauf John D. nur die Augen verdrehte. Seine Zornesäußerungen waren häufig untertrieben. Julia verdrehte ebenfalls die Augen.

»Was mich betrifft«, sagte Farrokh zu John D., »ist es einzig und allein deine Entscheidung, ob er erfahren soll, daß es dich gibt, oder nicht. Obwohl ich nicht weiß, ob jetzt der richtige Zeitpunkt wäre, es ihm zu sagen.«

»Jetzt auf keinen Fall«, meinte Dhar. »Sag mir lieber, wie er so ist.«

Das erste Wort, das Dr. Daruwalla auf die Lippen kam, konnte er nicht aussprechen – »verrückt«. Nach reiflicher Überlegung hätte er beinahe gesagt: Wie du, nur daß er viel redet. Aber das war ein krasser Widerspruch – allein die Vorstellung, daß Dhar viel redete, hätte diesen womöglich gekränkt.

»Ich habe gefragt, wie er so ist?« wiederholte John D.

»Ich habe ihn erst gesehen, als er schon geschlafen hat«, sagte Julia zu John D. Beide schauten Farrokh an, der wirklich nicht wußte, was er auf die Frage antworten sollte. Kein einziger Vergleich fiel ihm ein, obwohl der Missionar es geschafft hatte, mit ihm zu diskutieren, ihm einen Vortrag zu halten und ihn sogar zu belehren – und all das, während er nackt vor ihm gestanden hatte.

»Er ist ein bißchen übereifrig«, sagte der Doktor vorsichtig.

»Übereifrig?« wiederholte Dhar.

»Ist das alles, was du über ihn sagen kannst, Liebchen?« fragte Julia. »Ich habe ihn die ganze Zeit im Bad reden gehört. Er muß doch irgendwas gesagt haben!«

»Im Bad?« fragte John D.

»Er ist sehr entschlossen«, sprudelte Farrokh hervor.

»Ich würde meinen, daß sich das aus dem Übereifer ergibt«, sagte Inspector Dhar ausgesprochen sarkastisch.

Dr. Daruwalla ärgerte sich, daß Julia und John D. aufgrund dieser einen, eigenartigen Begegnung von ihm ein zusammenfassendes Urteil über den Charakter des Jesuiten erwarteten.

Vielleicht hätte es dem Doktor weitergeholfen, wenn er die Geschichte jenes anderen Glaubenseiferers gekannt hätte, des größten Eiferers des sechzehnten Jahrhunderts, des heiligen Ignatius von Loyola, der Martin Mills so nachhaltig beeindruckt hatte. Als Loyola starb, nachdem er sich zeitlebens geweigert hatte, sich porträtieren zu lassen, wollten die Ordensbrüder den Toten malen lassen. Ein berühmter Maler versuchte es und scheiterte. Die Ordensbrüder erklärten, auch die Totenmaske, die das Werk eines Unbekannten war, würde nicht das wahre Gesicht des Ordensgründers der Jesuiten wiedergeben. Drei weitere Künstler versuchten, Loyola zu malen, und scheiterten; allerdings hatten sie nur die Totenmaske als Vorlage. Schließlich gelangte man zu dem Ergebnis, daß Gott nicht wollte, daß Ignatius von Loyola, Sein Diener, gemalt wurde. Dr. Daruwalla konnte nicht wissen, wie sehr Martin Mills diese Geschichte liebte, aber es hätte dem frischgebackenen Missionar zweifellos gefallen, wenn er miterlebt hätte, welch große Mühe es dem Doktor bereitete, auch nur einen soeben flügge gewordenen Diener Gottes zu beschreiben. Farrokh spürte, daß ihm das richtige Wort auf der Zunge lag, aber dann entwischte es ihm wieder.

»Er ist gebildet«, brachte Farrokh heraus. John D. und Julia stöhnten. »Ach, verdammt noch mal, er ist kompliziert!« schrie Dr. Daruwalla. »Es ist zu früh, um sagen zu können, wie er ist!«

»Schsch! Du weckst ihn noch auf«, dämpfte ihn seine Frau.

»Wenn es zu früh ist, um sagen zu können, wie er ist«, meinte John D., »dann ist es für mich zu früh zu entscheiden, ob ich ihn kennenlernen will.«

Dr. Daruwalla war verärgert. Er hatte das Gefühl, daß das wieder mal typisch Inspector Dhar war.

Julia wußte, was ihr Mann dachte. »Hüte deine Zunge«, warnte sie ihn. Sie machte Kaffee für sich und John D. und eine Kanne Tee für Farrokh. Dann sahen die Daruwallas gemeinsam ihrem geliebten Schauspieler nach, als er sie durch die Küchentür verließ. Dhar nahm gern die Hintertreppe, um nicht gesehen zu werden. Der frühe Morgen – es war kurz vor sechs Uhr – gehörte zu den wenigen Tageszeiten, zu denen er zu Fuß vom Marine Drive ins Taj Mahal gehen konnte, ohne erkannt und sofort umringt zu werden. Um diese Zeit schikanierten ihn nur die Bettler, aber die schikanierten alle Leute gleichermaßen. Für sie spielte es keine Rolle, daß er Inspector Dhar war. Viele Bettler gingen ins Kino, aber was kümmerte sie schon ein Filmstar?

Stillstehen: eine Übung

Um Punkt sechs Uhr morgens, während Farrokh und Julia gemeinsam badeten – sie seifte ihm den Rücken ein, er seifte ihre Brüste ein, aber ohne daß es zu einem ausführlicheren Getändel gekommen wäre –, wachte Martin Mills auf und hörte die beruhigenden Geräusche von Dr. Aziz, dem betenden Urologen. »Gelobt sei Allah, der Herr der Schöpfung.« Dr. Aziz' Anrufungen Allahs des Barmherzigen schwebten von seinem Balkon im fünften Stock empor und brachten den Missionar im Nu auf die Beine. Obwohl er nur knapp eine Stunde geschlafen hatte, fühlte er sich so erfrischt wie nach einer durchschlafenen Nacht. Derart wieder zu Kräften gekommen, lief er auf Dr. Daruwallas Balkon hinaus, von dem aus er das morgendliche Ritual überblicken konnte, das Urologen-Aziz auf seinem Gebetsteppich vollführte. Von der Daruwallaschen Wohnung im sechsten Stock aus hatte man einen phantastischen Blick auf die Back

Bay, von Malabar Hill auf der einen bis hinüber zum Nariman Point auf der anderen Seite; in der Ferne an der Chowpatty Beach hatte sich bereits eine kleine Menschenmenge versammelt. Aber der Jesuit war nicht der Aussicht wegen nach Bombay gekommen. Er verfolgte Dr. Aziz' Gebete mit höchster Konzentration. Aus der Frömmigkeit anderer konnte man immer dazulernen.

Martin Mills betrachtete es nicht als selbstverständlich, daß Menschen beteten. Er wußte, daß Beten nicht dasselbe war wie Nachdenken und daß es auch keine Flucht vor dem Nachdenken war. Es war keineswegs so einfach wie simples Fragenstellen, sondern eher ein Streben nach Belehrung. Martins Herzenswunsch war es, Gottes Willen zu ergründen, und um einen solchen Zustand der Vollkommenheit zu erreichen – eine Vereinigung mit Gott in mystischer Ekstase –, brauchte es schon eine Engelsgeduld.

Als Martin Mills Dr. Aziz seinen Gebetsteppich aufrollen sah, wußte er, daß jetzt für ihn der richtige Zeitpunkt gekommen war, um eine neue Übung aus Pater de Mellos *Christlichen Übungen in östlicher Form* in Angriff zu nehmen – nämlich »Reglosigkeit«. Die meisten Leute konnten nicht ermessen, wie unmöglich es war, absolut still zu stehen. Manchmal war es auch schmerzhaft, aber Martin war gut darin. Er stand so still, daß zehn Minuten später ein vorüberfliegender gabelschwänziger Falke beinahe auf seinem Kopf gelandet wäre. Daß der Vogel plötzlich abdrehte, lag nicht daran, daß der Missionar auch nur geblinzelt hätte; das Licht, das sich in seinen hellen Augen widerspiegelte, verscheuchte den Vogel.

Unterdessen ging Dr. Daruwalla rasch die Drohbriefe durch; in einem steckte ein beunruhigender Zwei-Rupien-Schein. Der dazugehörige Umschlag war an Inspector Dhar adressiert und an das Filmstudio geschickt worden. Auf der Seite mit der Seriennummer stand in maschinengeschriebenen Großbuchstaben folgende Warnung: SIE SIND SO TOT WIE LAL. Natürlich würde der Doktor Kommissar Patel den Geldschein zeigen, aber eigentlich mußte er sich nicht erst von ihm bestätigen lassen, daß der Schreiber derselbe geisteskranke Kerl war, von dem auch die Botschaft auf dem Geldschein in Mr. Lals Mund stammte.

Dann stürzte Julia ins Schlafzimmer. Sie hatte einen Blick ins Wohnzimmer geworfen, um festzustellen, ob Martin Mills noch schlief, aber er lag nicht mehr auf der Couch. Die Glasschiebetüren zum Balkon waren offen, aber da der Missionar auf dem Balkon so absolut still stand, hatte sie ihn übersehen. Dr. Daruwalla stopfte den Zwei-Rupien-Schein in seine Tasche und eilte auf den Balkon.

Inzwischen hatte der Missionar eine neue Andachtsübung in Angriff genommen – eine von Pater de Mellos Übungen zum Themenbereich »Körperempfindungen« und »Gedankenkontrolle«. Dazu hob Martin den rechten Fuß, bewegte ihn vorwärts und setzte ihn dann auf. Dieser Vorgang wurde von einem Singsang begleitet: »Heben ... heben ... heben«, dann (natürlich) »bewegen ... bewegen ... bewegen« und (schließlich) »aufsetzen ... aufsetzen .. aufsetzen«. Mit einem Wort, er ging lediglich über den Balkon, allerdings übertrieben langsam, und kommentierte dabei die ganze Zeit laut seine Bewegungen. Für Dr. Daruwalla sah Martin Mills aus wie ein Patient, der nach einem Schlaganfall brav seine krankengymnastischen Übungen absolviert. Er sah aus, als versuchte er, sich beizubringen, gleichzeitig zu sprechen *und* zu gehen – ohne großen Erfolg.

Farrokh kehrte auf Zehenspitzen ins Schlafzimmer und zu Julia zurück.

»Vielleicht habe ich seine Verletzungen unterschätzt«, meinte der Doktor. »Ich muß ihn in die Klinik mitnehmen. Sicher ist es das beste, ihn wenigstens vorübergehend im Auge zu behalten.«

Doch als sich die Daruwallas dem Jesuiten behutsam näherten, hatte er bereits seine priesterliche Kleidung angelegt und überprüfte gerade den Inhalt seines Koffers.

»Sie haben nur meine *culpa*-Perlen und meine Freizeitkleidung genommen«, bemerkte Martin. »Ich muß mir ein paar billige Sachen kaufen, wie man sie hier trägt. In diesem Aufzug in St. Ignatius aufzukreuzen wäre Angeberei«, fügte er lachend hinzu und zupfte an seinem blütenweißen Priesterkragen.

Man durfte ihn auf keinen Fall so in Bombay herumlaufen lassen, dachte Dr. Daruwalla. Was dieser Verrückte brauchte, war unauffällige Kleidung, die es ihm ermöglichte, sich in das Straßenbild einzufügen. Vielleicht könnte ich ihn dazu bringen, daß er sich den Kopf rasiert, dachte der Doktor. Julia starrte Martin Mills mit offenem Mund an, doch sobald er (abermals!) die Geschichte seiner ersten Begegnung mit der Stadt zu erzählen begann, bezauberte er sie so restlos, daß sie wie ein Schulmädchen abwechselnd kokett und schüchtern wurde. Für einen Mann, der ein Keuschheitsgelübde abgelegt hatte, war der Jesuit bemerkenswert unbefangen im Umgang mit Frauen – zumindest mit einer älteren Frau, dachte Dr. Daruwalla.

Die vielfältigen Anforderungen des bevorstehenden Tages schreckten Dr. Daruwalla fast so sehr wie die Vorstellung, die nächsten zwölf Stunden in Martin Mills' abgelegtem Beineisen verbringen zu müssen – oder von Vinod, der wütend die Peitsche des Missionars schwang, verfolgt zu werden.

Er durfte keine Zeit verlieren. Während Julia Martin eine Tasse Kaffee einschenkte, warf Farrokh einen raschen Blick auf die in dessen Koffer versammelte Bibliothek. Einen besonders verstohlenen Blick zog Pater de Mellos *Sadhana: Ein Weg zu Gott* auf sich, denn darin entdeckte Farrokh eine Seite mit einem Eselsohr, auf der ein Satz unterstrichen war: »Einer der größten Feinde des Gebets ist nervliche Anspannung.« Vermutlich kann ich deshalb nicht beten, dachte Dr. Daruwalla.

Unten in der Eingangshalle gelang es dem Doktor und dem

Missionar nicht, unbemerkt an dem Nachbarn aus dem ersten Stock, dem blutrünstigen Mr. Munim, vorbeizukommen.

»So! Da ist ja Ihr Schauspieler! Und wo ist Ihr Zwerg?« schrie Mr. Munim.

»Achten Sie nicht auf diesen Mann«, sagte Farrokh zu Martin. »Er ist total verrückt.«

»Der Zwerg ist im Koffer!« schrie Mr. Munim und versetzte dem Koffer des Scholastikers einen Tritt, was ausgesprochen unklug war, weil er nur sehr weiche, dünne Sandalen trug. Mr. Munims sofortiger schmerzlicher Gesichtsausdruck ließ eindeutig darauf schließen, daß er mit einem dicken Wälzer aus Martin Mills' Bibliothek in Berührung gekommen war, vielleicht mit dem *Kompakten Bibellexikon,* das zwar kompakt war, aber keineswegs weich.

»Ich versichere Ihnen, Sir, daß sich kein Zwerg in meinem Koffer befindet«, sagte Martin Mills, aber Dr. Daruwalla zog ihn bereits fort. Ihm wurde allmählich klar, daß der Missionar das ausgeprägte Bedürfnis hatte, mit jedermann zu reden.

In der Seitenstraße entdeckten sie Vinod schlafend im Ambassador; der Zwerg hatte den Wagen zugesperrt. An der Fahrertür lehnte genau der »Jedermann«, den Dr. Daruwalla am meisten fürchtete, weil er sich vorstellen konnte, daß niemand eher missionarischen Eifer zu wecken vermochte als ein verkrüppeltes Kind – außer vielleicht ein Kind, dem beide Arme und beide Beine fehlten. Das aufgeregte Leuchten in den Augen des Scholastikers verriet Farrokh, daß der Junge mit dem zerquetschten Fuß Martin Mills hinreichend beflügelte.

Der Vogeldreckjunge

Es war der Betteljunge vom Tag zuvor – der Junge, der an der Chowpatty Beach Kopfstände gemacht hatte, der Krüppel, der im Sand schlief. Während der Doktor den zerquetschten rechten Fuß erneut als persönliche Beleidigung für das empfand, was er unter sauberer chirurgischer Arbeit verstand, starrte Martin Mills wie hypnotisiert auf die schleimige Absonderung um Ganeshs Augen. Vor seinem eigenen missionarischen Auge sah er das leidgeprüfte Kind bereits ein Kruzifix umklammern. Der Scholastiker wandte seine Augen nur eine Sekunde von dem Jungen ab – um gen Himmel zu blicken –, aber das genügte dem kleinen Kerl, um Martin mit dem berüchtigten Bombayer Vogeldrecktrick hereinzulegen.

Nach Dr. Daruwallas Erfahrung war es ein schmutziger Trick, der normalerweise folgendermaßen funktionierte: Während der kleine Schuft mit einer Hand zum Himmel deutete – auf einen nicht vorhandenen, vorbeifliegenden Vogel –, spritzte er einem mit der anderen Dreck auf den Schuh oder die Hose. Das Gerät, mit dem die angebliche »Vogelscheiße« appliziert wurde, ähnelte diesen Dingern, mit deren Hilfe man beispielsweise einen Truthahn mit Fett beträufelt, aber jede Art von Gummiballon mit einer spritzenähnlichen Tülle erfüllte denselben Zweck. Die darin enthaltene Flüssigkeit war irgendein weißes Zeug – häufig geronnene Milch oder Mehl mit Wasser –, aber wenn es auf dem Schuh oder der Hose landete, sah es aus wie Vogelkacke. Wenn man den Blick wieder vom Himmel abwandte, da man den Vogel nicht entdecken konnte, hatte man den Dreck auf dem Schuh oder der Hose, und der hinterlistige kleine Bettler wischte ihn bereits mit einem griffbereiten Lappen weg. Daraufhin belohnte man ihn natürlich mit mindestens einer oder zwei Rupien.

Aber in diesem Fall begriff Martin Mills nicht, daß eine Belohnung erwartet wurde. Er hatte zum Himmel emporgeblickt, ohne daß der Junge hinzudeuten brauchte, worauf dieser flugs seine Spritze herausgezogen und den abgewetzten schwarzen Schuh des Jesuiten angespritzt hatte. Bei alledem war der Krüppel so flink gewesen, daß Dr. Daruwalla nur gesehen hatte, wie er die Spritze geschickt wieder unter sein Hemd steckte. Martin Mills glaubte, daß ein ungezogener Vogel auf seinen Schuh gekleckert hatte und der bedauerlich verunstaltete Junge den Vogeldreck mit dem zerfetzten Stoff seiner ausgebeulten kurzen Hose abwischte. Dem Missionar erschien dieses verstümmelte Kind eindeutig vom Himmel geschickt.

In diesem Bewußtsein fiel der Scholastiker in der Nebenstraße auf die Knie, was nicht der üblichen Reaktion auf die ausgestreckte Hand des Betteljungen entsprach. Der Junge erschrak über die Umarmung des Missionars. »O Gott, ich danke Dir!« rief Martin Mills aus, während sich der Krüppel hilfesuchend nach Dr. Daruwalla umsah. »Heute ist dein Glückstag«, sagte der Missionar zu dem völlig verwirrten Bettler. »Dieser Mann ist Arzt«, erklärte er dem lahmen Jungen. »Dieser Mann kann deinen Fuß richten.«

»Ich kann seinen Fuß nicht richten!« rief Dr. Daruwalla. »Erzählen Sie ihm nicht so was!«

»Na ja, er kann sicher etwas machen, damit er besser aussieht!« entgegnete Martin. Der Krüppel duckte sich wie ein in die Enge getriebenes Tier, während sein Blick zwischen den beiden Männern hin und her schoß.

»Ich habe mir durchaus schon Gedanken darüber gemacht«, sagte Farrokh abwehrend. »Aber ich bin sicher, daß ich seinen Fuß nicht so hinkriegen kann, daß er funktionsfähig ist. Der Junge schert sich einen Dreck darum, wie sein Fuß aussieht. Er wird trotzdem hinken!«

»Würde es dir nicht gefallen, wenn dein Fuß schöner aussähe?« fragte Martin Mills den Krüppel. »Würde es dir nicht gefallen, wenn er weniger wie ein Huf oder wie ein Klumpen aussähe?« Während er sprach, legte er seine Hände wie einen Schutzschild um das zusammengewachsene Knochengebilde aus Sprunggelenk und Fuß, das der Junge ungeschickt auf der Ferse abstützte. Aus der Nähe betrachtet, bestätigte sich des Doktors frühere Vermutung: Er würde den Knochen durchsägen müssen. Die Chance auf Erfolg war gering, das Risiko ziemlich groß.

»*Primum non nocere*«, sagte Farrokh zu Martin Mills. »Ich nehme doch an, daß Sie Latein können.«

»Vor allem füge keinen Schaden zu‹«, antwortete der Jesuit. »Ein Elefant ist ihm auf den Fuß getreten«, erläuterte Dr. Daruwalla. Dann fiel ihm ein, was der Krüppel gesagt hatte. Er wiederholte es dem Missionar, schaute dabei aber den Jungen an: »Was Elefanten anrichten, kann man nicht reparieren.« Der Junge nickte, wenn auch zögernd.

»Hast du eine Mutter oder einen Vater?« fragte der Jesuit. Der Betteljunge schüttelte den Kopf. »Kümmert sich denn jemand um dich?« fragte Martin. Wieder schüttelte der Krüppel den Kopf. Dr. Daruwalla wußte, daß sich unmöglich feststellen ließ, wieviel der Junge verstand, erinnerte sich aber, daß sein Englisch besser war, als er sich anmerken ließ – ein schlauer Bursche.

»An der Chowpatty Beach gibt es eine ganze Bande solcher Kinder«, sagte der Doktor. »Sie haben beim Betteln eine bestimmte Hackordnung.« Aber Martin Mills hörte ihm gar nicht zu. Obwohl er ansonsten eine gewisse »Bescheidenheit der Augen« walten ließ, die bei den Jesuiten gefördert wurde, schaute er dem verkrüppelten Kind eindringlich in die schleimgeränderten Augen. Der Junge war fasziniert.

»Aber es gibt jemanden, der sich um dich kümmert«, sagte der Missionar zu dem Betteljungen. Der Krüppel nickte zögernd.

»Hast du noch andere Kleider als die da?« fragte er ihn nach einer Weile.

»Keine Kleider«, sagte der Junge prompt. Er war unverhältnismäßig klein, aber durch das Leben auf der Straße abgehärtet. Er mochte vielleicht acht oder zehn Jahre alt sein.

»Und wie lange ist es her, seit du was zu essen hattest, ich meine, richtig viel?« fragte ihn Martin.

»Lange«, sagte der Bettler. Er war höchstens zwölf Jahre alt.

»Das können Sie nicht machen, Martin«, sagte Farrokh. »In Bombay gibt es mehr solche Jungen, als in ganz St. Ignatius Platz hätten. Sie würden weder in die Schule noch in die Kirche noch ins Kloster passen. Sie würden nicht mal in den Schulhof oder auf den Parkplatz passen!« rief er. »Es gibt zu viele Jungen wie ihn. Sie können nicht an Ihrem ersten Tag hier anfangen, sie zu adoptieren!«

»Nicht ›sie‹, nur diesen einen«, entgegnete der Missionar. »Der heilige Ignatius hat gesagt, er würde sein Leben hingeben, wenn er damit die Sünden, die eine einzige Prostituierte in einer einzigen Nacht begeht, verhindern könnte.«

»Aha, verstehe«, sagte Dr. Daruwalla. »Wie ich höre, haben Sie das bereits versucht!«

»Eigentlich ist es ganz einfach«, sagte Martin Mills. »Ich hatte vor, mir Sachen zum Anziehen zu kaufen. Ich werde eben nur halb soviel für mich kaufen und den Rest für ihn. Ich gehe davon aus, daß ich heute, später irgendwann, etwas essen werde. Ich esse eben nur halb soviel, wie ich normalerweise gegessen hätte...«

»Sagen Sie bloß nicht, der Rest ist für ihn!« sagte Dr. Daruwalla verärgert. »Ach, das ist ja genial. Ich frage mich nur, warum ich nicht schon vor Jahren darauf gekommen bin!«

»Alles ist nur ein Anfang«, erwiderte der Jesuit gelassen. »Nichts ist überwältigend, wenn man einen Schritt nach dem anderen tut.« Dann stand er mit dem Jungen in den Armen auf und überließ es Dr. Daruwalla, sich um seinen Koffer zu kümmern. Er ging mit ihm mehrmals um das Taxi des Zwergs herum, der noch immer schlief. »Heben... heben... heben«, sagte Martin Mills. »Bewegen... bewegen... bewegen«, wiederholte er. »Aufsetzen... aufsetzen... aufsetzen.« Der Junge hielt das Ganze für ein Spiel und lachte.

»Sehen Sie? Er ist glücklich«, verkündete Martin Mills. »Erst die Kleidung, dann das Essen, und dann können Sie – wenn auch nicht für den Fuß – doch wenigstens etwas wegen seiner Augen unternehmen, oder?«

»Ich bin kein Augenarzt«, entgegnete Dr. Daruwalla. »Augenkrankheiten sind hier weitverbreitet. Ich könnte ihn an einen Kollegen weiterreichen...«

»Na, das ist doch ein Anfang, oder?« sagte Martin. »Wir wollen die Dinge für dich nur ins Rollen bringen«, erklärte er dem Krüppel.

Dr. Daruwalla hämmerte ans Fenster an der Fahrerseite, so daß Vinod aus dem Schlaf hochschreckte und seine Wurstfinger nach den Squashschlägergriffen ausstreckte, bevor er den Doktor erkannte. Dann beeilte er sich, die Türen zu entriegeln. Falls der Zwerg jetzt bei Tageslicht feststellte, daß Martin Mills seinem berühmten Zwillingsbruder doch nicht aufs Haar glich, ließ er sich absolut nichts anmerken. Nicht einmal der Priesterkragen des Missionars konnte ihn erschüttern. Falls Dhar in Vinods Augen anders aussah, ging dieser wohl davon aus, daß das von den Schlägen der Transvestitenhuren kam. Wütend warf Farrokh den Koffer des Narren in den Kofferraum.

Sie hatten keine Zeit zu verlieren. Dem Doktor war klar, daß er Martin Mills möglichst schnell nach St. Ignatius bringen mußte. Dort würden ihn Pater Julian und die anderen dann schon einsperren. Martin würde ihnen gehorchen müssen – das verlangte doch das Gehorsamsgelübde, oder? Der Rat, den der Doktor dem Pater Rektor geben würde, wäre ziemlich einfach: Sorgen Sie unbedingt dafür, daß Martin Mills in der Missionsstation oder vielmehr in der Schule bleibt. Lassen Sie ihn bloß nicht auf das restliche Bombay los! Das Chaos, das er verursachen könnte, ist unvorstellbar!

Als Vinod den Ambassador rückwärts aus der Seitenstraße manövrierte, sah Dr. Daruwalla, daß der Scholastiker und der verkrüppelte Junge lächelten. In dem Augenblick fiel Farrokh das Wort ein, das ihm zuvor entfallen war. Die verspätete Antwort auf John D.s Frage, wie Martin Mills denn so sei, kam ihm wie von selbst auf die Lippen. Das Wort hieß »gefährlich«.

»Wissen Sie, was Sie sind?« fragte Dr. Daruwalla, der seine Erkenntnis nicht für sich behalten konnte, den Missionar. »Sie sind gefährlich.«

»Danke«, sagte der Jesuit.

Damit war die Unterhaltung beendet, bis der Zwerg sein Taxi mühsam am verkehrsreichen, langgezogenen Cross Maidan parkte, in der Nähe der Bombayer Gymkhana. Dr. Daruwalla führte Martin Mills und den Krüppel in die Fashion Street, wo es die billigste Baumwollkleidung zu kaufen gab – zweitklassige Fabrikware mit kleinen Fehlern –, und dort entdeckte er den Batzen angetrockneten falschen Vogeldrecks am Riemen seiner rechten Sandale. Er spürte, daß sich auch zwischen seinen nackten Zehen etwas von dem Zeug festgesetzt hatte. Der Junge mußte ihn angespritzt haben, während er mit dem Scholastiker diskutiert hatte, obwohl auch eine winzige Möglichkeit bestand, daß der Vogeldreck echt war.

»Wie heißt du?« fragte der Missionar den Jungen.

»Ganesh«, antwortete der Bettler.

»Nach der elefantenköpfigen Gottheit, dem beliebtesten Gott in Maharashtra«, klärte Dr. Daruwalla Martin Mills auf. So hieß jeder zweite Junge an der Chowpatty Beach.

»Ganesh, darf ich dich Vogeldreckjunge nennen?« fragte Farrokh den Betteljungen. Aber die pechschwarzen Augen, die in dem wilden Gesicht des Krüppels aufblitzten, waren unergründlich; entweder hatte er die Frage nicht verstanden, oder er hielt es für taktisch klüger, den Mund zu halten – ein schlauer Junge.

»Sie dürfen ihn auf keinen Fall Vogeldreckjunge nennen!« protestierte der Missionar.

»Ganesh?« sagte Dr. Daruwalla. »Ich glaube, du bist auch gefährlich, Ganesh.« Die schwarzen Augen sahen rasch zu Martin Mills hinüber; dann hefteten sie sich wieder auf Farrokh.

»Danke«, sagte Ganesh.

Vinod hatte das letzte Wort. Im Gegensatz zu dem Missionar ließ sich der Zwerg nicht automatisch dazu hinreißen, Krüppel zu bemitleiden.

»He du, Vogeldreckjunge«, sagte Vinod. »Du bist garantiert gefährlich.«

16

Mr. Gargs Mädchen

Irgendeine kleine Geschlechtskrankheit

Deepa hatte den Nachtzug nach Bombay genommen; sie kam aus Gujarat, aus irgendeiner Kleinstadt, in der der Great Blue Nile gastierte. Sie hatte mit Dr. Daruwalla verabredet, daß sie die weggelaufene Kindprostituierte zu ihm in die Klinik für Verkrüppelte Kinder bringen und bei der Untersuchung dabeisein würde; immerhin war es der erste Arztbesuch des Mädchens. Deepa rechnete nicht damit, daß der Kleinen irgend etwas fehlte. Sie hatte vor, sie auf der Rückfahrt in den Great Blue Nile gleich mitzunehmen. Zwar stimmte es, daß das Mädchen aus einem Bordell weggelaufen war, angeblich jedoch – nach Aussage von Mr. Garg – zu einem Zeitpunkt, als sie noch Jungfrau war. Dr. Daruwalla glaubte das nicht.

Sie hieß Madhu, das bedeutet »süß«. Sie hatte unverhältnismäßig große, schlaffe Hände und Füße und einen unverhältnismäßig kleinen Körper – wie diese großpfotigen Welpen, von denen man immer annimmt, daß eines Tages große Hunde aus ihnen werden. Aber in Madhus Fall war das ein Zeichen von Unterernährung; ihr Körper hatte mit dem Wachstum von Händen und Füßen nicht Schritt halten können. Auch Madhus Kopf war nicht so groß, wie er auf Anhieb aussah. Das längliche, ovale Gesicht paßte überhaupt nicht zu ihrem zierlichen Körper. Ihre vorstehenden Augen waren braungelb wie bei einem Löwen, wirkten aber geistesabwesend und weit weg. Ihre Lippen waren voll und fraulich und viel zu erwachsen für ihr noch unausgereiftes Gesicht, das nach wie vor ein Kindergesicht war.

Madhus besonderer Reiz für das Bordell, aus dem sie weggelaufen war, bestand darin, daß sie eine Kindfrau war. Diese Ambivalenz spiegelte sich auch in ihrem unterentwickelten Körper. Sie hatte keine Hüften – das heißt, sie hatte die Hüften eines Jungen –, aber ihre Brüste waren, wenn auch lächerlich klein, ebenso ausgeformt und weiblich wie ihr unwiderstehlicher Mund. Obwohl Mr. Garg Deepa gesagt hatte, daß das Kind noch nicht geschlechtsreif sei, vermutete Dr. Daruwalla, daß die Periode bei Madhu nur deshalb noch nicht eingesetzt hatte, weil sie nie genug zu essen bekommen hatte und überarbeitet war. Achsel- und Schamhaare jedenfalls waren dem Mädchen schon gewachsen, nur hatte jemand sie sorgfältig abrasiert. Farrokh ließ Deepa die winzigen Stoppeln unter Madhus Armen fühlen.

Des Doktors Erinnerung an seine zufällige Begegnung mit Deepas Schambein meldete sich bei den merkwürdigsten Gelegenheiten. Als er sah, wie die Frau des Zwergs die Achselhöhle des jungen Mädchens berührte, erschauerte er. Es war die drahtige Kraft in der Hand der ehemaligen Fliegerin, an die sich der Doktor erinnerte – wie sie ihn am Kinn gepackt hatte, als er mühsam versucht hatte, seinen Nasenrücken von ihrem Schambein wegzuheben, wie sie seinen Kopf einfach mit einem Ruck aus ihrem Schritt gerissen hatte. Und er hatte das Gleichgewicht verloren, so daß er mit der Stirn auf ihrem Bauch und auf den kratzigen Pailletten ihres Trikots gelandet war und fast mit seinem ganzen Gewicht auf ihr ruhte. Doch Deepa hatte mit nur einer Hand sein Kinn zur Seite gedreht und ihn hochgewuchtet. So viel Kraft hatten ihre Hände durch die Arbeit am Trapez bekommen. Und jetzt genügte der Anblick von Deepas sehniger Hand in der Achselhöhle des Mädchens, damit Farrokh sich abwendete – nicht von dem entblößten Mädchen, sondern von Deepa.

Da wurde Farrokh klar, daß sich Deepa wahrscheinlich mehr Unschuld bewahrt hatte als Madhu – sofern bei der überhaupt ein Quentchen davon übrig war –, denn die Frau des Zwergs war nie eine Prostituierte gewesen. Die Gleichgültigkeit, mit der sich Madhu ausgezogen hatte, damit Dr. Daruwalla sie oberflächlich untersuchen konnte, legte den Schluß nahe, daß das Mädchen wahrscheinlich eine erfahrene Prostituierte war. Farrokh wußte, wie peinlich es den meisten Kindern in Madhus Alter war, sich auszuziehen. Schließlich war er nicht nur Arzt, sondern hatte selbst Töchter.

Madhu sagte kein Wort. Vielleicht begriff sie nicht, warum sie untersucht wurde, oder sie schämte sich. Als sie ihre Brüste bedeckte und eine Hand auf den Mund legte, sah sie aus wie ein achtjähriges Kind. Aber Dr. Daruwalla nahm an, daß sie mindestens dreizehn oder vierzehn war.

»Ich bin sicher, daß jemand anderer sie rasiert hat. Das hat sie nicht selbst gemacht«, erklärte er Deepa. Aufgrund seiner Recherchen für *Inspector Dhar und der Käfigmädchen-Killer* wußte der Doktor so einiges über die Bombayer Bordelle. Jungfräulichkeit war dort eine Bezeichnung für den Marktwert, nicht für den tatsächlichen Zustand. Vielleicht mußte ein Mädchen rasiert sein, um wie eine Jungfrau auszusehen. Dem Doktor war auch bekannt, daß sich die meisten älteren Prostituierten ebenfalls rasierten, weil Schamhaare und Achselhaare zu leicht Läuse anlockten.

Die Frau des Zwergs war enttäuscht. Sie hatte gehofft, Dr. Daruwalla würde der erste und einzige Arzt sein, den Madhu aufsuchen mußte. Dr. Daruwalla sah das nicht so. Er fand Madhu beunruhigend reif. Nicht einmal Deepa zuliebe konnte er dem Mädchen ohne Bedenken ein Gesundheitsattest ausstellen, ohne es erst zu einem Gynäkologen zu schicken – zu Tata Zwo, wie er allgemein genannt wurde.

Dr. Tata (der Sohn) war nicht der beste Gynäkologe und Geburtshelfer in Bombay, sah sich aber, wie vor ihm sein Vater, jede von einem anderen Arzt überwiesene Patientin sofort an. Dr.

Daruwalla argwöhnte schon lange, daß diese Überweisungen den Hauptbestandteil seiner Praxis ausmachten. Er bezweifelte, daß viele Patientinnen bereit gewesen wären, Tata Zwo ein zweites Mal aufzusuchen. Obwohl er die Adjektive »beste« und »berühmteste« von seinem Schild gestrichen hatte – die Klinik hieß jetzt DR. TATAS KLINIK FÜR GYNÄKOLOGIE & GEBURTS-HILFE –, war sie bekanntermaßen äußerst mittelmäßig. Hätte eine von Dr. Daruwallas orthopädischen Patientinnen gynäkologische Beschwerden gehabt, hätte er sie nie und nimmer an Tata Zwo überwiesen. Aber für eine Routineuntersuchung – für ein einfaches Gesundheitsattest oder für die Abklärung von Geschlechtskrankheiten – genügte Tata Zwo. Vor allem war Tata Zwo schnell.

In Madhus Fall war er erstaunlich schnell. Während Vinod Deepa und Madhu zu Dr. Tatas Praxis fuhr, wo die beiden auch nur kurz warten mußten, versuchte Farrokh, Martin Mills davon abzuhalten, sich zu heftig für diese Sache zu engagieren, die der Zwerg und seine Frau mit geradezu religiösem Eifer betrieben. Nachdem Vinod das Mitgefühl des Scholastikers für den elefantenfüßigen Betteljungen miterlebt hatte, sicherte er sich umgehend auch in Madhus Fall die Unterstützung des berühmten Inspector Dhar. Leider war es unmöglich gewesen, dem Missionar zu verheimlichen, daß das einzige nicht verkrüppelte Kind in Dr. Daruwallas Wartezimmer eine Prostituierte war oder zumindest gewesen war.

Schon bevor Dr. Daruwalla Madhus Untersuchung abgeschlossen hatte, war das Unheil geschehen: Martin Mills war Feuer und Flamme für Vinods und Deepas verrückte Idee, daß alle aus den Bordellen von Bombay weggelaufenen Mädchen Zirkusartistinnen werden könnten. Kindprostituierte in den Zirkus zu schicken war in Martins Augen ein Schritt auf dem Weg zur Rettung ihrer Seelen. Farrokh fürchtete sich vor dem, was als nächstes kommen würde – das heißt, sobald Martin auf die Idee kam. Es war nur eine Frage der Zeit, bis der Missionar überzeugt sein würde, daß Ganesh, der elefantenfüßige Junge, seine kleine Seele ebenfalls im Zirkus würde retten können. Dr. Daruwalla wußte, daß es gar nicht genug Zirkusse gab, um all die Kinder aufzunehmen, die der Jesuit glaubte retten zu können.

Dann rief Dr. Tata wegen Madhu an. »Ja, sie ist zweifellos sexuell aktiv – sie hatte mehr Partner, als man zählen kann! –, und jawohl, sie hat irgendeine kleine Geschlechtskrankheit«, sagte Tata Zwo. »Aber unter den gegebenen Umständen könnte es viel schlimmer sein.«

»Und Sie testen auch, ob sie HIV-positiv ist?« fragte Dr. Daruwalla.

»Wir machen einen Test und geben Ihnen dann Bescheid«, sagte Dr. Tata.

»Was haben Sie denn gefunden?« fragte Farrokh. »Tripper?«

»Nein, aber sie hat eine Entzündung am Gebärmutterhals und leichten Ausfluß«, erklärte Dr. Tata. »Sie hat alle Symptome einer Urethritis, aber keine Beschwerden… die Harnröhre ist so geringfügig entzündet, daß man es übersehen könnte. Ich tippe auf Chlamydien. Ich werde ihr Tetracyclin verschreiben. Aber eine durch Chlamydien hervorgerufene Infektion läßt sich nur schwer diagnostizieren, denn wie Sie wissen, sind Chlamydien unter dem Mikroskop nicht zu sehen.«

»Ja, ja«, sagte Dr. Daruwalla ungeduldig. Er hatte es nicht gewußt, aber es interessierte ihn auch nicht. Er hatte schon genug Vorträge für einen Tag gehört, angefangen mit einem aufgewärmten Sermon über die Reformation und die jesuitische Auffassung des freien Willens. Er wollte einzig und allein wissen, ob Madhu sexuell aktiv war. Und ob es irgendeine Geschlechtskrankheit gab, die er dem säurenarbigen Mr. Garg anhängen konnte. Sämtliche vorangegangenen Entdeckungen von Mr. Garg hatten irgendeine Geschlechtskrankheit gehabt, und der Doktor hätte die Schuld dafür zu gern Garg in die Schuhe geschoben. Er glaubte nicht, daß sich die Mädchen diese Geschlechtskrankheiten immer in dem Bordell geholt hatten, aus dem sie weggelaufen waren. Am meisten wünschte sich Dr. Daruwalla – ohne daß er hätte erklären können, warum –, er könnte Deepas und Vinods offensichtlich gute Meinung von Mr. Garg erschüttern. Warum wollten der Zwerg und seine Frau denn nicht sehen, wie unglaublich ekelhaft Mr. Garg war?

»Also, wenn sie nicht HIV-positiv ist, würden Sie sie dann als nicht ansteckend bezeichnen?« fragte Farrokh Tata Zwo.

»Nach der Behandlung mit Tetracyclin, und vorausgesetzt, daß man sie nicht ins Bordell zurückläßt«, sagte Dr. Tata.

Und vorausgesetzt, Deepa bringt das Mädchen nicht wieder ins Wetness Cabaret oder zu Mr. Garg zurück, dachte Farrokh. Ihm war klar, daß Deepa zum Great Blue Nile zurückkehren mußte, bevor er das Ergebnis von Madhus Aidstest kannte. Vinod würde sich um Madhu kümmern und sie von Garg fernhalten müssen; bei dem Zwerg wäre das Mädchen in Sicherheit.

Unterdessen bemerkte der Doktor, daß Martin Mills' moralische Aufdringlichkeit vorübergehend dadurch in Schranken gehalten wurde, daß der Missionar ganz gebannt Farrokhs Lieblingsfoto aus dem Zirkus betrachtete, das auf dem Schreibtisch in seinem Arbeitszimmer stand. Es war ein Bild von Pratap Singhs Adoptivschwester Suman, dem Star des Great Royal Circus. Suman trug ihr Kostüm für den Pfauentanz und half im Sattelgang hinter dem Spielzelt zwei kleinen Mädchen in ihre Pfauenkostüme. Die Pfauen wurden immer von kleinen Mädchen dargestellt. Suman setzte ihnen die Pfauenköpfe auf und stopfte ihre Haare unter die blaugrünen Federn der langen Pfauenhälse.

Der Pfauentanz wurde in allen indischen Zirkussen gezeigt. (Indiens Wappentier ist der Pfau.) Im Great Royal spielte Suman jene Frau aus der Legende, deren Geliebter mit einem Zauber belegt wird, so daß er sie vergißt. Sie tanzt im Mondlicht mit zwei Pfauen; an Fuß- und Handgelenken trägt sie Glöckchen.

Doch daß der Pfauentanz Dr. Daruwalla verfolgte, lag weder an Sumans Schönheit noch an den kleinen Mädchen in ihren Pfauenkostümen. Vielmehr hatte er immer das Gefühl, daß die kleinen Mädchen (die Pfauen) jeden Augenblick sterben mußten. Die Musik zu diesem Tanz war leise und unheimlich, so daß man im Hintergrund die Löwen hören konnte. Draußen, in der Dunkelheit außerhalb der Manege, wurden die Löwen aus ihren Käfigen in den Laufgang gebracht, einen langen, röhrenartigen Gittertunnel, der in die Manege führte. Dieses Laufgitter mochten die Löwen überhaupt nicht. Sie kämpften miteinander, weil sie zu dicht auf den Boden gedrückt wurden und weder zurück in ihre Käfige noch hinaus in die Manege konnten. Farrokh hatte sich immer vorgestellt, daß ein Löwe entfliehen würde. Wenn die Pfauenmädchen ihren Tanz beendet hatten und in ihr Wohnzelt zurückliefen, würde der entflohene Löwe sie auf dem dunklen Weg dorthin erwischen und töten.

Nach dem Pfauentanz bauten die Requisiteure in der Manege den Zentralkäfig auf. Um das Publikum abzulenken, während sie die Käfiggitter und die Feuerreifen aufstellten, wurde im Eingang zum Spielzelt eine Motorradnummer gezeigt. Sie war so wahnwitzig laut, daß niemand die Pfauenmädchen hätte schreien hören, falls ein Löwe entkommen wäre. Zwei Motorräder rasten in einer riesigen Metallgitterkugel gegenläufig im Kreis. Diese Kugel hieß Todeskugel, weil ein Zusammenstoß den sicheren Tod der beiden Fahrer bedeutet hätte. Doch Dr. Daruwalla stellte sich vor, daß sie deshalb so hieß, weil das Geräusch der Motorräder die Schreie der Pfauenmädchen übertönt hätte.

Als der Doktor Suman zum erstenmal gesehen hatte, half sie gerade den kleinen Mädchen in ihre Pfauenkostüme. Sie war wie eine Mutter zu ihnen, obwohl sie selbst keine Kinder hatte. Irgendwie hatte Farrokh den Eindruck, daß Suman die kleinen Mädchen zum letztenmal anzog. Sie würden aus der Manege hinauslaufen, die Nummer mit der Todeskugel würde beginnen, und der entflohene Löwe würde bereits auf dem dunklen Weg zwischen den Wohnzelten auf sie warten.

Vielleicht würde Madhu, falls sie nicht HIV-positiv war, ein Pfauenmädchen im Great Blue Nile werden. Aber ob sie nun HIV-positiv war oder ein Pfauenmädchen wurde – Dr. Daruwalla schätzte ihre Chancen ziemlich gering ein. Gargs Mädchen brauchten immer mehr als eine Portion Tetracyclin.

Martin Luther wird anfechtbar zitiert

Martin Mills hatte darauf bestanden, Dr. Daruwalla bei seiner ärztlichen Tätigkeit zuzusehen, weil er der Meinung war, daß der Doktor »das Werk des Herrn« verrichte. Das hatte der Glaubenseiferer verkündet, noch bevor er einen einzigen von Dr. Daruwallas Patienten gesehen hatte. Konnte man Jesus denn näher sein, als wenn man verkrüppelte Kinder heilte? Diese Tätigkeit stand, wie Farrokh vermutete, ganz oben auf derselben Stufe wie die Errettung ihrer kleinen Seelen. Er hatte dem Missionar gestattet, ihm wie ein Schatten zu folgen, aber nur, weil er beobachten wollte, wie sich dieser von den Schlägen erholte. Der Doktor hatte sorgfältig nach Anzeichen für eine gravierende Kopfverletzung Ausschau gehalten, aber Martin Mills widerlegte diese Theorie hartnäckig. Seine spezifische Verrücktheit schien keineswegs traumatisch bedingt, sondern war offenbar die Folge blinder Überzeugung und konsequenter Erziehung. Nach ihren gemeinsamen Erlebnissen in der Fashion Street wagte es Dr. Daruwalla nicht mehr, den verrückten Scholastiker in Bombay frei herumlaufen zu lassen, hatte aber auch noch keine Zeit gefunden, ihn nach St. Ignatius und damit, wie er hoffte, in Sicherheit zu bringen.

Martin Mills hatte das riesige Konterfei von Inspector Dhar

auf den neuen Filmplakaten, die über den Ständen des Kleiderbasars in der Fashion Street angeschlagen waren, überhaupt nicht bemerkt. Werbeplakate für andere Filme hingegen waren ihm schon aufgefallen. Unmittelbar neben *Inspector Dhar und die Türme des Schweigens* hing ein Plakat für den Film *Ein Mann sieht rot* mit einem überdimensionalen Kopf von Charles Bronson.

»Der sieht ja aus wie Charles Bronson!« bemerkte der Jesuit.

»Das *ist* Charles Bronson«, belehrte ihn Farrokh. Bei dem Bild von Inspector Dhar hingegen bemerkte der Missionar keinerlei Ähnlichkeit mit sich selbst. Doch die Kleiderhändler warfen dem Jesuiten haßerfüllte Blicke zu. Einer weigerte sich, ihm etwas zu verkaufen; der Scholastiker nahm an, daß er eben nichts in der passenden Größe da hatte. Ein anderer schrie Martin Mills an, sein Auftauchen in der Fashion Street sei lediglich ein Werbetrick, um dem neuen Film Publicity zu verschaffen. Auf diese Idee kam er wahrscheinlich deshalb, weil der Missionar den verkrüppelten Betteljungen unbedingt tragen wollte. Der Vorwurf war auf Marathi erfolgt, worauf der elefantenfüßige Junge auf einen Ständer mit Kleidungsstücken spuckte und damit die Situation noch mehr anheizte.

»Aber, aber, auch wenn sie dich schmähen, lächle einfach. Bezeuge ihnen Nächstenliebe«, hatte Martin Mills zu dem verkrüppelten Jungen gesagt. Offenbar nahm er an, daß Ganesh mit seinem zerquetschten Fuß den Ausbruch verursacht hatte.

Es war ein Wunder, daß sie lebend aus der Fashion Street entkamen. Anschließend konnte Dr. Daruwalla Martin Mills sogar dazu überreden, sich die Haare schneiden zu lassen. Sie waren an sich schon kurz genug, aber der Doktor hatte ihm weisgemacht, daß das Wetter zunehmend heißer würde und daß sich in Indien viele Asketen und Mönche die Köpfe kahlscheren ließen. Der Haarschnitt, den Farrokh in Auftrag gab – für drei Rupien bei einem dieser Straßenfriseure, die am Ende der Kleiderständer in der Fashion Street herumlungerten –, kam einem kahlrasierten Kopf ziemlich nahe. Doch selbst als »Skinhead« haftete Martin Mills noch etwas von Inspector Dhars aggressivem Wesen an. Die Ähnlichkeit ging weit über das familienspezifische Hohnlächeln hinaus.

John D. redete wenig, war aber trotzdem unglaublich hartnäckig und eigensinnig; wenn er jedoch vor der Kamera stand, konnte er seinen Text immer haargenau. Martin Mills hingegen machte den Mund überhaupt nie zu. Aber war das, was Martin daherredete, nicht auch nur auswendig gelernt? War das nicht der Text eines Schauspielers anderer Art, eines überzeugten Gläubigen mit dem unbezähmbaren Bedürfnis, sich einzumischen? Waren die Zwillinge nicht beide unglaublich hartnäckig und eigensinnig? Auf alle Fälle waren beide stur.

Verwundert stellte der Doktor fest, daß sich nur knapp die Hälfte der Leute, die ihnen an diesem Tag in Bombay begegneten, nach dem vermeintlichen Inspector Dhar umdrehten; fast ebenso vielen fiel er überhaupt nicht auf. Vinod, der Dhar gut kannte, zweifelte keinen Augenblick daran, daß Martin Dhar war. Deepa kannte Dhar ebenfalls, ließ sich von dem Ruhm des Filmstars aber nicht beeindrucken. Da sie nie einen Inspector-Dhar-Film gesehen hatte, sagte ihr die Filmfigur nichts. Als Deepa in Dr. Daruwallas Wartezimmer dem Missionar begegnete, hielt sie ihn auf Anhieb für das, was er war: für einen amerikanischen Humanitätsapostel. Aber das war schon lange ihre Meinung über Dhar. Sie hatte zwar nie einen Inspector-Dhar-Film gesehen, dafür aber Dhars TV-Clips zugunsten der Klinik für Verkrüppelte Kinder. Deepa hatte Dhar immer als Humanitätsapostel und Nichtinder empfunden. Ranjit hingegen ließ sich nicht täuschen. Der Arzthelfer sah zwischen dem gebrechlichen Missionar und Dhar nur sehr wenig Ähnlichkeit. Er kam nicht einmal auf die Idee, daß die beiden Zwillinge sein könnten, sondern flüsterte Dr. Daruwalla lediglich zu, er hätte gar nicht gewußt, daß Dhar einen Bruder habe. Da Martin Mills so grauenhaft aussah, hielt Ranjit ihn für Dhars älteren Bruder.

Dr. Daruwalla lag in erster Linie daran, Martin Mills im ungewissen zu lassen. Sobald er ihn in St. Ignatius abgeliefert hatte, würde er für immer im ungewissen gelassen – wenigstens hoffte das der Doktor. Er wollte John D. die Entscheidung überlassen, ob er seinen Zwillingsbruder kennenlernen wollte oder nicht. Aber im Untersuchungs- und im Wartezimmer war es schwierig gewesen, Martin Mills von Vinod und Deepa fernzuhalten. Da er die beiden nicht darüber aufklären wollte, daß der Missionar in Wirklichkeit Dhars Zwillingsbruder war, blieb Dr. Daruwalla nichts anderes übrig, als den Dingen ihren Lauf zu lassen.

Auf Vinods Anregung hin wurden Madhu und Ganesh miteinander bekannt gemacht, als hätten eine dreizehnjährige Prostituierte und ein zehnjähriger Betteljunge, dem angeblich ein Elefant auf den Fuß getreten war, von vornherein eine Menge Gemeinsamkeiten. Zu Dr. Daruwallas Überraschung verstanden sich die Kinder auf Anhieb. Madhu war ganz aufgeregt, als sie erfuhr, daß Ganeshs häßliche Augenkrankheit vielleicht bald behoben werden konnte – wenn nicht gar der häßliche Fuß. Und Ganesh bildete sich ein, daß er es im Zirkus ebenfalls zu etwas bringen könnte.

»Mit dem Fuß?« fragte Farrokh. »Was könntest du mit diesem Fuß im Zirkus schon machen?«

»Na ja, es gibt auch Sachen, die er mit den Armen machen kann«, antwortete Martin Mills. Dr. Daruwalla befürchtete, daß der Jesuit darauf trainiert war, jedes pessimistische Argument zu widerlegen.

»Vinod«, beschwor Farrokh den Zwerg. »Könnte ein Junge, der so humpelt, auch nur als Requisiteur tätig sein? Kannst du dir vorstellen, daß sie ihn den Elefantendreck wegschaufeln lassen? Hinter einer Schubkarre könnte er vermutlich herhinken...«

»Clowns hinken auch«, entgegnete Vinod. »Ich zum Beispiel hinke«, fügte der Zwerg hinzu.

»Dann meinst du also, daß er hinken und sich auslachen lassen könnte, wie ein Clown«, sagte Dr. Daruwalla.

»Es gibt immer Arbeit im Küchenzelt«, sagte Vinod hartnäckig. »Er könnte den Teig für die *chapatis* kneten und ausrollen. Er könnte den Knoblauch und die Zwiebeln für das *dhal* kleinschneiden.«

»Aber warum sollten sie ausgerechnet ihn nehmen, wo es für solche Arbeiten doch unzählige Jungen mit zwei gesunden Füßen gibt?« fragte Dr. Daruwalla. Er behielt den Vogeldreckjungen im Augen, da er wußte, daß seine entmutigenden Argumente womöglich mit Mißfallen – und einer entsprechenden Portion Vogeldreck – quittiert würden.

»Wir könnten dem Zirkus klarmachen, daß sie die beiden zusammen nehmen müssen!« rief Martin. »Madhu *und* Ganesh. Wir könnten sagen, daß sie Geschwister sind, die sich umeinander kümmern!«

»Mit anderen Worten, wir könnten lügen«, sagte Dr. Daruwalla.

»*Ich* könnte lügen, um dieser Kinder willen!« sagte der Missionar.

»Das traue ich Ihnen ohne weiteres zu!« rief Farrokh. Er war frustriert, weil ihm das vernichtende Lieblingsargument seines Vaters gegen Martin Luther nicht einfiel. Was hatte der alte Lowji über Luthers Rechtfertigung der Lüge gesagt? Farrokh wünschte, er könnte den Scholastiker mit einem, soweit er sich erinnerte, treffenden Zitat überraschen, aber statt dessen überraschte Martin Mills ihn.

»Sie sind doch Protestant, oder?« fragte der Jesuit den Doktor. »Sie sollten sich an den Rat ihres alten Freundes Luther halten: ›Was wäre es, ob einer schon um Besseres willen eine gute, starke Lüge täte…‹«

»Luther ist nicht mein alter Freund!« gab Dr. Daruwalla zurück. Außerdem hatte Martin Mills beim Zitieren etwas ausgelassen, aber Farrokh konnte sich nicht erinnern, was es war. Was fehlte, war der Zusatz, daß die Lüge nicht nur einem guten Zweck dienen, sondern auch »um… der christlichen Kirche willen« erfolgen mußte. Farrokh wußte, daß man ihn reingelegt hatte, aber er wußte zu wenig, um sich verteidigen zu können. Deshalb brach er statt dessen mit Vinod einen Streit vom Zaun.

»Und du willst mir vermutlich weismachen, daß Madhu eine zweite Pinky ist, habe ich recht?« fragte Farrokh den Zwerg.

Das war ein wunder Punkt zwischen den beiden. Da Vinod und Deepa im Great Blue Nile aufgetreten waren, nahmen sie es Dr. Daruwalla übel, daß er die Artisten des Great Royal Circus bevorzugte. Dort gab es eine gewisse Pinky, die ein richtiger Star war. Als man sie zum Zirkus gebracht hatte, war sie erst drei oder vier Jahre alt gewesen. Pratap Singh und seine Frau Sumi hatten sie ausgebildet. Mit sieben oder acht Jahren konnte Pinky mit der Stirn auf der Spitze eines drei Meter hohen Bambusstabs balancieren. Diesen Stab balancierte ein größeres Mädchen auf der Stirn, das auf den Schultern eines dritten Mädchens stand – eine schier unmögliche Nummer, für die man ein Mädchen mit einem Gleichgewichtssinn benötigte, wie es ihn nur einmal in einer Million gab. Obwohl Deepa und Vinod nie im Great Royal Circus aufgetreten waren, wußten sie, welche Zirkusse ein hohes Niveau hatten – zumindest ein höheres als der Great Blue Nile. Trotzdem schleppte Deepa dem Doktor diese gestrandeten kleinen Huren aus Kamathipura an und erklärte sie für zirkusgeeignet. Dabei waren sie bestenfalls für den Great Blue Nile geeignet.

»Kann Madhu wenigstens einen Kopfstand machen?« fragte Farrokh die Frau des Zwergs. »Kann sie auf Händen gehen?«

Deepa meinte, das Mädchen könne das lernen. Schließlich war sie selbst auch als Mädchen ohne Knochen, als zukünftige Schlangenfrau, an den Great Blue Nile verkauft worden. Später war sie Trapezkünstlerin geworden, eine Fliegerin.

»Aber du bist heruntergefallen«, erinnerte der Doktor Deepa.

»Sie fällt doch nur ins Netz!« rief Vinod aus.

»Da ist aber nicht immer ein Netz«, sagte Dr. Daruwalla. »Bist du vielleicht in einem Netz gelandet, Vinod?« fragte er den Zwerg.

»Ich habe in anderer Beziehung Glück«, entgegnete Vinod. »Madhu wird nicht mit Clowns arbeiten, auch nicht mit Elefanten«, fügte er hinzu.

Aber Farrokh hatte den Eindruck, daß Madhu ungeschickt war. Sie sah schon ungeschickt aus – von der zweifelhaften Koordinationsfähigkeit des hinkenden Knoblauch-und-Zwiebel-Schneiders, Madhus frischernanntem Bruder, ganz zu schweigen. Farrokh war überzeugt, daß der elefantenfüßige Junge bald wieder einem Elefanten begegnen würde, der ihm auf die Füße trat. Er konnte sich vorstellen, daß der Great Blue Nile es sogar fertigbrachte, den zerquetschten Fuß des Jungen zur Schau zu stellen. Ganesh würde eine kleine Attraktion am Rande werden – der Elefantenjunge, wie sie ihn nennen würden.

Und da hatte der Missionar, nach einem knappen Tag in Bombay, zu Dr. Daruwalla gesagt: »Welche Gefahren auch immer im Zirkus lauern mögen, der Zirkus ist allemal besser für diese Kinder als ihre derzeitige Situation. Die Alternativen kennen wir doch.«

Vinod hatte dem vermeintlichen Inspector Dhar gegenüber bemerkt, er habe sich erstaunlich gut von seinen alptraumhaften Erlebnissen in der Falkland Road erholt. (Farrokh fand, daß der Missionar grauenhaft aussah.) Um zu verhindern, daß sich der Zwerg und der Missionar weiter miteinander unterhielten, was, wie Dr. Daruwalla wußte, bei beiden nur Verwirrung gestiftet hätte, nahm er Vinod beiseite und legte ihm nahe, er solle Dhar seinen Willen lassen und »ihm auf keinen Fall widersprechen«, denn der Zwerg habe die richtige Diagnose gestellt: Der Schauspieler hatte wirklich einen Hirnschaden erlitten, und es sei eine heikle Aufgabe, dessen genaues Ausmaß festzustellen.

»Müssen Sie ihn denn auch entlausen?« hatte Vinod flüsternd

gefragt. Damit spielte er auf den gräßlichen Haarschnitt des Scholastikers an. Dr. Daruwalla hatte feierlich genickt und gemeint, jawohl, zu dem Hirnschaden kämen auch noch Läuse.

»Diese Prostituierten sind wirklich dreckig!« hatte Vinod ausgerufen.

Was für ein Morgen! dachte Dr. Daruwalla. Endlich war er Vinod und Deepa losgeworden, indem er sie mit Madhu zu Dr. Tata geschickt hatte. Freilich hatte er nicht damit gerechnet, daß Tata Zwo sie so schnell zurückschicken würde. Farrokh blieb kaum Zeit, um sich Martin Mills vom Hals zu schaffen. Er wollte den Scholastiker unbedingt aus dem Weg haben, bevor Vinod und Deepa mit Madhu zurückkamen, denn so viel geballtem Optimismus war er nicht gewachsen. Außerdem wollte Dr. Daruwalla einen Moment allein sein; schließlich erwartete ihn der Kommissar im Kriminalkommissariat Crawford Market, wo er sich die Fotos der ermordeten Prostituierten ansehen sollte. Doch bevor sich Farrokh fortstehlen konnte, mußte er sich einen Auftrag für Martin Mills einfallen lassen. Der Missionar brauchte eine Mission, und sei es nur für ein oder zwei Stunden.

Noch eine Warnung

Der Elefantenjunge stellte ein Problem dar. Ganesh hatte sich im Klinikhof, der als Therapiegelände diente und in dem zwischen den verkrüppelten Kindern auch viele operierte Patienten ihre diversen physiotherapeutischen Übungen absolvierten, schlecht benommen. Er hatte mehrere wehrlose Kinder mit falschem Vogeldreck bespritzt. Als Ranjit dem frechen Kerl die Spritze wegnahm, biß Ganesh Dr. Daruwallas treu ergebenen Sekretär in die Hand. Ranjit war beleidigt, weil ihn ein Bettler gebissen hatte; außerdem fand er es unter seiner Würde, ungezogene Jungen wie den Elefantenjungen bändigen zu müssen.

Obwohl der Tag gerade erst begonnen hatte, war Dr. Daruwalla bereits erschöpft. Trotzdem machte er sich den Vorfall mit der gebissenen Hand rasch und gewitzt zunutze. Wenn Martin Mills so überzeugt war, daß der Vogeldreckjunge in der Lage war, bei der täglichen Arbeit im Zirkus mitzuhelfen, ließ er sich vielleicht dazu überreden, ein wenig Verantwortung für den kleinen Bettler zu übernehmen. Wie sich herausstellte, war Martin Mills ganz begierig darauf. Wahrscheinlich würde er sich die Verantwortung für eine ganze Welt voller Krüppel aufladen, dachte Farrokh. Er übertrug Martin Mills die Aufgabe, Ganesh ins Parsi General Hospital zu bringen, wo der Doktor den verkrüppelten Betteljungen von dem Augen- und Hals-Nasen-Ohren-Arzt Jeejeebhoy untersuchen lassen wollte – von A-HNO-Jeejeebhoy, wie er allgemein genannt wurde. Dr. Jeejeebhoy war auf solche in Indien seuchenartig auftretenden Augenkrankheiten spezialisiert.

Obwohl bei Ganesh eine schleimige Absonderung vorhanden war und der Junge gesagt hatte, daß seine Augenlider jeden Morgen verklebt waren, hatten die Augäpfel nicht die weiche Beschaffenheit, die Dr. Daruwalla als das Endstadium oder als »weiße Augen« angesehen hätte; denn dann ist die Hornhaut matt und undurchsichtig, und der Patient ist blind. Farrokh hoffte, daß sich Ganeshs Augenkrankheit, welche auch immer, in einem frühen Stadium befand. Vinod hatte nämlich zugegeben, daß der Zirkus keinen Jungen aufnehmen würde, der am Erblinden war – nicht einmal der Great Blue Nile.

Doch bevor Farrokh den Elefantenjungen und den Jesuiten in das nahe gelegene Parsi General Hospital schicken konnte, kam Martin Mills spontan einer Frau im Wartezimmer zu Hilfe, die ein verkrüppeltes Kind hatte. Der Missionar war vor ihr auf die Knie gefallen, was Farrokh als irritierende Angewohnheit bei ihm empfand. Der Frau machte er angst, zumal sie gar keine Hilfe brauchte. Sie blutete nämlich keineswegs aus dem Mund,

wie der Scholastiker erklärt hatte, sondern kaute lediglich Betel-
nuß, nur hatte der Jesuit das noch nie gesehen.

Dr. Daruwalla schob Martin aus dem Wartezimmer in sein
Untersuchungszimmer, weil er hoffte, daß er dort weniger Unheil anrichten konnte. Er bestand darauf, daß Ganesh mitkam,
weil er befürchtete, der gefährliche kleine Kerl könnte sonst noch
jemanden beißen. Sodann erklärte Farrokh Martin Mills in aller
Ruhe, was *paan* war – die in dieser Region übliche Betelnußzube-
reitung. Dafür wird eine Arekanuß zusammen mit anderen Zutaten wie Rosensirup, Anissamen und Limonenpaste in ein Be-
telblatt gewickelt – aber im Grunde tun die Leute fast alles hinein,
sogar Kokain. Bei alten Betelpriemern sind Lippen, Zähne und
Zahnfleisch rot gefleckt. Die Frau, der der Missionar Angst eingejagt hatte, blutete keineswegs, sie kaute nur *paan*.

Endlich gelang es Farrokh, sich von Martin Mills zu befreien.
Er hoffte, A-HNO-Jeejeebhoy würde für die Untersuchung von
Ganeshs Augen ewig brauchen.

Gegen zehn Uhr hatte das Durcheinander dieses Tages ein
wahnwitziges Tempo erreicht. Es war schon jetzt ein Tag, der
Farrokh an die weißgesichtigen, dunkelhäutigen Mädchen in
ihren blaßroten Tutus denken ließ, ein richtiger Radpyramiden-
tag, an dem alle Leute in den Klinikräumen des Doktors zu Can-
can-Musik Fahrrad zu fahren schienen. Als wollte er dieses
Chaos noch steigern, kam Ranjit, ohne anzuklopfen, ins Untersuchungszimmer gestürzt. Er hatte soeben Dr. Daruwallas Post
durchgesehen. Obwohl das Kuvert, das er ihm unter die Nase
hielt, an den Doktor adressiert war und nicht an Inspector Dhar,
hatte die kühle Neutralität der Maschinenschrift etwas Vertrautes. Schon bevor Dr. Daruwalla in den Umschlag schaute und den
Zwei-Rupien-Schein sah, wußte er, was ihn erwartete. Trotzdem
war er wie vor den Kopf gestoßen, als er die Botschaft las, die in
Großbuchstaben auf der Seite mit der Seriennummer stand.
Diesmal lautete die Warnung: SIE SIND SO TOT WIE DHAR.

Zwischendurch kam ein Telefonanruf, der dazu beitrug, die allgemeine Verwirrung noch zu steigern. In seiner Bedrängnis machte Ranjit einen Fehler. Er hielt den Anrufer für den Radiologen Patel – es ging um die Frage, wann Dr. Daruwalla kommen würde, um sich die Fotos anzusehen. Ranjit nahm an, daß mit den »Fotos« Röntgenaufnahmen gemeint waren, und antwortete barsch, der Doktor habe zu tun. Er oder der Doktor würden später zurückrufen, um Bescheid zu geben. Doch nachdem Ranjit aufgehängt hatte, wurde ihm klar, daß der Anrufer nicht der Radiologe Patel gewesen war. Natürlich war es Kommissar Patel gewesen.

»Da war ein gewisser ... Patel für Sie am Telefon«, teilte Ranjit Dr. Daruwalla beiläufig mit. »Er möchte wissen, wann Sie kommen, um sich die Fotos anzusehen.«

Inzwischen steckten zwei Zwei-Rupien-Scheine in Farrokhs Tasche. Die eine Warnung galt Dhar (SIE SIND SO TOT WIE LAL), die andere ihm selbst (SIE SIND SO TOT WIE DHAR). Und er war überzeugt, daß ihm die Fotos, die ihm der Kommissar zeigen wollte, in Anbetracht dieser Drohungen noch grausamer vorkommen würden.

Farrokh wußte, daß John D., der seine Wut immer sehr gut verbarg, schon jetzt wütend auf ihn war, weil er ihn nicht im voraus über das Eintreffen seines lästigen Zwillingsbruders unterrichtet hatte. Und er würde noch wütender werden, wenn sich Dr. Daruwalla die Fotos von den mit Elefanten bemalten Bäuchen der ermordeten Prostituierten ohne ihn anschauen würde; trotzdem hielt der Doktor es für unklug, Dhar ins Kriminalkommissariat mitzunehmen – und Martin Mills mitzunehmen wäre auch nicht ratsam gewesen. Das Kommissariat befand sich in der Nähe des St. Xavier's College, ebenfalls eine jesuitische Einrichtung. Hier wurden Jungen und Mädchen zusammen unterrichtet, während in St. Ignatius nur Jungen aufgenommen wurden. Martin Mills würde zweifellos seine jesuitischen Mitbrüder zu überreden versuchen, Madhu in ihre Schule aufzunehmen, falls sie sich nicht für den Zirkus eignete. Wahrscheinlich würde der verrückte Kerl auch durchsetzen wollen, daß St. Xavier's allen anderen Kindprostituierten, derer man habhaft werden konnte, Stipendien anbot! Er hatte bereits angekündigt, daß er sich wegen Ganesh an den Pater Rektor von St. Ignatius wenden würde. Dr. Daruwalla konnte es kaum erwarten mitzuerleben, wie Pater Julian auf den Vorschlag reagieren würde, die St. Ignatius-Schule solle einem verkrüppelten Betteljungen von der Chowpatty Beach Bildung vermitteln!

Während der Doktor Spekulationen dieser Art anstellte und sich mit der Untersuchung seiner restlichen Patienten beeilte, kehrten Vinod und Deepa mit Madhu und dem Tetracyclin zurück. Bevor sich Farrokh auf die Polizeiwache davonstehlen konnte, fühlte er sich verpflichtet, Mr. Garg eine Falle zu stellen. Der Doktor trug Deepa auf, Garg mitzuteilen, daß Madhu wegen einer Geschlechtskrankheit behandelt würde; das klang ausreichend vage. Falls Mr. Garg mit dem Mädchen herumgemacht hatte, würde er Dr. Daruwalla anrufen müssen, um herauszufinden, um welche Krankheit es sich handelte und wie man sie behandeln mußte.

»Und sag ihm, daß wir einen Test machen, um festzustellen, ob sie HIV-positiv ist«, sagte Farrokh. Das sollte genügen, damit sich der Mistkerl windet, dachte Dr. Daruwalla.

Es war ihm wichtig, daß Deepa und Vinod begriffen, daß Madhu vom Wetness Cabaret und von Garg ferngehalten werden mußte. Der Zwerg würde seine Frau zum Bahnhof fahren, weil Deepa zum Great Blue Nile zurückkehren mußte, aber er durfte Madhu nicht aus den Augen lassen.

»Und denk dran, daß sie ansteckend ist, solange sie nicht lang genug Tetracyclin genommen hat«, erklärte er Vinod.

»Ich denk dran«, sagte Vinod.

Dann erkundigte sich der Zwerg nach Dhar. Wo war er? Ging es ihm gut? Brauchte er nicht vielleicht seinen getreuen Chauffeur? Dr. Daruwalla versuchte Vinod klarzumachen, daß Dhar an dem weitverbreiteten posttraumatischen Wahn litt, ein anderer zu sein.

»Wer ist er denn?« wollte der Zwerg wissen.

»Ein Jesuit und Missionar, der sich in der Ausbildung zum Priester befindet«, antwortete der Doktor.

Vinod stand diesem Wahn sofort verständnisvoll gegenüber. Demnach hatte der Schauspieler also einen noch schlimmeren Hirnschaden erlitten, als der Zwerg anfangs befürchtet hatte! Im Umgang mit Dhar, erklärte der Doktor, müsse man jetzt damit rechnen, daß er im Augenblick eine Person war und im nächsten Augenblick eine andere. Feierlich nickte der Zwerg mit seinem großen Kopf.

Dann gab Deepa dem Doktor einen Abschiedskuß. Ihre Lippen hatten stets die pappige Süße dieser Zitronenbonbons, die sie so gern mochte. Jeder Körperkontakt mit der Frau des Zwergs ließ Dr. Daruwalla erröten.

Farrokh spürte, daß er rot wurde, aber er wußte nie, ob man ihm das auch ansah. Für einen Parsen war er dunkelhäutig, obwohl er im Vergleich zu vielen anderen Indern – mit Sicherheit etwa zu Goanern oder Südindern – hellhäutig war. Natürlich war ihm bewußt, daß er in Kanada normalerweise als »farbig« empfunden wurde, doch wenn er errötete, wußte er nie, ob man das sah oder nicht. Aber natürlich teilte sich seine Verlegenheit durch andere, von der Hautfarbe unabhängige Anzeichen mit, von denen er keine Ahnung hatte. So wandte er zum Beispiel im Anschluß an Deepas Kuß den Blick ab, während sein Mund leicht geöffnet blieb, als hätte er vergessen, was er gerade sagen wollte. Folglich fühlte er sich um so mehr überrumpelt, als nun auch Madhu ihn küßte.

Er hätte gern geglaubt, daß das Mädchen es der Frau des Zwergs nur nachmachte, aber ihr Kuß war zu feucht und durchtrieben – Deepa hatte ihm ihre Zunge nicht in den Mund geschoben. Madhus erfahrene Zunge jedoch tastete sich zielstrebig vor. Ihr Atem duftete nach einem geheimnisvollen Gewürz – Kardamom vielleicht oder Gewürznelke, jedenfalls nicht nach Zitronenbonbons. Als Madhu zurücktrat, lächelte sie ihn zum erstenmal an, und Dr. Daruwalla sah, daß ihre Zähne am Zahnfleisch blutrot gerändert waren. Er war kaum überrascht, eher enttäuscht, als ihm klar wurde, daß die Kindprostituierte eine alte Betelpriemerin war. Aber vermutlich war diese *paan*-Sucht noch Madhus geringstes Problem.

Eine Unterredung im Kriminalkommissariat

Im Anschluß an die unangemessen lüsterne Begegnung mit Madhu war Dr. Daruwalla nicht in der Stimmung, die fotografischen Belege für Rahuls künstlerische Leistung auf den Bäuchen der ermordeten Huren nachsichtig zu beurteilen. Weder hatte die Zeichnung, die der Doktor vor zwanzig Jahren auf Beths Bauch gesehen hatte, eine thematische Erweiterung erfahren, noch hatte sich der Künstler in den dazwischenliegenden Jahren irgendeine erkennbare stilistische Finesse angeeignet. Der unverändert fröhliche Elefant zwinkerte mit einem Auge und hob den Stoßzahn auf der anderen Seite. Das Wasser aus dem Elefantenrüssel besprühte weiterhin das Schamhaar – in vielen Fällen die rasierte Schamzone – der toten Frauen. Nicht einmal die vielen Jahre, die verstrichen waren, geschweige denn die vielen entsetzlichen Morde, hatten Rahul über seinen ersten phantasievollen Einfall hinaus zu inspirieren vermocht – nämlich daß der Nabel des Opfers stets das zwinkernde Auge bildete. Die einzige Abwechslung bei den vielen Fotos bildeten die unterschiedlichen Nabel der Frauen. Detective Patel merkte an, daß sowohl die Zeichnungen als auch die Morde jenem abgedroschenen alten Ausdruck vom »eingleisigen Denken« neue Bedeutung verliehen. Dr. Daruwalla, der zu entsetzt war, um überhaupt etwas zu sagen, konnte nur zustimmend nicken.

Er zeigte dem Kommissar die beiden Zwei-Rupien-Scheine mit den Drohungen, aber Patel war keineswegs überrascht. Er hatte mit weiteren Drohungen gerechnet, da er wußte, daß der Geldschein in Mr. Lals Mund erst der Anfang gewesen war. Kein Mörder, den der Polizeibeamte je erlebt hatte, gab sich damit zufrieden, potentielle Opfer nur einmal zu warnen. Mörder warnten ihre Opfer entweder gar nicht oder wiederholt. Dieser Mörder jedoch hatte zwanzig Jahre lang niemanden gewarnt. Erst jetzt, angefangen mit Mr. Lal, hatte sich eine Art Vendetta gegen Inspector Dhar und Dr. Daruwalla herauskristallisiert. Dem Kommissar schien es unwahrscheinlich, daß das einzige Motiv für diesen Wandel bei Rahul ein alberner Film gewesen sein sollte. Etwas an der Verbindung Daruwalla–Dhar mußte Rahuls Zorn erregt haben – seinen ganz persönlichen Zorn, und zwar schon länger. Der Kommissar vermutete, daß *Inspector Dhar und der Käfigmädchen-Killer* Rahuls alten Haß lediglich weiter geschürt hatte.

»Sagen Sie mir... ich bin einfach nur neugierig«, sagte Detective Patel zu Dr. Daruwalla, »kennen Sie irgendwelche *hijras*... ich meine, persönlich?« Doch sobald er merkte, daß der Doktor über die Frage nachdachte – spontan konnte er sie offenbar nicht beantworten –, fügte der Detective hinzu: »In ihrem Film haben Sie einen *hijra* zum Mörder gemacht. Wie sind Sie bloß auf diese Idee gekommen? Ich meine, meiner Erfahrung nach sind *hijras* einigermaßen friedfertig. Die meisten von ihnen sind recht nette Leute. Mag sein, daß die *hijra*-Prostituierten dreister sind als die weiblichen Prostituierten, aber ich halte sie keineswegs für gefährlich. Aber vielleicht kennen Sie ja einen, der weniger nett ist. Ich bin einfach nur neugierig.«

»Na ja, irgend jemand mußte ja der Mörder sein«, sagte Dr. Daruwalla abwehrend. »Es gab keinen persönlichen Grund.«

»Lassen Sie es mich präziser formulieren«, sagte der Kommissar. Bei diesem Satz horchte Dr. Daruwalla auf, weil er ihn Inspector Dhar oft in den Mund gelegt hatte. »Haben Sie irgendwann mal eine Person mit Frauenbrüsten und dem Penis eines Jungen erlebt? Allen Berichten zufolge war es ein ziemlich kleiner Penis«, fügte der Detective hinzu. »Ich spreche nicht von einem *hijra*. Ich meine einen *zenana*, einen Transvestiten mit einem Penis, aber auch mit Brüsten.«

In dem Augenblick flackerte in Farrokhs Herzgegend ein Schmerz auf. Es war seine angeknackste Rippe, die ihn an Rahul zu erinnern versuchte. Sie wollte ihm zurufen, daß Rahul die zweite Mrs. Dogar war, aber der Doktor interpretierte den Schmerz irrtümlich als einen Hinweis seines Herzens. Und sein Herz sagte: Rahul! Aber daß Rahul mit Mrs. Dogar identisch war, ging Dr. Daruwalla nach wie vor nicht auf.

»Ja, oder vielmehr… ich meine, ich kannte mal einen Mann, der sich in eine Frau umwandeln lassen wollte«, antwortete Farrokh. »Er hat offensichtlich Östrogene genommen, vielleicht hat er sich sogar ein Implantat einsetzen lassen… jedenfalls hatte er eindeutig weibliche Brüste. Aber ob er kastriert war oder sich einer anderen Operation unterzogen hat, weiß ich nicht. Ich meine, ich bin davon ausgegangen, daß er einen Penis hatte, weil er Interesse an einer vollständigen Operation bekundet hat, einer kompletten Geschlechtsumwandlung.«

»Und hat er diese Operation machen lassen?« fragte der Kommissar.

»Woher soll ich das wissen?« entgegnete der Doktor. »Ich habe ihn, oder sie, seit zwanzig Jahren nicht gesehen.«

»Das wäre genau die richtige Zeitspanne, nicht wahr?« fragte der Detective. Wieder spürte Farrokh seine stechende Rippe, die er mit seinem aufgeregten Herzen verwechselte.

»Er wollte nach London fliegen, um sich dort operieren zu lassen«, erklärte Farrokh. »Ich glaube, damals wäre es sehr schwierig gewesen, in Indien eine vollständige Geschlechtsumwandlung vornehmen zu lassen. Solche Operationen sind hier nach wie vor illegal.«

»Ich glaube, daß sich unser Mörder ebenfalls nach London begeben hat«, teilte Patel dem Doktor mit. »Offenbar ist er – oder sie – erst vor kurzem zurückgekehrt.«

»Die Person, von der ich spreche, hatte vor, eine Kunstakademie zu besuchen... in London«, sagte Farrokh benommen. Die Fotografien von den Zeichnungen auf den Bäuchen der ermordeten Prostituierten standen ihm jetzt deutlich vor Augen, obwohl sie verdeckt auf dem Schreibtisch des Kommissars lagen. Patel nahm eine in die Hand und betrachtete sie nochmals.

»Vermutlich hätte ihn keine auch nur halbwegs gute Kunstakademie genommen«, sagte der Detective.

Er machte seine Bürotür, die auf einen offenen Balkon führte, niemals zu. An diesem Balkon lagen ein Dutzend solcher Büroräume, und der Kommissar legte grundsätzlich Wert darauf, daß niemand seine Tür zumachte – außer in der Regenzeit, und auch dann nur, wenn der Wind aus der falschen Richtung kam. Wenn alle Türen offenstanden, konnte niemand, der verhört wurde, später behaupten, man habe ihn geschlagen. Außerdem mochte der Kommissar die Geräusche, die die Sekretäre beim Abschreiben der Polizeiberichte machten. Das mißtönende Geklapper der Schreibmaschinen suggerierte Fleiß und Ordnung. Dabei wußte er, daß viele seiner Kollegen faul waren und ihre Sekretäre schlampig; die getippten Berichte waren selten so ordentlich, wie sich das Tastengeklapper anhörte. Vor ihm auf dem Schreibtisch lagen vier Berichte, die neu geschrieben werden mußten – einer davon besonders dringend –, aber der Kommissar schob sie alle beiseite, um die Fotos von den Bäuchen der ermordeten Huren auszubreiten. Die Elefantenzeichnungen waren ihm so vertraut, daß sie ihn beruhigten. Schließlich wollte er nicht, daß der Doktor seinen Eifer spürte.

»Und hatte diese Person, die Sie kannten, vielleicht einen geläufigen Namen, einen Namen wie etwa Rahul?« fragte der Polizeibeamte. Es war eine schauspielerische Leistung, die Inspector Dhar alle Ehre gemacht hätte.

»Rahul Rai«, sagte Dr. Daruwalla. Er flüsterte beinahe, was das wachsende Vergnügen des Kommissars jedoch keineswegs schmälerte.

»Und war dieser Rahul Rai vielleicht in Goa… machte er vielleicht Urlaub am Meer… etwa zu der Zeit, als der Deutsche und die Amerikanerin – diese Leichen, die Sie gesehen haben – ermordet wurden?« fragte Patel. Der Doktor war auf seinem Stuhl zusammengesunken, als hätte er Magenkrämpfe.

»In meinem Hotel, im Bardez«, antwortete Farrokh. »Er hat mit seiner Tante dort gewohnt. Und die Sache ist die, falls sich Rahul wirklich in Bombay aufhält, ist ihm der Duckworth Club sicher wohlbekannt. Seine Tante war dort Mitglied!«

»War?« fragte der Polizeibeamte.

»Sie ist tot«, sagte Dr. Daruwalla. »Ich nehme doch an, daß Rahul, er oder sie, ihr Vermögen geerbt hat.«

Kommissar Patel berührte den erhobenen Stoßzahn des Elefanten auf einem der Fotos. Dann schob er sämtliche Aufnahmen zu einem ordentlichen Stapel zusammen. Er hatte immer gewußt, daß es in Indien große Familienvermögen gab, aber die Verbindung zum Duckworth Club war eine Überraschung. Er hatte sich zwanzig Jahre lang dadurch irreführen lassen, daß Rahul kurze Zeit eine berüchtigte Erscheinung in den Transvestitenbordellen an der Falkland und der Grant Road gewesen war. Das war wohl kaum der übliche Aufenthaltsort für einen Duckworthianer.

»Ich weiß natürlich, daß Sie meine Frau kennen«, sagte der Detective. »Ich muß Sie mit ihr zusammenbringen. Sie kennt

Ihren Rahul ebenfalls, und vielleicht hilft es mir ja, wenn Sie gewissermaßen ihre Erinnerungen vergleichen.«

»Wir könnten im Club zusammen zu Mittag essen. Vielleicht weiß dort jemand mehr über Rahul«, schlug Farrokh vor.

»Stellen Sie bloß keine Fragen!« schrie ihn der Kommissar plötzlich an. Dr. Daruwalla war gekränkt, auch wenn Patel sofort taktvoll einzulenken versuchte: »Wir wollen Rahul doch nicht warnen, oder?« sagte er beschwichtigend, als spräche er zu einem Kind.

Der aus dem Hof aufwirbelnde Staub hatte sich auf die Blätter der Paternosterbäume gelegt; das Balkongeländer war ebenfalls mit Staub bedeckt. Im Büro des Kommissars bemühte sich der Deckenventilator aus angelaufenem Messing, die Staubpartikel zur offenen Tür hinauszutreiben, und gelegentlich huschten die Schatten vorbeifliegender, gabelschwänziger Falken über seinen Schreibtisch. Das eine offene Auge des auf dem Fotostapel oben liegenden Elefanten schien all diese Dinge zu bemerken, die der Doktor nie mehr vergessen würde. Das wußte er genau.

»Heute mittag?« schlug der Polizeibeamte vor.

»Morgen würde mir besser passen«, sagte Dr. Daruwalla. Daß er Martin Mills bei den Jesuiten in St. Ignatius abliefern mußte, war ihm ein willkommener Vorwand. Außerdem mußte er mit Julia reden und brauchte etwas Zeit, um Dhar Bescheid zu sagen, denn Dhar sollte beim Lunch mit dem verletzten Hippiemädchen von damals dabeisein. Farrokh wußte, daß John D. ein hervorragendes Gedächtnis hatte. Vielleicht erinnerte er sich sogar an Rahul.

»Also morgen, einverstanden«, sagte der Kommissar, aber man merkte ihm die Enttäuschung an. Die Worte, mit denen seine Frau Rahul beschrieben hatte, gingen ihm ständig im Kopf herum. Auch Rahuls ungewöhnlich große Hände, die die großen Brüste seiner Frau gehalten hatten, beschäftigten ihn; desgleichen Rahuls feste, wohlgeformte Brüste, die Nancy in ihrem

Rücken gespürt hatte; und der jungenhaft kleine, seidige Penis, den sie am Gesäß gespürt hatte. Nancy hatte gesagt, er habe sich herablassend verhalten, spöttisch, neckisch – auf alle Fälle subtil, wahrscheinlich grausam.

Dr. Daruwalla war erst ganz am Anfang seines mühseligen schriftlichen Berichts über Rahul, doch der Polizeibeamte funkte ihm dauernd dazwischen. »Wenn Sie Rahul mit einem Wort charakterisieren müßten«, bat er den Doktor, »welches Wort fiele Ihnen da spontan ein... ich bin nur neugierig«, sagte der Detective.

»Arrogant«, antwortete der Doktor. Man konnte Detective Patel ansehen, daß ihn das, nach zwanzig langen Jahren, nicht befriedigte.

»Bitte versuchen Sie es nochmals«, sagte der Detective.

»Überlegen«, sagte Dr. Daruwalla.

»Sie kommen der Sache schon näher«, meinte Patel.

»Rahul führt uns alle an der Nase herum«, erklärte Farrokh. »Er ist arrogant, maliziös, und seine Kultiviertheit ist reine Berechnung. Wie seine verstorbene Tante setzt er Kultiviertheit als Waffe ein. Ich glaube, daß er im Grunde genommen ein grausamer Mensch ist«, sagte der Doktor und hielt in seiner Beschreibung inne, weil der Detective mit geschlossenen Augen lächelnd an seinem Schreibtisch saß. Während der ganzen Zeit ließ Kommissar Patel seine Finger sprechen, als schriebe er einen weiteren Bericht, doch die Finger klopften nicht auf die Tasten seiner Schreibmaschine. Er hatte die Fotos wieder ausgebreitet – sie bedeckten den ganzen Schreibtisch – und tippte auf die vielen Köpfe der spöttischen Elefanten, tastete nach den Nabeln der ermordeten Prostituierten, nach all diesen ununterbrochen zwinkernden Augen.

Weiter hinten auf dem Balkon schrie ein Mann aus dem Büro eines anderen Polizeibeamten, er würde die Wahrheit sagen, während ihm ein Polizist gelassen mit der beinahe harmonisch klingenden Wiederholung des Wortes »Lügen« widersprach. Aus dem Zwinger im Hof drang das laute Gebell der angriffslustigen Polizeihunde herauf.

Nachdem Dr. Daruwalla seinen schriftlichen Bericht über Rahul fertiggestellt hatte, schlenderte er auf den Balkon hinaus, um einen Blick auf die Hunde zu werfen, die sich müde gebellt hatten. Die Vormittagssonne knallte auf den Hof hinunter. Die Polizeihunde, lauter Dobermänner, schliefen in der einzigen schattigen Ecke ihres Zwingers; ein paar Paternosterbäume verstellten Farrokh den Blick auf sie. Doch oben auf dem Balkon befand sich ein kleiner, mit Zeitungen ausgelegter Käfig, vor den sich der Doktor hinkniete, um mit einem Welpen, einer Mischung aus Dobermann und Pinscher, zu spielen. Der Welpe jaulte und wand sich, um Farrokh auf sich aufmerksam zu machen. Er schob seine glänzend schwarze Schnauze durch ein Quadrat des Drahtgitters, leckte dem Doktor die Hand ab und schnappte mit seinen nadelscharfen Zähnen nach dessen Fingern.

»Na, bist du ein braver Hund?« fragte Farrokh den Welpen, dessen wilde Augen ringsum die für Dobermänner typische rostbraune Zeichnung hatten. Die Bombayer Polizei bevorzugte diese Hunderasse, weil das kurze Fell für das heiße Klima gut geeignet war. Die Hunde waren groß, kräftig und schnell; sie hatten das Gebiß und die Zähigkeit eines Terriers, waren allerdings nicht ganz so intelligent wie Schäferhunde.

Ein jüngerer, diensteifriger Unterinspektor kam aus einem Büro, in dem mindestens drei Schreibmaschinen klapperten, eilte auf Dr. Daruwalla zu und begann heftig auf ihn einzureden. Sinngemäß sagte er, man dürfe einen Dobermannwelpen nicht »verwöhnen«, weil er sich sonst nicht mehr für den Polizeidienst ausbilden ließe, und überhaupt dürfe man zukünftige Polizeihunde nicht wie Schoßhunde behandeln. Wann immer jemand so unerwartet Hindi mit dem Doktor sprach, erstarrte dieser, weil er die Sprache nicht fließend beherrschte.

»Tut mir leid«, sagte Dr. Daruwalla auf englisch.

»Nein, Ihnen braucht es nicht leid zu tun!« schrie plötzlich jemand. Es war Kommissar Patel, der, mit beiden Händen Farrokhs geschriebene Aussage umklammernd, aus seinem Büro auf den Balkon gestürzt war. »Machen Sie ruhig weiter! Spielen Sie mit dem Welpen, soviel Sie wollen!« rief der Kommissar.

Der junge Polizeibeamte bemerkte seinen Irrtum und entschuldigte sich rasch bei Dr. Daruwalla. »Tut mir leid, Sir«, sagte er. Doch bevor er sich in sein Büro und zu dem schützenden Getöse der Schreibmaschinen zurückziehen konnte, wurde auch er noch von Detective Patel angeblafft.

»Ihnen sollte es leid tun, daß Sie mit meinem Zeugen sprechen!« brüllte der Kommissar.

Demnach bin ich ein »Zeuge«, stellte Farrokh fest. Er hatte ein kleines Vermögen damit verdient, daß er sich über die Polizei lustig gemacht hatte. Jetzt wußte er, daß er nicht einmal von so banalen Dingen wie der Hackordnung unter Polizisten die geringste Ahnung hatte.

»Machen Sie ruhig weiter! Spielen Sie mit dem Welpen!« wiederholte Patel, und Farrokh wandte seine Aufmerksamkeit wieder dem Dobermann zu. Da der kleine Hund gerade einen erstaunlich großen Haufen auf den mit Zeitungen ausgelegten Käfigboden gemacht hatte, nahm dieser Haufen Dr. Daruwallas Aufmerksamkeit vorübergehend in Anspruch. Und da sah er, daß es sich bei der Zeitung um die heutige Ausgabe der ›Times of India‹ handelte und der Haufen des Dobermanns auf eine Kritik von *Inspector Dhar und die Türme des Schweigens* gefallen war. Es war ein Verriß mit einem ausgesprochen säuerlichen Grundtenor, den der Gestank der Hundescheiße noch zu verschärfen schien.

Der Haufen sorgte dafür, daß Farrokh lediglich einen kleinen Teil der Kritik lesen konnte, was nur gut war, weil er sich schon genug ärgerte. Zu allem Überfluß enthielt sie auch noch einen unnötigen Seitenhieb auf Dhars deutlich sichtbares Figurproblem. Der Kritiker stellte fest, Inspector Dhars Bierbauch würde zu weit vorstehen, um die Behauptung des Filmstudios zu rechtfertigen, er sei der Charles Bronson von Bombay.

Deutliches Papiergeraschel verriet Dr. Daruwalla, daß der Kommissar seine Aussage zu Ende gelesen hatte. Patel stand dicht genug beim Käfig, um zu erkennen, was Farrokh gelesen hatte. Er hatte die Zeitung selbst dorthin gelegt.

»Ich fürchte, das ist keine besonders gute Kritik«, bemerkte der Kommissar.

»Das sind sie nie«, sagte Dr. Daruwalla und folgte Patel nach drinnen in sein Büro. Er merkte, daß der Polizeibeamte über seinen schriftlichen Bericht keineswegs erfreut war.

»Setzen Sie sich«, sagte Detective Patel, doch als der Doktor auf den Stuhl zusteuerte, auf dem er zuvor gesessen hatte, packte ihn der Detective am Arm und dirigierte ihn hinter den Schreibtisch. »Nein, nein, setzen Sie sich da hin, wo ich normalerweise sitze!« Und so nahm Farrokh auf dem Stuhl des Kommissars Platz. Er war höher als der Besucherstuhl. Die Fotos der ermordeten Prostituierten waren besser zu sehen, oder schwerer zu übersehen. Der Doktor mußte an jenen Tag an der Chowpatty Beach denken, an dem der kleine John D. solche Angst vor der versammelten Festgemeinde gehabt hatte und vor all den Elefantenköpfen, die ins Meer getragen wurden. »Sie ertränken die Elefanten«, hatte das Kind geschrien. »Da werden die Elefanten aber böse sein!«

In seinem schriftlichen Bericht hatte Farrokh die Ansicht geäußert, daß die haßerfüllten Telefonanrufe, die den Mord an seinem Vater betrafen, von Rahul stammten. Schließlich war es die Stimme einer Frau, die sich Mühe gab, wie ein Mann zu klingen, und dies könnte der wie auch immer gearteten Stimme entsprechen, die Rahul inzwischen hatte. Vor zwanzig Jahren war Rahuls Stimme noch unfertig gewesen; sie war noch nicht geschlechtsspezifisch entwickelt. Doch obwohl Detective Patel diese Spekulation interessant fand, irritierte ihn Dr. Daruwallas

Schlußfolgerung, nämlich daß Rahul den alten Lowji ermordet hatte. Da war zu viel Phantasie im Spiel, der Sprung war zu groß. Eine solche Folgerung verdarb den schriftlichen Bericht des Doktors und ließ ihn, nach Ansicht des Kommissars, »amateurhaft« erscheinen.

»Ihr Vater wurde von Profis in die Luft gejagt«, erklärte der Inspektor dem Doktor. »Ich war damals noch Inspektor auf der Polizeiwache Colaba, nur der diensthabende Beamte. Die Polizeiwache in Tardeo hat sich um die Angelegenheit gekümmert. Ich hatte keinen Zutritt zum Tatort, und später wurde die Untersuchung den Regierungsstellen übergeben. Aber ich weiß mit Sicherheit, daß Lowji Daruwalla von mehreren Leuten in die Luft gejagt worden ist. Eine Zeitlang hieß es, möglicherweise habe der Obergärtner die Finger mit im Spiel gehabt.«

»Der Gärtner vom Duckworth Club?« rief Dr. Daruwalla. Er hatte den Obergärtner noch nie gemocht, ohne daß er hätte sagen können, warum.

»Damals war dort ein anderer Obergärtner... wie Sie sich sicher erinnern«, sagte der Detective.

»Ach ja«, sagte Farrokh. Er kam sich von Minute zu Minute mehr wie ein Amateur vor.

»Jedenfalls könnte Rahul durchaus der Anrufer sein, auch wenn das reine Vermutung ist«, sagte Patel. »Aber ein Spezialist für Autobomben ist er nicht.«

Der Doktor saß noch immer trübsinnig da und betrachtete die auf den Bildern dokumentierten Schicksale der ermordeten Frauen. »Aber warum sollte Rahul mich hassen? Oder auch Dhar?« fragte Dr. Daruwalla.

»Das ist genau die Frage, die Sie in Ihrer schriftlichen Aussage nicht beantworten und nicht einmal stellen«, sagte Kommissar Patel. »Ja, warum?«

Beiden Männern ging diese unbeantwortete Frage nach – Dr. Daruwalla, während er ein Taxi ins Stadtzentrum nahm, um sich mit Martin Mills zu treffen, und Detective Patel, während er an seinen Platz hinter dem Schreibtisch zurückkehrte. Dort sah sich der Kommissar aufs neue mit den zwinkernden Elefanten auf den schlaffen Bäuchen der brutal ermordeten Frauen konfrontiert.

Kein Motiv

Der Kommissar sann darüber nach, daß das Geheimnis von Rahuls Haß wahrscheinlich nicht zu ergründen war. Freilich konnte man endlose Mutmaßungen anstellen, aber befriedigend klären ließ sich die Angelegenheit wohl nicht – wahrscheinlich niemals. Die Frage nach dem Motiv für Rahuls Haß würde unbeantwortet bleiben. Und genau das war bei sämtlichen Inspector-Dhar-Filmen absolut unglaubwürdig: daß sämtliche Motive der Mörder immer eindeutig nachgewiesen wurden. Die Gründe für diese oder jene Haßgefühle, die zu dieser oder jener Gewalttat führten, waren immer einleuchtend. Detective Patel bedauerte, daß Rahul Rai keine Filmfigur war.

Außer der schriftlichen Aussage hatte sich der Detective von Dr. Daruwalla auch ein Empfehlungsschreiben an den Duckworth Club geben lassen, da es seiner Aufmerksamkeit nicht entgangen war, daß dieser Ehrenvorsitzender des Mitgliederausschusses dieses Clubs war. Darin wurde der Duckworth Club ersucht, Kommissar Patel die Liste mit den Namen der neuen Mitglieder zur Verfügung zu stellen – wobei sich »neu« auf die letzten zwanzig Jahre bezog. Der Kommissar schickte einen Unterinspektor mit dieser schriftlichen Aufforderung in den Club, mit der Anweisung, diesen nicht ohne die Namensliste zu verlassen. Detective Patel bezweifelte, daß es notwendig sein würde, die Namen aller sechstausend Mitglieder durchzugehen. Mit ein bißchen Glück würde sich ein in letzter Zeit neu aufgenommener

Verwandter der verstorbenen Promila Rai leicht ausfindig machen lassen. Es fiel dem Kommissar schwer, seine Ungeduld zu zügeln, während er auf den Unterinspektor mit der Liste wartete.

Detective Patel saß an seinem Schreibtisch inmitten der Staubpartikel, die im Luftwirbel des Deckenventilators tanzten, der nicht zu hören war – nicht etwa, weil er wirklich geräuschlos lief, sondern weil das unablässige Schreibmaschinenorchester der Sekretärinnen sein schwaches Surren und Klicken übertönte. Anfangs war der Kommissar hellauf begeistert über die Information gewesen, die er von Dr. Daruwalla erhalten hatte. Er war Rahul noch nie so dicht auf den Fersen gewesen. Jetzt war er überzeugt, daß die Verhaftung des Mörders unmittelbar bevorstand. Trotzdem behielt der Detective seine Vorfreude für sich, weil er auf jeden Fall vermeiden wollte, daß Nancy enttäuscht wurde, falls irgendein Puzzleteil nicht passen sollte – zumal er aus Erfahrung wußte, daß immer irgendein Puzzleteil nicht paßte.

»Aber warum sollte Rahul mich hassen? Oder auch Dhar?« hatte Dr. Daruwalla gefragt. Obwohl der Detective diese Frage als typische Eitelkeit des Erfinders von Inspector Dhar wertete, hatte er – der echte Detective – den Doktor dazu animiert, sich genau diese Frage immer wieder zu stellen.

Der Kommissar hatte zu lange mit diesen Fotos gelebt, und der kleine Elefant mit seinem großspurigen Stoßzahn und den schelmischen Augen hatte ihm arg zugesetzt, von den ermordeten Frauen mit ihren teilnahmslosen Bäuchen ganz zu schweigen. Er war überzeugt, daß es nie ein zufriedenstellendes Motiv für einen derartigen Haß geben würde. Rahuls eigentliches Verbrechen bestand darin, daß er seine Taten nicht ausreichend rechtfertigen konnte. Etwas an diesem Rahul würde unerklärlich bleiben, denn das Entsetzliche an solchen Morden bestand eben darin, daß sie nicht ausreichend motiviert waren. Und deshalb hatte Detective Patel das Gefühl, daß seine Frau zwangsläufig enttäuscht sein würde. Er würde sie nicht anrufen, weil er ihr keine Hoffnungen machen wollte. Wie er sich hätte denken können, rief Nancy ihn an.

»Nein, Herzchen«, sagte der Detective.

Im angrenzenden Büro hörte das Geklapper der Schreibmaschinen auf, dann hörte auch im nächsten Büro die Tipperei auf – und so weiter, den ganzen Balkon entlang.

»Nein, das hätte ich dir gesagt, Herzchen«, sagte der Kommissar.

Seit zwanzig Jahren rief Nancy ihn fast jeden Tag an. Und jedesmal fragte sie ihn, ob er Beths Mörder gefaßt habe.

»Ja, natürlich verspreche ich dir das, Herzchen«, sagte der Detective.

Die großen Dobermänner unten im Hof schliefen noch, und der Mechaniker hatte Erbarmen und unterbrach den infernalischen Lärm, den er mit den Motoren der Streifenmotorräder veranstaltete, indem er sie immer wieder hochjagte. Diese uralten Dinger mußten so oft neu eingestellt werden, daß die Hunde davon nicht mehr aufwachten. Doch selbst dieser Lärm hatte aufgehört, als hätte der Mechaniker – trotz des ständigen Hochjagens und Drosselns – hören können, daß das Maschinengeklapper verstummt war, und sich den schweigenden Schreibmaschinen angeschlossen.

»Ja, ich habe dem Doktor die Fotos gezeigt«, erklärte Patel Nancy. »Ja, natürlich hattest du recht, Herzchen«, bestätigte er seiner Frau.

Auf einmal war da ein neues Geräusch in Detective Patels Büro. Er sah sich um, um festzustellen, woher es kam. Erst allmählich wurde ihm bewußt, daß das Maschinengeklapper ausgesetzt hatte. Dann blickte er hinauf zu dem kreiselnden Deckenventilator und realisierte, daß er dessen Schwirren und Klicken hörte. Es war so leise, daß er die rostigen Eisenräder der Essenskarren hören konnte, die von Hand die Dr. Dadabhoy Naoroji

Road entlanggeschoben wurden. Die Essensausträger waren unterwegs, um den Büroangestellten im Stadtzentrum ihr warmes Mittagessen zu bringen.

Kommissar Patel wußte, daß seine Amtskollegen und ihre Sekretäre jedes Wort seines Gesprächs mit anhörten, und flüsterte deshalb ins Telefon. »Herzchen«, sagte er, »es ist ein kleines bißchen besser, als du anfangs gedacht hast. Der Doktor hat die Leichen nicht nur gesehen, sondern er kennt auch Rahul. Sowohl Daruwalla als auch Dhar wissen tatsächlich, wer er ist ... oder zumindest, wer er, oder sie, war.« Nach einer kurzen Pause flüsterte Patel: »Nein, Herzchen, sie haben ihn, oder sie, nicht gesehen ... seit zwanzig Jahren nicht.«

Dann hörte der Detective wieder seiner Frau zu – und dem Deckenventilator und den knirschenden Rädern der fernen Essenskarren.

Als der Kommissar wieder sprach, war es ein Aufschrei, kein Geflüster. »Aber ich habe deine Theorie nie verworfen!« rief er ins Telefon. Dann schlich sich ein vertrauter, resignierter Ton in seine Stimme. Er schmerzte seine Kollegen aufrichtig, denn alle schätzten ihn sehr und konnten das Motiv für die extreme Liebe, die Detective Patel für seine Frau empfand, ebensowenig ergründen wie dieser das Motiv für Rahuls extremen Haß. Was mochte nur der Grund für eine solche Liebe oder einen solchen Haß sein – dieses Rätsel zwang die Polizeibeamten und ihre Sekretäre zum Zuhören. Den ganzen Balkon entlang waren sie überwältigt von der Intensität einer in ihren Augen grundlosen, irrationalen Liebe.

»Nein, natürlich bin ich nicht verärgert«, sagte Patel zu Nancy. »Es tut mir leid, Herzchen, wenn ich ärgerlich geklungen habe.« Der Detective hörte sich ausgelaugt an. Seine Kollegen und deren Sekretärinnen wünschten, sie könnten ihm helfen. Sie lauschten nicht, um Informationen im Zusammenhang mit den ermordeten Prostituierten aufzuschnappen, da sie wußten, daß die Belege für das, was diesen Frauen angetan worden war, vom

Kommissar nie weiter entfernt waren als in der obersten Schublade seines Schreibtischs. Vielmehr war es das mitleiderregende Eingeständnis von Detective Patels Liebe zu seiner unglücklichen Frau, die den Motorradmechaniker dazu veranlaßte, die Hand vom Gashebel zu nehmen.

Patel legte die Fotografien gewissenhaft in die oberste Schublade zurück. Er legte sie stets eine nach der anderen hinein, so wie er sie auch getreulich in genau der Reihenfolge betrachtet hatte, in der die Verbrechen entdeckt worden waren. »Ich liebe dich auch, Herzchen«, sagte der Detective ins Telefon. Er wartete immer, bis Nancy aufgelegt hatte. Dann knallte er die oberste Schreibtischschublade zu und stürzte auf den Balkon. Und jedesmal überrumpelte er seine Kollegen und deren Sekretäre. Keine von ihnen konnte so schnell wieder zu tippen anfangen, wie der Kommissar zu schreien anfing.

»Sind euch vielleicht die Berichte ausgegangen?« brüllte er. »Sind euch vielleicht sämtliche Finger abgefallen?« schrie er. »Gibt es keine Morde mehr? Gehören Verbrechen der Vergangenheit an? Seid ihr alle in Urlaub gegangen? Habt ihr nichts Besseres zu tun, als mir zuzuhören?« Das Tippen hatte wieder eingesetzt, obwohl Detective Patel wußte, daß die ersten Wörter in den meisten Fällen sinnlos waren. Unten im Hof begannen die Dobermannpinscher wie verrückt zu bellen; er konnte sie in ihrem Zwinger umherspringen sehen. Und er sah, wie sich der Mechaniker auf das nächstbeste Motorrad schwang und wieder und wieder, allerdings ohne Erfolg, auf den Kickstarter sprang. Der Motor gab ein trockenes, schnappendes Geräusch von sich, wie wenn ein Sperrhaken in ein Sperrad einrastet.

»Du mußt den Vergaser entlüften, da ist zuviel Luft drin!« schrie Patel zu dem Mechaniker hinunter, der sich rasch am Vergaser zu schaffen machte, während sein rastloses Bein nach wie vor auf den Kickstarter trat. Als der Motor ansprang und der Mechaniker ihn derart laut auf Touren brachte, daß er das Gebell der Dobermänner vollständig übertönte, kehrte der Kommissar in sein Büro zurück und setzte sich mit geschlossenen Augen an den Schreibtisch. Nach einiger Zeit begann er mit dem Kopf zu wippen, als hätte er unter den stakkatohaften Ausbrüchen der Polizeischreibmaschinen einen Rhythmus gefunden, dem er sich anschließen konnte, wenn auch keine Melodie.

Er hatte es nicht direkt versäumt, Nancy zu sagen, daß sie morgen mit Dr. Daruwalla – und wahrscheinlich auch mit Inspector Dhar – im Duckworth Club zu Mittag essen würden. Er hatte ihr diese Information absichtlich vorenthalten, weil er wußte, daß sie sie beunruhigen oder sogar zum Weinen bringen würde – zumindest würde sie ihr eine weitere lange, schlaflose Nacht voll hilflosen Kummers bereiten. Nancy haßte es auszugehen. Außerdem hatte sie eine unsinnige Abneigung gegen Inspector Dhars Erfinder und gegen Dhar entwickelt. Detective Patel wußte, daß die Abneigung seiner Frau ebenso unlogisch war wie ihr Vorwurf an die beiden Männer, sie würden nicht begreifen, was für ein schweres Trauma sie in Goa erlitten hatte. Und der Detective sah voraus, daß Nancy sich auf ähnlich unlogische Weise in Anwesenheit von Daruwalla und Dhar schämen würde, weil sie die Vorstellung nicht ertragen konnte, jemandem wieder zu begegnen, der sie damals gekannt hatte.

Er würde ihr das mit dem Lunch im Duckworth Club morgen früh sagen, dachte der Detective. Auf diese Weise würde seine Frau vielleicht einigermaßen gut schlafen können. Außerdem hoffte er, nach Durchsicht der Liste mit den Namen der neuen Clubmitglieder vielleicht zu wissen, wer Rahul war – oder als wer er oder sie sich inzwischen ausgab.

Patels Kollegen und ihre Sekretäre entspannten sich erst, als sie seine Schreibmaschine hörten, die ihre langweilige Melodie zum Orchester beisteuerte. Dieses monotone Geräusch aus dem Büro des Kommissars war ihnen willkommen und beruhigte sie, denn das ausdruckslose Klacken der Tasten verriet ihnen, daß der

Kommissar seine normale Verfassung – wenn auch nicht seinen Seelenfrieden – wiedererlangt hatte. Es tröstete seine Untergebenen sogar zu wissen, daß er ihre zusammengeschusterten Berichte umschrieb und sie ihnen irgendwann am Nachmittag samt den überarbeiteten Versionen auf den Schreibtisch legen würde, versehen mit einem einfallsreichen Sortiment an beleidigenden Kommentaren – denn nach Detective Patels Ansicht wußte keiner von ihnen, wie man einen anständigen Bericht verfaßte. Und die Sekretäre würden wegen ihrer Tippfehler ins Gebet genommen werden. Der Kommissar hatte von den Sekretären eine so schlechte Meinung, daß er seine Berichte selbst tippte.

Martins Mutter macht ihn krank

Das Trachom, eine chlamydienbedingte Bindehautentzündung und eine der Hauptursachen für Blindheit in der Welt, ist in seinen frühesten Stadien leicht zu behandeln. In Ganeshs Fall war die Hornhaut noch nicht vernarbt. A-HNO-Jeejeebhoy hatte drei Wochen Tetracyclin zum Einnehmen und eine Tetracyclinsalbe verschrieben. Manchmal sind eben mehrere Behandlungszyklen erforderlich, hatte Doktor Jeejeebhoy erklärt, aber damit würden die triefenden Augen des Elefantenjungen wahrscheinlich wieder klar werden.

»Sehen Sie?« sagte Martin Mills zu Dr. Daruwalla. »Wir haben dem Jungen bereits etwas Gutes getan. Das war doch nicht schwer, oder?«

Irgendwie kam es dem Doktor illoyal vor, daß sie mit einem Taxi fuhren, das nicht von Vinod chauffiert wurde; es war nicht einmal ein Taxi seines Unternehmens. Ganz ungefährlich war das offenbar auch nicht, denn der altersschwache Fahrer hatte sie gewarnt, daß er sich in Bombay nicht auskannte. Bevor sie zur Missionsstation in Mazgaon fuhren, setzten sie den Betteljungen wunschgemäß an der Chowpatty Beach ab. Dr. Daruwalla konnte sich die Bemerkung nicht verkneifen, daß der kleine Krüppel es ohne Zweifel kaum erwarten konnte, seine Klamotten aus der Fashion Street zu verkaufen.

»Sie sind wirklich zynisch«, sagte der Scholastiker.

»Das Tetracyclin verkauft er vermutlich auch«, entgegnete Farrokh. »Wahrscheinlich ist er blind, bevor er den Zirkus überhaupt zu Gesicht bekommt.«

Während Farrokh den Missionar nach St. Ignatius begleitete, fühlte er sich so niedergeschlagen, daß er im stillen bittere Entscheidungen traf. Er beschloß, nie wieder ein Drehbuch für einen Inspector-Dhar-Film zu schreiben, und er beschloß, eine Pressekonferenz zu geben, bei der er die ganze Schuld für das Zustandekommen der Inspector-Dhar-Filme auf sich nehmen würde.

Von solchen Gedanken abgelenkt und, wie stets in Bombay, ein nervöser Fahrgast – selbst wenn Vinod am Steuer saß, der recht ordentlich fuhr –, schreckte Dr. Daruwalla plötzlich auf, als ihr Taxi um ein Haar einen Fußgänger anfuhr. Martin Mills ließ sich von diesem Beinaheunfall nicht in seinem Stegreifvortrag über den Jainismus stören. »Das ist ein präbuddhistischer Ableger des Hinduismus«, verkündete er. Die Jainas seien absolut rein, erklärte der Missionar. Sie äßen nicht nur kein Fleisch, sondern auch keine Eier; töteten keine Lebewesen, nicht einmal eine Fliege; badeten jeden Morgen. Er würde zu gern einen Jaina kennenlernen, meinte Martin. So schnell hatte er das morgendliche Chaos hinter sich gelassen, sofern er es nicht überhaupt ganz vergessen hatte.

Ohne logischen Übergang stürzte sich der Missionar auf das abgedroschene Thema Gandhi. Farrokh überlegte, wie er das Gespräch in andere Bahnen lenken könnte; vielleicht könnte er einwenden, ihm sei der Krieger Shivaji lieber als Gandhi – der hatte nichts mit diesem Blödsinn von wegen die andere Wange hinhalten im Sinn! Doch bevor der Doktor auch nur einen Satz des von Gandhi begeisterten Scholastikers entkräften konnte, wechselte dieser Mills erneut das Thema.

»Ich persönlich interessiere mich ja mehr für Shirdi Sai Baba«, sagte der Missionar.

»Ach ja, den Jesus von Maharashtra«, entgegnete Farrokh im Spaß. Sai Baba war der Schutzpatron der Zirkusartisten, und viele von ihnen trugen kleine Shirdi-Sai-Baba-Medaillons um den Hals – das hinduistische Pendant zu den Christopherus-Medaillen. In den Wohnzelten des Great Royal und des Great Blue Nile hingen Shirdi-Sai-Baba-Kalender. Die Grabstätte des Heiligen befand sich in Maharashtra.

»Die Parallelen zu Jesus sind verständlich«, dozierte Martin Mills, »obwohl Sai Baba ein Teenager war, bevor man auf ihn aufmerksam wurde, und ein alter Mann, Mitte Achtzig, als er starb... 1918 war das, glaube ich.«

»Aufgrund der Abbildungen hatte ich immer den Eindruck, daß er ein bißchen wie Lee Marvin ausgesehen hat... der Lee Marvin von Maharashtra«, sagte Farrokh.

»Lee Marvin! Doch nicht Shirdi Sai Baba...«, protestierte der Missionar.

Um den zu erwartenden Vortrag des Eiferers über die Parallelen zwischen dem Christentum und dem Sai-Baba-Kult abzubiegen, begann der Doktor an dieser Stelle unvermittelt mit einer Schilderung jener schrecklichen Zirkusnummer mit der Wippe, die für Vinods Luftangriff auf das überraschte Publikum im Blue Nile Circus verantwortlich gewesen war. Er ließ keinen Zweifel aufkommen, daß die keineswegs unschuldige Madhu und der elefantenfüßige Ganesh mit solch unvorsichtig auftretenden Elefanten rechnen mußten. Aber auch sein genau kalkulierter Pessimismus vermochte den Missionar nicht dazu zu bewegen, seine Behauptung zu wiederholen, daß sich die Gefahren des Zirkus – jedes Zirkus – neben den Härten, denen eine Prostituierte und ein Bettler in Bombay ausgesetzt waren, recht unbedeutend ausnahmen. So rasch, wie Martin Mills Gandhi hatte fallenlassen, um sich Sai Baba zuzuwenden, vergaß er jetzt auch den Jesus von Maharashtra.

Denn plötzlich nahm eine Reklametafel, an der sie vorbeifuhren, das Interesse des Missionars in Anspruch; sie warb für eine Zahnpasta, die Close-Up hieß:

Two in One: Zahnpasta und Mundspüle

»Sehen Sie sich das an!« rief Martin Mills. Der verblüffte Taxifahrer konnte gerade noch verhindern, daß ihn ein Colalaster, so groß und knallrot wie ein Feuerwehrauto, von der Seite rammte. »Dabei ist der korrekte Umgang mit der Sprache so wichtig«, erklärte der Scholastiker. »Was mir wirklich Sorgen bereitet, ist die Tatsache, daß das Englisch dieser Kinder im Zirkus verkümmern wird. Vielleicht könnten wir darauf bestehen, daß jemand sie dort unterrichtet!«

»Was soll es ihnen im Zirkus denn nützen, wenn sie englisch sprechen?« fragte Farrokh. In seinen Augen war es unsinnig zu glauben, Madhus Englischkenntnisse wären so umfassend, daß sie »verkümmern« könnten. Allerdings war es ihm nach wie vor ein Rätsel, daß der Elefantenjunge so gut Englisch sprach und offenbar noch mehr verstand; vielleicht hatte er schon einmal Unterricht bekommen. Womöglich würde dieser Missionar noch vorschlagen, daß Ganesh Madhu unterrichten sollte! Doch Martin Mills wartete nicht ab, bis der Doktor seine These, daß Englischkenntnisse diesen Kindern nicht viel nützen würden – zumindest nicht im Zirkus –, weiter ausführen konnte.

»Englisch sprechen zu können nützt jedem«, behauptete der Englischlehrer. »Eines Tages wird Englisch die Weltsprache sein.«

»Schlechtes Englisch ist bereits die Weltsprache«, sagte

Dr. Daruwalla verzweifelt. Daß die Kinder von einem Elefanten zerquetscht werden könnten, bereitete dem Missionar keine Sorgen, aber daß sie gut Englisch sprachen war dem Trottel wichtig!

Als sie an Dr. Voras Klinik für Gynäkologie und Geburtshilfe vorbeikamen, wurde Farrokh klar, daß sich ihr altersschwacher Fahrer verirrt hatte. Der arme Tropf machte plötzlich kehrt und wurde fast von einem entgegenkommenden olivgrünen Lieferwagen beiseite gefegt, der der Spastikergesellschaft Indiens gehörte. Sekunden später – so kam es ihm jedenfalls vor, obwohl mehr Zeit vergangen sein mußte – wurde dem Doktor klar, daß er die Orientierung verloren hatte, denn sie fuhren am Gebäude der ›Times of India‹ vorbei, als Martin Mills verkündete: »Wir könnten den Kindern ein Abonnement der ›Times of India‹ schenken und sie ihnen in den Zirkus schicken lassen. Wir müßten natürlich darauf bestehen, daß sie sich mindestens eine Stunde pro Tag damit beschäftigen.«

»Natürlich…«, sagte Dr. Daruwalla. Er glaubte, vor Frustration gleich ohnmächtig zu werden, denn ihr besorgter Fahrer hatte die Abzweigung verpaßt, die sie hätten nehmen sollen. Jetzt fuhren sie die Sir J. J. Road entlang.

»Ich habe mir vorgenommen, die Zeitung selbst zu lesen, jeden Tag«, fuhr der Missionar fort. »Wenn man im Ausland ist, gibt es nichts Besseres als eine regionale Tageszeitung, um sich zu orientieren.« Die Vorstellung, daß sich jemand mit Hilfe der ›Times of India‹ orientieren könnte, gab Farrokh das Gefühl, daß ein Frontalzusammenstoß mit einem entgegenkommenden Doppeldeckerbus vielleicht doch besser wäre als eine Fortsetzung des Gesprächs mit dem Scholastiker. Sekunden später tauchten sie in die Straßen von Mazgaon ein – St. Ignatius war jetzt ganz nahe –, und der Doktor gab dem Fahrer, ohne ersichtlichen Grund, Anweisung, einen kleinen Umweg durch den Slum an der Sophia Zuber Road zu machen.

»Ein Teil dieses Slums war früher mal eine Filmkulisse«, erklärte Dr. Daruwalla Martin Mills. »Und in diesem Slum ist Ihre Mutter ohnmächtig geworden, als eine Kuh sie angeniest und dann abgeleckt hat. Sie war damals mit Ihnen schwanger... ich vermute, Sie kennen die Geschichte...«

»Bitte halten Sie an!« rief der Missionar.

Sobald der Fahrer auf die Bremse trat, allerdings noch bevor das Taxi ganz zum Stehen kam, öffnete Martin Mills die hintere Tür und erbrach sich auf die unter ihm vorbeiziehende Straße. Da in einem Slum nichts unbemerkt bleibt, lenkte dieser Vorfall die Aufmerksamkeit mehrerer Slumbewohner auf sich, die neben dem bremsenden Auto herzulaufen begannen. Der verängstigte Fahrer gab Gas, um ihnen davonzufahren.

»Nachdem Ihre Mutter ohnmächtig geworden war, gab es einen Tumult«, fuhr Farrokh fort. »Offenbar herrschte große Verwirrung bezüglich der Frage, wer wen abgeleckt hatte... Ihre Mutter die Kuh oder umgekehrt.«

»Hören Sie auf, ich bitte Sie. Bitte sprechen Sie nicht von meiner Mutter«, sagte Martin.

»Tut mir leid«, sagte Dr. Daruwalla fast schadenfroh. Endlich hatte er ein Thema gefunden, mit dem er den Scholastiker zum Schweigen bringen konnte.

Ein halbes Dutzend Kobras

Für Kommissar Patel sollte der Tag zwar nicht weniger lang werden als für Dr. Daruwalla, doch zunächst gestaltete er sich weniger verwirrend. Der Kommissar überarbeitete rasch den ersten zusammengeschusterten Bericht, der auf ihn wartete – ein Todesfall im Suba Guest House, bei dem der Verdacht auf Mord bestand. Wie sich herausstellte, war es ein Selbstmord. Der Bericht mußte neu geschrieben werden, da der diensthabende Beamte die paar Zeilen des jungen Selbstmörders fälschlicherweise als einen vom Mörder zurückgelassenen Hinweis aufgefaßt hatte. Später identifizierte die Mutter des Opfers die Handschrift ihres Sohnes. Der Kommissar konnte den Fehler des diensthabenden Beamten nachvollziehen, da es sich eigentlich nicht um einen richtigen Abschiedsbrief handelte.

Hatte Sex mit einer Frau, die nach Fleisch roch.
Nicht sehr rein.

Bei dem zweiten Bericht, der umgeschrieben werden mußte, hatte der Kommissar weniger Verständnis für den Unterinspektor, der in die Alexandria Girls' English Institution gerufen worden war. Dort hatte man auf der Toilette eine Schülerin gefunden, die vermutlich vergewaltigt und dann ermordet worden war. Doch als der Unterinspektor in der Schule eintraf, stellte er fest, daß das Mädchen quicklebendig war. Sie hatte sich vollständig von ihrer Ermordung erholt und wies die Unterstellung, sie sei vergewaltigt worden, empört von sich. Wie sich herausstellte, hatte sie zum erstenmal ihre Periode bekommen und sich in die Toilette zurückgezogen, um nachzusehen, was da mit ihr vorging. Beim Anblick ihres eigenen Blutes war sie dann ohnmächtig geworden. Eine hysterische Lehrerin hatte sie gefunden und das Blut irrtümlich als Beweis für die Vergewaltigung der Jungfrau angesehen. Außerdem hatte sie angenommen, daß das Mädchen tot war.

Der Grund, warum der Bericht neu geschrieben werden mußte, war folgender: Der Unterinspektor hatte es nicht über sich gebracht zu erwähnen, daß das arme Mädchen zum erstenmal seine »Periode« bekommen hatte, weil er dieses Wort aus moralischen Gründen unmöglich verwenden konnte. Sein Gefühl für Moral, sagte er, verbiete es ihm, ein Wort wie »Periode« oder »Menstruation« hinzuschreiben, das er (so fügte er hinzu), ebenfalls aus moralischen Gründen, noch nicht einmal aussprechen könne. Und so wurde die irrtümlich gemeldete Vergewaltigung samt Mord in dem schriftlichen Bericht als »ein Fall erster weiblicher Blutung« bezeichnet. Detective Patel mußte zugeben, daß seine zwanzig Jahre mit Nancy ihm in bezug auf die gequälte Moral vieler seiner Kollegen die Augen geöffnet hatten; folglich versagte er sich ein allzu harsches Urteil über den Unterinspektor.

Der dritte Bericht, der überarbeitet werden mußte, hatte mit Dhar zu tun und betraf einen Vorfall, der überhaupt nicht als Vergehen gemeldet worden war. In den frühen Morgenstunden hatte es in der Falkland Road einen recht verblüffenden Tumult gegeben. Dhars Leibzwerg – dieser dreiste Schläger! – hatte ein halbes Dutzend *hijras* verprügelt. Zwei lagen noch im Krankenhaus, und einer der vier, die inzwischen entlassen worden waren, hatte ein Handgelenk im Gips. Zwei der Transvestiten-Prostituierten hatte man dazu überredet, keine Anzeige gegen Dhars Zwerg zu erstatten – den »halben Leibwächter«, wie der die Untersuchung leitende Beamte und viele andere Polizisten Vinod nannten. Aber der Bericht war unbrauchbar, weil die Tatsache, daß Inspector Dhar angegriffen worden und Vinod ihm zu Hilfe geeilt war, lediglich in einer Fußnote vermerkt war. Und überhaupt wurde mit keinem Wort erwähnt, was Dhar in dieser Gegend zu suchen gehabt hatte. Somit war der Bericht zu unvollständig, um eingereicht zu werden.

Der Kommissar nahm sich vor, Dhar danach zu fragen, welcher Teufel ihn geritten hätte, daß er sich an die *hijras* heranmachte. Wenn der Esel es mit einer Prostituierten treiben wollte, wäre ein teures Callgirl doch sicher im Rahmen seiner finanziellen Möglichkeiten gewesen – und weniger riskant. Der Vorfall paßte so gar nicht zu der sonst so umsichtigen prominenten Persönlichkeit. Wäre es nicht komisch, wenn Inspector Dhar ein Homosexueller wäre? dachte der Kommissar.

Immerhin bescherte der Tag dem Kommissar wenigstens eine amüsante Begebenheit. Der vierte Bericht war von der Polizeiwache Tardeo ins Kriminalkommissariat gelangt. Mindestens sechs Schlangen waren in der Nähe des Mahalaxmi-Tempels entflohen, aber Bisse waren keine gemeldet worden – jedenfalls bisher nicht. Der diensthabende Polizeibeamte in Tardeo hatte ein paar Fotos von der breiten Treppe gemacht, die zum Mahalaxmi-Tempel hinaufführte. Am oberen Ende der Stufen, wo sich der Tempel erhob, gab es einen geräumigen Pavillon, in dem die Gläubigen Kokosnüsse und Blumen als Opfergaben kaufen konnten; dort ließen sie auch ihre Sandalen und Schuhe zurück. Doch auf den Fotos, die der Kommissar vor sich liegen hatte, waren die Stufen zum Tempel mit Sandalen und Schuhen übersät, was darauf hindeutete, daß eine in Panik geratene Menschenmenge soeben die Treppe hinauf oder hinunter gestürmt war. Im Anschluß an Tumulte war der Boden immer mit Sandalen und Schuhen übersät. Entweder waren die Leute einfach ohne ihr Schuhwerk davongelaufen, oder andere Leute waren ihnen auf die Fersen getreten.

Auf den Stufen zum Tempel herrschte normalerweise reges Treiben, doch auf den Fotos waren sie menschenleer; die Blumenstände und Kokosnußläden waren ebenfalls verwaist. Nur Sandalen und Schuhe lagen überall verstreut! Am Fuß der Treppe bemerkte Detective Patel die großen, geflochtenen Körbe, in denen die Kobras aufbewahrt wurden; sie waren umgekippt und wahrscheinlich leer. Die Schlangenbeschwörer waren zusammen mit allen anderen geflohen. Aber wo waren die Kobras?

Es mußte eine recht aufregende Szene gewesen sein, stellte sich der Kommissar vor. Die Gläubigen, die schreiend davonrannten, während sich die Schlangen lautlos aus dem Staub machten. Detective Patel ging davon aus, daß die meisten Kobras, die sich im Besitz von Schlangenbeschwörern befanden, kein Gift mehr hatten; beißen konnten sie freilich trotzdem noch.

Rätselhaft war genau das, was auf den Fotos nicht zu sehen war. Worin hatte das Vergehen bestanden? Hatte ein Schlangenbeschwörer seine Kobra nach einem anderen Schlangenbeschwörer geworfen? War ein Tourist über einen Schlangenkorb gestolpert? Binnen einer Sekunde waren die Schlangen frei, und im nächsten Augenblick rannten die Leute buchstäblich ihren Schuhen davon. Aber worin bestand das Vergehen?

Kommissar Patel schickte den Schlangenbericht zur Polizeiwache Tardeo zurück. Die entwischten Kobras waren deren Problem. Sehr wahrscheinlich waren die Schlangen ungiftig, und da es sich um Schlangen von Schlangenbeschwörern handelte, waren sie wenigstens zahm. Der Detective wußte, daß ein halbes Dutzend Kobras in Mahalaxmi nicht halb so gefährlich waren wie Rahul.

Die Missionsstation inspiriert Farrokh

Der Missionar, den Farrokh bei den Jesuiten in St. Ignatius ablieferte, war erstaunlich zahm. Innerhalb der Klostermauern legte Martin Mills den Gehorsam eines gut abgerichteten Hundes an den Tag. Die früher so bewunderte »Bescheidenheit der Augen« wurde zu einem festen Bestandteil seines Gesichts, so daß man ihn eher für einen Mönch gehalten hätte als für einen Jesuiten. Der Doktor, der nicht wissen konnte, daß der Pater Rektor, Pater Cecil und Frater Gabriel einen aufdringlichen Clown in einem Hawaiihemd erwartet hatten, war enttäuscht über die geradezu ehrfürchtige Begrüßung, die dem Scholastiker zuteil wurde. In seinem ungebügelten Hemd aus der Fashion Street – dazu dem gehetzten, zerkratzten Gesicht und dem Gefängnishaarschnitt – machte der neue Missionar einen sehr ernsten ersten Eindruck.

Aus unerklärlichen Gründen blieb Dr. Daruwalla länger in

der Missionsstation. Er hoffte auf eine Gelegenheit, um Pater Julian vor dem Spinner Martin Mills zu warnen. Dabei war sich der Doktor ganz und gar nicht im klaren, ob er sich derart massiv einmischen sollte. Aber er kam gar nicht dazu, den Pater Rektor allein zu sprechen. Bei ihrer Ankunft waren die Schüler gerade mit dem Mittagessen fertig. Pater Cecil und Frater Gabriel – die zusammen nicht weniger als hundertfünfundvierzig Jahre auf dem Buckel hatten – bestanden darauf, sich mit dem Koffer des Scholastikers abzuplagen, was Pater Julian die Möglichkeit gab, mit Martin einen ersten Rundgang durch St. Ignatius zu machen. Dr. Daruwalla trottete hinterher.

Seit seiner Schulzeit war Farrokh nur in größeren Abständen hier gewesen. Er betrachtete die Listen mit den Abschlußjahrgängen, die in der Eingangshalle hingen, mit distanzierter Neugier: Das sogenannte Indian Certificate of Secondary Education (abgekürzt I.C.S.E.) bestätigte den Mittelschulabschluß. Bei den Absolventen des Jahres 1973 demonstrierte St. Ignatius seine Verbindung zu Spanien dadurch, daß des Todes von Picasso gedacht wurde; das war sicher Frater Gabriels Idee gewesen. Zwischen den Fotografien der Absolventen dieses Jahrgangs befand sich ein Foto des Künstlers, als hätte Picasso das erforderliche Examen ebenfalls bestanden. Darunter stand: Picasso geht von uns. 1975 wurde des dreihundertsten Jahrestages von Shivajis Krönung gedacht, im Jahr 1976 wurde auf die Olympischen Spiele in Montreal Bezug genommen, 1977 betrauerte man den Tod von Charlie Chaplin und von Elvis – auch ihre Konterfeis hingen zwischen denen der Absolventen. In diese Jahrbuchsentimentalität mischte sich ein gewisser religiöser und nationalistischer Eifer. Den Blickfang in der Eingangshalle bildete eine überlebensgroße Statue der Jungfrau Maria, auf dem Kopf der Schlange stehend, die den bewußten Apfel im Maul hielt, als könnte die Mutter Gottes auf diese Weise das Alte Testament umgehen oder abändern. Und über dem Eingangsportal hingen nebeneinander zwei Porträts – eines vom derzeitigen Papst, das andere vom jungen Nehru.

Von wehmütigen Erinnerungen gepackt, vor allem aber tief verwirrt von einer Kultur, die nie die seine geworden war, spürte Farrokh, wie ihn seine stille Entschlossenheit verließ. Warum sollte er den Pater Rektor vor Martin Mills warnen? Warum sollte er versuchen, einen der anderen Patres zu warnen? Die ganze Umgebung hier kündete, vielleicht dank des beflügelnden Einflusses des heiligen Ignatius von Loyola, vom Überleben – und auch von demütiger Bußfertigkeit. Was den Erfolg der Jesuiten in Bombay und im restlichen Indien betraf, ging Farrokh davon aus, daß die Bedeutung der Mütterverehrung in diesem Land den Katholiken einen gewissen Vorteil verschafft hatte. Im Marienkult wurde schließlich nur eine weitere Mutter verehrt, oder? Selbst in einer reinen Jungenschule nahm die heilige Mutter Gottes eine Vorrangstellung unter den Statuen ein.

Auf den Absolventenlisten tauchten nur vereinzelt englische Namen auf, obwohl passables Englisch eine Voraussetzung für die Aufnahme in die Schule war und von jedem St. Ignatius-Absolventen erwartet wurde, daß er die Sprache fließend beherrschte. Es war die Unterrichtssprache während der gesamten Schulzeit und die einzige Schriftsprache.

In der Schülermensa im Hof gab es ein Foto vom letzten Ausflug der Unterklassen: lauter Jungen in weißen Hemden und marineblauen Krawatten; dazu trugen sie marineblaue kurze Hosen, Kniestrümpfe und schwarze Schuhe. Unter dem Foto stand: UNSERE JUNIOREN, INKL. UNSERER KNIRPSE UND WINZLINGE. (Dr. Daruwalla mißbilligte Abkürzungen.)

Im Erste-Hilfe-Zimmer lag ein Junge mit Bauchweh zusammengerollt auf einer Pritsche, über der mit Reißzwecken ein Foto des stereotypen Sonnenuntergangs an Haji Alis Grabdenkmal angebracht war. Der Kommentar zu diesem Sonnenuntergang war so umfassend wie alle Kommentare von Martin

Mills. MAN LEBT NUR EINMAL, ABER WENN MAN RICHTIG LEBT, IST EINMAL GENUG.

Als sie zum »Musiksaal« kamen, ließen das verstimmte Klavier und der kratzige Gesang der unbegabten Musiklehrerin den Doktor zusammenzucken; er erkannte selbst das populäre traurige Lied »Swing Low, Sweet Chariot« kaum wieder. Eigentlich war die Frau Englischlehrerin – eine gewisse Miss Tanuja –, und Farrokh hörte zufällig, wie Pater Julian Martin Mills erklärte, daß sich die altehrwürdige Methode, Schülern mit Hilfe von Liedtexten eine Fremdsprache beizubringen, bei den kleineren Kindern nach wie vor großer Beliebtheit erfreute. Daß nur einige wenige Kinder mehr als ein Murmeln zu Miss Tanujas Reibeisenstimme beisteuerten, ließ Farrokh an der Behauptung des Pater Rektors zweifeln; vielleicht lag das Problem nicht bei der Methode, sondern bei Miss Tanuja.

Für Dr. Daruwalla gehörte sie zu jenen indischen Frauen, die einfach in keine westliche Kleidung paßten; an Miss Tanuja sah sie zudem noch besonders unvorteilhaft aus. Vielleicht konnten die Kinder »Swing Low, Sweet Chariot« deshalb nicht singen, weil sie von Miss Tanujas wilder Aufmachung abgelenkt wurden. Sogar Martin Mills wurde davon abgelenkt, und das wollte etwas heißen. Farrokh zog den boshaften Schluß, daß Miss Tanuja Torschlußpanik hatte und verzweifelt einen Ehemann suchte. Sie hatte ein Mondgesicht und einen mittelbraunen, milchschokoladefarbenen Teint und trug eine auffallend eckige, an den Seiten in aufwärtsgeschwungene Flügel auslaufende Brille, die mit kleinen, bunten Steinchen besetzt war. Vielleicht glaubte Miss Tanuja, diese Brille bilde einen reizvollen Kontrast zu ihrem weichen, runden Gesicht.

Sie hatte die plumpe, jugendliche Figur einer sinnlichen Oberschülerin, trug aber einen dunklen Rock, der die Hüften zu fest umspannte und eine recht unvorteilhafte Länge hatte. Miss Tanuja war klein, und der Rocksaum schnitt ihre Waden in der Mitte ab, was bei Dr. Daruwalla den Eindruck hinterließ, als seien ihre dicken Fesseln Handgelenke und ihre pummeligen kleinen Füße Hände. Ihre Bluse schillerte irgendwie blaugrün, wie mit Algen besprenkelt, die man aus einem Weiher gefischt hatte. Und obwohl das erfreulichste Merkmal dieser Frau eine rundum kurvenreiche Figur war, hatte sie sich einen Büstenhalter ausgesucht, der ihr einen schlechten Dienst erwies. Nach dem wenigen zu urteilen, was Dr. Daruwalla über BHs wußte, tippte er auf eines dieser altmodischen, spitz zulaufenden Dinger – einen dieser starr konstruierten Halter, die eher dazu taugen, Frauen vor Fechtverletzungen zu schützen, als ihre natürlichen Formen zu betonen. Und zwischen Miss Tanujas unerhört hochgeschobenen und spitz zulaufenden Brüsten hing ein Kruzifix – als müßte der gekreuzigte Christus, zusätzlich zu seinen sonstigen Qualen auch noch das Elend ertragen, auf dem großen, spitz bewehrten Busen der Lehrerin herumzuhüpfen.

»Miss Tanuja ist schon seit vielen Jahren bei uns«, flüsterte Pater Julian.

»Verstehe«, sagte Dr. Daruwalla, während Martin Mills sie nur anstarrte.

Dann kamen sie an einem Klassenzimmer mit kleineren Kindern vorbei, die, mit den Köpfen auf den Schulbänken, ein Schläfchen hielten. Nach Farrokhs Schätzung waren es entweder »Knirpse« oder »Winzlinge«.

»Spielen Sie Klavier?« fragte der Pater Rektor den neuen Missionar.

»Ich wollte es immer lernen«, antwortete Martin. Vielleicht konnte der verrückte Kerl in den Pausen zwischen seinen Versuchen, sich mit Hilfe der ›Times of India‹ zu orientieren, ja Klavier üben, dachte Dr. Daruwalla.

Um das Gespräch von seinen mangelnden musikalischen Fähigkeiten abzulenken, erkundigte sich der Scholastiker bei Pater Julian nach den Unmengen von Männern und Frauen, die man überall in der Missionsstation die Böden kehren sah – sie säuberten auch die Toiletten –, und von denen der Missionar annahm, daß sie der Kaste der Unberührbaren angehörten.

Der Pater Rektor erklärte ihm, daß man sie als *bhangis* und *maitranis* bezeichnete, doch damit gab sich Martin Mills nicht zufrieden. Er war ein Mann mit mehr Sendungsbewußtsein, als Pater Julian vermutet hätte, und fragte den Pater Rektor deshalb ganz unumwunden: »Gehen die Kinder dieser Leute denn auch in Ihre Schule?« Da plötzlich fand Dr. Daruwalla ihn sympathisch.

»Nun ja, also nein… das wäre nicht angemessen«, sagte Pater Julian, und Farrokh war beeindruckt, wie taktvoll Martin Mills den Pater Rektor unterbrach und elegant dazu überging, die »Rettung« des verkrüppelten Betteljungen und der Kindprostituierten zu schildern. Das war Martins Schritt-für-Schritt-Methode, und er schwenkte den Pater Rektor praktisch im Walzertakt durch die Schritte. Erst der Zirkus – statt Bettelei oder Bordell; dann die Beherrschung der englischen Sprache – »die so viel Kultur vermittelt, daß man ohne sie nicht auskommt« – und erst danach »die intelligente Bekehrung« oder, wie Martin Mills es auch nannte, »das gebildete Leben in Christo«.

Schüler aus einer höheren Klasse, die gerade Pause hatten, lieferten sich im Hof eine wilde, geräuschlose Drecksschlacht, und Dr. Daruwalla staunte, wie wenig sich die Jesuiten von diesem kleinen Gewaltakt ablenken ließen. Sie redeten und lauschten weiterhin mit der Konzentration von Löwen, die eine Beute umschleichen.

»Aber Sie würden sich die Bekehrung dieser Kinder doch nicht als Ihr Verdienst anrechnen, Martin? Das heißt, falls sie irgendwann bekehrt werden«, sagte Pater Julian.

»Na ja, nein… was meinen Sie damit?« fragte Martin.

»Ich meine nur, daß ich nie weiß, ob *ich* jemanden bekehrt habe«, entgegnete der Pater Rektor. »Und wenn diese Kinder bekehrt werden, wie können Sie davon ausgehen, daß das an Ihnen liegt? Seien Sie nicht zu stolz. Denn wenn es geschieht, dann war es Gottes Werk. Nicht Ihres.«

»Aber nein, natürlich nicht!« sagte Martin Mills. »Wenn es geschieht, war es Gottes Werk!«

Ist das »Gehorsam«? fragte sich Dr. Daruwalla.

Als Pater Julian Martin Mills zu seinem Zimmerchen führte, das sich Dr. Daruwalla als eine Art Gefängniszelle mit eingebauten Werkzeugen zur Kasteiung des Fleisches vorstellte, schlenderte der Doktor allein weiter. Er wollte sich die mit dem Kopf auf der Schulbank schlafenden Kinder noch einmal ansehen, weil ihm dieser Anblick besser gefallen hatte als alles, was ihm aus seiner eigenen, schon so viele Jahre zurückliegenden Schulzeit in St. Ignatius in Erinnerung geblieben war. Doch als er wieder in das Klassenzimmer der Kleinen hineinschaute, warf ihm ein Lehrer, den er zuvor nicht gesehen hatte, einen strengen Blick zu, als würde seine Anwesenheit unter der Tür die Kinder stören. Und diesmal bemerkte der Doktor die auf Putz verlegten Leitungen für die Neonlampen, die im Augenblick ausgeschaltet waren, und die offen verlegten Stromkabel für den Deckenventilator, der lief. Über der Tafel hing – wie eine Marionette an verworrenen, bewegungslosen Fäden – eine weitere Marienstatue. Aus Farrokhs kanadischer Perspektive war diese Mutter Gottes mit Reif oder einem Hauch Schnee bedeckt; dabei hatte sich nur der Kreidestaub, der von der Tafel aufgeflogen war, auf die Figur gelegt.

Aus Spaß las Dr. Daruwalla auf seinem weiteren Rundgang sämtliche gedruckten Notizen und Ankündigungen, die er entdecken konnte. Da rief die Gruppe für soziale Fürsorge dazu auf, »weniger glücklichen Brüdern und Schwestern beizustehen«. Gebete für die armen Seelen im Fegefeuer wurden angeboten. Ein Standbild von Christus mit dem kranken Kind und der Minimax-Feuerlöscher daneben bildeten einen reizvollen Kontrast. Neben einer kurzen, gedruckten Liste mit Verhaltensmaßregeln für den Brandfall, formuliert im üblichen Brandschutzjargon, verkündete eine kindliche Handschrift auf einem Blatt aus einem linierten Notizblock: »Dank sei dem Jesuskind und Unserer Lieben Frau von der Immerwährenden Hilfe«. Farrokh empfand das Vorhandensein des Feuerlöschers als tröstlicher. Die riesige, aus Ziegeln erbaute Missionsstation war im Jahr 1865 errichtet worden, die Neonleuchten, die Deckenventilatoren und das ausgedehnte Netz planlos verlegter Stromleitungen waren später hinzugekommen. Der Doktor hielt es für durchaus möglich, daß infolge eines Kurzschlusses ein Feuer ausbrach.

Farrokh versuchte, sich mit all den Veranstaltungen vertraut zu machen, an denen ein guter Christ teilnehmen konnte. Angekündigt waren ein Treffen mit liturgischen Lesungen und ein Treffen der »Angehörigen des Kreuzes« mit dem Ziel, »das politische Bewußtsein der Gemeindemitglieder zu fördern«. Das für die nächste Sitzung des »Kreises für katholische Erwachsenenbildung« vorgeschlagene Gesprächsthema lautete: »Christen von heute in einer Welt nichtchristlicher Religionen.« In diesem Monat wurde das »Lebendige-Hoffnung-Komitee« von Dr. Yusuf Merchant geleitet. Dr. Daruwalla fragte sich, was »geleitet« bedeuten mochte. Dann gab es eine »Kennenlernparty« für die »Altardienst-Brigade«, hinter der Farrokh eine verbissene Veranstaltung vermutete.

Unter dem Torbogen zum Balkon im zweiten Stock fielen dem Doktor die grob ausgeführten, unvollendeten Buntglasfenster auf – als wäre die *Vorstellung* von Gott an sich schon fragmenthaft und unvollständig. In der Kapelle mit den Ikonen klappte der Doktor abrupt ein Gesangbuch zu, nachdem er auf das Lied »Bringt mir Öl« gestoßen war. Dann las er das Einmerkzeichen, das er dem Gesangbuch entnommen hatte. Es erinnerte an das bevorstehende Jubiläumsjahr von St. Ignatius – »125 Jahre, in Liebe gewidmet der Aufgabe, die Jugend zu formen«. Auch das Wort »weltbejahend« tauchte auf. Dr. Daruwalla hatte nicht die leiseste Ahnung, was es bedeutete. Er wollte einen zweiten Blick in das Gesangbuch werfen, nahm aber bereits am Titel dieses Kompendiums Anstoß. Es nannte sich »Gesangbuch der charismatischen Erneuerung in Indien« – Farrokh hatte überhaupt nicht gewußt, daß es eine charismatische Erneuerung gab! Und so tauschte er das Gesangbuch gegen das Gebetbuch aus, kam aber nicht über die Anfangszeile des ersten Gebets hinaus: »Erhalte uns, Herr, als Deinen Augapfel.«

Dann entdeckte Dr. Daruwalla die guten Vorsätze des Heiligen Vaters für das Jahr 1990. Die Empfehlung für Januar lautete, der Dialog zwischen Katholiken und Anglikanern möge in dem Bemühen um die Einheit der Christen fortgesetzt werden. Für Februar gab es Gebetsvorschläge zugunsten all jener Katholiken, die in vielen Teilen der Welt diskriminiert oder verfolgt wurden. Für März erging eine Mahnung an die Gemeindemitglieder, ein glaubwürdigeres Zeugnis für die Unterstützung der Bedürftigen abzulegen und sich getreulicher an die Armut der Evangelien zu halten. Dr. Daruwalla kam nicht über den März hinaus, weil er an dem Ausdruck »Armut der Evangelien« hängenblieb. Er fühlte sich von zu vielem umgeben, was er nicht verstand.

Selbst mit Frater Gabriels eifrig zusammengetragenen Ikonen konnte der Doktor wenig anfangen, obwohl die Ikonensammlung von St. Ignatius in ganz Bombay berühmt war. Für Farrokhs Empfinden waren die Darstellungen traurig und düster. Da gab es eine aus der ukrainischen Schule stammende Anbetung der Heiligen Drei Könige aus dem sechzehnten Jahrhundert und eine Enthauptung Johannes' des Täufers aus dem fünfzehnten Jahrhundert, europäische Schule. In der Rubrik »Dahinscheiden Unseres Herrn« gab es ein Abendmahl, eine Kreuzigung, eine Kreuzabnahme, eine Grablegung, eine Auferstehung und eine Himmelfahrt; alle Bilder stammten aus der Zeit zwischen dem vierzehnten und dem achtzehnten Jahrhundert und kamen abwechselnd aus der Schule von Novgorod, der byzantinischen Schule, der Moskauer Schule... und so weiter. Dann hing da noch ein Gemälde, das »Dormitatio Mariae« betitelt war, und das gab Dr. Daruwalla den Rest, weil er nicht wußte, was *dormitatio* hieß.

Von den Heiligenbildern spazierte der Doktor zum Büro des Pater Rektor weiter, an dessen geschlossener Tür eine Art Steckbrett hing. Mit Hilfe kleiner Holzpflöcke, die in dafür vorgesehene Löcher gesteckt wurden, konnte Pater Julian kundtun, wo er sich aufhielt und ob er erreichbar war: »Gleich zurück« oder »Nicht stören«, »Freizeitraum« oder »Spät zurück«, »Zum Abendessen zurück« oder »Außerhalb Bombays«. An diesem Punkt überlegte der Doktor, daß er selbst eigentlich »Außerhalb Bombays« sein sollte, denn daß er hier geboren war, bedeutete nicht, daß er hierhergehörte.

Als die Glocke ertönte, die das Ende des Unterrichts verkündete, merkte Farrokh, daß es bereits drei Uhr nachmittags war. Er stand auf dem Balkon im zweiten Stock und sah den Schuljungen nach, die über den staubigen Hof davonrannten. Autos und Busse brachten sie fort; ihre Mütter oder ihre Ayas kamen, um sie abzuholen. Von seinem Beobachtungsposten auf dem Balkon aus stellte Dr. Daruwalla fest, daß das hier die fettesten Kinder waren, die er je in Indien gesehen hatte – ein liebloser Gedanke. Nicht einmal die Hälfte aller Kinder in St. Ignatius waren halb so dick wie Farrokh. Trotzdem wußte der Doktor jetzt, daß er sich dem Eifer des neuen Missionars ebensowenig in den Weg stellen würde, wie er vom Balkon springen und sich vor den Augen dieser schuldlosen Kinder umbringen würde.

Außerdem wußte er, daß keiner der maßgeblichen Leute in der Missionsstation Martin Mills irrtümlich für Inspector Dhar halten würde. Die Jesuiten waren nicht gerade dafür berühmt, daß sie das sogenannte Bollywood, die kitschige Hindi-Filmszene, besonders schätzten. Junge Frauen in triefend nassen Saris waren nicht ihre Spezialität. Superhelden und teuflische Schurken, Gewalt und Vulgarität, Geschmacklosigkeit und Geilheit – und der gelegentlich herabsteigende Gott, der sich in mitleiderregende menschliche Angelegenheiten einmischte… in St. Ignatius war Inspector Dhar nicht bekannt. Allerdings war es durchaus möglich, daß der eine oder andere Schüler Martin Mills' Ähnlichkeit mit Dhar bemerken würde, denn bei den Schuljungen war Inspector Dhar sehr beliebt.

Dr. Daruwalla verweilte noch immer in St. Ignatius. Obwohl er allerhand zu tun hatte, brachte er es einfach nicht fertig zu gehen. Er wußte nicht, daß er bereits dabei war zu *schreiben;* es hatte noch nie so angefangen. Als die Kinder nach Hause gegangen waren, begab er sich in die St. Ignatius-Kirche – allerdings nicht, um zu beten. Ein riesiger Kranz unangezündeter Kerzen hing über dem Altar, der von der Form her an einen Refektoriumstisch erinnerte. In Wirklichkeit handelte es sich um einen dieser zusammenklappbaren Tische, wie man sie im Haushalt verwendet, etwa um Wäsche zu sortieren. Die Kanzel rechts daneben (von Farrokh aus gesehen) war mit einem unpassend glänzenden Mikrophon ausgestattet, und auf dieser Kanzel – eigentlich war es nur ein auf einem Podest stehendes Lesepult – lag ein offenes Lektionar, aus dem der Vorleser vermutlich die Abendmesse lesen würde. Dr. Daruwalla konnte der Versuchung nicht widerstehen hineinzuspitzen. Das Lektionar war beim zweiten Paulusbrief an die Korinther aufgeschlagen.

»Daher erlahmt unser Eifer nicht in dem Dienst, der uns durch Gottes Erbarmen übertragen wurde«, schrieb der Bekehrte (2. Korinther 4.1). Farrokh übersprang ein Stück, bevor er weiterlas: »Von allen Seiten werden wir in die Enge getrieben und finden doch noch Raum; wir wissen weder aus noch ein und verzweifeln dennoch nicht; wir werden gehetzt und sind doch nicht verlassen; wir werden niedergestreckt und doch nicht ver-

nichtet. Wohin wir auch kommen, immer tragen wir das Todes-
leiden Jesu an unserem Leib, damit auch das Leben Jesu an
unserem Leib sichtbar wird.« (4.8–10)

Dr. Daruwalla schämte sich. Er drückte sich in eine Kirchenbank in einem Seitenschiff – als wäre er, mit seinem mangelnden
Glauben, es nicht wert, im Hauptschiff zu sitzen. Seine Bekehrung erschien ihm banal und sehr lange her; in seinen tagtäglichen Gedanken spielte sie kaum noch eine Rolle. Vielleicht war
er ja doch von einem Affen gebissen worden, überlegte er. Er bemerkte, daß es in der Kirche keine Orgel gab. Dafür stand links
neben dem Klapptisch ein zweites, wahrscheinlich ebenfalls ver-
stimmtes Klavier – und darauf ein weiteres, unpassend glänzendes Mikrophon.

Von weit außerhalb der Kirche drang der unablässige Lärm
vorbeifahrender Mopeds an das Ohr des Doktors – das Knattern
ihrer schwachen Motoren, das entenähnliche Gequake ihrer
höllischen Hupen. Das hoch angebrachte Altarbild zog den Blick
des Doktors auf sich: ein Christus am Kreuz und die zwei vertrauten Frauengestalten, die ihn verzweifelt einrahmten. Die
Mutter Gottes und Maria Magdalena, wie Dr. Daruwalla annahm. Lebensgroße Heiligenfiguren, alle aus Stein, schmückten
die Säulen, die die Kirchenschiffe voneinander trennten. Diese
massiven Stützpfeiler trugen jeweils einen Heiligen, zu dessen
Füßen sich hin und her schwingende Ventilatoren befanden –
schräg nach unten gerichtet, um der Gemeinde Kühlung zu spenden.

Dr. Daruwalla machte die gotteslästerliche Feststellung, daß
sich eine der steinernen Heiligen von ihrer Säule losgerissen
hatte. Man hatte ihr eine dicke Kette um den Hals gelegt, die mit
einer riesigen Metallkrampe an der Säule befestigt war. Der
Doktor hätte gern gewußt, um welche Heilige es sich handelte,
auch wenn er fand, daß alle weiblichen Heiligen der Jungfrau
Maria zum Verwechseln ähnlich waren – zumindest als Statuen.

Wer immer diese steinerne Heilige war, sie sah aus, als wäre sie symbolisch gehenkt worden; doch ohne die Kette um den Hals hätte sie leicht kopfüber in eine Kirchenbank fallen können. Dr. Daruwallas Schätzung zufolge war sie groß genug, um eine ganze Bank mit Gläubigen zu erschlagen.

Schließlich verabschiedete sich Farrokh von Martin Mills und den anderen Jesuiten. Auf einmal wollte der Scholastiker unbedingt alle Einzelheiten über Dr. Daruwallas Bekehrung erfahren. Dieser vermutete, daß Pater Julian Martin eine drollige und sarkastische Version der Geschichte geliefert hatte.

»Ach, es war nichts«, antwortete Farrokh bescheiden. Das stimmte wohl mit der Version des Pater Rektor überein.

»Aber ich würde zu gern mehr darüber erfahren!« sagte Martin.

»Wenn Sie ihm Ihre Geschichte erzählen, bin ich sicher, daß er Ihnen seine erzählt«, sagte Pater Julian zu Farrokh.

»Vielleicht ein andermal«, sagte Dr. Daruwalla. Noch nie hatte er sich so dringend gewünscht davonzulaufen. Er mußte versprechen, sich Martins Vortrag vor dem YWCA, dem Christlichen Verein Junger Frauen, anzuhören, obwohl er das keineswegs vorhatte. Er würde lieber sterben, als sich das anzutun. Er hatte schon genug Vorträge von Martin Mills gehört!

»Der YWCA befindet sich übrigens in der Cooperage Road«, teilte Pater Cecil ihm mit. Da Dr. Daruwalla empfindlich reagierte, wenn hier in Bombay jemand davon ausging, daß er sich in der Stadt kaum auskannte, fiel seine Antwort etwas schnippisch aus.

»Ich weiß, wo er sich befindet!« sagte Farrokh.

Dann auf einmal tauchte aus dem Nichts ein kleines Mädchen auf. Es weinte, weil seine Mutter, mit der es nach St. Ignatius gekommen war, um seinen Bruder von der Schule abzuholen, aus irgendeinem Grund ohne es abgefahren war – wahrscheinlich, weil noch andere Kinder im Auto saßen und sie sein Fehlen überhaupt nicht bemerkt hatte. Die Jesuiten nahmen das nicht tragisch. Die Mutter würde bald merken, was passiert war, und zur Schule zurückkommen. Es ging nur darum, das Kind zu trösten, und außerdem sollte jemand die Mutter anrufen, damit sie nicht vor lauter Angst, ihre Tochter sei verlorengegangen, unvorsichtig fuhr. Aber es gab noch ein anderes Problem: Das kleine Mädchen gestand verschämt, daß es pinkeln mußte. Frater Gabriel erklärte Farrokh, daß es in St. Ignatius »für Mädchen keinen offiziellen Ort zum Pinkeln« gebe.

»Aber wo pinkelt dann Miss Tanuja« fragte Martin Mills.

Gratuliere! dachte Dr. Daruwalla. Er macht sie noch alle verrückt.

»Und unter den Putzleuten waren auch mehrere Frauen«, fügte Martin hinzu.

»Es gibt doch sicher auch drei oder vier Lehrerinnen, nicht wahr?« fragte Dr. Daruwalla unschuldig.

Natürlich gab es für Mädchen ein Örtchen zum Pinkeln! Die alten Männer wußten nur einfach nicht, wo es sich befand.

»Jemand könnte nachschauen, ob eine Männertoilette leer ist«, schlug Pater Cecil vor.

»Und einer von uns könnte die Tür bewachen«, meinte Pater Julian.

Als sich Farrokh schließlich verabschiedete, erörterten sie noch immer die peinliche Notwendigkeit, die Regeln zu umgehen. Der Doktor befürchtete, daß das kleine Mädchen noch immer dringend mußte.

Tetracyclin

Dr. Daruwalla befand sich auf dem Rückweg in die Klinik für Verkrüppelte Kinder, als ihm klar wurde, daß er ein neues Drehbuch begonnen hatte und daß diesmal nicht Inspector Dhar der

Star sein würde. Vor seinem inneren Auge sah er einen Bettler, der sich bei den arabischen Hotels am Marine Drive herumtrieb. Er sah das Halsband der Königin bei Nacht – diese Kette gelber Smoglichter –, und er hörte Julia sagen, daß Gelb nicht die richtige Farbe für das Halsband einer Königin sei. Zum erstenmal hatte Farrokh das Gefühl, daß er kapiert hatte, wie eine Geschichte anfangen mußte: Die Figuren wurden durch das Schicksal, das sie erwartete, in Bewegung versetzt. Der Ausgang der Geschichte war in gewisser Weise als Keim schon in der Anfangsszene enthalten.

Dr. Daruwalla war erschöpft. Er hatte noch so viel mit Julia zu besprechen, und mit John D. mußte er auch reden. Der Doktor und seine Frau wollten im Ripon Club zu Abend essen. Dann wollte er einen ersten Entwurf für eine kurze Rede schreiben, die er demnächst halten sollte; man hatte ihn gebeten, vor der Gesellschaft zur Rehabilitation Verkrüppelter Kinder, die zu den treuen Sponsoren der Klinik gehörte, eine kurze Ansprache zu halten. Aber jetzt war Farrokh klar, daß er die ganze Nacht schreiben würde – und nicht etwa nur seine Rede. Endlich glaubte er die Idee zu einer Geschichte zu haben, die zu erzählen sich lohnte. Vor seinem inneren Auge sah er die Figuren am Victoria Terminus ankommen, und diesmal wußte er, wohin sie gingen. Er fragte sich, ob er jemals so aufgeregt gewesen war.

Die vertraute Gestalt in Dr. Daruwallas Wartezimmer lenkte den Doktor von der Geschichte, die er sich ausgedacht hatte, ab; zwischen den wartenden Kindern fiel der große Mann besonders auf. Obwohl er saß, zog seine militärisch aufrechte Haltung auf der Stelle Farrokhs Blick auf sich. Die straffe, bläßliche Haut und der schlaffe Mund, die löwengelben Augen, das infolge der Säure zusammengeschnurrte Ohr und der rohfleischfarbene Flecken, von dem aus sich ein Streifen am Kiefer entlang und dann seitlich am Hals hinunter eingebrannt hatte, wo er unter dem

Hemdkragen verschwand – all das stach Dr. Daruwalla sofort ins Auge.

Ein Blick auf Mr. Gargs nervös zuckende, verschränkte Finger bestätigte Farrokhs Verdacht, daß Garg darauf brannte zu erfahren, worum es sich bei Madhus Geschlechtskrankheit handelte. Dr. Daruwalla empfand nur ein leeres Triumphgefühl. Sein bescheidener Sieg beschränkte sich darauf, Garg in diesem Zustand zu sehen – schuldbewußt, bereit, zu Kreuze zu kriechen, und dazu verurteilt, mitten zwischen den verkrüppelten Kindern zu warten, bis er an der Reihe war –, weil er schon jetzt wußte, daß mehr als nur die ärztliche Schweigepflicht ihn daran hindern würde, Deepa und Vinod Mr. Gargs Schuld zu enthüllen. Außerdem wußten der Zwerg und seine Frau doch sicher längst, daß sich Garg seine Zeit mit jungen Mädchen vertrieb. Vielleicht zwangen ihn ja seine Gewissensbisse zuzusehen, wie Deepa und Vinod so viele dieser Mädchen beim Zirkus unterzubringen und damit zu retten versuchten. Sicher wußten der Zwerg und seine Frau bereits, was Farrokh erst ahnte: daß viele dieser kleinen Prostituierten lieber bei Mr. Garg geblieben wären. Vielleicht war Garg, genau wie der Zirkus, und sei es der Great Blue Nile, immer noch besser als ein Bordell.

Mr. Garg stand auf und trat vor Farrokh hin. Die Blicke sämtlicher verkrüppelter Kinder in Dr. Daruwallas Wartezimmer waren auf die Säurenarbe gerichtet, aber der Doktor schaute nur in das Weiße von Gargs Augen, das fahlgelb war – und auf das dunklere, lohfarbene Löwengelb seiner Iris, das die schwarzen Pupillen noch stärker betonte. Garg hatte dieselben Augen wie Madhu. Der Doktor fragte sich flüchtig, ob die beiden vielleicht verwandt waren.

»Ich war zuerst hier, vor allen anderen«, flüsterte Mr. Garg.

»Darauf möchte ich wetten«, sagte Dr. Daruwalla.

Wenn es Schuldgefühle waren, die in Gargs Löwenaugen aufblitzten, verblaßten sie gleich wieder. Jetzt straffte ein schüchternes Lächeln seine ansonsten schlaffen Lippen, und in seine Stimme schlich sich ein verschwörerischer Ton. »Also… ich vermute, sie wissen über Madhu und mich Bescheid«, sagte Mr. Garg.

Was soll man einem solchen Menschen sagen? überlegte Dr. Daruwalla. Es wurde ihm klar, daß Deepa und Vinod und sogar Martin Mills recht hatten: Sollten alle kleinen Mädchen Zirkusartistinnen werden, und sei es im Great Blue Nile – selbst auf die Gefahr hin, daß sie abstürzten und starben! Oder von Löwen gefressen werden! Denn es stimmte, daß Madhu ein Kind und zugleich eine Prostituierte war – schlimmer, sie war Mr. Gargs Mädchen. Es gab wirklich nichts, was man einem solchen Mann sagen konnte. Dr. Daruwalla kam nur eine streng medizinische Frage in den Sinn, und er stellte sie Garg so unumwunden wie möglich.

»Sind Sie allergisch auf Tetracyclin?« fragte der Doktor.

17

Merkwürdige Sitten

Südkalifornien

Martin Mills hatte eine lange Leidensgeschichte in fremden Schlafzimmern hinter sich; schlaflos lag er in seiner Zelle in der Missionsstation St. Ignatius. Zunächst befolgte er den Rat der heiligen Theresia von Ávila – die von ihr bevorzugte geistliche Übung, die es ihr gestattete, die Liebe Christi zu erfahren –, aber nicht einmal dieses Hilfsmittel half dem neuen Missionar einzuschlafen. Der Grundgedanke bestand darin, sich vorzustellen, daß Christus einen sah. »*Mira que te mira*«, sagte die heilige Theresia. »Sich, wie er dich ansieht.« Aber so sehr Martin Mills dies auch versuchte, ihm wurde keine Tröstung zuteil. Er konnte einfach nicht einschlafen.

Die Erinnerung an die vielen Schlafzimmer, die er dank seiner schrecklichen Mutter und seines bemitleidenswerten Vaters über sich hatte ergehen lassen müssen, war ihm zuwider. Schuld daran war die Tatsache, daß Danny Mills einen überhöhten Preis für ein Haus in Westwood gezahlt hatte, das zu bewohnen sich die Familie nur selten leisten konnte. Es lag in der Nähe des Campus der University of California, Los Angeles, und war ständig vermietet, so daß Danny und Vera von der Miete leben konnten. Dies verschaffte ihnen häufig die angesichts ihrer zerrütteten Ehe willkommene Gelegenheit, nicht unter demselben Dach leben zu müssen. Als Kind vermißte Martin Mills immer irgendwelche Kleidungsstücke und Spielsachen, die zeitweise in den Besitz von Mietern des Hauses in Westwood übergegangen waren, an das er nur eine vage Erinnerung hatte.

Deutlicher erinnerte er sich an die Studentin der U.C.L.A., die als seine Babysitterin fungierte, weil sie die Angewohnheit hatte, ihn am Arm zu packen und in rasendem Tempo und normalerweise nicht an den dafür vorgesehenen Übergängen über den Wilshire Boulevard zu zerren. Sie hatte einen Freund, der auf der Aschenbahn der U.C.L.A. unermüdlich eine Runde nach der anderen lief, und pflegte mit Martin regelmäßig dorthin zu gehen, um ihm zuzuschauen. Martin taten die Finger weh, so fest hielt sie seine Hand. Wenn der Verkehr auf dem Wilshire Boulevard sie zu einer ungewohnt eiligen Überquerung der Straße zwang, pochte anschließend Martins Oberarm.

Wann immer Danny und Vera abends ausgingen, bestand Vera darauf, daß Martin in dem zweiten Ehebett im Zimmer der Babysitterin schlief. Ansonsten umfaßte das Refugium des Mädchens nur noch eine winzige Kochnische – eine Art Frühstücksecke, auf deren kleiner Theke ein Schwarzweißfernseher und ein Toaster standen. Hier saß die Babysitterin auf einem der zwei Barhocker, denn für Stühle und einen Tisch war nicht genügend Platz.

Wenn Martin Mills mit der Babysitterin in deren Schlafzimmer lag, bekam er oft mit, wie sie masturbierte, oder stellte, da die Tür und die Fenster luftdicht abgeschlossen waren und ständig die Klimaanlage lief, morgens beim Aufwachen häufig fest, daß sie masturbiert *hatte*; denn wenn sie ihm übers Gesicht strich und ihm sagte, daß es Zeit sei, aufzustehen und sich die Zähne zu putzen, rochen die Finger ihrer rechten Hand entsprechend. Dann brachte sie ihn in die Schule, wobei ihre Fahrweise ebenso rücksichtslos war wie ihre Art, ihn über den Wilshire Boulevard zu schleifen. Auf dem San Diego Freeway gab es eine Ausfahrt, die das Mädchen anscheinend jedesmal dazu veranlaßte, angespannt die Luft anzuhalten, was Martin Mills an das Geräusch erinnerte, das sie beim Masturbieren machte. Deshalb kniff er unmittelbar vor dieser Ausfahrt auch immer die Augen zu.

Er besuchte eine gute Schule mit einem »gestrafften« Ausbildungsgang für besonders begabte Kinder, den die Jesuiten an der Loyola Marymount University abhielten, ein ganzes Stück von Westwood entfernt. Die Fahrt in die Schule und zurück war halsbrecherisch, und die Tatsache, daß Martin Mills von Anfang an in einer auch von Universitätsstudenten frequentierten Einrichtung unterrichtet wurde, schien den Ernst des Jungen noch zu fördern. Da es sich um ein Experiment im Bereich Früherziehung handelte, das ein paar Jahre später abgebrochen werden sollte, hatten sogar die Stühle Erwachsenengröße, und an den Wänden der Klassenzimmer hingen keine Wachsmalkreidebilder und auch kein Tieralphabet. In der Toilette, die diese begabten Jungen benutzten, mußten sich die kleineren zum Pinkeln auf einen Hocker stellen – damals gab es noch keine Pinkelbecken in Rollstuhlhöhe für Behinderte. Sowohl die hoch angebrachten Pinkelbecken als auch die kahlen Klassenzimmer erweckten den Eindruck, als erhielten diese Kinder die Möglichkeit, ihre Kindheit zu überspringen. Doch Klassenzimmer wie Pinkelbecken kündeten nicht nur von der Ernsthaftigkeit dessen, worum es hier ging, sondern krankten auch an derselben Anonymität und Unpersönlichkeit wie die zahlreichen Schlafzimmer im Leben des jungen Martin.

Wann immer das Haus in Westwood vermietet wurde, mußten Danny und Vera auch auf die Dienste der Babysitterin verzichten. Dann war Danny als Chauffeur eingeplant, der Martin aus anderen, ihm unbekannten Stadtteilen zu seinem gestrafften Unterricht zur Loyola Marymount University fuhr. Für Martin war das nicht weniger gefährlich als die Fahrt von und nach Westwood mit der U.C.L.A.-Studentin. Denn so früh am Morgen hatte Danny stets einen Kater, sofern er nicht noch betrunken war, und bis es Zeit war, Martin von der Schule abzuholen, hatte Danny schon wieder angefangen zu trinken. Vera konnte überhaupt nicht fahren. Die ehemalige Hermione Rosen hatte

nie Auto fahren gelernt, was bei Leuten, die ihre Teenager-
zeit in Brooklyn oder Manhattan verbringen, nichts Ungewöhnliches ist. Ihr Vater, der Filmproduzent Harold Rosen,
hatte ebenfalls nie fahren gelernt. Er leistete sich häufig eine
Limousine, und einmal, als Danny Mills der Führerschein
wegen Trunkenheit am Steuer mehrere Monate lang entzogen
worden war, hatte Harold eine Limousine geschickt, die Martin
Mills in die Schule brachte.

Veras Onkel hingegen, der Regisseur Gordon Hathaway, war
ein alter Raser, dessen Vorliebe für hohe Geschwindigkeiten, gepaart mit seinen ständig purpurgefärbten (unterschiedlich heftig
mit Taubheit geschlagenen) Ohren, dazu führte, daß ihm in regelmäßigen Abständen der Führerschein abgenommen wurde.
Löschzügen der Feuerwehr, Krankenwagen oder Polizeiautos
machte Gordon aus Prinzip nicht Platz. Da er seine eigene Hupe
nicht hören konnte, benutzte er sie auch nie, und das warnende
Getute anderer Fahrzeuge beachtete er grundsätzlich nicht. Er
sollte seinem Schöpfer auf dem Santa Monica Freeway gegen-
übertreten, wo er auf einen Kombi voller Surfer auffuhr und auf
der Stelle von einem Surfbrett getötet wurde. Vielleicht flog es
vom Dachträger des Kombi oder aus der offenen Heckklappe –
jedenfalls schoß es durch Gordons Windschutzscheibe. Die Folge
war eine Massenkarambolage, die sich in beide Richtungen über
vier Spuren erstreckte und in die acht Autos und ein Motorrad
verwickelt waren; doch nur Gordon wurde getötet. Bestimmt
blieben dem Regisseur noch ein paar Sekunden, um den Tod
kommen zu sehen, aber bei seinem Gedenkgottesdienst bemerkte seine berühmte »trübselige Fotze« von Schwester, Harold Rosens Frau und Veras Mutter, daß Gordons Taubheit ihm
zumindest den Lärm seines eigenen Todes erspart habe. Immerhin, darin waren sich alle einig, mußte der Zusammenprall von
neun Fahrzeugen ein beträchtliches Getöse verursacht haben.

Trotz alledem überlebte Martin Mills die qualvollen Fahrten

zu seinem gestrafften Unterricht in der Loyola Marymount University. Was ihm ernstlich zu schaffen machte, waren die diversen Schlafzimmer mit ihrer verwirrenden Fremdheit. Danny hatte – eine typische Ausverkaufsreaktion – das Haus in Westwood überstürzt von dem Geld gekauft, das er für einen Vertrag über drei Drehbücher bekommen hatte. Leider waren die Drehbücher zu dem Zeitpunkt, als er das Geld kassierte, noch ungeschrieben – keines würde je verfilmt werden. Dazu kamen, wie stets, weitere Verträge auf der Basis unfertiger Bücher, so daß Danny nichts anderes übrigblieb, als Westwood zu vermieten. Das deprimierte ihn natürlich; er trank, um seinen Ekel vor sich selbst zu vernebeln. Die Folge davon war, daß er in anderer Leute Häusern wohnte, zumeist Häusern von Produzenten, Regisseuren oder Schauspielern, denen Danny ein fertiges Drehbuch schuldete. Da diese menschenfreundlichen Seelen weder dieses Schauspiel noch die Gesellschaft des verzweifelten Drehbuchautors ertragen konnten, räumten sie ihre Häuser und flohen nach New York oder Europa. Manchmal flüchtete Vera mit ihnen, wie Martin Mills später erfuhr.

Unter solchem Druck ein Drehbuch schreiben zu müssen, war eine, wie Danny Mills es nannte, »eierzerfetzende« Tätigkeit – ein uralter Lieblingsausdruck von Gordon Hathaway. Während Martin Mills in seiner Zelle in St. Ignatius wachlag, mußte er unweigerlich an diese Häuser fremder Leute denken, bei denen sein schwacher Vater regelmäßig den kürzeren gezogen hatte.

Da war zum Beispiel dieses Haus in Beverly Hills, das einem Regisseur gehörte. Es lag am Franklin Canyon Drive, und Danny verscherzte sich das Privileg, dort wohnen zu dürfen, nur wegen der steilen Auffahrt – so jedenfalls formulierte es Danny. Geschehen war folgendes: Er kam betrunken nach Hause, stellte das Auto des Regisseurs im Leerlauf (ohne die Handbremse anzuziehen) ab und ließ das Garagentor offen, so daß der Wagen einen Grapefruitbaum niedermähte und in den Swimmingpool rollte. Der Schaden wäre nicht so groß gewesen, hätte Vera nicht eine Affäre mit dem Dienstmädchen des Regisseurs gehabt, das am nächsten Morgen nackt in den Swimmingpool sprang und sich unter Wasser an der Windschutzscheibe den Kiefer und ein Schlüsselbein brach. Das passierte just, während Danny die Polizei anrief, um den Wagen als gestohlen zu melden. Natürlich verklagte das Dienstmädchen den Regisseur wegen des Autos im Pool. Das Drehbuch, an dem Danny damals schrieb, wurde nie verfilmt – wieder mal eine Folge dessen, daß sich Danny die Eier zerfetzt hatte.

Martin Mills hatte dieses Haus gern gemocht, wenn auch nicht das Dienstmädchen. Rückblickend bedauerte er, daß die sexuelle Vorliebe seiner Mutter für junge Frauen nur vorübergehend angehalten hatte, denn ihr Appetit auf junge Männer war ungleich ekelhafter. Jedenfalls hatte Martin sein Schlafzimmer in diesem Haus am Franklin Canyon Drive hübscher gefunden als alle anderen. Es war ein Eckzimmer mit ausreichend natürlicher Luftzufuhr, so daß er nachts ohne Klimaanlage schlafen konnte. Deshalb hörte er auch, wie das Auto im Swimmingpool versank – erst das Platschen, dann die blubbernden Luftblasen. Aber er war nicht aufgestanden, um nachzusehen, weil er angenommen hatte, daß sein betrunkener Vater in den Pool gefallen war. Aufgrund der Geräusche hatte Martin geglaubt, Danny würde mit einem runden Dutzend Betrunkener da draußen herumhüpfen, die, wie es sich anhörte, unter Wasser rülpsten und furzten. Daß ein Auto mit im Spiel war, konnte er nicht ahnen.

Als Martin (wie immer) früh am Morgen aufstand, war er nicht sonderlich überrascht, als er aus dem Fenster blickte und am tiefen Ende des Schwimmbeckens den Wagen sah. Erst allmählich kam ihm der Gedanke, daß sein Vater womöglich darin festsaß. Nackt und schreiend lief er die Treppe hinunter zum Swimmingpool, wo er das nackte Dienstmädchen entdeckte, das um ein Haar unter dem Sprungbrett ertrunken wäre. Es würde Martin nie als Verdienst angerechnet werden, sie gerettet zu haben. Er schnappte sich die lange Stange mit dem Netz am Ende, die dazu diente, Frösche und Salamander aus dem Wasser zu fischen, und schob sie der braunhäutigen, verzweifelten Frau mexikanischer Herkunft hin, die weder sprechen konnte (weil ihr Kiefer gebrochen war), noch sich aus dem Pool herausstemmen (weil ihr Schlüsselbein ebenfalls gebrochen war). Sie hielt sich an der Stange fest, während Martin sie an den Beckenrand zog, wo sie sich festklammerte. Flehentlich blickte sie zu Martin Mills hinauf, der seine Genitalien mit den Händen bedeckte. Aus den Tiefen des Pools schickte der versunkene Wagen noch eine Luftblase empor.

In dem Augenblick trat Martins Mutter aus dem Bungalow des Dienstmädchens, der sich neben der Badehütte befand. Vera, in ein Handtuch gewickelt, sah ihren Sohn Martin nackt am tiefen Ende des Beckens stehen, ohne jedoch ihre zappelnde Geliebte von der vergangenen Nacht zu bemerken.

»Martin, du weißt, was ich vom Nacktbaden halte«, schalt sie den Jungen. »Geh und zieh deine Badehose an, bevor Maria dich sieht.«

Maria badete freilich auch nackt.

Während Martin Mills sich anzog, wurde ihm schlagartig ein Grund für seine Abneigung gegen fremde Schlafzimmer klar: Fremde Sachen lagen in den Schubladen – bestenfalls die untersten Schubladen waren für Martin leergeräumt worden –, und fremde Kleider hingen leblos, aber platzgreifend in den Schränken. Fremde Spielsachen füllten eine Truhe, fremde Kinderfotos hingen an den Wänden. Gelegentlich standen fremde Tennispokale oder Reittrophäen auf einem Bord. Oft gab es eine Gedenknische für das erste Lieblingstier dieser fremden Kinder, einen verstorbenen Hund oder eine Katze, wie sich häufig anhand eines Schraubglases, das einen Hundezehennagel oder ein

Haarbüschel von einem Katzenschwanz enthielt, erkennen ließ. Und wenn Martin seine eigenen kleinen Siegestrophäen von der Schule »nach Hause« brachte – glänzende Noten oder andere Belege für seine gestraffte Erziehung –, durfte er diese nicht an den fremden Wänden ausstellen.

Später, in Los Angeles, wohnten sie in dem praktisch ungenutzten Haus eines Schauspielers in der South Lorraine Street – einem riesigen, großzügig geschnittenen Herrenhaus mit vielen kleinen, muffigen Schlafzimmern, in denen überall unscharfe, vergrößerte Fotos von fremden Kindern in auffallend einheitlichem Alter hingen. Martin kam es vor, als wären sämtliche Kinder, die dort aufgewachsen waren, mit sechs oder acht Jahren gestorben oder für den Fotografen uninteressant geworden. Dabei hatte es schlicht und einfach eine Scheidung gegeben. In diesem Haus war die Zeit stehengeblieben – Martin fand es dort fürchterlich –, und Danny hatte die Gastfreundschaft schließlich überstrapaziert, als er mit der Zigarette in der Hand auf der Couch vor dem Fernseher eingeschlafen war. Der Rauchalarm weckte ihn auf, aber da er betrunken war, rief er anstelle der Feuerwehr die Polizei an, und bis das Durcheinander geklärt war, hatten die Flammen das ganze Wohnzimmer verzehrt. Danny nahm Martin mit in den Swimmingpool, wo der Junge auf einer aufgeblasenen Donald-Duck-Matratze herumpaddelte – noch so ein Überbleibsel der ewig Sechs- und Achtjährigen.

Obwohl Danny statt einer Badehose eine lange Hose und ein zerknittertes Frackhemd trug, watete er am seichten Ende des Pools hin und her und drückte die Seiten seines im Entstehen begriffenen Drehbuchs an die Brust, damit sie ja nicht naß wurden. Gemeinsam sahen Vater und Sohn zu, wie die Feuerwehrleute die Katastrophe bewältigten.

Der beinahe berühmte Schauspieler, dessen Wohnzimmer ruiniert war, kam erst viel später nach Hause – nachdem das Feuer gelöscht und die Feuerwehrleute abgezogen waren.

Danny und Martin Mills spielten noch immer im Swimming-pool.

»Laß uns hier auf Mami warten, dann kannst du ihr alles über das Feuer erzählen«, hatte Danny vorgeschlagen.

»Wo ist Mami?« hatte Martin gefragt.

»Fort«, hatte Danny geantwortet. Sie war mit dem Schauspieler »fort«. Als die beiden zurückkehrten, hatte Martin den Eindruck, daß sein Vater in gewisser Weise ganz zufrieden war, daß er das Wohnzimmer in einen schwelenden Trümmerhaufen verwandelt hatte. Das Drehbuch machte keine großen Fortschritte; es sollte dem Schauspieler die Möglichkeit bieten, etwas »Aktuelles« zu spielen – die Geschichte handelte von einem jungen Mann und einer älteren Frau –, »etwas Bittersüßes«, wie der Schauspieler vorgeschlagen hatte. Vera hoffte auf die Rolle der älteren Frau. Aber auch dieses Drehbuch wurde nie verfilmt, und Martin Mills bedauerte es nicht, diese ewig sechs und acht Jahre alten Kinder in der South Lorraine Street zu verlassen.

In seiner kahlen Zelle in St. Ignatius in Mazgaon suchte der Missionar jetzt sein Exemplar des *Katholischen Taschenkatechismus,* weil er hoffte, daß die darin enthaltenen Glaubensgrundlagen ihn vielleicht davor bewahren könnten, sämtliche kalifornischen Schlafzimmer, in denen er je genächtigt hatte, nochmals Revue passieren zu lassen. Aber er konnte das tröstliche Taschenbüchlein nicht finden; wahrscheinlich hatte er es auf Dr. Daruwallas Glastisch liegenlassen – das hatte er tatsächlich, und Dr. Daruwalla hatte es bereits gute Dienste geleistet. Der Doktor hatte den Abschnitt über die letzte Ölung, das Sakrament der Krankensalbung, durchgelesen, weil dieses Thema recht gut in das neue Drehbuch paßte, das er unbedingt bald in Angriff nehmen wollte. Auch eine Passage über die Kreuzigung hatte er überflogen, weil er hoffte, sie vielleicht irgendwo unterbringen zu können. Der Doktor konnte es kaum erwarten loszulegen, und die frühen Abendstunden zogen sich für ihn endlos hin, weil er so voller Tatendrang war. Hätte Martin Mills gewußt, daß Dr. Daruwalla drauf und dran war, ihn als Figur in einer romantischen Komödie auferstehen zu lassen, wäre dem unglücklichen Missionar die Ablenkung, die die Erinnerungen an seine unstete Kindheit in Los Angeles darstellte, womöglich willkommen gewesen.

Sie hatten noch in einem anderen Haus in L. A. gewohnt, in der Kings Road, das Martin vorsichtig liebgewonnen hatte. Dort gab es einen Fischteich, und der Produzent, dem es gehörte, hielt seltene Vögel, für die unglücklicherweise Danny verantwortlich war, solange er dort logierte und schrieb. Am allerersten Tag hatte Martin festgestellt, daß die Fenster keine Fliegengitter hatten und die seltenen Vögel nicht in Käfige eingesperrt, sondern an ihre Stangen gekettet waren. Eines Abends, während einer Dinnerparty, kam ein Bussard ins Haus geflogen – und dann noch einer –, und zur heftigen Bestürzung der versammelten Gäste fielen die seltenen Vögel den eingedrungenen Raubvögeln zum Opfer. Während die seltenen Vögel kreischend ihr Leben aushauchten, war Danny so betrunken, daß er um jeden Preis seine Version der Geschichte, wie man ihn in Venice mit Gewalt aus seiner geliebten Doppelhaushälfte mit Strandblick vertrieben hatte, zu Ende erzählen wollte. Bei dieser Geschichte traten Martin jedesmal Tränen in die Augen, weil sie vom Tod seines einzigen Hundes handelte. Unterdessen stießen die Bussarde herab und töteten; und die Gäste – anfangs nur die Frauen – duckten sich unter den Eßtisch. Danny erzählte einfach weiter.

Dem jungen Martin war es noch nicht in den Sinn gekommen, daß der mißliche Verlauf, den die Karriere seines Vaters als Drehbuchautor nahm, irgendwann darauf hinauslaufen würde, daß sie in billige Behausungen umziehen mußten. Obwohl das im Vergleich zu dem Parasitenleben in den Häusern zumeist wohlhabender Regisseure, Produzenten und beinahe berühmter Schauspieler ein Rückschritt war, gab es in den billigen Mietwohnungen wenigstens keine fremden Kleider und Spielsachen. In dieser Beziehung empfand Martin Mills sie als Fortschritt. Venice allerdings nicht. Dem jungen Martin war auch noch nicht in den Sinn gekommen, daß Danny und Vera nur darauf warteten, daß ihr Sohn endlich alt genug für ein Internat wurde. Sie gingen davon aus, daß ihm auf diese Weise die anhaltend peinliche Lebenssituation seiner Eltern verborgen bleiben würde – ihr praktisch getrenntes Leben innerhalb der engen Grenzen derselben Wohnung, ihr Umgang mit Veras Affären und Dannys Alkoholismus. Aber Venice war Vera zu primitiv. Sie beschloß, die Zeit in New York zu verbringen, während Danny die Tasten seiner Reiseschreibmaschine bearbeitete und das Risiko auf sich nahm, Martin zur Loyola Marymount University zu fahren und wieder abzuholen. In Venice hatten sie das Erdgeschoß eines pinkfarbenen Zweifamilienhauses am Strand bewohnt.

»Es war die beste Bleibe, die wir je hatten, weil sie so verdammt wirklichkeitsnah war!« erklärte Danny seinen geduckten Gästen. »Habe ich recht, Marty?« Aber der junge Martin schwieg. Er beobachtete den Todeskampf eines Hirtenstars, der ganz in der Nähe der unangetasteten Horsd'œuvres, die noch immer auf dem Couchtisch im Wohnzimmer standen, einem Bussard unterlag.

In Wirklichkeit, dachte Martin, hatte er Venice als ziemlich *un*wirklich empfunden.

Am South Venice Boulevard gab es überall bekiffte Hippies. Martin Mills hatte schreckliche Angst vor einer solchen Umgebung, doch Danny rührte und überraschte ihn damit, daß er ihm als vorweihnachtliches Geschenk einen Hund mitbrachte. Es war eine Promenadenmischung von der Größe eines Beagle aus dem Tierheim – »dem Tod von der Schippe gesprungen«, sagte Danny. Wegen seiner Farbe nannte er ihn »Whiskey«, obwohl Martin Einspruch erhob. Bestimmt war der Hund mit diesem Namen zu seinem Schicksal verurteilt.

Whiskey schlief in Martins Zimmer, und Martin durfte seine eigenen Sachen an die meeresfeuchten Wände hängen. Wenn er von der Schule »nach Hause« kam, wartete er, bis die Kerle vom Rettungsdienst Feierabend machten, und ging dann mit Whiskey am Strand spazieren, wo er sich zum erstenmal einbilden konnte, daß er von den Kindern auf dem öffentlichen Spielplatz beneidet wurde – in diesem Fall von den Kindern, die bei der Rutsche an der Venice Beach anstanden. Bestimmt hätten auch sie gern einen Hund gehabt, um mit ihm im Sand spazierenzugehen.

An Weihnachten kam Vera zu Besuch, wenn auch nur kurz. Sie weigerte sich, in Venice zu übernachten, und mietete statt dessen eine Suite in einem einfachen, aber sauberen Hotel an der Ocean Avenue in Santa Monica. Dort traf sie sich mit Martin zu einem Weihnachtsfrühstück – es war die erste von vielen einsamen, einprägsamen Mahlzeiten mit seiner Mutter, deren Maßstab für eine luxuriöse Unterkunft sich von ihrem fachkundigen Lob des Zimmerservice herleitete. Veronica Rose betonte wiederholt, daß es ihr lieber sei, in einem Hotel einen zuverlässigen Zimmerservice zu haben, als in einem eigenen Haus zu wohnen – da konnte man die Handtücher auf den Boden werfen, das Geschirr im Bett stehenlassen, lauter solche Sachen. Sie schenkte dem jungen Martin zu Weihnachten ein Hundehalsband, was ihn zutiefst rührte, weil er sich an keine andere Gelegenheit erinnern konnte, bei der seine Eltern sich offenkundig verständigt hatten. Ausnahmsweise mußte Danny mit Vera geredet haben – zumindest mußte er ihr gesagt haben, daß er dem Jungen einen Hund geschenkt hatte.

Doch am Silvesterabend gab ein Rollschuhfahrer (der in dem türkis angestrichenen Zweifamilienhaus nebenan wohnte) dem Hund einen großen Teller mit Marihuana-Lasagne zu fressen. Als Danny und Martin nach Mitternacht noch einen Spaziergang mit Whiskey machten, griff der Zwerg, der völlig high war, den

Rottweiler eines Gewichthebers an. Einmal Zuschnappen und Beuteln, und Whiskey war tot.

Der Besitzer des Rottweilers, ein Muskelprotz in Muscle Shirt und kurzer Turnhose, war völlig zerknirscht. Danny holte eine Schaufel, mit der der kleinlaute Gewichtheber in der Nähe der Kinderrutsche ein riesiges Grab schaufelte. Natürlich war es verboten, einen toten Hund an der Venice Beach zu begraben, und irgendein pflichtbewußter Beobachter rief prompt die Polizei. Am Neujahrsmorgen in aller Früh wurde Martin von zwei Polizisten geweckt. Danny war noch zu verkatert, um ihm beizustehen, und es stand auch kein Gewichtheber zur Verfügung, der ihm geholfen hätte, den toten Hund wieder auszugraben. Als Martin es endlich geschafft hatte, Whiskey in eine Mülltüte zu stopfen, legte der eine Polizist den Hundekadaver in den Kofferraum des Polizeiautos, und der andere fragte den Jungen, während er ihm den Bußgeldbescheid gab, in welche Schule er ginge.

»Ich absolviere den gestrafften Ausbildungsgang in der Loyola Marymount University«, erklärte Martin Mills dem Polizisten.

Nicht einmal diese Auszeichnung hinderte den Vermieter daran, Danny und Martin wenig später vor die Tür zu setzen, da er noch mehr Ärger mit der Polizei befürchtete. Bis sie schließlich auszogen, hatte sich Martin Mills' Meinung über das Haus geändert. Fast jeden Tag hatte er den Gewichtheber mit seinem mörderischen Rottweiler gesehen, und auch den Rollschuhfahrer mit seiner Vorliebe für Marihuana-Lasagne sah er täglich aus dem türkisfarbenen Haus nebenan kommen oder dorthin zurückkehren. Wieder einmal tat es Martin nicht leid, daß sie wegzogen.

Danny, in seiner Unbekümmertheit, fand die Geschichte hinreißend. Er dehnte seine Erzählung in die Länge, als sei das Vogelsterben im Haus des Produzenten in der Kings Road der geeignete Rahmen für den plötzlichen Tod des armen Whiskey. »Ein irres Ambiente war das!« rief Danny. Inzwischen hatten sich auch sämtliche Männer unter den Tisch geflüchtet. Genau wie die Frauen hatten auch sie Angst, die herabstoßenden Bussarde könnten sie für seltene Vögel halten.

»Daddy, wir haben Bussarde im Haus!« hatte Martin geschrien. »Daddy, die Vögel!«

»Das hier ist Hollywood, Marty«, hatte Danny Mills geantwortet. »Mach dir keine Sorgen um die Vögel. Die Vögel spielen keine Rolle. Das hier ist Hollywood. Alles, was zählt, ist die Geschichte.«

Auch dieses Drehbuch wurde nicht verfilmt – die alte Leier bei Danny Mills. Die Rechnung für die toten seltenen Vögel sollte die Familie Mills abermals zum Umzug in ein Billigquartier nötigen.

An diesem Punkt seiner Erinnerungen gab sich Martin Mills alle Mühe, seinem Gedächtnis Einhalt zu gebieten, denn während er schon früh (noch ehe er ins Internat kam) mit den Unzulänglichkeiten seines Vater vertraut wurde, erkannte er die lasche Moral seiner Mutter erst später und empfand sie als ungleich verwerflicher als Dannys Schwächen.

Allein in seiner Zelle in Mazgaon, suchte der frischgebackene Missionar krampfhaft nach einer Möglichkeit, weitere Erinnerungen an seine Mutter abzublocken. Er dachte an Pater Joseph Moriarity, S. J., der an der Loyola Marymount University sein Mentor gewesen war. Als Martin nach Massachusetts geschickt wurde, wo er keine jesuitische (und nicht einmal eine katholische) Schule besuchte, hatte Pater Joe die religiösen Fragen des Jungen brieflich beantwortet. Martin Mills dachte auch an Frater Brennan und Frater LaBombard, seine Konfratres während seiner Jahre als Novize in St. Aloysius. Er erinnerte sich sogar daran, daß Frater Flynn sich erkundigt hatte, ob nächtliche Samenergüsse »erlaubt« seien, denn war das nicht etwas ganz und gar Unmögliches – Sex ohne Sünde? Ob es Pater Toland gewesen war oder Pater Feeney, der gemeint hatte, ein nächtlicher Samenerguß sei aller Wahrscheinlichkeit nach unbewußtes Masturbieren, wußte Martin nicht mehr. Sicher war, daß daraufhin entweder Frater Monahan oder Frater Dooley gefragt hatte, ob Masturbieren auch dann noch verboten sei, wenn es »unbewußt« geschehe.

»Ja, immer«, hatte Pater Gannon geantwortet. Pater Gannon freilich war übergeschnappt. Kein Priester, der noch bei Verstand war, würde einen unbeabsichtigten nächtlichen Samenerguß als einen Akt des Masturbierens bezeichnen. Nichts, was unbewußt geschieht, kann eine Sünde sein, da jede »Sünde« eine freie Entscheidung voraussetzt. Pater Gannon sollte eines Tages buchstäblich aus seinem Klassenzimmer in St. Aloysius entfernt werden, weil man fand, daß seine wirren Reden dazu angetan waren, jene antipapistischen Traktate aus dem 19. Jahrhundert, in denen Klöster als Bordelle für Priester hingestellt wurden, glaubwürdig erscheinen zu lassen.

Aber Martin Mills hatte Pater Gannons Antwort sehr wohl zu schätzen gewußt. Genau das unterschied die Männer von den Jungen, dachte er. Er hatte es geschafft, nach dieser Regel zu leben – keine nächtlichen Samenergüsse, unbewußt oder sonstwie. Er berührte sich nicht ein einziges Mal.

Aber da Martin Mills wußte, daß selbst sein Sieg über die Selbstbefriedigung Erinnerungen an seine Mutter wachrufen würde, versuchte er, an etwas anderes zu denken – irgend etwas anderes. Er wiederholte hundertmal das Datum des 15. August 1534. Das war der Tag, an dem der heilige Ignatius von Loyola in einer Kapelle in Paris das Gelöbnis abgelegt hatte, nach Jerusalem zu pilgern. Fünfzehn Minuten lang konzentrierte sich Martin Mills auf die korrekte Aussprache von Montmartre. Als das nicht funktionierte und er sich dabei ertappte, daß er seine Mutter vor Augen hatte, wie sie sich vor dem Zubettgehen die Haare bürstete, schlug Martin seine Bibel bei der Genesis, Kapitel 19 auf, weil ihn die Zerstörung von Sodom und Gomorrha durch den Herrn stets beruhigte und weil auch jene Lektion über den Gehorsam, die Martin Mills sehr schätzte, so geschickt in die Geschichte vom Zorn Gottes eingebaut war. Es war nur allzu menschlich, daß sich Lots Frau umsah, obwohl der Herr doch allen geboten hatte: »Blickt nicht hinter euch…« Aber trotzdem wurde Lots Frau zur Strafe in eine Salzsäule verwandelt. Recht so, dachte Martin Mills. Doch selbst die Freude darüber, daß der Herr diese Städte, die mit ihrer Verderbtheit geprahlt hatten, vernichtet hatte, konnte dem Missionar die lebhaften Erinnerungen an die Zeit, als er ins Internat geschickt wurde, nicht ersparen.

Ein Truthahn und ein Türke

Veronica Rose und Danny Mills hatten sich darauf geeinigt, ihren begabten Sohn auf eine besonders gute Schule in Neuengland zu schicken, aber Vera wollte nicht solange warten, weil Martin ihrer Ansicht nach zu religiös wurde. Nicht genug, daß er von Jesuiten unterrichtet wurde, sie hatten ihm auch noch eingebleut, jeden Sonntag in die Kirche zu gehen und gelegentlich auch zur Beichte. »Was soll dieses Kind schon zu beichten haben?« wollte Vera wiederholt von Danny wissen. Sie fand, daß der kleine Martin für einen normalen Jungen viel zu brav war. Von der Sonntagsmesse behauptete Vera, sie würde ihr das Wochenende verpfuschen, also ging Danny mit ihm hin. Einen freien Sonntagmorgen vertrödelte Danny ohnehin nur, und mit einem Kater wie dem seinen konnte er ebensogut in der Kirche sitzen oder knien.

Zunächst wurde der kleine Martin auf die Fessenden School in Massachusetts geschickt. Das war eine strenge Internatsschule, aber nicht religiös, und Vera gefiel daran, daß sie ganz in der

Nähe von Boston lag. Wenn sie Martin besuchte, konnte sie im Ritz Carlton übernachten und mußte nicht mit einem trübsinnigen Motel oder einem pseudo-malerischen Landgasthof vorliebnehmen. Martin begann in Fessenden mit der sechsten Klasse und sollte bis nach der neunten bleiben, mit der diese Schule dann auch endete. Er tat sich nicht besonders leid – es gab noch jüngere Internatsschüler dort –, obwohl die meisten Jungen sogenannte Fünftägler waren, was bedeutete, daß sie jedes Wochenende nach Hause fuhren. Zu den Siebentäglern gehörten außer Martin zahlreiche ausländische Schüler, aber auch viele Amerikaner, deren Väter im diplomatischen Dienst waren und deren Familien sich in problematischen Ländern aufhielten. Einige der ausländischen Schüler, so zum Beispiel Martins Zimmergenosse, waren Kinder ausländischer, in Washington oder New York akkreditierter Diplomaten.

Trotz des Zimmergenossen – denn Martin Mills hätte lieber ein Zimmer für sich allein gehabt – gefiel es dem jungen Martin in dem engen Raum. Er durfte seine eigenen Sachen an die Wände hängen, vorausgesetzt, diese wurden nicht beschädigt und die betreffenden Gegenstände waren nicht obszön. Obszöne Bilder hätten Martin Mills nicht in Versuchung geführt, dafür aber seinen Zimmergenossen.

Er hieß Arif Koma und kam aus der Türkei; sein Vater war am türkischen Konsulat in New York. Arif hatte einen Kalender mit Frauen in Badeanzügen zwischen seiner Matratze und dem Federrahmen versteckt. Er bot Martin zwar nicht an, den Kalender mitzubenutzen, wartete aber normalerweise, bis er glaubte, Martin sei eingeschlafen, bevor er, angeregt durch die zwölf Damen, masturbierte. Oft sah Martin eine geschlagene halbe Stunde, nachdem offiziell das Licht gelöscht worden war, Arifs Taschenlampe unter den Laken und der Decke hervorblitzen, und hörte dazu Arifs Bettfedern quietschen. Martin hatte sich den Kalender einmal heimlich angesehen, als Arif unter der Du-

sche oder aus einem anderen Grund nicht im Zimmer war. Anscheinend mochte er (den abgegriffenen Blättern nach zu schließen) die März- und Augustdamen lieber als die anderen, obwohl
Martin nicht dahinterkam, warum. Aber er sah sich den Kalender
auch weder besonders genau noch besonders lange an. Der kleine
Raum, den er sich mit Arif teilte, hatte keine Tür, sondern nur
einen Vorhang, und hätte jemand von der Frühaufsicht ihn mit
dem Badeanzugkalender angetroffen, wären die Frauen (alle
zwölf Monate) eingezogen worden. Und das hätte er Arif gegenüber als unfair empfunden.

Daß die beiden Jungen bis zu ihrem letzten Jahr in Fessenden
Zimmerkameraden blieben, lag weniger an einer wachsenden
Freundschaft als an einem gewissen stillschweigenden gegensei-
tigen Respekt. Die Internatsverwaltung ging davon aus, daß man
seinen Zimmerkameraden mochte, wenn man sich nicht über ihn
beschwerte. Außerdem waren beide Jungen im selben Sommerlager gewesen. Im ersten Frühjahr in Fessenden, als Martin seinen Vater arg vermißte und sich auf die häuslichen Schrecken, die
ihn in den Sommermonaten zu Hause in L. A. erwarteten, regelrecht freute, hatte Vera dem Jungen eine Broschüre über ein
Sommerlager geschickt. Dort würde er die Ferien verbringen.
Die Angelegenheit war bereits beschlossen – es handelte sich
nicht etwa um einen Vorschlag –, und als Martin die Broschüre
durchblätterte, sah sich Arif mit ihm die Fotos an.

»Ich kann ebensogut auch dorthin fahren«, hatte der Türke
zu Martin gesagt. »Ich meine, irgendwo muß ich ja hin.«

Aber es gab noch einen anderen Grund, warum sie beisam-
menblieben: Sie waren beide unsportlich, und keiner hatte das
Bedürfnis, sich dem anderen gegenüber körperlich überlegen zu
zeigen. In einer Schule wie Fessenden, in der Sport Pflichtfach
war und sämtliche Jungen fieberhaft miteinander wetteiferten,
konnten Arif und Martin ihre Unsportlichkeit nur dadurch aufrechterhalten, daß sie Zimmergenossen blieben. Gemeinsam wit-

zelten sie darüber, daß die von Fessenden in sportlicher Hinsicht am heftigsten verachteten Rivalen zwei Schulen waren, die Fay und Fenn hießen. Sie fanden es komisch, daß diese Schulen ebenfalls mit einem »F« begannen, so als würde dieser Buchstabe eine sportliche Verschwörung signalisieren – einen *furor athleticus*. Nachdem Arif und Martin gemeinsam zu dieser Einschätzung gelangt waren, ersannen sie geheime Mittel und Wege, um ihre Verachtung für die in Fessenden herrschende Sportbesessenheit zum Ausdruck zu bringen. Sie beschlossen nicht nur, unsportlich zu bleiben, sondern wollten von nun an für alles, was sie an dieser Schule widerlich fanden, ein F-Wort verwenden.

Die vorherrschenden Farben der Schuluniformhemden, einer Button-down-Variante in diversen Rosa- und Gelbtönen, nannten die Jungen »formidabel«. Eine unattraktive Lehrersfrau bezeichneten sie als »formlosen Flop«. Auf die Schulvorschrift, daß der oberste Hemdknopf stets geschlossen zu sein hatte, wenn man eine Krawatte trug, reagierten sie mit »feudal«. Weitere Lieblingswörter, geeignet für die diversen Begegnungen mit Lehrkörper und Mitschülern, waren »fad«, »fadenscheinig«, »fäkal«, »falsch«, »farblos«, »faschistisch«, »faszinös«, »fatal«, »faulig«, »fehl am Platz«, »feige«, »feist«, »fies«, »filzig«, »final«, »fischig«, »frappant«, »frigide« und »furios«.

Diese kurzen adjektivischen Signale machten ihnen Spaß. Martin und Arif hatten, wie viele Zimmergenossen, einen Geheimbund geschlossen. Natürlich führte das dazu, daß andere Jungen sie als Fummler, Fräuleins, frivole Früchtchen und falsche Fuffziger bezeichneten, aber die einzige sexuelle Aktivität, die in ihrem gemeinsamen Schlafraum stattfand, war Arifs regelmäßiges Masturbieren. Als sie in die neunte Klasse aufrückten, bekamen sie ein Zimmer mit einer richtigen Tür. Daraufhin gab sich Arif weniger Mühe, seine Taschenlampe zu verstecken.

Bei dieser Erinnerung wurde dem 39jährigen Missionar, der sich allein und hellwach in seiner Zelle in St. Ignatius befand, klar, daß das Thema Masturbieren heimtückisch war. Er unternahm einen verzweifelten Versuch, sich von dem Thema abzulenken, auf das er unweigerlich zusteuerte – seine Mutter –, setzte sich kerzengerade auf seiner Pritsche auf, knipste das Licht an und begann aufs Geratewohl in der ›Times of India‹ herumzulesen. Dabei war es nicht einmal eine halbwegs aktuelle Ausgabe. Die Zeitung, die zusammengerollt unter der Pritsche lag, wo sie schnell zur Hand war, um Küchenschaben oder Stechmücken zu erschlagen, war mindestens zwei Wochen alt. So kam es, daß der junge Missionar mit der ersten jener Übungen begann, mit deren Hilfe er sich in Bombay zu orientieren beabsichtigte. Eine wichtigere Frage, nämlich ob irgend etwas in der ›Times of India‹ stand, was Martins Erinnerung an seine Mutter und ihre Verquickung mit dem unliebsamen Thema Masturbieren hätte entschärfen können, würde vorerst unbeantwortet bleiben.

Wie es der Zufall wollte, fiel Martins Blick als erstes auf die Heiratsanzeigen. Er las, daß sich ein 32jähriger Lehrer, der eine Frau suchte, zu einem »leichten Schielen auf einem Auge« bekannte; ein Staatsdiener (mit eigenem Haus) gab »eine leichte Asymmetrie der Beine« zu, behauptete aber, tadellos gehen zu können, und meinte, er würde auch eine behinderte Frau in Betracht ziehen. An anderer Stelle suchte ein »kinderloser Witwer um die Sechzig mit weizenfarbenem Teint« einerseits eine »schlanke, schöne, einfache, weizenfarbene, nichtrauchende, vegetarische Abstinenzlerin unter 40 mit markantem Gesicht«, erklärte andererseits aber recht tolerant, daß Kastenzugehörigkeit, Sprache, gesellschaftliche Position und Bildung für ihn »keine Hindernisse« seien. (Das war natürlich eine von Ranjits Anzeigen.) Eine Braut, die einen Bräutigam suchte, pries sich als Besitzerin »eines attraktiven Gesichts und eines Stickdiploms« an. Ein anderes »schlankes, schönes, einfaches Mädchen«, das Computerwissenschaften studieren wollte, suchte einen unabhängigen jungen Mann, der »ausreichend gebildet« war, um nicht »die üblichen Vorbehalte bezüglich heller Hautfarbe, Kaste und Mitgift« zu haben.

So ziemlich alles, was Martin Mills aus dieser Eigenwerbung und den angegebenen Wünschen schließen konnte, war, daß »einfach« tüchtig im Haushalt bedeutete und daß mit einem »weizenfarbenen Teint« eine halbwegs helle Haut gemeint war – wahrscheinlich ein helles Gelbbraun, wie das von Dr. Daruwalla. Martin hätte unmöglich darauf kommen können, daß der »kinderlose Witwer um die Sechzig mit weizenfarbenem Teint« Ranjit war. Er hatte Ranjit kennengelernt, und Ranjit war dunkelhäutig und garantiert nicht »weizenfarben«. Dem Missionar erschienen sämtliche Heiratsanzeigen – diese in Worte gefaßten Sehnsüchte nach einem Leben zu zweit – einfach nur traurig und verzweifelt. Er stand von seinem Feldbett auf und zündete eine neue Moskitospirale an, nicht weil er irgendwelche Mücken entdeckt hatte, sondern weil Frater Gabriel ihm die letzte angezündet hatte und Martin selbst eine anzünden wollte.

Er überlegte, ob sein ehemaliger Zimmergenosse, Arif Koma, einen »weizenfarbenen« Teint gehabt hatte. Nein, Arif war dunkler gewesen, dachte Martin, dem wieder einfiel, was für eine reine Haut der Türke gehabt hatte. Für einen Teenager war eine reine Haut ungleich wichtiger als deren Farbe. In der neunten Klasse mußte sich Arif bereits jeden Tag rasieren, wodurch sein Gesicht reifer wirkte als die Gesichter seiner Klassenkameraden. Doch im Hinblick auf die Körperbehaarung war Arif noch ein absolutes Kind – unbehaarte Brust, glatte Beine, ein mädchenhaft unbehaarter Po… Merkmale, die gleichbedeutend waren mit femininer Glätte. Obwohl die beiden seit drei Jahren dasselbe Zimmer bewohnten, fing Martin erst in der neunten Klasse an, Arif schön zu finden. Später wurde ihm klar, daß ihm selbst diese erste Wahrnehmung von Arifs Schönheit von Vera eingepflanzt worden war. »Und wie geht es deinem hübschen Zimmergenossen, diesem schönen Jungen?« pflegte sie zu fragen, sooft sie ihn anrief.

In Internaten war es üblich, daß Eltern, die zu Besuch kamen, ihre Kinder zum Abendessen ausführten; die Zimmergenossen wurden häufig mit eingeladen. Verständlicherweise besuchten Vera und Danny ihren Sohn nie gemeinsam, sondern getrennt – wie ein geschiedenes Ehepaar, obwohl sie nicht geschieden waren. Danny lud Martin und Arif in den Thanksgiving-Ferien normalerweise in einen Gasthof in New Hampshire ein, Vera neigte eher zu Kurzbesuchen mit einer Übernachtung.

An dem verlängerten Thanksgiving-Wochenende im neunten Schuljahr kamen Arif und Martin in den Genuß des Gasthofs in New Hampshire *und* eines eintägigen Besuchs von Vera mit Übernachtung – von Samstag auf Sonntag. Danny brachte die Jungen nach Boston zurück, wo Vera sie im Ritz erwartete. Sie hatte eine Suite mit zwei Schlafzimmern gemietet. Ihres war ziemlich prunkvoll, hatte ein riesengroßes Bett und ein luxuriöses Bad. Die Jungen bekamen das kleinere Schlafzimmer mit zwei Ehebetten, Dusche und Toilette.

Martin hatte es zuvor in dem Gasthof in New Hampshire recht gut gefallen. Dort hatten sie ähnliche Zimmer gehabt, nur anders verteilt. Arif bekam ein eigenes Schlafzimmer mit Bad, während Danny und sein Sohn ein Zimmer mit Ehebetten hatten. Danny entschuldigte sich bei Arif für diese erzwungene Trennung von Martin. »Danach hast du ihn wieder die ganze Zeit als Zimmergenossen«, hatte Danny dem Türken erklärt.

»Klar, ich verstehe schon«, hatte Arif gesagt. Schließlich war in der Türkei das höhere Alter ausschlaggebend dafür, wem Vorrang und Achtung gebührte. »Ich bin es gewohnt, ältere Leute zu achten«, hatte Arif liebenswürdig hinzugefügt.

Leider trank Danny zuviel, so daß er beinahe auf der Stelle einschlief und zu schnarchen begann. Martin war enttäuscht, daß sie sich so wenig unterhalten hatten. Aber bevor Danny abgekippt war und sie beide im Dunkeln wach gelegen hatten, hatte der Vater zu seinem Sohn gesagt: »Ich hoffe, daß du glücklich bist. Ich hoffe, du vertraust dich mir an, wenn du irgendwann mal nicht glücklich bist – oder sag mir wenigstens, was du so denkst, ganz allgemein.« Bevor Martin überlegen konnte, was er sagen sollte, hörte er seinen Vater schnarchen. Trotzdem hatte er Dannys fürsorgliches Angebot zu schätzen gewußt. Wer am Morgen Dannys liebevolle Zuneigung und seinen Stolz miterlebte, hätte meinen sollen, daß Vater und Sohn ein vertrauliches Gespräch geführt hatten.

Am anschließenden Samstag abend in Boston wollte Vera sich nicht weiter wegbewegen als bis in den Speisesaal des Ritz. Ihr Himmel war ein gutes Hotel, und in dem befand sie sich bereits. Aber die Kleiderordnung für den Speisesaal des Ritz war noch strenger als die in Fessenden. Der Maître d'hôtel hielt sie an, weil Martin zu seinen Slippern weiße Sportsocken trug. Vera sagte lediglich: »Ich wollte dich schon darauf aufmerksam machen, Liebling, jetzt tut das jemand anderes.« Sie gab ihm den Zimmerschlüssel, damit er andere Socken anziehen konnte, während sie mit Arif wartete. Martin mußte sich ein Paar von Arifs wadenlangen schwarzen Socken ausleihen. Dieser Vorfall lenkte Veras Aufmerksamkeit auf die Tatsache, um wieviel selbstverständlicher Arif »anständige« Kleidung trug. Sie wartete, bis Martin in den Speisesaal nachgekommen war, bevor sie diese Beobachtung aussprach.

»Das kommt sicher daher, daß du an das Leben in Diplomatenkreisen gewöhnt bist«, sagte Martins Mutter zu dem türkischen Jungen. »Vermutlich gibt es in der türkischen Botschaft alle möglichen Gelegenheiten, zu denen man sich in Schale werfen muß.«

»Im türkischen Konsulat«, stellte Arif, sicher schon zum zehntenmal, richtig.

»Einzelheiten interessieren mich furchtbar wenig«, erklärte

Vera dem Jungen. »Hundert Pro, daß du es nicht schaffst, mir den Unterschied zwischen einer Botschaft und einem Konsulat schmackhaft zu machen… Los, ich gebe dir eine Minute.«

Martin war das peinlich, weil ihm diese Art von Gedöns an seiner Mutter neu war. Sie war eine recht ordinäre junge Frau gewesen und hatte seit ihren verruchten Sturm- und Drangjahren nichts an Bildung hinzugewonnen. Doch mangels weiterer Schauspielerengagements verlegte sie sich darauf, die Sprache der gebildeten Oberschicht nachzuahmen. Vera war schlau genug, um zu wissen, daß Verruchtheit bei älteren Frauen eher abstoßend wirkte. Was das Adverb »furchtbar« und die kecke Floskel »Hundert Pro« betraf, schämte sich Martin, weil er wußte, woher Vera diese affigen Ausdrücke hatte.

In Hollywood gab es einen versnobten Briten, noch so einen Möchtegern-Regisseur, der an einem Film gescheitert war, zu dem Danny das erfolglose Drehbuch geschrieben hatte. Um sich zu trösten, hatte der Brite eine Reihe von Werbespots für eine Feuchtigkeitscreme gemacht. Sie zielten auf die reifere Frau ab, die sich Mühe gab, ihre Haut geschmeidig zu erhalten, und Vera hatte diesen Part gespielt.

Schamlos saß seine Mutter in einem Mieder, das einiges enthüllte, vor einem Make-up-Spiegel – einem dieser Dinger mit hellen Glühlampen ringsherum. Eingeblendet war die Unterzeile: VERONICA ROSE, HOLLYWOOD-SCHAUSPIELERIN. (Soweit Martin wußte, war dieser Werbespot der erste Schauspieljob seiner Mutter seit Jahren.)

»Ich habe eine furchtbare Aversion gegen trockene Haut«, sagt Vera in den Make-up-Spiegel (und in die Kamera). »In dieser Stadt überlebt nur die Jugend.« Die Kamera tastet sich an ihre Mundwinkel heran, und ein hübscher Finger trägt die Feuchtigkeitscreme auf. Sind das die verräterischen Linien des Alters, die wir da entdecken? Etwas scheint die Haut ihrer Oberlippe dort, wo sie auf den genau umrissenen Lippenrand trifft, zu kräuseln, aber dann ist die Lippe wie durch ein Wunder wieder glatt; möglicherweise ist es nur unsere Einbildung. »Hundert Pro, daß Sie mir nicht zu sagen wagen, daß ich alt werde«, sprechen die Lippen. Martin Mills war davon überzeugt, daß das ein Kameratrick war. Das vor der Nahaufnahme war seine Mutter; aber die Lippen, die man vergrößert sah, waren ihm nicht vertraut – vermutlich gehörten sie zu einem anderen, jüngeren Mund.

Dieser Werbespot war bei den Neuntkläßlern in Fessenden besonders beliebt. Wenn sich die Jungen gelegentlich in derWohnung eines Betreuers versammelten, um sich eine Sendung im Fernsehen anzuschauen, reagierten sie stets bereitwillig auf die Aufforderung, die die stark vergrößerten Lippen aussprachen: »Hundert Pro, daß Sie mir nicht zu sagen wagen, daß ich alt werde.«

»Du bist schon alt!« schrien dann die Jungen. Nur zwei von ihnen wußten, daß die Hollywood-Schauspielerin Veronica Rose Martins Mutter war. Martin hätte das nie von sich aus zugegeben, und Arif Koma war ein loyaler Zimmergenosse.

Er sagte jedesmal: »Für mich sieht sie jung genug aus.«

Deshalb war es doppelt peinlich, als Martins Mutter im Speisesaal des Ritz zu Arif sagte: »Einzelheiten interessieren mich furchtbar wenig. Hundert Pro, daß du es nicht schaffst, mir den Unterschied zwischen einer Botschaft und einem Konsulat schmackhaft zu machen… Los, ich gebe dir eine Minute.« Martin wußte, daß Arif sicher auch wußte, daß das »furchtbar« und der Ausdruck »Hundert Pro« aus dem Werbespot für Feuchtigkeitscreme stammten.

In ihrer beider Geheimsprache sagte Martin Mills plötzlich: »Fürchterlich.« Er dachte, Arif würde es verstehen. Martin wollte damit sagen, daß seine eigene Mutter ein F-Wort verdient hatte, aber Arif nahm Vera ernst.

»Eine Botschaft wird von einem Botschafter geleitet und hat die Aufgabe, einen Staat in einem anderen zu vertreten«, erklärte der Türke. »Ein Konsulat ist das Amtsgebäude eines Konsuls, der einfach ein von der Regierung eines Landes ernannter Bevollmächtigter ist und sich um dessen wirtschaftliche Interessen und das Wohlergehen seiner Bürger in einem anderen Land zu kümmern hat. Mein Vater ist türkischer Generalkonsul in New York, da New York von wirtschaftlicher Bedeutung ist. Ein Generalkonsul ist der höchstrangige Konsulatsbeamte und verantwortlich für die ihm unterstehenden Konsularagenten.«

»Das waren nur dreißig Sekunden«, teilte Martin Mills seiner Mutter mit, aber Vera achtete gar nicht auf die Zeit.

»Erzähl mir was über die Türkei«, sagte sie zu Arif. »Du hast dreißig Sekunden.«

»Türkisch ist die Muttersprache von über neunzig Prozent der Bevölkerung, und die besteht zu über neunundneunzig Prozent aus Muslimen.« An dieser Stelle machte Arif eine Pause, weil Vera zusammenzuckte – bei dem Wort »Muslime« zuckte sie jedesmal zusammen. »Ethnisch gesehen sind wir ein Schmelztiegel«, fuhr der Junge fort. »Manche Türken sind blond und blauäugig. Wir gehören zum Teil dem alpinen Menschenschlag an, das heißt, runde Köpfe mit dunklen Haaren und dunklen Augen; zum Teil dem mediterranen, dunkel, aber mit länglichem Kopf; und zum Teil dem mongolischen, mit hohen Wangenknochen.«

»Und wozu gehörst *du*?« unterbrach ihn Vera.

»Das waren nur zwanzig Sekunden«, stellte Martin klar, aber es war, als säße er gar nicht mit am Tisch. Die Unterhaltung fand nur zwischen den beiden statt.

»Ich gehöre vorwiegend dem mediterranen Schlag an«, meinte Arif. »Aber meine Wangenknochen sind ein bißchen mongolisch.«

»Das glaube ich nicht«, sagte Vera. »Und woher stammen deine Augenwimpern?«

»Von meiner Mutter«, antwortete Arif schüchtern.

»Glückliche Mutter«, sagte Veronica Rose.

»Wer möchte was essen?« fragte Martin. Er war der einzige,

der auf die Speisekarte sah. »Ich glaube, ich nehme den Truthahn.«

»Bei euch gibt es sicher merkwürdige Sitten«, sagte Vera zu
Arif. »Erzähl mir etwas Merkwürdiges… ich meine, in sexueller
Hinsicht.«

»Die Ehe zwischen nahen Verwandten ist erlaubt, sofern man
die Inzestregeln des Islam beachtet«, antwortete Arif.

»Etwas Merkwürdigeres«, verlangte Vera.

»Jungen werden im Alter zwischen sechs und zwölf Jahren
beschnitten«, sagte Arif. Er hatte seine dunklen Augen niedergeschlagen und ließ sie über die Speisekarte wandern.

»Wie alt warst du?« fragte ihn Vera.

»Es ist eine öffentliche Zeremonie«, murmelte der Junge. »Ich
war zehn.«

»Dann erinnerst du dich sicher noch genau daran«, meinte
Vera.

»Ich glaube, ich nehme auch den Truthahn«, sagte Arif zu
Martin.

»Was ist dir davon in Erinnerung geblieben, Arif?« fragte
Vera.

»Wie man sich bei der Operation verhält, hat Einfluß auf den
Ruf der Familie«, antwortete Arif, sah beim Sprechen aber seinen
Zimmergenossen an und nicht dessen Mutter.

»Und wie hast du dich verhalten?« wollte Vera wissen.

»Ich habe nicht geweint, denn damit hätte ich meine Familie
entehrt«, erklärte der Junge. »Ich nehme auch den Truthahn«,
wiederholte er.

»Hattet ihr beiden nicht erst vorgestern Truthahn?« fragte
Vera. »Nehmt doch nicht wieder Truthahn, das ist doch langweilig! Nehmt etwas anderes!«

»Also gut, ich nehme den Hummer«, antwortete Arif.

»Eine gute Idee, ich nehme auch den Hummer«, sagte Vera.
»Was nimmst du denn, Martin?«

»Ich nehme den Truthahn«, sagte Martin. Seine plötzliche Willensstärke überraschte ihn; darin lag bereits etwas Jesuitisches.

Diese konkrete Erinnerung gab dem Missionar die Kraft, seine Aufmerksamkeit wieder der ›Times of India‹ zuzuwenden, in der er einen Bericht über eine vierzehnköpfige Familie las, die bei lebendigem Leib verbrannt war, nachdem eine rivalisierende Familie ihr Haus in Brand gesteckt hatte. Martin Mills fragte sich, was eine »rivalisierende Familie« sein mochte. Dann betete er für die vierzehn Seelen, die bei lebendigem Leib verbrannt waren.

Frater Gabriel, der von den Tauben geweckt wurde, die sich zum Schlafen niederhockten, entdeckte den Lichtstreif unter Martins Tür. Zu Frater Gabriels unzähligen Aufgaben in St. Ignatius gehörte es, die Versuche der Tauben, sich in der Missionsstation zum Schlafen niederzulassen, zu vereiteln. Der alte Spanier konnte sie im Schlaf ausmachen. Die vielen Säulen auf dem offenen Balkon im zweiten Stock boten den Tauben fast unbeschränkten Zugang zu überhängenden Simsen, die Frater Gabriel, einen nach dem anderen, mit Maschendraht abgedeckt hatte. Nachdem er jetzt die Tauben verscheucht hatte, ließ er die Trittleiter an der betreffenden Säule stehen. Auf diese Weise würde er am Morgen wissen, welches Gesims er neu mit Maschendraht verkleiden mußte.

Als Frater Gabriel auf dem Rückweg ins Bett wieder an Martin Mills' Zelle vorbeikam, war das Licht noch immer an. Er blieb stehen und horchte, weil er befürchtete, der »junge« Martin könnte krank sein. Doch zu seiner Verwunderung und unendlichen Erleichterung hörte Frater Gabriel Martin Mills beten. Derlei nächtliche Litaneien ließen Frater Gabriel darauf schließen, daß Gott den neuen Missionar fest im Griff hatte. Allerdings war der Spanier überzeugt, daß er das, was er gehört hatte, mißverstanden haben mußte. Sicher lag das an dem amerikanischen Akzent, dachte der alte Frater Gabriel, denn obwohl sich die Stimmlage und die Wiederholungen sehr nach einem Gebet anhörten, ergaben die Worte absolut keinen Sinn.

Um sich seine Willenskraft ins Gedächtnis zu rufen, die ohne Zweifel eine Bekundung des göttlichen Willens in ihm war, wiederholte Martin Mills immer wieder jenen alten Beweis für seine innere Entschlossenheit: »Ich nehme den Truthahn«, sagte der Missionar. »Ich nehme den Truthahn«, wiederholte er, während er auf dem Steinboden neben seinem Feldbett kniete und das zusammengerollte Exemplar der ›Times of India‹ umklammerte.

Eine Prostituierte hatte versucht, seine *culpa*-Perlen zu essen, und sie dann weggeworfen; ein Zwerg hatte seine Peitsche; Dr. Daruwalla hatte er voreilig gebeten, sein Beineisen wegzuwerfen. Es würde eine Zeitlang dauern, bis ihm der Steinboden an den Knien weh tat, aber er würde auf den Schmerz warten – ja, er würde ihn sogar begrüßen. »Ich nehme den Truthahn«, betete er. Deutlich sah er Arif Koma vor sich, der unfähig gewesen war, seine dunklen Augen zu heben und Veras starren Blick zu erwidern, mit dem sie den beschnittenen Türken eingehend musterte.

»Es muß furchtbar schmerzhaft gewesen sein«, sagte Vera. »Und du hast wirklich nicht geweint?«

»Damit hätte ich meine Familie entehrt«, wiederholte Arif. Martin Mills konnte erkennen, daß sein Zimmergenosse jeden Augenblick zu weinen anfangen würde; er hatte Arif schon früher weinen sehen. Vera erkannte das ebenfalls.

»Aber jetzt darfst du ja weinen«, sagte sie zu dem Jungen. Arif schüttelte den Kopf, aber es kamen ihm bereits die Tränen. Vera nahm ihr Taschentuch, um Arifs Augen abzutupfen. Eine Zeitlang bedeckte Arif sein Gesicht ganz mit Veras Taschentuch, das, wie Martin wußte, stark parfümiert war. Das Parfum seiner Mutter brachte ihn manchmal zum Würgen.

»Ich nehme den Truthahn, ich nehme den Truthahn, ich nehme den Truthahn«, betete der Missionar. Es war ein sehr gleichförmig klingendes Gebet, fand Frater Gabriel. Eigenartigerweise erinnerte es ihn an die Tauben, die ganz versessen darauf waren, sich auf den Simsen zum Schlafen niederzulassen.

Zwei grundverschiedene Männer, beide hellwach

Zur selben Zeit las Dr. Daruwalla eine andere Ausgabe der ›Times of India‹ – die vom heutigen Tag. Während Martin Mills in der schlaflosen Nacht Höllenqualen erlitt, empfand Dr. Daruwalla es als erfrischend, so hellwach zu sein. Er benutzte die ›Times of India‹, die er nicht ausstehen konnte, lediglich als ein Mittel, um sich aufzuputschen. Nichts brachte ihn so in Rage wie eine Kritik über einen neuen Inspector-Dhar-Film. »Das übliche Inspector-Dhar-Idiom«, verkündete die Überschrift. Farrokh fand das wie üblich höchst ärgerlich. Der Kritiker gehörte zu jener Sorte von Kulturwächtern, die sich nie herablassen würden, auch nur ein positives Wort über irgendeinen Inspector-Dhar-Film zu verlieren. Der Hundehaufen, der Dr. Daruwalla daran gehindert hatte, die Kritik vollständig zu lesen, war ein Segen gewesen. Und daß er jetzt den ganzen Artikel las, war eine Art alberner Selbstbestrafung. Schon der erste Satz war schlimm genug: »Das Problem bei Inspector Dhar ist sein hartnäckiges, nabelschnurhaftes Festhalten an seinen ersten paar Machwerken.« Farrokh spürte, daß ihm dieser erste Satz die nötige Wut verschaffte, um die ganze Nacht aufzubleiben und zu schreiben.

»Nabelschnurhaftes Festhalten!« empörte sich Dr. Daruwalla laut. Dann riß er sich zusammen, um Julia nicht zu wecken; sie war ohnehin schon verärgert. Er nahm die ›Times of India‹ und legte sie unter die Schreibmaschine, um zu verhindern, daß sie auf der gläsernen Tischplatte ratterte. Er hatte sich seine

Schreibutensilien im Wohnzimmer zurechtgelegt, denn sich zu dieser späten Stunde an seinen Schreibtisch im Schlafzimmer zu setzen, kam nicht in Frage.

Er hatte noch nie zuvor versucht, im Wohnzimmer zu schreiben. Der Glastisch war zu niedrig. Als Eßtisch hatte er auch nie so richtig getaugt. Eigentlich war es eher ein Couchtisch, und wenn man daran essen wollte, mußte man sich auf ein Kissen auf den Boden setzen. Jetzt versuchte Farrokh es mit zwei Kissen, um bequemer zu sitzen; die Ellbogen stützte er rechts und links von der Schreibmaschine auf. Als Orthopäde war ihm klar, daß diese Haltung für seinen Rücken unklug war. Außerdem lenkte es ihn ab, daß er durch die Glasplatte seine verschränkten Beine und die nackten Füße sah. Eine Zeitlang lenkte ihn außerdem noch Julias Zorn auf ihn ab, der seiner Ansicht nach ungerechtfertigt war.

Ihr gemeinsames Abendessen im Ripon Club war ungemütlich und zänkisch verlaufen. Die Ereignisse des Tages ließen sich schwer zusammenfassen, und Julia war der Meinung gewesen, daß ihr Mann, als er über seinen Tagesablauf berichtete, zu viele interessante Begebenheiten verkürzt darstellte. Sie hätte am liebsten den ganzen Abend über das Thema Rahul Rai als Massenmörder spekuliert. Außerdem fand sie es beunruhigend, daß Farrokh es für »unangemessen« hielt, daß sie an dem Lunch mit Detective Patel und Nancy im Duckworth Club teilnahm, denn schließlich würde John D. auch dabeisein.

»Ich habe ihn gebeten mitzukommen, weil er ein so fabelhaftes Gedächtnis hat«, hatte Dr. Daruwalla behauptet.

»Dann habe ich wohl kein Gedächtnis«, hatte Julia entgegnet.

Noch frustrierender war, daß es Farrokh nicht gelungen war, John D. zu erreichen. Er hatte sowohl im Taj Mahal als auch im Oberoi Towers eine Nachricht hinterlassen, Dhar möge ihn wegen eines wichtigen Lunchs im Duckworth Club zurückrufen, aber Dhar hatte nichts von sich hören lassen. Wahrscheinlich war er wegen der Sache mit dem unangekündigten Zwilling noch immer eingeschnappt, auch wenn er das nie zugegeben hätte.

Julia hatte an Farrokhs »massiver Einmischung« (wie sie es nannte) Anstoß genommen und auch an dem Übereifer, mit dem er die arme Madhu und den elefantenfüßigen Ganesh im Great Blue Nile Circus unterzubringen suchte. Warum hatte er früher nie eine solche doch recht fragwürdige Rettungsaktion für verkrüppelte Bettler und Kindprostituierte unternommen? Dr. Daruwalla ärgerte sich, weil ihn bereits ähnliche Zweifel plagten. Und dann äußerte sie sich auch noch kritisch zu dem Drehbuch, das dem Doktor so auf den Nägeln brannte. Wie konnte Farrokh ausgerechnet jetzt so egoistisch sein – womit sie unterstellte, daß es selbstsüchtig von ihm war, an seine Schreiberei zu denken, während sich im Leben anderer Menschen so viele gewaltsame und traumatische Dinge ereigneten.

Sie kabbelten sich sogar, was sie im Radio hören wollten. Julia wollte am liebsten einschläfernde Musik: »Lieder-Potpourri« und »Regionale Unterhaltungsmusik«. Dr. Daruwalla hingegen blieb bei einem Interview mit einem Autor hängen, der sich erbost darüber beklagte, daß in Indien »nichts bis zum Schluß durchgezogen« würde. »Wir machen immer nur halbe Sachen!« beschwerte er sich. »Nie gehen wir einer Sache auf den Grund!« rief er. »Kaum haben wir unsere Nase in etwas Interessantes gesteckt, ziehen wir sie schon wieder zurück!« Farrokh verfolgte gespannt, wie sich der Schriftsteller ereiferte, aber Julia schaltete auf einen Sender mit »Instrumentalmusik«. Als Dr. Daruwalla den schimpfenden Schriftsteller endlich wiedergefunden hatte, empörte sich dieser über ein Ereignis, von dem er eben gehört hatte. Aus der Alexandria Girls' English Institution waren eine Vergewaltigung und ein Mord gemeldet worden. Dazu hatte der Schriftsteller folgenden Bericht gehört: »In der Alexandria Girls' English Institution fanden heute doch keine Vergewaltigung und kein Mord statt, wie zu einem früheren Zeitpunkt irrtümlich berichtet wurde.« Das waren Dinge, die den Schriftsteller verrückt machten. Farrokh vermutete, daß er Sachen dieser Art meinte, wenn er sich beklagte, daß »nichts bis zum Schluß durchgezogen« würde.

»Es ist wirklich lächerlich, sich das anzuhören!« hatte Julia gesagt, worauf der Doktor sie ihrer »Instrumentalmusik« überlassen hatte.

Jetzt schob Dr. Daruwalla das alles beiseite. Er dachte an die vielen unterschiedlichen Formen des Hinkens, die er gesehen hatte. Den Namen Madhu würde er in seinem Drehbuch nicht verwenden; er würde das Mädchen Pinky nennen, weil Pinky ein echter Star war. Sie sollte auch viel jünger sein als Madhu, so daß sexuelle Dinge noch keine Bedrohung darstellten – zumindest nicht in Dr. Daruwallas Geschichte.

Für den Jungen war Ganesh genau der richtige Name, aber im Film würde er älter sein als das Mädchen. Farrokh würde das Alter der echten Kinder einfach vertauschen. Er würde seinen Ganesh zwar arg humpeln lassen, ihm aber keinen annähernd so grotesk zerquetschten Fuß geben, zumal es auch zu schwierig wäre, einen Kinderdarsteller mit einer so häßlichen Mißbildung zu finden. Und außerdem sollten die Kinder eine Mutter haben, weil der Drehbuchautor bereits plante, wie er sie ihnen wegnehmen würde. Geschichtenerzählen war ein erbarmungsloses Geschäft.

Dr. Daruwalla überlegte kurz, daß es ihm weder je gelungen war, dieses Land, aus dem er stammte, zu begreifen, noch es zu lieben. Ihm wurde klar, daß er dabei war, ein Indien zu erfinden, das er sowohl begreifen als auch lieben konnte – eine vereinfachte Version. Aber nach und nach verflüchtigten sich seine Selbstzweifel – eine absolute Notwendigkeit, um überhaupt mit einer Geschichte beginnen zu können.

Die Geschichte sollte durch die Jungfrau Maria ins Rollen gebracht werden. Farrokh dachte dabei an das Standbild der unbekannten Heiligen in der St. Ignatius-Kirche, die mit einer Kette und einer Metallkrampe im Zaum gehalten werden mußte. In Wirklichkeit war das gar keine Jungfrau Maria, aber für Dr. Daruwalla war sie es eben doch geworden. Der Ausdruck gefiel ihm so gut, daß er ihn niederschrieb: »Eine Geschichte, die von der Jungfrau Maria ins Rollen gebracht wird.« Schade, daß das kein brauchbarer Titel war. Dafür mußte er etwas Griffigeres finden. Aber der Satz erlaubte ihm immerhin anzufangen. Er schrieb ihn, einmal, zweimal: »Eine Geschichte, die von der Jungfrau Maria ins Rollen gebracht wird.« Dann strich er ihn so dick durch, daß nicht einmal er selbst ihn noch lesen konnte. Dafür sagte er ihn sich mehrmals laut vor.

So kam es, daß mitten in der Nacht, während mindestens sechs Millionen Einwohner von Bombay auf den Gehsteigen der Stadt fest schliefen, diese zwei Männer hellwach waren und vor sich hin murmelten. Der eine redete nur mit sich selbst – »Eine Geschichte, die von der Jungfrau Maria ins Rollen gebracht wird« – und konnte auf diese Weise zu schreiben anfangen. Der andere sprach nicht nur mit sich selbst, sondern auch mit Gott. Verständlicherweise war sein Gemurmel etwas lauter. Er sagte: »Ich nehme den Truthahn« und hoffte, daß ihn die Wiederholung dieses Satzes davor bewahrte, von jener Vergangenheit verschlungen zu werden, die von allen Seiten auf ihn einstürmte. Dieser Vergangenheit hatte er seinen zähen Willen zu verdanken, der seiner Ansicht nach der Wille Gottes in ihm war. Trotzdem hatte er Angst vor der Vergangenheit.

»Ich nehme den Truthahn«, sagte Martin Mills. Inzwischen begannen seine Knie zu pochen. »Ich nehme den Truthahn, ich nehme den Truthahn, ich nehme den Truthahn.«

18

Eine Geschichte, die von der Jungfrau Maria ins Rollen gebracht wird

Limo-Roulette

Am Morgen fand Julia Farrokh zusammengesunken auf dem Glastisch, als wäre er eingeschlafen, während er seine rechte große Zehe durch die Glasplatte hindurch betrachtete. Es war die Zehe, in die der Affe gebissen hatte und deretwegen die Familie in religiöse Bedrängnis geraten war. Julia war dankbar, daß der Affenbiß weder blindwütige noch dauerhafte Folgen gehabt hatte, fand es aber doch beunruhigend, ihren Mann in Anbetung dieser Zehe vorzufinden. Als sie dann die Seiten des neu entstehenden Drehbuchs entdeckte, war sie erleichtert, weil ihr klar wurde, daß Farrokhs aufmerksamer Blick ihnen gegolten hatte und nicht seiner Zehe. Die Schreibmaschine hatte er beiseite geschoben; die getippten Seiten waren mit handschriftlichen Korrekturen übersät, und in der rechten Hand hielt der Doktor noch immer den Bleistift. Es war, als hätte sich ihr Mann in den Schlaf geschrieben. Offenbar bahnte sich da eine neue Inspector-Dhar-Katastrophe an, wenn auch Dhar eindeutig nicht die Hauptfigur war; nach den ersten fünf Seiten fragte sich Julia, ob Dhar in dem Film überhaupt vorkam. Sehr merkwürdig! dachte sie. Insgesamt waren es fünfundzwanzig Seiten. Sie nahm sie mit in die Küche, wo sie Kaffee für sich selbst und Tee für Farrokh machte.

Die Stimme, die das Geschehen kommentierte, gehörte einem zwölfjährigen Jungen, der von einem Elefanten verstümmelt worden war. Das darf doch nicht wahr sein, das ist ja Ganesh! dachte Julia. Sie kannte den Betteljungen, denn wann immer sie das Apartmenthaus verließ, war er da und folgte ihr. Sie hatte ihm alle möglichen Sachen gekauft, von denen er die meisten freilich weiterverscherbelte, aber sein ungewöhnlich gutes Englisch hatte sie bezaubert. Im Gegensatz zu ihrem Mann wußte Julia, warum Ganesh ein so gepflegtes Englisch sprach.

Als er einmal vor dem Taj Mahal gebettelt hatte, war er einem englischen Ehepaar aufgefallen, das sich mit einem schüchternen Jungen auf Reisen befand. Er war ein bißchen jünger als Ganesh und wollte, da er sich einsam fühlte, unbedingt einen Spielkameraden. Mit dieser Familie, die auch noch ein Kindermädchen im Schlepptau hatte, war Ganesh über einen Monat lang umhergereist. Sie hatten ihn verköstigt und eingekleidet und ihn ungewohnt sauber gehalten – sie ließen ihn sogar von einem Arzt untersuchen, um sicherzugehen, daß er keine ansteckenden Krankheiten hatte –, nur damit ihr einsamer Sohn jemanden zum Spielen hatte. Das Kindermädchen, das gehalten war, dem kleinen Engländer mehrere Stunden am Tag Sprachunterricht zu erteilen, brachte Ganesh in dieser Zeit Englisch bei. Und als die Familie wieder nach England zurückkehrte, ließ sie Ganesh einfach dort zurück, wo sie ihn aufgelesen hatte – bettelnd vor dem Taj Mahal. In Windeseile verkaufte Ganesh die unnötigen Kleider. Nur das Kindermädchen fehlte ihm eine Zeitlang, wie er behauptete. Diese Geschichte hatte Julia gerührt, obwohl sie ihr gleichzeitig ziemlich unwahrscheinlich vorkam. Aber warum sollte der Junge sie erfunden haben? Und jetzt verwendete ihr Mann den armen Krüppel für einen Film!

Außerdem hatte er Ganesh eine Schwester an die Seite gegeben, ein sechsjähriges Mädchen namens Pinky. Sie war eine recht begabte Straßenartistin, ein obdachloses Bettelkind, das allerlei Kunststücke beherrschte. Julia ließ sich davon nicht irreführen. Sie kannte die echte Pinky, die ein Zirkusstar war. Zudem war deutlich zu erkennen, daß Farrokh für seine fiktive Pinky Anleihe bei Madhu genommen hatte, Deepas und Vinods jüngster

Kindprostituierten. Allerdings war die Pinky im Film absolut unschuldig. Diese fiktiven Kinder waren außerdem in der glücklichen Lage, eine Mutter zu haben. (Nicht lange.)

Die Mutter ist Putzfrau in St. Ignatius, und die Jesuiten haben sie nicht nur eingestellt, sondern auch bekehrt. Ihre Kinder sind streng vegetarisch lebende Hindus, die entsetzt sind über die Bekehrung ihrer Mutter, vor allem über die Sache mit der Heiligen Kommunion. Die Vorstellung, daß der Wein wirklich Christi Blut und das Brot wirklich sein Leib *ist* – durchaus verständlich, daß den kleinen Vegetariern davon schlecht wird!

Julia stellte entsetzt fest, daß sich ihr Mann beim Schreiben schamlos bei anderen Autoren bediente. Zum Beispiel hatte er die Erinnerungen einer Nonne geplündert, die unter anderem jene schreckliche Geschichte enthielten, die er lange Zeit ungeheuer lustig gefunden hatte – und der alte Lowji vor ihm. Die Nonne hatte viel Mühe darauf verwendet, einen Stamm ehemaliger Menschenfresser zu bekehren. Es war schwierig, diesen Menschen zu erklären, wie man sich die Sache mit dem Leib und dem Blut Christi in der Eucharistie vorzustellen hatte. Da der Stamm zum Teil aus ehemaligen Kannibalen bestand, die sich noch gut an Menschenfleisch erinnern konnten, weckte das theologische Konzept von der heiligen Kommunion bei diesen Leuten allerlei Reminiszenzen.

Julia stellte fest, daß sich ihr Mann wie üblich in Ketzereien erging. Aber wo blieb Inspector Dhar?

Julia rechnete halb und halb damit, daß Dhar die Kinder retten würde, aber die Geschichte ging ohne ihn weiter. Die Mutter kommt ums Leben, während sie in der St. Ignatius-Kirche kniet. Eine Marienstatue fällt vom Podest und erschlägt sie; sie erhält auf der Stelle die letzte Ölung. Ganesh trauert nicht übermäßig um sie. »Wenigstens war sie glücklich«, hört man seine Stimme sagen. »Nicht jeder Christ hat das Glück, von der Jungfrau Maria erschlagen zu werden.« Wenn es überhaupt einen Zeitpunkt gab, zu dem Dhar als Retter hätte auftauchen können, dann jetzt, dachte Julia. Aber Dhar kam nicht.

Statt dessen beginnen die kleinen Bettler ein Spiel zu spielen, das sie »Limo-Roulette« nennen. Alle Straßenkinder in Bombay wissen, daß es zwei besondere Limousinen gibt, die in der Stadt ihre Runden drehen. In der einen sitzt ein Talentsucher für den Zirkus – ein Zwerg, der natürlich Vinod heißt. Er ist ein ehemaliger Zirkusclown, der nach jungen, talentierten Artisten Ausschau hält. Pinky ist so begabt, daß ihr verkrüppelter Bruder Ganesh denkt, Vinod würde ihm erlauben, Pinky in den Zirkus zu begleiten, damit er sich um sie kümmern kann. Das Problem ist nur, daß es noch einen anderen Späher gibt, einen Mann, der Kinder für den Monstrositätenzirkus raubt. Er heißt der Säuremann, weil er den Kindern Säure ins Gesicht schüttet und sie damit derart verunstaltet, daß die eigene Familie sie nicht mehr erkennt. Jetzt kümmert sich nur noch der Monstrositätenzirkus um sie.

Farrokh ist also wieder hinter Mr. Garg her, dachte Julia. Was für eine widerliche Geschichte! Selbst ohne Inspector Dhar waren Gut und Böse wieder einmal genau definiert. Welcher Späher würde die Kinder zuerst entdecken? Der Barmherzige Zwergsamariter oder der Säuremann?

Die Limousinen rollen durch die Nacht. Wir sehen einen eleganten Wagen an den Kindern vorbeifahren, die ihm nachlaufen, sehen die Bremslichter aufleuchten, aber dann fährt der Wagen weiter; andere Kinder rennen ihm nach. Wir sehen eine Limousine mit laufendem Motor am Straßenrand stehen; die Kinder nähern sich ihr vorsichtig. Das Fenster auf der Fahrerseite öffnet sich einen Spaltbreit, und Wurstfinger, die an Klauen erinnern, schieben sich über den Rand der Glasscheibe. Als das Fenster heruntergekurbelt wird, kommt der große Kopf des Zwergs zum Vorschein. Das ist die richtige Limousine, das ist Vinod.

Oder es ist die falsche Limousine. Die hintere Tür geht auf, ein frostiger Hauch dringt nach draußen – wie aus einem Kühl-schrank oder einer Fleischkammer –, so als wäre die Klimaanlage des Autos zu kalt eingestellt. Aber vielleicht kann sich der Säure-mann nur bei solchen Temperaturen halten. Vielleicht braucht er die Kälte, um nicht zu verwesen.

Es lag auf der Hand, daß die armen Kinder nicht Limo-Rou-lette hätten spielen müssen, wenn die Jungfrau Maria nicht von ihrem Podest gefallen wäre und ihre Mutter erschlagen hätte. Was dachte sich Farrokh bloß dabei? fragte sich Julia, die häufig die Rohfassungen von Farrokhs Drehbüchern las. Normaler-weise hatte sie auch nicht das Gefühl, ein Sakrileg zu begehen, da er sie beim Schreiben seiner Drehbücher immer mit einbe-zog. Aber diesmal sah es so aus, als würde er ihr das Drehbuch nicht zeigen wollen. Es hatte etwas Verzweifeltes an sich. Wahr-scheinlich krankte es daran, daß ihr Mann sich, anders als bei den Inspector-Dhar-Drehbüchern, zu sehr bemühte, Kunst zu machen – was natürlich riskanter war. Julia hatte den Verdacht, daß Farrokh dieses Drehbuch vielleicht zu sehr am Herzen lag.

Deshalb legte sie das Manuskript an seinen ursprünglichen Platz auf dem Glastisch zurück, ziemlich genau zwischen die Schreibmaschine und den Kopf ihres Mannes. Farrokh schlief nach wie vor. Sein einfältig-glückliches Lächeln verriet, daß er träumte; dabei gab er ein nasales Summen von sich – eine nicht nachvollziehbare Melodie. Die ungute Lage seines Kopfes auf dem Glastisch ließ ihn wieder zu dem Kind in der St. Ignatius-Schule werden, das im Klassenzimmer der Winzlinge mit dem Kopf auf dem Schreibpult sein Mittagsschläfchen hält.

Plötzlich begann Farrokh im Schlaf zu schnarchen. Julia wußte, daß er jetzt jeden Augenblick aufwachen würde, erschrak aber doch, als er schreiend hochfuhr. Sie dachte, er hätte einen Alptraum gehabt, doch wie sich herausstellte, war es ein Krampf in seiner rechten Fußsohle. Er sah so derangiert aus, daß sie sich für ihn genierte. Dann wurde sie wieder wütend auf ihn... weil er es für »unangemessen« gehalten hatte, sie an dem interessanten Lunch mit dem Kommissar und der humpelnden Hippiefrau von vor zwanzig Jahren teilnehmen zu lassen.

Farrokh trank seinen Tee, ohne das angefangene Drehbuch zu erwähnen; schlimmer, er versuchte sogar, die Seiten in seinem Arztkoffer zu verstecken.

Julia nahm seinen Abschiedskuß sehr distanziert entgegen, blieb aber dennoch in der offenen Wohnungstür stehen, während er den Liftknopf drückte. Falls ihr Mann erste Symptome künstlerischer Launenhaftigkeit an den Tag legte, sollte er sie sich schleunigst wieder abgewöhnen. Julia wartete, bis die Lifttür aufging, bevor sie ihm zurief: »Sollte das jemals verfilmt werden, wird Mr. Garg dich verklagen.«

Dr. Daruwalla stand da wie vom Donner gerührt und sah seine Frau ungnädig an, während die Lifttür seinen Arztkoffer einklemmte und dann wieder aufging. Sie ging noch ein paarmal auf und zu. Julia warf ihrem Mann einen Handkuß zu, nur um ihn zu ärgern. Die Lifttür öffnete und schloß sich immer rascher, so daß sich Farrokh fast mit Gewalt in den Lift zwängen mußte. So blieb ihm keine Zeit mehr, Julia Kontra zu geben, bevor sich die Tür endgültig schloß und er nach unten fuhr. Es war ihm noch nie gelungen, vor seiner Frau etwas geheimzuhalten. Außerdem hatte sie recht: Garg würde ihn garantiert verklagen! Dr. Daruwalla fragte sich, ob der schöpferische Prozeß des Schreibens seinen gesunden Menschenverstand vernebelt hatte.

Unten in der Seitenstraße erwartete ihn der nächste Schlag. Als Vinod ihm die Tür des Ambassador aufmachte, sah er, daß auf dem Rücksitz der elefantenfüßige Betteljunge schlief. Madhu hatte lieber vorn auf dem Beifahrersitz Platz genommen. Abgesehen von der schorfigen Absonderung auf den Augenwimpern sah der Junge aus wie ein Engel. Sein zerquetschter Fuß war mit einem Lumpen bedeckt, den er stets bei sich trug, um den falschen Vogeldreck abzuwischen; selbst im Schlaf war es Ganesh gelungen, seine Verstümmelung zu verbergen. Das war kein Drehbuch-Ganesh, sondern ein Junge aus Fleisch und Blut, und trotzdem ertappte sich Farrokh dabei, wie er sich gleichsam zurücklehnte und den Krüppel voller Stolz betrachtete, wie eine seiner erfundenen Gestalten. In Gedanken war er noch immer bei seiner Geschichte. Er dachte darüber nach, daß es ganz und gar der Einbildungskraft des Autors überlassen blieb, was mit Ganesh als nächstes geschehen würde. Aber der echte Bettler hatte einen Wohltäter gefunden; bis der Zirkus ihn aufnahm, würde er sich mit dem Rücksitz von Vinods Ambassador begnügen – im Vergleich zu seinen gewohnten Schlafplätzen immerhin ein Fortschritt.

»Guten Morgen, Ganesh«, sagte der Doktor. Der Junge war auf der Stelle hellwach – aufmerksam wie ein Eichhörnchen.

»Was machen wir heute?« fragte er.

»Keine Vogeldrecktricks mehr«, sagte der Doktor.

Mit einem schmallippigen Lächeln gab der Junge zu erkennen, daß er verstanden hatte. »Aber was machen wir?« wiederholte er.

»Wir fahren zu mir in die Klinik«, sagte Dr. Daruwalla. »Dort warten wir ein paar Untersuchungsergebnisse von Madhu ab, und dann sehen wir weiter. Und heute morgen wirst du so freundlich sein, die operierten Kinder, die unten im Hof ihre Krankengymnastik machen, mit deinem Vogeldrecktrick zu verschonen.« Die schwarzen Augen des Jungen folgten blitzartig den Bewegungen des Verkehrs. Im Rückspiegel konnte der Doktor Madhus Gesicht sehen. Sie hatte nicht reagiert – sie hatte nicht einmal in den Spiegel geblickt, als ihr Name fiel.

»Was mich betrifft... die Sache mit dem Zirkus...«, begann Dr. Daruwalla. Dann machte er bewußt eine Pause. Das Wort Zirkus hatte Ganeshs volle Aufmerksamkeit geweckt, nicht aber die von Madhu.

»Meine Arme sind ganz prima, sehr stark. Ich könnte auf einem Pony reiten. Wenn man so kräftige Hände hat wie ich, braucht man dazu keine Beine«, schlug Ganesh vor. »Ich könnte eine Menge Kunststücke machen. Ich könnte mich mit den Armen an einen Elefantenrüssel hängen. Oder vielleicht auf einem Löwen reiten.«

»Ich fürchte eher, daß man dich diese Kunststücke nicht machen lassen wird, diese nicht und überhaupt keine«, erwiderte Dr. Daruwalla. »Man wird dir alle miesen Jobs übertragen, die ganze harte Arbeit. Zum Beispiel die Elefantenscheiße wegzuräumen. An einem Elefantenrüssel hängen, das schlag dir lieber gleich aus dem Kopf.«

»Ich muß den Leuten eben zeigen, was ich kann«, sagte Ganesh. »Aber was macht man mit den Löwen, um sie dazu zu kriegen, daß sie auf diese kleinen Hocker steigen?«

»Deine Aufgabe würde darin bestehen, die Löwenpisse von den Hockern abzuwaschen«, erklärte ihm Farrokh.

»Und was macht man mit den Tigern?« fragte Ganesh.

»Du würdest mit den Tigern nur eines machen, nämlich ihre Käfige säubern – von Tigerscheiße!« sagte Dr. Daruwalla.

»Ich muß den Leuten eben zeigen, was ich kann«, wiederholte der Junge. »Vielleicht mach ich was mit ihren Schwänzen. Tiger haben lange Schwänze.«

Der Zwerg bog in den großen Kreisverkehr ein. Der Doktor hatte in solchen Momenten immer Angst, weil viele Fahrer sich leicht ablenken ließen und auf das Meer und auf die Gläubigen schauten, die sich in der Schlammzone um Haji Alis Grabmal drängelten. Der Kreisverkehr befand sich in der Nähe des Tardeo, wo Farrokhs Vater in tausend Stücke zerfetzt worden war. Jetzt rissen die Autofahrer mitten auf diesem Kreisverkehr das Steuer herum, um einem verrückten Krüppel auszuweichen, einem Mann ohne Beine, der in einem behelfsmäßigen, mit einer Handkurbel angetriebenen Rollstuhl gegen den Verkehrsfluß um den Kreisverkehr herumfuhr. Der Doktor folgte Ganeshs schweifendem Blick. Die schwarzen Augen des Jungen sahen bewußt über den Verrückten im Rollstuhl hinweg. Wahrscheinlich dachte er noch immer an die Tiger.

Dr. Daruwalla wußte noch nicht genau, wie der Schluß seines Drehbuchs aussehen würde. Er hatte nur eine allgemeine Vorstellung, was mit seiner Pinky und seinem Ganesh geschehen würde. Während sie im Kreisverkehr feststeckten, wurde dem Doktor klar, daß das Schicksal des echten Ganesh – und auch das von Madhu – nicht in seinen Händen lag. Aber er fühlte sich für den Anfang ihrer beider Geschichten ebenso verantwortlich wie für den Anfang seiner erfundenen Geschichte.

Im Rückspiegel konnte Dr. Daruwalla sehen, wie Madhus löwengelbe Augen den Bewegungen des Beinamputierten folgten. Dann mußte der Zwerg scharf bremsen; er brachte sein Taxi mit einem Ruck zum Stehen, um dem verrückten Krüppel auszuweichen. Sein Rollstuhl trug einen Aufkleber, der sich gegen hupende Autofahrer richtete.

ÜBE DICH IN GEDULD

Neben dem Verrückten ragte ein zerbeulter Öltanklaster auf, dessen erboster Fahrer wiederholt auf die Hupe drückte. Auf dem gewaltigen, zylinderförmigen Öltank prangte in dreißig Zentimeter hohen, leuchtendroten Buchstaben:

ERSTE WAHL WELTWEIT
GULF ENGINE OILS

Der Tanklastzug hatte ebenfalls einen Aufkleber, der vor lauter Teerflecken und zerquetschten Insekten fast nicht mehr zu lesen war.

DER KLUGE MANN HAT STETS EINEN
FEUERLÖSCHER IM HANDSCHUHFACH

Dr. Daruwalla wußte, daß Vinod keinen hatte.

Nicht genug, daß der Krüppel den Verkehr massiv behinderte, jetzt begann er zwischen den stehenden Autos auch noch zu betteln. Der unhandliche Rollstuhl rumpelte gegen die hintere Tür des Ambassador. Farrokh wurde wütend, als Ganesh das hintere Fenster herunterkurbelte und der Beinamputierte ihm sogleich den Arm entgegenstreckte.

»Gib diesem Idioten bloß nichts!« schrie der Doktor, aber er hatte die Flinkheit des Vogeldreckjungen unterschätzt. Die Spritze hatte er überhaupt nicht gesehen, nur das verblüffte Gesicht des verrückten Rollstuhlfahrers, der seinen Arm hastig zurückzog – von der Handfläche, dem Handgelenk, dem ganzen Unterarm tropfte Vogeldreck. Vinod jubelte.

»Erwischt«, sagte Ganesh.

Um ein Haar hätte ein vorbeifahrender Lastwagen mit Farbkübeln den Verrückten überrollt. Vinod jubelte auch ihm zu.

Freude mit asiatischen Farben

Als der Farbenlaster aus dem Blickfeld verschwunden war, kam der Verkehr wieder in Bewegung – vorneweg das Taxi des Zwergs. Der Doktor mußte an den Aufkleber auf Vinods Ambassador denken.

He du da mit dem bösen Blick, pass auf, dass dir nicht die Augen aus dem Kopf kullern!

»Ich habe gesagt, keine Vogeldrecktricks mehr, Ganesh«, ermahnte Farrokh den Jungen. Im Rückspiegel sah er, daß Madhu ihn beobachtete. Als ihre Blicke sich trafen, schaute sie weg. Die Luft, die durch das offene Fenster hereinkam, war heiß und trocken, aber in einem fahrenden Auto zu sitzen bedeutete für den Jungen ein ganz neuartiges Vergnügen, für die Kindprostituierte freilich nicht. Der Doktor befürchtete, daß es wohl kaum noch etwas gab, das für sie neu war. Aber für den Betteljungen, wenn auch nicht für Madhu, war dies der Start in ein neues Abenteuer.

»Wo ist denn der Zirkus?« fragte Ganesh. »Ist er weit weg?«

Farrokh wußte, daß sich der Great Blue Nile irgendwo in Gujarat aufhielt. Ihn beschäftigte nicht die Frage, wo sich der Zirkus im Augenblick befand, sondern ob die beiden Kinder dort gut aufgehoben waren.

Der Verkehr vor ihnen geriet wieder ins Stocken.

Wahrscheinlich Fußgänger, dachte Dr. Daruwalla, Leute, die auf dem Basar in der Nähe eingekauft hatten und jetzt auf die Straße drängten. Dann sah der Doktor einen Mann im Rinnstein liegen; seine Beine ragten auf die Straße. Der Verkehr wurde auf eine Spur zusammengedrängt, weil niemand dem Toten über die Füße fahren wollte. Schnell bildete sich eine Menschenmenge, und bald würde das übliche Chaos ausbrechen. Im Augenblick war das einzige Zugeständnis an den Toten, daß niemand über ihn hinwegfuhr.

»Ist der Zirkus weit weg?« fragte Ganesh noch einmal.

»Ja, er ist weit weg, er ist eine Welt für sich«, antwortete Dr. Daruwalla. »Eine Welt für sich« – das hoffte er für den Jungen, dessen strahlend schwarze Augen jetzt den Körper auf der Straße bemerkten. Rasch schaute Ganesh weg. Das Taxi des Zwergs tastete sich an dem Toten vorbei, und dann ließ Vinod den restlichen Verkehr wieder einmal hinter sich.

»Hast du das gesehen?« fragte Farrokh den Jungen.

»Was?« fragte Ganesh.

»Da lag ein toter Mann«, sagte Vinod.

»Das sind Nichtpersonen«, entgegnete Ganesh. »Man glaubt, man sieht sie, aber in Wirklichkeit sind sie gar nicht da.«

O Gott, bewahre diesen Jungen davor, eine Nichtperson zu werden! dachte Dr. Daruwalla. Seine Angst überraschte ihn, und er brachte es nicht über sich, in das hoffnungsvolle Gesicht des Jungen zu blicken. Madhu beobachtete den Doktor wieder im Rückspiegel. Ihre Gleichgültigkeit ließ ihn frösteln. Es war schon eine Weile her, seit Dr. Daruwalla zum letztenmal gebetet hatte, aber jetzt fing er damit an.

Indien war kein »Limo-Roulette«. Es gab keine guten oder bösen Talentsucher für den Zirkus; es gab auch keinen Monstrositätenzirkus. Man hatte keine Wahl zwischen der richtigen und falschen Limousine. Für diese Kinder würde das echte Roulette erst im Zirkus beginnen – falls sie überhaupt dort unterkamen. Und im Zirkus würde kein Barmherziger Zwergsamariter sie retten können. Im Great Blue Nile war nicht der Säuremann – ein Bösewicht aus einem Comic – die eigentliche Gefahr.

Heilige Maria Muttergottes

Die Moskitospirale in der Klause des neuen Missionars war unmittelbar vor der Morgendämmerung abgebrannt. Die Moskitos waren mit dem ersten grauen Morgenlicht gekommen und mit der ersten Hitze des Tages verschwunden – alle bis auf einen, den Martin Mills über seinem Feldbett an die Wand geklatscht hatte. Er hatte den Moskito mit dem zusammengerollten Exemplar der ›Times of India‹ erlegt, nachdem dieser sich mit seinem Blut vollgesogen hatte. Da der Blutfleck an der Wand ziemlich auffällig war und sich nur wenige Zentimeter unterhalb des dort hängenden Kruzifixes befand, entstand bei Martin der schauerliche Eindruck, als wäre ein großer Tropfen von Christi Blut auf die Wand getropft.

In seiner Unerfahrenheit hatte Martin die letzte Moskitospirale zu dicht neben seinem Feldbett angezündet. Als seine Hand über den Boden streifte, waren die Finger offenbar mit der abgefallenen Asche in Berührung gekommen. Und dann hatte er in seinem kurzen und bekümmerten Schlaf sein Gesicht berührt. Das war die einzige Erklärung für den überraschenden Anblick, der sich ihm bot, als er in den fleckigen Spiegel über dem Waschbecken schaute. Sein Gesicht war mit aschfarbenen Fingerabdrücken übersät, als wollte er sich über den Aschermittwoch lustig machen – oder als wäre ein Gespenst durch seine Klause gehuscht und hätte ihn gestreift. Die Aschespuren kamen ihm vor wie eine höhnische Segnung; vielleicht verliehen sie ihm auch das Aussehen eines unaufrichtigen Büßers.

Nachdem er Wasser ins Waschbecken hatte laufen lassen und sein Gesicht zum Rasieren angefeuchtet hatte, nahm er den Rasierer in die rechte Hand und griff mit der linken nach dem kleinen Stückchen Seife in der Schale. Es war ein unregelmäßig geformter Rest, dessen schillerndes Blaugrün sich in der silbern glänzenden Seifenschale spiegelte. Wie sich herausstellte, war es eine Eidechse, die auf seinen Kopf sprang, noch bevor er sie berührte. Ängstlich registrierte der Missionar, wie das Reptil über seinen Schädel lief. Von dort aus sprang es auf das Kruzifix an der Wand über dem Feldbett, stieß sich dann von Christi Gesicht ab und landete auf der Jalousie, durch die das Licht der aufgehenden Sonne schräg auf den Boden des kleinen Raums fiel.

Martin Mills erschrak heftig. Als er sich die Eidechse aus dem Haar wischen wollte, ritzte er sich mit dem Rasierer an der Nase. Ein kaum spürbares Lüftchen verblies die von den Moskitospiralen abgefallene Asche, während der Missionar zusah, wie sein Blut in das Wasser im Waschbecken tröpfelte. Auf Rasierschaum verzichtete er schon lange; einfache Seife reichte völlig aus. Da es auch keine Seife gab, rasierte er sich mit dem kalten, blutigen Wasser.

Es war erst sechs Uhr morgens. Bis zum Gottesdienst mußte Martin Mills noch eine Stunde überstehen. Er hielt es für eine gute Idee, sich frühzeitig in die St. Ignatius-Kirche zu begeben. Wenn sie nicht abgesperrt war, konnte er sich still in eine Bank setzen – das half normalerweise. Aber seine dumme Nase hörte nicht auf zu bluten, und natürlich wollte er nicht die ganze Kirche mit Blut volltropfen. Da er vergessen hatte, Taschentücher einzupacken – er würde sich welche kaufen müssen –, blieb ihm nichts anderes übrig, als sich vorerst mit einem Paar schwarzer Socken zu behelfen. Obwohl sie aus dünnem Material und nicht sehr saugfähig waren, würde man darauf die Blutflecken zumindest nicht sehen. Er tauchte die Socken in frisches kaltes Wasser und wrang sie aus, bis sie nur noch feucht waren. Dann stopfte er in jede Faust eine Socke und tupfte damit, erst mit der linken Hand, dann mit der rechten, nervös den Schnitt an der Nase ab.

Hätte jemand Martin Mills beim Anziehen beobachtet, hätte er vielleicht angenommen, daß sich der Missionar in tiefer Trance befand. Ein weniger wohlwollender Beobachter hätte zu dem Schluß kommen können, daß er geistig etwas zurückgeblieben war, weil er die Socken nicht aus der Hand legte – nur als er seine Schuhe zuband, klemmte er sie kurz zwischen die Zähne. An sich einfache Verrichtungen wie das Anziehen der Hose und das Zuknöpfen des kurzärmeligen Hemdes muteten mühsam und umständlich an, fast wie ungeschickte akrobatische Kunststücke, die er andauernd unterbrach, um sich die Nase abzutupfen. Als Martin Mills im zweiten Hemdknopfloch eine Anstecknadel in Form eines silbernen Kreuzes befestigte, hinterließ er daneben einen blutigen Daumenabdruck, weil die Socken inzwischen auf seine Hände abgefärbt hatten.

Die St. Ignatius-Kirche war nicht abgesperrt. Der Pater Rektor schloß sie jeden Morgen um sechs Uhr auf, so daß es einen Ort gab, an dem sich Martin Mills gefahrlos hinsetzen und den Beginn der Messe abwarten konnte. Eine Zeitlang beobachtete er die Ministranten, die die Kerzen aufstellten. Er saß in einer Bank im Mittelschiff, wo er abwechselnd betete und sich die blutende Nase abtupfte. Dabei stellte er fest, daß es hier herunterklappbare Kniepolster gab. Martin hatte eine Aversion gegen diese Dinger, weil sie ihn an die protestantische Schule erinnerten, in die Danny und Vera ihn im Anschluß an Fessenden geschickt hatten.

St. Luke war eine Einrichtung der Episkopalkirche und von daher in Martins Augen überhaupt keine konfessionelle Schule. Die Morgenandacht bestand lediglich aus einem Lied, einem Gebet und einem tugendhaften Vorsatz für den Tag, gefolgt von einer eigenartig weltlichen Segnung – keinem richtigen Segen, sondern irgendeinem weisen Ratschlag, der besagte, daß man eisern lernen und niemals abschreiben sollte. Die Teilnahme an der Sonntagsmesse in der Kapelle war zwar Pflicht, aber der Gottesdienst war eine so lockere Angelegenheit, daß sich kein Mensch zum Beten hinkniete. Statt dessen lümmelten sich die Schüler, wahrscheinlich ohnehin keine überzeugten Anhänger der Episkopalkirche, in den Kirchenbänken. Sooft Martin Mills versuchte, das Kniepolster herunterzuklappen, um sich zum Beten richtig hinknien zu können, hielten seine Mitschüler es unnachgiebig fest. Sie benutzten die Kniepolster ausschließlich als Fußstützen. Als Martin sich beim Direktor beschwerte, ließ Reverend Rick Utley den Sprecher der Unterklassen wissen, daß es nur Katholiken und Juden der Oberklassen gestattet sei, Gottesdienste in ihren eigenen Kirchen oder Synagogen zu besuchen. Bis dahin müsse Martin mit St. Luke vorliebnehmen – mit anderen Worten: Gekniet wurde nicht.

Martin Mills klappte das Kniepolster in der St. Ignatius-Kirche hinunter und kniete zum Gebet nieder. In der Bank befand sich ein Gestell mit Gesang- und Gebetbüchern. Sooft ein Tropfen Blut auf den Deckel des obersten Gesangbuchs fiel, tupfte er mit einer Socke seine Nase ab und wischte mit der anderen über das Gesangbuch. Er betete um die Kraft, seinen Vater zu lieben, denn ihn nur zu bemitleiden erschien ihm nicht ausreichend. Obwohl Martin wußte, daß die Aufgabe, seine Mutter zu lieben, nicht zu bewältigen war, betete er um die Großherzigkeit, ihr vergeben zu können. Und er betete für Arif Komas Seele. Martin hatte Arif längst verziehen, betete aber jeden Morgen zur Jungfrau Maria, sie möge Arif ebenfalls vergeben. Dieses Gebet begann der Missionar stets mit denselben Worten.

»Ach, heilige Maria Muttergottes, es war meine Schuld!« betete Martin. In gewisser Weise war die Geschichte des Missionars ebenfalls von der Jungfrau Maria ins Rollen gebracht worden – insofern als Martin sie ungleich mehr schätzte als seine eigene Mutter. Wäre Vera von einer herabstürzenden Statue erschlagen worden – und hätte sich diese Erlösung zu einer Zeit ereignet, als sich Martin noch in zartem, unausgereiftem Alter befand –, wäre er vielleicht nie Jesuit geworden.

Seine Nase blutete noch immer. Ein Tropfen Blut fiel auf das Gesangbuch; wieder tupfte der Missionar die Schnittwunde ab. Diesmal beschloß er willkürlich, das Gesangbuch nicht abzuwischen, vielleicht weil er fand, daß Blutflecken ihm ein besonderes Gepräge verleihen würden. Schließlich handelte es sich um eine blutgetränkte Religion – getränkt mit dem Blut Christi und der heiligen Märtyrer. Es wäre herrlich, ein Märtyrer zu sein, dachte Martin. Er sah auf seine Uhr. In einer halben Stunde würde die Messe ihn retten, sofern er bis dahin durchhielt.

Gibt es denn überhaupt irgendein Gen dafür?

Im Verlauf seiner intensiven Bemühungen, Madhu aus Mr. Gargs Klauen zu retten, meldete Dr. Daruwalla ein Telefongespräch mit Tata Zwo an. Aber der Sekretär des Gynäkologen und Geburtshelfers ließ Farrokh wissen, daß sich Dr. Tata bereits im OP befand. Die arme Patientin, wer immer sie sein mag! dachte Dr. Daruwalla. Er hätte keine Frau, die er kannte, gern unter dem unzuverlässigen Skalpell von Tata Zwo gewußt, weil er dem zweiten Dr. Tata (zu Recht oder zu Unrecht) unterstellte, daß seine chirurgischen Fähigkeiten ebenfalls zweitklassig waren. Rasch stellte sich heraus, daß auch der Arzthelfer von Tata Zwo dem Ruf der Familie in puncto Mittelmäßigkeit gerecht wurde. Dr. Daruwallas schlichte Bitte, ihm die Ergebnisse von Madhus HIV-Test möglichst schnell mitzuteilen, wurde mit Mißtrauen und Herablassung quittiert. Gleich zu Beginn hatte sich Dr. Tatas Sekretär, ziemlich arrogant, als *Mister* Subash vorgestellt.

»Sie wollen die Sache also schnell erledigt haben?« fragte Mr. Subash Dr. Daruwalla. »Ist Ihnen klar, daß Sie dafür mehr zahlen müssen?«

»Natürlich!« sagte Farrokh.

»Normalerweise kostet der Test vierhundert Rupien«, informierte Mr. Subash Dr. Daruwalla. »Wenn es schnell gehen soll, kostet Sie das tausend Rupien. Oder bezahlt der Patient?«

»Nein, ich bezahle. Und ich möchte die Ergebnisse so schnell wie möglich«, entgegnete Farrokh.

»Normalerweise dauert es zehn Tage bis zwei Wochen«, erläuterte Mr. Subash. »Am praktischsten ist es, wenn man einen ganzen Schwung beisammen hat. Wir warten normalerweise, bis wir vierzig Blutproben haben.«

»Aber ich möchte in diesem Fall nicht warten müssen«, antwortete Dr. Daruwalla. »Deshalb rufe ich ja an. Ich weiß, wie das normalerweise abläuft.«

»Wenn der ELISA positiv ist, verifizieren wir die Ergebnisse normalerweise noch durch einen Western Blot. Beim ELISA kommen nämlich viele falsche positive Befunde heraus, müssen Sie wissen«, erklärte Mr. Subash.

»Das weiß ich«, entgegnete Dr. Daruwalla. »Wenn Sie einen positiven ELISA bekommen, schicken Sie das Serum bitte weiter zum Western Blot.«

»Dadurch verlängert sich aber die Gesamttestzeit für einen positiven Test«, erklärte Mr. Subash.

»Weiß ich auch«, antwortete Dr. Daruwalla.

»Wenn der Test negativ ist, bekommen Sie die Ergebnisse in zwei Tagen«, fuhr Mr. Subash fort. »Wenn er allerdings positiv ist...«

»... dauert es länger, ich weiß!« schrie Dr. Daruwalla in den Hörer. »Bitte lassen Sie den Test sofort auswerten. Deshalb rufe ich schließlich an.«

»Das entscheidet einzig und allein Dr. Tata«, sagte Mr. Subash. »Aber natürlich werde ich ihm Ihre Wünsche ausrichten.«

»Danke«, antwortete Dr. Daruwalla.

»Möchten Sie sonst noch was?« fragte Mr. Subash.

Farrokh hatte Tata Zwo wirklich noch etwas fragen wollen, aber er hatte vergessen, was. Bestimmt würde es ihm wieder einfallen.

»Bitte richten Sie Dr. Tata nur aus, er möchte mich anrufen«, antwortete Farrokh.

»Und welche Angelegenheit wollen Sie mit Dr. Tata erörtern?« fragte Mr. Subash.

»Es handelt sich um ein Gespräch unter Ärzten«, sagte Dr. Daruwalla.

»Ich werde es ihm ausrichten«, sagte Mr. Subash gereizt.

Dr. Daruwalla beschloß, sich nie wieder über Ranjits einfältige Heiratsbemühungen zu beklagen. Ranjit war ein fähiger Mann, und er war höflich. Außerdem hatte der Sekretär des Doktors unerschütterlich an seiner Begeisterung für dessen Zwergenblutprojekt festgehalten. Niemand sonst hatte Dr. Daruwallas genetische Studien je unterstützt, am allerwenigsten die Zwerge. Allmählich ließ sogar seine eigene Begeisterung für das Projekt nach, wie er zugeben mußte.

Der ELISA-Test zum Nachweis des HIV-Antikörpers war im Vergleich zu Farrokhs genetischen Untersuchungen recht einfach, weil letztere an Zellen (und nicht am Serum) vorgenommen werden mußten. Und das bedeutete, daß man das Vollblut hätte einschicken und unter Zusatz von gerinnungshemmenden Mitteln bei Zimmertemperatur transportieren müssen. Blutproben konnten zwar Landesgrenzen überqueren, aber dafür wäre ein enormer Papierkrieg erforderlich gewesen. Solche Proben wurden normalerweise auf Trockeneis transportiert, damit die Proteine erhalten blieben. Doch bei dieser genetischen Studie wäre es zu riskant gewesen, Zwergenblut aus Bombay nach Toronto zu schicken, denn sehr wahrscheinlich wären die Zellen abgestorben, bevor sie in Kanada ankamen.

Dieses Problem hatte Dr. Daruwalla mit Unterstützung der medizinischen Fakultät in Bombay gelöst. Er ließ die Untersuchungen im dortigen Forschungslabor durchführen und von den optisch sichtbar gemachten Befunden Diapositive herstellen. Er erhielt vom Labor fertige Fotoserien von den Chromosomen, und diese Fotos ließen sich problemlos nach Toronto mitnehmen. Aber das Zwergenblutprojekt war ins Stocken geraten. Über einen guten Freund und Kollegen – er war ebenfalls orthopädischer Chirurg an der Kinderklinik in Toronto – hatte Farrokh einen Genetiker von der Universität kennengelernt. Selbst dieser Kontakt erwies sich als nutzlos, weil der Genetiker behauptete, für diese Form des Zwergwuchses gebe es keinen bestimmbaren genetischen Marker.

Der Genetiker von der Universität Toronto äußerte sich Farrokh gegenüber recht entschieden: Es sei abwegig zu glauben, er könne für diesen autosomal dominanten Erbgang einen genetischen Marker finden – denn Chondrodystrophie würde durch ein autosomal dominantes Gen übertragen. Diese spezielle Form des Minderwuchses sei das Ergebnis einer Spontanmutation, wobei nicht erblich vorbelastete Eltern zwergwüchsiger Kinder im Prinzip weniger mit dem Risiko behaftet seien, ein weiteres zwergwüchsiges Kind zu bekommen; dasselbe gelte für die nicht vorbelasteten Brüder und Schwestern eines chondrodystrophen Zwergs – auch sie würden eher selten Zwerge hervorbringen. Die Zwerge selbst hingegen könnten dieses Merkmal sehr wohl an ihre Kinder weitergeben – die Hälfte ihrer Kinder sei ebenfalls zwergwüchsig. Doch ein genetischer Marker für dieses dominante Merkmal sei offenbar nicht zu finden.

Dr. Daruwalla sah ein, daß er zuwenig von Genetik verstand, um sich mit einem Fachmann zu streiten. Doch sammelte er weiterhin Proben von Zwergenblut und nahm die Fotos der Chromosomen mit nach Kanada. Der Genetiker von der Universität Toronto hielt sie zwar für wenig vielversprechend, war aber durchaus freundlich, zumal er der Freund von Farrokhs homosexuellem Kollegen von der Kinderklinik in Toronto war.

Dr. Gordon Macfarlane war genauso alt wie Dr. Daruwalla und hatte im selben Jahr in der orthopädischen Abteilung der Kinderklinik angefangen; ihre Zimmer lagen nebeneinander. Da Farrokh ausgesprochen ungern Auto fuhr, ließ er sich häufig von Macfarlane mitnehmen, der ebenfalls in Forest Hill wohnte. Julia und Farrokh hatten mehrere (im nachhinein komisch anmutende) Anstrengungen unternommen, Mac für diverse alleinstehende oder geschiedene Frauen zu interessieren. Irgendwann kam Macfarlanes sexuelle Präferenz ans Licht, und von da an brachte er regelmäßig seinen Freund zum Abendessen mit.

Dr. Duncan Frasier, der homosexuelle Genetiker, war bekannt für seine Forschungsarbeiten über die sogenannten (schwer bestimmbaren) »schwulen« Gene und wurde auch oft damit aufgezogen. Biologische Untersuchungen über Homosexualität verunsichern die Leute. Außerdem ist die Frage, ob Homosexualität angeboren oder ein erlerntes Verhalten ist, immer auch ein Politikum. Die Konservativen lehnen jede wissenschaftliche Hypothese, derzufolge die sexuelle Ausrichtung biologisch bedingt ist, ab; die Liberalen haben Angst, daß mit einem lokalisierbaren genetischen Marker für Homosexualität – falls je einer gefunden werden sollte – möglicherweise Mißbrauch getrieben werden könnte. Doch Dr. Frasiers vorsichtig und vernünftig formuliertes Fazit lautete schlicht, daß es nur zwei

»natürliche« sexuelle Ausrichtungen bei den Menschen gibt – die eine tritt bei der Mehrheit auf, die andere bei der Minderheit. Nichts, was Dr. Frasier über Homosexualität herausgefunden, und nichts, was er je selbst erlebt oder empfunden hatte, konnte ihn davon überzeugen, daß man es sich aussuchen konnte, ob man homosexuell oder heterosexuell veranlagt war. Mit einem »Lebensstil«, für den man sich bewußt entschied, hatte das nichts zu tun.

»Wir werden mit dem geboren, wonach wir uns sehnen – egal was es ist«, lautete Frasiers Lieblingssatz.

Farrokh fand das Thema interessant. Doch wenn Dr. Frasier die Suche nach »Schwulengenen« so faszinierend fand, warum beurteilte er dann Dr. Daruwallas Suche nach einem genetischen Marker für Vinods Zwergwuchs als so hoffnungslos? Manchmal ertappte sich Farrokh dabei, daß er Frasier insgeheim vorwarf, sich nur deshalb nicht für Zwerge zu interessieren, weil er nicht persönlich betroffen war, während die Homosexuellen seine ganze Aufmerksamkeit genossen. Doch solche Gedanken konnten Farrokhs Freundschaft mit Macfarlane nicht ernstlich erschüttern. Nicht lange, und Farrokh gab seinem schwulen Freund gegenüber zu, daß er das Wort »schwul« nie gemocht hatte. Zu seiner Überraschung hatte Mac ihm zugestimmt und ihm sogar gestanden, daß er sich wünschte, es würde für etwas, was ihm so wichtig war wie seine Homosexualität, auch in der Umgangssprache ein eigenes Wort geben, das nicht von vornherein negativ besetzt war. »Früher hat man gesagt, mir wird ganz schwul bei der Sache, wenn man sich in seiner Haut nicht wohlgefühlt hat. Gemeint war damit eigentlich nur, daß man vor Unbehagen ins Schwitzen kam oder daß einem eben ›schwül‹ wurde.«

Dr. Daruwalla mochte das Wort »schwul« nicht, weil es ihn an die stereotype Ermahnung seiner Mutter erinnerte. Wann immer er sich für längere Zeit von ihr verabschiedet hatte, legte sie ihm ans Herz, sich »nicht in Schwulitäten« zu bringen.

Natürlich meinte sie damit etwas ganz anderes. »Und deshalb ist dieses Wort für mich ein rotes Tuch«, hatte Farrokh hinzugefügt.

Macfarlane hatte gelacht, aber sein Freund Dr. Frasier hatte eine Spur bitter angemerkt: »Du meinst wohl, Farrokh, daß du Schwule akzeptierst, sofern sie so wenig darüber reden, daß sie ihr Schwulsein auch gleich unter der Decke halten könnten – und vor allem solange sie sich nicht als Schwule bezeichnen, weil du daran Anstoß nimmst. Meinst du das?« Aber das meinte Farrokh nicht.

»Ich habe nichts gegen eure Ausrichtung«, hatte Dr. Daruwalla geantwortet. »Ich mag nur dieses Wort nicht.«

Gordon Frasier wischte Farrokhs Einwand mit einer fahrigen Geste beiseite, die Dr. Daruwalla daran erinnerte, wie lässig der Genetiker von vornherein jegliche Hoffnung auf Erfolg für sein Zwergenblutprojekt ausgeschlossen hatte.

Farrokhs jüngste optische Darstellungen von Zwergchromosomen hatte Dr. Frasier mit der wegwerfenden Bemerkung »Die müssen doch allmählich verbluten« abgetan. »Warum läßt du die kleinen Wichser nicht in Ruhe?« hatte er gefragt.

»Wenn *ich* das Wort ›Wichser‹ benutzt hätte, wärst du beleidigt gewesen«, hatte Farrokh gesagt. Aber was erwartete er eigentlich? Ob »Zwerggene« oder »Schwulengene« – die Genetik war und blieb ein heikles Thema.

Farrokh wurmte es deshalb um so mehr, daß er sein Zwergenblutprojekt nicht konsequent weiterverfolgte. Es war ihm nicht klar, daß dieser Gedanke des »konsequenten Weiterverfolgens« (oder Aufgebens) noch von dem Rundfunkinterview her in seinem Kopf herumspukte, das er am Abend zuvor zufällig gehört hatte – dieser Blödsinn, den der larmoyante Schriftsteller verzapft hatte. Aber wenigstens hinderte er den Doktor daran, weiter über das Thema Zwergenblut nachzubrüten.

Sodann erledigte Farrokh den zweiten Telefonanruf an diesem Morgen.

Für einen Anruf bei John D. war es noch recht früh, aber Dr. Daruwalla hatte ihm noch nichts von Rahul erzählt. Außerdem wollte er ihm klarmachen, wie wichtig es war, daß er an diesem Lunch im Duckworth Club mit Detective Patel und Nancy teilnahm. Zu Farrokhs Überraschung meldete sich ein hellwacher Inspector Dhar am Telefon seiner Suite im Taj Mahal.

»Du klingst ja putzmunter!« sagte Dr. Daruwalla. »Was machst du denn?«

»Ich lese ein Theaterstück, genauer gesagt, zwei Stücke«, antwortete John D. »Und du? Müßtest du um diese Zeit nicht an irgendeinem Knie herumschnippeln?«

Das war der berühmte, distanzierte Dhar, ganz so, wie Farrokh ihn erschaffen hatte, kühl und sarkastisch. Dr. Daruwalla platzte sofort mit den Neuigkeiten über Rahul heraus – daß er inzwischen eine weibliche Identität besaß und daß die vollständige Geschlechtsumwandlung sehr wahrscheinlich erfolgt war. Aber John D. schien sich kaum dafür zu interessieren. Was seine Teilnahme am Lunch im Duckworth Club betraf, konnte nicht einmal die Aussicht, bei der Ergreifung eines Massenmörders (oder einer Mörderin) dabeizusein, seine Begeisterung wecken.

»Ich muß noch ziemlich viel lesen«, sagte John D. zu Farrokh.

»Aber du kannst doch nicht den ganzen Tag lesen. Was liest du denn?« fragte der Doktor.

»Das habe ich dir doch gesagt, zwei Stücke«, sagte Inspector Dhar.

»Ach so, du meinst Hausaufgaben«, sagte Farrokh. Er ging davon aus, daß John D. seine Texte für die neuen Rollen am Zürcher Schauspielhaus studierte. Vermutlich dachte der Schauspieler an die Schweiz, an seinen Hauptberuf. John D. spielte allen Ernstes mit dem Gedanken, »nach Hause« zu fahren. Was hielt ihn denn noch in Indien? Wenn er aufgrund der jetzigen Drohung aus dem Duckworth Club austrat, was blieb ihm dann noch? Den ganzen Tag in seiner Suite im Taj Mahal oder im Oberoi Towers herumzuhocken konnte sich John D. nicht vorstellen, denn genau wie Farrokh wohnte er buchstäblich im Duckworth Club, wenn er sich in Bombay aufhielt.

»Aber jetzt, wo man den Mörder kennt, ist es doch absurd, aus dem Club auszutreten!« rief Dr. Daruwalla. »Es ist nur eine Frage von Tagen, bis sie ihn schnappen!«

»*Sie* schnappen«, verbesserte Inspector Dhar den Doktor.

»Egal, ihn oder sie«, sagte Farrokh ungeduldig. »Der springende Punkt ist, daß die Polizei jetzt weiß, nach wem sie suchen muß. Es wird keine weiteren Morde mehr geben.«

»Ich möchte meinen, siebzig sind auch genug«, sagte John D. Er konnte einen heute wirklich zur Weißglut treiben, fand Dr. Daruwalla.

»Also, was sind das für Stücke?« fragte Farrokh verärgert.

»Ich habe in diesem Jahr nur zwei Hauptrollen«, antwortete John D. »Im Frühjahr in Osbornes *Entertainer* – da bin ich der Billy Rice –, und im Herbst spiele ich den Friedrich Hofreiter in dem Schnitzler-Stück *Das weite Land*.«

»Verstehe«, sagte Farrokh, obwohl ihm das alles fremd war. Er wußte nur, daß John Daruwalla ein anerkannter Bühnenschauspieler und das Zürcher Schauspielhaus ein anspruchsvolles Stadttheater war, in dem sowohl klassische als auch moderne Stücke aufgeführt wurden. Nach Ansicht des Doktors kamen Slapstickkomödien dort zu kurz, aber vielleicht wurden die ja eher im Bernhard oder im Theater am Hechtplatz gespielt. Um das zu beurteilen, kannte er Zürich viel zuwenig – eigentlich gar nicht.

Der Doktor wußte nur, was ihm sein Bruder Jamshed erzählt hatte, und Jamshed war kein erfahrener Theatergänger – er besuchte nur ab und zu eine Vorstellung, um sich John D. anzusehen. Außer Jamsheds möglicherweise spießigen Ansichten wußte Farrokh nur das wenige, was er aus dem zurückhaltenden Dhar herausquetschen konnte. Er wußte nicht, ob zwei Hauptrollen im Jahr genug waren oder ob John D. bewußt nur diese beiden großen Rollen angenommen hatte. Dhar berichtete weiter, daß er außerdem noch kleinere Rollen in einem Dürrenmatt- und in einem Brecht-Stück spielen würde. Vor einem Jahr hatte er mit einem Drama von Max Frisch sein Regiedebüt gegeben und den Volpone in dem gleichnamigen Ben-Jonson-Stück gespielt. Im nächsten Jahr hoffe er, bei Gorkis *Wassa Scheslesnowa* Regie zu führen, sagte John D.

Dr. Daruwalla fand es schade, daß es sich um lauter deutschsprachige Produktionen handelte.

Abgesehen von seinem überwältigenden Erfolg als Inspector Dhar hatte John D. nie in einem Film mitgewirkt und sich auch nie um eine Filmrolle beworben. Dr. Daruwalla fragte sich, ob es Dhar an Ehrgeiz fehlte, weil er es für einen Fehler hielt, daß sich dieser sein perfektes Englisch nicht zunutze machte. Aber John D. verabscheute England und weigerte sich, einen Fuß in die Vereinigten Staaten zu setzen. Nach Toronto wagte er sich nur, wenn er Farrokh und Julia besuchte. Nicht einmal nach Deutschland wollte er fahren, um für eine Filmrolle vorzusprechen!

Viele Gastschauspieler am Zürcher Schauspielhaus kamen aus Deutschland – Katharina Thalbach zum Beispiel. Jamshed hatte Farrokh einmal erzählt, John D. habe eine romantische Liaison mit der deutschen Schauspielerin gehabt, aber dieser stritt das ab. Dhar hatte nie auf einer deutschen Bühne gespielt, und auch am Zürcher Schauspielhaus gab es (soweit Farrokh wußte) niemanden, mit dem der Schauspieler eine »romantische Liaison« gehabt hätte. Dhar war mit der berühmten Maria Becker befreundet, aber das war eine rein platonische Freundschaft. Maria Becker wäre wohl auch ein bißchen zu alt für John D. gewesen. Außerdem hatte Jamshed berichtet, er habe John D. in der Kronenhalle beim Abendessen mit Christiane Hörbiger gesehen, die ebenfalls sehr bekannt war – und vom Alter her eher zu John D. gepaßt hätte. Aber dieser gemeinsame Restaurantbesuch hatte vermutlich nicht mehr zu bedeuten, als wenn man John D. mit irgendeinem anderen Ensemblemitglied des Schauspielhauses gesehen hätte. Er war auch mit Fritz Schediwy, Peter Ehrlich und Peter Arens befreundet. Mehr als einmal wurde er mit der hübschen Eva Rieck in einem Restaurant gesehen. Jamshed hatte ihn auch oft mit dem ehemaligen Direktor, Gerd Heinz, gesehen – und ebenso häufig mit dem avantgardistischen Bürgerschreck Matthias Frei.

Als Schauspieler machte John D. um die Avantgarde einen Bogen; doch offensichtlich war er mit einem ihrer großen Vertreter in Zürich befreundet. Matthias Frei war Regisseur und gelegentlicher Stückeschreiber, jemand, der bewußt im Untergrund arbeitete und unverständliches Zeug schrieb – jedenfalls nach Dr. Daruwallas Ansicht. Frei war ungefähr in Farrokhs Alter, sah aber älter aus, mehr zerknittert; auf alle Fälle war er ungestümer. Jamshed hatte Farrokh erzählt, daß sich John D. mit Matthias Frei sogar die Mietkosten für eine Wohnung oder ein Chalet in den Bergen teilte, einmal in Graubünden, im Jahr darauf im Berner Oberland. Angeblich sagte diese Lösung beiden zu, weil John D. lieber die Skisaison in den Bergen verbrachte und Matthias Frei gern im Sommer zum Bergsteigen ging. Abgesehen davon gehörten Freis Freunde wahrscheinlich einer anderen Generation an als die von John D.

Aber wieder einmal waren Farrokhs Einblicke in die Kreise, in denen John D. verkehrte, recht dürftig. Und was er vom Liebesleben des Schauspielers halten sollte, wußte er erst recht nicht. Anscheinend hatte John D. eine langjährige Beziehung mit einer Verlagsangestellten gehabt – einer Journalistin, wenn

Farrokh sich recht erinnerte. Jedenfalls war sie eine attraktive, intelligente junge Frau, mit der Dhar gelegentlich auch verreist war, nie jedoch nach Indien; Indien bedeutete für Dhar ausschließlich Arbeit. Zusammengelebt hatten die beiden allerdings nie. Und jetzt erfuhr Farrokh, daß diese Journalistin und John D. »nur gute Freunde« waren.

Julia vermutete, daß John D. keine Kinder wollte und diese Tatsache jüngere Frauen irgendwann abschreckte. Aber jetzt, mit neununddreißig, wäre es doch denkbar gewesen, daß er eine Frau in seinem Alter oder etwas älter kennenlernte, die sich damit abgefunden hatte, keine Kinder mehr zu bekommen; oder eine nette geschiedene Frau, deren Kinder inzwischen erwachsen waren. In Julias Augen wäre so jemand für John D. ideal gewesen.

Dr. Daruwalla sah das nicht so. Inspector Dhar hatte offensichtlich nie das Bedürfnis gehabt, sich häuslich niederzulassen. Die gemieteten Domizile in den Bergen, jedes Jahr ein anderes, behagten ihm sehr. Selbst in Zürich legte er wenig Wert auf Besitztümer. Seine Wohnung, von der aus er das Theater, den See, die Limmat und die Kronenhalle zu Fuß erreichen konnte, war ebenfalls nur gemietet. Ein Auto wollte er auch nicht. Nur auf seine gerahmten Programmzettel und sogar auf ein paar Inspector-Dhar-Plakate schien er stolz zu sein. Dr. Daruwalla ging davon aus, daß John D.s Zürcher Freunde diese Werbeplakate für Hindi-Filme wahrscheinlich recht komisch fanden. Sie hätten nie nachvollziehen können, daß ein derart verrücktes Durcheinander beim Publikum rasende Begeisterungsstürme auslöste, wie man sie sich im Zürcher Schauspielhaus in den kühnsten Träumen nicht hätte vorstellen können.

Jamshed war aufgefallen, daß John D. in Zürich selten erkannt wurde; er gehörte sicher nicht zu den bekanntesten Mitgliedern des Schauspielhaus-Ensembles. Er war weder ein ausgesprochener Charakterdarsteller noch ein Star. Mag sein, daß ihn einige Theaterbesucher erkannten, wenn sie ihn in einem Restaurant in der Stadt sahen, aber das hieß nicht unbedingt, daß sie auch seinen Namen wußten. Nur Schulkinder baten ihn nach der Vorstellung um ein Autogramm; aber sie hielten ihre Programmhefte jedem Schauspieler hin.

Jamshed hatte berichtet, daß die Stadt Zürich nur wenig Geld für Kunst bereitstellte. Vor nicht allzu langer Zeit hatte es einen Skandal gegeben, weil die Stadt den Schauspielhauskeller, das avantgardistische Theater für junge Theaterbesucher, hatte schließen wollen. John D.s Freund Matthias Frei hatte einen Riesenprotest veranstaltet. Soweit Jamshed wußte, war das Theater immer in Geldnöten. Das technische Personal hatte in diesem Jahr keine Lohnerhöhung bekommen, und wenn jemand kündigte, wurde die Stelle nicht neu besetzt. Farrokh und Jamshed gingen davon aus, daß John D.s Gage nicht besonders üppig sein konnte. Freilich brauchte er das Geld auch nicht, denn Inspector Dhar war ein reicher Mann. Für ihn spielte es keine Rolle, daß das Zürcher Schauspielhaus von der Stadt, den Banken und privaten Geldgebern unzureichend subventioniert wurde.

Julia unterstellte dem Theater zudem, daß es sich etwas selbstgefällig auf seiner illustren Geschichte in den 30er und 40er Jahren ausruhte, als es zu einem Zufluchtsort für Flüchtlinge aus Deutschland wurde – nicht nur für Juden, sondern auch für Sozialdemokraten, Kommunisten und andere Leute, die öffentlich gegen die Nazis Stellung bezogen hatten und infolgedessen nicht mehr arbeiten durften oder in Gefahr schwebten. Es hatte Zeiten gegeben, in denen eine Aufführung des *Wilhelm Tell* eine trotzige, ja sogar revolutionäre Geste war, ein symbolischer Schlag gegen die Nazis. Viele Schweizer hatten befürchtet, ihr Land könnte in den Krieg hineingezogen werden, doch das Zürcher Schauspielhaus hatte in einer Zeit, in der jede Aufführung von Goethes *Faust* die letzte sein konnte, Zivilcourage bewiesen. Auch Stücke von Sartre, Hofmannsthal und dem jungen Max

Frisch waren aufgeführt worden. Der jüdische Flüchtling Kurt Hirschfeld hatte dort ein Zuhause gefunden. Aber heutzutage, dachte Julia, gab es viele jüngere Intellektuelle, die das Schauspielhaus wahrscheinlich recht bieder fanden. Es war nicht auszuschließen, daß John D. diese »Biederkeit« gefiel. Für ihn zählte nur eines: daß er in Zürich nicht Inspector Dhar war.

Wenn der Hindi-Filmschauspieler gefragt wurde, wo er denn eigentlich zu Hause sei, da er ganz offensichtlich sehr wenig Zeit in Bombay verbrachte, antwortete Dhar stets (mit der für ihn typischen Vagheit), er lebe im Himalaja – »in der Heimat des Schnees«. Aber John D.s Schneeheimat befand sich in den Alpen und in der Stadt am See. Dr. Daruwalla glaubte zwar, daß Dhar ein Kaschmiri-Name war, doch weder er noch Inspector Dhar waren je im Himalaja gewesen.

Jetzt beschloß der Doktor spontan, John D. seinen Entschluß mitzuteilen.

»Ich werde kein neues Inspector-Dhar-Drehbuch mehr schreiben«, informierte Farrokh den Schauspieler. »Ich werde eine Pressekonferenz einberufen und mich als den Mann zu erkennen geben, der für die Figur des Inspector Dhar verantwortlich ist. Ich möchte der Sache ein Ende machen und dich sozusagen vom Haken lassen. Wenn du nichts dagegen hast«, fügte er etwas unsicher hinzu.

»Natürlich habe ich nichts dagegen«, sagte John D. »Aber erst solltest du dem echten Polizisten noch Zeit lassen, den echten Mörder zu finden. Dabei willst du ihm doch sicher nicht in die Quere kommen.«

»Nein, natürlich nicht!« sagte Dr. Daruwalla beschwichtigend. »Wenn du nur zum Lunch mitkommen würdest... ich dachte, daß du dich vielleicht irgendwie erinnerst, du mit deinem Sinn für Details.«

»An welche Art von Details denkst du denn?« fragte John D.

»Na ja, an irgend etwas, was mit Rahul oder mit dem Urlaub

in Goa zu tun hat. Im Grunde weiß ich es auch nicht, einfach irgend etwas!« sagte Farrokh.

»Ich erinnere mich an die Hippiefrau«, sagte Inspector Dhar. Zuerst war da die Erinnerung an ihr Gewicht; immerhin hatte er sie im Hotel Bardez die Treppe hinunter und in die Halle getragen. Sie war ausgesprochen kräftig gewesen und hatte ihm die ganze Zeit in die Augen geschaut. Und dann war da noch ihr Geruch – obwohl sie gerade gebadet hatte.

Unten in der Halle hatte sie gesagt: »Wenn es Ihnen nicht zuviel Mühe macht, könnten Sie mir einen großen Gefallen tun.« Sie hatte ihm den Dildo gezeigt, ohne ihn aus dem Rucksack hervorzuholen. Dhar erinnerte sich an seine abstoßende Größe und an die Spitze des Dings, die genau auf ihn gezeigt hatte. »Die Spitze läßt sich aufschrauben«, hatte Nancy erklärt, ohne ihn aus den Augen zu lassen. »Aber ich habe einfach nicht genug Kraft.« Der riesige Schwanz war so fest zugeschraubt, daß er ihn fest mit beiden Händen umklammern mußte. Und sobald die Spitze gelockert war, hatte sie ihm Einhalt geboten. »Das genügt«, hatte sie gesagt. »Ich möchte Sie verschonen«, hatte sie, etwas zu leise, hinzugefügt. »Sie wollen sicher nicht wissen, was da drin ist.«

Es war eine ziemliche Herausforderung gewesen – ihrem Blick standzuhalten und sie dazu zu bringen wegzuschauen. John D. hatte sich darauf konzentriert, sich vorzustellen, daß der große Dildo in ihr steckte. Er war überzeugt, daß sie in seinen Augen lesen konnte, was er dachte. Umgekehrt glaubte er in Nancys Augen gelesen zu haben, daß sie schon früher mit der Gefahr gespielt hatte – vielleicht hatte sie ihr sogar freudige Schauder eingejagt –, aber daß sie sich jetzt in dieser Beziehung nicht mehr so sicher war. Dann hatte sie den Blick abgewandt.

»Ich kann mir nicht vorstellen, was aus dieser Hippiefrau geworden ist!« platzte Dr. Daruwalla plötzlich heraus. »Einfach unglaublich, daß eine solche Frau mit Kommissar Patel zusammen ist!«

»Ich glaube, dieser Lunch reizt mich doch, und sei es nur, um festzustellen, wie sie aussieht… nach zwanzig Jahren«, meinte Inspector Dhar.

Das ist nur Theater, dachte Dr. Daruwalla. Dhar war es völlig egal, wie Nancy aussah. Ihm ging es um etwas anderes.

»Dann… kommst du also zum Lunch?« fragte der Doktor.

»Warum nicht?« antwortete der Schauspieler. Aber Dr. Daruwalla wußte, daß John D. nicht so gleichgültig war, wie er tat.

Inspector Dhar hatte nie die Absicht gehabt, sich den Lunch im Duckworth Club entgehen zu lassen. Er hätte sich eher von Rahul umbringen lassen, als aufgrund einer Drohung, die so plump war, daß man sie nur im Mund eines Toten deponieren konnte, seine Mitgliedschaft niederzulegen. Ihm war es nicht wichtig, wie Nancy jetzt aussah; vielmehr hatte er, da er Schauspieler war – ein Profi –, schon vor zwanzig Jahren durchschaut, daß Nancy Theater spielte. Sie war nicht die junge Frau, für die sie sich ausgab. Schon vor zwanzig Jahren hatte der junge John D. gemerkt, daß Nancy panische Angst hatte und bluffte.

Jetzt wollte der Schauspieler feststellen, ob Nancy noch immer bluffte, ob sie noch immer Theater spielte. Vielleicht hat sie inzwischen damit aufgehört, dachte Dhar. Vielleicht konnte sie jetzt, nach zwanzig Jahren, ihre panische Angst einfach zeigen.

Etwas recht Eigenartiges

Es war 6 Uhr 45 am Morgen, als Nancy in den Armen ihres Mannes aufwachte. Vijay umarmte sie so, wie sie es gern hatte; so wachte sie am allerliebsten auf, und sie war überrascht, wie gut sie die letzte Nacht geschlafen hatte. Sie spürte Vijays Brust an ihrem Rücken. Seine zarten Hände hielten ihre Brüste, sein

Atem strich leicht über ihr Haar. Detective Patels Penis war ziemlich steif, so daß Nancy seinen leichten, aber beharrlichen Puls am Ende des Rückgrats spüren konnte. Nancy wußte, daß sie Glück hatte, einen so guten und liebevollen Mann gefunden zu haben, und es tat ihr leid, daß das Leben mit ihr so schwer war; Vijay gab sich solche Mühe, sie zu beschützen. Sie begann, ihre Hüften zu bewegen und sich an ihn zu drücken, weil sie wußte, daß er sie gern in dieser Stellung liebte – von hinten, während sie auf der Seite lag. Aber der Kommissar reagierte nicht auf die rollenden Bewegungen ihres Beckens, obwohl er ihren nackten Körper anbetungswürdig fand – ihre weiße Haut, das blonde Haar, die üppigen Rundungen. Er ließ Nancys Brüste los, und im selben Augenblick (während er von ihr abrückte) bemerkte sie, daß die Tür zum Bad offenstand; wenn sie zu Bett gingen, war sie immer geschlossen. Das Schlafzimmer roch frisch, nach Seife; ihr Mann hatte bereits geduscht. Nancy drehte sich zu Vijay um und strich über seine nassen Haare. Er brachte es nicht fertig, ihr in die Augen zu sehen.

»Es ist schon fast sieben«, sagte er.

Normalerweise stand Detective Patel vor sechs Uhr auf und machte sich noch vor sieben auf den Weg ins Kriminalkommissariat. Aber an diesem Morgen hatte er Nancy ausschlafen lassen, hatte geduscht und sich danach wieder neben sie ins Bett gelegt. Er hat einfach gewartet, bis ich aufgewacht bin, dachte Nancy. Aber er hatte nicht gewartet, um mit ihr zu schlafen.

»Was hast du mir zu sagen?« fragte Nancy. »Was hast du mir verschwiegen, Vijay?«

»Eigentlich gar nichts, nur einen kleinen Lunch«, antwortete Patel.

»Und wer nimmt daran teil?« fragte Nancy.

»Wir, im Duckworth Club«, antwortete Patel.

»Mit dem Doktor, meinst du.«

»Ja, und dem Schauspieler vermutlich auch.«

»Ach, Vijay. Nein ... bloß nicht Dhar!« schrie sie.

»Ich glaube schon, daß Dhar dabeisein wird. Sie kennen Rahul alle beide«, erklärte er. Da sich die Formulierung, die er am Vortag dem Doktor gegenüber gebraucht hatte, jetzt geschmacklos angehört hätte (»um Erinnerungen zu vergleichen«), sagte er: »Es könnte von großem Nutzen sein, sich einfach nur anzuhören, woran sich jeder von euch erinnert. Vielleicht gibt es irgendein Detail, das mir weiterhilft ...« Seine Stimme verlor sich. Es war ihm zuwider, Nancy so in sich gekehrt zu erleben. Dann wurde sie plötzlich von Schluchzern geschüttelt.

»Wir sind doch gar keine Mitglieder im Duckworth Club!« sagte sie weinend.

»Wir sind eingeladen. Wir sind Gäste«, erklärte ihr Patel.

»Aber dann *sehen* sie mich und denken sicher, daß ich furchtbar bin«, stöhnte Nancy.

»Sie wissen, daß du meine Frau bist. Sie wollen nur mithelfen«, antwortete der Kommissar.

»Und was ist, wenn Rahul mich sieht?« fragte Nancy. Diese Frage stellte sie immer.

»Würdest du Rahul denn erkennen?« fragte Patel. Der Detective hielt es für unwahrscheinlich, daß irgendeiner von ihnen Rahul erkennen würde, aber die Frage war falsch gestellt. Schließlich war Nancy nicht verkleidet.

»Ich glaube nicht, aber vielleicht doch«, sagte sie.

Kommissar Patel zog sich an und ließ sie dann im Schlafzimmer allein. Immer noch nackt durchwühlte Nancy plan- und ziellos ihren Kleiderschrank. Die Frage, was sie in den Duckworth Club anziehen sollte, machte ihr zu schaffen. Vijay hatte gesagt, er würde von der Polizeiwache nach Hause kommen und mit ihr zusammen in den Duckworth Club fahren, so daß sie nicht allein hinkommen mußte. Aber der Detective bezweifelte, daß sie das überhaupt gehört hatte. Er würde frühzeitig heimkommen müssen, denn vermutlich würde er sie immer noch nackt im Schlafzimmer antreffen, wo sie bestenfalls ihre Kleider durchprobierte.

Manchmal (an ihren »guten« Tagen) ging sie in die Küche, den einzigen Raum der Wohnung, in den etwas Sonne kam, und legte sich auf die Platte der Anrichte, auf die ein länglicher Flecken Sonnenlicht fiel. Die Sonne schien nur morgens zwei Stunden lang durchs offene Fenster, aber die genügten für einen Sonnenbrand, wenn sie sich nicht eincremte. Einmal hatte sie sich ganz nackt auf die Platte gelegt, und eine Frau aus einer Wohnung gegenüber hatte die Polizei gerufen. Die Anruferin hatte Nancy als »obszön« bezeichnet. Danach hatte Nancy immer etwas angehabt, und wenn es nur eines von Vijays Hemden war. Manchmal trug sie auch eine Sonnenbrille, mit der sie jedoch »Waschbäraugen« bekam, wie sie es nannte. Ihr war es lieber, wenn sie im Gesicht gleichmäßig braun wurde.

Nancy ging nie aus dem Haus, um Lebensmittel zu besorgen, weil sie behauptete, die Bettler würden über sie herfallen. Sie war eine recht passable Köchin, aber die Einkäufe erledigte Vijay. Da beide nicht viel von Einkaufslisten hielten, brachte er etwas nach Hause, worauf er Appetit hatte, und sie überlegte sich dann, wie sie es zubereiten könnte. Ein- oder zweimal im Monat ging sie aus dem Haus, um Bücher zu kaufen, vorzugsweise an den Straßenständen in der Churchgate Street und an der Kreuzung Mahatma Gandhi und Hornby Road. Am liebsten mochte sie Bücher aus zweiter Hand, vor allem Memoiren. Ihr Lieblingsbuch war *A Combat Widow of the Raj* – Lebenserinnerungen, die mit dem Abschiedsbrief eines Selbstmörders endeten. Sie kaufte auch ziemlich viele amerikanische Remittenden, Romane, für die sie selten mehr als fünfzehn Rupien pro Stück bezahlte – manchmal sogar nur fünf. Leute, die Bücher kauften, wurden von den Bettlern in Ruhe gelassen, behauptete Nancy.

Ein- oder zweimal in der Woche führte Vijay sie zum Essen aus. Obwohl sie das Geld aus dem Dildo noch immer nicht ganz aufgebraucht hatten, meinten sie, sich keine Hotelrestaurants leisten zu können – die einzigen Orte, die Nancy das Gefühl von Anonymität gaben, da sie dort unter Ausländern war. Sie hatten sich nur einmal deshalb gestritten. Vijay hatte gesagt, er habe den Verdacht, daß sie die Hotelrestaurants deshalb bevorzugte, weil sie sich dort einbilden konnte, eine Touristin zu sein, die sich nur auf der Durchreise befand. Er hatte ihr vorgeworfen, daß sie eigentlich gar nicht in Indien leben wollte, daß sie am liebsten in die Vereinigten Staaten zurückkehren würde. Da sollte sie ihn aber kennenlernen! Als sie das nächste Mal in ihr Stammrestaurant gingen – zu einem Chinesen namens Kamling an der Churchgate Street –, ließ Nancy den Besitzer an ihren Tisch rufen. Sie fragte ihn, ob er wüßte, daß ihr Mann Polizeikommissar sei. Das wußte der Chinese tatsächlich, weil sich das Kriminalkommissariat ganz in der Nähe befand, gleich gegenüber dem Crawford Market.

»Wie kommt es dann, daß Sie uns nie einladen?« wollte Nancy wissen.

Von da an aßen sie dort immer umsonst und wurden außerdem fürstlich behandelt. Nancy meinte, mit dem Geld, das sie sparten, könnten sie es sich leisten, ab und zu in ein Hotelrestaurant zu gehen – oder zumindest in eine Hotelbar –, aber dazu kam es selten. Bei den wenigen Malen übte Nancy gnadenlos Kritik am Essen; und außerdem pickte sie die Amerikaner unter den Gästen heraus und sagte lauter abscheuliche Sachen über sie.

»Wehe, du wagst es, noch einmal zu behaupten, daß ich in die Staaten zurück möchte, Vijay«, sagte sie. Sie brauchte es nur einmal zu sagen. Der Kommissar unterstellte es ihr nie wieder, und Nancy konnte spüren, daß er zufrieden war. Es mußte lediglich einmal ausgesprochen werden. Und so lebten sie, mit einer zartfühlenden Leidenschaft – wobei ständig Dinge zurückgehalten wurden. Sie gingen sehr behutsam miteinander um. Nancy empfand es als ungerecht, daß der Lunch im Duckworth Club sie so völlig aus der Fassung bringen konnte.

Sie probierte ein Kleid an, von dem sie wußte, daß sie es niemals in den Club anziehen würde. Mit Unterwäsche hielt sie sich gar nicht erst auf, weil sie das Kleid ja doch wieder ausziehen würde. Sie ging in die Küche und machte Tee. Dann holte sie ihre Sonnenbrille und legte sich mit dem Gesicht nach oben in den länglichen Sonnenflecken auf der Anrichte. Sie hatte vergessen, sich das Gesicht einzucremen – Sonnenschutzcreme war in Bombay schwer zu bekommen –, nahm sich aber vor, nur eine Stunde liegenzubleiben und nach einer halben Stunde die Sonnenbrille abzunehmen. Sie wollte keine »Waschbäraugen« bekommen, aber Dr. Daruwalla und Inspector Dhar sollten sehen, daß sie gesund war und auf ihr Äußeres achtete.

Nancy wünschte, sie hätten eine Wohnung mit Ausblick gehabt; sie hätte so gern einmal einen Sonnenaufgang oder Sonnenuntergang gesehen. (Wofür sparten sie eigentlich das Dildo-Geld auf?) Da Nancy aus Iowa kam, hätte ihr eine Aussicht auf das Arabische Meer, nach Westen also, besonders gut gefallen. Statt dessen sah sie, wenn sie aus dem offenen Fenster blickte, andere Frauen hinter den Fenstern anderer Wohnungen, die jedoch ständig in Bewegung waren, zu beschäftigt, um sie zu bemerken. Nancy hoffte, eines Tages die Frau ausfindig zu machen, die die Polizei gerufen und Nancy als »obszön« bezeichnet hatte. Aber natürlich wußte sie nicht, wie sie die anonyme Anruferin überhaupt hätte erkennen sollen.

Dieser Gedanke brachte sie zu der Frage, ob sie Rahul wiedererkennen würde. Ungleich beunruhigender war freilich die Vorstellung, daß Rahul sie erkennen könnte. Was würde passieren, wenn sie gerade allein ein Buch kaufte und Rahul sie entdeckte und merkte, wer sie war?

Sie lag auf der Anrichte und schaute in die Sonne, bis sie hinter einem benachbarten Gebäude verschwand. Jetzt bekomme ich doch Waschbäraugen, dachte sie, aber eigentlich verfolgte sie ein anderer Gedanke: daß sie eines Tages unmittelbar neben Rahul stehen und nicht wissen würde, daß er es war; Rahul hingegen würde wissen, daß sie Nancy war. Und davor hatte sie Angst.

Nancy setzte die Sonnenbrille ab, blieb aber bewegungslos auf dem Rücken liegen. Sie dachte an Inspector Dhars geschürzte Oberlippe. Er hatte einen nahezu perfekten Mund, und jetzt fiel ihr wieder ein, daß sie diese leicht gekräuselte Oberlippe zunächst als freundlich empfunden hatte, ja sogar als einladend. Erst dann war ihr klar geworden, daß er sie spöttisch anlächelte.

Nancy wußte, daß sie auf Männer attraktiv wirkte. In zwanzig Jahren hatte sie sieben Kilo zugenommen, aber nur eine Frau hätte sich darüber Sorgen gemacht, denn diese sieben Kilo hatten sich ganz gleichmäßig verteilt; sie hatten sich weder alle im Gesicht festgesetzt noch an den Oberschenkeln. Nancys Gesicht war immer rund gewesen, aber es war nach wie vor glatt; ihre Brüste waren immer schön gewesen – jetzt waren sie in den Augen der meisten Männer noch schöner. Mit Sicherheit waren sie größer. Ihre Hüften waren ein bißchen voller geworden, die Taille ein bißchen dicker, aber immer noch deutlich betont. Ihre übertrieben kurvenreiche Figur ließ sie insgesamt üppig erscheinen. Sie war etwa so alt wie Dhar, knapp vierzig, wirkte aber jünger, was nicht nur an ihren blonden Haaren und der hellen Haut lag, sondern auch an ihrer Nervosität. Sie war ungeschickt wie ein junges Mädchen, das sich einbildet, daß alle sie anstarren. Der Grund dafür war, daß sie Angst hatte, von Rahul beobachtet zu werden – auf Schritt und Tritt.

Unglücklicherweise fühlte sich Nancy in einer Menschenmenge oder in einer neuen Umgebung, in der die Leute sie ansahen – und diese Tendenz bestand bei Männern wie Frauen –, so befangen, daß sie kaum ein Wort herausbrachte. Sie glaubte, die Leute würden sie anstarren, weil sie lächerlich aussah; an ihren guten Tagen glaubte sie lediglich, daß es an ihrer Körperfülle lag. Wann immer sie mit fremden Leuten beisammen war, mußte sie an Dhars höhnisches Lächeln denken. Sie war damals ein hübsches Mädchen gewesen, aber das hatte er nicht bemerkt. Sie hatte ihm einen riesigen Dildo gezeigt, ihn (recht anzüglich) gebeten, das Ding aufzuschrauben, und hinzugefügt, daß sie ihm ersparen wollte... daß sie ihn nicht sehen lassen wollte, was sich darin befand. Doch Dhars höhnisches Lächeln hatte nicht einen Funken Interesse an ihr enthalten, so daß Nancy überzeugt war, daß er sie abstoßend fand.

Sie ging ins Schlafzimmer zurück, zog das unpassende Kleid aus und stand wieder nackt da. Sie wunderte sich über sich selbst, als ihr klar wurde, daß sie für Inspector Dhar möglichst gut aussehen wollte, weil sie eigentlich geglaubt hatte, ihn zu hassen. Aber eine seltsame Gewißheit zwang sie, sich für ihn schönzumachen. Sie wußte, daß er kein echter Inspektor war, traute ihm aber die entsprechenden Fähigkeiten zu. Irgendwie glaubte sie, daß nicht ihr geliebter Mann, Vijay Patel, den Killer dingfest machen würde; auch der komische Doktor würde nicht der Held sein. Es gab keinen bestimmten Grund – außer dem Kompetenz ausstrahlenden Hohnlächeln eines Schauspielers –, doch Nancy glaubte felsenfest daran, daß Inspector Dhar Rahul das Handwerk legen würde.

Doch was würde Dhar gefallen? Sicher mochte er etwas Ausgefallenes, entschied Nancy. Ein flacher Grat aus blondem Flaum zog sich von ihrem Schamhaar bis hinauf zum Nabel, der außergewöhnlich lang und tief war. Wenn sich Nancy den Bauch mit Kokosnußöl einrieb, wurde dieser blonde, pelzige Streifen ein bißchen dunkler und fiel mehr auf. Wenn sie einen Sari anzöge, könnte sie ihren Nabel freilassen. Vielleicht würde Dhar ihr pelziger Nabel gefallen. Vijay jedenfalls mochte ihn gern.

19

Unsere Liebe Frau die Siegreiche

Noch ein Autor auf der Suche nach einem Schluß

Die zweite Mrs. Dogar unterstellte Dhar ebenfalls unkonventionelle sexuelle Vorlieben. Für den ehemaligen Rahul war es frustrierend, daß Inspector Dhar die Aufmerksamkeit heischenden Blicke der verheirateten Frau nicht erwiderte. Und obwohl der mißbilligende Mr. Sethna und Dr. Daruwalla Mrs. Dogars kokette Blicke bemerkt hatten, durchschaute keiner der beiden Gentlemen den Ernst der Situation. Der ehemalige Rahul konnte es nicht ertragen, wenn man ihn abblitzen ließ.

Während sich Farrokh mit dem Anfang seines ersten anspruchsvollen Drehbuchs abgeplagt hatte, hatte die zweite Mrs. Dogar ebenfalls den ersten Entwurf für eine Geschichte in Angriff genommen und einen Plan ausgeheckt. Am Abend zuvor hatte sie ihren Mann im Duckworth Club lauthals zurechtgewiesen, weil er zuviel getrunken hatte. Dabei hatte Mr. Dogar nicht mehr als seinen üblichen Whiskey und zwei Bier zu sich genommen, so daß er über die Vorwürfe seiner Frau ziemlich erstaunt war.

»Heute fährst *du*, heute darf *ich* trinken!« hatte Mrs. Dogar gesagt.

Sie hatte absichtlich laut und im Beisein des stets mißbilligenden Mr. Sethna gesprochen – ein Kellner und ein Hilfskellner hatten es ebenfalls gehört –, und mit ihrem Tadel bewußt gewartet, bis im Ladies' Garden, wo nur noch die betrübten Bannerjees bei ihrem frugalen Abendessen saßen, eine Gesprächspause eintrat.

Der Mord an Mr. Lal hatte Mrs. Bannerjee so aus der Fassung gebracht, daß sie außerstande war zu kochen, und die stockende Unterhaltung mit ihrem Mann hatte sich um die Frage gedreht, wie Mr. Lals Witwe zu trösten sei.

Die Bannerjees wären nie auf die Idee gekommen, daß der ungehörige Ausbruch der zweiten Mrs. Dogar ebenso geplant war wie ihr Vorhaben, Mrs. Lal bald im Witwenstand Gesellschaft zu leisten. Rahul hatte Mr. Dogar nur geheiratet, um seine Witwe zu werden.

Ebenso vorsätzlich hatte sich Mrs. Dogar an Mr. Sethna gewandt und gesagt: »Mein lieber Mr. Sethna, wären Sie wohl so nett, uns ein Taxi zu rufen? Mein Mann ist nicht in der Verfassung, uns nach Hause zu fahren.«

»Promila, bitte...«, begann Mr. Dogar.

»Gib mir die Schlüssel«, herrschte sie ihn an. »Du kannst mit mir zusammen ein Taxi nehmen oder dir ein eigenes Taxi rufen lassen, aber selbst fahren wirst du nicht.«

Schüchtern händigte Mr. Dogar ihr seinen Schlüsselbund aus.

»Jetzt bleib bloß hier sitzen, komm ja nicht auf die Idee, aufzustehen und hier herumzulaufen«, sagte Mrs. Dogar zu ihrem Mann, während sie selbst sich erhob. »Warte auf mich«, befahl sie ihm – dem in Ungnade gefallenen Fahrer. Sobald Mr. Dogar allein war, warf er einen vorsichtigen Blick zu den Bannerjees hinüber, die jedoch wegschauten. Nicht einmal der Kellner würdigte den geschmähten Trunkenbold eines Blickes, und der Hilfskellner hatte sich nach draußen auf die runde Auffahrt verkrümelt, um eine Zigarette zu rauchen.

Rahul stoppte die Zeit für sein Vorhaben. Er – oder vielmehr sie (sofern äußerliche anatomische Gegebenheiten der Maßstab dafür sind, ob jemand ein Mann oder eine Frau ist) – ging durch die Eingangshalle in die Männertoilette. Sie wußte, daß dort niemand sein konnte, denn die Angestellten durften sie nicht

benutzen – mit Ausnahme von Mr. Sethna, der es derart mißbilligte, mit dem übrigen Personal zu pinkeln, daß er unange-
fochten die Räumlichkeiten benutzte, die »Nur für Mitglieder«
ausgewiesen waren. Schließlich trug der alte Butler mehr Verantwortung für den Duckworth Club als irgendein Mitglied.
Aber Mrs. Dogar wußte, daß Mr. Sethna damit beschäftigt war,
ihr ein Taxi zu rufen.

Mrs. Dogar bedauerte es keineswegs, jetzt, nachdem sie eine
Frau war, nicht mehr die Männertoilette im Duckworth Club
aufsuchen zu können. Das Dekor gefiel ihr ohnehin nicht so gut
wie das in der Damentoilette – sie fand das Tigerjagdmotiv auf
der Tapete in der Männertoilette brutal und blöd.

Sie ging an den Urinbecken, den Toilettenkabinen und den
Rasierbecken vorbei in den unbeleuchteten Umkleideraum, der
an das Clubhaus und die Bar angrenzte. Alle diese Räumlichkeiten wurden abends nie benutzt, und Mrs. Dogar wollte si-
cherstellen, daß sie sich im Dunkeln dort zurechtfand. Die
großen Milchglasfenster ließen das Mondlicht herein, das von
den Tennisplätzen und dem Swimmingpool zurückgeworfen
wurde, der derzeit ausgebessert wurde und daher nicht in Betrieb war. Im Augenblick war das leere, mit Zement ausgeklei-
dete Loch am tiefen Ende mit Bauschutt angefüllt, und die
Clubmitglieder schlossen bereits Wetten ab, daß der Pool in den
kommenden heißen Monaten nicht benutzbar sein würde.

Das Mondlicht war hell genug, um die rückwärtige Tür zum
Clubhaus aufzusperren. Rahul fand den richtigen Schlüssel in
weniger als einer Minute – dann schloß sie die Tür wieder ab. Es
war nur ein Probelauf. Sie fand auch Mr. Dogars Spind und
schloß ihn mit dem kleinsten und daher leicht zu ertastenden
Schlüssel am Schlüsselbund ihres Mannes auf und wieder zu. All
das probierte sie blind, obwohl im Mondlicht das meiste deutlich
zu erkennen war – der Mond schien schließlich nicht jede Nacht.

Auch die ehrwürdige Sammlung alter Golfschläger an der

Wand war gut zu erkennen. Dort hingen die Schläger berühmter verstorbener Golfspieler und einiger weniger berühmter, noch lebender Duckworthianer, die sich vom aktiven Spiel zurückgezogen hatten. Mrs. Dogar überzeugte sich, daß man die Schläger leicht herunternehmen konnte. Es war schon eine ganze Weile her, seit Rahul zuletzt im Umkleideraum der Männer gewesen war, damals noch als kleiner Junge. Als sie ein paar Schläger voller Zufriedenheit abgenommen und wieder an ihren Platz gehängt hatte, kehrte sie in die Herrentoilette zurück – nachdem sie sich vergewissert hatte, daß sich weder Mr. Sethna noch Mr. Bannerjee dort aufhielten. Daß ihr Mann den Tisch im Ladies' Garden nicht verlassen würde, wußte sie. Er tat, was man ihm sagte.

Als sie (von der Herrentoilette aus) sah, daß sich niemand in der Eingangshalle befand, kehrte sie in den Ladies' Garden zurück. Sie steuerte direkt auf den Tisch der Bannerjees zu, die mit den Dogars nicht näher befreundet waren, und sagte leise: »Tut mir leid, daß ich so unverblümt mit meinem Mann gesprochen habe. Aber in diesem Zustand ist er buchstäblich wie ein kleines Kind. Er ist so senil, daß man sich nicht auf ihn verlassen kann. Das gilt nicht nur fürs Autofahren. Erst neulich, nachdem wir hier zu Abend gegessen hatten, konnte ich ihn in letzter Minute davon abhalten, in voller Montur in den Pool zu springen.«

»In den leeren Pool?« fragte Mr. Bannerjee.

»Ich danke Ihnen für Ihr Verständnis«, erwiderte Mrs. Dogar. »Genau das meine ich. Wenn ich ihn nicht wie ein Kind behandle, wird er sich noch weh tun!«

Dann kehrte sie wieder an ihren Tisch zurück, und die Bannerjees blieben mit dem Eindruck zurück, daß Mr. Dogar ein seniler und selbstzerstörerischer alter Mann war – denn daß man ihn tot am tiefen Ende des leeren Pools finden würde, war einer der möglichen Schlüsse des ersten Entwurfs, an dem die zweite Mrs. Dogar derzeit hart arbeitete. Wie jeder gute Geschichtenerzähler machte sie lediglich Andeutungen. Sie wußte auch, daß sie andere Möglichkeiten andeuten sollte, Alternativlösungen, die sie bereits im Kopf hatte.

»Es tut mir leid, daß ich dich so behandeln muß, Liebling, aber bleib schön brav hier sitzen, während ich mich um unser Taxi kümmere«, sagte Mrs. Dogar zu ihrem Mann. Er war verwirrt. Obwohl seine zweite Frau Mitte Fünfzig war, war sie jung im Vergleich zu dem, was Mr. Dogar gewohnt war. Der alte Herr war Mitte Siebzig und seit zehn Jahren Witwer. Daher nahm er an, daß solche Stimmungsumschwünge bei jüngeren Frauen gang und gäbe waren. Er überlegte, ob er vielleicht wirklich zuviel getrunken hatte. Er konnte sich erinnern, daß seine zweite Frau einen Bruder durch einen Autounfall in Italien verloren hatte, aber ob Alkohol mit im Spiel gewesen war, wußte er nicht mehr.

Jetzt flüsterte Rahul Mr. Sethna etwas zu, der – aus welchen Gründen auch immer – Frauen mißbilligte, die Männern etwas zuflüsterten.

»Mein lieber Mr. Sethna«, raunte die zweite Mrs. Dogar. »Sie dürfen mir das alles nicht übelnehmen, aber ich kann meinen Mann in diesem Zustand einfach nicht allein im Club herumlaufen, geschweige denn Auto fahren lassen. Ich bin sicher, er ist schuld an dem Bougainvilleen-Sterben.«

Mr. Sethna war ganz entsetzt, glaubte das aber nur zu gern. Denn daß etwas oder jemand die Blüten kaputtmachte, stand außer Zweifel. Eine undefinierbare Pflanzenkrankheit hatte einen Teil der Bougainvilleen befallen, und der Obergärtner wußte keinen Rat. Hier war endlich eine Antwort: Mr. Dogar hatte auf die Blüten gepinkelt!

»Leidet er … an Inkontinenz?« erkundigte sich Mr. Sethna.

»Keineswegs«, sagte Mrs. Dogar. »Er tut es mit Absicht.«

»Heißt das, er möchte die Pflanzen ruinieren?« fragte Mr. Sethna.

»Ich danke Ihnen für Ihr Verständnis«, entgegnete Mrs.

Dogar. »Der arme Mann.« Mit ausholender Geste deutete sie auf den Golfplatz ringsum. »Natürlich geht er nur nach Einbruch der Dunkelheit da draußen spazieren. Wie ein Hund geht er immer wieder an dieselben Stellen!«

»Er markiert vermutlich sein Territorium«, meinte Mr. Sethna.

»Ich danke Ihnen für Ihr Verständnis«, wiederholte Mrs. Dogar. »Und wo bleibt unser Taxi?«

Als sie im Taxi saßen, machte der alte Mr. Dogar ein Gesicht, als wüßte er nicht recht, ob er sich entschuldigen oder seine Frau zur Rede stellen sollte. Doch bevor er sich entschieden hatte, überraschte ihn seine junge Frau aufs neue.

»Ach, Liebling, du darfst nicht zulassen, daß ich dich jemals wieder so behandle, zumindest nicht in aller Öffentlichkeit. Ich schäme mich ja so!« heulte sie. »Die Leute werden noch denken, daß ich dich tyrannisiere. Du darfst mir so etwas nie mehr durchgehen lassen. Sollte ich jemals wieder behaupten, daß du nicht mehr Auto fahren kannst, mußt du folgendes tun... hörst du mir überhaupt zu, oder bist du zu betrunken?« fragte Mrs. Dogar.

»Nein... ich meine ja, ich höre zu«, antwortete Mr. Dogar. »Nein, ich bin nicht betrunken«, versicherte ihr der alte Mann.

»Du mußt die Schlüssel auf den Boden werfen und verlangen, daß ich sie aufhebe, als wäre ich deine Dienerin«, sagte Mrs. Dogar zu ihm.

»Was?« fragte er.

»Dann mußt du sagen, daß du immer einen Bund Ersatzschlüssel bei dir hast und daß du mit dem Wagen nach Hause fährst, wann und wenn es dir paßt. Danach mußt du mir befehlen zu verschwinden, du mußt sagen, daß du mich auf keinen Fall heimfährst, und wenn ich dich auf Knien darum bitten würde!« heulte Mrs. Dogar.

»Aber Promila, ich würde doch nie...«, begann Mr. Dogar, aber seine Frau unterbrach ihn.

»Versprich mir nur eins: Gib mir gegenüber nie mehr nach«, sagte sie. Dann nahm sie sein Gesicht in beide Hände und küßte ihn auf den Mund. »Als erstes befiehlst du mir, ein Taxi zu nehmen. Dabei bleibst du einfach am Tisch sitzen, als würdest du innerlich vor Wut kochen. Und dann solltest du auf die Herrentoilette gehen und dir das Gesicht waschen.«

»Das Gesicht waschen?« sagte Mr. Dogar erstaunt.

»Ich kann den Essensgeruch auf deinem Gesicht nicht ausstehen, Liebling«, erklärte Mrs. Dogar ihrem Mann. »Wasch dir einfach das Gesicht, mit Seife und warmem Wasser. Und dann komm zu mir nach Hause. Ich werde auf dich warten. So sollst du mich in Zukunft behandeln. Nur mußt du dir erst das Gesicht waschen. Versprich mir das.«

Es war Jahre her, seit Mr. Dogar so aufgewühlt gewesen war, und so verwirrt war er überhaupt noch nie. Er kam zu dem Ergebnis, daß eine jüngere Frau eben schwer zu verstehen war – aber es lohnte sich.

Nicht schlecht für einen ersten Entwurf, fand Rahul. Beim nächstenmal würde Mr. Dogar tun, was sie ihm aufgetragen hatte. Er würde ausfallend werden und ihr befehlen zu verschwinden. Aber sie würde mit dem Taxi nur bis zur Abzweigung fahren, vielleicht auch nur ein Stück weit die Auffahrt hinunter, bis sie außer Reichweite der hellen Wegbeleuchtung war. Sie würde den Fahrer bitten, auf sie zu warten, weil sie ihre Tasche vergessen hatte. Dann würde sie das erste Green überqueren und das Clubhaus durch die Hintertür betreten, die sie zuvor aufgeschlossen hatte. Sie würde die Schuhe ausziehen, in der Dunkelheit durch den Ankleideraum gehen und dort am anderen Ende warten, bis sie hörte, daß sich ihr Mann das Gesicht wusch. Dann würde sie ihn entweder mit einem einzigen Schlag eines »pensionierten« Golfschlägers aus dem Umkleideraum töten oder ihn an den Haaren packen und seinen Schädel ans Waschbecken knallen. Lieber wäre ihr die zweite Methode, weil ihr der Schluß mit dem Swimmingpool besser gefiel. Sie würde das Waschbecken sorgfältig säubern, dann die Leiche ihres Gatten zur Hintertür des Clubhauses hinausschleifen und sie am tiefen Ende in den leeren Pool werfen. Das Taxi würde nicht lange auf sie warten müssen, höchstens zehn Minuten.

Ihren Mann mit einem Golfschläger zu erschlagen wäre sicherlich einfacher. Und nachdem sie ihn erschlagen hätte, würde sie ihm einen Zwei-Rupien-Schein in den Mund stecken und die Leiche in seinen Spind stopfen. Auf dem Geldschein, den Mrs. Dogar bereits in der Handtasche hatte, stand auf der Seite mit der Seriennummer eine maschinengeschriebene Botschaft

... WEIL DHAR NOCH IMMER MITGLIED IST

Es verschaffte Rahul zusätzlichen Kitzel, daß sie noch nicht wußte, welchen Ausgang ihre Geschichte nehmen würde, denn obwohl ihr der Gedanke mit dem als Unfall getarnten Tod am tiefen Ende des Pools zusagte, gefiel ihr die Variante »aufsehenerregender Mord« an einem weiteren Duckworthianer fast noch besser, zumal wenn Inspector Dhar weiterhin Mitglied blieb. Die zweite Mrs. Dogar war ziemlich sicher, daß Dhar Clubmitglied bleiben würde, zumindest, solange ihn nicht ein zweiter Mord zum Austritt zwang.

Wie es Mr. Lal erwischte

Am nächsten Morgen vor sieben Uhr tauchte ein verlegener und erschöpfter Mr. Dogar, völlig verkatert, wie es schien, im Duckworth Club auf. Aber es war nicht etwa der Alkohol, der ihm so zugesetzt hatte, sondern Mrs. Dogar, die ihn in der vergangenen Nacht stürmisch geliebt hatte. Kaum war das Taxi fort und die Haustür aufgeschlossen – die Schlüssel hatte Rahul ihrem Mann inzwischen zurückgegeben –, stürzte sich Mrs. Dogar in der Eingangshalle auf ihren Mann und riß sich und ihm auf der Stelle die Kleider vom Leib. Dann brachte sie den alten Mann dazu, ihr die Treppe hinauf nachzulaufen. Oben angekommen, setzte sie sich mit gespreizten Beinen rittlings auf ihn. Sie ließ ihn weder so weit krabbeln, daß sie es auf dem Bett hätten tun können, noch bot sie auch nur einmal an, ihm die obere Position zu überlassen.

Das war natürlich eine weitere Möglichkeit – daß der alte Mr. Dogar einen Herzinfarkt erlitt, während Rahul ihn vorsätzlich über Gebühr erregte. Aber die zweite Mrs. Dogar hatte beschlossen, nicht länger als ein Jahr auf das Eintreten eines solch »natürlichen« Endes zu warten. Das wäre zu langweilig. Wenn es bald geschah, dann gut, wenn nicht, gab es immer noch den Golfclub, den Schluß mit dem Pool oder dem Spind. Es machte der zweiten Mrs. Dogar Spaß, sich auszumalen, wie man bei dieser zweiten Version irgendwann die Leiche entdecken würde.

Sie würde aussagen, daß ihr Mann an dem bewußten Abend nicht nach Hause gekommen sei. Seinen Wagen würde man auf dem Parkplatz des Duckworth Club finden. Das Servicepersonal würde erzählen, was neulich, nach dem Abendessen der Dogars, durchgesickert war. Mr. Sethna würde zweifellos noch intimere Details beisteuern. Möglicherweise kam gar niemand auf die Idee, Mr. Dogar in seinem Spind zu suchen, bis die Leiche zu stinken begann.

Aber auch die Swimmingpool-Version faszinierte Rahul. Die Bannerjees würden der Untersuchungsbehörde anvertrauen, daß der alte Dummkopf angeblich eine Vorliebe für solche Sprünge in den Pool hatte. Mrs. Dogar könnte immer sagen: »Habe ich es Ihnen nicht gesagt?« Schwierig bei dieser Version wäre für Rahul nur, daß sie sich nichts anmerken lassen durfte. Das Gerücht, daß der alte Mr. Dogar auf die Bougainvilleen pinkelte, war jedenfalls schon in die Welt gesetzt.

Als Mr. Dogar beschämt im Duckworth Club auftauchte,

um seinen Wagen zu holen, wollte er sich bei dem mißbilligenden Mr. Sethna entschuldigen, der allein schon die Vorstellung, im Freien zu pinkeln, abstoßend fand.

»Bin ich Ihnen besonders betrunken vorgekommen, Mr. Sethna?« fragte Mr. Dogar den ehrwürdigen Butler. »Es tut mir wirklich sehr leid... wenn ich mich wenig feinfühlig verhalten habe.«

»Keine Ursache«, entgegnete Mr. Sethna kühl. Er hatte bereits mit dem Obergärtner wegen der Bougainvilleen gesprochen. Der törichte Gärtner hatte bestätigt, daß sich die ominöse Pflanzenkrankheit nur an einzelnen Stellen bemerkbar machte, und zwar unmittelbar neben dem Green beim fünften und beim neunten Loch. Beide Greens befanden sich außer Sichtweite des Speisesaals und des Clubhauses – und auch vom Ladies' Garden aus konnte man sie nicht sehen. Die Bougainvilleen um den Ladies' Garden herum waren verdächtigerweise nur an der einzigen Stelle abgestorben, die von den Räumlichkeiten des Clubs aus nicht einsehbar war. Mr. Sethnas Überzeugung zufolge sprach diese Tatsache für Mrs. Dogars Pinkeltheorie – der arme alte Mr. Dogar pinkelte wirklich auf die Büsche!

Der alte Butler wäre nie auf die Idee gekommen, daß eine Frau – nicht einmal ein so unfeines Mitglied dieser Spezies wie Mrs. Dogar – der pinkelnde Schuldige sein könnte. Aber die Mörderin war, was die Vorbereitungen anging, keine Amateurin. Sie hatte die Bougainvilleen seit Monaten systematisch ruiniert. Einer der vielen Gründe, warum die neue Mrs. Dogar gern Kleider trug, war der, daß sie es bequem fand, keine Unterwäsche tragen zu müssen. Das einzige, was Rahul vermißte, seit sie keinen Penis mehr hatte, war das praktische Pinkeln im Freien. Aber daß sie mit Vorliebe an gewisse, abgelegene Stellen bei den Bougainvilleen pinkelte, war nicht etwa eine Schrulle, denn sie hatte bei ihrem eigenartigen Tun stets ihr großes, im Entstehen begriffenes Werk im Sinn. Schon bevor der unglückliche Mr. Lal sie zufällig entdeckte, als sie in den Bougainvilleen in der Nähe jenes fatalen neunten Lochs hockte (das schon seit langem Mr. Lals Schicksal gewesen war), hatte Rahul seinen Plan ausgeheckt.

Seit Wochen trug sie den Zwei-Rupien-Schein mit der ersten getippten Botschaft an die Duckworthianer – MEHR MITGLIEDER STERBEN, WENN DHAR MITGLIED BLEIBT – stets in der Handtasche mit sich herum. Sie war immer davon ausgegangen, daß es am einfachsten sein würde, irgendeinen Duckworthianer umzubringen, der an einem ihrer abgelegenen Pinkelplätze über sie stolperte. Sie hatte darauf spekuliert, daß das nachts passieren würde, im Dunkeln. Und sie hatte sich vorgestellt, daß es ein jüngeres Clubmitglied als Mr. Lal sein würde, eher jemand, der zuviel Bier getrunken hatte und spätabends noch einen Spaziergang auf dem Golfplatz machte – genötigt von demselben Bedürfnis, das Mrs. Dogar dorthin getrieben hatte. Sie hatte sich ausgemalt, daß sie kurz mit ihm flirten würde – kurze Flirts waren die besten.

»So? Sie mußten auch pinkeln? Wenn Sie mir sagen, warum Sie es gern im Freien tun, dann verrate ich Ihnen auch, warum ich es tue!« Oder vielleicht: »Was tun Sie denn sonst noch gern im Freien?«

Mrs. Dogar hatte sich auch vorgestellt, daß sie sich vielleicht einen Kuß gönnen würde und ein bißchen Gefummel. Sie fummelte gern. Danach würde sie ihn umbringen, egal, wer es war, und ihm den Zwei-Rupien-Schein in den Mund stecken. Sie hatte noch nie einen Mann erwürgt, zweifelte aber nicht daran, daß sie es mit ihren kräftigen Händen schaffte. Frauen zu erwürgen hatte ihr noch nie Spaß gemacht – nicht annähernd soviel wie die saubere Wucht eines Schlages mit einem stumpfen Gegenstand –, aber sie freute sich darauf, einen Mann zu erwürgen, weil sie sehen wollte, ob diese alte Geschichte stimmte... daß Männer eine Erektion bekommen und ejakulieren, kurz bevor der Tod durch Ersticken eintritt.

Enttäuschenderweise hatte der alte Mr. Lal Mrs. Dogar weder die Gelegenheit zu einem kurzen Flirt verschafft noch die Möglichkeit festzustellen, wie das war, einen Mann zu erwürgen. Rahul war so faul, daß sie sich selten selbst ein Frühstück machte. Obwohl Mr. Dogar offiziell im Ruhestand war, verließ er zeitig das Haus und ging ins Büro, und Mrs. Dogar gönnte sich häufig ein frühmorgendliches Pinkeln auf dem Golfplatz – lange bevor sich die ersten besonders eifrigen Golfspieler auf den Fairways tummelten. Anschließend nahm sie im Ladies' Garden Tee und etwas Obst zu sich und begab sich dann in ihren Fitneßclub, um Gewichte zu stemmen und Seil zu springen. Mr. Lal hatte sie mit seinem frühmorgendlichen Angriff auf die Bougainvilleen beim neunten Green völlig überrascht.

Rahul war gerade mit dem Pinkeln fertig und erhob sich aus dem blühenden Gebüsch, als der alte Trottel über das Green dahergetrottet kam und durch das Dickicht tappte. Mr. Lal suchte in diesem Dschungel nach einer schwierigen Stelle, um seinen blöden Golfball zu deponieren. Als er aufblickte, stand die zweite Mrs. Dogar vor ihm. Er erschrak derart, daß sie einen Augenblick lang glaubte, es wäre unnötig, ihn umzubringen. Er griff sich an die Brust und taumelte rückwärts.

»Mrs. Dogar!« rief er. »Was ist denn mit Ihnen passiert? Hat sie jemand ... belästigt?« Das brachte sie überhaupt erst auf die Idee; schließlich war ihr Kleid bis zu den Hüften hochgeschoben. Sichtlich verzweifelt zerrte sie das enganliegende Kleid herunter. (Zum Lunch würde sie einen Sari anziehen.)

»Ach, Mr. Lal! Gott sei Dank, daß Sie es sind!« rief sie. »Man hat mich ... ausgenutzt!« erklärte sie ihm.

»Eine schreckliche Welt, Mrs. Dogar! Aber wie kann ich Ihnen behilflich sein? Hilfe!« schrie der alte Mann.

»Ach nein, bitte! Ich könnte es nicht ertragen, jemandem unter die Augen zu treten. Ich schäme mich ja so!« vertraute sie ihm an.

»Aber wie kann ich Ihnen helfen, Mrs. Dogar?« erkundigte sich Mr. Lal.

»Das Gehen bereitet mit Schmerzen«, gestand sie ihm. »Sie haben mir weh getan.«

»Sie? Um Himmels willen!« rief der alte Mann.

»Vielleicht könnten Sie mir eines von Ihren Eisen leihen... wenn ich das als Stock benützen dürfte...«, schlug Mrs. Dogar vor. Mr. Lal wollte ihr schon sein Neunereisen geben, überlegte es sich dann aber anders.

»Der Putter wäre sicher am besten!« erklärte er. Der arme Mann war ganz außer Atem, nachdem er das kurze Stück zu seiner Golftasche getrabt war und durch das dichte Gebüsch und die ruinierten Sträucher hastig zurückgestolpert kam. Er war viel kleiner als Mrs. Dogar, so daß sie ihm ihre eine große Hand auf die Schulter legen konnte, während sie in der anderen den Putter hielt. Auf diese Weise konnte sie über den Kopf des alten Mannes hinweg das Green und das Fairway überblicken. Kein Mensch weit und breit.

»Sie könnten sich auf dem Green ausruhen, während ich Ihnen einen Golfwagen hole«, schlug Mr. Lal vor.

»Ja, vielen Dank, gehen Sie nur voraus«, sagte sie. Als er zielstrebig vorwärts stolperte, blieb sie ihm dicht auf den Fersen. Noch bevor er das Green erreichte, hatte sie ihn bewußtlos geschlagen. Der Hieb hatte ihn unmittelbar hinter dem Ohr getroffen. Nachdem er umgefallen war, versetzte sie ihm einen zweiten Schlag direkt auf die ihr zugewandte Schläfe, doch als dieser ihn traf, standen seine Augen bereits offen und bewegten sich nicht mehr. Vermutlich hatte ihn bereits der erste Schlag getötet.

Mrs. Dogar hatte keine Mühe, in ihrer Tasche den Zwei-Rupien-Schein zu finden. Zwanzig Jahre lang hatte sie ihre kleinen Scheine mit der Kappe jenes Kugelschreibers zusammengeklammert, die sie aus dem Strandhäuschen in Goa gestohlen hatte. Sie hatte dieses alberne Erinnerungsstück sogar regelmäßig poliert. Die Halterung – ihre Tante Promila hatte sie immer als »Taschengeldklammer« bezeichnet – hatte die für eine kleine Anzahl Geldscheine ideale Spannung beibehalten, und das polierte Silber sorgte dafür, daß das Ding in der Handtasche leicht zu finden war. Rahul konnte es nicht ausstehen, daß sich kleine Gegenstände in der Handtasche immer verkrochen.

Sie hatte den Zwei-Rupien-Schein in Mr. Lals offenstehenden Mund geschoben. Als sie ihn zumachte, mußte sie überrascht feststellen, daß er wieder aufging. Sie hatte noch nie versucht, einem Toten den Mund zu schließen, und war davon ausgegangen, daß sich dessen Körperteile relativ gut bewegen ließen. Jedenfalls hatte sie diese Erfahrung im Umgang mit den Körperteilen gemacht, die ihr bei ihren Bauchzeichnungen gelegentlich im Weg gewesen waren – manchmal ein Ellbogen oder ein Knie – und die sie ohne weiteres anders legen konnte.

Diese Kleinigkeit mit Mr. Lals Mund irritierte sie so, daß sie unvorsichtig wurde. Zwar hatte sie die restlichen kleinen Scheine wieder in ihre Tasche gesteckt, nicht aber die Kappe des weitgereisten Kugelschreibers. Die mußte irgendwo zwischen die Bougainvilleen gefallen sein. Sie hatte sie auch später nicht finden können, erinnerte sich aber, sie dort in den Bougainvilleensträuchern zum letztenmal in der Hand gehabt zu haben. Mrs. Dogar vermutete, daß sich die Polizei derzeit den Kopf darüber zerbrach und mit Hilfe der Witwe Lal inzwischen wahrscheinlich festgestellt hatte, daß diese Kugelschreiberkappe nicht von Mr. Lal stammte. Möglicherweise gelangte die Polizei sogar zu der Erkenntnis, daß man bei keinem toten Duckworthianer je einen solchen Stift finden würde: er war aus echtem Silber, aber das eingravierte Wort INDIA machte ihn zu billigem Plunder. Rahul hatte ein Faible für Plunder. Und sie genoß es, sich vorzustellen, daß die Polizei ziellos nach ihr fahndete, weil sie davon überzeugt war, daß die Kugelschreiberhälfte nur ein Glied in einer Kette bedeutungsloser Indizien darstellte.

Eine kleine Tragödie

Nachdem Mr. Dogar sich bei Mr. Sethna entschuldigt und seinen Wagen vom Parkplatz des Duckworth Club geholt hatte, erhielt der alte Butler einen Anruf von Mrs. Dogar. »Ist mein Mann noch da? Wahrscheinlich nicht. Ich wollte ihn nämlich an etwas erinnern. Er ist ja so vergeßlich.«

»Er war da, aber jetzt ist er fort«, teilte Mr. Sethna ihr mit.

»Hat er daran gedacht, unsere Reservierung für den Lunch rückgängig zu machen? Vermutlich nicht. Jedenfalls, wir kommen nicht«, informierte Rahul den Butler. Mr. Sethna bildete sich viel darauf ein, daß er die Tischreservierungen für mittags und abends Tag für Tag im Kopf behielt, und er wußte genau, daß die Dogars nicht reserviert hatten. Doch als er Mrs. Dogar diesen Sachverhalt mitteilte, überraschte ihn ihre Reaktion. »Ach, der arme Mann!« rief sie. »Er hat vergessen, die Reservierung rückgängig zu machen, aber gestern abend war er so betrunken, daß er vergessen hat, überhaupt einen Tisch reservieren zu lassen. Wahrscheinlich könnte man das komisch finden, wenn es nicht gleichzeitig so tragisch wäre.«

»Ich vermute...«, begann Mr. Sethna, aber Rahul konnte feststellen, daß sie ihr Ziel erreicht hatte. Eines Tages würde Mr. Sethna ein wichtiger Zeuge für Mr. Dogars extreme Hinfälligkeit sein. Entsprechende Andeutungen gehörten einfach zur Vorbereitung. Rahul wußte, daß Mr. Sethna nicht überrascht sein würde, wenn Mr. Dogar eines Tages etwas zustoßen würde – wenn er entweder einem Mord im Umkleideraum oder einem Mißgeschick im Swimmingpool zum Opfer fallen würde.

In gewisser Weise war das der interessanteste Teil an einem Mord, fand Rahul. In der Planungsphase hatte man so viele Alternativen – viel mehr, als man letztendlich in die Tat würde umsetzen können. Nur in diesem Stadium konnte man mit so vielen Möglichkeiten und so vielen unterschiedlichen Schlüssen spielen. Letztendlich war dann immer alles zu schnell vorbei. Denn wenn man saubere Arbeit leisten wollte, durfte man sie nicht in die Länge ziehen.

»Der arme Mann!« wiederholte Mrs. Dogar am Telefon. Der arme Mann, wahrhaftig! dachte Mr. Sethna. Bei einer Frau wie Mrs. Dogar war es seiner Meinung nach womöglich sogar ein Trost, sozusagen schon mit einem Bein im Grab zu stehen.

Der alte Butler hatte gerade aufgehängt, als Dr. Daruwalla im Club anrief, um zum Lunch einen Tisch für vier Personen zu bestellen. Er hoffe, meinte er, daß noch niemand seinen Lieblingstisch im Ladies' Garden reserviert habe. Es gab ausreichend Platz, aber Mr. Sethna mißbilligte es, wenn jemand einen Tisch für den Lunch erst am Morgen desselben Tages bestellte. Verabredungen, die so spontan zustande kamen, sollte man mißtrauen.

»Sie haben Glück, ich habe soeben eine Absage erhalten«, informierte der Butler den Doktor.

»Kann ich den Tisch um zwölf Uhr haben?« fragte Farrokh.

»Ein Uhr wäre günstiger«, ließ Mr. Sethna ihn wissen, weil er es ebenfalls mißbilligte, daß der Doktor seinen Lunch gern frühzeitig einnahm. Mr. Sethna vertrat die Theorie, daß diese frühe Mittagsmahlzeit mit ein Grund für des Doktors Übergewicht war. Und bei kleinen Männern machten sich überschüssige Pfunde ausgesprochen schlecht, fand Mr. Sethna.

Dr. Daruwalla hatte gerade aufgelegt, als Dr. Tata ihn zurückrief. Sofort fiel Farrokh wieder ein, was er ihn hatte fragen wollen.

»Erinnern Sie sich an Rahul Rai und seine Tante Promila?«

»Wer würde sich nicht an die beiden erinnern?« erwiderte Tata Zwo.

638

»Aber hier handelt es sich um eine medizinische Frage«, sagte Dr. Daruwalla. »Ich glaube, Ihr Vater hat Rahul mit zwölf oder dreizehn Jahren untersucht. Das müßte 1949 gewesen sein. Mein Vater hat Rahul untersucht, als er acht oder zehn war. Es geschah auf Tante Promilas Veranlassung – sie machte sich Sorgen wegen seiner Unbehaartheit. Mein Vater tat ihre Bedenken als unbegründet ab, aber ich glaube, daß Promila Rai später Ihren Vater wegen Rahul konsultiert hat, und würde gern wissen, ob es dabei noch immer um die angebliche Unbehaartheit ging.«

»Warum sollte jemand Ihren oder meinen Vater wegen Unbehaartheit aufsuchen?« fragte Dr. Tata.

»Eine gute Frage«, entgegnete Farrokh. »Ich glaube, das eigentliche Problem hatte mit Rahuls sexueller Identität zu tun. Möglicherweise ging es um eine Geschlechtsumwandlung.«

»Mein Vater hat keine Geschlechtsumwandlungen vorgenommen!« sagte Tata Zwo. »Er war Gynäkologe und Geburtshelfer...«

»Das weiß ich«, sagte Dr. Daruwalla. »Aber vielleicht wurde er gebeten, eine Diagnose zu stellen... ich spreche von Rahuls Fortpflanzungsorganen und davon, ob da irgendeine Besonderheit vorlag, die eine operative Geschlechtsumwandlung gerechtfertigt hätte – zumindest in den Augen des Jungen oder seiner Tante. Falls Sie die Krankengeschichten Ihres Vaters aufbewahrt haben... die von meinem Vater habe ich noch.«

»Natürlich habe ich seine Krankengeschichten aufbewahrt!« rief Dr. Tata. »Mr. Subash kann mir die Unterlagen in zwei Minuten auf den Schreibtisch legen. Ich rufe Sie dann in fünf Minuten zurück.« Demnach nannte also sogar Tata Zwo seinen Sekretär Mister. Vielleicht war Mr. Subash, wie Ranjit, ein Sekretär und Arzthelfer, der der Familie treu geblieben war. Dr. Daruwalla überlegte, daß Mr. Subash (am Telefon) wie ein Mann Mitte Achtzig geklungen hatte!

Als Dr. Tata nach zehn Minuten nicht zurückgerufen hatte,

überlegte Farrokh weiter, daß in Tata Zwos Patientenunterlagen vermutlich ein ziemliches Chaos herrschte, denn anscheinend hatte Mr. Subash die gesuchte Krankengeschichte keineswegs griffbereit. Oder vielleicht stimmte die Diagnose, die sein Vater bei Rahul gestellt hatte, Tata Zwo nachdenklich? Wie dem auch sei, Farrokh sagte Ranjit Bescheid, daß er einen Anruf von Dr. Tata erwartete und ansonsten keine Gespräche entgegennehmen würde.

Dr. Daruwalla hatte vor dem Lunch im Duckworth Club, dem er mit großer Spannung entgegensah, noch einen Termin, den er Ranjit bat abzusagen. Dr. Desai aus London hielt sich in der Stadt auf. In der Zeit, die Dr. Desai neben seiner chirurgischen Praxis blieb, entwickelte er künstliche Gelenke. Er war ein Mann, für den es nur ein Gesprächsthema gab: den Austausch funktionsunfähiger Gelenke gegen künstliche. Deshalb war es auch eine Zumutung für Julia, wenn sich Farrokh mit Dr. Desai im Duckworth Club unterhielt. Es war einfacher, sich mit Desai in der Klinik zu treffen. »Soll das Implantat mit Knochenzement im Skelett fixiert werden, oder ist eine biologische Fixierung die bessere Methode?« Diese Art der Gesprächseröffnung war typisch für Dr. Desai. Er stellte solche Fragen stets anstelle von: »Wie geht es Ihrer Frau und den Kindern?« Daß Dr. Daruwalla eine Verabredung mit Dr. Desai in der Klinik absagte, war wie ein Eingeständnis mangelnden Interesses an seinem eigenen Spezialgebiet, der Orthopädie. Aber der Doktor war mit seinen Gedanken bei dem neuen Drehbuch – und er wollte schreiben.

Zu diesem Zweck setzte er sich auf die andere Seite seines Schreibtischs, um die übliche Aussicht auf das Therapiegelände unten im Hof auszublenden, die ihn nur abgelenkt hätte – bei einigen seiner frisch operierten Patienten fiel es ihm schwer wegzusehen, wenn sie ihre Krankengymnastik machten. Dr. Daruwalla fühlte sich eher zu einer Scheinwelt hingezogen als zu einer Auseinandersetzung mit der Welt, in der er lebte.

Die wirklichen Dramen, von denen es ringsum nur so wimmelte, nahm Inspector Dhars Erfinder größtenteils gar nicht wahr. Die arme Nancy mit ihren Waschbäraugen zog sich für Inspector Dhar besonders sorgfältig an. Der berühmte Schauspieler, der weder auf der Bühne noch vor der Kamera stand, spielte trotzdem Theater. Mr. Sethna, der so gut wie alles heftig mißbilligte, hatte entdecken müssen, daß menschlicher Urin für das Bougainvilleen-Sterben verantwortlich war. Und das war nicht das einzige Sterben im Duckworth Club, wo Rahul sich bereits als Witwe Dogar sah. Doch solche Ereignisse konnten Dr. Daruwalla nichts anhaben. Statt dessen betrachtete er das Zirkusfoto auf seinem Schreibtisch, um sich davon inspirieren zu lassen.

Da war die wunderschöne Suman – Suman, die »Himmelsläuferin«, wie Dr. Daruwalla sie nannte. Als er sie das letzte Mal gesehen hatte, war sie noch nicht verheiratet gewesen – eine 29jährige Starartistin und das Idol aller Kinder im Zirkus, die zu Artisten ausgebildet wurden. Der Drehbuchautor fand, daß es für Suman höchste Zeit war zu heiraten. Sie sollte sich mit praktischeren Dingen beschäftigen, als kopfunter die Kuppel des Spielzelts zu durchqueren, fünfundzwanzig Meter über dem Boden und ohne Netz. Eine so schöne Frau wie Suman sollte nach Ansicht des Drehbuchautors unbedingt heiraten. Suman war Artistin, keine Schauspielerin. Farrokh wollte seine Zirkusgestalten im Film nur wenig als Schauspieler agieren lassen. Ganesh freilich würde von einem hervorragenden Schauspieler gespielt werden müssen, aber seine Schwester Pinky würde die echte Pinky aus dem Great Royal Circus sein. Sie würde als Artistin auftreten, so daß sie kaum zu reden brauchte. (Ich muß ihre Dialoge auf ein Minimum beschränken, dachte der Drehbuchautor.)

Farrokh griff sich selbst vor, indem er bereits die Filmrollen besetzte. Im Drehbuch mußte er die Kinder erst noch beim Zirkus unterbringen. An dem Punkt fiel Dr. Daruwalla der neue

Missionar ein. Im Film würde er nicht Martin Mills heißen –
der Name Mills war zu nichtssagend –, sondern schlicht »Mr.
Martin«. Die Jesuiten in der Missionsstation würden die beiden
Kinder in ihre Obhut nehmen, weil sie sich in gewisser Weise
dafür verantwortlich fühlten, daß ihre Mutter von der kippeli-
gen Statue der Jungfrau Maria in der St. Ignatius-Kirche getötet worden war. Und somit würde es den Kindern gelingen,
sich für die richtige Limousine zu entscheiden, die von Vinod.
Freilich müßte der sogenannte Barmherzige Zwergsamariter
von den Jesuiten erst noch die Erlaubnis erhalten, die Kinder
beim Zirkus unterzubringen. Ja, das ist genial! dachte Dr. Daruwalla. Auf diese Weise würden sich Suman und Mr. Martin
kennenlernen. Der aufdringliche Moralapostel bringt die Kinder in den Zirkus, und dort verliebt sich der Dummkopf in die
Himmelsläuferin!

Warum nicht? Der Jesuit würde bald feststellen, daß Suman
einem Leben in Keuschheit vorzuziehen war. Farrokh würde
seinem fiktiven Mr. Martin, der natürlich mit einem exzellenten
Schauspieler besetzt werden mußte, eine ungleich gewinnen-
dere Persönlichkeit verleihen, als Martin Mills sie besaß. Mr.
Martins Verführung würde im Grunde die Geschichte einer
*Ent*kehrung sein. Farrokhs nächster Gedanke war ziemlich
boshaft: John D. würde einen perfekten Mr. Martin abgeben.
Wie glücklich ihn das machen würde, einmal nicht Inspector
Dhar sein zu müssen!

Ein tolles Drehbuch würde das werden, eine echte Verbesserung gegenüber der Wirklichkeit! An dieser Stelle wurde
Dr. Daruwalla klar, daß ihn nichts daran hinderte, sich selbst in
den Film einzubauen. Wahrscheinlich würde er sich nicht als
Helden darstellen – eine Nebenfigur mit edlen Absichten
würde genügen. Aber wie sollte er sich beschreiben? überlegte
Farrokh. Er wußte nicht, daß er gut aussah, und sich selbst als
»hochintelligent« zu bezeichnen, hätte er nie über sich ge-

bracht. Außerdem konnte man in einem Film nur zeigen, wie jemand *wirkte*.

In den Klinikräumen des Doktors gab es keinen Spiegel, und deshalb sah er sich so, wie er sich in dem großen Spiegel in der Eingangshalle des Duckworth Club zumeist erlebte: als im duckworthianischen Sinn eleganten Gentleman. Ein so vornehmer Arzt konnte durchaus eine kleine und dennoch entscheidende Rolle im Drehbuch spielen, weil der Missionar und Weltverbesserer natürlich von dem Gedanken besessen sein würde, daß sich Ganeshs Hinken beheben ließ. Im Idealfall würde Mr. Martin den Jungen von keinem anderen als Dr. Daruwalla untersuchen lassen. Und der Doktor würde die bittere Wahrheit aussprechen: daß Ganesh seine Beine zwar mit bestimmten Übungen kräftigen konnte – auch das verkrüppelte Bein –, daß er aber sein Leben lang hinken würde. (Ein paar Szenen, in denen der verkrüppelte Junge tapfer solche Übungen macht, wären vermutlich hervorragend geeignet, das Mitgefühl des Publikums zu wecken.)

Wie Rahul genoß Dr. Daruwalla dieses Stadium des Geschichtenerzählens – das Ausspinnen der Handlung. Dieses prickelnde Gefühl beim Ausloten der Alternativen! Am Anfang gab es immer so viele.

Aber wenn es um Mord und auch wenn es ums Schreiben geht, ist die Euphorie von kurzer Dauer. Farrokh begann sich Sorgen zu machen, daß sein Meisterwerk bereits zu einer romantischen Komödie verkommen war. Die beiden Kinder entrinnen in der richtigen Limousine; der Zirkus ist ihre Rettung. Suman gibt den Deckenlauf auf, um einen Missionar zu heiraten, der seinerseits das Missionarsdasein aufgibt. Dieses Ende erschien sogar dem Erfinder von Inspector Dhar zu positiv. Irgend etwas Schlimmes mußte schon noch passieren, dachte der Drehbuchautor.

So kam es, daß der Doktor in seinem Zimmer in der Klinik

für Verkrüppelte Kinder mit dem Rücken zum Hof dasaß und nachdachte. Er sollte sich schämen, in einer solchen Umgebung ein so belangloses Drama auszuhecken.

Keine romantische Komödie

Entgegen Rahuls Annahme hatte die Polizei die obere Hälfte des silbernen Kugelschreibers mit dem eingravierten Wort INDIA nicht gefunden. Rahuls Geldclip lag nicht mehr im Bougainvilleengebüsch, als der Kommissar Mr. Lals Leiche untersuchte. Das Silber hatte in der Morgensonne so auffallend geglitzert, daß eine Krähe es mit ihren scharfen Augen erspäht hatte. Und über diese Kugelschreiberkappe entdeckte die Krähe die Leiche. Zunächst einmal ging sie daran, Mr. Lal ein Auge auszupicken. Sie war gerade mit der offenen Wunde hinter Mr. Lals Ohr und der zweiten Wunde an seiner Schläfe beschäftigt, als der erste Geier auf dem neunten Green landete. Die Krähe verteidigte ihre Stellung, bis weitere Geier kamen; schließlich hatte sie die Leiche zuerst gefunden. Und bevor sie sich aus dem Staub machte, hatte sie die silberne Stiftkappe stibitzt. Daß sie ihre Beute prompt in den Deckenventilator im Speisesaal des Duckworth Club fallen ließ, war nicht unbedingt ein Zeichen für die besondere Intelligenz dieses Vogels, aber die Ventilatorblätter hatten sich (um diese Vormittagsstunde) bei jeder Umdrehung aus dem Schatten ins Sonnenlicht bewegt, und auch dieses Blinken hatte die Krähe mit ihren scharfen Augen erspäht. Freilich war der Ventilator ein schlechter Landeplatz für eine Krähe, weshalb ein Kellner den kleckernden Vogel denn auch unsanft weggescheucht hatte.

Der glänzende Gegenstand jedoch, den sie so hartnäckig im Schnabel gehalten hatte, blieb an einer Stelle zurück, wo er den Mechanismus des Deckenventilators gelegentlich beeinträchtigte. Dr. Daruwalla hatte dies bemerkt, und die Landung der kleckernden Krähe auf dem Ventilator hatte er ebenfalls beobachtet. Und so existierte die Kappe des silbernen Kugelschreibers derzeit nur in dem überstrapazierten Gedächtnis des Doktors, der bereits vergessen hatte, daß ihn die zweite Mrs. Dogar an jemand anderen erinnerte – wahrscheinlich an einen alten Filmstar. Auch seinen schmerzlichen Zusammenprall mit Mrs. Dogar in der Eingangshalle des Duckworth Club hatte Farrokh vergessen. Dieses glänzende Etwas, das erst Nancy, dann Rahul und schließlich die Krähe verloren hatten, war möglicherweise endgültig verloren, da seine Entdeckung jetzt einzig und allein von Dr. Daruwallas beschränktem Erinnerungsvermögen abhing. Ehrlich gesagt waren weder das Gedächtnis noch die Beobachtungsgabe des heimlichen Drehbuchautors besonders gut. Vernünftiger wäre es wohl, sich darauf zu verlassen, daß der Mechanismus des Deckenventilators das Ding einfach ausspuckte und es Detective Patel (oder Nancy) wie ein kleines Wunder vor die Füße warf.

Ein solch unwahrscheinliches, vom Zufall geschicktes Wunder hätte auch Martin Mills zu seiner Rettung gebraucht, denn die Messe hatte zu spät begonnen, um den Missionar vor seinen schlimmsten Erinnerungen zu bewahren. Es gab Zeiten, in denen jede Kirche Martin an die Kirche Unserer Lieben Frau der Siegreichen erinnerte. Wenn sich seine Mutter in Boston aufhielt, ging Martin stets in diese Kirche in der Isabella Street zum Sonntagsgottesdienst; zu Fuß brauchte er vom Ritz nur acht Minuten. An jenem langen Thanksgiving-Wochenende im neunten Schuljahr schlüpfte der junge Martin am Sonntag morgen aus dem Schlafzimmer, das er mit Arif Koma teilte, ohne diesen aufzuwecken. Im Wohnzimmer der Hotelsuite stellte er fest, daß die Tür zum Schlafzimmer seiner Mutter nur angelehnt war. Martin empfand das als typisch für Veras Sorglosigkeit und wollte die Tür gerade schließen – bevor er die Suite verließ, um in die Messe zu gehen –, als seine Mutter ihn bemerkte.

»Bist du es, Martin«, fragte Vera. »Komm und gib mir einen Guten-Morgen-Kuß.«

Pflichtschuldig ging Martin hinein, obwohl ihm der Anblick seiner Mutter inmitten des intensiv duftenden Durcheinanders ihres Boudoirs zuwider war. Doch zu seiner Überraschung war weder Vera zerwühlt noch ihr Bett. Es sah aus, als hätte sie bereits gebadet, sich die Zähne geputzt und sich gekämmt. Die Laken waren nicht, wie üblich, infolge schlechter Träume zerwühlt. Auch Veras Nachthemd sah hübsch und fast mädchenhaft aus. Zwar ließ es ihren imposanten Busen deutlich erkennen, aber nicht, wie sonst meistens, auf flittchenhafte Art. Martin gab ihr einen vorsichtigen Kuß auf die Wange.

»Auf dem Weg in die Kirche?« fragte ihn seine Mutter.

»In die Messe, ja«, sagte Martin.

»Schläft Arif noch?« erkundigte sich Vera.

»Ja, ich glaube schon«, antwortete Martin. Sobald seine Mutter Arifs Namen erwähnte, mußte er an die peinigende Verlegenheit vom vergangenen Abend denken.

»Ich finde, du solltest Arif keine so... persönlichen Dinge fragen«, sagte Martin unvermittelt.

»Persönlich? Du meinst, sexuell?« fragte Vera ihren Sohn. »Also ehrlich, Martin, wahrscheinlich konnte es der arme Junge kaum erwarten, mit jemandem über seine schreckliche Beschneidung zu reden. Sei doch nicht so prüde!«

»Ich glaube, Arif ist ein sehr zurückhaltender Mensch«, erklärte Martin seiner Mutter. »Und«, fügte er hinzu, »ich glaube, er ist möglicherweise ein bißchen... gestört.«

Vera, deren Interesse erwacht war, setzte sich im Bett auf. »Sexuell gestört?« fragte sie ihren Sohn. »Wie kommst du denn darauf?«

Martin empfand es nicht als Verrat, jedenfalls damals nicht, sondern er ging davon aus, daß er mit seiner Mutter redete, um Arif zu schützen. »Er masturbiert«, sagte er leise.

»Meine Güte, das möchte ich doch hoffen!« rief Vera. »Ich hoffe jedenfalls, daß du das tust!«

Ohne auf diesen Köder zu reagieren, antwortete Martin: »Ich meine, daß er ziemlich viel masturbiert, fast jede Nacht.«

»Der arme Junge!« bemerkte Vera. »Aber es hört sich an, als würdest du das mißbilligen, Martin.«

»Ich halte es für... übertrieben«, entgegnete Martin.

»Ich finde, daß Masturbieren für Jungen in eurem Alter recht gesund ist. Hast du dieses Thema mal mit deinem Vater besprochen?« wollte Vera wissen.

›Besprochen‹ war nicht das richtige Wort. Martin hatte zugehört, wie sich Danny in beschwichtigendem Tonfall des langen und breiten über alle Begierden und Sehnsüchte ausließ, von denen er annahm, daß Martin sie verspürte, und darüber, daß sie völlig normal seien.

»Ja«, sagte Martin zu seiner Mutter. »Dad hält Masturbieren für... normal.«

»Na also, siehst du?« sagte Vera sarkastisch. »Wenn dein heiligmäßiger Vater schon sagt, daß es normal ist, sollten wir es wohl alle damit versuchen!«

»Ich komme zu spät zur Messe«, sagte Martin.

»Na gut, lauf zu«, antwortete seine Mutter. Als Martin die Schlafzimmertür hinter sich schließen wollte, versetzte ihm seine Mutter zum Abschied noch einen Hieb. »Also ich persönlich glaube ja, daß dir Masturbieren besser bekommen würde als die Messe. Und bitte, laß die Tür offen, das ist mir lieber so«, sagte Vera. Martin nahm den Zimmerschlüssel mit, für den Fall, daß Arif noch schlafen sollte, wenn er von der Messe zurückkam, und seine Mutter im Bad war oder telefonierte.

Nach der Messe warf er bei Brooks Brothers einen kurzen Blick in eine Auslage mit Anzügen. Die Schaufensterpuppen trugen Krawatten mit Christbäumen, und Martin fiel auf, wie weich ihre Haut aussah – sie erinnerte ihn an Arifs perfekten Teint.

Dann kehrte Martin sofort in die Suite im Ritz zurück. Als er die Tür aufschloß, war er froh, daß er den Schlüssel mitgenommen hatte, weil sich seine Mutter offenbar am Telefon unterhielt. Es war eine einseitige Unterhaltung – man hörte nur Vera. Doch dann wurde ihm die schreckliche Bedeutung ihrer Worte klar.

»Ich bring dich dazu, noch mal abzuspritzen«, sagte seine Mutter. »Ich weiß hundertprozentig, daß du nochmal abspritzen kannst… ich kann dich spüren. Gleich spritzt du ab, stimmt's? Hab ich recht?« wiederholte seine Mutter. Die Tür zu ihrem Schlafzimmer war immer noch offen – ein bißchen weiter als zuvor –, und Martin konnte ihren nackten Rücken, ihre nackten Hüften und den Spalt ihres wohlgeformten Hinterteils sehen. Sie ritt Arif Koma, der wortlos unter ihr lag. Martin war dankbar, daß er das Gesicht seines Zimmerkameraden nicht sehen konnte.

Leise verließ er die Suite, während seine Mutter Arif weiter drängte abzuspritzen. Auf dem kurzen Rückweg in die Isabella Street überlegte Martin, ob er Vera dadurch, daß er ihr Arifs Neigung zum Masturbieren enthüllt hatte, überhaupt erst auf die Idee gebracht hatte. Wahrscheinlich hatte seine Mutter ohnehin vorgehabt, Arif zu verführen, aber die Sache mit dem Masturbieren hatte sie sicher noch angespornt.

Martin Mills hatte genauso benommen in der Kirche Unserer Lieben Frau der Siegreichen gesessen, wie er jetzt in St. Ignatius saß und auf den Beginn der Messe wartete. Frater Gabriel machte sich Sorgen um ihn. Erst die nächtlichen Gebete – »Ich nehme den Truthahn, ich nehme den Truthahn« –, und nach der Messe dann war der Missionar auf seinem Polster knien geblieben, als wollte er auf die nächste Messe warten. Genau das hatte er in der Kirche Unserer Lieben Frau der Siegreichen in der Isabella Street getan; er hatte auf die nächste Messe gewartet, als hätte eine Messe nicht ausgereicht.

Und noch etwas beunruhigte Frater Gabriel: die Blutflecken an den geballten Fäusten des Missionars. Frater Gabriel ahnte nichts von Martins Nase, weil der Schnitt am Nasenflügel zu bluten aufgehört hatte und von einem dünnen Schorf fast völlig verdeckt wurde. Frater Gabriel rätselte, was die blutigen Socken zu bedeuten hatten, die Martin Mills mit beiden Händen umklammert hielt. Das Blut war zwischen seinen Fingerknöcheln und unter den Nägeln angetrocknet, und Frater Gabriel befürchtete, es stamme womöglich von den Handflächen des Missionars. Das fehlt uns gerade noch, damit unser Jubiläumsjahr ein Erfolg wird, dachte Frater Gabriel – Wundmale!

Doch später, als Martin dem morgendlichen Unterricht beiwohnte, schien er sozusagen wieder auf dem Damm. Im Umgang mit den Schülern war er lebhaft, und gegenüber den anderen Lehrern verhielt er sich bescheiden, obwohl er im Unterrichten mehr Erfahrung hatte als die meisten Lehrer der St. Ignatius-Schule. Als der Pater Rektor beobachtete, wie der neue Scholastiker mit Schülern und Lehrern interagierte, stellte er seine anfänglichen Befürchtungen, der Amerikaner könnte ein verrückter Glaubenseiferer sein, zeitweilig hintan. Und Pater Cecil empfand Martin Mills als so angenehm und engagiert, wie er gehofft hatte.

Frater Gabriel bewahrte Stillschweigen über das Truthahn-Gebet und die blutigen Socken. Aber er bemerkte das gehetzte, geistesabwesende Lächeln, das sich gelegentlich in das Mienenspiel des Scholastikers stahl. Martin schien von Erinnerungen heimgesucht zu werden, die möglicherweise von einem der älteren Schüler heraufbeschworen wurden; vielleicht ließ ihn die glatte, dunkle Haut irgendeines Fünfzehnjährigen an jemanden denken, den er früher einmal gekannt hatte – jedenfalls vermutete Frater Gabriel so etwas. Es war ein unschuldiges, freundliches Lächeln, für Frater Gabriels Empfinden fast zu freundlich.

Aber Martin Mills erinnerte sich einfach nur. Damals im Internat in Fessenden hatte er, am Abend nach dem langen Thanksgiving-Wochenende, gewartet, bis die Lichter aus waren, bevor er sagte, was er loswerden wollte.

»Schänder«, sagte Martin leise.

»Was soll das heißen?« fragte Arif.

»Ich sagte ›Schänder‹, wie in Mutterschänder«, sagte Martin.

»Ist das ein Spiel?« erkundigte sich Arif nach einer sehr langen Pause.

»Du weißt genau, was ich meine, du Mutterschänder«, sagte Martin Mills.

Nach einer weiteren langen Pause sagte Arif: »Sie hat mich dazu gezwungen… gewissermaßen.«

»Wahrscheinlich kriegst du eine Krankheit«, sagte Martin zu seinem Zimmergenossen. Martin meinte es im Grunde nicht so und hätte es auch nicht gesagt, wenn er auf die Idee gekommen wäre, daß sich Arif womöglich in Vera verliebt hatte. Er war überrascht, als sich Arif in der Dunkelheit auf ihn stürzte und ihn ins Gesicht schlug.

»Sag so was nie wieder… über deine Mutter!« schrie der Türke. »Sprich nie wieder so von deiner Mutter! Sie ist wunderschön!«

Mr. Weems, der zuständige Betreuer, machte der Rauferei ein Ende. Keiner der beiden Jungen war verletzt, denn keiner von ihnen konnte richtig kämpfen. Mr. Weems war ein gütiger Mensch, für hartgesottenere Jungen völlig unzureichend. Er war Musiklehrer und – im nachhinein läßt sich das leicht sagen – sehr wahrscheinlich homosexuell, aber niemand stufte ihn so ein (außer ein paar aufdringlichen Lehrersgattinnen, die zu jener Sorte Frauen gehörten, die jeden unverheirateten Mann über dreißig für schwul hielten). Mr. Weems war bei den Jungen recht beliebt, obwohl er sich nicht an den sportlichen Aktivitäten beteiligte, die in Fessenden so großgeschrieben wurden. In seinem Bericht an den Disziplinarausschuß tat er die Auseinandersetzung zwischen Martin und Arif als »Geplänkel« ab. Diese unglückliche Wortwahl sollte gravierende Folgen haben.

Als sich später herausstellte, daß Arif Koma den Tripper hatte – und als er sich weigerte, dem Schularzt zu sagen, wo er ihn sich eingefangen hatte –, fiel der Verdacht auf Martin Mills. Das Wort ›Geplänkel‹ hatte den Beigeschmack von einem Streit zwischen Liebesleuten – zumindest für die betont männlichen Mitglieder des Disziplinarausschusses. Mr. Weems wurde beauftragt, die Jungen zu fragen, ob sie homosexuell seien und ob sie »es« getan hätten. Der Betreuer hatte mehr Verständnis für die Vorstellung, daß Arif und Martin »es« taten, als irgendein sportlich ambitionierter Lehrer.

»Wenn ihr zwei was miteinander habt, solltest du auch zum Arzt gehen, Martin«, erklärte Mr. Weems.

»Sag es ihm!« sagte Martin zu Arif.

»Wir haben nichts miteinander«, sagte Arif.

»Das stimmt, wir haben nichts miteinander«, wiederholte Martin. »Komm schon, sag es ihm. Du traust dich wohl nicht«, sagte Martin zu Arif.

»Was sollst du mir sagen?« fragte der Betreuer.

»Er haßt seine Mutter«, erklärte Arif Mr. Weems. Mr. Weems, der Vera kennengelernt hatte, konnte das verstehen. »Er wird Ihnen weismachen wollen, daß ich mir die Krankheit von seiner Mutter geholt habe, so sehr haßt er sie.«

»Er hat meine Mutter gebumst, oder vielmehr, sie hat ihn gebumst«, sagte Martin zu Mr. Weems.

»Verstehen Sie, was ich meine?« fragte Arif Koma.

In den meisten Privatschulen setzt sich das Personal aus wahrhaft heiligmäßigen Leuten und inkompetenten Scheusalen zusammen. Martin und Arif hatten das Glück, daß ihr Betreuer zur heiligen Kategorie gehörte. Nur meinte es Mr. Weems so gut mit den Jungen, daß er in puncto Verderbtheit vielleicht noch blinder war als normale Menschen.

»Bitte, Martin«, sagte der Betreuer. »Bei einer Krankheit, die durch Geschlechtsverkehr übertragen wird, sind Lügen fehl am Platz, zumal in einer reinen Jungenschule. Egal, wie du zu deiner Mutter stehst, wir hoffen auf jeden Fall, die Wahrheit zu erfahren – nicht um jemanden zu bestrafen, sondern um dir zu helfen. Wie sollen wir dir helfen oder raten, wenn du dich weigerst, uns die Wahrheit zu sagen?«

»Meine Mutter hat ihn gebumst, als sie glaubte, ich sei in der Kirche«, erklärte Martin Mr. Weems. Mr. Weems schloß die Augen und lächelte; das tat er immer, wenn er zählte, und das Zählen half ihm, sich in Geduld zu fassen.

»Ich habe versucht, dich zu schützen, Martin«, sagte Arif Koma, »aber wie ich sehe, hat es keinen Sinn.«

»Jungs, ich bitte euch... einer von euch lügt«, sagte der Betreuer.

»Also gut, dann sagen wir es ihm«, sagte Arif zu Martin. »Was meinst du?«

»Einverstanden«, antwortete Martin. Ihm war klar, daß er Arif gern hatte; drei Jahre lang war Arif sein einziger Freund gewesen. Wenn Arif sagen wollte, sie hätten was miteinander gehabt, warum sollte er dann nicht mitspielen? Es gab niemanden, dem Martin Mills es so gerne recht machen wollte wie Arif. »Einverstanden«, wiederholte Martin.

»Einverstanden womit?« fragte Mr. Weems.

»Einverstanden, wir haben was miteinander«, sagte Martin Mills.

»Ich weiß nicht, warum er die Krankheit nicht hat«, erklärte Arif. »Eigentlich müßte er sie auch haben. Vielleicht ist er immun.«

»Werden wir jetzt aus der Schule geworfen?« fragte Martin

den Betreuer. Er hoffte es. Vielleicht wäre das seiner Mutter eine Lehre gewesen. Mit seinen fünfzehn Jahren glaubte Martin noch immer, man könnte Vera erziehen.

»Wir haben es ja auch nur versucht«, sagte Arif. »Gefallen hat es uns nicht.«

»Wir tun es auch nie wieder«, fügte Martin hinzu. Das war das erste und letzte Mal, daß er gelogen hatte. Er fühlte sich benommen, fast wie betrunken.

»Aber einer von euch muß sich diese Krankheit von jemand anderem geholt haben«, argumentierte Mr. Weems. »Ich meine, sie kann nicht hier angefangen haben, bei euch beiden ... nicht wenn keiner von euch einen anderen sexuellen Kontakt gehabt hat.«

Martin Mills wußte, daß Arif Vera angerufen hatte und daß sie sich geweigert hatte, mit ihm zu reden. Er wußte, daß Arif seiner Mutter auch geschrieben hatte – und daß sie ihm nicht geantwortet hatte. Aber erst jetzt wurde Martin klar, wie weit sein Freund gehen würde, um Vera zu schützen. Er mußte völlig verrückt nach ihr sein.

»Ich war bei einer Prostituierten. Ich habe mir diese Krankheit bei einer Hure eingefangen«, erklärte Arif Mr. Weems.

»Wo willst du denn an eine Hure herangekommen sein, Arif?« fragte der Betreuer.

»Sie kennen Boston wohl nicht?« fragte ihn Arif Koma. »Ich habe mit Martin und seiner Mutter im Ritz gewohnt. Als die beiden schliefen, habe ich mich aus dem Hotel geschlichen. Ich habe den Portier gebeten, mir ein Taxi zu besorgen, und den Taxifahrer habe ich gebeten, mir eine Nutte zu besorgen. In New York funktioniert das genauso«, erklärte Arif. »Oder jedenfalls ist das der einzige Weg, der *mir* bekannt ist.«

Und so kam es, daß Arif Koma aus Fessenden hinausgeworfen wurde, weil er sich von einer Hure eine Geschlechtskrankheit geholt hatte. In den Schulstatuten gab es einen Passus, der besagte, daß moralisch tadelnswerter Umgang mit Frauen oder Mädchen mit Entlassung zu bestrafen sei. Unter Berufung auf diese Bestimmung verwies der Disziplinarausschuß (trotz Mr. Weems' heftigem Protest) Arif von der Schule. Er gelangte zu dem Urteil, daß Sex mit einer Prostituierten eindeutig in die Kategorie »moralisch tadelnswerter Umgang mit Frauen oder Mädchen« fiel.

Was Martin betraf, so setzte sich Mr. Weems auch für ihn ein. Sein homosexuelles Erlebnis war ein sexuelles Experiment gewesen und damit ein Einzelfall, den man auf sich beruhen lassen sollte. Aber der Disziplinarausschuß bestand darauf, Vera und Danny zu informieren. Veras erste Reaktion bestand darin, daß sie wiederholte, für Jungen in Martins Alter sei Masturbieren einfach besser. Martin sagte zu seiner Mutter – natürlich nicht in Dannys Hörweite – lediglich: »Arif Koma hat den Tripper, und du auch.«

Martin blieb kaum Zeit, mit Arif zu reden, bevor dieser nach Hause geschickt wurde. Zum Abschied sagte Martin zu seinem türkischen Zimmergenossen: »Du darfst dir nicht selber schaden, nur um meine Mutter zu schützen.«

»Aber ich mag auch deinen Vater«, erklärte Arif. Wieder einmal war Vera einfach so davongekommen, nur weil niemand Danny verletzen wollte.

Der größere Schock war Arifs Selbstmord. Der Abschiedsbrief an Martin lag erst zwei Tage, nachdem Arif aus einem Fenster der elterlichen Wohnung im zehnten Stock in der Park Avenue gesprungen war, in dessen Postfach in Fessenden. *Habe meine Familie entehrt* – das war alles. Martin mußte daran denken, daß Arif, nur um seine Eltern nicht zu entehren und zu vermeiden, daß ein Schatten auf den Ruf seiner Familie fiel, bei seiner Beschneidung keine Träne vergossen hatte.

Vera ließ sich die Schuld an Arifs Tod nicht in die Schuhe schieben. Sobald sie mit Martin allein war, sagte sie: »Versuch bloß nicht, mir einzureden, daß es meine Schuld ist, mein Lieber. Du hast mir erzählt, daß er gestört ist – sexuell gestört. Das hast du selbst gesagt. Außerdem würdest du doch nichts tun, was deinen Vater verletzen würde, oder?«

Tatsächlich hatte es Danny ziemlich hart getroffen, als er erfuhr, daß sich sein Sohn auf ein homosexuelles Erlebnis eingelassen hatte, wenn auch nur ein einziges Mal. Martin versicherte seinem Vater, daß er es nur ausprobiert und daß es ihm nicht gefallen habe. Trotzdem war ihm klar, daß Dannys einziger Eindruck vom Sexualleben seines Sohnes der war, daß Martin mit seinem türkischen Zimmergenossen gevögelt hatte, als beide Jungen erst fünfzehn Jahre alt waren. Es kam Martin Mills gar nicht in den Sinn, daß die Wahrheit über sein Sexualleben für Danny womöglich noch schmerzhafter gewesen wäre – nämlich daß sein Sohn eine 39jährige Jungfrau war, die niemals auch nur masturbiert hatte. Ebensowenig war Martin auf den Gedanken gekommen, daß er vielleicht wirklich in Arif Koma verliebt gewesen sein könnte. Das wäre sicher plausibler und vor allem eher gerechtfertigt gewesen, als daß Arif sich in Vera verliebte.

Dr. Daruwalla war dabei, einen Missionar namens Mr. Martin zu »erfinden«. Als Drehbuchautor wußte er, daß er Mr. Martins Entscheidung, Priester zu werden, irgendwie motivieren mußte, denn seiner Ansicht nach bedurfte ein Keuschheitsgelübde sogar in einem Film irgendeiner Erklärung. Da er Vera kennengelernt hatte, hätte ihm klar sein müssen, daß die Motive, aus denen der echte Missionar das Keuschheitsgelübde abgelegt hatte und Priester werden wollte, nicht aus dem Stoff waren, aus dem romantische Komödien gemacht sind.

Der Drehbuchautor war vernünftig genug, um zu wissen, daß er sich festgefahren hatte. Er stand vor dem Problem, wer sterben würde. Im wirklichen Leben wünschte der Doktor immer noch, Madhu und Ganesh könnten durch den Zirkus gerettet werden. Aber in einem Drehbuch wirkte es einfach nicht realistisch, wenn beide Kinder glücklich und zufrieden bis an ihr Ende weiterlebten. Glaubhafter war auf alle Fälle eine Geschichte, in der nur eines der beiden überlebte. Pinky war die Artistin, sie war der Star. Der verkrüppelte Ganesh konnte auf keine bedeutendere Funktion hoffen als die eines Küchengehilfen – die des Zirkusdieners, des Auskehrers. Er würde im Zirkus bestimmt ganz unten anfangen müssen, was bedeutete, daß er die Elefantenscheiße wegschaufeln und die Löwenpisse von den Podesten abwaschen mußte. Ganesh könnte von Glück sagen, wenn er nach diesem anfänglichen Scheiße-und-Pisse-Job ins Küchenzelt befördert würde. Essen kochen und servieren wäre schon ein gewisser Aufstieg – wahrscheinlich das Höchste, worauf der verkrüppelte Junge hoffen durfte. Dies traf auf den echten Ganesh ebenso zu wie auf den fiktiven – es war, nach Ansicht des Doktors, realistisch.

Es müßte Pinky sein, die stirbt, entschied der Autor. Der einzige Grund, warum der Zirkus ihren verkrüppelten Bruder überhaupt aufgenommen hatte, war der, daß man die begabte Schwester haben wollte; der Bruder war Teil der Abmachung. Das war die Prämisse der Geschichte. Aber wenn Pinky sterben sollte, würde der Zirkus Ganesh doch wohl loswerden wollen, da man für einen Krüppel eigentlich keine Verwendung hatte. Das ist eine bessere Geschichte, bildete Farrokh sich ein. Der Druck, etwas leisten zu müssen, verlagert sich plötzlich auf den Jungen. Ganesh muß sich etwas einfallen lassen, damit es sich für den Zirkus lohnt, ihn zu behalten. Ein

Junge ohne kaputtes Bein kann die Elefantenscheiße schneller wegschaufeln.

Es war der Fluch des Drehbuchautors, daß er sich ständig selbst vorauseilte. Bevor er sich eine Betätigung für Ganesh ausdenken konnte, mußte er erst entscheiden, wie Pinky sterben würde. Da sie eine Artistin ist, könnte sie natürlich jederzeit abstürzen, entschied der Doktor vorschnell. Vielleicht versucht sie Sumans Deckenlauf-Nummer einzuüben und stürzt dabei ab. Aber wenn man realistisch bleiben wollte, würde Pinky diese Nummer nicht in der Kuppel des Spielzelts trainieren. Im Great Royal Circus brachte Pratap Singh den Artisten den Deckenlauf immer im Gemeinschaftszelt bei, wo sich die Leiter mit den Seilschlingen nicht in fünfundzwanzig Metern Höhe befand, sondern der Kopf der Artistinnen höchstens einen halben Meter über dem Boden hing. Wenn Farrokh den Great Royal Circus als Drehort verwenden wollte – und das wollte er –, und wenn er auf seine echten Lieblingsartisten (in jedem Fall Pinky, Suman und Pratap) zurückgreifen wollte, dann konnte er keinen Tod gebrauchen, der auf Unvorsichtigkeit oder einen fahrlässigen Unfall zurückzuführen war. Denn Farrokh wollte den Great Royal und das Zirkusleben ausschließlich positiv darstellen und auf gar keinen Fall schlechtmachen. Nein. An Pinkys Tod durfte nicht der Zirkus schuld sein – diese Geschichte hätte nicht gestimmt.

Und da fiel dem Doktor Mr. Garg ein, der echte Säuremann. Schließlich war er im Drehbuch bereits als Bösewicht eingeführt. Ihn könnte man doch nehmen. (In solchen Augenblicken, in denen es um reine Erfindung ging, achtete Farrokh das Risiko einer Klage gering.) Durchaus denkbar, daß der Säuremann von Pinkys Liebreiz und ihrem Können so bezaubert wäre, daß er ihre zunehmende Berühmtheit – und die Tatsache, daß sie seiner entstellenden Spezialbehandlung entgangen ist – nicht ertragen kann. Nachdem er Pinky an den Great Royal verloren hat, verübt der Unhold einen Sabotageakt im Zirkus. Ein Löwenjunges, oder vielleicht auch ein zwergwüchsiger Clown, wird mit ätzender Säure überschüttet. Und die arme Pinky wird von einem Löwen getötet, der aus seinem Käfig entflohen ist, weil der Säuremann das Schloß weggeätzt hat.

Tolle Sache! dachte der Drehbuchautor. Die Ironie des Unterfangens übersah er völlig: Hier saß er und tüftelte den Tod seiner fiktiven Pinky aus, während er gleichzeitig auf die realen Ergebnisse von Madhus HIV-Test wartete. Aber Farrokh war sich selbst schon wieder vorausgeeilt. Erst mußte er sich überlegen, was Ganesh anstellen konnte, um für den Zirkus unersetzlich zu werden. Der Junge ist ein bescheidener Krüppel, ein Bettler, mehr nicht. Er ist unbeholfen, und er wird immer hinken. Das einzige Kunststück, das er beherrscht, ist der Trick mit der Vogelkacke (Dr. Daruwalla machte sich rasch eine Notiz, diesen Trick ins Drehbuch einzubauen; jetzt, da Pinky von einem Löwen getötet werden würde, waren mehr erheiternde und auflockernde Einsprengsel erforderlich.)

In dem Augenblick stellte Ranjit Dr. Tatas Anruf durch. Farrokhs schöpferischer Schwung, sein ganzer Gedankenfluß, wurde unterbrochen. Und noch mehr ärgerte ihn, was er jetzt von Dr. Tata erfuhr.

»Oje, der gute alte Dad«, sagte Tata Zwo. »Ich fürchte, da hat er ziemlichen Mist gemacht!«

Es hätte Dr. Daruwalla keineswegs überrascht, wenn der alte Dr. Tata bei sehr vielen Diagnosen Mist gebaut hätte; schließlich hatte der alte Esel (bis zur Entbindung) auch nicht gemerkt, daß Vera Zwillinge erwartete. Was ist es denn diesmal? fühlte sich Farrokh verleitet zu fragen. Aber er formulierte seine Frage etwas höflicher: »Dann hat er sich Rahul also angesehen?«

»Und ob er das hat!« sagte Dr. Tata. »Es muß eine aufregende Untersuchung gewesen sein... Promila hat behauptet, der Junge habe sich bei einer angeblich einmaligen Begegnung mit einer

Prostituierten als impotent erwiesen! Aber ich habe den Verdacht, daß die Diagnose ein bißchen voreilig war.«

»Wie hat sie denn gelautet?« fragte Dr. Daruwalla.

»Eunuchoidismus!« sagte Tata Zwo. »Heutzutage würden wir das als ›Hypogonadismus‹ bezeichnen. Aber egal, wie man es nennt, es ist lediglich ein Syndrom, für das es mehrere mögliche Ursachen gibt. Ähnlich wie Kopfweh oder Benommenheit Symptome für…«

»Ja, ja«, sagte Dr. Daruwalla ungeduldig. Ihm war klar, daß Tata Zwo ein bißchen recherchiert oder vielleicht auch mit einem kompetenteren Gynäkologen gesprochen hatte. Gynäkologen wußten in der Regel besser über solche Dinge Bescheid als andere Ärzte, vermutlich weil sie sich gut mit Hormonen auskannten. »Unter welchen Voraussetzungen würden Sie denn auf Hypogonadismus tippen?« fragte Dr. Daruwalla Tata Zwo.

»Wenn ich einen Jungen oder einen Mann mit auffallend langen Extremitäten vor mir hätte, bei dem die Armspannweite – also wenn er die Arme ausstreckt – die Körpergröße um fünf Zentimeter übersteigt. Oder wenn der Abstand zwischen Schambein und Boden größer ist als der zwischen Schambein und Scheitel«, antwortete Dr. Tata. Das liest er garantiert aus einem Buch ab, dachte Dr. Daruwalla. »Und wenn dieser Junge oder Mann außerdem fehlende sekundäre Geschlechtsmerkmale aufweist…«, fuhr Tata Zwo fort, »…Sie wissen schon – Stimmlage, muskuläre Entwicklung, Phallusentwicklung, rautenförmige Ausweitung der Schambehaarung bis hinauf zum Bauch…«

»Aber wie könnten Sie feststellen, daß die sekundären Geschlechtsmerkmale unvollständig ausgeprägt sind, wenn der Junge noch nicht mal fünfzehn ist?« fragte Dr. Daruwalla.

»Na ja, genau das ist das Problem. Im Grunde geht das gar nicht«, gab Tata Zwo zu.

»Rahul war 1949 erst zwölf oder dreizehn!« rief Farrokh. Es

war lächerlich, daß Promila den Jungen als impotent bezeichnet hatte, weil er nicht in der Lage gewesen war, bei einer Prostituierten eine Erektion zu bekommen oder zu halten. Noch lächerlicher war, daß der alte Dr. Tata ihr geglaubt hatte!

»Na ja, das meine ich damit, daß die Diagnose ein bißchen voreilig war«, räumte Tata Zwo ein. »Der Reifungsprozeß beginnt mit elf oder zwölf Jahren – Vorboten dafür sind das Hartwerden der Testikel – und ist normalerweise innerhalb von fünf Jahren abgeschlossen, obwohl Einzelheiten, etwa das Wachstum der Brusthaare, noch eine Dekade dauern können.« Als das Wort ›Dekade‹ fiel, wußte Dr. Daruwalla mit Bestimmtheit, daß Tata Zwo aus einem Buch vorlas.

»Mit einem Wort, Sie sind der Ansicht, daß sich Rahuls Pubertät vielleicht einfach nur verzögert hat. Es war in jeder Hinsicht zu früh, um ihn als eine Art Eunuchen zu bezeichnen!« sagte Farrokh erregt.

»Na ja, wenn man von ›Eunuchoidismus‹ spricht, heißt das ja nicht, daß man jemanden als ›eine Art Eunuchen‹ bezeichnet«, erläuterte Dr. Tata.

»Bei einem Zwölf- oder Dreizehnjährigen läßt sich eine solche Diagnose doch praktisch gar nicht stellen. Im übrigen würde sie einen Jungen in diesem zarten Alter doch ungeheuer verunsichern. Würden Sie mir da nicht recht geben?« fragte Dr. Daruwalla.

»Da haben Sie völlig recht«, antwortete Tata Zwo. »Bei einem Achtzehnjährigen ließe sich eher über eine solche Diagnose diskutieren.«

»Lieber Himmel«, sagte Dr. Daruwalla.

»Nun, wir dürfen nicht vergessen, daß die ganze Familie Rai ziemlich eigenartig war«, gab Dr. Tata zu bedenken.

»Genau die Sorte Familie, die aus einer Fehldiagnose Kapital schlagen würde«, bemerkte Dr. Daruwalla.

»Ich würde es nicht als ›Fehldiagnose‹ bezeichnen, höchstens als ein bißchen arg voreilig«, verteidigte Tata Zwo seinen Vater. Verständlich, daß er jetzt gern das Thema wechseln wollte. »Ach übrigens, ich habe für Sie das Ergebnis von diesem Mädchen. Mr. Subash hat mir gesagt, daß Sie die Sache schnell erledigt haben wollen.« Mr. Subash hatte Dr. Daruwalla gesagt, daß der HIV-Test mindestens zwei Tage dauern würde – länger, wenn die erste Phase positiv war. »Jedenfalls hat sie einen normalen Befund. Der Test war negativ«, sagte Dr. Tata.

»Das ging aber schnell«, meinte Dr. Daruwalla. »Sie sprechen doch von dem Mädchen namens Madhu? Das Mädchen heißt Madhu.«

»Ja, ja«, sagte Dr. Tata. Jetzt war er derjenige, der ungeduldig wurde. »Ich habe das Testergebnis vor mir liegen! Der Name ist Madhu. Der Test war negativ. Mr. Subash hat mir die Akte soeben auf den Schreibtisch gelegt.«

Wie alt ist eigentlich dieser Mr. Subash? wollte Dr. Daruwalla fragen, aber für ein Telefonat hatte er sich genug geärgert. Wenigstens konnte er das Mädchen jetzt aus der Stadt bringen. Er bedankte sich bei Tata Zwo und legte auf. Er wollte zu seinem Drehbuch zurückkehren, rief aber erst Ranjit herein und bat ihn, Mr. Garg davon in Kenntnis zu setzen, daß Madhu nicht HIV-positiv war. Er selbst wollte Garg diese Genugtuung nicht verschaffen.

»Das ging aber schnell«, meinte Ranjit, aber Dr. Daruwallas Gedanken waren schon wieder bei seinem Drehbuch. Im Augenblick schenkte er seinen erfundenen Kindern mehr Aufmerksamkeit als denen, die sich in seiner Obhut befanden.

Immerhin dachte der Doktor daran, Ranjit zu bitten, sich mit der Frau des Zwergs in Verbindung zu setzen. Deepa mußte benachrichtigt werden, daß Madhu und Ganesh in den Zirkus kommen würden – und deshalb mußte Dr. Daruwalla wissen, wo (in welchem Winkel von Gujarat) er derzeit gastierte. Außerdem hätte Farrokh den neuen Missionar anrufen sollen, um ihn vorzuwarnen, daß sie die Kinder am Wochenende in den Zirkus bringen würden, aber das Drehbuch zog ihn unwiderstehlich an. Der fiktive Mr. Martin fesselte ihn ungleich mehr als Martin Mills.

Je lebhafter sich der Drehbuchautor die Nummern des Great Royal Circus vergegenwärtigte und sie schilderte, um so mehr fürchtete er sich vor der Enttäuschung, die er zweifellos erleben würde, wenn er zusammen mit Martin Mills die echten Kinder im Great Blue Nile ablieferte.

20

Die Bestechung

Zeit zu verschwinden

Die beträchtlichen Unterschiede zwischen Martin Mills und dem fiktiven Mr. Martin verursachten Farrokh so gut wie keine Gewissensbisse. Er hatte den leisen Verdacht, daß er aus einem schwergewichtigen Verrückten einen leichtgewichtigen Narren gemacht hatte. Als der Leinwand-Missionar die Kinder zum erstenmal im Zirkus besucht, rutscht er aus und fällt in Elefantenscheiße. Auf die Idee, daß der echte Missionar wahrscheinlich in eine viel größere Schweinerei getappt war als in einen Haufen, war Dr. Daruwalla noch gar nicht gekommen.

Als Titel jedenfalls wäre ›Elefantenscheiße‹ völlig ungeeignet. Farrokh hatte diesen Ausdruck an den Rand der Seite geschrieben, auf der er zum erstenmal auftauchte, strich ihn jetzt aber durch. Ein Film mit diesem Titel würde in Indien von vornherein verboten werden. Außerdem, wer würde sich schon einen Film mit diesem Titel anschauen wollen? Die Leute würden ihre Kinder nicht mitnehmen, und nach Möglichkeit sollte es ja ein Film für Kinder werden – wenn überhaupt für jemanden, dachte Farrokh düster. Wieder einmal überfielen ihn seine alten Feinde, die Zweifel, und er begrüßte sie wie alte Freunde.

Dr. Daruwalla quälte sich mit anderen schlechten Alternativen für einen Titel herum. ›Limo-Roulette‹ klang recht ambitioniert, aber es bekümmerte ihn, daß sich Zwerge auf der ganzen Welt durch den Film gekränkt fühlen würden, egal wie der Titel lautete. Im Laufe seiner heimlichen Karriere als Drehbuchautor hatte er es geschafft, nahezu alle Leute zu kränken. Statt sich weiter Gedanken um beleidigte Zwerge zu machen, wandte sich der Doktor der ziemlich belanglosen Frage zu, welche Filmzeitschrift seine Bemühungen als erste mißverstehen und lächerlich machen würde. Am meisten verabscheute er den ›Stardust‹ und den ›Cineblitz‹. Seiner Ansicht nach waren das die skandalösesten und verleumderischsten Klatschorgane der Filmpresse.

Der bloße Gedanke an diese angeheuerten Medienknüppel, diesen journalistischen Abschaum, ließ Farrokh schaudernd zusammenfahren: Wie sollte er denen beibringen, daß es mit den Inspector-Dhar-Filmen aus und vorbei war? Dabei fiel ihm ein, daß kein Mensch kommen würde, wenn *er* eine solche Konferenz einberief. Er würde schon Dhar bitten müssen, das zu übernehmen, und Dhar würde auch anwesend sein müssen, damit das Ganze nicht nach einem üblen Scherz aussah. Schlimmer: Dhar würde auch das Reden besorgen müssen, denn schließlich war er der Filmstar. Die Klatschjournalisten würden sich weniger für Dr. Daruwallas Gründe für dieses falsche Spiel interessieren als dafür, warum Dhar da mitgemacht hatte. Warum hatte Dhar die Fiktion aufrechterhalten, daß er sein eigener Schöpfer war? Selbst bei einer derart sensationellen Pressekonferenz, wie Farrokh sie sich vorstellte, würde Dhar, wie stets, den Text von sich geben, den sein Drehbuchautor für ihn geschrieben hatte.

Die Enthüllung der Wahrheit wäre für Dhar schlicht ein weiterer Auftritt. Die eigentliche Wahrheit – daß Dr. Daruwalla Inspector Dhar aus Liebe zu John D. erfunden hatte – würde niemals zur Sprache kommen. Den schäbigen Medien eine solche Wahrheit zu servieren hätte bedeutet, Perlen vor die Säue zu werfen. Farrokh wollte auf keinen Fall lesen müssen, wie im ›Stardust‹ und im ›Cineblitz‹, über seine tiefe Zuneigung zu Dhar gespöttelt würde.

Dhars letzte Pressekonferenz war absichtlich als Farce aufgezäumt worden. Als Schauplatz hatte sich Dhar den Swimmingpool im Taj Mahal ausgesucht, weil er es angeblich genoß, wenn ausländische Gäste verwirrt und mit offenem Mund dastanden und ihn anstarrten. Die Journalisten waren von Anfang an irritiert, weil sie mit einem intimeren Rahmen gerechnet hatten. »Kehren Sie absichtlich den Ausländer hervor? Wollen Sie uns weismachen, daß Sie gar kein Inder sind?« hatte die erste Frage gelautet, und Dhar hatte sie mit einem Sprung in den Pool beantwortet. Daß er die Fotografen dabei naßspritzte, war kein Zufall gewesen, sondern Absicht. Er hatte nur die Fragen beantwortet, die er beantworten wollte, und den Rest ignoriert. Die ganze Veranstaltung wurde wiederholt dadurch unterbrochen, daß Dhar in den Pool sprang. Und während er sich unter Wasser befand, zogen die Journalisten kräftig über ihn her.

Farrokh ging davon aus, daß John D. heilfroh sein würde, die Rolle des Inspector Dhar loszuwerden. Der Schauspieler hatte genügend Geld und bevorzugte eindeutig sein Leben in der Schweiz. Trotzdem argwöhnte Dr. Daruwalla, daß Dhar im Grunde seines Herzens den Haß genoß, den er bei diesen miesen Pressefritzen entfachte; und wie er das machte, war seine vielleicht beste schauspielerische Leistung. Als Farrokh sich das klarmachte, glaubte er zu wissen, welcher Abgang John D. vorschwebte: keine Pressekonferenz, keine Verlautbarung. »Sollen sie sich ruhig den Kopf zerbrechen«, würde Dhar sagen, wie so oft.

Es gab noch einen anderen Ausspruch, der dem Drehbuchautor jetzt einfiel; schließlich stammte er nicht nur von ihm, sondern wurde am Ende eines jeden Inspector-Dhar-Films wiederholt. Für Inspector Dhar bestand stets die Versuchung, noch etwas zu tun – noch eine Frau zu verführen, noch einen Bösewicht niederzuschießen –, aber er wußte, wann er aufhören mußte. Er wußte, wann die Handlung zu Ende war. Und dann sagte er – manchmal zu einem intriganten Barkeeper, manchmal zu einem chronisch unzufriedenen Polizistenkollegen, manchmal zu einer hübschen Frau, die ungeduldig darauf wartete, mit ihm zu schlafen: »Zeit zu verschwinden.« Und das tat er dann auch.

In Anbetracht der Tatsache, daß John D. mit Inspector Dhar Schluß machen und Bombay endgültig verlassen wollte, wußte Farrokh, wie sein Ratschlag lauten würde. »Zeit zu verschwinden«, würde Inspector Dhar sagen.

Wanzen ahoi!

In alten Zeiten, bevor die Arztzimmer und Untersuchungsräume in der Klinik für Verkrüppelte Kinder Klimaanlagen hatten, hing über dem Schreibtisch, an dem Dr. Daruwalla jetzt saß und nachdachte, ein Deckenventilator, und das Fenster zum Hof, in dem die Krankengymnastik stattfand, stand immer offen. Heutzutage hinderten das geschlossene Fenster und die gleichmäßig summende Klimaanlage Farrokh daran, die Geräusche der Kinder unten im Hof mitzubekommen. Wenn der Doktor durch den Hof ging oder gerufen wurde, um sich die Fortschritte eines operierten Patienten in der physikalischen Therapie anzusehen, regten ihn die weinenden Kinder nicht übermäßig auf. Für ihn gehörte zur Genesung ein gewisses Maß an Schmerzen. Nach einem chirurgischen Eingriff – da vor allem – mußte ein Gelenk eben bewegt werden. Aber außer Schmerzensschreien dieser Art gab es noch das Gewimmer von Kindern, die Angst vor bevorstehenden Schmerzen hatten, und dieses herzzerreißende Wimmern machte dem Doktor schwer zu schaffen.

Farrokh drehte sich um und blickte durch das geschlossene Fenster in den Hof hinunter. An den Gesichtern der Kinder konnte er trotz der fehlenden Geräusche ablesen, welche Kinder Schmerzen hatten und welche aus jämmerlicher Angst vor künftigen Schmerzen weinten. Geräuschlos leiteten die Physiotherapeuten die Kinder an, sich zu bewegen. Dem Kind mit dem frisch eingesetzten künstlichen Hüftgelenk wurde gesagt, es solle aufstehen, das mit dem neuen Knie sollte ein paar Schritte gehen, und der neue Ellbogen sollte sich zum erstenmal drehen. Das Erscheinungsbild des Therapiegeländes im Hof war zeitlos für Dr. Daruwalla, der darüber nachsann, daß seine Fähigkeit, die Geräusche wahrzunehmen, von denen er abgeschottet war, der einzige zuverlässige Maßstab für seine Menschlichkeit war. Selbst bei eingeschalteter Klimaanlage und geschlossenem Fenster konnte er das Gewimmer hören. Zeit zu verschwinden, dachte er.

Er öffnete das Fenster und beugte sich hinaus. Die Mittagshitze und der aufsteigende Staub waren erdrückend, obwohl das Wetter (für Bombayer Verhältnisse) relativ kühl und trocken geblieben war. Die Schreie der Kinder vermischten sich mit den Autohupen und dem Kettensägenlärm der Mopeds. Das alles atmete Dr. Daruwalla ein, während er mit zusammengekniffenen Augen in das stauberfüllte, grelle Licht blickte. Er warf einen fast schon distanzierten, wohlwollenden Blick auf das Therapiegelände. Einen Abschiedsblick. Dann rief er Ranjit herein, um zu hören, was es Neues gab.

Dr. Daruwalla war keineswegs überrascht, daß Deepa bereits mit dem Great Blue Nile verhandelt hatte; er hatte nicht damit gerechnet, daß die Frau des Zwergs ein besseres Angebot bekommen würde. Der Zirkus würde versuchen, die begabte »Schwester« auszubilden. Er würde sich verpflichten, diese Mühe drei Monate lang auf sich zu nehmen, ihr während dieser Zeit Essen, Kleidung und ein Dach über dem Kopf zu geben und sich um ihren verkrüppelten »Bruder« zu kümmern. Wenn Madhu ausgebildet werden konnte, würde der Great Blue Nile beide Kinder behalten, andernfalls würde er sie wieder wegschicken.

In Farrokhs Drehbuch bezahlte der Great Royal Pinky während ihrer Ausbildung drei Rupien pro Tag; der fiktive Ganesh arbeitete ohne Bezahlung, nur für Essen und Unterkunft. Im Great Blue Nile hingegen wurde die Tatsache, daß Madhu überhaupt ausgebildet wurde, als ein Privileg angesehen. Geld würde sie dafür keines bekommen. Und für den echten Jungen mit dem zerquetschten Fuß war es ohnehin schon ein Privileg, durchgefüttert und untergebracht zu werden, obwohl auch er arbeiten würde. Auf Kosten ihrer »Wohltäter« – im Normalfall übernahmen die Eltern diese Verpflichtung – würden Madhu und Ganesh an den Ort gebracht werden, wo der Great Blue Nile derzeit gastierte. Im Augenblick hatte er seine Zelte in Junagadh aufgeschlagen, einer Kleinstadt mit etwa hunderttausend Einwohnern im Bundesstaat Gujarat.

Junagadh! Sie würden einen Tag für die Hinfahrt brauchen und einen weiteren Tag für die Rückreise. Sie mußten nach Rajkot fliegen und anschließend noch eine zwei- oder dreistündige Autofahrt in die kleinere Stadt überstehen. Ein Fahrer vom Zirkus würde sie am Flugplatz abholen, bestimmt irgend so ein rücksichtsloser Requisiteur. Aber mit dem Zug wäre es noch schlimmer. Farrokh wußte, daß Julia es gar nicht mochte, wenn er über Nacht weg war, und in Junagadh würde es wahrscheinlich keine andere Übernachtungsmöglichkeit geben als im Staatlichen Gästehaus. Läuse waren dort sehr wahrscheinlich, Wanzen gab es garantiert. Außerdem bedeutete das achtundvierzig Stunden Konversation mit Martin Mills und keine Zeit, um an seinem Drehbuch weiterzuschreiben. Natürlich war dem Drehbuchautor inzwischen bewußt geworden, daß der echte Dr. Daruwalla Teil einer sich parallel entwickelnden Geschichte war.

Als Dr. Daruwalla in der St. Ignatius-Schule anrief, um den neuen Missionar über die bevorstehende Reise zu informieren, fragte er sich, ob er beim Schreiben etwa gar prophetische Fähigkeiten entfaltete. Er hatte seinen fiktiven Mr. Martin bereits als »den beliebtesten Lehrer an der Schule« geschildert, und jetzt erzählte ihm Pater Cecil, Martin Mills habe sich bei seinem Rundgang durch die Klassen gleich am ersten Morgen »sehr beliebt« gemacht. Der junge Martin, wie Pater Cecil ihn nach wie vor nannte, hatte dem Pater Rektor sogar die Erlaubnis abgerungen, mit den Jungen der höheren Klassen Graham Greene lesen zu dürfen. Der umstrittene katholische Schriftsteller Graham Greene gehörte zu Martin Mills' Lieblingsautoren. »Immerhin hat er als Romanautor katholische Themen populär gemacht«, meinte Pater Cecil.

Farrokh, der sich als alten Graham-Greene-Fan betrachtete, fragte mißtrauisch: »Katholische Themen?«

»Selbstmord als Todsünde, zum Beispiel«, antwortete Pater Cecil. (Offenbar hatte Pater Julian Martin Mills erlaubt, in den höheren Klassen *Das Herz aller Dinge* durchzunehmen.) Dr. Daruwallas Stimmung hob sich vorübergehend. Vielleicht konnte er auf der langen Fahrt nach Junagadh und zurück die Unterhaltung mit dem Missionar ja auf Graham Greene lenken. Und wer mochten die anderen Helden des religiösen Eiferers sein? fragte sich der Doktor.

Farrokh hatte schon eine Zeitlang kein gutes Gespräch mehr über Graham Greene geführt. Julia und ihre literarisch ambitionierten Freunde diskutierten lieber über zeitgenössische Autoren. Sie fanden es altmodisch, daß Farrokh seine modernen Klassiker lieber ein zweites Mal las. Martin Mills' Bildung konnte einen schon einschüchtern, aber vielleicht würden Martin und Farrokh ja dank der Romane von Graham Greene zueinanderfinden.

Dr. Daruwalla konnte nicht wissen, daß sich der Scholastiker mehr für das Thema Selbstmord interessierte als für Graham Greenes schriftstellerische Qualitäten. Für einen Katholiken bedeutete Selbstmord eine Mißachtung von Gottes Macht über das menschliche Leben. Der Muslim Arif Koma war bestimmt nicht im Vollbesitz seiner geistigen Fähigkeiten gewesen, argumentierte Martin. Daß er sich in Vera verliebt hatte, deutete eindeutig auf einen Verlust besagter Fähigkeiten hin, oder überhaupt auf ganz andere Fähigkeiten.

Daß einem Selbstmörder ein kirchliches Begräbnis verweigert wurde, war für Martin Mills eine entsetzliche Vorstellung. Allerdings akzeptierte die Kirche den Selbstmord bei Menschen, die den Verstand verloren hatten oder denen nicht bewußt war, daß sie sich umbrachten. Der Missionar hoffte, daß Gott den Selbstmord des Türken in die Nicht-bei-Verstand-Kategorie einordnen würde. Schließlich hatte Martins Mutter dem Jungen das Hirn aus dem Leib gevögelt. Wie sollte Arif danach eine vernünftige Entscheidung treffen?

Aber wenn Dr. Daruwalla schon auf Martin Mills' katholische Interpretation des von ihm so bewunderten Autors nicht vorbereitet war, so tappte er erst recht im dunkeln, was die unliebsame Störung betraf, die die St. Ignatius-Schule in den späten Morgenstunden erschüttert hatte und über die sich Pater Cecil in unzusammenhängenden Andeutungen erging. Die Missionsstation war von einem ungestümen Eindringling aufgescheucht worden. Die zu Hilfe gerufene Polizei hatte das gewaltsame Individuum überwältigen müssen, dessen Gewalttätigkeit Pater Cecil »tobenden Hormonen« zuschrieb.

Farrokh gefiel der Ausdruck so gut, daß er ihn sich notierte.

»Es war ausgerechnet eine Transvestiten-Prostituierte«, flüsterte Pater Cecil ins Telefon.

»Warum flüstern Sie?« fragte Dr. Daruwalla.

»Der Pater Rektor ist von dem Zwischenfall noch ganz aufgewühlt«, vertraute Pater Cecil dem Doktor an. »Können Sie sich das vorstellen? Daß ein *hijra* einfach hier hereinspaziert, noch dazu während der Unterrichtszeit!«

Dr. Daruwalla fand es erheiternd, sich dieses Spektakel vorzustellen. »Vielleicht strebte er oder sie nach mehr Bildung«, sagte er zu Pater Cecil.

»Es hat behauptet, es sei eingeladen worden«, entgegnete Pater Cecil.

»Es?« rief Dr. Daruwalla.

»Na ja, er oder sie, was immer es war, es war groß und kräftig. Eine tobende Prostituierte, ein verrückter Transvestit!« flüsterte Pater Cecil. »Sie nehmen doch Hormone, nicht wahr?«

»Die *hijras* nicht«, antwortete Dr. Daruwalla. »Die nehmen keine Östrogene. Sie lassen sich ihre Eier und den Penis entfernen – mit einem einzigen Schnitt. Und anschließend wird die Wunde mit heißem Öl verätzt, so daß sie einer Vagina ähnelt.«

»Meine Güte, verschonen Sie mich damit!« sagte Pater Cecil.

»Manchmal werden ihnen auf chirurgischem Weg Brüste implantiert«, informierte Dr. Daruwalla den Priester. »Aber normalerweise nicht.«

»Dem da hat man Eisen implantiert!« sagte Pater Cecil begeistert. »Der junge Martin hielt gerade Unterricht. Der Pater Rektor und ich und Frater Gabriel mußten ganz allein mit diesem Wesen fertigwerden, bis die Polizei kam.«

»Hört sich aufregend an«, bemerkte Farrokh.

»Zum Glück hat keines der Kinder es gesehen«, sagte Pater Cecil.

»Dürfen Transvestiten-Prostituierte eigentlich nicht konvertieren?« fragte Dr. Daruwalla, dem es Spaß machte, den Priester auf den Arm zu nehmen.

»Tobende Hormone«, wiederholte Pater Cecil. »Es hat mit Sicherheit eine Überdosis genommen.«

»Ich habe Ihnen doch gesagt, daß sie normalerweise keine Östrogene nehmen«, sagte der Doktor.

»Aber dieses da hat was genommen«, beharrte Pater Cecil.

»Kann ich jetzt mit Martin Mills sprechen?« fragte Dr. Daruwalla. »Oder hält er immer noch Unterricht?«

»Er ißt gerade zu Mittag mit den Knirpsen, oder heute vielleicht auch mit den Winzlingen«, entgegnete Pater Cecil.

Für Dr. Daruwalla war es Zeit für den Lunch im Duckworth Club. Er wollte Martin Mills eine Nachricht hinterlassen, aber Pater Cecil hatte offenbar solche Mühe, sie sich zu merken, daß der Doktor es für nötig hielt, noch einmal anzurufen. »Sagen Sie ihm einfach, ich rufe noch mal an«, sagte Farrokh schließlich. »Und sagen Sie ihm, daß wir auf alle Fälle zum Zirkus fahren.«

»Ach, das wird sicher lustig!« meinte Pater Cecil.

Das Hawaiihemd

Detective Patel hatte sich vor dem Lunch im Duckworth Club sammeln wollen, aber dann kam dieser Vorfall in St. Ignatius dazwischen. Es handelte sich zwar nur um ein belangloses Delikt, doch man hatte den Kommissar benachrichtigt, weil es in die Kategorie der mit Dhar in Verbindung stehenden Vergehen fiel. Der Täter war eine Transvestiten-Prostituierte, die kurz zuvor bei dem Tumult auf der Falkland Road von Dhars zwergwüchsigem Chauffeur verletzt worden war – der *hijra*, dem Vinod mit einem Schlag seines Squashschlägergriffs das Handgelenk gebrochen hatte. Er war in St. Ignatius aufgekreuzt und hatte mit seinem Gipsverband auf die alten Priester eingedroschen. Er wollte ihnen weismachen, daß Inspector Dhar ihnen allen erklärt habe, sie seien in der Missionsstation willkommen. Und außerdem habe er den *hijras* gesagt, sie könnten ihn jederzeit dort antreffen.

»Aber das war nicht Dhar«, erklärte der *hijra* Detective Patel auf Hindi. »Es war jemand, der sich für Dhar ausgab, ein Hochstapler.« Sofern Detective Patel nach Lachen zumute gewesen wäre, hätte er es lachhaft gefunden, daß ein Transvestit jemand anderen als einen »Hochstapler« bezeichnete; aber so betrachtete er den *hijra* nur voller Ungeduld und Geringschätzung. Er war eine große, breitschultrige Nutte mit knochigem Gesicht, dessen kleine Brüste zu sehen waren, weil er die obersten zwei Knöpfe des viel zu weiten Hawaiihemdes nicht zugeknöpft hatte. Das weißgrundige Hemd und der knallenge, knallrote Minirock waren eine absurde Kombination – *hijra*-Prostutierte trugen normalerweise Saris. Außerdem gaben sie sich im allgemeinen mehr Mühe, feminin auszusehen. Die Brüste dieses *hijra* waren (soweit der Kommissar feststellen konnte) wohlgeformt, sogar auffallend wohlgeformt, aber seitlich am Kinn wuchsen ihm Koteletten, und auf der Oberlippe war deutlich der Anflug eines Schnauzbarts zu erkennen. Möglicherweise hatte der *hijra* geglaubt, die Farben des Hawaiihemdes wirkten feminin genug, und die Papageien und Blumen erst recht; aber das Hemd war für seine Figur wenig vorteilhaft.

Kommissar Patel setzte die Befragung auf Hindi fort. »Woher haben Sie dieses Hemd?«

»Dhar hatte es an«, antwortete die Prostituierte.

»Recht unwahrscheinlich«, meinte der Kommissar.

»Ich habe Ihnen doch gesagt, daß es ein Hochstapler war«, sagte die Prostituierte.

»Welcher Esel würde sich als Dhar ausgeben und es wagen, sich in der Falkland Road blicken zu lassen?« fragte Patel.

»Er sah aus, als wüßte er nicht, daß er Dhar ist«, entgegnete der *hijra*.

»Ach so, verstehe«, sagte Detective Patel. »Er war ein Hochstapler, aber er wußte nicht, daß er einer war.« Der *hijra* kratzte sich mit dem eingegipsten Handgelenk an seiner Hakennase. Den Kommissar langweilte die Befragung allmählich. Er ließ den *hijra* nur deshalb hier sitzen, weil ihm dessen lächerlicher Anblick half, seine Gedanken auf Rahul zu konzentrieren. Freilich wäre Rahul inzwischen drei- oder vierundfünfzig und würde bestimmt nicht dadurch auffallen, daß sie einen halbherzigen Versuch machte, wie eine Frau *auszusehen.*

Womöglich konnte Rahul nur so all die vielen Morde in ein und demselben Viertel Bombays verüben. Sie konnte ein Bordell als Mann betreten und beim Verlassen wie ein altes Weib aussehen. Oder aber wie eine attraktive Frau in mittleren Jahren. Bevor dieser *hijra,* der reine Zeitverschwendung war, ihn an diesem Morgen bei der Arbeit unterbrochen hatte, hatte Patel schon ein recht ansehnliches Pensum erledigt. Seine Nachforschungen über Rahul machten recht gute Fortschritte, und die Liste der neuen Mitglieder des Duckworth Club hatte ihm weitergeholfen.

»Haben Sie schon mal von einer *zenana* mit Namen Rahul gehört?« fragte Patel den *hijra.*

»Die alte Frage«, entgegnete der Transvestit.

»Nur daß sie inzwischen eine richtige Frau ist. Sie hat eine vollständige Geschlechtsumwandlung durchgemacht«, fügte der Detective hinzu. Er wußte, daß einige wenige *hijras* ganz neidisch bei dem Gedanken an einen kompletten Transsexuellen wurden. Die meisten *hijras* waren jedoch genau das, was sie sein wollten – sie hatten keine Verwendung für eine vollständig ausgebildete Vagina.

»Wenn ich wüßte, daß es so jemanden gibt, würde ich sie wahrscheinlich umbringen«, sagte der *hijra* gutmütig. »Wegen ihrer Geschlechtsteile«, fügte er lächelnd hinzu. Natürlich machte er nur Spaß. Detective Patel wußte mehr über Rahul als dieser *hijra;* in den letzten vierundzwanzig Stunden hatte er mehr über Rahul erfahren als in den zwanzig Jahren zuvor.

»Sie können jetzt gehen«, sagte der Kommissar. »Aber das Hemd lassen Sie da. Sie haben selbst zugegeben, daß Sie es gestohlen haben.«

»Aber ich habe sonst nichts anzuziehen!« schrie der *hijra*.

»Wir besorgen Ihnen schon was zum Anziehen«, sagte der Polizeibeamte. »Kann höchstens sein, daß es nicht zu Ihrem Minirock paßt.«

Als Detective Patel das Kriminalkommissariat verließ, um sich zum Lunch in den Duckworth Club zu begeben, hatte er eine Tüte bei sich; darin befand sich das Hawaiihemd, das dem falschen Dhar gehörte. Der Kommissar wußte, daß nicht alle Fragen bei einem einzigen Lunch beantwortet werden konnten, aber die Frage, die das Hawaiihemd aufwarf, erschien ihm relativ einfach.

Der Schauspieler tippt richtig

»Nein«, sagte Inspector Dhar. »Ich würde nie so ein Hemd tragen.« Er warf einen raschen, gleichgültigen Blick in die Tüte, ohne sich die Mühe zu machen, das Hemd herauszuholen – ohne den Stoff überhaupt anzufassen.

»Es hat ein kalifornisches Etikett«, informierte Detective Patel den Schauspieler.

»Ich war nie in Kalifornien«, entgegnete Dhar.

Der Kommissar legte die Tüte unter seinen Stuhl. Er schien enttäuscht, daß sich das Hawaiihemd nicht als Eisbrecher für ihre Unterhaltung erwies, die wieder einmal ins Stocken geraten war. Die arme Nancy hatte überhaupt noch nichts gesagt. Schlimmer freilich war, daß sie einen Sari trug, der so geschlungen war, daß der Nabel frei blieb; die goldgelben Härchen, die sich als glänzende Spur bis zum Bauchnabel hinauf kräuselten, empfand Mr. Sethna als ebenso störend wie die unansehnliche Tüte, die der Polizeibeamte unter seinen Stuhl gelegt hatte. In genau so einer Tüte würde man eine Bombe verstecken, dachte der alte Butler. Und westliche Frauen in indischer Aufmachung mißbilligte er zutiefst! Außerdem paßte bei dieser Frau die helle Haut um die

Taille nicht zu dem sonnenverbrannten Gesicht. Sie mußte mit Teetassen auf den Augen in der Sonne gelegen haben, dachte Mr. Sethna, den jedweder Hinweis auf Frauen, die auf dem Rücken lagen, irritierte.

Was den voyeuristisch veranlagten Dr. Daruwalla anging, so wanderten seine Augen wiederholt zu Nancys pelzigem Nabel. Seit sie mit ihrem Stuhl ganz nah an den Tisch im Ladies' Garden herangerückt war, wurde der Doktor unruhig, weil er dieses Wunder nicht mehr betrachten konnte. Farrokh ertappte sich dabei, daß er statt dessen Seitenblicke auf Nancys Waschbäraugen warf. Damit machte er Nancy so nervös, daß sie ihre Sonnenbrille aus der Tasche holte und aufsetzte. Sie sah aus, als versuchte sie sich auf einen Auftritt zu konzentrieren.

Inspector Dhar wußte, wie er mit Sonnenbrillen umzugehen hatte. Er starrte einfach mit zufriedener Miene hinein, woraus Nancy folgerte, daß ihre Brille kein Hindernis für seinen Scharfblick darstellte und er ihre Augen trotzdem deutlich sehen konnte. Dhar wußte, daß sie daraufhin bald die Sonnenbrille wieder abnehmen würde.

Phantastisch, dachte Dr. Daruwalla, sie spielen alle beide Theater!

Mr. Sethna fand die ganze Runde abstoßend. Schlechte Manieren, wie Teenager. Keiner von ihnen hatte auch nur einen Blick auf die Speisekarte geworfen, keiner hatte einem Kellner auch nur mit der Augenbraue bedeutet, daß man vielleicht einen Aperitif wünschte, und nicht einmal die Unterhaltung kam richtig in Gang! Darüber hinaus war Mr. Sethna ausgesprochen entrüstet über die augenfällige Erklärung, warum Detective Patel so gut Englisch sprach: Die Frau des Polizeibeamten war eine schmuddelige Amerikanerin! Überflüssig zu erwähnen, daß Mr. Sethna solche »Mischehen« zutiefst mißbilligte. Und nicht weniger empörend fand der alte Butler, daß Inspector Dhar die Unverfrorenheit besaß, sich so bald nach der Warnung im Mund des verstorbenen Mr. Lal im Duckworth Club blicken zu lassen und damit andere Duckworthianer rücksichtslos zu gefährden. Aus der Tatsache, daß Mr. Sethna durch seine erbarmungslosen, heimlichen Lauschangriffe an diese Information gelangt war, schloß er keineswegs, er könnte möglicherweise nicht die ganze Geschichte kennen. Für einen Mann mit Mr. Sethnas Bereitschaft, alles und jedes zu mißbilligen, genügte ein Häppchen Information, um sich eine umfassende Meinung zu bilden.

Aber natürlich war Mr. Sethna noch aus einem anderen Grund entrüstet über Inspector Dhar. Als Parse und praktizierender Anhänger der zoroastrischen Lehre hatte der alte Butler auf die Plakate für die jüngste Inspector-Dhar-Absurdität so reagiert, wie vorauszusehen war. Seit seiner Zeit im Ripon Club und seiner berühmten Entscheidung, dem Mann mit der Perücke heißen Tee über den Kopf zu gießen, hatte Mr. Sethna keinen so gerechten Zorn mehr empfunden. Nachdem er auf dem Heimweg vom Duckworth Club das Werk der Plakatkleber gesehen hatte, war er überzeugt, daß die Ankündigung von *Inspector Dhar und die Türme des Schweigens* schuld an seinen außergewöhnlich unheimlichen Träumen war.

Er hatte eine Vision von einer gespenstisch weißen Statue der Königin Victoria gehabt, ähnlich der, die man vom Victoria Terminus entfernt hatte, nur daß sie in seinem Traum schwebte. Königin Victoria erhob sich etwa dreißig Zentimeter über den Boden von Mr. Sethnas geliebtem Feuertempel, so daß alle gläubigen Parsen zum Ausgang stürzten. Hätte Mr. Sethna nicht das blasphemische Kinoplakat gesehen, hätte er bestimmt nie einen derart blasphemischen Traum gehabt. Er war prompt aufgewacht und hatte seine Gebetskappe aufgesetzt, die ihm jedoch heruntergefallen war, als ihn der nächste Traum heimsuchte. Er fuhr in dem Leichenwagen der Parsen zu den Türmen des Schweigens. Obwohl sein Körper bereits tot war, nahm er den Geruch der rituellen Handlungen wahr, die seinen eigenen Tod begleiteten – er

roch das brennende Sandelholz. Plötzlich brachte ihn der Gestank der Verwesung, der den Schnäbeln und Krallen der Geier
anhaftete, zum Würgen; wieder wachte er auf. Seine Gebetskappe
lag auf dem Boden, und da er sie irrtümlich für eine abwartende,
bucklige Krähe hielt, versuchte er den eingebildeten Vogel mit
übertriebenen Gesten zu verscheuchen.

Dr. Daruwalla sah nur einmal zu Mr. Sethna hinüber. Aus
dessen vernichtendem Blick schloß er, daß möglicherweise ein
neuer Zwischenfall mit heißem Tee im Anzug war. Mr. Sethna
interpretierte den Blick des Doktors als Aufforderung, an den
Tisch zu kommen.

»Wie wäre es mit einem Aperitif vor dem Lunch?« fragte der
Butler das verlegene Quartett. Da das Wort ›Aperitif‹ in Iowa
nicht häufig benutzt worden war – auch kannte Nancy es weder
von Dieter noch aus ihrem gemeinsamen Leben mit Vijay Patel –,
gab sie Mr. Sethna, der sie direkt ansah, keine Antwort. (Wenn
überhaupt, dann war Nancy diesem Wort höchstens in einem
ihrer amerikanischen Romane begegnet, doch hätte sie sicher
nicht gewußt, wie man es ausspricht, und wäre fraglos davon ausgegangen, daß es für das Verständnis der Handlung auch unwesentlich war.)

»Hätte die Dame vor dem Lunch vielleicht gerne etwas zu
trinken?« fragte Mr. Sethna, wobei er Nancy noch immer ansah.
Keiner am Tisch konnte hören, was sie antwortete, aber der alte
Butler verstand, daß sie flüsternd um ein Thums Up Cola gebeten hatte. Der Kommissar bestellte eine Gold Spot Orangenlimonade, Dr. Daruwalla ein London Diät Bier, und Dhar wollte
ein Kingfisher.

»Na, das kann ja heiter werden«, scherzte Dr. Daruwalla.
»Zwei Abstinenzler und zwei Biertrinker!« Trotzdem kam die
Unterhaltung einfach nicht in Schwung, was den Doktor zu
einem ausführlichen Diskurs über die Geschichte der mittäg-
lichen Speisekarte veranlaßte.

Sie hatten den »chinesischen Tag« im Duckworth Club erwischt, den kulinarischen Tiefpunkt der Woche. In früheren Zeiten hatte es unter dem Küchenpersonal einen chinesischen Koch gegeben, und der »chinesische Tag« war ein epikuräisches Vergnügen gewesen. Aber dieser chinesische Koch hatte den Club verlassen, um ein eigenes Restaurant zu eröffnen, und die derzeitige Riege von Köchen brachte kein chinesisches Essen zustande. Trotzdem unternahmen sie unverdrossen jede Woche einmal den Versuch.

»Wahrscheinlich ist es das beste, sich an ein vegetarisches Gericht zu halten«, empfahl Farrokh.

»Als Sie die Leichen zu Gesicht bekamen«, fing Nancy plötzlich an, »sahen sie wahrscheinlich ziemlich übel aus.«

»Ja, leider hatten die Krabben sie schon vorher gefunden«, antwortete Dr. Daruwalla.

»Aber die Zeichnung war doch wohl noch deutlich zu erkennen, sonst hätten Sie sich ja nicht daran erinnert«, meinte Nancy.

»Ja, es war wasserfeste Tinte, da bin ich sicher«, sagte Dr. Daruwalla.

»Es war ein Wäschemarkierungsstift, und er gehörte einem *dhobi*«, erklärte Nancy dem Doktor, obwohl es aussah, als würde sie Dhar anschauen. Da sie ihre Sonnenbrille aufhatte, wußte man nicht so recht, wen sie ansah. »Wissen Sie, ich habe sie begraben«, fuhr Nancy fort. »Ich habe sie nicht sterben sehen, aber gehört habe ich es. Das Geräusch des Spatens«, fügte sie hinzu.

Dhar sah sie weiterhin an, ohne seine Oberlippe zu einem deutlichen Hohnlächeln zu verziehen. Nancy nahm die Sonnenbrille ab und steckte sie wieder in ihre Handtasche. Dabei fiel ihr Blick auf etwas, was sie stutzen ließ. Nachdem sie ihre Unterlippe drei oder vier Sekunden mit den Zähnen festgehalten hatte, fischte sie aus ihrer Tasche die untere Hälfte des silbernen Kugelschreibers, den sie zwanzig Jahre lang auf Schritt und Tritt mit sich herumgetragen hatte.

»Die andere Hälfte hat er gestohlen ... er oder sie«, sagte Nancy. Sie reichte Dhar den halben Stift, und dieser las die bruchstückhafte Gravur.

»›Made in‹ wo denn?« fragte Dhar.

»India«, sagte Nancy. »Rahul muß die Kappe gestohlen haben.«

»Wer sollte denn die Kappe eines Kugelschreibers haben wollen?« fragte Farrokh Detective Patel.

»Ein Schriftsteller sicher nicht«, entgegnete Dhar und reichte den halben Stift an Dr. Daruwalla weiter.

»Er ist aus echtem Silber«, bemerkte der Doktor.

»Er gehört poliert«, sagte Nancy. Der Kommissar schaute beiseite; er wußte, daß seine Frau ihn erst letzte Woche poliert hatte. Dr. Daruwalla konnte kein Anzeichen dafür entdecken, daß das Silber matt oder schwarz angelaufen war; alles glänzte, sogar die Aufschrift. Als er Nancy den halben Stift zurückgab, steckte sie ihn nicht wieder in die Tasche, sondern legte ihn neben ihr Messer und den Löffel – er glänzte heller als das Besteck. »Ich nehme eine alte Zahnbürste, um die Schrift zu polieren«, sagte sie. Sogar Dhar wandte den Blick von ihr ab; daß er ihr nicht in die Augen sehen konnte, gab ihr etwas Selbstvertrauen. »Haben Sie sich im richtigen Leben jemals bestechen lassen?« fragte Nancy den Schauspieler. Sie sah das höhnische Lächeln, nach dem sie Ausschau gehalten hatte; sie hatte es erwartet.

»Nein, niemals«, antwortete Dhar. Jetzt mußte Nancy den Blick von ihm abwenden und schaute statt dessen Dr. Daruwalla ins Gesicht.

»Wieso halten Sie es eigentlich geheim ... daß Sie alle seine Filme schreiben?« fragte Nancy den Doktor.

»Ich habe bereits einen Beruf«, antwortete Dr. Daruwalla. »Die Idee war ursprünglich, ihm zu einer beruflichen Karriere zu verhelfen.«

»Das ist Ihnen wahrhaftig gelungen«, sagte Nancy zu Farrokh. Detective Patel wollte ihre linke Hand ergreifen, die auf dem Tisch neben ihrer Gabel lag, aber Nancy ließ sie in ihren Schoß gleiten. Dann wandte sie sich an Dhar.

»Und wie gefällt sie Ihnen... Ihre sogenannte Karriere?« fragte sie den Schauspieler. Dhar antwortete mit seinem stereotypen Achselzucken, das das höhnische Lächeln noch unterstrich. In seine Augen trat ein grausames und zugleich fröhliches Funkeln.

»Ich habe noch einen anderen Job... ein anderes Leben«, antwortete Dhar.

»Sie Glücklicher«, meinte Nancy.

»Herzchen«, sagte der Kommissar und ergriff die Hand seiner Frau, die in ihrem Schoß lag. Sie schien in ihrem Korbstuhl leicht zusammenzusacken. Sogar Mr. Sethna konnte hören, wie sie ausatmete. Der alte Butler hatte auch sonst fast alles gehört, und was er nicht wirklich gehört hatte, hatte er den vier Personen ziemlich deutlich von ihren Lippen abgelesen. Mr. Sethna war ein guter Lippenleser und konnte sich für sein Alter noch recht flink um eine Gesprächsrunde herumbewegen. Ein Vierertisch bereitete ihm kaum Schwierigkeiten. Und im Ladies' Garden war es ohnehin leichter, ein Gespräch mitzuverfolgen, als im großen Speisesaal, weil sich über den Köpfen nur das blühende Laubendach befand und kein Deckenventilator.

Aus Mr. Sethnas Sicht war dieser Lunch bereits ungleich interessanter, als er erwartet hatte. Leichen! Eine gestohlene Kugelschreiberhälfte? Und vor allem die verblüffende Enthüllung, daß in Wirklichkeit Dr. Daruwalla der Autor dieses Schunds war, der Inspector Dhar zum Star gemacht hatte! In gewisser Weise bildete sich Mr. Sethna ein, daß er es schon die ganze Zeit geahnt hatte. Er hatte schon immer gespürt, daß Farrokh nicht das Format seines verstorbenen Vaters hatte.

Mr. Sethna glitt mit den alkoholfreien Getränken und dem Bier an den Tisch und wieder davon. Die gehässigen Gefühle, die er Dhar entgegengebracht hatte, richteten sich jetzt auf Dr. Daruwalla. Ein Parse, der für das Hindi-Kino schreibt! Und sich auch noch über andere Parsen lustig macht! Wie konnte er es wagen! Mr. Sethna vermochte sich kaum zu beherrschen. In Gedanken hörte er das Geräusch, das sein silbernes Serviertablett bei einer heftigen Berührung mit Dr. Daruwallas Kopf machen würde; es klang wie ein Gong. Der Butler mußte seine ganze Selbstbeherrschung aufbieten, um der Versuchung zu widerstehen, den abstoßenden flaumigen Nabel der Frau mit ihrer Serviette zu bedecken, die achtlos zusammengeknüllt in ihrem Schoß lag. Ein solcher Bauchnabel gehörte verhüllt, nein, verboten! Aber Mr. Sethna beruhigte sich rasch wieder, weil er nicht versäumen wollte, was der echte Polizist sagte.

»Ich würde von Ihnen dreien gern hören, wie Sie Rahuls jetziges Aussehen beschreiben würden, wenn man davon ausgeht, daß er jetzt eine Frau ist«, sagte der Kommissar. »Sie zuerst«, sagte Patel zu Dhar.

»Aufgrund ihrer Eitelkeit und des ausgeprägten Bewußtseins körperlicher Überlegenheit würde sie jünger wirken, als sie ist«, begann Dhar.

»Aber sie ist immerhin drei- oder vierundfünfzig«, warf Dr. Daruwalla ein.

»Sie sind als nächster dran. Bitte lassen Sie ihn ausreden«, sagte Detective Patel.

»Sie würde nicht wie drei- oder vierundfünfzig aussehen, außer vielleicht ganz früh am Morgen«, fuhr Dhar fort. »Und sie wäre körperlich sehr fit. Sie hat etwas von einem Raubtier an sich. Sie ist jemand, der sich anpirscht... ich meine, in sexueller Hinsicht.«

»Ich glaube, sie war ziemlich scharf auf Dhar, als er noch ein Junge war!« bemerkte Dr. Daruwalla.

»Wer war das nicht?« fragte Nancy bitter. Nur ihr Mann sah sie an.

»Bitte lassen Sie ihn ausreden«, wiederholte Patel geduldig.

»Sie ist außerdem der Typ Frau, dem es Spaß macht, einen dazu zu bringen, daß man sie begehrt, selbst wenn sie vorhat, einen abzuweisen«, sagte Dhar und sah Nancy direkt ins Gesicht. »Und ich würde annehmen, daß sie eine sarkastische Ader hat, wie ihre verstorbene Tante. Sie wäre jederzeit bereit, jemanden oder etwas lächerlich zu machen, egal was.«

»Ja, ja«, sagte Dr. Daruwalla ungeduldig, »aber vergiß nicht, daß sie auch eine Gafferin ist.«

»Entschuldigen Sie … eine was?« fragte Detective Patel.

»Das liegt in der Familie. Sie starrt alle Leute an. Rahul ist eine zwanghafte Gafferin!« wiederholte Farrokh. »Sie tut das nicht vorsätzlich, weil sie unhöflich sein will, sondern weil sie voll ungenierter Neugier steckt. Wie ihre Tante, nur noch ausgeprägter! Rahul wurde so erzogen. Ohne jede Bescheidenheit. Jetzt ist sie wahrscheinlich sehr feminin, nehme ich an, aber nicht mit ihren Blicken. In der Beziehung ist sie ein Mann. Sie taxiert einen von oben bis unten und schaut einen so lange an, bis man den Blick abwendet.«

»Waren Sie fertig?« fragte der Kommissar Dhar.

»Ich glaube schon«, antwortete der Schauspieler.

»Ich habe sie nicht deutlich gesehen«, sagte Nancy plötzlich. »Es gab kein Licht, oder zumindest war es recht schwach, nur eine Öllampe. Ich habe nur einen flüchtigen Blick auf sie geworfen, und außerdem war ich krank. Ich hatte Fieber.«

Sie spielte mit der unteren Hälfte des Kugelschreibers auf dem Tisch herum, legte sie im rechten Winkel zu ihrem Messer und dem Löffel hin, dann wieder parallel. »Sie roch gut und hat sich sehr seidig angefühlt, aber kräftig«, fügte Nancy hinzu.

»Schildere sie so, wie sie jetzt wäre, nicht wie sie damals war«, sagte Patel. »Wie wäre sie jetzt?«

»Die Sache ist die«, sagte Nancy, »ich glaube, sie hat das Gefühl, daß sie etwas in sich nicht kontrollieren kann, daß sie bestimmte Dinge einfach tun muß. Sie kann sich nicht beherrschen. Die Sachen, die sie möchte, sind einfach zu stark.«

»Was für Sachen?« fragte der Detective.

»Das weißt du. Wir haben darüber gesprochen«, antwortete Nancy.

»Sag es den anderen«, forderte ihr Mann sie auf.

»Sie ist geil. Ich glaube, sie ist die ganze Zeit geil«, erklärte Nancy.

»Mit drei- oder vierundfünfzig Jahren ist das ungewöhnlich«, bemerkte Dr. Daruwalla.

»Das ist genau das Gefühl, das sie einem vermittelt ... glauben Sie mir«, sagte Nancy. »Sie ist fürchterlich geil.«

»Erinnert Sie das an irgend jemanden, den Sie kennen?« fragte der Detective Inspector Dhar, aber Dhar sah weiterhin Nancy an, ohne mit den Achseln zu zucken. »Oder Sie, Doktor ... erinnert Sie das an irgend jemanden?« fragte der Kommissar Farrokh.

»Sprechen Sie von jemandem, den wir tatsächlich kennen? Als Frau?« fragte Dr. Daruwalla den Kommissar.

»Genau«, sagte Detective Patel.

Ohne den Blick von Nancy zu wenden, sagte Dhar: »Mrs. Dogar.« Farrokh legte beide Hände auf die Brust, genau an die Stelle, wo der vertraute Schmerz in den Rippen plötzlich so heftig wurde, daß er ihm die Luft abschnürte.

»Sehr gut, sehr eindrucksvoll«, sagte Detective Patel. Er langte über den Tisch und tätschelte Dhars Handrücken. »Sie hätten keinen schlechten Polizisten abgegeben, auch wenn Sie sich nicht bestechen lassen.«

»Mrs. Dogar!« wiederholte Dr. Daruwalla atemlos. »Ich hab's doch gewußt, daß sie mich an jemanden erinnert!«

»Aber irgend etwas stimmt nicht, habe ich recht?« fragte Dhar den Kommissar. »Ich meine, Sie haben sie nicht verhaftet.«

»Genau«, sagte Patel. »Etwas stimmt nicht.«

»Ich habe dir gleich gesagt daß er wissen würde, wer es war«, sagte Nancy zu ihrem Mann.

»Ja, Herzchen«, sagte der Detective. »Aber es ist kein Verbrechen, daß Rahul Mrs. Dogar ist.«

»Wie sind Sie dahintergekommen?« fragte Dr. Daruwalla den Kommissar. »Natürlich! Die Mitgliederliste!«

»Das war ein guter Anfang«, sagte Detective Patel. »Das Vermögen von Promila Rai hat ihre Nichte geerbt, nicht ihr Neffe.«

»Ich wußte gar nicht, daß es da eine Nichte gab«, sagte Farrokh.

»Gab es auch nicht«, antwortete Patel. »Ihr Neffe Rahul ist nach London gegangen und als Nichte zurückgekommen. Er hat sogar ihren Namen angenommen – Promila. In England ist es absolut legal, sein Geschlecht umwandeln zu lassen. Und es ist absolut legal, seinen Namen zu ändern, sogar in Indien.«

»Rahul Rai, verheiratete Mrs. Dogar?« fragte Farrokh.

»Auch das war absolut legal«, entgegnete der Detective. »Verstehen Sie denn nicht, Doktor? Die Tatsache, daß Sie und Dhar bezeugen können, daß Rahul damals in Goa war, im Hotel Bardez, ist noch kein Beweis dafür, daß Rahul je am Tatort war. Und Nancy kann unmöglich Mrs. Dogar als den Rahul von vor zwanzig Jahren identifizieren, weil sie, wie gesagt, Rahul kaum gesehen hat.«

»Außerdem hatte er damals einen Penis«, sagte Nancy.

»Aber gibt es bei all diesen Morden denn keine Fingerabdrücke?« fragte Farrokh.

»Bei den Fällen mit den Prostituierten gibt es Hunderte von Fingerabdrücken«, antwortete Kommissar Patel.

»Und was ist mit dem Putter, mit dem Mr. Lal umgebracht wurde?« fragte Dhar.

»Oho, sehr gut!« sagte der Kommissar. »Aber der Putter wurde abgewischt.«

»Und die Zeichnungen?« meinte Dr. Daruwalla. »Rahul hat

sich immer eingebildet, ein Künstler zu sein. Bestimmt liegen zu Hause bei Mrs. Dogar irgendwelche Zeichnungen herum.«

»Das wäre sehr praktisch«, antwortete Patel. »Aber ich habe heute morgen jemanden in das Haus der Dogars geschickt. Der Betreffende hat die Dienstboten bestochen und sich ein bißchen umgesehen.« Der Detective machte eine Pause und fixierte Dhar. »Da waren keine Zeichnungen. Da war nicht mal eine Schreibmaschine.«

»Hier im Club gibt es mindestens zehn Schreibmaschinen«, meinte Dhar. »Wurden die Drohungen auf den Zwei-Rupien-Scheinen denn alle auf derselben Maschine geschrieben?«

»Alle Achtung, eine ausgezeichnete Frage«, sagte Detective Patel. »Bisher haben wir drei Drohungen und zwei verschiedene Schreibmaschinen. Beide stehen hier im Club.«

»Mrs. Dogar!« wiederholte Dr. Daruwalla.

»Still«, sagte der Kommissar plötzlich und deutete auf Mr. Sethna. Der alte Butler versuchte sein Gesicht hinter dem silbernen Tablett zu verbergen, aber Detective Patel war zu schnell für ihn. »Wie heißt dieser alte Schnüffler?« fragte der Detective Dr. Daruwalla.

»Das ist Mr. Sethna«, sagte Farrokh.

»Bitte kommen Sie her, Mr. Sethna«, sagte der Kommissar. Er hob weder die Stimme, noch blickte er in die Richtung des Butlers. Und als Mr. Sethna so tat, als hätte er nichts gehört, sagte der Detective: »Sie haben gehört, was ich gesagt habe.« Mr. Sethna kam der Aufforderung nach.

»Nachdem Sie uns belauscht haben – am Mittwoch haben Sie mein Telefongespräch mit meiner Frau belauscht –, werden Sie mir freundlicherweise behilflich sein«, sagte Detective Patel.

»Ja, Sir«, sagte Mr. Sethna.

»Sobald Mrs. Dogar hier im Club auftaucht, rufen Sie mich an«, sagte der Kommissar. »Jedesmal, wenn sie einen Tisch reserviert, egal ob zum Lunch oder für den Abend, sagen Sie mir Bescheid. Und auch sonst möchte ich sämtliche Einzelheiten über sie erfahren. Habe ich mich klar ausgedrückt?«

»Absolut klar, Sir«, sagte Mr. Sethna. »Sie hat behauptet, ihr Mann würde auf die Blumen pinkeln und eines Nachts würde er womöglich noch versuchen, in den leeren Pool zu springen«, plapperte Mr. Sethna. »Sie hat gesagt, er sei senil ... und ein Trinker.«

»Das können Sie mir später erzählen«, sagte Detective Patel. »Ich habe nur drei Fragen. Und dann möchte ich, daß Sie sich so weit von diesem Tisch entfernen, daß Sie kein Wort mehr mitbekommen.«

»Ja, Sir«, sagte Mr. Sethna.

»An dem Morgen von Mr. Lals Tod ... ich meine nicht beim Lunch, weil ich bereits weiß, daß sie zum Lunch da war, aber am Morgen ... haben Sie da Mrs. Dogar hier gesehen? Das ist die erste Frage«, sagte der Kommissar.

»Ja, sie hat ein kleines Frühstück zu sich genommen, sehr früh«, teilte Mr. Sethna dem Detective mit. »Sie geht gern auf dem Golfplatz spazieren, bevor die ersten Spieler kommen. Danach ißt sie etwas Obst, und dann macht sie ihr Fitneßtraining.«

»Zweite Frage«, sagte Patel. »Zwischen Frühstück und Lunch, hat sie sich da umgezogen?«

»Ja, Sir«, antwortete der alte Butler. »Beim Frühstück trug sie ein Kleid, ziemlich zerknittert. Beim Lunch hatte sie einen Sari an.«

»Dritte Frage«, sagte der Kommissar und überreichte Mr. Sethna seine Visitenkarte mit der Telefonnummer im Kriminalkommissariat und seiner privaten Nummer. »Waren ihre Schuhe naß? Ich meine, beim Frühstück.«

»Ich habe nichts bemerkt«, gab Mr. Sethna zu.

»Dann sehen Sie in Zukunft genauer hin«, riet Detective Patel dem alten Butler. »Und jetzt entfernen Sie sich weit von diesem Tisch, ich meine es ernst.«

»Ja, Sir«, sagte Mr. Sethna, der bereits tat, was er am besten konnte: davongleiten. Und während des feierlichen Lunchs des Quartetts kam der neugierige alte Butler auch nicht mehr in die Nähe des Ladies' Garden. Doch selbst aus beträchtlicher Entfernung konnte er beobachten, daß die Frau mit dem flaumigen Nabel sehr wenig aß. Ihr ungehobelter Mann verspeiste außer seiner Portion noch die Hälfte der ihren. In einem anständigen Club wäre es den Gästen nicht gestattet, vom Teller eines anderen zu essen, dachte Mr. Sethna. Er ging in die Herrentoilette und stellte sich vor den großen Spiegel, in dem er so aussah, als würde er zittern. Er hielt das silberne Tablett in einer Hand und schlug es an den Handballen der anderen, doch das entstehende Geräusch – ein gedämpftes Dröhnen – verschaffte ihm wenig Befriedigung. Der alte Butler kam zu dem Ergebnis, daß er Polizeibeamte nicht ausstehen konnte.

Farrokh erinnert sich an die Krähe

Im Ladies' Garden hatte sich die frühe Nachmittagssonne schräg über die Kuppe des Laubendachs geschoben und fiel jetzt nicht mehr auf die Köpfe der Speisenden. Nur noch stellenweise drangen vereinzelte Sonnenstrahlen durch die Sträucherwand. Das Tischtuch war unregelmäßig mit Lichttupfern gesprenkelt, und Dr. Daruwalla betrachtete das winzige Sonnenkaro, das von der unteren Hälfte des Kugelschreibers reflektiert wurde. Der strahlend weiße Lichtfleck blendete den Doktor, während er in seinem aufgeweichten, fritierten Gemüse herumstocherte. Das schlaffe Zeug mit seinen abgestumpften Farben erinnerte ihn an die Regenzeit.

In dieser Jahreszeit würde der Ladies' Garden mit den abgefallen Blütenblättern der Bougainvilleen übersät sein, und nur die kahlen Ranken würden sich noch an das Laubengestänge klammern, durch das man den bräunlichen Himmel sehen und durch das es hindurchregnen würde. Sämtliche Korb- und Rattanmöbel wurden dann im Ballsaal aufeinandergestapelt, denn in der Regenzeit fanden keine Tanzveranstaltungen statt. Die Golfspieler saßen dann in der Bar des Clubhauses vor ihren Drinks und blickten durch die regengestreiften Fensterscheiben unglücklich auf die aufgeweichten Fairways hinaus. Und der Wind blies verwilderte Büschel abgestorbener Pflanzenteile über die Greens.

Das Essen am »chinesischen Tag« fand Farrokh jedesmal deprimierend, aber die blinkende Sonne, die sich im unteren Teil des silbernen Kugelschreibers spiegelte, erinnerte ihn an etwas, was ihm irgendwann aufgefallen war und jetzt in seinem Gedächtnis aufblitzte. Aber was? Dieses gespiegelte Licht, dieses glänzende Etwas … so klein und weit weg, aber so eindeutig vorhanden wie das ferne Licht eines anderen Flugzeugs, wenn man nachts durch die unendliche Dunkelheit über dem Arabischen Meer fliegt.

Farrokh ließ seinen Blick in den Speisesaal und zu den offenen Verandatüren wandern, durch die die kleckernde Krähe geflogen war. Er betrachtete den Deckenventilator, auf dem die Krähe gelandet war, und sein Blick blieb daran hängen, als wartete er nur darauf, daß der Ventilator ins Stocken geraten oder der Mechanismus sich irgendwo verhaken würde – an diesem glänzenden Etwas, das die kleckernde Krähe im Schnabel gehabt hatte. Was immer es war, es war so groß, daß sie es nicht verschluckt haben konnte, dachte Dr. Daruwalla. Sodann äußerte er eine kühne Vermutung.

»Ich weiß, was es war«, sagte der Doktor laut. Sonst hatte niemand gesprochen. Die anderen sahen ihn nur verwundert an, als er den Tisch im Ladies' Garden verließ und in den Speisesaal ging, wo er sich direkt unter den Deckenventilator stellte. Dann zog er sich einen freien Stuhl vom nächstbesten Tisch heran. Doch als er hinaufstieg, stellte sich heraus, daß er zu klein war, um über die Ventilatorblätter hinweglangen zu können.

»Schalten Sie den Ventilator aus!« rief Dr. Daruwalla Mr. Sethna zu, dem das eigenwillige Benehmen des Doktors – und seines Vaters vor ihm – nicht fremd war. Der alte Butler schaltete den Ventilator aus. Die meisten Gäste im Speisesaal hatten zu essen aufgehört.

Dhar und Detective Patel erhoben sich vom Tisch im Ladies' Garden und wollten Farrokh zu Hilfe eilen, aber der winkte sie weg. »Wir sind alle nicht groß genug«, erklärte er. »Nur sie ist groß genug.« Dabei deutete er auf Nancy. Auch er befolgte den guten Rat, den der Kommissar Mr. Sethna gegeben hatte. (»Dann sehen Sie in Zukunft genauer hin.«)

Der Ventilator wurde langsamer, und bis die drei Männer Nancy auf den Stuhl geholfen hatten, standen die Blätter still.

»Langen Sie einfach über die Aufhängung hinweg«, instruierte sie der Doktor. »Können Sie eine Rinne entdecken?« Als Nancy den Mechanismus abtastete, wirkte ihre füllige Gestalt auf dem Stuhl recht eindrucksvoll.

»Ich spüre etwas«, sagte sie.

»Fahren Sie mit den Fingern die Rinne entlang«, sagte Dr. Daruwalla.

»Wonach soll ich denn suchen?« fragte Nancy.

»Das werden Sie gleich spüren«, sagte der Doktor. »Ich glaube, es ist die Kappe Ihres Stifts.«

Sie mußten sie festhalten, sonst wäre sie vom Stuhl gefallen, denn ihre Finger ertasteten das Ding fast in dem Augenblick, in dem der Doktor ihr gesagt hatte, was es war.

»Versuch sie möglichst wenig anzufassen, halt sie nur ganz leicht fest«, sagte der Kommissar zu seiner Frau. Sie ließ die Kappe auf den Steinboden fallen, und der Detective hob sie mit Hilfe einer Serviette auf, wobei er nur die Klammer berührte.

»›India‹«, sagte Patel laut, als er die Gravur las, die zwanzig Jahre lang von ›Made in‹ getrennt gewesen war.

Dhar hob Nancy vom Stuhl herunter. Sie kam ihm schwerer vor als vor zwanzig Jahren. Sie sagte, sie müsse einen Augenblick mit ihrem Mann allein reden. Flüsternd standen die beiden im Ladies' Garden beisammen, während Farrokh und John D. zusahen, wie sich der Ventilator wieder in Bewegung setzte. Dann begaben sie sich nach draußen zum Detective und seiner Frau, die an den Tisch zurückgekehrt waren.

»Jetzt haben Sie sicher Rahuls Fingerabdrücke«, sagte Dr. Daruwalla zum Kommissar.

»Wahrscheinlich«, meinte Detective Patel. »Wenn Mrs. Dogar das nächste Mal hier ißt, soll uns der Butler ihre Gabel oder ihren Löffel aufheben – zum Vergleich. Aber ihre Fingerabdrücke auf der Stiftkappe bringen sie nicht zwangsläufig mit dem Verbrechen in Verbindung.«

Dr. Daruwalla berichtete den anderen von der Krähe. Diese hatte die Kappe eindeutig von den Bougainvilleen beim neunten Green angeschleppt. Krähen sind Aasfresser.

»Aber was sollte Rahul mit der Stiftkappe gemacht haben... ich meine, während sie Mr. Lal ermordet hat?« fragte Detective Patel.

»Aus Ihrem Mund hört sich das an, als müßten Sie erst noch einen Mord miterleben«, sprudelte Dr. Daruwalla frustriert hervor. »Oder erwarten Sie vielleicht, daß Mrs. Dogar ein umfassendes Geständnis ablegt?«

»Wir müssen Mrs. Dogar nur glauben machen, daß wir mehr wissen, als tatsächlich der Fall ist«, antwortete der Kommissar.

»Das ist kein Problem«, sagte Dhar plötzlich. »Man erzählt dem vermeintlichen Mörder, was der Mörder gestehen würde, wenn er ein Geständnis ablegen würde. Der Trick dabei ist, ihn glauben zu machen, daß man genau weiß, wer der Mörder ist.«

»Genau«, sagte Patel.

»Genau wie in *Inspector Dhar und der hängende Mali,* was?«
fragte Nancy den Schauspieler mit ironischem Unterton.

»Sehr gut«, sagte Dr. Daruwalla.

Diesmal tätschelte Detective Patel nicht Dhars Handrücken,
sondern klopfte ihm mit seinem Dessertlöffel auf einen Knöchel
– nur einmal, aber kräftig. »Jetzt aber im Ernst«, sagte der Kommissar. »Ich werde Sie jetzt zu bestechen versuchen, mit etwas,
was Sie sich schon immer gewünscht haben.«

»Da gibt es nichts«, entgegnete Dhar.

»Ich glaube doch«, erwiderte der Detective. »Ich glaube, Sie
würden gerne einen echten Polizisten spielen. Ich glaube, Sie
würden gerne eine echte Verhaftung vornehmen.«

Dhar sagte kein Wort, er lächelte nicht einmal höhnisch.

»Glauben Sie, daß Mrs. Dogar Sie noch immer attraktiv
findet?« fragte ihn der Detective.

»Aber garantiert! Sie sollten mal sehen, wie sie ihn immer an-
schaut!« rief Dr. Daruwalla.

»Ich habe *ihn* gefragt«, sagte Detective Patel.

»Ja, ich glaube, sie will mich«, antwortete Dhar.

»Natürlich will sie ihn«, sagte Nancy ärgerlich.

»Und wenn ich Ihnen sagen würde, wie Sie sich an sie heran-
machen sollen, glauben Sie, Sie könnten das . . . ich meine, genauso, wie ich es Ihnen sage?« fragte der Detective den Schauspieler.

»Aber sicher. Geben Sie ihm irgendeinen Text, er hält sich
dran!« rief Dr. Daruwalla.

»Ich frage *Sie*«, sagte der Polizist zu Dhar. Diesmal schlug der
Dessertlöffel so hart auf Dhars Knöchel, daß dieser die Hand
vom Tisch wegzog.

»Sie wollen ihr eine Falle stellen, habe ich recht?« fragte Dhar
den Kommissar.

»Genau«, sagte Patel.

»Und ich brauche nur Ihren Anweisungen zu folgen?« fragte
der Schauspieler.

»Jawohl, ganz genau«, sagte der Kommissar.

»Du schaffst das!« erklärte Dr. Daruwalla.

»Darum geht es nicht«, meinte Nancy.

»Es geht darum, ob Sie das wirklich tun wollen«, sagte Detective Patel zu Dhar. »Ich glaube, Sie wollen es wirklich.«

»Also gut«, sagte Dhar. »Einverstanden. Ja, ich mache es.«

Zum erstenmal während des ausgedehnten Mittagessens lächelte Patel. »Jetzt, nachdem es mir gelungen ist, Sie zu bestechen, geht es mir besser«, erklärte er Dhar. »Verstehen Sie? Im Grunde ist Bestechung nicht mehr… nur etwas, was man gern möchte, im Austausch für etwas anderes. Keine aufregende Sache, oder?«

»Wir werden sehen«, meinte Dhar. Als er Nancy ansah, hielt sie seinem Blick stand.

»Kein höhnisches Lächeln«, sagte Nancy.

»Herzchen«, sagte Detective Patel und ergriff ihre Hand.

»Ich muß auf die Toilette«, sagte sie. »Und Sie werden mir zeigen, wo sie ist«, sagte sie zu Dhar. Doch bevor seine Frau oder der Schauspieler aufstehen konnten, hielt der Kommissar sie zurück.

»Nur noch eine Kleinigkeit, bevor ihr geht«, sagte er. »Was soll dieser Unsinn, daß Sie und der Zwerg sich mit Prostituierten in der Falkland Road prügeln? Was hat dieser Unfug zu bedeuten?« fragte Detective Patel den Schauspieler.

»Das war nicht er«, antwortete Dr. Daruwalla rasch.

»Dann ist also etwas dran an dem Gerücht über den Dhar-Hochstapler?« fragte der Detective.

»Kein Hochstapler, ein Zwillingsbruder«, entgegnete der Doktor.

»Sie haben einen Zwillingsbruder?« fragte Nancy den Schauspieler.

»Einen eineiigen«, sagte Dhar.

»Schwer zu glauben«, meinte Nancy.

»Sie sind sich überhaupt nicht ähnlich, aber trotzdem sind sie eineiige Zwillinge«, erläuterte Farrokh.

»Nicht unbedingt die günstigste Zeit, um einen Zwillingsbruder in Bombay zu haben«, erklärte Detective Patel dem Schauspieler.

»Keine Sorge, der ist aus der Schußlinie. Er ist Missionar!« erklärte Farrokh.

»Gott steh uns bei«, sagte Nancy.

»Und außerdem bringe ich ihn für zwei Tage und eine Nacht aus der Stadt«, klärte Dr. Daruwalla die anderen auf. Dann fing er an, die Sache mit den Kindern und dem Zirkus zu erklären, aber niemand interessierte sich dafür.

»Die Damentoilette«, sagte Nancy zu Dhar. »Wo ist sie?«

Dhar wollte ihren Arm nehmen, aber sie ging bereits an ihm vorbei, ohne daß er sie berührte. Er folgte ihr in die Eingangshalle. Fast alle Leute im Speisesaal sahen ihr nach – der Frau, die auf dem Stuhl gestanden hatte.

»Es wird Ihnen guttun, ein paar Tage aus der Stadt hinauszukommen«, sagte der Kommissar zu Dr. Daruwalla. Zeit zu verschwinden, dachte Farrokh. Dann wurde ihm klar, daß selbst der Augenblick, in dem Nancy mit Dhar den Ladies' Garden verlassen hatte, geplant gewesen war.

»Gibt es etwas, was sie ihm sagen soll, etwas, was nur sie ihm sagen kann, und nur unter vier Augen?« fragte der Doktor den Detective.

»Wirklich eine ausgezeichnete Frage«, entgegnete Patel. »Sie lernen schnell, Doktor«, fügte er hinzu. »Ich möchte wetten, daß Sie jetzt bessere Drehbücher schreiben könnten.«

In der Eingangshalle sagte Nancy zu Dhar: »Ich habe fast so viel an Sie gedacht wie an Rahul. Manchmal haben Sie mich noch mehr durcheinandergebracht.«

»Ich hatte nie die Absicht, Sie durcheinanderzubringen«, erwiderte Dhar.

»Was haben Sie denn beabsichtigt? Und was beabsichtigen Sie jetzt?« fragte sie ihn.

Als er ihr nicht antwortete, fragte Nancy: »Wie hat es Ihnen gefallen, mich vom Stuhl zu heben? Es scheint, daß Sie mich jedesmal tragen. Bin ich Ihnen schwerer vorgekommen?«

»Wir sind beide ein bißchen schwerer als damals«, antwortete Dhar vorsichtig.

»Ich bin ein ziemlicher Brocken, und das wissen Sie genau«, sagte Nancy. »Aber ich bin kein Dreck … das war ich nie.«

»Ich habe Sie nie für Dreck gehalten«, erklärte Dhar.

»Sie sollten nie jemanden so ansehen, wie Sie mich ansehen«, sagte Nancy. Er tat es wieder; er setzte wieder sein höhnisches Lächeln auf. »Genau das meine ich«, sagte sie. »Ich hasse Sie deswegen – weil Sie mir so ein furchtbares Gefühl geben. Es führt dazu, daß ich später, wenn Sie fort sind, ständig an Sie denken muß. Ich habe zwanzig Jahre lang an Sie gedacht.« Sie war knapp zehn Zentimeter größer als der Schauspieler. Als sie plötzlich die Hand ausstreckte und seine Oberlippe berührte, verschwand sein Hohnlächeln. »Schon besser. Jetzt sagen Sie was«, forderte Nancy ihn auf. Aber Dhar mußte an den Dildo denken – und ob sie ihn noch hatte. Ihm fiel nichts Passendes ein. »Wissen Sie, Sie sollten sich allmählich klarmachen, wie Sie auf andere Leute wirken. Haben Sie schon mal darüber nachgedacht?«

»Das tu ich doch die ganze Zeit, ich soll ja auf die Leute wirken«, sagte Dhar schließlich. »Immerhin bin ich Schauspieler.«

»Und ob Sie das sind«, sagte Nancy. Sie merkte, daß er sich ein Achselzucken verkniff. Wenn er nicht spöttisch lächelte, gefiel ihr sein Mund besser, als sie für möglich gehalten hätte. »Wollen Sie mich? Haben Sie je *darüber* nachgedacht?« fragte sie ihn. Sie sah, daß er überlegte, was er sagen sollte. »Sie können nicht erkennen, was *ich* möchte, oder?« kam sie seiner Antwort zuvor. »Bei Rahul müssen Sie Ihre Sache schon besser machen. Sie können meine Gedanken nicht erraten und mir deshalb auch nicht sagen, was ich möchte. Sie wissen nämlich nicht wirklich, ob ich Sie will, habe ich recht? Sie werden Rahul schon besser durchschauen müssen als mich«, wiederholte Nancy.

»Ich durchschaue Sie schon«, erklärte Dhar. »Ich habe nur versucht, höflich zu sein.«

»Das glaube ich Ihnen nicht. Sie überzeugen mich nicht«, sagte Nancy. »Eine schlechte schauspielerische Leistung«, fügte sie hinzu, aber sie glaubte ihm.

Als sie sich in der Damentoilette die Hände wusch, sah sie den absurden Wasserhahn – das Wasser floß aus einem einzigen Hahn in Form eines Elefantenrüssels. Nancy regulierte das heiße und das kalte Wasser, erst mit dem einen Stoßzahn, dann mit dem anderen. Vor zwanzig Jahren, im Hotel Bardez, hatten ihr nicht einmal vier Bäder das Gefühl geben können, sauber zu sein; jetzt fühlte sich Nancy wieder schmutzig. Wenigstens, stellte sie erleichtert fest, gab es hier kein blinzelndes Auge. Das zumindest hatte sich Rahul, angeregt von den Bauchnabeln der vielen ermordeten Frauen, selbst ausgedacht.

Sie bemerkte auch die Ablage, die sich auf der Innenseite der Toilettentür herunterziehen ließ. Als Griff diente ein durch einen Elefantenrüssel gezogener Ring. Nancy dachte über die psychologischen Gründe nach, die Rahul dazu veranlaßt haben mochten, sich für den einen Elefanten zu entscheiden und gegen den anderen.

Als Nancy in den Ladies' Garden zurückkehrte, machte sie

nur eine sachliche Bemerkung darüber, daß sie die Vorlage für Rahuls Bauchzeichnungen gefunden zu haben glaubte. Der Kommissar und der Doktor eilten auf die Damentoilette, um sich den verräterischen Elefanten selbst anzusehen. Die Möglichkeit, den viktorianischen Wasserhahn in Augenschein zu nehmen, ergab sich erst, als die letzte Frau die Damentoilette verlassen hatte. Selbst aus beachtlicher Entfernung – vom anderen Ende des Speisesaals aus – konnte Mr. Sethna feststellen, daß sich Inspector Dhar und die Frau mit dem anstößigen Nabel nichts zu sagen hatten, obwohl die anderen sie länger im Ladies' Garden allein ließen, als ihnen lieb war.

Später im Auto sagte Dectective Patel zu Nancy, noch bevor sie die Auffahrt des Duckworth Club hinter sich gelassen hatten: »Ich muß zurück ins Kommissariat, aber erst bringe ich dich nach Hause.«

»Du solltest vorsichtiger sein, wenn du mich um etwas bittest, Vijay«, sagte Nancy.

»Tut mir leid, Herzchen«, antwortete Patel. »Aber ich wollte deine Meinung hören. Meinst du, ich kann mich auf ihn verlassen?« Der Kommissar sah, daß seine Frau drauf und dran war, wieder zu weinen.

»Du kannst dich auf *mich* verlassen!« sagte Nancy unter Tränen.

»Ich weiß, daß ich mich auf dich verlassen kann, Herzchen«, sagte Patel. »Aber was ist mit ihm? Glaubst du, er wird es schaffen?«

»Er wird alles tun, was du ihm sagst, sofern er genau weiß, was du willst«, antwortete Nancy.

»Und glaubst du, daß Rahul auf ihn anspringt?« fragte ihr Mann.

»Aber sicher«, sagte sie bitter.

»Dhar ist schon ein toller Bursche!« sagte der Detective bewundernd.

»Dhar ist so unecht wie eine Drei-Dollar-Note«, erklärte Nancy.

Da Detective Patel nicht aus Iowa stammte, fiel es ihm etwas schwer, sich vorzustellen, wie »unecht« eine Drei-Dollar-Note war. »Du meinst, daß er schwul ist… homosexuell?« fragte ihr Mann.

»Ohne jeden Zweifel. Du kannst dich auf mich verlassen«, wiederholte Nancy. Sie waren fast zu Hause angelangt, bis Nancy wieder etwas sagte. »Wahrhaftig ein toller Bursche«, meinte sie.

»Tut mir leid, Herzchen«, meinte der Kommissar, weil er sah, daß seine Frau nicht zu weinen aufhören konnte.

»Ich liebe dich wirklich, Vijay«, stieß sie hervor.

»Ich liebe dich auch, Herzchen«, versicherte ihr der Detective.

Die alte Geschichte mit der Haßliebe

Im Ladies' Garden fiel die Sonne jetzt schräg durch das Gittergeflecht der Laube. Der Schatten der rosa Bougainvilleenblüten sprenkelte das Tischtuch gleicher Farbe, von dem Mr. Sethna die Krümel weggebürstet hatte. Es schien ihm, als wollten Dhar und Dr. Daruwalla den Tisch nie mehr verlassen. Sie hatten längst aufgehört, über Rahul zu reden – oder vielmehr über Mrs. Dogar. Im Augenblick interessierten sich beide mehr für Nancy.

»Aber was genau stimmt deiner Meinung nach nicht mit ihr?« fragte Farrokh John D.

»Wie es aussieht, haben sich die Ereignisse der letzten zwanzig Jahre nachhaltig auf sie ausgewirkt«, antwortete Dhar.

»Ach, Elefantenkacke!« rief Dr. Daruwalla. »Kannst du nicht ein einziges Mal sagen, was du wirklich meinst?«

»Also gut«, sagte Dhar. »Es sieht so aus, als seien sie und ihr

Mann ein echtes Paar… als würden sie sich wirklich lieben und so weiter.«

»Ja, wie es aussieht, ist das bei ihnen die Hauptsache«, pflichtete der Doktor ihm bei. Gleichzeitig wurde ihm klar, daß ihn diese Beobachtung nicht sonderlich interessierte. Schließlich war er noch immer in Julia verliebt, und er war länger verheiratet als Detective Patel. »Aber was ist zwischen euch beiden passiert, zwischen dir und ihr?« wollte er von Dhar wissen.

»Die alte Geschichte mit der Haßliebe«, antwortete John D. ausweichend.

»Als nächstes wirst du mir noch erzählen, daß die Erde rund ist«, sagte Farrokh, aber der Schauspieler zuckte lediglich die Achseln. Plötzlich war es nicht mehr Rahul (beziehungsweise Mrs. Dogar), die Dr. Daruwalla angst machte, sondern Dhar. Jetzt hatte er Angst vor Dhar, weil er auf einmal merkte, daß er ihn im Grunde genommen nicht kannte – nicht einmal nach all den Jahren. Wie so oft, wenn etwas Unangenehmes im Anzug war, dachte Farrokh an den Zirkus. Doch als er abermals auf seine bevorstehende Fahrt nach Junagadh zu sprechen kam, stellte er fest, daß sich John D. nach wie vor nicht dafür interessierte.

»Wahrscheinlich denkst du, daß dieses Unternehmen zum Scheitern verurteilt ist. Wieder so ein Rettet-die-Kinder-Projekt«, sagte Dr. Daruwalla. »Wie Münzen in einem Brunnen, wie Kiesel im Meer.«

»Es hört sich an, als würdest *du* glauben, daß es zum Scheitern verurteilt ist«, erklärte Dhar.

Es ist wirklich Zeit zu verschwinden, dachte der Doktor. Dann entdeckte er die Tüte mit dem Hawaiihemd, die Detective Patel unter seinem Stuhl liegengelassen hatte. Als beide Männer aufstanden, um zu gehen, zog der Doktor das auffallende Hemd aus der Tüte.

»Also, sieh dir das an. Der Kommissar hat doch tatsächlich etwas vergessen. Wie untypisch«, bemerkte John D.

»Ich bezweifle, daß er es vergessen hat. Ich glaube, er wollte, daß du es nimmst«, sagte Dr. Daruwalla. Spontan hielt er das wilde Durcheinander von Papageien und Palmen hoch; auch Blumen waren auf dem Hemd – rot und orange und gelb vor einem unwirklich grünen Dschungel. Farrokh hielt Dhar das Hemd an die Schultern. »Es hat die richtige Größe für dich«, bemerkte der Doktor. »Bist du sicher, daß du es nicht haben willst?«

»Ich hab schon genug Hemden«, sagte der Schauspieler. »Gib es meinem verdammten Zwillingsbruder.«

21

Flucht aus Maharashtra

Gegen die Tollwut gewappnet

Am nächsten Morgen fand Julia ihren Mann wieder mit dem Kopf auf dem Glastisch im Wohnzimmer; diesmal lag sein Gesicht auf einem Bleistift. Aus Farrokhs letzten Notizen ging hervor, daß die Titelsuche noch im Gange war. Da stand *Löwenpisse* (zum Glück durchgestrichen) und *Tobende Hormone* (ebenfalls durchgestrichen, wie sie erleichtert feststellte), während der Titel, der dem Drehbuchautor anscheinend gefallen hatte, bevor er einschlief, eingekringelt war. Julia hatte so ihre Zweifel, ob er als Filmtitel taugte. Er lautete *Limo-Roulette* und erinnerte Julia an einen dieser abstrusen französischen Filme, die man selbst dann nicht verstand, wenn man die Untertitel Wort für Wort mitlas.

Aber an diesem Morgen war Julia viel zu beschäftigt, um sich die Zeit zu nehmen, die neuen Seiten zu lesen. Sie weckte Farrokh, indem sie ihm ins Ohr blies. Während er in der Badewanne saß, machte sie ihm Tee. Sie hatte ihm bereits sein Wasch- und Rasierzeug und Kleidung zum Wechseln eingepackt und ihn wegen seiner Gewohnheit gehänselt, eine medizinische Notfallausrüstung von eindeutig paranoiden Ausmaßen mitzunehmen; schließlich würde er nur zwei Tage unterwegs sein.

Aber Dr. Daruwalla fuhr in Indien nirgendwohin, ohne vorsorglich bestimmte Dinge mitzunehmen: Erythromycin, das bevorzugte Antibiotikum für Bronchitis; Lomotil beziehungsweise Immodium gegen Durchfall. Sogar einen Satz chirurgische Instrumente hatte er dabei, dazu Nahtmaterial und Jodoformgaze – und sowohl einen antibiotischen Puder als auch eine Salbe. Bei dem hiesigen Wetter gediehen in der einfachsten Wunde Infektionen. Außerdem reiste der Doktor nie ohne eine Musterkollektion Kondome, die er unaufgefordert recht großzügig verteilte. Indische Männer waren bekannt dafür, daß sie keine Kondome benutzten. Dr. Daruwalla brauchte nur einem Mann zu begegnen, der einen Witz über Prostituierte machte; seiner Ansicht nach kam das einem Bekenntnis gleich. »Da, nehmen Sie das nächste Mal eins von denen«, empfahl er dem Betreffenden dann.

Außerdem schleppte der Doktor für alle Fälle immer ein halbes Dutzend sterile Einmalspritzen und -kanülen mit. Im Zirkus wurden die Leute andauernd von Hunden und Affen gebissen. Da jemand Dr. Daruwalla erzählt hatte, unter den Schimpansen sei die Tollwut endemisch, nahm er speziell auf diese Fahrt drei Einheiten Tollwut-Impfstoff und drei 10 ml-Ampullen menschliches Anti-Tollwut-Immun-Globulin mit; beides mußte kühl gelagert werden, aber für eine Reise von weniger als achtundvierzig Stunden reichte auch ein Thermosbehälter mit Eis.

»Rechnest du damit, daß du gebissen wirst?« hatte Julia ihn gefragt.

»Ich habe eher an den neuen Missionar gedacht«, hatte Farrokh geantwortet, denn er glaubte, wenn er selbst ein tollwütiger Schimpanse im Great Blue Nile wäre, würde er sicher am ehesten Martin Mills beißen. Aber Julia wußte, daß er genug Impfstoff und Immun-Globulin für sich selbst, den Missionar und beide Kinder eingepackt hatte – nur für den Fall, daß sich ein tollwütiger Schimpanse auf alle vier stürzen sollte.

Am Morgen hätte der Doktor zu gern die neuen Seiten seines Drehbuchs durchgelesen und überarbeitet, aber es gab zu viel anderes zu erledigen. Der Elefantenjunge hatte sämtliche Kleidungsstücke versetzt, die Martin Mills ihm in der Fashion Street gekauft hatte. Julia hatte dem undankbaren kleinen Kerl in weiser Voraussicht schon neue Sachen besorgt. Es war ein Kampf, Ganesh in die Badewanne zu bekommen – anfangs, weil er immer nur mit dem Lift auf und ab fahren wollte, und später, weil er noch nie in einem Gebäude mit einem Balkon gewesen war, der auf den Marine Drive hinausging, und sich an der Aussicht nicht sattsehen konnte. Außerdem wehrte sich Ganesh dagegen, an seinem gesunden Fuß eine Sandale zu tragen; und sogar Julia bezweifelte, daß es klug war, den zerquetschten Fuß in einer sauberen weißen Socke zu verstecken; sie würde nicht lange sauber und weiß bleiben. Was die einzelne Sandale betraf, so beklagte sich Ganesh, der Riemen am Rist würde ihn so einschneiden, daß er kaum gehen könne.

Nachdem der Doktor Julia einen Abschiedskuß gegeben hatte, bugsierte er den verstimmten Jungen zu Vinods wartendem Taxi, in dem, auf dem Beifahrersitz neben dem Zwerg, bereits eine mürrische Madhu saß. Sie war ungehalten, weil Dr. Daruwalla zunächst nicht verstand, was sie ihm sagen wollte, bis sie ihm in einem Gemisch aus Hindi und Marathi schließlich klarmachte, daß sie die Sachen, die ihr Vinod zum Anziehen gegeben hatte, scheußlich fand. Deepa hatte ihm gesagt, wie er das Mädchen kleiden sollte.

»Ich bin doch kein Kind«, sagte die ehemalige Kindprostituierte, obwohl es natürlich Deepas Absicht gewesen war, die kleine Hure so anzuziehen, daß sie wenigstens wie ein Kind *aussah*.

»Die Leute vom Zirkus möchten aber, daß du wie ein Kind aussiehst«, erklärte Dr. Daruwalla Madhu, doch die schmollte weiter. Auch auf Ganesh reagierte sie nicht so, wie es sich für eine Schwester gehört hätte.

Madhu warf einen kurzen, angewiderten Blick auf die verklebten Augen des Jungen. Sie waren mit einem Film frisch aufgetragener Tetracyclinsalbe überzogen, die ihnen ein glasiges Aussehen verlieh. Der Junge würde die Behandlung noch eine Woche oder länger fortsetzen müssen, bevor seine Augen wieder normal aussahen. »Ich dachte, sie wollten deine Augen richten«, sagte Madhu grausam. Sie sprach Hindi. Sonst gaben sich beide Kinder Mühe, englisch zu sprechen, wenn Farrokh mit einem von ihnen allein war. Doch sobald die beiden zusammen waren, verfielen sie in Hindi und Marathi. Der Doktor sprach bestenfalls ein stockendes Hindi – und fast überhaupt kein Marathi.

»Es ist wichtig, daß ihr euch wie Bruder und Schwester benehmt«, erinnerte Farrokh die zwei, aber der Krüppel war ebenso schlecht gelaunt wie Madhu.

»Wenn sie meine Schwester wäre, würde ich sie verprügeln«, sagte Ganesh.

»Nicht mit dem Fuß, garantiert nicht«, erwiderte Madhu.

»Aber, aber«, sagte Dr. Daruwalla. Er hatte beschlossen, englisch zu sprechen, weil er ziemlich sicher war, daß sowohl Madhu als auch Ganesh ihn verstanden, und davon ausging, daß er auf englisch mehr Autorität ausstrahlte. »Heute ist euer Glückstag«, erklärte er ihnen.

»Was ist ein Glückstag«, fragte Madhu den Doktor.

»Das bedeutet gar nichts«, sagte Ganesh.

»Das ist nur so ein Ausdruck«, gab Dr. Daruwalla zu, »aber er bedeutet schon etwas. Er bedeutet, daß ihr heute das Glück habt, Bombay zu verlassen und zum Zirkus zu gehen.«

»Dann meinen Sie also, daß *wir* Glück haben, nicht der Tag«, entgegnete der elefantenfüßige Junge.

»Es ist zu früh, um zu entscheiden, ob wir Glück haben«, sagte die Kindprostituierte.

In dieser Stimmung trafen sie in St. Ignatius ein, wo der eigensinnige Missionar bereits auf sie wartete. Strahlend vor grenzenlosem Optimismus, kletterte Martin Mills auf den Rücksitz des Ambassador. »Heute ist euer Glückstag!« verkündete der Glaubenseiferer den Kindern.

»Das haben wir schon durchgekaut«, sagte Daruwalla. Es war erst 7 Uhr 30.

Fehl am Platz im Taj Mahal

Um 8 Uhr 30 kamen sie in der Abflughalle für Inlandsflüge auf dem Flughafen Santa Cruz an, wo sie erfuhren, daß ihr Flug nach Rajkot Verspätung haben und erst gegen Abend abfliegen würde.

»Typisch Indian Airlines!« rief Dr. Daruwalla empört.

»Wenigstens geben sie es zu«, meinte Vinod.

Dr. Daruwalla war der Meinung, daß sie anderswo bequemer warten konnten als in der Abflughalle in Santa Cruz. Doch bevor er alle dazu bringen konnte, wieder in Vinods Taxi zu steigen, hatte sich Martin Mills abgeseilt und sich eine Morgenzeitung gekauft. Auf dem ganzen Rückweg nach Bombay am Samstagmorgen, mitten im Berufsverkehr, servierte ihnen der Missionar immer wieder Kostproben aus der ›Times of India‹. Es würde halb elf werden, bis sie im Taj Mahal ankamen, wo sie, wie Dr. Daruwalla eigenmächtig und eigenwillig beschlossen hatte, den Abflug nach Rajkot in der Hotelhalle abwarten würden.

»Hört euch das an«, begann Martin. »›Zwei Brüder erstochen... die Polizei hat einen Angreifer festgenommen, während zwei weitere Mittäter überstürzt auf einem Roller flüchtig sind.‹ Eine reichlich unorthodoxe Verwendung des Präsens«, bemerkte der Englischlehrer. »Von ›flüchtig‹ ganz zu schweigen.«

»›Flüchtig‹ ist hierzulande ein sehr beliebtes Wort«, erklärte Farrokh.

»Manchmal ist es die Polizei, die flüchtig ist«, ergänzte Ganesh.

»Was hat er gesagt?« fragte der Missionar.

»Wenn ein Verbrechen geschieht, ist häufig die Polizei flüchtig«, antwortete Farrokh. »Es ist ihnen peinlich, daß sie das Verbrechen nicht verhindern oder den Täter nicht fassen konnten, also laufen sie weg.« Dabei dachte Dr. Daruwalla, daß dieses Verhaltensmuster auf Detective Patel nicht zutraf. Nach Aussage von John D. wollte der Kommissar den Tag in dessen Suite im Oberoi Towers verbringen, um mit ihm zu probieren, wie er sich am besten an Rahul heranmachte. Farrokh fühlte sich gekränkt, daß man ihn weder aufgefordert hatte dabeizusein, noch angeboten hatte, die Probe zu verschieben, bis er vom Zirkus zurückkam. Schließlich mußte er sich entsprechende Dialoge einfallen lassen und zu Papier bringen, und obwohl Dialoge nichts mit seinem eigentlichen Beruf zu tun hatten, fielen sie zumindest in sein heimliches Metier.

»Ich möchte mich vergewissern, daß ich das richtig verstanden habe«, sagte Martin Mills. »Manchmal, wenn ein Verbrechen geschieht, sind sowohl die Verbrecher als auch die Polizei ›flüchtig‹.«

»Aber gewiß doch«, antwortete Dr. Daruwalla. Es war ihm nicht bewußt, daß er diesen Ausdruck von Detective Patel übernommen hatte, weil er im Augenblick von der stolzen Erkenntnis abgelenkt wurde, daß er, schlau wie er war, die ›Times of India‹ bereits ähnlich respektlos in sein Drehbuch eingebaut hatte. (Der fiktive Mr. Martin las den fiktiven Kindern auch immer irgendwelche albernen Meldungen vor.)

Das Leben imitiert die Kunst, dachte Farrokh, als Martin Mills verkündete: »Hier sagt jemand wohltuend unverblümt seine Meinung.« Martin hatte die Rubrik »Leserbriefe« der ›Times of India‹

entdeckt und las aus einem Brief vor. »Hört euch das an«, sagte der Missionar. »›Unsere Lebensweise wird sich ändern müssen. Das sollte damit anfangen, daß man spätestens in der Grundschule den Jungen beibringt, nicht im Freien zu urinieren.‹«

»Mit anderen Worten: Biegt sie zurecht, solange sie jung sind«, sagte Dr. Daruwalla.

Dann sagte Ganesh etwas, worüber Madhu lachen mußte.

»Was hat er gesagt?« fragte Martin Farrokh.

»Er hat gesagt, daß man überhaupt nur im Freien pinkeln kann«, antwortete Dr. Daruwalla.

Dann sagte Madhu etwas, was Ganesh eindeutig mißfiel.

»Was hat sie gesagt?« fragte der Missionar.

»Sie hat gesagt, sie pinkelt lieber in parkenden Autos... vor allem nachts«, erklärte ihm der Doktor.

Als sie im Taj Mahal ankamen, war Madhus Mund voller Betelsaft; blutroter Speichel floß aus ihren Mundwinkeln.

»Im Taj Mahal wird kein Betel gekaut«, sagte der Doktor. Das Mädchen spuckte das schauerliche Zeug auf den Vorderreifen von Vinods Taxi. Angewidert schauten der Zwerg und der Sikh-Portier zu, wie sich der Fleck auf der kreisförmigen Ausfahrt ausbreitete. »Im Zirkus darfst du sicher kein *paan* kauen«, erinnerte der Doktor Madhu.

»Wir sind noch nicht im Zirkus«, sagte die mißmutige kleine Hure.

Die kreisrunde Auffahrt war mit Taxis und einer Phalanx von Luxuskarossen verstopft. Der elefantenfüßige Junge sagte etwas zu Madhu, was diese zum Lachen brachte.

»Was hat er gesagt?« fragte der Missionar Dr. Daruwalla.

»Er hat gesagt, da stehen viele Autos zum Reinpinkeln«, antwortete der Doktor. Dann bekam er mit, wie Madhu Ganesh erzählte, daß sie einmal in so einem teuren Auto gefahren sei. Es hörte sich nicht nach reiner Angeberei an, aber Farrokh widerstand der Versuchung, dem Jesuiten dieses Detail zu übersetzen.

So sehr Dr. Daruwalla es genoß, Martin Mills zu schockieren, wäre es ihm lüstern erschienen, darüber zu spekulieren, was eine Kindprostituierte in einem so teuren Wagen getan haben mochte, selbst wenn sie nur hineingepinkelt hätte.

»Was hat Madhu gesagt?« fragte Martin Farrokh.

»Sie hat gesagt, sie würde lieber die Damentoilette benutzen«, log Dr. Daruwalla.

»Gut für dich!« sagte Martin zu dem Mädchen. Als sie den Mund leicht öffnete, um ihn anzulächeln, waren ihre Zähne vom *paan* leuchtend rot verschmiert; es sah aus, als würde ihr Zahnfleisch bluten. Der Doktor hoffte, daß Madhus obszönes Lächeln nur Einbildung war. Als sie die Hotelhalle betraten, war Dr. Daruwalla keineswegs glücklich über den Blick, mit dem der Portier Madhu musterte. Der Sikh schien zu wissen, daß sie nicht zu der Sorte Mädchen gehörte, die Zugang zum Taj Mahal hatten. Obwohl Deepa Vinod gesagt hatte, wie er sie anziehen sollte, sah Madhu nicht wie ein Kind aus.

Ganesh begann bereits zu zittern, weil er keine Klimaanlage gewöhnt war; der Krüppel wirkte verängstigt, als befürchte er, der Sikh an der Tür könnte ihn hinauswerfen. Das Taj Mahal ist nicht der richtige Ort für einen Betteljungen und eine Kindprostituierte, dachte Dr. Daruwalla. Es war ein Fehler gewesen, sie hierherzubringen.

»Wir trinken nur einen Tee«, versicherte Farrokh den Kindern. »Und wir erkundigen uns in regelmäßigen Abständen nach dem Flug«, erklärte er dem Missionar. Wie Madhu und Ganesh war Martin sichtlich überwältigt von der üppigen Ausstattung der Lobby. Während der paar Minuten, die Dr. Daruwalla benötigte, um mit dem Assistenten des Hotelmanagers zu vereinbaren, daß man ausnahmsweise ein Auge zudrücken würde, hatte irgendein kleiner Hotelangestellter den Jesuiten und die Kinder bereits aufgefordert, das Hotel zu verlassen. Nachdem das Mißverständnis aufgeklärt war, erschien Vinod mit der Papiertüte, in der sich das Hawaiihemd befand, in der Halle. Gelassen und kommentarlos sah der Zwerg mit an, wie der vermeintliche Inspector Dhar seine Wahnvorstellung ausagierte – nämlich daß er ein jesuitischer Missionar war, der sich auf das Priesteramt vorbereitete. Dr. Daruwalla hatte Martin Mills das Hawaiihemd geben wollen, hatte die Tüte aber in Vinods Taxi vergessen. (Nicht jeder dahergelaufene Taxifahrer wäre so einfach in die Halle des Taj Mahal gelassen worden, aber Vinod war hier als Inspector Dhars Chauffeur bekannt.)

Als Farrokh Martin Mills das Hawaiihemd überreichte, wurde der Missionar ganz aufgeregt.

»Ach, das ist ja wunderschön!« rief er aus. »Ich hatte mal genau dasselbe!«

»Um ehrlich zu sein, das ist Ihres«, gab Farrokh zu.

»Nein, nein!« flüsterte Martin. »Mein Hemd wurde mir gestohlen. Eine von diesen Prostituierten hat es an sich genommen.«

»Sie hat es zurückgegeben«, flüsterte Dr. Daruwalla.

»Wirklich? Na so was, das ist erstaunlich!« sagte Martin Mills. »Hat sie Reue gezeigt?«

»Er, nicht sie«, sagte Dr. Daruwalla. »Nein, er hat keine Reue gezeigt, glaube ich.«

»Was meinen Sie damit? Er...?« fragte der Missionar.

»Ich meine damit, daß diese Prostituierte ein Er war, keine Sie«, erklärte der Doktor Martin Mills. »Das war ein kastrierter Transvestit... das waren lauter Männer. Na ja, in gewisser Weise.«

»Was meinen Sie mit ›in gewisser Weise‹...?« wollte der Missionar wissen.

»Man nennt diese Leute *hijras*. Sie haben sich entmannen lassen«, flüsterte der Doktor. Als typischer Chirurg beschrieb er die Prozedur gern bis ins kleinste Detail – das Verätzen der Wunde mit heißem Öl eingeschlossen und ohne jenen Teil der weiblichen Anatomie zu vergessen, an den die faltige Narbe erinnerte, nachdem sie abgeheilt war.

Als Martin Mills aus der Herrentoilette zurückkkam, trug er das Hawaiihemd, dessen leuchtende Farben einen scharfen Kontrast zu seiner Blässe bildeten. Farrokh vermutete, daß die Tüte jetzt das Hemd enthielt, das der arme Kerl zuvor angehabt und vollgespuckt hatte.

»Nur gut, daß wir die Kinder aus dieser Stadt wegbringen«, erklärte der eifrige Missionar feierlich, während der Doktor wieder einmal fröhlich registrierte, daß das Leben die Kunst imitierte. Wenn der dumme Kerl jetzt bloß den Mund halten würde, so daß er die letzten Seiten seines Drehbuchs durchlesen könnte!

Dr. Daruwalla wußte, daß sie nicht den ganzen Tag im Taj Mahal zubringen konnten. Die Kinder wurden bereits unruhig. Madhu brachte es fertig, sich an irgendwelche Hotelgäste heranzumachen, und der Elefantenjunge würde wahrscheinlich etwas stibitzen, zum Beispiel von dem billigen Silberschmuck aus dem Andenkenladen. Dr. Daruwalla wagte nicht, die Kinder auch nur einen Augenblick mit Martin Mills allein zu lassen, um Ranjit anzurufen und zu hören, ob irgendwelche Nachrichten für ihn eingegangen waren; doch rechnete er ohnehin nicht damit, denn am Samstag gab es erfahrungsgemäß nur Notfälle, und an diesem Wochenende hatte der Doktor keinen Dienst.

Das Mädchen machte Farrokh noch ganz kribbelig. Madhu saß nicht nur nachlässig in ihrem Clubsessel, sie lümmelte sich regelrecht hinein. Ihr Kleid war fast bis zu den Hüften hochgerutscht, und sie starrte jedem Mann, der vorbeiging, ins Gesicht. Das trug garantiert nicht dazu bei, daß sie wie ein Kind aussah. Dazu kam, daß sich Madhu offenbar parfümiert hatte. Der Geruch erinnerte Dr. Daruwalla ein bißchen an Deepa (zweifellos hatte Vinod dem Mädchen erlaubt, Deepas Sachen zu benützen, und das Parfum, das die Frau des Zwergs verwendete, hatte ihr wohl gefallen). Außerdem fand der Doktor, daß die Klimaanlage des Taj Mahal zu angenehm war – genauer gesagt, sie war zu kühl. Im Staatlichen Gästehaus in Junagadh, wo Dr. Daruwalla sie alle für die Nacht einquartiert hatte, würde es keine Klimaanlage geben – nur Deckenventilatoren –, und im Zirkus, wo die Kinder die darauffolgende Nacht (und alle weiteren Nächte) verbringen würden, gab es nur Zelte, keine Deckenventilatoren, und die Moskitonetze waren wahrscheinlich reparaturbedürftig. Dr. Daruwalla mußte zugeben, daß es für die Kinder mit jeder Sekunde, die sie länger in der Halle des Taj Mahal blieben, schwieriger werden würde, sich an den Great Blue Nile zu gewöhnen.

Dann passierte etwas höchst Ärgerliches. Ein Laufbursche war auf der Suche nach Inspector Dhar. Die Methode, mit der im Taj Mahal jemand ausgerufen wurde, war simpel; manche Leute fanden sie drollig. Der Bursche marschierte mit einer Schiefertafel, an der ein paar Messingglöckchen baumelten, durch die Halle und beehrte alle mit seinem penetranten Gebimmel. Der Laufbursche, der Inspector Dhar erkannt zu haben glaubte, blieb vor Martin Mills stehen und schüttelte die Tafel mit den hartnäckigen Glöckchen, auf der mit Kreide Mr. Dhar stand.

»Das ist der falsche Mann«, erklärte Dr. Daruwalla dem Burschen, doch der ließ seine Glöckchen weiterbimmeln. »Das ist der falsche Mann, du Idiot!« schrie der Doktor. Aber der Junge war kein Idiot; ohne ein Trinkgeld würde er sich nicht von der Stelle rühren. Sobald er es bekommen hatte, schlenderte er lässig und noch immer bimmelnd davon. Farrokh kochte vor Wut.

»Gehen wir«, sagte er unvermittelt.

»Wohin denn?« fragte Madhu.

»In den Zirkus?« fragte Ganesh.

»Nein, noch nicht, wir gehen nur woanders hin«, teilte ihnen der Doktor mit.

»Ist es hier denn nicht angenehm?« fragte der Missionar.

»Zu angenehm«, erwiderte Dr. Daruwalla.

»Eigentlich wäre eine Rundfahrt durch Bombay ganz

schön ... für mich«, meinte der Scholastiker. »Mir ist zwar klar, daß Sie und die Kinder die Stadt kennen, aber vielleicht gibt es etwas, was Sie mir zeigen mögen. Einen öffentlichen Park vielleicht. Marktplätze mag ich auch gern.«

Dhars Zwillingsbruder durch eine öffentliche Anlage zu schleifen war alles andere als eine grandiose Idee. Farrokh überlegte, daß er die drei zum Lunch in den Duckworth Club bringen könnte. Er war sicher gewesen, daß ihnen Dhar im Taj Mahal nicht über den Weg laufen würde, weil er mit Detective Patel im Oberoi Towers probierte; folglich würde er ihnen im Club auch kaum über den Weg laufen. Daß eine winzige Möglichkeit bestand, Rahul zu begegnen, störte Dr. Daruwalla nicht weiter. Er würde nichts unternehmen, um das Mißtrauen der zweiten Mrs. Dogar zu wecken. Aber es war noch zu früh, um sich zum Lunch in den Duckworth Club zu begeben, und außerdem mußte er vorher anrufen und einen Tisch bestellen, wenn er nicht riskieren wollte, daß Mr. Sethna ihn äußerst kühl empfing.

Zu laut für eine Bibliothek

Als sie wieder im Ambassador saßen, wies der Doktor Vinod an, sie in die Bibliothek der Asiatischen Gesellschaft am Horniman Circle zu fahren. Das war eine der wenigen Oasen in dieser von Menschen wimmelnden Stadt – ähnlich wie der Duckworth Club und St. Ignatius –, wo Dhars Zwillingsbruder, wie der Doktor hoffte, in Sicherheit wäre. Dr. Daruwalla war Mitglied bei der Bibliothek der Asiatischen Gesellschaft, in deren kühlen Leseräumen mit den hohen Decken er schon manche Stunde gedöst hatte. Die überlebensgroßen Statuen der Schriftsteller-Genies freilich hatten kaum von dem Drehbuchautor Notiz genommen, wenn er leise und bescheiden die imposante Freitreppe hinauf- oder hinunterging.

»Ich bringe Sie in die großartigste Bibliothek von ganz Bombay«, verkündete Dr. Daruwalla Martin Mills. »Fast eine Million Bücher! Und genausoviele Büchernarren!«

Den Zwerg beauftragte der Doktor, die Kinder unterdessen »einfach durch die Gegend zu fahren«. Er schärfte Vinod ein, die beiden ja nicht aussteigen zu lassen. Es machte ihnen ohnehin Spaß, im Ambassador herumzukutschieren – anonym in der Stadt spazierenzufahren, heimlich die draußen vorbeiziehende Welt anzustarren. Für Madhu und Ganesh war Taxifahren etwas völlig Neues. Sie starrten alle Leute an, als wären sie selbst unsichtbar oder als wäre der primitive Ambassador des Zwergs mit Spionglasfenstern ausgerüstet. Dr. Daruwalla fragte sich, ob das daran lag, daß sie sich bei Vinod sicher fühlten; sie waren noch nie in Sicherheit gewesen.

Als die Kinder abfuhren, hatte der Doktor nur kurz ihre Gesichter gesehen. In dem Augenblick wirkten sie verängstigt – aber wovor hatten sie Angst? Bestimmt nicht davor, mit dem Zwerg allein gelassen zu werden; vor Vinod hatten sie keine Angst. Nein. Auf ihren Gesichtern hatte Farrokh eine viel gravierendere Befürchtung gelesen – daß der Zirkus, zu dem sie angeblich gebracht werden sollten, nur ein Traum war, daß sie nie aus Bombay hinauskommen würden.

Flucht aus Maharashtra: Plötzlich erschien ihm das ein besserer Titel als *Limo-Roulette*. Aber vielleicht doch nicht, dachte Farrokh.

»Ich mag bibliophile Menschen«, sagte Martin Mills gerade, als sie die Treppe hinaufgingen. Seine Stimme hallte. Der Scholastiker redete viel zu laut für eine Bibliothek.

»Hier gibt es mehr als achthunderttausend Bücher«, flüsterte Farrokh. »Darunter zehntausend Handschriften!«

»Ich bin froh, daß wir einen Augenblick allein sind«, sagte der Missionar mit einer Stimme, die die schmiedeeisernen Gitter der Loggia vibrieren ließ.

»Schsch!« zischte der Doktor. Die marmornen Statuen sahen stirnrunzelnd auf sie herab. Die achtzig oder neunzig Bibliotheksangestellten hatten diese stirnrunzelnden Mienen vor langer Zeit übernommen, und Dr. Daruwalla sah voraus, daß der Scholastiker mit seiner dröhnenden Stimme bald von einem dieser in Pantoffeln umherschlurfenden, zänkischen Burschen, die durch die verstaubten Winkel der Bibliothek der Asiatischen Gesellschaft huschten, zurechtgewiesen würde. Um einen Auftritt zu vermeiden, schob der Doktor Martin in einen leeren Leseraum.

Der Deckenventilator hatte die Schnur erfaßt, mit der man ihn an- und ausschaltete, so daß nur das leise Klatschen der Schnur gegen die Ventilatorblätter die Stille der abgestandenen Luft durchbrach. Die mit Schnitzereien verzierten Regalbretter hingen unter dem Gewicht der staubigen Bücher durch; Stapel numerierter Kartons mit Manuskripten lehnten an den Bücherschränken; ledergepolsterte Stühle mit breiten Sitzflächen standen um einen ovalen Tisch, auf dem überall Bleistifte und Notizblöcke lagen. Nur einer dieser Stühle hatte Rollen; er stand schräg, da seine vier Beine nur drei Laufrollen hatten – die fehlende Rolle lag, wie ein Briefbeschwerer, auf einem Notizblock.

Nach dem typisch amerikanischen Motto »Do it yourself« machte sich der Jesuit daran, den kaputten Stuhl zu reparieren. Es standen noch ein halbes Dutzend Stühle herum, auf die er und der Doktor sich hätten setzen können, und Dr. Daruwalla vermutete, daß der Stuhl mit der abgefallenen Laufrolle wahrscheinlich die letzten zehn oder zwanzig Jahre unbehelligt in diesem unbrauchbaren Zustand verbracht hatte. Wer weiß, vielleicht hatte er bei den Feierlichkeiten zur Unabhängigkeit Schaden genommen – vor mehr als vierzig Jahren! Und da kam dieser Narr daher und setzte es sich in den Kopf, ihn zu reparieren. Gibt es denn keinen Ort in dieser Stadt, an den ich diesen

Blödmann mitnehmen kann? fragte sich Farrokh. Bevor er Martin Mills davon abhalten konnte, hatte dieser den Stuhl mit einem lauten Knall umgekehrt auf den ovalen Tisch gestellt.

»Kommen Sie schon, Sie müssen mir alles erzählen«, sagte der Missionar. »Ich kann es kaum erwarten, die Geschichte Ihrer Bekehrung zu hören. Natürlich hat mir der Pater Rektor davon berichtet.«

Natürlich, dachte Dr. Daruwalla. Pater Julian hatte den Doktor zweifellos als irregeleiteten Konvertiten hingestellt. Da zog der Missionar zu Farrokhs Überraschung plötzlich ein Messer aus der Tasche! Es war eines dieser Schweizer Armeemesser, die Dhar so gern mochte, ein kompakter Mini-Werkzeugkasten. Mit einer Ahle bohrte der Jesuit ein Loch in das Stuhlbein. Das morsche Holz bröselte auf den Tisch.

»Man braucht nur ein neues Loch für die Schraube zu bohren«, rief Martin. »Ich kann es einfach nicht glauben, daß niemand imstande war, den Stuhl zu richten.«

»Vermutlich haben sich die Leute einfach auf die anderen Stühle gesetzt«, meinte Dr. Daruwalla. Während der Scholastiker mit dem Stuhlbein rang, schnappte das häßliche kleine Werkzeug an seinem Messer plötzlich zu und knipste Martin fein säuberlich ein Stück vom Zeigefinger ab. Der Jesuit blutete heftig auf einen Notizblock.

»Na sehen Sie, jetzt haben Sie sich geschnitten...«, begann Dr. Daruwalla.

»Das hat nichts zu bedeuten«, sagte der Scholastiker, doch es war offensichtlich, daß der Stuhl den Mann Gottes allmählich den letzten Nerv kostete. »Ich möchte Ihre Geschichte hören. Na los, den Anfang kenne ich schon... Sie waren in Goa, nicht wahr? Sie haben sich gerade die geweihten Überreste unseres heiligen Franz Xaver angesehen... das, was noch von ihm da ist. Und beim Einschlafen haben Sie an diese Wallfahrerin gedacht, die ihm die Zehe abgebissen hat.«

»Beim Einschlafen habe ich an gar nichts gedacht!« protestierte Farrokh laut.

»Schsch! Wir sind hier in einer Bibliothek«, erinnerte ihn der Missionar.

»Ich weiß, ich weiß!« rief der Doktor – zu laut, denn es stellte sich heraus, daß sie doch nicht allein waren. Ein alter Mann, der auf einem Stuhl in der Ecke gedöst hatte und den sie zunächst nicht bemerkt hatten, tauchte jetzt hinter einem Stapel Manuskripte auf. Sein Stuhl hatte ebenfalls Räder, und jetzt rollte er auf sie zu. Der wenig liebenswürdige Bibliotheksmitbenutzer, der aus dem tiefen Schlummer, in den ihn seine Lektüre gestürzt hatte, geweckt worden war, trug ein Nehru-Jackett, das von der abfärbenden Druckerschwärze grau geworden war (die Hände ebenso).

»Schsch!« machte der alte Leser. Dann rollte er wieder in seine Ecke zurück.

»Vielleicht sollten wir uns einen anderen Ort suchen, um über meine Bekehrung zu reden«, flüsterte Farrokh Martin Mills zu.

»Ich werde diesen Stuhl reparieren«, erwiderte der Jesuit. Damit rammte er, während sein Blut auf den Stuhl, den Tisch und den Notizblock tropfte, die widerspenstige Rolle in das in die Luft ragende Stuhlbein. Mit einem zweiten, gefährlich aussehenden Werkzeug, einem kurzen Schraubenzieher, befestigte er die Rolle mühsam am Stuhl. »Also... Sie sind eingeschlafen... Sie dachten an absolut gar nichts, jedenfalls behaupten Sie das. Und was war dann?«

»Ich habe geträumt, ich sei der Leichnam des heiligen Franz Xaver...«, begann Dr. Daruwalla.

»Körperträume, ganz alltäglich«, flüsterte der Scholastiker.

»Schsch!« zischte der alte Mann im Nehru-Jackett aus seiner Ecke.

»Ich habe geträumt, daß mir die verrückte Pilgerin die Zehe abbeißt!« zischelte Farrokh.

»Und das haben Sie gespürt?« fragte Martin.

»Natürlich habe ich es gespürt!« zischte der Doktor.

»Aber ein Leichnam spürt nichts, oder?« meinte der Scholastiker. »Also gut ... Sie haben den Biß gespürt, und weiter?«

»Als ich aufwachte, pochte meine Zehe. Ich konnte mit dem Fuß nicht auftreten, und gehen erst recht nicht! Und man hat Bißabdrücke gesehen. Die Haut war nicht verletzt, wohlgemerkt, aber da waren richtige Abdrücke von Zähnen! Diese Abdrücke waren echt! Der Biß war echt!« sagte Farrokh mit Nachdruck.

»Natürlich war er echt«, sagte der Missionar. »Irgendwas Echtes hat Sie gebissen. Was mag das gewesen sein?«

»Ich befand mich auf einem Balkon, sozusagen in der Luft!« flüsterte Farrokh heiser.

»Jetzt übertreiben Sie mal nicht«, flüsterte der Jesuit. »Wollen Sie mir im Ernst weismachen, daß dieser Balkon vollkommen unzugänglich war?«

»Die Türen waren geschlossen ... meine Frau und die Kinder haben geschlafen ...«, setzte Farrokh an.

»Aha, die Kinder!« rief Martin Mills aus. »Wie alt waren die denn damals?«

»Ich bin nicht von meinen eigenen Kindern gebissen worden!« zischelte Dr. Daruwalla.

»Bei Kindern kommt das aber öfter vor, manchmal beißen sie auch nur aus Jux«, entgegnete der Missionar. »Ich habe gehört, daß Kinder regelrechte Beißphasen durchmachen, Zeiten, in denen sie besonders gern beißen.«

»Auch gut möglich, daß meine Frau Hunger hatte«, sagte Farrokh sarkastisch.

»Und es gab keine Bäume rings um den Balkon?« fragte Martin Mills, der inzwischen über dem eigensinnigen Stuhl nicht nur blutete, sondern auch schwitzte.

»Ich merke schon«, sagte Dr. Daruwalla. »Gleich kommen Sie mir mit Pater Julians Affentheorie. Beißwütige Affen, die sich auf den Balkon schwingen, oder so was.«

»Der springende Punkt ist, daß Sie wirklich gebissen wurden, stimmt's?« fragte ihn der Jesuit. »Wenn es um Wunder geht, bringen die Leute alles durcheinander. Das Wunder war nicht, daß Sie gebissen wurden. Das Wunder ist, daß Sie glauben! Ihr Glaube ist das Wunder. Es spielt kaum eine Rolle, daß etwas... etwas ganz Alltägliches den Anstoß dazu gegeben hat.«

»Was mit meiner Zehe passiert ist, war nicht alltäglich!« schrie der Doktor.

Der alte Leser kam auf seinem rollenden Stuhl aus der Ecke geschossen. »Schsch!« zischte er.

»Wollen Sie hier eigentlich lesen oder schlafen?« schrie der Doktor den alten Herrn an.

»Kommen Sie... Sie stören ihn. Er war zuerst da«, beschwichtigte Martin Mills Dr. Daruwalla. »Schauen Sie«, sagte er dann zu dem erzürnten alten Mann wie zu einem Kind. »Sehen Sie diesen Stuhl? Ich habe ihn repariert. Wollen Sie ihn ausprobieren?« Der Missionar stellte den Stuhl auf seine vier Rollen und schob ihn hin und her. Der alte Mann beäugte den Scholastiker voller Argwohn.

»Er hat seinen eigenen Stuhl, zum Kuckuck noch mal«, sagte Farrokh.

»Kommen Sie, probieren Sie ihn aus!« drängte der Missionar den alten Mann.

»Ich muß unbedingt telefonieren und einen Tisch für den Lunch reservieren. Und die Kinder sollten wir auch nicht zu lange allein lassen; die langweilen sich bestimmt.« Doch zu seinem Entsetzen sah der Doktor, daß Martin Mills zu dem Deckenventilator hinaufschaute. Sein Handwerkerauge hatte die Schnur erspäht, die sich verfangen hatte.

»Diese Schnur ist ziemlich störend, wenn man lesen möchte«, meinte er und kletterte auf den ovalen Tisch, der unter seinem Gewicht ächzte.

»Sie werden den Tisch noch kaputtmachen«, warnte ihn der Doktor.

»Ich mache den Tisch nicht kaputt. Ich will nur den Ventilator richten«, entgegnete Martin Mills. Langsam und unbeholfen erhob er sich von den Knien auf die Füße.

»Das sehe ich. Sie sind wohl völlig übergeschnappt!« rief Dr. Daruwalla.

»Ach, kommen Sie, Sie ärgern sich bloß über Ihr Wunder«, sagte der Missionar. »Ich will Ihnen Ihr Wunder doch gar nicht wegnehmen. Ich möchte Sie nur dazu bringen, das eigentliche Wunder zu sehen. Und das besteht schlicht darin, daß Sie glauben – nicht in dem albernen Ereignis, das Sie dazu gebracht hat. Der Biß war nur ein Vehikel.«

»Der Biß war das Wunder«, schrie Dr. Daruwalla.

»Nein, nein, da irren Sie sich«, konnte Martin Mills gerade noch sagen, bevor der Tisch unter ihm zusammenkrachte. Im Fallen griff er nach dem Ventilator, den er zum Glück verfehlte. Am meisten verblüfft war der alte Herr im Nehru-Jackett. Als Martin Mills herunterfiel, probierte er gerade vorsichtig den frisch reparierten Stuhl aus. Der einstürzende Tisch und der Aufschrei des Missionars erschreckten ihn so, daß er sich heftig nach hinten abstieß und das Stuhlbein mit dem frischgebohrten Loch seine Laufrolle wieder ausspuckte. Während der alte Mann und der Jesuit auf dem Boden lagen, blieb es Dr. Daruwalla überlassen, den empörten Bibliotheksangestellten zu beruhigen, der in seinen Pantoffeln in den Leseraum geschlurft kam.

»Wir wollten gerade gehen«, erklärte Dr. Daruwalla dem Bibliothekar. »Es ist zu laut hier. Da kann man sich ja auf gar nichts konzentrieren!«

Schweißtriefend, blutend und humpelnd folgte der Missionar unter den stirnrunzelnden Blicken der Statuen dem Doktor die imposante Treppe hinunter. Um sich zu entspannen, summte Dr. Daruwalla vor sich hin: »Das Leben imitiert die Kunst. Das Leben imitiert die Kunst.«

»Was sagen Sie da?« fragte Martin Mills.

»Schsch!« sagte der Doktor. »Das hier ist eine Bibliothek.«

»Ärgern Sie sich nicht über Ihr Wunder«, riet ihm der Jesuit.

»Das ist lange her. Ich glaube nicht, daß ich noch an irgend etwas glaube«, entgegnete Farrokh.

»Sagen Sie das nicht!« rief der Missionar.

»Schsch!« flüsterte Farrokh.

»Ich weiß, ich weiß«, sagte Martin Mills. »Das hier ist eine Bibliothek.«

Es war fast Mittag. Draußen, im gleißenden Sonnenlicht, blickten sie die Straße entlang, ohne das Taxi zu sehen, das am Randstein parkte. Vinod mußte ihnen entgegengehen und sie wie zwei Blinde zum Auto führen. Im Ambassador saßen die Kinder und weinten. Sie waren überzeugt, daß der Zirkus ein Märchen war oder ein übler Scherz.

»Nein, nein, es gibt ihn wirklich«, versicherte ihnen Dr. Daruwalla. »Wir fahren hin, ganz bestimmt, nur hat das Flugzeug eben Verspätung.« Aber was wußten Madhu oder Ganesh schon von Flugzeugen? Vermutlich waren sie noch nie geflogen. Neue Schrecken erwarteten sie. Ihre Augen weiteten sich angstvoll, als sie sahen, daß Martin Mills blutete. Hatte es eine Prügelei gegeben? »Es war nur ein Stuhl«, sagte Farrokh. Er ärgerte sich, weil er in dem Durcheinander vergessen hatte, seinen Lieblingstisch im Ladies' Garden zu reservieren. Er wußte, daß Mr. Sethna eine Möglichkeit finden würde, ihn diese Nachlässigkeit büßen zu lassen.

Ein Mißverständnis am Pinkelbecken

Zur Strafe hatte Mr. Sethna den Tisch des Doktors dem Ehepaar Kohinoor und Mrs. Kohinoors penetranter, unverheirateter Schwester gegeben. Letztere hatte eine so durchdringende Stimme, daß nicht einmal das Blumenspalier des Ladies' Garden ihr schrilles Gewieher dämpfen konnte. Dr. Daruwalla und seine Gäste hatte Mr. Sethna, vermutlich mit Absicht, an einen Tisch in einer vernachlässigten Ecke der Laube gesetzt, wo einen die Kellner entweder ignorierten oder vom Speisesaal aus gar nicht sehen konnten. Eine abgerissene Bougainvillearanke hing vom Dach der Laube herab und streifte Dr. Daruwallas Nacken wie eine Kralle. Das einzig Positive war, daß heute kein chinesischer Tag war. Madhu und Ganesh bestellten vegetarische *kabobs*, verschiedene, auf Spießen gebratene oder gegrillte Gemüse. Kinder durften dieses Gericht manchmal mit den Fingern essen. Während der Doktor hoffte, daß auf diese Weise unbemerkt bleiben würde, daß Madhu und Ganesh nicht mit Messer und Gabel umgehen konnten, stellte Mr. Sethna Vermutungen darüber an, wessen Kinder das sein mochten.

Der alte Butler bemerkte, daß der Krüppel seine eine Sandale abgestreift hatte. Die Schwielen an der Fußsohle seines gesunden Fußes waren so dick wie bei einem Bettler. Der Fuß, auf den der Elefant getreten war, wurde noch immer von der Socke verhüllt, die bereits graubraun war und Mr. Sethna nicht darüber hinwegtäuschen konnte, daß der darin steckende Fuß eigentümlich flachgedrückt war – der Junge war auf der Ferse gehumpelt. Am Ballen war die Socke noch weitgehend weiß.

Auch mit dem Mädchen stimmte etwas nicht, fand Mr. Sethna, sie hatte ein so laszives Lächeln. Außerdem war sie bestimmt noch nie in einem Restaurant gewesen – sonst hätte sie die Kellner nicht so unverhohlen angestarrt. Dr. Daruwallas Enkelkinder hätten sich besser benommen, und obwohl Inspector Dhar gegenüber der Presse erklärt hatte, daß er nur indische Babys zeugen wolle, hatten diese Kinder keinerlei Ähnlichkeit mit dem berühmten Schauspieler.

Dieser sah heute fürchterlich aus, fand Mr. Sethna, blaß und übernächtigt. Möglicherweise hatte er vergessen, sich zu schminken. Sein grellbuntes Hemd war abscheulich, auf der Hose hatte er

Blutflecken, und sein ganzer Körper schien über Nacht verfallen zu sein – sicher litt er an akuter Diarrhöe. Wie sonst wäre es möglich, an einem Tag sieben oder acht Kilo abzunehmen? Außerdem hatten ihm Straßenräuber den Kopf geschoren, oder gingen ihm etwa die Haare aus? Nach reiflicher Überlegung gelangte Mr. Sethna zu der Vermutung, daß Dhar das Opfer einer Geschlechtskrankheit war. Kein Wunder bei einer Kultur, die so auf den Hund gekommen war, daß Schauspieler wie Halbgötter verehrt wurden; da mußte man mit solchen Krankheiten rechnen. Das wird den Scheißkerl wieder auf den Boden bringen, dachte Mr. Sethna. Wer weiß, vielleicht hatte Inspector Dhar Aids! Der alte Butler geriet in arge Versuchung, einen anonymen Anruf beim ›Stardust‹ oder beim ›Cineblitz‹ zu machen, die sich sicher ganz begeistert auf ein solches Gerücht stürzen würden.

»Ich würde ihn nicht heiraten, und wenn ihm das Halsband der Königin gehören und er mir die Hälfte davon anbieten würde!« tönte Mrs. Kohinoors unverheiratete Schwester. »Ich würde ihn nicht einmal dann heiraten, wenn er mir ganz London zu Füßen legen würde!«

Wenn du in London säßest, könnte ich dich bis hierher hören, dachte Dr. Daruwalla, während er in seiner Brachsenmakrele herumstocherte. Der Fisch war im Duckworth Club regelmäßig zerkocht, so daß Farrokh sich fragte, warum er ihn bestellt hatte. Voller Neid beobachtete er, wie sich Martin Mills auf seine Fleischspieße stürzte. Immer wieder fielen ihm einzelne Fleischstücke aus der Brottasche, da der Missionar die Spieße herausgezogen und versucht hatte, aus dem ganzen ein Sandwich zu machen. Seine Hände waren voller Zwiebelwürfel, und zwischen seinen oberen Schneidezähnen hing ein dunkelgrünes Stück Minzblatt. Um dem Jesuiten auf höfliche Weise nahezulegen, einmal in den Spiegel zu schauen, sagte Farrokh: »Vielleicht möchten Sie hier die Herrentoilette aufsuchen, Martin. Sie ist angenehmer als die Örtlichkeiten am Flugplatz.«

Während des Essens sah Dr. Daruwalla immer wieder auf die Uhr, obwohl Vinod wiederholt bei der Indian Airlines angerufen hatte und prophezeite, daß das Flugzeug frühestens am Spätnachmittag abfliegen würde. Sie waren also nicht in Eile. Der Doktor hatte in seiner Klinikpraxis angerufen, erfuhr aber lediglich, daß nichts von Bedeutung vorgefallen war. Es war nur ein Anruf für ihn gekommen, und Ranjit hatte die Angelegenheit kompetent erledigt. Mr. Garg hatte sich nach der Postanschrift des Great Blue Nile Circus in Junagadh erkundigt. Er hatte Ranjit erzählt, er wolle Madhu einen Brief schreiben. Eigenartig war es schon, daß Mr. Garg nicht Vinod oder Deepa nach der Adresse gefragt hatte, denn schließlich hatte der Doktor sie von der Frau des Zwergs bekommen. Noch eigenartiger war, daß sich Garg einbildete, Madhu könnte einen Brief oder auch eine Postkarte lesen. Madhu konnte überhaupt nicht lesen. Aber der Doktor nahm an, daß Mr. Garg in Hochstimmung war, nachdem er erfahren hatte, daß Madhu nicht HIV-positiv war. Vielleicht wollte der widerliche Kerl dem armen Kind ja ein Dankesbriefchen schicken oder ihm einfach nur alles Gute wünschen.

Außer Martin Mills direkt darauf aufmerksam zu machen, daß er ein Minzblatt zwischen den Zähnen hatte, gab es offenbar keine Möglichkeit, ihn zu einem Besuch der Herrentoilette zu bewegen. Dafür begab sich der Scholastiker mit den Kindern ins Kartenzimmer, wo er vergeblich versuchte, ihnen »Crazy Eight« beizubringen. Bald waren die Karten blutbefleckt, da sein Zeigefinger noch immer blutete. Statt seine ärztliche Notausrüstung aus dem Koffer zu holen, der sich im Ambassador befand – etwas so Simples wie ein Pflaster hatte der Doktor übrigens gar nicht eingepackt –, bat Farrokh Mr. Sethna um einen Streifen Heftpflaster. Der alte Butler lieferte es mit der ihm eigenen Geringschätzung und unangemessenem Zeremoniell im Kartenzimmer ab. Er reichte Martin Mills das Pflaster auf einem silbernen Serviertablett, das er auf Armeslänge von sich streckte. Dr.

Daruwalla nahm die Gelegenheit wahr, um zu dem Jesuiten zu sagen: »Sie sollten die Wunde lieber in der Toilette waschen, bevor Sie sie verpflastern.«

Aber Martin Mills wusch und verpflasterte seinen Finger, ohne auch nur einmal in den Spiegel über dem Waschbecken oder in den großen Kleiderspiegel zu blicken – außer aus einiger Entfernung und das auch nur, um sein verlorenes und wiedergefundenes Hawaiihemd eines Blickes zu würdigen. Das Minzblatt zwischen seinen Zähnen entdeckte er nicht. Allerdings bemerkte er neben dem Spülhebel für das Pinkelbecken einen Papiertuchspender und stellte außerdem fest, daß unmittelbar neben jedem Spülhebel ein solcher Spender hing. Die benutzten Papiertücher wurden nicht etwa achtlos ins Urinbecken geworfen, sondern in einen silbernen Eimer, eine Art Eiskübel ohne Eis, der am Ende der Pinkelbeckenreihe stand.

Diese Methode erschien Martin Mills, der darüber nachsann, daß er sich den Penis noch nie mit einem Papiertuch abgewischt hatte, außerordentlich feinsinnig und übertrieben hygienisch. Es verlieh dem Vorgang des Urinierens irgendwie mehr Bedeutung, ganz gewiß mehr feierlichen Ernst, wenn von einem erwartet wurde, daß man sich nach vollbrachter Tat den Penis abwischte. Wenigstens ging Martin Mills davon aus, daß die Papiertücher dafür gedacht waren. Es bekümmerte ihn, daß kein anderer Duckworthianer an einem der Pinkelbecken neben ihm urinierte und er folglich nicht ganz sicher sein konnte, was den Zweck der Papiertuchspender betraf. Gerade wollte er den Vorgang des Pinkelns wie üblich beenden – also ohne sich abzuwischen –, als der unfreundliche alte Butler, der dem Jesuiten das Pflaster überreicht hatte, die Herrentoilette betrat. Das silberne Serviertablett klemmte in einer Achselhöhle und lag so auf Mr. Sethnas Unterarm auf wie ein Gewehr.

Weil jemand ihn beobachtete, glaubte Martin Mills, ein Papiertuch benutzen zu müssen. Er versuchte sich so abzuwischen, als würde er den verantwortungsvollen Vorgang des Urinierens stets auf diese Weise beenden, war aber so wenig geübt darin, daß das Tuch kurz an der Spitze seines Penis hängenblieb und dann ins Pinkelbecken fiel. Was sah das Protokoll wohl im Falle eines solchen Mißgeschicks vor? fragte sich Martin. Die Knopfaugen des Butlers waren auf den Jesuiten gerichtet. Als würde ihn das beflügeln, schnappte sich Martin Mills mehrere Papiertücher, nahm sie zwischen Daumen und den verpflasterten Zeigefinger und zupfte damit das heruntergefallene Papiertuch aus dem Urinbecken. Schwungvoll ließ er das Papiertuchknäuel in den silbernen Eimer fallen, der plötzlich ins Wanken geriet und umgekippt wäre, wenn der Missionar ihn nicht mit beiden Händen festgehalten hätte. Martin wollte Mr. Sethna beruhigend zulächeln, als er merkte, daß er, da er den silbernen Eimer mit beiden Händen stabilisiert hatte, es versäumt hatte, seinen Penis wieder in die Hose zu stecken. Vielleicht war das der Grund, warum der alte Butler wegsah.

Als Martin Mills die Herrentoilette verließ, machte Mr. Sethna einen großen Bogen um das Urinbecken, in das der erkrankte Schauspieler gepinkelt hatte, und pinkelte selbst so weit wie möglich davon entfernt. Es handelte sich garantiert um eine Geschlechtskrankheit, dachte Mr. Sethna. Er hatte noch nie miterlebt, daß jemand auf so groteske Weise pinkelte. Er konnte sich nicht vorstellen, daß es einen medizinischen Grund gab, warum man sich jedesmal nach dem Pinkeln den Penis abwischen sollte. Der alte Butler wußte nicht mit Bestimmtheit, ob andere Duckworthianer die Papiertücher aus dem Spender zu demselben Zweck benutzten wie Martin Mills. Jahrelang hatte Mr. Sethna angenommen, daß die Tücher dazu da seien, sich die Finger abzuwischen. Und jetzt warf er, nachdem er sich die Finger abgewischt hatte, sein Papiertuch ordentlich in den silbernen Eimer und dachte dabei wehmütig über Inspector Dhars Schicksal nach. Einst ein Halbgott, jetzt ein todgeweihter Patient. Zum erstenmal, seit er diesem Geck mit der Perücke heißen Tee auf den Kopf gegossen hatte, hatte Mr. Sethna den Eindruck, daß die Welt gut und gerecht war.

Während Martin Mills in der Herrentoilette herumexperimentierte, kam Dr. Daruwalla im Kartenzimmer dahinter, warum es den Kindern so schwerfiel, »Crazy Eight« oder irgendein anderes Kartenspiel zu begreifen. Niemand hatte ihnen je die Zahlen beigebracht. Sie konnten nicht nur nicht lesen, sie konnten auch nicht zählen. Der Doktor hielt seine Finger und gleichzeitig die entsprechende Karte hoch – drei Finger bei der Herz Drei –, als Martin Mills von der Herrentoilette zurückkehrte. Das Minzblatt hing nach wie vor zwischen seinen Schneidezähnen.

Fürchte kein Unheil!

Ihr Flugzeug nach Rajkot startete um 17 Uhr 10, knapp acht Stunden nach der planmäßigen Abflugzeit. Es war eine wenig Vertrauen erweckende Boeing 737. Die verblichene Aufschrift auf dem Rumpf

Vierzig Jahre Freiheit

war kaum lesbar. Das Flugzeug war 1987 in Indien in Betrieb genommen worden, rechnete Dr. Daruwalla nach. Der Himmel mochte wissen, wo es zuvor herumgeflogen war.

Zusätzlich verzögert wurde der Abflug dadurch, daß die kleinlichen Beamten es für nötig hielten, Martin Mills' Schweizer Armeemesser – ein potentielles Terroristenwerkzeug – in Verwahrung zu nehmen. Der Pilot würde die »Waffe« einstecken und sie Martin in Rajkot aushändigen.

»Na ja, wahrscheinlich sehe ich es nie wieder«, meinte der

Missionar; er sagte es nicht gleichmütig, sondern eher wie ein Märtyrer.

Farrokh nahm ihn auf den Arm, ohne auch nur eine Sekunde zu verlieren. »Das kann Ihnen doch nichts ausmachen«, erklärte er. »Sie haben doch ein Armutsgelübde abgelegt, oder?«

»Ich weiß, was Sie von meinen Gelübden halten«, entgegnete Martin. »Sie glauben, nur weil ich mich für ein Leben in Armut entschieden habe, darf ich nicht an materiellen Dingen hängen. An diesem Hemd zum Beispiel, an meinem Taschenmesser, meinen Büchern. Und Sie glauben, weil ich Keuschheit gelobt habe, muß ich frei von sexueller Begierde sein. Also, ich will Ihnen mal was sagen: Ich bin die endgültige Verpflichtung, Priester zu werden, nicht nur deshalb noch nicht eingegangen, weil ich eben an meinen paar Sachen hänge, sondern auch, weil ich mir eingebildet habe, ich sei verliebt. Zehn Jahre lang war ich verknallt. Ich habe nicht nur unter sexueller Begierde gelitten, sondern es war geradezu eine Obsession. Die betreffende Person ging mir absolut nicht mehr aus dem Kopf. Überrascht Sie das?«

»Ja, das tut es«, gab Dr. Daruwalla kleinlaut zu. Außerdem befürchtete er, daß dieser Wahnsinnige im Beisein der Kinder womöglich noch heiklere Bekenntnisse ablegte, aber Ganesh und Madhu waren so fasziniert von den Startvorbereitungen, daß sie von dem Geständnis des Jesuiten überhaupt keine Notiz nahmen.

»Ich habe weiterhin an dieser miserablen Schule unterrichtet – die Schüler waren lauter Straffällige, keine jungen Leute, die wirklich etwas lernen wollten –, nur, weil ich mich auf die Probe stellen mußte«, erzählte Martin Mills Dr. Daruwalla. »Weil sich das Objekt meiner Begierde dort befand. Wäre ich weggegangen, wäre ich fortgelaufen, hätte ich nie erfahren, ob ich die Kraft habe, einer solchen Versuchung zu widerstehen. Und deshalb bin ich geblieben. Ich habe mich gezwungen, mich möglichst nahe bei dieser Person aufzuhalten, nur um festzustellen, ob ich die

Standfestigkeit aufbringe, einer solchen Anziehungskraft zu widerstehen. Aber ich weiß, wie Sie über priesterliche Selbstverleugnung denken. Sie denken, daß Priester Menschen sind, die diese gewöhnlichen Begierden einfach nicht verspüren oder zumindest weniger stark als andere Leute.«

»Ich urteile nicht über Sie!« sagte Dr. Daruwalla.

»Doch, das tun Sie«, antwortete Martin. »Sie glauben, daß Sie alles über mich wissen.«

»Diese Person, in die Sie verliebt waren...«, begann der Doktor.

»... hat auch an der Schule unterrichtet«, beendete der Missionar den Satz. »Das Verlangen hat mich schier zugrunde gerichtet. Aber ich habe das Objekt meiner Begierde weiterhin so dicht vor Augen gehabt.« Bei diesen Worten hob der Glaubenseiferer die Hand vors Gesicht. »Irgendwann hat die Anziehungskraft nachgelassen.«

»Nachgelassen?« wiederholte Farrokh.

»Entweder hat die Anziehungskraft nachgelassen, oder ich habe sie überwunden«, sagte Martin Mills. »Letzten Endes habe ich gewonnen.«

»Und was haben Sie gewonnen?« fragte Farrokh.

»Nicht die Freiheit von der Begierde«, erklärte der künftige Priester. »Eher die Freiheit von der Angst vor der Begierde. Jetzt kann ich ihr widerstehen.«

»Aber was ist mit ihr?« fragte Dr. Daruwalla.

»Mit ihr?« wiederholte Martin Mills.

»Ich meine, welche Gefühle hat diese Frau für Sie gehegt?« fragte ihn der Doktor. »Hat sie überhaupt gewußt, was Sie für sie empfinden?«

»Für ihn«, entgegnete der Missionar. »Es war ein Mann, keine Frau. Überrascht Sie das?«

»Ja, das überrascht mich«, log der Doktor. Im Grunde war er überrascht, wie wenig ihn das Geständnis des Jesuiten überraschte. Er war beunruhigt und zutiefst aufgewühlt, ohne zu begreifen, warum.

Doch da setzte sich das Flugzeug in Bewegung, und schon sein schwerfälliges Dahinrollen auf der Startbahn reichte aus, um Madhu in Panik zu versetzen. Sie saß in derselben Reihe wie Dr. Daruwalla und der Missionar, nur auf der anderen Gangseite, und jetzt wollte sie herüberkommen und sich neben den Doktor setzen. Ganesh hatte es sich frohgemut auf dem Fenstersitz bequem gemacht. Umständlich tauschten Martin Mills und Madhu die Plätze; der Jesuit setzte sich neben den verzückt am Fenster klebenden Jungen, und die Kindprostituierte glitt auf den Sitz am Gang neben Farrokh.

»Du brauchst keine Angst zu haben«, sagte der Doktor zu ihr.

»Ich will nicht zum Zirkus«, sagte das Mädchen. Sie schaute den Gang hinunter und weigerte sich, aus dem Fenster zu sehen. Sie war nicht die einzige, für die alles neu war; offenbar flog die Hälfte der Passagiere zum erstenmal. Eine Hand griff nach oben, um das Luftventil einzustellen, und sogleich schossen weitere fünfunddreißig Hände in die Höhe. Trotz der wiederholten Ankündigung, daß das Handgepäck unter den Sitzen zu verstauen sei, bestanden die Passagiere darauf, ihre schweren Taschen auf die Ablage zu türmen, die die Stewardess hartnäckig als Hutablage bezeichnete, obwohl sich kaum Hüte an Bord befanden. Dafür – vielleicht wegen der langen Verzögerung – schwirrten unzählige Fliegen in der Kabine herum, was die aufgeregten Passagiere jedoch nicht weiter beeindruckte. Jemand erbrach sich bereits, dabei befanden sie sich noch am Boden. Endlich startete das Flugzeug.

Der Elefantenjunge bildete sich ein, er würde aus eigener Kraft fliegen. Seine Begeisterung und sein Elan schienen das Flugzeug in die Lüfte zu heben. Der kleine Bettler wird auf einem Löwen reiten, wenn man es ihm sagt, und er wird mit einem Tiger ringen, dachte Dr. Daruwalla. Ganz plötzlich hatte der Doktor Angst um den Jungen! Ganesh würde in die Zirkuskuppel hinaufklettern – die ganzen fünfundzwanzig Meter. Seine Arme und Hände waren, wahrscheinlich als Ausgleich für den unbrauchbaren Fuß, außergewöhnlich kräftig. Welche Instinkte werden ihn schützen? fragte sich der Doktor, während er spürte, wie Madhu in seinem Arm zitterte und stöhnte. Farrokh spürte ihr heftig schlagendes Herz an seiner Brust.

»Wenn wir abstürzen, verbrennen wir dann oder zerreißt es uns in kleine Stücke?« fragte ihn das Mädchen mit den Lippen an seinem Hals.

»Wir werden nicht abstürzen, Madhu«, beruhigte er sie.

»Das können Sie nicht wissen«, entgegnete sie. »Im Zirkus könnte ich von einem wilden Tier aufgefressen werden, oder ich könnte aus der Kuppel herunterfallen. Und was ist, wenn ich nicht zur Artistin tauge oder wenn sie mich schlagen?«

»Hör mir zu«, sagte Dr. Daruwalla, jetzt wieder ganz Vater. Er mußte an seine Töchter denken – an ihre Alpträume, ihre Schrammen und blauen Flecken und ihre schlimmsten Schultage; an ihre schrecklichen ersten Freunde, die schlicht hoffnungslos waren. Aber für das weinende Mädchen in seinem Arm stand mehr auf dem Spiel. »Versuch die Sache mal so zu sehen«, sagte der Doktor. »Du entkommst.« Aber mehr konnte er nicht sagen, weil er nur wußte, welcher Situation sie entkam, nicht aber, was sie dafür eintauschte. Aus den Fängen einer Art einer Todesart in die Fänge einer anderen ... Hoffentlich nicht, konnte der Doktor nur denken.

»Irgend etwas wird mich erwischen«, entgegnete Madhu. Als Farrokh ihren heißen, flachen Atem an seinem Hals spürte, wußte er auf einmal, warum Martin Mills' Eingeständnis seiner homosexuellen Begierde ihn so bedrückt hatte. Wenn Dhars Zwillingsbruder gegen seine sexuelle Neigung ankämpfte, was war dann mit John D.?

Dr. Duncan Frasier hatte Dr. Daruwalla davon überzeugt, daß Homosexualität eher eine Frage der biologischen Voraussetzungen als der Konditionierung war. Frasier hatte Farrokh erklärt, die Wahrscheinlichkeit, daß der eineiige Zwilling eines Homosexuellen ebenfalls homosexuell sei, liege bei zweiundfünfzig Prozent. Sein Freund und Kollege, Dr. Macfarlane, hatte ihn außerdem davon überzeugt, daß Homosexualität etwas Unabänderliches war. (»Wenn Homosexualität ein erlerntes Verhalten ist, wie kommt es dann, daß man es nicht abtrainieren kann?« hatte Mac argumentiert.)

Doch im Grunde machte Dr. Daruwalla nicht die plötzliche Erkenntnis zu schaffen, daß John D. vermutlich ebenfalls homosexuell war, sondern die vielen Jahre, in denen John D. so zurückgezogen und abgeschottet in der Schweiz gelebt hatte. Letztlich war wohl doch Neville und nicht Danny der Vater der Zwillinge! Und was sagt das über mich aus, daß John D. mir das verschwiegen hat? überlegte der Doktor.

Instinktiv drückte Farrokh das Mädchen an sich (als wäre sie sein geliebter John D.). Später wurde ihm klar, daß sich Madhu nur so verhielt, wie man es ihr beigebracht hatte: Sie erwiderte seine Umarmung, aber auf unpassende, sich anbiedernde Weise. Das schockierte ihn, und er wich abrupt zurück, als sie ihn auf den Hals zu küssen begann.

»Nein, bitte nicht…«, begann er.

Da wandte sich der Missionar an ihn. Der Elefantenjunge hatte Martin Mills mit seiner Begeisterung angesteckt. »Sehen Sie ihn sich an! Wetten, er würde über die Tragfläche laufen, wenn wir ihm sagen würden, daß es ungefährlich ist?!« sagte er.

»Ja, darauf würde ich auch wetten«, antwortete Dr. Daruwalla, der Madhus Gesicht nicht aus den Augen gelassen hatte. Die Angst und die Verwirrung, die er in den Augen der Kindprostituierten las, spiegelten seine eigenen Gefühle wider.

»Was möchten Sie gern?« flüsterte ihm das Mädchen zu.

»Nein, es ist nicht, was du denkst... ich möchte, daß du entkommst«, sagte der Doktor. Damit konnte sie überhaupt nichts anfangen, so daß sie auch gar nicht reagierte, sondern ihn weiterhin unverwandt ansah voller Verwirrung, aber auch noch immer Vertrauen. An den blutroten Lippenrändern quoll wieder die unnatürliche Röte aus ihrem Mund. Madhu kaute schon wieder *paan*. Dort, wo sie Farrokh geküßt hatte, wies sein Hals einen dunkelroten Fleck auf, als hätte ihn ein Vampir gebissen. Er berührte die Stelle mit den Fingerspitzen, die anschließend ganz rot waren. Der Jesuit bemerkte, wie der Doktor auf seine Hand starrte.

»Haben Sie sich geschnitten?« fragte Martin Mills.

»Nein, alles in Ordnung«, antwortete Dr. Daruwalla, aber das stimmte nicht. Farrokh mußte sich eingestehen, daß er sogar noch weniger über die sinnliche Begierde wußte als der künftige Priester.

Madhu, die seine Verwirrung wahrscheinlich spürte, drückte sich wieder an seine Brust. Und wieder fragte sie ihn flüsternd: »Was möchten Sie gern?« Der Doktor war entsetzt, als ihm klar wurde, daß für Madhu solche Fragen offenbar normal waren.

»Ich möchte, daß du dich wie ein Kind verhältst, weil du im Grunde ein Kind bist«, erklärte Farrokh dem Mädchen. »Bitte, magst du nicht versuchen, ein Kind zu sein?« In Madhus Lächeln lag ein solcher Eifer, daß der Doktor einen Augenblick lang glaubte, das Mädchen hätte ihn verstanden. Ganz wie ein Kind ließ sie ihre Finger über seinen Oberschenkel krabbeln; dann, ganz anders als ein Kind, preßte sie ihre kleine Handfläche fest auf Dr. Daruwallas Penis. Sie hatte nicht danach getastet, sondern hatte genau gewußt, wo er sich befand. Durch den leichten Stoff seiner Hose spürte der Doktor Madhus heiße Hand.

»Ich werde versuchen zu tun, was Sie möchten... alles, was Sie möchten«, erklärte ihm die Kindprostituierte. Abrupt schob Dr. Daruwalla ihre Hand weg.

»Hör auf damit!« herrschte Farrokh sie an.

»Ich möchte neben Ganesh sitzen«, sagte das Mädchen. Farrokh bat Martin Mills, mit ihr Platz zu tauschen.

»Da ist noch was, worüber ich nachgedacht habe«, flüsterte der Missionar dem Doktor zu. »Sie sagten, wir hätten zwei Zimmer zum Übernachten. Nur zwei?«

»Vermutlich könnten wir mehr bekommen…«, begann der Doktor. Seine Beine zitterten.

»Nein, nein, darauf will ich nicht hinaus«, sagte Martin. »Ich meine, haben Sie sich vorgestellt, daß die Kinder ein Zimmer nehmen und wir das andere?«

»Ja«, antwortete Dr. Daruwalla. Er bekam seine zitternden Beine nicht unter Kontrolle.

»Aber… na ja, ich weiß, daß Sie das für albern halten werden… aber mir erschiene es klüger, die beiden nicht zusammen schlafen zu lassen. Ich meine, nicht im selben Zimmer«, fügte der Missionar hinzu. »Schließlich müssen wir die Disposition des Mädchens berücksichtigen, über die wir freilich nur Vermutungen anstellen können.«

»Die was?« fragte der Doktor. Es gelang ihm, ein zitterndes Bein unter Kontrolle zu bringen, das andere jedoch nicht.

»Ihre sexuelle Erfahrung, meine ich«, sagte Martin Mills. »Wir müssen davon ausgehen, daß sie einige… sexuelle Kontakte gehabt hat. Ich will damit sagen, was ist, wenn Madhu versucht, Ganesh zu verführen? Wissen Sie, was ich meine?«

Dr. Daruwalla wußte sehr wohl, was Martin Mills meinte. »Das ist ein Argument«, war alles, was der Doktor darauf sagte.

»Alsdann, was halten Sie davon, wenn der Junge und ich ein Zimmer nehmen und Sie und Madhu das andere? Wissen Sie, ich glaube nicht, daß der Pater Rektor es billigen würde, wenn jemand in meiner Situation mit einem Mädchen im selben Zimmer übernachtet«, erläuterte Martin. »Das könnte so aussehen, als würde es meinen Gelübden widersprechen.«

»Ja... Ihren Gelübden«, erwiderte Farrokh. Endlich hörte auch das zweite Bein zu zittern auf.

»Halten Sie mich für völlig blöde?« fragte der Jesuit den Doktor. »Wahrscheinlich finden Sie es idiotisch von mir, Madhu zu unterstellen, daß sie eine solche Neigung hat, nur weil das arme Kind eine... weil sie das war, was sie eben war.« Aber Farrokh spürte, daß er noch immer eine Erektion hatte, dabei hatte Madhu ihn nur ganz kurz berührt.

»Nein, ich halte es für klug, daß Sie sich gewisse Sorgen wegen Madhus... Neigung machen«, antwortete Dr. Daruwalla. Er sprach langsam, weil er sich an den bekannten Psalm zu erinnern versuchte. »Wie geht er gleich wieder, der dreiundzwanzigste Psalm?« fragte er den Scholastiker. »›Muß ich auch wandern in finsterer Schlucht...‹«

»›... Ich fürchte kein Unheil...‹«, fuhr Martin Mills fort.

»Ja, das ist es. ›Ich fürchte kein Unheil‹«, wiederholte Farrokh.

Dr. Daruwalla nahm an, daß das Flugzeug Maharashtra bereits verlassen hatte und über Gujarat hinwegflog. Das Land lag flach und ausgetrocknet unter ihnen im Dunst des Spätnachmittags. Der Himmel war so braun wie die Erde. *Limo-Roulette* oder *Flucht aus Maharashtra* – der Drehbuchautor konnte sich nicht zwischen diesen beiden Titeln entscheiden. Er dachte: Es hängt davon ab, was passiert – es hängt davon ab, wie die Geschichte endet.

22

Die Versuchung des Dr. Daruwalla

Auf der Straße nach Junagadh

Am Flughafen von Rajkot wurde die Lautsprecheranlage getestet. Es war ein Test, der keinerlei Dringlichkeit erkennen ließ, so als wären die Lautsprecher eigentlich nicht wichtig – als würde ohnehin niemand glauben, daß ein Notfall eintreten könnte.

»Eins, zwei, drei, vier, fünf«, sagte eine Stimme. »Fünf, vier, drei, zwei, eins.« Dann wiederholte sie das Ganze. Vielleicht wurde gar nicht die Lautsprecheranlage getestet, dachte Dr. Daruwalla, sondern nur, wie gut die betreffende Person zählen konnte.

Während der Doktor und Martin Mills das Gepäck zusammensammelten, erschien der Pilot und händigte dem Missionar sein Schweizer Armeemesser aus. Zunächst wurde Martin verlegen – er hatte ganz vergessen, daß man ihn in Bombay gezwungen hatte, die Waffe abzugeben. Dann schämte er sich, weil er den Piloten für einen Dieb gehalten hatte. Während dieser peinlichen Transaktion bestellten und tranken Madhu und Ganesh jeweils zwei Gläser Tee. Dr. Daruwalla blieb es überlassen, mit dem Teeverkäufer um den Preis zu feilschen.

»Wir werden auf dem Weg nach Junagadh dauernd anhalten müssen, damit ihr pinkeln könnt«, sagte Farrokh vorwurfsvoll. Dann warteten sie in Rajkot fast eine Stunde auf die Ankunft ihres Chauffeurs. Während der ganzen Zeit wurde über die Lautsprecheranlage gezählt, von eins bis fünf und wieder zurück. Ein unangenehmer Flughafen, aber wenigstens hatten Madhu und Ganesh reichlich Zeit zum Pinkeln.

Ihr Chauffeur hieß Ramu. Er war Requisiteur im Great Blue

Nile Circus in Maharashtra und machte heute schon seine zweite Fahrt von Junagadh nach Rajkot. Er war am Morgen pünktlich zur planmäßigen Ankunftszeit des Flugzeuges dagewesen. Als er erfuhr, daß der Flug Verspätung hatte, fuhr er zum Zirkus nach Junagadh zurück, nur weil er eben gern Auto fuhr. Die einfache Fahrt dauerte fast drei Stunden, aber Ramu berichtete stolz, daß er die Strecke normalerweise in knapp zwei Stunden schaffte. Bald wurde seinen Fahrgästen klar, warum.

Ramu fuhr einen zerbeulten Landrover, der über und über mit Dreck (oder dem getrockneten Blut unglücklicher Fußgänger und Tiere) bespritzt war. Er war achtzehn bis zwanzig Jahre alt, schmächtig, und trug eine ausgebeulte kurze Hose und ein verdrecktes T-Shirt. Besonders bemerkenswert war, daß Ramu barfuß fuhr. Die gummierten Auflagen des Kupplungs- und des Bremspedals waren abgewetzt – die glatten Metalloberflächen sahen rutschig aus –, und das zweifellos überstrapazierte Gaspedal war durch ein Stück Holz ersetzt worden, das so morsch aussah wie eine Dachschindel und von dem Ramu den rechten Fuß keine Sekunde wegnahm. Er zog es vor, Kupplung *und* Bremse mit dem linken Fuß zu betätigen, obwohl dem zweiten Pedal wenig Aufmerksamkeit zuteil wurde.

Im Zwielicht rasten sie durch Rajkot. Sie kamen an einem Wasserbehälter vorbei, einer Frauenklinik, einem Busbahnhof, einer Bank, einem Obstmarkt, einer Gandhi-Statue, einem Telegrafenamt, einer Bücherei, einem Friedhof, dem Havmore Restaurant und dem Hotel Intimate. Als sie durch das Basarviertel brausten, konnte Dr. Daruwalla nicht länger hinsehen, weil es hier so viele Kinder gab – und natürlich auch ältere Leute, die nicht so schnell beiseite springen konnten wie die Kinder, ganz zu schweigen von den Ochsenkarren und den Kamelwagen, den Kühen und Eseln und Ziegen, den Mopeds und Fahrrädern, den Fahrradrikschas und den dreirädrigen Rikschas; und Autos und Lieferwagen und Busse gab es natürlich auch noch. Farrokh war sicher, daß er am Stadtrand, im Straßengraben, einen toten Mann gesehen hatte – noch eine »Nichtperson«, wie Ganesh sagen würde –, aber bei dem Tempo, mit dem sie dahinrasten, blieb ihm keine Zeit, Martin Mills auf das erstarrte Gesicht aufmerksam zu machen und sich von ihm bestätigen zu lassen, daß es einem Toten gehörte.

Sobald sie die Stadt hinter sich gelassen hatten, fuhr Ramu noch schneller. Er war ein Anhänger eines liberalen Fahrstils, bei dem es keine Regeln für das Überholen gab. Auf der Gegenfahrbahn wich er nur Fahrzeugen aus, die größer waren. Und seiner Meinung nach war der Landrover größer als alle anderen Gefährte auf der Straße – mit Ausnahme von Bussen und einer zahlenmäßig äußerst beschränkten Kategorie von Schwerlastkraftwagen. Dr. Daruwalla war dankbar, daß Ganesh auf dem Beifahrersitz saß. Madhu hätte auch gern vorne gesessen, aber der Doktor befürchtete, sie könnte den Fahrer ablenken – Verführung bei Tempo hundert. Folglich saß das Mädchen mit dem Doktor und dem Missionar auf dem Rücksitz, während der Elefantenjunge ununterbrochen auf Ramu einschwatzte.

Wahrscheinlich hatte Ganesh erwartet, daß der Fahrer nur Gujarati sprach. Daß er in Ramu einen Landsmann gefunden hatte, mit dem er Marathi und Hindi sprechen konnte, beflügelte den Betteljungen. Obwohl es Farrokh schwerfiel, der Unterhaltung der beiden zu folgen, verstand er zumindest genug, um mitzubekommen, daß Ganesh sämtliche denkbaren, mit dem Zirkus verbundenen Tätigkeiten aufzuzählen versuchte, die ein Krüppel mit einem gesunden Fuß ausführen konnte. Ramu seinerseits blockte eher ab; er redete lieber vom Autofahren, während er seine gewaltsame Schalttechnik (anstelle des üblichen Bremsens) vorführte und Ganesh nachdrücklich versicherte, zu einer solchen Meisterschaft bringe man es nur mit einem intakten rechten Fuß.

Immerhin muß man Ramu zugute halten, daß er Ganesh

nicht ansah, während er redete, sondern zum Glück starr auf den Wahnsinn blickte, der sich auf der Straße abspielte. Bald würde es dunkel werden; vielleicht konnte sich der Doktor dann eher entspannen, weil er den Tod nicht mehr auf sich zurasen sah. Nach Einbruch der Dunkelheit würde es nur noch die plötzliche Nähe einer plärrenden Hupe und die blendende Helle auf sie zufliegender Scheinwerfer geben. Farrokh stellte sich das Knäuel von Leibern in dem sich überschlagenden Landrover vor: ein Fuß hier, eine Hand dort, jemandes Hinterkopf, ein herumfuchtelnder Ellbogen – und keiner wußte, wer wer war und wo sich der Boden befand oder der schwarze Himmel (denn die Scheinwerfer wären mit Sicherheit zerschmettert), und alle hätten Glassplitter im Haar, so fein wie Sand. Sie würden das Benzin riechen, das ihre Kleider allmählich durchtränkte. Und zuletzt würden sie den Feuerball sehen.

»Lenken Sie mich ab«, sagte Dr. Daruwalla zu Martin Mills. »Reden Sie. Erzählen Sie, irgendwas.« Der Jesuit, der seine Kindheit auf den Schnellstraßen von Los Angeles verbracht hatte, schien sich in dem hin und her schwankenden Landrover wohl zu fühlen. Die ausgebrannten Autowracks am Straßenrand interessierten ihn ebensowenig wie vereinzelte, auf dem Dach liegende Autos, die noch schwelten – und für die blutigen Tierkadaver, mit denen die Straße übersät war, interessierte er sich nur dann, wenn er sie nicht identifizieren konnte.

»Was war denn das? Haben Sie das gesehen?« fragte der Missionar, während er den Kopf herumriß.

»Ein toter Ochse«, antwortete Dr. Daruwalla. »Bitte reden Sie mit mir, Martin.«

»Ich weiß, daß das Ding tot war«, sagte Martin Mills. »Und was genau ist ein Ochse?«

»Ein kastrierter Bulle, ein Ochse eben«, antwortete Farrokh.

»Da ist noch einer!« rief der Scholastiker und drehte sich wieder um.

»Nein, das war eine Kuh«, sagte der Doktor.

»Dort hinten habe ich ein Kamel gesehen«, bemerkte Martin. »Haben Sie es auch gesehen?«

»Ja, ich habe es auch gesehen«, antwortete Farrokh. »Aber jetzt erzählen Sie mir eine Geschichte. Es wird bald dunkel.«

»Wie schade, es gibt soviel zu sehen!« meinte Martin Mills.

»Lenken Sie mich um Himmels willen ab!« schrie Dr. Daruwalla. »Ich weiß, daß Sie gern reden, also los, erzählen Sie irgendwas!«

»Na gut... was soll ich Ihnen denn erzählen?« fragte der Missionar. Farrokh hätte ihm den Hals umdrehen können.

Das Mädchen war eingeschlafen. Sie hatten sie zwischen sich gesetzt, weil sie nicht wollten, daß sie sich gegen eine der klapprigen hinteren Türen lehnte. So konnte sie sich nur an sie beide lehnen. Im Schlaf wirkte Madhu so kraftlos und schlapp wie eine Lumpenpuppe. Die beiden Männer mußten sie rechts und links stützen und an den Schultern festhalten, damit sie nicht hin und her geschleudert wurde.

Ihr duftendes Haar streifte Dr. Daruwallas Kehle über dem offenen Hemdkragen; es roch nach Gewürznelken. Dann schwenkte der Landrover zur Seite, und Madhu plumpste auf den Jesuiten, der sie nicht weiter beachtete. Aber Farrokh spürte ihre Hüfte an seiner. Als der Landrover erneut zum Überholen ausscherte, bohrte sich Madhus Schulter in seine Rippen. Ihre schlaffe Hand strich über seinen Oberschenkel. Farrokh spürte Madhus Atem und hielt die Luft an. Ihm war ausgesprochen unwohl bei dem Gedanken, die Nacht mit ihr im selben Zimmer verbringen zu müssen. Farrokh wollte nicht nur von Ramus rücksichtsloser Fahrweise abgelenkt werden.

»Erzählen Sie mir was von Ihrer Mutter«, sagte Dr. Daruwalla zu Martin Mills. »Wie geht's ihr?« Selbst im Dämmerlicht konnte der Doktor sehen, wie sich der Nacken des Missionars verspannte. Er kniff die Augen zusammen. »Und Ihrem Vater? Wie geht es Danny?« fügte der Doktor hinzu, aber da war das Unglück bereits geschehen. Martin hatte den zweiten Teil der Frage gar nicht mehr gehört. Er durchforstete in Gedanken die Vergangenheit. Draußen flog die Landschaft mit den gräßlich zugerichteten Tierkadavern vorbei, aber der Jesuit nahm sie nicht mehr wahr.

»Also gut, wenn Sie unbedingt wollen, werde ich Ihnen eine kleine Geschichte von meiner Mutter erzählen«, sagte Martin Mills. Irgendwie wußte Dr. Daruwalla, daß es keine »kleine« Geschichte sein würde. Der Missionar war kein Minimalist; er erging sich gern in ausführlichen Schilderungen. Tatsächlich ließ Martin kein Detail aus; er erzählte Farrokh restlos alles, woran er sich erinnern konnte. Er erwähnte die erlesene Reinheit von Arif Komas Gesichtshaut, die unterschiedlichen Gerüche beim Masturbieren – nicht nur den von Arif, sondern auch den, der damals den Fingern der U.C.L.A.-Babysitterin anhaftete .

So brausten sie durch die in Dunkel gehüllten ländlichen Gegenden und schwach erleuchteten Städte, verfolgt vom Gestank der Kochstellen und Exkremente – und dem Gackern der Hühner, dem Bellen der Hunde und den wüsten Drohungen kreischender Fußgänger, die um ein Haar überfahren worden wären. Ramu entschuldigte sich, daß das Fenster auf der Fahrerseite fehlte; die hereinfegende Nachtluft wurde zunehmend kühler, und die Fahrgäste auf dem Rücksitz bekamen jede Menge Insekten ab. Irgendwann knallte etwas von der Größe einer Hummel an Martins Stirn. Es mußte ihn gestochen haben und lag dann fünf Minuten oder länger summend und surrend auf dem Boden, bevor es verendete – was immer es war. Aber die Geschichte des Missionars war nicht mehr abzuwenden. Nichts konnte ihn jetzt noch aufhalten.

Er brauchte den ganzen Weg bis Junagadh, um sie zu Ende zu erzählen. Als sie in die hell erleuchtete Stadt kamen, wimmelte es auf den Straßen von Menschen. Zwei Menschenströme schoben sich gegeneinander. Ein Lautsprecher auf einem geparkten Lieferwagen spielte Zirkusmusik. Der eine Menschenstrom kam aus der Spätnachmittagsvorstellung, der andere drängte zur Abendvorstellung, die demnächst beginnen sollte.

Ich sollte dem armen Kerl alles sagen, dachte Dr. Daruwalla. Daß er einen Zwillingsbruder hat, daß seine Mutter schon immer ein Flittchen war, daß wahrscheinlich Neville Eden sein leiblicher Vater war. Danny war zu dumm, um als Vater in Frage zu kommen, denn John D. und Martin Mills waren beide intelligent. Neville war auch intelligent gewesen, obwohl Farrokh ihn nie gemocht hatte. Aber Martins Geschichte hatte Farrokh die Sprache verschlagen. Außerdem fand er, daß John D. entscheiden sollte, ob Martin das erfahren sollte oder nicht. Und obwohl Dr. Daruwalla Vera gern auf beinahe jede erdenkliche Art und Weise bestraft hätte, bestärkte ihn ein Satz, den Martin über Danny sagte, darin, den Mund zu halten: »Ich liebe meinen Vater. Ich wünschte nur, er würde mir nicht leid tun.«

Der Rest der Geschichte drehte sich ausschließlich um Vera; über Danny verlor Martin kein Wort mehr. Sicher hätte es ihm nicht gut getan, ausgerechnet jetzt zu erfahren, daß sein mutmaßlicher Vater ein betrügerischer, bisexueller Scheißkerl namens Neville Eden war, zumal Martin Danny danach nicht weniger bemitleidet hätte.

Außerdem waren sie fast beim Zirkus angelangt. Der elefantenfüßige Junge war so aufgeregt, daß er auf dem Beifahrersitz kniete und der Menge aus dem Fenster zuwinkte. Die Zirkusmusik, die ihnen aus dem Lautsprecher entgegendröhnte, hatte Madhu aufgeweckt.

»Hier ist dein neues Leben«, sagte Dr. Daruwalla zu der Kindprostituierten. »Wach auf und sieh es dir an.«

Obwohl Ramu überhaupt nicht mehr zu hupen aufhörte, kam der Landrover in der Menschenmenge nur langsam vorwärts. Mehrere kleine Jungen hängten sich an die Türgriffe und die hintere Stoßstange und ließen sich mitziehen. Alle Leute starrten auf den Rücksitz. Doch Madhu hatte keinen Grund, ängstlich zu sein, denn die Menge starrte nicht sie an, sondern Martin Mills. Die Leute hier waren nicht an den Anblick von Weißen gewöhnt, da Junagadh keine Touristenstadt war; und die Haut des Missionars wirkte im hellen Licht der Straßenlaternen totenbleich. Da sie sich notgedrungen so langsam vorantasten mußten, wurde es heiß im Auto, doch sobald Martin sein Fenster herunterkurbelte, streckten die Leute ihre Arme in den Landrover, nur um ihn zu berühren.

Weit vor ihnen führte ein Zwergclown auf Stelzen die Menschenmenge an. Am Eingang zum Zirkus war die Straße noch mehr verstopft, weil es noch zu früh war, um die Besucher einzulassen. Der Landrover mußte sich zentimeterweise durch das streng bewachte Tor schieben. Sobald sie sich innerhalb der Umzäunung befanden, registrierte Dr. Daruwalla voller Dankbarkeit das vertraute Gefühl: Der Zirkus war wie ein Kloster, ein geschützter Ort; er war eine Oase inmitten des Chaos von Junagadh, ähnlich wie St. Ignatius, das sich im Chaos von Bombay wie eine Festung behauptete. Hier würden die Kinder in Sicherheit sein, vorausgesetzt, sie gaben diesem Ort eine Chance, und vorausgesetzt, der Zirkus gab ihnen eine Chance.

Aber das erste Omen verhieß wenig Gastfreundschaft: Deepa kam ihnen nicht entgegen, um sie zu begrüßen. Wie sich herausstellte, waren die Frau und der Sohn des Zwergs krank und konnten ihr Zelt nicht verlassen. Zudem spürte Dr. Daruwalla fast auf Anhieb, wie ungünstig der Great Blue Nile im Vergleich zum Great Royal abschnitt. Hier gab es keinen Zirkusbesitzer mit dem Charme und der Würde eines Pratap Walawalkar. Der Besitzer des Great Blue Nile war nicht einmal anwesend. Kein Abendessen erwartete sie in seinem Zelt, das sie überhaupt nicht zu Gesicht bekamen. Der Zirkusdirektor war ein Bengale namens Das. In seinem Zelt gab es auch nichts zu essen, und die Feldbetten standen alle in Reih und Glied, wie in einer Militärbaracke – ein Eindruck, der durch die nahezu schmucklosen Wände noch verstärkt wurde. Der blanke Erdboden war vollständig mit Teppichen ausgelegt, leuchtendbunte Stoffballen für Kostüme hingen hoch oben unter dem Zeltdach, wo sie nicht im Weg waren, und neben dem Fernseher und dem Videorecorder stand an augenfälliger Stelle ein provisorischer Hausaltar mit allem, was dazu gehörte.

Madhu wurde eins der Feldbetten zugewiesen; Mr. Das brachte sie zwischen zwei älteren Mädchen unter, die sich (wie er sagte) um sie kümmern würden. Seine Frau, so versicherte ihnen der Zirkusdirektor, würde sich ebenfalls um Madhu »kümmern«. Mrs. Das indessen stand nicht einmal von ihrem Feldbett auf, um sie zu begrüßen. Sie saß da und nähte Pailletten auf ein Kostüm und wandte sich erst an Madhu, als sie das Zelt verließen.

»Ich sehe dich dann morgen«, sagte sie zu dem Mädchen.

»Um wieviel Uhr sollen wir morgen früh kommen?« fragte Dr. Daruwalla, aber Mrs. Das, die etwas von der gequälten Strenge einer verbiesterten Tante an sich hatte, gab keine Antwort. Ihr Kopf blieb gesenkt, der Blick auf die Näharbeit geheftet.

»Kommen Sie nicht zu früh, weil wir fernsehen«, sagte Mr. Das zum Doktor.

Ja, natürlich..., dachte Dr. Daruwalla.

Das Feldbett für Ganesh würde im Küchenzelt aufgestellt werden, wohin Mr. Das sie begleitete – und sie sodann mit der Begründung verließ, er müsse sich für die Abendvorstellung um halb zehn bereitmachen. Der Koch, der Chandra hieß, ging davon aus, daß Ganesh zu ihm geschickt worden war, um ihm zu helfen, und begann dem Krüppel die diversen Küchenutensilien zu erläutern. Ganesh hörte ihm gleichgültig zu – kein Wunder, denn der Junge wollte die Löwen sehen.

»Kadhai«, ein Wok. »Jhara«, eine Schöpfkelle mit Löchern. »Kisni«, eine Kokosnußreibe. Von draußen aus der Dunkelheit drang in regelmäßigen Abständen das Brüllen der Löwen zu ihnen herein. Die Präsenz des Publikums, das noch immer nicht ins Spielzelt durfte, war, ähnlich wie die der Löwen in der Dunkelheit spürbar, unruhig und murrend. Dr. Daruwalla bemerkte die Moskitos erst, als er zu essen begann. Man aß im Stehen, von Tellern aus rostfreiem Stahl – mit Curry gewürzte Kartoffeln und Auberginen mit zuviel Kreuzkümmel. Anschließend bekamen sie rohes Gemüse – Karotten, Rettiche, Zwiebeln und Tomaten –, das sie mit lauwarmer Orangenlimonade hinunterspülten. Bier gab es nicht. In Gujarat herrschte Alkoholverbot – natürlich weil Gandhi hier geboren war, dieser fade Abstinenzler, überlegte Farrokh, der fürchtete, daß er nun die ganze Nacht wach liegen würde. Er hatte sich darauf verlassen, daß ihn ein paar Biere von seinem Drehbuch abhalten und ihm helfen würden einzuschlafen. Dann fiel ihm ein, daß er sich das Zimmer mit Madhu teilte. In dem Fall wäre es wohl das beste, die ganze Nacht wach zu bleiben und überhaupt kein Bier zu trinken.

Während der ganzen, ohnehin ungemütlichen und unerquicklichen Mahlzeit fuhr Chandra fort, Ganesh die einzelnen Gemüsesorten zu benennen, als ginge er davon aus, daß der Junge bei dem Unfall, bei dem sein Fuß zerquetscht worden war, auch die Sprache verloren hatte: »Aloo« – Kartoffel, »Chawli« – weiße Bohne, »Baigan« – Aubergine. Madhu, die sich offensichtlich vernachlässigt fühlte, begann zu zittern. Sicher hatte sie in ihrer kleinen Tasche ein Schultertuch oder einen Pullover, aber das ganze Gepäck lag noch im Landrover, der weiß Gott wo geparkt war; Ramu, der Fahrer, war auch weiß Gott wo. Außerdem würde die Spätvorstellung bald anfangen.

Als sie in die Gasse zwischen den Wohnzelten hinaustraten, trafen sie auf die Artisten, die bereits ihre Trikots anhatten, und die Elefanten, die zum Spielzelt geführt wurden. Im Aufsitzraum vor der Manege, auch Sattelgang genannt, standen die Pferde in Reih und Glied. Ein Requisiteur hatte bereits das erste Pferd gesattelt. Ein Dresseur stupste einen mächtigen Schimpansen mit einem Stock, worauf dieser fast zwei Meter senkrecht in die Höhe sprang. Obwohl das Pferd nervös vorwärts tänzelte, landete der Schimpanse sicher auf dem Sattel. Dort blieb er auf allen vieren hocken, bis der Dresseur den Sattel mit seinem Stock berührte, worauf der Schimpanse einen Vorwärtssalto auf dem Pferderücken machte und dann noch einen und noch einen.

Die Zirkuskapelle saß bereits auf dem Orchesterpodium über der Manege, in die noch immer Menschen strömten. Die vier Besucher im Sattelgang standen allen im Weg, doch Mr. Das, der Zirkusdirektor, hatte ihnen ihre Plätze noch nicht zugewiesen. Martin Mills schlug vor, daß sie sich selbst Plätze suchten, bevor das Zelt voll war, aber Dr. Daruwalla hielt nichts von solcher Eigeninitiative. Während sich die beiden stritten, was zu tun sei, kam der Schimpanse, der auf dem Pferd seine Vorwärtssaltos machte, aus dem Rhythmus. Martin Mills hatte ihn abgelenkt.

Der Schimpanse war ein altes Männchen, das Gautam hieß, weil es bereits als Baby eine bemerkenswerte Ähnlichkeit mit Buddha gezeigt hatte. Gautam konnte stundenlang in derselben Stellung dahocken und einen Punkt anstarren. Mit zunehmendem Alter hatte er seine Fähigkeit zum Meditieren auf gewisse, sich wiederholende Übungen ausgedehnt; die Vorwärtssaltos auf dem Pferderücken waren nur ein Beispiel dafür. Gautam konnte diese Bewegung unermüdlich wiederholen. Ob das Pferd galoppierte oder stillstand, der Schimpanse landete stets auf dem Sattel. Allerdings hatte Gautams Begeisterung für seine Vorwärtssaltos und auch seine sonstigen Aktivitäten in letzter Zeit nachgelassen. Kunal, sein Tierlehrer, schrieb Gautams schwindenden Enthusiasmus der Tatsache zu, daß der gewaltige Schimpanse in Mira, eine junge Schimpansin, vernarrt war. Mira war neu im Great Blue Nile, und es war offensichtlich, daß Gautam – häufig zu den unpassendsten Zeiten – nach ihr schmachtete.

Wenn er Mira erblickte, während er seine Vorwärtssaltos machte, verfehlte Gautam nicht nur den Sattel, sondern das ganze Pferd. Deshalb ritt Mira auf einem Pferd ganz am Ende der Tierprozession, die beim Charivari zu Beginn der Vorstellung ihre Runden in der Manege drehte. Nur beim Aufwärmen im Sattelgang konnte Gautam einen kurzen Blick auf Mira werfen; sie wurde in der Nähe der Elefanten gehalten, weil Gautam vor den Elefanten Angst hatte. Dieser kurze Blick auf Mira, der dem mächtigen Schimpansen vergönnt war, während er darauf wartete, daß der Vorhang aufging und die Musik zum Charivari einsetzte, reichte, um ihn in eine tranceähnliche Entrücktheit zu versetzen. Mechanisch machte er in Abständen von fünf Sekunden wie unter einem leichten Elektroschock seine Vorwärtssaltos. Am Rande von Gautams Gesichtsfeld war Mira gegenwärtig – zwar in weiter Ferne, aber das genügte, um ihn zu besänftigen.

Wenn Gautam der Blick auf Mira verstellt war, machte ihn das tief unglücklich. Nur Kunal durfte zwischen ihn und Mira treten. Und Kunal stand nie ohne seinen Stock in Gautams Nähe, denn Gautam war riesig für einen Schimpansen; Kunal zufolge wog er siebzig Kilo und war fast einen Meter fünfzig groß.

Kurz und gut: Martin Mills stand zur falschen Zeit am falschen Fleck. Nach dem Angriff spekulierte Kunal, Gautam habe den Missionar womöglich für einen anderen männlichen Schimpansen gehalten. Martin hatte Gautam nicht nur den Blick auf Mira verstellt, sondern Gautam dachte womöglich, der Missionar buhle um Miras Zuneigung – denn Mira war ein sehr zärtliches Weibchen, und ihre Freundlichkeit (gegenüber anderen Schimpansenmännnchen) trieb Gautam regelmäßig zum Wahnsinn. Was nun die Frage anging, warum Gautam Martin Mills irrtümlich für einen Affen gehalten haben mochte, meinte Kunal, Gautam habe die bleiche Haut des Scholastikers sicher als unnatürlich für einen Menschen empfunden. Wenn Martins Hautfarbe schon für die Bewohner von Junagadh eine Neuheit war – die ihn vorher mit großen Augen angeglotzt und zudringlich angefaßt hatten –, um wieviel fremdartiger mußte sie dann Gautam mit seinem beschränkten Erfahrungshort vorkommen! Da Martin Mills für Gautam nicht wie ein Mensch aussah, hatte dieser ihn wahrscheinlich für einen männlichen Schimpansen gehalten.

Aufgrund solcher Überlegungen unterbrach Gautam wohl auch seine Vorwärtssaltos auf dem Pferderücken. Der Schimpanse kreischte einmal und fletschte die Zähne. Dann sprang er mit einem Satz von seinem Pferd und über ein zweites hinweg, landete auf Martins Brust und Schultern und stieß den Missionar rücklings zu Boden. Sodann bohrte er dem verblüfften Jesuiten die Zähne in den Hals. Zum Glück hatte Martin seine Kehle mit der Hand geschützt, was jedoch zur Folge hatte, daß diese ebenfalls einen Biß abbekam. Als alles vorbei war, hatte Martin eine tiefe lochartige Wunde seitlich am Hals, eine klaffende Schnittwunde von der Handwurzel bis zum Daumenballen, und von seinem rechten Ohrläppchen fehlte ein kleines Stück. Gautam war zu kräftig, als daß ihn der Missionar hätte abschütteln können, aber Kunal gelang es, den Affen mit dem Stock wegzujagen. Währenddessen kreischte Mira die ganze Zeit, ob aus Mißfallen oder um ihre Liebe kundzutun, ließ sich schwer feststellen.

Die Diskussion, ob die Attacke des Schimpansen auf rassistische Motive oder blinde Eifersucht oder gar beides zurückzuführen war, wurde während der gesamten Spätvorstellung fortgesetzt. Martin Mills ließ nicht zu, daß Dr. Daruwalla seine Wunden vor dem Ende der Vorstellung versorgte. Er vertrat hartnäckig den Standpunkt, die Kinder würden aus seiner stoischen Haltung – nach Ansicht des Doktors handelte es sich um einen albernen Stoizismus vom Die-Show-muß-weitergehen-Kaliber –, eine wertvolle Lehre ziehen. Aber Madhu und Ganesh wurden durch das fehlende Ohrläppchen des Missionars und die sonstigen blutigen Spuren des wüsten Affenbisses nur abgelenkt. Madhu achtete kaum auf die Darbietungen. Dr. Daruwalla hingegen ließ sich keine Minute der Vorstellung entgehen. Ihm war es nur recht, den Missionar bluten zu lassen, denn er wollte die Vorstellung um nichts in der Welt versäumen.

Ein perfekter Schluß

Die besseren Nummern waren vom Great Royal abgekupfert – vor allem der sogenannte Fahrradwalzer, zu dem das Orchester »The Yellow Rose of Texas« spielte. Eine schlanke, muskulöse Frau mit ausgeprägt sehniger Kraft zeigte in rasantem, mechanischem Tempo den Deckenlauf. Das Publikum war nicht besorgt um sie; obwohl sie ohne Sicherheitsnetz arbeitete, hielt niemand aus Angst, sie könnte abstürzen, den Atem an. Während Suman stets wunderschön und verletzlich wirkte – wie man das von einer jungen Frau erwarten durfte, die in fünfundzwanzig Metern Höhe kopfunter in der Zirkuskuppel hing –, ähnelte die Artistin im Great Blue Nile einem Roboter mittleren Alters. Sie hieß Mrs. Bhagwan, war die Assistentin des Messerwerfers und außerdem seine Frau.

Bei der Messerwerfer-Nummer wurde Mrs. Bhagwan mit gespreizten Armen und Beinen auf eine Holzscheibe geschnallt, die wie eine Zielscheibe bemalt war, wobei ihr Bauch genau auf der schwarzen Mitte lag. Im Verlauf der Nummer drehte sich die Scheibe schneller und immer schneller, und Mr. Bhagwan schleuderte ein Messer nach dem anderen auf seine Frau. Wenn die Scheibe angehalten wurde, steckten die Messer überall im Holz, ohne daß man ein bestimmtes Muster hätte erkennen können; nur in Mrs. Bhagwans ausgestrecktem Körper steckte kein Messer.

Mr. Bhagwans zweite Spezialität war eine Nummer, die »Elefantenbrücke« heißt und fast in jedem indischen Zirkus gezeigt wird. Mr. Bhagwan liegt in der Manege, zwischen Matratzen geschichtet wie zwischen Brotscheiben, über die dann eine Planke gelegt wird. Ein Elefant geht auf dieser Planke über Mr. Bhagwans Brust. Farrokh stellte fest, daß das die einzige Nummer war, bei der Ganesh nicht meinte, die könnte er auch, obwohl sein verkrüppelter Fuß ihn nicht daran gehindert hätte, einen Elefanten über sich hinweggehen zu lassen.

Als Mr. Bhagwan einmal unter akutem Durchfall litt, hatte seine Frau seinen Platz bei dieser Nummer eingenommen. Aber offenbar war sie zu dünn für die Elefantenbrücke. Angeblich soll sie tagelang innere Blutungen gehabt haben und, auch nachdem sie sich wieder erholt hatte, nie mehr die alte gewesen sein. Der Elefant hatte nicht nur ihren Stoffwechsel, sondern auch ihr seelisches Gleichgewicht durcheinandergebracht.

Soweit Farrokh erkennen konnte, waren Mrs. Bhagwans Version des Deckenlaufs und ihr passiver Beitrag zu der Messerwerfer-Nummer gleich einzuordnen. Beide Male ging es weniger um eine Fähigkeit, die sie erworben hatte, oder gar um ein dramatisches Geschehen, das inszeniert wurde, als darum, daß sie sich mechanisch in ihr Schicksal fügte. Ein falsch plaziertes Messer ihres Mannes oder der Sturz aus fünfundzwanzig Metern Höhe – für sie war das ein und dasselbe. Mrs. Bhagwan war nach Ansicht von Dr. Daruwalla wirklich ein Roboter. Möglicherweise war daran die Elefantenbrücke schuld.

Diesen Eindruck hatte zumindest Mr. Das, wie er Farrokh anvertraute. Als sich der Zirkusdirektor kurz zu ihnen in den Zuschauerraum setzte – um sich für Gautams brutale Attacke zu entschuldigen und den Spekulationen des Doktors und des Jesuiten über den Rassismus und/oder die blinde Eifersucht des

Affen seine eigenen Mutmaßungen hinzuzufügen –, führte Mr. Das Mrs. Bhagwans glanzlose Leistung auf besagte Elefantenepisode zurück.

»Aber in anderer Beziehung hat sich ihre Situation gebessert, seit sie verheiratet ist«, räumte Mr. Das ein. Vor ihrer Heirat beklagte sich Mrs. Bhagwan bitter über Menstruationsbeschwerden – und darüber, daß es ganz besonders unangenehm sei, mit dem Kopf nach unten zu hängen, solange sie Blutungen hatte. »Und bevor sie verheiratet war, hätte es sich natürlich nicht gehört, daß sie Tampons verwendet«, fügte Mr. Das hinzu.

»Nein, natürlich nicht«, sagte Dr. Daruwalla, der das Thema abstoßend fand.

Wenn Pausen zwischen den Nummern entstanden – was häufig der Fall war – oder wenn die Kapelle zwischen den Nummern aussetzte, konnte man hören, wie der Schimpanse geschlagen wurde. Kunal »züchtigte« Gautam, wie Mr. Das es ausdrückte. In einigen anderen Städten, in denen der Great Blue Nile gastierte, saßen womöglich auch weißhäutige Männer unter den Zuschauern, und man durfte nicht zulassen, daß Gautam glaubte, weiße Männer seien Freiwild.

»Nein, natürlich nicht«, sagte Dr. Daruwalla. Das Kreischen des mächtigen Affen und die Geräusche von Kunals Stock drangen durch die unbewegte Nachtluft bis ins Spielzelt. Der Doktor, der Missionar und die Kinder waren immer dankbar, wenn die Kapelle wieder spielte, egal wie schlecht.

Wenn Gautam Tollwut hatte, würde man ihn einschläfern müssen; also war es besser, ihn zu schlagen, falls er doch nicht tollwütig war und am Leben blieb – so lautete Kunals Philosophie. Was die Behandlung von Martin Mills betraf, hielt Dr. Daruwalla es auf alle Fälle für klug, davon auszugehen, daß der Schimpanse Tollwut hatte. Aber jetzt lachten die Kinder erst einmal.

Als einer der Löwen kräftig auf sein Podest pißte und dann in die Pfütze trat, mußten Madhu und Ganesh lachen. Doch Farrokh fühlte sich verpflichtet, den Elefantenjungen daran zu erinnern, daß seine erste Aufgabe womöglich darin bestehen würde, dieses Podest abzuwaschen.

Einen Pfauentanz gab es natürlich auch – wie immer spielten zwei kleine Mädchen die Pfauen –, und der Drehbuchautor überlegte, daß die Pinky in seinem Buch in einem Pfauenkostüm stecken sollte, wenn der entflohene Löwe sie tötete. Das beste wäre, wenn der Löwe sie tötet, weil er sie für einen echten Pfau hält. Das würde die Sache ergreifender machen – und dem Löwen mehr Sympathie eintragen. Auf diese Weise könnte der Drehbuchautor seinem Publikum suggerieren, daß die Löwen im Laufgang hauptsächlich deshalb unruhig waren, weil ihr Auftritt als nächster kam und die verlockenden Pfauenmädchen in Sichtweite waren. Wenn der Säuremann dann noch seine Säure in den Käfig schüttete, gäbe es kein Halten mehr für den ohnehin aufgewühlten, unter akuter Pfauenphobie leidenden Löwen. Arme Pinky!

Nach dem Deckenlauf folgte noch eine Zugabe von Mrs. Bhagwan. Sie kletterte noch einmal in die Zirkuskuppel hinauf, allerdings nicht um den Deckenlauf zu wiederholen, der das Publikum schon beim erstenmal wenig beeindruckt hatte, sondern um noch einmal ihren Abgang im Zahnhang vorzuführen. Dieser Teil der Nummer hatte dem Publikum gefallen; genauer gesagt war es Mrs. Bhagwans Hals, der den Leuten gefallen hatte. Sie hatte, dank ihrer vielen Abgänge im Zahnhang, einen extrem muskulösen Hals, und wenn sie aus der Zeltkuppel herunterschwebte – um ihre eigene Achse wirbelnd, die Lederzunge des Geräts fest zwischen den Zähnen –, traten ihre Halsmuskeln deutlich hervor, während das Scheinwerferlicht von Grün in Gold überging.

»Das könnte ich doch machen«, flüsterte Ganesh Dr. Daruwalla zu. »Ich habe einen kräftigen Hals. Und kräftige Zähne«, fügte er hinzu.

»Vermutlich könntest du auch mit dem Kopf nach unten durch die Kuppel gehen«, erwiderte der Doktor. »Du bräuchtest nur beide Füße starr im rechten Winkel lassen, denn deine Knöchel halten dein ganzes Gewicht.« Das hätte er besser nicht gesagt. Der zerquetschte Fuß des Krüppels war dauerhaft mit dem Sprunggelenk verschmolzen – in einem perfekten rechten Winkel. Es wäre für Ganesh kein Problem, diesen Fuß starr im rechten Winkel zu halten.

In der Manege war inzwischen ein albernes Finale im Gange – Schimpansen und mopedfahrende Zwergclowns. Der Schimpanse an der Spitze des Zuges war als Gujarati-Milchmann verkleidet, was dem hiesigen Publikum ungeheuer gefiel. Der elefantenfüßige Junge lächelte heiter im Halbdunkel.

»Dann müßte also nur mein gesunder Fuß kräftiger werden ... wollen Sie das damit sagen?« fragte der Krüppel.

»Was ich damit sagen will, ist folgendes: Dein Job besteht aus Löwenpisse und Elefantenkacke. Und vielleicht, wenn du Glück hast«, erklärte Farrokh, »lassen sie dich irgendwann im Küchenzelt arbeiten.«

Jetzt kamen, wie zu Beginn beim Charivari, die Ponys und Elefanten in die Manege, und die Kapelle spielte ziemlich laut, so daß man unmöglich hören konnte, wie Gautam geschlagen wurde. Madhu hatte kein einziges Mal gesagt: »Das könnte ich auch machen« – bei keiner einzigen Nummer –, während der elefantenfüßige Junge dasaß und sich bereits vorstellte, daß er den Deckenlauf lernen könnte.

»Da oben«, sagte Ganesh zu Dr. Daruwalla und zeigte in die Zirkuskuppel hinauf, »würde ich gehen, ohne zu humpeln.«

»Schlag dir das bloß aus dem Kopf«, sagte der Doktor.

Aber dem Drehbuchautor ging der Gedanke selbst nicht mehr aus dem Kopf, denn das wäre der perfekte Schluß für seinen Film. Nachdem der Löwe Pinky getötet und der Säuremann seine gerechte Strafe erhalten hat (vielleicht könnte dem Bösewicht durch

Zufall Säure in den Schritt geschüttet werden), weiß Ganesh, daß der Zirkus ihn nicht behalten wird, wenn er nicht einen eigenen Beitrag leistet. Niemand glaubt, daß er den Deckenlauf lernen kann – Suman weigert sich, den verkrüppelten Jungen anzuleiten, und Pratap erlaubt ihm nicht, am Übungsgerät im Gemeinschaftszelt zu trainieren. Er kann den Deckenlauf also nur im Spielzelt lernen. Wenn er ihn ausprobieren will, muß er zu der echten Leiter hinaufklettern und die echte Nummer absolvieren – in fünfundzwanzig Metern Höhe, ohne Netz.

Was für eine grandiose Szene! dachte der Drehbuchautor. Bei Anbruch der Dämmerung stiehlt sich der Junge aus dem Küchenzelt. Im Spielzelt ist kein Mensch, so daß ihn niemand die Strickleiter in die Zirkuskuppel hinaufklettern sieht. »Wenn ich herunterfalle, bedeutet das den Tod«, sagt die Stimme des Jungen. »Wenn dich niemand sterben sieht, spricht niemand ein Gebet für dich.« Toller Satz! dachte Daruwalla und fragte sich, ob er stimmte.

Die Kamera befindet sich fünfundzwanzig Meter unter dem Jungen, als sich dieser kopfüber an die Leiter hängt. Er hält sich mit beiden Händen seitlich am Gestänge fest, während er erst seinen gesunden Fuß und dann den verkrüppelten in die ersten beiden Schlaufen steckt. An der Leiter hängen achtzehn Seilschlaufen; der Deckenlauf besteht aus sechzehn Schritten. »Es gibt einen Augenblick, in dem deine Hände loslassen müssen«, sagt Ganeshs Stimme. »Ich weiß nicht, in wessen Händen ich dann bin.«

Der Junge läßt die Leiter mit beiden Händen los und hängt nur noch an den Füßen. (Der Trick besteht darin, daß man den Körper in Pendelbewegung versetzt, den Schwung, den man dadurch erhält, nutzt man, um vorwärts zu gehen – einen Schritt nach dem anderen, aus der ersten Schlaufe in die übernächste, immer noch pendelnd. Bloß den Schwung nicht verlieren... die Vorwärtsbewegung gleichmäßig halten.) »Ich glaube, es gibt einen Augenblick, in dem du entscheiden mußt, wo du hingehörst«, sagt die Stimme des Jungen. Jetzt fährt die Kamera aus fünfundzwanzig Metern Entfernung auf ihn zu. Sie tastet sich an seine Füße heran. »In dem Augenblick bist du in niemandes Händen«, sagt die Stimme. »In diesem Augenblick hängt jeder in der Luft.«

Aus einer anderen Perspektive sehen wir, daß der Koch entdeckt hat, was Ganesh da macht. Er steht wie versteinert da, schaut hinauf – und zählt. Andere Artisten sind ins Zelt gekommen – Pratap Singh, Suman, die Zwergclowns (einer von ihnen putzt sich noch die Zähne). Ihre Blicke folgen dem verkrüppelten Jungen. Alle zählen mit, alle wissen, wie viele Schritte der Deckenlauf hat.

»Sollen ruhig andere das Zählen übernehmen«, sagt Ganeshs Stimme. »Ich sage mir vor, ich gehe einfach nur... Ich denke nicht, ich gehe an der Decke, ich denke einfach nur, ich gehe. Das ist mein kleines Geheimnis. Niemand anderer wäre sonderlich beeindruckt von dem Gedanken, einfach zu gehen. Niemand anderer könnte sich ganz fest darauf konzentrieren. Aber für mich ist der Gedanke, einfach zu gehen, etwas ganz Besonderes. Ich sage mir vor, ich gehe, ohne zu hinken.«

Nicht schlecht, dachte Daruwalla. Und später müßte es noch eine Szene mit dem Jungen im Artistenkostüm geben, in einem mit blaugrünen Pailletten besticktem Trikot. Während Ganesh im Zahnhang nach unten gleitet und im Licht der Scheinwerfer kreiselt, werfen die glitzernden Pailletten das Licht zurück. Der Junge dürfte den Boden nicht berühren, sondern müßte in Prataps ausgestreckte Arme gleiten. Pratap hebt den Jungen hoch und zeigt ihn dem jubelnden Publikum. Dann läuft er mit Ganesh in den Armen aus der Manege – denn nachdem ein Krüppel über den Zelthimmel gelaufen ist, darf ihn niemand hinken sehen.

Es könnte funktionieren, dachte der Drehbuchautor.

Nach der Vorstellung gelang es ihnen, die Stelle zu finden, an der Ramu den Landrover geparkt hatte, doch Ramu selbst ließ sich nirgends blicken. Zu viert brauchten sie zwei Rikschas für die Fahrt durch die Stadt zum Staatlichen Gästehaus. Madhu und Farrokh folgten der Rikscha, in der Ganesh und Martin Mills saßen. Es handelte sich um diese dreirädrigen Rikschas, die Dr. Daruwalla nicht ausstehen konnte. Der alte Lowji hatte einmal erklärt, diese Gefährte seien etwa so sinnvoll wie ein Moped, das einen Liegestuhl hinter sich herzieht. Aber Madhu und Ganesh genossen die Fahrt. Während ihre Rikscha dahinrumpelte, packte Madhu Farrokhs Knie fest mit einer Hand. Dr. Daruwalla überzeugte sich, daß es ein kindlicher Griff war, kein lüsternes Betasten. Mit der anderen Hand winkte sie Ganesh zu. Während er sie ansah, dachte der Doktor die ganze Zeit: Vielleicht geht mit dem Mädchen doch noch alles gut – vielleicht schafft sie es.

Auf dem Schmutzfänger der Rikscha vor ihnen bemerkte Farrokh das Konterfei eines Filmstars, möglicherweise ein schlechtes Bild von Madhuri Dixit oder Jaya Prada – jedenfalls war es nicht Inspector Dhar. Hinter dem billigen Plastikfenster der Rikscha sah man Ganeshs Gesicht – das des echten Ganesh, wie sich der Drehbuchautor vergegenwärtigen mußte. Es war einfach ein perfekter Schluß, dachte er, zumal ihn der echte Krüppel auf diese Idee gebracht hatte.

Die dunklen Augen des Jungen glänzten hinter dem Fenster der holpernden Rikscha. Der Scheinwerfer der zweiten Rikscha wanderte immer wieder über sein lächelndes Gesicht. Trotz der Entfernung zwischen den beiden Rikschas und trotz der Dunkelheit bemerkte Dr. Daruwalla, daß die Augen des Jungen gesund aussahen; den leichten Ausfluß und die von der Tetracyclinsalbe stammende Trübung konnte man nicht sehen. Aus dieser Perspektive ließ sich unmöglich feststellen, daß Ganesh verkrüppelt war. Er sah aus wie ein normaler, glücklicher Junge.

Der Doktor wünschte sich sehnlichst, es wäre wahr.

Im Hinblick auf Martins fehlendes Ohrläppchen war nichts zu machen. Alles in allem verabreichte ihm Dr. Daruwalla zwei 10-ml-Ampullen Anti-Tollwut-Globulin; je eine halbe Ampulle spritzte er direkt in die drei Wundbereiche – das Ohrläppchen, den Hals und die Hand –, und die restliche halbe Ampulle injizierte er Martin intramuskulär ins Gesäß.

Die Hand war am schlimmsten – eine klaffende Wunde, in die der Doktor Jodoformgaze stopfte. Die Bißwunde mußte offenbleiben und von innen heraus zuheilen, weshalb Dr. Daruwalla sie auch nicht zunähte. Und er bot Martin Mills auch kein Schmerzmittel an, weil er beobachtet hatte, daß dieser seinen Schmerz genoß. Allerdings gestattete ihm sein begrenzter Sinn für Humor nicht, Dr. Daruwallas Scherz zu würdigen – nämlich daß der Jesuit offensichtlich an »Schimpansenstigmata« litt. Auch konnte der Doktor der Versuchung nicht widerstehen, den Scholastiker darauf hinzuweisen, daß seine eigenen Wunden den besten Beweis lieferten, daß was immer Farrokh in Goa gebissen (und bekehrt) hatte, garantiert kein Schimpanse gewesen war. Ein solcher Menschenaffe hätte die ganze Zehe verspeist, womöglich den halben Fuß.

»Noch immer verärgert über Ihr Wunder, wie ich sehe«, entgegnete Martin.

In dieser gereizten Stimmung sagten sich die beiden Männer gute Nacht. Farrokh beneidete den Jesuiten nicht um die Aufgabe, Ganesh zu beruhigen, denn der Elefantenjunge war viel zu aufgeregt, um zu schlafen, und konnte es kaum erwarten, daß sein erster ganzer Tag im Zirkus anbrach. Madhu hingegen wirkte gelangweilt und teilnahmslos, wenn auch nicht unbedingt müde.

Die beiden Zimmer im Staatlichen Gästehaus lagen nebeneinander im dritten Stock. Von Farrokhs und Madhus Zimmer führten zwei Glastüren auf einen kleinen, völlig mit Vogeldreck bekleckerten Balkon. Sie hatten ein eigenes Bad mit Waschbecken und Toilette, aber ohne Tür. An ihrer Stelle hing an einer Vorhangstange ein Teppich, der nicht einmal bis zum Boden reichte. Die Toilette ließ sich nur mit Hilfe eines Eimers spülen, der praktischerweise unter einem tropfenden Wasserhahn stand. Eine Art Dusche gab es auch: ein offenes Rohr ohne Duschkopf, das aus der Badezimmerwand ragte. Ein Duschvorhang war nicht da, aber der Boden fiel zu einem offenen Abfluß hin ab, der (bei näherer Betrachtung) anscheinend einer Ratte als vorübergehende Wohnstatt diente; Farrokh sah gerade noch ihren Schwanz durch das Loch verschwinden. In der Nähe des Abflusses lag ein weitgehend aufgebrauchtes Stück Seife mit angeknabberten Rändern.

Die beiden Betten im Schlafzimmer standen viel zu nah beieinander – und steckten zweifellos voller Ungeziefer. Beide Moskitonetze waren gelb und brüchig, eines war zerrissen. Das eine Fenster, das sich öffnen ließ, hatte kein Fliegengitter und ließ nur wenig frische Luft herein. Dr. Daruwalla fand, sie könnten ebensogut die Glastüren zum Balkon aufmachen, aber Madhu hatte Angst, daß ein Affe ins Zimmer kommen könnte.

Der Deckenventilator hatte nur zwei Geschwindigkeiten: Die eine war so langsam, daß der Ventilator keine Wirkung zeigte, die andere so schnell, daß die Moskitonetze von den Betten weggeweht wurden. Im Zirkuszelt hatten sie die Nachtluft als kalt empfunden, doch im dritten Stock des Staatlichen Gästehauses war es heiß und stickig. Madhu löste dieses Problem, indem sie als erste ins Bad ging, ein Handtuch naß machte, es auswrang und sich dann, nackt, darunterlegte – auf das bessere Bett, das mit dem unversehrten Moskitonetz. Madhu war klein, aber das Handtuch ebenfalls; es bedeckte kaum ihre Brüste und ließ ihre Oberschenkel frei. Das Mädchen weiß, was es will, dachte der Doktor.

Während sie so dalag, sagte sie: »Ich habe noch Hunger. Es hat kein Dessert gegeben.«

»Möchtest du einen Nachtisch?« fragte Dr. Daruwalla.

»Wenn er süß ist«, sagte sie.

Der Doktor trug den lauwarmen Thermosbehälter mit dem restlichen Tollwut-Impfstoff und dem Immun-Globulin in die Hotelhalle hinunter, weil er hoffte, daß es dort einen Kühlschrank gab, in dem er das Zeug deponieren konnte. Was würde geschehen, wenn Gautam morgen jemand anderen biß? Kunal hatte den Doktor wissen lassen, daß der Schimpanse »fast garantiert« tollwütig war. Tollwütig oder nicht, man sollte ihn nicht schlagen. Nach Ansicht des Doktors wurden nur in zweitklassigen Zirkussen Tiere geschlagen.

In der Hotelhalle saß ein junger Muslim am Empfang und hörte sich Radio Qawwali an, muslimische Lobpreisungen Gottes. Dazu aß er Eiscreme, wie es schien. Sein Kopf ging beim Essen auf und ab, und mit dem Löffel dirigierte er die Luft zwischen dem Pappbecher und seinem Mund. Aber es war kein Eis, erklärte der Junge Dr. Daruwalla; er bot ihm einen Löffel voll an und forderte ihn auf zu probieren. Die Konsistenz war anders als bei Eiscreme – es war ein safranfarbener, nach Kardamom riechender und mit Zucker gesüßter Joghurt. In einer Ecke stand ein ganzer Kühlschrank voll mit diesem Zeug, und Farrokh nahm einen Becher und einen Löffel für Madhu mit. Dafür legte er den Impfstoff und das Immun-Globulin hinein, nachdem er sich vergewissert hatte, daß der Junge nicht so dumm sein würde, das Zeug zu trinken.

Als der Doktor ins Zimmer zurückkehrte, hatte Madhu das Handtuch beiseite geworfen. Er versuchte ihr das für Gujarat typische Dessert durch das Moskitonetz zu reichen, ohne sie anzusehen, was sie ihm, wahrscheinlich mit Absicht, schwermachte – er war überzeugt, daß sie nur so tat, als wüßte sie nicht, wo das Moskitonetz aufging. Sie saß nackt im Bett, aß den gesüßten Joghurt und sah Farrokh zu, wie er seine Schreibutensilien auspackte.

Im Zimmer gab es einen wackeligen Tisch, darauf eine dicke, mit Wachs in einem Aschenbecher befestigte Kerze, eine Schachtel Streichhölzer und eine Moskitospirale. Als Farrokh die Seiten seines Drehbuchs ausgebreitet und den unbeschriebenen Packen Papier mit der Hand glattgestrichen hatte, zündete er die Kerze und die Moskitospirale an und schaltete das Deckenlicht aus. Bei der hohen Geschwindigkeit hätte der Deckenventilator sein Papier und Madhus Moskitonetz weggeweht, also ließ der Doktor ihn auf niedriger Stufe weiterlaufen. Obwohl das wirkungslos war, hoffte er, die Bewegung der Ventilatorblätter würde Madhu schläfrig machen.

»Was machen Sie da?« fragte ihn die Kindprostituierte.

»Ich schreibe«, sagte er.

»Lesen Sie es mir vor«, bat Madhu.

»Du würdest es nicht verstehen«, entgegnete Farrokh.

»Werden Sie denn schlafen?« fragte das Mädchen.

»Später vielleicht«, sagte Dr. Daruwalla.

Er versuchte sie aus seinen Gedanken auszublenden, aber das war nicht so einfach. Sie ließ ihn nicht aus den Augen; das Geräusch ihres Löffels im Joghurtbecher war so regelmäßig wie das leise Dröhnen des Ventilators. Ihre vorsätzliche Nacktheit war bedrückend, allerdings nicht, weil sie ihn wirklich gereizt hätte. Sex mit ihr zu haben (allein schon der Gedanke) erschien ihm plötzlich als der Inbegriff des Bösen. Er wollte gar keinen Sex mit ihr – er verspürte nur eine ganz flüchtige Begierde –, aber ihre überdeutliche Verfügbarkeit betäubte seine anderen Sinne. Dabei war er sich bewußt, daß sich ein so reines Übel, etwas so eindeutig Verkehrtes, wohl selten so folgenlos darbot. Das war ja gerade das Entsetzliche: Wenn er ihr gestattete, ihn zu verführen, würde das kein negatives Nachspiel haben – außer daß er sich, immer und ewig, daran erinnern und schuldig fühlen würde.

Das Mädchen konnte von Glück sagen, daß sie nicht HIV-positiv war. Daruwalla hatte wie üblich in Indien Kondome im

Gepäck. Und Madhu würde keinem Menschen etwas sagen; sie redete nicht viel. In ihrer derzeitigen Situation hatte sie vielleicht gar keine Gelegenheit mehr dazu. Es war nicht nur die befleckte Unschuld dieses Kindes, die ihn davon überzeugte, daß dies das Böse in Reinkultur war – schlimmer als alles, was er sich je hatte vorstellen können –, sondern auch ihre aufdringliche Amoralität – egal, ob sie diese nun im Bordell erworben oder ob der abscheuliche Mr. Garg sie ihr beigebracht hatte. Was immer man ihr antat, man selbst würde nicht dafür bezahlen – nicht in diesem Leben, oder höchstens mit Schuldgefühlen. Das waren die finstersten Gedanken, die Dr. Daruwalla je gewälzt hatte, aber trotzdem dachte er sie zu Ende. Dann begann er wieder zu schreiben. Anhand der Bewegung seines Bleistifts schien Madhu (die ihn die ganze Zeit beobachtet hatte) zu spüren, daß sie ihn verloren hatte. Außerdem war ihr Dessert aufgegessen. Sie stieg aus dem Bett, ging nackt zu ihm hinüber und linste ihm über die Schulter, als könnte sie lesen, was er schrieb. Der Drehbuchautor spürte ihr Haar an seiner Wange und im Nacken.

»Lesen Sie es mir vor, nur dieses Stück«, sagte Madhu. Sie lehnte sich fester an ihn, während sie die Hand ausstreckte und mit dem Finger auf den letzten Satz zeigte. Ihr Atem roch widerwärtig nach dem mit Kardamom gewürzten Joghurt, versetzt mit einem Geruch, der an verwelkte Blumen erinnerte – vielleicht der Safran.

Der Drehbuchautor las laut vor: »›Zwei Krankenträger in weißen *dhotis* laufen mit dem Säuremann vorbei, der zusammengekrümmt wie ein Fötus auf der Bahre liegt, das Gesicht schmerzverzerrt, während noch Säurerauch aus seiner Leistengegend aufsteigt.‹«

Madhu ließ sich den Satz noch einmal vorlesen. Dann fragte sie: »Wie was zusammengekrümmt?«

»Wie ein Fötus«, sagte Dr. Daruwalla. »Wie ein Baby im Mutterleib.«

»Wer ist der Säuremann?« fragte ihn die Kindprostituierte.

»Ein Mann, dessen Gesicht durch Säure verunstaltet wurde – wie bei Mr. Garg«, erklärte Farrokh. Bei der Erwähnung von Gargs Namen verriet das Gesicht des Mädchens keinen Funken des Wiedererkennens. Der Doktor weigerte sich, ihren nackten Körper anzusehen, obwohl Madhu noch immer an seiner Schulter hing. Dort, wo sie sich an ihn schmiegte, spürte er, wie er zu schwitzen begann.

»Und aus welcher Gegend kommt der Rauch?« fragte Madhu.

»Aus der Leistengegend«, antwortete der Drehbuchautor.

»Und wo ist das?« fragte ihn die Kindprostituierte.

»Du weißt, wo das ist, Madhu. Geh wieder ins Bett«, sagte er zu ihr.

Sie hob einen Arm und zeigte ihm ihre Achselhöhle. »Die Haare wachsen nach«, sagte sie. »Sie können sie fühlen.«

»Ich kann sehen, daß sie nachwachsen, ich brauche sie nicht zu fühlen«, erwiderte Farrokh.

»Es wächst überall nach«, sagte Madhu.

»Geh wieder ins Bett«, wiederholte der Doktor.

Als ihr Atem flacher ging, wußte er, daß sie eingeschlafen war. Erst dann hielt er es für unbedenklich, sich auf das andere Bett zu legen. Obwohl er erschöpft war, war er noch nicht eingeschlafen, als er den ersten Floh oder die erste Wanze spürte. Die Tierchen hüpften nicht wie Flöhe, und zu sehen waren sie auch nicht; also waren es wahrscheinlich Wanzen. Offenbar war Madhu daran gewöhnt – sie hatte sie gar nicht bemerkt.

Farrokh beschloß, daß er lieber versuchen würde, zwischen dem Vogelmist auf dem Balkon zu schlafen. Vielleicht war es draußen so kühl, daß ihn die Moskitos in Ruhe lassen würden. Doch als der Doktor auf den Balkon hinaustrat, stand auf dem Balkon daneben ein hellwacher Martin Mills.

»In meinem Bett sind Millionen kleiner Viecher!« flüsterte der Missionar.

»In meinem auch«, entgegnete Farrokh.

»Ich weiß nicht, wie der Junge bei all dem Gekrabbel und Gebeiße schlafen kann!« sagte der Scholastiker.

»Wahrscheinlich gibt es hier eine Million weniger Viecher, als er aus Bombay gewöhnt ist«, meinte Dr. Daruwalla.

Die Dämmerung schob sich über den Nachthimmel herauf; bald würde der Himmel dieselbe, an Tee mit Milch erinnernde Farbe annehmen wie der Boden. Gegen diese graubraune Färbung stach das Weiß der frischen Verbände des Missionars deutlich ab – seine wie in einem Fäustling steckende Hand, sein eingewickelter Hals, sein verpflastertes Ohr.

»Sie sind wirklich ein schöner Anblick«, sagte der Doktor.

»Da sollten Sie sich erst selbst sehen«, entgegnete der Missionar. »Sie sehen aus, als hätten Sie kein Auge zugetan.«

Da die Kinder tief und fest schliefen – und erst vor kurzem eingeschlafen waren –, beschlossen die beiden Männer, sich in der Stadt umzusehen. Schließlich hatte Mr. Das ihnen nahegelegt, ja nicht zu früh in den Zirkus zu kommen, um sie nicht beim morgendlichen Fernsehen zu stören. Da es Sonntag war, nahm der Doktor an, daß auf allen Fernsehapparaten in sämtlichen Wohnzelten das *Mahabharata* lief. Das beliebte Hindu-Epos wurde seit über einem Jahr jeden Sonntagmorgen ausgestrahlt – insgesamt waren es dreiundneunzig Folgen von jeweils einer Stunde, und die große Wanderung bis an die Pforten des Himmels (wo das Epos endete) würde noch bis zum nächsten Sommer dauern. Es war die weltweit erfolgreichste Seifenoper, in der Religion als Heldendrama dargestellt wurde. Eine erbauliche Legende voller Moral und gespickt mit Zutaten wie Blindheit und unehelichen Kindern, Schlachten und Frauenraub. Während der Sendezeit wurden Einbrüche in Rekordhöhe verübt, weil die Diebe wußten, daß fast alle Inder vor dem Fernseher klebten. Der Missionar würde von christlichem Neid verzehrt werden, dachte Dr. Daruwalla.

Der muslimische Junge in der Hotelhalle aß jetzt nicht mehr zu den Qawwali im Radio; die religiösen Verse hatten ihn in den Schlaf gelullt. Es war nicht nötig, ihn aufzuwecken, da in der Auffahrt des Staatlichen Gästehauses ein halbes Dutzend dreirädrige Rikschas über Nacht geparkt hatten. Die Fahrer schliefen auf den Fahrgastsitzen. Nur einer war wach und beendete gerade seine Gebete, als der Doktor und der Missionar ihn anheuerten. So fuhren sie in der Riksha durch die schlafende Stadt; ein solcher Friede war in Bombay undenkbar.

Neben dem Bahnhof von Junagadh sahen sie einen gelben Schuppen, an dem sich mehrere Frühaufsteher Fahrräder ausliehen. Sie kamen an einer Kokosnußplantage vorbei und entdeckten einen Wegweiser zum Zoo, auf dem ein Leopard abgebildet war. Sie fuhren an einer Moschee vorbei, einer Klinik, dem Hotel Relief, einem Gemüsemarkt und einer alten Festung; sie sahen zwei Tempel, zwei Wasserbehälter, ein Mangowäldchen und sogar einen Affenbrotbaum – was Martin Mills allerdings bezweifelte. Ihr Fahrer kutschierte sie zu dem Teakwald am Fuß des Girnar Hill. Von hier aus müßten sie zu Fuß weitergehen, erklärte er ihnen: zehntausend Steinstufen beziehungsweise sechshundert Höhenmeter; sie würden dafür etwa zwei Stunden brauchen, meinte der Fahrer.

»Wie kommt er um Himmels willen auf die Idee, daß wir zwei Stunden lang zehntausend Stufen hinaufklettern wollen?« fragte Martin den Doktor. Doch als Farrokh ihm erklärte, daß dieser Hügel den Jainas heilig war, wollte der Jesuit unbedingt hinauf.

»Oben gibt es nur ein paar Tempel!« warnte ihn Dr. Daruwalla. Wahrscheinlich würde es nur so wimmeln von Sadhus, die ihre Yogaübungen machten. Der ganze Weg würde mit unappetitlichen Getränkeständen, Affen, die nach Essensresten suchten, und den abstoßenden Spuren menschlicher Exkremente gesäumt sein. (Und über ihren Köpfen würden die Adler kreisen, prophezeite ihnen der Rikschafahrer.)

Aber der Jesuit ließ sich nicht von der heiligen Kletterpartie abbringen, so daß sich der Doktor fragte, ob diese Ochsentour ein Ersatz für die heilige Messe war. Sie brauchten für den Aufstieg knappe eineinhalb Stunden, hauptsächlich deshalb, weil der Scholastiker so rasch ging. Die Affen blieben immer in ihrer Nähe und waren zweifellos mit ein Grund für den Missionar, seine Schritte zu beschleunigen. Seit dem Abenteuer mit dem Schimpansen hielt Martin bei Affen jeder Art – auch bei kleinen – Distanz. Adler sahen sie nur einen einzigen. Beim Herunterkommen begegneten sie mehreren Sadhus, die den heiligen Hügel erklommen. Es war noch so früh, daß nur wenige Getränkestände geöffnet waren; an einem tranken sie zusammen eine Orangenlimonade. Der Doktor mußte zugeben, daß die Marmortempel unterhalb des Gipfels recht eindrucksvoll waren, vor allem der größte und älteste, ein Jaina-Tempel aus dem zwölften Jahrhundert.

Als sie unten ankamen, keuchten beide, und Dr. Daruwalla gab zu, daß ihm seine Knie höllisch weh taten. Keine Religion sei zehntausend Stufen wert, behauptete er. Der gelegentliche Anblick menschlicher Fäkalien hatte ihn deprimiert, und außerdem hatte er sich während der ganzen Kletterpartie Sorgen gemacht, daß ihr Fahrer sie im Stich lassen könnte und sie dann notgedrungen zu Fuß in die Stadt zurückkehren müßten. Wenn Farrokh dem Fahrer vor dem Aufstieg zuviel Trinkgeld gegeben hatte, würde der Ansporn fehlen dazubleiben; hatte er ihm zuwenig gegeben, wäre er zu gekränkt, um auf sie zu warten.

»Es wäre ein Wunder, wenn unser Fahrer noch da wäre«, meinte Farrokh. Aber der Fahrer wartete auf sie. Und als sie auf ihn zugingen, stellten sie fest, daß der treue Mann sogar seine Rikscha putzte.

»Sie sollten wirklich etwas sparsamer mit dem Wort ›Wunder‹ umgehen«, meinte der Missionar. Der Verband um seinen Hals hatte sich bedenklich gelockert, weil Martin bei der Kletterpartie ins Schwitzen geraten war.

Es war Zeit, die Kinder aufzuwecken und sie in den Zirkus zu bringen. Es ärgerte Farrokh, daß Martin Mills bis jetzt gewartet hatte, um das Offensichtliche auszusprechen. Er sollte es auch nur einmal sagen. »Lieber Gott«, sagte der Jesuit, »ich hoffe nur, daß wir das Richtige tun.«

23

Abschied von den Kindern

Nicht Charlton Heston

Viele Wochen nachdem das ungewöhnliche Quartett das Staatliche Gästehaus in Junagadh verlassen hatte, lagen der Tollwutimpfstoff und die Ampulle mit dem Immun-Globulin, die Dr. Daruwalla vergessen hatte, immer noch im Kühlschrank in der Hotelhalle. Eines Abends fiel dem muslimischen Jungen, der regelmäßig seinen safranfarbenen Joghurt aß, wieder ein, daß das nicht abgeholte Päckchen die Medizin des Doktors enthielt. Alle hatten Angst, es anzufassen, bis sich irgend jemand schließlich ein Herz faßte und es wegwarf. Die einzelne Socke und die einsame linke Sandale hingegen, die der Elefantenjunge absichtlich zurückgelassen hatte, wurden dem städtischen Krankenhaus gespendet, obwohl dort wohl kaum jemand etwas damit anfangen konnte. Ganesh wußte, daß ihm im Zirkus weder die Socke noch die Sandale von Nutzen sein würden, weder bei seiner Arbeit als Küchengehilfe noch für den Deckenlauf.

Der Junge war barfuß, als er in das Zelt des Zirkusdirektors humpelte. Es war kurz vor zehn Uhr am Sonntag morgen, und Mr. und Mrs. Das (und mindestens ein Dutzend Kinderartisten) saßen im Schneidersitz auf den Teppichen und sahen sich im Fernsehen das *Mahabharata* an. Trotz ihrer Kletterpartie hatten der Doktor und der Missionar die Kinder zu früh in den Zirkus gebracht. Kein Mensch begrüßte sie, was bei Madhu sofort eine gewisse Verlegenheit hervorrief; sie stieß mit einem größeren Mädchen zusammen, das trotzdem keine Notiz von ihr nahm. Mrs. Das winkte mit beiden Armen, ohne den Blick vom Fernseher abzuwenden – eine Geste, die schwer zu deuten war. Wollte sie sie fortscheuchen oder zum Sitzen auffordern? Der Zirkusdirektor klärte die Sache auf. »Setzen Sie sich, irgendwohin!« befahl Mr. Das.

Ganesh und Madhu waren von dem Geschehen auf dem Bildschirm sofort gefesselt; die Bedeutung des *Mahabharata* war für sie offensichtlich. Selbst Bettler kannten das Sonntagmorgenritual, da sie die Sendung häufig in irgendeinem Schaufenster verfolgten. Leute, die keinen Fernsehapparat hatten, versammelten sich nicht selten still vor den offenen Fenstern fremder Wohnungen, in denen der Fernseher lief. Es spielte keine Rolle, daß sie den Bildschirm nicht sehen konnten – den Schlachtenlärm und die Gesänge hörten sie trotzdem. Der Doktor nahm an, daß auch minderjährige Prostituierte wie Madhu diese berühmte Sendung kannten. Nur Martin Mills war verblüfft über die sichtliche Ehrfurcht aller im Gemeinschaftszelt Versammelten. Ihm war nicht klar, daß ihre ganze Aufmerksamkeit einem religiösen Epos galt.

»Ist das ein populäres Musical?« flüsterte er Dr. Daruwalla zu.

»Still. Das ist das *Mahabharata!*« sagte Farrokh.

»Das *Mahabharata* gibt es im Fernsehen?« rief der Missionar. »Das ganze Ding? Das ist doch sicher zehnmal so lang wie die Bibel!«

»Schsch!« machte der Doktor. Mrs. Das winkte wieder mit beiden Armen.

Auf dem Bildschirm sah man Lord Krishna, »den Schwarzen«, eine Verkörperung des Gottes Vishnu. Die Zirkuskinder rissen ehrfürchtig den Mund auf; Ganesh und Madhu waren wie versteinert. Mrs. Das schaukelte vor und zurück und summte dabei leise vor sich hin. Selbst der Zirkusdirektor hing an Krishnas Lippen. Im Hintergrund hörte man Weinen; offenbar wühlten Lord Krishnas Worte die Menschen auf.

»Wer ist dieser Kerl?« flüsterte Martin.

»Lord Krishna«, flüsterte Dr. Daruwalla.

Wieder gingen Mrs. Das' Arme hoch, aber der Scholastiker war zu aufgeregt, um den Mund zu halten. Unmittelbar vor Ende der Sendung flüsterte er dem Doktor noch einmal ins Ohr; er mußte ihm einfach sagen, daß Lord Krishna ihn an Charlton Heston erinnerte.

Aber der Sonntagmorgen im Zirkus war nicht nur wegen des *Mahabharata* etwas Besonderes. Es war der einzige Morgen in der Woche, an dem die Kinderartisten weder ihre Nummern probten, noch neue Kunststücke lernen, noch ihr Kraft- und Beweglichkeitstraining absolvieren mußten. Dafür erledigten sie ihre kleinen Pflichten, kehrten ihre Schlafnischen aus, räumten auf, und säuberten die winzige Küche im Gemeinschaftszelt. Wenn Pailletten an ihren Trikots fehlten, holten sie die alten, mit Pailletten gefüllten Teedosen hervor – in jeder Dose war eine Farbe – und nähten neue Pailletten an ihre Trikots.

Mrs. Das war nicht unfreundlich, als sie Madhu mit diesen Pflichten vertraut machte, und auch die anderen Mädchen im Gemeinschaftszelt verhielten sich Madhu gegenüber keineswegs ablehnend. Ein älteres Mädchen durchstöberte die Koffer mit den Kostümen und zog mehrere Trikots heraus, von denen sie meinte, sie könnten der Kindprostituierten passen. Madhu interessierte sich für die Kostüme und wollte sie sogar unbedingt anprobieren.

Mrs. Das gestand Dr. Daruwalla, sie sei froh, daß Madhu nicht aus Kerala komme. »Die Mädchen aus Kerala verlangen zuviel«, meinte die Frau des Zirkusdirektors. »Sie erwarten die ganze Zeit gutes Essen und Kokosnußöl für ihr Haar.«

Überdies vertraute Mrs. Das Dr. Daruwalla mit gedämpfter Stimme an, die Mädchen aus Kerala stünden in dem Ruf, toll im Bett zu sein, dafür aber die ganze Welt zu getreuen Gewerkschaftern umerziehen zu wollen. Und ein Zirkus sei wahrhaftig nicht der richtige Ort für einen kommunistischen Aufstand; der

Zirkusdirektor pflichtete seiner Frau bei – nur gut, daß Madhu nicht aus Kerala kam. Das war so ziemlich das einzig Positive, was man von Mr. und Mrs. Das zu hören bekam – ein gemeinsames Vorurteil gegenüber Leuten aus einer anderen Region.

Zu Ganesh waren die Zirkuskinder nicht lieblos, sie ignorierten ihn nur einfach. Für sie war Martin Mills mit seinen Verbänden viel interessanter. Sie hatten alle von der Attacke des Schimpansen gehört – viele von ihnen hatten sie mit eigenen Augen gesehen. Aufgeregt betrachteten sie die kunstvoll verbundenen Wunden, waren jedoch gleichzeitig enttäuscht, daß sich Dr. Daruwalla weigerte, das Ohr auszupacken, weil sie zu gern gesehen hätten, was fehlte.

»Wieviel denn? Soviel?« fragte eines der Kinder den Missionar.

»Ehrlich gesagt, ich weiß es nicht.«

Die Unterhaltung mündete in Spekulationen darüber, ob Gautam das Stück Ohrläppchen verschluckt hatte oder nicht. Dr. Daruwalla wunderte sich, daß bisher offenbar keinem der Kinder Martins Ähnlichkeit mit Inspector Dhar aufgefallen war, obwohl Hindi-Filme ein fester Bestandteil ihrer Welt waren. Ihr Interesse galt einzig und allein dem fehlenden Stück von Martins Ohrläppchen.

»Schimpansen sind keine Fleischfresser«, sagte ein älterer Junge. »Wenn Gautam es verschluckt hätte, wäre ihm heute morgen schlecht.« Ein paar Kinder, die ihre Sonntagspflichten bereits erledigt hatten, gingen nachsehen, ob Gautam schlecht war; sie bestanden darauf, daß der Missionar sie begleitete. Da wurde Dr. Daruwalla klar, daß es Zeit war zu gehen; es würde Madhu nicht guttun, wenn sie länger blieben.

»Ich verabschiede mich jetzt«, sagte der Doktor zu der Kindprostituierten. »Ich hoffe, daß du mit deinem neuen Leben glücklich wirst. Bitte paß auf dich auf.«

Als sie ihre Arme um seinen Hals schlang, zuckte Farrokh

zurück, weil er dachte, sie wollte ihn küssen, doch er irrte sich. Sie wollte ihm nur etwas ins Ohr flüstern. »Bringen Sie mich nach Hause«, flüsterte Madhu. Aber was war »zu Hause« – was meinte sie damit? Bevor der Doktor nachfragen konnte, sagte sie es ihm. »Ich möchte zum Säuremann«, flüsterte sie. So selbstverständlich hatte Madhu die Bezeichnung des Drehbuchautors für Mr. Garg übernommen. Dr. Daruwalla blieb nichts anderes übrig, als ihre Arme von seinem Hals zu lösen und ihr einen besorgten Blick zuzuwerfen. Dann lenkte ein älteres Mädchen Madhu mit einem paillettenbestickten Trikot in leuchtenden Farben ab – die Vorderseite war rot, die Rückseite orange –, so daß sich Farrokh davonstehlen konnte.

Chandra hatte dem Elefantenjungen in einer Ecke des Küchenzelts ein Bett hergerichtet. Dort würde Ganesh, umgeben von Zwiebel- und Reissäcken, schlafen; eine Wand aus Teedosen bildete das provisorische Kopfende. Damit der Junge kein Heimweh bekam, hatte der Koch ihm einen Marathi-Kalender geschenkt, auf dem Parvati mit ihrem elefantenköpfigen Sohn Ganesh abgebildet war – Lord Ganesha, der »Herr der Ganas«, die Gottheit mit dem einen Stoßzahn.

Der Abschied von Ganesh fiel Farrokh schwer. Er bat den Koch um die Erlaubnis, einen kurzen Spaziergang mit dem elefantenfüßigen Jungen machen zu dürfen. Gemeinsam sahen sie sich die Löwen und Tiger an, aber bis zur Fleischfütterung war noch lange hin, so daß die Wildkatzen entweder schliefen oder mißmutig herumlagen. Dann schlenderte der Doktor mit dem verkrüppelten Jungen an den Wohnzelten entlang. Ein Zwergclown wusch sich in einem Eimer die Haare, ein anderer rasierte sich. Farrokh war erleichtert, daß keiner der Clowns auf die Idee kam, Ganeshs hinkenden Gang nachzuahmen, obwohl Vinod den Jungen vorgewarnt hatte. Vor Mr. und Mrs. Bhagwans Zelt blieben sie stehen. Dort hatte der Messerwerfer seine Messer ausgelegt – offenbar wollte er sie schleifen –, und unter dem Eingang stand Mrs. Bhagwan und löste ihren langen schwarzen Zopf, der ihr fast bis zur Taille reichte.

Als die Artistin den Krüppel sah, rief sie ihn zu sich. Dr. Daruwalla folgte zögernd. Ein Mensch, der hinkt, braucht zusätzlichen Schutz, erklärte Mrs. Bhagwan dem Elefantenjungen; deshalb wollte sie ihm ein Shridi-Sai-Baba-Amulett geben, denn Sai Baba sei der Schutzpatron aller Menschen, die Angst vorm Fallen hatten, erklärte sie. »Jetzt wird er keine Angst mehr haben«, sagte Mrs. Bhagwan zu Dr. Daruwalla. Sie band dem Jungen das billige Medaillon um den Hals, ein hauchdünnes Silberplättchen an einer Rohlederschnur. Während der Doktor sie beobachtete, konnte er sich nur wundern, wie sie früher, als unverheiratete Frau, den Deckenlauf durchgestanden hatte, während sie ihre Monatsblutungen hatte – bevor es sich für sie schickte, Tampons zu benutzen. Jetzt absolvierte sie den Deckenlauf ebenso mechanisch, wie sie sich den Messern ihres Mannes aussetzte.

Mrs. Bhagwan war nicht hübsch, hatte aber wunderschönes, glänzendes Haar. Doch Ganesh achtete nicht auf ihr Haar – er blickte unverwandt in ihr Zelt. Unter dem Zeltdach befand sich das Übungsgerät für den Deckenlauf, eine leiterähnliche Vorrichtung mit genau achtzehn Schlaufen. Nicht einmal Mrs. Bhagwan schaffte den Deckenlauf ohne Übung. Außerdem hing vom Zeltdach ein Gerät für den Zahnhang; es glänzte genauso wie Mrs. Bhagwans Haare, fast als wäre es noch naß von ihrem Speichel.

Mrs. Bhagwan folgte dem Blick des Jungen.

»Er hat die törichte Idee, er könnte den Deckenlauf lernen«, erläuterte Farrokh.

Mrs. Bhagwan sah Ganesh streng an. »Das ist wirklich eine törichte Idee«, sagte sie zu ihm. Sie griff mit ihrer schwieligen Hand nach dem Sai-Baba-Medaillon, das sie ihm geschenkt hatte, und zog sachte daran. Dr. Daruwalla registrierte, daß ihre

Hände so groß waren wie Männerhände und ebenso kräftig. Sie erinnerten ihn unangenehm an die Hände der zweiten Mrs. Dogar, die, als er sie das letzte Mal gesehen hatte, unruhig am Tischtuch herumgezupft hatten und ihm vorgekommen waren wie Pranken. »Beim Deckenlauf kann einen nicht einmal Shridi Sai Baba vor dem Fallen schützen«, sagte Mrs. Bhagwan zu Ganesh.

»Was schützt Sie dann?« fragte der Junge.

Mrs. Bhagwan zeigte ihm ihre Füße unter dem bodenlangen Sari; sie waren nackt und wirkten eigenartig graziös, ja geradezu zierlich im Vergleich zu ihren Händen. Aber der ganze Rist bis hinauf zum Sprunggelenk war an beiden Füßen so abgescheuert, daß keine normale Haut mehr vorhanden war. An ihrer Stelle befand sich verhärtetes Narbengewebe, faltig und rissig.

»Fühl mal«, sagte Mrs. Bhagwan zu dem Jungen. »Sie auch«, forderte sie den Doktor auf, der prompt gehorchte. Er hatte noch nie einen Elefanten oder ein Rhinozeros berührt, sondern sich höchstens vorgestellt, wie sich die zähe, ledrige Haut anfühlen würde. Es gab doch sicher eine Salbe oder Lotion, überlegte der Doktor, die Mrs. Bhagwan auf ihre zerschundenen Füße auftragen konnte, damit die Risse in der verhärteten Haut heilten. Doch dann fiel ihm ein, daß sich dort, wo die Risse geheilt waren, eine zu dicke Hornhautschicht bilden würde, als daß das Scheuern der Seilschlingen an den Füßen noch zu spüren wäre. Auch wenn ihr die rissige Haut Schmerzen verursachte, war der Schmerz doch zugleich der Indikator dafür, daß sich ihre Füße sicher in den Schlingen befanden – genau an der richtigen Stelle. Ohne den Schmerz hätte sich Mrs. Bhagwan ausschließlich auf ihre Augen verlassen müssen, und wenn es darum ging, die Füße sicher in die Schlaufen zu stecken, waren zwei Arten der Wahrnehmung (Schmerz und Sehvermögen) wahrscheinlich besser als eine.

Ganesh schien sich vom Anblick und der rauhen Beschaffenheit von Mrs. Bhagwans Füßen nicht entmutigen zu lassen. Seine Augen heilten allmählich – sie wurden von Tag zu Tag klarer –, und auf seinem wachsamen Gesicht lag ein Strahlen, das seinen ungebrochenen Glauben an die Zukunft widerspiegelte. Er wußte, daß er den Deckenlauf schaffen konnte. Ein Fuß war bereit anzufangen; jetzt mußte nur noch der andere mitmachen.

Jesus auf dem Parkplatz

Unterdessen hatte der Missionar bei den Schimpansenkäfigen ein heilloses Durcheinander angerichtet. Gautam bekam einen Tobsuchtsanfall, sobald er ihn erblickte, denn Martins Verbände waren noch weißer als seine Haut. Und dann mußte die kokette Mira auch noch ihre langen Arme durch die Gitterstäbe ihres Käfigs strecken, als würde sie den Jesuiten anflehen, sie zu umarmen, worauf Gautam seinem vermeintlichen Rivalen in sattem Strahl vor die Füße pinkelte. Der Missionar wollte von der Bildfläche verschwinden, um die Schimpansen nicht noch mehr zu reizen und weitere Affentänze zu verhindern, doch Kunal bestand darauf, daß er blieb. Das sei eine wichtige Lektion für Gautam, argumentierte er: Je aggressiver der Affe auf die Anwesenheit des Jesuiten reagierte, um so mehr Schläge bekam er von Kunal. Martin sah die Logik dieser Erziehungsmethode zwar nicht ganz ein, gehorchte aber den Anweisungen des Dresseurs.

In Gautams Käfig befand sich ein alter Autoreifen mit abgefahrenem Profil, der an einem fransigen Seil hing. In seinem Zorn schleuderte Gautam den Reifen gegen die Gitterstäbe, dann packte er ihn und bohrte seine Zähne in den Gummi. Daraufhin schob Kunal einen Bambusstecken durch die Stäbe und stieß ihn Gautam in die Seite. Mira rollte sich auf den Rücken.

Als Dr. Daruwalla den Missionar endlich fand, stand dieser

hilflos vor diesem Affendrama und machte ein so schuldbewußtes Gesicht wie ein ertappter Straftäter.

»Um Himmels willen, was stehen Sie denn da herum?« fragte ihn der Doktor. »Wenn Sie einfach weggehen würden, hätte das ganze Theater ein Ende!«

»Das denke ich ja auch«, entgegnete der Jesuit. »Aber der Dresseur hat gesagt, ich soll dableiben.«

»Ist er Ihr Dresseur oder der des Schimpansen?« fragte Farrokh.

So kam es, daß sich der Missionar, begleitet vom wüsten Gekreisch und Geheul des rassistischen Affen, von Ganesh verabschiedete. Man konnte sich nur schwer vorstellen, daß Gautam daraus etwas lernte.

Die beiden Männer gingen hinter Ramu her zum Landrover. Auf dem Weg dorthin kamen sie noch an einigen Raubtierkäfigen mit schläfrigen, mißmutigen Löwen und ebenso lustlosen und sichtlich schlechtgelaunten Tigern vorbei. Ihr draufgängerischer Fahrer strich mit den Fingern an den Käfigstäben der Raubkatzen entlang. Ab und zu schnellte eine Pranke heraus, aber souverän zog Ramu seine Hand jedesmal rechtzeitig zurück.

»Noch eine Stunde bis zur Fleischfütterung«, sang Ramu den Löwen und Tigern zu. »Eine ganze Stunde.«

Es war schade, daß der Abschied vom Great Blue Nile von einem so höhnischen, wenn nicht gar grausamen Unterton begleitet wurde. Dr. Daruwalla sah sich nur einmal nach der sich entfernenden Gestalt des Elefantenjungen um, der zum Küchenzelt zurückhumpelte. Sein unregelmäßiger Gang erweckte den Eindruck, als müßte die rechte Ferse das Gewicht von zwei oder drei Jungen tragen; wie die Afterklaue eines Hundes oder einer Katze berührten Ballen (und Zehen) seines rechten Fußes nie den Boden. Kein Wunder, daß er über den Zelthimmel laufen wollte.

Was Farrokh und Martin betraf, so lag ihr Leben abermals in Ramus Händen. Die Fahrt zum Flughafen von Rajkot erfolgte diesmal bei Tageslicht. Sowohl das Blutbad auf der Schnellstraße als auch die Beinahezusammenstöße des Landrovers mit anderen Verkehrsteilnehmern waren nicht mehr zu übersehen. Wieder wollte sich Dr. Daruwalla von Ramus Fahrkünsten ablenken lassen, aber diesmal landete er unversehens auf dem Beifahrersitz, und der hatte keinen Sicherheitsgurt. Martin klammerte sich an die Lehne des Vordersitzes und schob seinen Kopf über Farrokhs Schulter, womit er Ramu wahrscheinlich jede Sicht im Rückspiegel nahm – nicht daß Ramu das, was möglicherweise von hinten kam, auch nur eines Blickes gewürdigt oder irgendein anderes Fahrzeug ihn eingeholt hätte.

Da Junagadh der Ausgangspunkt für Besuche im Gir-Wald war, der letzten Heimat des asiatischen Löwen, wollte Ramu wissen, ob sie den Wald gesehen hätten – hatten sie nicht –, und Martin Mills wollte wissen, was Ramu, der kein Englisch sprach, gesagt hatte. Auf die Dauer wurde dem Doktor die ewige Übersetzerei lästig, obwohl er sich redlich Mühe gab. Der Missionar bedauerte, die Löwen von Gir nicht gesehen zu haben. Vielleicht konnten sie sich den Wald ja ansehen, wenn sie wieder herkamen, um die Kinder zu besuchen. Aber bis dahin gastierte der Great Blue Nile sicher längst in einer anderen Stadt. Von Ramu erfuhren sie, daß es im Stadtzoo auch ein paar asiatische Löwen gab. Sie könnten sich die Tiere ja kurz ansehen; ihr Flugzeug in Rajkot würden sie trotzdem noch erreichen. Aber Farrokh lehnte diesen Vorschlag klugerweise ab, weil er wußte, daß jede Verzögerung ihrer Abfahrt von Junagadh nur dazu führen würde, daß Ramu um so schneller nach Rajkot donnern würde.

Auch das Gespräch über Graham Greene lenkte Farrokh nicht so ab, wie er gehofft hatte. Martins »katholische Interpretation« des Romans *Das Herz aller Dinge* entsprach ganz und gar nicht dem, was der Doktor erwartet hatte; er fand sie ausgesprochen ärgerlich. Nicht einmal ein Roman, in dem es so grundlegend um den Glauben geht wie in *Die Macht und die Herrlichkeit,* dürfe unter einem streng »katholischen« Blickwinkel diskutiert werden, argumentierte Dr. Daruwalla. Er zitierte aus dem Gedächtnis eine Stelle, die er besonders gern mochte. »In der Kindheit gibt es stets einen Augenblick, in dem sich eine Tür auftut und die Zukunft hereinläßt.«

»Vielleicht sagen Sie mir, was daran so besonders katholisch sein soll«, forderte der Doktor den Scholastiker heraus, aber der wechselte geschickt das Thema.

»Lassen Sie uns beten, daß sich für unsere Kinder diese Tür im Zirkus auftut und die Zukunft hereinläßt«, sagte der Jesuit. Was für ein hinterlistiger Kerl!

Farrokh wagte es nicht, Martin noch irgend etwas über seine Mutter zu fragen, denn nicht einmal Ramus Fahrweise war so abschreckend wie die Aussicht, sich noch eine Geschichte über Vera anhören zu müssen. Dafür hätte Farrokh gern mehr über die homosexuellen Neigungen von Dhars eineiigem Zwilling erfahren. In erster Linie war er neugierig, ob John D. dieselbe Veranlagung besaß, wußte aber nicht recht, wie er dessen Zwillingsbruder auf dieses Thema bringen sollte. Allerdings würde sich mit Martin leichter darüber reden lassen als mit John D.

»Sie haben gesagt, daß Sie in einen Mann verliebt waren und daß Ihre Gefühle für ihn letzten Endes nachgelassen haben«, begann der Doktor.

»Das stimmt«, sagte der Scholastiker steif.

»Aber können Sie den Zeitpunkt oder das Ereignis benennen, das Ihrer Verliebtheit ein Ende machte?« fragte Farrokh. »Ist irgend etwas passiert, gab es einen Vorfall, der Sie überzeugt hat? Was hat Sie zu dem Entschluß bewogen, dieser Leidenschaft zu widerstehen und Priester zu werden?« Dr. Daruwalla wußte genau, daß er um den heißen Brei herumredete, aber irgendwo mußte er ja anfangen.

»Ich habe gesehen, daß Christus für mich existiert. Ich habe gesehen, daß mich Jesus nie im Stich gelassen hat«, sagte der Missionar.

»Sie meinen, Sie hatten eine Vision?« fragte Farrokh.

»In gewisser Weise«, gab der Jesuit ausweichend zur Antwort. »Es war auf einem Tiefpunkt meiner Beziehung zu Jesus. Und ich war zu einer ausgesprochen zynischen Entscheidung gelangt. Mangel an Widerstand ist schon schlimm genug, aber Fatalismus ist schlimmer, weil er an totale Resignation grenzt. Und ich muß zu meiner Schande gestehen, daß ich absolut fatalistisch war.«

»Haben Sie Christus denn nun wirklich gesehen oder nicht?« wollte der Doktor wissen.

»Eigentlich war es nur eine Christusstatue«, gab der Missionar zu.

»Sie meinen, sie war echt?« fragte Farrokh.

»Natürlich war sie echt, sie stand hinten auf dem Parkplatz der Schule, in der ich unterrichtet habe. Früher habe ich sie jeden Tag gesehen, sogar zweimal am Tag«, sagte Martin. »Es war ein schlichter weißer Christus aus Stein in typischer Haltung.« Dabei drehte der Glaubenseiferer auf dem Rücksitz des dahinrasenden Landrover seine beiden Handflächen gen Himmel, offenbar um die Haltung des demütigen Bittstellers zu demonstrieren.

»Hört sich wirklich geschmacklos an, Christus auf einem Parkplatz!« bemerkte Dr. Daruwalla.

»Die Statue war auch kein großes Kunstwerk«, entgegnete der Jesuit. »Ich erinnere mich, daß sie wiederholte Male übel zugerichtet wurde.«

»Tja, warum wohl?«, murmelte Farrokh.

»Na ja, wie dem auch sei, eines Abends blieb ich ziemlich lange in der Schule ... ich habe bei einem Schülertheater Regie geführt, bei irgend so einem Musical. Und dieser Mann, von dem ich geradezu besessen war ... der war auch noch da. Aber dann sprang sein Auto nicht an – er hatte eine fürchterliche Karre –, und er bat mich, ihn nach Hause zu bringen.«

»Auweia«, sagte Dr. Daruwalla.

»Meine Gefühle für ihn hatten bereits nachgelassen, wie ich schon sagte, aber immun war ich deshalb noch lange nicht«, gestand der Missionar. »Hier ergab sich plötzlich eine Gelegenheit, und mir wurde schmerzlich bewußt, daß ich im Grund nur zuzugreifen brauchte. Verstehen Sie, was ich meine?«

Dr. Daruwalla, der an seine beunruhigende Nacht mit Madhu denken mußte, sagte: »Ja, natürlich weiß ich das. Und was ist geschehen?«

»Das meine ich, wenn ich sage, daß ich zynisch war«, sagte der Scholastiker. »Ich war so fatalistisch eingestellt, daß ich beschloß, darauf einzugehen, wenn er auch nur den leisesten Annäherungsversuch machen sollte. Den ersten Schritt würde ich nicht tun, aber ich wußte, daß ich mich darauf einlassen würde.«

»Und haben Sie? Hat er?« fragte der Doktor.

»Erst mal konnte ich mein Auto nicht finden... es war ein riesiger Parkplatz«, erzählte Martin. »Aber dann fiel mir ein, daß ich immer in Christi Nähe zu parken versuchte...«

»In der Nähe der Statue, meinen Sie...«, unterbrach ihn Farrokh.

»Ja, natürlich, in der Nähe der Statue. Ich hatte direkt davor geparkt«, erklärte der Jesuit. »Als ich mein Auto endlich entdeckt hatte, war es so dunkel, daß ich die Statue nicht sehen konnte, nicht einmal, als ich im Auto saß. Aber ich wußte genau, wo Christus war. Es war ein eigenartiger Augenblick. Ich wartete darauf, daß mich dieser Mann berührte, und gleichzeitig schaute ich die ganze Zeit in die Dunkelheit, genau auf die Stelle, an der sich Jesus befand.«

»Und hat der Kerl Sie berührt?« fragte Farrokh.

»Ich habe die Scheinwerfer angemacht, bevor er Gelegenheit dazu hatte«, antwortete Martin Mills. »Und da war Christus.

Er stand im Scheinwerferlicht leuchtend vor mir. Er war genau dort, wo er meiner Überzeugung nach sein mußte.«

»Wo sollte er denn sonst sein?« rief Dr. Daruwalla. »Laufen Statuen bei Ihnen zu Hause etwa in der Gegend herum?«

»Sie spielen das Erlebnis herunter, wenn Sie sich nur auf die Statue beschränken«, sagte der Jesuit. »Die Statue war nur das Vehikel. Was ich gespürt habe, war die Gegenwart Gottes. Ich habe auch ein Einssein mit Jesus gespürt, nicht mit der Statue. Ich habe gespürt, daß mir gezeigt worden ist, was ›an Christus glauben‹ bedeutet, jedenfalls für mich. Selbst in der Dunkelheit, selbst während ich dasaß und damit rechnete, daß mir gleich etwas Schreckliches widerfahren würde, hatte ich die Gewißheit, daß er da war. Christus war für mich da. Er hatte mich nicht im Stich gelassen. Ich konnte ihn noch immer sehen.«

»Vermutlich kann ich den nötigen Gedankensprung nicht nachvollziehen«, sagte Dr. Daruwalla. »Ich meine, Ihr Glaube an Christus ist eine Sache. Aber Priester werden zu wollen... wie kamen Sie von Jesus auf dem Parkplatz zu dem Wunsch, Priester zu werden?«

»Na ja, das ist etwas anderes«, gab Martin zu.

»Das ist der Teil, den ich nicht kapiere«, entgegnete Farrokh. Dann sprach er es aus: »Und was war das Ende all dieser Begierden? Ich meine, wurde Ihre Homosexualität je wieder aktiviert, sozusagen?«

»Homosexualität?« wiederholte der Jesuit. »Darum geht es nicht. Ich bin nicht homosexuell, und ich bin auch nicht heterosexuell. Ich bin einfach kein sexuelles Wesen... nicht mehr.«

»Ach kommen Sie«, sagte der Doktor. »Aber wenn Sie sich körperlich von einem Menschen angezogen fühlen würden, dann doch von einem Mann, oder?«

»Darum geht es nicht«, entgegnete der Scholastiker. »Es ist zwar nicht so, daß ich keine sexuellen Empfindungen habe, aber ich habe dieser Art von Anziehung widerstanden. Es wird mir nicht schwerfallen, ihr auch weiterhin zu widerstehen.«

»Aber Sie widerstehen doch einer homosexuellen Neigung, oder?« fragte Farrokh. »Ich meine, lassen Sie uns mal spekulieren... spekulieren wird man doch noch dürfen, oder?«

»Ich spekuliere nicht über den Inhalt meiner Gelübde«, sagte der Jesuit.

»Aber – bitte haben Sie Nachsicht mit mir – wenn etwas geschehen würde, wenn Sie aus irgendeinem Grund beschließen würden, doch nicht Priester zu werden, dann wären Sie doch homosexuell?« fragte Dr. Daruwalla.

»Gnade! Sie sind ein unglaublich hartnäckiger Mensch!« rief Martin Mills gutmütig.

»Ich soll hartnäckig sein?« schrie der Doktor.

»Ich bin weder homosexuell noch heterosexuell veranlagt«, stellte der Jesuit ruhig fest. »Diese Begriffe beziehen sich nicht unbedingt auf Neigungen, oder? Ich hatte eine vorübergehende Neigung.«

»Und sie ist vorübergegangen. Vollständig. Wollen Sie das damit sagen?« fragte Dr. Daruwalla.

»Gnade«, wiederholte Martin.

»Sie sind aufgrund eines Erlebnisses mit einer Statue auf einem Parkplatz ein Mensch ohne bestimmte Sexualität geworden, und trotzdem leugnen Sie die Möglichkeit, daß mich ein Geist gebissen hat!« rief Dr. Daruwalla. »Richtig?«

»Ich glaube grundsätzlich nicht an Geister«, entgegnete der Jesuit.

»Aber Sie glauben daran, ein Einssein mit Jesus erlebt zu haben. Sie haben die Gegenwart Gottes gespürt, auf einem Parkplatz!« schrie Farrokh.

»Ich glaube, daß unsere Unterhaltung – vor allem, wenn Sie weiterhin so schreien – den Fahrer ablenkt«, sagte Martin Mills. »Vielleicht sollten wir uns die Erörterung dieses Themas aufsparen, bis wir wohlbehalten am Flugplatz angelangt sind.«

Sie waren noch knapp eine Stunde von Rajkot entfernt, wobei Ramu immer wieder haarscharf am Tod vorbeiraste. Am Flugplatz galt es dann die Warterei zu überstehen, ganz zu schweigen von der Verzögerung, mit der man immer rechnen mußte, und schließlich den Flug selbst. Die Taxifahrt von Santa Cruz nach Bombay dauerte an einem Sonntagnachmittag beziehungsweise -abend gut und gern eine Dreiviertel- bis eine geschlagene Stunde. Dazu kam, daß ein besonderer Sonntag war, der 31. Dezember 1989, aber weder dem Doktor noch dem Missionar war bewußt, daß heute Silvester war – oder zumindest hatten sie es vergessen.

Am Neujahrstag sollte die Jubiläumsfeier in St. Ignatius stattfinden, die Martin Mills ebenfalls vergessen hatte; und die Silvesterparty im Duckworth Sports Club war eine todschicke Angelegenheit, bei der es ungewohnt fröhlich zuging; mit Live-Orchester und einem grandiosen Mitternachtsbankett – und vor allem dem exzellenten Champagner, der diesem einen Abend im Jahr vorbehalten war. Kein Duckworthianer in Bombay versäumte freiwillig die Silvesterparty.

John D. und Kommissar Patel waren überzeugt, daß Rahul dasein würde – Mr. Sethna hatte es ihnen bereits mitgeteilt. Sie probierten einen Großteil des Tages, was Inspector Dhar sagen sollte, wenn er mit der zweiten Mrs. Dogar tanzte. Julia hatte Farrokhs Smoking gebügelt, der auf dem Balkon erst gründlich ausgelüftet werden mußte, um den Mottenkugelduft loszuwerden. Aber die Gedanken des Doktors waren weit vom Silvesterabend und vom Duckworth Club entfernt. Er konzentrierte sich ganz auf die restliche Fahrt nach Rajkot; danach stand ihm dann noch der ganze Weg nach Bombay bevor. Und da er Martins Spitzfindigkeiten nicht länger ertragen konnte, mußte er sich eben ein anderes Gesprächsthema einfallen lassen.

»Vielleicht sollten wir das Thema wechseln«, schlug Dr. Daruwalla vor. »Und uns leise unterhalten.«

»Wie Sie wünschen. Ich werde bestimmt nicht schreien«, versprach der Missionar.

Doch Farrokh wollte partout nichts einfallen, worüber sie sonst hätten reden können. Er versuchte sich an eine lange Geschichte aus seinem Leben zu erinnern, die er endlos ausspinnen könnte und die den Missionar vorübergehend zum Schweigen brächte. Ein möglicher Anfang wäre doch zum Beispiel: »Ich kenne Ihren Zwillingsbruder.« Daraus würde sich eine ziemlich lange persönliche Geschichte ergeben. Und die würde Martin Mills bestimmt die Sprache verschlagen! Doch wieder einmal hatte Farrokh das Gefühl, daß er nicht das Recht hatte, diese Geschichte zu erzählen. Diese Entscheidung lag allein bei John D.

»Also, mir fiele schon etwas ein«, sagte der Scholastiker. Er hatte höflich darauf gewartet, daß Dr. Daruwalla den Anfang machte, allerdings nicht besonders lange.

»Na gut, schießen Sie los«, sagte der Doktor.

»Ich finde, Sie sollten keine Hexenjagd auf Homosexuelle veranstalten«, fing der Jesuit an. »Doch nicht in unserer Zeit. Doch nicht, nachdem eine verständliche Empfindlichkeit gegenüber allem besteht, was im weitesten Sinn als Homophobie ausgelegt werden kann. Was haben Sie überhaupt gegen Homosexuelle?«

»Ich habe nichts gegen Homosexuelle. Ich leide auch nicht unter Homophobie«, fuhr Dr. Daruwalla ihn an. »Und Sie haben nicht unbedingt das Thema gewechselt!«

»Und Sie reden nicht gerade leise«, konterte Martin.

Die Überprüfung der Lautsprecheranlage am Flughafen von Rajkot hatte ein neues Stadium erreicht; jetzt wurden anspruchsvollere Kenntnisse beim Zählen unter Beweis gestellt. »Elf, zweiundzwanzig, dreiunddreißig, vierundvierzig, fünfundfünfzig«, sagte die unermüdliche Stimme. Wohin das führen würde, ließ sich nicht feststellen; es hörte sich nach Unendlichkeit an. Die Stimme war völlig emotionslos und zählte so mechanisch, daß Dr. Daruwalla verrückt zu werden meinte, wenn das nicht bald aufhörte. Statt sich die Zählerei oder Martin Mills' jesuitische Provokationen anzuhören, beschloß Farrokh, eine Geschichte zu erzählen. Obwohl es eine wahre Geschichte war – und es ihn, wie er bald feststellen sollte, schmerzte, sie zu erzählen –, hatte sie den Nachteil, daß er sie noch nie erzählt hatte; selbst wahre Geschichten werden durch wiederholtes Erzählen besser. Aber der Doktor hoffte, sie würde deutlich machen, wie sehr sich der Missionar irrte, wenn er ihm Menschenfeindlichkeit oder Berührungsängste mit Homosexuellen unterstellte, denn Dr. Daruwallas liebster Kollege in Toronto, Gordon Macfarlane, war homosexuell. Und außerdem war er Farrokhs bester Freund.

Leider begann der Drehbuchautor mit seiner Geschichte an der falschen Stelle. Er hätte bei seiner ersten Begegnung mit Dr. Macfarlane anfangen sollen, bei der sich die beiden über die Problematik des Wortes ›schwul‹ einig gewesen waren. Auch den Erkenntnissen von Macs Freund, dem schwulen Genetiker Duncan Frasier, über die biologischen Voraussetzungen der Homosexualität stimmten beide im großen und ganzen zu. Hätte Dr. Daruwalla dieses Thema zuerst angeschnitten, hätte er Martin Mills vielleicht nicht gleich gegen sich eingenommen. Doch auf dem Flughafen von Rajkot beging er den Fehler, Dr. Macfarlane in Form einer Rückblende einzuführen – als wäre Mac nur eine Nebenfigur und nicht ein Freund, an den Farrokh oft und gern dachte.

Er hatte mit der falschen Episode angefangen, jener Begebenheit, bei der ihm ein verrückter Taxifahrer übel mitgespielt hatte, weil er durch seine Arbeit als Autor von Actionfilmen darauf trainiert war, jede Geschichte mit der gewaltsamsten Szene zu beginnen, die er sich vorstellen (oder an die er sich, in diesem Fall, erinnern) konnte. Doch daß er mit einem rassistisch motivierten Angriff auf seine Person begann, war für den Missionar irreführend, weil dieser daraus folgerte, daß der Doktor seiner Freundschaft mit Gordon Macfarlane weniger Bedeutung beimaß als seiner Empörung über die schlechte Behandlung, die er als Inder in Toronto erlebt hatte. Das war deshalb besonders ungeschickt, weil Farrokh lediglich hatte deutlich machen wollen, daß diese üble Geschichte seine Freundschaft mit einem Homosexuellen, dem Diskriminierungen anderer Art nicht fremd waren, weiter gefestigt hatte.

Es war an einem Freitag im Frühjahr gewesen. Farrokhs Kollegen hatten ihre Klinikpraxen zumeist am frühen Nachmittag verlassen, weil sie in ihre Wochenendhäuschen fuhren, aber die Daruwallas genossen ihre Wochenenden in Toronto – *ihr* zweites Zuhause war Bombay. Bei Farrokh war ein Termin ausgefallen, also konnte er früher gehen – ansonsten hätte er Macfarlane gebeten, ihn mitzunehmen, oder sich ein Taxi gerufen. Mac verbrachte seine Wochenenden ebenfalls in Toronto und hielt am Freitag ziemlich lange Sprechstunde.

Da der Berufsverkehr noch nicht eingesetzt hatte, beschloß Farrokh, ein Stück zu Fuß zu gehen und dann irgendwo in ein Taxi zu steigen, wahrscheinlich vor dem Museum. Die U-Bahn mied er seit mehreren Jahren, seit er dort wegen seiner Hautfarbe einen unangenehmen Zwischenfall erlebt hatte. Freilich wurde er manchmal aus vorüberfahrenden Autos angepöbelt. Die Leute riefen: »Dreckiger Pakistani!« oder »Verdammter Ausländer!« oder »Babu!« oder »Geh doch nach Hause!« Als Parsen hatte ihn allerdings nie jemand beschimpft, denn in Toronto wußte kaum jemand, was ein Parse war. Farrokhs hellbraune Hautfarbe und sein pechschwarzes Haar machten es den Leuten schwer, ihn einzuordnen; er war nicht so leicht als Inder zu erkennen wie viele seiner Landsleute. Ein paarmal wurde er als Araber abgekanzelt, zweimal als Jude. Das lag an seinen persischen Vorfahren; dem Aussehen nach hätte er ohne weiteres aus dem Mittleren Osten stammen können. Aber egal, wer ihn anpöbelte, die Betreffenden wußten, daß er fremd hier war, daß er einer anderen Rasse angehörte.

Einmal war Farrokh sogar als Itaker beschimpft worden. Damals fragte er sich, wie dumm jemand sein mußte, um ihn für einen Italiener zu halten. Inzwischen wußte er, daß sich die Schreihälse nicht darüber aufregten, daß er aus einem bestimmten Land kam, sondern für sie zählte nur, daß er keiner der Ihren war. Aber meistens zeigten die Seitenhiebe, daß er schlicht und undifferenziert als »farbiger Einwanderer« wahrgenommen wurde. Er hatte den Eindruck, daß in Kanada das Vorurteil gegenüber der Eigenschaft ›Einwanderer‹ genauso schwer wog wie das gegenüber der Hautfarbe.

Nach einer Episode mit drei halbwüchsigen Burschen fuhr Farrokh nie wieder mit der U-Bahn. Anfangs hatten sie gar nicht so bedrohlich gewirkt – eher zu Unfug aufgelegt. Etwas bedrohlich war nur, daß sie sich absichtlich ganz in seine Nähe setzten, obwohl genügend andere Plätze frei waren. Einer saß rechts, einer links von ihm, der dritte ihm gegenüber. Der Junge auf der linken Seite stieß ihn mit dem Ellbogen an. »Wir haben eine Wette abgeschlossen«, sagte er. »Was sind Sie?«

Später wurde Dr. Daruwalla klar, daß er sie nur deshalb nicht als bedrohlich empfunden hatte, weil sie Schulblazer und -krawatten trugen. Nach dem Zwischenfall hätte er sie bei ihrer Schule melden können, tat es aber nicht.

»Ich habe Sie gefragt, was Sie sind?« wiederholte der Junge. Erst in dem Augenblick fühlte sich Farrokh bedroht.

»Ich bin Arzt«, antwortete Dr. Daruwalla.

Die Jungen rechts und links sahen ihn ausgesprochen feindselig an; schließlich rettete ihn der Junge gegenüber. »Mein Vater ist auch Arzt«, bemerkte er stumpfsinnig.

»Willst du auch Arzt werden?« fragte Farrokh.

Die zwei anderen standen auf und zogen den dritten mit.

»Scheißkerl«, sagte der erste Junge zu Farrokh. Aber der Doktor wußte, daß diese Bombe harmlos war – sie war bereits entschärft.

Danach fuhr er nie wieder mit der U-Bahn. Doch im Anschluß an sein schlimmstes Erlebnis erschien ihm diese Episode harmlos. Jene zweite Konfrontation hatte Farrokh so aus der Fassung gebracht, daß er anschließend nicht mehr wußte, ob der Taxifahrer vor oder nach der Kreuzung University Avenue und Gerrard Street an den Randstein gefahren war. Jedenfalls hatte Farrokh gerade die Klinik verlassen und hing seinen Gedanken nach. Merkwürdig war – daran erinnerte er sich noch –, daß sich bereits ein Fahrgast im Taxi befand und daß dieser auf dem Beifahrersitz saß. Doch der Fahrer sagte: »Lassen Sie sich durch ihn nicht stören. Das ist nur ein Freund, der nichts zu tun hat.«

»Ich bin kein Fahrgast«, bestätigte der Freund des Fahrers.

Später erinnerte sich Farrokh nur noch, daß es kein Metro- und kein Beck-Taxi gewesen war – die zwei Taxiunternehmen, die er meistens anrief. Wahrscheinlich war es ein sogenanntes Zigeunertaxi.

»Wo wollen Sie denn hin?« fragte der Fahrer Dr. Daruwalla, während er langsam neben ihm herfuhr.

»Nach Hause«, antwortete Farrokh. (Es erschien ihm sinnlos hinzuzufügen, daß er eigentlich ein Stück zu Fuß hatte gehen wollen. Hier war ein Taxi. Warum sollte er es nicht nehmen?)

»Und wo ist ›zu Hause‹?« fragte der Freund auf dem Beifahrersitz.

»Russell Hill Road, nördlich der St. Clair Avenue... gleich hinter der Lonsdale Road«, antwortete der Doktor. Inzwischen war er stehengeblieben – das Taxi ebenfalls. »Eigentlich wollte ich noch Bier einkaufen... und dann zu Fuß nach Hause gehen«, fügte Farrokh hinzu.

»Steigen Sie ein, wenn Sie wollen«, sagte der Fahrer.

Dr. Daruwalla kamen keine Bedenken, bis er auf dem Rücksitz Platz genommen hatte und das Taxi losfuhr. Der Freund auf dem Beifahrersitz rülpste einmal lautstark, und der Fahrer lachte. Die Sonnenblende am Beifahrersitz war heruntergeklappt, und die Tür des Handschuhfachs fehlte. Farrokh wußte nicht mehr genau, ob sich die Taxilizenz normalerweise an einer dieser Stellen befand oder an der Plexiglastrennscheibe zwischen Vorder- und Rücksitzen. (Die Trennscheibe an sich war schon ungewöhnlich; die meisten Taxis in Toronto hatten keine solchen Dinger.) Jedenfalls war nirgendwo im Auto eine Lizenz zu sehen, und das Taxi fuhr bereits zu schnell, als daß Dr. Daruwalla noch hätte aussteigen können. Vielleicht an einer Ampel, dachte er. Aber eine Zeitlang standen alle Ampeln auf Grün, und die erste rote, an die sie kamen, überfuhr der Fahrer. Und da drehte sich der Freund des Fahrers auf dem Beifahrersitz um und nahm Farrokh ins Visier.

»Also, wo sind Sie wirklich zu Hause?« fragte er den Doktor.

»In der Russell Hill Road«, wiederholte Dr. Daruwalla.

»Zuvor, du Arschloch«, sagte der Fahrer.

»Ich bin in Bombay geboren, habe Indien aber als Teenager verlassen. Ich bin kanadischer Bürger«, sagte Farrokh.

»Hab ich's dir nicht gesagt«, sagte der Fahrer zu seinem Freund. »Dann wollen wir ihn mal nach Hause bringen«, meinte der Freund.

Der Fahrer warf einen Blick in den Rückspiegel und machte mitten auf der Straße plötzlich kehrt, so daß Farrokh gegen die Tür geschleudert wurde.

»Wir werden dir schon zeigen, wo dein Zuhause ist, Babu«, sagte der Fahrer.

Dr. Daruwalla hätte zu keinem Zeitpunkt entkommen können. Wenn sie im dichten Verkehr langsam vorankrochen oder an einer roten Ampel hielten, hatte er Angst, es zu versuchen. Sie fuhren ziemlich schnell, als der Fahrer plötzlich auf die Bremse trat. Der Kopf des Doktors knallte an die Plexiglasscheibe. Als der Fahrer wieder beschleunigte, drückte es ihn gegen die Rückenlehne. Farrokh spürte die spannungsgeladene Atmosphäre; als er sachte seine geschwollene Augenbraue berührte, rann ihm bereits Blut ins Auge. Vier Stiche, vielleicht auch sechs, meldeten ihm seine Finger.

Der Stadtteil Little India ist, wie der Name sagt, recht klein; er erstreckt sich entlang der Gerrard Street von der Coxwell Avenue bis zur Hiawatha Road – manche Leute würden vielleicht sagen, bis zur Woodfield Road, doch alle wären sich einig, daß dort, wo die Greenwood Avenue beginnt, Little India zu Ende ist. Und dabei leben auch noch eine Menge Chinesen in Little India. Das Taxi hielt vor Ahmads Lebensmittelladen an der Ecke Gerrard und Coxwell an. Wahrscheinlich war es kein Zufall, daß sich schräg gegenüber die Büros der Canadian Ethnic Immigration Services befanden, einer Hilfsorganisation für farbige Einwanderer. Vor dem Geschäft zerrte der Freund des Fahrers Farrokh aus dem Auto. »Jetzt bist zu Hause, und da solltest du lieber auch bleiben«, sagte der Freund zu Dr. Daruwalla.

»Am besten gehst du heim nach Bombay, Babu«, fügte der Fahrer hinzu.

Als das Taxi davonfuhr, konnte der Doktor es nur mit einem Auge deutlich sehen. Er war so erleichtert, daß er die üblen Kerle los war, daß er kaum auf die besonderen Kennzeichen des Wagens achtete. Er war rot, vielleicht auch rot und weiß. Sofern Farrokh überhaupt irgendeine Aufschrift oder ein Nummernschild bemerkt hatte, konnte er sich im nachhinein nicht mehr daran erinnern.

In Little India schienen die Läden am Freitag weitgehend geschlossen zu sein. Offenbar hatte niemand gesehen, wie der Doktor unsanft aus dem Taxi gezerrt worden war; niemand kümmerte sich um ihn, obwohl er benommen dastand und blutete – und eindeutig die Orientierung verloren hatte. Ein kleiner, schmerbäuchiger Mann in einem dunklen Anzug – das weiße Hemd ruiniert von dem Blut, das aus seiner aufgeplatzten Augenbraue sickerte –, der in einer Hand krampfhaft einen Arztkoffer hielt. Er setzte sich in Bewegung. Auf dem Bürgersteig hingen an einem Kleiderständer Kaftane, die im Frühlingslüftchen schaukelten. Später hatte Farrokh große Schwierigkeiten, sich an einzelne Namen zu erinnern. Stickwaren Pindi? Nirma Fashions? Dann war da noch ein Lebensmittelladen mit frischem Obst und Gemüse – vielleicht Singh Farm? An der Vereinigungskirche war ein Schild angebracht, das besagte, daß die Kirche am Sonntagabend auch als Shri-Ram-Hindu-Tempel diente. An der Ecke Craven Road und Gerrard Street pries ein Restaurant »Indische Spezialitäten« an. Auch die vertraute Werbung für Kingfisher Lager war zu sehen – ERFÜLLT MIT INNERER KRAFT. Auf einem Plakat, das eine NACHT DER ASIATISCHEN SUPERSTARS verhieß, waren die üblichen Gesichter abgebildet: Dimple Kapadia, Sunny Deol, Jaya Prada – mit Musik von Bappi Lahiri.

Dr. Daruwalla kam sonst nie nach Little India. Die Schaufensterpuppen in ihren Saris schienen ihn deshalb zu tadeln. In Toronto hatte Farrokh wenig Kontakt mit Indern. Auch indische Freunde hatte er dort nicht. Ab und zu brachten Parsen ihre kranken Kinder zu ihm – vermutlich aufgrund seines Namens, den sie im Telefonbuch gefunden hatten. Farrokh fiel eine blonde Schaufensterpuppe in einem Sari auf, die genau wie er die Orientierung verloren zu haben schien.

Beim Juwelier Raja starrten ihn aus einem Fenster zwei Augen an, die wahrscheinlich auch bemerkten, daß er blutete. In der Nähe der Kreuzung Ashdale Avenue und Gerrard Street gab es ein südindisches »Rein vegetarisches Restaurant«. Im Chaat Hut wurden »Alle Arten von *kulfi, faluda* und *paan*« angepriesen. Das Schild am Bombay Bhel versprach ECHTES, AUTHENTISCHES GOL GUPPA... ALOO TIKKI... ECT. Dort gab es auch Thunderbolt Bier, SUPER STRONG LAGER... ANREGEND – AUFREGEND. In einem Schaufenster Ecke Hiawatha und Gerrard waren noch mehr Saris ausgestellt. Und aus der Tür des Lebensmittelladens Shree quoll ein Berg Ingwerknollen bis auf den Bürgersteig. Der Doktor warf einen glasigen Blick auf das India Theatre... und auf die Seidengrube.

Bei J. S. Addison, Installationen, an der Ecke Woodfield und Gerrard sah Farrokh eine phantastische Kupferbadewanne mit reich verzierten Armaturen; die Drehknöpfe waren Tigerköpfe, brüllende Tiger. Sie glich der Badewanne, in der er als Junge in der alten Ridge Road in Malabar Hill gebadet hatte. Dr. Daruwalla kamen die Tränen. Während er die ausgestellten Kupferwaschbecken und Abflußrohre und anderes viktorianisches Badezimmerzubehör anstarrte, bemerkte er plötzlich das besorgte Gesicht eines Mannes, der ihn von drinnen durch die Scheibe ansah. Der Mann kam auf den Gehsteig heraus.

»Sie sind verletzt? Kann ich Ihnen helfen?« erkundigte sich der Mann; er war kein Inder.

»Ich bin Arzt«, sagte Dr. Daruwalla. »Bitte rufen Sie mir nur ein Taxi, ich weiß, wo ich hin muß.« Als das Taxi kam, ließ er sich in die Kinderklinik zurückfahren.

»Sin Sie sicher, daß Sie in die Kinderklinik wolln, Mann?« fragte der Fahrer. Er war Westinder, ein Schwarzer – pechschwarz. »Wien krankes Kind sehn Sie nicht grad aus.«

»Ich bin Arzt«, sagte Farrokh. »Ich arbeite dort.«

»Un wer hat Sie so zugerichtet, Mann?« fragte der Fahrer.

»Zwei Kerle, die Leute wie mich – oder wie Sie – nicht mögen«, erklärte der Doktor.

»Die kenn ich, die gibs überall, Mann«, sagte der Fahrer.

Dr. Daruwalla stellte erleichtert fest, daß sein Sekretär und die Krankenschwester nach Hause gegangen waren. Er hatte in seiner Klinikpraxis immer Kleider zum Wechseln, und nachdem er zusammengeflickt war, würde er das Hemd wegwerfen. Seinen Arzthelfer würde er beauftragen, den Anzug in die Reinigung zu bringen.

Vor dem Spiegel untersuchte er die Platzwunde an seiner Augenbraue und rasierte die Haare ringsum ab. Das war nicht schwierig, schließlich war er es gewohnt, sich vor einem Spiegel zu rasieren. Dann dachte er über die Procain-Injektion und die Stiche nach – wie er das mit Hilfe des Spiegels anständig hinkriegen sollte, war ihm ein Rätsel, vor allem das Nähen. Farrokh rief in Dr. Macfarlanes Vorzimmer an und bat den Sekretär, Mac auszurichten, er solle bei ihm vorbeischauen, bevor er sich auf den Heimweg machte.

Anfangs versuchte Farrokh, Macfarlane weiszumachen, er habe sich den Kopf in einem Taxi angestoßen, weil der Fahrer so rücksichtslos fuhr, daß es ihn beim Bremsen nach vorn auf die Plexiglastrennscheibe geschleudert hatte. Obwohl das die Wahrheit war, oder die Lüge zumindest nur in einer Auslassung bestand, versagte seine Stimme. Die Angst, die Kränkung, die Wut – all das war noch immer in seinen Augen zu lesen.

»Wer hat dir das angetan, Farrokh?« fragte Mac.

Dr. Daruwalla erzählte Dr. Macfarlane die ganze Geschichte – angefangen mit den drei halbwüchsigen Jungen in der U-Bahn bis hin zu den Pöbeleien aus vorbeifahrenden Autos. Bis Mac ihn zusammengeflickt hatte – er brauchte fünf Stiche, um die Wunde zu schließen –, hatte Farrokh den Ausdruck ›farbiger Einwanderer‹ öfter ausgesprochen als je zuvor, selbst vor Julia. Er würde

Julia auch nie von Little India erzählen; daß Mac Bescheid wußte, war Trost genug.

Dr. Macfarlane hatte selbst so seine Geschichten erlebt. Er war nie zusammengeschlagen worden, aber man hatte ihn bedroht und eingeschüchtert. Spätnachts erhielt er anonyme Anrufe, obwohl er seine Nummer schon dreimal hatte ändern lassen. Er bekam auch Anrufe in seiner Klinikpraxis. Im Lauf der Zeit hatten zwei Sekretäre und eine Krankenschwester gekündigt. Manchmal wurden Briefe oder Zettel unter der Praxistür durchgeschoben. Vielleicht stammten sie von den Eltern ehemaliger Patienten oder von anderen Kollegen oder irgendwelchen Leuten, die in der Kinderklinik arbeiteten.

Mit Macs Hilfe probierte Farrokh aus, wie er Julia seinen »Unfall« schildern wollte. Es hörte sich glaubhafter an, wenn es nicht die Schuld des Taxifahrers war. Gemeinsam legten sie sich folgende Geschichte zurecht: Eine idiotische Frau war aus einer Parklücke ausgeschert, ohne sich umzusehen, so daß der Taxifahrer wohl oder übel auf die Bremse treten mußte. (Wieder einmal wurde eine unschuldige Autofahrerin bezichtigt.) Sobald Farrokh merkte, daß er sich geschnitten hatte und blutete, bat er den Fahrer, ihn in die Klinik zurückzufahren. Zum Glück war Macfarlane noch dagewesen und hatte ihn zusammengeflickt. Nur fünf Stiche. Sein weißes Hemd konnte er abschreiben, und wie der Anzug aussehen würde, wenn er aus der Reinigung kam, war nicht abzusehen.

»Warum sagst du Julia nicht einfach, was passiert ist?« fragte Mac.

»Sie wäre enttäuscht von mir, weil ich nichts unternommen habe«, erklärte Farrokh.

»Das bezweifle ich«, meinte Macfarlane.

»*Ich* bin enttäuscht, daß ich nichts unternommen habe«, gab Dr. Daruwalla zu.

»Das ist nicht zu ändern«, sagte Mac.

Auf dem Heimweg in die Russell Hill Road erkundigte sich Farrokh nach Macs Arbeit in der Aids-Sterbeklinik – in Toronto gab es eine sehr gute.

»Ich bin nur ein freiwilliger Helfer«, erklärte Macfarlane.

»Aber du bist doch Arzt«, sagte Dr. Daruwalla. »Ich meine, es ist sicher interessant dort. Aber was genau kann ein Orthopäde dort machen?«

»Nichts«, antwortete Mac. »Dort bin ich kein Arzt.«

»Aber natürlich bist du Arzt, du bist überall Arzt!« rief Farrokh. »Es gibt doch sicher Patienten, die sich wundgelegen haben. Wir wissen, wie man wundgelegene Stellen behandelt. Und was ist mit Schmerzbekämpfung?« Dr. Daruwalla dachte an Morphium, ein wunderbares Arzneimittel, weil es über eine Dämpfung der Hirnfunktionen die Atmung beeinflußt. In einer Aids-Sterbeklinik traten doch sicher viele Tode durch Atemstillstand ein. Wäre Morphium da nicht besonders nützlich? Es ändert zwar nichts an der Atemnot, aber der Patient muß nicht unnötig leiden. »Und was ist mit Muskelschwund, wo die Patienten doch ans Bett gefesselt sind?« fügte Farrokh hinzu. »Sicher könntest du den Familienangehörigen passive Bewegungsübungen zeigen oder an die Patienten Tennisbälle zum Trainieren der Handmuskulatur ausgeben...«

Dr. Macfarlane lachte. »Die Sterbeklinik hat ihre eigenen Ärzte. Aids-Spezialisten«, sagte Macfarlane. »Ich bin dort absolut kein Arzt, und genau das gefällt mir daran. Ich bin nur ein freiwilliger Helfer.«

»Und was ist mit den Kathetern?« fragte Farrokh. »Sie gehen doch sicher manchmal zu, die Katheterkanäle in der Haut entzünden sich...« Seine Stimme verlor sich. Er überlegte, ob man die Pfropfen auflösen konnte, indem man sie mit einem gerinnungshemmenden Mittel durchspülte, aber Macfarlane ließ ihn den Gedanken gar nicht zu Ende denken.

»Ich mache dort nichts Medizinisches«, erklärte er ihm.

»Aber was machst du denn dann?« fragte Dr. Daruwalla.

»An einem Abend habe ich die ganze Wäsche gemacht«, antwortete Macfarlane. »An einem anderen Telefondienst.«

»Aber das könnte doch jeder machen!« rief Farrokh.

»Ja, jeder freiwillige Helfer«, stimmte Mac ihm zu.

»Hör zu. Jemand hat einen Anfall, ein Patient, der an einer unkontrollierbaren Infektion leidet«, begann Dr. Daruwalla. »Was machst du dann? Gibst du intravenös Valium?«

»Ich rufe den Arzt«, sagte Macfarlane.

»Du willst mich wohl auf den Arm nehmen!« sagte Dr. Daruwalla. »Und was ist mit den Ernährungsschläuchen? Sie rutschen heraus. Und was dann? Hast du deine eigene Röntgeneinrichtung oder mußt du die Leute in ein Krankenhaus bringen?«

»Ich rufe den Arzt«, wiederholte Macfarlane. »Es ist eine Sterbeklinik ... die Menschen sind nicht dort, um gesund zu werden. An einem Abend habe ich einem Patienten, der nicht schlafen konnte, vorgelesen. In letzter Zeit habe ich für einen Mann, der mit seiner Familie und seinen Freunden Kontakt aufnehmen will, Briefe geschrieben. Er möchte sich von ihnen verabschieden, hat aber nie lesen und schreiben gelernt.«

»Unglaublich!« sagte Dr. Daruwalla.

»Sie kommen dorthin, um zu sterben, Farrokh. Wir versuchen ihnen zu helfen, damit fertigzuwerden. Wir können ihnen nicht so helfen, wie wir den meisten unserer Patienten zu helfen gewohnt sind«, erklärte Macfarlane.

»Dann gehst du also einfach nur hin, du erscheinst einfach«, begann Farrokh. »Du betrittst das Gebäude ... sagst jemandem, daß du da bist. Und was dann?«

»Normalerweise sagt mir eine Schwester, was zu tun ist«, sagte Mac.

»Eine Schwester sagt dem Arzt, was zu tun ist!« rief Dr. Daruwalla.

»Allmählich kapierst du es«, sagte Dr. Macfarlane.

Farrokhs Haus in der Russell Hill Road kam in Sicht, sein Zuhause. Es war weit weg von Bombay und auch weit weg von Little India.

»Also ehrlich, wenn Sie wissen wollen, was ich denke«, sagte Martin Mills, der Farrokhs Erzählung nur ein halbes dutzendmal unterbrochen hatte, »ich glaube, daß Sie ihren armen Freund Macfarlane noch ganz verrückt machen. Offensichtlich mögen Sie ihn, aber unter wessen Bedingungen? Unter Ihren Bedingungen, Ihren Bedingungen als Heterosexueller und Arzt.«

»Aber das bin ich doch auch!« schrie Dr. Daruwalla. »Ich bin ein heterosexueller Arzt!« Mehrere Leute auf dem Flughafen von Rajkot sahen etwas erstaunt drein.

»Dreitausendachthundertvierundneunzig«, sagte die Stimme über Lautsprecher.

»Die entscheidende Frage ist doch, ob Sie sich in einen unverkennbar homosexuellen Menschen hineinversetzen könnten«, sagte der Missionar. »Keinen Arzt und niemanden, der auch nur das geringste Verständnis für Ihre Probleme hat ... jemanden, der sich nicht die Bohne für Rassismus interessiert oder dafür, was mit farbigen Einwanderern geschieht, wie Sie sie nennen. Sie bilden sich ein, daß Sie nicht homophob sind, aber wieviel Interesse könnten Sie für so jemanden aufbringen?«

»Warum sollte ich mich denn für so jemanden interessieren?« schrie Farrokh außer sich.

»Genau darauf will ich bei Ihnen hinaus. Verstehen Sie, was ich meine?« fragte der Missionar. »Sie sind ein typisches Beispiel für Homophobie.«

»Dreitausendneunhundertneunundvierzig«, dröhnte die Stimme aus dem Lautsprecher.

»Und Sie können nicht mal eine Geschichte zu Ende anhören«, warf Dr. Daruwalla dem Jesuiten vor.

»Gnade!« sagte Martin Mills.

Beim Einsteigen ins Flugzeug gab es wieder eine Verzögerung, weil die Beamten das gefährliche Schweizer Armeemesser des Scholastikers abermals in Verwahrung nahmen.

»Hätten Sie nicht daran denken können, das verdammte Messer in Ihre Tasche zu packen?« fragte Dr. Daruwalla den Scholastiker.

»In Anbetracht Ihrer schlechten Laune denke ich nicht daran, solche Fragen zu beantworten«, entgegnete Martin. Als sie endlich ins Flugzeug stiegen, sagte Martin: »Schauen Sie, wir machen uns beide Sorgen um die Kinder, das weiß ich. Aber wir haben das Bestmögliche für sie getan.«

»Nur adoptiert haben wir sie nicht«, bemerkte Dr. Daruwalla.

»Na ja, das war ja schlecht möglich, oder?« fragte der Jesuit. »Wenigstens sind sie jetzt in der Lage, für sich selbst zu sorgen.«

»Wenn Sie so weitermachen, muß ich kotzen«, sagte Farrokh.

»Im Zirkus drohen ihnen weniger Gefahren«, sagte der Jesuit beharrlich. »In wie vielen Wochen oder Monaten wäre der Junge blind gewesen? Wie lange hätte es gedauert, bis sich das Mädchen irgendeine schreckliche Krankheit geholt oder sich gar mit Aids angesteckt hätte? Ganz zu schweigen von all dem, was sie bis dahin hätten erdulden müssen«, fügte er hinzu. »Natürlich machen Sie sich Sorgen. Das tue ich auch. Aber mehr können wir nicht tun.«

»Höre ich da einen gewissen Fatalismus?« fragte Farrokh.

»Gnade, hören Sie bloß auf damit!« antwortete der Missionar. »Diese Kinder sind in Gottes Hand, das meine ich damit.«

»Vermutlich mache ich mir deshalb Sorgen«, entgegnete Dr. Daruwalla.

»Sie sind nicht von einem Affen gebissen worden!« schrie Martin Mills.

»Das habe ich Ihnen doch gesagt«, entgegnete Farrokh.

»Wahrscheinlich sind Sie von einer Schlange gebissen worden, einer Giftschlange«, meinte der Missionar. »Oder der Teufel höchstpersönlich hat Sie gebissen.«

Nach fast zweistündigem Schweigen – ihr Flugzeug war gelandet, und Vinod steuerte sein Taxi durch den Sonntagsverkehr von Santa Cruz nach Bombay –, fiel Martin Mills etwas ein, was er hinzufügen wollte. »Außerdem«, sagte er, »habe ich den Eindruck, daß Sie mir etwas verheimlichen. Es ist so, als würden Sie sich andauernd zurückhalten, als würden Sie sich dauernd auf die Zunge beißen.«

Ich erzähle Ihnen längst nicht alles! hätte der Doktor am liebsten gebrüllt. Aber er biß sich wieder auf die Zunge. Im weichen Licht der Spätnachmittagssonne blickte von den schauerlichen Filmplakaten Martin Mills' selbstbewußter Zwillingsbruder auf die beiden Männer im Ambassador herab und taxierte sie mit seinem höhnischen Lächeln. Allerdings waren viele Plakate zu *Inspector Dhar und die Türme des Schweigens* bereits verhunzt, zerfetzt oder mit Dreck beworfen worden.

Der leibhaftige John D. hatte gerade eine ganz andere Rolle probiert, denn die Verführung der zweiten Mrs. Dogar fiel nicht in Inspector Dhars Fach. Rahul war nicht das übliche Filmflittchen. Wenn Dr. Daruwalla gewußt hätte, wer ihn in seiner Hängematte im Hotel Bardez gebissen hatte, hätte er Martin Mills recht gegeben: Er war wahrhaftig vom Teufel persönlich gebissen worden – oder besser: von der Teufelin persönlich.

Als das Taxi des Zwergs ins Zentrum von Bombay kam, blieb es kurze Zeit vor einem iranischen Restaurant stecken – nicht ganz dieselbe Kategorie wie das Lucky New Moon oder das Light of Asia, dachte Dr. Daruwalla, der auf einmal merkte, daß er Hunger hatte. Über dem Restaurant erhob sich ein ziemlich übel zugerichtetes Inspector-Dhar-Plakat. Der Filmschauspieler war von der Wange bis zur Taille zerfetzt, doch sein höhnisches Lächeln war intakt geblieben. Neben dem verunstalteten Dhar hing ein Plakat von Lord Ganesha. Möglicherweise warb die elefantenköpfige Gottheit für ein bevorstehendes religiöses Fest, aber noch bevor Farrokh die Ankündigung übersetzen konnte, rollte Vinods Taxi weiter.

Der Gott war klein und fett, aber in den Augen derer, die an ihn glaubten, unerreicht schön. Lord Ganeshas Elefantengesicht war so rot wie ein chinesischer Roseneibisch, und auf seinem Gesicht lag das Lotuslächeln des ewigen Träumers. Um seine vier Menschenarme wimmelte es von Bienen – zweifellos angelockt vom Duft des göttlichen Blutes, das durch seine Adern floß –, und seine drei allsehenden Augen blickten so unendlich wohlwollend auf Bombay hinab wie Dhars Augen unendlich höhnisch. Lord Ganeshas Kugelbauch hing fast bis zu seinen Menschenfüßen hinunter, und seine Zehennägel waren so lang und glänzend lackiert wie die einer Frau. Sein einzelner Stoßzahn schimmerte im flach einfallenden Licht.

»Dieser Elefant ist überall!« rief der Jesuit aus. »Was ist eigentlich mit seinem zweiten Stoßzahn geschehen?«

Als Kind hatte Farrokh am liebsten jene Legende gemocht, der zufolge sich Lord Ganesha den eigenen Stoßzahn abgebrochen und ihn auf den Mond geschleudert hatte, weil der Mond den elefantenköpfigen Gott wegen seiner Beleibtheit und Ungeschicklichkeit verspottet hatte. Der alte Lowji hatte diese Geschichte auch gern gemocht und sie seinen Kindern Farrokh und Jamshed oft erzählt. Erst jetzt fragte sich Dr. Daruwalla, ob es eine echte Legende war oder ob der alte Lowji sie sich nur ausgedacht hatte; dem alten Mann war es durchaus zuzutrauen, daß er selbst eine Legende erfand.

Es gab noch andere Legenden; es gab auch mehr als eine Geschichte über Ganeshs Geburt. Einer südindischen Version zufolge hatte Parvati die heilige Silbe »Om« erblickt, und ihr bloßer Blick verwandelte diese zwei Buchstaben in zwei sich paarende Elefanten, die Lord Ganesha gebaren und dann wieder die Gestalt der heiligen Silbe annahmen. Aber in einer düstereren

Version, die von dem angeblichen erotischen Widerstreit zwischen Parvati und ihrem Ehemann, Lord Shiva, zeugt, kommt Shivas Eifersucht auf Parvatis Sohn deutlich zum Ausdruck. Übrigens ist – ähnlich wie beim Jesuskind – nirgends davon die Rede, daß sich Ganeshs Geburt auf »natürlichem« Weg vollzogen hat.

In diesem finsteren Mythos wird Ganesh, der nicht mit einem Elefantenkopf zur Welt gekommen ist, durch Shivas bösen Blick geköpft. Das Kind kann nur überleben, wenn es gelingt, dem Jungen den – nach Norden gerichteten – Kopf eines anderen Lebewesens aufzupflanzen. Nach einer gewaltigen Schlacht findet man tatsächlich einen sterbenden Elefanten, dessen Kopf nach Norden zeigt, und als man ihm gewaltsam den Kopf abschlägt, bricht ein Stoßzahn ab.

Doch da Farrokh als Kind die Legende vom Mond als erste gehört hatte, mochte er sie lieber.

»Entschuldigen Sie, haben Sie meine Frage gehört?« fragte Martin den Doktor. »Ich wollte wissen, was mit dem anderen Stoßzahn des Elefanten geschehen ist.«

»Er hat ihn selbst abgebrochen«, antwortete Dr. Daruwalla. »Er wurde stocksauer und hat ihn auf den Mond geschleudert.« Der Zwerg warf dem Doktor im Rückspiegel einen bösen Blick zu; als guter Hindu fand Vinod Dr. Daruwallas blasphemische Äußerung keineswegs amüsant. Lord Ganesha war garantiert nie »stocksauer«, da dies eine ausschließlich menschliche Schwäche war.

Der Missionar stieß einen Seufzer aus, der deutlich ausdrückte, wie sehr die verdrießliche Stimmung des Doktors seine Langmut und Geduld strapazierte. »Jetzt sind wir schon wieder soweit«, sagte der Jesuit. »Sie verheimlichen mir noch immer etwas.«

24

Die Teufelin höchstpersönlich

Vorbereitung auf Rahul

Obwohl Kommissar Patel Mr. Sethna beleidigt hatte, genoß der mißbilligende Butler seine neue Rolle als Polizeispitzel, denn Wichtigtuerei war Mr. Sethnas hervorstechendste Eigenschaft; und es gefiel dem alten Parsen, daß der Kommissar die zweite Mrs. Dogar in eine Falle locken wollte. Nur schade, daß Detective Patel ihm nicht vollständig vertraute und ihn, statt ihn in den ganzen Plan einzuweihen, immer nur häppchenweise instruierte. Aber der Ausgang der Intrige gegen Rahul hing ganz davon ab, wie dieser auf John D.s sexuelle Avancen reagierte. Der Polizist und der Schauspieler, die verschiedene Verführungsszenarien durchprobierten, warteten ungeduldig auf Farrokhs Rückkehr aus dem Zirkus; der Drehbuchautor sollte Dhar nicht nur Dialogtext liefern, sondern mußte ihn für den Fall, daß der erste Annäherungsversuch abgeschmettert werden sollte, auch mit alternativem Gesprächsstoff versorgen.

Diese Dialoge waren ungleich anspruchsvoller als jene, die Dr. Daruwalla zu schreiben gewohnt war, weil es nicht nur darauf ankam, Rahuls mögliche Antworten und Reaktionen vorherzusehen, sondern außerdem noch zu erraten, welche sexuellen Spielchen Mrs. Dogar gefallen könnten. Würde sie John D. eher attraktiv finden, wenn er sich wie ein Gentleman benahm oder wenn er etwas ungehobelt auftrat? Bevorzugte sie beim Flirten dezentes oder offensives Vorgehen? Als Autor konnte Farrokh nur die eine oder andere Richtung vorschlagen, in die sich der Dialog bewegen könnte. Dhar konnte sie bezaubern, necken, in Versuchung führen oder schockieren, aber die Art der Annäherung, für die sich der Schauspieler im konkreten Fall entscheiden würde, beruhte auf einem spontanen Entschluß. John D. mußte sich auf seinen Instinkt verlassen, um zu entscheiden, was funktionieren könnte. Im Anschluß an Dr. Daruwallas höchst aufschlußreiche Gespräche mit Dhars Zwillingsbruder konnte der Doktor nur rätseln, wie es um John D.s »Instinkt« bestellt war.

Farrokh war nicht darauf vorbereitet, in seiner Wohnung am Marine Drive von Detective Patel und Inspector Dhar in Empfang genommen zu werden. Zunächst einmal fragte er sich, warum sie so elegant angezogen waren; ihm war noch immer nicht bewußt, daß heute Silvester war – nicht bevor er sah, was Julia anhatte. Dann irritierte es ihn, daß sich alle so zeitig für den Abend umgezogen hatten; kein Mensch erschien vor acht oder neun Uhr bei der Party im Duckworth Club.

Aber keiner wollte die Zeit, in der sie probieren konnten, mit Ankleiden verschwenden, und richtig probieren konnten sie Dhars Dialogvarianten erst, nachdem Farrokh vom Zirkus zurückgekehrt war und die Texte geschrieben hatte. Der Doktor fühlte sich geschmeichelt – nachdem er anfangs bitter enttäuscht gewesen war, weil man ihn von den Vorbereitungen ausgeschlossen hatte –, war aber zugleich erschöpft. Er hatte die letzten drei Nächte geschrieben und befürchtete, daß ihm nichts mehr einfallen würde. Dazu kam, daß er Silvester nicht ausstehen konnte; dieser Abend traf ihn an seinem wunden Punkt, seinem angeborenen Hang zur Nostalgie (vor allem im Duckworth Club), während Julia ihn genoß, weil sie gern tanzte.

Dr. Daruwalla bedauerte ausdrücklich, daß jetzt keine Zeit war, um über die Ergebnisse im Zirkus zu berichten; interessante Dinge hatten sich dort zugetragen. An diesem Punkt sagte John D. etwas recht Unsensibles, nämlich daß seine Vorbereitungen auf die Verführung der zweiten Mrs. Dogar »kein Zirkus« seien. Mit dieser geringschätzigen Bemerkung wollte er dem Doktor bedeuten, er solle sich seine albernen Zirkusgeschichten für eine andere, weniger ernste Gelegenheit aufsparen.

Detective Patel kam noch unumwundener zur Sache. Die obere Hälfte des silbernen Kugelschreibers hatte ihm nicht nur Rahuls Fingerabdrücke beschert; von der Klammer war auch noch ein angetrocknetes Blutpartikel entfernt worden – menschliches Blut derselben Blutgruppe wie der von Mr. Lal. »Darf ich Sie daran erinnern«, sagte der Kommissar, »daß es nach wie vor unumgänglich ist herauszufinden, was Rahul mit der Stiftkappe angestellt hat ... und zwar während des Mordes an Mr. Lal.«

»Und es ist unumgänglich, daß Mrs. Dogar zugibt, daß diese Stiftkappe ihr gehört«, unterbrach John D.

»Ja, danke«, sagte Patel. »Aber die Kappe allein ist noch kein Beweis. Wir müssen einwandfrei nachweisen können, daß niemand anderer die Zeichnungen gemacht haben kann. Soviel ich weiß, lassen sich Zeichnungen dieser Art so eindeutig einer Person zuordnen wie eine Unterschrift, aber dafür müßte man Mrs. Dogar dazu bringen, etwas zu zeichnen.«

»Wenn ich sie irgendwie dazu überreden könnte, mir zu zeigen, wie es sein könnte ... zwischen uns«, sagte Dhar zu dem Drehbuchautor. »Vielleicht könnte ich sie bitten, mir einen kleinen Anhaltspunkt für ihre Vorlieben zu geben ... ihre sexuellen Vorlieben, meine ich. Oder ich könnte sie bitten, mich mit etwas aufzureizen ... ich meine, mit etwas sexuell Eindeutigem«, sagte der Schauspieler.

»Ja, ja, ich verstehe schon, was du meinst«, sagte Dr. Daruwalla ungeduldig.

»Und dann sind da noch die Zwei-Rupien-Scheine«, sagte der echte Polizist. »Falls Rahul daran denkt, wieder jemand umzubringen, existieren vielleicht Banknoten mit entsprechenden Warnungen oder Botschaften.«

»Das wäre doch sicher Belastungsmaterial, wie Sie es nennen«, meinte Farrokh.

»Am liebsten wäre mir alles zusammen: eine Verbindung zu der Stiftkappe, eine Zeichnung und ein beschriebener Geldschein«, entgegnete Patel. »Das wären Beweise genug.«

»Wie rasch wollen Sie denn vorgehen?« fragte Farrokh. »Bei einer Verführung gibt es normalerweise die Anlaufphase, in der sich auf beiden Seiten so etwas wie ein erotischer Funke entzündet. Dann findet ein heimliches Treffen statt – oder man unterhält sich zumindest über einen Treffpunkt.«

Es war wenig tröstlich für den Drehbuchautor, als Inspector Dhar verschwommen meinte: »Ich glaube, ich würde das eigentliche Rendezvous möglichst lieber vermeiden ... Ich wäre froh, wenn es nicht dazu kommen müßte.«

»Du glaubst? Du weißt es nicht?« schrie Dr. Daruwalla.

»Der springende Punkt ist, daß ich für alle Eventualitäten Dialogtexte brauche«, sagte der Schauspieler.

»Richtig«, sagte Detective Patel.

»Der Kommissar hat mir Fotografien von diesen Zeichnungen gezeigt«, sagte John D.; seine Stimme wurde leiser. »Es muß auch persönliche Zeichnungen geben, Skizzen, die sie irgendwo versteckt hat.« Wieder fühlte sich Farrokh an den Jungen erinnert, der geschrien hatte: »Sie ertränken die Elefanten! Jetzt werden die Elefanten aber böse sein!«

Julia ging hinaus, um Nancy beim Anziehen behilflich zu sein. Nancy hatte einen ganzen Koffer voller Kleider zu den Daruwallas mitgebracht, weil sie sich nicht entscheiden konnte, was sie zu der Silvesterparty anziehen sollte, und auf Julias Hilfe hoffte. Die beiden Frauen einigten sich auf etwas erstaunlich Dezentes: ein graues ärmelloses Kleid mit hohem Stehkragen, zu dem Nancy eine schlichte Perlenkette trug. Dr. Daruwalla erkannte sie, weil sie Julia gehörte. Als sich der Doktor ins Bad zurückzog, nahm er ein Klemmbrett und einen Packen liniertes Papier mit, außerdem eine Flasche Bier. Er war so müde, daß ihn das heiße Bad und das kalte Bier auf der Stelle schläfrig machten, doch selbst mit geschlossenen Augen sah er die möglichen Alternativen für eine Unterhaltung zwischen John D. und der zweiten Mrs. Dogar vor sich. Oder schrieb er für Rahul und Inspector Dhar? Das war ein Teil des Problems, denn der Drehbuchautor hatte das Gefühl, die Figuren, für die er die Dialoge schreiben sollte, nicht zu kennen.

Julia hatte Farrokh erzählt, daß sich Nancy bei der schwierigen Entscheidung, was sie anziehen sollte, so aufgeregt hatte, daß sie richtig in Schweiß geraten war. Sie hatte in der Badewanne der Daruwallas gebadet, eine Vorstellung, bei der Farrokhs Gedanken zwanzig Jahre zurückwanderten. In der Luft im Badezimmer hing ein fremder Geruch – nicht Julias Duft und wahrscheinlich auch kein Parfum und kein Badeöl, sondern etwas Ungewohntes –, der sich mit den Erinnerungen des Doktors an die Ferien in Goa vermischte. Damit der erste Satz von Inspector Dhars Dialog überhaupt anfangen konnte, mußte zu allererst geklärt werden, ob John D. wissen sollte, daß Mrs. Dogar Rahul war, oder nicht. Sollte er ihr sagen, daß er wußte, wer sie war – daß er sie in ihrer früheren Gestalt gekannt hatte –, und sollte das die erste Phase der Verführung sein? (»Ich habe Sie schon immer begehrt« – so was in der Art.)

Die Entscheidung für Nancys dezente Aufmachung – sie trug sogar das Haar hochgesteckt, so daß der Nacken frei war – hatte mit ihrem dringenden Wunsch zu tun, nicht von Rahul erkannt zu werden. Obwohl der Kommissar seiner Frau wiederholt versichert hatte, daß Rahul sie ganz bestimmt nicht wiedererkennen würde, hatte Nancy weiterhin Angst davor. Bei der einzigen Gelegenheit, bei der Rahul Nancy gesehen hatte, war sie nackt gewesen und hatte ihre Haare offen getragen. Jetzt wollte Nancy ihre Haare hochstecken. Zu Julia hatte sie gesagt, sie wolle ein Kleid anziehen, das »das Gegenteil von nackt« war.

Doch obwohl das graue Kleid streng wirkte, ließen sich Nancys ausgeprägt weibliche Hüften und ihre Brüste nicht verbergen. Und auch ihr dickes Haar, das normalerweise auf die Schultern fiel, war zu schwer und nicht lang genug, um sich ordentlich hochstecken zu lassen – zumal wenn sie tanzte. Einzelne Strähnen würden sich lösen, so daß Nancy bald unordentlich aussehen würde. Der Drehbuchautor beschloß, Nancy mit Dhar tanzen zu lassen; danach fielen ihm die möglichen Szenen wie von selbst ein.

Farrokh wickelte sich ein Handtuch um den Bauch und steckte den Kopf ins Eßzimmer, wo Julia einen kleinen Imbiß angerichtet hatte. Obwohl es bis zum Mitternachtsdinner im Duckworth Club noch lange dauern würde, hatte niemand richtig Appetit. Der Doktor beschloß, Dhar zu Vinod hinunterzuschicken, der in der Seitenstraße im Ambassador wartete. Er wußte, daß der Zwerg zahlreiche Schönheitstänzerinnen aus dem Wetness Cabaret kannte; möglicherweise war eine darunter, die ihm einen Gefallen schuldete.

»Ich möchte dir eine Begleiterin besorgen«, erklärte Farrokh John D.

»Eine Stripperin?« fragte John D.

»Frag Vinod. Je flittchenhafter sie aussieht, um so besser«, antwortete der Doktor. Vermutlich war der Silvesterabend ein wichtiger Abend im Wetness Cabaret, so daß die betreffende Tänzerin, egal welche, den Duckworth Club frühzeitig würde verlassen müssen. Farrokh war das nur recht. Die Frau sollte ein großes Tamtam darum machen, daß sie vor Mitternacht aufbrechen mußte. Sie würde mit Sicherheit alles andere als dezent gekleidet sein und gewiß nicht sonderlich duckworthianisch. Und sie würde garantiert die Aufmerksamkeit aller Anwesenden auf sich ziehen.

So auf die Schnelle würde Vinod keine große Auswahl haben. Der Zwerg wählte unter den Damen des Wetness Cabaret die mit dem Künstlernamen Muriel aus, weil er den Eindruck hatte, daß sie sensibler war als die anderen Stripperinnen. Als vor einiger Zeit ein Gast eine Orange nach ihr warf, regte sie sich über diese offenkundige Unhöflichkeit immerhin auf. Engagiert zu werden, um ein bißchen im Duckworth Club zu tanzen – noch dazu mit Inspector Dhar –, würde für Muriel einen beachtlichen Schritt nach oben bedeuten. Ob auf die Schnelle oder nicht, Vinod lieferte die Schönheitstänzerin rechtzeitig in der Wohnung der Daruwallas ab.

Nachdem Dr. Daruwalla sich fertig angekleidet hatte, blieb John D. kaum noch Zeit, seinen Dialog zu probieren. Sowohl Nancy als auch Muriel mußten genau instruiert werden, und Detective Patel mußte sich noch telefonisch mit Mr. Sethna in Verbindung setzen. Er las ihm eine lange Liste mit Anweisungen vor, die bei dem alten Lauscher zweifellos auf massive Mißbilligung stießen. Vinod sollte Dhar und die Tänzerin in den Duckworth Club fahren; Farrokh und Julia würden mit den Patels nachkommen.

John D. nahm Dr. Daruwalla kurz beiseite und bugsierte ihn auf den Balkon hinaus. Sobald sie allein waren, sagte Dhar: »Ich habe noch eine Frage bezüglich meiner Person, Farrokh, denn der Dialog, den du mir verpaßt hast, ist – bestenfalls – ambivalent.«

»Ich habe nur versucht, alle Eventualitäten einzukalkulieren, wie du es nennen würdest«, antwortete der Drehbuchautor.

»Aber ich nehme doch an, daß ich Interesse an Mrs. Dogar als Frau haben soll... also so, wie sich ein Mann für sie interessieren würde«, meinte Dhar. »Und gleichzeitig lasse ich durchblicken, daß ich mich früher mal für Rahul als Mann interessiert habe... also so, wie sich ein Mann für einen anderen Mann interessieren würde.«

»Ja«, sagte Farrokh vorsichtig. »Ich versuche anzudeuten, daß du in sexueller Hinsicht neugierig bist und aggressiv... vielleicht ein bißchen bisexuell...«

»Oder vielleicht sogar eindeutig homosexuell. Ein Homo, der sich teils deshalb für Mrs. Dogar interessiert, weil er sich früher so für Rahul interessiert hat«, unterbrach ihn John D. »Meinst du das?«

»So was in der Art«, sagte Dr. Daruwalla. »Ich meine, wir gehen davon aus, daß Rahul dich früher attraktiv gefunden hat, und wir gehen davon aus, daß Mrs. Dogar dich noch immer attraktiv findet. Abgesehen davon wissen wir eigentlich gar nichts.«

»Aber du hast aus mir eine Art sexuelles Kuriosum gemacht«, beschwerte sich der Schauspieler. »Du läßt mich recht sonderbar erscheinen. Als würdest du darauf setzen, daß Mrs. Dogar um so eher auf mich anspringt, je absonderlicher ich bin. Meinst du das?«

Schauspieler sind wirklich unmöglich, dachte der Drehbuchautor. Am liebsten hätte er zu Dhar gesagt: Dein Zwillingsbruder hat an sich eine eindeutig homosexuelle Disposition festgestellt. Kommt dir das bekannt vor? Statt dessen sagte er: »Ich weiß nicht, wie ich einen Massenmörder schockieren soll. Ich versuche nur, ihn zu ködern.«

»Und ich verlange von dir nur eine genaue Festlegung meiner Rolle«, antwortete Dhar. »Es ist immer leichter, wenn ich weiß, wer ich sein soll.«

Das war wieder der alte Dhar, dachte Dr. Daruwalla, sarkastisch bis ins Mark. Erleichtert stellte er fest, daß der Schauspieler sein Selbstvertrauen zurückgewonnen hatte.

In dem Augenblick kam Nancy auf den Balkon heraus. »Ich störe doch hoffentlich nicht, oder?« fragte sie, trat aber sogleich ans Geländer und stützte sich darauf, ohne eine Antwort abzuwarten.

»Nein, nein«, murmelte Dr. Daruwalla.

»Da ist Westen, nicht wahr?« fragte Nancy, während sie auf den Sonnenuntergang zeigte.

»Die Sonne geht für gewöhnlich im Westen unter«, meinte Dhar.

»Und wenn man über das Meer nach Westen gehen würde – von Bombay geradewegs über das Arabische Meer –, wohin würde man da kommen?« fragte Nancy. »Sagen wir, nach Westen und ein bißchen nach Norden«, fügte sie hinzu.

»Na ja«, sagte Dr. Daruwalla vorsichtig. »Westlich und ein bißchen nördlich von hier liegt der Golf von Oman, dann kommt der Persische Golf ...«

»Dann Saudi-Arabien«, unterbrach ihn Dhar.

»Weiter«, forderte Nancy den Doktor auf. »Gehen Sie weiter nach Westen und ein bißchen nach Norden.«

»Da käme man über den Jordan ... nach Israel und dann zum Mittelmeer«, sagte Farrokh.

»Oder durch Nordafrika«, meinte Inspector Dhar.

»Ja, mag sein«, sagte Dr. Daruwalla. »Durch Ägypten ... was kommt nach Ägypten?« fragte er John D.

»Libyen, Tunesien, Algerien, Marokko«, antwortete der Schauspieler. »Man könnte durch die Straße von Gibraltar fahren oder auch an der spanischen Küste entlang.«

»Ja, den Weg möchte ich nehmen«, sagte Nancy. »Ich fahre an der spanischen Küste entlang. Und was kommt dann?«

»Dann ist man im nördlichen Atlantik«, sagte Dr. Daruwalla.

»Gehen Sie nach Westen«, sagte Nancy. »Und ein bißchen nach Norden.«

»New York?« riet Dr. Daruwalla.

»Ab da kenne ich mich aus«, sagte Nancy plötzlich. »Von dort fahre ich direkt nach Westen.«

Weder Dhar noch Dr. Daruwalla wußten, wohin Nancy als nächstes kommen würde, da sie mit der Geographie der Vereinigten Staaten nicht vertraut waren.

»Pennsylvania, Ohio, Indiana, Illinois«, zählte Nancy auf. »Vielleicht müßte ich durch New Jersey fahren, bevor ich nach Pennsylvania komme.«

»Wo wollen Sie denn hin?« fragte Dr. Daruwalla.

»Nach Hause«, antwortete Nancy. »Nach Iowa. Iowa kommt nach Illinois.«

»Wollen Sie denn nach Hause?« fragte John D.

»Niemals«, sagte Nancy. »Ich will nie mehr nach Hause.«

Der Drehbuchautor sah auf den Reißverschluß ihres grauen, enganliegenden Kleides, der in gerader Linie den Rücken hinunter verlief und oben am Rand des hohen Stehkragens endete.

»Wenn Sie nichts dagegen haben«, sagte Farrokh zu ihr, »könnte Ihr Mann Ihren Reißverschluß ein Stück weit aufmachen. Wenn er nur ein Stück weit auf wäre, vielleicht bis in Höhe der Schulterblätter, wäre das besser. Beim Tanzen, meine ich«, fügte der Doktor hinzu.

»Wäre es nicht besser, wenn *ich* ihn aufmache?« fragte der Schauspieler. »Beim Tanzen, meine ich?«

»Ja freilich, das wäre am besten«, sagte Dr. Daruwalla.

Den Blick noch immer nach Westen gerichtet, auf den Sonnenuntergang, sagte Nancy: »Machen Sie ihn ja nicht zu weit auf. Mir ist egal, was im Drehbuch steht – wenn Sie ihn zu weit aufmachen, sorge ich dafür, daß Sie es merken.«

»Es ist Zeit«, sagte Detective Patel. Keiner wußte genau, wie lange sie auf dem Balkon gestanden hatten.

Beim Aufbruch sah zum Glück keiner den anderen richtig an, denn ihre Gesichter verrieten allesamt eine gewisse Angst vor dem bevorstehenden Ereignis, wie bei Trauernden, die sich für das Begräbnis eines Kindes wappnen. Der Kommissar verhielt sich geradezu onkelhaft; freundschaftlich klopfte er Dr. Daruwalla auf die Schulter, schüttelte Inspector Dhar herzlich die Hand und faßte seine besorgte Frau um die Taille, wobei seine ausgestreckten Finger auf vertraute Art ihr Kreuz dort berührten, wo sie gelegentlich Schmerzen verspürte. Das war seine Art, ihr zu sagen: Ich habe alles unter Kontrolle, alles wird gut werden.

Aber zunächst mußten sie noch eine endlose Zeitlang im Auto des Kriminalbeamten warten. Vinod war mit Dhar und Muriel vorausgefahren. Vorne neben dem Kommissar saß der

Drehbuchautor, der unbedingt wollte, daß Dhar und Muriel bereits tanzten, wenn die Daruwallas mit ihren Gästen, dem Ehepaar Patel, eintrafen. Julia saß mit Nancy auf dem Rücksitz. Der Detective vermied es, seiner Frau im Rückspiegel in die Augen zu schauen; er bemühte sich außerdem, das Lenkrad nicht zu fest zu umklammern – niemand brauchte zu merken, wie nervös er war.

Die Scheinwerfer der vorbeifahrenden Autos glitten schimmernd wie Wasser über den Marine Drive, und als die Sonne endlich im Arabischen Meer versank, wechselte dessen Farbe rasch von Hellrot über Purpurrot und Burgunderrot zu Schwarz, wie bei einem blauen Flecken in unterschiedlichen Stadien. Der Doktor sagte: »Jetzt tanzen sie sicher schon.« Der Detective ließ den Motor an und fädelte sich in den fließenden Verkehr ein.

Und Dr. Daruwalla tönte mit befremdlichem Optimismus: »Schnappen wir uns das Miststück, bringen wir es hinter Schloß und Riegel.«

»Nicht heute abend«, entgegnete Detective Patel gelassen. »Heute abend werden wir sie nicht schnappen. Hoffen wir lieber, daß sie den Köder schluckt.«

»Sie wird ihn schlucken«, sagte Nancy vom Rücksitz.

Der Kommissar hatte kein Bedürfnis, etwas zu sagen. Er lächelte nur und hoffte, daß er Zuversicht ausstrahlte. Aber als echter Polizist wußte er, daß man sich auf Rahul im Grunde nicht vorbereiten konnte.

Vorerst tanzen sie nur

Mr. Sethna mußte sich schon sehr wundern. Und Verwunderung war etwas, was der alte Parse nicht sonderlich schätzte. Seine säuerliche, intolerante Miene drückte unmißverständlich tiefe Verachtung für den Silvesterabend aus; er fand die Party im Duckworth Club überflüssig. Pateti, das Neujahr der Parsen, fällt in den Spätsommer oder den frühen Herbst; ihm folgt vierzehn Tage später der Jahrestag der Geburt des Propheten Zarathustra. Mr. Sethna hatte sein Neues Jahr schon lange vor der Neujahrsparty im Duckworth Club eingeläutet. So wie der Silvesterabend hier im Club begangen wurde, spiegelte er in Mr. Sethnas Augen eine anglophile Tradition wider. Zudem fand er es morbid, daß just dieser Abend für viele Duckworthianer eine doppelte Bedeutung hatte: Für sie war er zugleich der Jahrestag – diesmal der neunzigste – von Lord Duckworths Selbstmord.

Außerdem lief das Programm dieses Abends nach Ansicht des Butlers in einer blödsinnigen Reihenfolge ab. Die Duckworthianer waren im Durchschnitt ältere Herrschaften, zumal um diese Jahreszeit. Freilich mußte man bei einer zweiundzwanzigjährigen Wartefrist damit rechnen, daß die Clubmitglieder »älter« waren, aber es hing auch damit zusammen, daß sich die jüngeren Duckworthianer zum Studium im Ausland aufhielten – zumeist in England. In den Sommermonaten, wenn die Studentengeneration zu Hause in Indien war, wirkten die Duckworthianer insgesamt verjüngt. Aber jetzt waren hier lauter ältere Herrschaften versammelt, die zu einer vernünftigen Zeit zu Abend essen sollten; und von denen erwartete man nun, daß sie tranken und tanzten, bis das Mitternachtsdinner serviert wurde – eine völlig verquere Reihenfolge, wie Mr. Sethna fand. Man hätte ihnen das Essen früh vorsetzen und sie danach tanzen lassen sollen – sofern sie dazu in der Lage waren. Zuviel Champagner auf leeren Magen hatte bei älteren Leuten besonders schädliche Auswirkungen. Einigen Paaren fehlte das nötige Standvermögen, um bis zum Mitternachtsdinner durchzuhalten. Dabei ging es an diesem albernen Abend doch einzig und allein darum, bis Mitternacht durchzuhalten.

So wie Dhar tanzte, würde er auf keinen Fall bis Mitternacht durchhalten. Trotzdem war Mr. Sethna beeindruckt, wie gut sich der Schauspieler von seinem miserablen Aussehen am Tag zuvor erholt hatte. Am Samstag war er noch bleich wie ein Gespenst gewesen und hatte seinen Penis über dem Pinkelbecken abgetupft – ein gräßlicher Anblick. Und jetzt, am Sonntagabend, tanzte er, braungebrannt und kraftstrotzend, wie ein Verrückter. Vielleicht war die Geschlechtskrankheit des Schauspielers ja vorübergehend abgeklungen, überlegte Mr. Sethna, während Dhar Muriel weiterhin über das Parkett wirbelte. Wo hatte der widerliche Filmstar bloß eine solche Frau aufgegabelt?

Mr. Sethna fiel ein, daß an der Markise des Bombay Eros Palace früher einmal ein Transparent angebracht gewesen war: Die Frau darauf hatte genau wie Muriel ausgesehen. (Es war natürlich Muriel gewesen, für die das Wetness Cabaret im Vergleich zum Bombay Eros Palace einen Abstieg bedeutete.) Mr. Sethna hatte niemals ein Clubmitglied in einer solchen Aufmachung gesehen. Das Geglitzer der türkisfarbenen Pailletten auf Muriels Kleid, der tiefe Ausschnitt, der knappe Minirock ... Er umspannte ihr Hinterteil so eng, daß Mr. Sethna damit rechnete, daß einige Pailletten abplatzen und sich über die Tanzfläche verstreuen würden. Muriel hatte sich den festen, muskulösen Po einer Tänzerin erhalten. Obwohl sie bestimmt ein paar Jährchen mehr auf dem Buckel hatte als Inspector Dhar, konnte sie es in puncto Tanzen und Schwitzen durchaus mit ihm aufnehmen. Doch dem Tanz der beiden fehlte jedes werbende Element; sie wirkten roh und aggressiv und gingen erstaunlich grob miteinander um, woraus der mißbilligende Butler schloß, daß die öffentliche Darbietung nur ein lüstern-obszönes Vorgeplänkel für ihre rüderen intimen Liebesspiele war.

Mr. Sethna bemerkte auch, daß aller Augen auf die beiden gerichtet waren. Er wußte, daß sie sich mit Absicht in dem Teil des Tanzsaals aufhielten, der vom Speisesaal aus einsehbar war, so daß zahlreiche Paare notgedrungen mit ansehen mußten, wie sie ihre Drehungen vollführten. Den besten Blick auf den Ballsaal hatte man von dem Tisch aus, den Mr. Sethna für Mr. und Mrs. Dogar reserviert hatte; dabei hatte der Butler Detective Patels Anweisungen haarklein befolgt und dafür gesorgt, daß für die zweite Mrs. Dogar der Stuhl zurechtgerückt wurde, von dem aus sie den tanzenden Dhar am allerbesten sehen konnte.

Vom Tisch der Daruwallas im Ladies' Garden aus sah man in den Speisesaal. Der Doktor und der Detective konnten von ihren Plätzen aus Mrs. Dogar im Auge behalten, nicht aber den Ballsaal. Ihnen ging es ja auch nicht darum, Dhar zu beobachten. Erleichtert stellte Mr. Sethna fest, daß die dicke Blondine ihren ungewöhnlichen Nabel zum Glück verhüllt hatte. Nancy mochte angezogen sein wie eine Schuldirektorin – oder eine Gouvernante oder Pastorengattin –, für Mr. Sethna blieb sie ein launisches, rebellisches Wesen, dem alles zuzutrauen war. Sie saß mit dem Rücken zu Mrs. Dogar und starrte in die sich zusammenbrauende Dunkelheit hinter dem Spalier; um diese Tageszeit glänzten die Bougainvilleen wie Samt. Nancys freier Nacken – das flaumige, blonde Haar, das an dieser Stelle so weich aussah – erinnerte Mr. Sethna an ihren pelzigen Nabel.

Der elegante Smoking des Doktors und seine schwarze Seidenfliege bildeten einen scharfen Kontrast zu dem arg zerknitterten Nehru-Anzug des Kommissars. Doch Mr. Sethna war überzeugt, daß die meisten Duckworthianer nie mit jenen Kreisen der Bevölkerung in Berührung kamen, die einen Polizisten an seiner Kleidung zu erkennen vermochten. Julias Kleid fand die Zustimmung des Butlers; es war ein anständiges Kleid – der lange Rock streifte fast den Boden, die langen Ärmel endeten in gerüschten Manschetten, und es hatte zwar keinen beengenden Stehkragen, aber der Ausschnitt verlief sittsam oberhalb jedes wahrnehmbaren Brustansatzes. Ach ja, die gute alte Zeit, dachte Mr. Sethna wehmütig. Als hätte die Kapelle seine Gedanken erraten, wechselte sie zu einem Slowfox.

Dhar und Muriel, beide keuchend, sanken einander etwas zu lustlos in die Arme; sie hing an seinem Hals, seine Hand lag besitzergreifend auf den harten, perlenartigen Pailletten auf ihrer Hüfte. Sie schien ihm etwas zuzuflüstern – dabei sang sie nur den Text mit, denn Muriel kannte jeden Song, den diese Band spielte, und noch viele mehr –, während Inspector Dhar wissend über ihre Worte lächelte. Er setzte sein höhnisches Lächeln auf, fast schon ein Grinsen; diesen verächtlichen Blick, der dekadent und zugleich gelangweilt wirkte. In Wirklichkeit amüsierte sich Dhar über Muriels Akzent; er fand die Stripperin ausgesprochen komisch. Die zweite Mrs. Dogar hingegen fand das, was sie sah, keineswegs amüsant. Sie sah John D. mit einem losen Frauenzimmer tanzen, vermutlich einem Flittchen – noch dazu fast so alt wie Mrs. Dogar. Diese Sorte Frauen war leicht zu haben. Dhar hätte bestimmt etwas Besseres an Land ziehen können, dachte Rahul.

Die gesetzten Duckworthianer, die auf eine langsame Nummer gewartet hatten und sich jetzt zum Tanzen aufs Parkett wagten, hielten deutlich Abstand von Dhar und Muriel, die eindeutig keine Dame war. Mr. Sethna, der alte Lauscher und exzellente Lippenleser, bekam problemlos mit, was Mr. Dogar zu seiner Frau sagte. »Kann es sein, daß der Schauspieler eine richtige Prostituierte mitgebracht hat? Ich muß schon sagen, sie sieht aus wie eine Hure.«

»Ich halte sie für eine Stripperin«, meinte Mrs. Dogar. Rahul hatte einen scharfen Blick für derartige Feinheiten entwickelt.

»Vielleicht ist sie Schauspielerin«, sagte Mr. Dogar.

»Sie spielt Theater, aber Schauspielerin ist sie nicht«, entgegnete Mrs. Dogar.

Nach dem wenigen zu urteilen, was Farrokh von Rahul sehen konnte, hatte die Transsexuelle den reptilhaften, musternden Blick ihrer Tante Promila geerbt. Wenn sie einen ansah, war es, als betrachte sie eine andere Form von Leben – bestimmt kein menschliches Wesen.

»Von hier aus läßt sich das schwer feststellen«, meinte Dr. Daruwalla. »Ich weiß nicht, ob sie ihn attraktiv findet oder ob sie ihn umbringen möchte.«

»Vielleicht ist das bei ihr ein und dasselbe«, meinte der Kommissar.

»Egal was sie sonst empfindet, sie findet ihn attraktiv«, sagte Nancy. Das einzige, was Rahul von ihr hätte sehen können, wenn er hergeschaut hätte, war ihr Rücken. Aber Rahul hatte nur Augen für John D.

Als die Band ein schnelleres Stück spielte, gingen Dhar und Muriel noch grober miteinander um, als hätten das langsame Intermezzo und der engere Körperkontakt sie dazu angeregt. Dabei rissen ein paar Pailletten von Muriels billigem Kleid ab; sie glitzerten auf dem Tanzparkett, reflektierten das Licht des Lüsters im Ballsaal – und wenn Dhar oder Muriel darauf traten, knirschten sie. Muriel rann der Schweiß in einem steten Rinnsal zwischen den Brüsten hinab, und Dhar blutete leicht aus einem Kratzer am Handgelenk; seine weiße Manschette war voller kleiner Blutflecken. Er hatte sich an einer Paillette geritzt, als er Muriel so fest am Handgelenk packte. Er achtete nur flüchtig auf den Kratzer, aber Muriel nahm sein Handgelenk in beide Hände und legte die Lippen auf den Schnitt. Und so, mit ihrem Mund auf seinem Handgelenk, tanzten sie weiter. Mr. Sethna hatte so etwas bisher nur im Film gesehen. Er durchschaute nicht, daß er jetzt genau das sah: ein Stück von Farrokh Daruwalla, einen Film mit Inspector Dhar als Hauptdarsteller.

Als Muriel den Duckworth Club verließ, machte sie ein Mordsgetue um ihren Aufbruch. Mit dem Umhängetuch um die Schultern tanzte sie noch einen letzten Tanz (wieder einen langsamen). In der Eingangshalle stürzte sie fast ein ganzes Glas Champagner hinunter, und als Vinod die Schönheitstänzerin dann zu seinem Ambassador geleitete, stützte sie sich auf seinen Kopf.

»Ein Mordswirbel, wie er zu einer Hure paßt«, meinte Mr. Dogar. »Wahrscheinlich fährt sie jetzt ins Bordell zurück.«

Doch Rahul warf nur einen Blick auf die Uhr. Die zweite Mrs. Dogar kannte sich im Nachtleben von Bombay gut aus; sie wußte, daß es bald Zeit für die erste Show im Eros Palace war. Und falls Dhars Flittchen im Wetness Cabaret arbeitete – dort begann die erste Show fünfzehn Minuten später.

Als Dhar die Tochter der Sorabjees zum Tanzen aufforderte, machte sich erneut eine gewisse Spannung im großen Speisesaal und im Ladies' Garden bemerkbar. Obwohl Nancy dem Geschehen den Rücken zuwandte, spürte sie genau, daß etwas geschehen war, was nicht im Drehbuch stand.

»Er hat jemand anderen zum Tanzen aufgefordert, habe ich recht?« sagte sie. Ihr Gesicht und ihr Nacken waren gerötet.

»Wer ist dieses junge Mädchen. Sie war nicht eingeplant!« sagte Detective Patel.

»Vertrauen Sie ihm, er ist gut im Improvisieren«, sagte der Drehbuchautor. »Er weiß immer genau, wer er ist und welche Rolle er zu spielen hat. Er weiß, was er tut.«

Nancy preßte eine Perle ihrer Halskette so fest zwischen Daumen und Zeigefinger, daß beide Finger weiß wurden. »Und ob er das weiß«, sagte sie. Julia drehte sich um, konnte aber nicht in den Ballsaal sehen – sie sah nur den unverhohlenen Haß in Mrs. Dogars Gesicht.

»Das ist die kleine Amy Sorabjee, frisch zurück von der Uni«, erklärte Dr. Daruwalla seiner Frau.

»Sie ist doch noch ein Teenager!« rief Julia.

»Ich glaube, sie ist schon ein bißchen älter«, entgegnete der echte Polizist.

»Ein genialer Schachzug!« meinte der Drehbuchautor. »Mrs. Dogar weiß nicht, was sie davon halten soll!«

»Ich kann's ihr nachfühlen«, sagte Nancy zu ihm.

»Es wird schon gutgehen, Herzchen«, versicherte der Kommissar seiner Frau. Als er ihre Hand nehmen wollte, zog sie sie weg.

»Komme ich als nächste dran?« fragte Nancy. »Bin ich jetzt an der Reihe?«

Fast alle Gesichter im Speisesaal waren auf die Tanzfläche gerichtet. Die Leute beobachteten den nicht zu bremsenden, schwitzenden Filmstar mit seinen massigen Schultern und seinem Bierbauch. Er wirbelte die kleine Amy Sorabjee übers Parkett, als wäre sie so federleicht wie ihr Kleid.

Obwohl die Sorabjees und die Daruwallas alte Freunde waren, hatten sich Dr. und Mrs. Sorabjee über Dhars spontane Aufforderung gewundert – und darüber, daß Amy sie angenommen hatte. Sie war ein leichtfertiges Mädchen Mitte Zwanzig, eine ehemalige Studentin, die nicht nur nach Hause gekommen war, weil sie Semesterferien hatte, sondern weil ihre Eltern sie endgültig zurückbeordert hatten. Freilich flirtete Dhar nicht mit ihr, sondern benahm sich wie ein richtiger Gentleman – vermutlich außerordentlich charmant –, aber die junge Dame schien entzückt. Die Art, wie die beiden tanzten, unterschied sich grundlegend von Dhars Auftritt mit Muriel. In diesem Fall bildeten die sicheren, geschmeidigen Bewegungen des älteren Mannes ein recht erfreuliches Gegengewicht zu der Ausgelassenheit des jungen Mädchens.

»Jetzt verführt er schon Kinder!« verkündete Mr. Dogar seiner Frau. »Er wird der Reihe nach alle Frauen durchtanzen. Ich bin sicher, daß er dich auch noch auffordern wird, Promila!«

Mrs. Dogar war sichtlich erregt. Sie entschuldigte sich und ging auf die Toilette, wo sie daran erinnert wurde, wie sehr sie diesen Aspekt des Frauseins verabscheute – das Anstehen zum Pinkeln. Die Warteschlange war ihr zu lang; Rahul schlüpfte durch die Eingangshalle in die geschlossenen, unbeleuchteten Büroräume des altehrwürdigen Clubs. Da das Mondlicht zum Tippen ausreichte, spannte sie einen Zwei-Rupien-Schein in eine dicht am Fenster stehende Schreibmaschine. Die Botschaft, die sie auf den Geldschein tippte, war so spontan wie ihre augenblicklichen Gefühle.

KEIN MITGLIED MEHR

Diese Botschaft war für Dhars Mund gedacht. Mrs. Dogar steckte sie in ihre Handtasche, wo sie der anderen Botschaft, die sie bereits für ihren Mann getippt hatte, Gesellschaft leisten konnte.

...WEIL DHAR NOCH MITGLIED IST

Es beruhigte Mrs. Dogar, diese beiden Zwei-Rupien-Scheine griffbereit zu haben; sie fühlte sich stets besser, wenn sie auf alle Eventualitäten vorbereitet war. Durch die Eingangshalle schlich sie zurück zur Damentoilette, wo die Warteschlange inzwischen nicht mehr so lang war. Als Rahul an ihren Tisch im Speisesaal zurückkehrte, tanzte Dhar mit einer neuen Partnerin.

Mr. Sethna, der die Unterhaltung zwischen dem Ehepaar Dogar frohgemut überwachte, nahm Mr. Dogars Bemerkung gegenüber seiner ungehobelten Frau mit Begeisterung auf: »Jetzt tanzt Dhar mit dieser stattlichen Amerikanerin, die mit den Daruwallas gekommen ist. Ich glaube, sie ist die weiße Hälfte einer Mischehe. Ihr Mann sieht aus wie irgend so ein armseliger Staatsbeamter.«

Doch Mrs. Dogar bekam das tanzende Paar kaum zu sehen. Dhar hatte Nancy in den Teil des Ballsaals dirigiert, der vom Speisesaal aus nicht zu sehen war. Nur in unregelmäßigen Abständen ließen sich die beiden kurz blicken. Zuvor hatte Rahul der kräftigen Blonden wenig Beachtung geschenkt. Als Mrs. Dogar zum Tisch der Daruwallas hinübersah, waren diese ins Gespräch mit dem deplazierten »armseligen Staatsbeamten« vertieft. Rahul konnte ihn sich als bescheidenen Verwaltungsbeamten vorstellen – oder als kleinen Guru bei einer Aufsichtsbehörde, der seine amerikanische Frau in einem Ashram kennengelernt hatte.

Dann tanzten Dhar und die kräftige Frau ins Blickfeld. Mrs. Dogar spürte die Kraft, mit der sie einander festhielten. Die breite Hand der Frau lag schwer auf Dhars Nacken, und sein rechter Bizeps drückte sich in ihre Achselhöhle (als wollte er sie hochheben). Sie war größer als er; aus der Art, wie sie seinen Nacken umklammerte, konnte Rahul unmöglich schließen, ob sie Dhars Gesicht an ihren Hals zog oder mit Gewalt zu verhindern versuchte, daß er sie liebkoste. Bemerkenswert dabei war, daß sie heftig aufeinander einflüsterten. Keiner von beiden hörte zu, sondern alle zwei redeten eindringlich und gleichzeitig. Als sie wieder aus dem Blickfeld tanzten, hielt Mrs. Dogar es nicht länger aus und forderte ihren Mann zum Tanzen auf.

»Er hat sie soweit! Ich habe Ihnen ja gesagt, daß er es schafft«, sagte Dr. Daruwalla.

»Das ist erst der Anfang«, entgegnete der Kommissar. »Vorerst tanzen sie nur.«

Gutes neues Jahr

Mr. Dogar hatte Glück; es war ein langsamer Tanz. Seine Frau bugsierte ihn an mehreren zaudernden Paaren vorbei, die es irritierte, daß die von Muriels Kleid abgefallenen Pailletten noch immer unter ihren Füßen knirschten. Mrs. Dogar hatte Dhar und die kräftige Blondine im Blickfeld.

»Steht das im Drehbuch?« flüsterte Nancy dem Schauspieler zu. »Das steht nicht im Drehbuch, Sie Mistkerl!«

»Wir sollen doch eine Szene machen, eine Art Streit zwischen einem alten Liebespaar«, flüsterte Dhar.

»Aber Sie umarmen mich!« warf Nancy ihm vor.

»Und Sie drücken mich an sich«, flüsterte er.

»Am liebsten würde ich Sie umbringen!« flüsterte Nancy.

»Sie ist da«, sagte Dhar leise. »Sie folgt uns.«

Rahul bemerkte, daß die blonde Frau in Dhars Armen schlagartig erschlaffte – nachdem sie sich eben noch deutlich gewehrt hatte. Jetzt hatte Mrs. Dogar den Eindruck, als würde Dhar die kräftige Blondine stützen; sonst wäre sie womöglich aufs Parkett gefallen, so leblos hing sie an dem Schauspieler. Sie hatte ihm beide Arme um den Hals geschlungen und die Hände in seinem Nacken verschränkt; das Gesicht vergrub sie an seinem Hals – ziemlich unbeholfen, weil sie größer war als er. Rahul konnte beobachten, daß Nancy den Kopf schüttelte, während Dhar auf sie einflüsterte. Die blonde Frau strahlte etwas angenehm Unterwürfiges aus, so als hätte sie bereits aufgegeben. Rahul fühlte sich an jene Sorte Frauen erinnert, die zuließen, daß man sie beschlief oder daß man sie tötete, ohne sich mit einem Wort zu beklagen – wie jemand, der hohes Fieber hatte, dachte Rahul.

»Hat sie mich erkannt?« flüsterte Nancy. Sie zitterte, und dann stolperte sie. Dhar mußte sie mit aller Kraft auf den Beinen halten.

»Sie kann Sie nicht erkennen, sie erkennt Sie garantiert nicht. Sie ist nur neugierig, was sich zwischen uns abspielt«, entgegnete der Schauspieler.

»Und was spielt sich zwischen uns ab?« flüsterte Nancy. Dhar spürte, wie sich die Knöchel ihrer ineinanderverkrallten Hände in seinen Nacken bohrten.

»Sie kommt näher«, ließ Dhar Nancy wissen. »Sie erkennt Sie nicht. Sie möchte nur besser sehen. Ich tue es jetzt«, flüsterte er.

»Was tun Sie?« fragte Nancy, die vergessen hatte, wovon die Rede war – solche Angst hatte sie vor Rahul.

»Ich mache Ihren Reißverschluß auf«, sagte Dhar.

»Nicht zu weit«, warnte Nancy.

Der Schauspieler schwenkte sie plötzlich herum. Er mußte sich auf Zehenspitzen stellen, um ihr über die Schulter schauen zu können, wollte sich jedoch vergewissern, daß Mrs. Dogar sein Gesicht sah. John D. schaute Rahul unverwandt an und lächelte. Er zwinkerte dem Killer verschlagen zu. Dann zog er den Reißverschluß von Nancys Kleid auf, während Rahul zusah. Als er bei ihrem BH-Verschluß angelangt war, hielt er inne und ließ seine Hand zwischen ihre nackten Schulterblätter gleiten. Sie schwitzte, und er spürte, wie sie zitterte.

»Schaut sie zu?« flüsterte Nancy. »Ich hasse Sie«, fügte sie hinzu.

»Sie ist direkt neben uns«, flüsterte Dhar. »Gleich werde ich sie mir schnappen. Wir tauschen jetzt Partner.«

»Machen Sie erst den Reißverschluß zu«, flüsterte Nancy. »Erst der Reißverschluß!«

Mit der rechten Hand zog John D. den Reißverschluß zu, mit der linken griff er nach dem Handgelenk der zweiten Mrs. Dogar. Ihr Arm fühlte sich kühl und trocken an, sehnig wie ein kräftiges Seil.

»Tauschen wir doch Partner für den nächsten Tanz!« sagte Inspector Dhar. Aber die langsame Nummer ging noch weiter. Mr. Dogar geriet kurz ins Taumeln. Nancy, die erleichtert war, Dhars Armen entronnen zu sein, zog den alten Mann kraftvoll an ihren Busen. Eine Haarlocke hatte sich gelöst und fiel über ihre Wange. So sah niemand die Tränen, die man auch mit Schweißtropfen hätte verwechseln können.

»Hallo«, sagte Nancy. Bevor Mr. Dogar antworten konnte, legte sie ihm die flache Hand an den Hinterkopf, so daß seine Backe fest zwischen ihre Schulter und ihr Schlüsselbein gedrückt wurde. Entschlossen schob Nancy den alten Mann von Dhar und Rahul weg. Sie fragte sich, wie lange es dauern würde, bis die Kapelle eine schnellere Nummer spielte.

Die letzten paar Takte des Slowfox kamen Dhar und Rahul gerade recht. John D.s Augen befanden sich auf gleicher Höhe mit einer feinen blauen Vene, die an Mrs. Dogars Hals entlanglief. Etwas tiefschwarz Glänzendes, wie Onyx – ein einzelner, in Silber gefaßter Stein –, lag in der vollkommenen Kuhle zwischen Hals und Brustbein. Ihr Kleid, smaragdgrün, war tief ausgeschnitten und lag an den Brüsten eng an; ihre Hände waren glatt und fest, ihr Griff überraschend leicht. Sie bewegte sich leichtfüßig. Wohin sich John D. auch wandte, sie folgte ihm mit dem ganzen Körper – den Blick auf seine Augen geheftet, als würde sie die erste Seite eines neuen Buches lesen.

»Das war ziemlich plump... und ungeschickt«, sagte die zweite Mrs. Dogar.

»Ich habe es satt, mir Mühe zu geben, Sie zu ignorieren«, sagte der Schauspieler. »Ich habe keine Lust mehr so zu tun, als wüßte ich nicht, wer Sie sind... wer Sie waren«, fügte Dhar hinzu, aber ihre Hände behielten ihren gleichmäßig sanften Druck bei, und ihr Körper folgte gehorsam seinen Bewegungen.

»Meine Güte, was für ein Spießer Sie sind!« sagte Mrs. Dogar. »Darf ein Mann denn nicht zur Frau werden, wenn sie das möchte?«

»Eine aufregende Vorstellung, ohne Zweifel«, meinte Inspector Dhar.

»Sie spotten doch nicht etwa, oder?« fragte ihn Mrs. Dogar.

»Natürlich nicht! Ich erinnere mich nur«, antwortete der Schauspieler. »Vor zwanzig Jahren hatte ich nicht den Mut, mich Ihnen zu nähern. Damals wußte ich nicht, wie ich es anstellen sollte.«

»Vor zwanzig Jahren war ich nicht vollständig«, erinnerte ihn Rahul. »Wenn Sie sich an mich herangemacht hätten, was hätten Sie dann getan?«

»Um ehrlich zu sein, ich war zu jung, um überhaupt daran zu denken«, entgegnete Dhar. »Ich glaube, ich wollte Sie nur sehen!«

»Das ist doch wohl nicht alles, was Sie heute vorhaben«, sagte Mrs. Dogar.

»Ganz gewiß nicht!« sagte Inspector Dhar, brachte jedoch nicht den Mut auf, ihre Hand zu drücken. Sie fühlte sich überall so trocken und kühl an, ihre Berührung so leicht, aber gleichzeitig war alles an ihr sehr hart.

»Vor zwanzig Jahren habe ich versucht, mich an Sie heranzumachen«, gab Rahul zu.

»Das war wahrscheinlich zu subtil für mich. Zumindest ist es mir entgangen«, bemerkte John D.

»Im Hotel Bardez hat man mir gesagt, Sie würden in einer Hängematte auf dem Balkon schlafen«, erzählte Rahul. »Der einzige Körperteil, der sich außerhalb des Moskitonetzes befand, war Ihr Fuß. Ich habe Ihre große Zehe in den Mund genommen. Ich habe daran gelutscht... genauer gesagt, ich habe hineingebissen. Aber das waren nicht Sie. Es war Dr. Daruwalla. Es hat mich so geekelt, daß ich es nie wieder versucht habe.«

Mit diesem Gesprächsverlauf hatte Dhar nicht gerechnet. Sein Repertoire an Dialogen beinhaltete keine Stellungnahme zu dieser interessanten Geschichte, so daß er nicht wußte, was er sagen sollte. Doch da rettete ihn die Band, die zu einer schnelleren Nummer ansetzte. Scharenweise verließen die Gäste die Tanzfläche, unter ihnen auch Nancy und Mr. Dogar. Nancy begleitete den alten Herrn an seinen Tisch. Bis sie ihn auf seinen Stuhl verfrachtet hatte, war er ziemlich außer Atem. »Wer sind Sie, meine Liebe?« konnte er sie gerade noch fragen.

»Mrs. Patel«, antwortete Nancy.

»Aha«, sagte der alte Herr. »Und Ihr Mann...« Mr. Dogar meinte natürlich: *Was macht er beruflich?* Er wollte wissen: *Was für ein Staatsbeamter ist er?*

»Mein Mann ist Mr. Patel«, erklärte Nancy. Damit wandte sie sich von ihm ab und kehrte möglichst unauffällig an den Tisch der Daruwallas zurück.

»Ich glaube nicht, daß sie mich erkannt hat«, berichtete Nancy, »aber ich konnte sie einfach nicht ansehen. Sie sieht noch genauso aus, aber uralt.«

»Tanzen sie jetzt?« fragte Dr. Daruwalla. »Und reden sie auch?«

»Sie tanzen und reden – mehr weiß ich nicht«, antwortete ihm Nancy. »Ich konnte sie einfach nicht ansehen«, wiederholte sie.

»Ist schon gut, Herzchen«, sagte der Kommissar. »Du brauchst nichts mehr zu tun.«

»Ich möchte dabeisein, wenn du sie schnappst, Vijay«, sagte Nancy zu ihrem Mann.

»Wer weiß, vielleicht schnappen wir sie an einem Ort, wo du nicht dabeisein möchtest«, entgegnete der Detective.

»Bitte, laß mich dabeisein«, sagte Nancy. »Ist mein Reißverschluß zu?« fragte sie plötzlich. Sie drehte sich zur Seite, so daß Julia ihren Rücken sehen konnte.

»Er ist bis obenhin zu, meine Liebe«, beruhigte sie Julia.

Mr. Dogar, der allein an seinem Tisch saß, stürzte ein Glas Champagner hinunter und versuchte wieder zu Atem zu kommen, während Mr. Sethna ihn mit Horsd'œuvres versorgte. Mrs. Dogar und Dhar tanzten in dem Teil des Ballsaals, den Mr. Dogar nicht überblicken konnte.

»Es gab eine Zeit, in der ich Sie begehrt habe«, eröffnete Rahul John D. »Sie waren ein wunderschöner Junge.«

»Ich begehre Sie noch immer«, erklärte ihr Dhar.

»Wie es scheint, begehren Sie alle Frauen«, meinte Mrs. Dogar. »Wer war diese Stripperin?« fragte sie. Auch dafür hatte er keinen Text.

»Eine Stripperin eben«, antwortete Dhar.

»Und wer ist die dicke Blonde?« fragte ihn Rahul. Darauf hatte Dr. Daruwalla ihn vorbereitet.

»Das ist eine alte Geschichte«, antwortete der Schauspieler. »Manche Leute können einfach nicht loslassen.«

»Sie können sich die Frauen aussuchen, auch jüngere Frauen«, meinte Mrs. Dogar. »Was wollen Sie mit mir?« Damit war ein Punkt im Dialog erreicht, vor dem der Schauspieler Angst hatte, weil er ihm einen Glauben an Farrokhs Drehbuch abverlangte, der sich in der Größenordnung eines Quantensprungs bewegte. Tatsächlich hatte der Schauspieler wenig Zutrauen zu seiner nächsten Zeile.

»Ich muß unbedingt etwas wissen«, sagte Dhar zu Rahul. »Besteht ihre Vagina wirklich aus dem, was früher Ihr Penis war?«

»Werden Sie nicht vulgär«, sagte Mrs. Dogar. Dann begann sie zu lachen.

»Ich wünschte, man könnte diese Frage anders stellen«, räumte John D. ein. Als ihr Lachen unbeherrschter wurde, packte sie fester zu; zum erstenmal spürte er die Kraft in ihren Händen. »Vermutlich hätte ich es indirekter formulieren können«, fuhr Dhar fort, da ihm ihr Lachen Mut machte. »Ich hätte sagen können: ›Welche Empfindung haben Sie denn eigentlich in Ihrer Vagina? Ich meine, fühlt sie sich irgendwie so an wie ein Penis?‹« Der Schauspieler hielt inne; er brachte es nicht fertig weiterzusprechen, weil er merkte, daß der Drehbuchdialog nicht funktionierte; Farrokh ging häufig recht unbekümmert an seine Dialoge heran.

Außerdem hatte Mrs. Dogar zu lachen aufgehört. »Dann sind Sie also nur neugierig, habe ich recht?« fragte sie ihn. »Was Sie reizt, ist das Absonderliche daran.«

An der dünnen blauen Vene an Rahuls Hals bildete sich ein trüber Schweißtropfen, der rasch zwischen ihre straffen Brüste rann. So wild hatten sie nun auch wieder nicht getanzt, fand John D. Er konnte nur hoffen, daß jetzt der richtige Zeitpunkt war. Er packte sie ziemlich vehement um die Taille, und sie folgte seiner Führung. Als sie den Teil des Parketts überquerten, den Mrs. Dogars Mann – und Mr. Sethna – überblicken konnten, registrierte Dhar, daß der alte Butler das Signal verstanden hatte. Mr. Sethna eilte aus dem Speisesaal in die Eingangshalle, während der Schauspieler Mrs. Dogar abermals in den weniger gut einsehbaren Teil des Ballsaals wirbelte.

»Ich bin Schauspieler«, sagte John D. zu Rahul. »Ich kann genau so sein, wie Sie mich haben möchten ... ich kann absolut alles tun, was Sie möchten. Sie brauchen mir nur ein Bild zu malen.« (Der Schauspieler zuckte zusammen, denn auch diesen Hammer hatte er Farrokh zu verdanken.)

»Was für ein ausgefallenes Ansinnen!« sagte Mrs. Dogar. »Was für ein Bild soll ich Ihnen denn malen?«

»Geben Sie mir nur einen Anhaltspunkt, was Ihnen gefällt. Dann kann ich es tun«, erklärte Dhar.

»Sie haben gesagt, ich soll Ihnen ›ein Bild malen‹... ich habe es genau gehört«, sagte Mrs. Dogar.

»Ich habe gemeint, sie sollen mir einfach sagen, was Sie mögen ... welche sexuellen Vorlieben Sie haben, meine ich«, sagte der Schauspieler.

»Ich weiß schon, was Sie meinen, aber gesagt haben Sie ›malen‹«, entgegnete Rahul kühl.

»Waren Sie früher nicht mal Künstler? Haben Sie nicht eine Kunstakademie besucht?« fragte der Schauspieler. (Was zum Teufel macht bloß Mr. Sethna? überlegte Dhar. Er hatte Angst, Rahul könnte den Braten riechen.)

»Auf der Kunstakademie habe ich nichts gelernt«, sagte Mrs. Dogar.

Am Sicherungskasten, gleich hinter der Eingangshalle, hatte Mr. Sethna festgestellt, daß er die Beschriftungen der einzelnen Sicherungen nicht ohne seine Brille lesen konnte, die er in einer Schublade in der Küche aufbewahrte. Er brauchte einen Augenblick, um zu entscheiden, ob er alle Sicherungen ausschalten sollte.

»Wahrscheinlich hat sich der alte Esel von einem Stromschlag umlegen lassen!« sagte Dr. Daruwalla unterdessen zu Detective Patel.

»Wir wollen versuchen, Ruhe zu bewahren«, meinte der Polizist.

»Wenn die Lichter nicht ausgehen, soll Dhar doch ruhig improvisieren… nachdem er das angeblich so gut kann«, sagte Nancy.

»Ich begehre Sie nicht etwa, weil ich sie als Kuriosität betrachte«, sagte Dhar plötzlich zu Mrs. Dogar. »Ich weiß, daß Sie stark sind, ich halte Sie für aggressiv, und ich glaube, Sie können sich durchsetzen.« (Das war nach Ansicht des Schauspielers der schlimmste Teil von Dr. Daruwallas Dialog – er tappte völlig im dunkeln.) Ich möchte, daß Sie mir sagen, was Sie mögen. Ich möchte, daß Sie mir sagen, was ich tun soll.«

»Ich möchte, daß Sie sich mir unterwerfen«, sagte Rahul.

»Sie können mich fesseln, wenn Sie wollen«, sagte Dhar liebenswürdig.

»Ich meine mehr als das«, sagte Mrs. Dogar. In diesem Augenblick wurde es im Ballsaal und im ganzen ersten Stock des Duckworth Club schlagartig dunkel. Überall ertönten erstaunte Rufe, und die Musiker tasteten unsicher auf ihren Instrumenten herum; nach ein paar Tönen und Schlägen verstummten sie ganz. Aus dem Speisesaal erklang ehrlich gemeinter Applaus; aus der Küche drangen chaotische Geräusche. Dann begannen Messer, Gabeln und Löffel ihre improvisierte Musik auf den Wassergläsern.

»Paß auf, daß du den Champagner nicht verschüttest!« rief Mr. Bannerjee.

Das backfischhafte Kichern stammte wahrscheinlich von Amy Sorabjee.

In der Dunkelheit versuchte John D., Mrs. Dogar zu küssen, doch sie war schneller. Kaum hatte sein Mund den ihren berührt, packte sie mit den Zähnen seine Unterlippe. Während sie ihn so festhielt, an der Lippe, schlug ihm ihr übertriebenes Keuchen ins Gesicht. Ihre kühlen, trockenen Hände machten seinen Reißverschluß auf und spielten an ihm herum, bis er hart war. Dhar legte beide Hände auf ihre Pobacken, die sie auf der Stelle anspannte. Seine Unterlippe klemmte noch immer zwischen ihren Zähnen; ihr Biß war fest genug, um ihm weh zu tun, ging aber nicht ganz so tief, als daß er geblutet hätte. Getreulich der Anweisung, die Mr. Sethna erhalten hatte, blitzten die Lichter kurz auf und gingen wieder aus. Mrs. Dogar ließ John D. los – sowohl mit den Zähnen als auch mit den Händen. Als er seine Hände von ihr wegnahm, um seinen Reißverschluß zuzumachen, verlor er den Körperkontakt zu ihr. Als die Lichter angingen, gab es keinen Berührungspunkt mehr zwischen Dhar und Mrs. Dogar.

»Sie möchten sich ein Bild machen? Ich werde Ihnen eines zeigen«, sagte Rahul leise. »Ich hätte Ihnen die Lippe abbeißen können.«

»Ich habe sowohl im Oberoi als auch im Taj eine Suite«, erklärte ihr der Schauspieler.

»Nein, ich sage Ihnen, wo«, sagte Mrs. Dogar. »Ich sage es Ihnen beim Lunch.«

»Hier?« fragte Dhar.

»Morgen«, antwortete Rahul. »Ich hätte Ihnen die Nase abbeißen können, wenn ich gewollt hätte.«

»Danke für den Tanz«, sagte John D. Als er sich von ihr abwandte, war er sich seiner Erektion und seiner pochenden Unterlippe voller Unbehagen bewußt.

»Passen Sie auf, daß Sie keine Stühle oder Tische umstoßen«, sagte Mrs. Dogar. »Sie sind so groß wie ein Elefant.« Dieses Wort ›Elefant‹ – zumal aus Rahuls Mund – beeinträchtigte John D.s Rückkehr am meisten. Während er den Speisesaal durchquerte, sah er noch immer den trüben, rasch versickernden Schweißtropfen, spürte noch immer ihre kühlen, trockenen Hände. Und wie sie in seinen offenen Mund geschnauft hatte, während seine Lippe nicht auskonnte... das würde er wohl nie vergessen. Er mußte daran denken, daß die dünne blaue Ader an ihrem Hals völlig ruhig gewesen war; so als hätte sie keinen Puls oder könnte ihren Herzschlag einfach aussetzen lassen.

Als sich Dhar an den Tisch setzte, konnte Nancy ihn nicht ansehen. Kommissar Patel sah ihn auch nicht an, aber nur weil er sich mehr für Mr. und Mrs. Dogar interessierte. Die beiden stritten – Mrs. Dogar wollte sich nicht hinsetzen, Mr. Dogar wollte nicht aufstehen –, und dabei fiel dem Detective etwas außerordentlich Einfaches, aber Eigenartiges auf: Die beiden hatten fast den gleichen Haarschnitt. Mr. Dogar trug sein herrlich dichtes Haar über der Stirn zu einer koketten Tolle aufgetürmt; im Nacken war es kurz geschnitten und an den Ohren sauber gestutzt, doch über der Stirn wölbte sich eine erstaunlich füllige und großspurig nach oben gekämmte Welle. Sein Haar war silbergrau mit weißen Strähnen. Mrs. Dogars Haar war schwarz mit silbernen Strähnen (vermutlich gefärbt), und sie hatte die gleiche Frisur wie ihr Mann, nur etwas modischer. Sie verlieh ihr ein leicht spanisches Aussehen. Eine Pompadourfrisur! Na so was! dachte Detective Patel. Inzwischen hatte Mrs. Dogar ihren Mann überredet aufzustehen.

Mr. Sethna würde dem Kommissar später berichten, was zwischen den Dogars gesprochen worden war, aber der konnte es sich ohnehin denken. Mrs. Dogar hatte ihrem Mann vorgeworfen, daß er bereits zuviel Champagner geschlürft hatte, und klargestellt, daß sie seine Trunkenheit keine Minute länger dulden würde. Sie würden jetzt auf der Stelle nach Hause fahren, wo ihnen das Personal einen Mitternachtsimbiß zubereiten konnte und Mr. Dogar sie mit seinem unbesonnenen Verhalten zumindest nicht in aller Öffentlichkeit blamieren würde.

»Sie brechen schon auf!« bemerkte Dr. Daruwalla. »Was ist passiert? Hast du sie unruhig gemacht?« fragte der Drehbuchautor den Schauspieler.

Dhar trank einen Schluck Champagner, der ihm auf der Lippe brannte. Schweiß perlte über sein Gesicht – schließlich hatte er den ganzen Abend getanzt –, und seine Hände zitterten merklich; alle sahen, wie er sein Champagnerglas gegen ein Wasserglas austauschte. Doch selbst ein Schluck Wasser ließ ihn zusammenzucken. Nancy hatte sich anfangs zwingen müssen, ihn anzusehen; jetzt konnte sie den Blick nicht mehr von ihm abwenden.

Der Kommissar dachte noch immer über die Haarschnitte nach. Dem alten Mr. Dogar verlieh die Pompadourfrisur etwas Feminines, bei seiner Frau hingegen erweckte der gleiche Haarschnitt einen maskulinen Eindruck. Der Detective kam zu dem Ergebnis, daß Mrs. Dogar einem Stierkämpfer ähnelte; freilich hatte er noch nie einen Stierkämpfer gesehen.

Farrokh konnte es kaum erwarten zu erfahren, für welchen Dialog sich John D. entschieden hatte. Der in Schweiß geratene Filmstar machte noch immer mit seiner Unterlippe herum. Der Doktor bemerkte, daß sie ziemlich geschwollen war und sich allmählich purpurn färbte wie bei einer Quetschung. Er winkte einen Kellner heran und bat ihn um ein großes Glas mit Eis – nur Eis.

»Sie hat Sie also geküßt«, sagte Nancy.

»Es war eher ein Biß«, entgegnete John D.

»Aber was hast du denn gesagt?« rief Dr. Daruwalla.

»Haben Sie sich mit ihr verabredet?« wollte Detective Patel von Dhar wissen.

»Lunch hier im Club, morgen«, antwortete der Schauspieler.

»Lunch!« wiederholte der Drehbuchautor enttäuscht.

»Demnach haben Sie einen Anfang gemacht«, meinte der Polizeibeamte.

»Ja, ich glaube schon. Da ist zumindest etwas… allerdings bin ich nicht sicher, was«, bemerkte Dhar.

»Dann hat sie also reagiert?« fragte Farrokh. Er war frustriert, weil er den Dialog der beiden hören wollte, Wort für Wort.

»Schauen Sie sich doch seine Lippe an!« sagte Nancy zum Doktor. »Natürlich hat sie reagiert!«

»Hast du sie dazu aufgefordert, dir ein Bild zu malen?« wollte Farrokh wissen.

»Dieser Teil war beängstigend, zumindest wurde die Angelegenheit etwas sonderbar«, sagte Dhar ausweichend. »Aber ich glaube, daß sie mir etwas zeigen wird.«

»Beim Lunch?« fragte Dr. Daruwalla. John D. zuckte die Achseln; die ganze Fragerei ging ihm sichtlich auf die Nerven.

»Laß ihn doch ausreden, Farrokh. Und hör auf, ihm Sachen in den Mund zu legen«, sagte Julia zu ihrem Mann.

»Aber er redet ja nicht!« rief der Doktor.

»Sie hat gesagt, sie möchte, daß ich mich ihr unterwerfe«, berichtete Dhar dem Kommissar.

»Sie möchte ihn fesseln!« schrie Farrokh.

»Sie hat gesagt, sie versteht darunter mehr als das«, entgegnete Dhar.

»Und was ist ›mehr als das‹?« fragte Dr. Daruwalla.

Der Kellner brachte das Eis, und John D. hielt einen Würfel an seine Lippe.

»Steck den Eiswürfel in den Mund und lutsche ihn«, riet ihm der Doktor, aber John D. applizierte sich das Eis auf seine Weise.

»Sie hat mich richtig zerbissen«, war die einzige Antwort.

»Bist du auf die Geschlechtsumwandlung zu sprechen gekommen?« fragte der Drehbuchautor.

»Den Teil der Unterhaltung fand sie komisch«, erklärte John D. »Sie lachte darüber.«

Inzwischen waren die Bißstellen an der Außenseite von Dhars Unterlippe selbst bei Kerzenlicht ziemlich gut zu erkennen. Die Zähne hatten so tiefe Quetschmale verursacht, daß sich das helle Purpur der verfärbten Lippe in dunkles Magentarot verwandelte, als hätten Mrs. Dogars Zähne dort Flecken hinterlassen.

Zur Verwunderung ihres Mannes schenkte sich Nancy ein zweites Glas Champagner ein. Detective Patel war schon leicht schockiert gewesen, daß seine Frau dem ersten Glas zugestimmt hatte. Jetzt erhob Nancy ihr Glas, als wollte sie allen Leuten im Ladies' Garden zuprosten.

»Gutes neues Jahr«, sagte sie, allerdings zu niemand Bestimmtem.

»Auld Lang Syne«

Endlich wurde das Mitternachtsdinner serviert. Nancy stocherte in ihrem Essen herum, das am Ende ihr Mann aufaß. John D. konnte wegen seiner Lippe nichts scharf Gewürztes essen. Er erwähnte weder die Erektion, zu der Mrs. Dogar ihn gebracht hatte, noch daß – und in welchem Ton – sie gesagt hatte, er sei so groß wie ein Elefant. Dhar beschloß, das Detective Patel später unter vier Augen zu erzählen. Als sich der Kriminalbeamte kurz entschuldigte, folgte John D. ihm in die Herrentoilette und erzählte es ihm dort.

»Es hat mir gar nicht gefallen, wie sie beim Weggehen ausgesehen hat.« Mehr sagte der Detective dazu nicht.

Als sie wieder am Tisch saßen, eröffnete ihnen Dr. Daruwalla, er habe einen Plan, wie man die obere Hälfte des Kugelschreibers »ins Spiel bringen« könne. Dazu wurde Mr. Sethna benötigt; es hörte sich ziemlich kompliziert an. John D. wiederholte, er hoffe, daß Rahul ihm eine Zeichnung machen würde.

»Damit wäre doch alles klar, oder?« fragte Nancy ihren Mann.

»Damit wäre uns geholfen«, sagte der Kommissar. Er hatte ein ungutes Gefühl. Er entschuldigte sich noch einmal, diesmal um im Kriminalkommissariat anzurufen und anzuordnen, daß das Haus der Dogars die ganze Nacht überwacht wurde. Falls Mrs. Dogar das Haus verließ, sollte der Überwachungsbeamte ihr folgen – und ihm, ohne Rücksicht auf die Uhrzeit, sofort Bescheid geben.

Dhar hatte Detective Patel in der Herrentoilette gesagt, er habe keineswegs den Eindruck gehabt, daß es Rahuls Absicht gewesen sei, ihm die Lippe abzubeißen, ja daß es nicht einmal ein vorsätzlicher Entschluß gewesen sei, seine Lippe mit den Zähnen festzuhalten – und daß sie ihm damit auch keine Angst habe einjagen wollen. Vielmehr glaubte der Schauspieler, daß sie sich einfach nicht beherrschen konnte; und während sie seine Lippe festhielt, hatte er die ganze Zeit das Gefühl gehabt, daß sie ihn einfach nicht loslassen konnte.

»Ich hatte nicht den Eindruck, daß sie mich wirklich beißen wollte«, hatte Dhar dem Detective erklärt. »Es kam mir eher so vor, als könnte sie nicht anders.«

»Ja, ich verstehe«, hatte der Polizist gesagt. Er hatte der Versuchung widerstanden hinzuzufügen, daß nur im Film jeder Mörder ein einleuchtendes Motiv hatte.

Als er jetzt den Telefonhörer auflegte, drang ein trübseliges Lied zu ihm in die Eingangshalle heraus. Die Kapelle spielte »Auld Lang Syne«, und die angetrunkenen Duckworthianer sangen mit und verhunzten den Text. Patel hatte Mühe, den Speisesaal zu durchqueren, weil so viele gefühlsduselige Clubmitglieder ihre Tische verließen und singend in den Ballsaal taumelten. Da kam Mr. Bannerjee, eingeklemmt zwischen seiner Frau und der Witwe Lal; er wirkte mannhaft entschlossen, mit beiden zu tanzen. Und dort kamen Dr. und Mrs. Sorabjee, die die junge Amy allein am Tisch zurückgelassen hatten.

Als der Detective an den Tisch der Daruwallas zurückkehrte, redete Nancy auf Dhar ein. »Ich bin sicher, daß die Kleine es kaum erwarten kann, noch mal mit Ihnen zu tanzen. Sie sitzt ganz allein da. Warum fordern Sie sie nicht auf? Stellen Sie sich doch vor, wie ihr zumute ist. Sie haben damit angefangen«, sagte Nancy. Nach Schätzung ihres Mannes hatte sie drei Gläser Champagner getrunken; das war nicht viel, aber Nancy trank sonst nie – und gegessen hatte sie so gut wie gar nichts. Dhar brachte es fertig, nicht höhnisch zu lächeln; statt dessen versuchte er, Nancy zu ignorieren.

»Wie wär's, wenn du *mich* zum Tanzen auffordern würdest?« fragte Julia John D. »Ich glaube, Farrokh hat mich ganz vergessen.«

Wortlos geleitete Dhar Julia in den Ballsaal. Amy Sorabjee ließ die beiden nicht aus den Augen.

»Ihre Idee mit der Kugelschreiberkappe gefällt mir«, sagte Detective Patel zu Dr. Daruwalla.

Der Drehbuchautor war verblüfft über dieses unerwartete Kompliment.

»Wirklich?« sagte Farrokh. »Das Problem ist, daß Mrs. Dogar glauben muß, daß sie immer in ihrer Handtasche war, die ganze Zeit.«

»Ich gebe zu, daß Mr. Sethna das Ding hineinschmuggeln kann, falls es Dhar gelingt, die Dame abzulenken.« Mehr sagte der Polizist nicht dazu.

»Wirklich?« wiederholte Dr. Daruwalla.

»Natürlich wäre es schön, wenn wir in ihrer Tasche noch andere Sachen finden würden«, dachte der Kommissar laut.

»Sie meinen Geldscheine mit getippten Drohungen... oder vielleicht sogar eine Zeichnung«, sagte der Doktor.

»Genau«, sagte Patel.

»Also, ich wünschte, ich könnte so etwas schreiben!« entgegnete der Drehbuchautor.

Plötzlich war Julia wieder am Tisch; sie hatte ihren Tanzpartner an Amy Sorabjee verloren, die John D. abgeklatscht hatte.

»Unverschämtes Gör!« sagte Dr. Daruwalla.

»Komm, tanz du mit mir, Liebchen«, sagte Julia zu ihm.

Jetzt saßen die Patels allein am Tisch; sie waren sogar allein im Ladies' Garden. Im großen Speisesaal war ein Mann mit dem Kopf auf dem Tisch eingeschlafen, alle anderen tanzten oder standen im Ballsaal herum – offenbar um das schauerliche Vergnügen zu genießen, »Auld Lang Syne« zu singen. Die Kellner begannen die verlassenen Tische abzuräumen, aber keiner von ihnen störte Detective Patel und Nancy im Ladies' Garden, da Mr. Sethna sie angewiesen hatte, die traute Zweisamkeit des Ehepaars zu respektieren.

Nancys hochgesteckte Haare hatten sich gelöst, und sie bemühte sich vergeblich, den Verschluß der Perlenkette aufzubekommen; ihr Mann mußte ihr helfen.

»Das sind herrliche Perlen, findest du nicht?« fragte Nancy.

»Aber wenn ich sie Mrs. Daruwalla nicht gleich zurückgebe, vergesse ich es noch und nehme sie mit nach Hause. Dort könnten sie verlorengehen oder gestohlen werden.«

»Ich werde versuchen, dir so eine Kette zu besorgen«, sagte Detective Patel.

»Nein, die ist viel zu teuer«, meinte Nancy.

»Immerhin hast du gute Arbeit geleistet«, sagte ihr Mann.

»Wir werden sie doch schnappen, oder, Vijay?«

»Ja, das werden wir, Herzchen.«

»Sie hat mich nicht erkannt!« rief Nancy.

»Das habe ich dir doch gleich gesagt, oder?« meinte der Detective.

»Sie hat mich nicht mal wahrgenommen! Sie hat einfach durch mich hindurchgeschaut, als würde ich gar nicht existieren! All diese Jahre, und dabei hat sie sich nicht mal an mich erinnert.«

Als der Kommissar die Hand seiner Frau ergriff, legte sie den Kopf an seine Schulter. Sie fühlte sich so ausgelaugt, daß sie nicht einmal mehr weinen konnte.

»Es tut mir leid, Vijay, aber ich glaube nicht, daß ich tanzen kann. Ich kann einfach nicht«, sagte Nancy.

»Schon gut, Herzchen«, sagte ihr Mann. »Ich kann gar nicht tanzen, hast du das vergessen?«

»Er hätte meinen Reißverschluß nicht aufzumachen brauchen, das war unnötig«, sagte Nancy.

»Es hat zur allgemeinen Wirkung beigetragen«, entgegnete Patel.

»Es war unnötig«, wiederholte Nancy. »Und es hat mir nicht gefallen, wie er es gemacht hat.«

»Es sollte dir auch nicht gefallen, das war die Absicht«, erklärte ihr Mann.

»Sie muß versucht haben, ihm die ganze Lippe abzubeißen!« rief Nancy.

»Ich glaube, es ist ihr nur mit knapper Not gelungen, sich zu beherrschen«, sagte der Kommissar. Bei diesen Worten löste sich Nancys innere Starre, und sie konnte endlich an der Schulter ihres Mannes weinen.

Fast schien es, als wollte die Kapelle dieses langweilige alte Lied ewig weiterspielen. »›We'll drink a cup of kindness yet...‹«, grölte Mr. Bannerjee.

Mr. Sethna bemerkte, daß Julia und Dr. Daruwalla die würdevollsten Tänzer auf dem Parkett waren. Dr. und Mrs. Sorabjee tanzten sichtlich nervös und ließen dabei ihre Tochter keinen Augenblick aus den Augen. Die arme Amy war aus England zurückbeordert worden, wo sie sich nicht sonderlich gut gehalten hatte. Zu viele Partys, wie ihre Eltern argwöhnten – aber noch beunruhigender war ihre Vorliebe für ältere Männer. An der Universität war sie dafür berüchtigt, daß sie nichts von Liebschaften mit anderen Studenten hielt. Statt dessen hatte sie sich auf einen Professor gestürzt, einen verheirateten Mann. Zum Glück hatte dieser die Situation nicht ausgenutzt. Und jetzt mußte das junge Mädchen ausgerechnet mit Dhar tanzen. Vom Regen in die Traufe! dachte Mrs. Sorabjee. Es war eine unangenehme Situation für Mrs. Sorabjee, denn da sie eng mit den Daruwallas befreundet war, konnte sie ihre Meinung über Inspector Dhar unmöglich offen sagen.

»Wissen Sie eigentlich, daß Sie in England zu haben sind – auf Video, meine ich?« fragte Amy den Schauspieler.

»Tatsächlich?« fragte er zurück.

»Wir hatten mal eine Weinprobe, und da habe ich Sie ausgeliehen«, erzählte ihm Amy. »Leute, die nicht aus Bombay kommen, wissen nicht, was sie von Ihnen halten sollen. Sie finden die Filme schon sehr eigenartig.«

»Stimmt«, sagte Inspector Dhar. »Ich auch«, fügte er hinzu.

Das brachte sie zum Lachen. Sie war ganz offensichtlich ein leichtfertiges Mädchen – ihre Eltern taten ihm fast ein bißchen leid.

»Dieses wüste Durcheinander aus Musik und Morden«, sagte Amy Sorabjee.

»Vergessen Sie die Einmischung der Götter nicht«, merkte der Schauspieler an.

»Genau! Und diese vielen Frauen! Sie reißen wirklich eine Menge Frauen auf«, bemerkte Amy.

»Ja, das tue ich«, sagte Dhar.

»›*We'll drink a cup of kindness yet for the days of auld lang syne!*‹« schmetterten die alten Tänzer; sie hörten sich wie Esel an.

»*Inspector Dhar und der Käfigmädchen-Killer* gefällt mir am besten... die anderen Filme sind weniger sexy«, sagte die kleine Amy Sorabjee.

»Ich habe keinen Lieblingsfilm«, vertraute ihr der Schauspieler an. Er schätzte sie auf zwei- oder dreiundzwanzig. Für ihn war sie eine angenehme Ablenkung, doch es irritierte ihn, daß sie andauernd auf seine Lippe starrte.

»Was ist denn mit Ihrer Lippe passiert?« fragte sie ihn schließlich flüsternd – mit noch immer mädchenhafter, aber verschlagener, ja verschwörerischer Miene.

»Als die Lichter ausgingen, bin ich gegen eine Wand gerannt«, sagte Dhar.

»Ich glaube, das war diese schreckliche Frau«, wagte sich Amy Sorabjee vor. »Sieht aus, als hätte sie Sie gebissen!«

John D. tanzte einfach weiter. Nachdem seine Lippe so geschwollen war, tat es ihm weh, höhnisch zu lächeln.

»Alle finden diese Frau schrecklich, müssen Sie wissen«, sagte Amy. Daß Dhar schwieg, hatte sie etwas unsicher gemacht. »Und wer war die erste Frau, die, mit der Sie gekommen sind?« fragte Amy. »Die, die gegangen ist?«

»Sie ist eine Stripperin«, sagte Inspector Dhar.

»Ach, kommen Sie, doch nicht wirklich!« rief Amy.

»Doch, wirklich«, antwortete John D.

»Und wer ist die blonde Dame?« wollte sie wissen. »Für mich sah sie so aus, als wollte sie gleich weinen.«

»Sie ist eine ehemalige Freundin«, antwortete der Schauspieler; er bekam das Mädchen allmählich satt. Junge Mädchen verstanden unter Intimität, daß sie auf alle ihre Fragen Antworten bekamen.

Bestimmt wartete Vinod bereits draußen auf ihn. Nachdem er Muriel wieder im Wetness Cabaret abgeliefert hatte, war er sicher längst zurück. Dhar wollte ins Bett, allein. Er wollte frische Eiswürfel auf seine Lippe legen, und er wollte sich bei Farrokh entschuldigen. Seine Bemerkung, daß es »kein Zirkus« sei, sich auf die Verführung von Mrs. Dogar vorzubereiten, war nicht sehr nett gewesen, denn John D. wußte, wieviel der Zirkus dem Doktor bedeutete – er hätte wirklich etwas netter sein und sagen können, daß es kein »Honiglecken« war, sich auf Rahul vorzubereiten. Und jetzt hatte er diese unersättliche Amy Sorabjee am Hals, die ihn (und sich selbst) unbedingt unnötig in Schwierigkeiten bringen wollte. Zeit zu verschwinden, dachte der Schauspieler.

In dem Augenblick warf Amy einen raschen Blick über Dhars Schulter, um sich zu vergewissern, wo sich ihre Eltern befanden.

Ein wackeliges Dreiergespann versperrte Amy den Blick auf Dr. und Mrs. Sorabjee – Mr. Bannerjee bemühte sich nach Kräften, mit seiner Frau und der Witwe Lal zu tanzen –, und Amy nutzte diesen unbeobachteten Augenblick, weil sie wußte, daß sie dem aufmerksamen Blick ihrer Eltern nur kurz entzogen war. Sie ließ ihre weichen Lippen über John D.s Wange streifen. Dann flüsterte sie ihm, übertrieben atemlos, ins Ohr: »Ich könnte diese Lippe küssen und sie wieder heil machen!«

John D., aalglatt, tanzte einfach weiter. Daß er überhaupt nicht reagierte, verunsicherte Amy, und so flüsterte sie eher wehmütig – zumindest etwas nüchterner: »Ich habe ein Faible für ältere Männer.«

»Tatsächlich?« sagte der Schauspieler. »Na so was, genau wie ich«, erklärte Inspector Dhar dem dummen Mädchen. »Genau wie ich!«

Damit war er sie los; das funktionierte immer. Endlich konnte Inspector Dhar verschwinden.

25

Das Jubiläum

Kein Affe

Es war der 1. Januar 1990, ein Montag, Zugleich war es der Tag, an dem die St.-Ignatius-Schule in Mazgaon ihr Jubiläum feierte – den einhundertfünfundzwanzigsten Jahrestag der Missionsgründung. Die Wohltäter der Missionsstation wurden zu einem kleinen Essen am frühen Abend eingeladen, dem am Spätnachmittag ein feierlicher Gottesdienst vorausgehen sollte. Außerdem sollte bei dieser Gelegenheit Martin Mills der katholischen Gemeinde in Bombay offiziell vorgestellt werden, weshalb Pater Julian und Pater Cecil es auch bedauerten, daß der Scholastiker derart übel zugerichtet vom Zirkus zurückgekehrt war. In der vergangenen Nacht hatte Martin Frater Gabriel einen Schrecken eingejagt; dieser hatte die derangierte Gestalt mit dem blutbefleckten, sich ablösenden Kopfverband für den wandelnden Geist eines verfolgten Jesuiten gehalten – für eine arme Seele, die gefoltert und hingerichtet worden war.

Früher am selben Abend hatte der glaubenseifrige Missionar Pater Cecil dazu überredet, ihm die Beichte abzunehmen. Aber Pater Cecil war so müde gewesen, daß er einschlief, bevor er Martin die Absolution erteilen konnte. Martins Beichte wollte und wollte kein Ende nehmen, und Pater Cecil hatte auch gar nicht begriffen, worum es eigentlich ging, bevor er eindöste. Dem alten Priester war nur aufgefallen, daß Martin Mills nichts Gravierenderes beichtete als die Neigung, sich zeit seines Lebens zu beklagen.

Zunächst hatte Martin die diversen Gelegenheiten aufgezählt, bei denen er von sich enttäuscht gewesen war, angefangen bei seiner Zeit als Novize in St. Aloysius in Massachusetts. Pater Cecil gab sich Mühe, aufmerksam zuzuhören, denn in der Stimme des Scholastikers lag etwas Drängendes. Doch die Fähigkeit des jungen Martin zur Selbstkritik war so ausgeprägt, daß der arme Priester bald das Gefühl hatte, er selbst sei bei Martins Beichte völlig überflüssig. Zum Beispiel beichtete Martin, daß er damals in St. Aloysius bei einem heiligen Ereignis von erheblicher Bedeutung völlig kaltgeblieben sei: Der Besuch des heiligen Arms des heiligen Franz Xaver im Noviziat in Massachusetts hatte ihn gänzlich unbeeindruckt gelassen. Für so gravierend hielt Pater Cecil das auch wieder nicht.

Der Gottesdiener, der den abgetrennten Arm des Heiligen begleitete, war der berühmte Pater Terry Finney, S. J. gewesen; er hatte es sich selbstlos zur Aufgabe gemacht, den goldenen Reliquienschrein um die Welt zu tragen. Martin beichtete, daß der Arm des Heiligen für ihn nicht mehr war als ein skelettartiges Körperglied unter Glas, das ihm vorkam wie etwas teilweise Abgenagtes, wie ein Überbleibsel. Erst jetzt brachte der Scholastiker es über sich zu beichten, daß ihm damals derart blasphemische Gedanken durch den Kopf gegangen waren. (An dieser Stelle schlief Pater Cecil bereits tief und fest.)

Das war längst noch nicht alles. Martin war bekümmert, daß er Jahre gebraucht hatte, um die Frage der Göttlichen Gnade zu seiner Zufriedenheit zu lösen. Und manchmal hatte er das Gefühl, daß er sich lediglich bewußt Mühe gab, nicht daran zu denken. Das hätte der alte Pater Cecil allerdings hören sollen, denn Martin Mills' Selbstzweifel hatten geradezu gefährliche Ausmaße. Endlich kam der junge Martin mit seiner Beichte zu der augenblicklichen Enttäuschung über sein Verhalten auf der Fahrt zum Zirkus und zurück.

Er fühlte sich schuldig, weil er den verkrüppelten Jungen mehr liebte als die Kindprostituierte; sein Abscheu vor der Prostitution bewog ihn dazu, sich mit dem Schicksal des Mädchens mehr oder minder abzufinden. Außerdem tat es Martin leid, daß er Dr. Daruwalla gegenüber einen so arroganten, intellektuellen Ton angeschlagen hatte, als dieser ihn auf das heikle Thema Homosexualität angesprochen hatte. An diesem Punkt schlief Pater Cecil so tief, daß er nicht einmal aufwachte, als er im Beichtstuhl nach vorn kippte und seine Nase sich durch das Holzgitter bohrte, so daß Martin Mills sie auf der anderen Seite sehen konnte.

Da wußte Martin, daß der alte Pater Cecil eingeschlafen war. Er wollte den armen Mann nicht in Verlegenheit bringen, hielt es aber nicht für richtig, ihn in dieser unbequemen Stellung weiterschlafen zu lassen. Deshalb schlich er sich davon und machte sich auf die Suche nach Frater Gabriel. Und bei dieser Gelegenheit hielt dieser den Scholastiker mit seinem wüst aussehenden Verband für einen verfolgten Christen aus vergangenen Zeiten. Nachdem er den ersten Schreck überwunden hatte, begab sich Frater Gabriel zu Pater Cecil und weckte ihn auf; daraufhin verbrachte dieser eine schlaflose Nacht, weil er sich nicht mehr erinnern konnte, was Martin Mills gebeichtet hatte und ob er seinem übereifrigen Glaubensbruder die Absolution erteilt hatte oder nicht.

Martin schlief selig. Auch ohne Absolution hatte es ihm gut getan, sich alle diese Dinge von der Seele zu reden, die gegen ihn sprachen. Es war früh genug, wenn sich morgen jemand seine vollständige Beichte anhörte – vielleicht würde er diesmal Pater Julian bitten. Pater Julian war zwar furchtsamer als Pater Cecil, aber auch ein bißchen jünger. Und so schlief Martin, mit reinem Gewissen und ohne Ungeziefer im Bett, die Nacht durch. Einen Augenblick voller Zweifel, im nächsten Moment übersprudelnd vor Überzeugung – der Missionar war ein wandelnder Widerspruch; er war verläßlich in seiner Sprunghaftigkeit.

Nancy schlief die Nacht ebenfalls durch. Zwar konnte man

nicht behaupten, daß sie »selig« schlief, aber wenigstens schlief sie. Gewiß trug der Champagner dazu bei. Als das Telefon klingelte, hörte sie es nicht; Detective Patel nahm in der Küche ab. Es war genau vier Uhr morgens am Neujahrstag, und zunächst war der Kommissar erleichtert, daß der Anruf nicht von dem Überwachungsbeamten kam, der dazu angestellt war, das Haus der Dogars an der alten Ridge Road in Malabar Hill zu beobachten. Es ging um einen Mord im Rotlichtbezirk in Kamathipura: In einem der fraglich besseren Bordelle war eine Prostituierte ermordet worden. Normalerweise hätte niemand den Kommissar wegen eines solchen Vorfalls geweckt, aber sowohl der ermittelnde Beamte als auch der ärztliche Leichenbeschauer waren überzeugt, daß das Verbrechen mit Dhar in Verbindung stand. Wieder einmal war der ermordeten Hure ein Elefant auf den Bauch gemalt worden, aber bei diesem Mord gab es noch eine neue, abscheuliche Besonderheit, die sich Detective Patel nach Ansicht des Anrufers sicher selbst ansehen wollte.

Der Überwachungsbeamte, ein Unterinspektor, der das Haus der Dogars beobachten sollte, hätte in dieser Nacht ebensogut auch schlafen können. Er schwor, daß Mrs. Dogar das Haus nicht verlassen habe; nur Mr. Dogar sei weggegangen. Der Unterinspektor, dem der Kommissar später weniger anspruchsvolle Aufgaben wie etwa die Beantwortung von Beschwerdebriefen übertrug, erklärte, er sei aufgrund des für den alten Mann typischen schlurfenden Gangs sicher gewesen, daß es sich um Mr. Dogar gehandelt habe; außerdem sei die Gestalt gebückt gegangen. Auffallend war der ausgebeulte Anzug, ein extrem lose sitzender grauer Herrenanzug – nicht der, den Mr. Dogar am Silvesterabend bei der Party im Duckworth Club getragen hatte –, unter dem Mr. Dogar ein weißes, am Hals offenes Hemd trug. Der alte Mann bestieg um etwa zwei Uhr morgens ein Taxi; mit einem andern Taxi kehrte er um 3 Uhr 45 zurück. Der Überwachungsbeamte (den der Kommissar später auch noch vom Un-

terinspektor zum Wachtmeister degradieren sollte) hatte selbstgefällig angenommen, daß Mr. Dogar entweder eine Mätresse
oder eine Prostituierte aufsuchen wollte.

Eindeutig eine Prostituierte, dachte Detcctive Patel. Nur daß
es leider nicht Mr. Dogar gewesen war.

Die Wirtin des fraglich besseren Bordells in Kamathipura erklärte dem Kommissar, in ihrem Etablissement sei es so üblich,
daß, je nach Anzahl oder Ausbleiben der Kunden, um ein oder
zwei Uhr morgens die Lichter gelöscht wurden. Danach wurden
nur noch Besucher eingelassen, die die ganze Nacht blieben.
Wollte jemand die Nacht mit einem ihrer Mädchen verbringen,
verlangte die Puffmutter von hundert Rupien an aufwärts. Der
»alte Mann«, der nach zwei Uhr kam, als es im Bordell bereits
dunkel war, hatte dreihundert Rupien für das kleinste Mädchen
geboten. Zunächst dachte Detective Patel, die Bordellwirtin habe
sicher das jüngste Mädchen gemeint, aber sie sagte, sie sei ganz
sicher, daß der Gentleman das »kleinste Mädchen« verlangt
habe. Wie dem auch sei, das hatte er bekommen. Asha war sehr
klein und zierlich – ungefähr fünfzehn Jahre alt, erklärte die
Wirtin, etwa dreizehn, schätzte der Kommissar.

Da keine Lichter brannten und sich keine anderen Mädchen
im Flur befanden, hatte niemand außer der *madam* und Asha
den vorgeblich alten Mann gesehen – so alt war er nach Ansicht
der Wirtin auch wieder nicht gewesen. Und sehr gebeugt ging er
auch nicht, soweit sie sich erinnerte; aber es war ihr (wie dem seiner Degradierung entgegensehenden Überwachungsbeamten)
aufgefallen, wie lose der Anzug saß und daß er grau war. »Der
Mann« war völlig glattrasiert bis auf einen schmalen Schnurrbart
– einen falschen, wie Detective Patel vermutete –, und hatte eine
ungewöhnliche Frisur. An dieser Stelle hob die *madam* beide
Hände über die Stirn und sagte: »Aber im Nacken und über den
Ohren waren die Haare kurz geschnitten.«

»Ja, ich weiß, eine Pompadourfrisur«, sagte Patel. Er wußte, daß die Haare nicht silbergrau mit weißen Strähnen gewesen waren, stellte die Frage aber trotzdem.

»Nein, sie waren schwarz mit silbernen Strähnen«, bestätigte die Wirtin.

Niemand hatte den »alten Mann« weggehen sehen. Irgendwann wurde die Bordellwirtin durch das Auftauchen einer Nonne geweckt. Sie meinte gehört zu haben, daß jemand die Tür von der Straße aus zu öffnen versuchte. Als sie nachschaute, stand eine Nonne vor der Tür – das mußte etwa um drei Uhr morgens gewesen sein.

»Bekommen Sie in dieser Gegend um diese Zeit viele Nonnen zu Gesicht?« fragte der Kommissar.

»Natürlich nicht!« rief die *madam*. Sie hatte die Nonne gefragt, was sie wolle, und diese hatte geantwortet, sie sei auf der Suche nach einem christlichen Mädchen aus Kerala. Die *madam* hatte ihr geantwortet, daß es in ihrem Haus keine Christinnen aus Kerala gebe.

»Und welche Farbe hatte die Tracht der Nonne?« fragte Patel, obwohl er wußte, daß die Antwort »grau« lauten würde, was auch stimmte. Das war keine ungewöhnliche Farbe für eine leichte Tropentracht, aber es konnte sich ohne weiteres um den umgemodelten grauen Anzug handeln, den Mrs. Dogar beim Betreten des Bordells getragen hatte. Wahrscheinlich hatte die Tracht unter dem weiten Anzug Platz gehabt. Und später paßte umgekehrt die Tracht über den Anzug, oder Teile der Tracht und des Anzugs waren ein und dasselbe Stück – oder zumindest aus demselben Stoff. Das weiße Hemd ließ sich unterschiedlich verwenden; vielleicht war es zu einem Stehkragen aufgerollt worden oder diente als Kopfbedeckung in Form einer Kapuze. Der Detective äußerte die Vermutung, daß die angebliche Nonne keinen Schnurrbart gehabt hatte. (»Natürlich nicht!« erklärte die Madam.) Und da der Kopf der Nonne bedeckt war, konnte sie die Pompadourfrisur nicht sehen.

Die Bordellwirtin hatte das tote Mädchen nur deshalb so rasch gefunden, weil sie nicht mehr einschlafen konnte. Erst schrie einer der nächtlichen Kunden, und als es endlich still wurde, hörte sie das Blubbern von kochendem Wasser, obwohl um diese Zeit kein Mensch Tee kochte. In dem winzigen Zimmer des toten Mädchens stand ein Topf Wasser auf einer Heizspirale und brodelte vor sich hin; nur deshalb hatte die *madam* die Leiche entdeckt. Ansonsten hätte es acht oder neun Uhr morgens werden können, bis die anderen Prostituierten bemerkt hätten, daß die kleine Asha nicht auf den Beinen war.

Der Kommissar fragte die *madam* nach dem Geräusch der Tür, die jemand von draußen hatte aufmachen wollen, dem Geräusch, von dem sie aufgewacht war. Hätte die Tür nicht dasselbe Geräusch gemacht, wenn die Nonne sie von innen geöffnet und dann hinter sich geschlossen hätte? Die Wirtin räumte ein, daß das Geräusch dasselbe gewesen wäre. Mit einem Wort: Hätte die *madam* die Tür nicht gehört, hätte sie die Nonne überhaupt nicht gesehen. Und als Mrs. Dogar schließlich ein Taxi nahm, um nach Hause zu fahren, war sie längst keine Nonne mehr. Außerordentlich höflich stellte Detective Patel der Bordellwirtin eine recht offensichtliche Frage: »Halten Sie es für möglich, daß der gar nicht so alte Mann und die Nonne in Wirklichkeit ein und dieselbe Person waren?« Sie zuckte die Achseln; sie bezweifelte, daß sie eine der beiden Personen identifizieren könnte. Als der Kommissar sie drängte, noch einmal genau zu überlegen, fügte sie lediglich hinzu, daß sie ziemlich schlaftrunken war. Erst hatte der gar nicht so alte Mann sie aufgeweckt und später die Nonne.

Nancy war noch immer nicht wach, als Detective Patel in seine Wohnung zurückkehrte. Er hatte bereits einen vernichtenden Bericht getippt, den Überwachungsbeamten degradiert und ihn in die Poststelle des Kriminalkommissariats versetzt. Er wollte gern zu Hause sein, wenn seine Frau aufwachte; außerdem wollte er Inspector Dhar und Dr. Daruwalla nicht von der Polizeiwache aus anrufen. Er wollte sie alle ein bißchen länger schlafen lassen.

Der Kommissar kam zu dem Schluß, daß Ashas Hals aus zwei Gründen so sauber gebrochen war. Erstens war sie klein, und zweitens war sie völlig entspannt gewesen. Rahul mußte sie dazu gebracht haben, sich auf den Bauch zu legen, angeblich um sie in dieser Stellung zu vögeln. Aber natürlich war es nicht dazu gekommen. Die tiefen, von Fingern stammenden Druckstellen in den Augenhöhlen der Prostituierten – und an der Kehle, unmittelbar unterhalb des Kieferknochens – deuteten darauf hin, daß Mrs. Dogar Ashas Kopf von hinten gepackt haben mußte. Dann hatte sie ihn mit einem Ruck nach hinten und zur Seite gezerrt, bis das Genick des kleinen Mädchens brach.

Sodann hatte Rahul Asha auf den Rücken gerollt, um ihren Bauch bemalen zu können. Obwohl es sich um den üblichen Elefanten handelte, war er weniger sorgfältig ausgeführt als sonst. Diese Tatsache ließ auf übertriebene Eile schließen, was deshalb eigenartig war, weil es keinen dringenden Grund gab, warum Mrs. Dogar das Bordell rasch hätte verlassen müssen. Und doch trieb etwas Rahul zur Eile an. Als Detective Patel die neue, abscheuliche »Besonderheit« an diesem Mord mit eigenen Augen sah, wurde ihm übel. Die Unterlippe des toten Mädchens war glatt durchgebissen. Asha konnte unmöglich so brutal gebissen worden sein, solange sie noch lebte, denn ihre Schreie hätten das ganze Bordell aufgeweckt. Nein. Der Biß war nach dem Mord erfolgt, und nach der Zeichnung. Die minimale Blutmenge deutete darauf hin, daß Asha gebissen worden war, nachdem ihr Herz zu schlagen aufgehört hatte. Und dieser Gedanke, das Mädchen zu beißen, hatte Mrs. Dogar zur Eile veranlaßt, dachte der Polizeibeamte. Sie konnte es kaum erwarten, die Zeichnung fertigzustellen, weil Ashas Unterlippe eine solche Versuchung für sie darstellte.

Doch selbst das wenige Blut hatte eine für Rahul untypische

Schweinerei angerichtet. Es war garantiert Mrs. Dogar gewesen, die den Topf mit Wasser auf die Heizspirale gestellt hatte, denn das Blut der kleinen Hure mußte in ihrem Gesicht, zumindest auf dem Mund, Spuren hinterlassen haben. Sobald das Wasser warm war, tauchte Rahul ein Kleidungsstück des toten Mädchens in den Topf und wusch sich damit das Blut ab. Dann verschwand sie – als Nonne –, ohne daran zu denken, daß die Heizspirale noch an war. Das kochende Wasser hatte die Bordellwirtin auf den Plan gerufen. Die Idee mit der Nonne war schlau gewesen, der Rest aber schlampige Arbeit.

Nancy wachte etwa um acht Uhr auf. Sie hatte einen Kater, doch Detective Patel zögerte nicht, ihr zu berichten, was geschehen war. Er konnte hören, wie sie sich im Bad übergab. Als erstes rief er den Schauspieler an, dann den Drehbuchautor. Dhar erzählte er von der Lippe, dem Doktor jedoch nicht; ihm gegenüber betonte der Kommissar besonders, wie wichtig ein guter Dialogtext für Dhars Lunch mit Mrs. Dogar war. Patel teilte beiden mit, daß er Rahul heute würde verhaften müssen und nur hoffen konnte, daß die Indizienbeweise dafür ausreichten. Ob sie auch ausreichten, um sie festzuhalten, stand auf einem anderen Blatt. In diesem Punkt verließ er sich auf den Schauspieler und den Drehbuchautor. Sie mußten dafür sorgen, daß beim Lunch etwas passierte.

Als weiteren Hoffnungsschimmer betrachtete Kommissar Patel ein Detail, das ihm der leichtgläubige Überwachungsbeamte gemeldet hatte. Nachdem die verkleidete Mrs. Dogar aus dem Taxi gestiegen und ins Haus geschlurft war, gingen in einem Zimmer im Erdgeschoß – keinem Schlafzimmer – die Lichter an und brannten bis nach Tagesanbruch. Und jetzt hoffte der Kommissar, daß Rahul gezeichnet hatte.

Dr. Daruwalla wurde aus seinem ersten guten Schlaf seit fünf Nächten, diese mitgerechnet, ziemlich früh aufgescheucht. Da für den Neujahrstag weder Operationen noch Praxistermine auf seinem Programm standen, hatte er eigentlich ausschlafen wollen. Doch nachdem sich Detective Patel gemeldet hatte, rief der Drehbuchautor umgehend John D. an. Es war eine Menge zu erledigen, bevor sich Dhar zum Lunch in den Duckworth Club begab. Sie mußten noch ausgiebig probieren – was zum Teil etwas unangenehm werden würde, weil sie dazu Mr. Sethna benötigten. Der Kommissar hatte den alten Butler bereits verständigt.

Von John D. erfuhr Farrokh die Sache mit Ashas Unterlippe. »Dabei hat Rahul sicher an dich gedacht!« rief Dr. Daruwalla aus.

»Na, wir wissen ja, daß sie gern zubeißt«, erklärte Dhar dem Doktor. »Aller Wahrscheinlichkeit nach hat es mit dir angefangen.«

»Was meinst du damit?« fragte Dr. Daruwalla, denn John D. hatte ihm noch nicht erzählt, daß Mrs. Dogar zugegeben hatte, an der Zehe des Doktors herumgeknabbert zu haben.

»Angefangen hat alles in Goa mit deiner rechten großen Zehe«, begann John D. »Das war Rahul, der dich damals gebissen hat. Du hattest die ganze Zeit recht … es war kein Affe.«

Die falsche Madhu

An diesem Montag, lange vor der Fleischfütterung im Great Blue Nile Circus in Junagadh, hörte der elefantenfüßige Junge beim Aufwachen das regelmäßige Keuchen der Löwen; ihr leises Gebrüll schwoll so regelmäßig an und ab wie Atemzüge. Für diese Gegend von Gujarat war es ein kalter Morgen. Zum erstenmal in seinem Leben konnte Ganesh seinen eigenen Atem sehen; und aus den Löwenkäfigen stieg der schnaubende Atem der Tiere wie Dampfwolken empor.

Die Muslime lieferten das von Fliegen wimmelnde Fleisch in

einem hölzernen Wagen an. Der Boden des Wagens wurde im ganzen vom Fahrgestell abgehoben und zwischen dem Küchenzelt und den Raubtierkäfigen auf dem Boden abgesetzt; das rohe Rindfleisch türmte sich auf der unbearbeiteten Holzplatte, die etwa die Größe einer Doppeltür hatte. Trotz der kalten Morgenluft schwirrten die Fliegen über dem Fleisch, das Chandra, der Koch, sortierte. Manchmal befanden sich unter dem Rindfleisch auch Hammelstücke, und die wollte der Koch retten. Hammel war zu teuer für Löwen und Tiger.

Jetzt brüllten die Raubkatzen. Sie konnten das Fleisch riechen, und einige konnten sehen, wie der Koch die besten Stücke Hammelfleisch aussortierte. Falls es dem Elefantenjungen angst machte, wie wild die Löwen und Tiger das rohe Rindfleisch verschlangen, erfuhr Dr. Daruwalla nie davon. Er sollte auch nie erfahren, ob der Anblick der Löwen, die auf dem Fleischfett ausrutschten, den Krüppel beunruhigte. Dieser Anblick gehörte zu den wenigen Dingen, die den Doktor im Zirkus jedesmal wieder unruhig werden ließ.

Am selben Montag machte jemand Madhu einen Heiratsantrag. Der Antrag wurde, wie es sich gehörte, zuerst Mr. und Mrs. Das unterbreitet; der Zirkusdirektor und seine Frau waren erstaunt. Sie hatten mit der Ausbildung des Mädchens noch nicht einmal begonnen, so daß sie bei den Vorstellungen auch nicht in Erscheinung trat. Trotzdem kam der Heiratsantrag von einem Gentleman, der behauptete, bei der Nachtvorstellung am Sonntag unter den Zuschauern gewesen zu sein. Und am nächsten Morgen stand er schon da und bekundete seine tiefe Ergebenheit!

Der bengalische Zirkusdirektor und seine Frau hatten selbst Kinder, die dem Zirkusleben jedoch den Rücken gekehrt hatten. Aber die beiden bildeten seit Jahren zahlreiche andere Kinder zu Zirkusartisten aus, waren freundlich zu diesen quasi adoptierten Kindern und nahmen besonders die Mädchen unter ihre Fittiche.

Schließlich waren sie, wenn sie eine ordentliche Ausbildung hatten, von einigem Wert – nicht nur für den Zirkus. Sie hatten sich ein bißchen Glamour erworben und sogar etwas Geld verdient; da sich keine Gelegenheit bot, es auszugeben, bewahrten der Zirkusdirektor und seine Frau es normalerweise als Mitgift für die Mädchen auf.

Mr. und Mrs. Das berieten ihre Schützlinge gewissenhaft, ob ein Heiratsantrag es wert war, angenommen oder ausgehandelt zu werden, und für gewöhnlich gaben sie ihre Adoptivtöchter dann aus der Hand – stets in anständige Ehen, wobei sie häufig noch einen eigenen Beitrag zur Mitgift leisteten. In vielen Fällen hatten der Zirkusdirektor und seine Frau diese Mädchen so liebgewonnen, daß es ihnen das Herz brach, sie weggehen zu sehen. Fast alle Mädchen verließen früher oder später den Zirkus; die wenigen, die dablieben, wurden selbst Ausbilder.

Madhu war sehr jung, ein völlig unbeschriebenes Blatt, und sie hatte keine Mitgift. Und doch stand hier ein wohlhabender Gentleman, gut gekleidet, eindeutig ein Stadtbewohner – er war begütert und betrieb in Bombay ein Vergnügungsgeschäft –, und machte Madhu einen Heiratsantrag, den Mr. und Mrs. Das als ausnehmend großzügig empfanden; er war bereit, das arme Mädchen ohne jede Mitgift zu nehmen. Zweifellos würde man sich beim Aushandeln der Bedingungen ausgiebig über eine angemessene Entschädigung für den Zirkusdirektor und seine Frau unterhalten müssen, denn (wer weiß?) vielleicht hätte Madhu im Great Blue Nile ja ein Star werden können. Aber im Grunde bekamen Mr. und Mrs. Das aus ihrer Sicht eine beträchtliche Summe für ein mürrisches Mädchen, bei dem sich womöglich herausstellen würde, daß es gar nicht zur Artistin taugte. Schließlich mußten sie sich ja nicht von einer jungen Frau trennen, die ihnen ans Herz gewachsen war; ehrlich gesagt, hatten sie kaum Zeit gehabt, mit Madhu zu reden.

Freilich hätte das bengalische Ehepaar auf die Idee kommen

können, mit dem Doktor oder dem Missionar Rücksprache zu halten. Zumindest hätten sie diesen Schritt mit Deepa erörtern sollen, aber die Frau des Zwergs war nach wie vor krank. Daß sie diejenige war, die Madhu ausfindig gemacht und in ihr ein zukünftiges Mädchen ohne Knochen gesehen hatte, fiel nicht sonderlich ins Gewicht. Denn zum einen konnte Deepa ihr Zelt noch immer nicht verlassen, und zum anderen fühlte sich die Frau des Zirkusdirektors der Frau des Zwergs haushoch überlegen; sich mit ihr zu beratschlagen wäre unter ihrer Würde gewesen – selbst wenn Deepa gesund gewesen wäre. Dazu kam, daß der Zirkusdirektor einen gewissen Groll gegen Vinod hegte, den er um sein Taxiunternehmen beneidete. Vinod hatte seit seinem Weggang vom Great Blue Nile seinen Erfolg immer maßlos übertrieben. Und so vermochte Mrs. Das ihren Mann im Handumdrehen davon zu überzeugen, daß der Heiratsantrag zumindest für sie beide ein gutes Geschäft war.

Falls Madhu kein Interesse haben sollte, würden sie das dumme Kind eben im Zirkus behalten; doch wenn das unwürdige Mädchen so klug war, sein Glück zu erkennen, würden der Zirkusdirektor und seine Frau sie mit ihrem Segen gehen lassen. Von dem verkrüppelten Bruder wußte der Herr aus Bombay offenbar nichts. Mr. und Mrs. Das fühlten sich gewissermaßen verantwortlich dafür, daß der elefantenfüßige Junge allein zurückbleiben würde; sie hatten Dr. Daruwalla und Martin Mills versprochen, daß Ganesh jede Chance erhalten sollte, um seinen Weg zu machen. Aber sie sahen keinen Grund, mit Deepa über Ganesh zu reden, denn der Krüppel war nicht ihre Entdeckung gewesen – sie hatte nur das Mädchen ohne Knochen entdeckt. Ein weiterer Grund, nicht mit der Frau des Zwergs zu reden, war der, daß sie womöglich eine ansteckende Krankheit hatte.

Ein Anruf beim Doktor oder beim Missionar wäre eine Frage der Höflichkeit gewesen – mehr freilich nicht. Aber im Zirkus gab es kein Telefon; jemand hätte zum Postamt oder zum Telegrafenamt fahren müssen, und Madhu überraschte den Zirkusdirektor und seine Frau damit, daß sie den Heiratsantrag auf der Stelle und bedingungslos annahm. Sie hatte weder das Gefühl, der Herr könnte zu alt für sie sein, wie Mr. Das befürchtet hatte, noch ließ sie sich von seiner äußeren Erscheinung, der Mrs. Das' erste Sorge gegolten hatte, abstoßen. Die Frau des Zirkusdirektors war von der entstellenden Narbe des Herrn – einer Art Verbrennung, wie sie vermutete – angewidert, aber Madhu fand sie nicht der Erwähnung wert und schien auch sonst keinerlei Anstoß an diesem abscheulichen Makel zu nehmen.

Der Zirkusdirektor, der wahrscheinlich im voraus spürte, daß Dr. Daruwalla die Angelegenheit nicht billigen würde, schickte klugerweise Martin Mills ein Telegramm; er und seine Frau hatten den Missionar als lockerer empfunden – womit sie meinten, daß er toleranter war. Außerdem hatte er sich etwas weniger besorgt um Madhus Zukunft gezeigt – oder der Doktor hatte sich seine Sorge mehr anmerken lassen. Und da St. Ignatius sein Jubiläum feierte, war die Schulverwaltung geschlossen; es würde Dienstag werden, bis man Martin das Telegramm aushändigte. Und bis dahin hatte Mr. Garg seine junge Frau längst ins Wetness Cabaret gebracht.

Natürlich lag es in Mr. Das' ureigenstem Interesse, daß sein Telegramm optimistisch klang.

Das Mädchen Madhu / Heute ist ihr Glückstag / Sehr annehmbares Heiratsangebot von Geschäftsmann in mittleren Jahren und sehr erfolgreich / Genau was sie möchte, auch wenn sie ihn nicht unbedingt liebt und trotz seiner Narbe / Der Krüppel bekommt jede Möglichkeit hier hart zu arbeiten / Seien Sie versichert / Das.

Als die Nachricht irgendwann bis zu Dr. Daruwalla vordrang, hätte er sich in den Hintern treten können; dabei hätte er es die ganze Zeit wissen müssen – warum sonst hätte sich Mr. Garg bei Ranjit nach der Adresse des Great Blue Nile erkundigen sollen? Sicher wußte Mr. Garg ebensogut wie Dr. Daruwalla, daß Madhu nicht lesen konnte; der Säuremann hatte nie die Absicht gehabt, dem Mädchen einen Brief zu schreiben. Und als Ranjit Farrokh darüber informierte (daß Garg nach der Adresse des Zirkus gefragt hatte), hatte der getreue Sekretär es versäumt, dem Doktor mitzuteilen, daß sich Garg außerdem erkundigt hatte, wann der Doktor aus Junagadh zurückkehren würde. Am selben Sonntag, an dem Dr. Daruwalla den Zirkus verließ, machte sich Mr. Garg auf den Weg dorthin.

Farrokh wollte sich nicht von Vinods Ansicht überzeugen lassen – daß Garg so in Madhu verknallt war, daß er sie nicht fortgehen lassen konnte. Vielleicht hatte Mr. Garg nicht damit gerechnet, daß ihm Madhu so sehr fehlen würde, meinte der Zwerg. Deepa unterstrich die Bedeutung der Tatsache, daß der Säuremann Madhu tatsächlich geheiratet hatte. Ganz bestimmt hatte er nicht die Absicht, das Mädchen wieder in ein Bordell zu schicken – doch nicht, nachdem er sie geheiratet hatte. Vielleicht, fügte die Frau des Zwergs hinzu, war es ja wirklich Madhus »Glückstag«.

Aber diese Nachricht drang am Jubiläumstag nicht bis zu Dr. Daruwalla vor. Sie würde warten müssen. Und eine noch schlimmere Nachricht ebenfalls. Ranjit sollte sie als erster erfahren und beschließen, sie dem Doktor zunächst vorzuenthalten, da sie einfach nicht zum Neujahrstag paßte. Aber in der geschäftigen Praxis von Tata Zwo herrschte an diesem Montagsfeiertag reger Betrieb; für Tata Zwo gab es keine Feiertage. Dr. Tatas uralter Sekretär, Mr. Subash, informierte Ranjit über das Problem. Die beiden alten Arzthelfer unterhielten sich wie zwei verfeindete, zahnlose Rüden.

»Ich habe eine Information, die ausschließlich für den Doktor bestimmt ist«, begann Mr. Subash, ohne erst seinen Namen zu nennen.

»Dann werden Sie bis morgen warten müssen«, ließ Ranjit den dummen Kerl wissen.

»Hier spricht Mr. Subash, aus der Praxis von Dr. Tata«, sagte der herrische Sekretär.

»Sie werden trotzdem bis morgen warten müssen«, erklärte ihm Ranjit. »Dr. Daruwalla ist heute nicht da.«

»Es handelt sich um eine äußerst wichtige Nachricht... Der Doktor möchte garantiert so schnell wie möglich Bescheid wissen«, sagte Mr. Subash.

»Dann sagen Sie mir, worum es geht«, entgegnete Ranjit.

»Also... sie hat es«, verkündete Mr. Subash theatralisch.

»Sie müssen sich schon deutlicher ausdrücken«, sagte Ranjit.

»Dieses Mädchen, Madhu, ihr HIV-Test ist positiv«, sagte Mr. Subash. Ranjit wußte, daß dies dem Ergebnis widersprach, das er in Madhus Unterlagen gesehen hatte. Tata Zwo hatte Dr. Daruwalla bereits mitgeteilt, daß der Test bei Madhu negativ ausgefallen war. Und Ranjit ging davon aus, daß Dr. Daruwalla das Mädchen nicht zum Zirkus gelassen hätte, wenn es mit dem Aids-Virus infiziert gewesen wäre.

»Der ELISA ist positiv, und der Western Blot hat das bestätigt«, sagte Mr. Subash.

»Aber Dr. Tata hat Dr. Daruwalla selbst gesagt, Madhus Test sei negativ«, sagte Ranjit.

»Das war mit Sicherheit die falsche Madhu«, sagte der alte Mr. Subash abweisend. »Ihre Madhu ist HIV-positiv.«

»Das ist ein gravierender Irrtum«, merkte Ranjit an.

»Das ist kein Irrtum«, sagte Mr. Subash ungehalten. »Es handelt sich lediglich darum, daß es zwei Madhus gibt.« Aber mit »lediglich« war die Sache nicht abgetan.

Ranjit hielt sein Telefongespräch mit Mr. Subash in einer ordentlich getippten Notiz fest, die er Dr. Daruwalla auf den Schreibtisch legte. Aus den vorhandenen Befunden zog er den Schluß, daß Madhu und Mr. Garg etwas gemeinsam hatten, was ein bißchen ernster war als Clamydien. Allerdings konnte Ranjit nicht wissen, daß Mr. Garg nach Junagadh gefahren war und Madhu aus dem Zirkus zurückgeholt hatte. Wahrscheinlich hatte Garg den Entschluß, das Mädchen nach Bombay zurückzuholen, erst gefaßt, nachdem er erfahren hatte, daß Madhu nicht HIV-positiv war – vielleicht aber auch nicht. In der Welt des Wetness Cabaret und in sämtlichen Bordellen Kamathipuras war ein gewisser Fatalismus an der Tagesordnung.

Die Nachricht wegen der falschen Madhu würde ebenfalls auf Dr. Daruwalla warten. Welchen Sinn hatte es schon, schlimme Nachrichten unverzüglich weiterzuleiten? Immerhin glaubte Ranjit, daß sich Madhu nach wie vor beim Zirkus in Junagadh befand. In bezug auf Mr. Garg ging Dr. Daruwallas Sekretär fälschlicherweise davon aus, daß der Säuremann Bombay nicht verlassen hatte. Und als Martin Mills in Dr. Daruwallas Praxis anrief, sah Ranjit keinen Grund, ihm mitzuteilen, daß Madhu mit dem Aids-Virus infiziert war. Der Jesuit wollte sich seine Wunden frisch verbinden lassen, nachdem ihm der Pater Rektor klargemacht hatte, daß saubere Verbände bei der Jubiläumsfeier einen besseren Eindruck machen würden. Ranjit erklärte Martin, er müsse den Doktor zu Hause anrufen. Da Farrokh gerade mit John D. und dem alten Mr. Sethna das Wiedersehen mit Rahul probierte, nahm Julia die Nachricht entgegen. Sie war überrascht, als sie erfuhr, daß Dhars Zwillingsbruder von einem vermutlich tollwütigen Schimpansen gebissen worden war. Martin wiederum war überrascht und gekränkt, als er erfuhr, daß Dr. Daruwalla seiner Frau nichts von dem schmerzlichen Zwischenfall erzählt hatte.

Julia nahm die Einladung des Jesuiten zu dem frühen Abendessen anläßlich des Jubiläums freundlich an und versprach, dafür zu sorgen, daß Farrokh rechtzeitig vor Beginn der Feierlichkeiten in St. Ignatius eintraf, um Martins Verbände zu wechseln. Der Scholastiker bedankte sich bei Julia, doch als er den Hörer auflegte, überwältigte ihn die absolute Fremdartigkeit seiner Situation. Er war seit knapp einer Woche in Indien, und plötzlich forderte alles, was ihm nicht vertraut war, einen Tribut.

Zunächst einmal hatte ihn Pater Julians Reaktion auf seine Beichte verblüfft. Der Pater Rektor war recht ungeduldig und streitlustig gewesen; er hatte ihm zähneknirschend und abrupt die Absolution erteilt – der hastig die nachdrückliche Aufforderung gefolgt war, Martin solle etwas wegen seines verschmutzten, blutigen Kopfverbandes unternehmen. Aber der Priester und der Scholastiker waren auf eine grundlegende Unstimmigkeit gestoßen. Als Martin Mills im Verlauf seiner Beichte gestanden hatte, daß er den verkrüppelten Jungen mehr liebte, als er die Kindprostituierte je würde lieben können, hatte Pater Julian ihn unterbrochen und gemeint, er solle sich nicht so viel Gedanken um seine eigene Fähigkeit zur Liebe machen, was im Klartext bedeutete, er solle sich mehr Gedanken um Gottes Liebe und Gottes Willen machen – und seine eigene, bescheidene menschliche Rolle mit mehr Demut annehmen. Martin sei ein Mitglied der Gesellschaft Jesu und solle sich dementsprechend verhalten; er sei noch nicht einer dieser egozentrischen Sozialarbeiter – einer dieser Weltverbesserer, die sich selbst ständig unter die Lupe nahmen, kritisierten und beglückwünschten.

»Das Schicksal dieser Kinder liegt nicht in Ihrer Hand«, hatte Pater Julian dem Scholastiker erklärt, »und keines von ihnen wird mehr oder weniger leiden, nur weil Sie es lieben – oder auch nicht. Versuchen Sie, nicht mehr soviel über sich selbst nachzudenken. Sie sind ein Werkzeug des göttlichen Willens und nicht Ihre eigene Schöpfung.«

Diese Zurechtweisung empfand Martin Mills nicht nur als barsch, sondern auch als verwirrend. Daß der Pater Rektor der Ansicht war, das Schicksal der Kinder sei ohnehin vorherbestimmt, war seiner Meinung nach eine erstaunlich calvinistische Einstellung für einen Jesuiten. Martin befürchtete, Pater Julian könnte möglicherweise auch unter dem Einfluß des Hinduismus leiden, denn diese Vorstellung hörte sich doch arg nach fatalistischer Schicksalsergebenheit an. Und was war gegen Sozialarbeiter einzuwenden? War nicht der heilige Ignatius von Loyola selbst ein unermüdlicher Sozialarbeiter gewesen? Oder meinte der Pater Rektor nur, Martin solle das Schicksal der Zirkuskinder nicht zu persönlich nehmen? Und die Tatsache, daß der Scholastiker im Interesse der Kinder interveniert hatte, bedeute nicht, daß er für jede Kleinigkeit, die ihnen zustieß, verantwortlich sei?

In diesem Zustand geistiger Unklarheit unternahm Martin Mills einen Spaziergang durch Mazgaon. Er hatte sich noch nicht weit von der Missionsstation entfernt, als er zu dem Slum kam, den Dr. Daruwalla ihm gleich nach seiner Ankunft gezeigt hatte – die ehemalige Filmkulisse, in der seine üble Mutter in Ohnmacht gefallen war, nachdem eine Kuh sie getreten und abgeleckt hatte. Martin mußte daran denken, daß er sich aus dem fahrenden Auto übergeben hatte.

An diesem geschäftigen Montagvormittag wimmelte es in dem Slum von Menschen, aber der Missionar hielt es für besser, dieses Elend nur in Form eines winzigen Ausschnitts zu betrachten. Statt die ganze Sophia Zuber Road entlangzuschauen, so weit man sehen konnte, hielt Martin den Blick auf seine sich langsam bewegenden Füße gesenkt. Er gestattete seinen Augen nicht, weiter nach oben zu wandern, so daß die Slumbewohner auf Kniehöhe abgeschnitten waren; er sah nur Gesichter von Kindern – und natürlich bettelten diese Kinder. Er sah Hundepfoten und wühlende Hundeschnauzen, die nach etwas Eßbarem suchten. Er sah ein Moped, das in den Rinnstein gerutscht oder gefallen war; um den Lenker hatte jemand eine Girlande aus Ringelblumen geschlungen, als sollte das Moped für die Einäscherung vorbereitet werden. Er stieß auf eine Kuh – eine ganze Kuh, nicht nur die Hufe, da die Kuh am Boden lag. Es war schwierig, an ihr vorbeizukommen. Doch als Martin Mills stehenblieb, fand er sich, obwohl er schon zuvor langsam gegangen war, in Windeseile umringt. In jedem Reiseführer sollte klar und deutlich gewarnt werden: Bleiben Sie nie in einem Slum stehen!

Die Kuh glotzte mit ihrem länglichen, traurigen und würdevollen Gesicht zu ihm hinauf; ihre Augen waren von Fliegen umsäumt. Die weiche Haut an der gelbbraunen Flanke war abgescheuert – die wunde Stelle, nicht größer als eine Faust, mit Fliegen überkrustet. Unter dieser sichtbaren Abschürfung befand sich in Wirklichkeit eine tiefe Wunde, die ein Fahrzeug, das einen Schiffsmast transportierte, der Kuh zugefügt hatte. Doch Martin hatte den Zusammenstoß weder mit angesehen, noch gestattete ihm die wuselnde Menge einen ausgiebigen Blick auf die tödliche Wunde der Kuh.

Plötzlich teilte sich die Menge, und eine Prozession kam vorbei – Martin sah lediglich eine Horde verrückter Blumenstreuer. Als die Gläubigen vorbeimarschiert waren, war die Kuh mit Rosenblüten übersät. Ein paar Blütenblätter klebten neben den Fliegen auf der Wunde. Die Kuh, die auf der Seite lag, hatte eines ihrer langen Beine ausgestreckt; der Huf reichte fast bis an den Bordstein heran. Im Rinnstein, nur Zentimeter von dem Huf entfernt, aber ohne ihn zu berühren, lag ein (unverkennbar) menschlicher Kothaufen. Hinter diesem friedlichen, unbeeinträchtigten Haufen befand sich ein Verkaufsstand, an dem irgendein Zeug feilgeboten wurde, dessen Zweck sich Martin Mills nicht erklären konnte. Es war ein kräftig scharlachrotes Pulver, aber der Missionar bezweifelte, daß es sich um ein Gewürz oder sonst etwas Eßbares handelte. Etwas davon lag verschüttet im Rinnstein, wo die leuchtendroten Partikel sowohl den Huf der Kuh als auch den Kothaufen bedeckten.

Das war Martin Mills' indischer Mikrokosmos: das tödlich verwundete Tier, das religiöse Ritual, die ewigen Fliegen, die unglaublich leuchtenden Farben, das selbstverständliche Vorhandensein menschlicher Scheiße – und natürlich die verwirrenden Gerüche. Man hatte den Missionar vorgewarnt: Wenn er über solches Elend nicht hinwegsehen konnte, würde er für St. Ignatius – und jede andere Missionsstation auf der Welt – kaum von Nutzen sein. Aufgewühlt fragte er sich, ob er die Kraft aufbringen würde, Priester zu werden. Im Augenblick war er in einer so anfälligen geistigen Verfassung, daß er von Glück sagen konnte, daß ihn die Nachricht, die Madhu betraf, erst am nächsten Tag erreichen sollte.

Bring mich nach Hause!

Im Duckworth Club schien die Mittagssonne auf den Laubengang des Ladies' Garden. Die Bougainvilleen standen so dicht, daß die Sonne wie durch Einstichlöcher zwischen den Blüten hindurchfiel und helle Lichtperlen die Tischtücher sprenkelten wie verschüttete Diamanten. Nancy ließ ihre Hände unter den nadelfeinen Strahlen hindurchgleiten. Sie spielte mit der Sonne, versuchte ihr Licht mit dem Ehering aufzufangen, als Detective Patel zu ihr sagte: »Du muß nicht hierbleiben, Herzchen. Du kannst wirklich nach Hause gehen.«

»Ich will aber hierbleiben«, erklärte Nancy.

»Ich wollte dich nur warnen. Du darfst nicht erwarten, daß das recht befriedigend wird«, sagte der Kommissar. »Selbst wenn man sie erwischt, ist es irgendwie nie ganz befriedigend.«

Dr. Daruwalla, der ständig auf die Uhr schaute, bemerkte: »Sie kommt zu spät.«

»Sie kommen beide zu spät«, sagte Nancy.

»Dhar soll ja zu spät kommen«, erinnerte ihr Mann sie.

Dhar wartete bereits in der Küche. Sobald die zweite Mrs. Dogar eintraf, würde Mr. Sethna sie genau beobachten; und wenn er feststellte, daß ihre Verärgerung in Zorn umschlug, würde er Dhar an ihren Tisch schicken. Dr. Daruwalla ging von der Überlegung aus, daß Rahul in seiner Erregtheit überstürzt handeln würde.

Doch als sie eintraf, war sie kaum wiederzuerkennen. Sie trug das, was man im Westen allgemein als »das kleine Schwarze« bezeichnet. Das Kleid war kurz, leicht ausgestellt, mit tief sitzender Taille, die Rahul noch schmaler erscheinen ließ. Die kleinen, hohen Brüste kamen vorteilhaft zur Geltung. Dazu einen schwarzen Leinenblazer, und sie hätte fast wie eine Geschäftsfrau ausgesehen, überlegte Dr. Daruwalla. Ohne Jacke eignete sich das Kleid jedoch eher für eine Cocktailparty in Toronto. Es war ärmellos und hatte Spaghettiträger, als legte Rahul es bewußt darauf an, bei den Duckworthianern Anstoß zu erregen. Die Muskeln ihrer nackten Schultern und Oberarme traten deutlich hervor, von dem breiten Brustkorb ganz zu schweigen. Für Farrokhs Geschmack war Rahul zu muskulös für ein solches Kleid. Dann fiel ihm ein, daß sie wohl annahm, Dhar würde das gefallen.

Mrs. Dogar bewegte sich so, als wäre ihr absolut nicht bewußt, daß sie eine auffallend große kräftige Frau war. Beim Betreten des Speisesaals wirkte sie nicht im mindesten aggressiv, sondern eher schüchtern und mädchenhaft. Statt zielstrebig auf ihren Tisch zuzusteuern, gestattete sie dem alten Mr. Sethna, ihr den Arm zu reichen und sie hinzugeleiten – Dr. Daruwalla hatte sie noch nie so erlebt. Das war keine Frau, die mit dem Löffel oder der Gabel an ihr Wasserglas klopfte; das hier war eine ausgesprochen feminine Frau, die lieber an ihrem Platz verhungern würde, als auf ungeziemende Weise Aufmerksamkeit zu erregen. Sie würde lächelnd dasitzen und auf Dhar warten, bis der Club schloß und jemand sie nach Hause schickte. Offenbar war Detective Patel auf diese Veränderung vorbereitet, weil er sich, kaum daß Mrs. Dogar an ihrem Tisch Platz genommen hatte, rasch an den Drehbuchautor wandte.

»Machen Sie sich nicht die Mühe, sie warten zu lassen«, sagte der Kriminalbeamte. «Sie ist heute eine andere Frau.«

Farrokh gab Mr. Sethna einen Wink – er sollte John D. »eintreffen« lassen –, während der Kommissar genau darauf achtete, was Mrs. Dogar mit ihrer Handtasche machte. Sie saß an einem Tisch für vier Personen, wie der Drehbuchautor vorgeschlagen hatte; das war Julias Idee gewesen. Wenn nur zwei Personen an einem Vierertisch sitzen, hatte Julia gemeint, legt eine Frau ihre Tasche normalerweise auf einen der freien Stühle und nicht auf den Boden; und Farrokh hatte die Tasche auf einem Stuhl haben wollen.

»Sie hat sie trotzdem auf den Boden gestellt«, bemerkte Detective Patel.

Dr. Daruwalla war es nicht gelungen, seiner Frau diesen Lunch auszureden. Jetzt sagte Julia: »Das kommt daher, daß sie keine richtige Frau ist.«

»Dhar wird sich schon darum kümmern«, meinte der Kommissar.

Farrokh konnte an nichts anderes denken als an die erschreckende Veränderung, die mit Mrs. Dogar vorgegangen war.

»Das liegt an dem Mord, nicht wahr?« fragte der Doktor den Kriminalbeamten. »Ich meine, durch den Mord ist sie vollkommen ruhig geworden... er hat eine rundum besänftigende Wirkung auf sie, habe ich recht?«

»Anscheinend bewirkt er, daß sie sich wie ein junges Mädchen fühlt«, entgegnete Patel.

»Es muß ihr schwergefallen sein, sich wie ein junges Mädchen zu fühlen«, bemerkte Nancy. »Was für ein ungeheurer Aufwand, nur um sich wie ein junges Mädchen zu fühlen.«

Dann stand Dhar im Raum, an Mrs. Dogars Tisch, begrüßte sie aber nicht mit einem Kuß, sondern näherte sich ihr unbemerkt von hinten und legte ihr beide Hände auf die nackten Schultern. Vielleicht lehnte er sich an sie, weil es aussah, als würde sie sich verspannen, aber er versuchte nur die Tasche umzustoßen. Als ihm das gelungen war, hob er sie auf und legte sie auf einen freien Stuhl.

»Wir vergessen ja ganz, uns zu unterhalten«, bemerkte der Kommissar. »Wir können die beiden nicht nur anstarren und kein Wort reden.«

»Bitte, Vijay, erschieße sie«, sagte Nancy.

»Ich habe keinen Revolver bei mir, Herzchen«, log der Kommissar.

»Was wird das Gericht mit ihr machen?« fragte Julia den Kommissar.

»In Indien gibt es zwar die Todesstrafe«, sagte der Detective, »aber sie wird selten vollzogen.«

»Der Tod erfolgt durch Hängen«, erklärte Dr. Daruwalla.

»Ja, aber im indischen Rechtssystem gibt es keine Geschworenen«, sagte Patel. »Ein einzelner Richter entscheidet über das Schicksal des Delinquenten. Lebenslange Haft und Zwangsarbeit sind sehr viel üblicher als die Todesstrafe. Sie werden sie nicht aufknüpfen.«

»Du solltest sie gleich erschießen«, wiederholte Nancy.

Sie sahen, daß Mr. Sethna wie ein nervöses Gespenst um Mrs. Dogars Tisch herumflatterte. Dhars linke Hand sahen sie nicht – sie befand sich unter dem Tisch, wahrscheinlich auf Rahuls Oberschenkel oder in ihrem Schoß.

»Unterhalten wir uns doch weiter«, forderte Patel die anderen fröhlich auf.

»Zum Teufel mit dir, zum Teufel mit Rahul, zum Teufel mit Dhar«, sagte Nancy zu ihrem Mann. »Und zum Teufel mit Ihnen«, sagte sie zu Farrokh. »Sie nicht, Sie mag ich«, erklärte sie Julia.

»Danke, meine Liebe«, antwortete Julia.

»Scheiße, Scheiße, Scheiße«, sagte Nancy.

»Ihre arme Lippe«, sagte Mrs. Dogar gerade zu John D. Soviel verstand Mr. Sethna, und soviel verstand man auch im Ladies' Garden, weil zu sehen war, wie Rahul Dhars Unterlippe mit ihrem langen Zeigefinger antippte – nur eine kurze, federleichte Berührung. Dhars Unterlippe leuchtete marineblau.

»Ich hoffe, Sie sind heute nicht zum Beißen aufgelegt«, sagte John D. zu ihr.

»Ich bin heute sehr gut aufgelegt«, entgegnete Mrs. Dogar. »Ich wüßte gern, wohin Sie mich bringen und was Sie mit mir anstellen wollen«, sagte sie kokett. Es war peinlich, für wie jung und reizvoll sie sich offenbar hielt. Sie hatte die Lippen geschürzt, wodurch die tiefen Falten in den Winkeln ihres grausamen Mundes noch betont wurden; ihr Lächeln war scheu und zurückhaltend, als würde sie sich vor einem Spiegel den überschüssigen Lippenstift abtupfen. Ein winziger, entzündeter Schnitt, von grünem Lidschatten weitgehend überdeckt, verlief quer über ein Augenlid. Er hatte zur Folge, daß sie blinzelte, als täte ihr das Auge weh. Aber es war nur ein winziger Kratzer; mehr hatte ihr die kleine Hure namens Asha nicht antun können – sie hatte eine Hand nach hinten gerissen und Rahul ins Auge geschlagen – ein, zwei Sekunden, bevor Rahul ihr das Genick brach.

»Sie haben sich am Auge verletzt, nicht wahr?« stellte Inspector Dhar fest, spürte aber keinerlei Anspannung in Mrs. Dogars Oberschenkeln, die unter dem Tisch sanft gegen seine Hand drückten.

»Ich muß im Schlaf an Sie gedacht haben«, sagte sie verträumt. Als sie die Augen schloß, schillerten ihre Augenlider silbergrün wie eine Eidechse; als sie den Mund leicht öffnete, waren ihre langen Zähne feucht und glänzend, und ihr warmes Zahnfleisch hatte die Farbe von starkem Tee.

Bei ihrem Anblick begann John D.s Lippe zu pochen, aber er drückte seine Handfläche weiterhin an die Innenseite ihres Schenkels. Dieser Teil des Drehbuchs war ihm zuwider. Plötzlich sagte er: »Haben Sie mir aufgezeichnet, was Sie gern mögen?« Er spürte, wie die Muskeln ihrer beiden Oberschenkel seine Hand einklemmten – ihr Mund war ebenfalls fest geschlossen; dann machte sie die Augen weit auf und richtete den Blick auf seine Lippe.

»Sie können nicht von mir erwarten, daß ich es Ihnen hier zeige«, sagte Mrs. Dogar.

»Nur einen kurzen Blick«, bettelte John D. »Sonst wird mir das Essen gar zu lang.«

Hätte sich Mr. Sethna durch vulgäres Benehmen nicht so leicht gekränkt gefühlt, wäre er im siebten Lauscherhimmel geschwebt; doch der Butler bebte vor Mißbilligung und Verantwortungsgefühl. Er empfand diesen Augenblick als recht ungeeignet, um die Speisekarten zu bringen, wußte aber, daß er sich in der Nähe der Handtasche aufhalten mußte.

»Es ist widerlich, wieviel die Leute essen. Ich hasse diese Fresserei«, sagte Mrs. Dogar. Dhar spürte, wie ihre Schenkel erschlafften, so als wäre ihre Konzentrationsspanne kürzer als bei einem Kind – als würde sie, aus keinem triftigeren Grund als der bloßen Erwähnung von Essen, jedes erotische Interesse verlieren.

»Wir brauchen überhaupt nicht zu essen... wir haben noch nichts bestellt«, meinte Dhar. »Wir könnten einfach gehen, jetzt gleich«, schlug er vor, war aber, während er sprach, darauf gefaßt, sie (falls nötig) mit der linken Hand auf dem Stuhl festzuhalten. Der Gedanke, mit ihr in einer Suite im Oberoi Towers oder im Taj Mahal allein zu sein, hätte John D. angst gemacht, doch er wußte genau, daß Detective Patel auf keinen Fall zulassen würde, daß Rahul den Duckworth Club verließ. Aber Mrs. Dogar war beinahe kräftig genug, um trotz des Drucks, den Dhars Hand auf sie ausübte, aufzustehen. »Nur ein Bild«, bat er sie flehentlich. »Zeigen Sie mir nur irgend etwas.«

Rahul atmete flach durch die Nase. »Ich bin zu gut gelaunt, um böse mit Ihnen zu werden«, sagte sie zu ihm. »Aber Sie sind ein ganz schlimmer Junge.«

»Zeigen Sie mir etwas«, bat Dhar. An ihren Schenkeln glaubte er jenes unwillkürliche Beben zu spüren, das man auch an Pferdeflanken beobachten kann. Als sie die Hand nach ihrer Tasche ausstreckte, hob John D. den Blick zu Mr. Sethna, der jedoch offenbar Lampenfieber hatte; mit einer Hand umklammerte er die Speisekarten, mit der anderen sein silbernes Serviertablett. Wie konnte der alte Esel Mrs. Dogars Handtasche umkippen, wenn er keine Hand frei hatte? fragte sich John D.

Rahul nahm die Tasche auf den Schoß; ihr Boden streifte kurz über Dhars Handgelenk. Sie enthielt mehr als eine Zeichnung, und Mrs. Dogar zögerte sichtlich, bevor sie alle drei herausholte. Aber sie zeigte sie ihm noch nicht, sondern deckte sie mit der rechten Hand zu, während sie mit der linken ihre Tasche wieder auf den freien Stuhl legte. Und in dem Augenblick stürzte sich Mr. Sethna ins Geschehen. Er ließ das Serviertablett fallen, dessen helles Scheppern vom Steinboden des Speisesaals widerhallte. Dann trat er darauf – wie es aussah, stolperte er darüber –, und die Speisekarten flogen ihm aus der Hand und in Mrs. Dogars Schoß. Instinktiv fing sie sie auf, während der alte Parse an ihr vorbeistolperte und mit dem entscheidenden Stuhl zusammenrumpelte. Die Tasche flog auf den Boden, doch ohne sich zu entleeren – bis Mr. Sethna täppisch versuchte, sie aufzuheben; dann lag ihr Inhalt überall verstreut. Von den drei Zeichnungen, die Rahul unbewacht auf dem Tisch hatte liegenlassen, konnte John D. nur die oberste sehen. Das genügte.

Die Frau auf dem Bild hatte eine verblüffende Ähnlichkeit mit Mrs. Dogar, wie sie als junges Mädchen ausgesehen haben mochte. Rahul war genaugenommen nie ein junges Mädchen gewesen, aber dieses Porträt erinnerte John D. daran, wie sie vor zwanzig Jahren in Goa ausgesehen hatte. Sie wurde von einem Elefanten bestiegen, der jedoch zwei Rüssel hatte. Der erste – er befand sich an der für einen Elefantenrüssel üblichen Stelle – steckte tief im Mund der jungen Frau und trat durch ihren Hinterkopf wieder aus. Der zweite Rüssel, bei dem es sich um den grotesken Penis des Elefanten handelte, war in die Vagina der Frau eingedrungen und hatte sich zwischen ihren Schulterblättern nach außen gebohrt. Wie John D. sehen konnte, berührten sich die beiden Rüssel etwa im Nacken der Frau, und er sah auch, daß der Elefant zwinkerte. Die zwei anderen Zeichnungen sollte Dhar nie zu Gesicht bekommen; er hätte sie auch gar nicht sehen wollen. Rasch trat der Filmstar hinter Mrs. Dogars Stuhl und schob den ungeschickt herumhantierenden Mr. Sethna beiseite.

»Sie gestatten«, sagte Dhar und bückte sich zu dem verschütteten Tascheninhalt hinunter. Mrs. Dogars Laune hatte sich aufgrund des jüngsten Mordes so gebessert, daß sie über diese Ungeschicklichkeit erstaunlich wenig aufgebracht war.

»Ach, diese Handtaschen! Ausgesprochen lästig!« sagte Rahul. Kokett gestattete sie ihrer Hand, Inspector Dhars Nacken zu berühren. Er kniete zwischen ihrem und dem freien Stuhl, sammelte den Inhalt ihrer Tasche auf und legte ihn auf den Tisch. Ganz beiläufig deutete er auf die Kappe des silbernen Kugelschreibers, die er zwischen einen Spiegel und ein Töpfchen Feuchtigkeitscreme gelegt hatte.

»Ich kann die untere Hälfte nirgends entdecken«, sagte er. »Vielleicht ist sie noch in Ihrer Tasche.« Dann reichte er ihr die Tasche, die mindestens halb voll war, und gab vor, unter dem Tisch nach der zweiten Hälfte des Stifts zu suchen – dem Teil, den Nancy die ganzen zwanzig Jahre lang stets so sorgfältig poliert hatte.

Noch immer auf Knien, wandte John D. das Gesicht zu Rahul empor, so daß es sich auf gleicher Höhe mit ihren kleinen, wohlgeformten Brüsten befand. Mrs. Dogar hielt die obere Hälfte des Stifts in der Hand. »Eine Rupie für Ihre Gedanken«, sagte Inspector Dhar. Das sagte er in all seinen Filmen.

Rahul hatte den Mund leicht geöffnet und sah mit fragendem

Blick auf Dhar hinab – das Auge mit dem Kratzer blinzelte einmal und dann noch einmal. Ihre Lippen schlossen sich sanft, und wieder atmete sie flach durch die Nase, als würde ihr dieses kontrollierte Atmen beim Nachdenken helfen.

»Ich dachte, ich hätte das verloren«, sagte Mrs. Dogar bedächtig.

»Wie es scheint, haben Sie die andere Hälfte verloren«, erwiderte John D. Er blieb auf Knien, weil er sich vorstellen konnte, daß es ihr gefiel, auf ihn herabzusehen.

»Ich hatte immer nur diese eine Hälfte«, erläuterte Rahul.

Dhar stand auf und ging um ihren Stuhl herum; er wollte verhindern, daß sie die Zeichnungen an sich riß. Als er auf seinen Platz zurückkehrte, betrachtete Rahul noch immer die Kugelschreiberkappe.

»Diese Hälfte hätten sie ruhig verlieren können«, sagte John D. »Sie ist ohnehin zu nichts nütze.«

»Da irren Sie sich!« rief Mrs. Dogar. »Sie eignet sich hervorragend als Geldklammer.«

»Als Geldklammer?« wiederholte der Schauspieler.

»Schauen Sie her«, begann Rahul. Bei dem verschütteten Tascheninhalt, den John D. auf dem Tisch ausgebreitet hatte, befand sich kein Geld; sie mußte in ihrer Tasche danach kramen. »Das Problem bei den Geldklammern«, erklärte ihm Mrs. Dogar, »besteht darin, daß sie für einen dicken Packen Geld gedacht sind... solche Geldbündel, wie Männer sie immer aus der Tasche ziehen, Sie wissen schon.«

»Ja, ich weiß«, sagte Inspector Dhar. Er sah ihr zu, wie sie ein paar kleinere Banknoten aus ihrer Handtasche fischte. Erst zog sie einen Zehn-Rupien-Schein heraus, dann zwei Fünf-Rupien-Scheine, und als der Schauspieler die beiden Zwei-Rupien-Scheine mit der ungewöhnlichen Aufschrift sah, hob er den Blick zu Mr. Sethna, der sogleich durch den Speisesaal und in den Ladies' Garden wieselte.

»Schauen Sie her«, wiederholte Rahul. »Wenn Sie nur ein paar kleine Scheine haben, wie man sie als Frau häufig braucht – für Trinkgelder, für den einen oder anderen Bettler –, ist das die perfekte Geldklammer. Sie faßt nur ein paar Scheine, aber die schön fest…« Ihre Stimme verlor sich, weil sie sah, daß Dhar seine Hand auf die drei Zeichnungen gelegt hatte und sie über das Tischtuch zu sich herschob. Blitzschnell packte Rahul seinen kleinen Finger und riß ihn mit einem Ruck hoch, so daß er abknickte. Trotzdem gelang es John D., die Zeichnungen auf seinen Schoß zu schieben. Der kleine Finger seiner rechten Hand stand nach oben weg, als würde er aus dem Handrücken wachsen; er war am Grundgelenk ausgerenkt. Mit der linken Hand gelang es Dhar, die Zeichnungen Mrs. Dogars Zugriff zu entziehen. Sie rang noch immer mit ihm – sie versuchte ihm die Zeichnungen mit der rechten Hand wegzunehmen –, als ihr Detective Patel von hinten einen Arm unters Kinn schob und ihren linken Arm hinter die Stuhllehne bog.

»Sie sind verhaftet«, erklärte ihr der Kommissar.

»Die obere Hälfte des Stifts ist eine Geldklammer«, sagte Inspector Dhar. »Sie benützt sie für kleine Scheine. Als sie den Schein in Mr. Lals Mund gesteckt hat, muß die provisorische Klammer neben die Leiche gefallen sein… den Rest wissen Sie. Auf diesen Zwei-Rupien-Scheinen steht etwas«, berichtete Dhar dem echten Polizisten.

»Lesen Sie es mir vor«, sagte Patel. Mrs. Dogar verhielt sich absolut still. Ihre freie rechte Hand, die aufgehört hatte, mit John D. um die Zeichnungen zu ringen, schwebte unmittelbar über dem Tischtuch, als wollte sie allen ihren Segen erteilen.

»›Kein Mitglied mehr‹«, las Dhar laut vor.

»Der war für Sie«, sagte der Kommissar zu ihm.

»›… weil Dhar noch Mitglied ist‹«, las Dhar.

»Für wen war der«, fragte der Kriminalbeamte Rahul, aber Mrs. Dogar saß wie erstarrt auf ihrem Stuhl, während ihre Hand noch immer ein imaginäres Orchester über dem Tischtuch dirigierte. Sie hatte Inspector Dhar keine Sekunde aus den Augen gelassen. Die oberste Zeichnung war bei dem Gerangel zerknittert worden, aber John D. strich alle drei Zeichnungen auf der Tischdecke glatt, wobei er sich große Mühe gab, sie nicht anzusehen.

»Sie sind eine echte Künstlerin«, sagte der Kommissar zu Rahul, aber Mrs. Dogar starrte weiterhin nur Inspector Dhar an.

Dr. Daruwalla bedauerte es, einen Blick auf die Zeichnungen geworfen zu haben; die zweite war schlimmer als die erste, und die dritte war die allerschlimmste. Er wußte, daß er bis ins Grab daran denken würde. Einzig und allein Julia war so vernünftig gewesen, im Ladies' Garden zu bleiben; sie wußte, daß es keinen Grund gab, sich das Ganze aus der Nähe anzusehen. Nancy hingegen verspürte offenbar den Zwang, der Teufelin persönlich gegenüberzutreten. Später war es ihr unangenehm, sich an die letzten Worte zwischen Dhar und Rahul zu erinnern.

»Ich habe Sie wirklich begehrt, ich habe keinen Spaß gemacht«, sagte Mrs. Dogar zu dem Schauspieler.

Zu Dr. Daruwallas Überraschung sagte John D. zu Mrs. Dogar: »Ich habe auch keinen Spaß gemacht.«

Für Nancy war es sicher bitter, daß sich das Augenmerk der anderen trotz ihrer Opferrolle so weit von ihr weg verlagert hatte. Es wurmte sie noch immer, daß sich Rahul nicht mehr an sie erinnerte.

»Ich war in Goa«, verkündete Nancy der Mörderin.

»Sag nichts, Herzchen« riet ihr ihr Mann.

»Sag alles, was dir auf der Seele liegt, Herzchen», forderte Rahul sie auf.

»Ich hatte Fieber, und Sie sind zu mir ins Bett gekrochen«, sagte Nancy.

Mrs. Dogar wirkte überrascht und nachdenklich. Sie starrte Nancy an, wie sie zuvor die Stiftkappe angestarrt hatte, während ihre Erinnerung die vielen Jahre zurückwanderte. »Nein so was, sind Sie es wirklich, meine Liebe?« fragte Rahul Nancy. »Aber was um Himmels willen ist mit Ihnen geschehen?«

»Sie hätten die Gelegenheit nutzen und mich umbringen sollen«, sagte Nancy.

»Für mich sehen Sie bereits tot aus«, entgegnete Mrs. Dogar.

»Bitte, Vijay, erschieße sie«, sagte Nancy zu ihrem Mann.

»Ich habe dir doch gesagt, Herzchen, daß es nicht sonderlich befriedigend sein würde.« Mehr sagte der Kommissar nicht.

Als die uniformierten Wachtmeister und Unterinspektoren kamen, forderte Detective Patel sie auf, ihre Waffen wegzustecken, da Rahul sich der Verhaftung nicht widersetzte. Sie strahlte eine tiefe und unergründliche Befriedigung über den Mord in der letzten Nacht aus. Ihre Gewalttätigkeit an diesem Neujahrsmontag beschränkte sich auf den wie auch immer gearteten, kurzen Impuls, der sie dazu getrieben hatte, John D. den kleinen Finger zu brechen. Das Lächeln der Massenmörderin war heiter.

Verständlicherweise war der Kommissar besorgt um seine Frau. Er erklärte ihr, er müsse auf direktem Weg ins Kriminalkommissariat, aber bestimmt würde jemand sie nach Hause begleiten. Dhars zwergwüchsiger Chauffeur hatte seine Anwesenheit bereits kundgetan; er drückte sich in der Eingangshalle des Duckworth Club herum. Detective Patel meinte, Dhar hätte doch bestimmt nichts dagegen, Nancy in seinem Privattaxi nach Hause zu bringen.

»Keine gute Idee.« Das war alles, was Nancy erwiderte.

Julia sagte, sie und Dr. Daruwalla könnten Nancy nach Hause bringen. Dhar bot Nancy an, daß Vinod sie heimfahren würde – nur der Zwerg allein. Auf diese Weise würde sie mit niemandem reden müssen.

Nancy zog diese Lösung vor. »In der Gegenwart von Zwergen fühle ich mich sicher«, sagte sie. »Ich mag Zwerge.«

Nachdem sie mit Vinod gegangen war, fragte Detective Patel

Inspector Dhar, wie es ihm gefallen hatte, ein echter Polizist zu sein. »Im Film ist es besser«, antwortete der Schauspieler. »Im Film läuft alles so ab, wie es ablaufen soll.«

Nachdem der Kommissar mit Rahul den Club verlassen hatte, renkte Dr. Daruwalla John D.s kleinen Finger wieder ein. »Schau einfach weg, schau Julia an«, empfahl ihm der Doktor. Dann ließ er den ausgerenkten Finger an seinen Platz zurückschnappen. »Morgen machen wir eine Röntgenaufnahme«, sagte Dr. Daruwalla. »Vielleicht müssen wir ihn schienen, aber erst, wenn die Schwellung zurückgegangen ist. Vorerst hältst du ihn einfach in Eis.

John D. befolgte diesen Ratschlag sogleich am Tisch im Ladies' Garden, wo er den kleinen Finger in sein Wasserglas tauchte; das Eis im Glas war weitgehend geschmolzen, so daß Dr. Daruwalla bei Mr. Sethna Nachschub bestellte. Da der alte Parse zutiefst enttäuscht schien, weil niemand ihn zu seinem Auftritt beglückwünscht hatte, sagte Dhar: »Das war wirklich brillant, Mr. Sethna... wie Sie zum Beispiel über Ihr eigenes Tablett gefallen sind. Allein schon das ablenkende Geschepper des Tabletts, Ihre ganz bewußte, aber graziöse Unbeholfenheit... einfach brillant.«

»Vielen Dank«, antwortete Mr. Sethna. »Ich war nicht sicher, was ich mit den Speisekarten machen sollte.«

»Auch das war brillant... wie ihr die Speisekarten in den Schoß geflogen sind. Perfekt!« sagte Inspector Dhar.

»Vielen Dank«, wiederholte der Butler. Er entfernte sich vom Tisch, so zufrieden mit sich selbst, daß er das Eis zu bringen vergaß.

Niemand hatte zu Mittag gegessen. Dr. Daruwalla gestand als erster, daß er ordentlich Hunger hatte. Julia war so erleichtert, daß Mrs. Dogar fort war, daß sie ebenfalls beträchtlichen Appetit verspürte. John D. speiste mit den beiden, stocherte aber gleichgültig in seinem Essen herum.

Farrokh erinnerte Mr. Sethna an das vergessene Eis, das der Butler schließlich in einer silbernen Schüssel auf den Tisch stellte. Solche Schüsseln dienten in der Regel ausschließlich zum Kühlen von Riesengarnelen, so daß der Schauspieler seinen geschwollenen kleinen Finger mit etwas verdrossener Miene hineinsteckte. Obwohl der Finger noch immer anschwoll, vor allem unten am Grundgelenk, war er nicht annähernd so verfärbt wie Dhars Unterlippe.

Der Schauspieler trank mehr Bier, als er sich normalerweise um die Mittagszeit genehmigte, und sein Beitrag zur Unterhaltung drehte sich ausschließlich darum, wann er Indien verlassen würde. Sicher vor Ende des Monats, dachte er. Er war unschlüssig, ob er sich die Mühe machen sollte, sein Scherflein zum Werbefeldzug für *Inspector Dhar und die Türme des Schweigens* beizutragen. Dhar wies darauf hin, daß jetzt, nachdem der echte Käfigmädchenkiller festgenommen worden war, seine kurze Anwesenheit in Bombay unter Umständen (ausnahmsweise) mit positiver Publicity verknüpft sein könnte. Je länger er laut darüber nachsann, um so näher rückte die Erkenntnis, daß es eigentlich nichts gab, was ihn noch hier in Indien hielt. Aus seiner Sicht sah die Sache so aus: Je eher er in die Schweiz zurückkehrte, desto besser.

Der Doktor meinte, er und Julia würden vermutlich früher als geplant nach Kanada zurückkehren; außerdem könne er sich nicht vorstellen, in absehbarer Zeit nach Bombay zurückzukehren, und je länger man fortblieb... na ja, um so schwieriger würde es sein, überhaupt wieder zurückzukehren. Julia ließ die beiden reden. Sie wußte, wie sehr es Männern widerstrebte, sich von äußeren Umständen bestimmen zu lassen. Sie waren wie kleine Kinder, sobald sie nicht Herr der Lage waren – sobald sie das Gefühl hatten, nicht hinzugehören, wo sie sich gerade befanden. Zudem hatte Julia Farrokh allzu häufig sagen hören, daß er nie mehr nach Indien zurückkehren werde; dabei würde er immer wieder zurückkehren, das wußte sie.

Die Spätnachmittagssonne zwängte sich schräg durch das Spalier im Ladies' Garden. Das Licht fiel in langen Streifen auf die Tischdecke, wo sich der berühmteste männliche Filmstar von Bombay damit vergnügte, verstreute Krümel mit seiner Gabel wegzuschnippen. Das Eis in der Garnelenschale war geschmolzen. Es war Zeit, daß sich Dr. und Mrs. Daruwalla zu der Feier in St. Ignatius aufmachten. Julia mußte ihren Mann daran erinnern, daß sie Martin Mills versprochen hatte, sie würden frühzeitig kommen. Verständlicherweise wollte der Scholastiker bei dem Jubiläumsessen, bei dem er der katholischen Gemeinde vorgestellt werden sollte, sauber verbunden sein.

»Wozu braucht er denn Verbände?« fragte John D. »Was ist denn jetzt wieder los?«

»Dein Zwillingsbruder ist von einem Schimpansen gebissen worden«, teilte Farrokh dem Schauspieler mit. »Wahrscheinlich tollwütig.«

Hier wird im Augenblick ziemlich viel gebissen, dachte Dhar, aber die Ereignisse des Tages hatten seinen Hang zum Sarkasmus deutlich gedämpft. Sein Finger pochte, und er wußte, daß seine Lippe fürchterlich aussah. Inspector Dhar sagte kein Wort.

Als die Daruwallas den Filmstar im Ladies' Garden zurückließen, schloß er die Augen; er sah aus, als würde er schlafen. Zuviel Bier, vermutete der stets wachsame Mr. Sethna. Dann rief sich der Butler ins Gedächtnis, daß sich Dhar seiner Überzeugung nach eine Geschlechtskrankheit zugezogen hatte. Der alte Parse revidierte seine Meinung – er kam zu dem Ergebnis, daß Dhar unter beidem litt, dem Bier und der Krankheit – und ermahnte die Hilfskellner ausdrücklich, den Schauspieler an seinem Tisch im Ladies' Garden unbehelligt zu lassen. Die Mißbilligung, die Mr. Sethna Dhar entgegenbrachte, hatte drastisch abgenommen; er platzte fast vor Stolz, weil eine so große Berühmtheit des Hindi-Kinos seine kleine Nebenrolle als »brillant« und »perfekt« bezeichnet hatte!

Aber John D. schlief nicht. Er versuchte sich zu beruhigen, eine Aufgabe, die ein Schauspieler pausenlos zu bewältigen hat. Er überlegte sich, daß es Jahre her war, seit er sich von einer Frau auch nur im geringsten sexuell angezogen gefühlt hatte. Aber Nancy hatte ihn erregt – anscheinend war es ihre Wut, die er so verlockend gefunden hatte –, und für die zweite Mrs. Dogar empfand er eine noch irritierendere Begierde. Mit geschlossenen Augen versuchte sich der Schauspieler sein eigenes Gesicht mit einem ironischen Ausdruck – keinem richtigen Hohnlächeln – vorzustellen. Er war neununddreißig, ein Alter, in dem es unschön war, wenn die eigene geschlechtliche Identität ins Wanken geriet. Er gelangte zu dem Schluß, daß nicht Mrs. Dogar ihn stimuliert hatte, sondern daß für ihn die Anziehungskraft des ehemaligen Rahul wiederaufgelebt war – aus jener Zeit in Goa, als Rahul noch so etwas wie ein Mann gewesen war. Dieser Gedanke tröstete John D.; Mr. Sethna, der ihn beobachtete, hielt das, was er auf dem Gesicht des schlafenden Filmstars sah, für ein Hohnlächeln. Dann mußte dem Schauspieler ein beruhigender Gedanke gekommen sein, weil das höhnische einem sanften Lächeln wich. Sicher denkt er an die alten Zeiten, überlegte der Butler... bevor er sich diese schreckliche Krankheit zugezogen hat. Dabei hatte ein Gedanke grundlegender Art Inspector Dhar belustigt.

Mist, ich fange doch hoffentlich nicht an, mich für Frauen zu interessieren! dachte der Schauspieler. Das gäbe ein schönes Durcheinander.

Zur selben Zeit erlebte Dr. Daruwalla eine andere Form von Verunsicherung. Der Besuch in der Missionsstation St. Ignatius war sein erster Aufenthalt in einer christlichen Umgebung, seit er entdeckt hatte, wer ihn in die große Zehe gebissen hatte. Das Bewußtsein, daß die Ursache für seine Bekehrung zum Christentum der liebestolle Biß eines transsexuellen Massenmörders gewesen war, hatte den ohnehin langsam dahinschwindenden religiösen Eifer des Doktors weiter verringert; daß der Zehenbeißer doch nicht der Geist jener Pilgerin gewesen war, die den heiligen Franz Xaver verstümmelt hatte, war mehr als nur ein bißchen enttäuschend. Und ausgerechnet da mußte Pater Julian Farrokh mit den Worten begrüßen: »Aha, Dr. Daruwalla, unser geschätzter ehemaliger Schüler! Sind Ihnen in letzter Zeit irgendwelche Wunder widerfahren?«

Derart gepeinigt, konnte der Doktor der Versuchung nicht widerstehen, Martin recht eigenwillig zu verbinden. Er polsterte die Bißwunde am Hals des Scholastikers so dick, daß der Verband aussah, als sollte er einen gewaltigen Kropf verdecken. Dann erneuerte er den Verband an der aufgeschlitzten Hand, und zwar so, daß Martin seine Finger nur teilweise bewegen konnte. Für das halb abgefressene Ohrläppchen verwendete der Doktor eine Unmenge Mull und Leukoplast und wickelte das ganze Ohr ein, so daß der eifrige Jesuit nur mehr auf einer Seite hören konnte.

Aber die strahlend sauberen Verbände unterstrichen die heldenhafte Erscheinung des neuen Missionars noch mehr. Selbst Julia war beeindruckt. Und alsbald machte in der Dämmerung die Geschichte die Runde, der amerikanische Missionar habe soeben zwei Bettelkinder vor dem Straßenleben in Bombay gerettet. Er habe sie bei einem Zirkus mehr oder minder in Sicherheit gebracht, wo er von einem wilden Tier angegriffen worden sei. Dr. Daruwalla, der am Rande der frühabendlichen Veranstaltung verdrießlich herumstand, bekam zufällig mit, wie jemand erzählte, Martin Mills sei von einem Löwen so übel zugerichtet worden. Nur dem Bedürfnis des Scholastikers, sich herabzusetzen, war die Richtigstellung zu verdanken, daß er lediglich von einem Affen gebissen worden war.

Besonders deprimierend fand der Doktor, daß diese phantastische Geschichte von der Klavier spielenden Miss Tanuja verbreitet wurde. Sie hatte ihre geschweifte Brille anscheinend gegen rosa getönte Kontaktlinsen eingetauscht, die ihren Augen die brennende Röte einer geblendeten Laborratte verliehen. Sie quoll nach wie vor aus ihrer westlichen Kleidung, ein üppiges Schulmädchen im Kleid einer ältlichen Tante. Und sie trug nach wie vor den speerspitzigen Büstenhalter, der ihre Brüste vor und nach oben schob wie die spitzen Kirchtürme einer eingestürzten Kirche. Wie beim letztenmal schien das zwischen Miss Tanujas gut gewappneten Brüsten baumelnde Kruzifix dem sterbenden Christus neue Qualen aufzuerlegen – so jedenfalls sah es Dr. Daruwalla in seiner Enttäuschung über die Religion, die er auf Rahuls Biß hin angenommen hatte.

Die Jubiläumsfeier war eindeutig nicht nach Dr. Daruwallas Geschmack. Er empfand einen diffusen Abscheu vor einer derart frohgemuten Versammlung von Christen in einem nichtchristlichen Land; die betonte religiöse Komplizenschaft verursachte ihm schon fast körperliches Unbehagen. Julia fand sein Verhalten unnahbar, wenn nicht gar schlichtweg unfreundlich. Er hatte die Absolventenlisten in der Eingangshalle überflogen und war zu jener Stelle am Fuß der Hoftreppe geschlendert, wo an der Wand neben der Christusstatue mit dem kranken Kind der Feuerlöscher hing. Julia wußte, warum Farrokh dort stehengeblieben war. Er hoffte, daß jemand ihn ansprechen und er dann eine Bemerkung loslassen könnte, wie aberwitzig es doch sei, Jesus neben einem Gerät zur Feuerbekämpfung zu postieren.

»Ich bringe dich nach Hause«, kündigte Julia an. Dann bemerkte sie, wie müde Farrokh aussah und wie völlig fehl am Platz er wirkte – wie verloren. Das Christentum hatte ihn hereingelegt. Indien war nicht mehr sein Land. Als Julia ihn auf die Wange küßte, merkte sie, daß er geweint hatte.

»Ja, bitte, bring mich nach Hause«, sagte Farrokh.

26

Auf Wiedersehen, Bombay

Alsdann

Danny Mills starb im Anschluß an eine Silvesterparty in New York. Es war Dienstag, der zweite Januar, als Martin Mills und Dr. Daruwalla endlich verständigt wurden. Die Verzögerung wurde auf den Zeitunterschied geschoben – New York hinkt zehneinhalb Stunden hinter Bombay her – aber der eigentliche Grund war der, daß Vera den Silvesterabend nicht mit Danny verbracht hatte. Danny, fast fünfundsiebzig, starb allein. Vera, inzwischen fünfundsechzig, entdeckte Dannys Leiche erst am Abend des Neujahrstages.

Als Vera in ihr gemeinsames Hotel zurückkehrte, hatte sie sich noch nicht vollständig von ihrem Rendezvous mit einem aufgehenden Stern in der Leichtbier-Werbung erholt – eine unschickliche Eskapade für eine Frau ihres Alters. Danny war hinter einer Tür mit dem optimistischen Schildchen BITTE NICHT STÖREN gestorben, doch Vera hatte keinen Sinn für solche ironischen Schlenker. Der Leichenbeschauer kam zu dem Ergebnis, daß Danny an seinem eigenen Erbrochenen erstickt war, das (wie sein Blut) fast zu zwanzig Prozent aus Alkohol bestand.

Obwohl Vera in ihren zwei Telegrammen die medizinische Todesursache nicht erwähnte, schaffte sie es, Martin auf abfällige Weise mitzuteilen, daß Danny im Suff gestorben war.

DEIN VATER IST BETRUNKEN IN EINEM
NEW YORKER HOTEL GESTORBEN

Damit ließ sie ihrem Sohn gegenüber durchblicken, wie schmutzig sie die ganze Angelegenheit fand und welche Unannehmlichkeiten sie ihr bereitete; Vera würde fast den ganzen Dienstag damit zubringen müssen einzukaufen. Da sie und Danny aus Kalifornien gekommen waren – und nur ein kurzer Besuch geplant war –, hatten sie für einen längeren Aufenthalt im Januar nichts Entsprechendes eingepackt.

Veras Telegramm an Martin ging in bitterem Ton weiter.

DA ICH KATHOLISCH BIN, WENN AUCH KAUM EIN VORBILDLICHES EXEMPLAR DIESER SPEZIES, BIN ICH SICHER, DANNY HÄTTE GEWOLLT, DASS DU DICH UM EINE PASSENDE MESSE ODER LETZTE ANDACHT ODER WAS AUCH IMMER KÜMMERST

»Kaum ein vorbildliches Exemplar dieser Spezies« war ein Musterbeispiel für die Art von Sprache, die Vera in den längst vergangenen Tagen der traumatischen Jugend ihres Sohnes aus dem Werbespot für Feuchtigkeitscreme gelernt hatte.

Der letzte Seitenhieb war Vera in Reinkultur – selbst in dieser, wie man meinen sollte, kummervollen Situation würgte sie ihrem Sohn noch eins rein:

VERSTEHE NATÜRLICH VÖLLIG, WENN DICH DEIN ARMUTSGELÜBDE DARAN HINDERT, MICH IN DIESER SACHE ZU UNTERSTÜTZEN / MAMA

Es folgte nur noch der Name ihres New Yorker Hotels. Trotz Martins »Armutsgelübde« erbot sich Vera nicht, ihm die Reise zu finanzieren.

Das Telegramm an Dr. Daruwalla war ebenfalls Vera in Reinkultur.

ICH KANN MIR UNMÖGLICH VORSTELLEN, DASS DANNYS TOD ETWAS AN IHRER ENTSCHEIDUNG ÄNDERN SOLLTE, MARTIN ÜBER DIE EXISTENZ SEINES ZWILLINGSBRUDERS IN UNKENNTNIS ZU LASSEN

Jetzt auf einmal ist es also meine Entscheidung, dachte Dr. Daruwalla.

BITTE BEUNRUHIGEN SIE DEN ARMEN MARTIN NICHT MIT NOCH MEHR SCHLECHTEN NACHRICHTEN

Jetzt ist es also der »arme Martin«, der sich aufregen würde! bemerkte Farrokh.

DA MARTIN ARMUT ALS BERUF GEWÄHLT UND DANNY MICH UNZUREICHEND VERSORGT ZURÜCKGELASSEN HAT, SIND SIE VIELLEICHT SO FREUNDLICH, MARTIN MIT DEM GELD FÜRS FLUGTICKET UNTER DIE ARME ZU GREIFEN / NATÜRLICH HÄTTE DANNY IHN GERN HIER GEHABT / VERA

Die einzige gute Nachricht, von der Dr. Daruwalla zu dem Zeitpunkt jedoch nichts wußte, war die, daß Danny Mills Vera noch viel schlechter versorgt zurückgelassen hatte, als sie glaubte. Das wenige, das er besaß, hatte er der katholischen Kirche vermacht – in der festen Überzeugung, daß Martin genau das mit dem Geld getan hätte, wenn er es ihm vererbt hätte. Am Ende hielt nicht einmal Vera es für wert, um diese Summe zu streiten.

In Bombay brachte der Tag nach dem Jubiläum jede Menge Neuigkeiten. Dannys Tod und Veras Machenschaften überschnitten sich mit Mr. Das' Nachricht, Madhu habe den Great Blue Nile mit ihrem frischgebackenen Ehemann verlassen; weder Martin Mills noch Dr. Daruwalla zweifelten daran, daß Madhus Ehemann Mr. Garg war. Farrokh war sich dessen so si-

cher, daß sein kurzes Telegramm an den bengalischen Zirkusdirektor eine Feststellung enthielt, keine Frage:

SIE SAGTEN, DASS DER MANN, DER MADHU GEHEIRATET
HAT, EINE NARBE HAT / SÄURE VERMUTLICH

Der Doktor wie auch der Missionar waren empört, daß Mr. und
Mrs. Das Madhu an einen Mann wie Garg praktisch verkauft
hatten, aber Martin beschwor Farrokh, den Zirkusdirektor
nicht ins Gebet zu nehmen. In dem Bestreben, den Great Blue
Nile dazu anzuspornen, die Bemühungen des elefantenfüßigen
Krüppels zu unterstützen, schloß Dr. Daruwalla sein Telegramm an Mr. Das in Junagadh mit einer taktvollen Bemerkung:

ICH VERTRAUE DARAUF, DASS FÜR DEN JUNGEN GANESH
GUT GESORGT WIRD

Er »vertraute« nicht darauf, er hoffte es.

In Anbetracht der Information, die Ranjit von Mr. Subash
erhalten hatte (daß Tata Zwo Dr. Daruwalla das HIV-Testergeb-
nis der falschen Madhu mitgeteilt hatte), hegte der Doktor erheblich weniger Hoffnung für Madhu als für Ganesh. Ranjits
Bericht über Mr. Subashs leichtfertige Art – die Tatsache, daß
der uralte Sekretär den Irrtum als belanglos abgetan hatte – war
höchst ärgerlich, doch selbst eine angemessene Entschuldigung
von Dr. Tata hätte nichts daran geändert, daß Madhu HIV-positiv war. Noch war sie nicht an Aids erkrankt, sondern lediglich
mit dem Virus infiziert.

»Wie kann man so etwas wie ›lediglich‹ auch nur denken«,
schrie Martin Mills, den Madhus medizinische Prognose offenbar mehr erschütterte als die Nachricht von Dannys Tod:
schließlich war Danny seit Jahren langsam vor sich hin gestorben.

Es war Vormittag, so daß Martin das Telefongespräch abbrechen mußte, um Unterricht zu halten. Farrokh versprach dem Missionar, ihn über die weiteren Ereignisse des Tages auf dem laufenden zu halten. Während die Knaben der Oberstufe der St. Ignatius-Schule eine katholische Interpretation von Graham Greenes *Das Herz aller Dinge* erhielten, versuchte Dr. Daruwalla, Madhu ausfindig zu machen. Doch wie sich herausstellte, hatte Garg sein Telefon abgemeldet. Mr. Garg stellte sich tot. Vinod berichtete Dr. Daruwalla, daß Deepa bereits mit Garg gesprochen hatte; angeblich hatte sich der Besitzer des Wetness Cabaret bei ihr über den Doktor beschwert.

»Garg ist der Meinung, daß Sie an ihn zu strenge moralische Maßstäbe anlegen«, erläuterte der Zwerg.

Doch was der Doktor mit Madhu, oder auch mit Garg, besprechen wollte, hatte nichts mit Moral zu tun. Obwohl er Gargs Verhalten mißbilligte, ging es ihm um die Möglichkeit, Madhu klarzumachen, was es bedeutete, HIV-positiv zu sein. Vinod ließ durchblicken, daß wenig Aussicht bestand, überhaupt direkt mit Madhu zu sprechen.

»Es funktioniert besser auf einem anderen Weg«, schlug der Zwerg vor. »Sie sagen es mir. Ich sage es Deepa. Sie sagt es Garg. Und Garg sagt es dem Mädchen.«

Es fiel Dr. Daruwalla schwer, dies als »besseren Weg« zu akzeptieren, aber allmählich begann er zu begreifen, was es für den Zwerg bedeutete, als Barmherziger Samariter tätig zu sein. Kinder aus den Bordellen zu retten war für Vinod und Deepa schlicht eine Freizeitbeschäftigung; sie würden es auch weiterhin tun. Dabei unbedingt Erfolg haben zu müssen hätte ihre Bemühungen womöglich verringert.

»Sag Garg, daß er falsch informiert worden ist«, sagte Dr. Daruwalla zu Vinod. »Sag ihm, daß Madhu HIV-positiv ist.«

Interessanterweise standen Gargs Chancen, sofern er nicht infiziert war, gut; wahrscheinlich würde er sich bei Madhu nicht mit dem HIV-Virus anstecken. (Mit der HIV-Übertragung ist es so, daß eine Frau das Virus nicht so leicht an einen Mann weitergibt.) Falls Garg wirklich infiziert war, bedeutete das tragischerweise, daß sich Madhu wahrscheinlich bei ihm angesteckt hatte.

Der Zwerg mußte die Niedergeschlagenheit des Doktors gespürt haben. Vinod wußte, daß sich ein erfolgreicher Barmherziger Samariter nicht bei jedem kleinen Fehlschlag aufhalten konnte. »Wir zeigen ihnen nur das Netz«, versuchte Vinod zu erläutern. »Wir sind nicht ihre Flügel.«

»Ihre Flügel? Welche Flügel?« fragte Farrokh.

»Nicht jedes Mädchen ist imstande zu fliegen«, sagte der Zwerg. »Und nicht alle fallen ins Netz.«

Dr. Daruwalla überlegte, daß er diese Lebensweisheit an Martin Mills weitergeben sollte, aber der Scholastiker war noch immer damit beschäftigt, den Knaben der Oberstufe Graham Greene in leicht verdaulicher Form nahezubringen. Also rief der Doktor statt dessen den Kommissar an.

»Patel hier«, sagte die kalte Stimme. Im Hintergrund hallte das Geklapper der Schreibmaschinen; man hörte das anschwellende und wieder verklingende Röhren eines Motorradmotors, der gedankenlos auf Touren gebracht wurde. Wie eine Interpunktion ihres Telefongesprächs ertönte zwischendurch das heftige Protestgebell der Dobermänner aus dem Zwinger im Hof. Dr. Daruwalla stellte sich vor, daß unmittelbar außerhalb seiner Hörweite ein Verhafteter seine Unschuld beteuerte und erklärte, er habe die Wahrheit gesagt. Er hätte gern gewußt, ob Rahul anwesend war. Wie war sie wohl angezogen?

»Ich weiß, daß diese Sache eigentlich nicht in den Bereich der Verbrechensbekämpfung gehört«, entschuldigte sich Farrokh im voraus. Dann erzählte er dem Kommissar alles, was er über Madhu und Mr. Garg wußte.

»Viele Zuhälter heiraten ihre besten Mädchen«, informierte

Detective Patel den Doktor. »Garg betreibt das Wetness Cabaret, aber nebenbei ist er Zuhälter.«

»Ich möchte nur die Möglichkeit haben, ihr zu sagen, was ihr bevorsteht«, sagte Dr. Daruwalla.

»Sie ist die Frau eines anderen Mannes«, entgegnete Patel.

»Sie wollen also, daß ich der Frau eines andern Mannes befehle, mit Ihnen zu reden?«

»Können Sie sie nicht bitten?« fragte Farrokh.

»Ich kann es einfach nicht glauben, daß ich mit dem Schöpfer von Inspector Dhar rede«, sagte der Kommissar. »Wie war das gleich wieder? Es ist einer meiner absoluten Lieblingssprüche: ›Die Polizei bittet nicht, die Polizei verhaftet oder schikaniert.‹ Ist das richtig?«

»Ja, das ist richtig«, gab Dr. Daruwalla zu.

»Dann wollen Sie also, daß ich sie schikaniere... und Garg auch?« fragte der Polizist. Als ihm der Doktor nicht antwortete, fuhr er fort: »Wenn Garg diese Madhu auf die Straße jagt oder wenn sie wegläuft, kann ich sie zum Verhör herbringen lassen. Dann können Sie mit ihr reden. Das Problem ist nur, daß es mir in diesem Fall nicht gelingen wird, sie zu finden. Sie ist zu hübsch und zu gewitzt, um sich auf der Straße zu prostituieren. Sie wird in ein Bordell gehen, und sobald sie drin ist, läßt sie sich nicht mehr auf der Straße blicken. Jemand bringt ihr was zu essen, und die Bordellwirtin kauft ihr was zum Anziehen.«

»Und wenn sie krank wird?« fragte der Doktor.

»Es gibt Ärzte, die die Bordelle betreuen«, erwiderte Patel. »Wenn sie so krank wird, daß sie nicht mehr als Prostituierte arbeiten kann, wird die Bordellwirtin sie voraussichtlich auf die Straße setzen. Aber zu dem Zeitpunkt ist sie immun.«

»Was meinen Sie mit ›immun‹?« fragte Dr. Daruwalla.

»Wenn man auf der Straße lebt und sehr krank ist, lassen einen alle im Stich. Wenn einem niemand mehr nahekommt, ist man immun«, sagte der Polizist.

»Und dann könnten Sie sie finden«, bemerkte Farrokh.

»Dann könnten wir sie unter Umständen finden«, stellte Patel richtig. »Aber dann wäre es wohl kaum mehr nötig, ihr zu sagen, was ihr bevorsteht.«

»Da haben Sie recht. ›Vergiß sie.‹ Wollen Sie das damit sagen?« fragte der Doktor.

»In Ihrem Beruf behandeln Sie verkrüppelte Kinder... das stimmt doch?« erkundigte sich der Kommissar.

»Ja, das stimmt«, antwortete Dr. Daruwalla.

»Also, ich habe ja keine Ahnung von Ihrem Metier«, sagte Detective Patel, »aber ich könnte mir vorstellen, daß Ihre Erfolgschancen etwas besser stehen als die im Rotlichtbezirk.«

»Ich verstehe, was Sie meinen«, sagte Farrokh. »Und wie stehen die Chancen, daß Rahul gehenkt wird?«

Der Polizist schwieg eine Weile. Nur die Schreibmaschinen antworteten auf die Frage; sie klapperten regelmäßig weiter, gelegentlich unterbrochen von dem aufheulenden Motor oder dem mißtönenden Gebell der Dobermänner. »Hören Sie die Schreibmaschinen?« fragte der Kommissar nach einer Weile.

»Natürlich«, antwortete Dr. Daruwalla.

»Der Bericht über Rahul wird ziemlich lang werden«, versprach ihm Patel. »Aber nicht einmal die sensationelle Anzahl von Morden wird den Richter beeindrucken. Ich meine, sehen Sie sich doch an, wer die meisten Opfer waren. Sie waren ohne Bedeutung.«

»Sie meinen, es waren Prostituierte«, sagte Dr. Daruwalla.

»Genau«, antwortete Patel. »Also werden wir ins Feld führen, daß Rahul mit anderen Frauen zusammen inhaftiert werden muß. Anatomisch gesehen ist sie eine Frau...«

»Dann hat sie sich also vollständig operieren lassen«, unterbrach ihn der Doktor.

»Angeblich ja. Natürlich habe ich mich nicht selbst davon überzeugt«, fügte der Kommissar hinzu.

»Nein, natürlich nicht...«, sagte Dr. Daruwalla.

»Worauf ich hinauswill, ist, daß Rahul nicht mit Männern zusammen inhaftiert werden kann, weil sie eine Frau ist. Und Einzelhaft ist zu teuer, in Fällen von lebenslanger Haft unmöglich«, sagte der Detective. »Andererseits gibt es ein Problem, wenn Rahul mit weiblichen Gefangenen zusammengesperrt wird. Sie ist so kräftig wie ein Mann, und sie hat in der Vergangenheit Frauen umgebracht. Verstehen Sie, was ich damit sagen will?«

»Sie meinen also, daß sie womöglich nur deshalb zum Tod verurteilt wird, weil es so problematisch wäre, sie zusammen mit anderen Frauen einzusperren?« fragte Farrokh.

»Genau«, sagte Patel. »Das ist unser bestes Argument. Aber ich glaube trotzdem nicht, daß man sie hängen wird.«

»Und warum nicht?« fragte der Doktor.

»Weil das fast nie vorkommt«, entgegnete der Kommissar. »Bei Rahul wird man es wahrscheinlich mit Zwangsarbeit und lebenslanger Haft probieren. Und irgendwann wird etwas passieren... vielleicht bringt sie eine Mitgefangene um.«

»Oder sie beißt jemanden«, sagte Dr. Daruwalla.

»Dafür wird man sie nicht hängen«, sagte der Polizist. »Aber irgend etwas wird passieren. Und dann müssen sie sie hängen.«

»Bis dahin dauert es natürlich noch lange«, vermutete Farrokh.

»Genau«, sagte Patel. »Und es wird nicht sehr befriedigend sein«, fügte er hinzu.

Das war ein Standardspruch des Kommissars, wie Dr. Daruwalla wußte. Er bewog ihn dazu, eine ganz andere Frage zu stellen. »Und was werden Sie tun... Sie und Ihre Frau?« erkundigte sich Farrokh.

»Was meinen Sie damit?« fragte Detective Patel. Zum erstenmal schien er überrascht.

»Ich meine, werden Sie hierbleiben... in Bombay, in Indien?« fragte der Doktor.

»Wollen Sie mir etwa einen Job anbieten?« entgegnete der Polizist.

Farrokh lachte. »Eigentlich nicht«, gab er zu. »Ich wollte nur gern wissen, ob Sie hierbleiben.«

»Aber das hier ist doch meine Heimat«, erklärte ihm der Kommissar. »Sie sind derjenige, der hier nicht zu Hause ist.«

Eine unangenehme Feststellung, die der Doktor jetzt schon zum zweitenmal zu hören bekam. Erst Vinod und jetzt Patel hatten ihm eine Lektion erteilt, und beide Male ging es darum, etwas Unbefriedigendes zu akzeptieren.

»Falls Sie jemals nach Kanada kommen«, sprudelte Farrokh hervor, »würde es mich freuen, Sie als Gast bei uns zu haben – und Ihnen alles zu zeigen.«

Jetzt war es der Kommissar, der lachen mußte. »Es ist viel wahrscheinlicher, daß ich Sie wiedersehe, wenn Sie nach Bombay zurückkommen«, meinte er.

»Ich komme nicht nach Bombay zurück«, sagte Dr. Daruwalla beharrlich. Er hatte sich nicht zum erstenmal so unmißverständlich zu diesem Thema geäußert.

Obwohl Detective Patel diese Aussage höflich zur Kenntnis nahm, spürte Dr. Daruwalla, daß er ihm nicht glaubte. »Alsdann«, sagte Patel. Mehr gab es dazu nicht zu sagen. Nicht »Auf Wiedersehen«, nur »Alsdann«.

Nicht ein Wort

Martin Mills beichtete abermals bei Pater Cecil, der es diesmal schaffte wach zu bleiben. Der Scholastiker hatte sich vorschneller Schlußfolgerungen schuldig gemacht. Er interpretierte Dannys Tod und die Aufforderung seiner Mutter, ihr in New York zur Seite zu stehen, als ein Zeichen. Schließlich sind die Jesuiten dafür bekannt, daß sie unentwegt Gottes Willen erforschen, und Martin war dafür ein besonders eifriges Beispiel. Er suchte nicht nur Gottes Willen zu ergründen, sondern glaubte zu oft, ihn spontan erfaßt zu haben. In diesem Fall, gestand Martin, schaffte seine Mutter es anscheinend immer noch, ihm Schuldgefühle einzujagen, denn er war geneigt, auf ihr Geheiß hin nach New York zu fahren. Martin beichtete auch, daß er nicht hinfahren wollte. Daraus zog er den voreiligen Schluß, seine Schwäche – seine Unfähigkeit, Vera die Stirn zu bieten – sei ein Anzeichen dafür, daß ihm der nötige Glaube fehle, um Priester zu werden. Dazu kam noch, daß die Kindprostituierte nicht nur den Zirkus verlassen hatte und zu ihrem sündigen Leben zurückgekehrt war, sondern daß sie ziemlich sicher an Aids sterben würde. Was Madhu widerfahren war, interpretierte Martin als eine noch düsterere Vorwarnung, daß er nicht zum Priester taugte.

»Das soll mir eindeutig zeigen, daß ich unfähig sein werde, die Gnade, die ich durch die Priesterweihe von Gott erhalte, zu erneuern«, beichtete Martin dem alten Pater Cecil, der sich wünschte, der Pater Rektor könnte das hören. Pater Julian hätte den eingebildeten Tor auf seinen Platz verwiesen. Welche Unverschämtheit – welch bodenlose Unbescheidenheit –, jeden Augenblick des Zweifels an sich selbst als Zeichen Gottes zu deuten! Was immer Gottes Wille sein mochte, Pater Cecil war überzeugt, daß Martin Mills nicht dazu ausersehen war, soviel davon abzubekommen, wie er sich einbildete.

Da Pater Cecil Martin stets in Schutz genommen hatte, war er selbst überrascht, als er sagte: »Wenn Sie so sehr an sich zweifeln, Martin, sollten Sie vielleicht wirklich nicht Priester werden.«

»Ich danke Ihnen, Pater!« sagte Martin. Erstaunt registrierte Pater Cecil, wie erleichtert der Seufzer des somit ehemaligen Scholastikers klang.

Als der Pater Rektor von Martins schockierender Entscheidung erfuhr – die Lebensgemeinschaft der Jesuiten zu verlassen, nicht mehr »einer der Unsrigen« zu sein, wie die Jesuiten es nennen –, reagierte er verblüfft, aber philosophisch.

»Indien ist nicht jedermanns Sache«, bemerkte Pater Julian, der es vorzog, Martin Mills' abruptem Entschluß eine weltliche Deutung zu geben. Schieben wir sozusagen Bombay die Schuld in die Schuhe. Schließlich war Pater Julian ein Engländer, der sich zugute hielt, daß er die Tauglichkeit amerikanischer Missionare grundsätzlich in Zweifel zog; immerhin hatte er bereits aufgrund der mageren Aussage von Martin Mills' Dossier Vorbehalte geäußert. Pater Cecil, der Inder war, meinte, es täte ihm leid, den jungen Martin gehen zu sehen; seine Fähigkeiten als Lehrer waren für die St. Ignatius Schule eine willkommene Bereicherung gewesen.

Frater Gabriel, der Martin recht gern mochte und ihn bewunderte, mußte an die blutigen Socken denken, die der Scholastiker in den Händen ausgedrückt hatte – und natürlich an das »Ich nehme den Truthahn«-Gebet. Der betagte Spanier nahm, wie häufig, Zuflucht zu seiner Ikonensammlung. Diese Bilder des Leidens, die die russischen und byzantinischen Ikonen Frater Gabriel boten, waren in ihrer Vielfalt altbekannt und schon darum tröstlich.

Die Enthauptung Johannes' des Täufers, das Abendmahl, die Kreuzabnahme Christi – selbst diese schrecklichen Augenblicke waren dem Anblick von Martin Mills vorzuziehen, der dem alten Frater Gabriel in verhängnisvoller Weise im Gedächtnis haften geblieben war: der verrückte Kalifornier mit seinen blutigen, verrutschten Verbänden, der aussah wie eine aus zahlreichen umgebrachten Missionaren zusammengefügte Gestalt. Vielleicht war es wirklich Gottes Wille, daß Martin Mills nach New York gerufen wurde.

»Was wollen Sie tun?« schrie Dr. Daruwalla, denn in der Zeit, die er gebraucht hatte, um mit Vinod und Detective Patel zu reden, hatte Martin den Jungen der Oberstufe von St. Ignatius nicht nur eine katholische Interpretation des Romans *Das Herz aller Dinge* geliefert, sondern zudem Gottes Willen »interpretiert«. Martin zufolge wollte Gott nicht, daß er Priester wurde – Gott wollte, daß er nach New York fuhr!

»Mal sehen, ob ich Ihnen folgen kann«, sagte Farrokh. »Sie sind zu dem Schluß gelangt, daß Madhus Tragödie Ihr ganz persönlicher Mißerfolg ist. Ich kenne das Gefühl, ich bin genauso ein Narr wie Sie. Und darüber hinaus zweifeln Sie an der Kraft Ihrer Überzeugung, Priester zu werden, weil Sie sich noch immer von Ihrer Mutter manipulieren lassen, die das Manipulieren anderer Menschen zu ihrem Beruf gemacht hat. Sie fliegen also nach New York, nur um Veras Macht über Sie unter Beweis zu stellen... und natürlich auch Danny zuliebe, obwohl Danny nie erfahren wird, ob Sie zu seinem Begräbnis gekommen sind oder nicht. Oder glauben Sie, daß er es erfährt?«

»Das ist eine sehr vereinfachte Darstellung«, sagte Martin. »Mag sein, daß mir die nötige Willenskraft fehlt, aber meinen Glauben habe ich nicht vollständig eingebüßt.«

»Ihre Mutter ist ein Miststück«, erklärte ihm Dr. Daruwalla.

»Das ist eine sehr vereinfachte Darstellung«, wiederholte Martin. »Außerdem weiß ich das längst.«

Der Doktor geriet in arge Versuchung. Sag es ihm! dachte er. Sag es ihm jetzt!

»Natürlich gebe ich Ihnen das Geld zurück. Ich betrachte das Flugticket nicht als Geschenk«, erläuterte Martin Mills. »Schließlich ist mein Armutsgelübde nicht länger wirksam. Ich habe die akademischen Voraussetzungen, um zu unterrichten. Damit werde ich zwar nicht viel Geld verdienen, aber bestimmt genug, um Ihnen alles zurückzuzahlen... wenn Sie mir nur ein bißchen Zeit lassen.«

»Es geht mir nicht um das Geld! Ich kann es mir leisten, Ihnen ein Flugticket zu schenken... ich kann es mir sogar lei-

sten, Ihnen zwanzig Flugtickets zu schenken!« rief Farrokh.
»Aber Sie geben Ihr Ziel auf, und das ist so verrückt an Ihnen.
Sie geben einfach auf, noch dazu aus so blödsinnigen Gründen!«

»Es liegt nicht an den Gründen, es liegt an meinen Zweifeln«,
sagte Martin. »Sehen Sie mich doch an. Ich bin neununddreißig.
Wenn ich Priester werden würde, müßte ich längst einer sein.
Jemand, der mit neununddreißig noch immer versucht, ›sich
selbst zu finden‹, ist nicht sehr zuverlässig.«

Du nimmst mir die Worte aus dem Mund! dachte Dr. Daruwalla, aber laut sagte er nur: »Machen Sie sich keine Sorgen
wegen des Tickets. Ich besorge Ihnen eines.« Es war ihm arg,
diesen Narren so am Boden zerstört zu sehen; und Martin war
ein Narr, allerdings ein idealistischer. Sein närrischer Idealismus
war Dr. Daruwalla ans Herz gewachsen. Und Martin war aufrichtig – im Gegensatz zu seinem Zwillingsbruder! Paradoxerweise hatte der Doktor das Gefühl, von Martin Mills – in einer
knappen Woche – mehr über John D. erfahren zu haben als in
neununddreißig Jahren von diesem selbst.

Dr. Daruwalla fragte sich, ob John D.s Distanziertheit, sein
Nichtpräsentsein – sein ikonenhafter, undurchsichtiger Charakter – nicht vielleicht jenen Teil seiner Persönlichkeit ausmachte,
der nicht angeboren war, sondern sich erst entwickelt hatte, als
er Inspector Dhar wurde. Dann rief er sich ins Gedächtnis, daß
John D. bereits Schauspieler gewesen war, bevor er Inspector
Dhar wurde. Wenn der eineiige Zwilling eines Homosexuellen
mit 52prozentiger Wahrscheinlichkeit auch homosexuell ist, in
welcher Beziehung waren John D. und Martin Mills sonst
noch mit 52prozentiger Wahrscheinlichkeit gleich? Da fiel ihm
ein, daß die Wahrscheinlichkeit, daß die Zwillinge unterschiedlich waren, immerhin 48 Prozent betrug; trotzdem bezweifelte
er, daß Danny Mills der Vater der Zwillinge war. Außerdem
hatte er Martin zu lieb gewonnen, um ihn weiterhin täuschen zu
wollen.

Sag es ihm! Sag es ihm jetzt! ermahnte sich Farrokh, aber die Worte wollten einfach nicht kommen. Er konnte sich nur im stillen vorsagen, was er Martin hätte sagen wollen.

Du brauchst dich nicht um Dannys Hinterlassenschaft zu kümmern. Wahrscheinlich war Neville Eden dein Vater, und seine Hinterlassenschaft wurde vor vielen Jahren geregelt. Du brauchst deiner Mutter nicht zu helfen, denn sie ist schlimmer als ein Miststück. Du weißt weder, was sie ist, noch weißt du alles über sie. Außerdem gibt es jemanden, den du vielleicht gern kennenlernen möchtest; womöglich könntet ihr euch sogar gegenseitig helfen. Er könnte dir beibringen, die Dinge etwas lockerer zu sehen – vielleicht sogar, dich ein bißchen zu amüsieren. Du könntest ihm ein bißchen mehr Offenheit beibringen – vielleicht sogar, wie er es anstellen muß, um kein Schauspieler zu sein, wenigstens nicht die ganze Zeit.

Aber all das sprach der Doktor nicht aus. Nicht ein Wort.

Dr. Daruwalla faßt einen Entschluß

»Dann ist er also… ein Drückeberger«, sagte Inspector Dhar über seinen Zwillingsbruder.

»Auf alle Fälle ist er durcheinander«, entgegnete Dr. Daruwalla.

»Mit neununddreißig sollte ein Mann nicht mehr auf der Suche nach sich selbst sein«, verkündete John D. Der Schauspieler brachte die Zeile mit nahezu perfekter Entrüstung vor, ohne im geringsten durchblicken zu lassen, daß sich ihm das Problem mit der »Suche nach sich selbst« kürzlich selbst gestellt hatte.

»Ich glaube, du wirst ihn mögen«, sagte Farrokh vorsichtig.

»Na ja, du bist der Autor«, bemerkte Dhar vieldeutig, so daß Dr. Daruwalla überlegte: Meint er, daß ich es in der Hand habe, ob sie sich begegnen? Oder meint er, daß nur ein Autor seine

Zeit damit verschwenden würde, sich vorzustellen, daß sich die Zwillinge unbedingt begegnen sollten?

Sie standen bei Sonnenuntergang auf dem Balkon der Daruwallas. Das Arabische Meer hatte das blasse Purpur von John D.s langsam abheilender Unterlippe angenommen. Die Schiene seines gebrochenen kleinen Fingers diente ihm als Zeigestab; und Dhar zeigte gern auf Dinge.

»Weißt du noch, wie Nancy auf diesen Ausblick reagiert hat?« fragte der Schauspieler, während er nach Westen zeigte.

»Bis nach Iowa«, bemerkte der Autor.

»Falls du wirklich nicht mehr nach Bombay zurückkommst, Farrokh, könntest du doch dem Kommissar und Mrs. Patel diese Wohnung überlassen.« Der Satz wurde fast völlig gleichgültig vorgetragen. Der Drehbuchautor mußte sich über den verborgenen Charakter, den er geschaffen hatte, wundern; Dhar war fast völlig undurchsichtig. »Ich meine nicht, daß du es ihnen schenken sollst – der redliche Detective würde daraus zweifellos eine Bestechung konstruieren«, fuhr Dhar fort. »Aber vielleicht könntest du es ihnen für einen lächerlichen Preis verkaufen, sagen wir, für hundert Rupien. Natürlich könntest du zur Bedingung machen, daß die Patels Nalin und Roopa behalten müssen, solange sie leben. Ich weiß, daß du die beiden niemals auf die Straße setzen würdest. Und was die Hausbewohnergemeinschaft betrifft, bin ich sicher, daß niemand etwas gegen die Patels einzuwenden hätte. Jeder Wohnungseigentümer hätte sicher gern einen Polizisten im Haus.« Dhar zeigte mit seiner Schiene wieder nach Westen. »Ich glaube, diese Aussicht würde Nancy guttun«, fügte er hinzu.

»Wie ich sehe, hast du dir darüber Gedanken gemacht«, sagte Farrokh.

»Es ist nur so eine Idee... falls du wirklich nie mehr nach Bombay zurückkommst«, antwortete John D. »Ich meine, wirklich nie mehr.«

»Kommst du denn je wieder zurück?« fragte ihn Dr. Daruwalla.

»Nie im Leben«, antwortete Inspector Dhar.

»Ach, diese alte Floskel!« sagte Farrokh liebevoll.

»Du hast sie geschrieben«, erinnerte ihn John D.

»Und du mußt mich immer daran erinnern«, sagte der Doktor.

Sie blieben auf dem Balkon, bis das Arabische Meer die Farbe einer überreifen Kirsche angenommen hatte, fast schon schwarz. Julia mußte den Inhalt von John D.s Taschen von der gläsernen Tischplatte wegräumen, damit sie dort essen konnten. Diese Gewohnheit hatte John D. von Kindheit an beibehalten. Sobald er das Haus oder die Wohnung der Daruwallas betrat, legte er den Mantel ab, zog seine Schuhe oder Sandalen aus und leerte den Inhalt seiner Taschen auf den nächstbesten Tisch. Das war nicht nur eine Geste, die dazu beitrug, daß er sich wie zu Hause fühlte, denn ursprünglich waren die Töchter der Daruwallas dafür verantwortlich. Solange sie bei ihren Eltern wohnten, taten sie nichts lieber, als mit John D. zu ringen. Er lag dann rücklings auf dem Teppich oder auf dem blanken Boden, manchmal auch auf einer Couch, und die kleinen Mädchen fielen über ihn her; er tat ihnen nie weh, sondern wehrte sie nur ab. Und deshalb beklagten sich Farrokh und Julia auch nie, daß sein Tascheninhalt in jedem Haus und jeder Wohnung, die sie irgendwann bewohnten, stets irgendwo herumlag, obwohl keine Kinder mehr da waren, die sich mit John D. balgten. Schlüssel, eine Brieftasche, manchmal ein Paß … und an diesem Abend lag auf dem Glastisch in der Wohnung der Daruwallas am Marine Drive auch ein Flugticket.

»Du fliegst also am Donnerstag?« fragte ihn Julia.

»Donnerstag!« rief Dr. Daruwalla. »Das ist ja übermorgen!«

»Ich muß schon am Mittwoch abend zum Flugplatz, der Flug geht nämlich in aller Herrgottsfrühe«, sagte John D.

»Das ist ja morgen abend!« rief Farrokh.

Er nahm Julia Dhars Brieftasche, die Schlüssel und das Flugticket ab und legte alles auf die Anrichte.

»Nicht dahin«, sagte Julia, die das Abendessen dort servieren wollte. Also trug Dr. Daruwalla John D.s Taschcninhalt in den Flur und deponierte ihn auf einem niedrigen Tisch neben der Wohnungstür. Auf diese Weise, dachte der Doktor, würde John D. seine Sachen auf alle Fälle sehen und sie beim Abschied nicht vergessen.

»Warum sollte ich länger dableiben«, fragte John D. Julia. »Ihr bleibt doch auch nicht viel länger, oder?«

Aber Dr. Daruwalla hielt sich noch im Flur auf und sah sich Dhars Flugticket genauer an. Swissair, nonstop nach Zürich. Flug 197, Abflug Donnerstag, 1 Uhr 45 nachts. Erste Klasse, Platz 4B. Dhar nahm immer einen Sitzplatz am Gang, weil er gern Bier trank. Bei einem neunstündigen Flug mußte er dementsprechend oft aufstehen, um zu pinkeln, und wollte dabei nicht ständig über andere Leute hinwegklettern müssen.

Blitzschnell – noch bevor er wieder zu John D. und Julia zurückkehrte und sich zum Essen an den Tisch setzte – hatte Dr. Daruwalla einen Entschluß gefaßt. Immerhin war er, wie Dhar ihm bestätigt hatte, der Autor. Und ein Autor konnte Dinge geschehen lassen. Die beiden waren Zwillinge. Sie mußten sich ja nicht mögen, aber einsam brauchten sie auch nicht zu sein.

Farrokh saß glücklich bei seinem Supper (wie er es beharrlich nannte) und lächelte John D. liebevoll an. Dich werd ich lehren, mir doppeldeutige Antworten zu geben! dachte der Doktor. Laut sagte er: »Du hast recht, warum solltest du noch länger hierbleiben! Du kannst ebensogut auf der Stelle abreisen.«

Julia und John D. sahen ihn an, als sei er nicht richtig im Kopf. »Na ja, ich meine, natürlich wirst du mir fehlen, aber wir sehen uns sicher bald wieder, irgendwo. In Kanada oder in der Schweiz. Ich freue mich schon darauf, mehr Zeit in den Bergen zu verbringen.«

»Wirklich? Du?« fragte Julia verblüfft. Farrokh konnte Berge nicht ausstehen. Inspector Dhar starrte ihn nur an.

»Ja, das ist sehr gesund«, erwiderte der Doktor. »Die gute Swissair«, bemerkte er geistesabwesend; eigentlich hatte er »Schweizer Luft« sagen wollen, aber er dachte an die Fluggesellschaft und daran, daß er Martin Mills ein Erster-Klasse-Ticket nach Zürich für den Swissair-Flug 197 am frühen Donnerstag morgen besorgen würde. Platz 4A. Farrokh hoffte, der ehemalige Missionar würde den Fensterplatz ebenso zu schätzen wissen wie seinen interessanten Reisegefährten.

Das Abendessen verlief fröhlich und harmonisch. Normalerweise war Dr. Daruwalla mißmutig, wenn er wußte, daß er sich von John D. trennen mußte. Aber an diesem Abend fühlte er sich geradezu euphorisch.

»John D. hatte eine phantastische Idee... wegen dieser Wohnung«, erzählte Farrokh seiner Frau. Julia war von dem Vorschlag sehr angetan, und alle drei unterhielten sich ausführlich darüber. Detective Patel war ein stolzer Mensch, Nancy ebenfalls. Beide würden empfindlich reagieren, wenn sie das Gefühl hätten, die Wohnung würde ihnen aus christlicher Nächstenliebe angeboten. Man mußte die Sache so drehen, daß sie den Daruwallas einen Gefallen zu tun glaubten, wenn sie die alten Dienstboten »behielten« und sich um sie kümmerten. Alle drei sprachen voller Bewunderung vom Kommissar; und über Nancy hätten sie stundenlang reden können – sie war ohne Zweifel eine vielschichtige Person.

Mit John D. war es immer einfacher, wenn sich die Unterhaltung um andere Personen drehte; Gesprächen über sich selbst ging der Schauspieler stets aus dem Weg. Angeregt unterhielten sich die drei beim Essen über das, was der Kommissar dem Doktor anvertraut hatte – daß es sehr unwahrscheinlich war, daß man Rahul hängen würde.

Julia und John D. hatten Farrokh selten so gelöst erlebt. Der

Doktor äußerte den dringenden Wunsch, seine Töchter und Enkelkinder häufiger zu sehen, und betonte wiederholt, daß er
auch John D. häufiger besuchen wolle – »in deiner Schweizer
Umgebung«. Die beiden Männer tranken ziemlich viel Bier und
blieben bis spät in die Nacht auf dem Balkon sitzen, bis der Verkehr auf dem Marine Drive fast eingeschlafen war. Julia leistete
ihnen Gesellschaft.

»Du weißt, Farrokh, daß ich wirklich zu schätzen weiß, was
du alles für mich getan hast«, sagte der Schauspieler.

»Es hat mir Spaß gemacht«, antwortete der Drehbuchautor.
Er mußte seine Tränen zurückhalten – er war ein sentimentaler
Mensch. Eigentlich war er ganz glücklich, während er in der
Dunkelheit so dasaß. Der Geruch des Arabischen Meeres, die
Ausdünstungen der Stadt – sogar der Mief der ständig verstopf-
ten Abflußrohre und der penetrante Gestank menschlichen
Kots – stiegen geradezu tröstlich zu ihnen empor. Farrokh be-
stand darauf, einen Toast auf Danny Mills auszubringen. Dhar
trank höflich auf Dannys Wohl.

»Er war nicht dein Vater, davon bin ich fest überzeugt«, erklärte Farrokh John D.

»Davon bin ich auch überzeugt«, antwortete dieser.

»Warum bist du denn so glücklich?« fragte Julia ihren Mann.

»Er ist glücklich, weil er Indien verläßt und nie mehr zurück-
kommt«, antwortete Inspector Dhar. Er brachte diesen Satz
nahezu vollkommen glaubwürdig vor. Farrokh fand das etwas
irritierend, weil er selbst es sich als Feigheit ankreidete, Indien
zu verlassen und nie mehr zurückzukehren. In John D.s Augen
war er dasselbe wie sein Zwillingsbruder, ein Drückeberger –
sofern John D. wirklich glaubte, daß der Doktor nie mehr
zurückkehren würde.

»Ihr werdet schon sehen, warum ich glücklich bin«, sagte Dr.
Daruwalla. Als er auf dem Balkon einschlief, trug John D. ihn in
sein Bett.

»Schau ihn dir an«, sagte Julia. »Er lächelt im Schlaf.«

Er würde ein andermal Zeit haben, um Madhu zu trauern. Er würde auch noch Zeit haben, sich um Ganesh, den Elefantenjungen, Sorgen zu machen. An seinem nächsten Geburtstag wurde der Doktor sechzig. Aber jetzt im Augenblick stellte er sich die Zwillingsbrüder auf dem gemeinsamen Swissair-Flug 171 vor. Neun Stunden in der Luft müßten ausreichen, um eine Beziehung anzuknüpfen, dachte Dr. Daruwalla.

Julia wollte im Bett noch lesen, wurde aber durch Farrokh abgelenkt, der im Schlaf laut auflachte. Wahrscheinlich ist er betrunken, dachte sie. Dann sah sie, daß sich ein Schatten über sein Gesicht legte. Wirklich schade, dachte Dr. Daruwalla. Er hätte zu gern bei den beiden im Flugzeug gesessen – nur um sie zu beobachten und ihnen zuzuhören. Welcher Sitzplatz befindet sich auf der anderen Seite des Ganges neben 4B? überlegte der Doktor. Platz 4J? Farrokh hatte häufig diesen Flug nach Zürich genommen. Es war eine Boeing 747; der Platz gegenüber von 4B war 4J, hoffte er.

»Vier Jot«, sagte er zu der Bodenstewardess. Julia ließ ihr Buch sinken und sah ihn an.

»Liebchen«, flüsterte sie, »wach entweder auf oder schlaf endlich ein.« Doch jetzt lag wieder ein heiteres Lächeln auf Dr. Daruwallas Gesicht. Er war genau dort, wo er sein wollte. Es war Donnerstag nacht – 1 Uhr 45, um genau zu sein –, und der Swissair-Flug 171 startete vom Flugplatz Sahar. Nur durch den Gang getrennt, starrten die beiden Zwillingsbrüder einander an; keiner von ihnen brachte ein Wort heraus. Es würde ein bißchen dauern, bis einer von ihnen das Eis brach, aber der Doktor war zuversichtlich, daß sie ihr Schweigen nicht ganze neun Stunden lang aufrechterhalten konnten. Obwohl der Schauspieler mehr und interessantere Einzelheiten wußte, hätte Farrokh gewettet, daß der ehemalige Missionar zu plappern anfangen würde. Martin Mills würde die ganze Nacht hindurch plappern, wenn John

D. nicht irgendwann den Mund aufmachte, um sich seiner Haut zu wehren.

Julia beobachtete, wie ihr Mann im Schlaf die Hände auf seinen Bauch legte. Dr. Daruwalla vergewisserte sich, daß der Sitzgurt richtig geschlossen war. Dann lehnte er sich zurück, um den langen Flug zu genießen.

Machen Sie einfach die Augen zu!

Der nächste Tag war ein Mittwoch. Dr. Daruwalla sah sich den Sonnenuntergang von seinem Balkon aus an, diesmal zusammen mit Dhars Zwillingsbruder. Martin Mills hatte eine Menge Fragen zu seinem Flugticket. Farrokh wich ihnen mit dem Geschick eines Autors aus, der sich bereits mehrere mögliche Dialoge ausgedacht hatte.

»Ich fliege nach Zürich? Das ist aber seltsam ... ich bin nicht auf diesem Weg hergekommen«, bemerkte der ehemalige Missionar.

»Ich habe Beziehungen zur Swissair. Da ich häufig fliege, bekomme ich besondere Konditionen«, erklärte ihm Farrokh.

»Ach so, verstehe. Also, ich bin Ihnen sehr dankbar. Wie ich gehört habe, soll das eine phantastische Fluglinie sein«, sagte Martin. »Das sind ja Tickets für die erste Klasse!« rief er plötzlich. »Die erste Klasse kann ich Ihnen aber nicht zurückzahlen!«

»Sie dürfen gar nichts zurückzahlen«, sagte der Doktor. »Ich habe Ihnen doch gesagt, daß ich Beziehungen habe ... ich bekomme besondere Konditionen für die erste Klasse. Sie dürfen gar nichts zurückzahlen, weil mich die Flugtickets so gut wie nichts kosten.«

»Ach so, verstehe. Ich bin noch nie erster Klasse geflogen«, sagte der frühere Scholastiker. Farrokh merkte deutlich, daß ihm das Ticket für den Anschlußflug von Zürich nach New

York Rätsel aufgab. Er würde um sechs Uhr früh in Zürich eintreffen, und das Flugzeug nach New York ging erst um ein Uhr mittags – eine lange Zwischenlandung, dachte der ehemalige Jesuit. Und noch eine Besonderheit hatte das Ticket nach New York.

»Das ist ein undatiertes Ticket nach New York«, sagte Farrokh ganz nebenbei. »Es gilt für den täglichen Nonstopflug. Sie müssen nicht am selben Tag, an dem Sie in der Schweiz ankommen, nach New York weiterfliegen, sondern haben ein gültiges Ticket für jeden beliebigen Tag, an dem ein Platz in der ersten Klasse frei ist. Ich dachte mir, vielleicht hätten Sie ja Lust, ein paar Tage in Zürich zu verbringen, etwa das Wochenende. Es wäre sicher besser, wenn Sie ausgeruht in New York ankommen.«

»Also, das ist wirklich sehr freundlich von Ihnen. Aber ich weiß nicht recht, was ich in Zürich anfangen sollte...«, sagte Martin. Dann entdeckte er den Hotelgutschein; er steckte bei den Flugtickets.

»Drei Nächte im Hotel zum Storchen, ein sehr schönes Hotel«, erklärte Farrokh. »Ein Zimmer mit Blick auf die Limmat. Sie können in der Altstadt herumspazieren oder an den See gehen. Waren Sie schon mal in Europa?«

»Nein, war ich nicht«, sagte Martin Mills. Er starrte noch immer auf den Hotelgutschein; die Mahlzeiten waren darin eingeschlossen.

»Alsdann«, sagte Dr. Daruwalla. Nachdem der Kommissar diesen Ausdruck als so bedeutungsvoll empfunden hatte, wollte der Doktor es auch einmal damit versuchen; anscheinend funktionierte er auch bei Martin Mills. Während des ganzen Abendessens war der aus dem Orden ausgetretene Jesuit überhaupt nicht streitsüchtig, sondern wirkte regelrecht zahm. Julia machte sich Sorgen, es könnte vielleicht am Essen liegen, oder Dhars unglücklicher Zwillingsbruder könnte womöglich krank sein, aber Dr. Daruwalla kannte das Gefühl des Versagens; er wußte, was den ehemaligen Missionar quälte.

John D. irrte sich. Sein Zwillingsbruder war kein Drückeberger. Martin Mills hatte das angestrebte Priestertum zwar aufgegeben, aber zu einem Zeitpunkt, als das Ziel bereits in Sicht war und er es ohne weiteres hätte erreichen können. Er war nicht daran gescheitert, Priester zu werden, sondern hatte Angst bekommen, das Amt nicht so ausfüllen zu können, wie er sich das vorstellte. Seine Entscheidung für einen Rückzieher, die nach außen hin so launenhaft und unvermittelt gewirkt hatte, kam nicht aus heiterem Himmel. Wahrscheinlich hatte Martin das Gefühl, daß er sein Leben lang Rückzieher machte.

Da die Sicherheitskontrollen ziemlich lange dauerten, mußte Martin Mills zwei bis drei Stunden vor Abflug in Sahar sein. Farrokh hielt es für riskant, ihn ein Taxi nehmen zu lassen, das nicht von Vinod gefahren wurde; und Vinod war nicht verfügbar, weil er Dhar zum Flugplatz brachte. Dr. Daruwalla bestellte ein angebliches Luxustaxi aus dem Wagenpark von Vinods Blue Nile, Ltd. Auf dem Weg nach Sahar wurde dem Doktor zum erstenmal klar, wie sehr er Dhars Zwillingsbruder vermissen würde.

»Allmählich gewöhne ich mich daran«, sagte Martin. Sie fuhren gerade an einem toten Hund vorbei, der auf der Straße lag, so daß Farrokh glaubte, Martins Bemerkung würde sich auf die zunehmende Vertrautheit mit überrollten Tieren beziehen. Doch Martin führte aus, daß er sich allmählich daran gewöhne, Orten den Rücken zu kehren, wo er ein bißchen in Ungnade gefallen sei. »Also, es handelt sich nie um etwas Skandalöses... ich werde nie mit Schimpf und Schande aus der Stadt gejagt«, fuhr er fort. »Irgendwie stehle ich mich davon. Vermutlich bin ich für die Leute, die ihr Vertrauen in mich gesetzt haben, nicht mehr als eine vorübergehende Peinlichkeit. So empfinde ich mich im Grunde genommen selbst. Es ist nie eine niederschmetternde Enttäuschung oder ein schrecklicher Verlust, sondern eher eine flüchtige Schande.«

Ich werde diesen Knallkopf vermissen, dachte Dr. Daruwalla, aber laut sagte er: »Tun Sie mir einen Gefallen... machen Sie einfach die Augen zu.«

»Liegt wieder was Totes auf der Straße?« fragte Martin.

»Wahrscheinlich«, antwortete der Doktor. »Aber das ist nicht der Grund. Machen Sie einfach die Augen zu. Sind sie zu?«

»Ja, meine Augen sind zu«, sagte der ehemalige Scholastiker. »Was haben Sie denn vor?« fragte er nervös.

»Entspannen Sie sich einfach«, sagte Farrokh. »Wir spielen jetzt ein Spiel.«

»Ich mag keine Spiele!« rief Martin. Er riß die Augen auf und sah sich gehetzt um.

»Machen Sie die Augen zu!« schrie Dr. Daruwalla ihn an. Obwohl sein Gehorsamsgelübde hinter ihm lag, gehorchte Martin. »Ich möchte, daß Sie sich den Parkplatz mit der Christusstatue vorstellen«, sagte der Doktor. »Können Sie sie sehen?«

»Ja, natürlich«, antwortete Martin Mills.

»Ist Christus noch immer da, auf dem Parkplatz?« fragte Farrokh. Der Blödmann machte die Augen auf.

»Na ja, ich weiß nicht recht. Der Parkplatz ist ständig vergrößert worden«, sagte Martin. »Es standen immer eine Menge Baumaschinen und Baumaterialien herum. Vielleicht haben sie diesen Teil des Parkplatzes aufgerissen... womöglich mußten sie die Statue entfernen...«

»Das meine ich nicht! Machen Sie die Augen zu!« befahl Dr. Daruwalla. »Ich meine, können Sie in Gedanken die verdammte Statue noch immer sehen? Jesus Christus auf dem dunklen Parkplatz – können Sie ihn immer noch sehen?«

»Na ja, natürlich... ja«, gab Martin zu. Er hielt die Augen fest geschlossen, als hätte er Schmerzen; sein Mund war auch zu, die Nase leicht gerümpft. Sie fuhren an einem eingezäunten

Slum vorbei, das nur von Abfallfeuern erleuchtet wurde, aber der Gestank menschlicher Exkremente überlagerte den Geruch des verbrennenden Mülls. »Ist das alles?« fragte Martin mit geschlossenen Augen.

»Genügt das nicht?« fragte ihn der Doktor. «Machen Sie um Himmels willen wieder die Augen auf!«

Martin machte sie auf. »War das alles? War das das ganze Spiel?« wollte er wissen.

»Sie haben Jesus Christus doch gesehen, oder? Was wollen Sie denn noch?« fragte Farrokh. »Sie müssen sich klarmachen, daß es möglich ist, ein guter Christ zu sein, wie die Christen das immer nennen, ohne gleichzeitig katholischer Priester zu sein.«

»Ach so, darauf wollen Sie hinaus?« sagte Martin Mills. »Aber sicher, das ist mir schon klar!«

»Ich kann nicht glauben, daß Sie mir fehlen werden, aber so ist es«, sagte Dr. Daruwalla.

»Sie werden mir bestimmt auch fehlen«, erwiderte Dhars Zwillingsbruder. »Vor allem unsere kleinen Unterhaltungen.«

Am Flughafen gab es bei den Sicherheitskontrollen die übliche Schlange. Nachdem sich die beiden Männer verabschiedet hatten (sie umarmten sich sogar), beobachtete Dr. Daruwalla Martin weiterhin aus einiger Entfernung. Er passierte eine Polizeisperre, um ihn weiterhin im Auge behalten zu können. Es ließ sich schwer feststellen, ob seine Verbände die Aufmerksamkeit der anderen Passagiere auf sich zogen oder seine Ähnlichkeit mit Dhar, die einigen Beobachtern offenbar ins Auge sprang, während sie anderen völlig entging. Der Doktor hatte Martins Verbände noch einmal erneuert. Die Wunde am Hals wurde nur noch von einem kleinen Mulltupfer bedeckt, und das verstümmelte Ohrläppchen blieb unverbunden – es sah häßlich aus, war aber weitgehend verheilt. Die Hand war noch immer in einen Mullfäustling eingewickelt. Das Opfer des Schimpansen zwinkerte und lächelte allen zu, die ihn anglotzten. Es war ein aufrichtiges Lächeln, nicht Dhars Hohnlächeln, und trotzdem hatte Farrokh das Gefühl, daß der ehemalige Missionar Dhar noch nie so aufs Haar geglichen hatte. Am Ende eines jeden Inspector-Dhar-Films entfernt sich Dhar von der Kamera; in diesem Fall war Dr. Daruwalla die Kamera. Farrokh war zutiefst bewegt; er fragte sich, ob es daran lag, daß Martin ihn mehr und mehr an John D. erinnerte, oder ob Martin selbst ihn angerührt hatte.

John D. war nirgends zu sehen. Dr. Daruwalla wußte, daß der Schauspieler bei jedem Flug stets als erster an Bord der Maschine ging, hielt aber trotzdem Ausschau nach ihm. Aus künstlerischen Erwägungen wäre der Drehbuchautor enttäuscht gewesen, wenn sich Inspector Dhar und Martin Mills in der Schlange vor der Sicherheitskontrolle begegnet wären, denn er hatte vorgesehen, daß sich die Zwillinge im Flugzeug trafen. Idealerweise sollte das im Sitzen geschehen, dachte Farrokh.

Während Martin in der Schlange wartete, dann schlurfend vorrückte und wieder wartete, sah er fast normal aus. In seinem bunten Hawaiihemd, über dem er einen schwarzen Tropenanzug trug, wirkte er irgendwie mitleiderregend. In Zürich würde er sich auf alle Fälle etwas Wärmeres kaufen müssen. Der Gedanke an diese Ausgaben veranlaßte Dr. Daruwalla, ihm mehrere hundert Schweizer Franken in die Hand zu drücken – in letzter Minute, so daß Martin keine Zeit mehr blieb, das Geld abzulehnen. Obwohl es kaum auffiel, daß er die Augen schloß, während er in der Schlange wartete, war es irgendwie eigenartig. Sobald die Schlange zum Stehen kam, machte Martin die Augen zu und lächelte; dann rückte sie ein paar Zentimeter weiter, Martin mit ihr, und er sah aus, als hätte er neue Kraft geschöpft. Farrokh wußte, was der Narr machte. Martin Mills vergewisserte sich, daß sich Jesus Christus noch immer auf dem Parkplatz befand.

Nicht einmal eine Horde indischer Arbeiter, die vom Golf

zurückkehrten, konnten den ehemaligen Jesuiten von seiner neuen geistlichen Übung ablenken. Diese Arbeiter waren das, was Farrokhs Mutter Meher als Persienheimkehrer zu bezeichnen pflegte, doch in diesem Fall kamen sie nicht aus dem Iran zurück, sondern aus Kuwait – ihre Falttaschen platzten aus allen Nähten. Außer großen Stereoradios schleppten sie auch ihre Schaumstoffmatratzen mit; ihre Plastikumhängetaschen waren prallvoll mit Whiskeyflaschen und Armbanduhren, diversen Sorten Aftershave und Taschenrechnern – einige hatten sogar das Geschirr aus dem Flugzeug mitgehen lassen. Ein Teil der Arbeiter fuhr vermutlich weiter nach Oman – oder nach Qatar oder Dubai. Zu Mehers Zeiten waren die sogenannten Persienheimkehrer mit Goldbarren in den Taschen zurückgekehrt – oder wenigstens mit ein paar Sovereigns. Heutzutage brachten sie vermutlich nicht viel Gold nach Hause. Trotzdem betranken sie sich im Flugzeug. Doch selbst als ein paar besonders ungestüme Heimkehrer Martin Mills anrempelten, hielt dieser die Augen geschlossen und lächelte. Solange sich Jesus noch auf dem Parkplatz befand, war Martins Welt in Ordnung.

Während seines restlichen Aufenthaltes in Bombay sollte Dr. Daruwalla es bedauern, daß er keine so beruhigende Vision erblickte, wenn er die Augen schloß; keinen Christus, nicht einmal einen Parkplatz. Er erzählte Julia, daß er immer wieder von einem Traum heimgesucht wurde, den er nicht mehr gehabt hatte, seit er Indien zum erstenmal verlassen hatte, um in Österreich zu studieren. Der alte Lowji hatte ihm damals erklärt, diese Art Traum sei bei Teenagern recht häufig. Aus irgendeinem Grund steht man plötzlich in aller Öffentlichkeit nackt da. Vor langer Zeit hatte Farrokhs eigenwilliger Vater dafür eine wenig plausible Interpretation geliefert. »Das ist der Traum eines frisch Eingewanderten«, hatte Lowji erklärt. Vielleicht hatte er doch recht gehabt, dachte Farrokh jetzt. Er hatte Indien schon viele Male verlassen, doch diesmal würde er sein Geburtsland in der absoluten Gewißheit verlassen, daß er nie mehr zurückkehren würde. Dessen war er sich noch nie so sicher gewesen.

Als Erwachsener hatte er die meiste Zeit mit dem unbehaglichen Gefühl gelebt (vor allem in Indien), kein echter Inder zu sein. Wie würde ihm zumute sein, wenn er jetzt in Toronto mit der unbehaglichen Gewißheit lebte, daß er sich nie wirklich assimiliert hatte? Obwohl er kanadischer Staatsbürger war, wußte er, daß er kein Kanadier war; er würde sich nie richtig »assimiliert« fühlen. Eine boshafte Bemerkung des alten Lowji sollte Farrokh ewig verfolgen: »Einwanderer bleiben ihr Leben lang Einwanderer!« Mag sein, daß man eine so negative Aussage widerlegen kann, aber vergessen wird man sie nie. Manche Gedanken prägen sich im Lauf der Zeit so lebhaft ein, daß sie zu sichtbaren Gegenständen werden, zu konkreten Dingen.

Zum Beispiel eine rassistische Beleidigung – nicht zu vergessen der damit einhergehende Verlust der Selbstachtung. Oder diese subtilen angelsächsischen Feinheiten, die in Kanada häufig auf Farrokh einstürmten und ihm das Gefühl gaben, immer abseits zu stehen. Manchmal war es einfach nur ein säuerlicher Blick – dieser vertraute, mürrische Gesichtsausdruck, der die alltäglichsten Begegnungen begleitete. Die Art, wie sorgfältig manche Leute die Unterschrift auf deiner Kreditkarte unter die Lupe nahmen, als könnte sie unmöglich mit deiner Unterschrift übereinstimmen; oder wie ihre Blicke beim Zurückgeben des Wechselgeldes immer auf deiner offenen Handfläche verharrten – die eine andere Farbe hat als der Handrücken. Der Unterschied war etwas größer als der, den sie als selbstverständlich hinnahmen – nämlich der zwischen ihren eigenen Handflächen und Handrücken (»Einwanderer bleiben ihr Leben lang Einwanderer!)«

Als Farrokh zum erstenmal sah, wie Suman im Great Royal Circus den Deckenlauf vorführte, konnte er sich nicht vorstellen, daß sie abstürzen könnte. Sie sah vollkommen aus – sie war so schön, und ihre Schritte waren so präzise. Dann, ein andermal, sah er sie vor ihrem Auftritt im Sattelgang stehen. Er war erstaunt, daß sie ihre Muskeln nicht dehnte. Sie bewegte nicht einmal die Füße, sondern stand absolut reglos da. Vielleicht konzentriert sie sich, dachte Dr. Daruwalla. Sie sollte nicht merken, daß er sie beobachtete, denn er wollte sie nicht ablenken.

Als Suman zu ihm hinübersah, wurde Farrokh klar, daß sie sich wirklich konzentriert haben mußte, weil sie ihn gar nicht wahrnahm, obwohl sie sonst stets sehr höflich war; sie sah geradewegs an ihm vorbei oder durch ihn hindurch. Das frische *puja*-Mal auf ihrer Stirn war verschmiert. Es war nur ein winziger Makel, doch als Dr. Daruwalla den Fleck sah, wurde ihm schlagartig bewußt, daß Suman sterblich war. Von dem Augenblick an hielt Farrokh es für möglich, daß sie abstürzte. Danach konnte er ihr nie wieder gelassen beim Deckenlauf zusehen, weil sie ihm auf einmal unerträglich verletzlich vorkam. Sollte jemand Dr. Daruwalla irgendwann berichten, Suman sei heruntergefallen und gestorben, würde er sie mit verschmiertem *puja*-Mal im Schmutz liegen sehen. (»Einwanderer bleiben ihr Leben lang Einwanderer« gehörte in diese Kategorie Schmutzflecke.)

Möglicherweise hätte es Dr. Daruwalla geholfen, wenn er Bombay so rasch hätte verlassen können wie die Zwillinge. Aber Filmstars, die sich aus dem Geschäft zurückzogen, und ehemalige Missionare können eine Stadt schneller verlassen als Ärzte; Chirurgen haben ihre Operationspläne und ihre frisch operierten Patienten. Und Drehbuchautoren müssen sich, genau wie andere Autoren, auch um ihre winzigen, vertrackten Details kümmern.

Farrokh wußte, daß er nie mit Madhu sprechen würde. Im günstigsten Fall konnte er ihr, durch Vinod oder Deepa, etwas mitteilen lassen oder etwas über ihren Zustand erfahren. Der Doktor wünschte, das Mädchen hätte das Glück gehabt, im Zirkus zu sterben. Der Tod, den er für seine Pinky ersonnen hatte – von einem Löwen getötet zu werden, der sie irrtümlich für einen Pfauen hält –, trat ungleich rascher ein als der, der Madhu sehr wahrscheinlich bevorstand.

Ähnlich gering war die Hoffnung des Drehbuchautors, daß der echte Ganesh im Zirkus Erfolg haben würde, zumindest nicht in dem Ausmaß wie der fiktive Ganesh. Für den Elefantenjungen würde es keinen Deckenlauf geben – ein Jammer, denn das wäre einfach ein perfekter Schluß. Wenn es dem verkrüppelten Jungen gelänge, zum Küchengehilfen aufzusteigen, wäre Farrokh damit vollauf zufrieden. Zu diesem Zweck schrieb er einen freundlichen Brief an Mr. und Mrs. Das im Great Blue Nile. Obwohl der elefantenfüßige Junge nie zu einem Artisten ausgebildet werden konnte, lag dem Doktor daran, daß der Zirkusdirektor und seine Frau Ganesh dazu anspornten, ein brauchbarer Küchengehilfe zu werden. Dr. Daruwalla schrieb auch an Mr. und Mrs. Bhagwan – den Messerwerfer und seine ihm assistierende Frau, die mechanische »Himmelsläuferin«. Vielleicht wäre sie so freundlich, den Elefantenjungen ganz behutsam von seiner albernen Vorstellung abzubringen, daß er den Deckenlauf lernen könnte. Möglicherweise könnte Mrs. Bhagwan Ganesh zeigen, wie schwierig diese Nummer war. Vielleicht könnte sie sie den Krüppel an der leiterähnlichen Vorrichtung in ihrem Wohnzelt ausprobieren lassen; dann würde er schon merken, wie unmöglich der Deckenlauf für ihn war – und außerdem wäre die Sache ungefährlich.

Was sein Drehbuch anging, war Farrokh wieder zu dem Titel *Limo-Roulette* zurückgekehrt, weil ihm *Flucht aus Maharashtra* übertrieben optimistisch erschien, wenn nicht überhaupt völlig unwahrscheinlich. Obwohl nur wenig Zeit verstrichen war, hatte das Drehbuch darunter gelitten. Das Entsetzen, das der Säuremann verbreitete, die Sensationslust im Zusammenhang mit dem Löwen, der den Star des Zirkus (dieses unschuldige kleine Mädchen) tötet… Farrokh befürchtete, diese Elemente könnten wie ein Widerhall jener makabren und grausigen Grand-Guignol-Spiele wirken, die, wie er erkannt hatte, den Kern einer jeden Inspector-Dhar-Geschichte bildeten. Vielleicht hatte er sich doch nicht so weit von seinem ursprünglichen Genre weggewagt, wie er sich zunächst eingebildet hatte.

Doch Farrokh bezweifelte diese Einschätzung seiner selbst, die er in so vielen Kritiken gelesen hatte – nämlich daß er, wie einen Deus ex machina, stets die verfügbaren Götter (und sonstige künstliche Ressourcen) zu Hilfe rief, um sich aus seinen verwickelten Geschichten herauszuwinden. Das richtige Leben war ein Schlamassel, bei dem der Deus ex machina sehr wohl eine Rolle spielte! dachte Dr. Daruwalla. Man mußte sich bloß ansehen, wie er Dhar und seinen Zwillingsbruder zusammengebracht hatte – irgend jemand mußte es ja tun! Und hatte er sich nicht an das glänzende Ding erinnert, das die kleckernde Krähe im Schnabel gehalten und dann fallen gelassen hatte? Die ganze Welt funktionierte mit Hilfe eines Deus ex machina!

Trotzdem war der Drehbuchautor unsicher. Bevor er Bombay verließ, wollte er sich gerne noch mit Balraj Gupta, dem Regisseur, unterhalten. Vielleicht war *Limo-Roulette* nur ein kurzer Schlenker für den Drehbuchautor, aber er wollte Guptas Rat einholen und rief ihn deshalb an. Obwohl Farrokh überzeugt war, daß sich sein neuer Film nicht für das Hindi-Kino eignete – ein kleiner Zirkus kam für Balraj Gupta garantiert nicht als Schauplatz in Betracht –, war Gupta der einzige Regisseur, den er kannte.

Dr. Daruwalla hätte sich davor hüten sollen, mit Balraj Gupta über Kunst zu reden – selbst über unvollkommene Kunst. Gupta brauchte nicht lange, um die »Kunst« in der Geschichte zu wittern, so daß Farrokh mit seiner Zusammenfassung gar nicht bis ans Ende kam. »Habe ich richtig gehört, daß ein Kind stirbt?« unterbrach ihn Gupta. »Bringen Sie es wieder zum Leben?«

»Nein«, gab Farrokh zu.

»Kann denn nicht ein Gott oder sonstwer das Kind retten?« fragte Balraj Gupta.

»Es ist nicht diese Sorte Film... genau das versuche ich Ihnen zu erklären«, entgegnete Farrokh.

»Gehen Sie damit lieber zu den Bengalen«, riet ihm Gupta. »Wenn Sie auf künstlerischen Realismus hinauswollen, sollten Sie das lieber in Kalkutta versuchen.« Als Farrokh nicht antwortete, sagte Balraj Gupta: »Vielleicht könnte es ein ausländischer Film werden. *Limo-Roulette*, das klingt irgendwie französisch!« Farrokh spielte mit dem Gedanken, dem Regisseur zu sagen, daß der Missionar eine großartige Rolle für John D. wäre; und womöglich hätte er hinzugefügt, daß Inspector Dhar, der große Star des Hindi-Kinos, eine Doppelrolle spielen könnte: Er könnte den Missionar spielen und gleichzeitig kurz als Dhar auftreten! Solche Personenverwechslungen konnten recht unterhaltsam sein. Aber Dr. Daruwalla wußte, was Balraj Gupta zu dieser Idee sagen würde: »Sollen sich die Kritiker über ihn lustig machen. Schließlich ist er ein Filmstar. Aber ein Filmstar sollte sich nie über sich selber lustig machen.« Farrokh konnte ihn das buchstäblich sagen hören. Außerdem würden die Europäer oder die Amerikaner, falls sie *Limo-Roulette* produzierten, die Rolle des Missionars nie mit John D. besetzen; Inspector Dhar sagte ihnen nichts. Sie würden darauf bestehen, die Rolle einem ihrer eigenen Filmstars zu geben.

Dr. Daruwalla schwieg. Er vermutete, daß ihm Balraj Gupta böse war, weil er mit den Inspector-Dhar-Filmen Schluß gemacht hatte. Daß Gupta sauer auf John D. war, weil dieser abgereist war, ohne für *Inspector Dhar und die Türme des Schweigens* Werbung zu machen, wußte er bereits.

»Sind Sie böse auf mich«, begann Farrokh behutsam.

»Aber nein, absolut nicht!« rief Gupta. »Ich bin nie böse auf Leute, die beschließen, daß sie das Geldverdienen satt haben. Solche Leute sind echte Symbole der Menschlichkeit, finden Sie nicht auch?«

»Ich habe gewußt, daß Sie mir böse sind«, entgegnete Dr. Daruwalla.

»Erzählen Sie mir, welche Rolle die Liebe in ihrem künstlerischen Film spielt«, forderte Gupta ihn auf. »Dieser Aspekt wird, trotz all der anderen Albernheiten, über Ihren Erfolg oder Mißerfolg entscheiden. Tote Kinder... warum zeigen Sie den Film nicht den Sozialisten in Südindien? Denen gefällt er vielleicht!«

Dr. Daruwalla gab sich Mühe, das Thema Liebe in seinem Drehbuch so darzustellen, als würde er daran glauben. Da gab es diesen amerikanischen Missionar, den Möchtegern-Priester, der sich in eine wunderschöne Zirkusartistin verliebt. Suman war eine richtige Artistin, keine Schauspielerin, erklärte der Drehbuchautor.

»Eine Artistin!« schrie Balraj Gupta. »Sind Sie verrückt? Haben Sie sich mal ihre Oberschenkel angesehen? Weibliche Artisten haben gräßliche Oberschenkel! Und die Oberschenkel sieht man im Film in Großaufnahme.«

»Ich rede mit der falschen Person. Ich muß wohl verrückt geworden sein«, erwiderte Farrokh. »Wer auf die Idee kommt, einen ernsthaften Film mit Ihnen diskutieren zu wollen, ist wirklich und wahrhaftig geisteskrank.«

»Das verräterische Wort ist ›ernsthaft‹«, sagte Balraj Gupta. »Wie ich sehe, haben Sie nichts aus Ihrem Erfolg gelernt. Haben Sie nicht mehr alle Schüsseln im Schrank?« schrie der Regisseur. »Haben Sie einen Sprung in der Tasse?«

»Ich glaube, es muß heißen: ›Haben Sie nicht mehr alle Tassen im Schrank?‹ und ›Haben Sie einen Sprung in der Schüssel?‹« korrigierte ihn Dr. Daruwalla.

»Das habe ich doch gesagt!« schrie Gupta. Wie die meisten Regisseure hatte Balraj Gupta immer recht. Der Doktor legte auf und packte sein Drehbuch zusammen. *Limo-Roulette* kam als erstes unten in den Koffer; obendrauf packte Farrokh seine Kleidung für Toronto.

Eben einfach Indien

Vinod fuhr Doktor und Mrs. Daruwalla zum Flughafen; er weinte auf dem ganzen Weg nach Sahar, so daß Farrokh befürchtete, er würde noch einen Unfall bauen. Nicht genug, daß der schlägernde Zwerg Inspector Dhar als Kunden verloren hatte, jetzt verlor er auch noch seinen Leibarzt. Es war kurz vor Mitternacht an einem Montag abend. Quasi als Symbol für das Ende der Dhar-Filme überklebten die Plakatanschläger bereits einige Werbeplakate für *Inspector Dhar und die Türme des Schweigens.* Die neuen Plakate warben nicht für einen neuen Film, sondern kündigten etwas völlig anderes an – Veranstaltungen zum Lepra-Tag, der morgen, am Dienstag, dem 30. Januar, war. Julia und Farrokh würden Indien am Lepra-Tag um 2 Uhr 50 morgens mit der Air India, Flug 185, verlassen. Bombay–Delhi, Delhi–London, London–Toronto (aber man brauchte nicht umzusteigen). Die Daruwallas würden den langen Flug durch einen mehrtägigen Aufenthalt in London unterbrechen.

Dr. Daruwalla war enttäuscht, daß er, seitdem Dhar und sein Zwillingsbruder in die Schweiz abgereist waren, so wenig von ihnen gehört hatte. Anfangs hatte er befürchtet, daß sie ihm vielleicht böse waren oder daß ihre Begegnung nicht erfreulich verlaufen war. Dann kam eine Postkarte aus dem Oberengadin, auf der ein Langläufer einen zugefrorenen weißen See überquerte, umrahmt von Bergen und darüber ein wolkenloser, blauer Himmel. Der Text, in John D.s Handschrift, war Farrokh ebenfalls vertraut, weil es sich wieder einmal um einen Standardspruch von Inspector Dhar handelte. Sooft der kaltblütige Detective in seinen Filmen mit einer neuen Frau geschlafen hat, werden die beiden unterbrochen; sie haben nie Zeit, um sich zu unterhalten. Manchmal geht eine Schießerei los, ein andermal steckt ein Schurke das Hotel (oder das Bett) in Brand. In der anschließenden atemlosen Hektik bleibt Inspector Dhar und seiner Geliebten kaum ein Augenblick Zeit, um Freundlichkeiten auszutauschen, weil sie meist um ihr Leben kämpfen müssen. Aber dann kommt die unvermeidliche Zäsur im Geschehen – eine kurze Pause vor dem Kugelhagel. Das Publikum, das Dhar bereits haßt, wartet auf die stereotype Floskel. »Übrigens«, sagt er zu seiner Geliebten, »danke«. So lautete auch John D.s Botschaft auf der Postkarte aus dem Oberengadin.

ÜBRIGENS, DANKE

Julia fand die Botschaft rührend, weil beide Zwillinge die Postkarte unterschrieben hatten. Sie erklärte Farrokh, genauso machten es Frischvermählte bei Weihnachtskarten und Geburtstagsgrüßen, aber er meinte, genauso würde das (seiner Erfahrung nach) in Krankenhäusern gehandhabt, wenn jemand ein Gemeinschaftsgeschenk bekam; der Portier unterschrieb, die Sekretärinnen unterschrieben, die Krankenschwestern unterschrieben, die anderen Chirurgen unterschrieben. Was war daran so besonders oder »rührend«? John D. unterschrieb stets mit einem schlichten »D.«. In unbekannter Handschrift stand auf derselben Postkarte der Name »Martin«. Also waren sie irgendwo in den Bergen. Hoffentlich versuchte John D. nicht, diesem Narren das Skifahren beizubringen!

»Wenigstens sind sie beisammen und wissen es zu schätzen«, meinte Julia, aber Farrokh genügte das nicht. Es brachte ihn fast um, nicht genau zu wissen, wie das Gespräch der beiden verlaufen war.

Als die Daruwallas am Flugplatz ankamen, überreichte Vinod dem Doktor weinend ein Geschenk. »Vielleicht werden Sie mich nie wiedersehen«, sagte der Zwerg. Sein Geschenk war schwer, hart und rechteckig. Vinod hatte es in Zeitungspapier eingewickelt. Von Schniefern begleitet, fügte er hinzu, Farrokh dürfe das Paket erst im Flugzeug aufmachen.

Später überlegte der Doktor, daß Terroristen wahrscheinlich genau dasselbe zu arglosen Passagieren sagten, denen sie eine Bombe mitgeben. In dem Augenblick ertönte der Metalldetektor, und Dr. Daruwalla war im Nu von aufgeschreckten Männern mit Revolvern umringt. Sie wollten wissen, was sich in der Zeitung befände. Was sollte er ihnen antworten? Ein Geschenk von einem Zwerg? Sie forderten den Doktor auf, den Gegenstand auszuwickeln, während sie sich in einiger Entfernung hielten; dabei machten sie weniger den Eindruck, als wollten sie gleich schießen, sondern eher, als wollten sie davonlaufen – »die Flucht ergreifen«, wie es in der ›Times of India‹ im Zusammenhang mit dem Zwischenfall hieß. Aber es gab keinen Zwischenfall.

In die Zeitungen eingewickelt war ein großes Kupferschild. Dr. Daruwalla erkannte es sofort wieder. Vinod hatte die beleidigende Vorschrift aus dem Lift in Farrokhs ehemaligem Apartmenthaus am Marine Drive entfernt.

DEM DIENSTPERSONAL IST ES VERBOTEN
– AUSSER IN BEGLEITUNG VON KINDERN –
DEN AUFZUG ZU BENUTZEN

Julia fand Vinods Geschenk »rührend«, aber obwohl die Sicherheitsbeamten erleichtert waren, erkundigten sie sich beim Doktor nach der Herkunft des Schildes. Sie wollten sichergehen, daß es nicht von einem unter Denkmalschutz stehenden Gebäude stammte – daß es anderswo entwendet worden war, störte sie nicht weiter. Vielleicht gefiel ihnen das Verbot ebensowenig wie Farrokh und Vinod.

»Ein Andenken«, versicherte Dr. Daruwalla den Sicherheitsbeamten. Zu seiner Überraschung gestatteten sie ihm, das Schild zu behalten. Es war mühsam, es ins Flugzeug zu schleppen, und selbst in der ersten Klasse stellten sich die Stewards ziemlich an, bevor sie es verstauten. Erst forderten sie ihn auf, es (nochmals) auszupacken; dann ließen sie ihn mit dem überflüssigen Zeitungspapier sitzen.

»Erinnere mich daran, daß ich nie wieder mit der Air India fliege«, beschwerte sich der Doktor bei seiner Frau – so laut, daß ihn der am nächsten stehende Steward auch hören konnte.

»Ich erinnere dich jedesmal daran«, antwortete Julia, ebenfalls ziemlich laut. Auf die anderen Passagiere in der ersten Klasse, die das mitbekamen, wirkten die beiden möglicherweise wie der Inbegriff eines betuchten Ehepaars, das die Angewohnheit hat, einfachere Leute und Dienstpersonal jeder Art schlecht zu behandeln. Aber dieser Eindruck wäre falsch gewesen; die Daruwallas gehörten einfach einer Generation an, die auf unverschämtes Benehmen grundsätzlich heftig reagierte – sie waren zu gut erzogen und alt genug, um Intoleranz nicht zu tolerieren. Doch eines hatten Farrokh und Julia nicht bedacht, nämlich daß sich die Stewards vielleicht nicht wegen der Unannehmlichkeit, sondern wegen des Textes auf dem Schild so abweisend verhalten hatten; möglicherweise fanden auch sie es empörend, daß Dienstboten, außer in Begleitung von Kindern, den Aufzug nicht benutzen durften.

Dieses kleine Mißverständnis würde wohl nie aufgeklärt werden; und Farrokh fand die mürrische Stimmung durchaus angemessen für jemanden, der sein Geburtsland zum letztenmal verließ. Die ›Times of India‹, in die Vinod das gestohlene Schild eingewickelt hatte, sagte ihm auch nicht zu. Unter den Nachrichten der letzten Tage nahm der Bericht über eine Lebensmittelvergiftung in Ost-Delhi breiten Raum ein. Zwei Kinder waren gestorben, und weitere acht mußten ins Krankenhaus gebracht werden, nachdem sie »alte« Lebensmittel von einer Müllhalde im Stadtteil Shakurpur verzehrt hatten. Da Dr. Daruwalla diese Berichte mit großer Aufmerksamkeit verfolgt hatte, wußte er, daß die Kinder nicht an »alten« Nahrungsmitteln gestorben waren – die blöden Journalisten meinten »verfault« oder »verseucht«.

Farrokh konnte es kaum erwarten, daß das Flugzeug endlich startete. Wie Dhar bevorzugte er einen Sitzplatz am Gang, weil er vorhatte, Bier zu trinken, und dann pinkeln mußte; Julia saß in der Regel am Fenster. Es würde fast 10 Uhr morgens Ortszeit sein, bis sie in England landeten, was bedeutete, daß es auf der ganzen Strecke bis Delhi dunkel sein würde. Dem Doktor wurde bewußt, daß er buchstäblich schon vor dem Abflug seinen letzten Blick auf Indien geworfen hatte.

Auch wenn Martin Mills vielleicht gern behauptet hätte, es sei Gottes Wille (daß Dr. Daruwalla Bombay Lebewohl sagte), hätte der Doktor ihm nicht zugestimmt. Es war nicht Gottes Wille; es lag an Indien, das nicht jedermanns Sache war – wie Pater Julian, ohne daß Dr. Daruwalla das wußte, behauptet hatte. Es war nicht Gottes Wille, dessen war sich Farrokh sicher. Es lag eben einfach an Indien, und das war mehr als Grund genug.

Als der Air-India-Flug 185 von der Startbahn in Sahar abhob, fuhr Dhars schlägernder Taxichauffeur bereits wieder ziellos durch die Straßen von Bombay. Er weinte noch immer und war viel zu aufgeregt, um zu schlafen. Vinod war zu spät nach Bombay zurückgekehrt, um die letzte Show im Wetness Cabaret mitzubekommen, wo er Madhu kurz zu sehen gehofft hatte. Er würde ein andermal nach ihr Ausschau halten müssen. Deprimiert fuhr er im Rotlichtbezirk herum, obwohl es ansonsten eine Nacht war wie jede andere – er hätte durchaus ein umherirrendes Kind auflesen und retten können. Um drei Uhr morgens kamen ihm die Bordelle vor wie ein bankrotter Zirkus. Der ehemalige Clown stellte sich die Käfige mit leblosen Tieren vor – die Reihen mit Zelten voller erschöpfter und verletzter Artisten. Er fuhr weiter.

Es war fast vier Uhr früh, als Vinod seinen Ambassador in der Seitenstraße neben dem Apartmenthaus der Daruwallas am Marine Drive parkte. Niemand sah ihn in das Gebäude hineinschlüpfen, aber er ging in der Eingangshalle so lange heftig schnaufend umher, bis er alle Hunde im ersten Stock zum Bellen gebracht hatte. Dann taumelte er zu seinem Taxi zurück; die Beschimpfungen der zeternden Hausbewohner, die zuvor schon durch die Nachricht aufgescheucht worden waren, daß ihr überaus wichtiges Aufzugsschild gestohlen worden war, trugen nur wenig dazu bei, seine Stimmung zu heben.

Wohin der betrübte Zwerg auch fuhr, das Leben in der Stadt schien sich ihm zu entziehen. Im fahlen Licht vor Einbruch der Dämmerung wachten bereits die ersten Obdachlosen auf. Vinod hielt den Ambassador an, um mit einem Verkehrspolizisten in Mazgaon zu scherzen.

»Wo ist denn der Verkehr geblieben?« fragte der Zwerg den Wachtmeister. Dieser hatte seinen Stab in der Hand, als gelte es, eine Menschenmenge oder aufrührerische Horden zu dirigieren. Aber nirgends war ein Mensch zu sehen: kein Auto, kein einziges Fahrrad, kein Fußgänger. Die wenigen Obdachlosen, die schon wach waren, hatten sich aufgesetzt oder hockten auf den Fersen. Der Wachtmeister erkannte Dhars Chauffeur – jeder Verkehrspolizist kannte Vinod. Er sagte, es hätte irgendwelche Unruhen gegeben – eine religiöse Prozession, die aus der Sophia Zuber Road geströmt war –, aber Vinod hatte sie verpaßt. Der verlassene Verkehrspolizist meinte, er wäre dem

Zwerg sehr verbunden, wenn er ihn die Sophia Zuber Road entlangfahren würde, nur damit er sich vergewissern konnte, daß es nicht noch mehr Ärger gab. Und so fuhr Vinod, mit dem einsamen Wachtmeister als Fahrgast, langsam durch einen der besseren Slums von Bombay.

Es gab nicht viel zu sehen. Noch mehr Obdachlose wachten auf, aber die Slumbewohner schliefen noch. In dem Abschnitt der Sophia Zuber Road, in dem Martin Mills vor knapp einem Monat der tödlich verwundeten Kuh begegnet war, sahen Vinod und der Verkehrspolizist das Ende der Prozession – ein paar singende Sadhus, die üblichen Blütenstreuer. Im Rinnstein, wo die Kuh schließlich verendet war, war ein riesiger, eingetrockneter Blutfleck. Die Prozession und die damit einhergehenden Unruhen hatten lediglich dem Zweck gedient, den Kadaver der toten Kuh wegzuschaffen. Einige Glaubenseiferer hatten es fertiggebracht, die Kuh die ganze Zeit am Leben zu erhalten.

Dieser Eifer entsprach auch nicht Gottes Willen, hätte Dr. Daruwalla gesagt; auch diese zum Scheitern verurteilte Mühe war »eben einfach Indien«, und das war mehr als Grund genug.

27

Epilog

Der freiwillige Helfer

An einem Freitag im Mai, mehr als zwei Jahre nachdem die Daruwallas aus Bombay nach Toronto zurückgekehrt waren, hatte Farrokh das dringende Bedürfnis, seinem Freund Macfarlane Little India zu zeigen. Sie fuhren in der Mittagspause mit Macs Auto los, aber die Gerrard Street war so verstopft, daß bald klar war, daß ihnen nicht viel Zeit für den Lunch bleiben würde; womöglich reichte die Zeit kaum für den Weg nach Little India und zurück ins Krankenhaus.

In den letzten achtzehn Monaten hatten sie ihre Mittagspause immer gemeinsam verbracht, seit jenem Tag, an dem sich herausstellte, daß Macfarlane HIV-positiv war. Macs Freund, der homosexuelle Genetiker Dr. Duncan Frasier, war ein Jahr zuvor an Aids gestorben. Danach hatte Farrokh niemanden mehr gefunden, mit dem er über die Vorzüge seines Zwergenblutprojekts hätte debattieren können, und Mac hatte keinen neuen Freund gefunden.

Der Stenogrammstil, in dem sich Dr. Daruwalla und Dr. Macfarlane über die Tatsache unterhielten, daß Mac mit dem Aidsvirus lebte, war ein Musterbeispiel für emotionale Zurückhaltung.

»Wie geht es denn so?« pflegte Dr. Daruwalla zu fragen.

»Gut«, antwortete Dr. Macfarlane dann meistens. »Ich bin von AZT weg und auf DDI umgesetzt worden. Hab ich dir das nicht gesagt?«

»Nein, aber wieso denn? Sind deine T-Zellen abgefallen?«

»Kann man so sagen«, meint Mac. »Unter zweihundert. Mit

AZT habe ich mich beschissen gefühlt, deshalb hat Schwartz beschlossen, mich auf DDI umzusetzen. Jetzt fühle ich mich besser. Ich habe mehr Kraft. Und ich nehme prophylaktisch Bactrim... um einer Pneumocystis-carinii-Pneumonie vorzubeugen.«

»Aha«, meint darauf Farrokh.

»Es ist nicht so schlimm, wie es sich anhört. Ich fühle mich großartig«, sagt Mac dann meistens. »Wenn das DDI nicht mehr wirkt, gibt es noch DDC und vieles andere... hoffe ich.«

»Ich bin froh, daß du das so siehst«, sagt Farrokh unwillkürlich.

»In der Zwischenzeit«, fährt Macfarlane fort, »spiele ich dieses kleine Spiel. Ich sitze da und stelle mir meine gesunden T-Zellen vor, ich male mir aus, wie sie sich dem Virus widersetzen. Ich sehe, wie sie darauf schießen und wie das Virus von einem Kugelhagel zerstört wird... das jedenfalls ist so die Idee.«

»Stammt die Idee von Schwartz?« fragt Dr. Daruwalla.

»Nein, das ist meine Idee!«

»Hört sich ganz nach Schwartz an.«

»Und außerdem gehe ich in eine Selbsthilfegruppe«, fügt Mac hinzu. »Selbsthilfegruppen gehören anscheinend zu den Dingen, die in unmittelbarer Relation zur Lebenserwartung stehen.«

»Wirklich?« fragt Farrokh.

»Wirklich«, bestätigt Macfarlane. »Und natürlich das, was man als ›Verantwortung für die Krankheit übernehmen‹ bezeichnet... nicht passiv zu sein und nicht unbedingt alles hinzunehmen, was einem der Arzt erzählt.«

»Armer Schwartz«, meint Dr. Daruwalla. »Ich bin heilfroh, daß ich nicht dein Arzt bin.«

»Damit sind wir schon zwei«, meint Mac.

So etwa sahen ihre zweiminütigen Lagebesprechungen aus. Normalerweise handelten sie das Thema so rasch ab – versuchten es zumindest, da sie ihre Mittagspause lieber mit anderen

Dingen verbrachten; zum Beispiel Dr. Daruwallas plötzlichem Bedürfnis zu folgen, Dr. Macfarlane Little India zu zeigen.

Damals, als die rassistischen Schlägertypen Farrokh gegen seinen Willen nach Little India entführt hatten, war es auch Mai gewesen, ebenfalls ein Freitag; ein Tag, an dem offenbar die meisten Geschäfte in diesem Viertel geschlossen waren – oder hatten nur die Fleischerläden zu? Dr. Daruwalla fragte sich, ob das daran lag, daß die hier lebenden Muslime getreulich ihre Freitagsgebete verrichteten. Das war auch so etwas, was er nicht wußte. Er wußte nur, daß er Macfarlane Little India zeigen wollte und auf einmal das Gefühl hatte, alle äußeren Umstände müßten genau so sein wie damals – dasselbe Wetter, dieselben Geschäfte, dieselben Schaufensterpuppen (wenn auch nicht dieselben Saris).

Ohne Zweifel war Dr. Daruwalla von einer Zeitungsnotiz zu diesem Ausflug angeregt worden, wahrscheinlich einem Artikel über die Heritage Front. Berichte über die Heritage Front, diese neonazistischen Flegel, diesen weißen, sich überlegen dünkenden Abschaum, regten ihn immer furchtbar auf. Da es in Kanada Gesetze gegen Rassenhaß gab, begriff Dr. Daruwalla nicht recht, warum solche Gruppen geduldet wurden, die einen derartigen Rassenhaß schürten.

Macfarlane fand ohne Schwierigkeiten einen Parkplatz. Wie damals wirkte Little India ziemlich verlassen – in dieser Beziehung hatte es keinerlei Ähnlichkeit mit Indien. Farrokh blieb an der Ecke Gerrard Street und Coxwell Avenue vor dem Lebensmittelgeschäft Ahmad stehen und deutete schräg über die Straße auf die mit Brettern vernagelten Büros der Canadian Ethnic Immigration Services – sie wirkten endgültig geschlossen, nicht nur weil Freitag war.

»An dieser Stelle haben sie mich aus dem Wagen gezerrt«, erklärte Dr. Daruwalla. Sie gingen auf der Gerrard Street weiter. Stickwaren Pindi war verschwunden, aber auf dem Gehsteig stand ein Kleiderständer mit leblosen Kaftanen. »An dem Tag, an dem ich hier war, gab es mehr Wind«, erzählte Farrokh. »Die Kaftane schaukelten richtig hin und her.«

Nirma Fashions an der Ecke Rhodes Avenue und Gerrard Street war noch immer da, und Singh Farm pries noch immer frisches Obst und Gemüse an. Sie betrachteten die Fassade der Vereinigungskirche, die auch als Shri-Ram-Hindu-Tempel diente. Reverend Lawrence Pushee, der für erstere zuständige Geistliche, hatte für den Gottesdienst am kommenden Sonntag ein interessantes Thema gewählt, das der Gemeinde in Form eines Gandhi-Zitats angekündigt wurde. »Es ist genug da für jedermanns Bedürfnis, aber nicht genug für jedermanns Gier.«

Nicht nur die Canadian Ethnic Immigration Services, sondern auch die Chinesen machten harte Zeiten durch: Die Luck City Poultry Company war geschlossen worden. Das ehemalige Restaurant Nirala an der Ecke Craven Road und Gerrard Street mit seinen indischen Spezialitäten nannte sich jetzt Hira Moti, und ein vertrautes Werbeplakat für Kingfisher Lager versprach, daß dieses Bier (wie immer) ERFÜLLT MIT INNERER KRAFT war. Ein MEGASTARS-Poster kündigte Auftritte von Jeetendra und Bali von der Gruppe Patel Rap an; Sapna Mukerjee sollte auch auftreten.

»Ich bin blutend hier entlanggelaufen«, sagte Farrokh zu Mac. Im Schaufenster von Kala Kendar oder von Sonali's stand noch dieselbe blonde Schaufensterpuppe mit einem Sari; sie wirkte zwischen den anderen Puppen so deplaziert wie eh und je. Dr. Daruwalla mußte an Nancy denken.

Sie kamen am Satyam vorbei, dem »Geschäft für die ganze Familie«, und entdeckten eine längst überholte Ankündigung für die Wahl der Miss Diwali. Ohne bestimmtes Ziel gingen sie die Gerrard Street hinauf und auf der anderen Straßenseite wieder hinunter. Dabei wiederholte Farrokh ständig die Namen der diversen Örtlichkeiten: Kohinoor-Supermarkt, Madras Durbar, Apollo Videoverleih (der für »asiatische Filme« warb), India Theater – JETZT IM PROGRAMM: TAMILISCHE FILME! Beim Chaat Hut, erklärte Farrokh Mac, was »alle Arten von *chaats*« bedeutete. Im Bombay Bhel blieb ihnen kaum Zeit, ihr *aloo tikki* zu essen und ein Thunderbolt Bier zu trinken.

Bevor die beiden Ärzte in die Klinik zurückfuhren, machten sie bei J. S. Addison, Installationen, an der Ecke Woodfield Road halt. Dr. Daruwalla hielt nach der herrlichen Kupferbadewanne mit den kunstvoll verzierten Armaturen Ausschau, die ihn beim letztenmal so beeindruckt hatte. Die Drehknöpfe an den Wasserhähnen waren Tigerköpfe – brüllende Tiger –, und die Wanne sah genauso aus wie die, in der er als Junge in der alten Ridge Road in Malabar Hill gebadet hatte. Diese Badewanne war ihm seit seinem letzten, unfreiwilligen Besuch in Little India nicht mehr aus dem Kopf gegangen. Aber inzwischen war sie verkauft. Dafür entdeckte Farrokh eine andere viktorianische Kostbarkeit: dieselbe Waschbeckenarmatur, mit Stoßzähnen zum Regulieren der Wassertemperatur, die Rahuls Phantasie in der Damentoilette des Duckworth Club angeregt hatte; denselben elefantenköpfigen Wasserhahn, bei dem das Wasser aus dem Rüssel spritzte. Farrokh berührte die beiden Stoßzähne, den einen für heißes und den anderen für kaltes Wasser. Macfarlane fand das Ding abscheulich, aber Dr. Daruwalla kaufte es, ohne zu zögern. Es war eindeutig das Produkt britischer Phantasie, aber hergestellt war es in Indien.

»Hat das etwa sentimentalen Erinnerungswert?« fragte Mac.

»Nicht unbedingt«, antwortete Farrokh. Er fragte sich, was er mit dem häßlichen Ding anstellen sollte, denn er wußte schon jetzt, daß Julia es schrecklich finden würde.

»Diese Männer, die dich hierhergebracht und hier abgesetzt haben…«, sagte Mac plötzlich.

»Was ist mit denen?«

»Meinst du, daß sie auch andere Leute herbringen... so wie dich?«

»Andauernd«, sagte Farrokh. »Ich glaube, daß sie andauernd Leute hierherbringen.«

Mac fand, daß Farrokh sehr niedergeschlagen wirkte, und sagte ihm das auch.

Wie soll ich mich je assimilieren? fragte sich Dr. Daruwalla. »Wie könnte ich mich als Kanadier fühlen?« fragte er seinen Freund Mac.

Wenn man den Zeitungsberichten glauben durfte, machte sich in der Bevölkerung immer mehr Unmut und Feindseligkeit gegen die Einwanderer bemerkbar. Demographen sagten einen »rassistischen Gegenschlag« voraus. Die Feindseligkeit gegen Einwanderer hatte nach Dr. Daruwallas Ansicht vorwiegend rassistische Gründe; der Doktor war sehr hellhörig für den Ausdruck »Minderheiten« geworden. Er wußte, daß damit nicht die Italiener oder die Deutschen oder die Portugiesen gemeint waren, die in den fünfziger Jahren nach Kanada ausgewandert waren. Bis vor zehn Jahren kam der weitaus größte Anteil der Einwanderer aus Großbritannien.

Inzwischen nicht mehr. Jetzt kamen die Einwanderer aus Hongkong, China und Indien; die Hälfte aller Einwanderer, die sich in diesem Jahrzehnt in Kanada niedergelassen hatten, waren Asiaten. Derzeit bestand die Bevölkerung von Toronto zu fast vierzig Prozent aus Einwanderern – das waren über eine Million Menschen.

Es tat Macfarlane weh, Farrokh so niedergeschlagen zu sehen. »Glaub mir, Farrokh«, sagte er. »Ich weiß, daß es kein Zuckerschlecken ist, als Einwanderer in diesem Land zu leben, und obwohl ich überzeugt bin, daß diese Halunken, die dich in Little India abgeladen haben, auch andere Einwanderer aufs Korn nehmen, glaube ich nicht, daß sie ›andauernd‹, wie du sagst, Leute durch die ganze Stadt karren.«

»Du meinst, es ist kein Honiglecken? Du hast ›Zucker-schlecken‹ gesagt«, korrigierte Farrokh seinen Freund.

»Das ist doch dasselbe«, erwiderte Macfarlane.

»Weißt du, was mein Vater mal zu mir gesagt hat?« fragte Dr. Daruwalla.

»War es vielleicht: ›Einwanderer bleiben ihr Leben lang Einwanderer‹?« erkundigte sich Macfarlane.

»Ach, dann habe ich dir das schon erzählt«, sagte Farrokh.

»Unzählige Male«, antwortete Mac. »Aber ich habe den Eindruck, daß du andauernd daran denkst.«

»Andauernd«, wiederholte Farrokh. Er war dankbar, daß Mac ein so guter Freund war. Dr. Macfarlane hatte Farrokh auch dazu überredet, eine Zeitlang als freiwilliger Helfer in der Aids-Sterbeklinik in Toronto Dienst zu tun, in der Duncan Frasier gestorben war. Farrokh arbeitete jetzt seit über einem Jahr in der Klinik mit. Anfangs konnte er selbst nur Vermutungen über seine Motive anstellen, die er Mac anvertraute. Auf dessen Rat hin sprach er auch mit dem Pflegedienstleiter darüber, warum er sich besonders für die Klinik interessierte.

Es war ihm unangenehm gewesen, einem Fremden von seiner Beziehung zu John D. zu erzählen – und zuzugeben, daß dieser junge Mann, der für ihn wie ein Adoptivsohn war, schon immer homosexuell gewesen war und er das nicht gewußt hatte, bis John D. fast vierzig war; und daß er und der gar nicht mehr so junge »junge Mann« auch jetzt, nachdem dessen sexuelle Neigung offen zutage lag, noch immer nicht darüber sprachen (zumindest nicht ausführlich). Dr. Daruwalla erklärte Dr. Macfarlane und dem Pflegedienstleiter, er wolle deshalb mit Aids-Patienten zu tun haben, weil er mehr über John D. erfahren wolle, da dieser sich ihm entzog. Er gab zu, daß er sich schreckliche Sorgen um ihn machte; daß sein geliebter »Sohn« an Aids sterben könnte, war Farrokhs allergrößte Angst. (Ja, und um Martin hatte er auch Angst.)

Die emotionale Zurückhaltung, die die Freundschaft von Farrokh und Mac kennzeichnete – die unterkühlten Gespräche über das jeweilige Stadium von Macfarlanes HIV-infiziertem Zustand war dafür nur ein Beispiel –, hinderte Farrokh daran, seinem Freund gegenüber zuzugeben, daß er auch Angst davor hatte, ihn an Aids sterben zu sehen. Trotzdem war es für beide Ärzte und den Pflegedienstleiter der Klinik völlig klar, daß dies ein weiteres Motiv für Farrokhs Wunsch war, sich mit den Interna einer Aids-Sterbeklinik vertraut zu machen.

Dr. Daruwalla glaubte, je besser er lernte, sich im Umgang mit Aids-Patienten, und mit Homosexuellen ganz generell, natürlich zu verhalten, um so enger würde möglicherweise seine Beziehung zu John D. werden. Die beiden waren sich bereits nähergekommen, seit John D. Farrokh gesagt hatte, daß er schon immer schwul gewesen sei. Zweifellos hatte Dr. Daruwalla die Freundschaft mit Dr. Macfarlane dabei geholfen. Aber welcher »Vater« fühlt sich seinem »Sohn« jemals nahe genug – das sei doch der entscheidende Punkt, oder? hatte Farrokh Mac gefragt.

»Allzu nahe solltest du John D. aber nicht kommen«, hatte Macfarlane ihm geraten. »Denk daran, daß du nicht sein Vater bist... und auch nicht schwul.«

Bei seinen anfänglichen Versuchen, sich in die Abläufe in der Sterbeklinik einzufügen, stellte sich Dr. Daruwalla ziemlich ungeschickt an. Wie Mac ihm vorausgesagt hatte, mußte er lernen, daß er nicht der Arzt dieser Patienten war, sondern nur ein freiwilliger Helfer. Er stellte viele für einen Arzt typische Fragen und machte die Schwestern damit ganz verrückt. Und von Krankenschwestern Befehle entgegenzunehmen – daran mußte sich Dr. Daruwalla auch erst gewöhnen. Es kostete ihn einige Mühe, sein Fachwissen auf das Problem wundgelegener Stellen zu beschränken; trotzdem ließ er sich nicht davon abhalten, den Patienten kleine Übungen zur Bekämpfung des Muskelschwunds zu verordnen. Er teilte so großzügig Tennisbälle zum Zusammendrücken und Kräftigen der Handmuskulatur aus, daß ihm eine Krankenschwester den Spitznamen »Dr. Balls« gab. Nach einiger Zeit mochte er diesen Namen ganz gern.

Er war geschickt im Umgang mit Kathetern und konnte den Patienten Morphiumspritzen geben, wenn ein Klinikarzt oder eine Schwester das anordneten; er lernte mit Ernährungsschläuchen umzugehen, doch die Anfälle mit ansehen zu müssen war ihm zuwider. Er hoffte inständig, nie miterleben zu müssen, daß John D. an akutem Durchfall starb … an einer nicht kontrollierbaren Infektion … einem tödlichen Fieber.

»Das hoffe ich auch nicht«, sagte Mac. »Aber wenn du nicht bereit bist, mich sterben zu sehen, bist du für mich wertlos, wenn es soweit ist.«

Dr. Daruwalla wollte bereit sein. Normalerweise verbrachte er seine Zeit als freiwilliger Helfer mit gewöhnlichen Arbeiten. An einem Abend machte er die Wäsche, genau wie Macfarlane, der vor Jahren stolz davon erzählt hatte – sämtliche Bettücher und Handtücher. Einigen Patienten, die nicht lesen konnten, las er vor. Und Briefe schrieb er auch für sie.

Eines Nachts, als Farrokh die Telefonzentrale übernommen hatte, rief eine wütende Frau an; sie war entrüstet, weil sie soeben erfahren hatte, daß ihr einziger Sohn in der Klinik im Sterben lag und niemand sie offiziell informiert hatte – nicht einmal ihr Sohn. Sie sei empört, sagte sie, und wolle auf der Stelle mit einem der Verantwortlichen reden; ihren Sohn verlangte sie nicht zu sprechen.

Dr. Daruwalla ging davon aus, daß die Frau ebensogut mit ihm reden konnte, auch wenn er nicht »verantwortlich« war. Er kannte die Klinik und ihre Regeln gut genug, um sie zu beraten, wie ihr Besuch aussehen sollte – wann sie kommen konnte, daß sie die Privatsphäre der Patienten respektieren mußte und so weiter. Aber die Frau wollte nichts davon wissen.

»Sie sind nicht verantwortlich!« schrie sie immer wieder. »Ich will einen Arzt sprechen!« rief sie. »Ich möchte mit dem Chef des Hauses sprechen!«

Dr. Daruwalla war drauf und dran, ihr seinen vollständigen Namen, seinen Beruf und sein Alter zu nennen – sogar die Anzahl seiner Kinder und Enkelkinder, falls sie das wünschte. Doch bevor er etwas sagen konnte, schrie sie ihn an. »Wer sind Sie überhaupt? Was sind Sie?«

Dr. Daruwalla antwortete ihr so voller Überzeugung und Stolz, daß es ihn selbst überraschte: »Ich bin ein freiwilliger Helfer.« Dieser Gedanke gefiel ihm. Er fragte sich, ob assimiliert zu sein ein so wohltuendes Gefühl war, wie ein freiwilliger Helfer zu sein.

Die unterste Schublade

Nachdem Dr. Daruwalla Bombay verlassen hatte, gab es noch andere Abschiede; in einem Fall einen Abschied und eine Rückkehr. Suman, der absolute Star des Deckenlaufs, verließ den Great Royal Circus und heiratete einen Mann aus der Molkereibranche. Später, nach mehreren Diskussionen mit Pratap Walawalkar, dem Zirkusbesitzer, kehrte Suman zum Great Royal zurück und brachte ihren »Milchmann« mit. Erst kürzlich hatte der Doktor erfahren, daß Sumans Mann inzwischen einer der Manager des Great Royal Circus war und Suman wieder den Deckenlauf zeigte. Sie war nach wie vor der große Star.

Farrokh hatte auch gehört, daß Pratap Singh den Great Royal verlassen hatte; der Zirkusdirektor und Raubtierdompteur hatte sich mit seiner Frau Sumi und ihrer Truppe von Kinderartisten – unter ihnen die echte Pinky – verabschiedet, um sich dem New Grand Circus anzuschließen. Im Gegensatz zu der fiktiven Pinky in *Limo-Roulette* wurde die echte Pinky nicht von einem Löwen getötet, der sie mit einem Pfau verwechselte. Die echte Pinky trat nach wie vor auf, in einer Stadt nach der anderen. Nach Farrokhs Schätzung mußte sie inzwischen elf oder zwölf Jahre alt sein.

Aber dem Doktor kam noch mehr zu Ohren: Im New Grand führte ein Mädchen namens Ratna den Deckenlauf vor. Bemerkenswert daran war, daß sie ihn rückwärts beherrschte! Und als der New Grand Circus in Changanacheri gastierte, trat Pinky unter dem neuen Namen Choti Rani, das heißt Kleine Königin, auf. Wahrscheinlich hatte Pratap diesen Namen nicht nur gewählt, weil er recht eindrucksvoll klang, sondern auch weil Pinky für ihn eben etwas Besonderes war; Pratap sagte immer, sie sei absolut die Beste. Die schlichte Pinky war jetzt eine kleine Königin.

Deepa und ihr Sohn Shivaji waren dem Great Blue Nile ebenfalls entronnen. Die Entschlußkraft hatte der junge Mann eindeutig von seinem Vater Vinod geerbt; was sein artistisches Talent anging, war er seinem Vater weit überlegen – und als Clown war er ihm mindestens ebenbürtig. Shivajis vielseitigem Geschick war es zu verdanken, daß er und seine Mutter vom Great Blue Nile zum Great Royal Circus überwechseln konnten, was fraglos ein Schritt nach oben war – ein Schritt, den Deepa aufgrund ihres eigenen oder Vinods Talent nie geschafft hätte. Farrokh hatte erfahren, daß die raffinierten Details von Shivajis Nummer mit dem boxenden Clown – ganz zu schweigen von seiner Paradenummer, die er Elefanten-Parcours nannte – alle anderen indischen Pupsclowns in den Schatten stellten.

Den weniger begabten Artisten, die sich für den Great Blue Nile abrackerten, war das Schicksal alles in allem weniger freundlich gesonnen; für sie würde es kein Entrinnen geben. Der elefantenfüßige Junge hatte sich nie damit zufriedengegeben, nur Küchengehilfe zu sein; er wollte höher hinaus. Mrs. Bhagwan, die Frau des Messerwerfers – mit ihrem roboterhaften Deckenlauf –, hatte es nicht geschafft, Ganesh von seiner athletischen Wahnvorstellung abzubringen. Obwohl er viele Male von dem leiterähnlichen Übungsgerät gefallen war, das im Wohnzelt der Bhagwans hing, wollte der Krüppel den Gedanken, daß er den Deckenlauf erlernen könnte, einfach nicht aufgeben.

Der perfekte Schluß für Farrokhs Drehbuch sieht so aus, daß der Krüppel gehen lernt, ohne zu hinken, indem er an der Decke geht; so sollte die Geschichte des echten Ganesh nicht enden. Der echte Ganesh gab keine Ruhe, bevor er nicht den richtigen Deckenlauf ausprobiert hatte. Es kam fast so, wie Dr. Daruwalla es sich vorgestellt hatte, fast so wie im Drehbuch. Doch sehr wahrscheinlich war der echte Ganesh nicht so beredt; er hätte keine philosophischen Überlegungen angestellt. Der Elefantenjunge hatte sicher hinuntergesehen, mindestens einmal – genug, um zu wissen, daß er das lieber nicht noch einmal tun sollte. Von der Kuppel des Spielzelts aus gesehen, befand sich der Boden fünfundzwanzig Meter unter ihm. Man darf bezweifeln, daß ihm, als er mit den Füßen in den Schlaufen hing, so poetische Gedanken durch den Kopf gingen wie Farrokhs fiktiver Gestalt. (»Es gibt einen Augenblick, in dem deine Hände loslassen müssen... In dem Augenblick bist du in niemandes Händen. In diesem Augenblick hängt jeder in der Luft.«) Sehr unwahrscheinlich – kein Gedanke, der einem Küchengehilfen spontan in den Sinn kommen würde. Wahrscheinlich beging der elefantenfüßige Junge auch den Fehler, die Schlingen zu zählen. Ob er gezählt hat oder nicht, die Vorstellung, daß er sich selbst Anweisungen zum Durchlaufen der Schlingen gegeben hat, ist ziemlich abwegig.

(»Ich sage mir vor, ich gehe, ohne zu hinken.«) Das glaubst du doch selber nicht! sagte sich Dr. Daruwalla. Der Stelle nach zu urteilen, an der man den Körper des Krüppels fand, war der echte Ganesh auf weniger als dem halben Weg durch die Zirkuskuppel abgestürzt. Die Übungsleiter hatte achtzehn Schlaufen. Der Deckenlauf bestand aus sechzehn Schritten. Mrs. Bhagwans Expertenmeinung zufolge war der Elefantenjunge nach nur vier oder fünf Schritten hinuntergefallen. Beim Üben in ihrem Zelt hatte er auch nie mehr als vier oder fünf Schritte geschafft, sagte die Artistin.

Diese Nachricht gelangte nur langsam nach Toronto. Mr. und Mrs. Das drückten Dr. Daruwalla schriftlich ihr Beileid aus; der Brief traf mit einiger Verzögerung ein, weil er falsch adressiert war. Der Zirkusdirektor und seine Frau fügten hinzu, Mrs. Bhagwan würde sich die Schuld an dem Unfall geben, sei aber davon überzeugt, daß man dem Krüppel den Deckenlauf nie hätte beibringen können. Ihr Kummer würde sie ohne Zweifel etwas ablenken. Die nächste Nachricht von Mr. und Mrs. Das besagte, daß Mrs. Bhagwan, ausgebreitet auf der rotierenden Zielscheibe, von ihrem messerwerfenden Gatten getroffen worden sei. Sie hatte keine ernsthafte Verletzung erlitten, gestand sich aber nicht die Zeit zu, sie auszukurieren. So kam es, daß sie am folgenden Abend beim Deckenlauf abstürzte. Sie war nur so weit gekommen wie Ganesh, und sie fiel ohne einen Schrei. Ihr Mann behauptete, sie habe von dem Tag an, an dem der Elefantenjunge abgestürzt war, Schwierigkeiten mit dem vierten und fünften Schritt gehabt.

Mr. Bhagwan weigerte sich, je wieder ein Messer zu werfen, auch dann noch, als man ihm mehrere Zielpersonen, allesamt kleine Mädchen, zur Auswahl anbot. Der Witwer setzte sich halb zur Ruhe und führte nur noch die Nummer mit der Elefantenbrücke vor. Damit schien er sich in gewisser Weise selbst zu bestrafen – jedenfalls vertraute der Zirkusdirektor Dr. Daruwalla diese Vermutung an. Mr. Bhagwan legte sich unter den Elefanten – zunächst mit immer weniger Matratzen zwischen sich und dem Boden auf der einen und seinem Körper und der Planke für den Elefanten auf der anderen Seite. Dann arbeitete er ganz ohne Matratzen. Er erlitt innere Verletzungen, wie Mr. Das und seine Frau andeuteten. Dann wurde er krank, und man schickte ihn nach Hause. Später erfuhren Mr. und Mrs. Das, daß Mr. Bhagwan gestorben war.

Irgendwann kam Dr. Daruwalla zu Ohren, daß alle Zirkusangehörigen krank geworden waren. Von Mr. und Mrs. Das kamen keine Briefe mehr. Der Great Blue Nile Circus war spurlos verschwunden. Sein letztes Gastspiel hatte er in Poona gegeben, wo es hieß, eine Überschwemmung habe seinen Niedergang herbeigeführt. Es war eine kleine Überschwemmung, keine gewaltige Katastrophe, nur nahm man es im Anschluß daran im Zirkus mit der Hygiene nicht mehr so genau. Mehrere Raubkatzen erlagen einer unbekannten Krankheit, und unter den Artisten grassierten Anfälle von akutem Durchfall und Magenschleimhautentzündung. Im Handumdrehen war der Great Blue Nile von der Bildfläche verschwunden.

War Gautams Tod ein Vorbote gewesen? Der alte Schimpanse war knapp zwei Wochen nachdem er Martin Mills gebissen hatte, an Tollwut gestorben. Kunals Bemühungen, den Affen mit Schlägen zu disziplinieren, waren umsonst gewesen. Aber am deutlichsten von allen Zirkusangehörigen blieb Dr. Daruwalla Mrs. Bhagwan in Erinnerung – mit ihren zerschundenen Füßen und ihrem langen, glänzendschwarzen Haar.

Der Tod des Elefantenjungen zerstörte einen kleinen, aber wichtigen Teil von Farrokhs Leben. Was dem echten Ganesh zugestoßen war, wirkte sich auf das ohnehin schwindende Zutrauen des Drehbuchautors zu seinen schöpferischen Kräften unmittelbar lähmend aus. Das Drehbuch zu *Limo-Roulette* hatte durch den Vergleich mit dem echten Leben gelitten. Am Ende klang die Bemerkung des echten Ganesh am wahrsten. »Was Elefanten anrichten, kann man nicht reparieren«, hatte der Krüppel gesagt.

So kam es, daß mit dem Verschwinden des Great Blue Nile

auch das Drehbuch zu *Limo-Roulette* in der Versenkung verschwand. Es ruhte in der untersten Schreibtischschublade in Dr. Daruwallas Wohnung; in seiner Klinikpraxis wollte er keine Kopie aufbewahren. Sollte er plötzlich sterben, hätte er nicht gewollt, daß jemand anderer als Julia das unverfilmte Drehbuch entdeckte. Das einzige Exemplar befand sich in einem Aktenordner mit der Aufschrift

EIGENTUM VON INSPECTOR DHAR

denn Farrokh war davon überzeugt, daß nur John D. wissen würde, was damit anzufangen sei, wenn es soweit war.

Ohne Zweifel wären Kompromisse erforderlich, um *Limo-Roulette* zu verfilmen; im Filmgeschäft gab es immer Kompromisse. Jemand würde behaupten, die über die Szene gelegte Stimme wirke »emotional distanzierend« – so jedenfalls lautete die derzeitige Einschätzung. Jemand würde sich beschweren, daß das kleine Mädchen von einem Löwen getötet wird. (Wäre es nicht möglich, daß Pinky an den Rollstuhl gefesselt bleibt, aber glücklich weiterlebt?) Und trotz des Schicksals, das dem echten Ganesh widerfahren war, gefiel dem Drehbuchautor der Schluß genau so, wie er ihn geschrieben hatte. Jemand würde an diesem Schluß herumpfuschen wollen, und das könnte Dr. Daruwalla nie zulassen. Er wußte, daß *Limo-Roulette* nie so vollkommen sein würde wie damals, als er es geschrieben hatte, und als Autor überschätzte er sich ganz eindeutig.

Die Schublade war ziemlich tief für magere einhundertachtzehn Seiten. Farrokh füllte sie mit Fotografien von Chromosomen auf, fast als sollten diese dem verwaisten Drehbuch Gesellschaft leisten. Seit Duncan Frasiers Tod war Dr. Daruwallas Zwergenblutprojekt mehr als erlahmt – die Begeisterung, mit der er Zwergen Blut abgenommen hatte, war so tot wie der homosexuelle Genetiker. Wenn irgend etwas oder irgend jemand

Dr. Daruwalla je zu einer Rückkehr nach Indien verführen könnte, dann sicher nicht die Zwerge.

Von Zeit zu Zeit las Dr. Daruwalla seinen perfekten Schluß von *Limo-Roulette* – bei dem der Krüppel durch die Zirkuskuppel geht –, weil er den echten Ganesh nur mit diesem Kunstgriff am Leben erhalten konnte. Er liebte diesen Augenblick nach dem Deckenlauf, wenn der Junge im Zahnhang herabschwebt, im Scheinwerferlicht kreiselnd, während die glitzernden Pailletten auf seinem Trikot das Licht zurückwerfen. Farrokh fand es wunderbar, daß der Krüppel den Boden nicht berührt; daß er in Prataps ausgestreckte Arme gleitet und dieser den Jungen hochhält und dem jubelnden Publikum zeigt. Dann läuft Pratap mit Ganesh in den Armen aus der Manege, denn nachdem der Krüppel über den Zelthimmel gelaufen ist, darf ihn niemand hinken sehen. Es hätte funktionieren können, dachte der Drehbuchautor; es hätte funktionieren sollen.

Dr. Daruwalla war zweiundsechzig und einigermaßen gesund. Sein Gewicht war kein ernsthaftes Problem, und er hatte bisher auch wenig unternommen, um Exzesse, die er durchaus eingestand, aus seinem Speiseplan zu streichen. Er rechnete schon damit, noch ein oder zwei Jahrzehnte zu leben. Gut möglich, daß John D. selbst über sechzig war, bis *Limo-Roulette* in seine Hände gelangte. Der ehemalige Inspector Dhar würde wissen, für wen die Rolle des Missionars gedacht war; außerdem hätte er so gut wie keine persönliche Beziehung zu der Geschichte und ihren Personen. Falls bei der Verfilmung von *Limo-Roulette* Kompromisse erforderlich wären, wäre der Schauspieler in der Lage, das Drehbuch objektiv zu beurteilen. Dr. Daruwalla hatte keinen Zweifel, daß er wissen würde, was mit dem Material zu geschehen hätte.

Aber vorerst – Farrokh wußte, daß es für den Rest seines Lebens sein würde – gehörte die Geschichte in die unterste Schublade.

Knapp drei Jahre, nachdem der Drehbuchautor im Ruhestand Bombay verlassen hatte, las er von der Zerstörung der Babar-Moschee – eine Folge der endlosen Feindseligkeiten, über die er sich einst in *Inspector Dhar und der hängende Mali* lustig gemacht hatte. Fanatische Hindus hatten die Moschee aus dem sechzehnten Jahrhundert zerstört, und bei den Krawallen waren mehr als vierhundert Menschen ums Leben gekommen. Premierminister Rao forderte, sowohl in Bhopal als auch in Bombay sollten Randalierer ohne Warnung niedergeschossen werden. Den fundamentalistischen Hindus paßte es gar nicht, daß Rao versprach, die Moschee wiederaufbauen zu lassen. Sie behaupteten weiterhin, die Moschee sei am Geburtsort des Hindugottes Rama erbaut worden, und hatten bereits angefangen, auf dem Gelände der zerstörten Moschee einen Tempel für Rama zu errichten. Dr. Daruwalla war überzeugt, daß die Feindseligkeiten ewig weitergehen würden. Die Gewalt würde andauern; sie war stets das, was sich am längsten hielt.

Obwohl man Madhu vermutlich nie finden würde, stellte Detective Patel weiterhin Nachforschungen an. Inzwischen war die Kindprostituierte eine junge Frau – falls sie überhaupt noch mit dem Aids-Virus lebte, was eher unwahrscheinlich war.

»Wenn wir abstürzen, verbrennen wir dann oder zerreißt es uns in kleine Stücke?« hatte Madhu Dr. Daruwalla damals im Flugzeug gefragt. »Irgend etwas wird mich erwischen«, hatte sie dem Doktor erklärt. Farrokh konnte nicht aufhören, an sie zu denken. Er stellte sich Madhu stets zusammen mit Mr. Garg vor, wie sie von Junagadh nach Bombay fuhren, um dem Great Blue Nile zu entrinnen. Obwohl es als äußerst schändlich galt, hatten sie wahrscheinlich Kontakt gehabt, nicht einmal heimlich – da sie sich aufgrund der Fehlinformation, daß ihnen bloß ein paar Chlamydien zu schaffen machten, sicher fühlten.

Und fast wie der Kommissar vorausgesagt hatte, sollte die zweite Mrs. Dogar den schrecklichen Versuchungen nicht widerstehen können, die sich ihr während der Gefangenschaft mit anderen Frauen boten. Sie biß einer Mitgefangenen die Nase ab, und als sie daraufhin zu extrem harter Zwangsarbeit abgestellt wurde, rebellierte sie. Es sollte sich erübrigen, Rahul zu hängen, weil sie von den Aufsehern zu Tode geprügelt wurde.

In einem anderen Winkel des Landes setzte sich Ranjit irgendwann zur Ruhe und heiratete noch einmal. Dr. Daruwalla hatte die Frau, die sich am Ende seinen getreuen Sekretär mit ihrer Heiratsannonce in der ›Times of India‹ angelte, nie kennengelernt. Die Anzeige jedoch hatte der Doktor gelesen; Ranjit hatte sie ihm geschickt. »Attraktive, junggebliebene Frau – schuldlos geschieden, kinderlos – sucht reifen Mann, vorzugsweise Witwer. Sauberkeit und Anstand zählen noch.« In der Tat, dachte der Doktor, das tun sie. Julia meinte im Spaß, daß sich Ranjit wahrscheinlich von der Interpunktion der Frau angezogen gefühlt hatte.

Andere Paare kamen und gingen, ohne daß sich Grundsätzliches an Paarbeziehungen geändert hätte. Sogar die leichtfertige Amy Sorabjee hatte geheiratet. (Gott stehe ihrem Mann bei.) Und obwohl Mrs. Bannerjee gestorben war, blieb Mr. Bannerjee nicht lange Witwer; er heiratete die Witwe Lal. Daß der sich treu bleibende Mr. Sethna diese anstößigen Verbindungen mißbilligte, versteht sich von selbst.

Starr an seinen Gewohnheiten festhaltend, regierte der alte Butler den Speisesaal des Duckworth Club und den Ladies' Garden nach wie vor mit eiserner Hand, die dem Vernehmen nach durch sein neuerworbenes Selbstverständnis als vielversprechender Schauspieler noch eiserner geworden war. Dr. Sorabjee schrieb Dr. Daruwalla, Mr. Sethna sei dabei ertappt worden, wie er vor dem Spiegel in der Herrentoilette Monologe geführt habe – lange Monologe, wie auf der Bühne. Im übrigen sei der alte Butler Kommissar Patel sklavisch ergeben – nicht allerdings der kräftigen blonden Frau, die den geschätzten Detective auf Schritt und Tritt begleitete. Anscheinend hielt sich der berühmte, Tee ausgießende Parse auch für einen vielversprechenden Polizisten. Kriminalistische Nachforschungen waren in Mr. Sethnas Augen ohne Zweifel eine höhere Form von Indiskretion.

Erstaunlicherweise gab es einmal etwas, was der alte Butler billigte! Daß der Kommissar und seine amerikanische Frau auf absolut unüblichem Weg Mitglieder des Duckworth Club geworden waren, schien Mr. Sethna nicht zu stören; dafür störte es viele gestrenge Duckworthianer. Der Kommissar hatte eindeutig keine zweiundzwanzig Jahre auf seine Mitgliedschaft gewartet. Obwohl Detective Patel die Anforderung erfüllte, eine »führende Persönlichkeit des öffentlichen Lebens« zu sein, deutete seine sofortige Aufnahme in den Club darauf hin, daß jemand die Vorschriften gebeugt hatte – jemand hatte ein Schlupfloch gesucht (und gefunden). Für viele Duckworthianer kam die Mitgliedschaft des Kriminalbeamten einem Wunder gleich; gleichzeitig hielten sie sie für einen Skandal.

Wirklich ein kleines Wunder war es nach Ansicht von Detective Patel, daß nie jemand von den in Mahalaxmi entwischten Kobras gebissen wurde. Offenbar hatten sich diese Kobras (nach Aussage des Kommissars) dem Bombayer Leben »assimiliert«, ohne daß ein einziger Biß gemeldet wurde.

Kein Wunder war, daß die Telefonanrufe der Frau, die sich Mühe gab, wie ein Mann zu klingen, weitergingen – nicht nur nach Rahuls Verhaftung, sondern auch noch nach dessen Tod. Für Dr. Daruwalla war es irgendwie tröstlich zu wissen, daß der Anrufer niemals Rahul gewesen war. Kein einziges Mal ließ er etwas aus, fast als würde er von einem Manuskript ablesen. »Der Kopf Ihres Vaters war ab, total ab! Ich habe ihn auf dem Beifahrersitz liegen sehen, bevor das Auto in Flammen aufging.«

Farrokh hatte gelernt, die nie erlahmende Stimme zu unterbrechen. »Ich weiß, das weiß ich bereits«, sagte er dann. »Und seine Hände konnten das Lenkrad nicht loslassen, obwohl seine Finger in Flammen standen – das wollten Sie mir doch noch erzählen, oder? Ich weiß es bereits.«

Aber die Stimme gab nicht nach. »Ich habe es getan. Ich habe ihm den Kopf weggepustet«, sagte die Frau, die sich Mühe gab, wie ein Mann zu klingen. »Und ich sage Ihnen, er hat es verdient. Ihre ganze Familie hat es verdient.«

»Fick dich doch ins Knie«, hatte Farrokh zu sagen gelernt, obwohl er Ausdrücke dieser Art im allgemeinen ablehnte.

Manchmal sah sich der ehemalige Drehbuchautor das Video von *Inspector Dhar und der Käfigmädchen-Killer* (das mochte er am liebsten) oder *Inspector Dhar und die Türme des Schweigens* an, den seiner Ansicht nach am meisten unterschätzten Dhar-Film. Aber nicht einmal Mac, seinem besten Freund, vertraute Farrokh an, daß er jemals Drehbücher geschrieben hatte – nicht ein Wort. Inspector Dhar gehörte seiner Vergangenheit an. John D. hatte Dhar fast vollständig hinter sich gelassen. Dr. Daruwalla war noch nicht soweit.

Seit drei Jahren neckten ihn die Zwillinge bei jeder Gelegenheit. Weder John D. noch Martin Mills wollten ihm verraten, was sich auf dem Flug in die Schweiz zwischen ihnen abgespielt hatte. Während der Doktor nach Klarheit strebte, verwirrten ihn die beiden mit Absicht; bestimmt wollten sie ihn nur ärgern – Farrokh war wirklich spaßig, wenn er sich ärgerte. Die enervierendste (und am wenigsten glaubwürdige) Antwort des ehemaligen Inspector Dhar lautete: »Ich kann mich nicht mehr erinnern.« Martin Mills hingegen behauptete, sich genau an alles zu erinnern. Aber Martin erzählte nie zweimal dieselbe Geschichte, und wenn John D. doch einmal zugab, daß er sich an etwas erinnerte, widersprach seine Version unweigerlich der des ehemaligen Missionars.

»Versuchen wir doch mal, am Anfang anzufangen«, pflegte Dr. Daruwalla dann zu sagen. »Mich interessiert der Augenblick, in dem ihr euch erkannt habt, in dem euch klar wurde, daß ihr sozusagen eurem zweiten Ich Aug in Auge gegenübersteht.«

»Ich bin als erster ins Flugzeug gestiegen«, versicherten ihm dann beide Zwillinge.

»Ich tue immer dasselbe, wenn ich Indien verlasse«, beharrte der pensionierte Inspector Dhar. »Ich suche mir meinen Sitzplatz und lasse mir vom Steward das übliche Gratis-Toilettenset geben. Dann gehe ich in die Toilette und rasiere mir den Schnurrbart ab, während die anderen Leute einsteigen.«

Das zumindest stimmte. John D. hielt sich stets an dieses Ritual, um Inspector Dhar abzustreifen. Das war eine erwiesene Tatsache, eine der wenigen, an die sich Farrokh klammern konnte: Beide Zwillingsbrüder waren ohne Schnurrbart, als sie sich begegneten.

»Ich saß auf meinem Platz, als dieser Mann aus der Toilette kam, und bildete mir ein, ihn wiederzuerkennen«, sagte Martin.

»Du hast zum Fenster hinausgeschaut«, erklärte John D. »Du hast dich umgedreht und mich angesehen, nachdem ich mich neben dich gesetzt und deinen Namen gerufen habe.«

»Du hast seinen Namen gerufen?« fragte Dr. Daruwalla jedesmal.

»Natürlich. Ich wußte sofort, wer er war«, sagte darauf der ehemalige Inspector Dhar. »Im stillen dachte ich: Farrokh kommt sich sicher unglaublich schlau vor, daß er für jeden von uns ein Drehbuch geschrieben hat.«

»Er hat nie meinen Namen gesagt«, erklärte Martin dem Doktor. »Ich weiß noch, daß ich dachte: Das ist Satan, und Satan beliebt es, so auszusehen wie ich, meine Gestalt anzunehmen... was für eine grausige Vorstellung! Ich dachte, du seist meine dunkle Seite, meine böse Hälfte.«

»Deine gewitztere Hälfte, meinst du«, widersprach John D.

»Er war genau wie der Teufel. Erschreckend arrogant«, berichtete Martin Farrokh.

»Ich habe ihm einfach nur gesagt, daß ich weiß, wer er ist«, verteidigte sich John D.

»Du hast nichts dergleichen gesagt«, warf Martin ein. »Du hast gesagt: ›Leg deinen verdammten Sitzgurt an, Freundchen, denn gleich wirst du eine schöne Überraschung erleben!‹«

»Das hört sich ganz nach dir an«, sagte Farrokh zu dem Schauspieler.

»Ich bin überhaupt nicht zu Wort gekommen«, beschwerte sich John D. »Da saß ich und wußte alles über ihn, aber er hat in einem fort geredet und geredet. Auf dem ganzen Flug nach Zürich hat er den Mund nicht mehr zugekriegt.«

Dr. Daruwalla mußte zugeben, daß sich das ganz nach Martin Mills anhörte.

»Ich dachte die ganze Zeit: Das ist Satan. Kaum gebe ich den Gedanken an das Priestertum auf, begegne ich dem Teufel... in der ersten Klasse! Er hatte ständig dieses höhnische Lächeln auf«, sagte Martin. »Ein satanisches Hohnlächeln, jedenfalls kam es mir so vor.«

»Er hat sofort von Vera angefangen, unserer heiligmäßigen Mutter«, berichtete John D. »Wir waren noch über dem Arabischen Meer – über und unter uns tiefste Dunkelheit –, als er zu dem Selbstmord seines Zimmergenossen kam. Bis dahin hatte ich noch kein Wort gesagt!«

»Das stimmt nicht, er hat mich die ganze Zeit unterbrochen«, widersprach Martin. »Er fragte mich andauernd: ›Bist du schwul, oder weißt du es bloß noch nicht?‹ Also ehrlich, für meine Begriffe war er der ungehobeltste Mensch, der mir je begegnet ist!«

»Jetzt hör mal«, sagte der Schauspieler. »Du triffst in einem Flugzeug zum erstenmal deinen Zwillingsbruder und fängst auf der Stelle an, alle Leute aufzuzählen, mit denen deine Mutter geschlafen hat. Und ausgerechnet du hältst mich für ungehobelt.«

»Du hast mich als ›Drückeberger‹ bezeichnet, noch bevor wir unsere Reiseflughöhe erreicht hatten«, sagte Martin.

»Aber du hast ihm doch sicher erst mal gesagt, daß du sein Zwillingsbruder bist«, sagte Farrokh zu John D.

»Nichts dergleichen«, sagte Martin Mills. »Er hat gesagt: ›Die schlechte Nachricht kennst du ja bereits: Dein Vater ist gestorben. Jetzt kommt die gute Nachricht: Er war gar nicht dein Vater.‹ «

»Das kann doch nicht wahr sein!« sagte Dr. Daruwalla zu John D.

»Ich kann mich nicht mehr erinnern«, antwortete der Schauspieler jedesmal.

»Das Wort ›Zwillinge‹... verratet mir wenigstens, wer es als erster ausgesprochen hat?« fragte der Doktor.

»Ich habe die Stewardess gefragt, ob sie eine Ähnlichkeit zwischen uns feststellen kann. Sie war die erste, die das Wort ›Zwillinge‹ in den Mund genommen hat«, antwortete John D.

»Ganz so war es nicht«, wandte Martin ein. »Um genau zu sein, sagte er zu der Stewardess: ›Wir sind bei der Geburt getrennt worden. Raten Sie mal, wer von uns das fröhlichere Leben geführt hat.‹ «

»Er hat die üblichen Ausflüchte gebraucht und alles abgestritten«, konterte daraufhin John D. »Er hat mich immer wieder gefragt, ob ich beweisen könnte, daß wir verwandt sind.«

»Er war ausgesprochen unverschämt«, erklärte Martin Farrokh. »Er hat gesagt: ›Du kannst nicht leugnen, daß du zumindest eine homosexuelle Schwärmerei gehabt hast... da hast du deinen Beweis.‹ «

»Ganz schön dreist von dir«, sagte der Doktor zu John D. »Tatsächlich beträgt die Wahrscheinlichkeit zweiundfünfzig Prozent, daß...«

»Mir war auf den ersten Blick klar, daß er schwul ist«, sagte der Filmschauspieler im Ruhestand.

»Aber wann habt ihr gemerkt, wieviel ihr ... sonst noch gemeinsam habt?« wollte Dr. Daruwalla wissen. »Wann habt ihr angefangen, gemeinsame Charakterzüge festzustellen? Wann haben sich eure offensichtlichen Ähnlichkeiten gezeigt?«

»Ach, lange bevor wir Zürich erreicht hatten«, antwortete Martin rasch.

»Welche Ähnlichkeiten?« fragte John D.

»Genau das meine ich mit arrogant. Er ist arrogant und ungehobelt«, erklärte Martin Farrokh.

»Und wann hast du beschlossen, nicht nach New York zu fliegen?« fragte der Doktor den ehemaligen Missionar. Er interessierte sich besonders für den Teil der Geschichte, in dem die Zwillinge Vera die Meinung sagten.

»Wir haben noch vor der Landung das Telegramm an das Miststück aufgesetzt«, antwortete John D.

»Und was stand in dem Telegramm?« fragte Farrokh.

»Ich kann mich nicht mehr erinnern«, antwortete John D. regelmäßig.

»Natürlich kannst du dich erinnern!« rief Martin Mills. »Du hast es doch geschrieben! Er wollte mich kein Wort dazu beitragen lassen«, beschwerte er sich. »Er behauptete, die Einzeiler fielen in sein Fach. Er wollte es unbedingt allein schreiben.«

»Was du ihr hättest sagen wollen, hätte nicht in ein Telegramm gepaßt«, erinnerte John D. seinen Zwillingsbruder.

»Was er ihr an den Kopf geworfen hat, war unsagbar grausam. Es war mir unbegreiflich, wie er so grausam sein konnte. Dabei kannte er sie nicht mal!« berichtete Martin Mills dem Doktor.

»Er hat mich gebeten, das Telegramm abzuschicken. Offensichtlich hatte er damals keine Bedenken«, erklärte John D. Farrokh.

»Aber was hast du denn geschrieben? Was stand denn nun in dem verdammten Telegramm?« schrie Dr. Daruwalla.

»Es war unsagbar grausam«, wiederholte Martin.

»Sie hat es verdient, und das weißt du genau«, sagte John D.

Was immer in dem Telegramm stand, Dr. Daruwalla wußte, daß Vera, nachdem sie es erhalten hatte, nicht mehr lange lebte. Durch Ranjit erfuhr er von ihrem hysterischen Anruf. Vera hatte in der Zeit, in der sich Farrokh noch in Bombay aufhielt, in seiner Klinikpraxis angerufen und ihm eine Nachricht hinterlassen.

»Hier ist Veronica Rose, die Schauspielerin«, hatte sie Dr. Daruwallas Sekretär erklärt. Ranjit wußte, wer sie war. Er würde nie vergessen, wie er den Krankenbericht über Veras Knieprobleme geschrieben hatte, die sich als gynäkologische Beschwerden entpuppten – als »vaginales Jucken«, wie Dr. Lowji Daruwalla es genannt hatte.

»Sagen Sie dem Scheißdoktor, daß ich Bescheid weiß, daß er mich hintergangen hat!« sagte Vera zu Ranjit.

»Sind es wieder... Ihre Knie?« fragte der alte Arzthelfer.

Dr. Daruwalla rief nie zurück. Vera schaffte es nicht mehr bis zurück nach Kalifornien, bevor sie starb. Ihr Tod hing mit den Schlaftabletten zusammen, die sie regelmäßig nahm und unregelmäßig mit Wodka hinunterspülte.

Martin blieb in Europa. Die Schweiz sagte ihm offenbar sehr zu. Und obwohl der ehemalige Scholastiker nie sportliche Ambitionen hatte erkennen lassen, fand er die Ausflüge, die John D. mit ihm in die Alpen unternahm, herrlich. Skifahren würde er nie lernen (dazu waren seine Bewegungen zu unkoordiniert), aber Langlaufen und Wandern machten ihm großen Spaß. Vor allem war er sehr gern mit seinem Bruder zusammen. Selbst John D. gab zu, wenn auch recht spät, daß sie gern zusammen waren.

Der ehemalige Jesuit suchte sich allerlei Beschäftigungen; er unterrichtete Englisch an der Universität Zürich und General Studies an der American International School of Zurich; im Schweizer Jesuitenzentrum war er ebenfalls aktiv. Gelegentlich besuchte er andere jesuitische Einrichtungen, darunter Jugendzentren und Studentenheime in Basel und Bern und Zentren für Erwachsenenbildung in Fribourg und Bad Schönbrunn – Martin Mills war ohne Zweifel ein erfolgreicher und mitreißender Redner. Farrokh stellte sich vor, daß das weitere Predigten über Christus auf dem Parkplatz bedeutete, denn der ehemalige Glaubenseiferer ließ auch weiterhin nichts unversucht, um die Einstellung anderer Menschen zu verbessern.

John D. blieb seinem eigentlichen Metier treu; der solide Schauspieler war mit seinen Rollen am Zürcher Schauspielhaus zufrieden. Seine Freunde waren Theaterleute oder arbeiteten an der Universität oder in einem renommierten Verlag; und natürlich traf er sich häufig mit Farrokhs Bruder Jamshed und dessen Frau (Julias Schwester) Josefine.

In diese ziemlich anspruchsvollen gesellschaftlichen Kreise führte John D. seinen Zwillingsbruder ein. Martin, anfangs eine Kuriosität – jeder interessiert sich für die Geschichte von Zwillingen, die bei der Geburt getrennt worden sind –, gewann viele Freunde unter diesen Leuten; nach drei Jahren hatte er wahrscheinlich mehr Freunde als der Schauspieler. Martins erster Liebhaber war ein Exfreund von John D., was Dr. Daruwalla etwas seltsam fand. Die Zwillinge stellten das Ganze als Witz hin – wahrscheinlich, um mich zu ärgern, dachte der Doktor.

Apropos Liebhaber: Matthias Frei starb. Das einstige Schreckgespenst der Zürcher Avantgarde war lange Jahre mit John D. liiert gewesen. Das erfuhr Farrokh von Julia, die seit geraumer Zeit wußte, daß John D. und Frei ein Paar waren. »Frei ist doch nicht an Aids gestorben, oder?« fragte der Doktor seine Frau. Sie warf ihm denselben Blick zu, den er von John D. kassiert hätte; jenes

Lächeln von Filmplakaten aus längst vergangenen Zeiten, das ihm Inspector Dhars beißendes Hohnlächeln ins Gedächtnis rief.

»Nein, Frei ist nicht an Aids gestorben, sondern an einem Herzinfarkt!« teilte Julia ihrem Mann mit.

Kein Mensch erzählt mir etwas! dachte der Doktor. Es war genau wie mit dieser Unterhaltung der Zwillinge auf dem Swissair-Flug 197 von Bombay nach Zürich, der einen erheblichen Teil von Farrokhs Phantasie auf Trab hielt, vor allem deshalb, weil John D. und Martin Mills ein solches Geheimnis daraus machten.

»Also, hört mir zu, alle beide«, sagte Dr. Daruwalla wiederholt zu den Zwillingen. »Ich will meine Nase wirklich nicht in eure Angelegenheiten stecken, ich respektiere eure Privatsphäre durchaus. Aber ihr wißt doch, wie sehr ich mich für Dialoge interessiere. Dieses Gefühl der Nähe – denn für mich ist offensichtlich, daß ihr euch nahesteht... hat sich das gleich bei eurer allerersten Begegnung eingestellt? Es muß im Flugzeug passiert sein! Es gibt doch sicher mehr zwischen euch als den gemeinsamen Haß auf eure verstorbene Mutter... oder stimmt es wirklich, daß euch das Telegramm an Vera zusammengebracht hat?«

»Das Telegramm war kein Dialog. Ich dachte, du interessierst dich nur für unseren Dialog«, entgegnete John D.

»Mir wäre so ein Telegramm nie im Leben eingefallen!« sagte Martin Mills.

»Ich bin überhaupt nicht zu Wort gekommen«, wiederholte John D. »Es fand gar kein Dialog statt. Martin hat einen Monolog nach dem anderen gehalten.«

»Er ist eben Schauspieler, na schön«, sagte Martin zu Farrokh. »Ich weiß, daß er eine Figur erschaffen kann, wie man so sagt, aber ich sage dir, mir kam er vor wie der leibhaftige Satan... ich meine, der echte.«

»Neun Stunden sind eine lange Zeit, um sich mit jemandem zu unterhalten«, sagte John D. mit Vorliebe an dieser Stelle.

»Genaugenommen neun Stunden und fünfzehn Minuten«, verbesserte ihn Martin.

»Der springende Punkt ist, daß ich es kaum erwarten konnte, aus dem Flugzeug zu kommen«, erzählte John D. Dr. Daruwalla. »Er hat mir die ganze Zeit eingeredet, es sei Gottes Wille, daß wir uns begegnet sind. Ich dachte, ich werde noch verrückt. Die einzige Möglichkeit, sich von ihm loszueisen, bestand darin, auf die Toilette zu gehen.«

»Du hast dich ja praktisch häuslich dort niedergelassen! Du hast Unmengen Bier getrunken. Und es war doch Gottes Wille – das erkennst du jetzt doch, oder?« fragte Martin John D.

»Es war Farrokhs Wille«, entgegnete John D.

»Dich reitet wirklich der Teufel!« sagte Martin zu seinem Zwillingsbruder.

»Nein, er reitet euch alle beide!« wetterte Dr. Daruwalla, obwohl er feststellen mußte, daß er beide gern hatte, wenn auch nicht gleich gern. Er freute sich auf ihre Besuche und auf ihre Briefe oder Anrufe. Martin schrieb ziemlich lange Briefe, während John D. selten schrieb, dafür aber häufig telefonierte. Manchmal, wenn er anrief, ließ sich schwer feststellen, was er eigentlich wollte. Gelegentlich, nicht oft, ließ sich schwer feststellen, wer eigentlich anrief, John D. oder der frühere Inspector Dhar.

»Hallo, ich bin es«, sagte er eines Morgens zu Farrokh; er hörte sich beschwipst an. In Zürich war es früher Nachmittag. John D. sagte, er käme gerade von einem unklugen Mittagessen. Und »unklug« bedeutete bei ihm in diesem Zusammenhang, daß er etwas Stärkeres getrunken hatte als Bier. Zwei Gläser Wein genügten, um ihn betrunken zu machen.

»Ich hoffe, du mußt heute abend nicht auf die Bühne!« sagte Dr. Daruwalla und hätte sich am liebsten sogleich die Zunge abgebissen, weil er so väterlich streng geklungen hatte.

»Heute abend ist meine Zweitbesetzung dran«, erklärte ihm der Schauspieler. Farrokh hatte sehr wenig Ahnung vom Theater; er wußte auch nicht, daß es im Zürcher Schauspielhaus Zweitbesetzungen gab. Außerdem war er sicher, daß John D. derzeit eine kleine Nebenrolle spielte.

»Es ist beeindruckend, daß es für eine so kleine Rolle eine Zweitbesetzung gibt«, sagte der Doktor vorsichtig.

»Meine ›Zweitbesetzung‹ ist Martin«, gestand John D. »Wir dachten, wir versuchen es mal, nur um zu sehen, ob es jemand merkt.«

»Du solltest etwas sorgsamer mit deiner Karriere umgehen«, schalt Farrokh John D., und es klang erneut väterlich streng. »Martin ist manchmal ein ganz schöner Trottel! Was ist, wenn er überhaupt nicht spielen kann? Die Sache könnte furchtbar peinlich für dich werden!«

»Wir haben probiert«, sagte der ehemalige Inspector Dhar.

»Und du hast dich vermutlich als Martin ausgegeben«, bemerkte Farrokh. »Vorlesungen über Graham Greene, ohne Zweifel… Martins heißgeliebte ›katholische Interpretation‹. Und ein paar anregende Vorträge in diesen jesuitischen Zentren… ein Jesus auf jedem Parkplatz, mehr als genug Christusse für alle… und dergleichen mehr.«

»Ja«, gab John D. zu. »Es hat Spaß gemacht.«

»Ihr solltet euch schämen! Alle beide!« schrie Dr. Daruwalla ins Telefon.

»Du hast uns zusammengebracht«, entgegnete John D.

Farrokh wußte, daß sich die Zwillinge äußerlich inzwischen sehr viel mehr glichen. John D. hatte einige Pfunde abgenommen, Martin hatte sie angesetzt – kaum zu glauben, daß der ehemalige Jesuit sogar regelmäßig Gymnastik machte. Auch die Haare hatten sie sich gleich geschnitten. Nachdem die Zwillinge neununddreißig Jahre getrennt waren, nahmen sie ihre identischen Anlagen relativ ernst.

Dann trat jene eigenartige transatlantische Stille ein, begleitet von einem rhythmischen Piepsen – einem Geräusch, das die

Zeiteinheiten zu zählen schien. Und John D. bemerkte: »Dort... ist jetzt wahrscheinlich Sonnenuntergang.« Mit »dort« meinte er Bombay. Wenn man die zehneinhalb Stunden Zeitunterschied bedachte, ging wohl ungefähr jetzt die Sonne unter, überlegte Dr. Daruwalla. »Ich wette, sie ist auf dem Balkon und schaut zu«, fuhr John D. fort. »Was meinst du?« Dr. Daruwalla wußte, daß der ehemalige Inspector Dhar an Nancy dachte und an die Aussicht nach Westen.

»Vermutlich ist jetzt etwa die richtige Zeit«, antwortete der Doktor vorsichtig.

»Wahrscheinlich ist es noch zu früh, als daß der brave Polizist schon zu Hause wäre«, fuhr John D. fort. »Sie ist ganz allein, aber ich wette, daß sie auf dem Balkon steht und schaut.«

»Ja, wahrscheinlich«, sagte Dr. Daruwalla.

»Wollen wir wetten«, fragte John D. »Du könntest sie doch anrufen, um festzustellen, ob ich recht habe. Du merkst es daran, wie lange es dauert, bis sie ans Telefon geht.«

»Warum rufst du sie nicht selber an?« fragte Farrokh.

»Ich rufe Nancy nie an«, sagte John D.

»Sie würde sich wahrscheinlich freuen, von dir zu hören«, log Farrokh.

»Nein, das würde sie nicht«, sagte John D. »Aber ich gehe jede Wette ein, daß sie auf dem Balkon ist. Komm schon, ruf sie an.«

»Ich will sie aber nicht anrufen!« rief Dr. Daruwalla. »Aber ich gebe dir recht, wahrscheinlich ist sie auf dem Balkon. Also... du hast die Wette gewonnen, oder es gibt keine Wette. Sie ist auf dem Balkon. Belassen wir es dabei.« Wo sonst sollte Nancy sein? fragte sich der Doktor. Er war ziemlich sicher, daß John D. betrunken war.

»Bitte, ruf sie an. Bitte, tu es für mich, Farrokh«, bat ihn John D.

Es gehörte nicht viel dazu. Dr. Daruwalla rief in seiner ehemaligen Wohnung am Marine Drive an. Das Telefon klingelte endlos; es klingelte so lange, daß der Doktor schon auflegen wollte. Dann nahm Nancy ab. Er hörte ihre niedergeschlagene Stimme, ohne jede Erwartung. Eine Weile plauderte der Doktor einfach so dahin. Er tat so, als wäre sein Anruf völlig bedeutungslos, nur so eine Laune. Vijay war noch nicht aus dem Kriminalkommissariat zurück, teilte Nancy ihm mit. Sie würden im Duckworth Club zu Abend essen, aber ein bißchen später als sonst. Sie wußte, daß es wieder ein Bombenattentat gegeben hatte, aber über Einzelheiten wußte sie nicht Bescheid.

»Haben Sie einen schönen Sonnenuntergang?« fragte Farrokh.

»O ja, er ist schon am Verblassen«, sagte Nancy.

»Na, dann laß ich Sie lieber zu ihm zurückkehren!« sagte er ein bißchen zu herzlich. Dann rief er John D. an und berichtete ihm, daß sie tatsächlich auf dem Balkon gewesen war. Farrokh wiederholte Nancys Bemerkung über den Sonnenuntergang – »schon am Verblassen«. Der pensionierte Inspector Dhar wiederholte die Zeile mehrere Male – so lange, bis ihm Dr. Daruwalla versicherte, daß er den Ton richtig getroffen hatte, daß es sich genauso anhörte wie bei Nancy. Er ist wirklich ein guter Schauspieler, dachte Farrokh. Es war beeindruckend, wie treffend John D. den genauen Grad an Leblosigkeit in Nancys Stimme nachahmen konnte.

»Schon am Verblassen«, sagte John D. immer wieder. »Wie klingt das?«

»Das ist es. Du hast es getroffen«, bestätigte ihm Farrokh.

»Schon am Verblassen«, wiederholte John D. »Ist das besser?«

»Ja, das ist perfekt«, sagte Dr. Daruwalla.

»Schon am Verblassen«, sagte der Schauspieler.

»Schluß jetzt«, sagte der ehemalige Drehbuchautor.

Endlich darf er den Aufzug benutzen

Als ehemaliger Ehrenvorsitzender des Mitgliederausschusses kannte Dr. Daruwalla die Vorschriften des Duckworth Club und wußte, daß die zweiundzwanzigjährige Wartefrist für die Anwärter eine heilige Kuh war. Der Tod eines Duckworthianers – beispielsweise Mr. Dogars tödlicher Schlaganfall, der der Nachricht, daß die zweite Mrs. Dogar von ihren Bewachern zu Tode geprügelt worden war, auf dem Fuß folgte – beschleunigte das Verfahren nicht unbedingt, denn der Mitgliederausschuß nahm den Tod eines Duckworthianers nicht automatisch zum Anlaß, um ein neues Mitglied aufzunehmen. Nicht einmal der Tod von Mr. Dua würde für ein neues Mitglied »Platz schaffen«. Übrigens wurde Mr. Dua schmerzlich vermißt; seine Taubheit auf einem Ohr war bereits Legende – der unvergessene Tennisunfall, der sinnlose Treffer mit dem weggeschleuderten Schläger seines Doppel-Partners (der einen Doppelfehler gemacht hatte). Im Tod endlich war der arme Mr. Dua auf beiden Ohren taub; eine neue Mitgliedschaft jedoch erwuchs daraus nicht.

Aber Farrokh wußte, daß nicht einmal die Regeln des Duckworth Club vor einem einzelnen, höchst interessanten Hintertürchen gefeit waren. In den Statuten stand, daß beim offiziellen Rücktritt eines Duckworthianers, im Gegensatz zu einem Ausschluß, spontan ein neues Mitglied auf dessen Platz berufen werden konnte. Bei einer solchen Berufung wurden das normale Verfahren der Nominierung und Auswahl sowie vor allem die zweiundzwanzigjährige Wartefrist umgangen. Wäre diese Ausnahmeregelung überstrapaziert worden, hätte man sie sicher kritisch überdacht und abgeschafft, aber Duckworthianer traten nicht aus dem Club aus. Selbst wenn sie von Bombay wegzogen, zahlten sie weiterhin ihre Beiträge und behielten ihre Mitgliedschaft bei. Duckworthianer blieben ihr Leben lang Duckworthianer.

Drei Jahre nachdem Dr. Daruwalla Indien verlassen hatte –
»endgültig«, jedenfalls behauptete er das –, zahlte er noch immer
getreulich seine Beiträge an den Duckworth Club. Und selbst
in Toronto las er das monatlich erscheinende Mitteilungsblatt
des Clubs. John D. jedoch tat das Unerwartete, nie Dagewesene,
Unduckworthianische: Er legte seine Mitgliedschaft nieder. Anstelle des pensionierten Inspector Dhar wurde Kommissar Patel
»spontan berufen«. Den Platz des ehemaligen Filmstars nahm
der echte Kriminalbeamte ein, der sich (darin waren sich alle
einig) als »führende Persönlichkeit des öffentlichen Lebens«
hervorgetan hatte. Falls es Einwände gegen die kräftige blonde
Frau gab, die den geschätzten Detective überallhin begleitete,
wurden diese nie allzu offen ausgesprochen, obwohl Mr. Sethna
nicht umhin konnte, sich an Nancys pelzigen Nabel und an
jenen Tag zu erinnern, an dem sie auf den Stuhl gestiegen war
und in den Mechanismus des Deckenventilators gegriffen hatte
– ganz zu schweigen von jener Nacht, in der sie mit Dhar getanzt und weinend den Club verlassen hatte, oder vom Tag danach, an dem sie den Club (mit Dhars Zwerg) erzürnt verlassen
hatte.

Dr. Daruwalla kam zu Ohren, daß Detective Patel und
Nancy als neue Mitglieder nicht unumstritten waren. Aber der
altehrwürdige Duckworth Club war eben noch so eine Oase –
ein Ort, an dem Nancy vielleicht hoffen konnte, sich in den
Griff zu bekommen, und der Kommissar sich eine kurze Ruhepause von den Strapazen seines Berufs gönnen konnte –, und das
wußte Farrokh. Und er stellte sich die Patels gern so vor – ruhig
und gelassen im Ladies' Garden sitzend, wo sie ein geruhsame-
res Leben an sich vorbeiziehen sahen als das, das sie selbst führten. Sie hatten wirklich eine Ruhepause verdient. Und obwohl
es drei Jahre gedauert hatte, war der Swimmingpool endlich
fertig; in den heißesten Monaten, vor der Monsunzeit, würde
Nancy den Pool sicher als angenehm empfinden.

Es wurde nie offen zugegeben, daß John D. für die Patels die Rolle des Wohltäters gespielt hatte und für Nancy die des Schutzengels. Zum einen hatte sein Austritt aus dem Duckworth Club den Patels zur Mitgliedschaft verholfen, zum anderen war es seine Idee gewesen, daß Nancy die Aussicht vom Balkon der Daruwallas guttun würde. Ohne die Beweggründe des Doktors zu hinterfragen, waren die Patels in die Wohnung am Marine Drive eingezogen – angeblich, um sich um die alten Dienstboten zu kümmern.

In einem von mehreren fehlerlos getippten Briefen teilte Kommissar Patel Dr. Daruwalla mit, daß sich die betagten Dienstboten der Daruwallas auch weiterhin die Treppen hinauf- und hinunterquälten, obwohl das anstößige Schild im Aufzug nicht erneuert worden war – nachdem es ein zweites Mal entwendet worden war. Die alte Regelung war Nalin und Roopa in Fleisch und Blut übergegangen; sie war so fest verwurzelt, daß sie jedes Schild überdauern würde. Das alte Ehepaar weigerte sich von sich aus, den Lift zu benutzen, eine tragische Konditionierung, gegen die nichts zu machen war. Die Hausbewohnergemeinschaft hatte dem Detective den Auftrag erteilt, den Schuldigen ausfindig zu machen. Aber er mußte zugeben, daß ihm der Dieb zutiefst sympathisch war. Dem Doktor vertraute er an, daß er mit der Lösung des Falles nicht sonderlich gut vorankam, aber den Verdacht hegte, daß der zweite Dieb Nancy war – nicht Vinod.

Die anhaltende Ruhestörung im Apartmenthaus, die von den Hunden im ersten Stock ausging, erfolgte stets zu einer unchristlichen Zeit in den frühen Morgenstunden. Die Bewohner der ersten Etage behaupteten, die Hunde würden von einem allseits bekannten, gewalttätig aussehenden, zwergwüchsigen Taxifahrer – dem ehemaligen »Chauffeur« von Dr. Daruwalla und dem pensionierten Inspector Dhar – vorsätzlich zum Bellen angestachelt, aber Detective Patel neigte dazu, die Schuld auf diverse herumstreunende Bettler von der Chowpatty Beach zu schieben. Selbst nachdem an der Tür zur Eingangshalle ein Schloß angebracht worden war, wurden die Hunde gelegentlich rebellisch. Die Bewohner des ersten Stocks behaupteten hartnäckig, es sei dem Zwerg gelungen, sich widerrechtlich Zugang zur Halle zu verschaffen; einige behaupteten auch, sie hätten einen schmutzigweißen Ambassador wegfahren sehen. Aber der Kommissar nahm alle diese Aussagen mit Vorbehalt zur Kenntnis, denn die Hunde im ersten Stock bellten auch im Mai 1993 – über einen Monat nach den Bombenattentaten in Bombay, bei denen mehr als zweihundert Menschen ums Leben kamen, unter ihnen auch Vinod.

Die Hunde bellen immer noch, schrieb Detective Patel. Farrokh war überzeugt, daß Vinods Geist der Übeltäter war, der sie aufscheuchte.

An der Tür der Gästetoilette im Haus der Daruwallas in der Russell Hill Road hing das Schild, das der Zwerg für sie gestohlen hatte und das bei ihren Torontoer Freunden hervorragend ankam.

DEM DIENSTPERSONAL IST ES VERBOTEN,
– AUSSER IN BEGLEITUNG VON KINDERN –
DEN AUFZUG ZU BENUTZEN

Rückblickend erschien es grausam, daß der ehemalige Clown den schrecklichen Unfall mit der Wippe im Great Blue Nile überlebt hatte. Allem Anschein nach hatten die Götter mit seinem Schicksal gespielt – daß er von einem Elefanten auf die Zuschauertribüne katapultiert worden war und es dann als Privattaxiunternehmer zu einer gewissen lokalen Berühmtheit gebracht hatte, mutete ein bißchen trivial an. Und daß der Zwerg Martin Mills aus den Fängen jener gewalttätigen Prostituierten gerettet hatte, erschien rückblickend wie ein burlesker

Hokuspokus. Dr. Daruwalla empfand es als massive Ungerechtigkeit, daß Vinod bei dem Bombenanschlag auf das Gebäude der Air India getötet worden war.

Am Nachmittag des 12. März 1993 explodierte eine Autobombe auf der Zufahrt zu dem Gebäude, nicht weit von den Räumen der Bank von Oman entfernt. Auf der Straße wurden Passanten getötet; in der Bank, die den Teil des Air-India-Gebäudes einnahm, vor dem die Explosion stattfand, wurden weitere Personen getötet; die Bank selbst wurde zerstört. Wahrscheinlich wartete Vinod auf einen Fahrgast, der etwas in der Bank zu erledigen hatte. Der Zwerg hatte am Steuer seines Taxis gesessen, das er unglücklicherweise neben dem Fahrzeug mit der Autobombe geparkt hatte. Nur Kommissar Patel vermochte zu erklären, warum überall auf der Straße so viele Squashschlägergriffe und alte Tennisbälle verstreut lagen.

An der Air-India-Reklametafel über dem Gebäude befand sich eine Uhr; noch zwei oder drei Tage nach der Explosion standen die Zeiger auf 2 Uhr 48. Unwillkürlich stellte sich Dr. Daruwalla die Frage, ob Vinod wohl auf die Uhrzeit geachtet hatte. Der Kommissar deutete an, daß der Zwerg auf der Stelle tot gewesen war.

Patel berichtete auch, daß die kläglichen Vermögenswerte von Vinods Blue Nile Ltd. kaum für die Lebenshaltungskosten seiner Frau und seines Sohnes ausreichten. Aber Shivajis Erfolg im Great Royal Circus würde den Lebensunterhalt des jungen Zwergs und seiner Mutter gewährleisten, und außerdem hatte Deepa vor einiger Zeit eine beträchtliche Erbschaft gemacht. Zu ihrer Überraschung war sie in Mr. Gargs Testament mehr als nur erwähnt worden. (Der Säuremann war knapp ein Jahr nach der Abreise der Daruwallas aus Bombay an Aids gestorben.) Die Bestände des Wetness Cabaret waren im Vergleich zu Vinods Blue Nile Ltd. gewaltig gewesen. Deepa hatte so viele Anteile an dem Amüsierlokal, daß sie es schließen lassen konnte.

Exotischer Tanz hatte nie richtigen Striptease bedeutet – echte Striplokale waren in Bombay verboten. Was im Wetness Cabaret als exotisches Tanzen galt, war nie über Andeutungen hinausgegangen. Die Klientel war, wie Muriel einmal bemerkt hatte, ausgesprochen übel, aber daß einmal ein Besucher eine Orange nach ihr geworfen hatte, lag daran, daß die exotische Tänzerin ihre Kleider nicht hatte ablegen wollen. Muriel war eine Stripperin, die nicht strippte, genau wie Garg ein Barmherziger Samariter gewesen war, der eben doch keiner war – so jedenfalls sah Dr. Daruwalla die Sache.

Es gab ein Foto von Vinod, das in einem Rahmen auf John D.s Schreibtisch in Zürich stand. Es stammte nicht aus seiner Zeit als Taxifahrer, aus der der ehemalige Inspector Dhar Vinod hauptsächlich kannte; es war eine alte Fotografie aus dem Zirkus, die von jeher John D.s Lieblingsbild von Vinod gewesen war. Der Zwerg hat sein Clownkostüm an; die ausgebeulte, gepunktete Hose ist so kurz, daß Vinod aussieht, als stünde er auf den Knien. Er trägt ein ärmelloses Oberteil, eine Art Muscle Shirt – mit spiralförmigen Streifen –, und grinst in die Kamera; sein Lächeln wird durch das aufgemalte Lächeln, das bis zu seinen strahlenden Augen hinaufreicht, noch vergrößert.

Unmittelbar neben Vinod, mit dem Profil zur Kamera, steht ein Nilpferd mit aufgerissenem Maul. Schockierend an dem Foto ist die Tatsache, daß der komplette, aufrecht stehende Zwerg leicht in das gähnende Maul des Nilpferds passen würde. Die zwei gewaltigen Hauer im Unterkiefer befinden sich in Vinods Reichweite und sind so lang wie die Arme des Zwergs. Bei dieser Gelegenheit mußte der kleine Clown den warmen Dunst aus dem Nilpferdmaul gespürt haben – den nach fauligem Gemüse riechenden Atem, die Nachwirkungen der Salatköpfe, mit denen Vinod das Nilpferd immer gefüttert hatte; der Koloß hatte die Köpfe ganz hinuntergeschluckt. »Wie Trauben«, hatte der Zwerg erzählt.

Nicht einmal Deepa konnte sich daran erinnern, wie lange es im Great Blue Nile schon kein Nilpferd mehr gegeben hatte; als die Frau des Zwergs zum Zirkus kam, war es bereits tot. Nach dem Tod des Zwergs schrieb John D. mit Schreibmaschine ein Epitaph für Vinod auf den unteren Rand des Nilpferdfotos. Es war eindeutig im Gedenken an den verbotenen Aufzug entstanden – jenen elitären Lift, den der Zwerg offiziell nie hatte benutzen dürfen. *Derzeit in Begleitung von Kindern,* lautete der Gedenkspruch.

Kein schlechtes Epitaph, fand der pensionierte Drehbuchautor. Er hatte es zu einer beachtlichen Sammlung mit Fotos von Vinod gebracht, die dieser ihm im Lauf der Jahre fast alle geschenkt hatte. Als Dr. Daruwalla Deepa einen Beileidsbrief schrieb, wollte er ein Foto dazulegen, von dem er hoffte, daß es der Frau und dem Sohn des Zwergs gefallen würde. Die Auswahl war schwierig, weil er so viele Bilder von Vinod hatte – im Kopf hatte er natürlich noch viel mehr.

Während Farrokh für Deepa ein passendes Foto von Vinod suchte, schrieb ihm die Frau des Zwergs. Es war nur eine Postkarte aus Ahmedabad, wo der Great Royal gastierte, aber für Dr. Daruwalla war entscheidend, daß sie an ihn gedacht hatte. Sie hatte dem Doktor mitteilen wollen, daß es ihr und Shivaji gutging. »Wir fallen noch immer ins Netz«, schrieb sie.

Das half Farrokh, das richtige Foto auszusuchen: ein Bild von Vinod in der Klinik für Verkrüppelte Kinder, wo er sich nach dem Unfall mit der Wippe von seiner Operation erholte. Darauf war Vinods Lächeln nicht mit einem lachenden Clownsmund übermalt; sein natürliches Lächeln reichte völlig aus. In seiner wurstfingrigen Dreizackhand hielt der Zwerg die berühmte Liste mit all den Dingen, die er konnte, unter anderem auch Autofahren. Er hielt sozusagen seine Zukunft in der Hand. Dr. Daruwalla konnte sich nur noch vage daran erinnern, dieses Foto gemacht zu haben.

Unter den gegebenen Umständen hielt Farrokh es für geboten, eine Widmung auf die Rückseite des Fotos zu schreiben. Deepa brauchte nicht an die Gelegenheit erinnert zu werden, bei der es aufgenommen worden war – sie lag damals in derselben Klinik auf der Mädchenstation und erholte sich von der von Dr. Daruwalla vorgenommenen Hüftoperation. Inspiriert von John D.s Epitaph für Vinod spann der Doktor das Thema mit dem verbotenen Aufzug weiter. »Endlich darf er den Aufzug benutzen«, schrieb er, denn obwohl Vinod das Netz verfehlt hatte, war er den Vorschriften der Hausbewohnergemeinschaft endgültig entronnen.

Nicht die Zwerge

Wie würde die Nachwelt Dr. Daruwalla in Erinnerung behalten? Natürlich als guten Arzt, auch als guten Ehemann und guten Vater – alles in allem als einen guten Menschen, aber nicht als großartigen Schriftsteller. Ob er die Bloor Street entlangging oder an der Avenue Road in ein Taxi stieg, fast niemand, der ihn sah, hätte sich weiter Gedanken über ihn gemacht, denn er wirkte völlig assimiliert. Ein gutgekleideter Einwanderer, ein netter, naturalisierter Kanadier – vielleicht auch ein gutsituierter Tourist. Obwohl er klein war, hätte man sein Gewicht beanstanden können. Ein Mann in der zweiten Lebenshälfte tat gut daran, auf seine Linie zu achten. Trotzdem machte er einen distinguierten Eindruck.

Manchmal wirkte er ein bißchen müde, vor allem um die Augen, oder erweckte den Eindruck, als würden seine Gedanken, die er meist für sich behielt, in weite Ferne schweifen. Niemand hätte ergründen können, was für ein Leben er führte, denn dieses Leben spielte sich hauptsächlich in seinem Kopf ab. Möglicherweise war das, was wie Müdigkeit aussah, nur der

Preis für seine lebhafte Phantasie, die nie das ersehnte Ventil fand.

In der Aids-Sterbeklinik würde man Farrokh stets, vorwiegend liebevoll, als Dr. Balls in Erinnerung behalten. Der einzige Patient, der seinen Tennisball hatte herumhüpfen lassen, anstatt ihn zusammenzupressen, hatte die Krankenschwestern und das übrige Personal nicht lange genervt. Wenn ein Patient starb, bekam Dr. Daruwalla dessen Tennisball zurück. Der Doktor hatte nur einen kurzen Anfall von Religiosität gehabt, und der war inzwischen abgeklungen. Doch die Tennisbälle ehemaliger Patienten waren ihm geradezu heilig.

Anfangs wußte er nicht recht, was er mit den alten Bällen anfangen sollte; er brachte es weder fertig, sie wegzuwerfen, noch mochte er sie neuen Patienten geben. Schließlich entledigte er sich ihrer auf eine recht merkwürdige Art, die fast an ein Ritual erinnerte. Er vergrub sie in Julias Kräutergarten, wo sie gelegentlich von Hunden ausgebuddelt wurden. Daß am Schluß die Hunde mit den Tennisbällen spielten, störte Dr. Daruwalla nicht; für ihn war das ein angemessenes Ende dieser alten Bälle – ein erfreulicher Kreislauf.

Julia nahm die Schäden im Kräutergarten gelassen hin; schließlich war das nicht die einzige Schrulle ihres Mannes. Sie respektierte sein reiches, verborgenes Innenleben und rechnete jederzeit damit, daß es nach außen hin verwirrende Auswirkungen hatte; sie wußte, daß Farrokh ein introvertierter Mensch war. Er war schon immer ein Träumer gewesen, und jetzt, da er nicht mehr schrieb, träumte er eben ein bißchen mehr.

Einmal hatte Farrokh zu Julia gesagt, er frage sich manchmal, ob er ein Avatara sei. In der hinduistischen Mythologie ist ein Avatara ein göttliches Wesen, das in fleischgewordener, personifizierter Form auf die Erde herabsteigt. Glaubte Dr. Daruwalla wirklich, daß er die Inkarnation eines Gottes war?

»Und an welchen Gott denkst du dabei?« fragte ihn Julia.

»Das weiß ich nicht«, antwortete Farrokh demütig. Sicher war er nicht Lord Krishna, »der Schwarze« – ein Avatara von Vishnu. Aber wessen Avatara glaubte er wohl zu sein? Der Doktor war ebensowenig die Inkarnation eines Gottes, wie er Schriftsteller war. Er war, wie die meisten Männer, im Grunde ein Träumer.

Am besten kann man ihn sich an einem verschneiten Abend vorstellen, an dem sich schon früh die Dunkelheit über Toronto gesenkt hat. Schnee stimmte ihn immer melancholisch, denn als seine Mutter starb, hatte es die ganze Nacht geschneit. Wenn es morgens draußen schneite, ging Farrokh ins Gästezimmer, in dem Meher entschlafen war, und setzte sich dort nieder. Im Schrank hingen noch Kleider von ihr, und ihre Saris strömten noch immer etwas von ihrem Geruch aus, dem Geruch eines fremden Landes und seiner Küche. Aber stellen Sie sich Dr. Daruwalla im Schein einer Straßenlaterne direkt neben dem Laternenpfahl vor, während es schneit. Stellen Sie sich ihn an der nördlichen Ecke der Kreuzung Lonsdale und Russell Hill Road vor. Diese Kreuzung in Forest Hill hatte für Farrokh etwas Vertrautes und Tröstliches, nicht nur, weil sie nur einen Block von seinem Haus entfernt war, sondern weil er von dieser Kreuzung aus den Weg überblicken konnte, den er so oft zurückgelegt hatte, wenn er seine Kinder zur Schule brachte. In der entgegengesetzten Richtung lag die Grace Church on-the-Hill, in der er ein paar nachdenkliche Stunden in der Geborgenheit seines einstigen Glaubens verbracht hatte. Von dieser Straßenkreuzung aus konnte Dr. Daruwalla auch die Kapelle und die Bishop-Strachan-Schule sehen, in der seine Töchter ihre geistigen Fähigkeiten unter Beweis gestellt hatten; und er war nicht weit vom Upper Canada College entfernt, das seine Söhne womöglich besucht hätten – wenn er Söhne gehabt hätte. Doch wenn er es sich recht überlegte, hatte er sogar zwei Söhne – John D. und den in Ruhestand gegangenen Inspector Dhar.

Farrokh hob sein Gesicht zu den fallenden Schneeflocken empor; er spürte, wie sie seine Augenwimpern benetzten. Obwohl Weihnachten schon lange vorbei war, freute es ihn, daß einige Nachbarhäuser noch ihren weihnachtlichen Schmuck trugen, der ihnen etwas ungewöhnlich Farbiges und Heiteres verlieh. Der im Licht der Straßenlaterne herabfallende Schnee rief bei Farrokh ein so blütenweißes Gefühl der Einsamkeit hervor, daß er fast vergaß, warum er an diesem Winterabend hier an dieser Straßenkreuzung stand. Aber er wartete auf seine Frau, die ehemalige Julia Zilk, die ihn abholen sollte. Julia kam mit dem Auto von einer ihrer Frauengruppen; sie hatte angerufen und Farrokh gebeten, an der Ecke zu warten. Die Daruwallas wollten in einem neuen Restaurant an der Harbourfront zu Abend essen; Farrokh und Julia waren treue Besucher der Autorenlesungen, die dort stattfanden. Das Restaurant selbst fand Dr. Daruwalla eher gewöhnlich; außerdem waren sie für seinen Geschmack zu früh dran. Und Autorenlesungen konnte er ohnehin nicht ausstehen, weil nur sehr wenige Autoren gut vorlasen. Wenn man selbst ein Buch las, konnte man es zuklappen, ohne sich dessen schämen zu müssen, und ein anderes zur Hand nehmen oder sich ein Video ansehen, wozu der ehemalige Drehbuchautor mehr und mehr neigte. Nach seinem gewohnten Bier – oft trank er auch Wein zum Abendessen – war er zu müde, um zu lesen. Er befürchtete, er könnte an der Harbourfront inmitten der Zuhörer zu schnarchen anfangen und Julia in Verlegenheit bringen. Sie genoß diese Lesungen, die Farrokh eher als Ausdauersport betrachtete. Oft lasen zu viele Autoren an einem Abend, als wollten sie Kanadas verdienstvolle Kulturförderung öffentlich unter Beweis stellen. Normalerweise gab es eine Pause, und das war der Hauptgrund, warum Dr. Daruwalla diese Veranstaltungen besonders haßte, denn dann wurden sie jedesmal von Julias belesenen Freunden umringt; sie kannten sich mit Literatur besser aus als Farrokh, und das wußten sie auch.

An diesem Abend nun (Julia hatte ihn vorgewarnt) las ein indischer Autor aus seinem Werk, was stets Probleme für Dr. Daruwalla aufwarf. Offensichtlich erwartete man von ihm, daß er grundlegend zu diesem Autor »Stellung nahm«, als gäbe es ein erkennbares »Etwas«, das der Autor entweder getroffen hatte oder nicht. Im Fall eines indischen Schriftstellers beugten sich sogar Julia und ihre in Literatur bewanderten Freunde Farrokhs Meinung. Folglich würde er sich gedrängt fühlen, eine Meinung zu haben und seinen Standpunkt darzulegen. Häufig hatte er keinen Standpunkt und versteckte sich in den Pausen – manchmal in der Herrentoilette, wie er zu seiner Schande gestehen mußte.

Kürzlich hatte ein ziemlich berühmter Schriftsteller, ein Parse, an der Harbourfront gelesen. Dr. Daruwalla hatte den Eindruck, Julia und ihre Freunde erwarteten von ihm, daß er auf den Autor zuging und ihn ansprach, denn Farrokh hatte den zu Recht gelobten Roman gelesen, und er hatte ihm sehr gut gefallen. Die Geschichte handelte von einem unbedeutenden, aber treuen Stützpfeiler einer Parsengemeinde in Bombay, einem liebevollen, einfühlsamen Familienvater, dessen Rechtschaffenheit durch die politische Korruption und Tücke jener Zeit, in der sich Indien und Pakistan im Krieg befanden, auf eine harte Probe gestellt wurde. Wie kamen Julia und ihre Freunde darauf, daß sich Farrokh mit diesem Autor unterhalten könnte? Was wußte Dr. Daruwalla denn schon von einer echten Parsengemeinde – egal ob in Bombay oder in Toronto? Über welche »Gemeinde« durfte sich der Doktor anmaßen zu reden?

Farrokh konnte nur Geschichten aus dem Duckworth Club erzählen – über Lady Duckworth, die sich entblößte und ihre berühmten Brüste enthüllte. Man brauchte kein Duckworthianer zu sein, um die Geschichte bereits zu kennen, aber welche Geschichten kannte Dr. Daruwalla sonst noch? Nur seine eigene Geschichte, die sich eindeutig nicht für neue Bekanntschaften eignete: Geschlechtsumwandlung und Massenmorde; eine Bekehrung aufgrund eines Liebesbisses; die verlorenen Kinder, die trotz allem nicht vom Zirkus gerettet wurden; Farrokhs Vater, den es in Stücke zerfetzt hatte... Und wie hätte er mit völlig fremden Leuten über die Zwillinge reden sollen?

Dr. Daruwalla hatte den Eindruck, als sei seine Geschichte das Gegenteil von allgemeingültig; seine Geschichte war schlicht eigenartig – und er selbst fühlte sich sonderbar fremd. Wohin Farrokh auch ging, überall begegnete ihm eine immerwährende Fremdheit – ein Widerschein jener Fremdheit, die er in sich trug, in seinem tiefsten, eigentümlichen Innern. Und so stand, während es ringsum schneite, ein Bombayer in Forest Hill und wartete auf seine Wiener Frau, um mit ihr in die Innenstadt von Toronto zu fahren, wo sie der Lesung eines unbekannten Inders lauschen würden – vielleicht einem Sikh, möglicherweise einem Hindu, vielleicht einem Muslim oder gar einem Parsen. Wahrscheinlich würden auch noch andere Autoren lesen.

Auf der anderen Seite der Russell Hill Road legte sich der nasse Schnee auf Schultern und Haare einer Mutter und ihres kleinen Sohnes. Wie Dr. Daruwalla standen die beiden unter einer Straßenlaterne, deren strahlendes Licht die Schneeflocken glitzern ließ und ihren wachsamen Gesichtszügen deutliche Konturen verlieh. Auch sie schienen auf jemanden zu warten; der kleine Junge wirkte weitaus ungeduldiger als seine Mutter.

Er hatte den Kopf in den Nacken gelegt und streckte die Zunge heraus, um Schneeflocken aufzufangen; verträumt schlenkerte er den Arm seiner Mutter hin und her, während sie seine Hand fest umklammert hielt, als würde sie ihr sonst entgleiten. Ab und zu riß sie an seinem Arm, damit er zu schlenkern aufhörte, aber das hielt er nie lange aus. Und nichts konnte den Jungen dazu bewegen, seine Zunge zurückzuziehen; sie blieb draußen und fing die Schneeflocken auf.

Als Orthopäde mißfiel Dr. Daruwalla die Art und Weise, wie die Mutter an dem völlig entspannten, schlaff herabhängenden Arm ihres Sohnes riß. Der Doktor hatte Angst um den Ellbogen und die Schulter des Kindes. Doch die Mutter hatte nicht die Absicht, ihrem Kind weh zu tun; sie war nur ungeduldig, und es war ihr lästig, wie der Junge an ihrem Arm hing.

Einen Augenblick lang lächelte Dr. Daruwalla diese Madonna mit Kind ungeniert an. Die beiden standen so gut beleuchtet an ihrem Laternenpfahl, daß dem Doktor hätte klar sein müssen, daß sie ihn, ebenso deutlich, unter seinem stehen sahen. Aber Farrokh hatte vergessen, wo er war – daß er nicht in Indien war –, und nicht bedacht, daß seine Hautfarbe womöglich Argwohn bei der Frau weckte, die auf das unbekannte Gesicht im Schein der Straßenlampe jetzt so reagierte, wie sie auf einen plötzlich auftauchenden, frei laufenden, großen Hund reagiert hätte. Warum lächelte dieser Fremde sie an?

Die offensichtliche Angst der Frau kränkte und beschämte Dr. Daruwalla; er hörte auf der Stelle zu lächeln auf und sah weg. Dann wurde ihm klar, daß er an der falschen Ecke stand. Julia hatte ihn unmißverständlich gebeten, an der Nordwestecke der Kreuzung zu warten, genau dort, wo die Mutter mit ihrem Sohn stand. Farrokh wußte, daß die Frau wahrscheinlich in Panik geraten würde – bestenfalls wäre sie tief beunruhigt –, wenn er die Straße überqueren und sich neben sie stellen würde; schlimmstenfalls würde sie sogar um Hilfe rufen. Es würden Anschuldigungen fallen, die die Anwohner auf den Plan rufen würden – gut denkbar, daß sogar jemand die Polizei alarmierte!

So kam es, daß Dr. Daruwalla die Russell Hill Road recht unbeholfen überquerte, sich mit gesenktem Kopf verstohlen hinüberschlich, was die Frau zweifellos noch in ihrem Verdacht bestärkte, daß er etwas im Schilde führte. Als sich Farrokh so über die Straße stahl, sah er aus, als steckte er voller verbrecherischer Absichten. Rasch ging er an der Frau und dem Kind vorbei und hastete, ohne zu grüßen, weiter – denn er war überzeugt, daß ein Gruß die Frau derart aufscheuchen würde, daß sie sich womöglich kopflos in den Verkehr stürzte (auch wenn kaum Verkehr war). Dr. Daruwalla stellte sich zehn Meter von der Stelle entfernt hin, an der Julia ihn auflesen würde. Da stand er nun, wie ein Perverser, der all seinen Mut für einen feigen Vorstoß zusammennimmt. Es war ihm bewußt, daß die Straßenbeleuchtung kaum bis an den Randstein reichte, wo er wartete.

Die Mutter, mittelgroß und mittelschlank – und inzwischen völlig verängstigt –, begann auf und ab zu gehen, wobei sie ihren kleinen Sohn hinter sich her schleifte. Sie war eine gut gekleidete junge Frau Mitte Zwanzig, doch weder ihre Kleidung noch ihre Jugend konnten darüber hinwegtäuschen, daß sie gegen ihr wachsendes Entsetzen ankämpfte. Aus ihrem Gesichtsausdruck schloß Dr. Daruwalla eindeutig, daß sie seine abscheulichen Absichten zu durchschauen glaubte. Unter seinem scheinbar geschmackvollen schwarzen Wollmantel mit dem schwarzen Samtkragen und schwarzsamtenen Ärmelaufschlägen lauerte gewiß ein nackter Mann, der es kaum erwarten konnte, sich vor ihr und ihrem Kind zur Schau zu stellen. Die Mutter wandte der verwerflichen Gestalt den Rücken zu, aber der kleine Junge hatte den Fremden ebenfalls bemerkt. Er hatte keine Angst – er war nur neugierig. Er zerrte weiter am Arm seiner aufgewühlten Mutter und streckte die kleine Zunge den Schneeflocken entgegen, ohne den Blick von dem exotischen Ausländer abzuwenden.

Dr. Daruwalla versuchte sich auf den Schnee zu konzentrieren. Spontan streckte er ebenfalls die Zunge heraus; es war ein Reflex – seit Jahren war es ihm nicht in den Sinn gekommen, jemandem die Zunge herauszustrecken. Aber die junge Mutter schloß daraus bestimmt, daß der Fremde total verrückt war. Die Zunge hing ihm schlaff aus dem Mund, und seine Augen blinzelten, während ihm Schneeflocken auf die Wimpern fielen.

Farrokh selbst hatte das Gefühl, daß seine Augenlider schwer waren; auf den oberflächlichen Betrachter wirkten sie geschwollen – sein Alter, die Erschöpfung, der jahrelange Konsum von Bier und Wein. Aber dieser jungen Mutter in ihrer zunehmenden Panik müssen sie vorgekommen sein wie die Augenlider des dämonischen Orients; im schwachen Schein der Straßenlaterne wirkten Dr. Daruwallas Augen wie die tückischen Schlitze einer Schlange.

Doch der kleine Junge hatte keine Angst vor dem Fremden; ihre Zungen, auf denen der Schnee schmolz, schienen sie zu verbinden. Diese Gemeinsamkeit wirkte sich unmittelbar auf das Verhalten des kleinen Jungen aus. Farrokh hatte mit seiner kindischen, unbewußten Geste offenbar das natürliche Tabu, mit Fremden zu reden, außer Kraft gesetzt, denn plötzlich riß sich der Junge von seiner Mutter los und lief mit ausgestreckten Armen auf den erstaunten Inder zu.

Die Mutter war zu erschrocken, um ihren Sohn laut und vernehmlich zurückzurufen. Sie brachte nur ein gurgelndes Geräusch hervor, ein ersticktes Keuchen. Sie zögerte, bevor sie hinter ihrem Sohn hertaumelte, als wären ihre Beine zu Eis oder Stein erstarrt. Wie es schien, hatte sie sich in ihr Schicksal ergeben; sie wußte nur zu gut, was als nächstes passieren würde! Der schwarze Mantel würde sich auftun, sobald sie sich dem Fremden näherte, und sie würde den männlichen Genitalien des wahrhaft unergründlichen Orients gegenüberstehen.

Um sie nicht noch mehr zu erschrecken, tat Dr. Daruwalla so, als würde er gar nicht merken, daß das Kind auf ihn zurannte. Er konnte sich vorstellen, daß die Mutter dachte: O Gott, wie heimtückisch diese perversen Kerle sind! Vor allem die »farbigen« unter uns, dachte der Doktor erbittert. Das war genau die Situation, die Ausländer (vor allem »Farbige«) fürchten gelernt haben. Es passierte absolut nichts, und trotzdem war die junge Frau überzeugt, daß sie und ihr Sohn sich an der

Schwelle zu einem schockierenden Vorfall befanden, der womöglich unauslöschliche Spuren hinterließ.

Um ein Haar hätte Farrokh gerufen: Entschuldigen Sie, hübsche Frau, aber Sie brauchen keinen Vorfall zu befürchten! Er wäre davongelaufen, hätte er nicht davon ausgehen müssen, daß der Junge schneller laufen konnte; außerdem würde Julia ihn jeden Augenblick auflesen – während er vor einer Mutter und ihrem kleinen Sohn davonlief. Das wäre wirklich zu absurd gewesen.

In diesem Augenblick berührte ihn der kleine Junge; er zupfte ihn sachte, aber entschlossen am Ärmel, dann packte die winzige, in einem Fäustling steckende Hand den behandschuhten Zeigefinger des Doktors und zog daran. Dr. Daruwalla blieb nichts anderes übrig, als zu dem Gesicht, das mit großen Augen zu ihm aufblickte, hinunterzusehen; die blassen Wangen des Jungen wirkten vor dem Hintergrund des blütenweißen Schnees rosig.

»Entschuldigen Sie«, sagte der kleine Mann. »Woher kommen Sie?«

Nun, das ist die Frage, nicht wahr? dachte Dr. Daruwalla. Das war schon immer die Frage. Sein ganzes Erwachsenenleben lang war das die Frage gewesen, die er normalerweise mit der buchstabengetreuen Wahrheit beantwortete, die er in seinem Herzen als Lüge empfand.

»Ich komme aus Indien«, sagte der Doktor in der Regel, aber er spürte es nicht; es hörte sich nicht wahr an. »Ich komme aus Toronto«, sagte er manchmal, aber das hörte sich eher trotzig als glaubwürdig an. Oder er gab eine smarte Antwort. »Ich komme aus Toronto, via Bombay«, sagte er dann. Wenn er besonders schlau sein wollte, antwortete er: »Ich komme aus Toronto, via Wien und Bombay.« Er konnte die Lüge noch weiter ausspinnen – nämlich, daß er nirgendwoher kam.

Wenn er wollte, konnte er jederzeit seine hervorragende

europäische Bildung hervorkehren; er konnte für seine Kindheit in Bombay ein pikantes Sprach-*masala* kreieren, indem er seinem Akzent jenen typischen Hindi-Beiklang verlieh; ebensogut konnte er jede Unterhaltung mit gnadenloser, unterkühlter Torontoer Reserviertheit zunichte machen. (»Wie Sie vielleicht wissen, gibt es in Toronto viele Inder«, konnte er sagen, wenn ihm danach zumute war.) Dr. Daruwalla vermochte ohne weiteres den Anschein zu erwecken, als hätte er sich überall, wo er gelebt hatte, so wohl gefühlt, wie er sich in Wirklichkeit unwohl gefühlt hatte.

Doch plötzlich verlangte ihm die unschuldige Frage des Jungen eine andere Art von Wahrheit ab; auf dem Gesicht des Kindes las Dr. Daruwalla schlichte, unverhohlene Neugier – nur den aufrichtigen Wunsch, es zu erfahren. Außerdem rührte es den Doktor, daß der Junge seinen Zeigefinger nicht losgelassen hatte. Er hatte gar keine Zeit, sich eine originelle oder doppeldeutige Antwort auszudenken; gleich würde die entsetzte Mutter diesen unwiederbringlichen Augenblick zunichte machen.

»Woher kommen Sie?« hatte das Kind ihn gefragt.

Dr. Daruwalla wünschte, er wüßte es. Noch nie hatte er ein so großes Bedürfnis gehabt, die Wahrheit zu sagen und vor allem zu spüren, daß seine Antwort so rein und lauter war wie der ringsum fallende Schnee. Er beugte sich zu dem Jungen hinunter, damit dieser seine Antwort ja nicht mißverstand, erwiderte den Druck seiner vertrauensvollen Hand und sprach klar und deutlich in die beißende Winterluft.

»Ich komme vom Zirkus«, sagte Farrokh, ohne nachzudenken – absolut spontan –, aber das unmittelbare Entzücken, das aus dem breiten Lächeln und den strahlenden Augen des Kindes sprach, verriet Dr. Daruwalla, daß er die Frage richtig beantwortet hatte. Auf dem glücklichen Gesicht des Jungen sah er etwas, was er in seiner kalten Adoptivheimat noch nie empfunden hatte. So bedingungslos akzeptiert zu werden war das größte Glück, das Dr. Daruwalla (und jedem anderen farbigen Einwanderer) je widerfahren konnte.

Dann hupte ein Auto, und die Frau zog ihren Sohn fort. Der Vater des Jungen, der Mann dieser Frau, half den beiden in den Wagen. Auch wenn Farrokh kein Wort von dem verstand, was die Mutter sagte, würde er die Worte des Kindes nie vergessen. »Der Zirkus ist in der Stadt!« sagte der Junge zu dem Mann. Dann fuhren sie weg und ließen Dr. Daruwalla stehen. Jetzt hatte der Doktor die Straßenecke für sich.

Julia verspätete sich. Farrokh war in Sorge, daß sie keine Zeit mehr haben würden, vor der endlosen Harbourfront-Lesung noch etwas zu essen. In dem Fall bräuchte er sich keine Gedanken zu machen, daß er einschlafen und schnarchen würde; dafür würden die Zuhörer und die bedauernswerten Autoren in den Genuß seines Magenknurrens kommen.

Es schneite ununterbrochen. Kein Auto kam vorbei. In einem fernen Fenster blinkten die Lichter eines Weihnachtsbaums; Dr. Daruwalla versuchte, ihre verschiedenen Farben zu zählen. Diese bunten Lichter hinter der Fensterscheibe erinnerten ihn an Licht, das von Pailletten zurückgeworfen wird – dieses auf die Trikots der Zirkusartisten aufgenähte Glitzern. Gab es etwas so Wunderbares wie dieses reflektierte Licht? überlegte Farrokh.

Ein Auto fuhr vorbei. Es drohte den Zauber zu brechen, von dem der Doktor umfangen war, denn von der Ecke Lonsdale und Russell Hill Road aus betrachtet, befand sich Dr. Daruwalla am anderen Ende der Welt. »Geh nach Hause«, rief ihm jemand aus dem Fenster des vorbeifahrenden Autos zu.

Seltsamerweise hörte der Doktor es nicht, denn sonst hätte er dem anderen klargemacht, daß das einfacher gesagt war als getan. Andere Geräusche, die aus dem Fenster des fahrenden Autos drangen, wurden vom Schnee erstickt – verklingendes Gelächter, möglicherweise ein rassistischer Seitenhieb. Aber von alledem bekam Dr. Daruwalla nichts mit. Seine Augen waren vom Weihnachtsbaum hinter dem Fenster nach oben gewandert. Erst blinzelte er in die fallenden Schneeflocken, und dann schloß er die Augen; kühl legte sich der Schnee auf seine Lider.

Farrokh sah den elefantenfüßigen Jungen in seinem Trikot mit den grünblauen Pailletten vor sich – so, wie der kleine Betteljunge im wirklichen Leben nie gekleidet gewesen war. Farrokh sah Ganesh im Scheinwerferlicht herabgleiten, im Zahnhang herunterwirbeln. Das war das Ende eines weiteren erfolgreichen Deckenlaufs, der in Wirklichkeit nie stattgefunden hatte und nie stattfinden würde. Der echte Krüppel war tot; nur in der Phantasie des ehemaligen Drehbuchautors durchquerte Ganesh die Zirkuskuppel. Wahrscheinlich würde der Film nie gedreht werden. Doch vor seinem inneren Auge sah Farrokh den Elefantenjungen, ohne zu hinken, über den Zelthimmel laufen. Für Dr. Daruwalla war dies Wirklichkeit; so wirklich wie das Indien, von dem er glaubte, er hätte es hinter sich gelassen. Jetzt erkannte er, daß es seine Bestimmung war, Bombay wiederzusehen. Farrokh wußte, daß es keine Flucht aus Maharashtra gab.

Und da wußte er, daß er zurückkehren würde – wieder und immer wieder. Es war Indien, das ihn immer wieder zurückrief; beim nächstenmal würden die Zwerge nichts damit zu tun haben. Das erkannte der Doktor so deutlich, wie er den Applaus für Ganeshs Deckenlauf hören konnte. Er hörte die Leute klatschen, während der Elefantenjunge im Zahnhang herabschwebte; er konnte hören, wie sie dem Krüppel zujubelten.

Julia, die angehalten hatte und auf ihren geistesabwesenden Mann wartete, drückte auf die Hupe. Aber Dr. Daruwalla hörte sie nicht. Er lauschte dem Applaus – er war noch immer im Zirkus.

*Bitte beachten Sie auch
die folgenden Seiten*

John Irving
im Diogenes Verlag

Laßt die Bären los!
Roman. Aus dem Amerikanischen
von Michael Walter

Das Personal: zwei nicht erfolgsverwöhnte Studenten, ein großstadtsüchtiges Mädel vom Land, der Österreichische Bundesadler, Nachtwächter, ein mystischer Motorrad-Meister, ein Traktorfahrer, Honigbienen, ein raffinierter Linguist, ein Historiker ohnegleichen, die Slivnica-Familienhorde und die Benno-Blum-Bande, die 39er-Grand-Prix-Rennmaschine und der berühmte Asiatische Kragenbär.

»Irvings Erstling weist bereits alle Vorzüge auf, die seine späteren Bücher auszeichnen: Einfallsreichtum, Witz und Humor. Nacherzählen läßt sich Irvings heiter-melancholischer Schelmenroman, in dem vor allem Wien eine besondere Rolle spielt, nicht. Man sollte ihn lesen.« *Hamburger Abendblatt*

Die wilde Geschichte vom Wassertrinker
Roman. Deutsch von
Edith Nerke und Jürgen Bauer

»*Die wilde Geschichte vom Wassertrinker* liegt nun in einer durchweg gelungenen Übersetzung vor. Die Geschichte ist klug angelegt, unterhaltsam und stellenweise immer wieder von überraschender Komik. Und nicht zuletzt ist sie eine besonders galante und latent ironische Verbeugung des Autors vor den Frauen: Ohne deren zivilisierenden und fordernden Einfluß, so muß man annehmen, wäre Fred ›Bogus‹ Trumper im Stadium selbstzerstörerischer Faulheit steckengeblieben und hätte den beseligenden Prozeß des Reifwerdens nie am eigenen Leib und Geist verspürt.« *FAZ*

»*Die wilde Geschichte vom Wassertrinker* ist einfach grandios! Diese in der Tat wild zwischen Zeiten und Orten umschweifende Geschichte vom Erwachsenwerden gehört zum Besten, was Irving bislang vorgelegt hat. Witzig, melancholisch und wie immer gewürzt mit ein bißchen Österreich, leidenschaftlichem Vater-Sein (keine Bären diesmal) und der Küste von Maine, erzählt Irving in rasantem Tempo vom Leben im verstopften Zustand. Diese verschmitzte Posse übers amerikanisch-akademische ›Anderssein‹ ist ein Sittenroman, dem beim Lesen keine Pinkelpause gegönnt werden kann.« *coolibri, Bochum*

»Irvings bester Roman – virtuos, gerecht, bewegend.« *Le Point, Paris*

Eine Mittelgewichts-Ehe
Roman. Deutsch von Nikolaus Stingl

In einer Universitätsstadt in Neuengland beschließen zwei Paare, es einmal mit Partnertausch zu versuchen, ein mittelgewichtiger Versuch, mit dem schwergewichtigen Problem der Ehe fertig zu werden und wieder gefährlich zu leben. Anfangs scheint in dieser erotisch-ironischen Geschichte einer Viererbeziehung alles zu klappen.

»Lust und Last beim Partnertausch, Traum und Alptraum, Irrsinn und Irrwitz, Klamauk und Katastrophe: Irving verschweigt nichts.« *FAZ*

Das Hotel New Hampshire
Roman. Deutsch von Hans Hermann

Eine gefühlvolle Familiengeschichte, in der Bären, ein Wiener Hotel voller Huren und Anarchisten, ein Familienhund, Arthur Schnitzler, Moby-Dick, der große Gatsby, Gewichtheber, Geschwisterliebe und Freud vorkommen – nicht *der* Freud, sondern Freud der Bärenführer.

»Ein ausuferndes Bilderbuch, wild fabulierend und von köstlicher Ironie durchsetzt.«
Der Tagesspiegel, Berlin

Gottes Werk und Teufels Beitrag

Roman. Deutsch von
Thomas Lindquist

Dr. Wilbur Larch und Homer Wells: ein moderner Schelmenroman und zugleich eine herrlich altmodische Familiensaga von einem Vater wider Willen und seinem ›Sohn‹, der, wie einst David Copperfield, eines Tages auszieht, um »der Held seines eigenen Lebens zu werden«.

»Ein Roman über die endlosen Mühen der sexuellen Emanzipation, über den langen, historischen Weg aus der Bigotterie; von einem Mann geschrieben, mit einem Mann als Held, kein bißchen feministisch und doch ein flammendes Werk für Frauen. Das mache mal einer nach.« *Die Zeit, Hamburg*

Owen Meany

Roman. Deutsch von
Edith Nerke und Jürgen Bauer

»Außergewöhnlich, originell und bereichernd… gewaltig und befriedigend. Irving schreibt mit Verve und Gusto. Mit *Owen Meany* hat John Irving sein eigenes kleines Wunder geschaffen.« *Stephen King*

»*Owen Meany* ist ein strategisches Meisterwerk. Die Geschichte eines amerikanischen Messias läßt sich verbinden mit einer archetypischen Tom-Sawyer-und Huckleberry-Finn-Geschichte…«
Die Zeit, Hamburg

»Das Buch ist ein erzähltechnisches Meisterwerk. Ich kenne keinen Kriminalroman, der so gut mit soviel ›suspense‹ arbeitet.« *Süddeutsche Zeitung, München*

Rettungsversuch für Piggy Sneed

Sechs Erzählungen und ein Essay
Deutsch von Dirk van Gunsteren und
Michael Walter

»Der ›Rettungsversuch für Piggy Sneed‹ leitet eine Sammlung von sechs Erzählungen und einem Essay über Charles Dickens ein, die beweist, daß Irving nicht nur ein großartiger Romancier ist, sondern auch die kleine Form meisterhaft beherrscht. Die Auswahl reicht von seiner ersten, 1968 publizierten Erzählung ›Miss Barret ist müde‹ über die 1981 mit dem O'Henry Award prämierte Geschichte ›Innenräume‹ bis hin zu der Geschichte einer wahnwitzigen Autofahrt quer durch die USA, die selbst nach einem offenbar tödlichen Zusammenstoß nicht enden will (›Fast schon in Iowa‹).« *Ulrich Baron/Rheinischer Merkur, Bonn*

»Eine reine Freude für Irving-Fans.«
Duglore Pizzini/Die Presse, Wien

Zirkuskind

Roman. Deutsch von
Irene Rumler

»Die Handlung von John Irvings achtem Roman spielt hauptsächlich in Bombay. Dr. Farrokh Daruwalla ist eine der bisher bezauberndsten Schöpfungen des Autors: ein von Zweifeln geplagter, pummeliger Arzt, fremd sowohl in Kanada, seiner Wahlheimat, als auch in Indien, wo er geboren wurde. Wenn sich Dr. Daruwalla nicht gerade vergeblich bemüht, Blutproben von Zwergen in indischen Zirkussen zu sammeln, um das ›Zwergen-Gen‹ zu lokalisieren, verbringt er seine Zeit damit, im Duckworth-Golfclub von Bombay darüber nachzudenken, wer der Mörder eines ehrenwerten Clubmitglieds sein könnte, das im Bougainvillea-Gebüsch beim neunten Loch entdeckt wurde. Weitere unvergeßliche Figuren bevölkern Irvings turbulente Geschichte: das Hippie-Mädchen

aus Iowa; ein brutaler Transsexueller und ein deutscher Drogenhändler; ein undurchsichtiger Filmstar samt seinem jesuitischen Zwilling; kastrierte Transvestiten-Prostituierte und ein zwergwüchsiger Chauffeur. *Zirkuskind* ist ein wildes Buch.«
Vogue, New York

»*Zirkuskind* ist ein atemberaubender Langstreckenroman, ein schwindelerregender Ablauf von Bildern und Handlungssträngen, der sich von Kapitel zu Kapitel steigert. Ein Griff ins pralle Leben und trotz aller Tragik, trotz skurriler Einfälle, Komik und Action steckt hinter allem Menschlichkeit und Mitgefühl.«
Focus, München

Die imaginäre Freundin
Vom Ringen und Schreiben
Deutsch von Irene Rumler. Mit zahlreichen Fotos

John Irvings freimütiges Selbstporträt als Ringer und Schriftsteller, direkt und unverblümt: »Schreiben ist wie Ringen. Man braucht Disziplin und Technik. Man muß auf eine Geschichte zugehen wie auf einen Gegner.« Für die Vielschichtigkeit und beachtliche Länge seiner Romane bekannt, legt Irving hier eine schlichte und erstaunlich kurze ›Autobiographie‹ vor.

»In der Literatur hat John Irving für das Ringen getan, was Franz Kafka für Insekten, Henry Miller für Sex und James Joyce für Dublin getan haben.«
Rolling Stone, Hamburg